à Conserver.

D. de O. 1777.
3.

C.

VOYAGES

DE MONSIEUR

LE CHEVALIER CHARDIN,

EN PERSE,

ET AUTRES LIEUX

DE L'ORIENT.

TOME SECOND,

Contenant une Description générale de l'Empire de PERSE ; & les Descriptions particulieres des Sciences & des Arts, qui y sont en usage ; du Gouvernement Politique, Militaire, & Civil, qui s'y observe ; & de la Religion que l'on y exerce.

Enrichi d'un grand nombre de belles Figures en Taille-douce, représentant les Antiquitez & les Choses remarquables du Pais.

LIBERTAS SINE SCIENTIA LICENTIA EST

G. v. Gouwen fecit.

A AMSTERDAM,

Chez JEAN LOUIS DE LORME.

M. DCC XI.

VOYAGES

DE MONSIEUR

LE CHEVALIER CHARDIN,

Contenant

La Description générale de la PERSE.

CHAPITRE PREMIER.

De la Perse en général.

LE premier Volume de mon Voyage, est le Journal de mes Avantures, & de mes Observations, depuis *Paris* jusqu'à *Ispahan*. Ce second contient une Description générale de la *Perse*, où je traite du naturel, des mœurs, & des manieres du Peuple, & de son industrie à se procurer les choses né-

Tome II.

cessaires : La Description particuliere des Sciences & des Arts liberaux, qui y sont en usage : Celle du Gouvernement Politique, Militaire, & Civil de ce Peuple : Et enfin, la Description de la Religion qu'il observe, tirée, tant de son Culte public, que des Ecrits les plus authentiques, sur lesquels elle est appuiée.

La *Perse* est le plus grand Empire du monde, à le considerer dans les Descriptions Géo-

A 2   gra-

graphiques des Perſans, parce qu'elles le repreſentent dans ſes bornes anciennes, qui ſont quatre grandes Mers ; la *Mer Noire*, la *Mer Rouge*, la *Mer Caſpienne*, & le *Sein Perſique* : & ſix Fleuves, preſque auſſi fameux que les Mers ; l'*Euphrate*, l'*Araxe*, le *Tigre*, le *Phaſe*, l'*Oxe*, & l'*Indus*. On ne ſauroit gueres marquer plus préciſément les limites de ce vaſte Royaume, qui n'eſt pas en cela comme les Etats des petits Souverains, dont un ruiſſeau, ou quelque borne de pierre, marque la frontiere. La *Perſe* a preſque de tous côtez pour confins un eſpace de trois à quatre jours de chemin, lequel eſt inhabité, quoique le terroir en ſoit le meilleur du monde en pluſieurs endroits, comme du côté d'Orient & d'Occident. Les *Perſans* regardent comme une marque de vraye grandeur de laiſſer ainſi des Païs abandonnez entre des grands Empires ; ce qui empêche, diſent-ils, les conteſtations pour les limites, ces païs deſerts ſervant comme de murs de ſeparation aux Royaumes.

Ces Fleuves & ces Mers, que je viens de marquer, ne ſont pas aujourdhui les confins de la *Perſe*. Son étendue eſt reſſerrée du côté de la *Mer Rouge*, ſur le bord de laquelle la *Perſe* n'a plus de places. Mais les Géographes Perſans ne laiſſent pas de porter leur Empire, dans leurs Deſcriptions les plus nouvelles, juſqu'à ces anciennes bornes ; diſant qu'elles ſont effectivement, & de droit, les bornes de leur païs : & qu'il ne faut pas s'arrêter au changement qui y eſt arrivé d'un ou de deux côtez, parce qu'on peut regagner ce qu'on a perdu, & qu'il ne leur faut qu'un régne comme celui de leur Roi *Abas le Grand*, qui vivoit il n'y a que ſoixante ans, pour porter de nouveau leurs frontieres à ces limites anciennes.

La *Perſe*, en l'état où je l'ai vûe, prend depuis la *Georgie*, au quarante-cinquiéme degré de latitude, qui eſt la plus grande étendue du côté du Nord, juſqu'au vingt-quatriéme degré, le long du Fleuve *Indus*, du côté du Midi ; & du ſoixante & dix-ſeptiéme degré de longitude, vers les monts d'*Ararat*, à l'Occident, juſqu'au cent douziéme degré, contre les *Indes* & la *Tartarie*, à l'Orient. Sa plus longue traverſe eſt du Fleuve *Indus* au Fleuve de *Phaſe*, ce qui a bien cinq cens cinquante lieuës Perſanes, ou ſept cens cinquante lieuës Françoiſes de chemin. C'eſt là comme la longueur de la *Perſe* : ſa largeur eſt moindre de près de trois cens lieuës.

Les *Perſans* ſe ſervent, pour nommer leur Païs, d'un mot qu'on prononce également

Iroun, & *Iran* ; mot ancien, inventé par les *Tartares*, dont les *Perſans* modernes ſont originaires. Leur Hiſtoire porte que du tems du neuviéme Roi de *Perſe*, qui s'appelloit *Effraſiab*, l'Empire comprenoit, outre ce qu'il comprend aujourdhui, tous les Païs entre la *Mer Caſpienne* & la *Chine*, du côté du Septentrion & de l'Orient ; & que ce Monarque partagea par le Fleuve d'*Oxe* cet Empire ſans pareil, appellant ce qui eſt au Midi *Iran*, & ce qui eſt au Septentrion, *Touran*, comme qui diroit *au deçà du Fleuve*, & *au delà du Fleuve*. Ces noms d'*Iran*, & de *Touran*, ſe trouvent fréquemment dans les anciennes Hiſtoires de *Perſe* ; *Key Iran*, *Key Touran*, pour dire *Roi de Perſe*, & *Roi de Tartarie* ; *Irandoct* & *Tourandoct*, pour dire *les Reines de ces Païs-là* ; & encore à préſent, le Roi de *Perſe* eſt communément nommé *Padcha Iran*, & le Grand Viſir de *Perſe*, *Iran Medary*, *le Pole de la Perſe*.

C'eſt-là la dénomination moderne la plus ordinaire de ce Païs. Celle dont on ſe ſert le plus en ſecond lieu, c'eſt le terme de *Fars*, qui eſt le nom particulier de la Province, dont *Perſepole* étoit anciennement la ville Capitale, & qui a donné le nom à tout l'Empire, parce que, ſous la ſeconde race des Rois, cette Province étoit le Chef du Royaume, & le ſiege des Monarques. Ce mot de *Fars*, pour dire la *Perſe*, eſt très-ancien ; & les *Perſans* appellent encore l'*ancien Perſan*, duquel on ſe ſervoit avant le *Mahometiſme*, *Saboun Fours*, *la langue de Perſe*. Pluſieurs hommes doctes tirent l'étymologie de ce terme de celui de *Pherez*, qui en *Hebreu*, & en *Chaldaïque*, ſignifie *diviſer* ; parce, diſent-ils, que *Cyrus* diviſa l'Empire de *Babylone* entre les *Perſes* & les *Medes*, après en avoir fait la conquête : & que la *Perſe* en fut comme diviſée & ſeparée. Ils pourroient ajoûter qu'en *Perſan* ce mot a auſſi la même ſignification *fereſten*, *diviſer* ; mais les *Perſans* n'ont garde d'approuver cette Etymologie, qui donne l'anciennecté à l'Empire de *Babylone* par deſſus le leur ; eux qui tiennent au contraire, que la *Perſe* eſt le ſiege de la plus ancienne domination. Mais, quoi qu'il en ſoit, le mot de *Fars*, qui ſignifie *Cavalier* en *ancien Perſan*, comme en *Arabe*, d'où l'on appelle auſſi en *Perſan moderne*, un Ecuyer, *Faraſch*. Et ce qui me fait croire cette Etymologie la meilleure, c'eſt que tout le Royaume, & particulierement la Province qui porte le nom de *Perſe*, abonde en Chevaux, & en porte les plus beaux du monde, à ce qu'on croit en *Orient*.

Orient. Xenophon dit que *Cyrus* fut le premier qui rendit les *Perses* Cavaliers, ayant donné à la noblesse l'exemple d'aller toûjours à cheval, & l'ayant ordonné à tous ceux qui en auroient le moyen; & que cela devint si commun dans le Païs, qu'il n'y avoit plus que les gens de néant qui allassent à pied. Il ajoute, pour confirmer ce recit, qu'on apprennoit trois choses aux enfans en *Perse*, à dire la verité, à tirer de l'arc, & à monter à Cheval. C'est ce qui se pratique tout-à-fait aujourdhui à l'égard du troisieme point. Tout le monde va à cheval, jusqu'aux gens de boutique. Chacun a sa monture, & les chevaux sont très-communs dans le Païs. Jusques-là même, qu'avant le dernier siécle, il n'y avoit point d'*Infanterie* dans les armées *Persanes*. Toutes les troupes consistoient en *cavalerie*. Et il n'y a pas lieu de douter que ce ne soit de cette constante coûtume des *Perses*, d'être toûjours à cheval, que les *Grecs* ont formé leurs fables des *Centaures*, du *Sagitaire*, & de *Persée*.

Les *Arabes*, & les *Turcs* appellent les *Persans*, *Agem*, & la *Perse Agemestaan*, mot qui veut dire *Etranger*, & aussi *Barbare*. C'est pour dire que les *Persans*, quoi que *Mahometans*, doctes & zelés, ne sont pas descendus des *Arabes*, la source du *Mahometisme*, & des Sciences; dans le même sens que les *Grecs* appelloient les nations du monde *les Barbares*. Et c'est en ce sens que le *Grand Seigneur* se donne le titre de *Sultan Alarab ve Al-Agem*, pour dire toutes les nations du monde; & que l'on appelle un corps de garde de sa personne, *Agem Oglan*, *fils de Barbares*, pour dire qu'ils ne sont pas natifs de *Turquie*. Je ne ferai pas mention de tous les autres noms que les anciens Livres, & l'Ecriture sainte, entre les autres, donnent à la *Perse*, dont les uns sont des noms de Princes, ou Personnages notables, comme celui d'*Elam*; d'autres sont des noms de quelque Province du Royaume, comme *Cuth*; & les autres sont pris des villes les plus puissantes du Païs, dans ces anciens tems, où il n'y avoit gueres de villes, comme le nom d'*Erec*, ou *Arac*, qui se trouve au dixieme de la *Genese*, mot qui signifie *une ville habitée sur le bord de l'eau*. Les *Orientaux*, & entre les autres, les *Arabes* & les *Persans* appellent aujourdhui toute la *Perse Araken*, ou *Teraken* plurier d'*Arak*. Ils la divisent en deux parties, *Arak Arab*, & *Arak Agem*, comme qui diroit *les villes des Arabes*, & *les villes des Barbares*; & ces termes sont quelquefois employez pour distinguer la

Perse en *basse* & *haute*, celle-ci poussée jusqu'à l'*Indus*. Enfin on donne encore aujourdhui trois autres noms aux peuples *Persans*, savoir ceux de *Chia* & de *Raphesi*, quand on traite de leur Réligion, & celui de *Kesilbach*, en parlant de leurs conquêtes. Mais je ne m'y arrête pas davantage, parce que j'aurai occasion d'en traiter dans la suite.

Les *Géographes Persans* divisent l'Empire en vingt quatre Provinces, en comptant pour une le païs que les *Turcs* ont conquis sur la *Perse*, & qu'ils lui détiennent. Ils y font mention de cinq cens quarante quatre Places considerables, Bourgs murez, Villes, & Châteaux, & comptent en *Perse* quelque soixante mille villages, & quarante millions d'ames. Je traiterai aussi dans la suite, des Montagnes & des fleuves du Païs, dont je ne dirai maintenant que ceci. C'est qu'il n'y a pas de païs au monde, où il y ait plus de Montagnes & moins de Fleuves. Il n'y a aucun fleuve qui porte bâteau dans le cœur du Royaume, ni qui serve pour le transport d'une Province à l'autre; ceux que j'ai marquez comme bornes de l'Empire coulent sur les frontieres, sans entrer au dedans.

Le Païs de *Perse* est aride, sterile, montagneux, & peu habité. Je parle en general; la douzieme partie n'en est pas habitée & cultivée; & à deux lieuës loin des grandes villes, vous ne trouvez non plus d'habitations & de monde qu'à vingt lieües. C'est au *Midi* sur tout qu'il manque de peuple & de culture: & qu'il s'y trouve de grands deserts. La cause de cette sterilité n'est autre que le manque d'eau. L'on en manque dans la plus grande partie du Païs, où l'on est contraint de ramasser l'eau du Ciel, ou d'en chercher bien avant dans les entrailles de la terre. Car par tout où il y a de l'eau abondamment, le terroir est fertile & agréable. Cependant la *Perse* est un Païs de montagnes, comme je le viens de dire. Il y en a tant, que de grandes Provinces en sont toutes pleines, comme celle qui est à l'*Orient*, qu'on appelle à cause de cela, *Koubeston*, c'est-à-dire *païs de Montagnes*. C'est dans la *Perse* que sont les plus hautes Montagnes de l'Univers. Le mont *Taurus*, qui traverse le Royaume d'un bout à l'autre, a des pointes dont on ne voit point le sommet, à cause de leur immense hauteur. Les plus hauts endroits de ces Montagnes sont les monts d'*Ararat*, en la *haute Armenie*: la chaine de Montagnes qui separe la *Medie* de l'*Hircanie*, celle qu'il y a entre l'*Hircanie* & le païs des *Parthes*, & particu-

A 3   lierement

lierement le mont *Damavend*; les montagnes qui séparent la *Chaldée*, de l'*Arabie*; celles qu'il y a entre la *Perse* & la *Caramanie*, dont l'endroit le plus fameux est le *Mont Jaron*. L'un des grands défauts de ces montagnes, c'est qu'elles sont seiches & arides; j'entends en général; car il y a des endroits où les montagnes ne sont que de bois, comme est le *Kourdeston*, dont la plus grande partie est nommée aussi, à cause de cela, *Genguelha*, c'est-à-dire *païs de bois*. Mais pour une Montagne que vous trouvez chargée de bois, il y en a trois qui ne portent rien du tout. Comme je viens de rapporter la cause de la sterillité de la plus grande partie de la *Perse*, au défaut d'eau; & que dans la suite on pourra observer que je dis que les *Persans* se servent pour l'irrigation de l'eau de canaux souterrains, qu'ils creusent dans tous les païs généralement, & où ils ne manquent point de trouver de l'eau; je suis bien aise de m'expliquer, pour éviter toute apparence de contradiction; car tout ce que je dis là-dessus est vrai. L'eau fait la fertilité en *Perse*, par tout où il y en a, & l'on en a, généralement parlant, partout où l'on en cherche sous terre. Mais il n'y a pas assez de peuple par tout pour en chercher & pour en puiser suffisamment; ainsi le manque de peuple dans la Perse ne vient pas précisément de sa sterilité, mais c'est le manque de peuple qui fait qu'elle est sterile; de la même maniere que la plûpart des Païs de l'Empire *Ottoman*, qui quoi qu'ils soient d'eux-mêmes, & par leur nature, les meilleurs & les plus beaux païs de la terre, vous les voyez néanmoins secs comme des landes, faute de peuple. Pour ce qui est de la cause du manque de peuple dans ces grands païs, elle est aisée à comprendre. C'est d'un côté l'étendue démesurée des Monarchies, & de l'autre le Gouvernement arbitraire qu'on y exerce. Les peuples conquis, ne pouvant supporter d'être gouvernez suivant le caprice d'un étranger, au lieu qu'ils s'étoient auparavant par des Loix constantes émanées de leur constitution, ils secouoient le joug dès que le Conquerant étoit à deux ou trois cens lieuës d'eux. On s'est avisé pour les contenir d'en exterminer la meilleure partie, & de transporter l'autre en des climats éloignez & differens où elle perit peu à peu comme une plante étrangere. C'est ce qu'ont fait les *Persans*, de même que les *Turcs*, dans ces derniers siécles. On remarque déja aux *Indes*, qui est un païs admirablement riche, fertile, & peuplé, l'effet de cette funeste politique;

car à mesure que le *Grand Mogol* étend son Empire par la conquête des Royaumes & des Principautez des *Indes*, le peuple diminuë, & en même tems l'abondance & les richesses. On peut ajoûter à cette raison politique, quelques raisons naturelles de la dépopulation de la *Perse*, & ces trois entre les autres. L'une, le malheureux penchant des *Persans* au péché abominable contre nature, avec l'un & l'autre sexe. L'autre la luxure immoderée du païs. Les femmes y commencent de bonne heure à faire des enfans, mais elles ne continuent pas long-tems; & dès l'âge de trente ans se comptent pour vieilles, & hors d'âge. Les hommes commencent aussi trop jeunes à voir les femmes, & avec tant d'excès, que quoi qu'ils en ayent plusieurs, ils n'en ont pas pour cela plus d'enfant. Il arrive encore que beaucoup de femmes se font avorter, & prennent des remédes pour ne pas devenir grosses, parce que dès qu'elles sont à trois ou quatre mois de grossesse, leurs maris s'attachent à d'autres, tenant pour turpitude, ou indecence, de coucher avec une femme avancée dans son terme. La troisiéme raison, est qu'il passe depuis un siécle beaucoup de *Persans* aux *Indes*, & des familles entiéres. Comme ils sont mieux faits, plus savans, & plus polis, sans comparaison, que les *Mahometans Indiens*, qui sont descendans des *Tartares* du païs de *Tamerlan*, ils s'avancent tous aux *Indes*. Les Cours des Rois *Indiens Mahometans* en sont toutes pleines, & particuliérement celle de *Colconde* & de *Visapour*. Dès que quelqu'un y est bien établi, il y appelle sa famille, & ses amis, qui vont volontiers où la fortune les invite, sur tout dans un païs qui est le plus abondant du monde, où l'habillement & la nourriture sont à meilleur marché que par tout ailleurs. On ne s'est point encore avisé en *Orient* de défendre la sortie aux sujets: on laisse chacun aller où bon lui semble, il ne faut point de passeport pour s'en aller librement hors du Royaume. On verra même, dans la suite de cet Ouvrage, que lors qu'on charge trop les Païsans en quelque endroit, ils vont crier en foule à la porte des Gouverneurs, & à la porte du Roi même, qu'ils abandonneront le païs s'ils ne sont soulagez.

CHAPITRE II.

Du Climat & de l'Air.

JE commencerai ce Chapitre par cette remarque, qu'il n'y a peut-être rien de plus recon-

reconnoiſſable aujourdhui dans les écrits des Anciens, que ce que *Xenophon* fait dire au jeune *Cyrus: Le Royaume de mon Pere eſt ſi grand, qu'on ne peut durer du froid à un bout, ni du chaud à l'autre.* En effet, on peut dire que l'Hiver & l'Eté ſe trouvent en *Perſe* tout à même tems; puis que d'un côté, comme au *Midi*, il n'y a point d'hiver, & qu'au bout oppoſé au contraire, il y a peu d'Eté. Comme ce Royaume eſt ſi vaſte, il eſt aiſé de s'imaginer que l'air y eſt different, ſuivant la ſituation de chaque païs. Il eſt froid juſqu'à *Chiras*, qui eſt la ville capitale de la Province de *Perſe*: & il eſt chaud depuis cette ville-là juſqu'au bout du Royaume du côté du *Midi*. Il eſt ſec, par tout où il eſt froid; mais il n'eſt pas ſec de même, par tout où il eſt chaud. Il eſt chaud & ſec tout le long du *Golphe Perſique*, à prendre de la *Caramanie*, juſqu'au fleuve *Indus*. Et dans ces Regions-là, il y a des endroits où la chaleur eſt étouffante, & inſupportable, à ceux même qui y ſont nez, & qui n'en ſont jamais ſortis. Il leur faut quitter leurs maiſons durant les quatre mois chauds de l'année, & ſe retirer vers les Montagnes. Et dans ce tems-là ceux qui pour leur malheur ſont obligez de voyager en ces Païs brulans, trouvent les Villages deſerts, excepté ſeulement quelques pauvres & miſerables Créatures qu'on laiſſe pour en prendre ſoin, & ceux qui ſont les Archers des Prévôts. L'Air eſt non ſeulement chaud inſupportablement dans les contrées maritimes, mais il eſt auſſi très-mal ſain: & les gens qui n'y ſont pas accoûtumez, ne manquent gueres de tomber malades de ce mauvais Air, dès qu'il vient à être ainſi échaufé, & la plûpart à en mourir. Je ſai tout cela par ma propre expérience, m'étant trouvé pris de ce mauvais air, pour ne m'en être pas un peu retiré avant le mois de Mai; & en ayant été long-tems malade. Les endroits où l'on ſe retire ſont des vallées, des montagnes, & des bois de *Dattiers*; mais on ne tient pas que ces bois-là ſoient fort ſains.

L'air chaud de *Perſe* eſt encore plus mauvais, où il eſt mêlé d'humidité, comme le long de la *Mer Caſpienne*, & particuliérement en cette partie qu'on croit être l'ancienne *Comiſene*, & qu'on appelle *Mazenderan*, qui a beaucoup de rapport avec le Climat de nôtre *Europe*. C'eſt à la verité un païs admirable que cet endroit-là, depuis Octobre juſqu'en Mai. Je m'y ſuis trouvé au mois de Février, & j'y étois comme enchanté; car tout le païs n'étoit qu'un vrai jardin, ou un Paradis, comme les *Perſans* l'appellent. Les levées, & les grand chemins, paroiſſent des allées d'Orangers qui bordent des parterres. J'y trouvois auſſi des fruits excellens de l'eſpece des nôtres de l'*Europe*, de fort bon vin, force gibier, & ſur tout du ſanglier le meilleur du monde. Mais en regardant les habitans au teint, & à la contenance, je connus aiſément que c'eſt-là le plus mauvais Air de la terre, car le peuple y eſt plus jaune, plus défait, & plus languiſſant, que je ne l'ai vu en aucune autre part. Ce païs de *Mezenderan* étoit preſque un deſert à cauſe du mauvais air avant *Abas le Grand*; mais ce Prince, grand Conquerant, & grand Politique, y tranſporta un prodigieux peuple de l'*Armenie* & de la *Georgie*, tant pour dépeupler ces païs, où les *Turcs* revenoient tous les ans ſe camper, pour lui faire la guerre, que parce qu'il croyoit ce terroir de plus grand rapport, voyant, entre les autres choſes, les vers à ſoye y venir ſi bien. Sa Mere, qui étoit de *Mezenderan*, d'où par conſequent le Roi étoit originaire, le ſollicitoit d'ailleurs à repeupler ſon païs natal. Il y tranſporta trente mille familles de Chrétiens, s'imaginant qu'ils multiplieroient parfaitement bien. *C'eſt*, diſoit-il, *un vrai païs pour les Chrétiens. Il eſt abondant en vin & en cochon, comme il leur faut. Ils aiment à aller à la mer, ils trafiqueront avec les Moſcovites, leurs freres, par la Mer Caſpienne.* Abas fit bâtir des villes en ce païs-là, & des Palais magnifiques; tout cela pour encourager cette Peuplade, mais la malignité de l'air ſi oppoſée à ſes ſoins, & à ſes projets, que lors que j'étois en *Mazenderan* avec la Cour il y a quelque quarante ans, le nombre des Chrétiens étoit reduit à quatre cens familles, de trente mille qu'il étoit auparavant, à ce qu'on m'aſſuroit. L'Evêque de *Ferhabad*, bon vieux Prêtre *Armenien*, qui ſavoit aſſez bien ce païs-là, me diſoit ſouvent, que n'étoit la fecondité de la terre qui attire du peuple des environs, le païs ſeroit deſert par la malignité de l'air; car dès la fin d'Avril il faut ſe retirer dans les montagnes qui ſont à vingt cinq ou trente lieuës loin, & laiſſer les rivages, à cauſe de la chaleur inſupportable, qui deſſeiche même les gros ruiſſeaux; en ſorte qu'il n'y a durant l'Eté que la plus méchante eau de la terre. J'y trouvois durant mon ſéjour l'humidité ſi grande, qu'en mettant un drap à l'air la nuit, il dégoûtoit le matin, ſans qu'il eût tombé de pluye. J'ajoûte à cette Deſcription, qu'on trouve l'air de tout le rivage de la *Mer Caſpienne* ſi mal faiſant, qu'on
tient

tient pour une difgrace d'y être envoyé en commiffion. Et quand le Roi fait un homme de quelque réputation Gouverneur du *Guilan*, qui en eft la plus confiderable & la plus riche partie, ou Intendant, on fe demande les uns aux autres, *A-t-il tué, ou volé, qu'on l'envoye Gouverneur du Guilan?* La rouille y eft fi foudaine & fi active, que j'ai vû mes armes rouillées quatre heures après qu'on les avoit huilées & nettoyées. Auffi les peuples du païs ne portent-ils gueres d'autres armes que des haches, parce que la rouille attache les épées au fourreau, & parce que les arcs font trop mols & trop laches. Sur quoi l'on fait un conte, qu'un Courrier arrivant un jour de *Mezenderan* à *Ifpahan*, armé d'un arc & d'un fabre, un jeune Seigneur, qui étoit à la Cour, comme il arrivoit, s'étant mis à prendre l'arc du courrier pour l'effayer, comme c'eft affez la façon, il le trouva fi mol, qu'il lui dit en riant: *Qu'eft ceci, Monfieur le Courrier, vous avez un arc qu'un enfant banderoit?* Cela peut être, Seigneur, répondit-il, *mais fi vous êtes fi fort tirez mon fabre.* Il vouloit dire que l'humidité qui avoit amoli la corde de fon arc, avoit enrouillé fon épée dans le fourreau.

Cependant comme il n'y a que les Païs le long de la *Mer Cafpienne*, où l'air foit ainfi humide, & qu'il eft prefque par tout ailleurs fec au plus haut degré, on peut dire en général que l'air de *Perfe* eft fec : fa feichereffe provenant du peu de Fleuves, & du peu de Lacs, qu'il y a dans la vafte étendue du Royaume ; & l'on peut dire pareillement, que cet air là eft bon & pur. Il eft tel dans tout le dedans du Royaume, comme cela fe voit au beau teint, & à la corpulence des habitans, qui font forts & robuftes, d'un fang pur, & jouïffant pour la plûpart d'une fanté affez conftante. Quant à fes frontieres, il n'y a que les Païs dont je viens de parler qui foient mal fains, & où l'air foit contagieux durant la chaleur.

L'air étant fec, comme je le viens de dire, il s'enfuit qu'il n'y a pas beaucoup de pluye en *Perfe*. Elle y eft fort rare, fur tout l'Eté, dans le cœur du Royaume ; & alors vous ne voyez pas même un petit nuage en l'air : c'eft une ferenité admirable. Mettez y le foir une feuille de papier à l'air, vous la trouverez le lendemain feche comme vous l'avez mife. Les feuilles des arbres, ni l'herbe de la terre, n'ont pas la moindre moiteur. On remarque en quelques contrées, comme en celle de *Liourefton*, dont *Hamadan*, qui eft l'ancienne *Sufe*, eft la ville Capitale, que même la fueur

eft reprimée, & retenuë, par cette feichereffe, au lieu qu'à *Babylone*, & dans la *Caramanie*, elle coule du corps comme l'eau qui fortiroit par un crible. On remarque encore là-deffus deux effets naturels fort differents, mais également furprenans. Le premier, que dans les Provinces que je viens de nommer, & en plufieurs autres, quoi que l'air foit déchargé de tout nuage durant l'Eté, il fe leve le foir des vents qui rafraichiffent l'air, & qui durent jufqu'à une heure & demie de Soleil levé, & qui d'ordinaire font fi frais durant la nuit, qu'il faut mettre une groffe robe par foi. Le fecond effet, eft qu'encore que dans les autres faifons de l'année, les vents ceffent, de forte qu'il n'en fait point qui foient fenfibles, vous voyez néanmoins l'air chargé de gros nuages qui paffent doucement d'Occident en Orient, fans qu'il faffe de vent qui les chaffe ; ce qui fait juger que leur impulfion vient d'une autre caufe. C'eft une beauté que celle de l'air de *Perfe*, que je ne faurois oublier, ni taire. On diroit que le Ciel y eft plus élevé & d'une autre couleur que dans nos épais climats de l'*Europe*. Et dans ces païs-là, cette bonté de l'air répand fur toute la nature, fur fes productions, & fur les Ouvrages de l'Art, un éclat, une folidité, une durée nompareille, fans parler de la ferenité que cet air répand auffi dans la conftitution du corps, & dans la difpofition de l'Efprit, dequoi j'aurai occafion de parler encore dans la fuite. J'ajoûterai feulement ici une autre remarque, pour faire connoître fenfiblement la bonté & la pureté de l'air de *Perfe*. C'eft qu'en la plûpart du païs, & à *Ifpahan*, entre les autres, on n'a que faire de boucher les bouteilles, crainte que le vin ne s'évente. On vous les fert avec une fleur, comme un œuillet ou une rofe, dans le goulot, à la place du bouchon, qu'on ne remet même plus deffus, quand une fois l'on en a verfé. Cependant un refte de bouteille qui a été vingt quatre heures débouchée & éventée, eft fi peu altéré, qu'on ne le connoit pas.

Les variations communes du tems ou des faifons, à parler en général, & fur tout pour le cœur du Royaume, font de cette forte. L'hiver commence en Novembre, & dure jufqu'en Mars rude & violent, avec des glaces & des neiges ; qui tombent à gros flocons dans les montagnes, mais qui ne tombent pas tant au païs plain & uni. Il y a des montagnes à trois journées d'*Ifpahan*, du côté de l'*Occident*, où la neige dure huit mois

de

de l'année. On dit qu'il se trouve dans la neige des vers blancs, gros comme le petit doit, qui se remuent vivement sur le dessus, & qui, si on les écrase, sont encore plus froids que la neige. Depuis le mois de Mars, jusqu'à celui de Mai, il régne des vents forts, dont l'arrivée est une marque certaine que l'Hiver est tout passé. De Mai en Septembre l'air est serain, rafraichi par les vents qui souflent la nuit, le soir, & le matin; & de Septembre, à Novembre, il fait des vents comme au Printems. Il faut observer ici, qu'en Eté, dans le païs dont nous parlons, les nuits sont d'environ dix heures, & qu'il y a peu de crépuscules; ce qui joint à la fraicheur constante des nuits, modere la grande ardeur qu'il fait durant le jour: de maniére qu'à l'égard de la chaleur, j'aimerois encore mieux passer l'Eté à Ispahan qu'à Paris. Car s'il fait plus chaud à Ispahan le jour, le jour y est bien plus court aussi. On y a divers remedes contre le chaud, & la nuit y est toûjours fort fraiche, au lieu qu'à Paris on a souvent des nuits d'une chaleur étoufée. J'ai vû dans des jours d'Eté à Paris le Soleil & l'air si ardens, depuis midi, jusqu'à trois heures, que nous convenions, feu Mr. Bernier, mon Illustre ami, & moi, qu'il ne faisoit pas plus chaud à Ispahan, ni aux Indes: Je parlerai plus amplement de l'air de cette Capitale de Perse dans la suite de cet Ouvrage, lors que j'en ferai la Description particuliere. Je dirai seulement de plus en cet endroit, que l'air y est sec au dernier degré, à quoi je ne sai s'il ne faut point imputer ce qu'on y voit à toute heure, que les corps morts, tant des bêtes, que des hommes, s'enflent une heure après la mort, de la moitié de la grosseur naturelle; &, ce qui est bien d'une autre conséquence, que la fin de presque toutes les maladies, est une enflure de jambes douloureuse, & qui est assez de tems à se passer.

La Perse n'est guére exposée aux foudres, ni aux tremblemens de terre. Il y a peu de tonnerres, & peu d'éclairs, & de ces autres méteores dont les vapeurs font la matiere, parce que l'air du Païs est sec, comme je l'ai déja dit. Il s'y forme des grêles durant le Printems seulement : & comme dès-lors les moissons sont fort avancées en plusieurs endroits, ces orages-là en font un fort grand dégât. L'on ne manque jamais d'en être informé au lieu où est la Cour; car on envoye des Païs ainsi desolez par la grêle, des Députez aux Ministres, pour demander des rabais des impôts, & ces Députez font toûjours le

mal plus grand qu'il n'est. Quant aux tremblemens de terre, ils sont très-rares en Perse. J'excepte toûjours l'Hyrcanie, car il y arrive au contraire des tremblemens de terre furieux, sur tout durant le Printems; mais qui ne font qu'épouvanter, & qui n'ont gueres d'effets funestes. Pour les autres Phenomenes ils sont pareillement assez rares en Perse, particuliérement les Iris, parce que la matiere aqueuse n'y est pas assez abondante. On voit la nuit, durant l'Eté, comme des verges & rayons qui percent l'obscurité, & comme des étoiles qui tombent. Ces sortes d'exhalaisons, comme de petites fusées fort enflammées, tombent tantôt droit, tantôt obliquement, & semblent laisser après elles de petites fumées, ou vapeurs noires, qui peût-être ne sont seulement que des Halo autour de la Lune, & de principales Planetes, que les yeux trompez croyent être une fumée. J'ajoûte que la serenité de l'air est si grande en Perse, que les Etoiles seules donnent la nuit assez de clarté pour se reconnoître, & pour se conduire.

Les vents de Perse ne montent jamais au degré des Ouracans, & sont rarement tempétueux; mais d'une autre part il y en a de mortels le long du Golphe de Perse. On appelle ce vent pestiferé, Bad-samoum, c'est-à-dire, Vent de poison; mais sur les lieux même on l'appelle Samyel, mot composé d'yel, vent en Turquesque, & de sam, qui signifie poison en Arabe. Il se leve seulement entre le quinziéme Juin & le quinziéme Août, qui est le tems de l'excessive chaleur le long de ce Golphe : ce vent est sifflant avec grand bruit : paroît rouge & enflammé; & tue les gens qu'il frappe, par une maniere d'étouffement, sur tout quand c'est de jour. Son effet le plus surprenant n'est pas même la mort qu'il cause; c'est que les corps qui en meurent, sont comme dissous, sans perdre pourtant leur figure, ni même leur couleur, en sorte qu'on diroit qu'ils ne sont qu'endormis quoi qu'ils soient morts, & que si on les prend quelque part à la piéce en demeure à la main. L'an 1674. un chatir, ou valet de pied, nommé Mahamet Aly, qui m'avoit servi, revenant de Basra à Ormus, durant le tems de ce vent mortel, chargé d'un paquet de Lettres, trouva un autre valet de pied de sa connoissance, aussi chargé de Lettres, qui étoit étendu le long du chemin. Il crut qu'il dormoit, & le tira par le bras pour l'éveiller. Il fut bien étonné que le bras lui demeura à la main, & que l'ayant touché ensuite en d'autres endroits, ses mains enfon-

Tome II.   B   çoient coïent par tout comme dans la poussiere. L'an 1675. au mois de Mai, une petite escadre Portugaise étant venue au port de *Congue*, à trois journées d'*Ormus*, pour se faire payer des droits que les Portugais prétendoient leur être dûs, elle arrêta des vaisseaux qui revenoient de la *Mecque*, chargez de passagers Persans, & les retint jusqu'au mois de Juillet, auquel tems ces pauvres gens se hâtant de s'enfuïr du méchant air de ce païs-là, ils furent envelopez de ce vent par le chemin, & plusieurs en moururent, de la maniere que je viens de dire. Lors qu'on sent ce méchant vent, qui se leve avec vehemence comme un tourbillon, il faut promptement s'envelopper la tête, & se jetter en terre sur le ventre, & la face pressée contre la poussiere jusqu'à ce que le tourbillon soit passé ; ce qu'on dit qui est fait dans un quart d'heure.

CHAPITRE III.

Du Terroir.

IL faut dire du terroir de *Perse* ce que j'ai dit de l'air. Ce Royaume étant un petit monde pour sa grandeur, dont en même tems une partie est brûlée par l'ardeur du Soleil, & l'autre gelée de froid ; il n'est pas possible qu'il n'y ait d'étranges varietez dans la nature du terroir. Mais à parler en général, la *Perse* est un païs sterile, comme je l'ai observé : la dixiéme partie n'en est pas cultivée. J'ai remarqué encore ci-devant, que la *Perse* est le Païs du monde le plus montueux, & dont les montagnes sont les plus steriles, & les plus arides, n'étant la plûpart que des rochers secs, sans bois & sans herbes. Mais entre les montagnes il y a deçà & delà des vallons, & des plaines, qui sont plus ou moins fertiles, & plus ou moins agréables, suivant la situation & le climat. Le terroir est sablonneux, & pierreux, en des endroits. En d'autres, il est argilleux, pesant, & dur comme la pierre. Mais, soit aux uns, soit aux autres, il est si sec, que si l'on n'arrosoit pas les terres, elles ne produiroient rien, pas même de l'herbe. Ce n'est pas tout-à-fait manque de pluye, mais c'est qu'il n'y en a pas assez. Il ne pleut presque point du tout en Eté : & l'Hiver, le Soleil est si chaud, & si désseichant, durant les cinq ou six heures qu'il est le plus haut sur l'horison, qu'il faut arroser la terre de fois à autre. Mais au contraire on peut dire, que partout où on peut arroser les terres, elles produisent abondamment. Ainsi, c'est le peu d'eau qui cause la sterilité. Et après tout, c'est aussi le défaut d'habitans, comme je l'ai déja remarqué, n'y en ayant pas dans cet Empire la vingtiéme partie, de ce qu'il y en tiendroit à l'aise. On se trouve étrangement surpris en *Perse*, lors qu'on y apporte les idées que la lecture des anciens Auteurs en donne, particulierement *Arian*, & *Quinte-Curce* ; car à lire leurs recits touchant le Luxe, la Mollesse, & les Thrésors des Perses ; on s'imagine que c'est un Païs tout d'or, & où les commoditez de la vie se doivent trouver dans la plus grande abondance, & au plus vil prix. Mais lors qu'on y est, on le trouve tout autrement. Cependant, il n'y a pas de doute que la *Perse* n'ait été un Païs des plus opulens, & des plus somptueux, comme ces Auteurs le raportent, puis que l'Ecriture Sainte elle-même le confirme. Comment accorder cette contrarieté visible ? Je le ferai sans peine, en rapportant les deux causes, que je trouve ; de ce changement si étrange. La premiére vient de la difference de la Religion, & la seconde de la difference du Gouvernement. La Religion des anciens *Perses*, qui étoient *Ignicoles*, ou *adorateurs du feu*, les engageoit à cultiver la terre ; car suivant leurs maximes, c'étoit une action pieuse & méritoire de planter un arbre, de défricher un champ, de faire produire quelque fruit à une terre sterile, au lieu que la Philosophie des *Mahometans* tend seulement à joüir des choses du monde pendant qu'on y est, sans s'en soucier davantage que d'un grand chemin par où l'on a bien-tôt passé. Le Gouvernement de ces anciens Peuples-là étoit aussi plus juste, & plus égal. Le droit de la propriété des terres, ou des autres biens, y étoit sûr & sacré ; mais à présent le Gouvernement est despotique, & absolument arbitraire. Ce qui me fait croire aussi, que tout ce que je lis de la *Perse* dans ces anciens tems-là, est vrai, & qu'elle étoit incomparablement plus fertile, & plus peuplée qu'elle ne l'est à présent, c'est ce que nous y avons vû arriver depuis six-vingts ans, à commencer du régne d'*Abas le Grand*. C'étoit un Prince équitable, & qui tendoit uniquement à rendre son Royaume florissant, & son peuple heureux. Il trouva son Empire délabré & usurpé, & pour la plus grande partie, apauvri & saccagé. Mais on auroit peine à croire ce que son bon Gouvernement fit par tout. Et pour n'en raporter qu'une preuve, il amena en la ville Capitale une Colonie d'*Armeniens*, gens laborieux & industrieux, qui n'avoient rien au

mon-

monde en y arrivant ; mais qui au bout de trente ans devinrent si puissamment riches, qu'il y avoit plus de soixante Marchands entr'eux, qui possedoient chacun depuis cent mille écus jusqu'à deux millions de bien, tant en argent, qu'en marchandises. Dès que ce grand & bon Prince eut cessé de vivre, la *Perse* cessa de prosperer. Le peuple se mit peu à peu à passer aux *Indes* durant les deux régnes suivans, & enfin au régne de *Soliman*, qui a commencé en 1667. la richesse & l'abondance se trouverent diminuées dans un grand excès. J'arrivai la premiere fois en *Perse* en 1665. du tems d'*Abas second*, & j'en partis pour la derniere fois l'an 1677. sous *Soliman*, son fils. Les richesses en paroissoient diminuées de la moitié, d'un tems à l'autre, dans cet intervalle de douze ans seulement. La monnoye même étoit alterée. On n'y voyoit plus de bon argent. Les Grands apauvris écorchoient par tout le peuple, pour avoir leur bien. Le peuple pour se garantir de l'oppression des Grands, étoit devenu excessivement fourbe & trompeur ; & de là toutes les mauvaises voyes s'introduisirent dans le commerce. L'on n'a que trop d'exemples par toute la terre que la fertilité même du terroir, ainsi que l'abondance d'un Païs, dépend du bon ordre d'un Gouvernement juste, moderé, & selon les Loix. Si la *Perse* étoit habitée par des *Turcs*, qui sont encore plus faineants, & plus détachés du soin des choses de la vie, que les *Persans*, & fort durs dans leur Gouvernement, elle deviendroit encore plus sterile qu'elle n'est ; comme au contraire, si elle étoit dans les mains des *Armeniens*, ou de ceux qu'on nomme *Ignicoles*, on y verroit bien-tôt reparoître l'ancienne splendeur.

Pour revenir au terroir de *Perse*, il ne laisse pas avec tous ses défauts d'être en plusieurs endroits aussi bon que tout autre ; comme par exemple en *Armenie*, en *Medie*, en *Iberie*, en *Hircanie*, en *Bactriane*, qu'on appelle à present les *Provinces de Corasson*, & de *Candahar*, au Païs de *Kourestoon*, qui est entre la *Perside*, & l'*Arabie*. L'an 1669. que j'étois en cette Province-là, on comptoit à mes valets dans l'hôtellerie l'orge à un denier & demi la livre, le pain à quatre deniers, le bon mouton à un sol ; les poulets à deux sols six deniers, les grosses poules à quatre sols. On peut juger ce que tout cela valoit chez le païsan. Cependant, on dit qu'on a les denrées encore à moitié moins à *Candahar* ; mais à l'opposite, les bords du *Sein Persique*, & la *Caramanie* deserte, sont plus steriles ; le bê-

tail y est plus rare, & tout coûte plus de peine à faire venir.

CHAPITRE IV.

Des Arbres, des Plantes, & des Drogues.

JE traiterai dans le chapitre suivant des Arbres, qu'on appelle communément *Arbres fruitiers*. Pour ce qui est des autres, les Arbres les plus communs en *Perse*, sont le *Platane*, le *Saule*, le *Sapin*, le *Cornouillier*, que les *Arabes* appellent *Seder*, & les *Persans*, *Conar*, d'où est apparemment venu le mot Latin de *Cornus*, qu'on lui donne, duquel nous avons formé celui de *Cornouillier*. Les *Persans* tiennent que le *Platane* a une vertu naturelle contre la *Peste*, & contre toute autre infection de l'air : & ils assurent qu'il n'y a plus eu de contagion à *Ispahan*, leur capitale, depuis qu'on en a planté par tout, comme on a fait dans les ruës, & dans les jardins. Plusieurs autres villes de *Perse* en sont aussi toutes plantées, & particulierement celle de *Chiras*.

L'arbre qui porte la noix de gâlle est commun en plusieurs endroits de la Perse, mais particulierement dans la Province de Coureston. On y trouve en suite

Les Arbres, qui portent les *Gommes*, les *Mastics*, & l'*Encens*, se trouvent en grande quantité en plusieurs endroits du païs. L'arbre de l'*Encens*, qui ressemble à un grand *Poirier*, croît particulierement dans la *Caramanie deserte*, sur des montagnes. Vous y avez aussi, & en plusieurs autres endroits, l'arbre de *Therebinthe*, l'*Amandier*, ou le *Châtaignier sauvage*.

L'arbre qui porte la *Manne* se trouve-là aussi. Il y a de plusieurs sortes de *Manne* en *Perse*. La meilleure est jaunâtre, à gros grain, & vient de *Nichapour*, contrée de la *Bactriane*. Il y en a une autre qu'on appelle *Manne de Tamarisc*, parce que l'arbre dont elle distille s'appelle *Tamarisc*. Il croît en abondance dans la *Province de Soufiane*, & particulierement autour de *Daurac*, place du *Sein Persique*, qui est l'*Araca* de *Ptolomée*. La troisiéme sorte de *Manné*, que j'ai observée, est liquide. On la recueille autour d'*Ispahan*, sur une sorte d'Arbres, plus grands que le *Tamarisc*, dont l'écorce est polie & luisante. Les feuilles de cet arbre distillent en été cette *Manne liquide*, qu'on prétend qui n'est point une rosée, mais la sueur de l'arbre congelée sur la feuille. Vous en voyez le matin la ter-

re

re qui est au dessus toute grasse. On l'employe dans les remedes comme la *Manne de Tamarisc* : & elle est aussi douce que les autres.

Il y a deux sortes d'Arbrisseaux en *Perse* qui sont fort remarquables pour leurs funestes proprietez. Ils croissent l'un & l'autre dans la *Caramanie deserte*, vers le *Sein Persique*. Le premier s'appelle *Gulbad samour*, c'est-à-dire *fleur qui empoisonne le vent*. Les *Arabes* l'appellent *Chark*. Il porte des manieres de *Lambruches*, pleines d'un lait acre & piquant, aussi épais que de la crême. On assure que dans les endroits où il y a beaucoup de ces arbrisseaux, le vent durant la plus grande chaleur, passant par dessus ces arbres, prend une qualité mortelle & qui tue ceux qui le respirent, ou qui en sont rudement frapez. L'autre Arbrisseau s'appelle *Kerzébré*, nom qui signifie *fiel d'Ane*, ou *poison d'Ane*, & que l'on donne à tout ce qu'il y a d'amer ou de mortel, parce que l'Ane a la santé la plus vigoureuse, à ce qu'on prétend en *Orient*, ou parce que les Anes & les autres animaux domestiques qui mangent en quelque quantité de ce que cet arbrisseau porte, en meurent en peu de tems. On dit que l'eau qui en a lavé le tronc, est aussi mortelle. Il a le tronc gros comme la jambe, & les tiges pas si grosses que le bras, s'élevant ordinairement à la hauteur de six pieds. L'Ecorce, qui est assez épaisse, est verdâtre, les feuilles sont plûtôt rondes, qu'ovales, avec une pointe au bout. Cet Arbre porte des fleurs presque semblables aux *Roses simples*, qui sont de couleur de chair, comme celles du *Laurier-rose*; qui est, comme je crois, la raison pour laquelle les *Grecs* ont donné à cet Arbre le nom de *Rhododendron*. Les *Arabes* l'appellent comme les *Persans*, *fiel d'âne* & aussi *de felly*. On dit que c'est le *Nerium* des Herboristes, qu'on appelle en François *Rosage*; dont il est traitté dans tous les *Herbiers* de nos païs.

Les Herbages viennent fort bien en *Perse*, particulierement ceux que nous appellons les *herbes fines*, qui y ont une merveilleuse odeur. Les Racines & les Legumes, les laitues Romaines y croissent plus larges & plus blanches & plus douces qu'en païs du monde. On les mange crües, comme les fruits, sans y trouver aucune acreté. Les *Europeans* ont experimenté que les Legumes de nos Païs viennent en *Perse* à merveille, & assurément les *Persans* en auroient en plus grand nombre & de meilleurs que nous, si leur Religion les portoit à les cultiver, comme dans les Païs où

la chair est interdite tant de jours de l'année.

La *Perse* est un vrai païs de Drogues Médecinales. Outre la *Manne*, qui y vient, comme j'ai dit, il y croit de la *Casse*, du *Séné*, de la *Reguelisse*, de laquelle presque tous les champs sont couverts, & du *Fœnu Grecum*. On appelle ce simple *Kambalec*, qui est le nom *Persan* de la grande *Tartarie*, parce qu'on dit qu'il en vient originairement. La *Noix vomique* croît aussi presque par tout de la grandeur d'une piéce de cinq sols, & de l'épaisseur de deux écus, couverte d'une peau fort unie. La *Gomme Ammoniac* que les *Persans* appellent *ousciac*, est en abondance sur les Confins de la *Parthide* au Midi. On la tire d'une plante, qui ressemble à la carde d'*Artichaud*. Il y a en ces mêmes endroits, & dans tout le territoire d'*Ispahan*, une plante que nous ne connoissons point en *Europe*, & qui ressemble aux *Cardons d'Espagne*. On l'appelle *livas*. Le goût en est aigrelet, & fort agréable. On la sert crüe au Printems, qui est sa saison. Les *Herboristes* Persans l'appellent *Rivendayvoni*, comme qui diroit *Rhubarbe de Cheval*, parce qu'on s'en sert pour purger les animaux. On tient effectivement que c'est une *Rhubarbe* bâtarde, & le *rubus Arabicus* de nos Herboristes. La *Rhubarbe* croît dans le *Corasson*, qui est l'ancienne *Sogdiane*. La meilleure vient du Païs des *Tartares Orientaux*, qui sont entre la *Mer Caspienne* & la *Chine*. L'une & l'autre est appellée *Rivend tchini*, *Rhubarbe de la Chine*. On mange la *Rhubarbe* en *Corasson* comme nous faisons les *Beteraves*: & aussi elle croît de même.

Les autres Plantes remarquables de *Perse*, sont premiérement le *Pavot*. Bien qu'il croisse des *Pavots* en beaucoup d'autres païs, néanmoins ils ne rendent nulle part autant de suc comme en *Perse*, ni si fort. Cette Plante est haute de quatre pieds. Ses feuilles sont fort blanches. Elle est meure au mois de Juin, & alors on en tire le suc. L'incision se fait à la tête, & par superstition, les *Persans* y font toûjours douze incisions en mémoire des douze *Imans*, trois incisions l'une près de l'autre, & à la fois, avec une petite serpe à trois branches, comme des dents de peigne: Il en sort une viscosité, ou humeur épaisse, qu'on va ramasser au point du jour, avant que le Soleil donne dessus, & qui est si forte, que les gens qui la recueillent paroissent des morts déterrez, étant livides, maigres, & tremblans. Il arrive quelque chose d'approchant à ceux qui le cuisent, & qui l'aprêtent à boire, comme on le verra dans le Chapitre seizié-

seizieme. Cette humeur les entête, & leur gele tout le corps. On ramasse ce suc en pillules, & à mesure qu'il sort, & que la tête du *Pavot* se seiche, elle devient noire, & sa tige, & sa graine, le deviennent aussi. Les *Persans* appellent le suc de *Pavot afioun*, d'où est venu nôtre mot d'*opium*. Le meilleur du Royaume se fait dans le Canton de *Linjan*, à six lieuës d'*Ispahan*, où il y en a des campagnes toutes couvertes. Les Boulangers en sément la graine sur le pain, parce qu'elle provoque au sommeil, qu'on croit être bon en *Perse* après le repas. Et le menu peuple mange encore cette graine entre les repas. Il y a des gens qui estiment davantage l'*afioun de Cazeron*, qui est vers le *Sein Persique*, disant que celui d'*Ispahan* engendre des cruditez, & des serositez, & que l'autre n'en engendre point.

Secondement il y a le *Tabac*, qui croît par toute la *Perse*, & particulierement dans la *Susiane* à *Hamadan*, qui est l'ancienne *Suse*, & dans la *Caramanie deserte* aux environs de *Coureston*, vers le *Sein Persique*, où l'on cucuil-le le meilleur. Il croît aisément, & sans autre culture, que l'ordinaire. On le seiche, & on le transporte en feuilles par bouquets, ou par bottes, comme des bottes de *Poirée*. C'est un vrai *feuille-morte* que sa couleur, lors qu'il est seiché. On ne le suë, ni ne le corde point. Cela le rendroit trop fort, & aussi fort que le *Tabac de Brezil*. Mais les *Persans* ne le veulent pas comme cela, afin d'en pouvoir fumer tout le jour; outre qu'ils haïssent la fumée & la senteur de ce *Tabac cordé* de *Brezil*, qu'ils appellent *tambacou Inglesi*, ou *Tabac d'Angleterre*, parce que les premiers *Europeans* preneurs de *Tabac*, avec qui ils ont eu commerce, sont les *Anglois*. Les *Anglois* débitoient de ce *Tabac de Bresil* en *Perse*, il y a quelques cinquante ans; mais les *Persans* l'ayant trouvé, & trop fort & trop cher, ils ne s'en servent plus. Quelques gens qui aiment à s'enyvrer de *Tabac*, y mêlent de la graine de *Chanvre*, qui fait monter la vapeur au cerveau, & l'étourdit en peu de tems.

Je me souviens d'avoir vû débatre parmi des gens savans en *Europe*, si le *Tabac*, & le *Sucre*, étoient originaires du Nouveau Monde, ou s'il en avoit toûjours crû en *Orient*. J'en ai recherché la verité sur les lieux; mais on ne sauroit croire le peu de curiosité que l'on a en *Orient* pour ces sortes d'Observations. Personne entre leurs Savans ne tient registre des découvertes qui se font dans les Arts & dans les Sciences. Pour le *Tabac*,

je n'ai pû savoir en *Perse* si c'est là originairement un fruit du Païs, ou s'il y a été apporté des Païs Etrangers; & je m'en suis informé inutilement. Un des plus curieux hommes d'*Ispahan* m'a dit seulement ceci, qu'il avoit lû dans une *Géographie* de la *Parthide*, qu'on avoit trouvé, en relevant les masures de la ville de *Sultanie*, une grande Urne de Terre, où il y avoit des pipes de bois, avec des godets, & du *Tabac* coupé fort menu, qui est comme les *Turcs* le coupent à *Alep*: ce qui lui faisoit croire que la Plante avoit été apportée d'*Egypte* en *Perse*, & qu'elle n'y devoit être naturelle que depuis quatre cens ans. J'ai vû des gens qui croyoient que les *Portugais* l'y avoient apportée des *Indes* les premiers, il n'y a pas deux cens ans; mais cela n'est pas croyable, puis qu'il se trouve qu'il y a beaucoup moins de tems qu'on cultive cette herbe aux *Indes*. Car par tout ce que j'en ai pû apprendre, je trouve que ce n'est pas depuis plus de cinquante ans; même la meilleure, & la plus grande quantité de *Tabac*, qu'on employe aux *Indes*, s'y porte de *Perse*, & c'est ce qu'on y transporte en plus grande abondance par Mer.

Quant au *Sucre*, je croi qu'il y en a eu de tout tems aux *Indes*. Je sai bien que cela est fort contesté, & que la plûpart des Auteurs tiennent que le *sucre* est un fruit du nouveau Monde, & que les Anciens n'usoient que de *Miel*. Mais je tiens le contraire, fondé sur ce que le *sucre* croît par tout dans les *Indes* abondamment, aisément, excellemment; & non pas comme les fruits que l'on tire des païs éloignez, qui ne viennent jamais si bien, lors qu'ils sont transplantez loin de leur sol. Une autre raison, que j'ai encore plus forte, c'est que le *sucre* se trouve nommé & ordonné en cent endroits des anciens écrits de *Medecine*, *Indiens*, *Persans*, & *Arabes*.

La maniere de prendre du *Tabac* en *Perse* est inconuë dans nos païs, & tout à fait particuliere à la *Perse*, & aux *Indes*. Comme l'air y est plus chaud, & plus sec, qu'en *Europe* & en *Turquie*, & que les Esprits sont plus subtils, le Tabac les entêteroit s'ils le prenoient comme nous, parce qu'ils en prennent continuellement. Ils en font passer la fumée dans une bouteille d'eau, dont je donne la figure ici à côté. Ils appellent ces sortes de pipes, *callion*. La bouteille est surmontée d'un godet de terre, ou de métail, au haut d'une canulle, qui entre dans la bouteille d'eau, comme vous voyez. Au dessous il y a une platine, comme il y en a à de certescertains chandeliers , & la cane, ou pipe, par laquelle on tire la fumée, donne dans cette canulle. Lors qu'on veut fumer, on mouille un peu le *Tabac*, qui eſt dans ce godet, & broyé fort menu, afin qu'il ne brûle pas ſi vîte. On met deſſus deux ou trois petits charbons, & on tire la fumée qui entre dans l'eau, y circule, & eſt tirée enſuite à la bouche, non ſeulement fraîche, mais auſſi épurée de ce que le tabac a de plus onctueux & groſſier. On voit qu'en le prennant, ceux qui ont de bons eſtomachs, font faire de gros bouillons, & beaucoup de murmure dans l'eau, par l'attraction de l'air. Ces bouteilles ſont d'ordinaire pleines de fleurs pour la ſatisfaction des yeux. On en change au moins une fois le jour l'eau qui eſt toute corrompuë & toute puante, des eſprits du *Tabac*. J'ai éprouvé qu'une Taſſe de cette eau eſt un prompt remède pour vomir juſqu'aux entrailles.

La manie du *Tabac* eſt une maniére de mauvaiſe habitude qui a enchanté preſque tout le monde. Nos peuples d'*Occident* le prennent en fumée, en feuille, & en poudre, comme chacun ſait : & quelques-uns, comme les *Portugais*, en ont toûjours le nez plein. Les peuples d'*Orient* ne le prennent qu'en fumée, mais avec la même inſatiabilité, la plûpart, & ſur tout les *Perſans*, ayant toûjours la pipe à la bouche. Les gens de qualité ſe font porter leur pipe, ou *callion* par un homme à cheval : & ſouvent ils s'arrêtent en chemin pour fumer, ou fument à cheval même. Ils ne ſortent jamais autrement, & là où ils font viſite, on leur met devant eux leur bouteille de Tabac dès qu'ils ſont aſſis. Il eſt vrai que cela n'affoiblit, ou ne retarde guere leur action, car ils font leurs affaires en fumant, comme s'ils ne fumoient pas. Allez dans les Colléges, vous trouvez le Régent, & le diſciple, au plus fort de leurs études tous deux la pipe à la bouche. En un mot, ils ſe paſſent de manger plûtôt que de fumer, & cela paroît en ce que dans leur jeûne de *Rahmazan*, qui eſt de dix-huit heures, lorſqu'il tombe en été, pendant leſquelles dix-huit heures de ſuite ils ne prennent rien du tout, non pas même de l'eau; la première choſe avec laquelle ils rompent le jeûne, eſt le *Tabac*. L'uſage exceſſif de cette herbe les deſſeiche, les attenuë, & les affoiblit, & ils en conviennent généralement comme de la choſe la plus indubitable; mais quand on leur dit pourquoi donc ils ne le quittent pas ? Ils répondent *Aded-chud, c'eſt une habitude*, & ils ajoûtent,

il n'y a de joye au cœur que par le *Tabac*. *Abas le Grand*, du tems duquel cette habitude gagnoit fortement, tenta diverſes voyes pour la déraciner, mais toutes en vain, quoi que lui-même s'abſtint de *Tabac* alors. On dit entre les autres qu'ayant tous les Grans en feſtin avec lui, il commanda, que les bouteilles de *Tabac* qu'on leur ſerviroit, euſſent le godet plein de crotte de cheval ſéchée & broyée au lieu de Tabac. Cela ne ſe pouvoit connoître à la vûë, le Tabac ſe ſervant auſſi broyé, comme je l'ai dit & un peu mouillé avec du feu deſſus. Le Roi demandoit de tems en tems aux Grands, *comment trouvez vous ce Tabac? c'eſt un préſent de mon Vizir d'Hamadan, qui pour m'en faire prendre, mande que c'eſt le plus excellent Tabac du monde.* Chacun lui répondoit : *Sire, c'eſt un Tabac merveilleux. Il ne s'en peut trouver de plus exquis.* Enfin le Roi s'adreſſant au Général des *Courtches*, qui font l'ancienne milice de *Perſe*, lequel paſſoit pour un Seigneur ferme & droit par deſſus les autres, il lui dit : *Seigneur, je te prie, di moi librement, & au vrai, comment tu trouves ce Tabac? Sire*, répondit-il, *je jure par vôtre tête ſacrée, qu'il ſent comme mille fleurs.* Le Roi ſe mettant à les regarder tous avec indignation, *Maudite ſoit la drogue*, dit-il, *qui ne ſe peut pas diſcerner d'avec la fiente de cheval.*

Troiſiémement, il y a le *Saffran*; & celui de ce païs-là eſt le meilleur de tout le monde. Il en croît en divers endroits de la *Perſe*; mais on eſtime par deſſus tous celui qui croît le long de la *Mer Caſpienne*, & après, celui de *Hamadan*, qui eſt l'ancienne *Suze*, ou *Suzan*.

Quatriémement, l'*Aſſa fœtida*, qui eſt un ſuc, ou une liqueur, qui s'épaiſſit, & ſe durcit preſqu'autant que les *Gommes*. Elle découle d'une Plante, qu'on appelle *Hiltit*, qu'on croit être le *Lazerpithium*, ou *Silphium* de *Dioſcoride*, qui croît en divers endroits de la *Perſe*, particuliérement dans la *Sogdiane*, & dans le païs d'alentour. Elle eſt bonne à manger, ſur tout la blanche; car il y en a de deux ſortes, une blanche, & une noire. Le ſuc qui ſort de la blanche eſt moins fort, & par cela même, moins eſtimé. Les Orientaux appellent l'Aſſa fœtida *Hing* & les Indiens en font une grande conſommation. Ils en mettent dans tous leurs ragouts, & dans tous leurs mets délicieux. C'eſt la drogue de la plus forte odeur que j'aye jamais ſentie. Le muſc n'en approche pas. On la ſent de fort loin; & quand il y en a dans une chambre, l'odeur y en demeure des années entiéres. Les vaiſſeaux feaux qui la tranfportent aux *Indes*, en font fi fort imbus, qu'on ne peut plus y jamais rien mettre qui n'en foit altéré & gâté, comme je l'ai éprouvé malheureufement une fois en des riches étoffes ; qui quoi qu'elles fuffent envelopées de cotton, & de toile cirée, en plufieurs doubles, l'or & l'argent en furent tout-à-fait ternis, & noircis.

Cinquiémement, il y a la *Mumie*, & il y en a de deux fortes en *Perfe*. L'une eft la *Mumie* communément dite, qui vient des corps embaumez, & enterrez dans le fable aride, & ardent, où dans la fuite des fiécles ils fe pétrifient, comme cela eft connu de tous les curieux. Cette *Mumie*, qui n'eft proprement que la petrification des corps embaumez depuis quelque deux mille ans, à ce qu'on affure en *Perfe*, fe trouve en *Coraffon* qui eft l'ancienne *Baftriane*. Un Vizir de la Province nommé *Mirza-chefy*, homme fort favant, m'a dit plufieurs fois qu'on trouvoit dans le fable, lors qu'on travailloit aux Canaux fouterrains, pour le tranfport de l'eau, de ces *Mumies*, longues de fept à huit pieds, foit que les corps fuffent plus grands alors, foit qu'on prît plaifir de les enfevelir, ou emmailloter, plus grands qu'ils n'étoient, pour l'admiration de la pofterité. Il ajoûtoit, qu'on trouvoit ces corps encore couverts de poil à la tête, & au menton, avec les ongles aux mains & aux pieds, ayant le vifage fi peu alteré, que les traits étoient reconnoiffables. Il me difoit là-deffus, que nôtre corps reffemble à une éponge, & que fi l'on en ôte le fang & les parties nobles qui font trop humides, & qu'on les feiche, on les confervera plufieurs fiécles. Le terroir de la *Baftriane* eft un fable chaud & aride, fort propre à conferver, & à pétrifier ainfi les corps. L'autre *Mumie* eft une *Gomme* précieufe, qui diftille de la roche. Il y en a deux mines, ou deux fources, en *Perfe*. L'une dans la *Caramanie deferte*, au païs de *Sar*, & c'eft la meilleure ; car on affure que quelque moulu, brifé, ou fracaffé, qu'un corps humain puiffe être, une demie dragme de cette *Mumie* le rétablit en vingt quatre heures ; de quoi perfonne ne doute en *Perfe*, fur l'experience des cures merveilleufes qu'ils font tous les jours avec cette précieufe drogue. L'autre mine eft au païs de *Coraffon*, qui eft l'ancienne *Baftriane*, où je viens de dire qu'il y a auffi des *Mumies* de corps humain, comme en Egypte. Les roches, dont la vraye *Mumie* diftille, appartiennent au Roi ; & tout ce qui en diftille eft pour lui. Elles font fermées de cinq feaux des princi-

paux Officiers de la Province. On n'ouvre la mine qu'une fois l'an, en préfence de ces Officiers, & de plufieurs autres encore, & tout ce qui fe trouve de ce précieux maftic, ou la plus grande partie, s'envoye au tréfor du Roi, d'où, avec un peu de crédit, on en tire dans le befoin. Le mot de *Mumie* eft *Perfan*, venant de *Moum*, qui fignifie *Cire, Gomme, Onguent*. Les *Hebreux*, & les *Arabes* fe fervent de ce nom dans la même fignification. Les *Perfans* difent que le Prophete *Daniel* leur a enfeigné la préparation & l'ufage de la *Mumie*.

Parmi les Plantes remarquables de la *Perfe*, & fort connuës préfentement, il y a le *Hannah*, qui eft cette graine, de laquelle on fait une couleur, dont on fe teint les mains, les pieds, & quelquefois le vifage, tant hommes, que femmes, pour conferver le teint, & la peau. Le Soleil ne les hâle point, quand on en eft froté, ni le froid ne pénétre point auffi, comme auparavant, & ne fait plus de crevaffes à la peau. On en frotte les jambes aux chevaux par la même raifon. Cette graine croît fur un Arbriffeau par touffes comme le *Poivre*, ou le *Genievre*. Il y en a en abondance au païs de *Kirmon*, & à *Sifton*. On dit que c'eft l'Arbufte que nous appellons *Paftel*. On fe fert auffi des feuilles pour le même effet. La maniére de s'en fervir, eft de le mettre en poudre, & de le détremper avec de l'eau, dans la confiftence de mortier. Quand cela eft fait, on fe mouille les mains, on les frotte de *Hannah*, ainfi détrempé, & on fe les emmaillotte toute la nuit, afin que le *Hannah* prenne. Cette teinture s'en va néanmoins à l'eau, ce qui fait que ceux qui en ont les mains nouvellement frottées, ne les lavent gueres, de peur que le *Hannah* ne s'en aille. Elle dure ordinairement quinze jours, ou trois femaines, fans qu'elle fe paffe.

Le *Rounas*, que nos Auteurs appellent *Opoponax*, eft une racine rougeâtre, qu'on employe à la teinture. Il en croît beaucoup en *Perfe* ; & c'eft d'où les *Indes* qui eft le païs des plus belles teintures le tirent.

Le *Cotton* croît dans toute la *Perfe*. On en voit des Campagnes couvertes. C'eft un fruit gros comme une tête de *Pavot*, mais plus rond. On trouve dans chaque fruit fept petites graines, ou feves noires, qui font comme la femence de ce fruit. Il croît auffi en *Perfe*, en divers endroits, un Arbriffeau tout à fait rare, dont le fruit eft gros, & long, en figures de *lambruches* vertes, lequel

venant

venant à s'ouvrir donne un duvet de foye, fin comme l'oüatte. J'en avois fait faire en Perse des matelas & des couffins. On le carde comme le cotton fans le gâter.

Je devois mettre au rang des drogues medicinales le *Bezoar*, qui eft cette Pierre fi fameufe dans la *Médecine*. C'eft une Pierre tendre, qui fe forme par pellicules à la maniére des *Perles*, ou comme croiffent les *Oignons*. On la trouve dans le corps des *Boucs*, & des *Chevres* fauvages, & domeftiques, le long du *Golphe-Perfique*, dans la Province de *Coraffon*, qui eft l'ancienne *Margiane*, incomparablement meilleure que celle qu'on a aux *Indes* dans le Royaume de *Colconde*, & dans les païs plus reculez. On affure qu'il fe trouve auffi en ce païs-là des *Indes* de fort gros *Bezoars* dans le corps des *Anes*, des *Sangliers*, & des *Porcs-epy*, & dans le corps des *Oyes*. J'en ai vû tirer à *Colconde*; mais parce que les *chevres* avoient été amenées de trois journées de païs, il ne fe trouva de Bezoar que dans quelques unes, & encore n'étoit-ce que de petits morceaux. Nous gardames de ces *chevres* quinze jours en vie. Elles étoient nourries d'herbe verte communes. On n'y trouva rien en les ouvrant. Je les gardai ce tems-là, pour verifier ce qui fe dit que c'eft une herbe particuliere qui échaufant ces animaux produit cette Pierre dans leurs corps. Les *Naturaliftes Perfans* difent, que plus cet animal paît en des païs arides, & mange d'herbes feiches & chaudes, plus le *Bezoar* eft falutaire & efficace. Le *Coraffon* & le bords du *Golphe Perfique* font de ces païs fecs & arides naturellement, s'il y en a au monde. On trouve toûjours au cœur de ces Pierres quelque morceau de ronce ou d'autre bois, autour duquel fe coagule l'humeur qui compofe cette Pierre. Il faut obferver qu'aux *Indes* ce font les *chevres*, qui portent le *Bezoar*, & qu'en *Perfe* ce font les *Moutons*, & les *Boucs*; ce qui fait qu'on eftime plus en *Perfe* le Bezoar du Païs, comme plus chaud & plus digeré, & que même on ne fait pas cas de l'autre, qu'on donne à quatre fois meilleur marché. Le *Bezoar* de *Perfe* fe vend par *Kourag*, qui eft le poids de trois *Mefcals*, ou gros, cinquante quatre livres le *Kourag*.

Les *Orientaux* tiennent que le *Bezoar* eft un contrepoifon à caufe de quoi ils l'ont nommé *Pe-zaer*, comme qui diroit *vainqueur de venin*, ou *par deffus venin*. Nôtre mot de *Bezoar* vient indubitablement de celui-là: de même que celui de *Civette* vient du mot *Zabad*, qui eft le nom *Perfan*. On employe le *Bezoar* utilement dans les fudorifiques. On en donne dans les fievres pourprées. On l'employe fur tout dans les Cardiaques, dans les confections, & dans les Philtres. On affure qu'il réchaufe les efprits, réveille la vigueur, & rétablit le temperament. Les *Médecins Orientaux* l'ordonnent quand ils ne favent plus qu'ordonner. Les moins habiles, & les charlatans, l'élevent jufqu'au Ciel; mais au fond, c'eft une Drogue, qui perd de fon eftime dans l'*Orient*, & qui y fera apparemment décriée avec le tems, comme il me femble qu'elle l'eft en *Europe*.

La maniere de l'employer en *Perfe* eft d'en grater avec une pointe de canif, ou de le mettre en poudre fur un marbre ◆ & la dofe ordinaire eft de deux ou trois grains dans une cuillere d'eau rofe. Le *Bezoar* fe falfifie fort aifément & communément. Les plus gros morceaux, & les plus polis, font les plus douteux, parce que le prix de ces morceaux étant fort au delà du prix des morceaux communs, les falfificateurs en font plus de gros que d'autres. Je n'ai jamais vû de vrais *Bezoars* plus pefans que de fix gros; & le vrai *Bezoar* eft toûjours plus leger que le contrefait, ce qui eft une des marques à quoi les connoiffeurs s'arrêtent. Une autre marque encore plus fûre, c'eft d'appuyer contre la Pierre une aleine rougie au feu; car s'il en fort quelque vapeur, ou fi l'aleine y entre, c'eft une preuve fûre de falfification. La *Refine*, & la *Cire d'Efpagne*, eft la matiere la plus commune dont ces falfificateurs fe fervent pour contrefaire le *Bezoar*. Il ne faut pas oublier que la belle poliffure de cette Pierre eft artificielle, fa peau, quand on la tire du corps de l'animal, étant rude & verdatre, comme le dedans.

Comme on m'a fait plufieurs queftions à mon retour, touchant le *Mufc*, & touchant l'*Ambre-gris*, j'ai crû que je ferois bien de mettre ici ce que j'en ai obfervé dans mon voyage.

Je crois que la plûpart du monde fait affez que le *Mufc* eft l'excrement, & le pus, d'une bête qui reffemble à la *chevre* fauvage, excepté qu'elle a le corps & les jambes plus déliées. Elle fe trouve dans la haute *Tartarie*, dans la *Chine Septentrionale*, qui lui eft limitrophe, & au grand *Tibet*, qui eft un Royaume entre les *Indes*, & la *Chine*. Je n'ai jamais vû de ces animaux-là en vie; mais j'en ai vû des peaux en bien des endroits. L'on en trouve des Portraits dans l'*Ambaffade des Hollandois à la Chine*, & dans la *China illuftrata* du P. *Kircher*. On dit com-
mu-

munément que le *Musc* est une sueur de cet animal qui coule & qui s'amasse en une vessie déliée proche le nombril. Les *Orientaux* disent plus précisément qu'il se forme un abcès dans le corps de cette *chevre*, proche l'umbilic., dont l'humeur picotte & démange, sur tout lors que la bête est en chaleur: qu'alors à force de se frotter contre les arbres, & contre les roches, l'abcès perce., & la matiére s'épanche au même endroit, entre les muscles & la peau, & en s'y amassant, y forme une maniére de loupe, ou de vessie.: que la chaleur interne & externe échaufe ce sang corrompu, & que c'est cette chaleur qui lui donne cette forte odeur que l'on sent au *Musc.* Les *Orientaux* appellent cette vessie., *le nombril du Musc*, & aussi *nombril odoriferant*. Le bon *Musc* s'apporte de *Tibet*. Les *Orientaux* l'estiment plus que celui de la *Chine*, soit qu'il ait effectivement une odeur plus forte, & plus durable, soit que cela leur paroisse seulement, arrivant plus frais chez eux; parce que le *Tibet* en est plus proche que la Province de *Xensy*, qui est l'endroit de la *Chine* où l'on fait le plus de *Musc.* Le grand commerce de *Musc* se fait à *Boutam*, ville célébre du Royaume de *Tibet*. Les *Patans*, qui vont-là en faire emplette, le distribuent par toute l'*Inde*, d'où on le transporte ensuite par toute la terre. Les *Patans* sont voisins de la *Perse*, & de la haute *Tartarie*, sujets, ou seulement Tributaires du *Grand Mogol*.

Les *Indiens* font cas de cette Drogue aromatique, tant pour l'usage, que pour la recherche que l'on en fait. Ils l'employent en leurs parfums, en leurs épithemes & confections, & dans tout ce qu'ils ont accoûtumé de préparer pour réveiller l'humeur amoureuse, & pour rétablir la vigueur. Les femmes s'en servent pour dissiper les vapeurs qui montent de la matrice au cerveau, en portant une vessie au nombril, & quand les vapeurs sont violentes & continuelles, elles prennent du *Musc*, hors de la vessie, l'enferment dans un petit linge simple, fait comme un petit sac, & l'appliquent dans la partie que la pudeur ne permet pas de nommer.

Le meilleur *Musc* en vessie vaut quatre vingts dix *Roupies* la livre. Le moindre quarante cinq à cinquante. Une *Roupie* est trente sois monnoye de France. Les *Anglois* & les *Portugais* en font beaucoup d'emplettes aux *Indes* pour l'*Europe*. Les *Hollandois* en tirent de la *Chine*. Les *Armeniens*, les *Persans*, & les *Patans*, en transportent dans la *Perse*, & dans la *Turquie*, où il s'en fait une

plus grande consommation par les raisons qu'il est facile d'imaginer.

On tient communément que lors qu'on coupe le petit sac où est le *Musc*, il en sort une odeur si forte, qu'il faut que le chasseur ait la bouche & le nez bien bouchez d'un linge en plusieurs doubles; & que souvent, malgré cette précaution, la force de l'odeur le fait saigner avec tant de violence qu'il en meurt. Je me suis informé de cela exactement; & comme en effet, j'ai ouï raconter quelque chose de semblable à des Armeniens qui avoient été à *Boutam*, je croi que cela est vrai. Ma raison est, que cette drogue n'a quiet point de force avec le tems, mais qu'au contraire elle perd son odeur à la longue. Or cette odeur est si forte aux *Indes*, que je ne l'ai jamais pû supporter. Lors que je négociois du *Musc*, je me tenois toûjours à l'air, un mouchoir sur le visage, loin de ceux qui manioient ces vessies, m'en raportant à mon Courtier, ce qui me fit bien connoître dès lors que le *Musc* est fort entêtant, & tout-à-fait insupportable, quand il est frais tiré.

J'ajoûte, qu'il n'y a drogue au monde plus aisée à falsifier, & plus sujette à l'être. Il se trouve bien des Bourses, qui ne sont que des peaux de l'animal remplies de son sang, & d'un peu de *Musc* pour donner l'odeur, & non cette Loupe que la sagesse de la nature forme proche le nombril, pour recevoir cette espece d'humeur merveilleuse & odoriferante. Quant aux vrayes vessies même, lors que le chasseur ne les trouve pas bien pleines, il presse le ventre de l'animal pour en tirer du sang dont il les remplit ; car on tient que le sang du *Musc*, & même sa chair sentent bon. Les Marchands en suite y mêlent du plomb, du sang de bœuf, & autres choses, propres à les apesantir, qu'ils font entrer dedans à force. L'art dont les Orientaux se servent pour connoître cette falsification, sans ouvrir la vessie, est premierement au poids à la main. L'experience leur a fait connoître combien doit peser une vessie non altérée. Le goût est leur seconde preuve, aussi les *Indiens* ne manquent jamais de mettre à la bouche de ces petits grains qui tombent toûjours des vessies lors qu'ils en achetent. La troisiéme, c'est de prendre un fil trempé dans du suc d'ail & le tirer au travers de la vessie avec une éguille; car si l'odeur d'ail se perd, le *Musc* est bon: si le fil la garde il est altéré.

L'*Ambre-gris* se prend dans la *Mer des Indes*, le long des côtes d'*Afrique*, qui sont entre le *Cap de bonne Esperance* & le *Golphe de la Mer rouge*. La mer en jette par fois plus loin, juſques au rivage de *Ceylan*, & de la côte de *Malabar*; mais cela eſt aſſez rare. J'ai lû dans un Auteur Perſan, que les Arabes tiennent que l'*Ambre-gris* eſt une matiere produite par l'eau des fontaines qui ſont au fonds de la mer, comme le *Naphte*, que les vents, & puis les courants, pouſſent ſur le rivage. On tient communément, au contraire, que c'eſt une écume de la mer, durcie, & congelée, ou bien une ſemence qui ſort des grands poiſſons, & qui ſe durcit & ſe congéle pareillement. Mais ce n'eſt pas une opinion bien vrai-ſemblable ; car pourquoi la mer, qui a de grands poiſſons, & de l'écume par tout, ne produiroit-elle pas auſſi ce précieux aromate en d'autres endroits des *Indes*, où il y a encore plus de chaleur & plus de ſecchereſſe. Les gens Savans des *Indes* diſent, que l'*Ambre-gris* eſt une gomme odoriferante, comme l'*encens*, laquelle croît en *Arabie*, & qui étant entraînée dans la mer par les pluyes, & par les torrens après le tems des pluyes, (c'eſt le tems que nous appellons l'*Automne*,) eſt pouſſée par les vents & par les courans de *Mouſſom*, qui la portent alors vers l'*Afrique*, & le long de cette côte, juſqu'à ſa grande pointe, que nous appellons *le Cap de bonne Eſperance*, où elle eſt repouſſée par un cours de mer contraire, qui ſe rencontre dès l'Iſle de *Madagaſcar*. Un des plus Savans hommes des *Indes* & des plus grands Seigneurs, nommé *Mirzacheriſelmolc*, que le feu Roi de *Colconde* avoit mandé d'*Iſpahan* par eſtime, pour lui donner ſa fille en mariage, & qui avoit la derniere fois que j'étois à *Colconde* les plus gros morceaux d'*Ambre-gris* & les plus beaux que j'aye jamais vus, croyoit que c'étoit de la cire & du miel congelez. Il me diſoit en m'en montrant des morceaux fort poreux par dedans, & preſque comme une éponge; que les abeilles faiſoient en *Afrique* leur miel parmi des rochers, dans de vieux troncs d'arbres, comme elles le font en *Orient* dans la plûpart des païs peu habitez, & même en d'autres aſſez habitez, comme j'ai obſervé dans mon premier Volume, qu'elles le font en *Mingrelie* & en *Circaſſie*; Et que les torrens de pluye emportoient des piéces de leur ouvrage brute dans la mer, où la matiere ſe durciſſant, contractoit enfin l'odeur admirable qu'on y eſtime tant. Il diſoit que la difference de l'*Ambre-gris* d'avec l'*Ambre-noir*, qui ne vaut pas tant que l'autre, vient de ce qu'un miel n'eſt pas auſſi bon que l'autre, & qu'on obſervoit autant de difference dans l'*Ambre-gris*, com-

me on fait dans le *Miel*, dans tous les païs où le *Miel* eſt ſauvage. Cette drogue précieuſe, qui a été inconnue à toute l'ancienne *Pharmacopée*, tant des Grecs, que des Arabes, ſent fort mauvais d'abord, à ce que l'on prétend, puis à meſure qu'elle durcit elle perd cette qualité. J'ai remarqué en effet, que l'*Ambre* le plus frais pêché a une odeur forte qui rebute & fait mal, laquelle ſe paſſe avec le tems. On aſſure encore que les oiſeaux de mer en ſont très-friands & la bequettent, ce que je croi fort vrai ; mais je n'ai pourtant point trouvé de pointe de bec d'oiſeau en aucune piéce d'*Ambre-gris*, comme on dit que l'on en trouve.

Les *Perſans* ne ſe ſervent pas beaucoup de *Civette*, qu'ils appellent *Zabad*. Les femmes s'en frottent les cheveux, après l'avoir auparavant bien aprêtée.

Outre toutes les Drogues Médicinales que j'ai dit qui croiſſent en *Perſe*, il y a encore le *Galbanum*, qui croît dans les montagnes, à ſept ou huit lieuës d'*Iſpahan*; l'*Alkali Vegetable*, qui croît preſque par tout; le *Sel armoniac* ; l'*Orpiment*, dont on ſe ſert pour la depilation, lequel vient en *Medie*, & autour de *Casbin*, où croît particulierement le jaune.

L'on ne dira rien ici de ces dernieres drogues, parce qu'elles ne ſont ni ſi extraordinaires, ni ſi recherchées que les autres, & qu'elles ſont auſſi aſſez connues.

CHAPITRE V.

Des Fruits de la Perſe.

JE commence par les *Melons*, qui ſont le plus excellent fruit de la *Perſe*. On compte en ce Païs-là de plus de vingt eſpéces de *Melons*. Les premiers ſont appellez *Guermec*, comme qui diroit *des échauffez*. Ils ſont ronds & petits. C'eſt un fruit du Printems, aſſez inſipide, qui fond à la bouche comme l'eau. Les Medecins Perſans conſeillent d'en manger beaucoup : & ils diſent qu'il le faut pour ſe purger, comme on purge les chevaux avec de l'herbe, & dans le même tems; c'eſt auſſi ce qu'on ne manque jamais de faire tous les ans au mois d'Avril. On mange alors pendant quinze jours, ou trois ſemaines, dix ou douze livres de ces *Melons* chaque jour ; & cela pour la ſanté, auſſi-bien que pour le goût; car on tient pour aſſuré qu'ils rafraichiſſent le ſang, & qu'ils renouvellent l'embonpoint. Ils content ſur ce ſujet que deux Medecins Arabes étant venus à *Iſpahan* pour chercher

de

de l'occupation, ils arriverent juſtement au tems de ces *Guermec*; & voyant que les ruës en étoient pleines, ils ſe dirent l'un à l'autre: *Paſſons outre, il n'y a rien à faire ici pour nous; ce peuple a le remede à tous les maux.* Cependant des gens ſages croyent au contraire que c'eſt l'uſage exceſſif de ce fruit qui cauſe les fiévres, qui y ſont ſi ordinaires dans l'Automne. Ils diſent que ces *Melons* rempliſſent l'eſtomach de flegmes, & que les *Melons* doux & ſucrez, & par conſéquent très-chauds, qui viennent après ces premiers, cuiſent ce flegme & le tournent en bile, d'où s'enſuit la fiévre. Après ces *Melons guermec*, ou *échauffez*, il en vient tous les jours d'autre ſorte, & les plus tardifs ſont les meilleurs. Les derniers ſont les blancs, dont vous diriez que ce n'eſt que du ſucre. Ils ſont longs d'un pied, & péſent dix à douze livres. Ce ſont ceux qu'on mange durant l'Hiver. On ſert des *Melons* preſque toute l'année aux bonnes tables, parce que les vieux ſe conſervent juſqu'au retour des *Guermec*. On les garde dans des caves, où il n'entre point d'air: & l'on y entretient une ou deux lampes, ſuivant la grandeur du lieu, toûjours allumées, ce qui empêche que le froid ne géle ce bon fruit. Les *Melons*, pendant la ſaiſon ordinaire, qui dure quatre mois entiers, ſont la nourriture du pauvre peuple. Ils ne vivent que de *Melons* & de *Concombres*, mangeans ces derniers ſans les pêler. Il y a des gens qui mangent dans un repas juſqu'à trente-cinq livres de *Melon*, ſans en être incommodez. Durant ces quatre mois de *Melons*, il en vient une ſi grande quantité à *Iſpahan*, que je ne croi pas qu'il s'en mange autant dans toute la France en un mois, qu'en cette ville-là en un jour. Les ruës ſont pleines d'ânes & de chevaux qui en ſont chargez, depuis minuit juſqu'au Soleil couchant. Les meilleurs du Royaume croiſſent en *Coraſſon*, près de la *petite Tartarie*, dans un bourg nommé *Craguerde*. On en apporte à *Iſpahan* pour le Roi, & pour faire des préſens. Ils ne ſe gâtent point en les apportant, quoi qu'il y ait plus de trente journées de chemin; mais cela n'eſt pas ſi merveilleux que ce que j'ai vû à *Surat* aux Indes, où j'ai mangé des *Melons* envoyez d'*Agra*, qui en eſt à quarante journées. Ils avoient été portez à *Agra* de la frontiere de *Perſe* à plus de quarante autres journées loin. Un homme les porte à pied, & n'en porte que deux, tant ils ſont grands. Il les porte dans des paniers, un en chaque panier, pendus à un fleau, comme des balances, lequel il met ſur les épau-

les, & qu'il tourne de tems en tems d'une épaulé ſur l'autre pour ſe delaſſer. Ces porteurs font ſept à huit lieuës par jour avec cette charge. On apporte auſſi de la graine de ces *Melons* de *Tartarie*, qu'il faut renouveller au bout de ſept ans; car après ce tems-là elle eſt entierement dégenereé, & le fruit ne ſe ſent plus du goût précedent.

Avec toutes ces ſortes de *Melons*, on a les *Melons d'eau*, ou *Pateques*, par tout le Royaume, qui peſent quinze à vingt livres, dont les meilleurs viennent auſſi de *Bactriane*. On a lès *Concombres*, dont il y a une ſorte qui n'a preſque pas de *Pepins*, qu'on ſert & qu'on mange cruds ſans aucun aprêt: & l'on a auſſi ce fruit, qu'ils appellent *Badinjan*, qui eſt le *Zanthium* de *Dioſcoride*, & que nous appellons *Pommes d'amour*. Il a le goût approchant du *Concombre*. Il eſt gros comme les *Pommes*, & une fois plus long; & quand il eſt mur, ſa peau devient toute noire. Il croît comme les *Concombres*. Il eſt fort bon pour diverſes ſortes de ſauces, & pour pluſieurs aprêts, car on ne le mange que cuit: il s'en trouve dans les parties Meridionales d'*Italie*.

Il y a un autre fruit en *Perſe*, qui croît ſur une Plante, & qui eſt rorid & gros comme une pomme commune, mais creux & leger, & qui n'eſt pas bon à manger. On l'eſtime ſeulement pour l'odorat. Il s'appelle *Deſtembouïd*, c'eſt-à-dire, *Odeur à la main*, parce qu'on le porte à la main comme un bouquet.

Après les *Melons*, les fruits excellens de *Perſe*, ſont le *Raiſin*, & les *Dattes*. Il y a pluſieurs eſpéces de *Raiſin*, juſqu'à douze ou quatorze; de *violet*, de *rouge*, & de *noir*. Les grains en ſont ſi gros, qu'on ſeul fait une bouchée. Celui dont ils font le vin à *Iſpahan*, s'appelle *Kich mich*, qui eſt un petit *Raiſin blanc*, pour la plus grande partie, & meilleur que nos *Muſcats*. Mais quand on en a beaucoup mangé, il prend à la gorge; & il échauffe ſi l'on en mange avec trop d'excès. Il eſt rond & ſans pepins; au moins ne s'apperçoit-on pas en le mangeant qu'il y en ait. Mais quand le vin cuve on voit les grains de ce raiſin flotter deſſus comme de petits filamens déliez, preſque comme la pointe d'une épingle, & fort tendres. On garde en *Perſe* le *Raiſin* tout l'Hiver, le laiſſant la moitié de l'Hiver attaché à la vigne, chaque grape enfermée dans un ſac de toile, pour empêcher les oiſeaux d'y toucher. On le cueille à meſure qu'on le veut manger. C'eſt l'avantage du bon air que les Perſans reſpirent qui eſt ſec, & qui conſerve tout, au lieu que par la qualité de nos

C 2   airs

airs humides, tout se gâte & se pourrit chez nous. Ils font le *Raisin* sec en pendant les grapes au plancher, d'où le *Raisin* tombe grain à grain. Au Païs de *Kourdeston*, & vers *Sultanie*, où il y a beaucoup de violettes, on en mêle les feuilles avec le *Raisin* sec; & l'on dit que cela tient le ventre en bon état : le *Raisin* en a assurément meilleur goût. Le meilleur *Raisin* qu'on mange aux environs d'*Ispahan*, est celui que les *Guebres*, ou anciens Payens Persans cultivent, & particulierement celui de *Negesabad*, qui est un gros bourg à quatre lieuës d'*Ispahan*, où il n'y a que des *Guebres*. Ils cultivent le *Raisin* avec plus de soin que les Mahometans, parce que le vin leur est permis par leur Religion, comme aux Juifs & aux Chrétiens.

Pour les *Dattes*, qui me paroissent un des meilleurs fruits du monde, elles ne sont nulle part si bonnes qu'en *Perse*. Il en croît dans l'*Arabie* en plus grande quantité que dans la *Perse*; mais, outre qu'elles sont plus petites, elles n'approchent pas de la bonté de celles de *Perse*, qui, soit lorsqu'on les cueille, soit long-tems après, sont couvertes d'un suc épais comme un sirop, qui prend aux doigts, & est plus doux & plus sucré que le miel vierge. Les plus excellentes *Dattes* du Royaume se recueillent en *Coureston*, en *Siston*, à *Persepolis*, sur le bord du *Golphe Persique* & particulierement à *Jaron*, bourg sur la route de *Chiras* à *Lar*. On les transporte seiches, en grapes, ou détachées; mais la plus grande partie se gardent confites dans leur propre jus, & se transportent dans de grosses courges de quinze à vingt livres pesant. On en accommode aussi avec des *Pistaches* dans des pots, comme nous faisons les *Noix confites*. Il n'y a point de manger plus délicieux. Il faut pourtant user moderément de ce fruit, quand on n'est pas habitué à en manger; car lorsqu'on en mange trop, elles échaufent le sang jusqu'à faire venir des ulceres par tout le corps, & à affoiblir la vûe, ce qui n'arrive point aux Habitans du païs où ce fruit vient. Les *Dattes* croissent par touffes, ou grapes, au haut du *Palmier* qui est un arbre menu, mais le plus haut de tous les arbres fruitiers, & qui n'a de branches qu'à la cime. Un homme se guinde au haut avec une corde qu'il accroche aux nœuds de l'arbre, à mesure qu'il monte, & dans une heure de tems tout le fruit de l'arbre est cueuilli, car ce fruit tient à des grapes qui pesent trente à quarante livres. Les *Dattiers* portent jusqu'à deux cens *Mans* de fruit à la fois, ce qui fait vingt quatre Quintaux. L'arbre ne commence à porter qu'à quinze ans, & il porte après jusqu'à deux cens ans.

Il y a en *Perse* toutes les mêmes sortes de fruits que nous avons en *Europe*, & beaucoup d'autres que nous n'avons point; & assurément, si l'on y entendoit le *Jardinage*, comme nous l'entendons, leurs fruits viendroient encore incomparablement plus beaux & plus délicieux. Mais ils ne l'entendent point du tout. Ils ignorent l'art des *greffes*, ou *entes*; les *espaliers*, les *arbres nains*. Tous leurs arbres sont communément de hauts & de vieux arbres fort chargez de bois. Ils ont des *Abricots* excellens de cinq ou six sortes, & des autres fruits à noyau que nous connoissons, dont ils ont de plus de quinze sortes, qui se succedent les uns aux autres. On voit communément en *Perse* des *Pavis* de seize à dix-huit onces, des *Pêches* presque aussi grosses; mais ce qu'on ne sauroit trouver ailleurs, c'est une sorte d'*Abricots*, qu'ils appellent *tocmchams*, c'est-à-dire graine, ou œuf du *Soleil*, qui sont rouges dedans & fort délicieux à la bouche. Cette sorte d'*Abricots*, & d'autres encore, s'ouvrent fort aisément. Leur noyau s'ouvre à même tems, ayant une amande douce & d'un goût excellent. On les transporte secs en mille lieux, & quand on les fait cuire dans de l'eau, le jus qui est doux, épaissit l'eau & en fait un Sirop comme si on y avoit mis du Sucre. J'ai été à des repas à *Ispahan*, où il y avoit de plus de cinquante sortes de fruits, & quelques uns apportés de trois à quatre cens lieuës loin. On ne voit rien de semblable en *France*, ni en *Italie*. Ce qui paroît le plus en ce païs-là, & qu'on trouve d'ordinaire le meilleur, c'est la *Grenade*. Il y a en a de diverses sortes, de blanches, de couleur de chair, de couleur de rose & de rouges. Il y en a dont le pepin est si tendre qu'on ne le sent presque pas sous la dent. Et il y en a qui n'ont point de membrane ou pellicule entre les grains. Il vient des *Grenades* de *Tefd*, qui pesent plus d'une livre. Les *Pommes*, & les *Poires*, je dis les meilleures, viennent de l'*Iberie*, & des environs; Les *Dattes* de *Caramanie*, comme je l'ai observé; les *Grenades de Chiras*, les *Oranges* de l'*Hyrcanie*. Les *Coins*, entre les autres, sont très-bons en *Perse*, ayant le goût doux & agréable, & parmi les fruits, on sert par curiosité des *Oignons de Bactriane*, qui sont gros & doux comme des Pommes. Il en croît aussi de semblables à *Carek*, petite Isle dans le *Golphe Persique*. La *Bactriane* est un des païs

païs du monde qui porte les plus beaux fruits & les meilleurs. Il y a des *Prunes*, comme nos *Prunes de brignole*, mais plus agréables, & plus aperitives. Une demi-douzaine cuites dans l'eau font une douce purgation; & si l'on y mêle une pincée de séné, c'est une medecine complete. On les appelle *alou bocora*, c'est-à-dire *Prunes de bocora*, qui est la ville de *Bactres*, dans la petite *Tartarie*, scituée sur le fleuve *Oxus*.

Il croît des *Pistaches* à *Casbin*, & aux environs, dans le païs des *Medes*, plus grosses que celles de *Syrie*. Il n'en croît en tout le monde que je sache, qu'en ces deux endroits-là. Ils ont d'une sorte de *Pistache*, que je n'ai point vûë ailleurs, qui ne sont pas si bonnes que les autres, & qui sont petites comme des noyaux de cerises. Les Persans les mangent seiches, fricassées avec du sel. L'on en donne à toutes les collations, sur tout où il y a du vin à boire.

Ils ont de plus les *Amandes*, les *Noix*, les *Noisettes*, les *Avelines*, & des *figues* excellentes au plus haut degré. Le plus grand transport de fruits se fait de *Yesde*. Il croît aussi des *Olives* en *Perse*, sur les frontieres de l'*Arabie*, & dans le *Mazenderan*, sur la *Mer Caspienne*, mais ils ne les savent pas bien conserver ni en tirer l'huile.

Je ne parlerai point dans ce Chapitre des *Grains*, que la terre produit pour la nourriture des hommes & des bêtes, parce que j'en traiterai dans celui des *Arts* & *métiers*, sur l'article de l'*Agriculture*.

CHAPITRE VI.

Des Fleurs de la Perse.

IL y a en *Perse* toutes les sortes de *Fleurs*, qu'on a en *France*, & dans les plus beaux païs de l'*Europe*; mais il n'y en a pas dans toutes les Provinces également. Car il y a moins de sortes de *Fleurs*, & en moindre quantité, dans les parties *Meridionales* du Royaume, que dans les autres; la chaleur excessive étant aussi contraire à la plûpart des *Fleurs*, que le grand froid; d'où vient qu'il n'y a pas aux *Indes* tant de sortes de *Fleurs*, qu'en *Perse*, quoi qu'il y en ait également toute l'année. Mais les *Fleurs* de la *Perse*, par le vif des couleurs, sont généralement bien plus belles que celles de l'*Europe*, & que celles des Indes. L'*Hyrcanie* est un des plus admirables Païs pour les *Fleurs*; car il y a des forêts toutes d'*Orangers*: le *Jasmin* simple

& double: toutes les *Fleurs*, que nous avons en *Europe*, & diverses autres que nous n'y avons point. La partie la plus *Orientale* de ce païs-là, qu'on appelle *Mazenderan*, n'est qu'un parterre depuis Septembre, jusqu'à la fin d'Avril. Tout le païs est alors couvert de *Fleurs*, & c'est aussi le meilleur tems pour les fruits; comme au contraire dans les autres mois, on n'y peut durer à cause de la chaleur excessive, & de la malignité de l'air. Vers la *Medie*, & aux frontieres *Septentrionales* de l'*Arabie*, les campagnes produisent d'elles-mêmes les *Tulipes*, les *Anemones*, des *Renoncules* simples du plus beau rouge, des *Couronnes Imperiales*. En d'autres lieux, comme autour d'*Ispahan*, les *Jonquilles* y croissent d'elles-mêmes aussi: & on y a des fleurs tout l'hyver. On y a dans la saison des *Narcisses* de sept à huit sortes, du *Muguet*, des *Lys*, & des *Violettes* de toutes couleurs, des *Oeuillets* simples, des *Oeuillets* doubles, des *Oeuillets d'Inde* d'une couleur qui éblouït, du *Jasmin* simple & double, & du *Jasmin* que nous appellons d'*Espagne*, d'une beauté & d'une odeur qui surpassent de beaucoup ceux de l'*Europe*. Les *Guimauves* sont aussi chez eux d'une belle couleur. Les *Tulipes* ont la tige courte à *Ispahan*, ne montant qu'à quatre pouces de terre. Entre les *Fleurs* qu'on a durant l'hyver, sont le *Somboul* blanc, & bleu, qui est la *Fleur* que nous appellons l'*Hyacinthe*, le *Lys des vallées*, de petites *Tulipes*, la *Violette*, le *Muguet*, le *Myrrhe*. Ils ont au printems la *Giroflée* jaune, & rouge, en égale abondance, des *Ambrettes* de toutes couleurs, & une *Fleur* que nous n'avons point, qui me paroît une des plus belles de la nature. Ils l'appellent *Gulmikek*, c'est-à-dire *fleur de clou de giroffle*, parce qu'elle ressemble tout-à-fait à un *clou de giroffle*. Elle est d'un rouge incomparable. On ne sauroit rien voir de si vif, ni dans la nature, ni dans l'art. Chaque brin porte une trentaine de ces *fleurs*, arrangées en forme ronde, & de la grandeur d'un écu. La *Rose*, qui est si commune chez eux, est de cinq sortes de couleurs, outre sa couleur naturelle; *blanche*, *jaune*, *rouge*, que nous appellons *roses d'Espagne*, d'un *rouge* encore plus haut, que nous appellons *ponceau*, & de deux couleurs savoir *rouge* d'un côté & *blanc* ou *jaune* de l'autre. Les *Persans* appellent ces *roses dou rouye*, ou à *deux endroits*. J'ai vû des *Rosiers* chargez dans une même branche de *Roses* de trois couleurs, de *jaunes*, de *jaune* & *blanc*, & de *jaune* & *rouge*. Ils font de grands pots verds au printems, qui rérejouïffent fort la vûë, dont ils parent leurs appartements, & leurs jardins, en mettant fur ces pots une couche de terre mince, mêlée de graine de *creffon*, qu'ils tiennent couverte d'une groffe toile toûjours moitte. Les premiers rayons du Soleil font germer cette graine, & vous voyez le pot tout verd, comme une écorce couverte de mouffe, mais il n'y a rien de plus beau à voir que les arbres fleuris, & fur tout les *Péchers*, car les fleurs les couvrent fi fort, que la vûë même n'y trouve pas de paffage.

J'ai fait mention entre les *fleurs*, qui croiffent dans le territoire d'*Ifpahan*, de l'*Hyacinthe* qu'ils appellent *fomboul*, fur quoi je dirai que *Pietro della Valle* parle en fes *Rélations*, d'une Racine exquife pour fon odeur, & par fon parfum, qu'il dit que les *Perfans* appellent *fomboul Catay*, ou *Tartarique*; & comme il n'en dit autre chofe, finon que c'eft une *Racine* odoriferante, des gens m'ont demandé à mon retour ce que c'étoit. Je crois que ce n'eft autre chofe que le *Spica Nardi* de l'*Evangile*, qu'on dit en *François nard d'epy*. Car *fomboul* en *Arabe* fignifie *épy*, d'où les *Aftronomes Arabes* appellent *fomboulé*, ou *porte-épy*, ce figne du *Zodiaque*, que nous appellons *la Vierge*, à caufe de la gerbe que les peintres lui mettent à la main. Mais je n'ai jamais ouï dire en *Perfe* qu'il y croiffe une telle *Racine*, & j'oferois dire que *Pietro della Valle* s'y eft trompé, comme il a fait en tant d'autres chofes, en prenant une compofition pour une *Racine*. J'ai remarqué géneralement en *Perfe*, comme en *Turquie*, qu'on appelle *Catay*, ou *Tartarique*, plufieurs chofes exquifes; non pour dire qu'ils en viennent, mais pour en marquer le prix & la rareté; comme les *Brocards de Venife*, par exemple, qu'ils appellent *Zerbaft Catay*, c'eft-à-dire *toile d'argent de Tartarie*.

Après ce que j'ai dit du nombre & de la beauté des *fleurs de Perfe*, on s'imagineroit aifément qu'il y a auffi les plus beaux *Jardins* du monde; mais cela n'eft point du tout. Au contraire, par une régle que je trouve fort génerale, là où la nature eft feconde & aifée, l'art eft plus groffier & plus inconnu, comme en ce fait des *Jardins*. Ce qui arrive à caufe que là où la nature fait *jardiner* fi excellemment, s'il m'eft permis de parler ainfi, l'art n'y a prefque rien à faire. Les *jardins* des *Perfans* confiftent d'ordinaire en une grande allée, qui partage le *jardin*, tirée à la ligne, & bordée de *Platanes*, avec un *Baffin d'eau* au milieu d'une grandeur proportionnée au *Jar-*

din, & deux autres plus petites fur les côtez. L'efpace entre deux eft femé de *fleurs* confufement, & planté d'*Arbres fruitiers*, & des *Rofiers* & c'en eft là toute la décoration. On ne fçait ce que c'eft que *Parterres & Cabinets de Verdure*, que *Labyrinthes & Terraffes*, & que ces autres ornemens de nos *Jardins*. Ce qui vient particulierement de ce que les *Perfans* ne fe promenent pas dans les *Jardins*, comme nous faifons, mais qu'ils fe contentent d'en avoir la vûe, & d'en refpirer l'air, ils s'affeient pour cela en quelque endroit du jardin à leur arrivée, & s'y tiennent jufqu'à ce qu'ils en fortent.

CHAPITRE VII.

Des Métaux, & des Mineraux, où il eft auffi traité des Pierreries.

COmme la *Perfe* eft fort montueufe, elle eft pleine de *Métaux* & de *Mineraux*, qu'on a commencé de tirer à force, dans ce fiécle, & beaucoup plus que dans les fiécles précédens. C'eft le *Grand Abas*, à qui on en eft redevable, & c'eft le grand nombre d'*Eaux minerales*, qui fe trouvent deçà & delà dans tout le Royaume, qui le porta à faire travailler aux *Mines*. Les *Métaux* qu'on trouve le plus en *Perfe*, font le *Fer*, l'*Acier*, le *Cuivre*, & le *Plomb*. On n'y trouve ni *Or*, ni *Argent*. L'on eft pourtant fort affuré qu'il y en a dans les *Mines*, étant impoffible que tant de Montagnes qui produifent toute forte de *Métaux*, & le *Soulfre*, & le *Salpetre* ne produifent auffi de ces *Mineraux de Soleil* & de *Lune*. Mais les *Perfans* font trop pareffeux pour faire beaucoup de découvertes. On s'arrête chez eux à ce qu'on a toûjours eu, & l'on n'en cherche pas davantage. S'ils étoient auffi actifs, auffi inquiets, & auffi néceffiteux que nous le fommes, il n'y auroit pas une butte de ces montagnes qui n'eût été fouillée diverfes fois. Ce qui marque encore plus qu'il y a de l'*Argent* dans ces *Mines*-là, c'eft que les affineurs trouvent toûjours que leur *Argent* augmente en l'affinant, ce qui ne peut venir que de l'*Argent*, qui eft dans le plomb dont ils fe fervent pour purifier l'*Argent*, lequel s'unit par la fonte avec l'autre. La principale *Mine d'Argent* où l'on a travaillé, jufqu'ici, eft à *Kervan*, dans la contrée de *Guendamon*, à quatre lieuës d'*Ifpahan*, à une montagne appellée *Chacouch*, ou *Mont-Royal*. Mais comme le bois eft fort rare à *Ifpahan*,

         .& le

& le charbon auſſi, & que d'ailleurs la *Mine* n'eſt pas des plus abondantes, la dépenſe a toûjours excedé le profit, d'où vient, que par maniére de proverbe, on dit des entrepriſes infructueuſes, *c'eſt la Mine de Kervan.* On y dépenſe dix pour trouver neuf. Il y a auſſi des *Mines d'Argent* à *Kirman,* & en *Mazenderan.* Il y a tout lieu de croire que le luxe & les richeſſes de l'ancien Empire *Perſan* venoient des mines du Païs, qui ſe ſont épuiſées, ou qu'on a négligé d'entretenir, à cauſe de l'abondance d'*Or* & d'*Argent* que le commerce attiroit dans le Royaume.

Les *Mines* de *Fer* ſont dans l'*Hyrcanie,* dans la *Medie Septentrionale,* au païs des *Parthes,* & dans la *Bactriane.* Il y a du *Fer* en abondance, mais il n'eſt pas ſi doux que celui d'*Angleterre.*

Les *Mines d'Acier* ſe trouvent dans les mêmes païs, & y produiſent beaucoup; car l'Acier n'y vaut que ſept ſols la livre. Cet *Acier*-là eſt ſi plein de *Soulfre,* qu'en jettant la limaille ſur le feu, elle petille comme de la poudre à Canon. Il eſt fin, ayant le grain fort menu & délié; qualité, qui naturellement & ſans artifice, le rend dur comme le *Diamant.* Mais d'autre côté, il eſt caſſant comme le verre; & comme les Artiſans *Perſans* ne lui ſavent pas bien donner la trempe, il n'y a pas moyen d'en faire des reſſorts ni des ouvrages déliez & délicats. Il prend pourtant une fort bonne trempe dans l'eau froide, ce qu'on fait en l'envelopant d'un linge mouillé, au lieu de le jetter dans une auge d'eau après qu'on l'a fait chaufer, ſans le rougir tout-à-fait. Cet *Acier* ne ſe peut point non plus alier avec le *Fer;* & ſi l'on lui donne le feu trop chaud, il ſe brûle, & devient comme l'écume de charbon. On le mêle avec l'*Acier des Indes,* qui eſt plus doux quoi qu'il ſoit auſſi fort plein de *Soulfre,* & qui eſt beaucoup plus eſtimé. Les Perſans appellent l'une & l'autre ſorte d'*Acier, poulad jauherder, Acier ondé,* qui eſt ce que nous diſons *Acier de Damas,* pour le diſtinguer d'avec l'*Acier de l'Europe.* C'eſt de cet *Acier*-là qu'ils font leurs belles lames Damaſquinées. Ils le fondent en pain rond, comme le creux de la main, & en petits bâtons carrez.

Le *Cuivre* ſe prend principalement à *Sary,* dans les Montagnes de *Mazenderan.* Il y en a auſſi en *Bactriane,* & vers *Casbin.* Il eſt aigre, & pour l'adoucir ils l'allient avec du *Cuivre de Suede* ou de *Japon;* une partie de *Cuivre* étranger ſur vingt parties du leur. C'eſt le *Metail* dont ils font le plus d'uſage.

Les *Mines de Plomb* ſont vers *Kirman* & *Tezde,* & ces dernieres ſont celles qui participent le plus d'*Argent.*

Les *Mineraux* ſe trouvent auſſi abondamment dans toute la *Perſe.* Le *Soulfre,* & le *Salpetre* ſe tirent de la Montagne de *Damavend* qui ſépare l'*Hyrcanie* de la *Parthide.* L'*Antimoine* ſe trouve vers la *Caramanie.* Mais c'eſt un *Antimoine bâtard;* car après l'avoir fait fondre, on ne trouve dedans que du *Plomb* fort fin. L'*Emery* qui ſe trouve vers *Niris* eſt aſſez dur, mais il perd de ſa dureté à meſure qu'on le broye menu; au contraire de celui des *Indes,* qui plus il eſt menu, plus il tranche, & plus il a de force; à cauſe de quoi auſſi on l'eſtime beaucoup plus. Pour le *Vitriol,* & pour le *Mercure,* c'eſt de quoi ils manquent en *Perſe* auſſi bien que d'*Etain.* On eſt reduit à le tirer des *Indes.*

Le *Sel* ſe fait par la nature toute ſeule, & ſans aucun art. Le *Soulfre* & l'*Alum* ſe font de même. Il y a de deux ſortes de *Sel* dans le païs, celui des Terres, & celui des *Mines,* ou de Roche. Il n'y a rien de plus commun en *Perſe* que le *Sel,* car d'un côté il n'y a nul droit deſſus, & de l'autre vous trouvez des plaines entieres longues de dix lieuës & plus, toutes couvertes de *Sel,* & vous en trouvez d'autres qui ſont couvertes de *Soulfre,* & d'*Alum.* On en paſſe quantité de cette ſorte en voyageant dans la *Parthide,* dans la *Perſide,* dans la *Caramanie.* Il y a une plaine de *Sel,* proche de *Cachan,* qu'il faut paſſer pour aller en *Hyrcanie,* où vous trouvez le *Sel* auſſi net, & auſſi pur, qu'il ſe puiſſe. Dans la *Medie,* & à *Iſpahan,* le *Sel* ſe tire des *Mines,* & on le tranſporte par gros quartiers, comme la *pierre de taille.* Il eſt ſi dur en des endroits, comme dans la *Caramanie deſerte,* qu'on en employe les Pierres dans la conſtruction des maiſons des pauvres gens.

Le *Marbre,* la *Pierre de taille,* & l'*Ardoiſe,* ſe tirent particuliérement dans le païs de *Hamadan,* qui eſt l'ancienne *Suſe.* Pour le *Marbre,* il y en a de pluſieurs ſortes en *Perſe:* du *Blanc,* du *Noir,* du *Rouge,* & du *Marbré* de *Blanc* & de *Rouge.* Il s'en tire de *Noir* près d'un Bourg de la *Suſianne,* nommé *Sary,* qui ſe fend en écaille, ou tables, comme l'*Ardoiſe;* mais le plus admirable de tous, eſt celui qui ſe tire vers *Tauris.* Il eſt tranſparent preſque comme le *Cryſtal de roche,* & on voit à travers de tables qui ont un pouce d'épaiſſeur & même plus. Ce Marbre eſt blanc, mêlé de verd, pâle comme une maniére de *Jadde.* Il eſt ſi tendre que le conteau l'entame, me, ce qui fait penser à plusieurs que ce n'est pas un vrai *Mineral*, ni qui ait la consistence d'une vraye *Pierre*.

Les *Persans* ne se servent pas de *Pierre-à-fusil* à leurs armes, ni pour faire du feu. Ils ont un bois qui leur sert de fusil, & qui en fait l'effet; car il s'enflamme, & prend feu étant batu l'un contre l'autre.

Vers les frontieres de l'*Arabie*, du côté de *Babylonne*, il y a des étangs d'où l'on tire cette sorte de *Poix*, qu'on appelle le *Bitume*.

Dans la contrée à l'entour de *Tauris*, on trouve de l'*Azur*, mais qui n'est pas si bon que celui de *Tartarie*; sa couleur s'altere, devient sombre & enfin se passe.

Dans l'*Armenie*, & dans la *Perside*, on trouve le *Bol*, & le *Marne*, qui est *blanc* comme le Savon, & dont on se sert comme de Savon. Les femmes s'en servent particuliérement à se laver la tête au bain. On y trouve aussi des *Mines* de *Talc*.

En *Hyrcanie*, dans la partie qu'on appelle *Mazenderan*, on trouve le *Petroleum*, ou *Naphte*. Il y en a de *Noir* & de *Blanc*. On s'en sert de *Vernis*, & à la *Peinture*, & aussi dans la *Medecine*, pour guerir les humeurs froides. On trouve du *Naphte*, encore en beaucoup d'autres endroits, comme dans la *Chaldée*, où le menu peuple brûle l'huile qui s'en fait.

Mais la plus riche *Mine* de *Perse* est celle des *Turquoises*. On en a en deux endroits, à *Nichapour* en *Carasson*, & dans une montagne qui est entre l'*Hyrcanie*, & la *Parthide*, à quatre journées de la *Mer Caspienne*, nommée *Phirous-cou*, ou *Mont de Phirous*, qui étoit un des anciens Rois de *Perse*, qui subjuga ce Païs, & y bâtit des villes & des châteaux. *Pline* appelle cette montagne le *Caucase*. La *Mine* de *Turquoises* fut aussi découverte durant le régne de ce *Firous*, & prit de lui son nom, de même que la *Pierre fine* qu'on en tire, que nous appellons *Turquoise*, à cause que le païs d'où elle vient est la *Turquie* ancienne & véritable, mais qu'on appelle en tout l'*Orient*, *Firouzé*. On a depuis découvert une autre mine de ces sortes de Pierres, mais qui ne sont pas si belles, ni si vives. On les appelle *Turquoises nouvelles*, qui est ce que nous disons *de la nouvelle roche*, pour les distinguer des autres, qu'on appelle *Turquoises vieilles*. La couleur de celle-là se passe avec le tems. On garde tout ce qui vient de la *vieille roche* pour le Roi, qui les revend après, ou les troque, après en avoir tiré le plus beau. Les *Mineurs*,

& les Officiers préposez, en détournent autant qu'ils peuvent, & c'est delà qu'on a si souvent de bons hazards de ces Pierres, ou *Turquoises*.

Je mets après les *Mines des Pierreries*, la pêche des *Perles*, qui se fait dans tout le *Golphe Persique*, mais particuliérement autour de l'*Isle de Baherin*. Cette pêche est abondante, & produit pour plus d'un million de *Perles* par an. J'en ai vû sortir une *Perle*, qui pesoit cinquante grains, ronde en perfection: c'étoit une grande rareté, les plus grosses *Perles* de cette Mer n'étant d'ordinaire que de dix à douze grains. Les pêcheurs sont obligez, sous de rudes peines, de donner au Roi les *Perles* au dessus de ce poids, mais c'est à quoi ils ne satisfont jamais de bonne foi. Les *Persans* payoient autrefois un droit aux *Portugais*, afin qu'ils ne leur troublassent pas cette pêche; mais depuis que la puissance Portugaisse a baissé dans les *Indes*, & qu'elle est devenué à ce néant où nous la voyons reduite, les *Persans* leur ont donné fort peu de chose, & seulement par manière de présent; & même à cette heure ils ne leur donnent plus rien.

La *Perle* a par tout des noms pompeux en Orient. Les Turcs & les Tartares l'appellent *Mårgeou*, mot qui signifie *Globe de lumiere*. Les *Persans Mervarid*, c'est-à-dire, *production de la lumiere*; & *Loulou*, qui signifie aussi *lumineux*, & *brillant*. C'est pour exprimer son bel œil. Effectivement les *Perles* de *Perse* ont beaucoup plus d'éclat, & un plus haut coloris que les *Perles Occidentales*. Le terme de *Loulou* est vraisemblablement l'origine de celui de *lueur* en François; comme celui de *Mervarid*, Les peuples Méridionaux de l'Europe ont fait le nom de *Marguerites*, dont ils se servent pour signifier les *Perles*. On les prend dans de fort larges *Huitres* près de l'Isle de *Baharin*, où la mer est douceatre, par le mélange d'une infinité de petits canaux souterrains, qui y apportent de l'eau. On dit que les pêcheurs des *Perles* y puisent de l'eau douce en appliquant la bouche d'un outre au trou par où l'eau se décharge dans la mer. On dit même que quand les Portugais étoient les Seigneurs de *Baharin*, comme de presque tout le *Golphe*, ils faisoient là leur provision d'eau pour leurs navires, la tirant du creux de la mer avec des pompes. Les plongeurs qui pêchent les *Perles*, sont quelquefois jusqu'à demi quart d'heure sous l'eau, faisant paroître une force inconcevable dans ce penible travail.

J'ajoûte

J'ajoûte à ce Chapitre que les Perfans font une diſtinction entre les *Emeraudes*, comme nous faiſons entre les *Rubis*. Ils appellent la plus belle forte *Emeraudes d'Egypte*, la forte fuivante *Emeraudes vieilles*, & la troiſiéme forte, *Emeraudes nouvelles*. Avant la découverte du nouveau Monde, les *Emeraudes* leur venoient de l'Egypte, plus hautes en couleur, à ce qu'ils prétendent, & plus dures, que les *Emeraudes d'Occident*. Ils m'ont fait voir pluſieurs fois de ces *Emeraudes* qu'ils appellent *Zemeroud Meſri*, ou de *Miſraim*, l'ancien nom de l'*Egypte*; & auſſi *Zmeroud Aſvani*, d'*Aſvan*, ville de la *Thebaïde*, nommée *Syene* par les anciens Géographes. Mais quoi qu'elles me paruſſent très-belles, d'un verd fort enfoncé, & d'un poliment fort vif ; il me ſembloit que j'en avois vû d'auſſi belles des *Indes Occidentales*. Pour ce qui eſt de la dureté, je n'ai jamais eu le moyen de l'éprouver, & comme il eſt certain qu'on n'entend point parler depuis long-tems de *Mines d'Emeraudes* en *Egypte*, il pourroit être que les *Emeraudes d'Egypte* y étoient apportées par le Canal de la *Mer rouge*, venant, ou des *Indes Occidentales*, par les *Philippines*, ou de *Pegu*, ou du Royaume de *Colconde*, ſur la Côte de *Coromandel*, où on tire journellement des *Emeraudes*. Les Perfans veulent qu'on tiroit auſſi des *Mines d'Egypte*, le *Rubi* d'Orient, la *Topaſe*, & pareillement l'*Eſcarboucle*, cette Pierre nominale, qu'on ne trouve plus, & qui n'eſt vrai-ſemblablement que le *Rubi Oriental*, haut en couleur. Ils appellent cette Pierre imaginaire *Icheb chirac*, *le flambeau de la nuit*, à cauſe de la proprieté qu'on lui attribue d'éclairer tout à l'entour ; *Cha Mohoré*, *Pierre royale*, & *Cha jevacran*, *Roi des joyaux*. Ils lui attribuent des vertus furnaturelles, & afin que le recit ne manque pas d'être bien fabuleux, ils raportent que l'*Eſcarboucle* eſt produite dans la tête d'un *Dragon*, ou d'un *Griffon*, ou d'une *Aigle royale*, qui ſe trouve à la Montagne de *Caf*. Les Orientaux appellent de ce nom les *Monts Hyperboréens*. Pour ce qui eſt du *Rubi*, ils l'appellent *Yacut Ceylani*; & *Yacut* eſt apparemment la racine du terme de *Jacinthe*, duquel nous appellons le *Rubi tendre*. Il eſt vrai qu'il y a des mines de pierreries en *Ceylan*; mais ce ne font toutes que pierres tendres. On l'appelle auſſi *Balacchani*, *Pierre de Balacchan*, qui eſt le *Pegu*, d'où je juge qu'eſt venu le nom de *Balays*, qu'on donne aux *Rubis couleur de roſe*. Il eſt naturel que l'Orient étant la ſource, ou la mine des Pierres fines, leurs noms en ſoient auſſi venus.

nus. Le nom de *Joüallier*, qu'on donne à ceux qui en font négoce en eſt venu ſemblablement. On les appelle en tous les Païs Orientaux, *Jenaery*.

CHAPITRE VIII.

Des Animaux domeſtiques & ſauvages.

IL faut mettre le *Cheval* à la tête des animaux domeſtiques. Les *Chevaux* de *Perſe* ſont les plus beaux de l'Orient. Ils ſont plus hauts que les *Chevaux* de ſelle *Anglois*, étroits de devant, la tête petite, les jambes fines & déliées à merveille, fort bien proportionnez, fort doux, de grand travail, & fort vifs & legers. Ils portent le nez au vent à la courſe, & la tête haute en l'air, & c'eſt comme on les dreſſe. Mais afin qu'ils ne donnent pas de la tête dans l'eſtomach du Cavalier, on leur met une eſpéce de caveçon, qui n'eſt que de cuir, & comme un licou, mais plus large, & fort brodé & orné, qui leur bride le nez, & paſſant entre les jambes s'attache comme le poitrail ſous le ventre du Cheval par ſa ſangle. Les *Chevaux* portent la queüe longe, qu'on noüe & reléve quelquefois. Ils ſont fort doux & maniables, aiſez à nourrir, & ſervent juſqu'à dix-huit & vingt ans. On ne ſait ce que c'eſt que de *Hongres* parmi ces *Chevaux Perſans*. J'ai dit qu'ils ſont les plus beaux de l'Orient ; mais pour cela ils ne ſont pas les meilleurs, ni les plus recherchez. Ceux d'*Arabie* les paſſent, & ſont fort eſtimez en *Perſe*, à cauſe de leur legereté ; car ils ſont quant à la forme ſemblables à de vrayes *Roſſes*, par leur taille ſeiche & décharnée. Les Perſans diſent que pour éprouver les *Chevaux* qu'on vend pour *Arabes*, de la bonne race, qui eſt dans l'*Arabie heureuſe*, il faut leur faire faire trente lieües d'une haleine, & fort vite ; les pouſſer enſuite dans l'eau juſqu'au poitrail, & puis leur donner l'orge ; car s'ils le mangent avidement, ce ſont de vrais *Chevaux Arabes*. Les Perſans ont auſſi beaucoup de *Chevaux Tartares*, qui ſont plus bas que ceux de *Perſe*, plus groſſiers, & plus laids, mais qui ſont de plus de fatigue, plus animez, & plus legers à la courſe. Les *Chevaux* ſont fort chers en *Perſe*. Les beaux valent depuis mille francs, juſqu'à mille écus. Le grand tranſport qui s'en fait en *Turquie*, & particulierement aux *Indes*, eſt ce qui les rend ſi chers. On ne peut en emmener que par permiſſion ſpéciale du Roi.

La monture la plus commune après le *Cheval*,

val, eſt la *Mule*. On en a de fort bonnes en *Perſe*, qui vont fort bien l'amble, qui ne bronchent point, & qui ne ſe laſſent gueres. Le plus haut prix qu'on vende une *Mule* eſt de cinq cens francs.

Après ils ont l'*Ane*, dont il y a de deux ſortes en *Perſe*; les *Anes* du Païs, qui ſont lents & peſans, comme les *Anes* de nos Païs, dont ils ne ſe ſervent qu'à porter des fardeaux; & une race d'*Anes d'Arabie*, qui ſont de fort jolies bêtes, & les premiers *Anes* du monde. Ils ont le poil poli, la tête haute, les piez legers, les levant avec action en marchant. L'on ne s'en ſert que pour montures: les ſelles qu'on leur met ſont comme des bâts ronds, & plats par-deſſus, faites de drap ou de tapiſſerie, avec les étriers & le harnois. On s'aſſied deſſus plus vers la croupe que vers le col. On met à pluſieurs des harnois tout argent, tant le maître eſt content de la legereté & de la douceur de leur allure. Il y en a du prix de quatre cens francs, & l'on n'en ſauroit avoir d'un peu bon à moins de vingt-cinq piſtoles. On les penſe comme les *Chevaux*. Les Eccleſiaſtiques qui ne ſont pas encore dans les charges, ou dans les grands benefices, affectent d'aller montez ſur des *Anes*.

On n'apprend autre choſe à ces bêtes domeſtiquées qu'à aller l'amble: & l'art de les y dreſſer, eſt de leur attacher les jambes, celles de devant à celles de derriere par deux cordes de cotton qu'on fait de la meſure du pas d'un *Ane*, qui va l'amble, & qu'on ſuſpend par une autre corde paſſée dans la ſangle à l'endroit de l'étrier. Des eſpeces d'Ecuyers les montent ſoir & matin; & les pouſſent & exercent, tant qu'ils apprennent à aller l'amble. Ce que ces bêtes font, étant pouſſées par l'Ecuyer, & retenues à même tems par la corde, qui les empêche d'étendre les jambes plus qu'il ne faut pour le pas de l'amble. On fait aller ſouvent une bête dreſſée, ou deux, à côté de celle qu'on dreſſe, afin de la dreſſer en moins de tems. On apprend de plus aux *Chevaux* à s'arrêter tout court ſur le cû au milieu de la courſe.

Les Perſans s'entendent bien en *Chevaux*, & ont de bons Palefreniers. J'ai déja parlé de la nourriture des *Chevaux* dans le premier Volume. On leur donne pour litiere leur propre fumier deſſeché, & mis en poudre, dont on leur fait un lit épais de deux à trois pouces, fort uni, & fort mol. On met tous les matins la fiente de ces animaux ſeicher dans la cour, & ſur le ſoir on la met en poudre en la battant un peu. Comme elle eſt tout le jour à ſeicher au Soleil, elle y perd ſa ſenteur, de ſorte que les écuries ne ſentent point mauvais. Ils uſent encore d'un autre remede pour empêcher cette ſenteur, qui eſt de mêler du ſel dans l'orge des *Chevaux*, en la leur donnant à manger. Les étrilles du païs n'ont point de manche, les bords ſont dentellez & ſervent de gratoires. On les frotte enſuite avec un feutre. Leurs écuries ſont tenues fort propres, & il n'y ſent point comme dans les nôtres, ni approchant. Il n'y a point de mangeoire non plus de même qu'en nos païs. Les *Chevaux* mangent leur paille, & leur orge, dans un ſac de poil qu'on leur attache à la tête. Les fers de *Cheval* ſont plats, ſans talon, ou crochet, & plus minces que les nôtres. Cependant ils durent bien plus long-tems, ce qui vient de ce que les *Chevaux Perſans* ont la corne beaucoup plus dure que les nôtres, & beaucoup meilleure; étant ſaine, & ſe laiſſant clouër par tout, ce qu'il faut imputer à la bonté de leur climat. Ces fers unis & legers font que les *Chevaux* ſont plus pas à la courſe, à ce qu'on aſſure. On ne met pas aux *Chevaux* durant l'Hiver & lors qu'il gêle, de fers autrement faits qu'en Eté; mais on les ferre avec des clous qui ont la tête plus groſſe & plus pointue. Les fers qu'on met aux autres animaux ſont de même que ceux-là, hormis durant l'Hiver, aux lieux où il gêle. Comme les villes de *Perſe* ne ſont pas pavées, on ne craint point que les *Chevaux* gliſſent. On a de coûtume auſſi en Hiver de teindre les *Chevaux* de henna, ce fard jaune, dont j'ai parlé, & dont les hommes & les femmes ſe ſervent auſſi. On leur en frotte les jambes, & le corps tout du long, juſqu'au poitrail, & quelquefois la tête; quoi qu'on diſe que cela les défend contre le froid, c'eſt pourtant plûtôt par ornement qu'on les teint ainſi; car on le fait en divers lieux en toutes ſaiſons. On fait à ceux du Roi par diſtinction une dentelle de ce vernis à grandes dents, à fleurons, comme les fleurons des couronnes; & on ne le fait qu'à ceux du Roi ſeulement.

Il n'y a auſſi que le Roi qui puiſſe tenir des *Haras* en *Perſe*. Les Gouverneurs & les Intendans des Provinces qui en ont à eux les tiennent ſous ſon nom. Le Roi a de très-grands *Haras* par tout; en *Medie*, dans la Province de *Perſe*, & particulierement proche de l'ancienne *Perſepolis*, où ſont les plus beaux *Chevaux* du Royaume. Il a auſſi des
écu-

écuries dans toutes les Provinces, & dans la plûpart des grandes villes. C'eſt afin qu'il y ait toûjours des *Chevaux* prêts à diſtribuer aux Cavaliers, aux Artiſans, & à tous ceux qui ſont à la ſolde du Roi, en quelque ſervice que ce ſoit, & à tous les Officiers ; car on n'en refuſe à pas un de ces gens qui en demandent ; mais quand l'on en a une fois reçû un, l'on ne peut plus le rendre, il faut le garder & le nourrir. On envoye quelquefois une ſi grande quantité de *Chevaux* au Roi, ſoit de ſes *Haras*, ou par préſent, que ſes écuries ne les peuvent contenir ; & alors on les diſtribue chez les particuliers aiſez, un en chaque maiſon. Ils ſont obligez de les nourrir juſqu'à ce qu'on les retire ; mais ils peuvent auſſi s'en ſervir tant qu'ils les ont en garde. Tous les *Chevaux* du Roi ſont marquez d'une grande *Tulipe* ouverte à la cuiſſe du montoir, & il n'y a que les *Chevaux* du Roi qu'on marque de ce côté-là, tous les autres qui ſont marquez le ſont de l'autre côté. Les gens à qui le Roi donne des *Chevaux* pour s'en ſervir, ne les peuvent vendre, mais ils peuvent les troquer entr'eux ; & quand le *Cheval* meurt entre leurs mains, il faut qu'ils coupent la pièce de la peau, où eſt la marque avec un peu de chair deſſous ; qu'ils la portent au grand Ecuyer du Roi, qui eſt ſur le lieu, & qu'ils ſe faſſent décharger du *Cheval* ſur le regître, ce qu'on fait après avoir pris leur ſerment qu'il eſt mort naturellement, & non pas faute de ſoin ; & alors s'ils en redemandent un autre, on le leur donne. On aſſure que les Officiers des écuries du Roi en mettant cette piéce de *Cheval* dans l'eau, jugent au bout de quelques heures dequoi la bête eſt morte, ſi c'eſt de faim, ſi c'eſt de fatigue, ou ſi on l'a tuée ; car quelquefois un Cavalier qui ne peut nourrir ſon *Cheval*, eſt bien aiſe qu'il creve pour en être quitte, ou celui qui en a un mauvais deſire la même choſe pour en demander un meilleur. On obſerve dans la vente des *Chevaux* les mêmes conditions qu'on garde chez nous, & l'on a auſſi trois jours pour les rendre.

Je ne dirai rien du *Harnois* & des *Selles* de *Perſe*. C'eſt la même choſe qu'en *Turquie*, ſi ce n'eſt peut-être que leurs *Selles* ſont encore plus legeres. Cependant leurs *Chevaux* ne ſe bleſſent jamais ou très-rarement ; ce qui vient de ce que le couſſinet étant ſeparé de la *Selle*, le Palefrenier voit d'abord s'il bleſſe le *Cheval*, & tous les matins il bat ce couſſinet avec un caillou pour l'amolir. Ces couſſinets ſont richement brodez ſur le derriere, & un

peu ſur le devant. Les Perſans montent auſſi, court, & à la genette, tout comme les Turcs ; mais ils ſont encore plus magnifiques que les Turcs en leurs *harnois*.

On fend le nez aux *Anes*, & quelquefois aux *Mules*, afin qu'ils ayent plus de vent, & qu'ils reſpirent mieux en courant. On purge tous ces animaux-là au Printems, en leur donnant premierement quatre ou cinq jours durant une herbe legére & pleine d'eau, qu'on appelle *Kaſil*, qui les purge fortement : & puis on leur donne de l'orge en herbe, cinq ou ſix autres jours, lequel on mêle enſuite avec leur paille coupée, durant trois ou quatre ſemaines. On ne monte point les *Chevaux* durant ces premiers quinze jours. On leur fait garder l'écurie, & même, durant les ſix premiers jours, on ne leur fait point de litiere.

Ces animaux ſont ſujets à pluſieurs maladies, qui preſque toutes ſont inconnues en nos Païs. Par exemple, en mangeant trop d'orge, les pieds de devant leur enflent ; ils deviennent foibles ; & il leur vient au poitrail une eſpece de gouëtre ou loupe, qu'on guerit, ou en y appliquant le fer chaud, & en leur ôtant l'orge durant quelques jours ; ou en perçant cette enflure, & en y paſſant une petite branche d'oſier pour la faire ſuppurer. Il vient quelquefois au nez des *Chevaux* deux cartilages, un de chaque côté, qui leur ôtent l'appetit, & leur rendent le ventre enflé & dur comme un tambour, qui ſont que les *Chevaux* veulent toûjours être couchez ; & ſi l'on n'y prend garde, ils en meurent en deux fois vingt-quatre heures. On appelle cette maladie *Nachau*. Comme on la connoît d'abord en prenant la bête au nez, on leur y fait promptement une inciſion de chaque côté fort longue, & l'on tire ces cartilages le plus entiers qu'on peut ; & auſſi-tôt ces pauvres animaux deviennent ſains, & ſont auſſi bons qu'auparavant. Outre cela, il leur vient un autre cartilage à côté de l'œuil, dans la chair, qui les met en danger de la vie, & qu'on tire de même en faiſant une inciſion dans la partie, après avoir couché le *Cheval* à terre. Enfin, ces animaux perdent encore l'appetit par une enflure de levres, qu'on guerit en leur perçant une veine dans le palais avec une aleſne. Le remede à la plûpart des autres maladies des *Chevaux*, qui leur viennent aux jambes, aux pieds, à la corne, c'eſt d'y appliquer le feu, ce qui les guerit ſur le champ. Le feu ainſi appliqué eſt auſſi un des meilleurs & plus ſûrs remedes qu'on faſſe aux hommes

D 2   en

en Orient, comme je le dirai en son lieu. J'ai vû pratiquer en *Perse* avec beaucoup de succès un secret pour engraisser un *Cheval*, qui étoit de lui donner de la peau de Serpent mêlée dans de la farine pêtrie, dont on faisoit des boules, grosses comme un œuf, qu'on lui faisoit avaler.

Le *Chameau* est un animal fort estimé chez les *Orientaux*. Ils l'appellent *Kechty krouch konion*, c'est-à-dire, *Navire de terre ferme*, en vûe de la grande charge qu'il porte, qui est d'ordinaire de douze à treize cens pour les grands *Chameaux*; car il y en a de deux sortes, de *Septentrionaux*, & de *Meridionaux*, comme les *Persans* les appellent. Ceux-ci qui font les voyages du *Sein Persique* à *Ispahan*, sans passer plus outre, sont beaucoup plus petits que les autres, & ils ne portent qu'environ sept cens; mais ils ne laissent pas de rapporter autant & plus de profit à leurs Maîtres, parce qu'ils ne coutent presque rien à nourrir. On les méne, tout chargez qu'ils sont, paissant le long du chemin, sans licou, ni chevestre. Le poil tombe tout à cet animal au printems, & si entierement, qu'il paroit tel qu'un cochon échaudé: & alors on le poisse par tout, pour le défendre de la piquure des *Mouches*. Le poil de *chameau* est la meilleure toison de tous les Animaux domestiques, on en fait des étoffes fort fines: & nous en faisons des chapeaux en *Europe*, le mêlant avec le *castor*. On observe le tems qu'il est en amour, afin de le charger plus qu'à l'ordinaire, parce qu'autrement, il seroit indomptable, & souvent même il faut de plus le morrailler. Il saute alors, & fait des bonds par la Campagne, comme le *cheval* le plus leger. On observe aussi, que quand il est en cet état, & il y est toûjours cinq ou six semaines, il mange beaucoup moins que dans les autres tems. Une chose remarquable en ces animaux, c'est que quand ils s'accouplent, les femelles sont à terre couchées sur le ventre comme quand on les charge. Elles portent leurs petits onze à douze mois durant: & quand elles les ont mis au monde, on les couche sur le ventre, les quatre piez pliez dessous, & on les tient les quinze ou vingt premiers jours, nuit & jour, dans cette posture, pour les accoûtumer à s'y tenir. Ils ne se couchent jamais autrement. On ne leur donne aussi alors qu'un peu de lait, pour leur apprendre à vivre de peu de chose, à quoi on les éleve si bien, qu'ils sont des huit à dix jours sans boire: & pour le manger, cet animal est non seulement celui qui man-

ge le moins de tous, à beaucoup près, mais encore il y a lieu de s'étonner comment un si grand animal peut vivre de si peu de chose. Il y a grande abondance de ces animaux-là en *Perse*, & c'est un des bons négoces du païs avec la *Turquie*, qui en tire une grande quantité. Ceux du païs n'ont qu'une Bosse, mais ceux des *Indes* & d'*Arabie* en ont deux. On éleve dans les parties *Meridionales* & *Orientales* du païs, comme vers l'*Arabie*, & vers la *Tartarie*, vers les *Indes*, & vers le *Sein Persique*, une sorte de *chameaux* pour servir à la course. Ils les appellent *Revahie*, c'est-à-dire, *allant*. Ils vont au grand trot, & si vite, qu'un *cheval* ne les peut suivre qu'au galop. C'est cette sorte de *Chameaux* que les *Hebreux* appellent *gemela sareka*, *chameau volant*. Dans quelques unes de ces Provinces, & sur tout vers le *Sein Persique*, on nourrit ces animaux-là de poisson sec, & de Dattes, & l'on en fait aussi manger aux *Anes*. On compte toutes les bêtes de charge en *Orient* par nombre de sept, qu'ils appellent *Kater*, parce, disent-ils, qu'un Palefrenier en peut penser autant. Il y a encore une chose fort à remarquer sur les *Chameaux*, c'est qu'on leur apprend à marcher, & qu'on les mene à la voix, avec une maniere de chant. Ces animaux réglent leur pas à cette cadence, & vont lentement, ou vîte, suivant le ton de voix: & tout de même quand on veut leur faire faire une traite extraordinaire, leurs Maîtres savent le ton qu'ils aiment mieux entendre.

Les *Bœufs* de *Perse* sont comme les nôtres, excepté vers les frontieres de l'*Inde*, où ils ont la bosse, ou loupe, sur le dos. On mange peu de *bœuf* en tout le païs. On ne l'éleve que pour la charge, ou pour le labourage. On ferre ceux dont on se sert à la charge, à cause des montagnes pierreuses où ils passent.

Il n'y a de *Cochons* en *Perse* que dans l'*Iberie*, & dans la *Medie*. Ailleurs on éleve une espece de petit *Sanglier*, comme des *Cochons*; & les *Armeniens* de la contrée d'*Ispahan* en apportent vendre l'hyver chez les *Chrétiens*. La peau en est noire, & rude, comme du *Sanglier*, la chair rouge, maigre & seiche, & qui n'a pas le goût si bon que le *Cochon*, ni que le sanglier sauvage.

Je parlerai du menu *bétail* à l'endroit des *Vivres*. Je dirai seulement ici que la *Perse* abonde en *Moutons* & en *Chevres*. Il y a de ces *Moutons*, que nous appellons *Moutons de Barbarie*, ou à *grosse queüe*, dont la queüe pese plus de trente livres. C'est un grand fardeau

que

que cette queuë à ces pauvres animaux, d'autant plus qu'elle eſt étroite au haut, & large & peſante en bas, faite en cœur. Vous en voyez ſouvent qui ne la ſauroient trainer, & à ceux-là on leur met en quelques endroits la queuë ſur une petite machine à deux rouës, à laquelle on les attache par un harnois afin qu'ils la tirent plus facilement. Les Provinces de *Perſe* les plus abondantes en *bétail* ſont la *Bactriane*, la *Medie*, & l'*Armenie* : j'y ai vû des troupeaux de *Moutons*, qui couvroient quatre à cinq lieuës de païs. Toute la *Turquie* eſt pourvûe de *bétail* par ces grands troupeaux juſques à *Conſtantinople*.

Pour les *Bêtes de chaſſe*, il n'y en a pas en ſi grand nombre en *Perſe* qu'en nos païs, parce que la *Perſe* eſt en géneral, un païs découvert. Les païs de bois, comme l'*Hircanie*, l'*Iberie*, & la *Chaldée*, & après ceux-là, l'*Armenie*, & la *Medie*, ont abondance de *Cerfs* & de *Gazelles*, de *Daims*, & de *Girafes*. Dans les païs montagneux, il y a des *Chevres* ſauvages, & preſque en tout le Royaume on trouve des *Lapins* & des *Lievres*, mais en petite quantité. La *Gazelle*, ou *Gaſel*, comme les *Perſans* écrivent, eſt un animal fort commun en tout l'*Orient*. Il eſt fort joli, plus petit que le *Daim*. Il y en a tant par tout dans l'*Europe*, qu'il ſeroit ſuperflu de le dépeindre. On croit que c'eſt l'animal auquel les *Hebreux* donnent le nom de *Chets*, qu'ils écrivent par deux lettres *Caph* & *Tſadé*, duquel l'*Ecriture* fait ſouvent mention.

Les *Bêtes Feroces* ne ſont pas en grand nombre en *Perſe*, à parler en géneral, parce que ce n'eſt pas un païs de bois, comme je l'ai dit pluſieurs fois; mais par tout où il y a des bois comme en *Hircanie* & en *Curdeſtan*, qui eſt la *Chaldée*, il y a beaucoup de *Bêtes* ſauvages, des *Lions*, des *Ours*, des *Tigres*, des *Leopards*, des *Porc-epy*, & des *Sangliers*. Ce que les anciens ont dit là-deſſus de l'*Hircanie*, que c'eſt le païs des *Bêtes* les plus ſauvages, eſt très-vrai; & lors que j'y étois, on nous empêchoit de nous écarter hors des villes, & d'aller ſeuls à cinq cens pas loin, de peur d'être déchirez par quelqu'un de ces animaux. Obſervez cependant qu'il n'y a gueres de *Loups*, ni en *Hircanie*, ni dans les autres Provinces; mais qu'il ſe trouve par tout un animal dont le cri eſt effroyable, qu'ils appellent *Chakal*, que je croi être l'*Hyenne*; car il en veut particulierement aux corps morts, qu'il déterre en pluſieurs endroits, ſi l'on ne fait la garde ſur la foſſe. J'en ai fait la deſcription dans mon *Voyage de Paris à Iſpahan*.

Il n'y a qu'un mot à dire des *Inſectes* du païs, parce qu'il n'y en a gueres, ce qu'il faut rapporter à la ſéichereſſe de l'air. Il y a en quelques Provinces des *Sauterelles* en une quantité inconcevable, où vous les voyez aller par nuages ſi épais, qu'elles obſcurciſſent l'air. J'aurai occaſion d'en parler amplement dans la ſuite de cet Ouvrage. Il y a dans quelques parties du Royaume des *Scorpions* gros & noirs, ſi venimeux que ceux qui en ſont piquez meurent en peu d'heures; & en d'autres des *Lezards* horribles par leur longueur, qui eſt d'une aune, & par leur groſſeur, ſemblable à celle d'un gros crapaut. Ils ont la peau rude & dure comme le *chien-marin*. On dit qu'ils attaquent quelquefois les hommes & qu'ils les tuent. Il y a dans les provinces *Méridionales* une infinité de *Moucherons*, les uns à longues jambes, comme ceux que nous appellons des *Couſins*, & d'autres blancs & petits comme des *Puces*, qui n'ayant aucun bourdonnement picquent ſubitement avec tant d'âpreté, que leur piquure reſſemble à un coup d'aiguille. Entre les *Inſectes Reptiles*, ils ont un long *Ver*, carré, qu'ils appellent *hazar-pay*, ou *mille pieds*, parce que tout ſon corps eſt heriſſé de pieds ſur leſquels il va auſſi fort vite. Il eſt plus long, & plus menu, qu'une *Chenille*, & ſa morſure eſt dangereuſe, & même mortelle, quand ils entrent dans les oreilles.

CHAPITRE IX.

Des Oiſeaux Domeſtiques, & ſauvages, & de la Chaſſe.

LE même *volatile* que nous avons en *Europe* ſe trouve en *Perſe*, mais non pas en ſi grande quantité. Les *poulets-d'Inde*, y ſont étrangers, & rares. Les *Armeniens* en apporterent, il y a quelque trente ans, un bon nombre de *Conſtantinople* à *Iſpahan* qu'ils donnerent au Roi par rareté; mais on leur dit pour récompenſe, que les *Perſans* ne ſachant pas la maniere de les élever, on leur en donnoit le ſoin : & on les mit en diverſes maiſons un en châcune. Les *Armeniens* importunez du ſoin & de la dépenſe les laiſſerent mourir preſque tout. J'en ai vû qui venoient aſſez bien dans le territoire d'*Iſpahan*, à quatre lieuës de la ville, chez des païſans *Armeniens*; mais poûrtant en petite quantité. Il y a des gens qui croyent que cet oiſeau vient des *Indes Orientales*, à cauſe de ſon nom

de

de *Cocq d'Inde*, mais au contraire il n'y en a point du tout. Il faut qu'il ſoit venu des *Indes Occidentales*, à moins qu'on ne l'ait appellé *Cocq d'Inde*, à cauſe qu'étant plus grand que les *Cocqs* ordinaires, il reſſemble en ceci aux *Cocqs des Indes*, qui ſont plus grands que les *Cocqs* ordinaires de tous les autres païs. Les *Perſans* engraiſſent des *poules* qui deviennent auſſi puiſſantes qu'aucunes de cette ſorte que nous ayons. Et les *Armeniens* ont des *Chapons*, qui deviennent pareillement ſi gros & ſi gras qu'il faut les tuër pour leur graiſſe.

On trouve par tout des *Pigeons*, tant domeſtiques, que ſauvages ; mais les ſauvages en bien plus grande quantité : & comme la fiente de *pigeon*, eſt le meilleur fumier pour les Mêlons , on éleve grand nombre de *pigeons*, & avec ſoin par tout le Royaume. C'eſt, je croi, le païs de tout le monde où on fait les plus beaux colombiers. J'en ai fait mettre un deſſein ici à côté. Ces groſſes fuyes ſont ſix fois grandes comme les plus grandes que nous ayons. Elles ſont bâties de brique, revetuës de plâtre & de chaux par deſſus, pleines en dedans de haut en bas de trous pour nicher les *pigeons*. Tous ceux qui veulent en ſont bâtir, hormis les habitans, qui ne ſont pas de la Religion du païs, ſans qu'il y ait de condition excluſive du privilege, il n'y a ſeulement qu'à payer le droit du fumier. On compte plus de trois mille colombiers autour d'*Iſpahan*, tous faits moins pour nourrir des *pigeons*, que pour avoir le fumier, comme je l'ai obſervé. Ils l'appellent *tchalgous*, c'eſt-à-dire *animant*. On le vend un *biſſy*, qui eſt quelque quatre ſols, le poids de douze livres, ſur quoi le Roi léve un petit droit. C'eſt un des plaiſirs, & un des attachemens, de la canaille de prendre des *pigeons* à la Campagne, & même dans les villes, quoi que cela ſoit défendu. Ils les prennent par le moyen des *pigeons* apprivoiſez & élevez à cet uſage, qu'ils font voler en troupes tout le long du jour après les *pigeons* ſauvages : & tous ceux qu'ils trouvent, ils les mettent parmi eux dans leur troupe, & les amenent ainſi au Colombier.

Quelquefois les *pigeons* apprivoiſez en emmenent auſſi d'autres qui ſont apprivoiſez comme eux, en ſorte que tout d'un coup un Colombier ſe trouve vuide & raflé. Il n'y a point de juſtice ſur cela. Le pigeon qui entre dans un autre Colombier, eſt reputé *pigeon* ſauvage. On appelle ces chaſſeurs de *pigeons*, *keſter baze* & *keſter perron*, c'eſt-à-dire *trompeurs* & *voleurs de pigeons* : & ces termes, dans le ſens

moral, ſont diffamatoires, marquant un *faineant* & un *filou*. En effet, ces voleurs de *pigeons* paſſent les jours entiers à ce métier, ſans que même la rigueur de l'hyver les en détourne.

Les *Perdrix de Perſe* ſont, comme je croi, les plus groſſes *perdrix* du monde, & du goût le plus excellent. L'on en trouve ordinairement de groſſes comme des poulets. Pour les *oiſeaux de riviere* & de *marais*, *Oyes*, *Canards*, *Pluviers*, *Gruës*, *Herons*, *Plongeons*, *Becaſſes*, il y en a par tout ; mais en plus grande quantité dans les provinces *Septentrionales*, comme l'*Armenie*, la *Medie*, & l'*Iberie*. On y a par tout auſſi en Automne & en Hyver des *Auberré*, gros comme des *poulets d'Inde*, dont la chair eſt griſe, & auſſi délicate que le *Faiſan*. Le plumage en eſt beau, les plumes longues, & ſur la tête il y a un bouquet comme un pennache.

Pour les *Oiſeaux* qui chantent, il y en a en *Perſe* comme chez nous. Le *Roſſignol* chante en toutes ſaiſons, mais plus fort en celle du printems, que dans les autres, le *Chardonneret* a un ramage admirable. La *Calandre* chante ſans ceſſe & apprend toute ſorte de chant. Le *Martinet* auſſi, à qui l'on apprend à dire tout ce qu'on veut, & une autre eſpece d'*oiſeau*, ſemblable, qu'ils appellent *Noura*, qui babille continuellement & qui repete plaiſamment ce qu'il entend dire.

Parmi les *Oiſeaux* ſauvages, le plus admirable eſt cet *Oiſeau* à long bec, qu'on appelle en France *Pelican*. Les *Perſans* l'appellent *Tacab*, c'eſt-à-dire, *puiſeur* ou *porteur d'eau*, & auſſi *Miſc*, c'eſt-à-dire, *brebis*, parce qu'il eſt gros en Perſe comme un *Mouton*. Son plumage eſt blanc & doux comme celui d'un *Oiſon*. C'eſt un monſtre par la tête, car elle eſt très-petite par proportion à ſon corps, & le bec en eſt long de ſeize à dix huit pouces, & gros comme le bras. Sous ſon bec pend une peau qu'il replie, & qu'il étend, comme un éventail, qui tient un ſeau d'eau. Il porte d'ordinaire ſon bec étendu ſur ſon dos, où il le fait repoſer. Cet Oiſeau vit de pêche & il a un art merveilleux à prendre le poiſſon, l'attendant ſous des courans, & le prenant en la naſſe de ſon bec, comme dans un rets. Quand il ouvre ce bec, un *Agneau* y paſſeroit. Le nom de *porteur d'eau* que les *Perſans* lui donnent, vient de ce qu'on obſerve en cet animal dans les déſerts d'*Arabie*, & dans les autres lieux où il n'y a point d'eau. On remarque qu'il fait ſon nid loin des eaux, afin d'y être plus en ſûreté, à cauſe que comme

me il y a peu d'eaux en *Arabie*, le monde campe autour des lieux où il s'en trouve. Or pour donner à boire à ses petits, on assure qu'il leur va chercher de l'eau, quelquefois à deux journées de chemin, qu'il leur aporte dans la poche de ce bec. Les *Mahometans* croyent que Dieu se sert de cet *Oiseau* en faveur des Pelerins qui vont *à la Mecque*, lors qu'ils ne trouvent point d'eau dans le desert, comme il se servit des *Corbeaux* en faveur d'*Elie*. C'est de tout cela peut-être que nous avons donné à cet Oiseau le nom de *Pelican*, à cause qu'en effet il se tuë de travail pour ses petits, comme les *Naturalistes* nous ont conté de leur *Oiseau* fabuleux, qui s'ouvre la poitrine pour nourrir ses petits de son sang.

Il y a une sorte d'*Oiseaux* en *Perse* qui sont fort curieux & admirables par l'appas qu'a sur eux l'eau d'une Fontaine, qu'ils sentent, & qu'ils suivent avec un merveilleux attachement, en quelque lieu qu'on la porte. Ils sont gros comme un *poulet*. Ils ont le plumage noir, & la chair grise; l'aile large, & vont par bandes comme des *Etourneaux*. Ils vivent de *Santerelles*, par tout où ils en trouvent : & lors qu'un païs est frapé de ces méchans *Insectes*, on est sûr de l'en délivrer, si on y peut faire venir une bande de ces Oiseaux-là. Les *Persans* les appellent, *abmelec*, c'est-à-dire, *eau de sauterelle*, pour signifier que c'est l'*Oiseau*, qui est apasté par une certaine *eau*, & qui mange les *sauterelles*. L'eau, qui a ce merveilleux pouvoir sur eux, sort d'une Fontaine dans la *Bactriane*. On l'apporte en des phioles non bouchées, qu'il faut toûjours tenir à l'air, & en haut, soit par le chemin, soit au logis. Les *Oiseaux*, qui la suivent, sans que pour cela on leur en donne une goute, se nichent toûjours autour du lieu où on la pose, & se remettent à voler dès qu'on se remet en chemin avec les phioles. Je rapporterai là-dessus un passage d'une vieille *Relation de Levant*, intitulée, *Voyage de Villamont*. Ce passage est à la page 97. il confirme & verifie ce que je rapporte. *En Cypre, au tems que les fromens sont prêts à cueuillir, la terre produit tant de cavalettes, ou locustes, ou sauterelles, qu'elles obscurcissent quelquefois la lueur & la splendeur du Soleil. Et par tout où elles passent, elles brûlent & gâtent tout, sans qu'on y puisse remedier ; car plus on en tuë plus la terre en produit. Dieu leur avoit suscité un moyen pour les faire mourir, qui est tel. Au païs de Per*se, *joignant la Cité de* Cuerch *est une Fon-*

taine dont l'eau a la proprieté de faire mourir ces cavalettes, pourvû qu'elle soit apportée en un flacon, sans passer sous aucune maison, ou voute, & qu'elle soit mise sur un haut lieu éminent, à l'aspect & vûe d'aucuns Oiseaux qui la suivent, & volent après les hommes qui l'emportent de la Fontaine, & crient sans cesse. Ces Oiseaux sont roux & noirs, & vont par bandes comme les Etourneaux. Les Turcs & les Persans les appellent Musulmans. Ces Oiseaux n'étoient pas plûtôt venus en Cypre, où étoient ces Cavalettes, qu'ils les faisoient subitement mourir de leur vol & de leur chant ; mais si l'eau se perd & se gâte, on ne sait ce que deviennent ces Oiseaux, comme il arriva quand les* Turcs *prirent l'Isle ; car un d'eux montant au haut du clocher de la Cathedrale de* Famagouste, *trouva le flacon de cet eau, & pensant qu'il fût plein d'or ou d'autre chose précieuse le cassa, & répandit toute l'eau : depuis cela les Cypriens ont toûjours été tourmentez des* Cavalettes.

On prend en *Perse* des *Oiseaux de proye* vers l'*Iberie*, au *Nord* de la *Medie*, & l'on en aporte tant d'ailleurs, que je ne sai s'il y en a tant en aucun païs du monde. La *Perse* est fort bien situeé pour cela, étant proche du mont *Caucase*, de la *Circassie*, & de la *Moscovie*, d'où viennent les plus beaux *Oiseaux de proye*. On en prend aussi beaucoup dans des montagnes à quinze ou vingt lieuës de *Chiras*, dans la Province de *Perse* ; & même on dit que c'est delà que viennent les plus grands *Oiseaux de proye*. On les y fait élever aussi merveilleusement bien à voler. Les *Persans* dressent à voler jusques à des *Corbeaux*. Il y a toûjours huit cens *Oiseaux de proye* entretenus à la venerie du Roi, chacun avec son Officier. Ce sont *Eperviers*, *Faucons*, *Emerillons*, *Gerfauts*, *Tiercelets*, *Autours*, *Laniers*, ou *Sacres*. Tous les grands Seigneurs en entretiennent aussi bon nombre pour la chasse, à quoi les *Persans* sont fort adonnez, dès leur jeunesse, & même plusieurs gens du Commun ; car chacun a la liberté de chasser à l'Oiseau, au *fusil*, & aux *chiens*. Cela n'est défendu à personne. On voit en tout tems, par toute la ville, & à la Campagne les Fauconiers aller & venir l'Oiseau sur le poing, & comme les *Oiseaux de proye* sont un présent que le Roi fait souvent aux Grands, sur tout aux Gouverneurs de Provinces, on les voit alors des sept à huit jours de suite, l'Oiseau qui leur a été donné sur le poing, ou à côté d'eux, qu'ils peignent & caressent, en loüant incessamment sa beauté & son adresse. Ils

lui

lui mettent un chaperon de pierreries, & des grelots d'or. Les grands Seigneurs ont aussi des gans à tenir l'*Oiseau*, qui sont bordez de pierreries, & ils mettent à leurs *Oiseaux* des jets & des vervelles d'or. On appelle la *Venerie* en *Perse*, *Baskané* & *Cuchskané*, *maison d'Oiseau trompeur*. On y tient regître des *Oiseaux* qu'on donne au Roi, & que le Roi donne; où le nom des personnes, & le tems sont marquez, & comment l'*Oiseau* étoit fait. La *Volerie* est de grande dépense dans ce Royaume-là: les Oiseaux étant nourris de chair, & rien que de cela; & y en ayant à qui il faut donner tout le jour de la volaille sans autre aliment.

Il ne faut pas oublier à faire mention d'un *Oiseau de proye*, qui vient de *Moscovie*, beaucoup plus gros que celui dont j'ai parlé, car il est presqu'aussi gros qu'un *Aigle*. Ces Oiseaux sont rares. Le Roi a tous ceux qui sont dans son Royaume, & il n'y a que lui seul qui en puisse avoir. Comme c'est la coutume en *Perse* d'évaluer les présens que l'on fait au Roi, sans en rien excepter: ces Oiseaux sont mis à cent *Tomans* la piéce, qui font quinze cens écus: & s'il en meurt quelqu'un en chemin, l'Ambassadeur en aporte à Sa Majesté la tête, & les aîles, & on lui tient compte de l'Oiseau comme s'il étoit vivant. On dit que cet *Oiseau* fait son nid dans la neige, qu'il perce jusqu'à la terre par la chaleur de son corps, quelquefois jusqu'à une toise de hauteur: que quand les petits sont en état de s'envoler, la mere les pousse devant elle, tout le long de ce passage; mais que s'ils n'ont pas la force de le passer, la mere passe par dessus & remplit le trou de neige, les étouffant dedans comme une race qui dégénere. On assure presque toute la même chose des *Faucons de Moscovie*, excepté ceci, que de toute une nichée, il n'y a quelquefois qu'un petit qui a la force de s'envoler de ce nid profond sous la neige: & c'est pour cela que les *Faucons de Moscovie* & du mont *Caucase* sont si estimez.

Ils dressent ces *Oiseaux* en les lâchant sur des *Grues*, ou sur d'autres *Oiseaux*, auxquels ils bouchent les yeux, afin qu'ils ne sachent où aller, ni comment voler. Après quoi ils se servent de ces Oiseaux ainsi dressez; premiérement à prendre tous les *Oiseaux de passage*, les *Aigles*, & les *Grues*, les *Canards*, & les *Oyes* sauvages, les *Perdrix* & la *Caille*. Secondement les *Lapin* & le *Lievre*: on les dresse aussi à arrêter toutes sortes de *Bêtes fauves*, excepté le *Sanglier:* & la maniére de les y

dresser est d'attacher la viande dont on les repaît sur la tête d'une de ces bêtes écorchées dont la peau est remplie de paille, & qu'on fait mouvoir sur quatre roües par une machine, tant que l'*Oiseau* de proye y mange, afin de l'y accoûtumer. Quand ces *Oiseaux* sont dressez, on les fait chasser ainsi. On court premiérement la *bête* jusqu'à ce qu'elle soit bien lasse, & alors on lâche l'*Oiseau* dessus. Il se plante sur la tête: lui bat les yeux de ses aîles: & la pique de ses serres, & de son bec; ce qui étourdit si fort cette *bête* craintive, qu'elle tombe, & donne le tems aux chasseurs d'y arriver. Quand la *bête* est grande, on lâche plusieurs *Oiseaux*, qui la tourmentent l'un après l'autre. On ne lâche point d'*Oiseau* sur le *Sanglier*, comme je l'ai remarqué, parce qu'il n'est point craintif, mais furieux au contraire, & qu'il déchire l'*Oiseau*. On en a élevé à arrêter les hommes. Cela étoit commun au commencement du siécle passé, & l'on dit qu'il y a encore des *Oiseaux* dressez à cela dans la venerie du Roi. Je n'en ai pas vû; mais j'ai ouï raconter qu'*Aly-couli-Can*, Gouverneur de *Tauris*, que j'ai connu assez particuliérement, ne pouvoit s'empêcher de prendre ce dangereux & cruel divertissement, mêmes aux dépens de ses amis; & il arriva un jour, qu'ayant lâché un *Oiseau* sur un Gentilhomme, comme on n'alla pas assez vîte pour le reprendre, l'*Oiseau* lui creva les yeux, & il mourut de la frayeur & du mal, de quoi le Roi ayant été informé, il en fut si fortement indigné contre le Gouverneur, que cet accident contribua beaucoup à sa disgrace, qui arriva peu après. Cet *Oiseau* attaque les hommes comme il fait les bêtes; il s'abat sur la tête, & il bat & tiraille le visage de ses aîles & de son bec, si l'on ne va promptement reprendre l'*Oiseau*; car alors il n'entend plus la voix, ni le tambour; & il déchire le visage, sans qu'on puisse l'empêcher. Comme tous les gens d'épée sont chasseurs, ils portent d'ordinaire à l'arson de la selle, une petite timbale de huit à neuf pouces de diametre, & sur tout lors qu'ils sont à la Campagne. C'est pour appeller l'*Oiseau* en frapant dessus. On appelle ce tambour *Tavelabas*.

Pour les grandes chasses, on se sert des *Bêtes feroces* dressées à chasser, *Lions*, *Leopards*, *Tigres*, *Pantheres*, *Onces*. Les *Persans* appellent ces *Bêtes dressées Yourze*. Elles ne font point de mal aux hommes. Un Cavalier en porte une en croupe, les yeux bandez avec un bourlet, attachée par une chaîne,

&

& se tient sur la route des *bêtes* qu'on re-lance, & qu'on lui fait passer devant le plus près qu'on peut. Quand le Cavalier en ap-perçoit quelqu'une, il debande les yeux de l'animal, & lui tourne la tête du côté de la bête relancée. S'il l'apperçoit, il fait un cri & s'élance, & à grands sauts se jette dessus la bête & la terrasse. S'il la manque après quelques sauts, il se rebute d'ordinaire & s'arrête. On va le prendre, & pour le con-soler on le caresse, & on lui conte que ce n'est pas sa faute, mais qu'on ne lui a pas bien montré la bête. On dit qu'il entend cette excuse, & en est satisfait. J'ai vû cette sorte de chasse en *Hyrcanie*, l'an 1666. & on me disoit que le Roi avoit de ces animaux élevez à la chasse, qui étant trop grands pour être portez en croupe par un Cavalier, on les portoit dans des Cages de fer sur un *Ele-phant*, sans avoir les yeux bandez : que le gardien avoit toûjours la main à la fenêtre de la Cage parce que quand l'animal apperçoit une bête il fait un cri, & il le faut lâcher à l'instant. Il y a de ces bêtes dressées qui font la chasse finement, se traînant sur le ventre, le long des buissons & hayes, tant qu'elles soient proche de la proye, & alors elles se lancent dessus.

Aux *Chasses Royales*, & à toutes les gran-des *Chasses*, on entoure de rets un valon ou une plaine, & on relance les bêtes de quinze à vingt lieuës de païs à l'entour, qu'on fait battre par les Païsans au nombre de plusieurs milliers. Quand il y a un grand nombre de bêtes dans ces enclos que des Cavaliers bordent tout à l'entour, le Roi y vient avec sa troupe, comme s'il c'étoit dans un parc : & chacun se jette sur ce qu'il rencontre, *Cerfs, Sangliers Hyennes, Lions, Loups, Renards*. On en fait une furieuse boucherie, qui est d'ordinaire de sept à huit cens animaux. On dit qu'il y a eu de ces chasses où l'on a tué jusqu'à quatorze mille bêtes. Dans les chasses ordinaires lors qu'une bête est arrêtée, on attend que le plus Noble de la troupe y arrive. Il lui tire un coup de fleche : & après chacun se jette dessus.

La *Chasse* avec les *Chiens* n'est pas incon-nuë aux Persans. Le Roi a des *Chiens de chas-se*, & de grands Seigneurs en ont aussi ; mais il n'y en a pas beaucoup, parce que cet ani-mal, que les Persans croyent le plus impur, est leur execration : & aussi l'*Oiseau* leur sert pour les rivieres, pour les marais, allant querir à l'eau comme les *Chiens*.

La *Chasse* des *Chevres* sauvages est fort cu-rieuse. Comme ces bêtes sont très-legéres,

& qu'on a peine à les approcher, on les tire avec le mousquet ; les Persans n'ayant point de fusils : voici comme on fait pour les ap-procher. On dresse des *Chameaux* à aller après cet animal pas à pas, & à les joindre. Le chasseur se tient caché derriere le *Cha-meau* : & quand il est proche de la bête il tire. Le *Chameau* la suit à la course, & lors qu'el-le tombe, il s'arrête auprès ; mais s'il revient sur ses pas, c'est une marque que le coup a manqué.

CHAPITRE X.

Des Poissons.

LE *Poisson* est de deux sortes ; celui de mer, & celui d'eau douce. La *Mer Caspienne*, qui est une des mers de *Perse*, est fort pois-sonneuse. On en transporte le *Poisson* sec par tout, particulierement le *Ton*, l'*Esturgeon* avec le *Caviar*, le *Saumon*, & une espéce de grandes *Carpes*, qu'on appelle *Destpich*, qui est de très-bon poisson. Mais il n'y a point au monde, comme je croi, de mer si poisson-neuse que le *Golphe de Perse*. On pêche le long des bords, deux fois le jour, de toutes les sortes de *poissons* de nos mers, qui y est le plus excellent, & le plus délicieux, & dans une très-grande abondance. Les pêcheurs le vendent sur le bord de la mer, & ce qu'ils n'ont pas vendu à dix heures du matin, ou au coucher du Soleil, ils le rejettent dans la mer. On apporte sur les côtes de ce *Golphe* d'un *poisson* dont la chair est rouge, & qui peze deux à trois cens livres ; qu'on prend sur la côte d'*Arabie*, & qu'on sale comme le bœuf. On ne le sauroit garder long-tems, parce que le sel de ce lieu-là est corrosif, & ronge tout. C'est ce qui fait qu'on seiche seulement au Soleil, ou à la fumée le poisson qu'on vent garder : & qu'on ne le sale pas. Le *poisson* d'eau douce n'est pas si abondant, parce qu'il n'y a gueres de fleuves en *Perse* : & qu'on tire tant d'eau des fleuves qu'il ne s'y sauroit en-gendrer gueres de *poisson*. Il faut excepter de cette régle le fleuve de *Kur*, qui coule dans l'*Iberie*, & qui est fort poissonneux. Il y a de trois sortes de *poisson d'eau douce* en ce grand Empire : celui des lacs, celui de riviere, & celui de *kerises*, ou canaux souterrains, qu'on appelle *Kairiser*. Celui des lacs sont entr'au-tres les *Truytes*, les *Carpes*, & les *Alozes*. Il n'y a des *Truites* qu'en *Armenie*. Elles sont rouges, & aussi belles & bonnes qu'en lieu du monde. Le *poisson* de riviere le plus commun

est

eſt le *Barbot*, qui eſt auſſi la ſorte de *poiſſon*
des canaux. Ce *poiſſon* de canaux eſt fort commun. Il y en a de fort gros, mais il n'eſt pas
bon; & les œufs ſur tout en ſont dangereux.
C'eſt un ſûr & violent vomitif; ce qui vient,
ou de ce que ce *poiſſon* ne voit jamais le Soleil, & qu'il s'engendre dans des eaux crues,
ou de ce qu'on le prend avec la noix vomique. Il y a beaucoup de *Cancres*, où *Caran-
gaiſes*, à *Iſpahan*, dans la riviere. Elles montent aux arbres, & vivent deſſus entre les
branches nuit & jour, où on les va prendre,
parce que c'eſt un manger fort délicat.

CHAPITRE XI.

Du Naturel des Perſans, de leurs Mœurs, & de leurs Coûtumes.

LE *ſang* de *Perſe* eſt naturellement groſſier.
Cela ſe voit aux *Guebres*, qui ſont le reſte
des anciens *Perſes*. Ils ſont *laids, malfaits,
peſants*, ayant la *peau rude*, & le *teint coloré*.
Cela ſe voit auſſi dans les Provinces les plus
proches de l'*Inde*, où les habitans ne ſont
guere moins *mal faits* que les *Guebres*, parce
qu'ils ne s'allient qu'entr'eux. Mais dans le
reſte du Royaume le *ſang Perſan* eſt preſentement devenu fort *beau*, par le mélange du
ſang Georgien & *Circaſſien*, qui eſt aſſurément
le peuple du monde où la Nature forme *les
plus belles perſonnes* : & un peuple *brave*, &
vaillant, de même que *vif, galant*, & *amoureux*. Il n'y a preſque aucun homme de qualité en *Perſe* qui ne ſoit né d'une mere *Georgienne*, on *Circaſſienne*, à compter depuis le
Roi, qui d'ordinaire eſt *Georgien*, ou *Circaſſien*, du côté feminin : & comme il y a plus
de cent ans que ce mélange a commencé de
ſe faire, le ſexe feminin s'eſt *embelli* comme
l'autre, de même que les *Perſanes* ſont devenues fort
belles, & fort *bien faites*, quoi que ce ne ſoit
pas au point des *Georgiennes*. Pour les hommes, ils ſont communément *hauts, droits,
vermeils, vigoureux, de bon air*, & *de belle apparence*. La bonne temperature de leur climat, & la ſobrieté dans laquelle on les éleve, ne contribue pas peu à leur *beauté corporelle*. Sans le mélange dont je viens de parler, les gens de qualité de *Perſe* ſeroient les
plus *laids* hommes du monde ; car ils ſont
originaires de ces Païs entre la *Mer Caſpienne*
& la *Chine*, qu'on appelle la *Tartarie*, dont
les habitans, qui ſont les plus *laids* hommes
de l'*Aſie*, ſont *petits* & *gros*, ont les yeux &

le nez à la *Chinoiſe*, les viſages *plats* & *larges*,
& le teint mêlé de *jaune* & de *noir* fort deſagreable.

Pour l'*eſprit*, les *Perſans* l'ont auſſi beau,
& auſſi excellent que le corps. Leur *imagination* eſt vive, prompte, & fertile. Leur *memoire* eſt aiſée & feconde. Ils ont beaucoup
de diſpoſition aux *Sciences*, aux *Arts liberaux*
& aux *Arts mécaniques*. Ils en ont auſſi beaucoup pour les *armes*. Ils aiment la *gloire* ou
la *vanité*, qui en eſt la fauſſe image. Leur
naturel eſt pliant & ſouple, leur *eſprit* facile
& intriguant. Ils ſont *galants, gentils, polis,
bien élevez*. Leur *pente* eſt grande & naturelle à la *volupté*, au *luxe*, à la *dépenſe*, à la *prodigalité*, & c'eſt ce qui fait qu'ils n'entendent
ni l'*œconomie*, ni le *commerce*. En un mot,
ils apportent au monde des *talens naturels* auſſi
bons qu'aucun autre peuple ; mais il n'y en a
gueres qui pervertiſſent ces *talens* autant qu'ils
le font.

Ils ſont fort *Philoſophes* ſur les *biens* & les
maux de la vie, ſur l'*eſperance*, & ſur la *crainte de l'avenir*; peu entachez d'*avarice*, ne dé-
firant d'acquerir que pour dépenſer. Ils aiment à jouïr du *préſent* : & ils ne ſe refuſent
rien qu'ils puiſſent ſe donner, n'ayant nulle
inquiétude de l'*avenir*, dont ils ſe repoſent
ſur la Providence, & ſur leur deſtinée. Ils
croyent fortement qu'elle eſt certaine, & inalterable : & ils ſe conduiſent là-deſſus de
bonne foi. Auſſi, quand il leur arrive quelque diſgrace, ils n'en ſont point accablez,
comme la plûpart des autres hommes. Ils diſent tranquillement, *mek touh eſt, cela eſt écrit*;
pour dire, il étoit ordonné que cela arrivât.

C'étoit l'opinion de bien des gens en Europe il y a vingt & vingt-cinq ans, & des perſonnes des plus conſiderables & des plus habiles, que les Perſans embraſſeroient la belle
occaſion de toutes ces grandes défaites des
Turcs, pour recouvrer *Babylone* ſur le Turc:
& qu'ils lui feroient la guerre, le voyant dans
un ſi grand deſordre, battu par tout, & toujours, & perdant de ſi grands Païs. Mais j'ai
toûjours dit au contraire, qu'aſſurément ils
ne s'en remueroient pas davantage. C'eſt que
les Perſans veulent par-deſſus tout vivre, &
jouïr. L'humeur guerriere les a quittez. Ils
ſont uniquement pour la *volupté*, qu'ils ne
croyent pas qu'on trouve dans le grand mouvement, & dans les entrepriſes douteuſes, &
penibles.

Ces gens-là ſont les plus grands *dépenſiers*
du monde, & qui ſongent le moins au lendemain, comme je viens de le dire. Ils ne ſauroient

roient garder de l'*argent*, & quelque fortune qui leur arrive, ils *dépensent* tout en très-peu de tems. Que le Roi donne, par exemple, *cinquante*, ou *cent mille livres* à quelqu'un; ou que quelque fomme auffi bonne lui vienne d'autre part, il l'employe en moins de quinze jours. Il achette des Efclaves de l'un & de l'autre fexe; il loüe de belles femmes; il fait un bel équipage; il fe meuble, ou s'habille fomptueufement; & confomme le tout fi vîte, fans aucun égard à la fuite, ou combien cela durera, que s'il ne vient pas de nouveaux fecours, en deux ou trois mois, l'on voit fûrement, qu'au bout de ce court terme, nôtre Cavalier fe remettra à revendre tout ce bien piéce à piéce, commençant par fe défaire de fes chevaux, renvoyant après fes domeftiques les moins néceffaires, puis fes concubines, & fes efclaves, & enfin vendant jufques à fes habits. J'ai vû mille exemples de cette conduite, & un qui eft étonnant, entre les autres, en la perfonne d'un *Eunuque*, qui avoit été long-tems *Mehter*, ou *grand Chambellan*, & durant deux ans le favori reconnû, & tout-puiffant, difpofant & commandant comme s'il eût été le Roi de Perfe, & qui par conféquent pouvoit amaffer des tréfors immenfes. Cet *Eunuque* fut difgracié fans néanmoins qu'on touchât à fes biens en aucun façon. Mais deux mois fe furent à peine écoulez depuis fa difgrace, qu'il fe trouva reduit à emprunter fur gages, fon crédit étant déja fini, & fon argent. Ce n'eft pas qu'il n'eût acquis une infinité de biens, mais c'eft qu'il les avoit diffipez à mefure qu'il les acqueroit.

Ce qu'il y a de plus louable dans les *mœurs* des Perfans, c'eft leur *humanité* envers les étrangers; l'*accueil* qu'ils leur font; & la *protection* qu'ils leur donnent; leur *hofpitalité* envers tout le monde; & leur *tolerance* pour les Religions qu'ils croyent fauffes, & qu'ils tiennent même pour abominables. Si vous en exceptez les Ecclefiaftiques du Païs, qui font comme par tout ailleurs, & peut-être encore plus qu'ailleurs, pleins de haine & de fureur contre les gens qui ne profeffent pas leurs fentimens, vous trouverez les Perfans fort *humains* & fort *juftes* fur la Religion; jufques-là qu'ils permettent aux gens qui ont embraffé la leur, de la quitter & de reprendre celle qu'ils profeffoient auparavant, dequoi le *Cedre*, ou *Pontife*, leur donne un acte authentique pour leur fûreté, dans lequel ces fortes de convertis font appellez *Molhoud*, c'eft-à-dire, *apoftat*, mot qui parmi eux eft la plus

grande injure. Ils croyent que les prieres de tous les hommes font bonnes & efficaces: & ils acceptent, & même ils recherchent dans leurs maladies, & en d'autres befoins, la dévotion des gens de differente Religion; chofe que j'ai vû pratiquer mille fois. Je n'attribue pas cela, au principe de leur Religion, quoi qu'elle permette toute forte de culte Religieux, mais je l'attribue aux *mœurs douces* de ce peuple, qui font naturellement oppofés à la *conteftation*, & à la *cruauté*.

Les *Perfans* étant auffi *luxurieux*, & auffi *prodigues*, qu'ils le font, on n'aura pas de peine à croire qu'ils font auffi fort *pareffeux*; car ce font chofes qui vont enfemble. Ils haïffent le *travail*, & c'eft une des caufes les plus ordinaires de leur *pauvreté*. On appelle en *Perfe* les *pareffeux*, & gens fans emploi, *ferguerdan*, qui eft le participe du verbe qui fignifie *tourner la tête de côté & d'autre*. Leur langue a beaucoup de ces periphrafes, comme par exemple encore, pour dire un *homme reduit à la mendicité*, ils difent *gouch negui micoret, il mange fa faim*.

Les *Perfans* ne fe battent jamais. Tout leur *courroux*, qui n'eft pas petulant, & emporté, comme dans nos païs, s'évapore en *injures*. Mais ce qu'il y a de fort loüable, c'eft que quelque *emportement* qui leur arrive, & parmi quelques débauchez ou gens perdus que ce foit, le nom de Dieu eft toûjours facré & refervé. On ne l'entend jamais outrager. Le blafphême eft non feulement inoüi, mais encore inconcevable à ce peuple-là. Ils ne peuvent pas comprendre que parmi les *Europeans* on renie Dieu, quand on eft en *colere*. Mais on ne fauroit fe loüer de même de ne prendre pas fon faint nom en vain, l'ayant à toute heure à la bouche fans fujet & fans néceffité. Leurs fermens ordinaires font, par le *nom de Dieu: par les Efprits des Prophetes: par les Efprits, ou le Genie des morts*, comme les *Romains* faifoient par le *Genie des vivans*. Les gens d'épée, & les gens de cour, jurent communément par la *tête facrée du Roi*, & ce ferment eft d'ordinaire ce qu'ils ont de plus inviolable. Les affirmations accoutumées font, *fur ma tête: fur mes yeux*.

Deux habitudes contraires fe rencontrent communément dans les *Perfans*: celle de *loüer Dieu* fans ceffe, & de parler de fes *perfections*: & celle de proferer des maledictions, & des ordures. Soit qu'on les voye chez eux, foit qu'on les rencontre dans les ruës, allant à leurs affaires, ou à la promenade, on leur en-

entend toûjours pousser haut quelque *benediction* & quelque *invocation*, comme, *O Dieu
très-grand*, *O Dieu très-loüable*, *O Dieu misericordieux*, *O Pere nourricier des hommes*, *O
Dieu*, *pardonne*, *ou aide moi*. Les moindres
choses à quoi ils mettent la main, ils les commencent en disant *au nom de Dieu*; & jamais
ils ne parlent de rien faire qu'ils n'ajoutent,
s'il plait à Dieu. Enfin ce sont des plus pieux
& des plus assidus adorateurs de la Divinité;
mais en même tems, ces mêmes bouches sont
aussi des sources d'où il sort mille ordures.
Les gens de toute sorte de condition sont infectez de ce sale vice. Leurs *paroles sales* sont
toutes prises des parties du corps que la pudeur ne veut pas qu'on nomme: & quand ils
se veulent *injurier*, c'est en se disant des *ordures* de leurs femmes, quoiqu'ils ne les ayent
jamais ni vûes ni entendu nommer, ou en leur
souhaittant qu'elles commettent des infamies.
Il en est de même parmi les femmes; & quand
ils ont épuisé cet *impur* amas d'*injures*, ils se
jettent à s'entre-appeller *Athées*, *Idolatres*,
Juifs, *Chrétiens*; à se dire *les chiens des Chrétiens vallent mieux que toi*; *puisses tu servir de
victime aux chiens des Francs*.

C'est parmi les gens de toute sorte de condition, comme je l'ai observé, qu'on entend
dire de telles *saletez*; mais ce n'est pas aussi
communément, & avec le même excès. Car
il faut avoüer que le commun peuple en est
comme infecté tout entier. Une des premiéres
fois que je fus chez le *Grand maitre de la Maison du Roi*, en 1666. la Cour *Persane* étant
dans l'*Hyrcanie*, il vint un homme de consideration lui parler d'une affaire. Le *Grand-
Maître* lui dit: *que n'allez vous au premier Ministre à qui je vous ai déja renvoyé*. L'autre
lui répondit fort humblement. *Seigneur*, *j'y
ai été*: *Il ma dit que c'étoit à vôtre Majesté* (l'on
donne ce titre aux Grands tout comme au Roi)
à régler l'affaire. *Gaumicoret*, lui répartit-il.
Je fus bien surpris que le Grand-Maître par-
lât ainsi du *premier Ministre*; car le mot de
Gau veut dire l'*excrement qui sort du corps*, &
micoret, *il mange*. C'est-là leur terme commun
pour dire *qu'on parle mal à propos*, ou *faussement*.

Ce ne sont là que les moindre vices des
Persans. Ils sont d'ailleurs *dissimulez*, *fourbes*, & les plus grands *flateurs* du monde, &
avec le plus de *bassesse* & d'*impudence*. Ils entendent fort bien la *flatterie*, & encore qu'ils
s'en servent avec peu de *pudeur*, c'est pourtant
avec beaucoup d'*art* & d'*insinuation*. On diroit qu'ils pensent tout ce qu'ils disent, &
qu'ils en jureroient: cependant, dès que l'oc-

casion est passée, comme quelque vûe d'interêt, ou quelque égard de complaisance, on
voit fort bien que tous leurs *complimens*, *ta-
vahzea*, comme ils les appellent, n'étoient
rien moins que sinceres. Ils prennent le tems
de *loüer* les gens lors qu'ils les voyent sortir
d'un lieu, ou passer près d'eux, en sorte qu'ils
puissent en être entendus, car ils ne veulent
rien perdre; mais ils prennent si bien leur
tems que la *loüange* paroisse venir naturellement, & n'être point une *flatterie*. Avec ces
vices dont les *Persans* sont généralement imbus, ils sont *menteurs* à l'excès. Ils *parlent*,
ils *jurent*, & ils *déposent faux*, pour le moindre interêt. Ils *empruntent*, & ne *rendent*
point, & s'ils peuvent *tromper*, ils en perdent
rarement l'occasion; étant sans *sincerité* dans
le service & dans tous autres engagemens;
sans *bonne foi* dans le commerce; où ils trompent si finement, qu'on y est toûjours attra-
pé; *avides de bien*, & de *vaine gloire*, d'*estime*, & de *réputation*, qu'ils recherchent par
tous moyens. Destituez comme ils sont de
la véritable *vertu*, ils s'attachent à se revêtir
de son *apparence*, soit pour s'imposer à eux-
mêmes, soit pour mieux parvenir aux fins de
leur *vaine Gloire*, de leur *ambition*, & de leur
volupté. L'*hypocrisie* est le déguisement ordinaire sous lequel ils marchent... Ils se dé-
tourneroient une lieuë pour éviter une *souillure corporelle*, comme de frotter un *homme
d'une autre Religion* en passant: d'en recevoir
quelqu'un chez soi *en tems de pluye*, parce que
la *moiteur* de ses habits rend *impur* ce qu'il touche, soit les personnes, soit les meubles. Ils
marchent gravement. Ils font leurs *prieres* &
leurs *purifications* aux tems marquez, & dans
la dévotion la plus apparente: ils tiennent les
plus *sages discours* & les plus *pieux* qu'il se puisse, parlant continuellement de la *gloire* & de
la *grandeur de Dieu* dans les plus excellens
termes, & avec tout l'exterieur de la *foi* la
plus ardente. Quoi que naturellement ils
ayent de la pente à l'*humanité*, à l'*hospitalité*,
à la *misericorde*, au *détachement du monde*, &
au *mépris de ses biens*; néanmoins, ils ne laissent pas de les affecter, à dessein d'en faire
paroître beaucoup plus qu'ils n'en ont. Quiconque ne les voit qu'en passant, ou qu'en visite, en fera toûjours le plus favorable jugement du monde; mais qui traite avec eux
& qui entre dans leurs affaires, trouvera qu'il
y a en eux peu de solide *vertu*, & que ce sont,
pour la plus grande part, des *sepulchres blan-
chis*, suivant l'expression de *Jesus Christ*, dont
je me sers d'autant plus volontiers, que c'est
par-

particulierement l'exacte observance de la Loi que le *Persans* affectent. C'est-là comme le gros du monde *Persan* est fait. Mais il y a sans doute de l'exception à cette régle de dépravation génerale; car on trouve parmi les *Persans* de la *justice*, de la *sincerité*, de la *vertu*, & de la *pieté*, autant qu'on en trouve dans les *Religions* que nous croyons les meilleures. Mais plus on pratique ce peuple, plus on trouve cette exception de petite étendue, & qu'il y a peu de *Persans* qu'on puisse louër d'une véritable & solide *équité* & *humanité*.

Après ce que je viens de dire, on aura peine à croire que *l'éducation de la jeunesse* soit aussi bonne en *Perse* qu'elle l'est effectivement; cependant cela est aussi très-vrai. La *Noblesse*, c'est-à-dire les gens distingués, & les *Enfans* de bonne maison, car en *Perse* il n'y a point de *Noblesse* proprement dite, sont très-bien *élevez*. On donne ordinairement le soin de leur *éducation* à des *Eunuques* qui leur servent de *Gouverneurs*, & qui les gardent à vûë, les tenant sous une févere discipline, & ne les menans dehors que pour visiter leurs parens, ou pour voir les exercices & les fêtes. Et parce qu'ils pourroient se gâter à l'*Ecole*, ou au *College*, on ne les y envoye point, mais on leur donne des *Maîtres* à la maison. On a aussi un extrême soin qu'ils ne fréquentent pas les *valets*: qu'ils ne voyent & qu'ils n'entendent rien de *sale*: & que les *domestiques* se comportent devant eux avec grand respect & retenuë. Les *Enfans* du commun peuple sont aussi *élevez* avec soin. On ne les laisse pas *courir les ruës*, ni se débaucher & se corrompre dans le *jeu*, dans les *querelles*, & à apprendre les *tours d'Espiegle*. On les envoye deux fois le jour à l'*école*; & quand ils sont revenus les parens les tiennent auprès d'eux, afin qu'ils prennent l'esprit de leur profession, & de l'emploi auquel on les destine. Les *jeunes-gens* ne commencent à entrer dans le monde qu'après vingt ans, à moins qu'on ne les *marie* plûtôt; car en ce cas-là, ils sont plûtôt émancipez & à eux mêmes. J'entens par *mariez*, avoir une *femme épousée* par contract; car dès seize à dix sept ans, on leur donne une *Concubine*, si l'on découvre qu'ils soient amoureux. Ils paroissent dans leur entrée au monde *sages*, *civils*, *honnêtes*, revêtus de *pudeur*, parlant peu, *graves*, *attentifs*, *purs* dans leurs *discours* & dans leur *vie*. Mais la plûpart se corrompent bien-tôt, le *luxe* les entraine; & n'ayant ni du bien ni des appointemens suffisamment pour y satisfaire, ni de ces autres moyens honnêtes, ils se jettent dans

les mauvais moyens, qui ne manquent jamais de s'offrir, & de paroître fort aisez.

Les *Persans* sont les peuples les plus *civilisez* de l'*Orient*, & les plus grands *complimenteurs* du monde. Les gens *polis* parmi eux peuvent aller du pair avec les gens *les plus polis* de l'*Europe*. Leur *air*, leur *contenance* est la mieux composée, *douce*, *grave*, *majestueuse*, *affable*, & *caressante* au possible. Ils ne manquent jamais de s'entre-faire des *civilitez* pour le *pas* en se rencontrant; mais le *pas* est tout aussi tôt pris. Deux choses leur paroissent fort extravagantes dans nos manieres. La premiere, de disputer aussi long-tems que nous le faisons à qui *passera devant*. La seconde de se *découvrir la tête* pour faire honneur à quelqu'un, ce qui est chez eux un grand manque de respect, & une liberté qu'on ne prend qu'avec ses inferieurs ou avec ses familiers amis. Ils ont la distinction de la *droite* & de la *gauche*, mais nôtre main *gauche* est leur main *droite*, comme dans tout l'*Orient*. On dit que ce fut *Cyrus* qui commença le premier à mettre les gens au côté *gauche* pour leur faire honneur, parce que cet endroit-là est le plus foible du corps, & où il y a le plus à craindre.

Ils s'entrevisitent soigneusement dans toutes les occasions de joye & de tristesse, & aux fêtes solemnelles. Les *Grands* attendent alors les *visites* des gens de moindre qualité, à qui ils la rendent en suite. Les *Courtisans* vont chez les *Ministres*, soir & matin leur faire la *reverence*, & leur faire *cortege* de leur Palais à la Cour. On les fait entrer dans de grandes sales, où on leur présente du *Tabac* & du *Cahvé*, en attendant que le *Seigneur*, qui est encore dans l'appartement des *femmes*, en sorte. Dès qu'il paroît tout le monde se *leve* & se *tient debout* droit sur ses pieds à sa place, sans se remuer. Il passe, en faisant une douce *inclination* de tête à toute la Compagnie, que chacun lui rend plus profondément, & il va se mettre à sa place accoutumée. Il fait *signe* en même tems de s'asseoir, & puis quand il est prêt d'aller, il se *leve*, sort le premier, & marche devant, & chacun le suit. Les *Grands* reçoivent aussi ainsi les *Inferieurs* chez eux; mais on fait plus de *complimens* avec ses égaux, & avec ses superieurs. On leur fait la *bien-venuë* avant que de s'asseoir & l'on observe de ne s'asseoir pas avant eux, & de ne se *lever* qu'après eux, en sortant. Le *Maître* du logis est toûjours *assis* au haut bout: & lors qu'il veut faire une *civilité* particuliere, il fait signe qu'on vienne se *mettre* auprès

E 3 de

de lui. Il n'offre point de donner fa *place*, parce que la perfonne à qui il l'offriroit le prendroit pour un affront, mais pour témoigner un *refpeƈt* extraordinaire, il là quitte, & va fe mettre à côté de la perfonne honorée, & au deffous.

Quand la perfonne qu'on va voir eft dans fa fale, & que c'eft une perfonne élevée, voici comme on obferve la *civilité*. L'on entre *doucement* & l'on va fe ranger près de la première *place vuide*, où l'on fe tient *debout* les piés ferrez l'un contre l'autre, les mains l'une fur l'autre à la ceinture, & la tête un peu penchée devant foi, avec les yeux arrêtés dans une contenance grave & recueillie, en attendant que le maître du logis faffe figne de *s'affeoir*, ce qu'il ne manque pas de faire promptement, avec un figne de la main, ou de la tête. Lors qu'on reçoit *vifite* de fon fuperieur, on fe *leve* dès qu'on le voit entrer, & on fait femblant d'aller *au devant*. Si on reçoit la *vifite* de fon égal, on fe *leve* à demi : & fi c'eft de quelque inferieur mais pourtant digne d'honneur, on fe *meut* feulement comme fi l'on vouloit fe *lever*. Ceux qui font en *vifite* ne fe *levent* gueres pour les gens qui entrent, à moins que le maître du logis ne le faffe, ou qu'on n'ait quelque motif particulier de refpeƈt pour la perfonne qui entre. Il y a encore bien de la *ceremonie* en Perfe dans la maniere de *s'affeoir*. Devant les gens à qui l'on doit du refpeƈt, on *s'affied* d'abord fur les *talons* ayant les *genoux* & les *pieds* ferrez l'un contre l'autre. Devant fes égaux, on fe met plus commodément, car on fe met fur fon *feant* les *jambes* croifées en dedans & le corps droit. On appelle cette fituation, *Tcharzanou*, c'eft-à-dire, *s'affeoir fur quatre genoux*, parce que les *genoux* & les *chevilles des pieds* font plat à terre. Les amis, & les gens familiers, s'entre-difent d'abord *affeyez vous à vôtre aife*, c'eft-à-dire, *croifez les jambes comme vous voudrez*; mais, à moins que de paffer une demi journée *affis* en un même endroit, on ne change point de *pofture*. Les *Orientaux* font beaucoup moins *fretillans* que nous, & moins inquiets. Ils font *affis* gravement & férieufement: ils ne font jamais de *gefte* du corps, ou que très-rarement; & feulement pour fe delaffer, mais ils n'en font jamais pour l'aƈtion & pour accompagner le difcours. Nos habitudes là-deffus les furprennent fort : & ils ne croyent pas qu'un homme qui a l'efprit raffis puiffe *gefticuler*. C'eft auffi une très-grande *Incivilité* parmi eux, de faire voir le bout des *pieds* quand on eft *affis*, il faut les

cacher fous l'habit ; & afin qu'on entende mieux comment on eft *affis* en Perfe, j'ai fait mettre à côté deux *figures* où cela eft repréfenté exaƈtement.

Les *Saluts* fe font par une *inclination de Tête*: & c'eft-là la *civilité* ordinaire: ou bien en appuyant la *main droite* à la bouche, & c'eft comme on fait parmi les amis, lors qu'on a été long-tems fans fe voir. Enfin, l'on fe donne auffi un *baifer*, & une courte *embraffade*, à des retours de longs voyages, & en des occafions extraordinaires.

Voilà les *civilitez* communes de l'*aƈtion*; celles des *paroles* font encore plus tendres & plus obligeantes. On reçoit les *vifites* en difant d'un air engageant, *Kochomedy*, c'eft-à-dire, *vous êtes venu en bien*; *Safa a ourdy*, *vous nous purifiez de vôtre préfence*; *Giachma calibut, la place que vous avez accoutumé de tenir chez moi a été vuide*; c'eft-à-dire, *il n'a paru perfonne d'affez de mérite pour fuppléer vôtre abfence*; & d'autres difcours pareils, qu'on multiplie & qu'on recommence par intervalles, felon que l'on a de l'amitié pour les gens. Je le dirai encore une fois, les *Perfans* font affurément les *Peuples* les plus *careffans* du monde. Ils ont les maniéres les plus *touchantes*, & les plus *engageantes*, les efprits les plus *fouples*, & qui fe compofent le plus *vite* & le plus *aifément*, les langues les plus *douces* & les plus *flateufes*, évitant dans leur converfation de faire des recits, ni de rien dire, qui puiffe rapeller ou exciter des idées triftes; & quand le difcours, ou l'occafion les porte à le faire, ils fe fervent de circonlocutions pour éviter du moins les termes funeftes. Par exemple, s'il faut dire que *quelqu'un eft mort*, ils difent: *Amrekodber chuma bakchid, il vous a fait don de la part qu'il avoit à la vie*, c'eft-à-dire, *il pouvoit vivre encore longues années, mais pour l'amour qu'il vous porte il les a attachées à celles que vous avez à couler*. Je me fouviens là-deffus d'un petit conte affez naïf du *Général des Moufquetaires* du tems d'*Abas Second*. Ce Prince, qui étoit d'un efprit vif, avoit donné à garder à ce *Général* un *Ours blanc*, qu'on lui avoit amené de *Mofcovie*, croyant qu'il en auroit plus de foin qu'on ne feroit au Parc de fes *bêtes feroces*. Cependant l'*Ours* ne vêcut gueres, & le Roi le fût, & quelque tems après il voulut favoir comment il étoit mort, & demanda au *Général, Qu'eft devenu mon Ours blanc?* Sire, répondit-il, *il vous a fait don de la part qu'il avoit à la vie*. Le Roi, fe prenant à rire, lui dit: *Vous êtes vous même un* Ours *de vouloir que les ans*

Voyez la Fig.1 N.° XIX.

ans d'une bête soient ajoûtez aux miens. On fait un autre conte, à peu près semblable, de ce même *Général des Mousquetaires*, que je rapporte dans le même dessein de faire connoître les maniéres de parler *Persanes.* Le Roi se promenoit hors d'*Ispahan* le long de la montagne de *Kousopha*, qui n'en est qu'à une petite lieuë. Un nuage épais étant tombé sur une pointe de roc, le Roi se mit à dire à ce *Général. Regardez ce nuage noir sur la pointe de ce roc, il ressemble aux chapeaux des Francs*; c'est le nom que les *Orientaux* donnent aux *Chrétiens* de l'*Europe. Cela est vrai, Sire*, répondit le *Général, & Dieu veuille que vous les conqueriez tous; comment*, repliqua le Roi en riant, *est-il possible que je les conquere?* Ils *sont à deux mille lieuës loin de moi, & je ne puis conquerir le païs des Turcs qui sont mes plus proches voisins.* Les complimens de condoleance se font en disant, *Serchuma salamet bachet, que vôtre tête soit saine*, ce qui veut dire, *vôtre vie m'est si chere que pourvû que vous viviez il ne m'importe qui meure: vôtre conservation me suffit.*

Les *complimens* qu'on pratique dans les *Lettres Missives*, dans les *Mémoires*, & dans les *Requêtes*, sont encore plus étendus & plus exacts, que ceux qu'on se fait de *bouche* en présence; mais comme j'aurai occasion d'en parler ailleurs, je dirai seulement ici sur ce sujet, qu'ils ont un Livre exprès, contenant les *Titres* qu'il faut donner au gens à qui l'on écrit, depuis l'artisan jusqu'au Roi. Ce Livre s'appelle *tenassour*, c'est-à-dire, *methode* ou *Régle.* Les gens d'affaires le savent par cœur. Je n'en donnerai point d'extraits, parce qu'on en peut voir le stile dans les *Lettres* que j'ai inserées dans mon *Voyage de Paris à Ispahan*, & en diverses *Requêtes* qu'on trouvera dans la suite. Une de leurs *Politesses de Langage*, est de parler toûjours à la *troisiéme personne*, tant en parlant aux autres, qu'en parlant de soi, à peu près comme on fait dans la langue *Allemande.*

Tout *civils* que sont ces peuples, ils ne font pourtant rien par *générosité*, qui est une vertu qu'on peut dire inconnuë en *Orient.* Comme les *Corps* & les *Fortunes* sont esclaves sous une puissance tout-à-fait Despotique & Arbitraire, les *Esprits* & les *Courages* le sont aussi. On n'y fait rien que par *intérêt*, c'est-à-dire par *espérance*, ou par *crainte*. Et ils ont peine à concevoir qu'il y ait des Païs où l'on voit des gens servir ou rendre office par *pure vertu*, & sans autre *récompense.* Parmi eux c'est tout le contraire. Ils se payent de tout, & se

payent par avance. On ne leur demande rien qu'un *présent à la main:* & ils ont là-dessus cette maniére de proverbe, *qu'on revient de chez le juge comme l'on y est allé*, c'est-à-dire, que si l'on y va les mains vuides, on revient sans avoir justice. Les plus pauvres & les plus miserables ne paroissent devant les *Grands*, & devant personne à qui ils demandent quelque grace, *qu'en leur offrant* quelque chose, & tout est reçû, même chez les premiers Seigneurs du païs, du *fruit*, des *poulets*, un *Agneau.* Chacun donne ce qui est le plus sous la main, & de sa profession: & ceux qui n'ont point de profession donnent de l'argent. C'est un honneur que de recevoir ces sortes de *présens.* On les fait en public: & même on prend le tems qu'il y a le plus de Compagnie. Cette coûtume est universellement pratiquée dans tout l'*Orient*: & c'est peut-être une des plus anciennes du monde. Comme elle paroît aux peuples d'*Europe* fort *basse* & peu *honnête*, je n'ajoûterai pas, que c'est peut-être aussi une des plus *raisonnables*, & je n'ai garde de la défendre. Je dirai seulement que les *Persans* font toûjours le service pour lequel on leur fait le *présent*: & qu'ils le font sur le champ, ou le plûtôt qu'il est en leur pouvoir. On fait aussi aux fêtes solemnelles & en d'autres occasions semblables des *présens* à ses patrons, & à ses Bienfaicteurs sans demander rien précisément.

Les *Persans* n'aiment ni la *Promenade*, ni les *Voyages.* Pour ce qui est de la Promenade, c'est une des choses qu'ils trouvent fort absurde dans nos maniéres: & ils regardent des *tours d'allée*, comme des actions de gens hors du sens. Ils demandent serieusement ce qu'on est allé faire au bout de l'*allée*, & pourquoi on ne s'y est pas arrêté, si l'on avoit sujet d'y aller. Cela vient sans doute de ce qu'ils demeurent dans un climat mieux temperé que le nôtre. Ils n'ont pas tant de sang que nous, qui sommes *Septentrionaux*, ni si bouillant. Les parties les plus vives de leur sang étant en plus grande transpiration que les nôtres, ce qui fait qu'ils ne sont pas sujets à ces mouvemens de corps, qui tiennent si fort de la legereté & de l'inquietude, & qui passent souvent jusqu'à l'extravagance, & même jusqu'à la fureur. On ne fait ce que c'est en *Perse* que le reméde que nous appelons l'*Exercice:* on se porte encore mieux en ce païs-là d'être toûjours assis, ou porté, que de marcher. Les femmes & les *Eunuques* généralement parlant ne font jamais d'exercice, & sont toûjours assis ou couchez, sans que

cela

cela nuife à la fanté. Pour les hommes ils vont à cheval, mais ils ne marchent jamais : & leurs exercices fe font uniquement pour le plaifir, & non pour la fanté. Le climat de chaque peuple eft toûjours, à ce que je croi, la caufe principale des inclinations & des coûtumes des hommes, qui ne font pas plus diverfes entr'elles, que la conftitution de l'air eft differente d'un lieu à l'autre. Pour ce qui eft des *Voyages*, ceux de fimple curiofité font encore plus inconcevables aux *Perfans*, que les *Promenades*. Ils ne connoiffent point la volupté que nous reffentons à voir des *Maniéres* differentes des nôtres, & à ouïr un *Langage* qu'on n'entend point. Lors que la *Compagnie Françoife des Indes Orientales* envoya des *Députez* au Roi de *Perfe*. Le Roi de *France* en envoya auffi deux, mais fans caractére, nommez Meffieurs *de Lalain* & *de la Boullaye* : & la Lettre de créance portoit que *c'étoient des Gentilshommes curieux de voyager, qui fe joignant à ces Députez, des Marchands François, pour voir le monde, le Roi fe fervoit de leur occafion pour écrire à S. M. Perfane, afin de lui recommander cette Compagnie de Marchands François.* J'arrivai à la Cour de *Perfe* lors que ces Meffieurs y follicitoient leurs affaires, dont les *Miniftres* me parlerent fouvent : & je vis d'abord que cette *Lettre* ne leur avoit point plû du tout, pour diverfes chofes ; comme entre les autres, parce qu'elle étoit envoyée par occafion feulement. Les *Miniftres* me demanderent fi l'on refpectoit fi peu les grands Rois dans nôtre monde, que de ne leur envoyer pas leurs *Lettres* par perfonnes expreffes. Mais ils s'arrêtoient particuliérement fur ces mots *de Gentilshommes curieux de voyager*, ce qu'on n'avoit pû traduire en leur langue, fans un air d'abfurdité, qu'ont toutes les chofes non pratiquées ou même inconnuës. Ils me demandoient s'il étoit poffible, qu'il y eût des gens parmi nous qui vouluffent prendre la peine de faire deux ou trois mille lieuës, avec tant de rifque & d'incommodité pour voir feulement *comment on étoit fait, & comment on faifoit* en *Perfe*, & fans autre deffein. Ce peuple tient, comme je l'ai obfervé, qu'on ne fauroit mieux aquerir la vertu ni mieux goûter la volupté que dans le repos, & en demeurant chez foi ; qu'il n'eft bon de voyager que pour aquerir du bien. Auffi croyent-ils que tout étranger eft un *Efpion*, s'il n'eft pas Marchand, ou artifan, & les gens de qualité croiroient commettre un crime d'Etat que de le recevoir chez eux, ou de le vifiter. C'eft à cet efprit qu'il faut rapporter fans doute l'igno-

rance groffiere des *Perfans* fur l'*Etat* préfent des autres *Nations* du monde, & que même ils n'entendent point la *Géographie*, & n'en ont point des *Cartes* ; car cela vient de ce qu'étant peu curieux de voir les autres Païs, ils ne fe foucient gueres des diftances ni des routes pour s'y rendre. Il n'y a parmi eux ni *Rélations de Païs Etrangers*, ni *Gazettes*, ni *Nouvelles à la main*, ni *Bureaux d'adreffe*. Cela paroîtra bien étrange aux gens qui paffent leur vie à demander des *Nouvelles*, & qui s'y intereffent jufques à y mettre leur fanté & leur repos : & à ceux auffi qui étudient avec tant de foin les *Cartes* & les *Rélations* ; mais cela eft pourtant fort vrai ; & comme j'ai reprefenté les *Perfans*, il eft clair que toute cette connoiffance n'eft pas requife pour la tranquillité de l'Efprit, ni pour la volupté. Les *Miniftres d'Etat*, généralement parlant, ne favent non plus ce qui fe fait en *Europe*, que ce qui fe fait dans le *Monde de la Lune*. La plûpart même, n'ont qu'une idée confufe de l'*Europe*, qu'ils prennent pour une *petite Ifle* dans les mers du *Nord*, où il ne fe trouve prefque rien de bon ni de beau, d'où vient, difent ils, que les *Europeans* vont par tout le monde chercher les belles chofes, & celles qui font néceffaires, comme en étant deftituez.

Nonobftant ce que je viens de dire, il eft pourtant vrai, qu'il n'y a pas de païs au monde, où les *Voyages* foient moins dangereux par la feureté des chemins, à quoi l'on pourvoit foigneufement : ni de moins de dépenfe à caufe du nombre des bâtimens publics qu'on entretient pour les *Voyageurs*, dans tous les endroits de l'Empire, tant aux villes, qu'à la Campagne. On loge dans ces maifons-là, fans qu'il en coute rien, outre qu'il y a des ponts & des chauffées dans tous les endroits où les chemins font trop mauvais ; chofes qui font faites en faveur des *Caravanes*, & de tous ceux qui *voyagent* par des motifs d'interêt.

La coûtume des *Perfans*, qui font dans le trafic, ou dans les emplois eft qu'après avoir amaffé quelque argent, ils l'employent premiérement à l'acquifition d'un logis qu'ils n'achettent jamais tout fait ; mais qu'ils rebâtiffent de la grandeur qu'il leur faut ; ayant pour Proverbe *qu'une maifon qu'on achette toute faite, n'eft pas plus propre pour fa famille, qu'un habit qu'on achette tout fait eft propre pour fon corps.* Il y a peu de perfonnes en *Perfe* qui faffent leur demeure dans des *Maifons de loüage*. Les plus pauvres font pour l'ordinaire *proprietaires* des logis où ils habitent. Cela vient

vient de deux caufes , l'une que les *Perfans* n'ont pas naturellement le genie porté au Né- goce. La feconde de ce que leur Religion défend de prêter à interêt, ce qui fait que chacun évite de payer des *louages* , & achette des *maifons* , ne fachant comment employer mieux fon argent. La feconde acquifition des *Perfans* , après la premiere , c'eft de ce qu'ils appellent *Bazarga* , ou *lieu de marché* , qui eft une *galerie de boutiques* d'un bout à l'autre, couverte ordinairement en voute, qu'ils font bâtir proche de leur logis , ou qu'ils achettent fuivant l'occafion. C'eft là d'ordi- naire le premier bien qu'ils acquierent en fonds de terre. Ils acquierent en fuite un *Bain* , puis un *Caravanferay*. L'on penferoit peut- être que ces fonds là fe donnent à rente à payer par année , ou par quartier , comme dans nos Païs ; mais l'on fera furpris d'ap- prendre qu'ils louent ces lieux-là par jour, en fe faifant payer de la rente tous les foirs, fans faire crédit au lendemain. La confiance ne va pas plus loin , & c'eft pour cela que ceux qui acquierent des fonds , & qui font bâtir , le font à leur porte, afin que leurs do- meftiques reçoivent plus commodément le loüage. Cette pratique n'eft pourtant que pour les petites gens , les autres payent par femaine, ou par mois. Mais comme on n'a pas grands meubles dans l'*Orient* , qu'on ne fe fert ni de tables , ni de chaifes , ni de bois de lits, ni d'armoires , ni à beaucoup près de tant d'utenciles de cuifine, un *locataire* pour- roit s'évader bien plus facilement que chez nous. Les plus puiffans , après avoir amaffé beaucoup de bien pour eux & pour leurs en- fans, fe mettent à bâtir des édifices publics, des *Colleges* avec des fondations pour un nom- bre d'étudians , puis des *Caravanferais* , fur les grands chemins, où les paffans font reçus fans rien payer: puis des *Ponts* , & enfin des *Mofquées* , avec un revenu pour entretenir des Prêtres , & quelquefois pour faire des diftri- butions charitables. Les *Perfans* , qui appel- lent ces fondations *fouab a karet* , c'eft-à-dire, *merite pour la vie future* , difent auffi que ces beneficences font *kreir jary* , comme ils par- lent , c'eft-à-dire , *des biens croiffans* ; parce, difent-ils , que les prieres qui fe font dans ces logemens gratuits , & dans ces Temples , & lors qu'on fe fert actuellement de ces autres commoditez, tournent au profit des fonda- teurs , & leur font imputées.

Il n'y a d'autres *Voitures* en *Perfe* que des *Montures* , & de grandes *Cuves* , ou maniere de *Berceaux* couverts & fermés , où vont les

Tome II.

femmes de qualité , deux fur un *Chameau* , dont je ferai la defcription ailleurs. On n'y a ni *Caroffes* , ni *Chariots* , ni *Litieres* , ni *Chaifes* , foit parce que la *Perfe* eft un Païs montueux, foit parce que c'eft un Païs dont les plaines font entrecoupées de canaux de toutes parts. Tout le monde va à *Cheval* , ou fur une *Mule* , ou fur cette forte d'*Anes* qui vont l'amble , & qui portent vîte & à l'aife. Les gens de boutique & de métier , comme les autres, ont leurs *Montures* , & il n'y a que les plus miferables qui aillent à pied. Je laif- fe au Lecteur à remarquer davantage les mœurs des *Perfans* dans la fuite de mes *Relations* , fuivant l'occafion que j'aurai d'en parler.

Les *Noms* que les *Perfans* portent leur font impofez , ou en venant au monde , ou à la Circoncifion , de même qu'à tous les autres peuples Mahometans : & ces *Noms* font pris, ou des perfonnes éminentes de leur Religion, ou du Vieux Teftament , ou de leurs Hiftoi- res, ou ce font des *Noms* de Vertu ; car cha- cun prend , ou fe fait un *Nom* à fon gré; mais ils n'ont point de *Surnoms* particuliers, ou de *Noms* de Famille & de Race pour *Sur- nom*. On prend chez eux par honneur le *Nom* propre de fon Pere , & quelquefois celui de fon Fils , en difant, *tel , Pere de tel* , ou *tel , fils de tel* , comme par exemple *Abraham , fils de Jacob* , & *Mahammed , pere d'Aly*. C'eft la coûtume immemoriale de l'*Orient* de fe fai- re *nommer* ainfi. On le voit ainfi dans le Vieux Teftament , où l'on trouve , par exemple , les Rois de *Syrie* nommez *Ben Adad* , c'eft-à-dire *fils d'Adad* , & ceux de la *Palefine* nommez *Abimelec* , c'eft-à-dire *pere de Melec* , terme qui fignifie *Roi*. Il eft auffi fort ordinaire par- mi eux de porter divers *Surnoms* , l'un pris du *nom* de fon Pere , l'autre du *nom* de fon Fils, & même de porter le *Surnom* de plufieurs de fes Fils , comme le *Calife Abrachid* , cinquié- me Calife de la Race des *Abaffides* , qui eft *furnommé* , tantôt *Abou Jafer* , tantôt *Abou Mahamed* , qui font les noms de fes Fils. En- fin, il eft fort commun parmi eux de pren- dre pour *furnom* la profeffion qu'on a exercée, ou de fon Pere , ou de fes Ancêtres , foit libe- rale, foit mécanique , d'où ils fe font élé- vez dans le monde , *Mahamed Caian* , *Maha- med le Tailleur* ; *Soliman Atari* , *Salomon le Dro- guife* ; *Jouaeri* , *le Joüallier* ; *Stamboli* , *le Con- fantinopolitain* , pour y avoir acquis du bien; & ce qui eft remarquable, comme fort loüa- ble, à mon avis, c'eft qu'ils ne fe font point un deshonneur de porter ces *furnoms* après

F être

être parvenus au faîte des richeffes, aux plus hautes dignitez, & aux plus importans emplois. C'eſt que la conſideration naît chez eux des ſciences, des emplois, & ſur tout des richeſſes. Il n'y en a que très-peu d'attachée à l'extraction.

Pour ce qui eſt des *Titres*, ils ne ſont point affectez en *Orient*, ſoit à la naiſſance, ſoit à la dignité. Chacun attache à ſon nom comme il veut les *Titres* ſuperbes, de *Duc*, *Prince*, *Roi*. Les moindres valets les prennent comme les autres, vous en voyez d'appellez *David le Duc*, *Abraham le Prince*. Cela ne ſignifie rien, mais on y obſerve cette diſtinction de ne mettre pas toute ſorte de *Titres*, devant ou après le nom indifferemment. Il y en a qu'on ne met point devant le nom, comme *Duc*, *Prince*, *Roi*. Il y en a qu'on ne met point après le nom, comme le *titre de Mirza*, qui ſignifie *Fils de Prince*. C'eſt afin de diſtinguer les perſonnes Royales d'avec le reſte du monde, leſquelles attachent ces *Titres* devant ou après leurs noms, tout au contraire, & au rebours des autres. Une choſe étrange, & qu'on auroit peine à croire, eſt que les *Perſans* ſont gloire de porter le *titre d'Eſclaves*. Je parle des gens élevez à la Cour, & riez dans les emplois. Ils s'appellent par honneur *Eſclaves du Roi*, ou *Eſclaves des Saints*; par exemple, *le Duc Eſclave d'Ibrahim*, ou de *Mahammed*, ou *du Roi*. Ces ſortes de noms déſignent d'ordinaire un homme qui eſt dans les charges, ou qui y aſpire.

Lors qu'un Enfant mâle vient au monde, c'eſt la coûtume que ſon Pere donne tout ce qu'il a ſur lui à qui lui en apporte la nouvelle. On vient lui ôter le turban ſur la tête en lui diſant, *il vous eſt né un enfant mâle*, & auſſi-tôt il faut faire un préſent pour la bonne nouvelle, & comme pour rachetter ſon habit & ce qu'on a ſur ſoi.

CHAPITRE XII.

Des Exercices & des Jeux des Perſans.

JE joins enſemble ces deux ſortes d'actions, parce que le terme *Perſan*, qui ſignifie l'une, ſignifie auſſi l'autre, & que les *Perſans* diſent que les *Exercices* ſont des *Jeux* honnêtes, comme les *Jeux* ſont des *Exercices* deshonnêtes. En effet, les *Exercices* des *Perſans* ſont des *Jeux d'adreſſe*, où l'on a pour but de rendre le corps ſouple & vigoureux, & de faire apprendre le maniement & l'uſage des armes. Mais comme il faut que le corps

ſoit déja formé & robuſte pour ces *Exercices*, on ne s'y met guers qu'à l'âge de dix-huit ou vingt ans, la jeuneſſe demeurant juſques là ſous la ferule des Maîtres des Sciences, & ſous la conduite des Eunuques. Voici les principaux *Exercices* où les *Perſans* s'occupent.

Premierement, à *bander l'arc*, dont l'art conſiſte à le bien tenir, à le bander, & à laiſſer partir la corde à l'aiſe, ſans que la main gauche, qui tient *l'arc*, & qui eſt toute étendue, ni la main droite, qui manie la *corde*, remuent le moins du monde. On en donne d'abord d'aiſez à bander, puis de plus durs, par degrez. Les Maîtres de ces *Exercices* apprennent à bander *l'arc* devant ſoi, derriere ſoi, à côté de ſoi, en haut, en bas, bref en cent poſtures differentes, toûjours vîte & aiſément. Ils ont des *arcs* fort difficiles à bander, & pour eſſayer la force, on les pend contre un mur à une cheville, & on attache des poids à la *corde de l'arc*, à l'endroit où l'on appuye la coche de la *flêche*. Les plus durs portent cinq cens peſant avant que d'être *bandez*. Dès qu'on ſait manier un *arc* ordinaire, on en donne d'autres à *bander*, qu'on rend peſant par le moyen de beaucoup de gros anneaux de fer qu'on paſſez dans la *corde*. Il y a de ces *arcs* qui peſent cent livres. Ils les manient, les tendent, & les détendent, comme j'ai dit, en ſautant, & s'agittant, tantôt ſur un pied, tantôt ſur les genoux, tantôt en courant : cela fait un bruit incommode par le cliquetis de ces anneaux ; c'eſt à deſſein d'acquerir plus de force. Les Maîtres jugent qu'on fait bien cet *Exercice*, lors qu'en tenant *l'arc* de la main gauche étendue bien roide, ferme, & ſans vaciller, on améne la *corde* avec le pouce de la main droite à l'oreille, comme pour l'y accrocher. Pour mieux faire cet *Exercice*, ils portent un anneau au pouce qui eſt large d'un pouce en dedans, & de moitié en dehors, ſur lequel la *corde* porte. Cet anneau eſt de *corne*, ou d'*yvoire*, ou de *jadde*, qui eſt une eſpéce d'*albâtre* vert. Le Roi en a d'un *os* dur & leger, naturellement varié de jaune & de rouge, qui croît, à ce que l'on dit, comme une houpe ſur la tête d'un gros oiſeau dans l'Iſle de *Ceylan*. Quand ils ſavent bien manier *l'arc*, leur premier *Exercice* eſt de tirer la *flêche* en l'air, & à qui tirera plus haut. On eſtime *l'archer* habile & *l'arc* des meilleurs, lors qu'il tire à l'élevation de quarante-cinq degrez, qui eſt la derniere portée de *l'arc*. En ſuite on *exerce* à tirer au *blanc*; & ce n'eſt pas le tout de donner de-

dedans, il faut que la *flèche* y donne droit & ferme, sans vaciller. On apprend ensuite à tirer avec force & pesanteur. On s'*exerce* à cela comme je le vai dire. On fait à la hauteur de quatre pieds un *chassis* de deux pieds de diametre, incliné en talut, de cinq à six pieds de profondeur, rempli de sable battu & moitte, comme un *chassis* de *fondeur à mouler*. On prend l'*arc* & une *flèche* sans panneaux, & quand on est prêt de tirer, il vient un valet avec un gros caillou à la main, & en assenne un grand coup au milieu du *chassis*, ce qu'il fait beaucoup moins pour marquer où il faut tirer, que pour durcir le sable. On tire là dedans de toute sa force, & d'ordinaire la *flèche* y entre à moitié. On la retire dehors : & on tire derechef au même endroit, tant que la *flèche* entre toute dedans. On réüssit à cet *Exercice* suivant qu'on le fait entrer en moins de coups, ce qui arrive selon qu'on tire plus droit au même point. Ces *Exercices* sont pour apprendre à tirer la *flèche*, dont l'art consiste, en un mot, à tirer loin, à tirer juste, & à tirer roide ou fort, afin que la *flèche* entre & perce. On apprend à dire, en tirant le dernier coup, *tir a ker der dil Omer, le dernier coup de flèche puisse entrer au cœur d'Omer*, & cela pour s'entretenir dans l'aversion & dans l'horreur de la Secte des *Turcs*, dont *Omer* est le second *Pontife* après *Mahammed*. Il faut observer que les *flèches* d'*Exercice* ont un fer rond, menu, & obtus, au lieu que les *flèches* de combat ont le fer comme la pointe d'une lance, ou comme nos lancettes.

Le second *Exercice* est de manier le *Sabre*, & comme l'art de le manier consiste à avoir le poignet robuste & bien dénoué, on apprend la jeunesse à manier le *Sabre* avec deux poids aux mains, en les tournant haut & bas, devant & derriere, vîte & fort ; & pour mieux dénouer les jointures, & rendre les nerfs plus souples, on leur met durant l'*Exercice* deux autres poids sur les épaules faits en fer de cheval pour n'empêcher pas le mouvement. Cet *Exercice* est bon pour la *Lutte*, comme pour se servir bien du *Sabre*.

Le troisiéme est l'*Exercice à Cheval*, qui consiste à bien monter, à se bien tenir, à courir à toute bride sans branler, à arrêter tout court le *Cheval* dans sa course, sans s'ébranler, & à être si leger, & si agile, sur le *Cheval*, qu'on puisse dans une course compter vingt jettons à terre l'un après l'autre, & les relever de même au retour, sans ralentir la course. Il y a des gens en *Perse* qui se tien-

nent si ferme & si legérement à *Cheval*, qu'ils se mettent droits sur leurs pieds sur la selle, & font ainsi courir le *Cheval* à toute bride. Les *Persans* vont à *Cheval* un peu de côté, parce qu'ils se tournent ainsi en faisant leurs *Exercices à Cheval*, qui sont de trois sortes, à jouer au *Mail*, à tirer de l'*Arc*, & à lancer le *Javelot*. Leur jeu de *Mail* se fait dans une fort grande place, au bout de laquelle sont des pilliers proche l'un de l'autre, qui servent de *passe*. On jette la *balle* au milieu de la place, & les joueurs, le *Mail* à la main, courent après au galop pour la fraper : comme le *Mail* est court, il faut se pencher plus bas que l'arçon, pour l'atteindre, & dans les régles du *Jeu*, il faut assener le coup au galop. On gagne la partie quand on fait passer la *balle* entre les pilliers. Ce *Jeu* se fait par parties de quinze ou vingt contre autant. L'*Exercice* de l'*Arc à Cheval* se fait à tirer par derriere à une *tasse*, posée sur le bout d'un mast de six-vingts pieds de hauteur, où on monte par des courbelets de bois cloüez contre, & qui servent de marches. Le Cavalier prend sa course vers le mast l'*arc* & la *flèche* à la main, & quand il l'a passé, il se courbe en arriere à droite ou à gauche ; car il faut le savoir faire des deux côtez, & tire sa *flèche*. Cet *Exercice* est ordinaire dans toutes les villes de *Perse*. Les Rois même s'y exercent. Le Roi *Sephy*, ayeul du Roi régnant, y excelloit. Il abattoit toûjours la *tasse* du premier ou du second coup. Le Roi *Abas* son fils s'en acquitoit aussi assez bien. *Soliman* qui lui a succedé, y réussit moins que les autres. Le *Javelot* des Exercices, qu'on appelle *Gerid*, c'est-à-dire *branche de palmier*, parce qu'il est fait de branches de *palmier* seiches, est beaucoup plus long qu'une *pertuisane*, & est fort pesant ; de maniere qu'il faut une grande force de bras pour le lancer. Il y a des gens en *Perse* si faits, & si habiles, à cet *Exercice*, qu'il font porter un *Dard* six à sept cens pas. J'aurai occasion de rapporter ailleurs plus particulierement comme on agit dans ces *Exercices*, qui sont les *Carrousels* des *Persans*.

La *Lutte* est l'exercice des gens de moindre condition, & presque seulement des gens de néant. On appelle le lieu où l'on montre à *lutter Zour Koue*, c'est-à-dire *la maison de la force*. Il y en a en toutes les maisons des grands Seigneurs, & particulierement des Gouverneurs de Provinces, pour exercer leur monde. Chaque ville a de plus sa troupe de *Lutteurs* pour le spectacle. On

ap-

appelle les *Lutteurs*, *Pehelvon*, mot qui veut dire *brave*, *intrepide*. Ils font leurs *Exercices* pour divertir; car c'eſt un ſpectacle, comme je l'ai dit, & voici comme ils les font. Ils ſe mettent nuds, avec des chauſſes ſeulement, faites de cuir fort juſtes, huilées & graſſes, & un linge à la ceinture auſſi gras & huilé. C'eſt afin que l'adverſaire y ait moins de priſe, & qu'il ne prenne pas par les habits, parce que s'il y touchoit ſa main deviendroit gliſſante, & perdroit de ſa force. Les deux *Lutteurs* étant en préſence ſur l'arene unie, un petit *tambour* qui joüe toûjours durant la *lutte* pour animer, donne le ſignal. Ils commencent par ſe faire mille bravades en Rodomonts: puis ils ſe promettent bonne guerre, & ſe donnent les mains. Cela fait, ils ſe frapent les feſſes, les cuiſſes, & les hanches, à la cadance du *tabourin*: puis ils ſe redonnent les mains & ſe refrapent comme auparavant trois fois de ſuite. C'eſt-là comme pour les Dames, & pour ſe mettre en haleine: après cela, ils ſe joignent en faiſant un grand cri, & s'efforçant de renverſer leur homme. Il faut, pour être victorieux, l'étendre tout plat en terre ſur le ventre tout de ſon long, autrement c'eſt n'avoir rien fait.

L'*Eſcrime* eſt un autre *Exercice* pour le ſpectacle & pour le divertiſſement. Les *Eſcrimeurs* venus ſur le champ en préſence, mettent leurs armes à terre à leurs pieds. Elles conſiſtent en un *ſabre* droit, & un *bouclier*. Ils s'agenouillent, & les baiſent de la bouche & du front: puis ils ſe relevent, les prenant à la main, & au ſon du *tabourin*, ils danſent & ſautillent, en faiſant mille poſtures & mille mouvemens avec leurs armes d'une fort grande agilité. Enſuite, ils ſe joignent & ſe portent pluſieurs coups d'épée qu'ils reçoivent ſur leur bouclier. Ils frapent toûjours du trenchant, ſi ce n'eſt que l'un approche trop de l'autre, car alors il préſente la pointe. Ces *Eſcrimeurs* ſe frapent quelquefois tout de bon, & ſe tirent du ſang; mais ſi le combat devient trop ardent on les ſépare.

Outre ces *Exercices*, qui ſervent de divertiſſement au peuple *Perſan*, il y a parmi eux des *Danſeurs de Corde*, des *Joueurs de Marionettes*, & des *Faiſeurs de tours de Soupleſſe*, auſſi adroits & auſſi habiles qu'en païs du monde. Leurs *Danſeurs de Corde* danſent à pieds nuds. Ils tendent une corde du haut d'une tour de trente à quarante toiſes en bas, aſſez roide. Ils la montent, & puis ils la deſcendent, ce qu'ils font non pas en ſe trai-

nant ſur le ventre, comme on le fait ailleurs, mais marchant à reculons, ſe tenant par l'Orteil qu'ils paſſent dans la *corde*, qui ne ſauroit par conſequent être fort groſſe. Il eſt difficile de regarder cela ſans frayeur, ſur tout lors que le *Danſeur de corde*, pour témoigner ſa force, & ſon agilité, porte un enfant ſur les épaules, jambes deçà, jambes delà, qui le tient par le front. Ils ne *danſent* pas ſur la *corde droite* à la maniere des *Danſeurs de Corde de l'Europe*, mais ils y font des ſauts & des tours. Leur plus beau tour eſt celui-ci. On donne au *Danſeur* ſur la *corde* deux baſſins creux, comme un plat potager. Il les met ſur la *corde*, le cû des baſſins l'un contre l'autre, & s'aſſied dans celui de deſſus ayant le derriere dans le creux du baſſin. Il fait deux tours deſſus en avant & en arriere, puis au ſecond tour il fait adroitement tomber le baſſin de deſſous, & demeure ſur celui de deſſus, ſur lequel il fait encore deux tours & puis il le fait tomber par un grand ſaut, & il ſe trouve à cheval ſur la *Corde*. Il y en a qui font tendre une *chaine* au lieu de *corde*, & qui *danſent* deſſus.

Outre ces *Danſeurs*, il y a des *Voltigeurs*, qui ſautent avec une merveilleuſe agilité. Ils ſautent par un *cercle* garni de pointes de *poignard* entre-deux, qui ne ſont pas à un pied de diſtance, mais qui ſont paſſées de maniere à obéir ſi aiſément, que le corps les fait plier en paſſant. Ils ſautent auſſi par dedans une *corde* que deux hommes tiennent fermée en carré de ſeize à dix huit pouces ſeulement, qu'ils tiennent à cinq pieds haut de terre. Un enfant y paſſeroit à peine; mais ceux qui la tiennent ſavent l'élargir adroitement qu'on ne ſauroit l'apercevoir. Leurs *Voltigeurs* font leurs tours avec des *flambeaux* à la main, allumez par les deux bouts, qu'ils ſe paſſent à tout moment ſur le viſage ſans ſe brûler. Ils ſe font forger une bêche toute rouge ſur une enclume, poſée ſur leur ventre nud, ſe tenant recourbez & renverſez ſur les mains, & ſur les pieds, à quinze ou ſeize pouces de terre, après s'être fait mettre ſous le dos un *poignard*, la pointe en haut, qui n'eſt pas à un doigt du dos: c'eſt pour montrer que les coups de forgeron ne les ébranlent pas, parce que s'ils plioient, le *poignard* leur entreroit dans le dos. Le *Voltigeur* ſe tient en cette poſture juſqu'à ce que les deux forgerons ayent achevé de former leur bêche. Quand ce tour eſt achevé, il vient un autre *Voltigeur* qui ſe met à la place en la même poſture, à qui on met ſur le ventre une pomme, ou un

me-

melon, qu'un homme vient fendre en deux d'un coup de fabre, affené de fort haut, fans toucher feulement la peau.

Leurs *Charlatans* fe fervent d'*œufs* fous leurs *gobelets*, au lieu de boulles, pour faire leurs tours. Ils mettent leurs *œufs* au nombre de fept ou huit dans un *fac*, qu'ils ont pilé aux pieds auparavant,& qu'ils ont fait piler par ceux des fpectateurs qui le veulent faire : & un moment après ils vous font voir que ces *œufs* font devenus des *pigeons*, ou des *poullets*. Après ils donnent de nouveau à manier & examiner le *fac*, qui eft leur *gibeciere*, & quand on eft bien demeuré d'accord avec eux qu'il n'y a rien, ils le mettent à terre au milieu de la place, & un moment après ils le prennent à la main, & en tirent toutes les *Uftenfilles d'une cuifine*.

Leurs *Joueurs de Marionettes*, & de *Tours* ne demandent point d'argent à la porte, comme en nôtre païs, car ils joüent à découvert dans les places publiques, & leur donne qui veut. Ils entremêlent la *farce* & les *tours*, avec des *contes* & avec mille *bouffonneries*, qu'ils font tantôt mafquez, & tantôt démafquez, & la font durer deux ou trois heures. Et quand elle va finir ils vont à tous les fpectateurs demander quelque chofe; & lors qu'ils s'aperçoivent que quelqu'un fe met en état de fe retirer doucement, avant qu'on aille lui demander de l'argent, le Maître de la troupe crie à haute voix, & d'une maniere emphatique, *Celui qui fe levera, devienne l'ennemi d'Ali*. C'eft comme qui diroit chez nous *ennemi de Dieu, & des Saints*. On fait venir les *charlatans* dans les maifons pour une couple d'écus. Ils appellent ces fortes de divertiffemens, *Mafcaré*, c'eft-à-dire *jeu, plaifanterie, raillerie, repréfentations*, d'où eft venu nôtre mot de *Mafcarade*.

Outre les *Charlatans Perfans*, qu'il y a dans toutes les villes du Royaume, comme je viens de le dire, il y a des troupes de *Charlatans Indiens* dans les grandes villes, fur tout à *Ifpahan*, mais qui n'en favent pas plus que ceux du Païs. J'admire la crédulité de plufieurs *Voyageurs*, qui ont rapporté ferieufement que ces faifeurs de tours favoient faire venir un moment tel *arbre* qu'on vouloit chargé de fleurs & de fruits : faire éclore des *œufs* fur le champ, & mille autres chofes furprenantes de cette nature. Mr. *Tavernier*, entre les autres, met cela bonnement dans fes *Rélations*, quoi que de la maniere qu'il le raconte, il faffe affez entrevoir la *Charlatanerie*. Je reconnus qu'il y en avoit dans ces *Tours d'adreffe*, dès

la prémiere fois que je les vis faire, parce que je m'en defiois & que je les obfervois exactement. Voici comme ces *Charlatans* s'y prennent. Ils tendent une toile en rond ou en quarré dans la cour, ou dans le jardin, fuivant le lieu où on les fait joüer : & ils la tendent toûjours un peu loin des fpectateurs. Quand toutes leurs piéces font prêtes, ils ouvrent la toile fur le devant : puis ils prennent un noyau, ou un pepin de quelque fruit de la faifon, & avec leurs façons & leurs piaffes accoûtumées, & des récits de leur grimoire, propres feulement à éblouïr les fimples, ils le mettent en terre au milieu de leur tente, l'arrofent, & puis ils la referment. Cela fait, ils fe mettent entre la tente & les fpectateurs, & font d'autres *Tours de paffepaffe*, pendant quoi un d'eux fe gliffe adroitement fous la toile, & plante en terre à l'endroit du noyau une petite branche verte d'un arbre de l'efpece qu'ils l'ont promis. Chacun cependant eft attentif à leurs autres *Tours*. Quand ils les ont fait durer un quart d'heure, ils ouvrent la tente fur le devant, & avec de grandes exclamations, montrent ce furgeon planté. Un d'eux, pour mieux impofer aux fots, fe couche alors deffus & l'arrofe de fon fang, s'incifant pour cet effet fous l'aiffelle ou ailleurs. Tous les autres recommencent leurs invocations, & leur feint enchantement, puis ils laiffent retomber la toile, & ils reprennent leurs tours comme auparavant. Ils continuent ce *jeu* à cinq ou fix reprifes, pendant une heure ou deux, & jufqu'à ce qu'ils ayent fait voir une branche haute de trois ou quatre pieds, avec quelques fruits deffus. Voilà leur miracle, à la vûe duquel eux, les valets, & tous les fots qui le croyent font de grandes admirations. La prémiere fois que je vis ce tour, je voulus m'aprocher de la tente pour les voir mieux faire. Ces *Charlatans* s'y oppoferent. Je leur dis de n'en approcher pas eux-mêmes, & de repréfenter à quelque pas de là ; cela ne fe put encore ; c'étoit les troubler & empêcher leur operation. Je les laiffai donc faire; mais je les fis épier par deux valets, qui virent tout leur *Jeu*, & je l'entrevoyois moi-même, par l'attention que j'y apportois. J'ai vû ce tour d'arbre en plus d'un lieu, & c'étoit toûjours la même chofe. J'ai ouï affurer que quelques uns le font avec du bois contrefait. Il faut concevoir de même maniere tous les tours des *Charlatans Indiens* & *Perfans*; qui affurément paffent de bien loin les nôtres en induftrie & en foupleffe, & font leur métier très-adroitement,

F 3

ment, & avec un art merveilleux. J'ai vû à *Colconde* quatre femmes droites sur les épaules l'une de l'autre. La quatriéme tenoit un enfant dans ses bras, & celles qui portoit les autres couroit, car elle alloit ce qu'on appelle *aller plus vîte que le pas.* La seconde montoit d'un saut sur l'épaule de la premiére, les deux autres montoient par un arbre. J'ai ouï raconter à feu *Mr. Carron*, un des habiles hommes que les *Indes* & le commerce ayant jamais formé, une partie de ce qui sortoit de meilleur de la *gibeciere* des *Chinois* & des *Japonois*, qui sont à ce que l'on dit des *Charlatans* du plus haut étage. Il assuroit qu'il y en a qui prennent un enfant, le jettent en l'air, & le font tomber par membres, une jambe, puis une autre, & ainsi de tous les membres dont le dernier est la tête. Que ces *Charlatans* rejoignent ces parties à terre, après quoi l'enfant se relevoit & paroissoit tel qu'auparavant. Si jamais rien a ressenti le *conte* & la *fable*, c'est sans doute ce *Tour*, qu'il n'y a pas moyen de s'imaginer, sinon comme un *Tour d'adresse*, dans lequel la dexterité de l'operation impose par un changement d'objets imperceptibles, & fait ainsi illusion aux yeux des spectateurs. Je n'aurois jamais fait à écrire toutes les piéces que j'ai ouï raconter de ces *Charlatans Indiens* & *Chinois*, où l'on m'a voulu faire accroire qu'il y a du prestige, ou du sortilege, en un mot que le *Diable* s'en mêle. J'ai fait tous mes efforts pour en voir de tels, mais toûjours en vain; la *Magie* blanchissoit dès que j'y regardois de près : & je me suis toûjours vû contraint d'y reconnoître de l'*imposture*.

Les *Persans* appellent les *jeux de hazard*, *taoum:* leur *Religion* les défend, & la Police autorise cette défense par des amendes qu'elle impose aux *Joueurs*. Le *Mechel darbachi* qui est un des grands offices de la Cour, auquel on a attaché celui d'*Inspecteur* sur les femmes publiques, & qui tire leur tribut, est établi sur le *jeu*, & en reçoit les amendes. On peut voir combien il est aisé de s'abstenir du *jeu*, quand on en fait une bonne résolution, en ce que les *Persans* ne jouent point, communément parlant, quoi qu'ils ne regardent le péché du *jeu* que comme leger & veniel, au lieu que l'usage du *Vin* est assez commun parmi eux, quoi que la *Religion* le défende beaucoup plus severement. Il y a même des *Docteurs* qui tiennent que les *Jeux de hazard* ne sont défendus, que quand on joue pour de l'argent, & non pas si l'on ne joue point d'argent; mais l'un revient à l'autre, puis qu'on

ne *joue* jamais à des *jeux de pur hazard*, que pour quelque chose. Il y a des *Cartes* parmi le menu peuple, qu'ils appellent *ganjaphé*. Elles sont de bois, fort bien peintes. Le *Jeu* est de quatre vingts dix *Cartes* avec huit couleurs. Ils y joüent fort lourdement, & sans invention. Ils ont encore le *Totum*, les *Dez*, le *Jeu de boule*, la *Paume*, la *Fossette*; mais il n'y a pas un homme en cent qui y *joue* : & encore n'est-ce que parmi le plus bas peuple. Dans le *Caffé* on vous donne à joüer au *Trictrac*, & à un jeu de *Coquilles* que les *Turcs* ont fort en usage; & ces jeux ont été portez d'*Europe* en *Perse* par les *Armeniens*. C'est la même chose du *Jeu* aux œufs, qui est commun vers le nouvel an. Ils en font de toutes couleurs, & de peints & dorez, qui valent une à deux pistoles piéce. Ils en ont dont la coque est plus dure que des œufs ordinaires, ayant un secret pour la faire durcir. Quelques gens de qualité, en fort petit nombre, joüent aux *Echets*. Ils tiennent ce *Jeu* défendu dans le nombre des autres; mais ils ne le tiennent pas deshonnête comme les autres. Ce *Jeu* a été la matiére de plusieurs savantes disputes, sur son Origine, & sur les Etymologies de ses termes. Les *Persans* soutiennent que c'est l'invention de leurs ancêtres, & effectivement les termes du *Jeu* sont originaires de l'ancien *Persan*. Ils l'appellent *Sedreng*, ce qui signifie *cent soucis*, ou *peines*, parce qu'il y faut appliquer toutes ses pensées. D'autres *Chetreng*, ce qui est presque la même chose; car en *Persan* la lettre *S*, & la lettre *CH*, sont formées de même. *Chetreng* veut dire *la douleur ou l'angoisse du Roi*, à cause de l'extremité où *le Roi des Echets* est reduit. *Eschec* & *Mat*, vient de *cheic*, ou *chamat*, qui est le plus considérable terme de ce *Jeu*, qu'on employe pour dire que le *Roi* va être pris, & signifie *le Roi est consterné*, ou *étourdi*. Les *Persans* estiment fort cet *Exercice*, disant que qui sait bien *joüer* aux *Echets*, est capable de gouverner le monde. Ils disent aussi que pour y bien joüer il faut faire durer une partie trois jours.

Je parlerai du *Chant* & de la *Danse* dans le Discours suivant, au Chapitre de la *Musique*; mais je vais mettre à la fin de celui-ci la description d'un *Divertissement* fort solemnel en *Perse*, qui est la fête du *Chatir*, ou valet de pied du *Roi*. C'est comme le Chef-d'œuvre du valet de pied, qui veut être reçu au service du Roi. Il faut qu'il aille de la porte du Palais, à une Colomne hors de la ville, qui est loin du Palais une lieuë & demie Françoise, çoife, querir douze flèches entre deux Soleils, l'une après l'autre. On n'eft reçû *Valet de pied du Roi* qu'après cet eſſai. Quand le Roi *Soliman*, fut monté fur le trône, on lui faiſoit voir chaque choſe en ſa magnificence; & comme on lui fit de grands recits de la fête du *Chatir* il ordonna qu'elle fût ſolemniſée auſſi pompeuſement qu'il ſe pouvoit faire, ſans qu'on y épargnât rien; & c'eft ce qui fut fait le vingt ſixiéme de Mai 1667. jour choiſi par la déſignation des *Aſtrologues*, qui jugerent que c'étoit le plus heureux jour pour cette fête. Le *Général des Mouſquetaires*, qui étoit alors le favori, avoit mené le *Chatir* la veille en la préſence du Roi, qui lui promit de le prendre s'il achevoit ſa courſe, & lui donna un *calaat* ou habit entier, & permiſſion de commencer à quatre heures du matin; c'étoit lui faire grace de près d'une heure; car comme j'ai dit c'eft l'ordre qu'il faſſe cette courſe entre les deux Soleils, comme l'on parle: & auſſi-tôt on donna ordre de tendre les maiſons, de parer les boutiques, & d'arroſer les ruës le long du chemin. Cela fut executé à l'envi, & le lendemain tout ſe trouva paré, orné, & accommodé. La Place Royale d'*Iſpahan* étoit vuide & nette, comme une ſale de bal. Au devant du grand Portail, on avoit dreſſé une tente de quatre vingts pieds de long, ſur trente de large, haute à proportion, portée ſur des pilliers dorez, & tenduë de biais, en ſorte qu'elle étoit ouverte, & ſur le Portail & ſur le coin de la place par où le Coureur venoit. La tente étoit doublée de beau tabis & de brocard, le bas couvert d'un riche tapis tout d'une piéce, avec des carreaux de brocard. Aux pilliers de la tente, pendoit de haut en bas des pennaches, & des aigrettes, que ces *Valets de pied du Roi* portent à la tête, & des ceintures de grelots, qu'ils s'attachent auſſi, pour ſe tenir en action. A un coin il y avoit un buffet de Vaſes d'or, & de pierreries, de diverſes liqueurs; & à un autre vingt baſſins d'or de toute ſorte de Maſſepains & de Confitures ſeiches & liquides. Dix à douze *Valets de pied du Roi*, richement habillez, & chacun de differentes couleurs, & de different ornement, car en *Perſe* on ne ſait ce que c'eft que de livrée, faiſoient les honneurs de la tente, à quiconque la venoit voir, qui étoit aſſez de qualité pour y entrer, comme étant les Maîtres de la fête. Les Huiſſiers de la garde du Roi étoient aux portes de la tente, & les Gardes du Corps étoient rangez en haye dans la Place en tous les endroits des avenuës. Vis-à-vis le grand Portail du Palais, on voyoit les Elephans au nombre de neuf rangez en haye, couverts de riches houſſes, & parez de tant de chaines, de ceps, & d'autres ornemens d'argent maſſif, qu'un autre animal auroit plié ſous le poids. Chaque Elephant avoit ſon Gouverneur vêtu à l'*Indienne*, fort paré. Le plus grand Elephant étoit enharnaché, & prêt à recevoir le Prince, ſur un Trône couvert, poſé ſur ſon dos, au lieu de ſelle. Ce Trône étoit aſſez grand pour s'y coucher tout du long. Des armes, comme *Arc*, *bouclier*, & *flèche*, ſont toûjours pendues à un des deux bâtons qui ſoutiennent le deſſus de Trône: & après cela vous voyez au bout Meridional de la place, d'une part les *bêtes feroces* dreſſées pour la *chaſſe*, comme le *Lion*, la *Panthere*, l'*Once*, le *Tigre*, & d'autres: & d'une autre part des Chariots des *Indes* attellez de beaux *Bœufs* tous blancs. Et les *Bêtes* de combat comme les *Buffles*, les *Taureaux*, les *Loups*, les *Beliers*, chacun avec un collier garni de petits ſachets remplis d'*Amulettes*, ou papiers écrits pour ſervir de préſervatif. Les *Mahometans* pendent de ces *Amulettes* non ſeulement au col de ces *Bêtes*, mais auſſi de toutes les autres, au col de leurs enfans, & de leurs femmes. Ils en pendent même aux choſes inanimées. Vous les en voyez quelquefois tous couverts. L'autre bout de la Place, qui eft au *Septentrion*, avoit auſſi ſes troupes pour le divertiſſement, & pour la parade. C'étoient des *Danſeurs de corde*, des bandes de *Danſeuſes*, des bandes de *Valets de pied*, préparez à danſer: des corps de *Bateleurs* de cent ſortes de *Tours*: des *Joüeurs de Gobelets*: des *Eſcrimeurs*: les *Marionnettes*: & de diſtance à autre des bandes d'inſtrumens de *Muſique* de toute ſorte. Les bons *Chatirs*, ou *Valets de pied* ſavent tous bien danſer & voltiger, ſur tout ceux des Grands, & on les fait danſer pour ſe divertir; car en *Orient* la *Danſe* eft de deshonnête, ou infame, ſi vous voulez, & il n'y a que les femmes publiques qui danſent. Je me ſouviens là-deſſus que durant la minorité du Roi de *France* il vint un *Perſan* à Paris, que le Roi de *Perſe* avoit envoyé en *Europe* avec un Marchand *François* habitué à *Iſpahan*, afin de vendre des ſoyes, & d'apporter des Marchandiſes curieuſes d'*Europe*. On faiſoit tout voir au *Perſan*, qui ne ſavoit pas un mot d'aucune langue d'*Europe*. On le mena entr'autres à un ballet où le Roi danſoit; & quand Sa Majeſte danſa on le lui fit remarquer: & après on lui demanda ſi le Roi ne danſoit pas bien? *Par le le nom de Dieu*, répondit-il, *c'est un excellent Chatir*.

Voilà comment la grande place étoit ornée & difposée. Les ruës par où le *Coureur* devoit paffer, qui font la plûpart des marchez couverts, étoient auffi parées à merveille. Les boutiques étoient tendues de riches étoffes, & quelques unes étoient parées d'armes comme une fâle d'Arfenal, avec beaucoup d'enfeignes mêlées parmi. On arrofoit le chemin chaque fois que le *Coureur* alloit paffer, un moment devant qu'il vint, & on le femoit de fleurs. Les fauxbourgs étoient tendus de Pavillons, & les dehors de la ville auffi, jufqu'à la *Tour des fleches*. Un corps d'*Indiens*, au nombre de deux ou trois mille, y étoit en un endroit. Celui des *Armeniens*, en pareil nombre, en un autre. Les *Ignicoles* en un lieu. Les *Juifs* en un autre; tout le monde auffi bien mis qu'il fe pouvoit pour plaire au Roi qui l'avoit defiré. Aux portes des plus grands Seigneurs qui étoient fur la route, vous trouviez des tables couvertes de Caffolettes, d'Eaux de fenteur, & de baffins de Confitures. Enfin toute la route étoit comme bordée d'Inftrumens de Mufique, de Timbales, & de Trompettes, qui jouoient par troupes dès qu'ils appercevoient le *Coureur* venir.

Il étoit en chemife, avec un fimple bourlet uni, & affez mince, de toile d'argent, qui lui couvroit les feffes. Il portoit un linge en plufieurs doubles, plié fur l'eftomach, en croix de *Saint André*, qui lui tenoit les mamelles & la ratte bien ferrez, & s'attachoit à la ceinture : & il avoit entre les jambes un autre linge paffé & bien ferré. Ses bras, fes cuiffes, & fes jambes étoient nues frottées d'un onguent couleur d'aurore-brun, fait d'une mixtion d'huile de rofe, & d'huile de mufcade & de canelle. Il étoit chauffé à nud de fouliers de laquais, qui eft une chauffure qui leur eft particuliere : & quoi qu'il n'eût point de bas, comme j'ai dit, il avoit des jarretieres. Enfin, fa tête étoit couverte d'un bonnet, qui lui venoit jufqu'au bas des oreilles, orné de trois ou quatre petites plumes, legéres comme le vent. Au bonnet, au col, au bras, & fur l'eftomach, vous voyiez des *Amuletes*, pendus comme je viens de le reprefenter il n'y a qu'un moment.

C'eft-là comme le *Valet de pié* étoit accommodé. Il faifoit fes courfes toûjours en Compagnie nombreufe; feize à vingt *Valets de pied* des grands Seigneurs couroient à pié devant lui, & à fes côtez, felon le train qu'il alloit, fe relayant les uns les autres. Ils étoient précedez par un nombre de Cavaliers d'environ vingt cinq à trente, parmi lefquels il y avoit des plus grands Seigneurs qui couroient deux cens pas devant, plus par pompe, que pour faire faire place. Un Courrier exprès, nommé par le Roi, le fuivoit à chaque courfe pour en être témoin. A tout moment on lui rafraichiffoit le vifage avec des eaux de fenteur, & on lui en jettoit tout le long des cuiffes, des bras, & des jambes pour le rafraichir. On l'éventoit continuellement derriere lui & à fes côtez; & tout cela fe faifoit avec tant d'adreffe & de legéreté, que quoi que le chemin fût toûjours couvert de monde à pied & à cheval, il ne fe trouvoit jamais perfonne devant lui. Tout retentiffoit de fes loüanges, & faifoient mille vœux pour lui, invoquant le nom de Dieu, & reclamant les faints avec des cris qui fendoient l'air : & les grands Seigneurs qui fe trouvoient à fa courfe lui promettoient biens & honneurs, exaltoient fa viteffe, fon courage, & fa force. Il ne fe pouvoit qu'il ne fût enchanté & enlevé, de l'harmonie, & de l'agréable bruit qui fe faifoit autour de lui. J'oublios à dire que fur la colomne qui marque le bout de fa courfe, & où les fleches qu'il doit aller querir font paffées dans une écharpe, on avoit dreffé un Pavillon à moitié grand comme celui que j'ai répréfenté devant le Portail du Palais, qui étoit orné de même, & garni auffi de divers régals. Lors que ce *Coureur* partit la première fois de devant le Palais, il fe mit à aller en fautant & faifant des bonds, & en remuant les bras, comme s'il eût voulu s'efcrimer, & faire des poftures. C'étoit pour fe mettre en haleine, il fit comme cela fa premiére courfe, allant & venant fans s'arrêter; mais aux autres courfes, il s'arrêtoit un inftant pour prendre haleine. Lors qu'il entroit dans la tente où étoient les fleches, deux *Valets de pied* des plus robuftes le prenoient à force de bras, & l'affeyoient en bas fur le tapis, où durant l'efpace d'un *Pater* on lui mettoit quelque forbet, ou autre cordial à la bouche, & on lui tenoit des parfums au nez; & à même tems un autre *Valet de pied* prenoit une fleche des mains d'un Officier du Roi, & la lui paffoit dans le dos. Ces fleches étoient longues d'un pié, pas plus groffes qu'une groffe plume à écrire, ayant au bout une petite banderolle comme celle qu'on met aux *pains benits*. Le *Valet de pied* fit fes fix premiéres courfes en fix heures; aux autres il fut un peu plus de tems. Les plus grands

grands Seigneurs de la Cour, comme je l'ai dit, l'accompagnerent tous l'un après l'autre dans ses courses. *Cheic-aly-can*, Gouverneur de la plus importante Province de *Perse*, & alors fort en faveur, fit cinq courses avec lui, quoi qu'âgé de soixante huit ans, changeant cinq fois de cheval. Le premier *Ministre*, vieillard presque aussi âgé, fit trois courses. Le *Nazir*, ou *Grand Maître*, Seigneur de pareil âge, à peu près, ne fit que deux courses, parce que le service du Roi l'appella ailleurs. Mais pour bien faire sa cour au Roi, il fit faire les douze courses entieres à son fils unique, jeune Seigneur de vingt-deux ans, bien fait, & beau comme un ange, demeurant ainsi à courir, sans aucun relache, depuis quatre heures du matin, jusqu'à six du soir, au milieu de tout ce tintamare & ce bruit épouvantable, & sans rien prendre que quelque cordial. Le Roi avoit ordonné que les douze principaux Atteliers du Palais feroient chacun une course avec le valet de pied, & cela fut executé. Je le suivis toute la septiéme course, en laquelle il commençoit à relâcher son train, à cause de l'ardeur du Soleil, & du sable où il passoit. Cependant, il me fallut toûjours galoper. Lors qu'il arrivoit dans la Place Royale, il se faisoit un grand éclat de voix, d'acclamations, d'instrumens, & sur tout de certaines timbales portées sur des charrettes, plus larges que des tonneaux. Ce bruit étoit si grand, que je n'en ai jamais ouï un pareil: & j'appris depuis qu'on l'entendoit à trois lieües de là. A la sixiéme course, le Roi vint à la porte de la tente, pour voir arriver le *Coureur*, & pour l'encourager. A la huitiéme course, on servit la tente de trente bassins d'or massif, pleins de bons mets, qui étoient pour régaler les *valets de pied*; & à trois heures après midi, le Roi parut aux fenêtres d'un des pavillons qui sont sur la place, au devant du grand Portail, & alors tous les *Divertissemens* qui avoient été préparés, se mirent à joüer, chacun devant soi, sans égard aux spectateurs: les *Bêtes* à combattre: les *Danseurs* & les *Danseuses* à danser, chaque troupe à part: les *Danseurs de corde* à voltiger: les *Joueurs de gobelets* à faire leurs tours: les *Luteurs* à escrimer. C'étoit le plus bizarre spectacle du monde que cette confusion d'*Exercices* & de *Jeux*, où l'on ne savoit sur quoi arrêter ses yeux; mais presque tout le monde les arrêtoit sur les combats des *Bêtes feroces*, qui sont un des plus ravissans spectacles des Persans: entr'autres du *Lion*, ou de la *Panthere*, contre les *Taureaux*, & sur le combat des *Buffles*, des *Beliers*, des *Loups*, & des *Cocqs*. Ces *Bêtes* à corne ne se battent pas d'une égale maniere; car les *Buffles* se lancent l'un contre l'autre, & se prennent aux cornes. Ils se poussent sans se quitter que l'un ne soit vaincu, & ne s'en soit fui hors de la lice: mais les *Beliers* s'élancent l'un contre l'autre, à dix ou douze pas de distance, & se rencontrent d'un si furieux choc contre le front, qu'on en entend le coup à cinquante pas. Après cela ils se retirent vîte courant à reculons jusqu'à pareille distance, puis retournent à la charge, & se rechoquent, & ainsi de suite jusqu'à ce que l'un des deux soit renversé, ou que le sang lui sorte de la tête. Pour les *Loups*, ils se dressent sur les pieds, se prennent au corps, & se chamaillent jusqu'à ce qu'on les separe. Comme cet animal est pesant, il faut le mettre en fureur pour le faire battre, & on le fait de cette maniere. On l'attache bien par un pied à une longue corde, puis on lui montre un enfant, ou jeune garçon, dans la place, & on le lâche dessus. Il se met à courir fort pour l'engloutir; mais comme il est prêt de se jetter sur l'enfant, on retient la corde, & on la retire, puis on le relâche un peu, sur cela il s'échauffe, se dresse sur les pieds, rugit, à quoi on l'excite en l'irritant jusqu'à ce qu'il soit furieux comme on le veut. Je ne dis rien ici du combat des *Bêtes feroces*, parce que j'aurai occasion d'en parler ailleurs. Pour achever le recit de la Fête du *Chatir*, je dirai qu'à cinq heures le Roi monta à cheval, & allant au devant de lui, il le rencontra à la porte du Fauxbourg. Quand il entendit que le Roi venoit, il prit un petit enfant qu'il trouva sur une boutique, & le mit sur ses épaules, pour faire voir qu'il n'étoit pas épuisé; & cela fit beaucoup redoubler les cris de joye & les acclamations. Le Roi lui cria en passant qu'il lui donnoit le *Calaat*, ou l'habit Royal, des pieds jusqu'à la tête, cinq cens *tomans*, qui font vingt-deux mille cinq cens livres, & le faisoit Chef des *Chatirs*, ou *valets de pied*, qui est une charge importante pour le revenu. Tous les Grands lui envoyerent aussi des présens. Cependant, on disoit après tout qu'il n'avoit pas bien couru, parce qu'il n'avoit pas apporté les douze flèches en douze heures, mais qu'il en avoit mis près de quatorze. On dit qu'un *valet de pied* le fit du tems de *Cha Sefy*. C'est une belle course à pied, que trente-six lieües en douze heures.

Tome II.

G

CHA-

CHAPITRE XIII.

Des Habits & des Meubles.

LEs *habits* des *Orientaux* ne font point fujets à la mode. Ils font toûjours faits d'u-
ne même façon, & fi la prudence d'une Nation paroît à un ufage conftant pour les *habits*, comme on l'a dit, les *Perfans* doivent
être fort loüez de prudence; car leur *habit* ne
reçoit jamais d'alteration, & ils ne font point
changeans non plus, aux couleurs, aux nuan-
ces, & aux façons des *étoffes*. J'ai vû des *habits* de *Tamerlan*, qu'on garde dans le tréfor
d'*Ifpahan*. Ils font taillez tout comme ceux
qu'on fait aujourd'hui, fans aucune difference.

J'ai mis à côté divers Portraits d'hommes
& de femmes habillez à la *Perfane*, afin qu'on
prenne une idée de leur *habit* plus vîte, &
plus diftinctement, que par la defcription.
Les hommes ne portent point de *haut de
chauffe*, mais feulement un *caleçon* doublé,
qui leur tombe fur la cheville du pied, mais
qui n'a point de pieds. Il n'eft point ouvert
par devant, non plus, de forte qu'il faut le
dénoüer pour faire de l'eau. Vous obferverez
que les hommes fe mettent tout comme les
femmes, pour fatisfaire à ce befoin de la nature, & en cette pofture ils dénoüent le *caleçon*, & le tirent en bas tant foit peu, & puis
quand ils ont fait, ils fe relevent, & le re-
noüent. La *chemife* eft longue, & leur couvre les genoux, paffant par-deffus le *caleçon*,
au lieu de fe mettre dedans. Elle eft ouverte
à côté droit fur la mamelle, jufqu'à l'eftomach, & en bas aux côtez comme les nôtres,
n'ayant point de colet, mais une fimple couture comme les *chémifes* de femme en *Europe*.
Les femmes riches, & quelquefois les hommes, en des folemnitez, rebordent le colet
de la chemife, d'une broderie de perles, large d'un doigt. Les hommes en *Perfe*, ni les
femmes non plus, ne portent rien au col.
Les hommes mettent fur la *chemife* une *vefte
de cotton*, qui s'attache par devant fur l'eftomach, & tombe jufques fur le jarret, & par-
deffus une *robe*, qu'ils appellent *cabai*, qui
eft large comme un cottillon de femme, mais
fort étroite en haut, paffant deux fois fur
l'eftomach, & s'attachant fous le bras ; le
premier tour fous le bras gauche, & l'autre
tour, qui eft celui de deffus, fous le bras droit.
Cette *robe* eft échancrée de la maniere que
vous voyez dans la *Figure* qui eft à côté. Les

manches en font étroites ; mais comme elles
font bien plus longues qu'il ne faut, on les
pliffe fur le haut du bras, & on les boutonne
au poignet. Les Cavaliers auffi portent des
cabai à la *Georgienne*, qui ne different des autres qu'en ce qu'elles font ouvertes fur l'eftomach, avec des *boutons* & des *gances*. Quoi
que cette *vefte* foit fort jufte à l'endroit des
reins, on l'attache de deux à trois *ceintures*
par deffus, pliées en double, larges de quatre doigts, riches & propres, ce qui fait que
la *robe* fait fur l'eftomach une *poche* ample &
forte, où l'on ferre ce qu'on a, bien plus fûrement que nous ne faifons dans nos *poches*
de *haut de chauffe*. On met par-deffus la *robe*
un *juftaucorps*, ou court, & fans manches,
qu'on appelle *courdy*; ou long, & à manches,
qu'on appelle *cadebi*, felon la faifon. Ces
juftaucorps font coupez comme les *robes*, c'eft-
à-dire, qu'ils font larges en bas, & étroits en
haut, comme des cloches. On les fait de
drap, ou de *brocard d'or*, ou de gros *fatin*,
& on les chamarre de *dentelles* ou de *galons
d'or*, ou *d'argent*, ou on les brode. Ils font
fourrez les uns de *Martre zibeline*, les autres
de *Mouton de Tartarie*, & de *Bactriane*, dont
le poil eft plus fin que les cheveux, & annel-
lé pas plus grand que des *paillettes*. Il n'y a
pas de plus belle fourrure, & plus chaude,
que ces peaux de mouton. Les *juftaucorps*
fourrez ont un parement de la même fourrure que les dedans, qui prend du cou fur l'eftomach, juftement comme une *palatine*, & au
deffous tout joignant, il y a une rangée de
boutonnieres à queue, plus pour l'ornement
que pour le fervice, car on boutonne rarement le juftaucorps. Les *bas* font de *drap*,
& tout d'une venue, comme on parle, c'eft-
à dire qu'ils font taillez comme un fac, &
non felon la figure de la jambe. Ils ne vont
que jufqu'aux genoux, au deffous defquels on
les noue. On y met au *talon* une *pièce de cuir
rouge* fort proprement coufue, pour empêcher
le *talon du foulier*, qui eft tranchant, de faire
mal, & de percer le *bas*, ce qu'il feroit en
trois ou quatre jours. C'eft feulement depuis
le commerce que les *Perfans* ont avec les
Europeans, tant par le moyen de leurs fujets
Armeniens, que des *Compagnies Europeanes*,
qu'on porte des *bas de drap* en *Perfe*. Perfonne n'en portoit auparavant ; & le Roi même,
fe couvroit les jambes comme font encore à
prefent les foldats, les voituriers, les valets
de pied, les villageois, & beaucoup de gens
du commun, en entourant la jambe d'une
groffe *toile* large de fix doigts, & longue de
trois

trois ou quatre aunes, tout comme on em-maillotte un enfant. Cette *chauffure* eſt fort commode, & fort convenable, aux gens de ſervice. On la fait legere ou épaiſſe ſelon la ſaiſon. Elle tient la jambe ſerrée, & quand elle eſt mouillée ou crottée, on la ſeiche, ou on la nettoye en un inſtant. L'Hiver, on envelope le pied comme la jambe : & l'Eté, on met le pied nud dans le *ſoulié*. Les *ſouliers* de *Perſe* ſont de differentes façons; mais tous ſont ſans oreilles, & ne ſont point ouverts à côté. On les ferre tous ſous le talon, & on garnit la ſemelle de petits clous à l'en-droit où la plante des pieds porte, afin de du-rer plus long-tems. Vous voyez dans les por-traits la *figure* des *ſouliers* des gens de qualité, qui ſont faits comme des *pantouffles* de fem-mes, afin de pouvoir les quitter aiſément quand on eſt entré dans le logis ; parce que les planchers ſont couverts de tapis. Ces *ſou-liers* ſont de *chagrin* verd, ou d'autres cou-leurs. La *ſemelle*, qui eſt toûjours ſimple, eſt mince comme un carton, mais c'eſt le meil-leur cuir du monde. Il n'y a que cette ſorte de *ſouliers* qui ſont à talons, tous les autres ſont plats. Les uns ont le deſſus de *cuir*, les autres l'ont d'eſtame de *cotton*, faite à la bro-che, comme nos *bas*, mais beaucoup plus forts. On eſt chauſſé fort juſte avec ces *ſou-liers*, qu'on appelle *ſouliers de laquais* : & le pied ne tourne jamais dedans, mais on ne ſauroit les mettre ſans *chauſſepied*, d'où vient que vous voyez toûjours les laquais en porter un de fer ou de buis paſſé à la *ceinture*. Ils grimpent & courent à merveille avec cette *chauſſure*. Les pauvres gens font les *ſemelles* de leurs *ſouliers* de *cuir de chameau*, parce qu'il dure beaucoup plus qu'aucun autre ; mais c'eſt un *cuir* mol, qui ramaſſe l'humidité comme une éponge. Les païſans font leurs *ſemelles* de *ſouliers* de chiffons, & de retailles de toile enfilée côte à côte & fort ſerrées. Ces *ſemel-les*, quoi que d'un pouce d'épaiſſeur, ſont le-geres, & on n'en voit jamais la fin. On les appelle *pabouch quive*, c'eſt-à-dire, *ſouliers de guenilles*.

Le *Turban Perſan*, qu'ils appellent *Dul-bend*, c'eſt-à-dire, *Lien qui entoure*, & qui eſt la plus belle piéce de leur *habit*, eſt une piéce tellement peſante, qu'on ne croiroit jamais le pouvoir porter. Il y en a de ſi gros qu'ils péſent entre douze & quinze livres. Les plus legers péſent la moitié. J'avois bien de la pei-ne au commencement à porter ce *Turban*. Je plilois ſous le faix, & je l'ôtois par tout où j'oſois prendre cette liberté ; car c'en eſt une

en *Perſe*, comme en *Europe*, d'ôter ſa *perruque*. Mais avec le tems, je m'accoûtumai fort bien à le porter. Ces *Turbans* ſont faits de groſſe *toile* blanche qui ſert comme de forme, & par deſſus d'une fine & riche *étoffe de ſoye*, ou de *ſoye & d'or*. Les gens d'Egliſe les portent communément de *très-fine mouſſeline* blanche, par deſſus la groſſe toile. Ces *étoffes de Tur-ban* ont les bouts d'une riche tiſſure à fleurs, à la largeur de ſix ou ſept pouces, dont on fait en le nouant, comme une *aigrette* au mi-lieu du *Turban*, ainſi qu'on le voit dans le portrait que j'en ai donné. Quoi que cette *coeffure* ſoit ſi peſante, on porte cependant ſous le *Turban* une *calotte* de *toile cottonnée* & piquée, & quelquefois de *drap*. Il faut croi-re que le climat de *Perſe* demande qu'on ait la tête ſi fort couverte ; car rien n'eſt géne-ralement pratiqué en aucun lieu qui n'ait ſa raiſon bonne & néceſſaire. Les coûtumes conſtantes & perpétuelles ne ſont point l'effet de la bizarrerie & du caprice. Le climat en eſt aſſurément l'inventeur, pour ainſi dire, & la cauſe de tout ce qu'on voit de ſingulier dans les manieres des Peuples, & peut-être même dans leurs mœurs, comme je ne me laſſe point de l'obſerver. On couvre en *Per-ſe*, généralement parlant, l'eſtomach plus que le dos ; cependant c'eſt tout le contraire aux *Indes*. On y couvre le dos davantage, & par-ticulierement le chignon du cou.

Les *étoffes* des *habits* ſont de *ſoye* & de *cot-ton*. Les *chemiſes* & les *caleçons* ſont de *ſoye*. Les *veſtes* & les *robes* ſont doublées d'une groſſe *toile* claire & cottonnée entre deux, pour être plus chaude. Il faut que la dou-blure ſoit ainſi groſſe & claire, & comme un treillis, afin que le *cotton* y tienne, & s'y at-tache mieux.

On ne porte point de *noir* en *Orient*, ſur tout en *Perſe* ; c'eſt une couleur funeſte & odieuſe, qu'on ne ſauroit regarder : ils l'ap-pellent *la couleur du diable*. Ils s'habillent in-differemment de toutes couleurs, à tous âges, & c'eſt un objet fort recréatif que de voir aux promenades, ou dans les places pu-bliques, un grand peuple tout bigarré, cou-vert d'*étoffes* éclatantes par l'or, par le luſtre, & par la vivacité des couleurs.

Les *Perſans* pour la plûpart laiſſent croître la *Barbe* au menton, & par tout le viſage, mais courte, & qui ne fait que cacher la peau; hormis les Eccleſiaſtiques, & les gens dévots, qui la portent plus longue. Ils ont ſoin pour ſure de prendre le menton avec la main, & de couper tout ce qui excede au deſſous. Il

G 2   en

en faut auffi excepter les gens d'épée, & les vieux Cavaliers, qui ne portent d'autre *Barbe*, que deux grandes & groffes *Mouftaches*, qu'ils laiffent croître affez longues pour qu'elles puiffent retrouffer fur l'oreille, & s'y tenir comme à un crochet. *Abas le grand* appelloit les *Mouftaches* l'ornement du Vifage, & donnoit plus ou moins de paye aux foldats, felon la mefure de leurs *Mouftaches*. Pour les longues *barbes à la Turque*, elles font en horreur aux Perfans, ils les appellent *Balais de privé.* Voila comme eft fait l'*habit Perfan*, qui paroit être celui-là même qu'on dit que *Cyrus* donna aux *Perfes*, confiftant en de longues *Robes*, & en un *Turban*.

L'*Habit* des femmes eft femblable en beaucoup de chofes à celui des hommes : le *Caleçon* tombe de même fur la cheville du pied, mais les jambes en font plus longues, plus étroites, & plus épaiffes, à caufe que les femmes ne portent point de *bas*. Elles fe couvrent le pied d'un *brodequin*, qui monte quatre doigts au deffus de la cheville du pied, & qui eft fait ou de *broderie*, ou de la plus riche étoffe. La *chemife*, qu'on appelle *Camis*, d'où eft peut-être venu le mot de *chemife*, eft ouverte fur le devant jufqu'au nombril. Leurs *Veftes* font plus longues & pendent prefque jufques fur le talon. Leur *ceinture* eft mince & feulement d'un pouce de large. Elles ont la tête bien couverte, & par deffus un *voile* qui leur tombe fur les épaules & qui leur couvre par devant la gorge & le fein. Quand elles vont dehors, elles mettent par deffus tout, un grand *voile* blanc, qui les couvre de la tête jufqu'aux pieds, le corps & le vifage, ne laiffant paroître en diverfes contrées que la prunelle des yeux fimplement. Les femmes portent quatre *voiles* en tout. Deux qu'elles mettent dans le logis : & deux qu'elles mettent de plus quand elles fortent. Le premier de ces *voiles* eft fait en *couvre-chef*, tombant fur le derriere du corps par Ornement. Le fecond paffe fous le menton & couvre le fein. Le troifiéme eft le *voile* blanc qui leur couvre tout le corps. Et le quatriéme, eft une façon de *mouchoir* qu'elles paffent fur le vifage & attachent à l'endroit des temples. Ce *mouchoir*, ou voile a un *réfeau* à l'endroit des yeux comme les vieux *points* ou *dentelles*, afin de voir au travers. Les *Armeniennes*, au contraire des *Mahometanes*, ont même dans le logis le bas du vifage voilé jufques fur le nez, fi elles font mariées. C'eft afin que leurs plus proches parens, & leurs Prêtres, qui ont la liberté de leur rendre vifite, ne leur puiffent voir qu'une partie du vifage ; mais les fil-

les ne portent ce *voile* que jufqu'à la bouche par une raifon contraire, & afin qu'on les voye affez pour juger de leur beauté, & pour en faire recit. Le *voile* des femmes eft une des plus anciennes coutumes dont les *Hiftoires* parlent ; mais il eft dificile de favoir, fi c'eft par pudeur, par vaine gloire, ou par fierté que les femmes le prirent, ou par un effet de la jaloufie de leurs maris : les femmes ni les hommes ne portent point de *gans*. On ne fait ce que c'eft que de fe ganter en *Orient*.

La *Coiffure* des femmes eft fimple. Leurs *cheveux* font tous tirez derriere la tête, & mis en plufieurs *treffes* ; & la beauté de cette *coiffure* confifte, en ce que les *treffes* foient épaiffes & tombent fur les talons, au défaut de quoi on attache aux cheveux des *treffes* de foye pour les alonger. On garnit le bout des *treffes* de Perles & d'un bouquet de pierreries, ou d'ornemens d'or ou d'argent. La tête n'eft couverte fous le *voile*, ou *couvre-chef*, que du bout d'un bandeau échancré en triangle ; & c'eft la *pointe* qui couvre la tête, étant tenuë fur le haut du front par une *bandelette* large d'un pouce. Ce *bandeau*, qui eft fait de couleurs eft mince & leger. La *bandelette* eft brodée à l'éguille, ou couverte de Pierreries, tout cela felon la qualité des gens. C'eft à mon avis la *tiare* ancienne, ou le *Diademe* des Reines de *Perfe*. Il n'y a que les femmes mariées qui le portent, & c'eft là la marque à laquelle on reconnoît qu'elles font fous puiffance. Les filles ont de petits *bonnets*, au lieu de *couvrechef* ou de *tiare*. Elles ne portent point de *voile* dans le logis, mais elles font pendre leurs *treffes* de leurs cheveux fur les joues. Le *bonnet* des filles de condition eft attaché d'une bride de Perles. On ne renferme les filles en *Perfe* qu'à l'âge de fix ou fept ans, & avant cet âge-là, elles fortent quelquefois du Serrail avec leur Pere, en forte qu'on les peut voir. J'en ai vû de merveilleufement jolies. On leur voit la gorge & le col, & on ne fauroit rien voir de plus beau. L'*habit Perfan* laiffe beaucoup plus voir la taille que ne fait le nôtre.

Le *poil noir* eft le plus recommandable chez les *Perfans*, tant aux *cheveux*, qu'aux *fourcils*, & à la barbe. Les plus gros *fourcils*, & les plus épais, font les plus beaux, fur tout quand ils font fi grands qu'ils fe touchent l'un contre l'autre. Les femmes *Arabes* ont les plus beaux *fourcils* de cette forte. Celles d'entre les *Perfannes* qui ne les ont point de cette couleur, les teignent & les frottent de *noir* pour les agrandir. Elles fe font auffi au bas du

du front un peu au deſſous des ſourcils une mouche *noire*, ou loſange, pas ſi grande que l'ongle du petit doigt, & dans la foſſette du menton une autre petite marque *violette*; mais celle-ci ne s'en va jamais, parce qu'elle eſt faite avec une pointe de lancette. Elles ſe frottent auſſi d'ordinaire les mains & les pieds de cette *pommade* orangée qu'on appelle *hanna*, qui ſe fait avec la graine, ou les feuilles de *paſtel* broyées, comme je l'ai décrite ci deſſus, & qu'on employe pour conſerver la peau contre le hâle. Remarquez auſſi que parmi les femmes, les petites tailles ſont eſtimées plus belles que les grandes.

Les *Parures* des femmes *Perſanes* ſont fort diverſes. Elles mettent des *aigrettes de pierreries* à la tête, paſſées dans la *bande* du front : ou des *bouquets de fleurs*, au defaut des bouquets de pierreries : elles attachent une *enſeigne de pierreries* au bandeau qui leur pend entre les Sourcils : un *Tour de perles*, qui s'attache au deſſus des oreilles, & paſſe ſous le menton. Les femmes en diverſes Provinces paſſent auſſi un *anneau* à la narine gauche, qui pend comme une boucle d'oreille. Cet anneau eſt mince, aſſez grand pour entrer dans le doigt du milieu, & au bas il y a deux Perles rondes avec un *Ruby* rond entre deux paſſez dedans. Les femmes eſclaves, particulierement, ou nées d'Eſclaves, portent preſque toutes ces *anneaux*; & de ſi grands, en quelques païs, qu'on y paſſeroit le pouce; mais à *Iſpahan* les *Perſannes* naturelles ne percent point leur nez. Les femmes ſont pis en la *Caramanie deſerte*. Elles ſe percent le nez au haut, & y paſſent un *anneau*, auquel elles attachent une *applique de pierreries*, qui leur couvre tout un côté de nez. J'en ai vû beaucoup comme cela à *Lar*, ville capitale de cette Province, & à *Ormus*. Outre les *bijoux* que les Dames *Perſannes* portent à la tête, elles portent des *bracelets de pierreries* larges de deux, & juſqu'à trois doigts, & qui ſont fort lâches autour du bras. Les perſonnes de qualité en portent de *Tours de Perles*. Les jeunes filles n'ont communément que des *menottes d'or*, groſſes comme un *ferret d'aiguillette*, avec une pierre précieuſe à l'endroit de la fermeture. Quelques unes portent auſſi des *ceps*, faits comme ces *menotes*, mais cela n'eſt pas ſi commun. Leurs *colliers* ſont de *chaines d'or* ou de *Perles*, qu'elles ſe pendent au cou, & qui leur tombent au bas du ſein, où eſt attachée une grande *boëte* de ſenteur. Il y a de ces *boëtes* larges comme la main. Les communes ſont d'or, les autres ſont couvertes de Pierreries. Et toutes ſont percées à jour, remplies d'une *pâte* noire, fort legere, compoſée de Muſc & d'Ambre, mais d'une forte ſenteur. On vit & on renaît de parfums en *Orient*, au lieu d'en être incommodé comme nous le ſommes en ces païs froids. Pour des *Bagues*, les femmes n'en portent point tant, en nulle autre part du monde : & c'eſt tout dire qu'elles en ont les doigts chargez.

On peut s'*habiller* à fort bon marché à la *Perſanne*. Cependant, il n'y a pas de païs où le luxe & le faſte ſoient plus grands, également pour les hommes, & pour les femmes. Pour ce qui eſt de l'*habillement* des hommes, vous n'avez pas de *Turban* honnête, à moins de cinquante Ecus. Les plus beaux coutent douze à quinze cens livres : & pour être proprement *habillé*, il en faut acheter de trois à quatre cents francs la piéce. Il eſt vrai qu'on les porte long-tems, mais il en faut avoir pluſieurs pour changer, & c'eſt de plus la coutume au jour de l'an d'être *habillé* tout de neuf : & aux nôces de ſes parens. Les *Robbes* ſont aſſez belles pour vingt à vingt cinq écus, mais il en faut auſſi changer tous les jours : Les gens de qualité n'en mettent gueres deux jours de ſuite, & s'il tombe deſſus la moindre goûte de quoi que ce ſoit, c'eſt à leur ſens une *Robe* gâtée : il en faut mettre une autre à l'inſtant. Les *ceintures* content auſſi fort cher : on en met une de brocard qui coûte depuis vingt écus juſqu'à cent : & une de poil de chameau par deſſus, dont l'ouvrage eſt ſi fin & ſi curieux qu'elle coûte preſque autant : & ſi on veut porter la *martre*, il faut bien faire un autre compte; car on n'en a pas un beau *juſteaucorps* à moins de trois mille francs, & les plus beaux valent le double. Tel Officier qui n'a que douze à quinze cens livres d'appointemens, met un *habit* neuf qui lui en coute davantage. Ce luxe des *Perſans* eſt cauſé de leur vanité, autant qu'aucune autre choſe, car encore que les *habits* durent fort long-tems, néanmoins c'eſt beaucoup d'argent qu'il y faut mettre d'abord. Les gens d'épée portent l'épée & le *poignard* au côté, & tous les gens de Cour ; mais les Eccleſiaſtiques, les gens de Lettres, & de barreau, les Marchands & les Artiſans, n'en portent point. Les Princeſſes du ſang Royal ont le privilege de porter le *poignard*. On ne reprime point le luxe en *Perſe*, tout au contraire il eſt géneralement encouragé & excité ; les Perſans ont en commun Proverbe, *corbet bâ lebas. L'honneur eſt ſelon l'habit.*

Je

Je viens aux *Meubles* des logis, dont la dépense est beaucoup moindre qu'en nôtre *Occident*. Les planchers sont couverts, premiérement d'un gros *feutre* épais, & par dessus d'un beau *Tapis*, ou de deux, selon la grandeur de la Salle. Il y a de ces *Tapis* qui ont soixante pieds de long, & que deux hommes ne sauroient porter. Par dessus ces *Tapis* on étend contre le mur, tout autour de la salle, de petits *Matelats*, de la largeur de trois pieds, qu'on couvre par dessus de *couvertures*, qui ne sont pas plus épaisses qu'un Drap d'*Espagne*, faites de toile de *côton*, piquées de soye blanche, ou de couleur, ou piquées d'or, qui couvrent les *Matelats* en rebordant d'un pied ou un peu plus : par dessus on range tout du long contre la muraille de gros *carreaux* pour s'appuyer contre. On place sur le bord de ces belles *couvertures*, qui sont les lits des anciens, de gros *crachoirs* d'argent, d'espace en espace, qui servent aussi à les tenir en état par leur pesanteur. Ce sont là les *chaises d'Orient*, par maniere de parler, & où l'on s'assied ; & quand on a une fois couvert une *Salle* de cette sorte, c'est pour un âge d'homme ; car ces *carreaux* sont de bon *velours* ou de gros *brocard*, & ne s'usent jamais, comme ceux qui se servent en nos païs d'*étoffes* de *Perse* l'ont experimenté ; quoi que nôtre air d'*Europe* altere & détruise plus les choses que celui de *Perse* & sans comparaison. On ne met pas d'autres *meubles* dans les salles & les chambres *Persannes* ; point de *lits*, ni de *chaises*, comme nous en avons ; point de *Miroirs*, point de *Tables* ni de *gueridons* : point de *cabinets* : point de *Tableaux*. Les *Persans* s'asseient sur des *Tapis* plus à l'aise que nous ne faisons sur nos *sieges*, au moins je m'y étois si bien accoutumé, que je ne me trouvois point si commodément assis sur une *chaise*, & ne m'en servois point. En effet, vous voyez que tout le bas du corps est reposé sur ces *sieges* des *Persans* : & les jambes, aussi bien que les cuisses ; au lieu que sur nos *chaises*, les jambes sont tout debout. On est aussi beaucoup plus chaudement en cette posture, lors qu'il fait froid ; mais il ne faudroit pas essayer de s'asseoir ainsi chez nous ; car l'humidité de nôtre air, qui penetre tout, nous causeroit des maux aux jambes & aux cuisses, étant ainsi *assis* à terre. J'ai plusieurs fois mis ma main sous ces *feutres* des chambres à *Ispahan*, & ailleurs, qui sont posez sur la terre, sans aucun plancher, pensant qu'il n'étoit pas possible que je ne trouvasse la terre moîte ; mais je la trouvois toûjours fort seiche ; si

nous couvrions ainsi la terre de *Tapis* en *Europe*, nous les trouverions pourris au bout d'un an, en la plûpart des Païs.

Pour les *lits* à se coucher, ils sont simples, comme les autres *meubles*. Ils consistent en un *Matelas* qu'on étend le soir sur le *Tapis* de la chambre, en un *Drap* qu'on étend par dessus, en une *couverture* cottonnée pour se couvrir, & en deux *Oreillers* de Duvet. Les beaux *Matelats* sont de *Velours* : & les *couvertures* sont de *Brocard de Soye*, ou d'or & d'argent, de toutes couleurs. Le matin, on plie le tout en une grande *toilette de tabis*, où on le met à la garderobe ; & ce sont là les *lits* des *Orientaux*. Ils ne connoissent point les *lits* élevez & dressez sur quatre colonnes. Ils sont accoutumez à coucher ainsi à terre. La bonté de l'air les dispense du besoin de *chalits* & de *tours de lits*, qui sont nécessaires dans les païs humides. Je ne me lasse point de redire le bonheur qu'ont ces peuples de vivre dans un climat peu nécessiteux, en comparaison des nôtres ; car les besoins temporels étant la source des peines que nous endurons, & pareillement l'occasion des vices & des passions qui nous travaillent ; c'est une grande félicité de vivre dans un païs où ces besoins ne sont, ni si divers, ni si pressans.

J'ai observé ailleurs comment ils *éclairent* leurs logis, à quoi ils ne se servent gueres de *chandelles*, mais de *lampes*, où ils font brûler, au lieu d'*huile*, du *Suif blanc*, pur, & fin, comme la *cire*, & qui ne sent point du tout. On se sert aussi quelquefois de *bougies* : & entr'autres de *bougies de senteur*, faites de cire paîtrie avec de l'*huile de canelle* ou de *giroffle*, ou de quelque autre *aromate*.

CHAPITRE XIV.

Du Luxe des Persans.

LE *Luxe* des *Persans* est particuliérement grand dans le nombre des *Domestiques*. Il est vrai qu'on en a beaucoup plus aux *Indes* qu'en *Perse* ; mais dix valets aux *Indes* ne coutent pas tant que trois en *Perse*. Les *Grands Seigneurs* ont des *Domestiques* de toutes les qualitez qu'en a le Roi : & avec les mêmes titres. C'est la ruine des maisons, que cette foule de *valets*, ayant presque tous des femmes, & leurs gages, quelque gros qu'ils soient, n'étant pas suffisans pour entretenir leur famille, il faut qu'ils trompent, & qu'ils pillent leur Maître.

Le *Luxe* des *Persans* est grand aussi dans les
habits

habits, dans les *Ornemens de pierreries*, dans les *harnois des chevaux*. J'ai parlé de la *fomptuofité des habits*. Pour les *Pierreries*, les hommes en portent beaucoup aux doigts, & prefqu'autant que leurs femmes. Vous leur verrez quelquefois jufqu'à quinze ou feize *Bagues* aux doigts, cinq ou fix à un feul doigt ; mais ils n'en portent qu'aux trois doigts du milieu. Les *Bagues* des hommes font montées en argent, avec un corps fort délié : c'eft afin de pouvoir faire leurs prieres fans les ôter, car ils trouvent qu'il eft mal-féant de prier Dieu avec tant d'*Ornemens d'or*, à caufe qu'il faut fe préfenter devant Dieu humble & pauvre, pour mieux exciter fa pitié, & pour attirer fes graces ; c'eft comme ils s'en expliquent : & ils croyent qu'ils fe mettent en cet état, en n'ayant point d'*or* fur eux, quoi qu'ils ayent des *Pierreries*, ce qui eft néanmoins la fuperftition la plus abfurde. Auffi les gens fenfez qui ne fauroient s'accommoder de cette diftinction quittent leurs *Bagues*, & tous autres *Ornemens*, quand ils veulent faire leurs prieres. Les femmes ne font pas fi fuperftitieufes ; car toutes les *Bagues* qu'elles portent font faites d'*or*. Outre les *Bagues* que les hommes portent aux doigts, les gens riches en portent des paquets de fept, huit & plus dans leur fein, pendues à un cordon paffé au cou, où leurs *cachets* font attachez, & une petite *Bourfe*. Tout cela enfemble fe paffe dans leur fein entre leur *Vefte* & leur *Robbe*, & ils l'en tirent lors qu'ils veulent mettre le feau à quelque écrit, ou pour fe recréer la vûe, en regardant leurs *pierreries*, ou pour les montrer aux gens : car ils font grande parade de leurs *bijoux*, de même que les femmes dans nôtre païs montroient les *cachets* & les autres petits *joyaux* qu'elles pendoient au côté avec leurs *montres*, il y a quelques années. Les *Perfans* portent outre cela des *Pierreries* à leurs *armes*, comme à leur *Poignard*, & à leur *Epée*, qui en font couvertes, lors qu'ils en ont le moyen, ou qui font d'*or émaillé*, comme le font auffi le *baudrier*, & les *agraffes*. Ils paffent le *Poignard* dans la *ceinture*, & l'y attachent avec un *cordon* ; appliquant à l'endroit du nœud une *enfeigne ronde de pierreries*, qu'ils appellent *Rofe de Poignard*. Après, ils portent des *Pierreries* à la tête, à leurs *bonnets de Sophy*, qu'ils mettent les jours de fêtes folemnelles. Il y a de ces *bonnets* chargez de cinq & jufqu'à fix *aigrettes des Pierreries*, comme vous en avez vû dans les *figures* précédentes. Perfonne n'en peut mettre au *Turban* que le Roi feul, à la referve des

nouveaux mariez, qui ont la permiffion d'en porter durant leur nôce. Après avoir tant parlé de *Pierreries*, j'obferverai que les *Perfans* aiment particuliérement les *Pierres de couleur*, & beaucoup plus qu'on ne fait en *Occident* ; ce qui vient peut-être de ce que l'épaiffeur de nôtre air empêche qu'elles n'ayent cet éclat, qu'on leur trouve dans les Païs chauds & fecs comme la *Perfe*.

Les *Harnois* des gens de condition font ou d'*argent*, ou d'*or*, ou de *Pierreries*. Quelques-uns font attacher fur le cuir du *harnois* au lieu d'ouvrages d'*orfevrerie*, des *Ducats d'or* tout du long pour éviter de payer des façons. Les *felles* font garnies d'*or maffif*, devant & derriere, le *couffinet* de la *felle*, qui n'eft pas attaché à la *felle*, comme chez nous, & qui reborde de quinze à feize pouces fur la croupe, comme une petite houffe, eft en *broderie*, & quelques-uns l'ont en *broderie de Perles*. Ils mettent outre cela à leurs chevaux, foit pour la parade, foit pour le froid, une riche *houffe*, qui pend beaucoup plus bas que les nôtres.

Le grand *Luxe* des *Perfans* eft en leurs *Serrails*, dont la dépenfe eft immenfe, par le nombre des *femmes* qu'ils y entretiennent & par la profufion que l'amour leur fait faire. Les *riches habits* s'y renouvellent continuellement, les *Parfums* s'y confument en abondance, & les *femmes* étant élevées & entretenues à la plus molle & la plus fine volupté, elles mettent tout artifice à fe procurer les chofes qui la flatent, fans fe foucier de ce qu'elles coutent.

Quand un homme de qualité va en *vifite*, il fait marcher un ou deux *chevaux de main*, menez en leffe, chacun par un *domeftique* à cheval. Deux, trois, quatre *Valets de pied*, plus ou moins, felon fa condition, courent devant fon *cheval*, & à côté. Il a de plus derriere lui un *homme à cheval* qui porte fa *bouteille de Tabac*, un autre qui lui porte une *toilette de broderie*, où il y a d'ordinaire un *juftaucorps*, & un *bonnet* : & un autre homme qui n'eft que pour l'accompagner. S'il va à la *Promenade*, il meine un autre *valet à cheval*, avec un *yactan*, qui font deux petits coffres carrez, où on met dequoi faire une legére collation, avec un *Tapis* par deffus. Lorfqu'il s'arrête en quelque lieu, foit un jardin, foit le bord d'une eau, ou quelqu'autre endroit, on étend un *Tapis* fur lequel il s'affied, & fe met à fumer. Si cet homme de qualité va à la *chaffe*, un *Fauconnier*, ou deux, auffi à cheval, l'*oifeau* fur le poing, fe joignent à ce ce train ; & c'eſt-là comme vont les gens de qualité en *Perſe*.

CHAPITRE XV.

De la Nourriture des Perſans.

AVant que de traiter de la maniére dont les *Perſans* ſe *nourriſſent* ; je croi qu'on apprendra volontiers quel eſt le *boire* & le *manger* de tous les peuples *Orientaux* en général.

Je dirai d'abord que les peuples de l'*Aſie*, mangent beaucoup moins que ceux de l'*Europe*. Nous ſommes des *Loups* & des *bêtes carnacieres*, en comparaiſon d'eux. Je n'en attribuë pas la cauſe entiérement à leur ſobrieté, en prenant ce terme pour la vertu qui dompte la gourmandiſe. Les raiſons en ſont plus groſſieres, car c'eſt premiérement qu'ils habitent des climats plus chauds que nous ne faiſons. Secondement que leurs climats n'ont pas autant d'aliment, c'eſt-à-dire ni la varieté, ni l'abondance des nôtres : en troiſiéme lieu qu'ils ne s'excitent point l'appetit, par ces exercices du corps, qui nous occupent ſi fort, comme la Promenade, la Danſe, la Paume, le Mail. Ils ſont ſedentaires comme des reclus, en comparaiſon de nous. Une quatriéme raiſon, eſt le continuel uſage du Tabac, lequel amortit encore beaucoup la faim, comme chacun ſait, & les *Orientaux* ont toûjours la pipe à la bouche. Une cinquiéme, c'eſt que le vin, & les autres liqueurs fortes qui excitent auſſi l'apetit, leur ſont interdites. Une ſixiéme, eſt qu'ils font un uſage immoderé d'*Opium* & de diverſes boiſſons froides & aſſoupiſſantes. Ces raiſons & d'autres ſemblables ſont les cauſes de la frugalité des *Orientaux*. On fait ſouvent une vertu à des peuples, d'une habitude, qui n'eſt qu'un effet de la conſtitution du climat.

Les *Turcs*, les *Perſans*, & généralement tous les peuples *Mahometans* de l'*Aſie*, juſqu'aux extrémitez des *Indes*, mangent toutes ſortes d'*animaux* que leur *Religion* n'a point déclarez impurs, ſans autre différence d'un païs à l'autre que celle que le climat & l'abondance y apportent. Les *Turcs*, par exemple, qui habitent un païs moins chaud, & plus propre pour le pâturage, mangent plus de *chair*, & ſont auſſi accoûtumez à leurs *Chiorbas*, qui ſont des *potages de grains* & de *legumes*, que nous le ſommes aux nôtres ; au contraire des *Perſans*, qui étant ſous un climat plus chaud, & moins abondant, je parle en général, uſent

fort de *Fruits*, de *laitages*, & de *Confitures*.

Ce que je dis, que ces peuples *Orientaux* mangent de toutes ſortes d'*animaux* permis, ſe doit ainſi entendre, qu'ils en peuvent manger, & qu'ils en mangent quelquefois ; car il eſt très-certain qu'ils ne ſont adonnez, ni au *Poiſſon*, ni au *Gibier*, ni au *Bœuf*, ni au *Veau* ; je parle toûjours en général. Le *Mouton*, l'*Agneau*, le *Chevreau*, & la *Poule* ſont leurs mets communs, & plus eſtimez, particuliérement en *Perſe*, où c'eſt le manger ordinaire des pauvres & des riches, ce qu'ils aiment & ce qu'ils aprêtent le mieux.

Les *Turcs* font trois repas par jour, & tous trois de choſes cuites & chaudes. Les *Perſans* n'en font que deux ; car ce n'eſt pas un repas qu'un verre ou deux de *Caffé*, avec un petit morceau de *pain* qu'ils prennent de fort bonne heure. La raiſon de cette difference ne vient que du climat, comme je l'ai dit. Le froid en *Turquie* reſſerrant au dedans la chaleur naturelle cauſe plus d'appetit, & fait qu'on y conſume plus d'*alimens* ; d'où vient qu'il faut aux *Turcs* des mets plus nourriſſans & en plus grande abondance ; outre que par cette même raiſon de climat, les *Turcs* ſont plus en mouvement & s'occupent à plus de ſortes d'Exercices, ſoit à pied, ou à cheval. Il n'en eſt pas de même des *Perſans*, la chaleur & la ſeichereſſe de leur air engourdiſſent leurs corps, & par conſéquent il leur faut moins d'*Alimens*.

J'ai dit que les *Perſans* ne font que deux *Repas*. Le premier eſt de *Fruits*, de *Laitages*, & de *Confitures*. Toute l'année ils ont du *Melon*, huit mois durant du *Raiſin* : le *fromage*, le *lait caillé*, & la *creme*, ne leur manquent jamais, ni les *Confitures*. Voilà communément les *mets* de leur *diner*, qu'ils font entre dix heures & midi ; excepté les jours de feſtin, qu'ils ſervent des *mets de Cuiſine*. Leur *Souper* eſt compoſé de *Potages* faits aux *Fruits* & aux *Herbes*, de *Roti*, cuit au four, ou à la poile, ou à la broche : d'*œufs*, de *legumes*, & de *Pilo*, qui eſt également leur *aliment* le plus délicieux, & leur *Pain quotidien*.

Quant à la maniére d'*aprêter* & de *cuiſiner*, on ne la peut aſſez loüer ; car elle eſt fort ſimple. Les *Ragouts*, les *beatilles*, les *ſalades*, les *viandes ſallées*, & marinées ſont inconnuës à leurs tables. Il n'y a pour réveiller l'apetit que des tranches de *Citron*, & un peu d'*herbes fortes*, dont on met une pincée à côté de chacun, avec une *Rave* ou deux. L'aſſaiſonnement des *viandes* eſt auſſi fort temperé : point

de

de *poivre pilé*, peu de *fel*, peu ou point d'*Ail* :
en un mot, rien de ce qu'on recherche chez
nous fi avidement, & que l'on employe
avec tant de profufion pour provoquer l'appetit. Vous obferverez qu'ils ne pilent jamais le *poivre* ni les autres *épiceries*. Ils difent qu'en poudre elles font mauvaifes : & ils
les mettent entieres dans leurs *alimens*, afin
qu'on n'en prenne que le fuc & non la matiere
qu'ils tiennent fort indigefte.

Pour parler à préfent du *fervice* de leurs *Tables*, on y fert tout à une fois, ce qui fe pratique à la Table du Roi même. Quelque *Régal* qu'on faffe, & de quelque païs que foient
les conviez, le *Repas* ne dure que demi heure.
J'ai admiré l'égalité de leurs *gouts* dans le manger. On n'entend perfonne fe plaindre pour
trop ou trop peu de *fel* à la *viande*, pour l'*aigre*, pour le *doux*, pour l'*épicé*, pour être *trop
cuit*, ou *pas affez cuit*. On ne met ni *poivre*,
ni *fel*, ni *huile*, ni *vinaigre* à leurs *Tables* :
chacun a le *gout* fimple & aime les mêmes chofes. Voilà leur maniére de vivre. C'eft aux
gens fages & fenfez à juger fi cette nourriture,
fimple & frugale doit ceder, ou être préférée,
à celle de l'*Europe* où il y a tant de variété &
de profufion.

Les *Chrétiens Orientaux* difperfez parmi les
Turcs & les *Perfans*, ne vivent pas tout-à-fait
comme eux; car ils font la plûpart friands de
Gibier, de *Poiffon*, de *Ragouts*, & de *Viandes
noires*, foit que le *vin* & l'*eau de vie*, dont
ils ufent fouvent avec excès, les y porte, foit
que ces jeûnes aufteres & frequens qu'ils pratiquent par coûtume, les rendent avides &
gourmands; foit qu'ils deviennent friands en
Europe, où ils font de longs féjours, par l'u-
fage de nos *ragouts* & de nos *aprêts de Table*.

Aux *Indes*, jufqu'à la *Chine*, & au *Japon*,
foit dans les *Ifles*, foit en Terre ferme, la *Religion* divife les hommes dans le vivre, comme dans le culte, & dans la créance; car tous
les *Gentils*, généralement parlant, ne mangent rien qui *ait eu vie*, ou qui *l'ait pû avoir*,
qui ait *germe* ou *levain*. Je dis généralement
parlant, car il y a quelques *Tribus*, ou *Sectes*
(les *Portugais* les appellent *Caftes*,) qui fe
font licenciées à manger de quelque forte de
chairs Pour les *Mahometans* des *Indes* ils
mangent de la *viande*, mais beaucoup moins
qu'ailleurs, par la raifon du climat, comme
je l'ai dit. Le *Chevreau* & les *Poules* font leur
viande ordinaire, parce qu'elle fait moins de
fang, & parce qu'elle eft plus aifée à digerer.
Les *legumes*, les *grains*, les *racines*, & les
herbes font leur *manger* commun. Ils en cor-

rigent les cruditez avec le *beurre*, qu'ils
mêlent par tout, & dont ils tirent leur plus
vive fubftance, auffi-bien que les *Gentils*.
L'*Inde*, à la confiderer en fon tout, eft affurément un des Païs du monde le plus fertile,
tant en gros *bétail*, qu'en *grains* & en *beurre*,
comme il eft le plus fterile en *gibier*, en *poiffon*, & en *fruits*.

Le *Ris* eft l'*aliment* le plus commun & le
plus eftimé de toute l'*Afie*, & l'on en trouve
par tout en *Orient*. Comme il eft leger &
froid on le préfere au *pain*, & même il fert
de *pain* aux Païs les plus Méridionaux, où il
fert à bien des gens de feul & unique *aliment*.
Le *Ris* eft auffi très-bon aux malades. *Mat-
thiole*, & d'autres favans Naturaliftes de nôtre Europe, ont reconnu de cet excellent
grain tout ce que j'en dis. On l'apprête en
bien des manieres differentes, que je reduirai à trois. La premiere eft de cuire le *Ris*
à l'eau, fans aucun affaifonnement, & alors
ou l'on le réfout en bouillie, pour faire les
bouillons des malades, ou l'on le cuit fec
pour fervir de *pain*. La feconde maniere eft
d'en faire des potages avec des *legumes*, ou
avec des *laitages*, ou avec de la *viande*. La
troifiéme eft d'en faire du *Pilo*, & du *Kiche-
ry*, ces mets fi exquis, & fi vantez des *Orientaux*. Je dirai ci-deffous comment on cuit le
Pilo & les potages au *Ris*; je parlerai feulement ici de la premiere forte d'apprêts, &
comme elle fe fait dans les divers lieux des
Indes, où elle eft la plus ufitée.

Mais il faut obferver auparavant que le *Ris*
de l'*Afie* eft plus tendre, & plus aifé à cuire,
à proportion que les Païs où il croît font plus
Meridionaux. Aux *Indes* un bouillon fuffit
pour cuire le *Ris*, & même là où il eft le plus
dur. On le lave bien en le frottant avec les
mains, on le fecoue, & on le met dans le
pot, où il eft auffi-tôt cuit; & même en plufieurs endroits des *Indes* on n'a point befoin
d'eau pour le cuire, on ne fait que mettre un
linge mouillé fur le pot fous le couvercle.
J'en ai vû cuire dans un *bambou*; c'eft ce gros
rofeau creux & dur, qui croît aux *Indes*, dont
il y en a de gros comme la jambe. Ils ont
une pellicule interieure plus folide & conden-
fe que le bois : quand le feu a pénetré jufques-
là, on ôte le *bambou* demi-brûlé de deffus le
feu, & on en tire le *Ris* bien cuit. Je raporte
ces petites particularitez à caufe que nôtre
Ris d'Italie eft fi dur, & qu'on a tant de peine à le cuire. Lors que je recherchois la caufe de cette difference dans la cuiffon du *Ris*,
qui étant le même, ne peut pourtant cuire

Tome II. H éga-

également vîte par tout, à beaucoup près, j'ai appris que les eaux font beaucoup à cette cuiſſon. Les unes étant plus pénétrantes & plus diſſolvantes que les autres, & les unes ramoliſſant ce grain en le cuiſant, au lieu que les autres le durciſſent ſenſiblement. Je n'en conçois pas bien la raiſon, mais je ne rejette pas pour cela la choſe, l'experience faiſant voir en ces païs-là dans la peinture des toiles & de la porcelaine, combien l'eau dont on ſe ſert contribue à leur beauté. Je dirai là-deſſus, par maniere de digreſſion, que les plus belles toiles peintes ſe font ſur la Côte de Coromandel, mais il y a une difference palpable aux connoiſſeurs, entre ce qui ſe fait dans un village, & ce qui ſe fait dans un autre, ſur tout en la vivacité; choſe que l'on attribue conſtamment à l'eau où l'on paſſe ces toiles, qui ſuivant qu'elle a plus ou moins de limon, ou de ſalure, ou de vapeur fuligineuſe, ternit ou conſerve l'éclat des couleurs, en étend la couche, ou la conſerve comme le peintre l'a miſe. On raporte la même choſe touchant la porcelaine, en diſant que c'eſt par cette même raiſon des qualitez differentes qui ſe rencontrent dans l'eau, d'où dépend le beau vernis de cette terre précieuſe, que l'on n'en fait qu'en peu d'endroits de la Chine & du Japon; ſur quoi on m'a aſſuré une choſe aſſez remarquable. C'eſt que la porcelaine ne ſe fait point ſur le lieu où on prépare la terre, mais ſur les lieux où paſſe l'eau qui eſt propre à lui conſerver l'éclat de la peinture; de façon qu'il ſe trouve qu'on prépare la terre à un endroit du Royaume, & qu'on la met en œuvre en un autre fort éloigné. On dit qu'il n'y a qu'un lieu en tout le Japon, où il ſoit permis de cuire de la porcelaine: & qu'à fin que la fabrique n'en empire pas, on ne peut allumer les fourneaux où on la fait cuire, ni les ouvrir, qu'en préſence du Magiſtrat.

Pour revenir au Ris cuit à l'eau, on ſert ſur des aſſiettes celui qu'on prépare ſec, en petits pains, de la forme d'un chou de patiſſier. Le menu peuple le ſert dans de grands plats creux, où chacun le prend à poignée. On tient qu'il eſt bien aprêté lors qu'il eſt ſi bien cuit qu'il fond dans la bouche, & que néanmoins il eſt ſi ſec, qu'il tombe grain à grain le grain non écaché; & qu'on ne ſe ſaliſt aucunement les doigts en le prenant. On s'en ſert de pain aux Païs les plus Meridionaux des Indes, comme je l'ai dit, & parmi tous les Europeans Indianiſez, comme au Fort St. George, à Batavia, & à Goa particuliere-ment. J'ai éprouvé dans le long ſéjour que j'ai fait en Orient, qu'à meſure que l'on s'habitue à l'air du païs, on s'habitue auſſi au Ris, & on ſe dégoute du pain. Le Ris eſt en effet un aliment très-délicieux & très-ſain. Il eſt leger, il rafraichit, il eſt doux au goût, il ſe digere très-promptement & ſans peine. Il fait peu de ſang & peu d'excremens, & n'excite point de vapeurs. Tout cela eſt excellent dans les climats chauds & épais, comme les Indes, mais ailleurs & dans les nôtres, il ne ſeroit pas trouvé de même, l'air de l'Europe demandant des alimens ſolides, piquans, & ſucculens; choſe que je ne me laſſe point de redire, parce qu'à mon avis, la diverſité de climat étant bien obſervée, on en juge beaucoup mieux du vivre, des habits, du logement des divers Peuples du monde; comme auſſi de leurs Coûtumes, de leurs Sciences, de leur induſtrie, & ſi l'on veut encore des fauſſes Religions qu'ils ſuivent. Ce que j'eſtime le plus dans le Ris, c'eſt ſa proprieté à temperer & à purifier le ſang. Pour la nourriture des febricitans, & de pluſieurs autres ſortes de malades, on le pile, & on le fait cuire dans beaucoup d'eau, avec quoi on en fait une bouillie plus ou moins liquide, comme on veut. Quand ils ſont convaleſcens, on mêle du Sucre, du lait d'Amande, & un peu de Canelle dans cette bouillie, ce qui la rend fort délicieuſe & nourriſſante. Il n'y a rien de plus aiſé, de plûtôt fait, & à meilleur marché. Une écuelle de cette bouillie étoit d'ordinaire mon ſouper lors que j'étois las, ou incommodé, & je m'en trouvois toûjours fort bien.

Il y a une ſorte de Ris aux Indes, dont les Portugais font grand cas, & qu'ils appellent Ris odoriferant. Les grains de ce Ris ont la plûpart une ou deux petites rayes rouges ſur la peau, & ils rendent une odeur plus forte & plus agréable que le Ris commun. Mais c'eſt en cela ſeulement que conſiſte ſon parfum. J'ai apporté de ce Ris en Europe, partie battu, partie non battu, ou en paille, mais l'un & l'autre avoit également perdu la bonne odeur. Les Perſans appellent ce Ris, Ris de bonne ſenteur, ou Ris fin. Le Ris des Indes a le grain preſque de moitié plus petit que celui de Perſe & de Turquie; mais il ne s'enfle, & ne s'amolit pas tant que celui de Perſe & de Turquie, & on le tient pour beaucoup moins rafraichiſſant. Pour le prix, il ne revient qu'à environ deux liards la livre à Bengale, & à la Côte de Malabar, qui ſont les Païs où il y en a en plus grande abondance. A Surat, qui eſt à l'autre bout des Indes, le plus excellent

Ris

Ris vaut un fol la livre, le commun huit deniers.

J'ajoute que la bonté du *Ris* ne fe connoît ni à la vûe, ni à l'odeur. Elle ne fe connoît qu'à la cuiffon, & confifte en ce qu'il cuife vîte, qu'il conferve fon grain entier, & qu'il s'enfle. Le *Ris* nouveau eft moins eftimé que l'autre, à caufe qu'il ne s'enfle point, mais il ne faut pas le garder trop long-tems, car quand il eft vieux de quatre ans, il a perdu fon odeur.

Le *pain de froment* eft en ufage prefque par toute l'*Afie*. J'ai traverfé la *Turquie* trois fois, par différens endroits, & par tout j'y ai vû manger du pain; car je ne compte pas dans la *Turquie* les côtes de la *Mer noire*, depuis le *Marais-Meotide* jufqu'en *Georgie*, où le peuple vit d'une efpéce de *Mil*, & où il y a très-peu de *Ris* & de *Bled*, puis que les *Turcs* n'ont pas pris poffeffion de ces Païs-là, fe contentant d'en tirer des tributs, & de les ravager de tems en tems, pour les contenir mieux dans la fujetion. En *Perfe* il y a divers endroits où l'on mange très-peu de *pain*, foit à caufe de l'abondance de *Ris*, comme le long de la *Mer Cafpienne*, foit par la difette de *Bled*, comme fur les côtes de l'Ocean; cependant on y trouve du *pain* par tout. Il y en a par tout auffi dans les *Indes* quoi qu'on en mange beaucoup moins qu'en *Perfe*, & en *Turquie*; & le *Bled* eft, ou crû fur le lieu, ou apporté du voifinage; mais il y en a infiniment moins que de *Ris*, foit parce que le *Ris* eft plus recherché & plus falutaire dans les climats chauds, & où l'air eft pefant. Les Ifles de l'Ocean Oriental & la Terre ferme proche la *Ligne*, ne portent point de *Bled* que je fache. *Madagafcar*, qui s'étend au deçà du *Tropique*, n'en a point non plus. Il vient en *herbe*, mais non en *épi*, l'ardeur du Soleil le brûlant avant qu'il monte en grain. Le Commerce en fournit ces Païs-là, & tous ceux qui en ont difette. On en charge à *Surat* pour *Java* & *Sumatra*, & eft beaucoup d'autres endroits. Les *Hollandois* y en font auffi provifion pour *Batavia*. Il y a pareillement dans de *Bled* en *Afrique*, hormis aux lieux où il y a des *Colonies Europeanes*: & en général il y en a peu entre les *Tropiques*. De grands Païs ne vivent que de *Mil*, d'autres que de *Ris*, d'autres que de *Dattes*, d'autres que de *Caffave*, comme dans l'*Amerique*. Il croît de fort bon *froment* au *Cap de bonne Efperance*, par le labeur des *Hollandois*. Les naturels du païs n'en cultivent point par pure pareffe & par averfion pour le travail. Ces peuples, qu'on appelle *Hotentots*, font les plus fales, les plus lâches, & les plus brutaux *Barbares*, que j'aye vûs dans tous mes voyages. Au refte, les *Mahometans*, & les *Gentils* généralement, font leur *pain* fans levain, que leur Religion interdit.

Quant à leur maniere de faire le *pain*, je parlerai d'abord de celle des *Gentils*, qui eft très-fimple; car non feulement ils cuifent leur *pain* chaque jour, mais ils le cuifent au moment même qu'ils le veulent manger. Après s'être lavé tout le corps, felon les préceptes de leur Religion, ils prennent la *farine* dans un baffin de métail ou de bois, la paitriffent, & la couvrent. Ils allument enfuite un peu de feu entre trois pierres, fur lefquelles ils mettent une plaque de fer, mince comme une piéce de quinze fols, ronde, d'un pié de diametre, plus ou moins, felon la quantité de pain qu'il faut. Elle n'eft pas haute de terre plus de feize à dix-huit pouces. Quand elle eft chaude, ce qui eft bien-tôt fait, ils reprennent la pâte, en font une galette à peu près auffi mince que la plaque, & de la même grandeur, & la mettent deffus. Elle cuit pendant qu'ils en aprêtent une autre: & après qu'elle eft cuite, ils la tirent, & l'appuyent contre les pierres, le deffus vers le feu, afin qu'elle cuife un peu davantage. Un homme en moins d'une heure pêtrit, & cuit du *pain* pour une douzaine de perfonnes; car pendant qu'il aprête une galette, il en tient une autre fur la plaque, & une autre contre le feu, & ainfi de fuite, ce qui va fort vîte, & fans grand attirail, comme on voit. Voilà le *pain* commun des *Indiens*, fur lequel ils jettent toûjours quelque graine forte, ou qu'ils frottent de leur *hing*, qui eft l'*affafætida*, qu'ils aiment extrêmement. Les gens riches ne mangent guére que du *Gateau* au fucre & au beurre.

Je n'ai point vû employer de *Mufc*, & d'*Ambre-gris*, dans le manger commun, en aucun Païs de l'*Afie*, où j'aye été. Les *Turcs* en mettent dans leurs *Sorbets* fins, & particulierement dans celui qu'ils appellent *Sultani*, comme qui diroit *Royal*. Les *Perfans* n'en mettent ni dans le boire, ni dans le manger, mais ils en employent beaucoup en plufieurs fortes de *confitures*, & dans leurs *confections*, qui font faites les unes pour fortifier feulement, les autres pour exciter à l'amour, & dont les gens de condition prennent d'ordinaire devant & après le repas, fur tout lors qu'ils fe vifitent, & qu'ils fe réjouïffent. J'ai obfervé ci-deffus combien ils en confument en leurs pâtes de fenteurs, dont les femmes

por-

portent de grandes boëtes plattes fur l'eſtomach, pendues au cou à des chaines d'or, ou
de pierreries, ſelon leur qualité ; leſquelles
tiennent ordinairement à peu près trois onces
de pâte ; car elle eſt fort peſante. Les femmes *Perſanes* ſont en général fort prodigues
de parfums. Aux *Indes*, on met encore moins
le *Muſc* & l'*Ambre* dans les *alimens*, à cauſe
de la grande chaleur ; mais les hommes & les
femmes s'en ſervent avec profuſion, comme
ailleurs, & davantage même, le corps étant
comme plus débile que dans les païs froids, &
ayant plus beſoin d'être ſoûtenu pour les plaiſirs de l'amour. Je me ſouviens qu'étant à la
ſolemnité de la Nôce des trois Princeſſes
Royales de *Colconde*, l'an 1679. que le Roi
leur Pere, qui n'avoit qu'elles d'enfans, ma-
rioit en même jour, on donnoit des parfums à tous les invitez à leur arrivée. On
les jettoit ſur ceux qui étoit vêtus de toile
blanche ; mais on les donnoit à la main à ceux
qui étoient vêtus d'habits de couleurs, parce
qu'on auroit gâté leurs habits en les jettant
deſſus ; ce qui ſe faiſoit de cette maniere. On
jettoit ſur le corps une bouteille d'*Eau-roſe*
d'environ demi ſeptier, une autre bouteille
plus grande d'eau teinte au ſaffran, en ſorte
que la *veſte* en fût teinte : puis par deſſus on
frottoit les bras & le corps d'un *parfum* liquide de *labdanum* & d'*Ambre gris*, & on mettoit au cou un gros cordon de *Jaſmin*. On
m'a parfumé de même (au ſaffran près) dans
pluſieurs grandes maiſons de ce païs-là, &
ailleurs. Cette careſſe, & cet honneur, ſont
d'un uſage univerſel entre les femmes qui ont
le moyen de fournir à ce luxe. En *Perſe*,
& aux *Indes*, on garde les *Sorbets* liquides &
en ſirop, à cauſe de la chaleur de l'air, qui les
deſſecheroit trop & les durciroit comme une
pierre. Mais en *Turquie*, on les garde en poudre
comme la *Caſſonnade*. Celui d'*Alexandrie*,
qui eſt le plus eſtimé dans tout ce grand Empire, & que l'on y tranſporte par tout, eſt
preſque tout en poudre. On le garde en pots
& en boëtes ; & lors que l'on le veut employer, on en met une cueillerée dans un grand
verre d'eau. Il ſe mêle avec l'eau de lui même ſans qu'il le faille battre comme nous faiſons nos ſirops, & il fait une liqueur excellente. On accommode auſſi dans tout l'O-
rient le *ſorbet* comme du *Sucre* en plume. J'en
ai vû en *Perſe* des pains ſi legers qu'ils ne
peſoient que douze onces, étant de la groſſeur des pains de *ſucre* de huit livres. La ſœur
du feu Roi *Abas* ſecond, & Tante de *Soliman*
troiſieme depuis régnant, Princeſſe très-gé-

nereuſe, avec qui j'ai fait beaucoup d'affaires
quatre ans durant, comme je l'ai dit ailleurs,
m'envoyoit de tems en tems des régals de *confitures*, où il y avoit toûjours de ces *ſorbets* en
plume, qui étoient exquis & merveilleux,
auſſi bien que les *confitures*. Je dirai en paſſant, qu'en *Perſe*, en *Turquie*, & aux *Indes*,
les gens de condition font le *ſucre* chez eux,
de même que les *confitures* & les *Sorbets*. Les
Sorbets ſont ordinairement de *violette*, de *vinaigre*, de *jus de grenade*, & particulierement de
jus de citron. Le mot de *ſorbet* ſe prend en O-
rient pour *Potion* ou *Breuvage mixtionné*.

Les *Orientaux* ont une autre ſorte de *ſorbet*
plus commun. C'eſt de mêler dans de l'*eau*
avec un peu de *Sucre*, ou avec un peu de *ſel*,
le *jus de citron*, ou le *jus de Grenade*, ou le
ſuc d'ail, ou d'*oignon*. Ils appellent cette ſorte de *Sorbet*, *Truchi*, c'eſt-à-dire *aigret*. On
en ſert toûjours aux repas dans de grandes porcelaines, avec des cueilleres de bois, creuſées,
& à long manche. Ces *liqueurs* ſervent à exciter l'appetit, de même qu'à étancher la ſoif.
On en prend des cueillerées durant le repas
pendant lequel on n'eſt pas accoutumé à boire.

On m'a fait ſouvent la queſtion, ſi l'abſtinence de *chair* fait vivre plus long-tems ceux
qui l'obſervent, que ceux qui ne l'obſervent
pas, ſous un même climat. A quoi je répons
en un mot que non. Les *Banjans*, qui ne
mangent jamais de chair, ne vivent point plus
long-tems que les autres *Indiens*, & je remarque de plus, géneralement parlant, que l'on
ne pouſſe point en *Orient* la vie ſi loin, ſur
tout aux *Indes*, qu'on le fait en *Europe* ; choſe que j'attribue à ce qu'ils ſe ſervent trop
tôt, & trop fortement des femmes ; s'excitant, nonobſtant la chaleur de leur climat,
laquelle eſt extrême, par des *confections*, qui
les conſument à meſure qu'elles les animent.
Mais il eſt certain en revenche que les peuples
de l'*Orient*, & particulierement ceux qui s'abſtiennent de chair, ſont ſujets à moins de maladies que les autres. Les grandes débauches
de *viande* & de *breuvage* ſont mortelles aux
Indes pour peu qu'elles durent : & c'eſt ce qui
fait que les *Anglois* y vivent ſi peu, l'excès
qu'ils font de *chair de bœuf*, & d'*Eau de vie*,
de *ſucre* & de *Palmier*, les abat en peu de
tems. La varieté des *Mets* y emporte auſſi
beaucoup d'*Europeans*, ou les fait bien languir. La diverſe qualité des ſucs de tant d'*a-
limens*, faiſant un combat dans l'eſtomach,
que cette partie affoiblie, par la diſſipation
perpetuelle d'eſprits, ne peut ſoûtenir. La
maladie, qui les emporte preſque tous aux *Indes*,

des, prouve ce que je dis; car c'eſt communément la *Diarrhée*, ou le *cours de ventre*, qui dégenere incontinent en *flux de ſang*; Maladie ſi fatale, qu'il n'y a que très-peu de gens qui en échapent. Mais il faut remarquer d'ailleurs, que ſi l'abſtinence de chair fait jouïr les peuples d'*Orient* d'une ſanté plus conſtante que nous, elle les empêche d'autre part de devenir auſſi robuſtes & auſſi vigoureux.

Je reviens préſentement à mon ſujet, qui eſt de la *Nourriture* des *Perſans*. Ce ne ſont pas de grands mangeurs, & quelques uns penſent que cela vient de ce que leur Païs n'eſt par fertile, & n'abonde pas en *alimens*, mais je ne ſuis pas de cet avis. Je croi au contraire, que leur Païs n'abonde pas en *alimens*, comme les nôtres, parce qu'il n'en faut pas tant au peuple. Si leur frugalité étoit un effet de la diſette de leur païs, plûtôt que de leur naturel, il n'y auroit que les gens de baſſe condition qui mangeroient peu, au lieu que c'eſt géneralement tout le monde; & on mangeroit plus ou moins en chaque Province ſelon la fertilité du païs, au lieu que la même ſobrieté ſe trouve par tout le Royaume. Ils font deux *Repas* le jour, comme je l'ai déja obſervé, un de *fruits*, de *laitages*, & de *confitures*, entre dix & onze heures du matin qu'ils appellent *azeri*, comme qui diroit le *prêt*, à cauſe que comme il ne faut qu'un moment pour l'aprêter, on peut dire qu'il eſt toûjours *prêt*; & un de *viande* à ſept heures du ſoir environ. C'eſt là leur *ſouper*, & leur grand Repas. Le matin, à leur levé, ils prennent du *caffé*, & quelques uns le prennent avec une *croute de pain*. Comme leurs jours ne ſont pas ſi inégaux que les nôtres, ils gardent plus aiſément leur régle de vie. Durant toute l'année, ils ſe couchent entre neuf & dix heures du ſoir, & ſe levent au point du jour. Chez le Roi on fait la *cuiſine* deux fois le jour, parce qu'une partie du grand Serrail fait ſon grand *Repas* le matin, mais on ne ſert de la *viande* à perſonne qu'une fois le jour, ſoit avant midi, ſoit au ſoir. Les Perſans ne font point de *proviſions*, géneralement parlant, mais ils achettent les choſes journellement ce qu'il en faut à chaque jour. Cela fait qu'ils les payent beaucoup plus cher, mais ils y trouvent, à ce qu'ils diſent, encore mieux leur compte, à cauſe du dégât que les *Domeſtiques* font de ce qu'ils ont en leur garde. Ils ne préparent point auſſi les *viandes* un jour devant, ni ne gardent jamais rien d'un jour à l'autre. On tuë le matin le *Mouton*, & l'*Agneau*, qu'on mangera le ſoir, & l'on ne tue

la *volaille* que quand on la veut mettre au pot. La chair n'eſt point coriace, comme dans les païs froids, & les *Perſans* croyent que la meilleure *chair* eſt la plus fraiche tuée. On prépare ſeulement ce qu'il faut pour un *Repas*, & s'il reſte quelque choſe on le donne aux pauvres. Il n'y a pas une *croute de pain* au logis, lors qu'on s'en va coucher ni aucun autre *aliment* cuit, ou crû.

Les *viandes* dont ils uſent communément ſont l'*Agneau* & le *Chevreau*, les *Chapons*, les *Poules*, les *Poulets*, & les *Oeufs*. C'eſt-là leur *aliment* ordinaire & réglé. On ajoute à cela par régal le *Pigeon*, le *Poiſſon*, la *Venaiſon*. Il n'y a pourtant gueres que le Roi, & quelques grands Seigneurs, qui en mangent, parce qu'on ne s'en ſoucie pas. Les pauvres gens dans les Provinces froides du Royaume mangent du *boeuf* & du *veau*, pendant l'hyver; mais on en tuë ſi peu, ſi ce n'eſt parmi les *Chrétiens*, & les *Guebres*, que cela ne vaut pas la peine d'en parler. Le *cochon* leur eſt défendu, le *lievre*, & tous les autres *animaux* qui ſont interdits par la *Religion Judaïque*. Les *Perſans* ne peuvent pas ſeulement entendre nommer le *Lievre*, parce qu'il eſt ſujet à des pertes comme les femmes. Ils eſtiment le *Mouton* par deſſus toutes les *bêtes* de la Boucherie, diſant qu'il n'a nulle mauvaiſe habitude, & qu'on n'en peut par conſéquent contracter de mauvaiſe en s'en nourriſſant; car leurs *Médecins* tiennent unanimement, que l'homme devient tel que les *animaux*, dont il ſe nourrit. Ils ſe louënt fort de leur maniere de vivre, diſant qu'il n'y a qu'à regarder leur teint pour reconnoître combien elle eſt plus excellente que celle des *Chrétiens*, qui mangent du *Boeuf* & du *cochon*, & qui boivent du *vin*. En effet, le teint des *Perſans* eſt uni. Ils ont la peau belle, fine, & polie, au lieu que le teint des *Armeniens* leurs ſujets, ſur tout les femmes, eſt rude & couperoſé: & leurs corps larges, & peſants exceſſivement. On pourroit auſſi aiſément attribuer la différence d'embonpoint entre les *Perſans* & les *Armeniens*, à l'inegalité du *vivre* des *Armeniens*, qui font des jeûnes de trente & quarante jours de ſuite, durant leſquels ils ne mangent que des *herbes* & de l'*huile*: & puis qui font autant de tems de ſuite à faire excès d'*oeufs* & de *chair*: au lieu que les *Perſans* n'ont qu'un jeûne de trente jours, durant lequel encore ils ne changent point de *mets*; mais ſeulement en mangent moins: & que durant tout le reſte de l'année ils vivent toûjours d'égale maniere.

H 3　　　　　　　　　　On

On a en *Perſe*, depuis Février, juſqu'en Mai, la *viande de chevreau*, qui eſt, à mon avis, la plus délicieuſe *chair* qu'on puiſſe manger; & depuis Mars, juſqu'en Juillet, celle d'*agneau*, qui eſt auſſi d'un goût très-excellent.

Le Pain des *Perſans* eſt mince génerale-ment, & comme des *Galettes*. On en a de pluſieurs ſortes. Le *Pain* ordinaire eſt cuit dans des fours ronds, faits en terre, comme une foſſe profonde de quatre à cinq pieds, & de deux pieds de diametre. Ils appliquent le *Pain* contre le four: & comme ce *Pain* n'eſt pas même ſi épais que le doigt, ſur tout au milieu, il eſt cuit en moins d'un quart d'heure. Ils ont encore le *Pain* qu'ils appellent *lavach*, qu'ils font rond, grand comme une aſſiette creuſe, mince comme un parchemin qu'on cuit ſur une platine: celui qu'ils appellent *Senguck*, c'eſt-à-dire *Pain de caillou*, parce qu'il eſt cuit dans des fours faits comme les nôtres, dont tout le fonds eſt cou-vert de cailloux gros comme des noix, à deux doigts de hauteur. Ce *Pain* n'eſt pas plus épais que le *Pain* ordinaire. Il eſt fait en long, & peze une livre & demie. Les *Bou-langers* le cuiſent ſur les cailloux pour épar-gner le bois, ces cailloux prenant & gardant mieux le feu, & le donnant plus vîte à la pâte; mais ce *Pain*-là eſt moins cuit en des endroits qu'en d'autres. Le *Pain* eſt géneralement blanc, & bon, en *Perſe*, & tout fait ſans le-vain. On cuit le *Pain* deux fois le jour dans les bonnes maiſons. C'eſt l'occupation des Eſclaves de moudre le *bled*, de pêtrir la pâte, & de la mettre au feu. On peut voir dans *Herodote* que c'étoit auſſi la coûtume au plus ancien âge du monde. On ſeme ordinaire-ment ſur tout le *Pain*, excepté celui qui eſt en feuille, quelque graine aſſoupiſſante, comme de la graine de *pavot*, de la graine de *ſeſame*, de celle qu'on appelle *graine de la miel-lé*, que les *Herboriſtes* nomment *Melanthium*. Cela endort, & c'eſt ce qu'on veut en *Orient*, où l'on ſe couche d'ordinaire après le *Repas*, tant le matin, que le ſoir. On apprend dans les anciennes *Hiſtoires* qu'on ſervoit toûjours en *Orient* après le *Repas* de la graine de *pavot* blanc, rotie, pour le même effet. D'autres font ſemer de l'*anis*, ou du *fenouil* à la place.

On ſert le matin aux gens de médiocre condition un de ces *Pains* là ſur un baſſin de bois peint & verniſſé, mettant ſur un bout du *pain* un carteron de *fromage*, & à côté du *pain* deux porcelaines, l'une de *lait aigre cail-lé*, l'autre de ce *lait aigre caillé*, delayé dans de l'eau, qui ſert de *boiſſon*, & quelques *fruits*,

ſur tout du *Melon*. Si l'on a du monde avec ſoi, on ſert à chacun un baſſin garni de même. Le *fromage* en *Perſe* ne ſe fait pas en maſſes ſolides. On le garde dans des peaux de che-vre, comme nous faiſons le *beurre* dans nos pots, & on le coupe, & on le ſert preſque en pouſſiere. On mêle d'ordinaire dans le *lait aigre*, & ſur tout durant les ſaiſons chaudes, du *Fenouil*, de la *graine de Terebinthe*, & quel-quefois de petites *racines*, qui ont le goût de *cardon*. On ſert le *lait à la glace*, de même que l'eau qu'on donne à boire après qu'on a mangé: & c'eſt là le *dîné* des gens du com-mun. Chez les gens plus éminens, on ſert, outre ces *mets legers*, du *Reſiné*, ou *Vin cuit*, du *Paloudé*, qui eſt une ſorte d'*Amidon* cuit au *Sucre*, pluſieurs ſortes de *Fruits*, des *Con-fitures*, de petits *Biſcuits*, & quelquefois de petits *Pâtez*, ou quelques *viandes hachées*; mais ce n'eſt gueres qu'aux *Nôces*, & en des *Feſtins*, qu'on donne de la *viande* le matin: & quand cela ſe fait, on ſert auſſi des *Pota-ges* de divers goûts, avec de la *viande* dedans, coupée menue. Au reſte, perſonne ne ſe leve de ſa place pour aller ſe mettre à table. On ſert le *manger* devant chacun, au même en-droit où il eſt aſſis: & cela ſe pratique auſſi chez les *Grands*, comme chez les petits. On apporte un *baſſin* devant vous à la place où vous êtes ſans *nape* & ſans *ſerviette*. On ne ſert de *nape* au dîné qu'aux *Feſtins*, à cauſe qu'on y ſert plus d'*aſſiettes*, & d'*écuelles*, ou *coupes*, qu'il n'en peut tenir ſur le *baſſin*, & à cauſe qu'il y a des *mets* qui engraiſſent.

Le *Souper* eſt compoſé de *Potages* avec de la *Viande* hachée mêlée de *pois* & d'autres le-gumes: & puis de *pilo*, qui eſt du *Ris* cuit avec de la *Viande*, & parce que ce *Ris* tient lieu de *Pain*, on ne donne guere à *Souper* que du *Pain* en feuille qui ſert d'*aſſiette* ou de *cou-vert*, excepté aux feſtins où l'on donne de trois à quatre ſortes de *Pain*.

On ſert à chacun deux ou trois de ces ſor-tes de *Pains* en feuille, & par deſſus une poi-gnée d'*herbes* fortes pour ſervir de *Salade*. Quelquefois on donne auſſi une fort petite ſaliere, mais cela ſe fait en fort peu de lieux. On porte le *manger* à la bouche avec les doigts. On déchire auſſi la viande avec les doigts, ou l'envelope de *Ris*, comme ſi l'on faiſoit une pelotte. On y met un peu de *Sel* avec le pouce, & on porte ce gros morceau à la bouche, qu'on avale ſans le macher comme nous faiſons le *Potage*. Cela ſe mange vîte, & eſt fort nourriſſant, & ainſi le *Repas* ne dure pas long-tems; d'autant plus qu'on parle fort rare-

rarement en mangeant. On fert avec les *viandes* des *coupes* de *forbets*, avec une *cueillere* de bois, chacune longue d'un pied comme je l'ai dit, afin de la porter plus facilement à la bouche. C'eft-là la *boiffon* du *fouper*. On n'en donne point d'autre durant le Repas. A la fin, on apporte à laver avec de l'*eau chaude* pour fe dégraiffer la main que chacun effuye à fon mouchoir, & puis on donne de l'*eau à la glace* à qui en demande, ou bien du *forbet*.

Comme le *Pilo* eft le grand *Mets* des *Perfans*, je rapporterai comment on l'aprête. C'eft proprement du *Ris* cuit au *bouillon de viande*, ou au *beurre*, de maniére que les *grains* demeurent entiers, fans fe fendre, & fans être auffi ni fecs ni durs, mais fi bien cuits qu'en le mettant à la bouche, ou le preffant des doigts, ils fe mettent en pafte. On fait de ce *Pilo* de plus de vingt fortes, au *Mouton*, à l'*Agneau*, aux *Poulets*. Le Commun l'affaifonne & le fait ainfi. On fait cuire fix ou fept livres de *Mouton* en morceaux d'un carteron chacun, avec une *Poule* ou deux; & après on ôte tout le *bouillon*, & toute la *viande* de la *Marmite*: enfuite on prend du *beurre* qu'on met au fonds, & qu'on fait bien riffoler: & on y jette une couche de *Ris* qu'on fait épaiffe d'un pouce. On met de l'*Oignon* coupé par tranches, des *Amenaes* pelées & coupées en deux, des *Pois* fecs frits à la poile, auffi coupez en deux, de ce petit *Raifin*, nommé *Kik-miche*, qui n'a point de pepin, du *Poivre* entier, du *Girofle*, de la *Canelle*, du *Cardamome* pour fervir d'affaifonnement: par deffus cela on met la viande & puis on remplit la Marmite de Ris, & on y jette du *bouillon*, jufqu'à ce qu'il furnage. Le *Ris* cuit en un quart d'heure, & lors qu'il eft cuit & fec tout le *bouillon* étant confommé, on fait fondre du *beurre* tout bouillant, on le jette fur ce Ris: après on couvre bien la *Marmite* avec un linge mouillé d'eau chaude deffous le couvercle, pour tenir le *Ris* humide & on le laiffe mitonner ainfi, & puis on le dreffe. Comme le *beurre* eft le principal *ingredient* du *Pilo*, on prend le meilleur pour cela & on le cherche avec foin. Le *Beurre* en *Perfe* fe fait de *lait de Vache*, mêlé de *lait de brebis*, qu'on eftime beaucoup meilleur qu'aucun. On n'a point en ce païs-là l'ufage du *Beurre frais*, & on n'en mange point fur le *Pain*. On le garde liquide dans des *outres* comme l'huile gelée; il en a prefque la couleur. Il s'en trouve qui a une fenteur de *Violette*, & d'autre *Parfum* qui eft fort agréable, ce qui donne grande envie d'en manger. On affai

fonne les autres *Pilo*, les uns de *fenouil* haché menu; d'autres de *jus de Cerifes*, ou de *Meures*, ou de *Grenades*; d'autres de *Sucres* & de *Saffran*; d'autres de *Tamarins*. L'on en fait de *Ris* fec, qu'on couvre de *viande* hachée, ou d'*Aumelettes*, ou d'*Oeufs* pochez fur l'*Oignon* frit, ou fur des *Laitües* frittes, ou de *Poiffon* frais ou falé, & de diverfes autres façons. Et le *Pilo* eft toûjours un manger délicat. Un des plus délicieux qu'on faffe, eft celui qui fe cuit fous la *broche*, la graiffe d'*Aigneau*, ou de *Chevreau*, & de *Poules* tombant peu à peu fur le *Ris*, l'imbibe, & lui donne un goût très-agréable. Pour le *Ris*, comme nous l'accommodons, reduit prefque en bouillie, les *Orientaux* ne l'aiment point. Ils le trouvent infipide, c'eft un manger de malade. On le leur fait cuire ainfi à l'*eau* fimple avec des grains de *Poivre* entiers, & un peu de *Canelle*, comme je l'ai déja obfervé: & on leur donne ce potage à manger. Les Pois que j'ai dit qu'on met au *Pilo* font rotis, & c'eft un ragout que ces *Pois*, fur tout quand ils font rotis avec le fel. La maniére de les rotir eft telle. On prend une Poile comme pour faire les *Confitures*, on l'emplit à demi de fable fort fin, & on la met fur un petit feu. Quand le fable eft brulant, on met les Pois dedans & on les remüe: & comme le fable eft plus pefant les pois font toûjours au deffus & fe rotiffent, fans alterer leur forme, ni leur couleur. On rotit ainfi les *Amandes*, les *Graines* qu'on appelle les *femences froides*, & les *Piftaches*, & après on les paffe dans du fel à la Poile, & ainfi on leur donne une autre teinture qui rend ces *Fruits* fort agréables, & appetiffans.

Le menu peuple ne fait point de *cuifine* chez foi, fur tout au païs où le bois eft rare, comme à *Ifpahan*, & en beaucoup d'autres endroits; mais dès qu'ils ont fermé leurs boutiques ils vont aux gargottes, ou *cuifines* publiques achetter du *Pilo*, & ce qu'ils veulent pour leur *foupé*. Il y a par toute la ville un nombre infini de ces *cuifines*, dont chacune ne vend que d'une forte de *Mets*. Leur *cuifine* eft en façon de *Boutique*. Vous voyez fur le devant deux ou trois *chauderons*, de vingt fix à trente pouces de diametre, fur des *fourneaux*: & au derriere de la *Boutique*, qui eft féparé d'un *Rideau*, une ou deux petites *Eftrades*, ou *Perrons*, élevez de trois pieds, couverts de *Tapis*, où l'on s'affied pour manger. Le feu de ces *fourneaux* eft rarement fait de bois ou de *charbon*, à caufe que cette matiere eft trop chere dans la plus grande partie

de

de la *Perfe*. Il eſt fait de *bruiere*, avec des *feuilles feiches*. Le commun peuple ſe ſert pareillement d'une maniére de *Tourbe* faite de fiente d'animal & de terre mêlez enſemble, que les païſans qui les font, & qui s'en ſervent beaucoup, apportent vendre à la ville. Quand la *viande* eſt cuite, on la garde chaude, en mettant ſur la ſuperficie de la *Marmite* une ou deux *Mêches*, ſelon ſa grandeur, comme dans une *lampe*. On allume ces mêches, & elles ſe nourriſſent de la graiſſe de la Marmite. Cela eſt fort dégoutant la premiére fois qu'on le voit, mais on s'y habituë avec le temps. On peut juger que ces *Cuiſiniers*, travaillant à ſi peu de fraix, donnent à *manger à bon marché*.

Ce que j'ai fort admiré dans le vivre des *Perfans*, outre leur *ſobrieté*, c'eſt leur *hoſpitalité*. Quand on ſert à manger, bien loin de fermer la porte, on donne à manger à tout le monde qui ſe trouve au logis, & qui y ſurvient, & ſouvent aux Valets qui tiennent le cheval à la porte. Quelque nombre de gens qui ſe trouve à l'heure du *dîner* ou du *ſouper*, cela ne fait point de peine. Comme on *mange* peu, il y en a toûjours aſſez. Les *Perfans* diſent à la loüange de l'*hoſpitalité*, qu'*Abraham* ne mangeoit jamais ſans hôte, & que cette hëureuſe rencontre des trois *Anges*, dont il eſt parlé dans l'*Ecriture*, lui arriva un jour que n'étant encore venu perſonne à l'heure du dîner, il ſortit de ſon pavillon pour voir s'il ne paſſeroit point quelqu'un de ſa connoiſſance, ou qui fût digne d'être invité. Auſſi on *mange* tout chez eux, comme je l'ai obſervé, ſans garder jamais rien pour une autre fois, & on donne le reſte aux pauvres, s'il y en a.

Les *Perfans*, qui ſont un peu à leur aiſe, ne *mangent* une ſorte de *Cuiſiniers*, qui mettent ordinaire les *entrailles*, ni les *pieds*, ou la *tête des Animaux*. Le cœur leur bondit contre. C'eſt le plus pauvre peuple qui les *mange*, les achettant tout aprêtez à des *Boutiques* où on ne fait cuire autre choſe. On appelle les *Cuiſiniers*, qui les aprêtent *Guende-paikon*, c'eſt-à-dire, *Cuiſiniers des piéces pourries*. Mais ce nom ſeroit bien mieux donné à une ſorte de *Cuiſiniers*, qui mettent en ragout la viande qui ſent, & qu'on a déja miſe en trois ou quatre ſauſſes différentes, ſans la pouvoir vendre. Ces *Cuiſiniers*-là la hachent, & l'aſſaiſonnent d'*herbes* & de *jus aigres*. Ils appellent ces *hachis ach truch*, c'eſt-à-dire la *ſoupe aigrelette*. Ils font auſſi une autre ſorte de *conſommé*, où la *chair* eſt comme diſſoute en bouïllie, ou en pâte liqui-

de. Les *Armeniens* ſur tout, en ſont fort friands, quoi que ce *conſommé* ſoit fait quelquefois de *chair de cheval*, de *chameau* & d'*âne*. On dit même, qu'on ne ſe peut faire d'autres *chairs*, parce que les autres *chairs* ne ſont pas aſſez ſolides. Entre les *Mets* excellents, il y a une ſorte de *conſommé* qu'on appelle *Bourani*, nom qu'on dit qui vient d'une fille d'*Almaimon*, *Caliphe de Babylone*, qui l'inventa. Il eſt fait de *volailles* & d'*Orge mondé* réduits en *bouïllie*, avec diverſes ſortes d'*herbes*.

Pour dire quelque choſe de leur *Roti*, celui des *groſſes viandes* eſt fait au *four*, ou à la *poile*: & j'obſerverai d'abord, qu'ils ont une maniére de *Rotir à la poile des Moutons* entiers, des *Agneaux* & des *Chevreaux* dans leur propre jus, qui ſont fort excellens. Leur *Roti au four* ſe fait ainſi. J'ai dit que leurs *fours* ſont des *foſſes* en terre. Ils ſuſpendent un *Mouton*, ou un *Agneau* tout entier dans le *four*, pendu par le cou à une *broche* de fer, qui eſt ſur la bouche du *four*, mettant deſſous une *terrine* de terre qui ſert de *Lichefritte*. La *bête* s'y cuit également de tous côtez, ſans ſe brûler. Les *poiles* dans leſquelles on fait *Rotir* reſſemblent aux *poiles* à confire; & toute cette ſorte de *Roti* a fort bon goût. Les *Armeniens* ont une maniére de faire *rotir des Moutons* & des *Agneaux*, dans la *braiſe* en leur propre peau, comme des *Marrons*. Quand le *Mouton* eſt habillé, ils le remettent en ſa peau, qu'ils couſent bien, & puis ils le mettent dans la *braiſe*, & l'en couvrent. Le *Mouton* eſt toute une nuit à cuire, & n'eſt pas fort bon quand il eſt cuit.

Pour ce qui eſt du *Roti* fait à la broche, il eſt ſec, & ne vaut rien: auſſi ne *rotiſſent*-ils guères de groſſes piéces de cette maniére, leurs *chairs* n'étant pas aſſez pleines de ſuc pour y être miſes. Leur *Roti* ordinaire eſt fait de petits morceaux de *Mouton*, ou d'*Agneau*, trempez dans le *vinaigre*, le *ſel*, & l'*oignon*, embroché comme des *Allouettes*. C'eſt le plus excellent de leurs *Ragouts*, que ce petit *Roti*, & c'eſt ce qu'ils *Rotiſſent* d'ordinaire à la broche.

Je ne parlerai point ici des *Feſtins* des *Perſans*, en ayant décrit pluſieurs dans tout le cours de cet Ouvrage; je dirai ſeulement que ceux qui ſe font chez le Roi, ſont d'ordinaire à une heure après midi, au lieu que ceux qui ſe font chez le reſte du monde, ne ſont qu'à ſouper. Mais cependant les invitez ne laiſſent pas de venir dès neuf à dix heures du matin, & d'ordinaire ils s'excuſent en entrant
d'être

d'être venus si tard, en rejettant la faute sur quelque affaire survenuë. C'est que les *Festins* durent tout le jour en *Orient*, se passant à prendre du *Tabac*, à discourir, à dormir après le *diner*, à prier Dieu ensemble, à lire, ou à ouïr lire, & à reciter des vers, & à entendre de belles voix qui chantent, en une maniére de plein chant, les actions des anciens Rois de *Perse* dans des *Poëmes heroiques*, comme celui d'*Homere*. Les gens graves s'en tiennent-là, & ne donnent pas d'autre divertissement : mais les Cavaliers, & gens d'épée, font venir des bandes de *Danseuses*, qui representent en dansant & en chantant des maniéres d'*Opera*, où tout tend à exciter à l'amour, & où, vers la fin, on represente les plaisirs de l'amour d'une manière beaucoup trop libre. Ces *Baladines* sont des *Courtisanes*, qui font ce qu'on veut pour de l'argent. Chacune méne sa servante avec elle ; & celles qui ne sont pas en état d'être touchées, à cause de ce qui arrive aux femmes tous les mois, portent un *calleçon* de taffetas noir. C'est afin qu'on ne pense pas à elles, & sur tout qu'on ne les touche pas, parce qu'elles sont dans l'état de la souillure légale : & alors on les fait manger à part. Quand on sert le *souper*, on met les grands *plats* devant le principal convié : & après, le maître du logis le regarde, & lui dit, à demi bas, & avec des signes : *Monsieur c'est à vous d'en disposer.* Il répond par les mêmes signes, *qu'il desire que se soit pour toute l'assemblée.* J'observerai encore deux choses sur ce sujet. La premiere, qu'aux Festins c'est le Fils ou le Parent du logis qui fait l'office de Maître d'hôtel, & qui sert. La seconde, que les enfans du logis ne s'asseient jamais au Festin que quand ils sont mariez ; ce qui arrive d'ordinaire avant vingt ans. Les *Persans* appellent les Festins, *Megeles*, c'est-à-dire, *assemblée.*

On use beaucoup de *glace* en *Perse*, comme je l'ai observé. L'Eté, sur tout, chacun boit à la *glace* ; mais ce qui est remarquable, c'est qu'encore qu'à *Ispahan*, & même à *Tauris*, qui est plus Septentrional, le froid soit sec & penetrant, plus qu'en aucun endroit de *France*, ou d'*Angleterre*, la plûpart des gens boivent à la *glace* l'Hiver, comme l'Eté. La *glace* se vend sur les dehors de la ville, en des lieux découverts ; & voici comme ils font. Ils ouvrent une profonde fosse à fonds de cave, exposée au Nord ; & au devant, ils font des carrez profonds de seize à vingt pouces, comme autant de petits bassins. Ils les remplissent d'eau le soir, lors qu'il commence à

Tome II.

gêler, & le matin que tout est pris, ils le cassent & mettent en piéces, avec des rateaux, & mettent tous ces morceaux ensemble dans la fosse, où ils les cassent de nouveau en petits morceaux le mieux qu'ils peuvent ; car plus la *glace* est concassée, mieux elle prend. Puis on remplit de nouvelle eau ces carrez, comme la jour auparavant, on a soin de les arrouser avec des callebasses emmanchées ces *glaçons*, qui sont concassez dans la fosse, afin qu'ils prennent mieux ensemble. En moins de huit jours de ce travail continué, on a des *glaçons* épais de cinq à six pieds, & alors on amasse de nuit le commun peuple du quartier, qui, avec de grands cris de joye, avec des feux allumez sur le bord du fossé, & aux sons des instrumens pour les animer, descendent dans le fossé, tirent l'une sur l'autre ces masses de *glace*, qu'ils appellent *codrouc*, comme qui diroit *base*, ou *fondement*, & jettent de l'eau entre deux pour les faire prendre ensemble. Il arrive en six semaines de tems qu'une *glaciere* d'une toise, & plus, de profondeur, longue & large comme on voudra, est toute remplie de *glace* jusqu'au haut. La neige interrompt fort l'ouvrage, & donne bien de la peine ; mais dès qu'elle survient, on la jette & on la balie avec soin, parce qu'en se fondant elle fondroit aussi la *glace*. Quand la *glaciere* est remplie, on la couvre d'une sorte de jong marin, qu'on appelle *bizour*, qui se trouve en *Perse* sur le bord des eaux. L'Eté, quand on va ouvrir la *glaciere*, c'est une autre fête pour le quartier. On vend la *glace* par charge d'âne, dix-huit sols la charge, qui est faite de deux quartiers de *glace*, chacun de soixante livres pesant. C'est environ deux deniers la livre. Les morceaux & retailles de ces piéces de *glaces*, sont pour le peuple du quartier qui a aidé à travailler, & chacun vient le matin en prendre sa provision ; ce qu'il y a de plus remarquable & de plus agréable dans leur *glace*, c'est la beauté & la netteté. Vous n'y voyez pas la moindre saleté ni obscurité. L'eau de roche n'est pas plus claire, ni plus transparente. On conserve aussi de la *neige* dans les lieux où on le peut faire commodément, quoi qu'il y ait de la *glace* en abondance, ce qui se fait par délicatesse ; parce qu'ils trouvent la *boisson* plus agréable à la *neige* qu'à la *glace*, & sur tout le *Sorbet.*

I

CHA-

CHAPITRE XVI.

Des Liqueurs douces & fortes.

ON ne boit d'ordinaire que de l'*eau* & du *Caffé* en *Perse*. Le régal pour la *boisson* est le *Sorbet*, & les *Eaux de fruits* & de *fleurs*. Ils font admirablement bien le *Sorbet de Citron*, de *Mûres*, de *Cerises*, de *Grenades*. Ils usent beaucoup d'*Eau de saule brun*, faite des boutons que l'arbre produit au Printems, dont on donne aux malades tant qu'ils veulent, & fur tout aux febricitans, & des autres *Eaux* aussi à leur gré; il n'y a rien de plus rafraichissant. Ils boivent aussi de l'*Eau-rose* mêlée d'eau. L'*Eau-rose* est fort agréable en *Perse*. Elle ne sent point la *drogue*, comme chez nous, soit parce qu'elle est distillée sans *eau*, au contraire de la nôtre, soit par la nature de la *fleur*. L'on en transporte dans tout l'*Orient*, & l'on en charge des vaisseaux entiers pour les *Indes*. On la tire fort aisément en cette maniere: Ils mettent les *Roses* dans une grande *chaudiere*, & prennent pour *recipient* une autre grande *chaudiere*, mise en terre, & remplie d'*eau*, couverte d'un couvercle de bois, qu'ils luttent bien avec le marc des *Roses*. Le tuyau, qui passe de l'une à l'autre, n'est qu'une cane seiche. Ils mettent sur trois livres de *Roses* deux livres d'*eau*, & ils en tirent deux livres & demi d'*Eau-rose*. Ils tirent aussi un *Esprit* excellent de l'*Eau de saule*, qui sert aux parfums, & à se frotter le corps, & une *Essence de Roses*, dont ils tirent un carteron d'une livre de *Roses*. Ils tirent de plus une *Huile de Rose*, qu'ils appellent *Atre*, qui est une merveilleuse *Quinte-essence*, pour ainsi dire, & qui est fort chere: car de quarante livres pesant d'*Essence d'Eau-rose*, on tire à peine une demie dragme de cette *Huile*. On met pour cela l'*Essence de Rose* vingt-quatre heures à l'air dans une pleine cuve, où il vient à la fin fur la superficie une graisse de couleur brune, qui est cette *Huile*, laquelle on ramasse avec une paille. Les *Persans* préférent son odeur à celle de l'*Ambre-gris* préparé: & les *Indiens* aussi, qui l'appellent *Rougangulab*, c'est-à-dire, *Beurre*, ou *Huile d'Eau-rose*. Elle est aussi bien plus chere que l'*Ambre-gris*, & beaucoup plus rare. L'once en vaut quelquefois jusqu'à deux cens écus aux *Indes*.

Pour ce qui est du *Caffé*, c'est un *breuvage* trop connu pour en parler. J'ai rapporté dans mon *Voyage de Paris à Ispahan* quels sont ses effets. J'y renvoye donc le Lecteur, ou plû-tôt j'aime mieux le renvoyer à un petit Traité, intitulé, *du Thé, du Caffé, & du Chocolat*, composé par un de mes illustres, & plus intimes amis, Mr. *du Four*, de Lion, homme qui fait honneur à la profession du commerce, par son application aux belles connoissances, & particuliérement à celles qui regardent l'*Orient*: & par un autre excellent Ouvrage qu'il a donné au public, sous le titre d'*Instruction d'un Pere à un Fils*; mais comme je n'ai point encore parlé des *maisons* où l'on va boire le *Caffé* en *Perse*, je dirai ici comment elles sont faites.

Ces *maisons*, qui sont de grands *salons* spacieux & élevez, de differentes figures, sont d'ordinaire les plus beaux endroits des villes, parce que ce sont les rendez-vous & les lieux de divertissement des habitans. Il y en a plûsieurs où l'on voit des bassins d'eau au milieu, sur tout dans les grandes villes. Ces *salons* ont à l'entour des *estrades* ou *corridors* d'environ trois pieds de haut, & trois à quatre pieds de profondeur, plus ou moins, selon la grandeur du lieu, faits de massonnerie, ou de charpente, pour s'asseoir dessus, à la maniere *Orientale*. On les ouvre dès le point du jour; & c'est alors, & vers le soir, qu'il y a le plus de compagnie. On y boit le *Caffé*, fort proprement servi, fort vîte, & avec grand respect. On y fait conversation; car c'est là où l'on débite les nouvelles, & où les politiques critiquent le Gouvernement en toute liberté, & sans en être inquietez: le Gouvernement ne se mettant pas en peine de ce que le monde dit. On y joue à ces *jeux* innocens dont j'ai parlé, qui ressemblent au *damier*, à la *marelle*, & aux *échets*: & outre cela, il y a des recits en vers & en profe, que des *Molla*, ou des *Derviches*, ou des *Poëtes*, font tour à tour. Les discours des *Molla*, ou des *Derviches*, sont des leçons de Morale, & comme nos Sermons; mais ce n'est point un scandale de n'y être point attentif. On n'oblige personne à quitter son jeu ou sa conversation pour cela. Un *Molla* se met debout au milieu, ou à un bout du *Cahué kahné*, & commence à prêcher à haute voix: ou bien un *Derviche* entre tout d'un coup, & apostrophe la compagnie sur la vanité du monde, de ses biens & de ses honneurs. Il y arrive souvent que deux ou trois personnes parleront en même tems, l'un à un bout, l'autre à l'autre; & quelquefois l'un sera *Predicateur*, & l'autre un *Faiseur de contes*: enfin, il y a là-dessus la plus grande liberté du monde. L'homme serieux n'oseroit rien dire au plaisant:

fant : chacun fait fa harangue, & écoute qui veut. Les difcours finiffent d'ordinaire en difant : *C'eft affez préché, allez au nom de Dieu faire vos affaires.* Puis ceux qui ont fait de tels difcours, demandent quelque chofe aux affiftans, ce qu'ils font fort modeftement, & fans importunité ; car s'ils en ufoient autrement le *Maître du Cahué* ne les laifferoit plus rentrer, ainfi donne qui veut. Ces *maifons* étoient autrefois des lieux fort infames. On y étoit fervi & entretenu par de beaux garçons *Georgiens*, âgez de dix ans jufqu'à feize, habillez d'une maniére lafcive, avec des cheveux treffez comme les filles. On les y faifoit danfer, & repréfenter & dire mille chofes impudiques, pour exciter les fpectateurs, qui fe faifoient mener ces garçons chacun où il vouloit ; & c'étoit à qui auroit les plus beaux & les plus engageans ; de maniére que ces *maifons de Caffé* étoient de vrayes boutiques de *Sodomie*, ce qui caufoit bien de l'horreur aux gens fages & aux vertueux. *Caliphe Sultan*, Premier Miniftre d'*Abas fecond*, l'an 50. du fiécle paffé, porta le Roi, tout débauché qu'il étoit lui-même, à abolir cette pratique abominable, ce qu'il fit : & depuis on n'a rien vû de pareil en ces lieux-là.

Le *Vin* & les *Liqueurs enyvrantes* font défendues aux *Mahometans* ; cependant il n'y a prefque perfonne qui ne boive de quelque *Liqueur forte*. Les gens de Cour, les Cavaliers, & les débauchez boivent du *Vin* ; & comme ils le prennent tous comme un remede contre l'ennui, & que les uns veulent qu'il les affoupiffe, & les autres qu'il les échaufe & les mette en belle humeur, il leur faut du plus fort & violent, & s'ils ne fe fentent pas bien-tôt yvres, ils difent, *Quel vin eft cela? Damague dared ? il ne caufe pas de joye.* Cependant, comme ils ne font pas accoûtumez à boire du *Vin*, ils le boivent en rechignant comme on prend une medecine, & dès qu'ils font échaufez ils trouvent le *Vin* trop foible, il leur faut de l'*Eau de vie*, & la plus violente eft la meilleure.

On fait du *Vin* par toute la *Perfe*, hormis dans les lieux où il n'y a perfonne à qui il foit permis d'en boire, comme aux Païs où il n'habite ni *Chrétiens*, ni *Juifs*, ni *Guebres*, qui font les *Perfans Payens*. On fait le *Vin* excellent par tout où les gens s'entendent un peu à le faire. L'ufage en eft défendu par la *Loi Mahometane*, comme je viens de le dire. La tolerance qu'on a là-deffus dépend de l'humeur du Souverain, & du caprice, ou de l'avarice des Gouverneurs ; & c'eft ce qui empêche qu'on n'apprenne bien à faire le *Vin*, & qu'on n'ait les inftrumens propres. Le meilleur fe fait en *Georgie*, en *Armenie*, en *Medie*, en l'*Hyrcanie* Orientale, à *Chiras*, à *Yefd*, ville Capitale de la *Caramanie*. Le *Vin* d'*Ifpahan* étoit le pire de tous, avant que les *Europeans* délicats fe mêlaffent de le faire ; ce qui eft arrivé depuis quinze à vingt ans. On le faifoit de ce petit *Raifin* doux qui n'a point de pepins, & il étoit très-fumeux, rude à boire, & froid à l'eftomach, difoit-on. Les *Armeniens* imitent les *Francs*, & le mêlent avec de gros *Raifin*, de quoi ils font de fort bon *Vin*, & qui porte fort bien l'*eau*. Ils ne gardent pas le *Vin* dans des tonneaux, comme nous ; cela ne vaudroit rien en *Perfe*. La feichereffe de l'air ouvriroit, & le *Vin* en fortiroit ; mais en des *jarres*, ou *pitarres*, qui font des *urnes* hautes de quatre pieds, qui ont la figure ovale, comme un œuf, & qui tiennent communément deux cens cinquante à trois cens pintes. Il s'en trouve qui tiennent plus d'un muid. Les unes font verniffées en dedans : les autres font tout unies ; mais celles-ci ont une couche d'une drogue faite de graiffe de mouton purifiée, pour empêcher que la terre ne boive le *Vin*. On garde ces *jarres* dans la cave, au frais, comme nous faifons nos tonneaux, & même on enterre jufqu'au haut celles qu'on veut boire les dernières. J'ai ouï dire qu'on a en *France*, dans la Province de *Poitou*, de ces *jarres* ou *pitarres*, qu'on appelle *pones*. Les *Perfans* les appellent *komr*, mot *Arabe*, qui veut dire *vin*, & qui vient d'un verbe qui fignifie *mêler*, parce que le *vin* mêle & confoud l'entendement. Les *Arabes* donnent en revenche un nom honorable à la *Vigne*, ils l'appellent *Keram*, c'eft-à-dire, *liberal*, parce que le jus qui en fort porte à la *liberalité*, & aux belles actions. Le *Vin* fe conferve long-tems dans ces vaiffeaux, mais on ne fauroit dire combien il s'y pourroit garder, parce qu'on n'y en garde pas longues années, par la crainte des *Mahometans*, qui, quand il leur en prend envie, font brifer les vafes de *Vin* par tout, fans diftinction ; mais, fi l'on en croit *Strabon*, le *Vin* fe conferve dans ces vafes, durant trois generations, ce qui eft dire en quelque maniére à perpetuité. On le tranfporte communément en bouteilles, & en des *outres* poiffez : & quand l'*outre* eft bon le *Vin* ne fe gâte point du tout, & ne prend point du goût de l'*outre*. Comme les *Mahometans* trouvent que le *Vin* le plus fort eft le meilleur, ainfi que je l'ai obfervé, on met dans celui qu'on fait

I 2   *pour*

pour leur vendre de la *noix vomique*, du *chene-vis*, & de la *chaux*, afin de le rendre fumeux & plus enyvrant,

Pour les gens graves, qui s'abstiennent du *Vin* comme défendu & illicite de soi, quand même on n'en prendroit qu'une goute, ils s'échaufent & se mettent en humeur avec le *Pavot*, quoi qu'il enyvre beaucoup plus fort, & plus funestement que le *vin*. On fait divers aprêts, de cette drogue, apportée premierement dans l'usage en faveur des gens éminentes en dignité, pour temperer l'inquietude des grandes affaires. Le premier est le suc même de *Pavot*, qu'ils prennent en pillules, qu'ils appellent *achem begui*. On commence par en prendre gros comme la tête d'une épingle, puis successivement, & par degrez, jusqu'à la grosseur d'un poids, & on s'en tient-là, parce que d'en prendre davantage, ce seroit se donner la mort. Cette drogue est assez connuë en nos païs. Elle est narcotique au souverain degré, & un vrai poison. Les *Persans* trouvent qu'elle produit dans le cerveau des visions agréables, & une maniere d'enchantement. Ceux qui en ont pris, commencent à en sentir l'éfet au bout d'une heure. Ils deviennent gais: après ils pasment de rire, & ils font & disent en suite mille extravagances, comme des bouffons, & des plaisans; & cela arrive particulierement à ceux qui ont l'esprit tourné à la plaisanterie; l'operation de cette méchante drogue est plus ou moins longue à proportion de la dose, mais d'ordinaire elle dure quatre à cinq heures, non pas à la verité de la même force. Après l'operation, le corps devient froid, morne, & stupide, & demeure en cet état languissant & assoupi, jusqu'à ce qu'on reprenne une autre pilule. Un Superieur des *Missionnaires Carmes d'Ispahan*, nommé le P. *Ange de St. Joseph*, homme éclairé dans la *Medecine*, comme en beaucoup de *Sciences*, voulant connoître plus particulierement l'éfet de ce jus tant renommé, en prit une pillule du tems que j'étois en cette ville. Il nous contoit après qu'il s'en trouvoit forcé de rire, & de dire malgré lui force sottises; qu'il voyoit des fantômes & mille chimeres lui passer devant les yeux, qui lui paroissoient grotesques & le divertissoient merveilleusement, à ce qu'il nous assuroit, de quoi il ne sentit point de mal en suite. Mais pour peu qu'on s'habitue à ces pillules de *Pavot*, on ne s'en peut plus passer, & si l'on est un jour sans en prendre, il y paroît & sur le visage & à tout le Corps, qui tombe en une langueur qui fait

pitié. C'est bien pis pour ceux en qui l'habitude de ce poison est inveterée; car l'abstinence leur en devient mortelle. Sur quoi on rapporte qu'un homme qui y étoit fort accoutumé depuis longues années, étant allé se promener à cinq lieuës seulement de son logis sans prendre sa boëte de pillules, l'heure ordinaire d'en prendre étant venue & ne trouvant point sa boëte sur soi, il monta à cheval & se mit à courir au galop pour arriver plus vite au logis, mais la force lui manqua à mi-chemin, & il mourut. Le *Gouvernement* a taché plusieurs fois d'empêcher l'usage de cette Drogue, à cause de ses funestes effets dont tout le Royaume se sentoit, mais on n'en a jamais pû venir à bout, car c'est une inclination si génerale, que de dix personnes à peine en trouvera-t-on une exempte de cette méchante habitude. Il en faut pourtant excepter ceux qui boivent du *vin*. On dit qu'il n'y a que le *vin* qui puisse suppléer l'*Opium*, lors qu'on y est accoutumé; c'est pourquoi lors qu'on veut deshabituer quelqu'un de cette funeste drogue, on lui ordonne le *vin*; mais comme d'ordinaire cela ne satisfait pas ces gens, parce que le *vin* n'est pas d'une aussi forte operation, il faut qu'ils reviennent à la drogue, & ils disent que sans cela ils n'auroient point de plaisir au monde; & qu'ils aimeroient mieux en sortir. Il est fort certain que si l'on vouloit quitter l'*opium* tout d'un coup, on mourroit. Ceux qui y sont adonnez ne parviennent jamais à une grande vieillesse, & outre qu'ils sont dès l'âge de cinquante ans incommodez de douleurs dans les nerfs, & dans les os, nées de la malignité de ce poison lent, ils ont encore l'esprit si languissant qu'ils n'osent se montrer que quand la drogue les agite. Les gens qui veulent se faire mourir en prennent un morceau gros comme le pouce, & avalent un verre de vinaigre par dessus. Il n'y a point de moyen de sauver un homme après cela; nul contrepoison n'y sert. On en meurt sans peine, & en riant. C'est aussi la menace ordinaire que font les gens qu'on pousse à bout. *Je prendrai de l'Afium*; ce mot d'*Afium*, que les *Persans* donnent à cette drogue, & dont nous avons fait celui d'*Opium*, signifie dans son origine, *affoibli de sens*, parce que l'usage immoderé de ce suc affoiblit l'*esprit* & les *sens*. On l'appelle aussi *Tériac*, qui veut dire *cordial*, & ceux qui en prennent *Teriaki*, ce qui est une injure en *Perse*, comme chez nous celle d'*yvrogne*.

2. Il y a la *Décoction* de la *Coque* & de la graine.

graine de *Pavot*, qu'on nomme *Cocquenar*, dont il y a des *Cabarets* dans toutes les villes, comme de *Caffé*. C'est un grand Divertissement de se trouver parmi ceux qui en prennent dans ces *cabarets*, & de les bien observer, avant qu'ils ayent pris la dose, avant qu'elle opere, & lors qu'elle opere. Quand ils entrent au *cabaret*, ils sont mornes, défaits, & languissans. Peu après qu'ils ont pris deux ou trois *tasses de ce breuvage*, ils sont hargneux, & comme enragez, tout leur déplait, ils rebutent tout, & s'entrequerellent: mais dans la suitte de l'operation, ils sont la paix, & chacun s'abandonnant à sa passion dominante, l'amoureux de naturel conte des douceurs à son idole; un autre demi-endormi rit sous cape; un autre fait le rodomont; un autre fait des contes ridicules, en un mot, on croiroit alors se trouver dans un vrai hôpital de fous. Une espece d'assoupissement & de stupidité, suit cette gayeté inégale & desordonnée; mais les *Persans*, bien loin de la traitter comme elle merite, l'appellent une extase, & soûtiennent qu'il y a quelque chose de surnaturel & de divin en cet état-là. Dès que l'effet de la *Décoction* diminuë, chacun sort & se retire chez soi.

3. Il y a l'*infusion* de la *graine de Pavot*, avec celle de *chenevis*, de *chanvre*, & de *noix vomique*. Cette *Infusion*, qu'on appelle *bueng*, & *Poust*, est beaucoup plus forte que les autres. Elle jette, selon la dose qu'on en prend, en une démence boufonne & gaye, & en peu de tems elle hebete tout-à-fait; aussi est-elle nommément interdite par la Religion. Les *Indiens* s'en servent communément sur les *Criminels d'Etat*, à qui on ne veut pas ôter la vie, afin qu'elle leur ôte l'esprit, & sur les enfans du sang royal, qu'ils veulent rendre incapables de regner. Ils disent que cela est moins inhumain que de les faire mourir, comme en *Turquie*, ou de les aveugler comme en *Perse*. Les *Tusbecs* ont trouvé l'invention de prendre cette graine en fumée, mêlée parmi le *Tabac*; & ils en ont apporté la mode en *Perse*. Elle n'est pas si nuisible de cette sorte. Le *Bueng* des *Indes* est plus simple que celui dont je parle, mais il ne laisse pourtant pas d'avoir des effets aussi funestes. Ce n'est que le *chanvre* tout pur, la graine, l'écorce & les feuilles broyées & infusées ensemble sans graine de *Pavot*. Souvent même on n'y met que les feuilles, & l'apprêt en est bien facile, car on ne fait que broyer la feuille en un mortier de bois avec un peu d'eau: & quand elle est pulverisée, & l'eau épaissie, on la boit. Les *Mahometans* seuls en usent, & certaines sectes d'*Indiens*; les *Banjans* en tenant l'usage interdit, à cause de ses malins effets sur l'esprit. Mais dans toutes les Sectes il n'y a que les gens de néant qui en boivent, particulierement les gueux & les mandians. Ceux-là ne manquent jamais d'en prendre une fois par jour, à moins qu'ils ne voyagent; car alors ils en prennent trois à quatre fois, la vertu de ce *breuvage* les rendant plus vigoureux & plus dispos à marcher. Je viens de dire qu'il y a des *cabarets* en *Perse* pour ce *breuvage*, comme pour le *caffé*; On n'y va gueres le matin, mais sur les trois à quatre heures après midi, vous le voyez pleins de gens qui cherchent dans cet enivrement, une trêve à leurs ennuis, & une trêve à leur misere. L'usage en est mortel avec le tems, comme de l'*Opium*, mais il l'est en moins de tems dans les païs les plus froids; sa qualité maligne y amortissant davantage les esprits. L'usage continuel que l'on en fait pâlit le teint, & affoiblit merveilleusement le corps & l'esprit; & quand l'operation est passée, la personne qui auparavant ne cessoit de rire, de plaisanter, de se mouvoir, tombe de tout son haut, & ressemble à un mourant. Une heure ou deux après, il revient à lui peu à peu. L'habitude de cette drogue est encore aussi dangereuse que de l'*Opium*, les gens qui sont habituez à ce breuvage ne pouvant plus s'en passer, & en étant si dépendans qu'ils mourroient si on les en privoit.

La graine de *Chanvre* a plus de vertu que la feuille, & l'écorce en a plus aussi. L'an 1678. que j'étois à *Surat*, deux Dames *Angloises* étant un jour à la fenêtre, virent un *fakir*, ou *Mendiant*, piler de cete feuille enyvrante. Il leur prit envie d'en goûter, attirées par la couleur de cette drogue, qui est d'un beau verd, ou par un de ces appetits extravagants, qui prennent quelquefois aux femmes. Un de leurs serviteurs leur en aporta à chacune un petit verre, & pour corriger la force de la drogue il y mêla du sucre & de la canelle pilée. Elles sentirent au bout de trois ou quatre heures cette yvresse folle & plaisante, que ce *breuvage* produit immanquablement. Elles rioient toûjours, elles vouloient danser, & elles firent des contes extravagans jusqu'à ce que la drogue eût cessé d'operer.

Il y a une autre *Decoction enyvrante*, qui est aussi interdite par la *Religion Mahometane*, & même plus que les autres, parce que son effet est encore plus nuisible, & plus prompt que les *decoctions de Pavot*. Les *Persans* l'ap-

pel-

pellent *Tchorié*. Elle eſt faite d'une fleur qui reſſemble à celle de *cheneviere*.

Le *vinaigre* de *Perſe* ne ſe fait pas de *vin*, car le *vin* y eſt interdit, mais de *Raiſin*, de *jus de Grenade*, d'*eau de Saule* & d'*eau de Palmier*, dans les lieux où cet arbre croît.

Je mets l'*huile* au nombre des *Liqueurs*. Il y en a de pluſieurs ſortes en *Perſe*. 1. Il y a celle d'*Olive*, qui eſt rare, à cauſe qu'on n'en fait que dans la Province d'*Hircanie*, & qui ne vaut pas grand' choſe, parce qu'on la fait mal, & qu'elle ſe gâte encore par le tranſport, dans lequel elle devient épaiſſe & noirâtre. Les *Oliviers* de cette Province ſont extraordinairement gros, ce qui vient de ce que le peuple en les plantant en met d'ordinaire trois à quatre joignant l'un l'autre, qui avec le tems s'uniſſent & ne font qu'une tige, ce qui eſt une induſtrie venue de *Meſopotamie*, où l'on plante ainſi divers petits *Oliviers* tordus enſemble, qui en croiſſant s'uniſſent & ne font qu'un arbre d'une groſſeur prodigieuſe. Les *Perſans* ne ſe ſoucient point d'*huile d'olive*, en ayant de pluſieurs autres ſortes très-aiſément & de fort bonne. La plus délicate eſt celle qu'ils appellent *ardé*, qui eſt fort douce, du plus beau jaune du monde & claire comme de l'eau. On la fait d'une graine dite *Koncheck*, dont la fleur eſt *Orangeatre*, & qu'on tient être le ſaffran ſauvage. L'*huile de Chirbac* eſt plus commune, mais elle n'eſt pas ſi bonne que celle d'*Ardé*, & elle devient forte en peu de jours. On la tire d'une graine nommée *gongeth*, que quelques uns croient être le *Seſame*. Outre ces *huiles* à manger, ils ont celles à brûler, qui ſont l'*huile de noix*, & l'*huile* d'une graine ſemblable à une petite feve que les *Perſans* appellent *Kechak*, & *Badingil*, qu'on dit être le *Ricinus* ou *Ricinum Americanum*, ou le *Palma Chriſti filici*. Ce nom de *Kechak*, que les *Perſans* lui donnent, eſt vrai ſemblablement le même nom que *Kiké*, qu'*Herodote* dit que les Egyptiens donnoient à la graine dont ils faiſoient cette ſorte d'huile, qu'il dit auſſi que les *Grecs* appelloient *Pria*. Toute l'*Aſie* eſt pleine de ce *faſeole*, lequel vient à une plante communément haute d'un pied, mais qui vient haute au double dans le terroir d'*Iſpahan*, où l'on en trouve des champs remplis. Sa couleur eſt le gris-blanc, tachettée de points & de traits noiratres, qui forment une feuille comme celle de *Perſil*. La peau de ce *faſeole* eſt déliée comme celle de la *noix* : & elle s'ouvre en deux comme les autres *feves* & comme les *amandes*. *Dioſcoride*, & ſes *Commentateurs*, diſent, que

cette graine croît ſur un arbre ; mais c'eſt une grande erreur ; de même que ce que quelques uns de nos livres de voyage nous diſent, qu'on en tire l'*huile* en la faiſant bouillir. On la tire au moulin qu'un cheval ou un bœuf fait tourner. Le Moulin eſt compoſé de deux meules plus petites que les nôtres, & qui n'ont que trois piez de diametre : celle de deſſus a un trou par où on jette ces feves, une à une, & celle de deſſous un petit tuyau ou canal, pour écouler la liqueur. Cette *huile* de *Ricinum* eſt épaiſſe & noiratre, & en la brulant, puante & pleine de fumée. Ce qui eſt, peut-être, la raiſon de ce que les *Portugais* l'appellent, *fleur d'Enfer*. Il n'y a que les pauvres gens qui s'en ſervent.

Enfin, on a en *Perſe* l'*huile de Naphte*, que nous appellons *larme de Maſtic*, dont les *Perſans* ſe ſervent à brûler, & dont ils ſe ſervent auſſi à la *Peinture* & dans le *Vernis*, comme nous faiſons. La meilleure vient de l'*Hyrcanie* & de la *Medie Septentrionale*, ſur le bord de la *Mer Caſpienne*. Cette liqueur diſtille des Rochers, claire & liquide, comme l'eau, & s'épaiſſit dans la ſuite, conſervant ſa blancheur plus ou moins, ſelon l'expoſition des rochers d'où elle ſort ; car de ceux qui ſont expoſez au *couchant* & au *Nord*, l'huile en demeure toûjours blanche ; au lieu que celle qui ſort des autres s'obſcurcit avec le tems.

CHAPITRE XVII.

Des Arts Mécaniques & Mêtiers.

AVant que de traiter des *Arts* & *Métiers*, chacun en détail, je ferai cinq obſervations générales par rapport au ſujet ; trois ſur le génie des Peuples *Orientaux*, pour faire connoître ce qu'ils ſavent & ce qu'ils ſont capables d'apprendre, en tout ce qui appartient aux *Arts* & à l'induſtrie des hommes ; une autre enſuite ſur la methode des *Artiſans* de l'*Orient* : & une autre enfin ſur la police des *Artiſans* de *Perſe*.

La premiére Obſervation, c'eſt que les *Orientaux* ſont d'eux-mêmes mous & pareſſeux. Ils ne travaillent & n'ont de deſir que pour le néceſſaire. Tous ces beaux Ouvrages de *Peinture*, de *Sculpture*, de *Tour*, & tant d'autres, dont la beauté conſiſte dans l'imitation juſte & naïve de la Nature, n'ont point de prix chez ces peuples *Aſiatiques*. Ils croyent que parce que ces piéces ne ſont proprement d'aucun uſage pour les beſoins corporels, elles lés ne meritent point d'être recherchées. En un mot, ils ne comptent pour rien la *façon* des beaux ouvrages. Ils n'en confidérent que la matiere. Cela fait que leurs *Arts* font encore fi peu cultivez; car au refte ils ont de bons efprits, pénétrans, patiens, & ouverts, qui réüffiroient à merveille, fi l'on les payoit liberalement.

La feconde Obfervation, c'eft qu'ils ne font point avides d'inventions nouvelles & de découvertes. Ils croyent poffeder tout ce qu'il faut pour les néceffitez, & pour les commoditez de la vie, & s'en tiennent-là, aimant mieux achetter plufieurs chofes des étrangers, & dépendre d'eux par-là, que d'apprendre l'*Art* de les faire. On fait quel emploi les *Turcs* & les *Perfans* font d'*Horlogerie*, particuliérement les *Turcs*: le débit qui s'en fait à *Conftantinople* feulement, n'étant pas moins que pour *cent cinquante mille écus* par an, comme je le fai très-bien. Cependant les *Turcs* ne fe mettent point à apprendre ce métier, qu'ils voyent fi lucratif, ni la *Papeterie*, quoi que d'une néceffité indifpenfable, ni tant d'autres *Métiers* femblables. En *Perfe* non plus, il n'y a pas un homme du païs qui fache bien racommoder une *Montre*. Ils ont cent fois défiré en ce Royaume d'avoir des *Imprimeries*. Ils en reconnoiffent l'utilité, & la néceffité; ils en voyent l'avantage, & le profit; cependant perfonne ne fe met à en dreffer une. Le frere du *Grand-Maître*, homme très-favant, & favori du Roi, l'an 1676. me vouloit engager à faire venir des ouvriers pour leur enfeigner ce bel *Art*. Il fit voir à Sa Majefté des *Livres Arabes* & *Perfans* imprimez, que je lui avois donnez. L'accord étoit fait, mais quand ce vint à compter l'argent tout fut rompu. Aux *Indes* pareillement, on fe fert fort de *Canon*. Toutes les places en font garnies; toutes les armées en meinent. Les grands Trains même, conduifent avec eux de l'*Artillerie*, tant de fer, que de fonte. Cependant la *fonderie*, leur eft encore inconnuë: & ils aiment mieux tirer leurs *Canons* de l'*Europe*, que d'employer tant d'*Europeans* & de *Turcs*, qui fe préfentent journellement pour en fondre.

La troifiéme Obfervation, c'eft que la temperature des climats chauds énerve l'efprit comme le corps, diffipe ce feu d'imagination néceffaire pour l'invention, ou pour la perfection dans les *Arts*. On n'eft pas capable en ces climats-là de longues veilles, & de cette forte application, qui enfante les beaux ouvrages des *Arts liberaux*, & des *Arts mécani-*

ques; de-là vient auffi, que les connoiffances des peuples de l'*Afie* font fi limitées, & qu'elles ne confiftent gueres qu'à retenir & qu'à repeter ce qui fe trouve dans les Livres des Anciens: & que leur induftrie eft brute, & mal défrichée, pour ainfi dire; c'eft feulement dans le *Septentrion* qu'il faut chercher les *Sciences* & les *Métiers* dans la plus haute perfection.

L'Obfervation que je veux faire enfuite fur la méthode des *Artifans* de l'*Orient*; eft qu'il leur faut peu d'outils pour travailler. C'eft affurément une chofe incroyable en nos païs, que la facilité avec laquelle ces ouvriers s'établiffent & travaillent. La plûpart n'ont ni *Boutiques*, ni *établis*. Ils vont travailler par tout où on les mande. Ils fe mettent dans un coin de Chambre, à plâte terre, ou fur un méchant tapis: & en un moment vous voyez l'établi dreffé, & l'ouvrier en travail, affis fur le cû tenant fa befogne des pieds, & travaillant des mains. Les *Étameurs*, par exemple, à qui il faut tant de chofes en *Europe* pour travailler, vont en *Perfe* travailler dans les maifons fans qu'il en coute un double davantage. Le *Maître*, avec fon petit *apprentif*, apporte toute fa *Boutique*, qui confifte en un *fac de Charbon*, un *foufflet*, un peu de *foude*, du *fel Armoniac* dans une *corne de bœuf*, & quelques petites piéces d'*Étain* dans fa poche. Quand il eft arrivé, il dreffe fa *Boutique* par tout où vous voulez, en un coin dè Cour, ou de jardin, ou de cuifine, fans avoir befoin de *cheminée*. Il fait fon feu proche d'un mur, afin d'y appuyer fa *vaiffelle*, quand il la fait chaufer: il met fon *foufflet* à plâte terre & en couvre le *Canon* d'un peu de *terre détrempée* & accommodée en voute; & puis il travaille, comme s'il étoit dans la plus grande & la plus commode *Boutique*. Les *Orfevres* en *Or* & en *Argent*, comme les autres, vont auffi travailler par tout où on les mande, quoi qu'il femble que les outils qu'il leur faut, foient moins aifez à remuer. Ils portent une *forge* de terre, faite prefque comme un *réchaud*, mais un peu plus haute. Le *foufflet* n'eft qu'une fimple *peau de Chevreau*, avec deux petits morceaux de bois à un bout, pour fermer l'ouverture par où l'air entre: & quand ils s'en veulent fervir, ils attachent un petit *Canon* à l'autre bout, qu'ils fourrent dans la *forge*, & foufflent de la main gauche; ils tirent ce *foufflet* plié comme un fac, hors d'un fac de cuir qui leur fert de peau à limer, dans lequel ils ferrent auffi une *pincette*, une *lingotiere*, une *filiere*, une *enclume*, un *marteau*,

des

des *limes*, & d'autres petits *outils*. Le *Maître* porte le fac, & l'*apprentif* la *forge*, & on
les voit aller en cet état par tout d'où on les
envoye querir, & s'en revenir le foir avec
leur *Boutique* fous le bras. Quand l'*ouvrier*
veut fondre, il fait fes *creufets* à mefure qu'il
en a befoin : & quand il veut travailler, il attache fa *peau* à fa *forge*, & met fon *enclume*
en terre proche de lui, & travaille fur fes genoux. La raifon pour laquelle on fait travailler les *ouvriers* chez foi, c'eft parce qu'on ne
fe fie pas à eux, & afin de voir foi-même
s'ils font les chofes comme on l'entend.

Quant à la *Police des Artifans de Perfe*,
qui fera une cinquiéme Obfervation ; les *Métiers* ont chacun leur *Chef*, pris du corps du
Métier, lequel eft mis par le Roi ; & c'eft là
toute leur *Oeconomie* ou *Police*. Ils ne font
pourtant point de *Corps*, à proprement parler ;
car ils ne s'affemblent jamais. Ils n'ont ni
Gardes, ni *Vifiteurs* ; mais ils ont feulement
quelques coûtumes que le *Chef* du *Métier* fait
obferver, comme celle-ci, qu'il y ait toûjours une certaine diftance entre les *Boutiques*, & les *Artifans* de même *Métier*, excepté
dans les endroits qui font particuliérement
deftinez à une forte d'ouvrage. Quiconque
veut lever *Boutique* d'un métier, va au *Chef
du Métier*, donne fon nom & fa demeure
qu'on enregître, & paye quelque petit droit.
Le *Chef* n'examine nullement ni de quel païs
eft l'*Artifan*, ni de quel *Maître* il a appris fon
Métier, ni s'il le fait bien. Les *Métiers* auffi
n'ont point de bornes marquées, pour empêcher que l'un n'anticipe fur l'autre. Un
Chauderonnier fait des baffins d'*Argent*, fi on
lui en donne à faire. Chacun entreprend ce
qu'il veut, on ne s'intente point de procès
pour cela. Il n'y a point auffi d'engagement
d'*apprentiffages*, & on ne donne rien pour apprendre le *Métier*. Au contraire, les *garçons* qu'on met en *Métier* chez un *Maître*,
ont des gages, dès le premier jour. On fait
marché entre le *Maître* & l'*apprentif* à tant
par jour la première année, deux liards, ou
un Sol, par jour, felon l'âge de l'*apprentif*,
& la rudeffe du *Métier* ; & ces gages s'augmen-
tent avec le tems, & felon que l'*apprentif*
réüffit. La chofe eft toûjours, comme je
dis, fans engagement reciproque à l'égard du
tems ; le *Maître* étant toûjours en liberté de
mettre fon *apprentif* dehors, & l'*apprentif* de
fortir de chez fon *Maître*. C'eft bien-là qu'il
faut *dérober la Science*, car le *Maître* fongeant
plus à tirer du fervice de fon *apprentif* qu'à
l'inftruire, ne fe peine pas beaucoup après lui,

mais l'employe feulement par rapport à l'utilité qu'il peut retirer. Les *Métiers* font obligez aux *corvées du Roi*, c'eft-à-dire à travailler pour le fervice de Sa Majefté, lorfqu'on
le leur commande, & les *Métiers* qu'on n'employe pas à ces *corvées*, comme les *Cordon-
niers*, les *Bonnetiers*, les *Chauffetiers*, payent
un droit à la place, qu'on appelle *Cargh Padcha*, c'eft-à-dire, *la dépenfe du Roi*.

Je viens à préfent aux *Arts* & *Métiers*
en détail, commençant par l'*Agriculture*.
J'ai obfervé ci-deffus le mot de jeune *Cyrus*,
que la *Perfe* eft fi grande, que l'Hiver &
l'Eté y font à même tems. On n'aura
donc pas de peine à croire, ce que je vai dire, qu'on y *feme*, & qu'on y *moiffonne* à même tems. Mais ce qui eft remarquable,
c'eft que cette grande diverfité fe voit à fix
vingts lieuës de diftance feulement. J'obfervois à loifir cette admirable varieté l'an 1669.
venant du *Sein Perfique* à *Ifpahan*, dans le
mois de Février. Après trois ou quatre jours
de marche d'*Ormus*, à *Lar*, dans la *Caramanie*, je trouvois qu'on *coupoit* le bled. Paffant plus loin, je le voyois de jour en jour
éloigné de la *maturité* : & enfin à vingt jours
par delà je le voyois *femer*. La *moiffon* fe fait
au mois de Juin à *Ifpahan*, qui eft comme le
cœur du Royaume ; mais comme la *fertilité
des Terres* dépend principalement de l'eau
dans prefque tout le Royaume, je dirai, avant
que de paffer outre, comment les *Perfans*
en trouvent & comment ils en font la diftribution.

On diftingue en *Perfe* de quatre fortes d'*Eau*,
deux fur terre, qui font celles de riviere, &
celles de fource : & deux fous terre favoir celle des puits, & celle des conduits fouterrains,
qu'ils appellent *Kerifes*. Ils creufent au pié
des Montagnes pour trouver de l'eau ; & lors
qu'ils en ont trouvé un filet, ils le conduifent par des canaux fouterrains, huit à dix
lieuës loin, & quelquefois bien davantage,
les tirant de païs haut en païs bas, afin que
l'eau coule mieux. Il n'y a pas de peuple au
monde qui fache fi bien menager l'*eau* que les
Perfans. Ces conduits, ou canaux, font
quelquefois creux de dix à quinze toifes : j'en
ai vû d'auffi profonds. On les mefure aifément, parce qu'à diftance 'de huit en huit
toifes, on y voit des foupiraux, dont le diametre eft grand comme nos puits. Un de mes
voifins d'*Ifpahan*, fils du *Vizir de Coraffon*,
qui eft l'ancienne *Baftrianne*, me difoit fouvent, que fon Pere avoit trouvé dans les re-
gîftres de la Province, qu'il y avoit eu autrefois

fois quarante deux mille *Kerifes*, & qu'il en avoit vû dont les puits étoient fans fonds, & qu'on difoit avoir de profondeur fept cens cinquante *guezes*. La *gueze* eft l'*aune Perfanne*, qui eft de trente quatre pouces. Cela feroit trois cens cinquante-quatre toifes de profondeur, ce qui eft incroyable. Cependant on peut inferer de là, quel eft le nombre de ces canaux par tout le Royaume, & l'art admirable que l'on a à les faire. On me contoit auffi en *Medie*, que depuis foixante ans feulement, le nombre des canaux foûterrains dans la Province étoit diminué de quatre cens. Il n'y a affurément point de Nation au monde qui fache fi bien miner & faire des chemins fous terre que les *Perfans*. Ces canaux foûterrains font d'ordinaire de huit à neuf pieds de profondeur, & de deux à trois pieds de largeur.

Outre l'*eau* des fleuves & des canaux, ils ont celle des puits prefque par tout le Royaume. On en tire l'*eau*, avec des bœufs, dans de gros feaux de cuir, qui tiennent d'ordinaire le poids de deux cens à deux cens cinquante livres. Ce feau a une gorge en bas de deux à trois pieds de long, & de demi pied de diametre, qu'une corde repliée vers le haut du puits tient toûjours élevée, pour empêcher l'*eau* de fortir par le bout. Le bœuf tire ce feau par une groffe corde, qui tourne fur une roue planie de trois pieds de diametre, attachée au haut du puits comme une poulie, & l'amene à un baffin joignant, où il fe vuide par cette gorge, & d'où l'*eau* eft diftribuée en fuite dans les terres. Il faut obferver, qu'afin que le bœuf tire plus aifément, on le fait tirer de haut en bas en une defcente de quelque trente degrez fous l'horifon, le jardinier s'affeyant fur la corde, ce qui le foulage lui-même dans fon travail, & foulage également le bœuf; de maniere que cet art, tout ruftique qu'il paroît, eft commode & de peu de dépenfe, ne requerant qu'un homme feul pour en faire l'ufage.

Pour ce qui eft de la diftribution de l'*eau* des rivieres & des fources, on la fait par femaine, ou par mois, felon le befoin, en cette maniere: On met fur le canal qui conduit l'*eau* dans le champ une taffe de cuivre, ronde, fort mince, percée d'un petit trou au centre, par où l'*eau* entre peu à peu, & lors que la taffe va au fonds la mefure eft pleine, & on recommence, jufqu'à ce que la quantité d'*eau* convenuë foit entrée dans le champ. La taffe eft d'ordinaire entre deux à trois heures à s'enfoncer. Cette invention fert auffi

Tome II.

à mefurer le tems en *Orient*. C'eft l'*Horloge* & le *Cadran* unique en plufieurs endroits des *Indes*, fur tout dans les Fortereffes, & dans les maifons des Grands, où l'on fait la garde. Les jardins payent tant par an pour avoir de l'*eau* tant de fois par mois: l'*eau* ne manque point d'être envoyée au jour nommé, & alors chacun ouvre le canal de fon jardin pour y recevoir l'*eau*: comme on arrofe tout un canton à la fois, il n'y auroit rien de plus aifé que de faire entrer plus d'*eau* dans fon jardin, & de la détourner du jardin d'un autre; mais c'eft ce qui fait auffi, que cette forte de fraude eft fort défendue, & que le crime de l'avoir commife eft févérement puni. Pour mieux entendre cette diftribution d'*eau*, il faut favoir que chaque Province a un Officier établi fur les *eaux* de la Province, qu'on appelle *Mirab*, c'eft-à-dire, *Prince de l'eau*, qui régle cette diftribution par tout, avec grande exactitude, ayant toûjours fes gens aux courans des ruiffeaux pour les faire aller de canton en canton, & de champ en champ, felon fes ordres. C'eft un office fort lucratif. Celui d'*Ifpahan*, par exemple, tire de fa charge quatre mille *tomans* par an, qui font foixante mille écus, fans ce que fes fubdeleguez amaffent pour eux. Les terres & les jardins de cette ville Royale, & des environs, payent vingt fols l'année au Roi par *girib*, qui eft leur mefure de terre ordinaire, laquelle eft moindre qu'un arpent; ce n'eft que pour avoir de l'*eau* de riviere, ou de fource; car pour les autres on ne paye rien. Outre ce droit de vingt fols par *girib*, il y a les préfens ordinaires, & extraordinaires, qu'il faut faire au *Mirab*. Par exemple, lors qu'on manque d'*eau*, il faut s'en aller plaindre à lui, & il répond d'ordinaire qu'il n'y a point d'*eau* dans le païs; mais dès qu'on lui fait un préfent, chofe qu'on ne manque pas de faire, pour ne pas perdre les fruits & la moiffon, on eft fûr d'avoir de l'*eau* fuffifamment. Le prix eft different de l'*eau* de riviere, & de l'*eau* de fource; celleci étant à meilleur marché que l'autre, parce qu'elle n'eft pas fi limoneufe, ni fi douce.

Le *labour* fe fait avec un *foc* tiré par des *bœufs* maigres; (car les bœufs de *Perfe* n'engraiffent pas comme les nôtres) attachés non par les cornes, mais avec un arceau, & le poitrail. Ce *foc* eft fort petit, & le *coutre* qui ne fait qu'écorcher la terre, pour ainfi dire: à mefure que les *fillons* font tirez, les *laboureurs* rompent les *mottes*, avec des groffes *maillottes* de bois, & avec la *herfe*, qui eft petite, & a de petites dents, & puis avec la *beche*,

K

che, ils uniffent la terre, & la mettent en *car-rez*, comme des parterres de jardin, y faifant de *rebords* hauts d'un pied, plus ou moins, felon qu'il lui faut donner de l'*eau*. La me-furè d'*eau*, qu'il faut donner aux carrez, c'eft qu'il y en ait affez pour qu'un canard y puiffe nager, & c'eft de cette maniere que l'on en donne aux jardins toutes les femaines.

Le *grain* le plus ordinaire en *Perfe* eft le *froment*, qu'ils ont très-beau & très-pur; l'*or-ge*, le *ris*, & le *millet*, dont ils font du *pain* en quelques endroits, comme en *Courdeftan*, lors qu'il arrive que leur *grain* eft fini avant la recolte. Ils ne cultivent point l'*avoine*, ni le *feigle*, excepté où il y a des *Armeniens*, qui font du *feigle* pour les meneftres de Carême. Le *ris* eft l'aliment le plus univerfel du Païs, & le plus délicieux, comme je l'ai obfervé. Les *Perfans* admirent que nos grands Sei-gneurs n'en vivent pas, & ils difent là-deffus que Dieu nous a caché le plus pur & le plus délicieux aliment de la nature. Ce *grain* vient en trois mois de tems, quoi qu'on le tranf-plante après qu'il eft monté en herbe; car d'abord on le feme comme les autres *grains*, puis on le tranfplante épi à épi dans une ter-re fort imbibée & limoneufe. Il faut toûjours entretenir l'*eau* fur les champs de *ris*: & c'eft ce qui rend l'air mal-fain aux païs où on le cultive, à caufe qu'il s'engendre une infinité d'infectes en cette eau bourbeufe, comme crapauts & autres: & lors qu'on veut faire meurir le *ris*, il faut lui ôter l'*eau*, & mettre le champ à fec: & alors ces infectes meurent & empuantiffent l'air extrémement. En huit jours que le *ris* eft à fec il devient mûr.

Outre l'*Irrigation*, dont les *Perfans* fe fer-vent à la culture de la terre, ils ont la *Sterco-ration*, fi eftimée des *Romains* dans le labou-rage. C'eft avec quoi on engraiffe les terres en *Perfe*, au lieu de *fumier*, qu'on employe pour la litiere des chevaux, comme je l'ai obfervé. Les villageois ramaffent avec foin les immondices des villes, qu'ils chargent dans des facs, fur des bourriques, & s'en re-tournent chez eux, ce qui ne leur coûte pas grand' chofe, puis que fans cela ils s'en re-tourneroient à vuide. Il n'y a point en *Perfe* d'égouts publics, chaque maifon a le fien, d'ordinaire à côté de fon logis, en un trou profond d'un pied. C'eft là auffi communé-ment qu'eft le privé. Les paffans ne s'en ap-perçoivent pas d'ordinaire, la feichereffe de l'air diffipant la mauvaife fenteur. On voit les villageois la bêche à la main, après avoir déchargé leurs ânes, ou mules, au marché,

curer les égouts à mefure qu'ils paffent par devant, & en charger leurs bêtes. Les mai-fons qui n'ont pas l'égout fur la ruë, font comme rentées par des païfans affidez, qui font un préfent de fruits par an, pour avoir feuls l'entrée de la maifon. Ils font affidus à y venir toutes les femaines, fur tout aux gran-des maifons, où ils aiment mieux fe charger. Ils fument de *fiente de pigeon* & d'*excremens d'hommes* les melons & les concombres, à quoi il faut du *fumier* plus chaud, & les paï-fans difent qu'il y a une notable difference aux fruits qui viennent fur les couches *fumées* de ce qu'on emporte des privez des gens qui mangent beaucoup de chair, & qui boivent du vin, comme on fait en *Europe*. On ne met pas ce *fumier* fur la terre tel qu'on l'ap-porte à la campagne, il la brûleroit à force de chaleur. Les païfans le jettent dans une grande foffe dans leurs cours, tout le long de l'Eté, & quand la foffe eft à demi pleine, ils achevent de la remplir de terre: la pluye & la neige qui tombe deffus pêtrit le tout, qu'ils laiffent ainfi repofer deux ans durant, & au bout de ce tems-là, c'eft le *fumier* dont ils fe fervent. Ils diftinguent trois fortes de *fumier*, celui qu'on ramaffe pêle-mêle, celui que les païfans enlevent à la beche dans les égouts, & dans les privez, qui n'eft point mêlé de ter-re, & celui de pigeon.

Par le moyen de cette *culture*, la *terre* en *Perfe*, foit *fablonneufe*, foit dure, & *argilleu-fe*, eft capable de toutes fortes de femences; & il y en a qui donnent deux recoltes d'*orge* par an. Proche les grandes villes, la *terre* n'eft jamais en repos, dès qu'un *fruit* eft cueul-li, l'on en replante un autre. Il arrive qu'au bout de deux à trois ans que la terre eft *fumée*, elle fe deffeiche, mais on la *refume* auffi-tôt, on l'arrofe, & elle reprend fa vigueur.

Ils ne *battent* pas le *blé* avec des *fleaux* dans des greniers comme nous faifons, ils le ti-rent de l'épi à la campagne: & voici com-ment. Ils amaffent les épics en des monceaux ronds de trente à quarante pieds de diametre, fans craindre, comme nous faifons, ni les voleurs, ni les orages: & après ils en tirent une partie en bas avec des *fourches*, & ils font courir deffus de petits *trainaux* à roues de fer, fur un efpace de trois à quatre pieds de lar-ge: le *traineau* eft long d'environ trois pieds, & large de deux. Le haut, qui eft plus étroit que le bas, fert de fiége pour le chartier. Le bas, qui eft compofé de quatre piéces de bois en quarré, a en travers trois bâtons ronds, & quelquefois quatre, qui lui fervent d'effieux:

ces

ces bâtons ronds, ou cylindres, font femblables aux rouleaux de nos patiffiers, paffans
dans des pignons de fer faits à peu près comme nos roues de tourne-broche, excepté qu'ils
font dentellez aigu, prefque comme des dents
de fcies. On attache toute forte de bêtes à ce
chariot, chevaux, ânes, bœufs, & mules,
mais feulement un à la fois ; & l'on met un
petit garçon deffus qui le fait courir au grand
trot. Ces roües brifent & coupent la paille,
& tirent le grain hors de l'épi fans l'entamer,
parce qu'il gliffe entre les dents. Des hommes qui font à côté repouffent la paille fous
les traineaux, & le grain, comme plus pefant,
va toûjours au fonds, ainfi que je l'ai déja
obfervé. Ils font rouler jufqu'à fept ou huit
traineaux de fuite autour d'un monceau, felon qu'il eft grand, & chaque bête y court
trois ou quatre heures de fuite, après quoi ils
la déteient & fans la couvrir quoi qu'elle fue,
ils lui ôtent ce qu'elle a devant les yeux, & la
laiffent manger mettant une bête de relais à
fa place. Cette paille, ainfi coupée, fert de
nourriture à toutes les bêtes de charge ; car
en Perfe il n'y a point de foin, le païs eft trop
fec & trop chaud pour en produire, outre que
cette paille leur eft meilleure & plus fraiche,
Il y a des païs où on foule le grain aux pieds
des bêtes, chevaux, bœufs & mules, en les
faifant courir autour du monceau.

Le ris n'eft pas fi facile à écoffer. Les gens
qui ont beaucoup d'efclaves le font écoffer
dans un mortier de bois; mais communément
on fe fert d'une machine, qui confifte en une
groffe poutre qui affene fon coup fur le ris en
écoffe, lequel eft mis dans une petite foffe
faite en terre, garnie de brique de quelque
trois pieds de diametre & de profondeur. La
poutre eft longue de quatre pieds : un des bouts
tient par un pivot, étant attaché comme un
axe. L'autre bout porte à fa volée un gros
cercle de fer demi tranchant, & fort épais de
quelque quatre pouces de diametre. Un homme éleve la poutre en marchant fur la culaffe,
& la volée tombe fur le ris par ce cercle, ou
alludel de fer, qui coupe l'écoffe du grain.
L'art confifte à épargner le grain & à ne le
brifer pas. Comme le ris le plus blanc eft le
plus eftimé, ils le frottent quand il eft battu,
avec de la farine & du fel mêlez enfemble.

Ce que j'ai le plus obfervé dans leur Agriculture, eft ce qu'on fait aux Vignes en Armenie, en Medie, & aux Païs voifins. Le froid
y étant rude & long, ils enterrent la Vigne
durant tout l'Hiver, & ils la découvrent au
Printems; artifice qui réüffiroit peut-être fort

bien en Angleterre, & dans les autres Païs
froids de l'Europe. J'ai obfervé dans mon
Voyage de Paris à Ifpahan, qu'en Georgie &
dans l'Hyrcanie Orientale, on ne cultive point
la Vigne. Elle croît autour des arbres de haute futaye, & porte cependant le plus excellent
raifin, & dont on fait le meilleur vin qui fe
boive. J'obferve ici, que généralement par
tout le Royaume on ne met point d'échallas
à la Vigne, parce que ce font de gros feps de
Vigne de huit pouces de diametre. Le raifin
qui croît à Casbin eft le plus gros que j'aye
vû, & des plus excellens du monde. Il croît
dans un climat extrémement chaud & brûlant.
Cependant, depuis que la Vigne eft en fleur il
ne pleut pas une goute d'eau deffus, ni on ne
l'arrofe pas.

Lors qu'ils apperçoivent une voye de fourmis, & d'autres infectes, qui vont ronger le
fep ou le fruit, ils ratiffent la pied & mettent
de la terre neuve à l'entour. Cela fait perdre
le chemin à l'infecte.

Leur maniere de cultiver les Mélons eft pareillement fort curieufe; auffi-ont-ils les meilleurs Mélons du monde, fi ce n'eft peut-être
ceux de Balk, & des autres endroits de la petite Tartarie, que quelques gens eftiment davantage. Ils les élevent en pleine campagne,
afin que l'air donne deffus, & point du tout
dans les jardins, trouvant qu'ils y font trop
étouffez. C'eft bien loin de fe fervir de caif-
fes vitrées & de cloches. Ils fement les Mélons
dans une terre mêlée de fiente de pigeons, &
dès qu'ils commencent à être formez, ils é-
levent les tiges fur des couches, afin que l'eau
qui paffe par le champ n'y touche pas. Dès
qu'ils font gros comme une Noix ils déchar-
gent le pied de la moitié du fruit, ôtant ceux
qui paroiffent venir moins bien, & ils fuc-
cent avec la langue une forte de petit poil,
comme du poil follet, qui croît fur la peau,
lequel retenant la pouffiere que le vent & le
foleil élevent deffus, forme avec le tems une
croute cauftique, qui confumant l'humeur du
fruit, l'empêche de croître & lui diminue fa
douceur. Quand les Mélons font devenus gros
comme des pommes, on ne laiffe que les plus
gros à chaque plante, lequel on éleve de nouveau fur une petite butte, pour être plus expofé & plus en feureté de la pluye. De tems
en tems ils découvrent la terre à l'endroit de
la racine, quelques deux ou trois pouces de
profondeur : & y mettent de la fiente de pigeon,
qu'ils recouvrent de terre, & puis ils y donnent de l'eau. C'eft afin que la racine prenne
une nouvelle nourriture. Leurs Mélons ont

tous

tous la peau fine, unie, & non divifée par côtes comme les nôtres.

La *Culture* du *Datier*, ou *Palmier* eft auffi remarquable. Lors que cet arbre eft jeune de trois ou quatre ans, ce qui eft une grande jeuneffe pour cet arbre, qui vit deux fiécles, comme je l'ai obfervé en un autre lieu, on creufe à côté de l'arbre, tout proche, mais pas affez pour découvrir fa racine, & après avoir percé vingt ou trente pieds en biais, l'on jette beaucoup de *fumier de pigeon* & d'autre *fumier* dans ce trou-là, & l'on le remplit: c'eft pour faire porter de bon fruit à l'arbre. Quand les arbres font grands, & en état de porter du fruit, on prend dans la faifon qu'ils fleuriffent des branches de fleurs de *Palmier mâle*, qu'on ente fur le fommet des *Palmiers femelles*, à l'endroit où les fleurs croiffent, & qui eft comme leur matrice. Cela fait l'éfet d'une *femence*, & on dit que fans cette *culture*, le fruit eft maigre & mal nourri.

Je viens maintenant à l'*Architecture* des *Perfans*. Je veux dire à leur maniere de bâtir.

Les *maifons* de *Perfe* ne fe bâtiffent point de Pierres, non pas à caufe que la *Pierre* eft rare en *Perfe*, mais à caufe que ce n'eft pas une matiere propre pour conftruire les *maifons* dans les païs chauds. Elles ne font pas de *charpente* non plus, fi ce n'eft les *Platsfonds* des grands *logis*, les *Colomnes* & les *Pilaftres*, qui les fuportent. Leur matiere eft de *Brique*, ou faites au foleil, ou cuites au feu; & comme leurs *Maifons* ne font enduites que de fimple *mortier* au dehors, elles font fort étoignées d'avoir ce bel afpect des nôtres; mais en dedans, elles ont l'air gai, & font fort commodes. On n'y fait gueres de beaux *Portails*, ni d'*Ornemens exterieurs*. La façon du Païs eft tout-à-fait oppofée à ces pieces d'*Architecture* faites pour l'éclat, bien loin de cela, on voit en la plûpart des *Maifons* au dedans de la Porte, à quelque cinq ou fix pieds, un *Mur* de la hauteur & de la largeur de l'entrée, qui eft comme un *Paravant* pour empêcher les paffans de voir dans la *Cour*. Les *maifons* n'ont communément que le *bas*. Celles qui ont des *étages*, n'en ont qu'un feul, & ont le *bas* moins exhauffé. C'eft la façon de tout l'*Orient* & ce feroit apparemment celle de nos païs, fi l'humidité qui y régne ne nous avoit obligez à nous éloigner du *Sol*, au lieu qu'on ne craint point en *Orient*, & fur tout en *Perfe*, de faire des *bâtimens* bas; même de les faire en terre, comme cela fe pratique dans les régions froides du Royaume, parce que

l'air étant fec & pur, le *bas* n'eft pas moins fain que le haut. La coûtume que nous avons de loger au premier & fecond *étage*, nous empêche de juger combien il eft incommode de toûjours monter & defcendre; mais fans cela nous trouverions cette incommodité auffi infupportable qu'elle le paroît aux *Orientaux*. Mais il faut parler un peu des *materiaux* dont ils fe fervent à la *Conftruction* de leurs *édifices*.

Les *Tuilles*, ou *Briques de terre* fe font dans des Moules de bois fort mince, de huit pouces de long, de fix de large, & de deux & demi d'épais. Les *Maçons* pilent la *Terre* avec les pieds mêlée d'ordinaire de *Paille* broyée, & coupée menu pour lui donner plus de confiftance, & afin que les *Motes*, ou *Tuilles* qu'ils en font, ne fe caffent pas, & qu'elles durent davantage. Ils paffent en fuite la main deffus pour les unir, après les avoir trempées dans un baquet d'eau, mêlée de paille plus menue que l'autre. On tire le moûle, & on laiffe feicher la *Tuille*, ce qui eft fait en deux ou trois heures, & puis on les leve & on les range les unes contre les autres, où elles achevent de feicher. Ces *Tuilles* ne coutent que huit à neuf fols le cent, quand on les fait venir de dehors. Si on les fait faire chez foi, & qu'on fourniffe la matiere, on ne donne que deux ou trois fols du cent. Les pauvres gens font leurs *Tuilles* fans paille, ils n'en mettent qu'au deffus.

Pour les *Briques* cuites au feu, on les fait de deux parties de *terre* & d'une partie de *cendres*, bien pêtris enfemble dans des moules de bois, plus grands que celui des *Tuilles de terre*: On les fait feicher plufieurs jours au foleil, & après on les met dans un grand *four*, haut quelquefois de vingt coudées, arrangées l'une contre l'autre, à quelque diftance, laquelle on remplit de *plâtre*. On ferme le *four* & on y met le feu trois jours & trois nuits de fuite. Ces *Briques* font rouges & dures, & coutent environ un écu le cent.

Leur *Plâtre*, qu'ils appellent *guetch*, n'eft pas tout-à-fait comme le nôtre. Il n'eft jamais fi fin, ni fi blanc, après la préparation, quelle qu'elle foit. Ils ne le tirent pas des *Platrieres* comme nous faifons, car il n'y en a point chez eux. Ils le tirent des montagnes en groffes pierres, & en fort grande quantité. Ils le cuifent, & puis le broyent, ou l'écrafent, avec une groffe *Meule* de pierre, plus épaiffe que celle des moulins, mais qui n'a pas le tiers de diametre. Elle tourne fur le dos, & il faut qu'il y ait toûjours un homme avec une

pêle-

pêle pour repouffer le *Plâtre* fous la *Rouë*.
Les Païfans apportent le *Plâtre*, particulierement durant l'hyver, à caufe que c'eft le tems
qu'ils ont moins de travail aux champs, &
qu'ils viennent chercher du fumier. Ils ont
auffi de la *chaux* en abondance, & ils la pilent aux pieds, fans en être brûlez. Outre
la *chaux*, ils ont une *Terre blanche*, qu'ils tirent des *Carrieres* en petits morceaux, comme le *Plâtre*. Cette *Terre* fe diffout dans l'eau
dès qu'elle y eft mife. Ils s'en fervent à blan-
chir les maifons, ce qu'elle fait incomparablement mieux que le *Plâtre*. Les maifons
du commun font peintes d'une couleur brûne
qui fe fait avec une terre nommée *zerd guil*,
c'eft-à-dire *Terre jaune*.

Avant que de paffer outre, je dirai un mot
du *Sol*, tel qu'il fe trouve dans la Province
de *Parthe*, & dans la plus grande partie de la
Perfe. Il eft dur & ferme à la fuperficie. A
trois ou quatre pieds au dedans, on trouve
des *rayes* ou *veines*, rougeatres & noiratres,
larges de deux à trois doigts. Plus bas la terre eft partie de *fable*, partie d'*argile*, & au
deffous c'eft du *Sable* mouvant. Après, vous
trouvez le *Sol* folide & dur, & creufant encore, on parvient à un lit de *caillou*; & fi vous
creufez au delà, jufqu'à vingt pieds en tout,
à compter de la furface de la terre, vous trouvez l'*eau*. Les puits ne font d'ordinaire profonds que de vingt à vingt-cinq pieds.

A *Ifpahan*, en particulier, qui eft la ville
capitale de l'Empire, le *Sol* eft naturellement
argilleux, & pefant comme un roc, de maniere que fi l'endroit où l'on bâtit eft une *terre
vierge*, qui n'ait jamais été remuée, les *Perfans* bâtiffent deffus fans faire de *fondement* du
tout. Mais fi la terre a été auparavant remuée, on creufe quelques trois coudées,
jufqu'à ce qu'on trouve la terre ferme, &
l'on remplit la fondation de *Briques* de terre,
mettant entre chaque couche de *brique* une
couche de *Plâtre*. On fait ces *Briques* de la
terre même qu'on tire des *fondations*. Après,
on commence le *mur* qu'on bâtit de ces *Briques* de terre, & qu'on enduit d'un *argile* mêlé de *paille*, qu'ils appellent *kaguil*, c'eft-à-
dire *boüe eft paille*, qui eft faite de la même
matiere que les *Briques*. Le *Mur* fe fait par
couches, qu'on laiffe feicher avant que d'en
remettre de nouvelles, & on le bâtit d'une telle forte, que plus il s'éleve moins il eft épais.
On fait la cime du *Mur* d'une *couche* de *Briques* rouges, pour mieux réfifter à l'eau, ou
bien, on la couvre de ces mêmes *Tuilles* cuites au foleil, arrangées de maniere qu'elles

forment une *cavité*, en dos d'âne, afin que
l'eau coule tout du long. Leurs *Murs* font
tous fort épais, quoi que plus ou moins, à
proportion de leur hauteur. Les plus folides
ont un fondement de *Briques* rouges d'un pié
de hauteur fur le rez-de-chauffée. C'eft ainfi
que l'on fait les *Murs* des *cours*, des *jardins*,
& de toute forte d'enclos. Ceux des *Maifons*,
font enduits de *chaux* & de *Plâtre* courroyez
& pilez fort bien enfemble, ce qui fait un ciment qui tient à merveille; parce que le plâtre
eft un peu pierreux, même quand il eft pilé;
mais il n'eft pas fi blanc que le nôtre. Je n'ai
vû nulle part au monde de plus hautes *Murailles* qu'en *Perfe*. Elles paffent celles des
monafteres des filles les plus reclufes, fur tout
les *Murailles* qui font l'enclos des *grandes Maifons*. Et c'eft d'ordinaire à cela qu'on reconnoît les *Palais* en ce Royaume.

Le *comble*, ou la *couverture* de l'*Edifice* eft
toûjours en *voute*. On ne le fauroit faire
autrement, à moins qu'on ne le faffe d'un
platfond de charpente. C'eft ce qui a rendu les
Maffons Perfans fi habiles à faire des *voutes* &
des *Dômes*. Il n'y a pas de païs au monde où
l'on faffe des *Dômes* fi hardis & fi beaux. Une
marque de leur habileté à cette forte de *fabrique*, c'eft qu'ils ne fe fervent point d'é-
chafauts pour faire les petites *voutes* & les petits *Dômes*, comme on fait en *Europe*. Les
voutes des *Maifons* fe font baffes & plattes,
parce que d'ordinaire on fait le deffus en *Terraffe* en rempliffant l'efpace qui eft entre les
coupoles, & les uniffant au niveau, afin de
pouvoir prendre le frais deffus & y coucher;
mais aux *maifons* du menu peuple, on laiffe
paroître les *voutes* fans remplir l'efpace d'entre deux, & on les enduit par dehors où de
Mortier, comme les murs ordinaires, ou de
Brique pour pouvoir mieux réfifter à la neige
& à la pluye. On éleve à l'entour des *Terraffes*, à toutes les bonnes Maifons, un *Parapet* ou *Rebord* de trois à quatre pieds de haut
pour s'appuyer contre. Pour ce qui eft des
planchers des logis, ils font faits, ou de *terre*
fimplement, ou de *Brique*, ou de *Plâ-
tre*, mais communément ils ne font que de
Terre.

Le *Corps de l'Edifice* étant achevé on fe met
à faire le dedans. On le revêt premiérement
de ce *mortier*, qu'ils appellent *Kaguil*. Après
on met une *couche de plâtre* fin; puis on le
blanchit, ou l'on y paffe du *Talk* pilé. C'eft
une pouffiere de la pierre de *Talk* mêlée avec
de la *chaux*, qui donne un grand éclat aux
Murs, & aux *voutes* & à tout ce qui en eft
cou-

K 3

couvert; car on diroit que ces *Murs* font ar-
gentez. Auffi les *Perfans* appellent cette poudre *Zervarac*, c'eft-à-dire, *argent en feuille.*

Pour ce qui eft des *Ornemens*, les plus ordinaires font de *Peinture.* J'en ai parlé ci-
deffus. Ils en font rarement de *fculpture*, &
alors ce n'eft que des fleurs & des feuillages,
qu'ils ébauchent groffierement dans le *Plâtre*
avec le *Cizeau.* Le *Relief*, qui eft affez plat,
demeure blanc, & le fonds eft grifâtre. Ils
peignent ces ébauches & y mettent enfuite
de l'*or* & de l'*azur*, avec quoi ces *Ornements*
deviennent fort beaux. J'ai déja obfervé que
les *Morefques* peintes fur les *Edifices*, font
fort belles, & font un charmant objet. La
feichereffe de l'air y contribuë extremement;
car elle empêche que les couleurs qui ont déja
une vivacité incomparable ne fe paffent. Je
n'ai vû nulle part de fi belles couleurs qu'en
Perfe, pour l'éclat, pour la force, & pour
l'épaiffeur, tant des couleurs de l'*art*, que de
celles de la *nature.* L'humidité de l'air en
Europe répand un nuage fur les couleurs qui
les amortit & qui en ôte la vivacité, de forte
qu'on peut dire que ceux qui n'ont jamais été
dans les *Pais Orientaux*, ne connoiffent point
l'éclat & le brillant de la *Nature.*

Pour ce qui eft de la *Figure* & de la difpofition des *Maifons* au dedans, les plus belles
font d'ordinaire élevées entre deux à quatre
pieds du *Rez-de-chauffée*, difpofées à quatre faces, & expofées aux quatre vents. Un *Parapet* profond de fept à huit pieds régne autour du corps du logis, lequel confifte d'ordinaire en un *Salon* au milieu, & en quatre
grandes fales aux côtez, ouvertes de haut en
bas, qui font comme de grands *Porches* ou
Portiques, dans lefquels trente à quarante perfonnes, & quelquefois cent, peuvent être
affifes à l'entour fur une ligne. Ces grands
Portiques ne font féparez du *Salon* que par des
chaffis, ou par des *Portes* minces, qui fervent
auffi de *fenêtres*, prenant du *bas* jufqu'à l'*Arcade.* Vous obferverez que l'*Arcade* commence d'ordinaire à la moitié de la hauteur de
l'*Edifice*, & ils font tous ouverts fur le devant, ou fermez feulement de *chaffis.* Aux
coins des *Portiques* il y a de petites *Chambres*
baffes, ou *Cabinets*, formez de *Murs* fans fenêtres, le jour y entrant par les *Portes* qui
font larges, & qui s'ouvrent par des *Valves* ou
battans brifez, lefquels fe plient l'un fur l'autre comme des *Volets.* La beauté des *Maifons* de *Perfe* confifte à être ainfi ouvertes de
haut en bas, en forte qu'étant affis dedans,
on foit autant au grand air comme fi l'on é-

toit dehors. Cette maniére de bâtir paroît
fort belle, & fort convenable en *Perfe*, où
l'hiver eft court, & où l'air eft chaud, fec &
pur. Mais cela ne nous conviendroit pas en
Europe: l'humidité auroit bien-tôt détruit ces
Edifices d'Argille. On fait aux *Sales*, ou *Porches* d'hiver, & aux *Chambres* qui y tiennent,
de petites *cheminées* dont le *manteau* n'eft
haut que de trois à quatre pieds, & large de
deux à trois, fait en demi rond, & qui vient
affez bas pour retenir la fumée. L'on y brûle
le bois debout ou droit, & les *cheminées* fe
font ainfi petites, tant parce que le bois eft
affez rare en *Perfe*, que parce qu'on fe chauffe
communément à une maniére de *Rechaud*, ou
fournaife. C'eft un grand *creux* qu'on fait en
terre dans ces *Sales*, & dans ces *Chambres* d'hiver, dans le *Plancher* de la *Chambre*, profond de quinze à vingt pouces, & de fix à
huit pieds de diametre, felon la grandeur du
lieu. Ces *creux* font couverts de planches en
Eté fous les tapis, en forte qu'on ne s'en apperçoit point. L'hiver on les découvre, &
l'on met deffus une *table* de bois, haute d'un
pied, & qui a un pied de diametre plus que le
creux fur lequel elle eft pofée, & on étend
fur cette *table* une ou deux *couvertures* piquées
& épaiffes, qui rebordent demi aune de tous
côtez. Quand on fe veut fervir de cette *fournaife*, on y met un peu de *charbon* bien allumé, & couvert d'un peu de cendre, pour le
faire durer plus long-tems, puis on s'approche de la *table* tout proche de la *foffe*, tirant
la *couverture* fur foi jufqu'à la ceinture. On
eft là fort chaudement & fort agréablement,
& cette chaleur provoque infenfiblement un
doux fommeil. On mange l'hiver fur ce feu,
& l'on fe couche à l'entour. Les *Perfans* l'appellent *courfi*, c'eft-à-dire, *fiége*, parce que
cette *Table* eft faite comme fi c'étoit pour s'affeoir deffus. Dans les *maifons* du commun
peuple les *fenêtres*, qui reffemblent à nos *ja-
loufies*, font faites de bois de *platane*, qui eft
fort beau; mais chez les *Grands*, ce font des
chaffis dont les *carreaux*, qui font faits d'un
verre épais & ondé, afin qu'on ne puiffe pas
regarder au travers, font de toutes couleurs,
confufément & fans ordre, un rouge, un
verd, un jaune & ainfi des autres. Ils font
auffi une maniére de *vitres*, dont l'enchaffu-
re eft de *Plâtre*, lefquelles repréfentent des
Oifeaux, ou des *pots*, ou des *corbeilles de fleurs*,
& le refte eft de morceaux de *verre* enchaffé
de toutes couleurs, pour imiter le naturel de
ce qui eft repréfenté.

Dans toutes les *maifons*, même jufqu'aux
plus

plus simples, il y a des *baffins d'eau*, dont la *confiruction* eft fort folide, faite avec des *Briques*, qu'ils enduifent d'un *ciment* appellé *Ahacfia*, c'eft-à-dire, *chaux noire*, lequel avec le tems devient plus dur que le marbre. Ils font ce *ciment* avec de la cendre tirée des foyers des bains, & plus fine que toute autre, avec de la *chaux vive* par moitié, & avec une maniére de *duvet*, qu'ils y mêlent pour faire comme un *amalgame*; ce qu'ils battent bien un jour entier. Ce *Duvet* croît au haut de certains rofeaux, & il eft fi délié que le fouffle l'emporte. Les *Perfans* l'appellent *louy*. On dit que c'eft la *Tipha* des *Herbiers*. Quelques *Maçons* lient ce *mortier* avec de la *bourre* bien fine, ou du petit *poil de chevreau*. L'un & l'autre de ces *materiaux* réfiftent parfaitement à l'eau, & auffi au feu. Mais la gelée les fend, & les fait tomber par éclats. On prévient cet accident, en mettant l'hiver ces *baffins* à fec, les rempliffant de feuilles d'arbres, & les couvrant enfuite de *nattes*, ou de *tapis*. Il faut entendre cela des *baffins* d'eau qui font dans les *maifons* des gens du commun, car dans les grandes *maifons* les *baffins* font de *pierre de taille* fort dure, avec des bords de marbre blanc.

La *Menuiferie* & la *Boiferie* des *Maifons* ne confiftent qu'en des *Portes* & en des *chaffis*, qu'on attache fans pentures, ou autres ferrures; en cette maniere. On laiffe en bas dans la *Porte* deux bouts de bois, & dans la *croifée* ou le *jambage* de la *Porte* (qu'on fait auffi de bois de peur que la *Terre* ne s'éboule) on fait un trou en haut au coin dans le *linteau*, & un en bas dans le *feuil*, où ces bouts de la *Porte* entrent, & deviennent les *Pivots* fur lefquels elle tourne. C'eft comme font faites toutes les *Portes* en *Orient*, même aux *Palais*, comme aux autres *maifons*. Il n'y en avoit point d'autre forte aux *Edifices* fi renommez de Salomon. Ainfi, l'on fait les *maifons* en ces Païs-là fans *Serrurier*, comme fans *Charpentiers*. On ne voit point de *ferrures* à leurs *Edifices*, que le *Piton* & la *chaine* qu'on met aux *Portes* pour un *cadenat*. Les *Perfans* n'ont point l'ufage des *Serrures* de fer. Celles qu'ils ont font de bois, & les *clefs* font de bois auffi, faites tout autrement que les nôtres, car la *Serrure* eft comme une petite *herfe*, qui entre à demi dans une *gâche* de bois, & la *clef* eft un *manche* de bois, au bout duquel font des *pointes* auffi de bois, differemment difpofées, qu'on pouffe par deffus dans la *gâche*, & qui lévent cette petite *herfe*. Il n'entre point de *Plomb* non plus dans la *confiruction* des *Edifi-*

ces, tout y étant de bois, jufqu'aux *Goutieres*. Les *chaffis* font, ou des *carreaux de verre* ou de *toile cirée* peinte, fort belle, & tranfparente. J'oubliois à dire qu'on pratique dans les *Murs*, qui font fort épais, comme je l'ai obfervé, des niches d'un pied de profondeur, ou environ, qui fervent comme des ais de *tablettes*, & des *armoires*. On les taille de diverfes figures; on les peint enfuite comme le *Mur*. Cela eft tout-à-fait commode, foit pour y mettre des pots de fleurs & des caffolettes, ou des livres, ou telles autres chofes.

De la maniére dont je viens de repréfenter les *Bâtimens Perfans*, on voit bien qu'ils ne font point fujets au *feu*. L'on n'en a point de peur en *Perfe*, & lors que le *feu* prend en un endroit, ce qui arrive très-rarement, il ne peut tout au plus que confumer ce qu'il y a dans la *Chambre* où il a pris. On eft fûr qu'il n'en fortira point & qu'il s'y éteindra. Mais ces *Bâtimens* font fort incommodez par l'eau, en revanche, car fi l'*eau* étoit trois jours au pied d'un *Mur* elle le feroit écrouler; de maniére que pour prendre toutes les *Fortereffes*, il n'y auroit qu'à les environner d'eau une femaine. Mais cela n'eft pas aifé à faire en ce Païs-là, où l'eau eft rare, & où les *fleuves* fe peuvent détourner dans un inftant contre leurs cours naturel. C'eft ce qui fait auffi qu'on a grand foin en *Perfe* de la *Terraffe* ou *couverture* du *logis*, comme la piéce principale d'où dépend fa confervation. Ce qu'on fait pour l'entretenir, c'eft de tenir toûjours les *Goutieres* bien en bon état, & d'en jetter la neige en bas, lors qu'il y en tombe en quantité. C'eft un divertiffement pour le quartier de jetter la neige de deffus les *Maifons*, car chacun y court avec allegreffe. Les jeunes gens du quartier vont fur chaque terraffe l'une après l'autre, & en peu de tems ils la nétoient toute. Ce qui fe fait d'ordinaire au fon des inftrumens; afin que le bruit les échauffe & les étourdiffe. Les *Maçons* travaillent à une forte de *Chant*, & ce qui eft encore à obfervex dans leur travail, c'eft que quand ils fe jettent l'un à l'autre les *tuilles*, ou *briques* de terre, ils mettent des *gans*, afin que la fueur de la main ne gâte pas les *tuilles*. Je ne dois pas oublier non plus qu'on feme du *fel* fur les *poutres* & les *foliveaux*, fur le *plâtfonds*, & fur les autres piéces de *charpente*, pour empêcher qu'il ne s'y engendre aucun ver.

Les *Maifons* durent auffi long-tems qu'on veut les entretenir, l'air fec & pur aidant à les conferver. Mais, comme je l'ai obfervé ailleurs, les *Perfans* ont du dégoût pour

les s

les *Maisons* de leurs Peres. Ils aiment à s'en bâtir de propres pour eux. Cela est de fort bon sens; car, comme ils le disent, il y a la même difference, entre se bâtir une maison, ou en prendre une toute bâtie, comme entre se faire faire un habit, ou en achetter un tout fait. Leur coûtume vient, peut-être, en partie du peu qu'il coûte à bâtir; car pour ainsi dire, on bâtit sa *maison* de ce qu'on tire de la fondation; & les pauvres gens qui ne veulent que le *corps du logis*, sans *ornement*, l'ont bien-tôt achevé. Les *Persans* mettent le prix aux *Maisons*, suivant la hauteur & l'épaisseur des *Murs*, qu'ils mesurent à l'aune, comme une étoffe. Le Roi n'a point de droit sur la vente des *Edifices*; mais le *Maître Architecte*, qu'ils appellent *Mamar bachi*, c'est-à-dire, *Chef des Maçons*, prend deux pour cent pour les *lots* & *ventes*; mais c'est bien rarement qu'on les lui paye entiers, en composant avec lui selon son crédit ou son emploi. Cet Officier a aussi droit de cinq pour cent sur tous les *Edifices* que le Roi fait faire. On les aprécie quand ils sont achevez & le *Maître Architecte*, qui en a conduit la construction, reçoit pour son droit & pour son salaire, autant que la cinquiéme partie de l'*Edifice* a coûté à bâtir.

J'observerai encore trois choses sur les *Bâtimens* de *Perse*. L'une qu'on y revêt des Chambres de *carreaux de fayence* comme les *cheminées de Hollande*. L'autre, qu'à la Campagne, on trouve en plusieurs endroits les *Portes* faites d'une grosse *Pierre*, roulant sur ses *Gonds*, ou *pivots*, comme font celles de bois. La troisiéme, que les *bâtimens* en *Perse* se font à très-bon marché, par comparaison aux nôtres. Ils supputent en bâtissant une *maison*, que le tiers de la dépense va à la *brique*, l'autre en plâtre, l'autre en *boiserie*, compris les *Portes* & les *fenêtres*.

Les *Persans* n'ont pas de fort habiles ouvriers en *Charpenterie*, ce qui vient du peu de *bois* qu'il y a en *Perse* & du peu de *charpente* qu'on employe d'ordinaire aux *Edifices*. Ce n'est pas de même à l'égard des *Menuisiers*. Ils en ont de très-habiles, & très-industrieux dans la composition de toute sorte d'*ouvrages de rapport* & de *Mosaïque*, dont ils font particuliérement des *Plât-fonds* admirables. Ils travaillent leurs *Plât-fonds* en bas, tout entiers, & quand ils sont achevez, ils les élevent en haut sur le comble de l'*Edifice*, & sur les *colomnes* qui le doivent supporter. J'en ai vû lever un tout entier de quatre vingts pieds de diametre, par le moyen de plusieurs *machi-*

nes, comme celle dont je donne le dessein ici à côté, ne sachant pas si nos ouvriers d'*Europe* en ont de même. Les *Persans* n'en mettent point d'autre en usage, & ils élevent tout à la *Poulie*. Ils font fort bien aussi les *Jalousies* & les *Balustres*. Les *Menuisiers* travaillent assis à terre. Leurs *Rabots* sont differens des nôtres; car ils jettent les coupeaux par les côtez, & non par le milieu, ce qui paroît faire plus de besogne. Leur *Bois* ordinaire étant du *Bois* blanc, qui est fort tendre, & sans nœuds, est fort aisé à travailler. Ils ont du *Bois* admirable, qui leur vient d'*Hyrcanie* en grandes *planches*, comme le *Sapin* nous vient de *Norvege*.

Comme je ne sai pas bien en quel ordre placer les autres *Métiers* je vais en faire deux *Parties*. L'une de ceux où les *Persans* réüssissent le mieux; l'autre de ceux où ils réüssissent le moins.

La *Broderie* est un des *Arts Mécaniques* dans lesquels ils excellent; ils font fort bien toute sorte de *Broderie*, mais particuliérement celle d'or & d'*argent*, soit sur le *Drap*, soit sur la *Soie*, soit sur le *Cuir*. Ils nous passent en cet *Art*, & ils passent même les *Turcs* dont nous admirons tant en *Europe* la *couture* & la *Broderie* sur le cuir. Leur *couture de cuir*, comme celle des *harnois*, entre les autres, est si délicate, & si bien faite, qu'on diroit que c'est de la *Broderie*. Leurs *Seaux de cuir* sont aussi fort bien cousus, quoi qu'avec des cordes de *Mouton* assez mal tanées. Le fil d'or & d'argent, dont ils se servent, est si beau, qu'on le prendroit pour du *trait*, lorsqu'il est employé, la *soye* n'y paroissent pas le moins du monde.

La *Vaisselle d'Email*, ou de *fayence*, comme nous l'appellons, est pareillement une de leurs plus belles *Manufactures*. On en fait dans toute la *Perse*. La plus belle se fait à *Chiras*, capitale de *Perside*, à *Metched*, capitale de la *Bactriane*, à *Yesd*, & à *Kirman*, en *Caramanie*; & particuliérement dans un bourg de *Caramanie* nommé *Zorende*. La terre de cette *fayence* est d'*Email* pur, tant en dedans, qu'en dehors, comme la *Porcelaine de la Chine*. Elle a le grain tout aussi fin, & est aussi transparente, ce qui fait que souvent on est si fort trompé à cette *Porcelaine*, qu'on ne sauroit discerner celle de la *Chine* d'avec celle de *Perse*. Vous trouvez même quelquefois de cette *Porcelaine de Perse*, qui passe celle de la *Chine*, tant le *Vernis* en est beau & vif. Ce que j'entens, non pas de la *vieille Porcelaine de la Chine*, mais de la nouvelle.

L'an

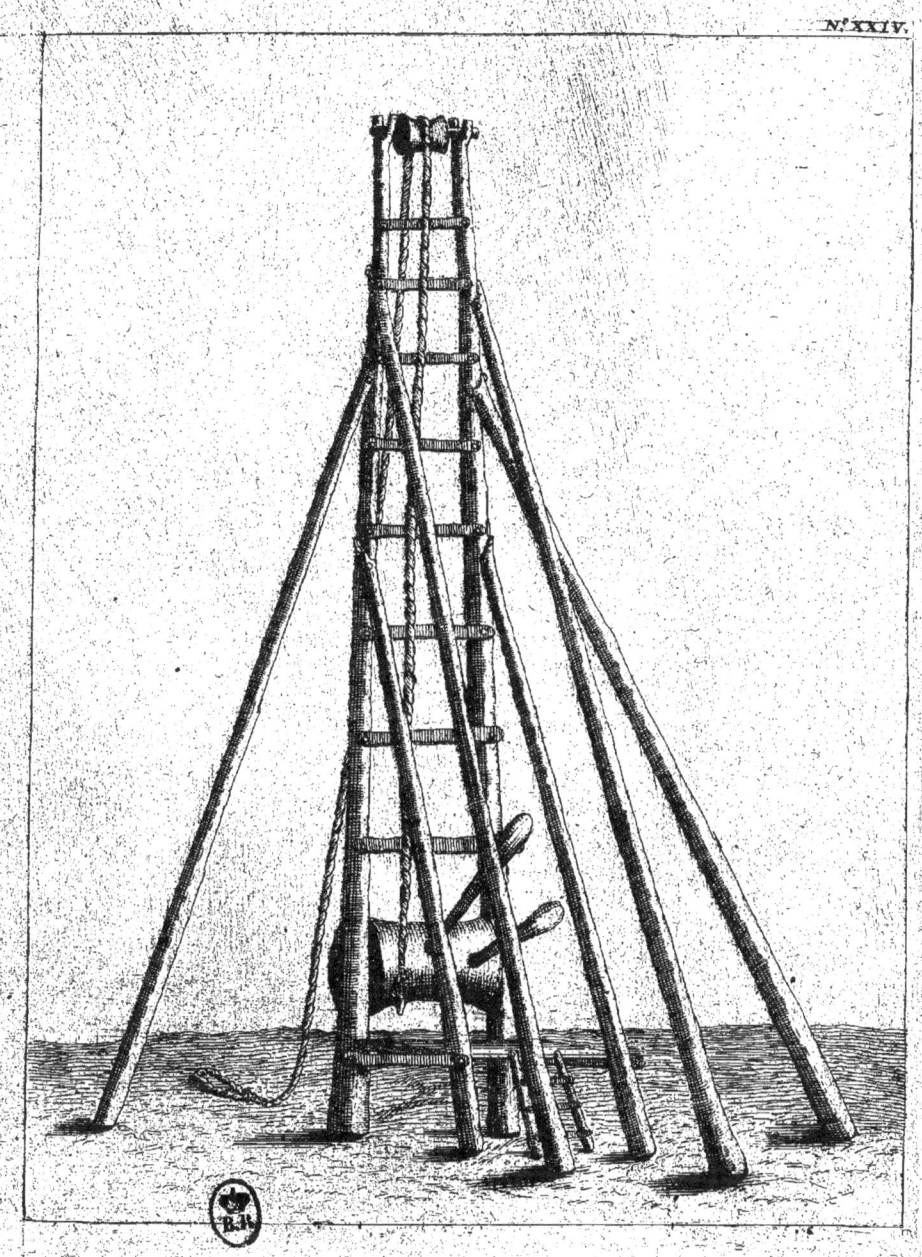

L'an 1666. un *Ambaſſadeur de la Compagnie Hollandoiſe*, nommé *Hubert de Layreſſe*, ayant apporté des préſens à la Cour d'une quantité de choſes de prix, & entr'autres cinquante ſix piéces de *vieille Porcelaine de la Chine:* quand le Roi vit cette *Porcelaine* il ſe mit à rire, demandant avec mépris ce que c'étoit. On dit que les *Hollandois* mêlent cette *Porcelaine* de *Perſe* avec celle de *la Chine* qu'ils tranſportent en *Hollande*. Il eſt certain que les *Hollandois* ont beaucoup appris en *Perſe* à faire la *fayence*, & ils y réüſſiroient encore mieux qu'ils ne font, s'ils avoient-là les eaux auſſi pures, & l'air auſſi ſec qu'il eſt en *Perſe* & à la *Chine*. Les habiles *Artiſans* en cette *vaiſſelle d'Email*, attribuent à l'eau la beauté de la couleur, comme je l'ai déja obſervé, diſant qu'il y a des *eaux* qui diſſoudent la *peinture*, & la font couler, au lieu qu'il y a des eaux, qui la reſſerrent & la retiennent ſans l'étendre. Les piéces à quoi les *Potiers Perſans*, qu'on appelle *Kachipez*, ou *Cuiſeurs de fayence*, réüſſiſſent le mieux, ſont les *carreaux d'émail*, peints & taillez de *Moreſques*. A la verité il ne ſe peut rien voir de plus vif & de plus éclattant en cette ſorte d'ouvrage, ni d'un deſſein plus égal, & plus fin. La *Porcelaine* de *Perſe* reſiſte au feu; de ſorte que non ſeulement on fait bouillir l'eau dedans ſans qu'elle caſſe, mais même on en fait des *Marmites*. Elle eſt ſi dure, encore, qu'on en fait des *mortiers*, à broyer des couleurs & d'autres matieres, & des *moules* à bâle. La matiere de ce bel *émail* eſt du *verre*, & de fort petits *cailloux* de riviere broyez très-menu, avec un peu de *terre* mêlée enſemble, & le tout fort broyé & pilé. On ne fait point de *fayence* aux *Indes*. Celle qu'on y conſume, y eſt toute portée, ou de la *Perſe*, ou du *Japon*, ou de la *Chine*, & des autres Royaumes entre la *Chine* & le *Pegu*. On fait un conte, que les *Potiers* de la ville de *Tezde*, dans la *Caramanie*, envoyerent un jour aux *Potiers d'Iſpahan*, comme par défi, un *vaſe de Porcelaine* qui tenoit douze livres d'eau, & ne peſoit qu'un gros. Les *Potiers d'Iſpahan* leur renvoyerent un *vaſe* de même grandeur, & même figure, qui ne tenoit qu'un gros d'eau, & peſoit douze livres. Il y a une ſorte d'Artiſans en *Perſe*, dont le métier eſt de raccommoder les *Porcelaine*, & le *Verre*. Ils en rejoignent les piéces, les couſent avec du *fil de latton* très-fin, & paſſent ſur la couture une ſorte de *craye* ou de *chaux* fort deliée. Un *vaſe* ainſi raccommodé tient l'eau comme auparavant.

Tome II.

Les *Tireurs* & les *Fileurs d'or* travaillent fort délicatement. Ils filent un *lingot* du poids d'un *meſcal*, qui eſt un *gros*, long de neuf cens *gueſes*, ou *aunes* de leur Païs, qui ont chacune trente-cinq pouces de Roi. Leurs outils, de gradations differentes, ſont comme nos *filieres*. Ils devident ſur des *bobines*, & ſur des *tambours*, achettant à la monnoye le *fil tiré*, de la groſſeur d'une épingle. Leur *fil* eſt le plus beau & le mieux couvert qui ſe puiſſe imaginer. Tout l'art qu'ils employent à lui donner cette couleur vive, & qui ne ſe paſſe point, c'eſt de le dorer très-fin & fort épais.

Il faut ranger en ſuite la *Tannerie des cuirs*, ſur tout de celui de *Chagrin*, & de toute ſorte de *Maroquin*. Il s'en fait une infinité en *Perſe*, qu'on tranſporte aux *Indes*, en *Turquie*, & dans les autres Païs à l'entour. Le *Chagrin* ſe fait de *croupe d'âne*, & d'une graine qu'on appelle en Perſe *tochm Casbini*, ou *graine de Casbin*, laquelle eſt noire, dure, & plus groſſe que la graine de *moutarde*, dont on ſe ſert au défaut de cette *graine de Casbin*. Un même mot en *Perſan* ſignifie œuf, & graine, parce que l'œuf, & la *graine*, ſont comme une même choſe. Le nom de *Chagrin*, que nous donnons à ces peaux grenetées, vient aſſurément du mot Perſan *ſagri*, qui veut dire *croupe*. Ils appellent ainſi la *croupe* de tout animal qui ſert de monture, & ils donnent ce nom à cette ſorte de *cuir*, parce qu'il ſe fait de *croupe d'âne*, comme je l'ai dit. Les *Tanneurs* couroyent le *gros cuir*, & le préparent avec la *chaux*. Ils n'ont point l'uſage du *tan*, au lieu duquel ils ſe ſervent de *ſel* & de *noix de galle*, & cela ſuffit à cauſe de la ſeichereſſe de l'air de leur Païs.

Le *Tour* eſt encore un des *Arts mécaniques* dans leſquels les *Perſans* réüſſiſſent. Ils n'ont pas de *métier* pour le *Tour*, comme nous en avons. Le leur n'eſt compoſé que d'un *pivot*, auquel ils attachent ce qu'ils veulent tourner. Une *bande de cuir*, qui fait un double tour à ce *pivot*, & qu'un garçon tient à deux mains, tirant tantôt un bout, & tantôt l'autre, fait mouvoir la *machine*, & fait tourner la piéce. Mais quand ils veulent tourner de petites piéces, l'ouvrier n'a que faire d'aide, car d'une main il remüe le *pivot* avec un *archet*, & de l'autre il tient ſa piéce. Ils ne ſe ſervent point de *villebrequin*, comme nous faiſons, mais de *forets* grands & petits, qui leur en tiennent lieu, & qu'ils mettent en uſage de la même maniere que leur inſtrument pour le tour: c'eſt un fer plat au bout, finiſſant en pointe, & taillé en côtes pour

L *mieux*

mieux couper, & emmanché dans un bois rond, chargé de plomb pour mieux affener, autour duquel ils paffent leur *archet*, fait d'une bande de cuir, laquelle y fait deux tours : ils tiennent ferme ce *forêt* de la main gauche fur la piéce qu'ils veulent percer, & ils le font tourner de la droite. C'eft là leur *mecanique* pour tourner, & pour percer. Ils appliquent la *lacre* fort délicatement, le mouvement violent du *tour* la fondant, fans qu'il foit befoin de feu : ils l'étendent avec du *bois de palmier* ; fe fervant de ce *bois*, parce qu'il eft poreux : & avec l'*huile* en fuite, & un morceau de gros *drap*, ils donnent un luftre admirable à leur ouvrage, qui ne fe perd jamais. Cette *lacre* auffi fe conferve toûjours fans s'écailler. Ils font entr'autres chofes des *berceaux d'enfant* parfaitement bien. Ils tournent les *metaux* auffi bien que le *bois*. Mais il s'en faut pourtant beaucoup, que leurs Artifans en ce métier n'ayent l'habileté des nôtres. L'on a porté diverfes fois en *Perfe* & aux *Indes* de ces merveilleux ouvrages d'*Ivoire*, tournez avec une extraordinaire délicateffe ; mais parce qu'ils étoient de nul ufage, & propres feulement à faire admirer l'adreffe de l'ouvrier, on n'y en faifoit aucun compte. Les *Orientaux* ne font pas affez délicats pour appliquer leur efprit à cette induftrie que nous y admirons ; au contraire, ils en font très-peu de cas, à caufe de l'inutilité de l'ouvrage. Au refte, les *Tourneurs Perfans* ne favent point faire le *tour de l'ovale*. C'eft une figure qui leur eft inconnuë dans la pratique.

Après les *Tourneurs* je mets les *Taillandiers* & les *Eftameurs*, qui travaillent en ce Païs-là avec une grande induftrie, tant au *marteau* & à la *lime*, qu'au *tour*. Nos *Groffiers* en argent ne font pas mieux que ces *Taillandiers* ; ce qui vient, je crois, de ce que la *vaiffelle de table* & leur *batterie de cuifine* eft communément faite de cuivre. Ils ne fe fervent point de *fer*, ni de *latton*, ni d'*étain*, dans leurs utenciles de cuifine, qui font toutes de cuivre étamé. Ils font l'*étamure* fine, blanche, & belle comme de l'*argent*. L'étain d'*Angleterre* n'eft point fi beau. Il eft vrai qu'il faut tous les fix, ou tous les huit mois, recommencer à l'*étamer* ; mais auffi, cela fe fait extrémement vîte, & à très-bon marché, une affiette ne coutant qu'un fol à étamer dedans & dehors, & le refte à proportion. Ils s'y prennent tout autrement que nous ne faifons. Ils font premierement bouillir la *vaiffelle* dans de la *foude grife*, & après ils la donnent à écurer avec du *fable* à l'apprenti, ce qu'il fait avec

les pieds nuds, fe mettant droit deffus, & tournant la *vaiffelle* deçà & delà, jufqu'à ce qu'elle foit bien écurée. En fuite ils la font échauffer fur un feu clair de charbon, mettant le côté creux contre le feu, & lors qu'elle commence à rougir, l'ouvrier prend d'une main la piéce avec des tenailles, & de l'autre, un peu de *cotton* bien battu & fin, qu'il trempe dans le *fel armoniac*, & en frotte bien la piéce. Cela fait, il prend un petit *lingot* d'*étain* fin & le preffe contre la piéce, afin de le faire fondre deffus, & il étend l'étain par tout avec fon *cotton* couvert de *fel armoniac* : & quand la piéce eft étamée, il la jette dans l'eau froide, d'où vous la voyez tirer blanche & vive comme de l'*argent bruni*. Le *fel armoniac*, dont ils fe fervent à l'*étamure*, eft purifié fur le feu avec de l'eau qu'on fait toute évaporer, jufqu'à ce que le *fel* foit reduit en poudre. Ils ont une particuliere dexterité à ce métier-là, & cette *vaiffelle* de *cuivre étamé* a cet avantage fur la nôtre, qu'elle eft plus legere, qu'elle ne fond point, & ne fe boffue point. Les *Perfans* ont du *cuivre* dans leurs Païs, comme je l'ai obfervé ; mais ils ne l'eftiment pas tant que celui du *Japon*, ni que celui de *Suede*. J'oubliois à dire qu'ils tirent l'*étain* des *Indes*. Pour ce qui eft des *lampes*, des *chandeliers*, & des autres piéces de fonte, les ouvriers *Perfans* les tournent fur deux poupées avec une courroye.

Les *Armuriers* font fort bien les *armes*, fur tout les *arcs* & les *épées*. Les *arcs de Perfe* font les plus beaux & les plus eftimez de tout l'*Orient*. La matiere eft de *bois* & de *corne*, mis l'un fur l'autre, & couverts de *nerfs*, & par deffus d'une peau d'arbre très-liffe & unie. On le *peint* enfuite, & on lui donne le *vernis*, ce qu'ils favent faire admirablement, car on fe mire dans ces arcs-là, & l'on ne fauroit voir de plus vive couleur. La bonté d'un *arc* confifte, comme on le dit en *Perfe*, en ce que d'abord il foit rude à bander, jufqu'à ce que la *flêche* foit à moitié deffus, & qu'enfuite il foit mol & aifé, jufqu'à ce que le bout de la *flêche* foit entré dans la corde. Les *cordes d'arc* font de *foye* retorfe, de la groffeur d'une boudelle. Les *carquois* font faits de *cuir* brodé d'or ou de *foye*. Leurs *fabres* font d'un fort beau *Damafquin*, inimitable en nos Païs, à caufe, comme je croi, que nôtre *acier* n'eft pas plein de veines comme celui des *Indes*, dont ils fe fervent le plus communément. Ils ont chez eux de l'*acier* abondamment, mais ils l'eftiment moins que celui-là, & le nôtre moins encore que le leur.

Ce-

Cependant, leur *acier* est aigre & fort aisé à casser. Ils forgent leurs *lames* à froid, & pour leur donner l'eau, ils les frottent de *suif*, d'*huile*, ou de *beurre*, afin d'empêcher qu'elles ne se cassent : puis ils les trempent avec le *vinaigre*, la *couperose*, ou le *vitriol*, qui étant corrosif, fait paroître ces rayes ou veines, qu'on appelle *Damasquin*, & c'est là ce qu'on appelle aussi *acier de Damas*, parce que cette ville étoit l'endroit le plus célébre pour la *fabrique* de ces belles *lames de sabre*, qu'on y faisoit de l'*acier*, qui s'y transportoit des *Indes* par la *Mer rouge*, dans les siécles passez. Les *Persans* font fort bien aussi les *canons* des *armes à feu*, ausquels ils donnent le *Damasquin* comme aux *lames*; mais ils les font fort pesants, & ne sauroient les faire autrement. Ils les percent & les nettoyent à la roüe comme nous faisons, & les forgent & les percent si bien qu'ils ne crevent presque jamais. Ils les font également forts & épais tout du long; disant que la *bouche du canon* étant foible, le feu la fait trembler, & que la *bale* participe de ce mouvement chancellant. Cela fait que si leurs *canons* sont plus épais, aussi ils tirent plus loin & plus droit. Ils soudent la *culasse* au feu, n'en voulant point à *vis*, disant pour raison qu'une *culasse à vis* entrant sans force, l'impetuosité de la *poudre* la peut jetter dehors, & qu'on ne peut s'y assurer. Ils ne savent point bien faire les *ressorts* ou les *batteries*. Celles qu'ils mettent à leurs *armes à feu* sont fort differentes des nôtres; car elles n'ont point de *platine*. Le *bassinet* est attaché solidement, étant tout d'une piéce, avec le *canon*. La *serpentine* joüe par une petite *branche* de fer, mal limée, qui sort du dedans du *mousquet*, & joüe à rebours, c'est-à-dire, non de devers la *crosse* sur le *bassinet*, mais tout au contraire. Le *bassinet* n'est pas plus grand d'ordinaire que le petit ongle, sans *chien* ou *couvercle*, & la plûpart des *bassinets* sont taillez dedans, comme une lime, afin que l'amorce y tienne mieux. Ils ne savent point monter les *armes*, & n'y observent point les régles de la *Statique*, car ils font la *crosse* petite & legere; ce qui fait que leurs *arquebuses* sont legeres de la *culasse*, & pesantes de la *volée*.

Les autres *Ouvriers en fer* & en *acier* entendent aussi fort bien leur *Métier*. Ils forgent le *fer* & l'*acier* froid & ils y réüssissent fort bien à l'égard de plusieurs sortes de pieces & d'outils, comme entr'autres des *Platines* de fer, dont ils se servent à cuire cette sorte de pain qu'ils appellent *lavatché*, qui n'est pas plus épais qu'un parchemin, & des *fours de Campagne*, qui font deux *demi-cones*, ou *demi-spheres*, tronquées ou coupées par le haut, qu'on attache ensemble avec de gros *crochets de fer*. Le diametre en est de deux pieds & demi, & la hauteur de trois & demi à quatre pieds. Il sort de ces *Cones* au dedans plusieurs gros clouds, de trois à quatre doits de long, & d'égale grosseur, avec des têtes plâtes, larges comme un demi écu. Lors qu'on se veut servir de ces *fours*, on enduit ces deux pieces d'*argile* dedans & dehors, en la faisant tenir par ces têtes de clouds, & on en fait comme un corps de *Muraille*, contre laquelle on applique le pain : Ces *fours* s'appellent *tendour*, comme les *fours* communs, qui sont de même figure, & qui sont faits en terre, & ressemblent à des fosses, où l'on applique aussi le pain contre les côtez tout à l'entour, & où il tient aisément, n'étant épais que d'un doigt ou environ. Quand on veut emporter ces *fours* l'on en rompt le *Mur d'argile*, & l'on en charge les deux *demi-cônes* sur un cheval, une piece d'un côté, & une piece de l'autre. Les pieces de *fer* & d'*acier* que ces *ouvriers* font encore le mieux, sont entr'autres les *scies*, qu'ils font d'*acier*, unies & polies comme une *glace de miroir*; Les *Rasoirs* qui sont une fois plus petits que les nôtres, quoi qu'aussi épais par le bout, & qui rasent à merveille; les *Cizeaux*, qu'ils font autrement que nous, car les lames des leurs sont creuses dedans comme des *goutieres*: & ils disent, qu'étant faites ainsi, le tranchant des deux *lames* se joint & se presse mieux. Les *Miroirs* sont ronds presque tous & convexes. Quelques uns sont concaves, de même que les *Miroirs ardents*. Comme l'air est fort sec en *Perse*, suivant que je l'ai observé plusieurs fois, le poliment de ces *Miroirs* ne se passe point, & ils ne prennent jamais la rouille. On se sert aussi de *Miroirs de Verre* en *Orient*, & même en quantité, quoi qu'incomparablement moins que de *Miroirs de Metail*, & cela pour deux raisons : l'une que ces *Miroirs de metail* sont plus durables, & ne se cassent point en tombant; l'autre que quand les *Miroirs de verre* se font deflamez on ne peut plus s'en servir, l'*étamure du verre* étant inconnuë en tout l'*Orient*, & l'*étain* qui est au dos des *Glaces* s'y perdant plus aisément qu'en *Europe*; chose qui arrive en *Perse* à cause de la grande seicheresse de l'air, & aux *Indes* au contraire, à cause de sa grande humidité. L'on n'a l'usage des *Miroirs de verre* en ces Païs *Orientaux* que depuis le commerce que les *Europeans* y font. Il faut remarquer qu'ils polissent leur

L 2 *Me-*

Metail avec l'*émeri*, fin , broyé , & mis en poudre impalpable, n'ayant point de *Tripoli* de *Venife* , ou en ayant fi peu, qu'on peut dire qu'il n'eft pas en ufage chez eux.

Les autres *Arts Mecaniques* que les *Perfans* exercent encore affez bien font les fuivans, l'*Art des feux d'Artifice* , en quoi ils ont des ouvriers auffi bons & peut-être meilleurs qu'en aucune partie du monde.

L'*Art des Bouchers* , lefquels habillent leurs *viandes* fort proprement. Les *Perfans* croyent que ce *Métier* rend fouillé ceux qui l'exercent, à caufe du *fang* qu'ils manient. Cependant les *Bouchers* font répandus deçà & delà dans toutes les ruës des villes , & non pas ramaffez dans des *Boucheries* , comme dans nos Païs. Lors que les *Bouchers* veulent tuer une *Bête* , ils la menent dans un coin proche leur *Boutique* , où ils font une petite *foffe* pour recevoir le *fang* , & enfuite ils jettent la *Bête* contre terre , ils lui tournent la *Gorge* du côté de la *Mecque* , & s'y tournant auffi eux-mêmes , ils l'égorgent d'un *couteau* qui ne fert jamais qu'à cela tant pour l'avoir plus net , que pour éviter le rifque que ce coûteau ne coupât quelque chofe défenduë , ou ne touchât celle qui feroit fouillée. Le foir, en fermant leur *Boutique* , ils frottent de *Sel* le *billot* où ils découpent la *chair* , de peur que les *chiens* ne le lechent , ce qui le rendroit impur.

L'*Art des Lapidaires* , qui entendent affez bien la *taille des Pierres tendres* , & la *Graveure* de ces fortes de *Pierres*. Les *Lapidaires Perfans* font leur roüe de deux parties d'*émeri* & d'une de *lacque* : & ils trouvent qu'il y a beaucoup d'art à faire les *roües* ; car il faut pêtrir extrémement bien cette compofition, & lui donner le feu dans un degré fi jufte, que la vifcofité qu'ils appellent *chiré* , c'eft-à-dire *lait* , ou *crême* , ne fe brûle point. Ils tournent ces roües emmanchées fur un *mandrin* rond avec un *archet* , qu'ils tiennent d'une main , & la *Pierre* de l'autre , contre la *roüe*. Il eft difficile de faire de cette maniere un *Bizeau* bien droit ; mais en revanche la *taille* eft facile & à peu de fraix. Lors qu'ils veulent polir la *Pierre* ils mettent en la place de cette roüe une autre roüe faite de *faule rouge*, fur laquelle ils jettent de l'*étain calciné* ou du *Tripoly*. Les *Graveurs des cachets* fe fervent de l'*archet* , & d'une fort petite *roüe* de cuivre avec l'*émeri*. Ils ont de l'*émeri de Perfe* & de l'*émeri des Indes* , qui eft de differentes natures, en ce que celui des *Indes* coupe mieux , plus il eft fin & délié , ce qui eft le contraire de l'autre.

L'*Art des Teinturiers* , lequel paroît plus avan-

cé en *Perfe* qu'en *Europe* , puis que les *couleurs* y ont beaucoup plus de corps & d'éclat, & qu'elles ne paffent pas fi-tôt ; mais c'eft moins à leur *art* qu'il en faut donner la gloire, qu'à leur air & à leur climat , qui étant fec & pur, produit cette vivacité de couleurs , comme auffi à la force des ingrediens de la *Teinture* , qui croiffant la plûpart dans le païs, font employez tout frais & pleins de leur *fuc*. Leurs *couleurs de Teinture* & de *Peinture* font le *bol* ou la *terre rouge* , le *Rounat* , qui eft l'*oppoponax* , deux ingrediens qui font abondans en *Perfe* , le *Bois de Brezil* , qu'on leur apporte d'*Europe* , le *Bois de Japan* , & l'*Indigo* , qu'ils tirent des *Indes*. Ils employent de plus pour la *Teinture* plufieurs *herbes* & plufieurs *fimples* de leur terroir , des *Gommes* & des *Ecorces d'arbres* & de *fruits* , comme de *Noix* , & de *Grenade* , & le *Jus de citron* , le *Lapis la zuly* qu'ils appellent *Lagsverd* , d'où nous avons fait le mot d'*azur* fe prend dans leur voifinage au païs des *Yusbecs* , mais la *Perfe* en eft le *Magazin* général.

L'*Art des Barbiers* , & pour celui-ci ils l'ont en perfection. Ils rafent avec une legereté de main admirable , on ne les fent prefque pas , & fur tout quand ils rafent la *tête*. Ils commencent par le *fommet* , & tirent leur *rafoir* en bas, comme s'ils ne faifoient que paffer. On a la *tête rafée* en un moment, mais avant que d'y mettre le *rafoir* , ils font long-tems à la frotter avec les mains, puis ils la mouillent , & c'eft , à mon avis, cette longue friction qui facilite la *tonfure* , de maniere qu'on ne la fent prefque pas. Ils ne fe fervent point d'*eau chaude* pour rafer, mais de froide ; ni ne mettent jamais de *baffin* fous le *menton*. Leur *Baffin* eft une *taffe*, pas fi grande qu'un *godet de perroquet*. Ils y prennent de l'*eau*, dont ils fe mouillent les mains , & puis ils en mouillent le *vifage*. Ils font auffi fort propres dans leur *Métier* , car en *rafant* la *tête* ils font tomber tout le poil en un endroit. Ils effuyent le *rafoir* fur le *poil* qui refte à rafer , & ainfi ils ne mettent jamais de *linge* à effuyer fur l'*épaule* , ni n'effuyent leur *rafoir* autrement que le doigt. Je fuis perfuadé que la chaleur & la feichereffe de l'air contribue beaucoup à la facilité que les *Barbiers* ont à rafer. C'eft la coûtume , quand la *Barbe* eft faite, de couper auffi les *ongles* tant des mains que des pieds, ce qu'ils font non pas avec des *Cifeaux* , mais avec un *fer tranchant* , comme cet inftrument que les *Chirurgiens* appellent un *Déchauffoir*. Puis ils détirent les *doigts* & les *bras* , & manient la *tête* & le *Corps* , & fur tout les *Epaules* , comme

pour.

pour voir si tout est à sa place, de quoi on sent beaucoup de soulagement & de plaisir. Ces *Barbiers* vont tous les matins chez leur pratiques présenter le *miroir*, qui est d'ordinaire rond de quatre pouces de diametre, avec un manche. On ne leur donne rien pour cela; mais lors qu'ils rasent, & font la *tête*, on leur donne trois ou quatre sols. Ceux qui en donnent cinq payent en grands Seigneurs.

L'*Art des faiseurs d'Ecritoires*. Ils font leurs Ecritoires ordinaires, longues de six pouces, hautes & larges de deux pouces, & épaisses d'un teston; une piece dans l'autre, en forme de *Tiroir*. Ils les font sur un *Moule de fer*, avec des feuilles de *Papier* qu'on cole l'une sur l'autre, en passant de la *graisse de Mouton* sur la derniere, & un *vernis* par dessus, qui résiste à l'eau & qui est admirable. Le dedans de l'*écritoire* est garni de *cuir*. Cela fait un corps solide & dur, autant & plus que du bois. La colle dont les *Persans* se servent n'est pas faite de *farine*, mais d'une *Racine* pulverisée qu'ils appellent *Serichon*, qu'on broye entre des *meules*, comme on fait le *bled*, mais pas plus fine que de la *sieure de bois*. On la détrempe dans l'*eau froide*, où elle s'enfle aussi-tôt, & elle tient merveilleusement fort.

L'*Art des Tailleurs*, qui travaillent fort proprement, & taillent les *habits* si justes, qu'ils ne font pas un pli sur le corps. Pour la *couture*, ils nous passent asseurément. On n'en sauroit faire de plus fine, ni de plus égale. Ils ne cousent gueres en dehors comme nous faisons. Leur *couture* est toûjours en dedans, & la plus ordinaire, est ce que nous appellons *arriere-point*. Ils font des *Tapis*, des *Carreaux*, des *Portieres*, & d'autres *Meubles de feutre*, en *compartimens* & à la *Mosaique*, qui representent tout ce qu'ils veulent. Cela est si proprement cousu, qu'on diroit que les *figures* sont *peintes* au lieu que ce ne sont que des pieces de raport. La *couture* n'y paroit pas de si près qu'on y regarde, tant la *Rentraiture* en est fine.

Voila les *Arts & Métiers* que les *Persans* font assez bien : ceux auxquels ils réussissent mal sont les suivants.

La *Verrerie*. Il y a des *Verreries* dans toute la *Perse*; mais le *Verre* est la pluspart pailleux, plein de vessies & de bulles, & grisatre, ce qui vient sans doute de ce que leur feu ne dure que trois ou quatre jours, & que leur *deremné*, comme ils l'appellent, qui est une sorte de *bruiere*, dont ils se servent pour le faire, ne prend pas tant de chaleur que la nôtre. Le *verre de Chiras* est le plus fin du païs.

Celui d'*Ispahan* au contraire est le plus laid, parce que ce n'est que du *verre* refondu. On le fait au printems communément. Ils ne savent point *étamer le verre*, comme je l'ai observé, ce qui fait que leurs *Miroirs de verre* sont apportez de *Venise*, comme aussi leurs *Glaces de chassis*, & leurs belles *Bouteilles* à prendre du tabac. Au reste, l'*art de faire le verre* a été porté en *Perse* il n'y a pas quatre-vingts ans. Un *Italien*, nécessiteux & avare, l'enseigna à *Chiras* pour cinquante écus. Si je n'avois été bien informé de la chose, j'aurois crû qu'ils devoient aux *Portugais* la connoissance d'un Art si noble. Je ne dois pas oublier qu'ils ont en *Perse* l'*art de recoudre le verre* fort adroitement, comme je l'ai touché ci-dessus; car pourvû que les morceaux ne soient pas plus petits que l'ongle, ils les cousent ensemble avec du *fil d'archal*, & passent par dessus la *couture du blanc de Plomb*, ou de la *chaux calcinée*, avec du *blanc d'œuf*, ce qui fait que l'eau ne sauroit du tout passer au travers. Entre leurs sentences, il y en a une pieuse qui est prise de l'industrie dont je parle. *Le verre rompu se remet en son entier, combien plus l'homme peut-il être rétabli dans le sien, après que la mort l'a mis en pieces.*

La *Papeterie*, qui s'exerce fort grossierement en *Perse*; ce qui vient de ce qu'ils ne se servent que de *toille de cotton*; dont la pluspart est *teinte & peinte*. Aussi leur *papier* est grisatre, sale, étoffeux, & sans consistence. Ils se servent beaucoup de celui d'*Europe* après l'avoir apprêté : mais ils en tirent de la petite *Tartarie*, qu'ils estiment davantage. L'apprêt de leur *Papier* se fait en passant du *savon* dessus, & le lissant en suite avec un *Verre*, ce qui se fait, afin que leur *ancre* coule mieux.

La *Bahuterie*, qui est aussi fort grossiere & mal faite. Leurs *coffres*, qui sont portez sur quatre *piez de bois blanc* sont fort legers, couverts de *peaux noires* dedans & dehors. Le devant orné de *figures* faites de *cuir de couleurs*. On les met dans des *sacs de poil de chevre*, dont le bas est garni de *cuir*; & on les charge commodément sur des chevaux. Tous leurs coffres sont à *cadenats*, n'ayant pas l'usage des *Serrures*, comme je l'ai dit.

Les *Relieurs* travaillent fort mal aussi; & ce qu'on aura peine à croire, c'est qu'ils ne sauroient faire la *couverture* tout d'une Piéce. Ils la font de deux pieces qu'ils collent sur le *dos*, lequel est toûjours *plat*, ne le sachant pas faire *rond*. Et quoi qu'ils collent ces piéces fort proprement, la *collure* ne laisse pas de paroître avec le tems.

Le

Le *Savon de Perse* eſt fait avec de la *graiſſe de Mouton*, & de la *cendre d'herbes fortes*. Il eſt mol & ne blanchit pas bien, mais il eſt à fort vil prix. Les *Perſans* en font venir de *Turquie*, & particuliérement d'*Alep* où ſe fait le meilleur de tout l'*Orient*, & peut-être de tout le monde, étant blanc, fin, & ferme, beaucoup plus que celui que nous avons en *Europe*; ce qu'il faut rapporter entr'autres à la bonté de la *cendre d'Alep*, où toute l'*Europe* va s'en pourvoir pour faire le *Savon*. Cette *cendre* eſt faite d'une certaine *herbe forte* qui croit dans les deſerts, & les lieux ſableneux & ſecs. On s'en ſert en *Syrie*, & en *Egypte*, à faire le *feu des bains*. La *cendre* eſt la matiere du *Savon*, avec la *chaux* & l'*huile d'Olive*, qui eſt auſſi fort bonne & en abondance à *Alep*. Le *Savon de Perſe* ne ſe fait pas avec l'*huile*, mais avec la *graiſſe de bœuf*, de *mouton*, & de *chevre*. Il s'en faut beaucoup qu'on n'employe autant de *Savon* en *Perſe*, qu'on fait en *Europe*; ce qui vient de pluſieurs raiſons, & entr'autres de ce que la plûpart du *linge* eſt de *couleur*, & fait de *ſoye*, comme les *chemiſes*, les *caleçons*, les *mouchoirs*: de ce qu'il n'y a que de la *toile de cotton* en *Perſe*, laquelle ſe blanchit à l'*eau froide*, & de ce que l'air & le *Soleil* avec l'*eau froide* font le *blanchiſſage* ſans beaucoup de *Savon*, & ſans grande peine. On frotte un peu le *linge*, puis on l'étend ſur l'herbe, & on l'arroſe durant trois ou quatre heures, de quart d'heure à autre plus ou moins, ſelon que le Soleil eſt ardent, ce qui le rend plus blanc que la neige. J'ai gardé dix ans durant du *linge* blanchi aux *Indes* à l'*eau froide* & ſans *Savon*; mais en mettant nôtre *linge* auprès, je trouvois que nous n'avions en *Europe* que du blanc obſcur & griſatre en comparaiſon. Cependant on doit juger combien il devoit avoir perdu de ſa blancheur pendant dix ans qu'il avoit été dans le coffre.

L'*Orfevrerie*, cet *Art* ſi répandu & ſi curieux, eſt fort mal entendu des *Perſans*. Ils ne ſavent point *émailler* du tout, & ſont encore plus éloignez de *peindre en émail*. Ce qu'ils font le mieux, c'eſt le *filagrame*. Ils gravent paſſablement, & leur principale *Graveure* eſt en relief. Ils mettent aſſez bien les *Pierres en œuvre*; & c'eſt ce qu'ils font le moins mal en ce *Métier*.

Pour l'*Horlogerie*, l'*Art* en eſt encore inconnu aux *Perſans*. Lors que j'étois dans leur païs, ils n'avoient que trois ou quatre *Horlogers* venus d'*Europe*. J'en attribuë la cauſe à ce que demeurant dans un climat, où les jours ne ſont pas ſi inégaux que dans les nôtres, & où l'air eſt toûjours ſerain, ils voyent au Soleil à peu près l'heure qu'il eſt, ſans dépendre des *Horloges*. Ils ne ſe ſervent point non plus de *Cadrans Solaires*.

CHAPITRE XVIII.

Des Manufactures.

APrès avoir traité des *Arts Mécaniques* des *Perſans*, il faut parler tout de ſuite de leurs *Manufactures*. Ils en ont de fort bonnes & fort belles en *cotton*, en *poil de chevre*, en *poil de chameau*, en *laine*, & particuliérement en *ſoye*. Comme la *ſoye* eſt une matiere abondante & commune en *Perſe*, les *Perſans* ſe font particuliérement exercez à la bien travailler, & c'eſt à quoi ils réüſſiſſent le mieux, & en quoi ils ont les plus conſidérables *Manufactures* de leurs païs. Leurs *ouvriers* ont l'invention des *moulins*, des *fuzeaux* & des *Tours* pour devider la *Soye*, à peu près comme nous. Ils conſervent la *Soye graiſſe*, comme on parle, c'eſt-à-dire cruë, & non préparée, la tenant en des lieux humides, que même ils arroſent quelquefois, pour entretenir le poids de la *Soye*, parce que c'eſt au poids qu'on la vend & par la même raiſon ils gardent celle qui eſt devidée en des ſacs de cuir. Je ne parlerai point d'une infinité de ſortes d'*étoffes de Soye pure*, *Taffetas*, *Tabis*, *Satins*, *Gros de Tours*, *Turbans*, *Ceintures*, *Mouchoirs*, ni des *Etoffes de Soye* avec du *cotton*, ou avec du *poil de chameau* ou de *chevre*, qui ſe font dans toute la *Perſe*. Je ne parlerai que de leur *Brocard*. Ils appellent le *Brocard*, *Zerbafe*, c'eſt-à-dire *Tiſſure d'or*. Il y a le *ſimple*, qui eſt de cent ſortes, le *double* qu'on appelle d'*Ouroye*, c'eſt-à-dire *à deux faces*, parce qu'il n'a point d'*envers*, & le *Machmely Zerbafe*, ou *velours d'or*. On fait des *Brocards d'or*, qui valent juſqu'à *cinquante Tomans* la *gueze*, ou *aune*, laquelle étant de deux pieds demi quart de nôtre meſure, c'eſt environ *trente écus* le pouce, ou *onze cens écus* l'aune que cela revient. Il ne ſe fait point d'*étoffe* ſi chere par tout le monde. Cinq ou ſix hommes à la fois ſont employez au *métier* où on fait cette riche *étoffe*, & il y a juſqu'à vingt quatre ou trente *navettes* differentes à faire paſſer, au lieu que d'ordinaire il n'y en a que deux. Malgré le prix incroyable de ce précieux *Brocard*, les *Ouvriers* qui y travaillent ne gagnent que *quinze à ſeize ſols* par jour, & n'en peuvent faire que l'épaiſſeur d'une piéce de trente ſols. Ces *Brocards* ſi chers, ſe mettent en rideaux & portieres,

res, dont l'ufage eft univerfel, & qui font un des plus ordinaires meubles d'un logis, & en carreaux. Le *Velours d'or* qu'on fait en *Perfe* eft très-beau, fur tout *le frifé*. Ce qu'il y a d'admirable en ces belles *Etoffes*, c'eft qu'on n'en voit jamais la fin, pour ainfi dire, & que l'*or* & l'*argent* ne paffe point tant que l'*étoffe* dure, confervant toûjours fon éclat & fa couleur. Il eft vrai que l'*argent* s'obfcurcit à la longue au bout de vingt ou trente ans de fervice; mais encore alors, il ne paffe, & il ne tombe point; ce que je crois qu'il faut autant imputer à la bonté de l'air, qu'à la perfection de l'ouvrage. Les plus beaux *métiers* de ces *étoffes* font à *Yezde*, à *Cachan*, & auffi à *Ifpahan*. Ceux des *Tapis* font dans la Province de *Kirman*, & particuliérement à *Siftan*. Ce font ces *Tapis*, que nous appelions communément en *Europe*, *Tapis de Turquie*, à caufe que c'eft par la *Turquie* qu'ils y venoient, avant qu'on négociât en *Perfe* par le *grand Ocean*. La maniére des *Perfans* pour connoître la bonté des *Tapis*, & pour en faire le prix, eft de mettre le pouce fur le bord de la piéce, & de compter combien il y a de *fils* en un pouce; car plus il y en a & plus la piéce vaut. Le plus qu'on trouve de *fils* en un pouce, eft au nombre de quatorze ou quinze.

Les *Etoffes de poil de chameau* fe font particuliérement à *Yefde* & à *Kirman* dans la *Caramanie*. Ils appellent cette *Laine de Chameau Teftik*, & auffi *Kourk*. Elle eft bien fine & prefque comme du *Caftor*, molle, & douce à la main parfaitement; mais on n'en fauroit rien faire de ferme, ni qui ait du corps. Il fe fait auffi en ces villes des *Camelots*, des *Etamines*, des *Droguets*, *Soye* & *Laine*. On fait au païs de *Mougan* les groffes *Serges* & épaiffes qui font pour les gens du commun.

Les meilleures *Etoffes de poil de chevre* fe font en *Hircanie*. Elles reffemblent au *Bouracan*; mais les plus fines fe font le long du *Golphe Perfique* à *Dourak*. C'eft de-là que viennent ces fortes de *Mantes* qu'on appelle *Habbé*, qui font des *Soutanes* dont les manches ne font pas plus grandes que celle de *hoquetons*, & qui font d'une piéce fans couture en aucun endroit. On en trouve de très-fines. Elles font communément à bandes rayées.

Les *Perfans* ne favent point faire le *Drap*, mais ils font des *feutres* très-fins & très-legers, qui font plus chauds que le *Drap*, & qui refiftent mieux à la pluye. Ils en foulent la laine comme font les chapeliers. L'on en fait les *manteaux de pluye*, pour les gens du commun. L'on s'en fert au lieu de *toile ci-*

rée. L'on en couvre les planchers, foit par deffus les *Tapis*, pour y être plus mollement, foit par deffous, pour les conferver contre l'humidité.

Ils font auffi de la *Toile de cotton* à très-bon marché; mais ils n'en font pas de fine, parce qu'ils la tirent des *Indes* à meilleur prix qu'ils ne la pourroient faire. Ils appellent cette toile *Kerbaz*, comme qui diroit *tiffure d'Ane*, ou *pour Ane*, mot, d'où eft venu apparemment celui de *Carbaffon*, & de *Carbœfus*, dont les *Grecs* & les *Latins* fe fervent pour fignifier de *groffe toile*. Ils favent auffi peindre la *Toile*, mais non pas fi bien qu'aux *Indes*, parce qu'ils tirent de ces païs-là les plus belles *toiles peintes* à fi bon marché, qu'ils ne gagneroient rien à fe perfectionner dans cette *Manufacture*. Un *ouvrage* auquel ils réüffiffent fort bien c'eft d'*Imprimer d'or* & d'*argent* la toile, le *Taffetas* & le *Satin*, ce qu'ils font avec des *Moules*. Ils repréfentent deffus tout ce qu'on veut, *lettres*, *fleurs*, *figures*; & ils le font fi bien, qu'on diroit que c'eft de la *broderie d'or* ou d'*argent*. Ils impriment avec de l'*Eau de gomme*.

Ils font fort bien encore les *Nattes* & les *Paniers d'Ofier*, qu'on porte au bras, qui fe plient, & roulent. On ne peut voir de plus fines & de plus belles *Nattés* que les leurs. La meilleure *Manufacture* en eft à *Siflon*, parce que c'eft-là où les *Joncs* s'apportent premiérement. Ces *Joncs* croiffent en des marais proche le *Tigre* & l'*Euphrate*.

CHAPITRE XIX.

Du Commerce, ou du Négoce, où il eft traité auffi des Poids, des Mefures & de la Monnoye.

LE *Négoce* eft une *Profeffion* très-honorable en *Orient*, comme étant la meilleure de toutes celles qui ont quelque ftabilité, & dont le fort n'eft pas fi expofé au changement. Il ne s'en faut pas étonner, car cela ne fauroit être autrement dans des Etats, où d'un côté il n'y a point de droit de *Nobleffe*, & par conféquent que très-peu d'autorité attachée à la naiffance, & où, d'un autre côté, la Nature du gouvernement étant tout-à-fait Defpotique, & Arbitraire, l'autorité qui eft attachée aux Charges & aux Emplois, ne fauroit durer plus long-tems que les Emplois même, qui font précaires, & s'ôtent pour la moindre chofe. Cela fait qu'on eftime fort le *Né-*

goce

goce en cette partie du monde, comme un état durable & indépendant. Une autre raison qui fait qu'on le confidére, c'eft que les plus grands Seigneurs l'exercent, & les Rois même. Ils ont leurs Commis, comme les *Marchands* & fous le même nom. Ils ont la plûpart leurs *Navires* de *Marchandifes* & leurs *Magazins*. Le Roi de *Perfe*, par exemple, vend, & envoye vendre aux païs voifins, de la *Soye*, des *Brocards*, & autres riches *Etoffes*: des *Tapis*, & des *Pierreries*. Le nom de *Marchand*, en *Orient*, eft un nom de grand refpeĉt, qui ne fe donne pas aux gens qui tiennent *Boutique*, ou qui trafiquent de menues *Denrées*, ni à ceux qui n'ont point de *Commerce* hors du Royaume. On ne le donne qu'à ceux qui ont des *Commis*, ou *Facteurs* dans les païs les plus éloignez: & ces gens font quelquefois élevez aux plus hautes charges, & d'ordinaire on en prend pour les *Ambaffades*. Il y a des *Marchands* en *Perfe* qui ont des *Commis* par tout le monde: & ces *Commis*, quand ils font de retour, fervent leur maître avec la fujettion des *valets*, fe tenant débout en leur préfence, & les fervant à table, quoi qu'il y ait de ces *Commis*, riches de foixante à quatre vingts mille écus. Aux *Indes*, la chofe eft encore plus avantageufe pour le *Négoce*: car, quoi que ceux qui en font profeffion, foient en bien plus grand nombre qu'en *Perfe*, il ne laiffe pas d'y être plus refpeĉté. Ce refpeĉt vient encore, outre les raifons alleguées de ce qu'en *Orient* les *Négocians* font des gens facrez, à qui on ne touche jamais, même durant la guerre: eux & leurs effets paffant libres au milieu des armées. C'eft à leur égard fur tout, que la fûreté des chemins eft fi grande en toute l'*Afie*, & particuliérement en *Perfe*. Le nom de *Marchand*, en *Perfan*, eft *Saudaguer*, qui fignifie *faifeur de profit*.

Ces *Marchands Orientaux* font tout à fait le *Négoce* à la grandeur. Car, outre qu'ils envoyent leurs *Commis*, par tout, fans fortir du lieu de leur fejour, où ils fe tiennent comme au cœur de leurs grandes affaires, ils n'en traitent point eux-mêmes directement. Il n'y a point de *Bourfe*, ou de *Place de change* dans les villes. Le Négoce fe fait par *courtiers*, & ces gens font les plus adroits, les plus diffimulez, les plus fouples, complaifans & endurans, & les plus intriguans hommes de la Société; ayant la langue bien penduë, & étant infinuans au delà de ce qu'on fauroit croire. On les appelle *Delal*, comme qui diroit *grands parleurs*, terme, qui étant le contraire de *lal*,

qui fignifie *muet*, les *Mahometans* difent en commun proverbe, par allufion au nom de ces gens, qu'au dernier jour *Delal lal*, les *Courtiers*, ou *parleurs*, feront muets, pour dire qu'ils ne pourront s'excufer. C'eft quelque chofe de curieux de voir comment ils font les *marchez*. Après avoir bien raifonné & difcouru, en préfence du *vendeur*, & d'ordinaire dans fa maifon, ils font le *prix* avec les doigts. Ils fe tiennent par la *main droite*, couverte de leur manteau, ou de leur mouchoir, & s'entreparlent de cette façon. Le *doigt étendu* vaut *dix*; le *doigt plié*, *cinq*; le *bout du doigt*, *un*; la *main entiere*, *cent*; la *main pliée*, *mille*. Ils marquent ainfi *livres*, *fols*, & *deniers*, en fe maniant la main. Pendant qu'ils traitent, ils ont le vifage raffis, & immobile à un point, qu'il eft impoffible d'y connoître aucunement, ni ce qu'ils penfent, ni ce qu'ils difent.

Cependant les *Mahometans* ne font pas les plus grands *Marchands* de l'*Afie*, quoi qu'ils y foient répandus prefque par tout, & que leur *Religion* domine dans les Etats qui en font la plus grande partie. Ils font trop *voluptueux* les uns, & trop *Philofophes* les autres, pour vaquer au *Commerce*, fur tout au Commerce étranger; c'eft ce qui fait qu'en *Turquie*, ce font les *Chrétiens* & les *Juifs* qui font le principal *Négoce* étranger, & qu'en *Perfe* ce font les *Chrétiens* & les *Gentils des Indes*. Pour ce qui eft des *Perfans*, ils font le *Commerce* de leur propre Païs d'un lieu à l'autre, & la plûpart de celui des *Indes*. Les *Armeniens* font celui de l'*Europe* tout entier, de quoi il y a une raifon particuliére; c'eft que les *Mahometans* ne fauroient garder exaĉtement leur *Religion* parmi les *Chrétiens* à caufe de la pureté exterieure qu'elle leur commande. Par exemple, leur *Loi* défend de manger de la *chair*, ou apprêtée, ou tuée, par un homme d'autre *Religion* que de la leur, & de boire dans un vafe où un homme *Non-Mahometan* ait bû. Elle défend de prier *Dieu* en un lieu où il y ait des *figures*; elle interdit même, en certains cas, l'attouchement des perfonnes de differente *Religion*, chofe qu'il eft comme impoffible de garder dans le païs des *Chrétiens*.

Un autre obftacle qu'il y a parmi les *Mahometans* à l'avancement du *Commerce*, c'eft que leur *Religion*, interdifant l'*ufure* n'admet point la difference entre l'*ufure* & l'*interêt*. *Mahammed* fonda fa *Religion* dans un Païs, dont toute la richeffe, & tout le *trafic*, étoit en bêtail & en haras: où on voyoit peu d'argent:

gent: & où le *commerce* se faisoit par *permu-*
tation, comme dans les premiers tems: &,
comme il paroit à mille choses de sa *Réligion*,
qu'il ne songeoit pas qu'elle s'étendroit par
tout le monde, il ne trouva point d'inconvenient de défendre de prêter à *interêt*. Les
anciens *Commentateurs* de son *institution* n'ont
point expliqué cette défense, de maniere qu'elle est demeurée en sa force. Ainsi la *Loi* n'al-
loüe point d'*interêt*: mais elle admet les *chan-*
ges, & sur tout les maritimes à toute sorte de
benefice, comme *trente* & *quarante pour cent*
de benefice, & plus; & pour l'*interêt* les parties savent frauder la *Loi* tout comme ils le
veulent. Elles vont chez le *Juge*, & l'*Em-*
prunteur, tenant un sac d'argent, dit qu'il y
a dedans telle somme, quoi qu'il s'en manque
l'*interêt* convenu entr'eux. Le *Juge*, sans
s'en informer davantage, fait expedier le contract. Même, sans tant de précautions, il
suffit de réconnoître devant des *témoins*, qu'on
a tant reçu (quoi qu'on ait reçu moins,) pour
rendre la dette authentique.

La grande *Marchandise* de *Perse* est la *soye*.
Il s'en recueille en la Province de *Georgie*,
en celle de *Corasson*, en la *Caramanie*, mais
principalement en *Guilan* & en *Mezandaran*,
qui est l'*Hyrcanie*. On compte que la *Perse*
en produit tous les ans *vingt deux mille balles*,
du poids de *deux cents soixante & seize livres*
la balle; le *Guilan*, *dix mille*; le *Mezandaran*,
deux mille; la *Medie* & la *Bactriane*, chacune *trois mille*, la partie de la *Caramanie*, qu'on
appelle *Carabac*, & la *Georgie*, chacune *deux*
mille. C'est entre *dix à douze millions de soye*
vaillant; & ce compte augmente annuellement, parce que la culture de la *soye* augmente toûjours. Il y a de quatre sortes de
soye. La premiére, qui est la moindre,
est dite *Chirvani*, parce qu'elle vient principalement de *Chirvan*, ville de *Medie*, proche
la *Mer Caspienne*. C'est une *grosse soye*, épaisse & laide, & le plus gros *fil* de la *coque*. C'est
celle qu'on appelle *Ardache* en *Europe*. La
seconde, qui est meilleure d'un degré, s'appelle *karvari*, c'est-à-dire *charge d'âne*, comme pour dire que c'est la sorte qu'achetent
ceux qui s'y connoissent le moins. Nous l'appellons *legia*, en nos païs, & apparemment
du nom de *Legian*, petite ville de *Guilan* sur
la Mer, où il ne se fait que de cette soye. La
troisiéme est nommée *ket codapesend*, comme
qui diroit la *sorte bourgeoise*, qui est le nom
qu'on donne en *Perse* à toutes les choses de
moyenne qualité. La quatriéme est appellée
Charbasse, comme qui diroit *la soye de brocart*,

parce qu'il faut la meilleure *soye* pour ces riches étoffes. Le transport qui se fait de la
soye de Perse est trop connu pour en dire beaucoup de choses. Les *Hollandois* en apportent en *Europe* pour cinq à six cens mille livres, par la *Mer des Indes*, & tous les *Euro-*
peans qui ont *commerce* en *Turquie*, n'en rapportent rien de plus précieux que les *soyes de*
Perse, qu'ils achetent des *Armeniens*. Les
Moscovites en transportent aussi dans leur païs.

On tire de la *Perse* du *Poil de chameau*,
que les *Persans* appellent *Teftik* comme je l'ai
dit, & nous *Europeans*, *laine de Chevron*. On
l'employe en *Europe* à la fabrique des chapeaux. La meilleure *laine* de cette sorte,
vient de la *Caramanie* & de *Casbin*, ville célebre de la *Parthide*.

La *Perse* envoye aux *Indes* du *Tabac* en
quantité, des *fruits* de toutes sortes, secs,
confits au vinaigre, & confits au sucre, &
sur tout des *Dattes*, de la *Marmelade de coin*,
des *vins*, des *Eaux distillées*, des *chevaux*, de
la *Porcelaine*, des *Plumes*, du *Murroquin* de toutes couleurs, dont on transporte aussi beaucoup
en *Moscovie*, & en d'autres païs de l'*Europe*.

Elle envoye en *Turquie* du côté de *Babylo-*
ne & de *Ninive*, du *Tabac*, de la *noix de gal-*
le, du *fillet*, de grosses *étoffes de poil de che-*
vre, des *Nattes*, & toutes sortes d'*Ustenci-*
les, des *Roseaux*, de l'*Acier*, & du *fer*, en
barre, & travaillé, toutes sortes d'*ouvrages de*
buis, & beaucoup d'autres choses. Le transport
de l'*Acier* & du *fer* en barre, & travaillé, ou
en pain, & non travaillé, est défendu dans
le païs, mais cela n'empêche pas que ce transport ne se fasse. La *Perse* envoye aussi en
Moscovie toute sorte d'*étoffes de soye*, & autres,
& des *fourrures de Mouton*.

Il ne faut pas néanmoins s'imaginer que les
Persans fassent le *Commerce* avec la méthode,
& les regles, dont nous nous servons, ni
qu'ils y entendent la moitié autant que nous.
Par exemple, le *Négoce par Commission* & le
change par lettres, ne sont presque pas en usage; mais, comme je l'ai observé, cha-
cun va soi même vendre sa *Marchandise*, ou
bien envoye pour cela ses *Commis* ou *Vikils*,
comme ils les appellent, ou ses Enfans. Il
y a des *Marchands* en *Perse*, qui ont des *Com-*
mis par tout le monde jusqu'en *Suede*, d'un
côté, & jusqu'à la *Chine*, de l'autre. C'est
là la methode de tout l'*Orient*, & c'étoit celle
de tout l'*Univers*, avant que l'*Europe*, s'étant
si fort remplie de peuple, & de villes, qu'en
quelques endroits elles sont pour ainsi dire les
unes sur les autres, par comparaison à celles

de l'*Asie*, il n'a plus été néceffaire d'aller foi même, ou d'envoyer des exprès; mais on a pû fe tendre la main d'un lieu à l'autre, & fe faire tenir les chofes fûrement. Outre cela, l'*Europe* eft un païs de fi grands frais par comparaifon à l'*Orient*, fur tout dans les voyages, & le *Négoce* y eft fi néceffaire, & fi général, que fi l'on alloit foi même porter fes marchandifes d'un lieu à l'autre, il arriveroit que des villes entieres voyageroient, pour ainfi dire. On n'a point non plus de *Poftes* en *Orient*. La raifon en eft que le *Commerce* n'y eft pas affez répandu, & qu'on ne le fait pas avec tant d'activité : que la diftance des lieux eft trop grande, & qu'il coute fort peu à dépêcher un *meffager* exprès; car on envoye un *Exprès* à trente journées de chemin pour trente francs : & il fait ces trente journées, qui peuvent être de trois cens lieuës françoifes, en dix huit ou vingt jours, & quelquefois en quinze. Aux *Indes*, l'on en a à meilleur marché de la moitié. J'y ai quelquefois envoyé des *Exprès*, à fquarante journées de chemin, pour cinq écus. Quand ces *Exprès*, qui font la plus baffe & la plus miferable forte de gens, font retenus pour faire un voyage, ils vont vîte avertir deçà & delà qu'on les depêche, afin d'avoir quelques Lettres à porter, & ils les portent pour ce que l'on veut. Ils fe profternent quatre fois en terre, pour vous remercier, fi vous leur donnez quinze fols d'un paquet de deux ou trois onces. On appelle ces exprès *Chatirs*, qui eft le nom qu'on donne aux *valets de pied*, & à tous ceux qui favent bien *courir & aller vîte*. On les connoît en chemin à une *bouteille d'eau* & à un petit *fac* qu'ils ont fur le dos, lequel leur fert de *beface* pour porter de la provifion pour trente ou quarante heures qu'il eft de befoin. Car, pour aller plus vite, ils quittent les grands chemins, & prennent des traverfes. On les connoît encore à leur *chauffure* & à de gros *grelots* qui fonnent comme des *clochettes de Mulets*, & qu'ils portent à la ceinture pour fe tenir éveillez. Ces gens exercent leur *Métier* de pere en fils. On les apprend à aller au grand pas, tout d'une haleine, dès l'âge de fept à huit ans. Les ordres des Rois dans les *Indes* fe portent par deux hommes à pied, toûjours en courant, qui font relevez de deux en deux lieuës. Ils portent le paquet fur la tête, tout à découvert. On les entend venir à leurs *clochettes*, comme on entend le cornet d'un poftillon, & quand ils arrivent, ils fe jettent plats à terre, & on leur ôte le paquet, que deux hommes tous prêts emportent de même.

J'ai obfervé ailleurs, qu'en *Perfe*, on ne figne point les *billets*, *promeffes*, & autres *écrits*; mais qu'au lieu de *fignature* on met fon *feau*. On met au haut du papier fon *nom* & fon *furnom*, qui eft toûjours le *nom propre du pere* : & puis le *fceau* en bas, comme je le dis, avec des *Témoins* qui atteftent en mettant auffi leur *feau*. C'eft ainfi que les *Marchands* font leurs *écrits*; &, quoi qu'en prefque toutes rencontres, les *actes* qui ne font pas faits devant la Juftice, foient nuls, ils ne laiffent pas d'être valides entre les *Marchands*, le bras feculier les fait valoir. L'Ufage des *cautions* eft fort commun entr'eux, ce qui s'appelle en leur langue, fe *mettre à la place de l'engagé*. Quand on demande *caution* à des pauvres gens, qui n'en fauroient donner, ils répondent, l'*Iman Reza*, ou tel autre *faint* qui leur vient à la bouche, *eft ma caution*.

Les *Payemens* fe font tous en argent. L'or n'a point de cours dans le commerce. Leurs *facs d'argent* font de *cinquante Tomans* chacun, qui font *deux mille cinq cens abaffis*, ou pieces de *dix huit fols* de nôtre monnoye, fans jamais mêler les efpeces enfemble. Ces *facs d'argent* font faits de cuir longs & étroits, pour la facilité qu'il y a de les porter, étant ainfi faits. Ils ne comptent pas l'argent mais ils le pefent, par pefées d'un *Toman*, qui font *cinquante abaffis*, ou *pieces de dix-huit fols*. Ainfi ils ne fe méprennent jamais au compte, car ils rangent les pefées l'une contre l'autre de cinq en cinq, ou de dix en dix; de forte qu'il eft impoffible de fe mécompter, comme l'on voit. Cette méthode me plaifoit fort, parce qu'elle eft fûre, qu'elle fait gagner du tems, & particulierement parce qu'elle empêche de recevoir de l'argent faux; car s'il y a une *piece rognée* ou *fauffe* dans le fac, le poids la trouve à coup fûr, de cette maniere. Ils prennent la pefée legere, qui eft de *cinquante pieces de dix-huit fols*, comme je l'ai dit, & la mettent dans les balances, vingt cinq pieces en chacune : puis ils partagent en deux le côté leger, en mettant douze pieces de chaque côté, & la piece reftante à part ; puis ils partagent la pefée legere encore en fix, puis en trois, tant qu'ils trouvent la *piece alterée*, ce qui eft immanquable, comme l'on voit, & ce qu'ils font auffi fort vite.

J'ai obfervé dans un autre endroit que les *Perfans* ne déchirent point le *papier*, lors qu'ils retirent leurs *billets* ou autres *actes*. Ils en ôtent le *feau* avec le canif, puis le mouillent en l'eau, & en font un petit peloton, qu'ils fourrent en un trou, où il fe diffipe, & s'en va en poudre.

J'a-

J'ajoûte à ce chapitre la description des *Poids*, des *Mesures* & de la *Monnoye* de *Perse*.

Le *Poids commun* est de deux sortes, *Poids civil* & *Poids legal*. Le *Poids legal*, qu'ils appellent *cheray*, & qui est comme le *Poids du sanctuaire*, selon l'usage des *Hebreux*, est communément le double du *Poids civil*. Ils ont comme nous des *Poids* differens pour la *Médecine* & pour les *Pierreries*, d'avec les *Poids* communs. Leur *Poids civil* est aussi de deux sortes, *Poids de Roi* & *Poids de Tauris*, comme ils parlent. Le *Poids de Roi*, ou le *grand Poids*, est le double justement de l'autre. Ils appellent leurs *Poids* ordinaire, comme nous disons la *livre*, *Man*, & aussi *Batman*. Le *Man* de petit *Poids* revient à cinq *livres* quatorze *onces*, *Poids de Paris*. Les *Divisions* qu'ils en font sont les suivantes. Le *Ratel* qui est la sixiéme partie d'une *Man*, & comme nôtre *livre de Poids*, & le *Derhem* ou *Dragme* qui est la cinquantiéme partie d'une *Livre*. Le *Mescal*, qui est un *demi-Derhem*, le *Dung*, qui est la sixiéme partie d'un *Mescal* & fait huit *grains poids de carat*, & le *grain d'orge* qui est la quatriéme partie d'un *Dung*. Les *Poids* de l'*Orient* se reduisent tous au *grain d'orge*, qui est apparemment le premier *Poids* du monde. On trouve dans leurs livres un *Poids* nommé *Vakié*, qui doit être l'*once*, telle que nous l'avons, & un autre *Poids* plus grand, qui est nommé *Sah Cheray*, composé de onze cens soixante dix *Derhem*. C'est par ce *Poids* qu'on s'aquitte des *Dîmes* & des *charitez de Precepte*. Il faut observer que ce terme de *Dung*, signifie non seulement un *Poids*, mais aussi une *monnoye*, qui pese seulement 12 *grains*.

J'observerai ici que les *Persans* ont plusieurs termes de *Poids* semblables aux nôtres, ce qui me fait croire qu'eux & nous les avons pris des *Arabes* également. *Ratel* est le *Poids* nommé en Latin *Rotulus*; *Dinar* en *Persan* & *Denier* en *Europeen*, ont la même valeur; *Derhem* en *Persan* qui est la troisiéme partie de l'*once*, est à-peu près la même chose que *Drachme* en *François*, qui en est une huitiéme partie. Observez encore que *Derhem* dans les livres *Persans* est pris pour un morceau d'argent de la valeur de trente *Deniers*.

L'*aune* est de deux sortes. L'*aune Royale*, qui est de *trois pieds* moins *un pouce* : & l'*aune raccourcie*, ou *gueze moukesser*, comme ils l'appellent, qui n'est que les *deux tiers* de l'autre. La *Mesure Géometrique* s'appelle *girib*. On ne mesure point autrement les terres, & le *girib* est de *mille soixante six aunes carrées*, de ces *Aunes* de *trente cinq pouces de Roi*; c'est-à-dire

que le côté du *girib* est long de *trente deux guezes deux tiers*. Les *Tapis* qui se vendent à l'*aune* se mesurent aussi par *aunes carrées*, en prenant la largeur pour le multipliant, & la longueur pour le multiplié, ce que les *Persans* appellent *Aune en aune*. Par exemple, si un *Tapis* de pied a douze *aunes* de long & trois de large, on dit *trois fois douze* font *trente six*. On compte comme cela en plusieurs païs d'*Europe* & apparemment la méthode en est venuë de l'*Orient*, avec la Manufacture des *Tapis*.

Les *Persans* n'ont point de *Mesure de quantité*, comme le *boisseau*, parce qu'ils vendent tout au *Poids*, & même les *liqueurs*. Ils n'ont point non plus de *Mesure pour le tems*, ne se servant ni d'*Horloge* ni de *Cadrans solaires*, comme je l'ai dit ci-dessus. Ils divisent le jour en huit parties, dont la plûpart sont marquées dans les villes par les cris des *Prêtres Mahometans*, qui invitent le peuple à la priere.

La *Lieuë Persane* s'appelle *fars seng*, terme *Persan* qui signifie *Pierre de Perse*, lequel *Herodote*, & les autres Auteurs *Grecs*, qui ont écrit l'*Histoire de Perse* écrivent *Parasanga*, ce qui n'est pas une grande alteration; la prononciation de l'*f* & du *p* étant si consonante en *Persan*, qu'on prend souvent l'une pour l'autre. Il paroît par la signification de ce mot de *fars seng*, qu'anciennement les *lieuës* étoient marquées par de grandes & hautes *Pierres*, tant dans l'*Orient* que dans l'*Occident*. Tous les gens de lettres savent que dans la langue Latine le mot de pierre est toûjours employé pour dire *lieuë*. *Ad primum vel secundum lapidem. A la premiere ou seconde lieuë.* *Herodote* dit que la *Parasangue* est de *trente Stades*. Cela reviendroit à *deux lieuës Françoises*, à faire la *lieuë* de *douze mille pieds*. Les *Persans* la font de *six mille pas* qu'ils est leur mot pour dire *pas*; & ce mot signifie *jet*; comme pour dire que le *pas* est le *jet* du corps. Le *farseng*, ou *Parasange*, est presque de même *mesure* dans tout l'*Empire de Perse*.

Quant à la *Monnoye* les *Persans* appellent toute sorte d'espece monnoyée *Zer*, mot qui veut dire proprement *Or*; car *Zim* en leur langue est le nom du metail que nous appellons *argent*. Ils expliquent la *monnoye d'argent* par le terme de *Dirhem* ou *Dragme*, & celle d'or par celui de *Dinar*, ou *Denier*. Ils comptent par *Dinar-bisty*, & *Tomans*, quoi qu'ils n'ayent point de piéces de *Monnoye* ainsi appellées, & que ce ne soient que des dénominations. Le mot de *Dinar* veut dire l'*argent* en général; en particulier un *Dinar* revient à un *Denier* de nôtre *monnoye*, & sans doute le mot de *Donier*

M 2   qui

qui se trouve dans la plûpart de nos langues d'Europe, en Grec & en Latin, vient du mot Dinar qui est un terme de tous les Dialectes de l'Orient, jusques aux Indes, comme je viens de l'observer. Il y a le Dinar commun, & le Dinar de loi, ou cheray, comme je l'ai aussi expliqué ci-dessus; & ce Dinar cheray signifie le Poids & la valeur du Ducat d'or, ou de l'écu d'or. On n'use de ce compte de Denier legal que dans les livres. Un Bisty fait dix Dinar ou Deniers, & un Toman dix mille Dinar. Leurs Monnoyes courantes sont d'argent, lequel est, ou doit être, au titre de la Monnoye d'Espagne; mais en diverses villes l'on en baisse le titre. Le chayé, qui est la plus petite Monnoye d'argent vaut quatre sols & demi de nôtre Monnoye. Le Mamondy, qui est deux chayé fait neuf sols. L'Abassi fait quatre chayes, & le Toman, fait cinquante Abassis ou dix mille Dinars. Toman est un terme de la langue des Tuzbees, qui signifie dix mille, revenant à celui des Myriades chez les Grecs. Les Tartares comptent leur troupes par dix mille, comme nous faisons par Régimens. Leurs camps sont aussi départis par dix mille hommes effectifs, portant les armes, & ils dénotent la grandeur d'un Prince par le nombre de Tomanes qu'il a sous sa puissance. La ville que Xerxès bâtit en Syrie à laquelle on donna le nom de Mynandre eut sa dénomination par rapport à ses prodigieuses armées qu'on comptoit par dix mille, comme on fait à présent par Bataillons & par Escadrons. Ils ont aussi d'autres Monnoyes de cuivre, savoir le Kasbequi, & demi-Kasbequi, mot composé de Kas, Monnoye, d'où est venu le mot de Kasné, qui signifie Thrésor, & de Bek, Seigneur; comme qui diroit la monnoye du Roi. Et cette Monnoye est la dixiéme partie d'un chayé; mais ils n'ont point de Monnoye d'or, car ces piéces d'or au coin du Roi, qu'on fait fabriquer à son avenement à la Couronne, & au nouvel an, qui sont du poids d'un Ducat d'Allemagne, sont comme les jettons en France, n'ayant point de cours parmi le peuple. De plus ces piéces d'or n'ont point de nom propre. Les Persans les appellent communément Tela, c'est-à-dire des piéces d'or. On les appelle aussi Cherrasis, c'est-à-dire, des nobles, à cause de leur prix. Anciennement il n'y avoit point d'autre Monnoye dans le Royaume que des bistis d'argent, qui font quelques vingt deux deniers, & ces piéces de quatre sols & demi, qu'on appelloit chayé, c'est-à-dire Royale. Mais dans la suite

& du tems de Sultan Mahmoud, il y a quelque quatre cens ans, l'argent se multipliant, on fit des doubles-chayé, qu'on appelle Mamondys, du nom du Souverain. Abas le Grand étant venu à la Couronne, & la Perse abondant en argent, & en Commerce, il fit fabriquer des doubles-Mamondys, qu'on appella de son nom Abassi, & des piéces de Mamondys & demi, qu'on appelle Abassi de cinq chayez. On fabrique quelquefois des doubles-cinq chayé, & des piéces de cinq abassis; mais c'est par curiosité, il n'y en a point dans le courant du Commerce. Il y a une monnoye tout le long du Golphe Persique, nommée Larins, qui est celle dont on s'y sert le plus dans le Commerce. Larins veut dire monnoye de Lar, qui est le nom de la ville capitale de la Caramanie deserte, laquelle étoit un Royaume particulier, avant Abas le Grand, Roi de Perse, qui la conquit & l'incorpora à son Royaume, il y a quelques six vingts ans. Cette monnoye est d'argent fin & vaut deux chayé & demi, qui font onze sols trois deniers de nôtre Monnoye. Elle est d'une figure toute extraordinaire, car c'est un fil rond, gros comme une plume à écrire plié à deux de la longueur d'un travers de pouce, avec une petite marque dessus qui est le coin du Prince. Comme on n'en bat plus depuis la conquête du Royaume, on n'en voit plus gueres, mais on ne laisse pas de compter par cette monnoye en tout ce païs-là, & aux Indes, le long du Golphe de Cambaye, & dans les païs qui en sont proche. On dit qu'elle avoit cours autrefois dans tout l'Orient. La Monnoye de Perse se fait au marteau. On n'y connoît point le moulinet. Le Poids des piéces est par tout très-égal. Il y a des Monnoyes dans toutes les Provinces. Le droit de Monnoyage y est plus gros qu'en païs du monde: car il y a à sept & demi pour cent. L'Empreinte de la Monnoye, comme celle des grands sceaux de l'Etat, contient d'un côté, dans le milieu, la confession de foi Persane, en ces mots; Il n'y a de Dieu que Dieu. Mahammed est le Prophete de Dieu. Aly est le Lieutenant de Dieu. Avec les noms des douze Imans, ou premiers Successeurs de Mahammed autour; & de l'autre, le nom du Roi: du lieu: & de l'année. La Monnoye de cuivre a d'un côté, le Hieroglyphe de Perse, qui est un Lion avec un Soleil levant sur son dos; & de l'autre, le tems & le nom du lieu, où la piéce a été frapée.

VOYA-

VOYAGES
DE MONSIEUR
LE CHEVALIER CHARDIN,

Contenant

La Defcription des Sciences & des Arts libe-raux des Perfans.

CHAPITRE PREMIER.

Des Sciences en général.

JE vais commencer ce Livre en remarquant que les *Sciences* font indubitablement venues des extrémitez de l'*Orient*. On peut juger fur plufieurs évidences, qu'elles font nées aux *Indes*, dans le fein des *Brachmanes* & des *Gymnofophiftes*, d'où elles furent apportées chez les *Chaldéens*, ou *Babyloniens*, par la voye du *Sein Perfique*, & enfuite en *Egypte*, & en *Syrie*, foit par le Canal des *Chaldéens*, foit par la voye de la *Mer rouge*. Tout le monde fait que ce fut en *Egypte*, & en *Syrie*, & premierement en *Phenicie*, qui en eft tout proche, que les *Grecs* allerent premiérement apprendre les *Sciences*. Entre plufieurs évidences, pour ne pas dire démonftrations, que l'on peut rapporter de ce que j'avance ici, je n'en alleguerai que deux, prifes de la *Médecine*, & de l'*Aftronomie*, qui font fans difficulté les plus anciennes *Sciences* de l'Univers. A l'égard de la *Médecine*, *Efculape*, qui eft fi ancien, & après lui *Hippocrate*, & *Gallien*, compofent leurs principaux remedes de fimples, ou drogues, qui ne naiffent que dans l'*Orient*, particulierement dans les *Indes*, ce qui marque qu'ils avoient tiré de là leur *Theorie* de la guerifon des Maladies; & à l'égard de l'*Aftronomie*, les termes *Arabes*, & *Chaldaïques*, dont elle a toûjours été remplie, font voir que la chofe elle-même vient de chez ces Peuples de *Chaldée*, comme la plûpart du monde en convient d'ailleurs. L'autre indice de l'origine des *Sciences* dans les *Indes*, ce font les Voyages que des hommes de la *Grece*, fort célébres, y allerent faire, dans le commencement que la *Philofophie* fe faifoit connoître chez eux, comme entre les autres, *Pythagore*, qui en rapporta l'opinion de la *Metempfychofe*, qu'il n'avoit pû entendre à fa fatisfaction chez les *Egyptiens*. Il faut ajoûter à la doctrine de la *Metempfychofe*, les *Atomes de Democrite*, & d'*Epicure*, qui font juftement les principes des *Philofophes Indiens*, comme j'efpere de le faire voir fort amplement dans mes Notes fur l'*Ecriture Sainte*. L'endroit particulier des *Indes*, où je juge que les *Sciences* font nées, eft le Païs au delà du *Tropique du Caucer*, vers le *Gange*, où il refte encore aujourdhui des Ecoles de *Brachmanes*, plus qu'en aucun autre endroit. J'ai crû durant mon premier Voyage, que les *Sciences* étoient nées encore plus loin, favoir dans la *Chine*; mais j'ai changé d'avis depuis, fur ce que j'ai appris de la *Chine*, lorfque j'étois dans les *Indes*.

Pour venir à mon fujet, le génie des *Perfans* eft porté aux *Sciences*, plus qu'à toute autre

M 3.

autre profession, ou application que ce soit, & l'on peut dire aussi que les *Persans* y réüssissent si bien, que ce sont après les *Chrétiens Europeans*, les plus savans peuples du monde, sans en excepter les *Chinois*; car quoi que bien des gens s'imaginent, que la *Chine* est un Païs de merveilles pour les *Sciences*, & pour les *Arts liberaux*, de même que pour les richesses, pour la puissance, & pour l'étendue, je ne puis croire que ces peuples soient fort savans, quand je considere qu'ils ont une capacité si bornée dans l'*Astrologie*, qui est la *Science* la plus ancienne, & la plus estimée dans l'*Orient*, & sur tout à la *Chine* même. Car il est à remarquer sur ce sujet, que les *Chinois* font plus de cas de l'*Astrologie*, que les autres Nations de l'*Orient*. Les *Persans* aiment & honorent si fort les *Savans*, & ceux qui tâchent de le devenir, qu'on peut bien dire que leur goût dominant, est l'estime & la recherche des *Sciences*. Ils s'y adonnent tout le tems de leur vie, sans que le mariage, le nombre des enfans, l'importance des emplois, ni la pauvreté même les en détournent. Les Artisans, & païsans mêmes, lisent les livres de *Doctrine*, & en recherchent l'intelligence. Ils envoyent les enfans aux Colleges, & les élevent aux *Lettres*, autant que leurs moyens le peuvent permettre: ce qu'il y a de plus estimable en eux sur ce sujet, est qu'ils ne se font point une honte d'aller au College avec la barbe au menton; au contraire ils se font un honneur du nom d'*Etudiant*, dans tous les âges de la vie, & l'on voit un assez grand nombre de gens de quarante, cinquante, & de soixante ans même, qui vont prendre leçon avec un portefeuille, & des livres sous le bras, & l'écritoire à la ceinture; & quelquefois il arrive qu'on voit des hommes à cet âge-là, qui ne font que commencer leurs *études*, & qui en sont encore à ce que nous appellons *les basses classes*: plusieurs parmi eux prennent & donnent leçon de suite, & sont tout ensemble Maîtres & disciples; faisant leçon d'une *Science*, & un moment après prenant leçon de quelqu'autre.

Ils nomment les Etudians *Taleb-elm*, c'est-à-dire, *quelqu'un qui appelle à soi ou qui recherche la Science*, ce qui revient assez au mot de *Philosophe*: le nom de *Taleb-elm* est vénerable chez eux: les gens de la plus haute naissance, & ceux qui sont dans les plus grands emplois le portent par honneur. Quant aux Maîtres ou Regens, ils les appellent ou *Molla*, qui est le nom général dont ils nomment les *Prêtres*, & les *Ministres* de leur *Religion*, ou *Akond*, qui veut dire *Lecteur*. Les *Bacheliers*, ou les grands *Docteurs*, sont nommez *Mouchtehed*, du verbe *eehtehed*, qui veut dire, *s'appliquer fort*. Nous n'avons point de degré chez nous qui ne soit fort au dessous de celui de *Mouchtehed*: car il marque un homme qui possede toutes les *Sciences*, chacune au plus haut degré, qui (dans la *Religion* sur tout) est comme un *Oracle*, & aux décisions duquel il est si dangereux de contredire, que cela passe pour une impudence, ou pour une impieté: on peut juger de là, que le titre de *Mouchtehed* n'est pas donné à beaucoup de gens: il y a des tems qu'on ne connoît personne qui soit digne de le porter, & le siécle le plus heureux n'en voit paroître (à ce qu'ils disent) que trois ou quatre au plus dans toute sa durée: ce titre de *Mouchtehed* n'est pas un degré qu'on donne, c'est une qualité dont le peuple seul est le dispensateur, & qui ne consiste proprement que dans l'applaudissement, & dans la véneration du public: on l'acquiert à la longue, après avoir fait paroître une *Science* universelle, & une parfaite pureté dans l'observance de la partie ceremonielle de la *Loi*.

Les *Persans* disent qu'un *Mouchtehed* doit être saint & savant au plus haut degré, où l'homme le puisse être, que sa sainteté doit consister, à être sans reproche du côté du monde, & sa *Science*, à savoir soixante & douze disciplines ou *Arts liberaux*, plus profondement qu'aucun autre homme: à répondre sur le champ à toutes les difficultez proposées: à donner leçon si doctement, & si facilement, qu'on ait plus de disciples que personne, & à être estimé de tout le monde préferablement à tous autres, & sans opposition de personne. Ils ne nomment point ces soixante & douze *Sciences* qu'il faut savoir, & quelques-uns tiennent que le nombre excessif est mis pour marquer seulement toutes les *Sciences*. Je n'ai vû qu'un seul Docteur qui passât pour *Mouchtehed* dans tout le tems que j'ai été en *Perse*, encore n'étoit-ce pas d'un consentement unanime, mais j'en ai vû plusieurs qui apparemment y aspiroient; car on disoit qu'ils en prenoient le chemin; c'étoit des gens d'un exterieur fort bien composé, graves, recueillis, modestes, clairs & précis dans leurs expressions, courts dans leurs discours, affables, humains, & complaisans au dernier degré; & quant à leurs maniéres, paroissant élevez en toutes choses au dessus de ce qu'on appelle vanité, & mondanité, si ce n'est dans la fin où ils tendent, qui est de s'attirer

l'admil'admiration & l'applaudissement de tout le monde, ce qui est pourtant le comble de la vanité.

Pour les *Taleb-elm*, ou *Etudians*, ils se composent tout-à-fait en *Philosophes* : ils en affectent l'exterieur, étant doux & graves, concis & retenus dans leurs discours, modestes en leurs habits, simples dans tout leur équipage : ils vont d'ordinaire vêtus de blanc, & rarement portent-ils des habits de couleur, d'or ou de soye.

Les *Persans* ne tiennent proprement pour gens *savans*, que ceux qui savent toutes les *Sciences*, & qui les savent toutes également : mais ils ne tiennent pas pour tels, ceux qui ne savent qu'une partie de ces *Sciences*, encore que ce soit dans un degré excellent ; aussi s'appliquent-ils à toutes en général, tenant qu'elles sont comme dans un enchaînement les unes avec les autres, qui engage à les parcourir toutes, de la première à la derniére. C'est peut-être là une des principales raisons, qui les empêche de pénétrer aussi avant dans chaque *Science*, qu'on le fait en *Europe*.

Ils suivent tous le bon raisonnement dans leurs études, n'admettant l'autorité que sur le point des principes de leur Mahometisme, hors de quoi ils traittent de sottises & de vanité tout ce qu'on appuye sur le sentiment d'un Auteur, au lieu de l'appuyer sur la demonstration : pour eux, ils vont au fonds & au solide, & veulent pénétrer autant qu'il se peut. Ils ont là dessus ce mot notable : *Le Doute est le commencement de la Science ; qui ne doute de rien n'examine rien, qui n'examine rien ne découvre rien, qui ne découvre rien est aveugle & demeure aveugle.*

Ils ont toutes les *Sciences* aussi distinguées & aussi étendues que nous les avons, à la reserve des *Systemes* modernes, & des nouvelles découvertes de nôtre *Europe*, qu'ils ne connoissent pas ; ce qui n'est pas pourtant si considerable que nous nous l'imaginons, plusieurs *Theoremes* passant chez nous pour nouvelles découvertes, qu'on trouve dans les livres *Arabes* & *Persans*, quoi que beaucoup plus obscurément.

Ils commencent leurs études comme nous faisons, par la *Grammaire* & par la *Syntaxe*, mais de là ils sautent à la *Théologie*, sur tout s'ils sont un peu avancez en âge, puis ils viennent à la *Philosophie*, & de là passent aux *Mathematiques* : ils se renferment après ou dans l'*Astrologie*, ou dans la *Medecine*, qui font les deux professions, dans lesquelles on peut faire la plus haute fortune dans leur Païs.

Quoi qu'ils ayent presque tous les Auteurs *Arabes* traduits en *Persan*, néanmoins l'*Arabe* entre si fort dans toutes leurs disciplines, parce qu'elles sont originaires de cette langue, & parce qu'ils font obligez de citer en *Arabe*, les textes de l'*Alcoran*, & des *Hadys*, qui sont les livres de *Mahomet*, & de ses douze premiers Successeurs, qu'ils savent tous l'*Arabe*. Quelques-uns l'apprennent d'abord methodiquement, & à l'égard des autres, on peut dire fort sérieusement, qu'ils le savent sans l'avoir appris ; parce qu'il se trouve au bout de leurs études, qu'ils l'entendent fort bien à force de textes, & de longues citations qu'ils y ont lûes en cette langue ; comme on peut juger, qu'un homme qui auroit fait toutes ses classes, & le cours de chaque *Science* dans nos langues vulgaires, seroit bien prêt d'entendre le *Latin*, si le *Latin* étoit encore plus mêlé qu'il ne l'est, dans nos langues vulgaires.

Les Auteurs des *Persans* sont de trois sortes. 1. Ils ont presque tous ces fameux Auteurs *Grecs* que nous suivons. 2. Ils ont des Auteurs *Arabes*, qui ayant traduit ces Auteurs *Grecs*, il y a plusieurs siécles, les expliquerent, & les étendirent, en y ajoûtant beaucoup de leurs propres découvertes, sans toutefois s'écarter des principes de leurs Auteurs. 3. Ils ont leurs propres Auteurs, qui n'ont pourtant fait autre chose, que de marcher sur les pas des Anciens ; ainsi l'on peut dire qu'à l'égard de la *doctrine des Anciens*, les *Persans* en savent autant que nous, & peut-être plus, parce qu'ils cultivent uniquement leurs principes ; mais ils n'ont point, comme j'ai dit, ces nouvelles découvertes de nôtre *Europe*, qui ont tant étendu, & perfectionné les connoissances. Leurs anciens Maîtres de *Philosophie* sont *Socrate*, *Platon*, & *Aristote* : ceux qu'ils ont pour les *Mathematiques*, sont *Archimede*, *Euclide*, *Theodose*, *Menelaus*, *Apollonius*, *Ptolomée* : pour la *Médecine*, c'est *Hippocrate* & *Gallien* : & pour l'*Astrologie*, où ils réüssissent le mieux, ils sont particuliérement guidez par *Ptolomée*. Pour ce qui est des Auteurs *Arabes* & des Auteurs *Persans*, il y en a plusieurs dont la plûpart sont d'autant plus admirables, qu'ils ne se sont pas renfermez dans une *Science* particuliere, mais qu'ils ont écrit de toutes, comme j'ai observé que c'est la methode des Savans de l'*Orient*.

Le plus célébre des Auteurs des derniers siécles, & le plus suivi, est *Cojé Nessir de Thus*, très-fameux, & très-estimé parmi les Savans de l'*Asie*, qui vivoit il y a environ quatre cens cinquante ans. C'étoit un homme de naissance,

ce, & de grands biens, célébre pour fa fagef-fe, & pour fa fcience, qui fut durant plufieurs années le Préfident ou le Chef de toutes les Academies de l'Empire des *Tartares*, alors fort étendu. Ce fameux Auteur étoit natif de *Metched*, ville Capitale de la Province de *Coraffon*, qui eft la *Bactriane* des Anciens, & le Païs qui a produit les plus favans hommes de l'*Orient*, dans les derniers fiécles. Cette ville s'appelloit *Thus* auparavant, & jufqu'au tems de cet Auteur; & c'eft la raifon pour laquel-le on le nomme *Cojé Neffir de Thus*. On tient qu'il favoit fort bien le *Grec*, parce que fes Ouvrages ont beaucoup de maniéres des *Grecs* dans les argumens, dans les affertions, & les dogmes. Il a amplement écrit fur toutes les parties des *Sciences* Divines & Humaines, la *Theologie*, la *Philofophie naturelle*, la *Logique*, la *Theorie des Planetes*, qu'ils appellent *Elm cheirf*, c'eft-à-dire, *la Science noble*, en laquel-le ils ont le plus pénétré; les diverfes parties des *Mathematiques*, la *Medecine*, la *Morale*, & la fubdivifion des vertus & des paffions. Il a traité toutes ces *Sciences*, fort claire-ment & methodiquement, au lieu qu'elles étoient avant lui obfcures & imparfaites par-mi les *Mahometans*, & pleines de propofi-tions inintelligibles. Ses Ouvrages fur la *Géometrie* & fur l'*Aftronomie* font eftimez par plufieurs Savans, préferablement à ceux des plus Anciens Auteurs, & ceux qui en parlent le moins avantageufement, les y com-parent. Ce favant homme fit à *Maraga* ville de fa Province, ce que le Roi Alfonfe fit en *Portugal*: il y affembla les plus célébres Ma-thematiciens de l'*Afie*, fous l'autorité & par les ordres de *Haloucou Can*, qui tenoit alors le fiége de l'Empire des *Tartares* Méridio-naux, & il compofa avec eux ces célébres Ta-bles *Aftronomiques*, qu'on appelle *Tables de Co-jé Neffir*, & *Tables de Halacou*, parce qu'el-les font infcrites du nom de ce Prince, dans lefquelles les fentimens des plus Anciens Au-teurs, fe trouvent confirmez pour la plû-part. Il y détruit les *hypothefes* du huitiéme Ciel, que quelques *Auteurs Arabes* avoient enfeigné dans les premiers fiécles du *Mahometifme*, & il y refout beaucoup de doutes fur lefquels les Auteurs modernes de nôtre mon-de, ont fait de gros volumes.

Mahomed Chagolgius tient le premier rang après *Cojé Neffir*, fur tout pour l'Aftrono-mie : il vivoit il y a deux cens ans & étoit natif de *Bactriane*: il a augmenté les Tables de *Cojé Neffir*, & l'a fait avec tant de répu-tation, qu'on dit qu'elles furpaffent en plu-fieurs chofes, celles de tous les autres Aftro-nomes.

Mirza Ouloukbec eft mis enfuite entre leurs plus fameux Auteurs de la *Theorie des Pla-netes* : il étoit fils de *Temur Charouc* fils de *Temurleng*, qui eft le grand *Tamerlan*. Il a dreffé des Tables de moyens mouvemens, qui portent fon nom, defquelles les *Perfans* fe fervent pour le calcul des *Ephemerides*. Ce Prince à l'imitation de *Alacou Can*, convoqua les plus célébres Aftronomes de tout l'*Orient*, qui lui fournirent divers Syftêmes du fecond *Mobile*, defquels il choifit celui qui affirmela folidité des *Orbes* & des *Cieux particuliers*, enchaffez les uns dans les autres. Les trois plus fameux Aftronomes qui travaillerent avec lui, lefquels tenoient les mêmes principes, font nommez dans l'Hiftoire, *Moufa gendre du grand Cazy de Turquie : Molla Aly Kou-chi*, & *Molla Kiafeldin gemchid de Cachan*; de châcun defquels il refte des Ouvrages fort renommez fur l'*Aftronomie*, que les *Perfans* étudient avec grande eftime. Les Oeuvres du premier font intitulées, *Cherac chac mini*. Celles du fecond, *Cherac techrid*, & ce mot de *cherac*, fignifie *lumiere*, & revient à ce que nous appellons, *Explication*. Les œuvres du dernier font encore plus eftimées. C'eft une correction des *Tables de moyens mouvemens des Planetes de Cojé Neffir*, dont j'ai parlé ci-deffus, qui dès fon tems, fe trou-voient bien éloignées de la réalité des mou-vemens Celeftes, & ne répondoient pas aux *Phenomenes* du Ciel. Ces *Tables* ainfi corri-gées, s'appellent *zige padchahz Kaagoni*, c'eft-à-dire *Tables de moyens mouvemens royales de l'Empire*, & font fort en ufage parmi les *Aftro-nomes Perfans*. Ils ont encore fur cette même *Science*, les *Tables* dites *Yelcani*, à caufe qu'el-les font dédiées à *Yelcan*, Prince des *Tartares*; les *Tables univerfelles de Gileiben Katir*, ou *fomme du Roi de Carechme*, Province de la pe-tite Tartarie, & une infinité d'autres, pour ainfi dire; car comme l'*Aftronomie* & l'*Aftro-logie* font les *Sciences* favorites de l'*Orient*, c'eft furquoi les favans hommes qui y font nez, ont le plus écrit.

Il eft affez remarquable, que les Etats fi-tuez entre les fleuves d'*Oxe* & de *Jaxarte*, que j'appelle *la petite Tartarie Orientale*, ont produit depuis 600. ans, les plus habiles *Aftro-nomes*, & en plus grand nombre. Ce que j'impute à la ferenité de l'air, qui eft requi-fe aux *Obfervations Aftronomiques*. Un autre Auteur Illuftre & fameux, entre tous ceux des *Perfans*, c'eft *Avicenne*, qu'ils nomment *Ibn Sina*,

Sina, c'est-à-dire *fils de Sina*, du nom de la famille dont il est originaire; car c'est la pratique des gens doctes de l'*Arabie*, de se faire nommer du nom de sa famille. Cet *Avicenne*, qu'ils surnomment *Abrahi*, c'est-à-dire, *premier en ordre*, a écrit fort doctement, & amplement de toutes les *Sciences*. Il est particulierement suivi pour la *Philosophie*, & pour la *Médecine*, sur lesquelles on rapporte par honneur, qu'il a écrit plus de livres qu'il n'a vécu d'années, quoi qu'il soit parvenu à une grande vieillesse. On l'appelle communément le *Prince des Médecins*, & le plus grand des *Philosophes*, après *Aristote*. Il étoit de *Bochora* ou *Bactres*, ville capitale de la *Bactriane*, Païs qui produisoit les plus savans hommes de l'*Orient*, il y a quatre à cinq cens ans. *Avicenne* est encore plus ancien, étant venu au monde, dans l'onziéme siécle de l'Ere Chrétienne. On rapporte qu'il fut toute sa vie aussi malheureux que savant, & comme il conserva toûjours sa vertu dans ses plus rudes disgraces, on lui a donné le surnom de *elsa Kereté*, mot qu'on peut traduire également *couvert de pauvreté, & couvert de gloire*.

Les plus célébres Auteurs des *Persans* qui viennent ensuite, sont, pour les *Mathematiques*, *Maimon Rechid* & *Yacoub benel saba el Kendi*. Pour la *Géometrie*, & les *Forces mouvantes*, *Apollonius Pergeus* & *Ayran*. Pour l'*Optique*, les *Commentaires de Hassein sur Ptolomée Ta Kieldin*. Pour la *Gnomonique*, *Omarel Soufi*. Pour l'*Arithmetique*, *Abououlou-sa* & *Aliel Kouchi*. Pour la *Musique*, *Alfarabi* & *Abouzeltou*. Pour la *Perspective*, *Ebn Heussin*. Pour la *Géographie*, *Ebn Maarouf Abul feda Yacoub Hamavy*. Pour la *Logique*, *Yousouf Mansour* & *Abounesre*. Pour l'*Histoire*, *Mahomed de Balk*, qui est celui-là même qui porte le surnom célébre de *Mirkavend* ou *Mirkond*, & un autre qui a été surnommé *Kaavend Emir*, qui s'appelle en son nom propre *Ferdous de Thus*. Pour la *Judiciaire*, *Aboumeker Yacoub Kaïserié* & *Yacoub Alkendi*, que nous prononçons *Alkindus*. Nous le tenons en *Europe* pour avoir été un des plus renommez de l'*Orient*. Mais comme il en étoit un des plus doctes Astrologues, le peuple crédule imputoit à *Magie* ce qui partoit de la judiciaire uniquement. Le grand Auteur des Persans, pour la *Magie* est *Gioubera*. Pour la *Médecine* ils ont la *somme du Roi de Karachme*, Païs de *Tartarie*, divers Commentaires sur *Gallien*, & entr'autres *Elpharabi*, Auteur du quatriéme siécle de l'*Hegire*, estimé un des plus grands *Philosophes* & des plus grands *Mé-*

Tome II.

decins du monde, à qui on peut croire aussi sûrement qu'à *Gallien*, & à *Aristote*. Enfin les *Persans* ont un grand nombre d'Auteurs & de livres. Un *Persan* auroit dit qu'ils en ont une infinité, mais quand on compare leurs Auteurs avec les nôtres, & leurs Collections de Livres les plus grosses avec nos Bibliotheques, on peut bien citer le proverbe, *c'est une mouche auprès d'un Elephant*. Leurs plus grosses Bibliotheques ne vont pas à quatre cens Volumes, mais ce sont tous bons livres, & anciens, qui leur suffisent pour tout apprendre.

On peut juger de là, que les *Persans* ne font pas beaucoup de livres. Ils se tiennent aux anciens, prétendant qu'on n'y sauroit ajoûter que peu de chose; mais quoi qu'ils puissent dire, c'est une marque qu'ils ne font pas beaucoup de découvertes.

Comme ils ne se mêlent point du *Gouvernement* dans leurs écrits, ils ne savent ce que c'est que de demander des *Privileges*, & ils ne recherchent point aussi des *approbations de Docteurs*. Lors qu'ils composent quelque Ouvrage de *Science*, ils ne manquent pas de le dédier au Roi, ou à quelque grand Seigneur, pour en avoir du profit. Mais la Dedicace ne se fait pas par un discours à part, & à la tête du Livre, comme font nos *Epitres dédicatoires*, mais dans la *Préface*, ou dans le *Prélude*, après l'article qui contient les loüanges de Dieu & des Saints. Car tous les Auteurs Mahometans, anciens & modernes, ont constamment cette loüable coûtume, de commencer leurs Ouvrages par des bénédictions, par la célébration de la grandeur de Dieu, par des acclamations sur leur Prophete, sur *Aly* son gendre, sur *Fatmé* sa fille, & sur les douze *Califes* de leur race, qui sont leurs grands Saints, & qu'ils appellent *les quatorze Purs*; comme je l'ai observé ailleurs. Pour montrer comment ces Piéces sont faites, voici la traduction du commencement de la Préface qui est à la tête du Recüeil des Oeuvres de *Cojé Nessir*, dont j'ai parlé ci-dessus.

Loüange, service & adoration soit rendue à la Gloire & à la Puissance infinie, au celui qui fait créer la masse des choses sensibles, & qui donne le pain quotidien aux fils & aux filles d'Adam. Etre bien faisant, qui met la nape tous les matins, & sert opulemment la table, autant devant les impies & les desobéïssans, que devant les fidéles, comme étant tous également pauvres & miserables. Etre misericordieux, qui, par le conseil de son incomprehensible clemence, fait sonner aux oreilles ces paroles: Mon peu-

N

peuple demande moi ce que tu voudras : *Mon peuple fais pénitence de tes mauvaises œuvres.* Etre bon , qui couvre ses amis d'une toile d'a-raignée [1] , plus forte qu'un mur , contre la fureur de leurs persécuteurs. Etre puissant, qui, du foi-ble aiguillon d'un moucheron [2] , met en fuite l'ennemi furieux. Principe de toutes choses , qui , sans se servir de Ministres , de Conseil , d'Agens ni d'Officiers , qui sans Secretaires & Clercs , sans déliberations & sans reflexions , a créé l'hom-me , élevé sur tous les animaux par la superiori-té de l'esprit , par l'excellence de la parole , & davantage par la distinction du bien & du mal. Etre à la misericorde duquel les crimes des mé-chans ne font ni tache ni dommage , & à la gloi-re duquel n'apporte ni lustre ni augmentation le culte volontaire des gens de bien : Dieu n'ayant point besoin de tous les mondes. Loüange & benediction soit aussi donnée à celui , qui est au dessus de tous les éloges , la Matiere d'applau-dissemens sans nombre , de loüanges incompara-bles , de contentemens infinis , le meilleur de tous les Messagers Divins , le Guide du droit chemin , le Chef de toutes les créatures , la meilleure Es-sence de ce qui est né , le Premier de tous les Pro-phetes , le Patron de tous les Docteurs , la Ré-gle des plus saints , Mahomed l'agréable ; que les plus sublimes éloges , & les plus glorieuses loüanges , soient données , tant à lui , la plus par-faite créature de toutes celles que Dieu a regar-dées favorablement , qu'à sa Famille , & ses

[1] L'Histoire de *Mahomed* porte , que les Coreïs de la Mecque, qui étoient ses Parens, ayant conspi-ré de le tuer, il arriva comme ils étoient prêts de l'aller attaquer sur le minuit, que l'Ange *Gabriel* vint à lui, & lui dit : *Prophete de Dieu léve toi promptement, fuï de la Mecque, fais mettre Aly ton cousin à ta place, & te cache quelque part.* Sur quoi *Mahomed* s'enfuit , & se sentant poursuivi , s'alla jetter dans une étable , au devant de laquelle une toile d'araignée fut renduë miraculeusement en un instant. Si bien que quand les soldats , qui cher-choient *Mahomed* , passerent devant, ils dirent , ne prennons pas la peine d'entrer là, vous voyez bien à ces araignées que personne n'y est entré de long-tems.

[2] C'est encore ici une allusion à un conte qui se trouve dans les Legendes des Mahometans, qui est que *Nimrod*, faisant la guerre au Patriarche *Abra-ham*, & étant prêt de se jetter sur lui avec ses trou-pes, il lui envoya dire : *O Abraham , il faut main-tenant combattre, où est l'armée de ton Dieu?* Le Pa-triarche fit réponse, *Elle va venir.* Et à même tems le ciel s'obscurcit , & il vint une nuée de *moucherons*, qui rongerent les soldats de *Nimrod* jusqu'aux os. Ils appellent cette *nuée de moucherons*, *Leskerpechi*, c'est-à-dire, *l'armée de cousins*.

Descendans. Sachez , cher ami Lecteur , que Dieu venille conserver en ce monde, & en l'au-tre, qu'une nuit entre les nuits , vôtre Esclave foible & chetif , la plus basse des creatures de Dieu très-haut, le moindre de ceux qui esperent en sa miséricorde, & le plus coupable de ceux, qui prient pour le pardon de leurs péchez, l'hum-ble Aly Hamed Nessir , fils de Abi Bekre , &c.

CHAPITRE II.

Des Ecoles & des Colleges , & de la ma-niere d'étudier.

LEs *Persans* envoyent les enfans à l'Ecole, aprendre à prier Dieu, & à lire, à l'âge de six ans, ne leur croyant pas auparavant la tête encore assez forte pour rien apprendre. En effet, leur Païs étant chaud & sec, le cer-veau n'y est pas capable de tant d'application que dans nos Païs froids , & il ne faut pas tant le travailler. Ils appellent les Ecoles, *Mekteb*, mot qui veut dire *entrée*, parce que c'est la porte pour entrer dans les *Sciences*, ou dans le commerce du monde, & les Maîtres d'Ecole *Mekteb-dar.* Il y a grand nombre de ces Ecoles en chaque ville , & on peut dire même qu'il y en a beaucoup en chaque quar-tier de la ville. Les Ecoliers lisent chacun leur leçon haut tout à la fois : l'un commen-ce son A. B. C : un autre épelle : un autre lit du *Persan* : un autre de l'*Arabe* : l'un tourne d'une *Langue* en une autre : un répete des *Vers* : un autre de la *Prose* : l'un étudie la *Grammaire* : un autre la *Syntaxe* : cependant chacun lit tout haut & fort haut, le Maître l'obligeant de crier de toute sa force, ce qui fait un bruit que l'on peut appeler un vrai *Sabath* ; car assurément on ne s'y entend pas soi-même , & de vingt pas qu'on approche d'une Ecole l'on en entend le tintamare. Le Maître est fait parfaitement à ce bruit, écri-vant ou lisant tranquillement tant qu'il dure, & cependant il entend si chacun dit bien, s'il continue, s'il parle haut & avec attention, & lors qu'il apperçoit quelqu'un qui ne fait pas son devoir, il lui allonge des coups d'une houssine qu'il a à la main ou sur ses genoux, & le remet en train. Les *Persans* soutiennent que les enfans apprennent mieux de cette ma-niere, que quand on les fait étudier bas : ils disent que quand on fait étudier bas les en-fans, ils regardent çà & là, & pensent à au-tre chose au lieu d'étudier, mais que quand on les fait étudier haut, nul ne peut s'arrêter
ni

ni se détourner, mais est retenu par l'action. Ils disent d'ailleurs une chose fort veritable, que par ce moyen les enfans apprennent à parler & à prononcer, parce qu'étant obligez de parler à haute voix & clairement, on les redresse s'ils le font mal. Le Maître fait venir tour à tour les enfans dire leur leçon devant lui, ce qui ne l'empêche pas, comme j'ai dit, d'avoir l'esprit à ce que font les autres, & à ce qu'il fait lui-même, qui n'est pour l'ordinaire que copier & écrire des livres.

La dépense de l'Ecole est fort petite en ce Païs-là & chacun paye selon ses moyens, sans faire de marché en y envoyant ses enfans : à Ispahan par exemple la grosse paye de l'Ecole n'est que d'un écu par mois, & la moindre n'est que de dix sols : il y a même bien des Ecoliers qui ne payent rien. Les Maîtres ont outre la paye du mois plusieurs émolumens, & au lieu qu'en Europe, c'est aux fêtes qu'on fait des présens à ses Maîtres, c'est en Perse lors que l'on commence une nouvelle leçon; ou quand on prend un nouveau livre. Le présent est toûjours proportionné aux moyens des parens de l'Ecolier, & au degré de science où il monte. Le gros présent est quand on fait prendre le texte de l'Alcoran qui est Arabe, & comme on passe bien du tems sur ce livre, parce qu'il est estimé non seulement comme le centre de la science revelée : mais encore comme la plus exacte syntaxe, la plus pure Grammaire, & la plus sublime Rhetorique : on fait des présens au Maître, lors qu'on en vient à certains Chapitres, qu'on tient pour plus forts & plus difficiles que les autres. Si quelque Ecolier manque à faire son présent, le Maître ne le chasse, ni ne le châtie pas, mais il excite ses Camarades à lui faire honte, & à le harceler par des grimaces, & autrement, jusqu'à ce qu'il ait satisfait à la coûtume. Ils y ont tous interêt, parce que quand on fait un présent au Maître, il donne Campos aux Ecoliers. J'ai observé dans le premier livre, que les enfans de condition ne vont jamais à l'Ecole, mais qu'on les instruit dans la maison.

On procede ensuite à l'Ecriture, j'en ai touché quelque chose en un autre endroit. J'ajoute ici qu'il y a sept caracteres differens chez les Arabes & chez les Persans, en voici les noms. Nasch du terme Grec niairois, c'est-à-dire beau, d'où est venu celui de nacre de perle Thalic le caractere du college ; Divané de pratique ; Kerme, qui est une sorte de chiffre ; Schillusch Rehamir du nom de l'Auteur qui

étoit un poëte célebre ; Jacouchi du nom de l'Auteur pareillement.

De l'Ecole, on va au College. Les Persans appellent les Colleges Medresé mot dont l'Etymologie signifie lieu où on enseigne la doctrine, & vient peut-être d'une même racine avec le mot de Misdraschot, duquel les Hebreux appelloient ces Academies, où on enseignoit la Loi & les Prophetes, & qui signifie Maison de prédication. Le Principal s'appelle Muderris, mot qui vient de la même racine. Il a un ou deux Regens sous lui au plus, & quelquefois il est seul : de sorte qu'il n'y a pas d'autre Regent dans le College que le Principal. Mais qu'il soit seul ou non, il donne leçon à tous ceux qui veulent étudier sous lui, soit Pensionnaires soit Externes.

Tous les Colleges de Perse sont rentez ; & il y en a qui le sont assez richement. Les plus grands ont cinquante à soixante logemens, consistant chacun en deux chambres, & un vestibule. On les donne vuides & sans meubles ; c'est à chacun à les meubler selon ses moyens, ou son humeur. Les Colleges les mieux rentez, ont vint sols par jour, par Ecolier, que chacun dépense comme il veut ; car on ne vit point-là en commun. Il y a des Colleges qui n'ont qu'un sol ; cependant on ne laisse pas de rechercher ardemment ces places, à cause du logement & de quelques autres émolumens casuels, ce qui fait aussi qu'on y trouve des Pensionnaires, qui n'ont pas même les commencemens, & qui ne se soucient point de science, mais qui ne sont-là que pour l'amour de ce petit benefice. On y voit des Etudians qui ont les soixante ans, comme je l'ai dit, & qui ont femmes & enfans ; de maniere que ces Academies, sont quelquefois des lieux d'une extrême ignorance, où l'on se fourre, non pas tant pour l'amour des Sciences, que pour vivre plus à l'aise & sans travailler. On fait sur cela un conte en Perse, qu'un jour un Paisan menoit une charge de brique dans un College, où il faloit descendre une marche pour entrer, & ne pouvant faire passer son âne quelques coups qu'il lui donnât, il le prit par la queüe & par les oreilles, & le tiroit en se penchant contre, pour mieux tirer jusqu'à ce qu'il l'eût fait entrer. Un des Etudians du College, qui le voyoit faire, lui dit pour se moquer ; bon homme qu'as tu dit à l'oreille à ton âne qu'il est entré, dés que tu lui as parlé, lui qui ne vouloit pas passer auparavant ; je lui ai dit, répondit le paisan, qu'il avoit tort de crier qu'il n'entreroit point chargé de briques, en un lieu où il avoit été sous la forme de Principal, puis qu'avec *fa charge, il ne feroit pas encore le plus âne de la maifon.* Le Principal & les Regens de College qui s'aquitent juftement de leur devoir, donnent leçon *gratis* aux Penfionnaires & aux Externes également, mais il y en a d'autres qui en tirent de *l'argent,* quoi qu'ils foient payez du College, & qu'ils n'ayent pas le droit d'en exiger.

Il y a un fi grand nombre de Colleges en *Perfe,* qu'on affure que leur revenu eft de *cent mille tomans,* qui *font quatre millions cinq cens mille livres monnoye de France.* On peut juger de cela, & de ce que j'ai dit que chaque Etudiant a par jour de penfion, quel nombre d'Etudians il y doit avoir; auffi peut-on dire qu'ils rongent le Païs par leur nombre & par leur avidité. La *Charité Mahometane* s'étend autant en *Fondations publiques,* qu'elle eft refferrée au contraire en fait *d'affiftances particulieres* : une de leurs principales *Fondations* eft celle des Colleges ; car quoi qu'il n'y ait point de Mofquée qui n'ait fon College à côté, on trouve des Colleges, jufques dans des villages, & j'en ai vû en plufieurs. La méthode ordinaire de ceux qui en fondent eft d'y bâtir premiérement un *Caravanferai,* qu'on dévoüe aux *Paffans,* pour y loger *gratis,* puis un Bain, un Caffé, un Bazar, ou marché, & un grand Jardin, lefquels on donne à ferme, & puis un College auquel on affigne pour entretien le revenu de ces édifices-là. Les *Fondateurs* des Colleges font d'ordinaire les Gardiens & Adminiftrateurs du revenu qui y eft annexé ; ce qu'ils appellent *Mouteuely* terme *Arabe,* qui denote un homme établi pour avoir la direction de quelque chofe & qui revient à ce que nous appellons *Fabricier.* C'eft ce *Directeur* qui met le Principal & les Régens du College, & le Principal reçoit qui lui plaît pour *Bourciers.* Quand le *Fondateur* eft mort fon héritier eft le gardien à fa place, & lors qu'il arrive que les biens du *Fondateur,* viennent à être confifquez au Roi ; c'eft le *grand Pontife* qu'on appelle Cedre qui devient Curateur du College. Surquoi il faut encore obferver que quand on a une fois fait une telle *Fondation,* on n'en eft plus le Maître, il faut laiffer le revenu au College. Il y a cinquante fept Colleges à *Ifpahan,* dont plufieurs font de *fondation Royale,* ou font dévolus au Roi, & dans ces Colleges-là, c'eft le Roi qui donne les places de Principal & de Regent. Les plus riches Colleges n'ont que *douze mille francs* de revenu, qui quelquefois fe partage à cinquante ou cinquante cinq Etudians. Ils ne

peuvent être ainfi que fort pauvres, & la plûpart le font à tel point, qu'ils n'ont pas le moyen de payer les Maîtres, & font obligez d'aller à ceux qui enfeignent pour rien, dont il y a grand nombre comme je l'ai obfervé. Si quelqu'un leur en dit quelque chofe, ils répondent pour couvrir leur pauvreté, qu'ils ont quitté leur Maître, parce qu'il n'étoit pas affez docte. Les Etudians qui ont du favoir & de la vigilance, fubfiftent en enfeignant dans les maifons ; foit comme Précepteurs logez & entretenus, foit comme Maîtres qui y donnent leçon, ou bien en tranfcrivant des Livres ; car comme on n'a que des Manufcrits en *Perfe,* l'*Ecriture* eft un art fort étendu, & qui donne du pain à une infinité de gens. Un homme y peut gagner dix fols par jour, ce qui eft par proportion, une auffi groffe paye que trente fols dans nos païs. Les Etudians parviennent avec le tems aux *Benefices,* & ainfi fe mettent un peu à l'aife. Ils ont une grande confideration pour le Principal ; car comme c'eft lui qui les fait entrer, il les peut mettre dehors à fon gré. Il leur donne leur penfion le premier jour du mois, comme je l'ai obfervé, la recevant du Curateur, & en toutes chofes ils dépendent de fes bonnes graces. Il ne faut pas oublier que chaque College a une maniere de Chapelle ou Oratoire pour faire la priere publique.

Outre les Colleges où l'on enfeigne publiquement : il y a dans toutes les villes, des gens faifant profeffion de *Sciences,* comme font des Grands Seigneurs difgraciez, ou d'autres qui fe font retirez de la Cour & des affaires, lefquels enfeignent publiquement, faifant leçon foir & matin, à des heures qu'ils marquent, & fouvent ils entretiennent les Etudians de papier & de livres, leur donnant à manger certains jours de la femaine, & même des habits & quelquefois encore de l'argent. On dit qu'il y a des gens qui font cela par vanité, car les Etudians qui viennent en foule à de fi genereux Maîtres, font autant de trompettes, qui vont puoliant leur favoir, leur generofité, & leur vertu. Il eft vrai que rien ne donne plus de réputation en *Perfe,* que d'inftruire à fes dépens beaucoup de difciples, & de favorifer les Savans & la Science. Lors que le premier Miniftre d'Etat eft homme de Lettres, il eft d'ordinaire le Chef des Etudians ou *Taleb-elm. Mahamet Mehdi,* Premier Miniftre fous *Abas fecond & Soliman premier,* étoit leur Chef quand j'arrivai la premiére fois en *Perfe* ; autrement c'eft quelqu'un des plus Grands Seigneurs du Royaume, &

le

le plus souvent c'est *le Cedre* ou *grand Ponti-fe*, qui est une charge de grande autorité en *Perse*.

Quant à leur manière d'étudier, il faut dire d'abord que la Classe du College, n'est autre que la chambre du Regent. L'Etudiant s'y rend, & après un profond salut à son Maître, il s'assied sur ses talons, & le Regent lui ayant fait signe de commencer, il lit une periode de deux ou trois lignes dans un Auteur & se tait. Le Maître en fait l'explication, puis le Disciple recommence à lire, ou un autre qui prend la même leçon lit un autre article ensuite, & le Maître l'explique comme auparavant, & ainsi de suite pendant une heure ou deux de tems. Après quoi le Disciple met son livre & son portefeuille à terre devant le Regent, se leve, & se tient debout, la tête inclinée, les mains croisées sur l'estomach, qui est la posture respectueuse en *Perse*, Et si le Regent trouve à propos de continuer la leçon, il lui fait signe de se rasseoir, & il lui donne congé en ces mots *Dieu soit avec vous*. Quand le disciple a pris leçon dans un endroit il la va prendre dans un autre, soit dans son College même, soit à la ville, & quelquefois c'est sur la même *Science* qu'il va prendre leçon d'un autre Maître, mais d'ordinaire c'est sur une autre *Science*; car il faut observer que les Etudians *Persans*, étudient ordinairement diverses *Disciplines*, en même tems, de même que leurs Maîtres, donnent leçon de differentes *Sciences* en tout tems; un Regent n'étant réputé savant homme, comme je l'ai remarqué, que quand il fait toutes les *Sciences*. J'ai vû souvent des Regens donner leçon de quatre *Sciences differentes*, dans une même seance, à differens Etudians, & des Etudians prendre pareillement leçon de *diverses Sciences* en même jour. Je ne sai pas bien, si c'est-là la bonne methode, c'étoit celle de l'Antiquité, & il y a de la difference, entre instruire de la jeunesse, ou des hommes faits; parce que ce qui pourroit confondre l'esprit d'un jeune enfant, ne confond pas l'esprit d'un homme meur.

Lors qu'ils ont fait du progrès dans les *Sciences*, ils se mettent à en disputer, & ils s'assemblent pour cela trois ou quatre & pas davantage, l'un tenant *l'affirmative* & l'autre la *négative*, ce qu'ils font quelquefois devant un Regent, quelquefois entr'eux seuls; mais ils n'ont point de disputes, ni de leçons publiques, comme il y en a en *Europe* pour la *Medecine*, & pour *le Droit*.

C'est-là la maniere d'étudier en *Perse*, mais ce n'est que pour les Etudians de basse condition, car pour les autres & surtout pour les Enfans de Qualité, on les fait étudier dans leurs maisons, en y faisant venir des Maîtres, ou en les y entretenant; chose facile & de peu de dépense, à cause du grand nombre de *gens de Lettres* qu'il y a par tout, qui sont Etudians toute leur vie, & qui sont fort pauvres, comme je l'ai dit.

J'ai observé aussi dans le premier livre, que les *Persans* ont l'esprit subtil, vif, & poli, & si l'on ajoûte à ces talens naturels, les autres excellentes dispositions qu'ils ont *à l'étude*, comme est l'application & l'assiduité, la frugalité & la sobrieté, & l'amour pour les *Sciences*, jusqu'à s'y devoüer toute leur vie; on jugera qu'il faut de nécessité qu'ils y fassent beaucoup de progrès. Mais ils en feroient beaucoup davantage, s'ils avoient les belles méthodes de nôtre *Europe*, s'ils ne s'appliquoient qu'à une *Discipline* à la fois, s'ils avoient les livres à aussi bon marché, que l'Imprimerie nous les fait avoir: & enfin si leurs Maîtres étoient assez justes, ou assez charitables, pour enseigner de leur mieux, & tout ce qu'ils savent; chose qu'on dit qu'ils ne font que pour leurs Parens, ou pour leurs intimes amis.

Ce qui m'a le plus fait remarquer la vanité des Savans de *Perse*, c'est la jalousie qu'ils ont des *Europeans*, à qui ils voudroient bien cacher le plus beau de leurs *Sciences*, pour pouvoir s'imaginer qu'ils ont quelque chose au dessus de nous, en échange des talens de *Science*, qu'ils voient bien que nôtre Païs a sur le leur. J'ai observé cela chez divers Astronomes, surtout touchant la structure de leurs Astrolabes, en quoi ils nous passent, comme je le dirai en son lieu.

Mais comme on ne sauroit bien traiter des *Sciences* des *Persans*, sans parler premiérement des Langues dont ils se servent, & de leur Ecriture; j'en entretiendrai le Lecteur dans les Chapitres suivans.

CHAPITRE III.

Des Langues dont les Persans se servent, & particuliérement de la Langue Persane & de la Langue Arabe.

LEs *Persans* se servent de trois Langues. Du *Persan* proprement dit, qui est la Langue naturelle de leur Empire. Du *Turquesque* & de l'*Arabe*. On n'en connoît point d'autres

N 3

:tres en Perfe. Les gens de quelque confidé-ration, & tous ceux qui fréquentent le Mon-de, favent ces trois langues également. Les femmes même les aprennent toutes trois, & fi on ne les fait, ou qu'on ne fache au moins les deux premiéres, on ne peut pas dire qu'on entende les converfations. Je favois les deux, & j'entendois beaucoup d'*Arabe*, que je fa-vois même lire & écrire. Cependant il n'y avoit pas de jour, que je ne me plaigniffe, de ne le favoir pas entièrement, parce qu'il fe trouvoit toûjours quelque paffage, que je n'entendois point, faute de bien favoir cette *langue*.

Le *Perfan* eft la *langue* de la *Poëfie*, des *belles lettres* & du Peuple en général. Le *Turquefque* eft la *langue* des armées & de la Cour, on n'y parle que *Turc*, tant parmi les femmes, que parmi les hommes, fur tout dans les Ser-rails des Grands, ce qui vient, de ce que la Cour eft originaire du Païs de cette *langue*, defcendant des *Turcomans* dont le *Turquefque* eft la *langue* naturelle. L'*Arabe* eft l'Idiome de la Religion & des Sciences relevées. Les *Perfans* ont ce dire commun fur les *langues* pour montrer que ces trois-là font les feules, qu'il faille tenir pour de vrayes *langues*. *Farfi baliket, Arabi fefihet, Turki fciafet, baky koba-het*; c'eft-à-dire, *le Perfan eft une langue dou-ce*, *l'Arabe eft éloquent, le Turc eft fevere, les autres langues font un jargon*: le mot que je tourne *fevere* fignifie proprement *châtiant & reprenant*, comme qui diroit une *langue* pro-pre à gourmander ou mortifier. Pour faire une comparaifon de ces trois *langues*, avec les *langues vulgaires de l'Europe*: il faut dire que le *Perfan* a du rapport avec les *langues* qui viennent du Latin, le *Turc* avec *celles* qui viennent de l'*Efclavon*, l'*Arabe* avec le *Grec*; mais l'*Arabe* eft beaucoup plus en ufage chez les *Perfans*, que le *Grec* ne l'eft chez nous; cela vient à mon avis de ce que les livres de leur Religion, étant écrits en *Arabe*, & la Religion, qui commande à chacun de les li-re, défendant en même tems de les traduire, on eft obligé pour l'interêt de fon falut de fa-voir la *langue* en laquelle ils font écrits.

Ainfi il ne faut pas s'imaginer qu'encore que ces langues, aillent fi fort de compagnie en *Perfe*, elles foient femblables dans les mots ou dans les racines; car elles ne fe ref-femblent pas plus que les trois *langues*, aux-quelles je les ai comparées, fe reffemblent entr'elles: au contraire elles different fort l'une de l'autre, foit dans la Grammaire, foit dans la phrafe & dans la façon de parler; mais

c'eft qu'elles fe prêtent une infinité de mots. L'*Arabe* prête aux deux autres *langues* les ter-mes de la Religion, des Sciences, & de la Ju-rifprudence. Le *Perfan* prête au *Turc*, des termes pour la Poëfie, & pour la fleurete. Le *Turc* en donne au *Perfan*, pour le com-mandement & pour la Guerre. Ils ajoûtent à ce que j'ai rapporté un *conte* pour montrer que ces trois *langues* font auffi anciennes que le monde: ils difent *qu'elles étoient en ufage toutes trois dans le Paradis terreftre & en même tems*: que le Serpent qui féduifit nos premiers parens parloit *Arabe*, qui eft la *langue* élo-quente, forte & perfuafive. Qu'*Adam* & *Eve* parloient *Perfan* entr'eux, qui eft un Idiome doux, flateur, & infinuant, qui réüffit à *Eve*, comme on fait; & que l'*Ange Gabriel*, qui les chaffa du *Paradis*, fe mit à parler *Turc*, parce que leur ayant fait commandement de fortir du *Paradis* en *Perfan*, puis en *Arabe*, fans qu'ils en fiffent rien, il s'exprima enfin, dans les termes de cette *langue* menaçante, qui les effrayerent, & qui les firent obéir.

J'ai obfervé dans mon premier Volume, qu'on parle plus le *Turc* que le *Perfan*, dans le Royaume de Perfe, depuis les frontieres Occidentales, & Méridionales jufques bien avant dans la *Parthide*: & *Perfan* dans le refte de l'Empire. J'obferverai encore ici, que de même qu'on parle vulgairement le *Turquefque* à la Cour de Perfe, on parle de même, & plus communément le *Perfan* à la Cour du Grand Mogol, & des autres Rois *Mahome-tans des Indes*; dont la raifon eft que les Grands de Perfe, étant originaires des peu-ples belliqueux du *Turqueftan*, qui eft la peti-te *Tartarie*, & les Grands des *Indes* étant ori-ginaires des hommes de Lettres de la *Perfe*, qui font allez dans la fuite, porter aux Con-querans de ces grands Etats, qui font chez *Mahometans* comme eux, les Sciences & la politeffe: chacun a introduit fa *langue* dans la Cour où il s'eft attaché. On remarquera ce-pendant, que le *Turquefque*, qu'on parle en *Perfe*, & fur tout à la Cour, eft un *Turquef-que* adouci par des termes, & par le tour de la *langue Perfane*, en forte qu'un Turc de *Conftantinople* a peine à l'entendre, comme il a peine auffi d'être entendu en fon *Turquef-que*.

J'ajoûte à ce qui a été dit de ces trois *lan-gues*, que quoi qu'elles n'ayent ni rapport, ni penchant, vers nos *langues d'Europe*, néan-moins elles ne font pas plus difficiles à ap-prendre, & à prononcer que l'*Italien* l'eft aux Anglois. Mais la lecture de ces *langues*, eft

uin

un accablement pour les Etrangers; ils n'y sauroient venir parfaitement, parce que les lettres Alphabétiques, étant composées de figures & de points : il arrive que la ponctuation, n'étant jamais placée bien juste, & les figures manquant souvent de points, on ne peut jamais lire sûrement.

Ce qu'il y a de plus admirable, & de plus remarquable dans ces *langues*, c'est qu'elles ne changent point, & n'ont point changé du tout, soit à l'égard des termes, soit à l'égard des phrases, & du tour, rien n'y est nouveau ni vieux, nulle bonne façon de parler n'a cessé d'être en crédit. L'*Alcoran* par exemple, est aujourdhui comme il y a mille ans, le modelle de la plus pure, plus courte, & plus éloquente diction. Les Poëtes *Persans*, qui ont écrit il y a quatre ou cinq cens ans, sont aussi les Maîtres du beau *langage* : on y apprend à parler & à écrire. On ne voit rien paroître qu'on trouve mieux écrit, & il ne monte à l'esprit de personne, qu'on puisse embellir la *langue*, ni la perfectionner. C'est, comme je crois, la même chose pour le *Turquesque*, & si l'on fait reflexion, sur les inconveniens infinis, qui naissent des changemens qu'on apporte sans cesse aux *langues* vivantes dans nos Païs, sur tout à la Françoise : on trouvera que ces peuples d'*Orient*, sont fort sages, & fort heureux, de s'être délivrez d'un si grand inconvenient, qu'est celui du changement, dans la chose du monde la plus importante qui est la parole.

Comme la *langue Arabe* fait une partie de la *langue Persane*, de la maniére que je viens de le représenter, je dirai quelque chose de cette *langue* avant que de parler de la *Persane*.

Les *Orientaux* tiennent, que la *langue Arabe*, est la plus excellente, & la plus riche *langue* du monde, une *langue* incomparable. Ce qui me fait croire que cela est assez véritable, c'est que ceux qui la savent le mieux en *Asie*, aussi bien qu'en *Europe*, sont ceux qui l'admirent le plus. Elle est surtout merveilleuse dans le nombre des termes differens. On compte qu'elle est composée, de douze millions trois cens cinq mille quarante deux mots, & l'Histoire parle d'un Prince *Arabe*, qui avoit la si gros Dictionnaire de cette *langue*, qu'il falloit soixante Chameaux pour le porter. La plus grosse Bibliotheque qu'il y ait aujourdhui en *Orient*, est bien loin d'être aussi nombreuse. Les Livres qui parlent de cette *langue*, disent qu'elle a été si copieuse, qu'il y avoit mille synonymes pour dire un *chameau*, ce qu'il faut entendre de tous les

états, & de toutes les postures, où on le peut représenter. *Firousabad* Auteur *Persan*, compte qu'il y a aussi mille mots Arabes, pour dire une *épée*, ce qui est encore plus merveilleux, puis qu'une *épée* ne se peut concevoir sous autant d'idées differentes, qu'une bête à quatre pieds. On ajoûte qu'il y avoit de même cinq cens termes pour dire un *Lion*, quatre cens pour signifier *la calamité*, deux cens pour dire *du lait*, quatre vingt pour signifier le *Miel*. Je ne sai combien pour dire *des dattes*, & l'arbre que nous nommons *la Palme*, & ainsi de cent autres choses. Particuliérement de celles qui sont les plus abondantes & plus communes parmi les *Arabes*, pour lesquelles il y a plus de noms synonymes que pour les autres; sur quoi on fait aussi parmi eux ce petit conte. Qu'un *Arabe* aprenant qu'un chat avoit plus de cent noms, & n'en ayant jamais vû : il s'imagina que c'étoit quelque bête noble, comme le Lion, ou le Cheval, puis qu'il avoit tant de noms. Les Auteurs *Arabes* & *Persans*, qui rapportent ces merveilles, assurent unanimement, qu'on ne peut apprendre tous les termes de la *langue Arabe* sans miracle, & que nul homme ne l'a jamais suë que *Mahomed*. Que c'est un don de Dieu tout particulier que de la savoir, &, pour comble d'éloges pour cette *langue*-là, ils ajoûtent qu'en Paradis on parlera *Arabe*, parce que c'est une *langue* également claire & expressive : en effet il y a plusieurs choses en cette *langue*, qui ont une force singuliere, qu'on ne peut traduire, ni faire entendre que par circonlocution. Ces mêmes Auteurs ajoûtent, que la plus grande partie de cette *langue*, est perie, & qu'on ne peut plus en connoître la *richesse* & la *beauté*, que dans les éloges des Anciens Auteurs.

On ne peut douter que la *langue Arabe*, & la *langue Hebraïque* ne sortent d'une même souche; car l'une & l'autre ont un tour approchant, & des Phrases & des constructions qui se ressemblent. Beaucoup de gens prétendent, que l'une soit née de l'autre, & quoi qu'en cette production, la plûpart des savans de nôtre *Occident*, veuillent que ce soit la *langue Hebraïque*, qui soit la *mere*, il y en a d'autres néanmoins qui croyent, que c'est la *langue Arabe*. Il me semble en effet, qu'*Abraham* devoit parler la langue de l'*Arabie*, puisqu'il y étoit né; cependant on ne sait sur tout cela que des choses incertaines, tirées par conjectures du Livre de la Genese. Nos gens doctes font communément, Heber ou sa famille, l'Auteur de la langue Arabe, mais les Auteurs *Mahometans*, qui mettent l'*Arabe* bien

au-

auparavant l'*Hebreu* en font *Adam* l'Inventeur, ou pour parler plus juste ils difent que ce fut lui qui l'enfeigna aux hommes, l'ayant aprife de Dieu, & non feulement la *langue* Arabe, mais auffi l'écriture Arabe. Il faut pourtant que les *Mahometans*, n'ayent pas bien crû que les figures de leurs lettres fuffent d'une Origine Divine, puifqu'ils les ont fi fort alterées, & avec tant de fuccès, foit pour la figure foit pour l'ordre & l'arrangement; car l'ancien caractére *Arabe* qu'on appelle le caractére *Cufique*, du nom de *Cufa*, où étoit la grande Academie de l'Arabie au tems de *Jefus-Chrift*, eft fort laid & fans aucune grace, au lieu que les lettres *Arabes* d'apréfent, qui furent inventées, trois cens ans après *Mahomed*, par un favant *Arabe* nommé *Ebn Motah*, & depuis limées encore & ajuftées, par un autre favant nommé *Ebn Bouueh*, font beaucoup plus belles, que ce vilain caractére *Cufique*; comme je l'ai fait voir à plufieurs favans hommes de mes amis, avec des feuilles de vélin que j'ai apportées, qu'on croit vieilles de mille ans, defquelles je donnerai des ectypes dans la defcription de *Perfepolis*.

La commune opinion des *Mahometans* eft qu'*Ifmaël*, la fouche & la gloire des Arabes, & à qui ils rapportent toutes les chofes faintes du premier tems; comme ils rapportent les mauvaifes du même tems, à *Nimrod* ou *Nembrot*; qu'*Ifmaël*, dis-je, eft l'Auteur de la *langue* & de l'Ecriture *Arabe*, qu'ils appellent la langue d'*Ifmaël*, foit qu'il l'eût inventée, foit qu'il n'eût fait que la polir & l'enrichir, comme les gens favans de *Perfe* le tiennent; car ils difent que *Yarab* fils de *Kahtan*, c'eft le *Jerah* fils de *Joktan*, du dixiéme Chapitre de la *Genefe* verfet 26. qu'ils font le premier habitant de l'*Arabie heureufe*, changea le langage de *Noë*, qui étoit le *Syrien*, en Arabe. Je diftingue le *Syrien* qui étoit la *langue* des *Pheniciens*, ou *Chananéens*, d'avec le *Syriaque* qui eft une langue née long-tems après parmi les *Guifs* tranfmigrez en *Affyrie* du mélange de l'*Hebreu* leur *langue* naturelle, avec le *Chaldaique* la langue de leurs Seigneurs. Ces doctes *Perfans* ajoûtent, qu'enfuite *Ifmaël* reforma & repurgea ce dialecte Arabe, le reduifant aux régles du langage, qu'il avoit appris dans la maifon de fon pere, chofe néanmoins que quelques Auteurs raportent, non à *Ifmaël*, mais à *Homaifa* & à *Kedar* fes fils. Il eft vrai cependant, qu'il y a eu des Ecrivains qui ont avancé, que l'*Idiome Arabe* étoit né peu avant le *Mahometifme*; mais cela eft dit fans aucun fens, & fans aucun fondement, à moins qu'on

n'entende par là que cet *Idiome* renâquit peu avant *Mahomed*; chofe qui paroît affez vraifemblable, puis que les Auteurs Mahometans demeurent d'accord, que peu avant *Mahomed* la *langue Arabe* étoit oubliée pour la plus grande partie, & que la lecture & l'écriture de cette *langue* étoit une connoiffance fi rare, que quand l'*Alcoran* fut publié, il ne fe trouvoit perfonne qui le fût lire ni copier. Les mêmes Hiftoires affurent, que lors que les *Arabes* s'émerveilloient de voir cet *Impofteur* parler *Arabe*, fi bien & fi élegamment, leur faifant entendre mille termes qu'ils n'avoient jamais ouï: Il leur répondit, qu'ils n'en devoient pas être étonnez, puifque c'étoit l'*Ange Gabriel* qui lui avoit appris à parler leur langue, comme *Ifmaël* la parloit. Les *Arabes* ont appellé depuis cet *Arabe* pur, la *langue* des *Coreichs*, qui eft le nom de la Famille de *Mahomed*, foit à caufe de lui-même, foit à caufe d'*Ifmaël*, qu'ils font la fouche de cette race malheureufe. L'*Alcoran* lui donne par éloge, je dis à cet *Arabe* pur, le nom de *langue claire*. Mais on reconnoîtra aifément, que tout ce que les *Mahometans* difent fur ce fujet, ne font que des *impoftures*, fi l'on le compare avec ce que tous les Auteurs *Arabes* affurent unanimement: Que de tout tems les *Arabes* s'appliquoient à l'étude de leur *langue* avec un amour fingulier, & preferablement à toute autre *Science*, & qu'ils fe glorifioient de l'excellence de leur *langue*, par deffus les autres *langues* du monde. On trouve dans le célébre *Abounefr* ces paroles, qui viennent fort à propos fur le fujet: *Les Arabes ont toûjours étudié particulierement l'Aftronomie & la Médecine, mais par deffus tout leur propre Dialecte, & ils difoient par manière de proverbe, qu'un Arabe fe vantoit de trois chofes, de fon épée, & fon hofpitalité, & de fa langue.*

Je finirai ce difcours de la *langue Arabefque* par deux obfervations: La premiere, qui eft fort certaine, & nûllement conteftée, c'eft que cette *langue* qui eft la *langue matrice*, ou une des premiéres *matrices*, a un *privilege* au deffus de toutes les autres *langues* du monde, lequel confifte en ce qu'il n'y a point, qui fe foit confervée fi long-tems pure & fans changement. Elle eft encore aujourdhui la *langue* vulgaire de plufieurs vaftes Païs, où l'on n'en parle point d'autre; & il n'y en a point qui foit cultivée en tant de Regions, & par des peuples plus ftudieux, & plus amateurs des *Sciences*. La raifon qu'on en peut rapporter, c'eft que les Arabes n'ont jamais été fubjuguez, & qu'ils n'ont point été mêlez

avec

avec d'autres peuples; mais qu'ils se sont toûjours conservez sans mélange. L'on sait que ce sont là les voyes ordinaires du changement, ou de la perte des *langages*, comme il est arrivé à l'*Hebreu*, qui se perdit en peu de tems, par la transplantation du peuple Juif en *Chaldée*, & en *Arabie*. La seconde observation est, que les *Mahometans* mettent la perfection de cette *langue* dans le livre de l'*Alcoran*, qu'ils croyent être composé sans la moindre faute de Grammaire, & de proprieté de termes, & devoir faire le modelle le plus parfait de cette *langue*; mais ils disent en même tems qu'il est impossible d'arriver à la perfection de ce *Dialecte*, & que la cause qu'on n'a pas d'abord le droit sens de l'*Alcoran*, c'est qu'on n'en entend pas le *langage*.

Pour venir présentement à la *langue Persane*, c'est une *langue* moderne, née depuis le grand changement de Religion, arrivé en *Perse*. Avec ses mots propres & naturels, elle est composée de grand nombre de mots de toutes les Nations qui ont conquis le Royaume tour à tour depuis ce changement-là, & qui s'y sont établis, comme les *Turcs*, les *Tartares*, & les *Arabes*. Nous y trouvons aussi avec assez de plaisir une infinité de mots qu'on voit incorporez dans nos *langues d'Europe*, comme l'*Allemand*, l'*Anglois*, & le *François*, & plus dans l'*Anglois* que dans aucune autre *langue*. Il y en a aussi qu'on trouve dans le *Grec* & dans le *Latin*. Divers Auteurs doctes & célébres entre les *Europeans*, qui ont traité de la *langue Persane*, ont fait des recueuils des mots *Persans*, qui ressemblent à des mots de toutes ces *langues-là*. Je pourrois grossir fort ces recueuils, si cela pouvoit faire du plaisir, ou apporter de l'utilité; mais j'ai déja fait assez d'observations là-dessus dans cette Rélation, pour persuader cette verité au Lecteur. La raison de cette *identité* de mots dans des *langues* de Païs si éloignez, & si opposez, est vrai-semblablement que les mêmes débordemens, qui ont répandu ces mots dans la *Perse*, les ont répandus dans l'*Europe*. J'ai dit qu'il y a quelques mots *Grecs*, mais il y en a une infinité d'*Arabes*, de maniere que quand on sait le *Persan* parfaitement, on se trouve savoir plus de la moitié de l'*Arabe*, comme je l'ai déja observé.

Quant à l'ancien *Persan*, c'est une *langue* perduë, on n'en trouve ni Livres ni Rudimens. Les *Guebres*, qui sont les restes des *Perses* ou *Ignicoles*, qui se perpetuent de pere en fils depuis la destruction de leur Monarchie, ont un *Idiome* particulier; mais on le

Tome II.

croit plûtôt un jargon que leur ancienne *langue*. Ils disent que leurs Prêtres, qui se tiennent à *Yesd*, ville de la *Caramanie*, qui est leur Pirée & leur principale Place, se sont transmis cette *langue* jusqu'ici par tradition, & de main en main; mais quelque recherche que j'en aye faite, je n'ai rien trouvé qui me pût persuader cela. Ces *Guebres* ont à la verité des livres en caracteres & en mots inconnus, dont les figures tirent assez sur celles des *langues* qui nous sont le plus connues, mais je ne saurois croire que ce soit là l'ancien *Persan*, d'autant plus que le caractére dont j'ai parlé, est entierement different de celui des Inscriptions de *Persepolis*. Je donnerai des *ectypes* de l'un & de l'autre caractére, dans la description du fameux monument qui reste en ce lieu-là. L'ancien *Idiome* s'appelle *Fours*, qui signifie le *Persan*, de même que le mot de *Fars* veut dire la *Perse*. On l'appelle aussi le *Pahlouy*, mot qu'on interprète *mâle* & *genereux*.

Pour ce qui est de la *langue* d'à present, elle est fort adoucie par le mélange de l'*Arabe*, & des autres termes étrangers, le son en est agréable à l'oreille, & la prononciation assez aisée. Les *Persans* l'appellent *Langue salée*, pour dire qu'elle a un bon goût; elle a aussi beaucoup de cadence dans les Vers. On la peut comparer avec les *langues* les plus douces que nous connoissions, comme c'est aussi la *langue* de tout l'*Orient*, qui a le plus de raport aux *langues* de l'*Europe*, & qui est la moins chargée de sons durs & rudes; même les lettres dures de l'*Arabe* & du *Turc*, comme le *D*, le *Tf*, le *Kha*, sont affoiblies en *Persan*, qui les prononce en *S*, en *Z*, en *C*; je parle du *Persan* des grandes villes, & non des jargons de la campagne, qui sont rudes en *Perse*, comme dans les autres Païs du monde, & que les gens des villes ont peine à entendre. Ce *Patois Persan* a, outre ces défauts, l'usage excessif des particules copulatives, avec lesquelles ils lient toutes les periodes des plus longs Chapitres, quelque varieté de matiere qu'ils contiennent. C'est un des caractéres à quoi on reconnoît le stile bas.

Quoi que le *Persan* ait bien des differences de construction d'avec l'*Arabe*, comme de n'avoir point de *duël* ou de double personne, néanmoins il se conduit par les mêmes régles. Même la *langue Persane* n'a point de *Grammaire*, ni de *Syntaxe*, mais elle se sert de celle des *Arabes*, les gens apprenant la *Grammaire* & la *Syntaxe Arabe*, pour parler leur *langue*, tant la construction en est semblable.

O

Les

Les *Perſans* ont vingt-neuf *Lettres*, dont la derniere eſt double, compoſée de *L* & de l'*A* joints enſemble, comme la derniere *Lettre* de nôtre *Alphabet*, que nous appellons *&*, qui n'eſt proprement que l'aſſemblage de la cinquiéme & la dix-neuviéme *Lettre*; ce qui fait que quelques gens ne comptent que vingt-huit *Lettres Perſanes.* On rencontre quelquefois dans l'écriture juſqu'à quatre *Lettres* de plus, qui ne ſont pas pourtant de l'*Alphabet*, comme le *P*, & trois autres qui nous ſont difficiles à prononcer; mais ce ne ſont pas, comme je dis, des *Lettres* de l'*Alphabet*, de ſorte que ceux qui le compoſent de plus de vingt-huit *Lettres*, ſe trompent, & inſtruiſent mal les autres; car on n'enſeigne point ces quatre *Lettres* aux enfans dans leur *A. B. C.* quoi qu'on les leur enſeigne enſuite, & même on ne laiſſe pas pour cela de dire, que les *Perſans* n'ont pas de *P*, ni de *tzhin*, comme les *Arabes* & les *Hebreux..* Ces vingt-huit *Lettres* ſont toutes *conſonnes*, n'y ayant point de *voyelles* dans l'*Alphabet Perſan*, non plus que dans l'*Arabe*, quoi que l'*Alif*, qui eſt la premiere *Lettre*, & qui a la force de nôtre *a* avec un accent, reſſemblant à nos accens *graves* ou *aigus*, ſoit eſtimé de pluſieurs *Grammairiens* être une *Lettre voyele*. Leur *Alif* eſt l'*Aleph Hebreu*, & il répond à cet *accent* dont les *Grecs* ſe ſervent, & qu'ils appellent *eſprit doux.* J'ai dit que tout leur *Alphabet* eſt de *conſonnes*: il y a pourtant trois *Lettres*, *Alif*, *Vau*, *Yé*, qui ſont ſouvent la force de *voyeles*, à cauſe de quoi ils les appellent *Lettres de repos.* Leurs *voyeles* ſont proprement des *accens.* Les *Perſans* nomment en général les *accens*, *berket*, c'eſt-à-dire, *mouvement*, parce que les *accens* donnent le branle aux autres *Lettres.* Ils en ont de trois ſortes; les plus communs ſont ceux qu'ils appellent *zeber*, *zer*, *pich*, c'eſt-à-dire, *deſſus*, *deſſous*, *devant* : le *pich* eſt un *accent* fait comme une *virgule*, les deux autres ſont des *accens aigus*. Ils apprennent ainſi à les lire *B avec zeber Ba*, *avec zer Bi*, *avec pich Bou*, & ainſi des autres *Lettres*: ces *accens* ſont les mêmes que les *Arabes* appellent *hamza*, *fatha*, *keſre*; mais les *Arabes* ont deux *accens* plus, que les *Perſans* n'en employent dans leur écriture.

Les vingt-huit *Lettres conſonnes* de l'*Alphabet Perſan* ne ſont pas toutes des figures differentes, comme les *Lettres* de nôtre *Alphabet*, qui quoi qu'elles ſoient toutes formées de deux figures ſeulement, la figure courbe & la figure droite, en ſorte qu'on peut dire que d'un *I* & d'un *C* nous formons toutes nos *Lettres* tant *voyelles* que *conſonnes*, néanmoins chaque *Lettre* eſt d'une figure particuliere; au lieu que dans les *Alphabets Perſan*, *Arabe*, & *Turc*, qui ſont preſque les mêmes, & *Arabes* ayant donné les *Lettres* aux *Turcs*, & aux *Perſans*, en leur donnant la *Religion*, les *Loix*, & les *Sciences*; une même figure fait diverſes *Lettres*, ſelon le nombre & la ſituation des points. Le *B*, par exemple, eſt formé d'une figure qui reſſemble à un *C* couché ſur le dos, avec un point mis deſſous: mais ſi vous mettez deux points deſſous c'eſt un *I*, ſi vous y en mettez trois, c'eſt un *P*; mais ſi vous mettez les points deſſus ce ſont encore d'autre *Lettres*: un point ſeul fera l'*N*, deux points feront le *T*, trois feront une *S*.

Ce ſont ces *points* que les *Grecs* appelloient *diacritiques*, qui cauſent cette grande *difficulté*, qu'il y a à lire le *Perſan*, l'*Arabe*, & le *Turqueſque*; car dans l'écriture ordinaire, ils ne les mettent jamais droit ſous leur propre figure, mais communément où il y a plus de blanc, ſoit deſſus, ſoit deſſous le *mot*, & d'ordinaire ils mettent enſemble; pour aller plus vîte les points qui conviennent à trois ou quatre *Lettres*, laiſſant au Lecteur à les ſéparer en liſant : ce qu'ils font avec leurs *points*, ils le font de même avec les lignes qui font le corps de leurs *Lettres*. Ils les enchevêtrent l'une dans l'autre, cinq & ſix de ſuite, y mettant ces *points*, comme j'ai dit, & ſouvent n'y en mettant point. Je juge là-deſſus qu'un *Perſan* apprendroit plus à lire en deux jours en nôtre *Langue*, qu'on n'en peut apprendre en un an en la ſienne; car nos *Lettres* étant toûjours diſtinctement marquées, on ne s'y peut méprendre, au lieu que les leurs ſont toûjours mêlées l'une dans l'autre, de maniere qu'il n'y a qu'un long & conſtant uſage, qui puiſſe rendre habile en la lecture de leurs livres; ce n'eſt pas que quand ils écrivent exactement, il ne ſoit aſſez aiſé de les lire; car, par exemple, s'ils écrivoient comme nous imprimons, ce ne ſeroit pas une affaire, parce que dans l'imprimé tout eſt diſtinct : s'ils obſervoient même leurs régles qui marquent qu'elles ſont les *Lettres* qui ſe lient enſemble par devant & non par derriere, celles qui ſe lient par derriere & non par devant, celles qui ſe lient par devant & par derriere, & celles qui ne le font pas, & qu'ils miſſent les *points* & les *accens* en leur place, on pourroit aiſément lire leurs livres; mais pour aller plus vîte, ils ne prennent point garde à tout cela; & pour ce qui eſt des *accens* ſurtout, ils n'en mettent preſque jamais, que ſur

les

les *mots barbares*. En effet, on trouve qu'avec l'ufage on peut fe paffer tout-à-fait d'*accens*, & que les *voyeles* font auffi inutiles. Je m'imagine que c'eft la diverfité des *langues* qui a fait naître les *voyeles*, en les rendant néceffaires, pour marquer les diverfes prononciations; mais je ne voi point de quelle néceffité elles feroient à des gens qui ne fauroient qu'une *langue*, parce qu'ils prononceroient toûjours conftamment d'une même forte; mais apparemment ce font les divers fifflemens, ou diverfes inflexions des *langues* qui rendent les *voyeles* & les *accens* néceffaires pour éviter la méprife, ou la confufion. Depuis que j'eus appris à lire le *Perfan*, & que j'eus vû comment ils lifent fort bien fans *accens* & fans *voyeles*, j'admirai les difputes que font nos Docteurs pour & contre les *voyeles* dans la *Loi de Dieu*, & j'aurois bien de la peine à ne pas croire, que ce fût l'habitude d'éducation dans les *langues étrangeres*, qui porta les Juifs à mettre des marques fur leurs *mots Hebreux* pour en conferver la vraye *prononciation*, en empêchant qu'on ne les prononçât comme on faifoit ces *langues* étrangeres, de la même façon que nous voyons les *Anglois* & les *François* prononcer fi diverfement le *Latin*.

Les *Perfans* non plus que les *Arabes* & les *Turcs*, ne fe fervent point de ces marques *disjonctives*, que nous appellons la *ponctuation*, & autrement les *points* & les *virgules*, & ceux de nos gens Doctes dans les *langues Orientales*, qui en ont mis dans des *Grammaires Perfanes*, & en d'autres piéces de cette langue, les y mettent de leur chef. Ils ne fe fervent point non plus d'*alinea*, ou *paragraphes* differens, mais tout leur chapitre va d'une fuite, diftinguant leurs *periodes*, ou leurs *matieres* par des *vé*, qui font proprement des *Item*. On voit quelques uns de leurs livres marquez de *points rouges* à la fin de chaque *matiere* ou de chaque *periode*, mais c'eft feulement pour des gens qui le defirent & qui le payent bien, ou pour la jeuneffe qui n'eft pas encore bien ftylée.

Je finis ce chapitre par la remarque que le *Latin* & le *Grec* ne font point connus en *Perfe* ni en toute l'*Afie*. Le *Latin* n'y a jamais été auffi cultivé parmi les favans. Le *Grec* y a été connu & étudié jufqu'au tems de *Mahammed*, mais il s'y eft perdu depuis.

CHAPITRE IV.

De l'Ecriture.

CE que j'ai dit de la langue *Perfane* dans le Chapitre précédent, pourroit auffi fervir pour l'*Ecriture*, à l'égard de ce qu'on en peut raporter à la *Science*, comme eft le nombre & la force des *Lettres*: je vai maintenant traiter de l'*Ecriture Perfane*, comme étant un *Art liberal*. Et pour le mieux faire je décrirai auparavant le *Papier*, l'*Ancre*, & les *Plumes*, dont les *Perfans* fe fervent. Ils font du *Papier* par tout en leur Païs, le compofant comme nous de *Guenillons* de cotton & de *foye*, mais comme leurs toiles font la plûpart peintes à l'huile, & que le cotton n'a pas de force ou de corps, leur *Papier* eft moins blanc que le nôtre, & il fe rompt quand on le ploye. Quand leur papier eft fait ils paffent du favon deffus, & puis le liffent avec des poliffoirs de verre, comme ceux dont nos blanchiffeufes fe fervent; c'eft afin que l'*Ancre* coule mieux deffus: auffi leur papier eft plus doux qu'un fatin. Ils employent beaucoup de *Papier d'Europe*, après l'avoir ainfi préparé, mais ils ne prennent pour cela que du plus gros: le fin & particuliérement celui de *Genes*, n'ayant pas affez de confiftance. Leur beau *Papier* vient de la *Tartarie mineure*, des villes de *Balk*, de *Bocora* & de *Samarcande*. Ils en font de toutes les couleurs, excepté de noir, & ils le marbrent ou le font moucheté d'argent, ou bien ils peignent deffus des fleurs & des Morefques d'argent fort leger, afin que cela n'empêche pas la formation de l'*Ecriture*, ni d'être lüe aifément. On fe fert de ces diverfes fortes de papier, fur tout dans les *Lettres Miffives*, car on le choifit felon la dignité des perfonnes & felon le refpect qu'on leur porte: le plus noble eft le *Papier blanc argenté*.

J'obferve ici que le *Papier*, & fur tout celui qui eft écrit, eft une chofe facrée chez les *Mahometans*: ils tiennent pour *Mecrou*, c'eft-à-dire deshonnête & mauvais de le brûler; déchirer ou jetter, & beaucoup plus de s'en fervir à des ufages fales à caufe, difent-ils, que le nom de Dieu peut être écrit deffus, ou celui des *Saints*, & que fi ce n'eft pas du *Papier* écrit, il fert à écrire les chofes venerables, comme les matieres de la *Religion* & de la fageffe, les loix divines & humaines, & il eft fait pour cela. Affurément il y a une grande

O 2

diffe-

difference entre le peu d'ufage du *Papier* qu'ils font, & celui que nous en faifons, qui eft infini en comparaifon ; ainfi ils n'en déchirent gueres. Lors qu'ils ont occafion de déchirer du *Papier*, ils le defont dans de l'eau au lieu de le déchirer, & ils ramaffent ce qui en refte qu'ils mettent dans le trou d'un mur.

Leur *Ancre* eft fort noire faite de noix de gale, de charbon pilé & de noir de fumée. Elle eft graffe & épaiffe comme nôtre ancre d'Imprimerie, & c'eft comme il la leur faut pour former cette variété de traits gros & menus, qui forment le corps des Lettres ; car fi elle étoit plus claire elle couléroit, & ils ne feroient rien qui vaille. Ils fe fervent d'*Ancre* de toutes couleurs, de rouge, de bleue, & ils écrivent auffi avec de l'*or*, rendant ainfi leurs feuilles fort belles à la vüe.

Leurs *Plumes* font des *Rofeaux*, ou petites *Canes* dures de la groffeur des plus groffes plumes de Cygne, qu'ils taillent comme nous en les fendant, mais ils y laiffent un bec bien plus long. Ces *Canes* ou rofeaux fe recueuillent vers *Danrac*, le long du *Golphe Perfique* dans un grand marais entretenu par le cours du Fleuve de *Hellé* placé de l'*Arabie*, lequel eft formé d'un bras du *Tygre*, & d'un bras de l'*Euphrate* mélez enfemble. La recolte de ces *Canes* fe fait en Mars, & quand elles font cueuillies, on les met par bottes, ou paquets liez enfemble dans le fumier fix mois durant, où elles fe durciffent & prennent cette belle *poliffure*, & cette couleur vive dont elles font couvertes, qui eft un mélange de jaune, & de noir. Il ne fe cueuille de ces *Rofeaux* en aucun autre endroit : l'on en tranfporte dans tout l'*Orient*, comme étant les meilleures *Plumes*, il en croît aux *Indes*, mais felles font plus tendres, & d'un jaune pâle. Ces *Rofeaux* là fervent de *Plumes* par tout l'Orient comme je l'ai dit.

Les *Perfans* non plus que tous les autres peuples *Orientaux*, n'ont point l'excellent art de l'*Imprimerie*. On dit même qu'ils ne pourroient commodément s'en fervir à caufe de la *feichereffe* d'air de leur climat, & à caufe que leur *Papier* eft trop caffant : cela fait qu'ils font reduits à tranfcrire tous leurs *Livres* à la main, & à n'en avoir point d'autres que de *Manufcrits*. Or comme ils font favans, & qu'ils aiment fort la *Science*, il arrive que l'art de l'*Ecriture* eft un de leurs plus nobles *Arts Liberaux*, & celui dont ils font le plus de cas. L'on compte de huit fortes d'*Ecritures* chez eux, ce qui eft encherir fur les *Arabes* leurs Maîtres, qui n'en ont que fept.

La premiére forte s'appelle *Nesky*, qui eft la *Lettre de l'Alcoran* & de tout ce qui s'écrit en *Arabe*. La feconde *Talik*, qu'on peut appeller une *Ecriture courante* ; parce que c'eft la plus commune. La troifiéme *Nesk-talik* qui eft la *Lettre bâtarde*, comme étant mêlée du caractere *Arabe*, & du caractere *Perfan* courant, & c'eft en cette *Lettre* que s'écrivent les *Livres*. La quatriéme forte s'appelle *ché Kefté*, ou lettre rompue, qui eft l'*Ecriture* des *Regiftres*, des *Comptes*, des *Finances*, du *Négoce*, de tous les *Bureaux*, & de tous les *Tribunaux* pour les *Comptes*, & les *Finances*. La cinquiéme forte s'appelle *Kat fia*, c'eft-à-dire *Lettre noire*, qui eft le caractere des *Lettres Miffives*. La fixiéme eft dite *Sultfy*, qui eft la *Lettre menüe & fine*. La feptiéme eft dite *Kobar*, qui eft la *Groffe Lettre*, dont on fait les *paraphes*, comme ceux du Roi dans les *Lettres patentes*, & les autres *actes Royaux*, & ceux des Miniftres dans leurs expeditions, & par tout où il faut que leur marque foit appofée. Les premiers *Mahometans Perfans* fe fervoient du *Caractere Cufique*, ou *Cophte*, qui eft l'*Ancien Caractere*, auquel l'*Alcoran* fut premiérement écrit. Vous voyez encore en Perfe plufieurs *Livres* écrits en cette *Lettre Cufique*. J'y en ai vû divers. Et comme on s'en eft toûjours beaucoup fervi depuis dans les infcriptions : on le fait encore à préfent. Il y en a entre les autres une infinité dans la vieille Mofquée d'*Ifpahan*, qui eft la Cathedrale, & en bien d'autres endroits.

Il n'y a point de plus belle *Ecriture* au Monde que la *Perfane*, leurs *Lettres* font formées de traits, gros & menus, qui s'appetiffent en finiffant, avec un tour bien inventé & fort agréable à la vûe : il n'y a point de peuple non plus qui écrive fi bien. Vous remarquez dans leur *Ecriture* des queües de *Lettres* fi fines, qu'on ne les peut prefque voir : d'autres tournées auffi rondes qu'au compas, & tirées auffi droites qu'à la ligne, quoi qu'elles s'étendent par des efpaces de cinq à fix doigts. Ils écrivent auffi de la meilleure grace, & le plus proprement du monde, tenant leur *Papier* à la main, & non couché fur une table, comme nous faifons. Quelques uns afin que le *Papier* foit plus ferme, le mettent fur un petit porte-feuille de fix ou huit pouces, fait d'un fimple cuir fans carton, pour le pouvoir plier à leur gré ; mais d'ordinaire, ils le tiennent en l'air à la main, & fi leurs feuilles font grandes, ils les roullent par le bas, les dépliant à mefure qu'ils rempliffent le blanc ; ainfi ils tournent le *Papier* à tous les mouvemens de la plume,

ce

ce qui leur aide à faire les traits fi ronds , & fi deliez tout enfemble. Les *Ecritoires* dont ils fe fervent font fort petites, & le *cornet* n'a pas le trou plus grand que l'ongle du petit doigt. Ils *écrivent* pourtant fi vite avec tout cela, qu'il me femble que je n'ai jamais vû écrire fi vîte en *Europe*. Ils ne levent pas la plume , & l'on diroit quand on ne regarde pas fur le papier. qu'ils ne tirent que des lignes ; auffi difent ils, qu'un homme qui *écrit* bien doit tenir & mouvoir fi legerement fa plume, que fi une mouche voloit fur le bout, elle le fit tomber de fon côté. Ils remuent & tournent leur *Papier* comme leur *Plume* , en forte que quelquefois c'eft le *Papier* qui paffe fous la *Plume* , & non la *Plume* fur le Papier ; & c'eft encore ce qui leur aide à former leurs *Lettres* d'un trait qui eft gros en des endroits, & menu en d'autres , comme je l'ai obfervé.

Ils font des *marges* à leurs feuilles lefquelles ils réglent de lignes de toutes couleurs & d'or en mettant jufqu'à douze l'une fur l'autre, toûjours en groffiffant : puis quelquefois ils font peindre les *marges* & les *Grandes Lettres* , de belle *Miniature* , comme on voit dans plufieurs de nos *Anciens Manufcrits.*

Ils n'*écrivent* pas comme nous, de la main gauche à la main droite , mais tout au rebours de la main droite à la main gauche , de même que les *Arabes* & les autres *Peuples de l'Afie anciens* & *modernes* jufqu'au *Fleuve Indus.* Ils appellent cela *écrire droit* , & difent que c'eft nous qui *écrivons à rebours* , ou à l'*Envers* comme vous le pouvez voir dans ce *Diftique.*

Le Ciel en ufe avec moi autant à rebours, qu'eft l'Ecriture des Chrétiens.

Il me tient lié & garotté de cordes comme celles des Moines de nos Païs.

Les *Perfans* ne font pas leurs *Lignes* droites à la régle comme nous les faifons, fi ce n'eft dans les *Livres* où elles font telles pour la plûpart , & fur tout dans les *Gros Volumes* ; mais ailleurs, & particulierement dans les *Miffives* , ils donnent un tour concave à leurs *Lignes* , les tirant en deffous en *demi cercle* , & puis quand ils ont fini la *Page* , ils écrivent à la *Marge* , qui eft toûjours à côté droit , & là ils donnent une autre inflexion aux *Lignes* , pour les mieux diftinguer. Ils donnent un tout à fait bon air à leurs *Lettres*, & cela eft bien plus beau à voir & plus orné & façonné que les nôtres ne le font.

Les *Livres* font affez communs en *Perfe*, & quoi qu'ils y paroiffent chers en comparaifon de nos *Livres imprimez*, ils ne font pas chers pour des *Manufcrits*. Ceux des Anciens Auteurs font les plus rares, & fouvent il les faut commander , parce qu'il ne s'en trouve pas. Lors qu'on fait *tranfcrire* un *Livre*, on fournit le *Papier* , & l'on fait marché pour l'*Ecriture*. On fait le compte par *mille vers*, qui font des vers *doubles* que nous appellons *Diftiques*. Cinquante Lettres font un *Diftique*, & ainfi *Mille vers* font *cinquante mille Lettres d'Alphabet.* La plus belle *Ecriture* eft de quatre *Abaffis* pour mille vers : c'eft quelques *trois livres dix fols de nôtre monoye*, mais il y en a peu à fi haut prix. L'*Ecriture commune* eft de *fix Chaiets pour mille vers* qui font *vint fept fols.* C'eft là comme on fait le compte & le prix des *Livres* fans aucun égard au *fujet*, ni à l'*Auteur*, ni à la *réputation*. Quand ce font des *Livres* de revente, qu'on achette, l'on a égard à la beauté du *Caractere*, aux *Lignes des marges*, aux *vignettes*, & aux *miniatures* , qui coûtent bien cher à faire faire. Pour comprendre mieux ce que c'eft que *mille doubles vers* ou *mille Diftiques* , je dirai que la *Bible* contient à ce compte-là *quatre-vingt-cinq mille huit cent cinquante Diftiques*, & c'eft *cent feize livres* que couteroit à faire écrire en *Caractere ordinaire* , un *Livre* gros comme la *Bible* , fans compter le *Papier* & un petit préfent qu'on fait à la fin de l'*Ouvrage*, quand il eft fi gros.

Les *Copiftes* font en grand nombre en *Perfe* , fur tout aux grandes villes, mais le *métier* leur donne à peine du pain : ils n'y gagnent d'ordinaire que *quinze fols* par jour, à écrire du matin jufqu'au foir. Le plus qu'on puiffe écrire, quand on eft très-expert & qu'on travaille fans interruption, eft de *cinq à fix cens diftiques* par jour. On peut juger combien cette cherté des livres empêche la *Science* de fe répandre & les *Doctes* d'aprofondir les *matieres* , & de cultiver les découvertes ; mais ce n'eft pas-là ni le feul, ni même le plus grand inconvenient des *Livres Manufcrits* : il confifte en la multiplication des *fautes* qui fouvent font telles, qu'on ne trouve point de fens à ce qu'on lit. Ces *fautes* arrivent par l'ignorance des *Copiftes* & par leur inattention à force d'aller vîte, en ne prenant pas garde à leur *Original* & en ne relifant pas. Or comme pour la plûpart du tems ils n'entendent pas ce qu'ils *écrivent* , ils y font *mille fautes* fans s'en appercevoir. Cependant il arrive que leurs *Livres fautifs* font copiez par d'autres *Scribes* , qui n'en favent pas plus que les premiers , & qui ajoûtent aux *fautes* de leur *Original* leurs propres *fautes*, de forte que fouvent elles se multiplient beaucoup avec le tems. Les *gens de lettres* relisent ou font relire leurs *Livres* sur de bons *Originaux*, & par d'habiles gens qui mettent leur sceau au livre comme pour *approbation*. J'ai vû de ces *Correcteurs*, qui de tems en tems faisoient bien des imprécations contre le *Copiste*, dont la plus fréquente étoit, *il faut couper la main à ce belistre*. Je n'ai pas trouvé en *Perse* de *Géographie* dont les nombres des *longitudes* & *latitudes* ne fussent très-differens. J'ai souvent rencontré des *septante deux minutes*, des *quatre vingt seize degrez de latitude*, & d'autres semblables *fautes*, qui viennent uniquement de l'ignorance des *Copistes*. On peut juger delà quel avantage nous tirons de l'*Art de l'Imprimerie*, & combien nous en apprenons plus vîte, plus aisément, & plus sûrement les *Sciences* & les *Faits*. On m'a diverses fois proposé à la Cour de *Perse* de faire venir des *Imprimeurs*, & d'établir une *Imprimerie* à *Ispahan*, & cela auroit été executé, si le feu *Roi Abas Second* avoit vécu; mais son fils n'a pas eu la même considération pour la requête que des *Savans* lui en firent, & les particuliers n'ont pas eu la générosité de faire la dépense nécessaire. Les *Orientaux* ont un éloignement de la nouveauté qui ne se peut dire, & quoi qu'ils voyent les avantages qu'il y auroit dans plusieurs établissemens nouveaux: ils sont si attachez aux maniéres anciennes, & aux biens présens; & ils sont si peu excitez par l'espérance, qu'il n'y a pas moyen de les porter à rien avancer que sur de bonnes assurances de succès.

Je ne dois pas oublier de dire que les *Persans* ont une maniere d'*Ecriture abregée*, qui se sert de *Lettres Alphabétiques*, avec des *Points* pour marquer des *mots entiers*. Ainsi une même *Lettre* marque *vingt mots differens* par la difference de la *Ponctuation*.

CHAPITRE V.

De la Grammaire & de la Rhétorique.

A Vant que de passer au détail des *Sciences*, je dirai par maniere d'*Avertissement*, que je ne prétends pas donner un cours des *Sciences des Persans*: je ne les ai pas assez étudiées pour cela; & il y en a même quelques-unes où je ne suis presque point entré, comme il y en a d'autres au contraire, où je me suis particuliérement appliqué; mais j'entreprens seulement de rapporter ce que j'ai appris & observé sur *Chacune*.

Pour commencer par la *Grammaire* les *Persans* l'appellent *Elm tesrif*, c'est-à-dire, *la Science de convertir les mouvemens*, parce qu'en effet la *Grammaire* enseigne à *convertir* & à *tourner* les termes en differentes façons. Leur *Grammaire* s'y prend à peu près comme fait la nôtre: la *Déclinaison* par exemple est la même dans les *Rudimens Persans*, que dans nos *Rudimens*, étant composée des mêmes *cas*. Mais la *Conjugaison* est differente; car il n'y en a qu'une & elle n'a que trois *Meufs*, l'*Indicatif*, l'*Imperatif*, l'*Infinitif*, & selon la métho-de de tous les autres peuples de l'Orient, l'*Optatif* & le *Subjonctif*, sont formez par l'addition des *particules optatives* & *subjonctives*: ils ont *cinq Tems*, *trois Personnes*, & *deux Nombres*, comme le *Latin*. L'*Arabe* en a un de plus comme le *Grec*: mais ce qu'il y a de plus singulier dans leur *Grammaire*, c'est qu'ils n'ont point la difference des *genres* dans leur *langage*: ils forment tous les *Meufs* des *Verbes* avec l'*Infinitif*, & se servent des deux *Verbes Auxiliaires* tout comme nous faisons. Leur *Verbe*, fait, n'a que ce seul *tems*: du reste, comme je l'ai remarqué, ils ont à peu près nos mêmes *régles* dans le regime des *Verbes*, & dans celui des *Aaverbes*, des *Conjonctions*, des *Prépositions*, des *Interjections*, & dans leur *Syntaxe* qu'ils appellent *Elm ne hom*: de manière qu'il n'y a pas de *Langue* dans tout l'*Orient* soit moderne soit ancienne qui convienne plus avec nos *Langues Europeanes* à l'égard des *Régles*, ni qui soit renfermée en moins de *Régles*, & qui soit plus sûre. Une des graces de leur *Langue*, est de parler à la *troisiéme personne* quand on traite civilement, de la même manière que font les *Allemands*, & dans l'ancienne façon de parler, la *troisiéme personne* se termine comme la *seconde*, sans aucune difference.

Quant à la *Rhétorique* ils l'appellent d'un terme *Arabe Elm ne have*, & aussi en termes *Persans*, l'*Art de parler* & l'*Art excellent*. Ils possedent fort bien cet *Art admirable*, étant fort *Eloquens*: ils mêlent les termes *Arabes* & *Turcs* en leur *Langue*, & les *Vers* avec la *Prose* sans que cela passe pour *irregulier*. Ils sont particuliérement riches en *figures*, donnant à toute heure dans l'*Hyperbole*, & subtils en *Antithéses*, en *ironies*, & en *pointes*; comme on le peut juger des piéces Originales que j'ai rapportées dans ce Volume, & dans le Volume précédent, & que je rapporterai encore dans le suivant.

CHA

CHAPITRE VI.

De l'Arithmétique.

ILs appellent cet Art *endeze elm nazel*, la mesure de la quantité, & aussi *elm altakir*, c'est-à-dire, *l'Art de couper les nombres*; mais comme je traite ici de l'*Arithmétique*, en tant qu'elle est partie de la *Mathématique*, je commencerai par décrire les divers *Chiffres* dont les *Persans* se servent en toute sorte de supputations. Ils en ont de cinq sortes: le premier est composé de *dix figures simples*, dont la première semble être la même que celle dont nous nous servons, & presque tout le peuple civilisé. Le *cinq* est formé comme nôtre *Zero*, le *Zero* comme nôtre point, & le *neuf* ressemble aussi à nôtre *neuf*. Ils l'appellent aussi *abged* déclaration ou supputation d'*A B C* : parce que c'est le plus commun & par où on commence; & ce mot *ABGED*, est formé des quatre lettres qui étoient autrefois les premières de la langue *Arabe*, comme elles le sont encore de celle des *Hebreux*: on appelle aussi ce compte *Asab Indi*, comptes, ou *chiffre des Indes*, parce qu'il paroît tout-à-fait semblable au *chiffre* ordinaire des *Indiens*, dont je crois qu'il est tiré aussi : je trouve même que quand on y compare nos *chiffres* de près & avec attention, on trouve qu'ils en sont aussi sortis; surquoi on peut observer que le mot *Arabe*, *Syfer*, d'où est venu nôtre mot de *chiffre*, est *Indien* d'Origine, ce qui donne lieu de croire que les *Arabes* qui ont les premiers supputé avec ces *chiffres*, au lieu qu'auparavant ils supputoient avec les *Lettres Alphabétiques*, comme tous les peuples de l'*Orient*, & comme les *Grecs* & les *Latins*, aprirent cette manière des Indiens. Les *Persans* prétendent que le mot *Syfer* est *Persan* d'Origine, & veut dire *voyage*, *progression*, *avancement*, parce que c'est la voye des progressions numéraires; mais ils conviennent que les *Indiens* le leur ont donné. Cela se trouve ainsi dans leurs Anciens Auteurs, & fort communément ils appellent ces figures *Hazab ell Ind*, *Arithmétique du peuple Indien*.

Le second *chiffre* est celui dont on se sert seulement à la Chambre des *comptes*, dont les figures sont des *Caractéres* qui paroissent sortir de la langue *Arabesque*, qu'on appelle *Asab ragam*, c'est-à-dire *chiffre*, ou supputations avec des *Caractéres*. Le troisième est composé des lettres *Alphabétiques* au nombre de *vingt huit*.

Les *neuf* premiéres font les unitez, les *neuf* suivantes font les *dixaines*, les *neufs* autres font des *centaines*, & la *derniere* fait *mille*. Le quatriéme *chiffre* est celui des *Astronomes*, qui est entiérement formé de *Lettres* de l'*Alphabet*. *A* vaut *un*, *b* vaut *deux* & ainsi des autres lettres, mais non pas de suite; car par exemple après le *b* qui est la *seconde lettre*, vient le *g* qui est la *cinquiéme*, ce qui me fait croire que ce *chiffre* a été pris des *Hebreux*, où le *g* est la troisiéme *Lettre Alphabétique*. On l'appelle *ragam hendezé*, c'est-à-dire *Caractére* ou *chiffre de Géometrie*. Le cinquiéme *chiffre* est aussi composé de *lettres* de l'*Alphabet* naturelles & sans alteration en la forme, mais ayant chacune la puissance d'un *nombre* simple ou composé. *A*, marque *un*, *B*, *deux*, *C*, *cinq cens*, *E*, *cinq*, *I*, *dix*, *K*, *vingt*, *L*, *trente*, *M*, *quarante*, *N*, *cinquante*, *R*, *deux cens*, *S*, *soixante*, & ainsi des autres. Celle qui vaut le plus est le *g*, car elle fait *mille*. Ce compte ressemble à nôtre *compte* par *Lettres Numerales*, comme nous les appellons; qui sont les sept *Lettres* de nôtre *Alphabet* avec quoi nous dattons dans l'*Impression*, & c'est avec quoi les *Orientaux*, font leurs mots *Symboliques*. Ils réüssissent fort bien à ce *jeu de mots*, en marquant les *dattes*, & la *supputation* par des *mots*, qui ayent du rapport à l'*Oraison* qu'on traite. J'ai rapporté dans mon *Voyage de Paris à Ispahan*, en la *Description de Cachan*, des exemples de l'usage que les *Persans* font de ce *Nombre Alphabétique*: j'en rapporterai ici deux de celui que les *Arabes*, & les *Turcs* en font. Quand *Tamerlan* prit la ville de *Damas*, on fit battre des *Ducats d'or* pour en conserver la mémoire, où d'un côté il y avoit, *Karab Damech Karab*, la *destruction de Damas est arrivée à sa destruction*. Les *Lettres* de ces mots qui sont au nombre de *onze* valent *sept cens nonante*, qui est le tems de l'*Epoque* de ce païs-là, que *Tamerlan* se rendit Maître de *Damas*. L'autre exemple, pris de chez les *Turcs*, est celui de l'*Inscription* de la monnoye, qui fut battuë à l'avenement à la Couronne du *Grand Seigneur*, qui fut déposé à la fin du siécle passé: il se nomme *Mahomed*, comme on sait, & est fils d'*Ibrahim*. L'*Inscription* étoit *nour Mahamed Ibrahim dangelur*, c'est-à-dire, *Mahomed est la resplendeur d'Ibrahim*, par allusion à leur faux *Prophete*, qui se disoit descendu du *Patriarche Abraham*, & son *Successeur*. Le dernier mot de l'*Inscription* marquoit l'année hegirique du Couronnement de cet *Empereur*. Les *Sibylles* marquoient de cette même manière, que nos Peres auroient appellée un *Rebus*, le régne des Em-

Empereurs Romains, & même la venüe de nôtre Seigneur Jesus-Christ.

La méthode de *supputer* des *Persans* est fort longue & fort penible, & ils ne connoissent point nos *règles courtes* & faciles comme sont la *règle de trois*, & la *régle de compagnie*. Ils se servent du *Canon Sexagenaire* dans leurs grandes *supputations*, & dans les *comptes Astronomiques*, lequel ils nomment *gedvel Setini*, ils dépendent si fort de cet *instrument*, que s'ils ne l'ont toûjours à la main, ils ne sauroient rien faire: cependant ils ne l'ont pas abrégé comme nous dans un *triangle* & *trapeze*, mais en des *tables prolixes* sur le papier: toutefois ils ne se servent d'autre chose pour *multiplier*, & pour *diviser*; aussi dans les *évaluations* & les *reductions*, ils se noyent dans la longueur & dans la peine, & s'il arrive qu'il s'y glisse la moindre erreur, soit faute de soin, soit par la faute de la *Table*: voilà tout leur travail perdu, & c'est à recommencer. Ils n'ont point la *Régle de trois*, comme j'ai dit, & lors qu'il faut resoudre dans la *Science* ou dans le *Commerce* des choses qui se resoudroient vîte & facilement par cette *Régle*, ils font à languir dans les *supputations* de leur *Canon*.

J'ai mis ici à côté une figure de la *Régle de multiplication*, comme ils la font dans l'*Exemple* de *trente six mille neuf cens quatre vingt cinq*, *multipliez par six mille quatre cens vingt huit*: lors qu'ils ont tiré les lignes de ce carré irrégulier qu'on prendroit pour un *Echiquier*, ils écrivent le *Multiplié* le premier, un *Chiffre* à côté de chaque carreau comme vous le voyez dans l'*Exemple*, savoir *trois*, puis *six*, &c. & après ils marquent le *Multipliant* de la même façon: après ils *multiplient* les *Chiffres* les plus proches, le *Multiplié* par le *Multipliant*: ainsi dans cet *Exemple* les plus proches étant *trois* & *six*, ils disent, *trois fois six*, cela fait *dix-huit*, & ils marquent *dix-huit* dans les carrez vis-à-vis du *Chiffre Multiplié*, la *dixaine* en haut & le *Nombre* en bas en carreaux séparez: puis ils continuent de même prenant toûjours le *Multiplié*, ainsi après avoir dit, *trois fois six*, ils disent, *trois fois quatre*, puis, *trois fois deux*, puis *trois fois huit*: après quoi ils continuent de compter *six fois six*, puis *neuf fois six*, & ainsi de suite. Quand les carrez sont remplis des produits l'*Addition* ou *assemblage* se fait commençant par le carreau d'en bas où est marqué 0, & continuant en montant, *sommant* ce qui est entre deux lignes paralleles disant 0 est 0, & mettent 0, puis *quatre & quatre font huit*, & marquent *huit* à

gauche de 0: puis continuent & disent *un*, & *six font sept*, & *six font treize*, & *deux font quinze*, puis marquent *cinq* à gauche de *huit*, & retiennent *un*, & l'assemblent pour *un* avec les *Chiffres* plus haut disant *un & deux font trois*, & *deux font cinq*, & *un font six*, & *huit font quatorze*, & *sept font vingt un*, & *huit font vingt neuf*, & ainsi de suite: cette *Régle* est véritablement plus sûre, plus claire & plus facile que la nôtre, mais elle est fort longue & devant qu'un *Persan* ait tiré ses lignes nous avons fait nôtre *Régle*.

Leurs *Productions d'Arithmétique*, ne se font que par *dixaines*, *centaines* & *mille*, sans aller plus avant, & c'est aussi la *Méthode* de toutes les autres Nations de l'*Orient* généralement jusqu'à l'*Ethiopienne*, ou l'*Abyssine*: ils ne *supputent* point par *millier* ni *million*, ce qui fait qu'ils sont fort obscurs & plus embarrassez sur les grandes *productions*. Par exemple en *sommant* une partie dont le *produit* iroit à *douze Chiffres*, ils diroient & ils écriroient ainsi:

mille			
mille	mille		
mille	mille	mille	
456	789	123	456

L'*Algebre*, qui est proprement l'*analyse Mathematique*, est une *Science* née en *Orient*, comme le nom même le marque, qui est *Arabe*, & signifie *rétablir* & *réparer*, parce que le but de cette *Science* est de réduire les *parties* au *tout*, ou, comme on parle dans l'Ecole de cet Art, de réduire les *termes* de la *comparaison* à la forme desirée de l'*Equation*. Les Auteurs *Persans* en ont fort bien écrit, & entr'autres le savant *Coja Nessir*.

Pour ce qui est des petites *Régles d'Arithmetique*, les plus habiles *Chiffreurs Persans* dans le *Négoce* & dans les *Finances*, sont ceux qui ont été instruits par les *Gentils des Indes*, élevez au négoce & aux affaires, qu'on appelle *Banians*. Cependant l'*Arithmetique* de ces *Banians* est très-rude & très-imparfaite: ce n'est qu'une pure routine, elle ne consiste point en *Régles* certaines & infaillibles comme la nôtre, & si l'on disoit au plus habile *Banian* de faire la *Preuve* d'une *Multiplication*, ou d'une *Division*, on lui parleroit de choses qu'il n'entend pas. Voici dans un exemple comme ils font toutes leurs *Supputations*. On a acheté *cent dix-sept aunes & demie de drap à quatre roupies & un quart l'aune*, ce qui revient à *six livres deux sols six deniers*: ils disent, *cent aunes à quatre roupies* &

eigle de Multiplication selon l'Arithmetique Persienne
en l'exemple de 36985 multipliez par 6428.

nombre 3 — 6 — 100.e de million

dix^e 6 — 4 — 10e de Million

cent^e 9 — 2 — million

mille 8 — 8 — 100.e de mille

10.e de mille 5 — 2 — Multipliant

Multiplié 3 — 4 — 10e de mille

100e de mille — 8 — mille

million — 2 — cent^e

10.e de million — 4 — dix^e

100e de million — 0 — nombre

Produit 237739580.

un quart font *quatre cens vingt-cinq roupies* : ils pofent *quatre cens vingt-cinq*, puis difent : *dix aunes à quatre roupies & un quart* font *quarante-deux roupies & demie*, & ils pofent fous les *quatre cens vingt-cinq*, *quarante-deux & demi* : & puis ils font de même pour *cinq aunes*, pour *deux aunes*, & pour la *demie aune* reftante, ils affemblent cela ; & voilà leur *régle*. Il en eft de même de la *Divifion* & de la *Souftraction*. Pour la *Régle de trois* ils n'en ont nulle connoiffance, non plus que les *Perfans*, comme je l'ai déja obfervé ; or parce que leur *operation* eft courte & affez fûre pour des gens comme eux, qui s'appliquent du corps & de l'ame au Négoce, & parce auffi qu'ils font ordinairement trois ou quatre à faire un *compte*, pour voir s'ils fe rencontrent, cela fait que les gens qui ne les entendent pas, & qui ne confiderent que le produit, s'écrient qu'ils font de grands *Chiffreurs*, comme je l'ai ouï dire plufieurs fois à des *Europeans* qui admiroient leur operation, & l'élevoient au-deffus de la nôtre, faute de la connoître & de favoir ce que c'étoit. Il faut dire des *Banjans*, qu'ils font fins & fubtils dans le Commerce ; car il eft vrai qu'ils ont bonne memoire, qu'ils notent tout exactement, & qu'ils ne fe méprennent gueres, tout cela eft affuré ; mais cela ne vient que de l'avide attachement au Trafic, l'unique étude de leur efprit & de leurs affections, & nullement d'une intelligence plus exquife que la nôtre, ni d'un art plus court que celui dont nous nous fervons. J'ai négocié aux *Indes*, & en *Perfe*, avec les grands Seigneurs & avec les Marchands de toute forte de qualitez, long-tems, & par moi-même, fans interprète & fans aide de perfonne ; j'ai toûjours vû que j'avois fait mes *comptes* le premier, & le plus jufte, généralement parlant, & que l'on admiroit mon *art* pour la *brieveté* autant que pour la *certitude*. Nul voyageur *Europeman* ne peut affurer cela de foi : j'ai eu l'honneur de les connoître tous, ou de vûe, ou de réputation, mais d'ordinaire les gens qui ont le moins d'experience parlent & décident avec plus d'affurance, & pour remplir leurs narrations de belles chofes, ils font paffer les peuples éloignez pour plus habiles qu'ils ne font.

Au refte, j'ai remarqué dans toute l'*Afie* que l'on fe fert pour toute forte d'*évaluations* de nos mêmes *operations numeraires* & *decuples* : il en faut pourtant excepter les Gentils *Indiens*, à qui les *progreffions décuples* ne fuffifent pas pour fupputer l'infinie durée du monde, par exemple ; car ils le font fi vieux, qu'il

Tome II.

vaut autant le faire éternel ; ils ont inventé des *progreffions* de *cent mille*, à qui ils donnent des noms particuliers : *Nil*, par exemple, qui eft un de ces noms de *fomme*, eft chez eux à l'égard de *cent mille* ce que *mille* eft chez nous à l'égard du *premier nombre*.

Les *Aftronomes Gentils*, & tous les *Gentils* qui s'occupent à l'*analyfe Mathematique*, & aux grandes *fupputations*, ont des *Tables* de même effet, que le *Canon fexagenaire*, mais fi prolixes, qu'ils s'abyment dans leurs *reductions*, & qu'ils s'y trompent très-fouvent.

CHAPITRE VII.

De la Mufique.

LE mot de *Mufique* eft *Moufiki* en *Perfan*, tout comme en *Grec*, & les *Perfans* connoiffent la *Mufique*, comme vous voyez, non feulement entant que partie de la *Mathematique*, qui confidere les *nombres fonores*, mais auffi comme *Art liberal*, qui enfeigne à manier fa *voix*, & à *toucher des inftrumens* avec *régle & mefure*. Ils ont divers Auteurs qui en ont traité, entr'autres un *Abou Aloufa*, fils de *Sahid*, dont j'ai apporté le livre avec moi, qui traite de la *Mufique*, pour le *chant*, & pour les *inftrumens*, dont on joüe avec la bouche & les doigts, qui eft la *divifion* que l'Auteur en fait ; mais à mon grand regret je n'y entends rien, ayant manqué de lire le livre fur les lieux, avec quelqu'un qui m'en fît entendre le fens. C'eft un petit Ouvrage, qui n'eft que de quelques trois heures de lecture. Ce que j'y découvre feulement eft que les *Perfans* ont *neuf tons*, qu'ils ont des *tablatures* pour le *chant* & pour les *inftrumens*, beaucoup plus amples que nous n'en avons, & qu'ils apprennent cet Art par une *methode*, qui a bien des *régles*, & de bien grandes, & de bien embroüillées, à ce qui me femble. J'en ai donné cinq exemples en la planche fuivante. Les figures qui font marquées *A. B. C*, font des premières du livre, & par confequent les plus fimples. Il y en a trente-neuf de la façon d'*A. B. C*, & avec des explications dont je n'entens point les termes : celle qui eft marquée *C*, eft fuivie de trente-cinq autres figures, auffi dans la même *methode* : & celle marquée *D*, eft fuivie de treize, dont la penultiéme eft un *cercle* une fois plus grand, qui a quarante-quatre points dans le tour, dont huit font rouges. J'ai penfé que les gens Savans en l'*Art* de la *Mufique* pourroient juger par les feules figures, quelle eft la methode

Perſane pour cette Theorie, en attendant ce que j'en pourrai découvrir avec le tems, s'il plaît à Dieu que j'aye quelque jour le loiſir d'y étudier. Outre ces *Tablatures* il y en a de faites en échiquier, dont les plus grandes ſont diviſées en trois cens ſix *compartimens*, les uns marquez de *Notes*, les autres *blancs*. Je trouve en un endroit de ce Traité que l'Auteur dit, *que la Muſique eſt une ville qui a quarante-deux quartiers, chacun de trente-deux rües*, & à la fin du livre il y a une grande *Table* en figure de *Globe*, diviſé en *quatre cercles*, coupez par *quarante lignes*, ce qui fait *cent ſoixante Notes*. Leurs *Notes de Muſique* ne ſont pas des *ſyllabes* ſans ſens & ſans ſignification, mais ce ſont, ou des noms de *villes du Païs*, ou des noms des *parties du corps humain*, ou des plus ordinaires choſes de la *nature*; & quand ils enſeignent cet *Art*, ils diſent pour marquer les *modes*, *allez de cette ville à celle-là*, ou, *allez du doigt au coude*: les noms des *quarante-huit tons divers*, ſont des noms de ville, à cauſe, diſent-ils, que ces divers *tons* ſont affectez & particuliers en ces *villes*. Ainſi il y a, comme il me ſemble, beaucoup d'embarras & de confuſion dans leur *Theorie*; cela vient ſans doute de ce que la Muſique eſt peu en uſage chez eux; car autrement ils la réduiroient en une *methode* plus courte & plus facile. Leurs habiles & doctes *Muſiciens* ſont tous aux gages du Roi, & ils n'excédent pas le nombre de dix à douze à ce qu'on m'a aſſuré. J'ai donné dans la même Figure joignante un petit *Air Perſan* ſur lequel on jugera auſſi de la nature de leurs petits *Airs*. En voici les autres paroles.

> *Celle qui tient mon cœur m'a dit languiſſam-*
> *ment, pourquoi êtes vous morne & défait?*
> *Quelles levres de ſucre vous ont mis dans leurs*
> *chaînes?*
> *J'ai pris un miroir, je le lui ai preſenté.*
> *En diſant, qui eſt cette beauté qui reſplendit*
> *dans ce miroir?*
> *La langueur de vôtre teint eſt l'ambre qui tire*
> *la paille.*
> *Pourquoi vos yeux brûlent-ils ce que vos appas*
> *attirent?*
> *Maudit ſoit ce compagnon qui ſe pâme ſi vite.*
> *Apportez des fleurs odoriferantes, pour faire*
> *revenir le cœur à mon Roi.*

Leur *Chant* eſt clair, ferme & gai, comme on repreſente le *Chant Dorien*: ils aiment les *voix fortes* & *hautes*, le *fredon* & les *grands roulemens*: ils diſent que pour bien chanter il faut faire rire & pleurer par l'harmonie de la

voix. *Perdeh* eſt le terme *Perſan* qui ſignifie *Air de Chanſon*, & ils diſtinguent les *Airs* par des noms de leurs anciens Rois, & par des noms de Provinces. Ils n'ont pas de *Chants à parties*, mais ils font chanter les *bonnes voix* l'une après l'autre. On *chante* d'ordinaire chez eux avec le *Luth* & la *Viole*: les hommes ont les plus belles *voix*; mais il n'y en a gueres qui ſachent bien *chanter* par la raiſon que le *Chant*, comme la *Danſe*, paſſent pour deshonnêtes en *Perſe*: l'un & l'autre ſont des Arts qu'on ne fait point apprendre à ſes enfans, mais qui ſont releguez parmi les femmes proſtituées & les *Baladins*; de maniere que c'eſt une indécence parmi eux que de *chanter*, & que l'on ſe rendroit mépriſable en le faiſant. Cependant le peuple a une telle pente au *chant*, qu'en pluſieurs-profeſſions, ils *chantent* tout le jour quoi que fort lentement, pour s'animer & s'exciter. Il ne faut pas s'étonner après cela, que la *Muſique* ne ſoit pas plus débrouillée, & pas plus courte chez eux. Les *Perſans*, comme les *Arabes*, appellent les *Chanteurs Kayné*, mot qu'on dit qui vient de *Cain*, parce qu'on prétend en *Orient* que les filles de *Cain* inventerent le *Chant* & la *Muſique*.

Leurs *Inſtrumens de Muſique* ſont en grand nombre. Ils ont premierement la *Timbale*, & le *Tabourin*, dont le fonds eſt de cuivre ou de laton; après ils ont le *Tambour de baſque*, dont ils joüent fort adroitement, & une ſorte de *Tabourin* long, qu'ils portent attaché à la ceinture ſur le devant, incliné de côté, dont ils touchent les deux bouts avec les mains, une main à un bout une à l'autre. Ils ont des *Timbales* de trois pieds de diametre, & ſi peſantes que même un chameau ne les peut porter, ils les font trainer ſur des charrettes: on diroit d'un muid coupé en deux. Après cela ils ont des *Cornets droits*, qui leur ſervent de *Cors* & de *Trompettes*, qui ſont proportionnez à ces *Timbales*, & qui ſont de merveilleuſement grands *Inſtrumens*: les moindres *Inſtrumens* plus longs qu'un homme n'eſt haut. Il y en a de ſept à huit pieds, faits de cuivre ou de laton, d'une groſſeur inégale, car le fuſt eſt fort étroit à un pied de l'embouchure, d'où il s'élargit vers l'embouchure juſques à deux pouces de diametre, mais le bas eſt large de près de deux pieds. Le *Joüeur* de cet *Inſtrument* a peine à le tenir élevé, & il plie ſous le faix: l'on entend le bruit fort loin, qui eſt rude tout ſeul & ſourd, mais mêlé avec d'autres *Inſtrumens*, il fait aſſez bien, ſervant de *Baſſe*. Ceux qui en ſonnent le remuent

con-

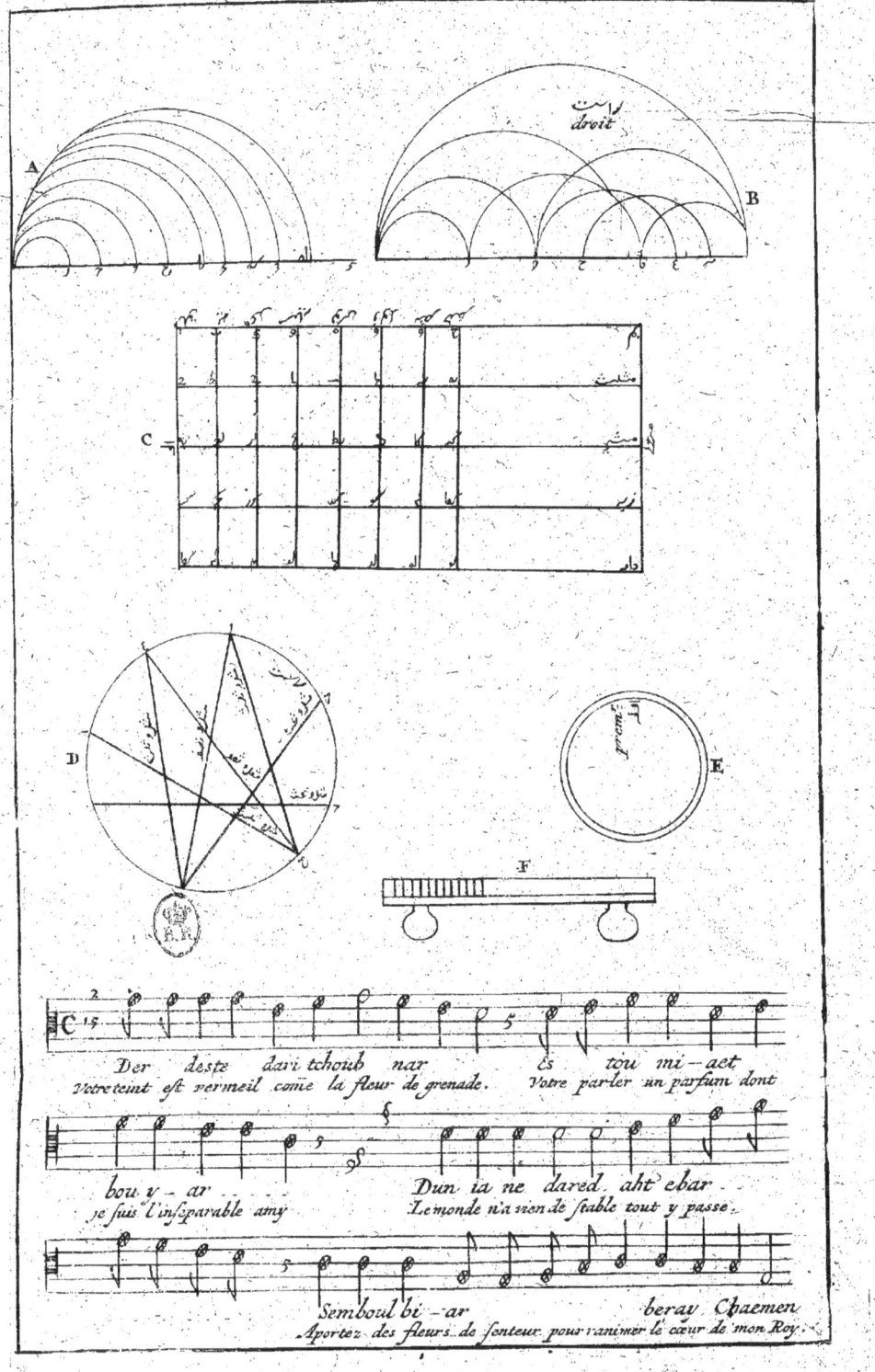

Der deste davi tchoub nar   Es tou mi-aet
Votre teint est vermeil come la fleur de grenade.   Votre parler un parfum dont

bou y - ar   Dun ia ne dared aht ebar
je suis l'inseparable amy   Le monde n'a rien de stable tout y passe

Semboul bi - ar   berav Chaemen
Aportez des fleurs de senteur pour r'animer le cœur de mon Roy.

continuellement pour varier les fons ou pour fe délaffer. Outre ces *Cors*, où l'on mettroit aifément la tête, ils en ont d'autres, faits les uns comme des *Cors de chaffe*, d'autres comme des *Clairons*. Ils ont après cela le *Hautbois*, la *Flute*, le *Fifre*, le *Flageolet*, mais il s'en faut beaucoup, qu'ils n'en joüent avec tant d'harmonie qu'on fait chez nous. Enfuite ils ont les *Inftrumens à corde*, *Rebec*, *Harpe*, *Epinette*, *Guitarre*, *Tetracorde*, *Violon*, & une maniere de *Poche*; le *Tamboura*, qui eft une *Coucourde* ou *Callebaffe* au bout d'un manche, dont ils fe fervent comme de *Luth*, & un autre *Inftrument* qu'ils appellent *Kenkeré*, dont vous voyez la figure dans la planche joignante marquée F, telle qu'elle eft dans mon Livre de *Mufique Perfan*. Vous obferverez, que les cordes de leurs *Inftrumens* ne font pas des *cordes à boyau*, comme aux nôtres, à caufe que chez eux c'eft une impureté legale de toucher aux parties mortes des animaux : leurs *cordes d'Inftrumens* font, ou de *foye cruë retorfe*, ou de *fil d'archal*. Ils ont après cela cette forte d'*Inftrumens*, que le Pere *Merfenne*, dans fon Livre des *Sons*, appelle *Cymbale*, qui font deux *baffins* de *laton* en *timbre*, dont on *joüe* en les frappant l'un contre l'autre, & d'ordinaire c'eft en les tenant élevez au deffus de la tête, & les remuant de tous côtez. Les Danfeufes mettent à la main des *Os*, dont elles fe fervent, comme les *Bohemiennes* font des *Caftagnettes*, qui rendent un *fon* clair & fort : je penfe que les *Caftagnettes* ont été faites fur ces *Os*-là. Les Chanteurs en animant les Danfeufes s'en fervent auffi, & ils favent pareillement faire *claquer* leurs doigts fi fort, qu'on diroit qu'ils ont des *Os*, ou des *Caftagnettes* à la main. Ils font une maniére de *Carillon*, avec des porcelaines, ou des coupes d'airain, de diverfes grandeurs, rangées par ordre, fur lefquelles on *touche* avec deux petits bâtons, longs & menus ; cela fait une *harmonie* plus agréable que le *Carillon* d'Horloge, & beaucoup plus agitée.

Il en eft en *Orient* des *Inftrumens* de même que de la *Mufique* : c'eft auffi une indécence d'en *joüer*, & d'apprendre à en *joüer*, & même c'eft pire ; car la Religion en profcrit l'ufage : les Ecclefiaftiques & les gens dévots ne les veulent pas feulement entendre, & c'eft la caufe que l'*Art* n'en eft pas poli ni avancé comme en nos Païs. Les *Joüeurs d'Inftrumens* font pauvres en *Perfe*, & mal habillez : il n'y a que ceux que le Roi entretient, qui meritent d'être écoutez. La Bande en eft affez

bonne, on l'appelle les *Tchalchi bachi*, comme qui diroit, *La Troupe capitale des Joüeurs d'Inftrumens & Chanteurs* : les autres ne favent pas grand' chofe, comme je l'ai obfervé. Ils vont joüer dans les maifons pour ce qu'on veut leur donner ; & lors que le Roi donne quelque grand emploi à un Seigneur, ou lors qu'on circoncit publiquement un enfant dans quelque grande maifon, ils vont joüer à la porte, pour avoir quelque chofe.

La *Danfe* en *Perfe* eft encore plus deshonnête, & plus contraire à la Religion que le *Chant*, & que les *Inftrumens*, car elle eft même tout-à-fait infame, & ne s'exerce que par les femmes proftituées, & les plus publiques. C'eft comme parmi les *Romains*, qui fouffroient cet *Art* dans les perfonnes dévouées à la Turpitude, mais qui le condamnoient dans les autres. Ainfi les hommes ne *danfent* point : il n'y a que les femmes, mais quand les femmes *danfent*, il y a toûjours quelques hommes auprès de la principale Aĉtrice, l'animant de fon *chant*, & quelquefois de fes geftes. La *Danfe Perfane*, comme par tout l'*Orient*, eft une repréfentation : il y a des endroits Comiques & enjoüez, & il y en a d'autres en plus grand nombre graves & recueillis : les Paffions y font repréfentées dans toute leur force, mais ce qu'il y a de déteftable, font les *poftures* lafcives & deshonnêtes à voir, les jouiffances & les impuiffances dont ces repréfentations font pleines, & où ils réüffiffent d'une maniere fort oppofée à la vertu ; car il ne fe peut rien concevoir de plus touchant. Une *danfe* dure quelquefois trois à quatre heures fans finir ; l'*Heroïne* en fait feule les principaux aĉtes, les autres au nombre de quatre à cinq fe joignent à elle de tems en tems. D'ordinaire après la *danfe*, les Femmes & les *Muficiens*, fe mettent à faire les *fauts perilleux*. Ces gens-là ne repréfentent point dans un lieu exprès pour le public, comme nos *Comediens*, mais on les fait venir chez foi, & outre le préfent de celui qui les mande, c'eft la coûtume qu'à la fin de la *danfe*, une vieille qui eft comme la Mere de la bande, ou la principale aĉtrice, va tendre la main à tous ceux de l'affemblée pour avoir quelque chofe. Comme ces filles gagnent bien plus à fe proftituer qu'à *danfer*, elles s'éforcent de toucher les gens, & elles font fort aifes, qu'on leur donne affignation, ou qu'on les tire dans un cabinet, chofe qui a le même air parmi ces peuples-là que chez nous de fe lever de table, & d'aller au Buffet boire un coup de vin, quand on eft en débauche.

P 2   CHA-

CHAPITRE VIII.

Des Mathematiques.

LEs *Perſans* appellent les *Mathematiques*, *Elm Riazi*, c'eſt-à-dire la *Science penible*, parce que c'eſt en effet la partie la plus difficile des *Arts liberaux*. Les Savans de l'*Orient*, & particulierement les *Arabes*, s'y ſont appliquez de toute ancienneté, & ils ont été célébres pour le progrès qu'ils y firent, avant que de l'être pour la *Philoſophie*, où ils ne s'appliquerent que long-tems après. L'Auteur le plus renommé que les *Perſans* ayent en cette Diſcipline, eſt le docte *Coja Neſſir*, dont j'ai parlé ci-deſſus avec tant d'eſtime : il a fort travaillé entr'autres ſur l'*Almageſte* de *Ptolomée*, dont il y a un abregé de ſa façon, & encore plus ſur les *Elemens d'Euclide*, dont il a beaucoup augmenté les propoſitions : celle où il a le plus admirablement réüſſi eſt la *quarante ſeptiéme* qu'il a augmentée de plus de *trente figures*, qui tendent toutes à faire voir les *adaptations* du *Theorême* fameux qu'elle contient. Les *Perſans* appellent cette propoſition *chek le arous* c'eſt-à-dire *la figure de l'Epouſée*, parce, diſent-ils, que comme du mariage ſuit la génération & toute ſorte d'avantages au genre humain, auſſi de cette *quarante ſeptiéme propoſition d'Euclide*, il ſe fait un uſage admirable pour les *Démonſtrations Geometriques*, tant pleines que ſolides. Ils tiennent que *Pythagore* ou *Fichagores* comme ils l'appellent eſt l'inventeur de cette *propoſition* : Les *Perſans* ont donné des noms propres à preſque toutes les *propoſitions des Elemens d'Euclyde* ; par exemple, ils appellent la *propoſition* ſuivante *O kre arous*, c'eſt-à-dire *la ſœur de l'Epouſée*, à cauſe de la conformité qu'elles ont enſemble :

Après *Coja Neſſir*, l'Auteur le plus éſtimé dans les *Mathematiques*, s'appelle, *Maimon Rechid*, lequel a auſſi travaillé fort heureuſement ſur les *Elemens d'Euclide* : c'eſt lui qui trouva la prémiere *propoſition* du premier livre des *Elemens*, que les *Perſans* appellent de ſon nom, *la figure de Maimon*, ils diſent que c'étoit ſa découverte favorite, & qu'il la portoit brodée ſur ſa manche pour l'avoir toûjours devant les yeux : on rapporte qu'il diſoit à la fin de ſa vie, *c'eſt une choſe facheuſe que des deux Sciences auxquelles les hommes puiſſent le plus raiſonnablement appliquer leur eſprit, c'eſt à ſavoir les Mathematiques, & la Logique, celle-ci ſoit une Science fauſſe & vaine,* dont la connoiſſance ne profite de rien, & que celle-là qui eſt vraye & ſure au contraire ſoit ſi difficile à acquerir.

Ils entendent aſſez amplement *la Gnomonique* la *Trigonometrie* qu'ils appellent *Elm Mouſelleſet*, & auſſi *Elm reſet*, c'eſt-à-dire *la Science de partage*, & la *Geometrie* qu'ils appellent *Elm Endeze*, c'eſt-à-dire *la Science de ſupputation*, & auſſi *Tahur* en deſſiat l'explication des ſupputations. Ils ont la connoiſſance des anciennes *démonſtrations* & la pratique des *inſtrumens* ordinaires de *Mathematique*, comme ſont les *Globes*, les *Spheres*, les *Aſtrolabes*, les *Bilimbati*, & *Analemnatis*. Pour l'*Optique*, qu'ils nomment *Elm Tenaſſour*, c'eſt-à-dire, *la Science du regard*, c'eſt la partie de la *Mathematique* qu'ils étudient le moins : ils ont pour Maître de cette *Science*, un ſavant *Arabe* nommé *Ebn-heiſſer* qui en a fort bien traité. Les *Perſans* ont encore l'*Almageſte de Ptolomée*, Livre qu'ils appellent en leur langue *Mageſti*, les *Spheriques de Theodoſius*, d'*Autolycus*, & d'*Aſclepius Menelaus*, & des *fragmens d'Archimede*, qui ſont très-bons, & qu'ils eſtiment être les meilleures piéces de cet *Auteur incomparable*.

CHAPITRE IX.

De l'Aſtronomie & de l'Aſtrologie.

JE joins enſemble ces deux *Sciences* parce que les *Perſans* ne les ſeparent jamais, au contraire l'on peut dire qu'ils n'aprennent la prémiére, que pour l'amour de la ſeconde. Ils appellent l'*Aſtronomie Elm nejoum*, c'eſt-à-dire la *Science des Aſtres*. Et l'*Aſtrologie*, *Eſte Krag* c'eſt-à-dire la *révelation des Aſtres* : mais ils n'ont qu'un même nom pour dire *Aſtronome* & *Aſtrologue* qui eſt *Munegiim*, terme compoſé de deux mots qui ſignifient l'un *Globe céleſte*, & l'autre *parler*. Ainſi c'eſt cela même, que les Grecs ont dit eñ leur langue *Aſtrologue*. Ces *Sciences* ſont les plus reverées & les plus cultivées par les *Perſans*, & ce ſont celles, où ils égalent plus les Savans de l'*Europe*, & où l'on peut dire qu'ils en ſavent, preſqu'autant qu'eux ; la raiſon qu'ils ont de rechercher & de cultiver particulierement ces *Sciences*, c'eſt qu'ils regardent l'*Aſtrologie* comme la *clef du futur*, pour la connoiſſance duquel, eux, & les autres *Orientaux*, ſont tous merveilleuſement paſſionnez, & qui eſt le but principal de leurs *Etudes*. Or ils croyent que l'*Aſtrologie* y conduit infailliblement, & c'eſt pour cela qu'ils ſont ſi religieux, ou ſi ſuperſtitieux ftitieux pour toutes les *productions* de cette *Science Judiciaire*; qu'ils traitent d'ignorans, & de gens ftupides, ceux qui traitent l'*Aftrologie* judiciaire de *filouterie* & d'autres noms femblables.

Pour mieux concevoir quelle confiance les *Perfans* ont dans l'*Aftrologie*, on n'a qu'à confiderer le nombre d'*Aftrologues*, qu'il y a parmi eux; le rang qu'ils y tiennent, & les groffes penfions que le Roi leur fait. On peut dire qu'ils fe font multipliez à *Ifpahan* la ville capitale de la *Perfe*, comme les étoiles du Ciel, felon le langage facré. Tous les *Aftrologues* de *Perfe*, au moins les plus célébres, font natifs de la Province de *Coraffon*, d'une petite ville nommée *Genabed* & d'une famille, Illuftre pour être féconde en célébres *Aftronomes*. Tous ceux qui ont quelque nom dans cette *Science* depuis fix à fept cens ans font de ce *Païs-là*, & le Roi de *Perfe* ne prend point d'Aftrologues, qui ne foit natif de ce lieu de *Genabed*, ou qui n'y ait été élevé. On affure qu'il y a une excellente Ecole d'*Aftronomie* & d'*Aftrologie*, où les Profeffeurs même dans cette *Science*, envoyent étudier leurs enfans, de tous les endroits de la *Perfe*. On dit auffi que ce qui fait que la *Science* d'*Aftronomie*, a été plus cultivée & avancée dans cette Province de *Coraffon*, qui eft la *Bactriane*, & la *Sogdiane* ancienne : c'eft que l'air y étant très-fec, & très-pur, l'on a plus de moyen d'obferver continuellement les mouvemens des *Aftres*; mais *Ifpahan* toutefois n'a pas l'air moins pur & le Ciel n'y eft pas moins ferain : en effet les tables *Aftronomiques* qui furent compofées fur fon *Meridien* environ l'an 1230. par l'ordre du Sultan *Reuen el dauel* de la Dynaftie des *Alibouié*, & qui portent le titre d'*Abou Hanifé*, le Préfident de l'*Obfervatoire*: ces Tables, dis-je, paffent pour fort exactes : j'ai ouï affurer que les *Aftrologues* du Roi, lui coûtent plus de quatre millions par an; fur quoi l'on raconte qu'en 1660. un d'eux qui avoit cinquante mille livres d'appointemens, ayant préfenté requête au Roi Abas alors régnant, pour avoir une augmentation, le Roi en fut indigné, & commanda qu'on lui apportât un extrait des Appointemens des *Aftrologues*. Cet ordre jetta tout le corps dans la confternation : ils employerent tout leur crédit pour faire faire ce rolle le plus bas qu'il fe pourroit, & comme ils ont beaucoup d'amis, le rolle ne montoit qu'à douze cens mille livres : mais j'ai ouï affurer que leurs Appointemens montent au double, & comme c'eft en terres, qui rendent trois fois au deffus du prix pour lequel

elles font affignées, on pourroit compter leurs gages feuls à quatre millions. Les préfens que le Roi leur fait en certaines occafions, qui reviennent affez fouvent, font encore évaluez à deux millions l'année. La Charge de Chef des *Aftrologues* a cent mille livres d'Appointemens. Celui qui la rempliffoit de mon tems, s'appelloit *Mirza Chefy*, vieillard fort grave & fort docte, de même que fon frere ainé, qui avoit la charge avant lui, & le fils de ce frere qui eft à préfent fecond *Aftrologue* avec cinquante mille livres d'appointemens : cet ainé fut privé de la charge, ayant été privé de la vûe par ordre du Roi. C'étoit fous le règne de *Sephy* Ayeul du Roi d'à préfent. Il arriva un jour d'affemblée publique, à laquelle tous les Grands s'étoient trouvez, felon la coûtume, & le Chef des *Aftrologues* comme les autres, que le Roi fit Juftice de cinq ou fix grands Seigneurs qu'il fit mettre en piéces en fa préfence : Le Roi regardoit attentivement l'affemblée durant cette fevere exécution, obfervant la contenance des gens : il apperçut le chef des *Aftrologues*, qui clignoit à chaque coup de fabre comme ne pouvant regarder un fi horrible carnage. Le Roi qui en fut indigné cria à un Gouverneur de Province, qui étoit affis près de lui, *Duc, enlevez les yeux de ce Chien qui eft à vôtre main gauche : ils lui font mal, il ne fauroit s'en fervir*, ce qui fut executé à l'inftant. *Abas* fecond étant venu à la Couronne prit cet *Aftrologue* en fes bonnes graces & lui donna cinquante mille francs d'appointemens : fon fils a un train de Gouverneur de Province, étant toûjours fuivi de huit ou dix Cavaliers fort leftes. Au refte tous les *Aftrologues* du Roi ne font pas également favans : il y en a même qui ne le font que fort fuperficiellement; cependant ils ne laiffent pas d'entrer au fervice du Roi par le grand crédit de leurs Parens.

Il y a toûjours des *Aftrologues* au Palais Royal, attendant les ordres, & toûjours un des premiers *Aftrologues* auprès de la perfonne du Roi, excepté lors qu'il eft dans le Serrail, pour l'avertir des jours & des momens heureux ou malheureux felon les régles de leur *Judiciaire*. Ils portent chacun fon *Aftrolabe* à la ceinture dans un étui fort propre, qui n'eft pas plus grand que le creux de la main : quelques uns même le portent feulement de deux à trois pouces de diametre; on diroit de loin que c'eft quelque medaille de chapelet qui leur pend à la ceinture, ou quelque medaille de Prince fouverain, donnée par honneur & pour récompenfe.

On

On consulte les *Astrologues* sur toutes les choses importantes, & quelquefois le Roi les consulte sur les moindres choses, par exemple, s'il doit aller à la promenade, s'il doit entrer dans le Serrail, s'il est tems de faire servir à manger, s'il fera venir un Grand qui attend dans l'antichambre à parler à Sa Majesté & ainsi du reste : alors l'*Astrologue*, sort promptement, tire son *Astrolabe*, observe la situation des *Astres*, & avec le secours de ses *tables* ou *ephemerides*, il tire *ses conclusions Astrologiques*, à quoi l'on ajoûte foi, comme à quelque Oracle ; ce pauvre Peuple se persuadant que l'évenement de toutes les *vicissitudes sublunaires*, se voit sur la face des *douze maisons du Ciel*, & que par l'*érection* de leur *Thême rationel* ils prédisent seurement tout ce qui arrivera dans le monde : aussi appellent-ils communément leurs *Prédictions* ou pronostics *hokom*, mot qui signifie, *ordre absolu, commandement, jussion de Souverain infaillible & inalterable*.

Ils operent dans l'*érection du Thême rational*, à peu près comme font nos *Astrologues*, en divisant l'*Equateur* en *douze parties égales*, avec les *douze grands cercles de la Section du Meridien*, où de l'*Horison* du lieu : vous voyez que pour prendre l'*heure*, bonne, ou mauvaise, & pour prédire le *succès*, bon, ou mauvais d'une chose, ils ne se servent d'autre *instrument* que de l'*Astrolabe*. Je n'ai pas remarqué qu'ils en eussent de plus usité, ni même qu'ils en employassent d'autre, pour l'*application actuelle* de leur *Science Judiciaire* : ils disent que comme il ne faut pour cela que prendre la *hauteur*, ou la *situation* de quelque *point visible du Ciel*, comme est le *Soleil*, de jour, & la nuit les *étoiles fixes*, l'*Astrolabe* leur suffit entiérement. Le commun peuple a cette sotte manie de croire que la destinée de chacun quelque abjet & miserable qu'il soit, est enregistrée dans le *Ciel* avec ces *Caractéres lumineux*, & même que celle des Empires & des Potentats, lesquels ayant ce monde *sublunaire* en leur disposition, peuvent sans tant d'impertinence croire que les *Cieux* tiennent le compte de ce qui leur doit arriver. Delà vient, que fort souvent lors qu'un *Astrologue*, ou quelqu'autre homme docte, a l'*Astrolabe* à la main, il vient à lui quelque sot la mine soûriante lui dire, *Saheb taleh mara begou*, Seigneur contez moi mon *aventure* : comme s'il la croioit écrite mot à mot sur l'*instrument*. *Taleh* signifie proprement le *Thême celeste*, mais dans l'usage on le prend pour ce que nous disons *Horoscope* : cet étrange

aveuglement du peuple, fait que les plus savans même, comme je l'ai observé, se jettent dans la *Judiciaire*, comme au but & à la fin de la *Science* : & en effet ils n'étudient l'Astronomie, la Géometrie, & les nombres *Mathematiques*, que comme des entrées à l'*Astrologie Judiciaire*.

J'ai parlé des *Auteurs Persans* pour l'*Astronomie*, en traitant des *Sciences* en général. Les Livres dont ils se servent le plus pour l'étude de cette *Science*, sont les *Spheriques* de *Théodosius*, d'*Autolycus*, de *Menelaüs*, les noms desquels Auteurs ils prononcent presque comme nous. Ils ont depuis près de neuf cens ans l'usage des *Sinus, Tangentes & Secantes*, & du *rayon posé de soixante* : ils suivent le *Systême de Ptolomée*, qu'ils appellent *Berlemious*, & celui de *Pirbac* pour le mouvement *des Cieux*, & l'*Harmonie du cours des Planetes* : c'est sur ces *Hypotheses Celestes* avec les *Spheres Solides*, que leurs tables de *moyens mouvemens* sont tirées : ils appellent ces tables *Zige*, mot que quelques uns croyent *Persan* dans son origine, & signifier une *régle à tirer des lignes paralleles*, & plus précisément l'*Equerre* ou la *ligne*, dont se servent les Charpentiers & les Architectes ; mais quelques d'autres croient *Arabe* & signifier les bords ou les frànges des habits qui étoient bigarrées, & de plusieurs couleurs à la mode *Phrygienne*, & que ce nom a été donné aux *Tables Astronomiques*, à cause des *lignes* de diverses couleurs dont on régle les marges du Papier, pour l'ornement ; comme les *Persans* le pratiquent dans tous les livres curieux qu'ils écrivent, & particuliérement dans leurs *Ephemerides*. J'ai observé dans le Chapitre cinquiéme que les figures des *Chiffres Astronomiques*, sont prises de l'*Alphabet*, j'ajoûte qu'ils marquent les *Signes du Zodiaque*, leurs *mouvemens*, & les *feries* aussi, avec les lettres de l'Alphabet. L'*A* marque la premiére *ferie* ou le *Dimanche*, & le signe qu'on nomme le *Taureau*. B la seconde *ferie* & le signe des *Jumeaux*, & ainsi des autres.

Leurs *Tables Astronomiques* ne sont pas si chargées & embarrassées de diverses sortes de *Prostapherezes*, d'*obliquité du Zodiaque*, de *Processions d'Equinoxes*, & de cent autres *anomalies*, comme le sont nos *Tables*, qui accablent un Etudiant de travail, & qui brouillent fort ses idées. Les *Persans* sans toutes ces diversitez de *Systêmes*, & sans prétendre faire ou supposer de nouvelles *Observations*, font leurs calculs des *longitudes*, & *latitudes des Corps Celestes*, des *Oppositions*, & *Regards divers*,

lesquels

Observation de la Comete de l'an 1668 faitte le second jour de l'a
parition qui estoit le 7.° Mars sti: nou: a Chiras ville Capitalle de la Province d
Perse dont la lat: est de 32 deg: & la long: de 95:

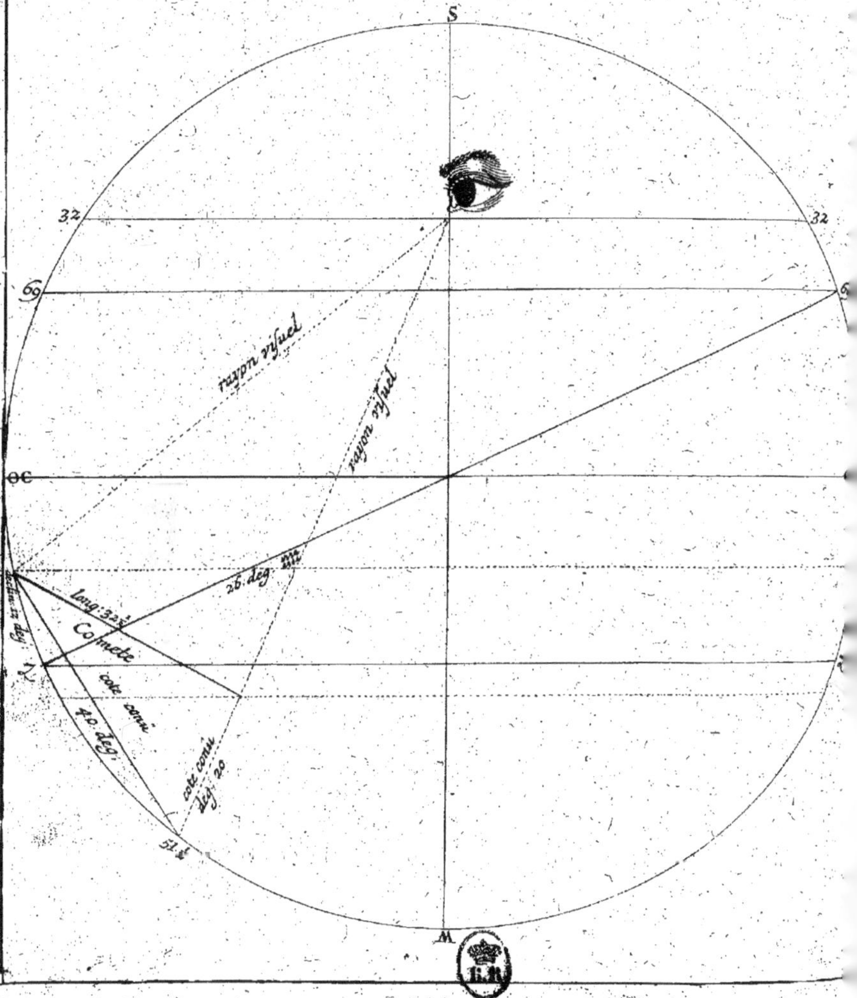

S

32   32

69   6

○C

26. deg. ...

rayon visuel

rayon visuel

long. 32.½

Comete

cote com.

cote com.

40. deg:

deg: 20

51.½

M

lèfquels *Calculs* quelquefois s'accordent avec les nôtres, & quelquefois en different de quelques *minutes.*

Entre les diverfes *Tables de moyens mouvemens* dont les *Perfans* fe fervent, ils font particuliérement cas de celles de *Alacou Can*, & de *Mirza Ouloukbec*, deux Conquerans célébres de la race des *Tartares* & *Mogols*, que l'amour pour les Sciences rendit illuftres l'un & l'autre non moins que leurs conquêtes. Le premier fit affembler en Corraffon environ l'an 1250. de nôtre Ere Chrétienne, les plus célébres *Aftronomes* de *l'Afie* en un Laboratoire merveilleux pour fa grandeur, & pour fes commoditez, où il fit apporter de toutes parts des livres & des inftrumens choifis. Cette docte Académie mit au jour après dix ans de travail ces *Tables fameufes*, qui portent le nom d'*Alacou Can*, & plus communément les *Tables de Neffir eddin*, qui étoit le *Préfident* de l'*Obfervatoire*, & le Chef des *Mathématiciens* en tout l'Empire. L'Ouvrage qui eft fort gros eft divifé en quatre parties, dont la premiére eft un Traité des *Eres* & *Epoques* des Nations : la feconde un Traité des *Planetes*, leur *cours*, leurs *déclinaifons*, leurs *longitudes* & *latitudes* par minutes & fecondes: la troifiéme un Traité des *afcenfions* des *Planetes*: la quatriéme un Traité des *étoiles fixes*. *Mirza Ouloukbec*, qui étoit petit-fils de *Tamerlan*, fit compofer 200. ans après de la même manière à *Samarcand*, ville principale de la *Tartarie*, qui eft renfermée entre les fleuves d'Oxe & de Jaxarte des Tables, lefquelles paffent pour les plus juftes & exactes, & que les *Aftronomes* de l'*Occident*, trouvent s'accorder avec celles de *Tycho Brahé*. Ces Tables font effectivement les plus correctes que les *Perfans* ayent, cependant elles manquent de quelques heures dans la précifion des *Oppofitions* & *Conjonctions*, de manière qu'il faudroit quelque *Lansberge* aux *Perfans* pour leur donner des *équations*, & pour rendre leurs calculs entiérement conformes aux *Phenomenes*.

Il eft affez remarquable que les Etats fituez entre les fleuves d'*Oxe* & de *Jaxarte*, qui s'appelle la petite *Tartarie Orientale*, ont fourni depuis 600. ans les plus habiles *Aftronomes*, & en plus grand nombre, ce qu'il faut raporter à mon avis à la ferenité de l'air, favorable aux obfervations *Aftronomiques*.

Ils obfervent affez jufte les *révolutions* des *Eclipfes* de *Soleil* & de *Lune*, & rencontrent fouvent le moment de l'*obfcuration* de ces deux *luminaires*; mais quelquefois ils s'y méprennent de demie heure, fur tout dans l'*Eclipfe*

du Soleil : mais il faut dire auffi qu'en la fupputation qu'ils en font, ils ne s'alambiquent pas le cerveau, comme font les Aftronomes Européans, dans le calcul de tant de petits *Arcs paralactiques* de *longitude* & *latitude*. L'endroit où leur calcul differe le plus du nôtre, eft à la *fupputation* de l'*Equinoxe* du Printems, car quelquefois il y a une heure de difference entre leurs *Obfervations* & celles de l'*Europe*. Mais d'une autre part ils ne font pas accoûtumez aux Cometes parce que l'air de leur païs étant fec & ferain, n'eft pas propre à la génération de ces *méteores enflamez*, qui font grand peur aux *Perfans*. Ils croient que ces *Phénomenes* préfagent toûjours de grands malheurs, mais ils font fort ingénieux à en renvoyer l'*influence* fur les païs éloignez. Ils ne donnent pas un nom commun à cette forte de *méteores* comme nous faifons, en les appellant tous des *Cometes*, mais ils leur donnent le nom felon la figure qu'ils repréfentent. Ils appellent *porte-cheveux* & *porte-queuë*, celles que nous appellons *cheveluës*, & celles qui ont des *queuës*, ce qui eft la même dénomination : ils nomment *petite lance* la grande & fameufe *Comete*, qui parut prefque par toute la terre l'an 1668. En voici à côté la figure comme elle fut dreffée en la *Province de Perfe*: mais je n'en ferai point la Rélation l'ayant donnée dans le *Couronnement de Soliman*, à laquelle j'ajoûterai feulement que la couleur de cette *Comete* étoit rouge mêlée de noir & de jaune.

Ils n'ont ni *Globes*, ni *Cartes Celeftes*, de même qu'ils n'ont point de *Cartes Terreftres*: ils n'ont point de *Telefcopes* non plus pour obferver, foit les *Conftellations*, foit les *Phénomenes* du Ciel, de même qu'on dit que les Anciens n'en avoient point, & tous les *Aftronomes* avant *Ticho Brahé*. Je dis cela généralement parlant, car il en faut excepter quelques *Mathématiciens curieux*, qui depuis que les Européans viennent en *Perfe*, & qu'ils ont vû des *Globes Celeftes*, fe font mis à en faire de petits comme j'en ai vû: mais cela eft encore fort rude & mal poli. Les *Mathématiciens Perfans* ont feulement la repréfentation des *Conftellations* dans un *Livre*, qu'on appelle *les Plans d'Abdul Rahmen*, qui eft le nom de l'*Auteur*: on reconnoît en les regardant de près que ce font au fonds les mêmes figures que nous avons fur nos *Globes*. Mais communément elles font fi mal repréfentées & fi groffierement peintes, que ce font autant de marmoufets que toutes ces figures

d'oid'oiſeaux, d'animaux, & d'hommes. Les *longitudes*, & les *latitudes* des *étoiles* y ſont auſſi marquées; mais un peu differemment de ce qu'elles ſe trouvent dans nos livres, differen- ce qu'il faut rapporter à deux cauſes; la pre- miére que ces *longitudes & latitudes*, ne ſont point marquées ſur des *Obſervations moder- nes*, ni reformées ſur les Originaux: com- me ont fait nos célébres *Aſtronomes* depuis *Ticho Brahé*. La ſeconde cauſe vient de ce que tous leurs livres ſont écrits à la main, ce qui ne ſe pouvant jamais faire ſans qu'il s'y gliſſe des fautes: il arrive que plus il y a de Copies d'un Livre, plus on y trouve de fautes.

Quelques uns des *Aſtronomes Perſans* font quarante neuf *Conſtellations*, au lieu de qua- rante huit, que l'on fait communément, cou- pant en deux la *quarante uniéme*, qui eſt l'*Hy- dre*. Les noms qu'ils leur donnent ſont la plûpart les mêmes que nous leur donnons, ou avec peu de difference: voici où il y en a le plus. Les *Conſtellations Boreales* que nous nommons *Boötes* & *Serpentarius*, ils les nom- ment *Aava, la grande, & la petite*, qui eſt *Eve*, la Mere du genre humain. Ils appel- lent celle d'*Hercule*, *l'homme à genoux*: celle de Caſſiopée, *l'homme ſur une chaiſe*: celle de Perſée, *l'homme tenant une tête de femme*: celle d'*Erichton*, *l'homme tenant une bride*: celles d'*Equiculus*, de Pegaze, d'*Andromede par- tie de cheval, grand cheval, femme enchaînée*. Les noms des *Conſtellations du Zodiaque*, le- quel ils appellent *mentec-elbouroug*, c'eſt-à- dire, *la ceinture des douze maiſons*, à cauſe que c'eſt le *Cercle des douze lignes* ou *maiſons du Soleil*, ſont pareils aux nôtres, à deux près, ſavoir la *Vierge* & le *Sagitaire*. Ils appellent ce premier ſigne, *la femme portant un épi*, la ſeconde *l'arc*. Pour les noms des *Conſtellations auſtrales*, il n'y en a que trois, qui ſoient differens de ceux que nous leur donnons, l'*Orion*, l'*Eridan*, & l'*Autel*, leſquels ils appellent *le Violent*, *le Ruiſſeau*, *& la Caſſolette*, le nom d'*Acarnar*, que nous donnons à l'Etoile *Cenobe* vient d'*Aker-el-na- har*, c'eſt-à-dire, *la derniere du fleuve*, parce qu'el- le eſt au bout de l'*Eridan*. Pour ce qui eſt des noms de la *Conſtellation* nommée le *Centaure*, que les *Arabes* & les *Perſans* nomment *Kan- toures*; de celle que nous nommons la Ba- leine, que les *Grecs* nommoient *Kitis*, & ces peuples d'*Orient Keitaous*; de celle d'*Anti- nous*, qu'ils nomment *Kerkous*, & de celle de *Cephée* à laquelle ils donnent le nom de *Fe- kaous*. Les *Perſans* diſent que ce ſont les noms

d'*Anciens Geans*, qui ont été donnez à ces *Phénomenes Celeſtes*, à cauſe qu'ils paroiſſent ſi grands. Les *Grecs* ont fait là-deſſus les fa- bles que chacun ſait, deſquelles je dirai par occaſion que les *Perſans* n'ont aucune con- noiſſance, la *Mythologie Grecque* leur étant en- tierement inconnuë: ils en ont une autre à la place beaucoup plus groſſiere, qui conſiſte en contes de *Taccuims*, comme ils les appel- lent, qui ſont des *Genies* & des *Fées*, qui ac- couroient aux beſoins des hommes dans leurs détreſſes, & dans leurs dangers, & qui leur reveloient les choſes à venir. Il y a divers livres de *Ferie*, qui roulent entre les *Perſans*, beaucoup plus que nos vieux *Romans*, ne font chez nous. Le principal eſt intitulé, *Saher- man nameſta*, *Chronique de Saherman*, qui étoit un des *Heros* de la première race de leurs Rois. Quant aux noms des *Oppoſitions*, des *Con- jonctions* & des *Aſpects*, ils ſont ſemblables aux noms dont nous les appellons, & ſont tous tirez de la langue *Arabeſque*. Au reſte les *Aſtronomes Perſans* ne connoiſſent point les *Conſtellations auſtrales*, qui ſont vers le *Pole antarctique*; & dont nous devons la dé- couverte & les *Obſervations* aux *Aſtronomes Mo- dernes*, il n'y a aucun Auteur parmi eux qui en ait parlé.

Pour ce qui eſt des *inſtrumens*, dont ils ſe ſervent dans leurs *operations*, le principal eſt l'*Aſtrolabe*, comme je l'ai obſervé, après lequel ils ont cet *inſtrument* ſi connu en *Mer*, qu'on nomme le *bâton de Jacob*; & comme c'eſt avec ces ſeuls *inſtrumens* qu'ils prennent les *éleva- tions du Pole*, on peut juger que leurs *Latitudes* ne ſauroient être des plus exactes. Ils ont des quarts de nonante fort grands, mais ils ne s'en ſervent guere, non plus que des *Régles* de *Ptolomée*, des anneaux *Aſtronomiques*, & de ces autres *inſtrumens* pareils qu'ils connoiſſent bien, & dont ils ont des figures, mais qu'ils ne mettent jamais en uſage. Et pour ce qui eſt de ces grands & merveilleux *inſtrumens fixes*, que les modernes ont mis en uſage, pour s'aſſurer de la ſituation des objets ou des *corps lumineux*, comme le plan *Meridional*, ou horizontal, il n'y en a aucun dans la *Perſe*. Les *Savans* du Païs diſent qu'il ſe trouve dans les livres des Anciens *Aſtronomes* qu'ils ſe ſer- voient de ces grandes *machines immobiles*, com- me ils apprennent des Etrangers qu'on s'en ſert en *Europe*; mais qu'eux ne s'en ſervent point, parce qu'il y faut trop de peine, & trop de dépenſe, & parce que les Anciens leur ont laiſſé les *Phaſes* ſi exacts, qu'il n'eſt pas beſoin qu'ils ſe donnent la peine de les examiner.

Mais

Mais comme l'*Astrolabe* eſt preſque l'unique inſtrument *Aſtronomique* des *Perſans*, on peut dire auſſi qu'ils l'ont le mieux fait & le plus exact de tout le monde. Les lignes & les *cercles* ſont tirez plus net & juſte que le meilleur trait de plume, ſans faute de trait, ni variation de *Compas*: ils paſſent en cela les meilleurs ouvriers que nous ayons : on peut l'aſſurer fort poſitivement, & qu'on ne voit cet *Inſtrument* nulle part ſi curieuſement fait, & avec tant d'exactitude & de délicateſſe, ni gardé avec plus de ſoin & de propreté ; car les *Perſans* le tiennent toûjours dans des étuis & des ſacs, quoi que l'air de *Perſe* n'enrouille, ni ne ſaliſſe & ne ronge pas les corps, comme il fait dans nos Païs *Septentrionaux* : parmi le commun peuple même chacun garde ſon *Aſtrolabe* comme un bijou. Ce qui fait que les *Aſtrolabes* ſont ſi bien travaillez, c'eſt que pour l'ordinaire ils ſont faits par les *Aſtronomes* même ; ce n'eſt pas qu'il n'y ait des Artiſans de profeſſion pour les *Inſtrumens de Mathematique*: mais c'eſt qu'on n'eſtime pas tant ceux qu'ils font, que ceux qui ſont faits par les *Mathematiciens*, qui ne ſont pas ſi ſujets à ſe méprendre aux *nombres*, & qui marquent plus juſte les *chiffres* & les *figures*.

Il faut ajoûter à cela qu'un *Aſtronome* n'eſt point mis au rang des *Savans*, s'il ne ſait faire tous les *Inſtrumens* lui-même, & s'il n'y travaille mieux qu'un habile Artiſan. Lors que j'étois à *Iſpahan*, l'*Aſtrologue* le plus fameux pour la fabrique des *Aſtrolabes*, s'appelloit *Akound Mahomed Emin*, homme auſſi *Savant* qu'il étoit excellent *Artiſte*: c'étoit le fils d'un autre ſavant *Aſtrologue*, nommé *Molla Haſſen Aly*. Outre qu'il poſſedoit la *Science* à fonds, il avoit la main la plus adroite qu'on puiſſe voir pour la compoſition des *Inſtrumens de Mathematique*. Le Superieur des Capucins d'*Iſpahan*, chez qui je logeois d'abord, homme fort verſé dans les *Mathematiques*, m'avoit donné ſa connoiſſance : il m'y menoit ſouvent, & m'apprenoit à entendre ce que je voyois faire. C'eſt à cet habile *Mahomed Emin* que j'ai vû faire tout ce que je vai rapporter ſur l'Art des *Aſtronomes Perſans*, pour la compoſition des *Aſtrolabes*, après que j'aurai fait quelques *obſervations* ſur les termes dont les *Perſans* ſe ſervent dans la *Science Aſtronomique*.

Ces termes à les conſiderer originairement ſont preſque tous ou *Arabes* ou *Perſans*, ce qui eſt une des raiſons qu'on a de croire que l'*Aſtronomie* eſt née en *Chaldée*, Païs qui a toûjours été poſſedé par les *Arabes* ou par les

Tome II.

Perſans, ou tout enſemble, ou alternativement, & que c'eſt d'eux que les *Phrygiens* & les *Egyptiens* l'ont appriſe, leſquels enſuite l'ont enſeignée aux *Grecs*, de même que les autres *Sciences*. On pourroit, comme je dis, en être perſuadé par les *termes* ſeuls de cette *Science Aſtronomique*, que les *Grecs* ont adoptez ; car d'ordinaire on reçoit les noms des choſes avec les choſes même. Quelques gens Savans rapportent l'introduction de ces *termes* d'*Aſtronomie*, *Arabeſques*, & *Perſans*, dans nos Ecoles, à *Alfonſe Roi de Portugal*, lors qu'il dreſſa les *Tables Aſtronomiques*, qui portent ſon nom, avec les plus doctes *Aſtronomes* de ſon tems, leſquels il avoit aſſemblez pour cet illuſtre deſſein, & qui étoient la plûpart des *Arabes* d'*Aſie* & d'*Afrique*, parce que la *Science Aſtronomique* floriſſoit plus parmi eux incomparablement, que par tout ailleurs. Ils diſent donc que ce fut là que ces *termes* ſe fourerent ſi bien parmi nous, qu'on n'en a plus connu d'autres ; mais il eſt bien plus vrai-ſemblable que les mots *Aſtronomiques*, dont les *Europeans* ſe ſervent à preſent, étoient les mêmes avant cette docte & Royale aſſemblée de *Portugal* ; ce qui me le fait croire, c'eſt que les *termes* principaux & fondamentaux, pour ainſi dire, de l'*Aſtronomie* ſont *Arabeſques* comme les autres ; par exemple, *Zenit*, *Nadir*, *Manſion*. *Zenit* eſt le mot de *zemt*, la lettre *m* ayant été ſeparée en une *n*, & un *i*, pour adoucir le *terme*, le mot ſignifie *le cours* ou *le paſſage*. *Nadir* ſignifie *cours oppoſé*, parce que c'eſt le cours oppoſé au cours vertical. *Manſion* vient de *manſel*, qui eſt le terme commun & uſité dans tout l'*Orient*, pour dire *traite*, *journée*, parce que c'eſt le cours de l'illumination de la Lune. On compte juſqu'au nombre de ſix cens de nos mots *Aſtronomiques*, qui ſont tant *Perſans* qu'*Arabeſques* d'origine : je remarquerai les principaux, à meſure qu'ils ſe preſenteront dans la ſuite de ce diſcours.

Je viens à l'*Aſtrolabe*, & je dirai d'abord que ce nom vient d'*Aſterleb*, terme *Perſan*, qui veut dire *levres des Etoiles* ; parce que c'eſt par cet *Inſtrument* que les Etoiles ſe font entendre. D'autres diſent, qu'il faut prononcer *Aſtir lab*, c'eſt-à-dire, *connoiſſance des Etoiles*, & c'eſt comme les *Perſans* appellent d'ordinaire cet *Inſtrument*-là ; mais dans leurs livres & dans leurs leçons ils l'appellent *Veza Kouré*, mot abregé de *Veza el Kouré*, qui ſignifie *poſition de la Sphere*, parce que cet *Inſtrument* eſt la *projection* des *cercles de la Sphere* en un plan. C'eſt ſans doute de ce terme *Veza el*

Q

Kouré

Kouré qu'eſt venu le terme barbare de *Valza-gore*, qui ſe trouve dans *Regiomontanus*, & dans les Auteurs qui l'ont devancé, pour ſignifier l'*Aſtrolabe.*

Les *Perſans* ont cet *Inſtrument* de quatre ſortes, qu'ils appellent, *entier*, *demi*, *d'un tiers*, *d'un ſixiéme* : c'eſt comme ils les diſtin-guent. L'*entier* eſt ainſi nommé, parce que les *Cercles paralleles à l'horiſon* ſont marquez deſſus de *degré* en *degré* : il eſt de neuf à dix pouces de diametre, & ce ſont les plus grands qui ſe faſſent. Le *demi* eſt ainſi dit, parce que ces *Cercles* ſont marquez de deux en deux *degrez*, & ſa grandeur ordinaire eſt de ſix pou-ces. Les *Aſtrolabes* d'un *tiers* n'ont ces *Cer-cles* marquez que de trois en trois *degrez*, & ne ſont grands que de quatre pouces : & ceux d'un *ſixiéme*, qui ne ſont grands que de trois pouces, ont marquez de ſix en ſix *degrez*. On ne croiroit pas qu'ils fiſſent des *Aſtrolabes* plus petits que de trois pouces, mais il s'en voit qui n'en ont que deux.

Les outils des *Perſans* pour la conſtruction de leurs *Aſtrolabes* ſont de fer & d'acier. La *Regle* eſt d'acier, large de trois doigts, mince & déliée comme du parchemin. Le *compas* eſt de fer, & fort materiel, les piéces en ſont groſſes d'un doigt pour l'ordinaire, & carrées, les bouts ſont percez en long d'un trou car-ré, profond d'un pouce, pour enchaſſer les pointes, qui ſont d'acier très-fin, de la groſ-ſeur d'un burin commun, pas plus longues qu'un pouce & demi, taillées l'une en poin-çon menu & aigu, l'autre en burin, & la vis, qui tient ces pointes, eſt d'une circonvolu-tion fort preſſée, bien limée, très-juſte, & ferme dans ſon écrou : la tête du *compas* eſt plate, brute, rivée comme les ciſeaux de tailleur, c'eſt-à-dire, que le clou deborde, pour tenir l'*Inſtrument* plus ferme. L'arc qui tient le *compas* en état, eſt auſſi de fer, large d'un doigt, ſoudé à une jambe, & paſſant par l'autre, avec une vis pour arrêter l'ouvertu-re, comme à nos *Compas* ordinaires. Mais ce qu'il y a encore de different, c'eſt que cet *arc* eſt attaché à l'extremité du pied du com-pas, à l'endroit où la pointe d'acier y entre. Les *Perſans* rapportent à la force & à la fer-meté du *compas*, dont les pieds ne branlent, ni ne vacillent le moins du monde, la nette-té & uniformité des traits, ou lignes courbes de leurs *Aſtrolabes*, qui eſt aſſurément admi-rable ; ils la rapportent, dis-je, à cela, autant qu'à l'art de celui qui tire les lignes. Tel eſt le *Compas* ordinaire des *Aſtronomes Perſans*. Ils en ont un d'autre ſorte pour tirer les *arcs*

des *grands Cercles*, comme les *Azymuths*, qui eſt fait comme je vais le dire. C'eſt une ver-ge de fer carrée, groſſe d'un doigt, à un des bouts de laquelle eſt arrêtée une pointe de fer carrée, hormis à l'extremité, où elle eſt ronde & fort aigue. Le long de la verge il y a un pied mobile à *angle droit*, qui s'arrête & ſe ſerre avec une vis, dont le bout porte une pointe carrée à l'extremité, comme un burin de graveur. En quelque ouverture que vous mettiez ce *Compas*, il eſt toûjours à angle droit, & il fait un *trait* fort délié, égal & uniforme en ſes bords, ce qu'un autre *Com-pas* dont les pointes ſont toûjours à *angle aigu*, ne ſauroit faire, particulierement lors que vous le faites paſſer au delà du *ſoixantiéme degré*.

Mais le principal *Inſtrument* qu'ils ayent, pour la conſtruction juſte & exacte de leurs *Aſtrolabes*, & qui eſt une piéce dont je croi qu'ils ſe ſervent ſeuls, à l'excluſion des *Eu-ropeans*, c'eſt une *platine*, qu'ils appellent *deſtour*, ou *régle*, qui eſt un nom commun chez eux à toutes les methodes d'operer : cet-te *platine* eſt de laton, de l'épaiſſeur d'un *écu*, de la longueur d'un pied, & de la largeur d'un demi pied, bien polie & claire. J'en donne la figure à côté, & je vais y ajoûter la maniére dont ils la compoſent, & celle dont ils ſe ſer-vent.

A un quart de la *platine*, c'eſt-à-dire, à trois pouces de hauteur, ils prennent le *cen-tre*, marqué *A*, où ils tirent un *demi cercle*, dont le *ſemi diametre* eſt coupé par une ligne, qui tire à *angles droits* ſur ſon *diametre*, qui eſt, comme vous voyez, *A. E. M.* par laquel-le la figure ſe trouve diviſée en deux quarts de nonante, l'un grand de neuf pouces, qui eſt le *ſuperieur*, & l'autre petit, qui eſt appel-lé ici *quart inferieur*, & n'eſt que de trois pou-ces. Le quart *ſuperieur* eſt diviſé en *cent huitan-te parties égales* ou *degrez*, dont les lignes, ti-rées du *centre* à la *circonference*, ſe terminent aux extremitez de la *platine*, ne reſtant de place, que pour marquer les nombres par par-ties *dixainaires*, à commencer du *ſemi diame-tre* ſuſdit, marqué *A. E. M.* Le quart *inferieur* eſt auſſi diviſible en *cent huitante parties égales*, comme le *quart ſuperieur*, mais ils ne mar-quent les *lignes* ou *degrez* que de la moitié, comme l'on voit, & laiſſent la *partie* des au-tres *nonante degrez* vuide, & ſans y rien tirer, comme ne leur ſervant de rien.

Voilà la ſource où ils puiſent la juſteſſe & la brieveté, avec quoi ils compoſent leurs *Aſtrolabes*, & voici comme ils ſe prennent à

les

Table Persane pour la composition des Astrolabes

les faire. *L'Aftrologue* tourne premierement au tour le modelle de *l'Aftrolabe* qu'il veut avoir, & puis il fait jetter fon *Aftrolabe* en moule : le Fondeur le lui rend brute, & *l'Aftrologue* le travaille, & forme lui-même, tant à la lime, qu'au tour, tant la *mere* de *l'Aftrolabe* que les *feuilles* ou *Tampans*, qui font d'ordinaire au nombre de cinq ou fix pour les *élevations* des lieux, où la Cour a coûtume d'aller : après il polit ces *feuilles*, jufqu'à ce qu'elles foient liées & polies au poffible, puis il les perce, fe met à graver toutes les piéces de fon *Inftrument*, tant les *mobiles* que les *immobiles*, & puis il fe met à tirer les lignes, fe fervant de l'étau à main ou à vis pour tenir les *feuilles* ferme. Les *Perfans* appellent les *Tampans d'Aftrolabe Sapheh* c'eft-à-dire *feuille d'écriture*, & la *Mere d'Aftrolabe*, *Am afterleb* qui veut dire auffi *Mere d'Aftrolabe*.

L'Aftrologue prend enfuite fon *compas*, qu'il accommode felon la grandeur de fon *Aftrolabe*, c'eft-à dire felon la grandeur de *l'Equateur* qu'il veut lui donner : il détermine par exemple *A. E.* pour être le *femi diametre*, puis il tire par *E.* perpendiculaire à *A* aux points marquez depuis *E* jufqu'à *H* pour prendre fa diftance, laquelle il prend comme il veut entre *A. E.* ou *E. B.* l'une & l'autre étant égale, & ayant pris cette diftance pour *femi diametre*, il tire le *cercle* entier de *l'Equateur*; les *Perfans* appellent ce perpendiculaire *E. H. Kretel eflac* c'eft-à-dire la *ligne des Tangentes*: après il compte depuis *E*. jufqu'au haut *nonante degrez*, puis *vint trois degrez & demi* de *E* terminez en *C* il prend l'efpace *E. C.* & avec cet efpace pris du centre de *l'Aftrolabe*, il décrit le *Cercle* ou *Tropique du Capricorne* : après continuant de même il compte *nonante degrez*, tirant de *E* vers *D*. il prend cet efpace *E. D.* avec le *compas* & décrit le *Cercle* qu'on appelle le *Tropique du Cancer*, avec quoi il fe trouve avoir décrit les principaux *Cercles* entiers & paralleles de *l'Aftrolabe* qui reglent tous les autres, de forte que pour tirer tous les *Cercles paralleles* à *l'Equateur*, il n'y a plus qu'à prendre les diftances fur l'échelle *E. L.* des *Tangentes*.

Cela fait *l'Aftrologue* tire fur fon *Tampan* deux *lignes droites*, qui fe coupant à *angles droits* dans le *Centre*, repréfentent, l'une, la *ligne de douze-heures* ou de *Midi*, & l'autre la *ligne de fix heures*, qu'on appelle autrement *l'horifon droit*. Après il fe met à tirer *l'horifon oblique* avec tous fes *Cercles paralleles*, lefquels les *Perfans* appellent *Moukantareh*, c'eft-

à-dire *aroke de pont*, terme que nos *Aftronomes*, ont changé en celui d'*Almicantaras*, qu'ils donnent à ces *Cercles*; *l'Aftrologue* compte fur cette *ligne des Tangentes*, dans le *quart fuperieur*, ou *inferieur*, la *latitude* du païs, pour lequel il fait le *Tampan*: ainfi par exemple pour *trente degrez de latitude*, il fe met à compter cette *latitude de trente degrez*, tirant de *M*. vers *R*. ou de *K*. vers *L*. c'eft-à-dire de *haut en bas*, ou *de bas en haut*, & obfervant où ces *deux lignes* vont couper la *ligne des Tangentes*, ce qui arrive dans les points marquez *F & H*. il prend avec fon *compas* cette diftance, qui eft affurément le *diametre* de *l'horifon oblique*.

Après il prend la moitié de *l'horifon oblique* pour avoir *le femi diametre*, & mettant une des pointes du *compas* fur l'une des *fections* de *l'Equateur circulaire* ou *ligne de fix heures*: il fait avec l'autre *pointe* la *fection* de la *ligne Méridienne*, avec quoi il fe trouve avoir le *centre* de *l'horifon oblique* pour *trente degrez de latitude*, & puis refferrant fon *compas* fur les *deux degrez fuivans*, il en prend la moitié qui eft le *fecond Almicantaras*. Les gens du Métier croiroient que *l'Aftrologue* continueroit cette *mechanique*, jufqu'à *nonante degrez*, mais les *Aftronomes Perfans*, voyant que de couper ainfi les *diftances*, en *deux parties égales*, cela confumeroit trop de tems, & donneroit auffi trop de peine, ils ont trouvé par *démonftration* de *Géometrie*, le moyen d'abreger ce long & ennuyeux calcul, en tirant la *ligne N. Z.* parallele à *E. H.* laquelle divife celle qui eft marquée *A. E.* en *deux parties égales*, de forte qu'il fe trouve que les *diftances* de *N. Z.* ne font que les moitiés de *E. H.* & ainfi de fuite par *diftances* & moitiés de *diftances*, avec quoi ils abregent cette laborieufe *mechanique*, & c'eft comme ils tirent les *Almicantaras*, en *double proportion*.

L'Aftrologue vient enfuite aux *Cercles verticaux* que nous appellons *Azymuths* du mot *Arabe Azimé*, c'eft-à-dire grand, ou de celui *d'Elzemuth*, c'eft-à-dire le *fommet*, & pour les tirer, il compte fur l'échelle *E. H.* le double de la *latitude* : ainfi par exemple pour celle de *trente degrez* il compte *foixante degrez*, puis marque par *Υ* la *fecante*, ou *ligne traverfe* marquée *A. Υ.* mife en *A. D.* & par *D*. il tire la *ligne* marquée *D. T.* avec quoi il à une *ligne* ou *Echelle*, dont les *diftances*, ou *Tangentes*, lui donnent les *centres* des *Azymuths*.

Par même Calcul il fait les *cercles des douze maifons*, les tirant avec le *femi diametre* de *l'horifon oblique*, qui eft le premier *cercle* des

douze

douze *maifons* : enfuite il décrit les *Heures Ba-*
byloniques & la *ligne Crepufculine.* Pour ce qui
eft des *Heures Planetaires*, comme leurs *arcs*
fi on les examine à la rigueur de la *Perfpective*,
ou de la *Géometrie*, ne font point des *arcs* ou
cercles parfaits, mais bien des *lignes courbes*
irregulieres, l'*Aftrologue Perfan*, les tire comme nous, par *trois points donnez*, ce qu'il fait
mécaniquement, fa platine, ou régle, ni toute
la *Science* n'arrivant pas à fournir d'autre *me-*
thode, comme chacun le fait.

Quant à la *Volvele*, ou *Rete* que les *Perfans*
appellent *Enkebout*, c'eft-à-dire *araignée*, qui eft
le nom que nous lui donnons auffi, comme
ce n'eft qu'un *tampan* pour le complément de
la grande déclinaifon, elle eft faite fur un
Tampan divifé pour *foixante fix & demi degrez*
de latitude : l'*Aftrologue* y pofe les *Estoiles*, fuivant leurs *longitudes & latitudes* tirées de leurs
livres, & entr'autres de celui qui eft intitulé
Saver Abdul Rahmen, dont j'ai parlé ci-deffus.

Voila la *Theorie* de cette *platine Perfane*,
pour la conftruction des *Aftrolabes*, avec laquelle les *Aftrologues* du Païs font leurs *inf-*
trumens, exacts & précis, fans beaucoup calculer & fupputer, comme on fait ailleurs. Le
docte Capucin, dont j'ai parlé, qui en admiroit
la *methode*, & qui me porta & m'aida à la mettre dans mes mémoires, me difoit qu'il l'a-
voit long-tems comparée par les principes
Geometriques, avec la *methode* laiffée par *Ste-*
flerin, & *Regiomontanus*, pour la fabrique des
Aftrolabes, &. qu'ayant bien confideré d'un
côté les *Angles des fouftendantes* & *Tangentes* &
les autres *Régles* de cette *Platine Perfane*, & de
l'autre les *divifions & partitions* actuelles de ces
deux Auteurs dont on fe fert en *Europe* pour
la conftruction ordinaire des *Aftrolabes* ; il trouvoit que les deux *methodes* fe reffembloient
fort & même qu'on pouvoit dire que l'une
étoit l'abregé de l'autre, mais que la *methode*
Perfane étoit bien meilleure que l'autre, plus
fure & plus courte. Il faut juger de ces *me-*
thodes, difoit-il, ou *voyez d'operer* par comparaifon à deux *Horlogers* qui feroient leurs *rouës*,
l'un en fe fervant de fa *platine* pour en divifer & partager *les dents*, & l'autre en les divi-
fant actuellement au *compas* avant de les re-
fendre : fi celui-ci manque en fes *divifions*
comme il eft difficile qu'il ne le faffe pas, il
manque de beaucoup, à caufe de la petiteffe
de la circonference de fa *roüe*, mais quand l'autre qui fe fert de la *platine*, viendroit à manquer en fes *divifions*, ce qu'il n'eft pas fi fujet
à faire, fon manquement eft comme infenfi-
ble en fon *operation* ou fur fa *roüe* ; mais la

grande raifon de préference, eft en ce que celui qui fe fert de la *platine Perfane*, fait en un
moment de tems & fans peine, ce que l'autre ne fauroit faire qu'avec beaucoup de tems
& de peine ; fans compter que fon ouvrage eft
toûjours bien moins net, étant comme impoffible qu'il ne marque bien des *rayes* & des
points inutiles fur fa *roüe*. Il ajoutoit que fi
l'on prenoit garde aux *Tangentes*, & *Secantes*,
qui fe forment des *degrez* de *cette planche*, avec
ces lignes des *Tangentes*, mifes pour *Sinus To-*
tal : on concevroit aifément combien l'ufage
de cette platine abbregeoit & facilitoit la conftruction de l'*Aftrolabe* & la précifion exacte
dont il le rendoit.

Quant à la divifion de la *Mere de l'Aftrola-*
be, les *Aftronomes Perfans* la font avec un
très-grand *Baffin* de cuivre, ou de Laton, à
fonds plat, & à bords larges bien unis & polis,
divifé du centre à la circonference, en *trois cent*
foixante degrez, chaque degré marqué par *di-*
xaines de minutes : ils mettent au fonds du Baffin, quatre petits morceaux de bois, poiffez
aux bouts de poix noire, de hauteur à élever
leur *Mere d'Aftrolabe*, jufqu'au niveau
des bords du *Baffin*, ce qu'ils nivellent avec
le tranchant de leur *régle*, afin que la *Mere*
d'Aftrolabe & les bords du *Baffin* foient en même *plan*. Cela fait ils prennent deux fils de
foye la plus déliée, & ils les bandent en croix
fur les *quatre divifions* de leur *Baffin*, afin de
faire ainfi *angle* droit au centre du *Baffin*, &
puis ils le prennent doucement, & fans que
rien remuë, & le pofent fur un rechaud de feu
qui échauffe & fond cette poix, après quoi ils
pouffent & repouffent peu à peu leur *Mere*
d'Aftrolabe, tant que la Section de cette foie
croifée tombe fur le *Centre* de la *Mere d'Aftro-*
labe, avec quoi ils font affurez que leur
divifion fera jufte : alors ils ôtent la machine
de deffus le feu, & laiffent refroidir ce maftic ;
& leur *Mere d'Aftrolabe* étant ferme & en duë
pofition, ils prennent la *regle*, & en portent
le bout fur les bords du *Baffin*, divifez comme ils font, ils fectionnent très-également le
limbe de leur *Mere d'Aftrolabe*. J'oubliois de
dire qu'afin de tourner aifément leur piéce, ils
attachent fur le bord un *Centrefixe*, avec un
clou rond & rivé au centre de la *Mere d'Aftro-*
labe. Ils font de même leurs *Echelles alty-*
metres, qu'ils appellent *échelle de douze pouces*,
avec quantité d'autres *lignes traverfales*, lefquelles ils adaptent à leurs *jours & heures pla-*
netaires, & leurs *dominations* ou *arbitres*, pour
tout ce qui doit arriver fuivant la *Theorie* de
leur *Negromance* ; car il faut ainfi appeller leurs
pro-

prognoftics. J'ajoûterai que la *Mecanique* de ces *inftrumens* eft admirable en fon genre, autant que la *methode*; car les *cercles* font tirez d'un *trait* égal, net, délié & profond comme il faut, fi hardiment, & fi uniformement, que la meilleure vûë n'y fauroit remarquer d'*entrecoupure*, ni *dentelure* & *raye* aucune, en un mot aucun chancellement de *compas*, mais là *gravure* des *nombres* n'eft pas fi fine & fi belle, à caufe qu'ils ne favent pas cet *art de graver*, auffi bien que les *Europeans* à beaucoup près.

Je paffe à leurs *Ephemerides* qu'ils appellent *Eftèkrage takuimi*, c'eft-à-dire, la *révelation*, ou l'*extraction au dehors des Ephemerides de l'année courante*. Ils les tirent comme nous faifons, par les *Tables des moyens mouvemens*, & par les *Tables d'Equations* ou *proftapherezes*: ils calculent comme nous auffi les *Eclipfes*, les *Oppofitions*, les *Conjonctions*, & les *Regards*, ou *Afpects des Etoiles*, ainfi qu'ils les appellent; mais comme ils n'ont pour ce calcul que les *Tables* Anciennes des *Sinus*, ne connoiffant pas les *Tables* des *Sinus* naturels, ou artificiels de *Géometrie* ou d'*Algebre*, lors qu'il leur faut refoudre quelque *Triangle Spherique* par Régle de trois: on les voit embarraffez à faire leur *calcul* autant que s'ils étoient engagez dans quelque bourbier. Leur unique fecours eft le *Canon Sexagenaire*, mais comme ils ne l'ont qu'en de longues *Tables*, & non pas abrégé dans un *Triangle* & trapeze, fur une feuille de papier comme nous l'avons, ils ne fauroient ni multiplier ni divifer bien vîte; mais au contraire ils fe perdent dans leurs *reductions* & *évaluations* ennuyeufes, où le moindre manquement, foit qu'il provienne de leur *Table*, ou de leur *operation*, rend leur *calcul* faux, comme je l'ai diverfes fois remarqué.

Ce *Takuim* ou ces *Ephemerides*, eft l'*Almanach Perfan*, & ils n'en ont point d'autre: il contient les *Ephemerides* de l'année courante à compter du premier au dernier jour. C'eft proprement un compofé d'*Aftronomie* & d'*Aftrologie Judiciaire*; car cette piéce renferme, avec les *Thémes Celeftes* de toute l'année, où ils peuvent voir chaque jour les *Conjonctions* & *Oppofitions*, les *Afpects*, les *longitudes* & *latitudes*, bref toute la *difpofition du Ciel*; elle renferme, dis-je, les *Prognoftics* fur les plus notables *Evenemens*, comme la guerre, la difette, ou l'*abondance*, les *maladies*, les *voyages*, & les autres *accidens de la vie humaine*, & la *manifeftation des momens bons ou mauvais*, pour les actions de la vie, tant les plus communes que

les plus importantes, afin de régler là-deffus la conduite des hommes: les *Fêtes* y font auffi marquées comme dans nos *Almanachs*, tant celles de Réligion que celles qui font inftituées pour des *évenemens finguliers*; car ils en ont de deux fortes, comme je le dirai. Ces *Ephemerides* reffemblent prefqu'en tout aux nôtres: la plus notable difference, c'eft que nous mettons dans les nôtres, quatre *Thémes Celeftes* pour les quatre *faifons*, au lieu que les *Perfans* n'y mettent que ceux des *deux grandes faifons*, l'*Eté* & l'*Hiver*, lors que le *Soleil* entre dans les *Solftices*. Ils ont divers *Aftrologues*, qui font annuellement des *Almanachs*, ou *Ephemerides*, tant dans la ville capitale de *Perfe*, qu'aux autres grandes villes du Royaume; mais bien loin de fe rencontrer dans les *Prognoftics*, ils ne fe rencontrent pas même dans les *Calculs Aftronomiques*; ce qui vient de ce qu'ils ne fe fervent pas des mêmes *Tables* de moyens mouvemens, ni des mêmes Auteurs pour la *Régle de la Judiciaire*. Ils font leurs Prognoftics prefque tous par la *Lune*, croyant comme font les autres peuples infatuez de la *Judiciaire*, qu'elle influë beaucoup plus fur ce *Monde* appelé *fublunaire*, que ne fait le *Soleil*, qu'ils difent en être trop loin. Ces *Aftrologues Perfans* fuivent le même *Art* des autres *Aftrologues* dans leurs *prédictions*: ils les font en paroles d'*Oracles*, comme on parle, c'eft-à-dire en *expreffions louches*, & à *diverfes ententes*, afin de pouvoir fauver leurs *Prognoftics* quoi qu'il arrive. Comme ils regardent toûjours quand ils les font, plus à la *Terre* qu'au *Ciel*: je veux dire, plus aux *circonftances* des *chofes*, comme pouvant en tirer plus de *lumieres* pour l'*avenir*, que de ces muetes & infenfibles *Conftellations* du *Ciel*: leurs prédictions fe trouvent fouvent juftes, ce qui vient particuliérement de ce qu'ils les publient à l'*Equinoxe* du *Printems*, où l'*Hiver* eft paffé & l'année avancée pour les moiffons & les recoltes, & comme leur climat n'eft pas fi variable que ceux de l'*Europe*; on prévoit dès lors fans peine & affez fûrement fi l'année fera abondante ou *fterile*; & fur cela ils préjugent enfuite la *nature des maladies*, les *humeurs des Peuples*, leurs *fuccès* dans les *Arts*, le *Négoce*, les *Voyages*, & dans tous les autres *évenemens*. De plus comme les *Aftrologues de Perfe* font toûjours à la Cour, comme je l'ai dit, & qu'ils ont grande part dans les affaires, & grand crédit dans le monde, il ne leur eft pas fi mal aifé de faire des *prédictions* fur les matieres *Politiques*: ils voyent l'*humeur* & la *pente* du Maître & des Favoris,

l'étal'*établiſſement* & le *chancellement* des Miniſtres & des Courtiſans, & comme d'ailleurs il n'y a gueres d'années que le Roi ne faſſe ſubitement des executions d'éclat ſur quelques Grands du Royaume, il eſt preſque toûjours ſûr de faire des *Prognoſtics* de ſemblables révolutions; de maniére qu'en *Perſe*, comme ailleurs, c'eſt une pure charlatanerie que cette *Negromance*, toute reverée & ſuivie qu'elle eſt. Les premiers *Aſtrologues* du Roi ſont fort reſervez, & fort politiques dans l'expoſition de leur *Judiciaire*, mais il s'en trouve toûjours quelqu'un, qui comme un enfant perdu remplit ſon *Almanach* de Jugemens hardis & remarquables, ſans crainte que l'avenir les démente, & ſans être retenus auſſi par quelque conſideration que ce puiſſe être : à la vérité les *Aſtrologues* ont toute liberté là-deſſus, & ſe peuvent donner carriere : on n'empêche point la publication de leurs *Prognoſtics*, comme on fait ailleurs, on leur laiſſe tout dire, il n'y a pas d'exemple qu'aucun en ſoit inquieté, ni même qu'on lui faſſe honte de ſes *fauſſes prédictions*. Je me ſouviens là-deſſus qu'au commencement du régne du Roi de *Perſe* Soliman *III.* pluſieurs *Aſtrologues* tirerent ſon *Horoſcope* d'une maniére qu'ils crûrent qu'il ne vivroit que ſix ans, & ils le diſoient aſſez haut : je l'entendis dire à l'un d'eux qui apparemment n'en faiſoit pas un grand ſecret, puiſqu'il vouloit bien qu'un Etranger l'entendît : la ſeconde année de ſon régne qui étoit l'an 1668. de nôtre compte, il prit un nouveau *Grand Vizir* nommé *Cheic Alican*, homme d'un grand ſens & fort renommé pour ſa Juſtice & pour ſa Vertu : les *Aſtrologues* unanimement ne lui donnerent pas une année de Miniſtere; cependant l'an 1680. que je revins en Europe le *même Roi* étoit ſur le Trône, le *même Vizir* dans le Miniſtere, ſans que perſonne eût pris ſa place. Il eſt vrai que les *Aſtrologues* ſe tiroient d'affaire au ſujet du premier Miniſtre;en citant ſes diſgraces dont quelques unes furent aſſurément rudes & longues; mais outre qu'elles n'arriverent qu'après deux ans de Miniſtere, on ne créa point d'autre Grand Vizir à ſa place.

Les *Aſtrologues* ſont toûjours pleins de jalouſie contre les Médecins, comme également puiſſans, riches & recherchez : c'eſt à qui aura la faveur; les Médecins veulent agir ſelon les *Phénomenes* des maladies & donner là-deſſus les remedes de l'*Art* : les Aſtrologues s'y oppoſent & diſent qu'il faut conſulter les *Phénomenes Celeſtes*, pour ſavoir s'il eſt bon de prendre Médecine, lors qu'on en veut donner, & ſi l'opération en ſera heureuſe.

Les *Almanachs* ou *Ephemerides* ſe publient au commencement de Mars & durant la fête du nouvel an : les *Aſtrologues* de la Cour en portent aux Miniſtres, ce ſont de petits *in folio*, écrits avec la plus grande netteté & enrichis de beaucoup d'ornemens. J'ai aporté avec moi celui qui fut donné au Roi l'an 1668. & c'eſt le premier qui lui eût été préſenté,toutes les pages ſont rayées d'or,d'azur & de couleurs, & celles des *Thémes Celeſtes* ſont toutes couvertes d'or avec des marges de miniature larges & fort curieuſes, & l'écriture en eſt de toutes couleurs, faite la plupart au pinceau. J'en ai obſervé la forme en la figure que je vais en donner ici. Chaque Aſtrologue en préſente une douzaine : on appelle ces préſens *Almenagé*, comme qui diroit la piéce *Aſtrologique*, mot d'où vrai-ſemblablement eſt venu celui d'*Almanach* : & les mêmes Scribes dont les *Aſtrologues* ſe ſervent pour faire écrire les *Almanachs* qu'ils donnent, les débitent & vendent enſuite, payant la copie aux *Aſtrologues*, en exemplaires qu'ils leur fourniſſent. Les beaux *Almanachs* content trois ou quatre écus, les plus communs un écu, & en ceux-ci le prologue y eſt omis, parce qu'il faut plus d'un jour pour l'écrire : quiconque a le moyen d'avoir un *Almanach* l'achete, & la plûpart du monde ſe gouverne par l'Almanach, comme par l'Ecriture Sainte, ne faiſant rien, qu'ils n'ayent auparavant regardé dans ce livre, quel ſuccès ils en doivent attendre : cette grande veneration des *Perſans* pour l'*Aſtrologie Judiciaire*, auroit aſſurément fait découvrir à leurs Profeſſeurs dans cette vaine Science, beaucoup plus de choſes qu'on ne connoît aux autres païs d'où elle eſt bannie, par Religion & Politique, s'il y avoit quelque choſe de ſolide à y découvrir; mais il eſt fort certain que les *Perſans* n'en ſavent pas plus que les *Aſtrologues* des autres païs.

J'ai crû que l'on ſeroit bien aiſe de voir en nôtre langue l'ordre & la forme de ces *Almanachs*, & c'eſt ce qui m'a porté à la donner fort exactement dans les douze feuilles ſuivantes.

TABLE

TABLE

Pour connoître les Elections des Aspects de la Lune avec les autres Planetes.

Regard avec le Soleil.

☍	La plûpart des affaires ont mauvais succès.
△	La plûpart des affaires ont bon succès & principalement faire sa cour au Roi.
▢	Il faut s'abstenir de toutes affaires.
✶	Il est bon de se présenter devant le Roi & devant les Grands.
☌	Toutes les affaires ont mauvais succès.

Regard avec la Lune.

☍	Il est bon de bâtir des maisons & de dresser des jardins.
△	Il est bon de visiter les personnes devotes & religieuses.
▢	La plûpart des affaires ont mauvais succès.
✶	Il est bon de planter & de semer.
☌	Les affaires sont mauvaises.

Regard avec Jupiter.

☍	Il est bon de visiter les gens doctes, les gens d'Eglise & les gens pieux.
△	Il est bon de consulter les Docteurs de la Loi.
▢	Il est bon de s'habiller de neuf & de passer des contracts de mariage.
✶	Toutes les affaires sont mauvaises.
☌	Les affaires sont mauvaises.

Regard avec Mars.

☍	Il est bon de ramasser du bien, de l'enfoüir & d'en faire trésor.
△	Il est bon de se faire saigner & ventouser.
▢	Toutes les affaires sont mauvaises.
✶	Il est bon d'aller à la chasse, de monter à cheval & de visiter les gens de guerre.
☌	Toutes sortes d'affaires ont de méchans succès.

Regard avec Venus.

☍	Il est bon de s'approcher d'une fille Vierge & d'être seul avec les femmes.
△	Il est bon de s'approcher des femmes & de les rechercher.
▢	Il est bon de préparer des parfums, de se parfumer & de recevoir la premiére faveur d'une fille.
✶	Il est bon de contracter mariage & de le consommer.
☌	Toutes les affaires sont aisées & heureuses.

Regard avec Mercure.

☍	Il est bon de traiter d'affaires & de conferer de Sciences.
△	Il est bon de s'employer à des comptes & des calculs.
▢	La plûpart des affaires sont mauvaises.
✶	Il est bon de visiter les gens doctes & de commencer les entreprises importantes.
☌	Toutes les affaires sont difficiles & malheureuses.

T A-

Pour connoître les Elections de l'exiſtence de la Lune en chacun des Signes du Zodiaque.

Elections.	Aries.	Taurus.	Gemini.	Cancer.	Leo.	Virgo.	Libra.	Scorpio.	Sagittarius.	Capricornus.	Aquarius.	Pisces.
Se préſenter devant les Rois & les Grands.	B	I	B	B	I	I	I	M	B	M	I	B
Se faire ſaigner.	M	M	I	M	B	M	I	M	B	M	I	M
Faire la guerre.	B	I	M	B	B	M	I	B	B	M	M	I
Se faire habiller & ſe vêtir de neuf.	B	I	I	B	M	I	B	M	I	I	M	B
Entrer en une nouvelle maiſon.	M	B	I	M	B	B	M	M	B	M	B	B
Labourer & jardiner.	M	B	M	I	B	I	M	I	M	I	B	B
Voir les femmes en particulier.	M	B	I	I	B	I	I	M	B	M	B	B
Entreprendre des voyages & ſe mettre en chemin.	B	I	B	B	M	I	B	M	B	B	M	B
Faire des ſocietez pour le négoce & la Marchandiſe.	M	B	B	I	B	I	M	M	B	M	B	I
Planter des arbres.	M	B	B	I	M	B	I	I	M	B	B	I
Se faire faire le poil.	M	M	B	B	M	M	B	M	B	M	B	I
Adminiſtrer la Circonciſion.	B	M	I	M	B	M	B	M	B	M	B	I
Aller à la chaſſe.	B	I	B	I	B	B	I	I	B	M	I	I
Conſtruire des édifices.	M	B	I	M	B	B	M	M	I	M	B	I
Entreprendre des affaires.	M	B	B	B	M	B	B	M	I	M	I	B
Achetter & vendre.	M	I	B	I	M	B	B	M	B	M	I	B
S'employer à des comptes & des calculs.	I	M	B	I	M	B	I	M	B	M	M	B
Prendre des remedes & ſe faire traiter.	B	M	B	M	I	I	B	M	B	M	B	M

T A.

TABLE

Pour connoître les Elections de l'exiftence de la Lune en chacun des Signes du Zodiaque.

Pifces.	Aquarius.	Capricornus.	Sagittarius.	Scorpio.	Libra.	Virgo.	Leo.	Cancer.	Gemini.	Taurus.	Aries.	Elections.
B	I	M	I	M	B	B	I	I	B	B	I	Recueillir des grains.
B	I	M	B	M	I	B	M	I	B	I	M	Commencer à enfeigner & à apprendre.
B	B	M	B	M	B	I	B	M	I	B	M	Entrer en Mariage.
M	I	M	B	M	I	M	B	M	I	M	B	Allumer un fourneau & s'occuper à toutes les chofes où l'on fe fert de feu.
B	I	M	I	M	B	B	M	I	B	B	M	Sevrer des enfans.
B	I	M	I	M	I	B	M	I	M	B	M	Prendre des poudres purgatives.
B	M	I	M	I	I	I	M	B	I	I	M	Donner un nouveau lait à des enfans.
B	I	M	I	M	I	I	M	B	I	B	M	Aller au bain & fe fervir de dépilatoire.
B	I	I	B	M	I	M	B	M	M	M	B	Se purger.
B	I	M	B	M	M	B	M	B	B	I	M	Mettre un malade dans les remédes.
B	B	M	B	M	M	B	B	M	I	B	M	Se faire faire un cautere.
B	I	M	B	M	M	B	M	I	B	M	M	Vuider compte.
B	I	I	B	M	I	B	B	M	I	B	M	Partir d'une ville & fe mettre en chemin.
B	I	M	B	M	I	M	M	M	I	M	B	Acheter des voitures & des montures.
B	I	M	I	M	M	B	B	I	I	B	I	Changer d'air & de féjour.
B	B	I	B	M	B	B	B	M	B	M	B	Se faire appliquer des ventoufes.
B	B	I	B	M	B	B	I	M	B	M	B	Faire des Baux, des contracts & des obligations.
B	I	B	B	M	B	B	B	B	B	I	B	Donner argent à interet & faire des acquifitions.

† 2   T A

T A B L E

De la connoissance du Thême Celeste au commencement de l'an avec celle de l'apparition des nouvelles Lunes.

			Puissiez vous trouver chaque jour avec allegresse	Un heureux sort dans cet Almanach jusqu'à son dernier jour.

Le beni, le doux, le prospere, & le bienheureux commencement de cet an, au tems que le Soleil parviendra en l'Equinoxe du Printems, arrivera le Samedi 13. du mois de Ramasan le beni à 7. heures 13. minutes accomplies, en l'an de l'Hegire benite 1076. qui convient avec le 11. jour du mois d'Adar des Grecs (*Alexandrins*) de la supputation Grecque 1977. & avec le 11. jour du mois dit Chahriver de l'an 1037. de la supputation ancienne, & au premier jour du mois de Ferverdin Gellaléen de l'an 588. duquel le Thême Celeste est tel sur le Meridien de la Royale ville d'Ispahan.

DIEU LE SAIT.

Que chaque an chaque mois & chaque jour	Vous soit beni, abondant & heureux.

Les colonnes de gauche (de haut en bas) :

Apparition	Mois	N°	Région
Apparoîtra la nuit de la 6. Ferie.	*Ramazan*, le beni.	9.	Septentrionale haute.
Apparoîtra la nuit de la 4. Ferie.	*Chaaban*, le glorieux.	8.	Septentrionale moyenne.
Apparoîtra la nuit de la 3. Ferie.	*Rajeb*, le Venerable.	7.	Septentrionale haute.
Apparoîtra la nuit de la 1. Ferie.	*Giumady*, le second.	6.	Septentrionale deliée.
Apparoîtra la nuit de la 7. Ferie.	*Giumady*, le premier.	5.	Septentrionale haute.
Apparoîtra la nuit de la 5. Ferie.	*Rebia*, le second.	4.	Septentrionale deliée.

28:45
10:43
28:29
9:29
0:0:
11:17
14:36
20:11
28:45
20:36

T A-

T A B L E

De la connoiſſance de l'apparition des nouvelles Lunes avec les prédictions ſur le nouvel an ſelon la doctrine des Turcmans.

Que ſl'an Turqueſque ſoit proſpere au Peuple fidéle,	Sur tout à la Noble race de l'ombre du Seigneur des Humains.

Les Sages & Doctes de Catay & de Yegour ont enſeigné que lorſqu'on eſt parvenu à l'an du Cheval, que les Turcs (*Tartares Orientaux*) appellent *Tout yll*, les fruits de la terre ſont produits en abondance, & ſe donnent à vil prix : & qu'au milieu de l'année il arrive des mouvemens de guerre, priſes & deſtructions de places & quantité de ſaccagemens : de plus que ceux qui naiſſent cette année, s'ils viennent au monde dans les quatre premiers mois, ils ſont forts, courageux & magnanimes, s'ils naiſſent dans les quatre mois ſuivans, ils ſont perturbateurs du repos public, brouillons & ſeditieux, s'ils naiſſent dans les quatre derniers mois, ils ſont de méchant naturel, malins & pleins de fraude.

DIEU LE SAIT.

Que depuis la fête du nouvel an chaque jour vous ſoit une nouvelle fête.	Et puiſſiez vous paſſer chaque jour plus joyeuſement que le précédent.

Cбawval, l'honorable.	10.	Apparoîtra la nuit de la 3. Ferie.	Meridionale deliée.
Zill cadeb, le ſacré.	11.	Apparoîtra la nuit de la 5. Ferie.	Meridionale haute.
Zill bagb, le ſacré.	12.	Apparoîtra la nuit de la 7. Ferie.	Meridionale haute.
Maharram, le ſacré. 1077.	1.	Apparoîtra la nuit de la 1. Ferie.	Meridionale haute.
Safar, qui abouti à bien & à la Victoire.	2.	Apparoîtra la nuit de la 3. Ferie.	Meridionale haute.
Rebia, le premier.	3.	Apparoîtra la nuit de la 4. Ferie.	Meridionale haute.

Diagram of the twelve years:

- L'an de la Brebis. 8
- L'an du Serpent. 7
- L'an du Singe. 9
- L'an du Cheval. 7
- L'an du Crocodile. 6
- L'an du Paſſereau. 10
- L'an du Lievre. 5
- L'an du Chien. 11
- L'an de la Souris. 1
- L'an de la Panthere. 3
- L'an du Pourceau. 12
- L'an de la Vache. 2

En ces jours il arrive beaucoup de trahisons & de querelles, troubles & dissensions parmi les gens de L
dont plusieurs se pervertiront abandonnant le devoir de la vraye Religion : les Négocians feront de gro
pertes, & les gens de boutique recevront du dommage de leur trafic : on entendra de fâcheuses nouvelles
regard des Rentiers, Fermiers, Commis, Agens & tous Comptables. Il se répandra aussi de longues malad
parmi le Peuple. Il y aura des pluyes & du froid : la Mortalité tombera sur le sexe Feminin : on entendra p
ler de choses défendues & honteuses qui seront arrivées : on manquera de nouvelles des Caravanes &
Voyageurs : les Fourbes dépouilleront & apauvriront plusieurs gens, & les Trompeurs cachez : mais par la c
jonction de Venus avec nôtre Planete (la Lune) ces facheux accidens se changeront en mieux, non pas to
mais principalement la vente des denrées qui deviendra profitable, les Caravanes qui aporteront l'abondan
les nouvelles que beaucoup de lettres & de Messagers aporteront bonnes & agréables.

DIEU LE SAIT.

Evenemens Memorables.	Heures malheureuses.	Jours du mois Turquesque.	Mansions de la Lune.	Jours du mois de yazdegird.	Mercure.	Venus.	Mars.	Jupiter.	Saturne.	Soleil.	Signes du Zodiaque.	Passage de la Lune aux Signes du Zodiaque. Jours des mois Arabes
					H. M.	H. M.	H. M.	H. M.	H. M.	H. M.		H.M.
Nouvel an Sultanique le jour de la 1. Ferie.		16	15	12	Chute.	V. C.			□ 11. 34.		♎	j. 14
		17	16	13	6. 24. n.	6. 19. n.			n.		♎	3. 10. 15
	j.	18	17	14	△ 10.19	j.	j.	△ 10.16.	j.	n.	♏	n. 16
	5. 23.	19	18	15	j.	△ 9. 58.	✳ 11.56.	j.	✳ 5. 24.	△ 11. 53.	♏	4. 10. 17
La nuit de la puissance la nuit de la 6. Ferie.	n.	20	19	16	n.	n.	n.	□ 1. 56.		n.	♐	n. 18
	5. 23.	21	20	17	□ 9. 10.	△ 3. 22.	□ 2. 43.	n.			♐	8. 22. 19
Le commencement du chant des Rossignols le jour de la 7. Ferie.		22	21	18			n.	✳ 7. 26.	j.	□ 8. 57.	♑	30
		23	22	19			△ 7. 14.	n.	♌ 10.18.	j.	♑	31
	j.	24	23	20	✳ 1. 35.	✳ 5. 2.				✳ 12. 0.	♒	j. 22
	5. 23.	25	24	21	j.	j.				n.	♒	3. 58. 23
		26	25	22					n.		♒	3. 4. 24
		27	26	23					♌ 7. 16.		♓	n. 25
La nuit de la puissance selon les Sunnis la nuit de la 7. Ferie.	5. 23.	28	27	24		n.	♌ 4. 0.		✳ 10.54.	S. A. S.	♓	j. 26
	n.	29	28	25		♌ 7. 19.	n.		j.	8. 15. j.	♈	4. 35. 27
Premier jour du 6. mois des Turcs le jour de la 2. Ferie.	10.19.	30	1	26	♌ 1. 43.		Exaltation	L. L.	♂ 10.19.	♂ 10.19. j.	♈	28
	j.	1	2	27	j.		8. 40. n.	6. 30. n.	□ 10.46. n.	E. E. B. S 0. 36. n.	♈	n. 29
Nouvel an Cofranique le jour de la 5. Ferie.	n.	2	3	28				n.	✳ 11. 24.	j.	♉	♈ 3. 43.
	10.19.	3	4	29			△ 2. 34.	n.	△ 12.10.		♉	1
Le mois de Mehr yezdegirdique le jour de la 6. Ferie.		4	5	30	n.	j.	n.	n.		n.	♊	5. 47. 3
		5	6	1	✳ 11.1.	✳ 10.16	□ 11. 39.	□ 0. 52.		✳ 8. 18.	♊	j. 4
	j.	6	7	2				j.	j.		♊	3. 2. 5
	10.19.	7	8	3				△ 8. 25.	♌ 9. 31.		♋	n. 6
La separation de la Lune en deux parties la nuit de la 6. Ferie.		8	9	4	□ 0. 22.	□ 0. 22.	✳ 5. 55.		♌ 6. 55.	□ 9. 6.	♋	6. 19. 7
		9	10	5	j.	j.	j.		j.	j.	♋	n. 8
	10.19.	10	11	6	j.	△ 9. 7.	Keid.			△ 3. 20.	♋	j. 9
	n.	11	12	7	△ 10.32.	j.	2. 14. n.			j.	♍	0. 30. 10
		12	13	8			♂ 8. 27.	♌ 4. 16.	△ 11.12.		♍	11
		13	14	9			j.	j.	j.		♎	2. 46. 12
	10.19.	14	15	10	n.	♌ 5. 58.	V. C.	Chute	□ 11.41.	♌ 10. 58.	♎	j. 13
	n.	15	16	11	♌ 3. 51.	n.	5. 18. j.	6. 18. j.	j.	n.	♏	1. 24. 14

En ces jours il arrive des changemens à la Puiſſance & aux Etats des Rois & Princes ; beaucoup de deſordres par le concubinage : beaucoup de corruption & d'actions ſales : guerres inteſtines : fureurs ca- chées entre les gens mariez ſans pudeur ni rétenue, ſuivies d'avortemens de femmes. Il arrive auſſi beau- coup d'alteration au prix des denrées : dommages imprévus ſur les fruits & autres biens de la terre : du froid en l'air : commencemens de diſſenſion, & de ruptures entre les Grands. Etranges coups de Fortu- ne parmi les Courtiſans de ce Païs : detreſſes & miſeres ſubites ſur gens qui étoient en état joyeux, af- flictions çà & là, rumeurs funeſtes, méchants rapports entre les Proches : Pertes ſurvenantes à cette Na- tion. Procès ſur choſes vaines avec écrits & libelles menſongers qui ſe publieront, & faux témoigna- ges qui ſe rendront.

DIEU LE SAIT.

Longueur des jours	Tête du Dragon	Mercure	Venus	Mars	Jupiter	Saturne	Lune	Soleil	Jours du mois Gellaléen	Jours du mois Grec	Jours du mois Arabe	feries	Le mois de Ferverdin Gellaléen
1 M. / 2. 0	♋10.43	♓14.35	♓20.41	♏28.38	♓11.16	♐20.17	♎9.27	♈0.57	1	11	14	1	□ ☉ ♀ le jour de la 5. ferie o. h. 27. min.
2	40	16.6	21.55	15	30	21	24.18	H 1.55	2	12	15	2	Exaltations ♀ le jour de la 6. fe. 8. h. 19. m.
4	37	17.57	23.10	27.52	44	24	♏9.15	H 2.54	3	13	16	3	□ ☉ ☿ la nuit de la 7. ferie 3 heu. 37. min.
6	33	19.48	24.24	30	58	28	23.54	3.53	4	14	17	4	
8	30	21.39	25.39	9	12.12	31	♐8.15	4.52	5	15	18	5	☍ ♀ ♂ le jour de la 6. ferie 4. heu. 48. min.
10	27	23.30	26.53	26.48	26	35	22.1	5.51	6	16	19	6	
12	24	25.22	28.8	28	40	39	♑5.25	6.51	7	17	20	7	Paſſage de ♀ en ♈ la nuit de la 6. ferie 6. 31.
14	21	27.15	29.22	9	54	42	18.31	7.50	1	18	21	1	Paſſa: de ☿ en ♈ la nuit de la 3. fer. 4. h. 31. m.
16	18	29.9	♈0.37	25.50	13.8	46	♒1.8	8.49	2	19	22	2	♂ ☿ ♀ le jour de la 4. fe. 10.22. entrée de la Lu-
18	14	♈1.14	1.51	32	22	49	13.33	9.48	3	20	23	3	ne en la 26. manſion le jour de la 4. ferie.
20	11	2.15	3.6	14	36	53	25.25	10.47	4	21	24	4	□ ☉ ♃ la nuit de la 2. fe. 9. h. 6. m. *Chaval.*
22	8	4.54	4.20	24.56	50	56	♓7.44	11.46	5	22	25	5	commencement de l'exaltation ☉ la nuit
24	5	6.49	5.35	37	14.4	58	18.50	12.45	6	23	26	6	de la 5. fer. 2. 24. m.
26	2	8.43	6.49	17	18	21.1	♈0.48	13.43	7	24	27	7	fin de l'éxaltation du ☉ la nuit de la 6. f. 3.
28	9.58	10.37	8.4	23.57	32	4	12.42	14.42	1	25	28	1	heu. 3. min.
30	55	12.30	9.18	34	45	6	24.34	15.41	2	26	29	2	
32	52	14.23	10.33	11	59	9	♉6.27	16.40	3	27	1	3	
34	49	16.17	11.47	22.47	15.13	12	18.17	17.39	4	28	1	4	
36	46	18.11	13.2	22	27	15	♊0.15	18.37	5	29	3	5	
38	43	20.5	14.16	21.57	41	17	12.24	19.36	6	30	4	6	
40	39	21.59	15.31	32	56	20	24.18	20.35	7	31	5	7	□ ☿ ♄ la nuit de la 7. ferie 9. heu. 14. min.
42	36	23.52	16.45	10	16.8	22	♋7.51	21.33	1	1	6	1	Le mois Grec Nizan le jour de la 1. f.
44	33	25.45	17.51	20.50	21	24	21.5	22.32	2	2	7	2	
46	30	27.37	19.13	32	34	25	♌4.44	23.30	3	3	8	3	
48	27	29.29	20.22	16	47	27	18.56	24.29	4	4	9	4	□ ♀ ♄ le jour de la 5. ferie 2 heu. 44. min.
50	23	1.21	21.40	2	17.0	29	♍3.36	25.27	5	5	10	5	
52	20	3.11	22.54	19.50	14	31	18.33	26.26	6	6	11	6	Entrée de la Lune en la 27. manſion le jour
54	17	5.0	24.8	40	27	33	♎3.31	27.24	7	7	12	7	de la 3. ferie.
56	14	6.49	25.22	32	40	34	18.23	28.23	1	8	13	1	☿ Perigée. le jour de la
58	11	8.37	26.36	24	53	36	♏3.36	29.21	2	9	14	2	7. ferie o. h. 30. m.

T A-

TABLE

De la connoissance du mouvement des Etoiles dites Sekis Yeldous & de leurs influences.

Les Turcs enseignent qu'il y a huit Etoiles, qu'ils nomment *Sekis Yeldous*, qui sont invisibles & errantes, mais pourtant avec quelque régle. Ils disent que ce sont des Etoiles malheureuses & malfaisantes, infligeant divers maux sur ceux qui tournent la face aux parties du Ciel, où elles se trouvent, & qui vont à leur rencontre. Sur quoi leurs Astrologues recommandent que lors qu'on commence un Voyage, qu'on se met en chemin, qu'on va à la guerre, l'on prenne garde de n'avoir pas d'abord, & au moment du départ ces Etoiles ni en face ni à côté, mais de les avoir derriere le dos : comme aussi de prendre garde lors qu'elles sont au Zenit de ne se trouver pas sur de hautes montagnes, ni de ne monter pas à des endroits élevez, parce qu'elles versent une mauvaise influence dessus. Il faut pareillement prendre garde lors qu'elles sont sous la terre de ne pas semer, planter & cultiver la terre, & de ne jetter pas alors les fondemens d'un édifice. Or pour connoître où ces Etoiles se trouvent chaque jour, il n'y a qu'à consulter cette Table ; chose qu'il est bon de faire toutes les fois qu'on est sur le point d'une entreprise.

DIEU LE SAIT.

Entre le Septentrion & l'Orient. Le 2. 12. 22. du mois.	Aux Plages Orientales. Le 1. 11. 21. du mois.	Entre le Midi & l'Orient. Le 8. 18. 28. du mois.
Aux Plages Meridionales. Le 3. 13. 23. du mois.	Sous la Terre. Le 9. 19. 29. du mois. ═════════════ Au milieu du Ciel. Le 10. 20. 30. du mois.	Aux Plages Septentrionales. Le 7. 17. 27. du mois.
Entre l'Occident & le Septentrion. Le 4. 14. 24. du mois.	Aux Plages Occidentales. Le 5. 15. 25. du mois.	Entre le Midi & l'Occident. Le 6. 16. 26. du mois.

TABLE
De la connoiſſance des Eclipſes.

Par la puiſſance entiére & accomplie du SEIGNEUR, & par le commandement vigoureux & contraignant du LOUABLE. Voici ce qui apparoît du calcul des nouvelles Tables de moyens mouvemens expoſées ci-deſſus. Que dans le jour du 28. du mois de Zilhagié le ſacré de l'an 1076. & l'Hegire ſacrée, il arrivera obſcuration prochaine de 4. min. & à même tems on ſe trouvera ſaiſi d'obſcurité & couvert de grandes ténébres, qui dénoteront l'Eclipſe laquelle par la diſpoſition précieuſe & connuë du TRES-HAUT ſera ainſi. Le commencement de la priſe apparoitra étant paſſé du 1. jour 4. heu. 39. min. le milieu arrivera à 5. heu: 51. min. accomplies & à 6. heures & demie accomplis l'Eclipſe ſera entiérement achevée.

SON COMMANDEMENT ſera tel. Il ſera ſur la reſpiration de quelques uns des grands Rois, & des Rois de l'Orient & du Septentrion : diſſenſion & corruption, combats, querelles & meurtres tomberont en ces Païs-là, & il y aura des Places aſſiegées : beaucoup de maladies éclorront & d'accidens au Corps, avec quoi la Peſte naîtra en quelques unes de ces Contrées. De maladies ſeront pris quelques uns des hommes, & de contorſion de bouche un deſdits grands Rois & de très-grand renom, lequel en mourra. L'Héritier d'un des Rois du côté de l'Orient ou du Septentrion ſortira & fera éclat : occiſion d'un Grand des plus renommez arrivera. Chûte ſubite & détreſſe d'un Grand remplira le monde d'ébahiſſement : afflictions & craintes ſe répandront du côté de la Georgie : un grand changement éclora parmi le Peuple (Perſan) & il fera grande chaleur.

DIEU LE SAIT.

TABLE
De la connoiſſance des Eclipſes.

Par la puiſſance entiére & accomplie du MAITRE, & par l'infinie grandeur de l'incomparable MAJESTÉ. Voici ce qui apparoît du calcul des nouvelles Tables de moyens mouvemens ci-deſſus expoſées. Que 10. heures 50. min. du 14. jour du mois Gemady, le ſecond de la préſente année étant accomplies l'Eclipſe commencera : que point d'heu. mais 5. min. après la moitié de la nuit paſſée le 15. jour du dit mois étant accomplies, l'Eclipſe ſera arrivée à la moitié, & lors que 1. heu. 15. min. de nuit paſſeront, l'Eclipſe fera entiérement paſſée. Et tel eſt ſon cours par la diſpoſition du très-doux, & très-glorieux, & très-grand chez Dieu.

SON COMMANDEMENT fera tel. Il ſe fera en beaucoup de faux bruits : en maladies de fremiſſemens de membres, maux des yeux & de genoux : en beaucoup de ſurprenantes nouvelles : en nuages & pluyes : en douloureux accouchemens de femmes groſſes & avant le tems : en chûtes d'avortons & fœtus informes : en détentions de Meſſagers & porteurs de nouvelles : en coléres de Rois & Potentats ſur les Païs de Baſré, & ſur les Châteaux de Gout & de Varan : en des refroidiſſemens & amortiſſemens dans le Négoce : en priſe de Voleurs & de Trompeurs : en diminution de condition de ceux qui vivent à l'aiſe : en diſette & cherté du côté de l'Orient : en grêle vers le païs de Georgie : en brouilleries & diſſenſions du même côté : en tremblemens de terre vers le bas des montagnes : en multitude de Rats & autres inſectes : en angoiſſes & en pertes de pluſieurs ſortes.

DIEU LE SAIT.

T A B L E

De la connoiſſance des Arcs diurnes pour l'Horiſon d'Iſpahan
à la lat. de 32. deg. 40. min.

Jours	Heu.	♈ Min.	Sec.	Heu.	♉ Min.	Sec.	Heu.	♊ Min.	Sec.	Jours
0	12	0	0	13	0	8	13	49	26	30
1		2	8		2	0		50	16	29
2		4			3	44		51	45	28
3		6			6	8		52	56	27
4		8			7	28		54	0	26
5		10			9	25		55	12	25
6		12	16		11	12		56	16	24
7		14			13	20		57	20	23
8		16	24		14	28		58	24	22
9		18			16	40		59	20	21
10		20			18	24	14	0	24	20
11		22			20	8		1	12	19
12		24			21	52		2	8	18
13		26	32		23	36		2	48	17
14		28			25	12		3	36	16
15		30			26	58		4	24	15
16		32			28	40		5	40	14
17		34			30	16		5	52	13
18		36	48		31	52		6	16	12
19		38	32		33	28		6	48	11
20		40			35	45		7	20	10
21		42			36	40		7	44	9
22		44			38	8		8	8	8
23		46			39	36		8	24	7
24		48	24		41	4		8	28	6
25		50	16		42	24		9	4	5
26		52			43	52		9	2	4
27		54			45	20		9	24	3
28		56			46	40		9	28	2
29		58	8		48	0		9	32	1
30		60			49	20		9	36	0

♍   ♌   ♋

T A-

TABLE

De la connoissance des Arcs diurnes pour l'Horison d'Ispahan
à la lat. de 32. deg. 40. min.

Jours	Heu.	♎ Min.	Sec.	Heu.	♏ Min.	Sec.	Heu.	♐ Min.	Sec.	Jours
0	12	0	0	10	59	52	10	10	40	30
1	11	57	52		59	0		9	44	29
2		55			56	16		8	16	28
3		53			55	52		7	4	27
4		51			53	32		6	0	26
5		49			50	40		4	48	25
6		47	44		48	48		3	44	24
7		45			46	56		2	40	23
8		43	·		45	12		1	36	22
9		41	39		43	20		0	45	21
10		39	38		41	36	9	59	36	20
11		37			39	52		58	48	19
12		35			38	8		57	52	18
13		33	29		36	24		57	12	17
14		31	28		34	48		56	24	16
15		29			33	4		55	36	15
16		27			31	20		54	56	14
17		25			29	44		54	8	13
18		23	12		28	8		53	44	12
19		21	29		26	32		53	12	11
20		19			24	56		52	48	10
21		17	28		22	20		52	16	9
22		15	29		21	52		51	52	8
23		13	28		20	24		51	36	7
24		11	36		19	56		51	12	6
25		9	44		18	36		50	56	5
26		7			16	8		50	40	4
27		5			14	40		50	36	3
28		3			13	20		50	32	2
29		1	52		12	0		50	28	1
30	10	59			10	40		50	24	0

♓   ♒   ♑

TABLE

des Elevations du Soleil sur l'Horison d'Ispahan à la Latitude de 32. deg. 40. min.

			11	10	9	8	7		5
		12	1	2	3	4	5	6	7
		D M S	D M	D M	D M	D M	D M	D M	D M
30	69	80 51 30	73 57	62 7	49 34	36 58	24 32	12 26	0 54
25	5	80 45 48	73 53	62 4	49 32	36 56	24 29	12 23	51
20	10	80 28 47	73 43	61 57	49 25	36 49	24 22	12 15	41
15	15	80 0 39	73 23	61 43	49 13	36 36	24 8	12 0	24
10	20	79 21 45	72 59	61 26	48 57	36 21	23 51	11 41	1 30
5	25	78 32 29	72 26	61 2	48 37	36 0	23 29	11 16	
Ⅱ	60	77 33 22	71 43	60 32	48 10	35 33	23 1	10 45	
25	5	76 25 4	70 54	59 56	47 39	35 3	22 29	10 16	
20	10	75 8 14	69 56	59 13	47 2	34 27	21 52	9 30	
15	15	73 43 29	68 48	58 24	46 20	34 47	21 11	8 46	
10	20	72 12 0	67 34	57 28	45 33	33 3	20 26	7 58	
5	25	70 34 5	66 24	56 26	44 40	32 14	19 37	7 6	
♉	♍	68 50 42	64 42	55 15	43 41	31 19	18 43	6 10	
25	5	67 2 41	63 12	54 3	42 40	30 23	17 48	5 14	
20	10	65 10 46	61 33	52 43	41 33	29 23	16 50	4 13	
15	15	63 15 47	59 50	51 21	40 23	28 19	15 49	3 12	
10	20	61 18 28	58 3	49 53	39 9	27 13	14 45	2 8	
5	25	59 19 37	56 15	48 22	37 51	26 4	13 41	1 5	
♈	♎	57 20 0	54 24	46 48	36 31	24 53	12 35	0 0	
25	5	55 20 23	52 33	45 13	35 11	24 19	11 28		
20	10	53 21 32	50 42	43 37	33 47	22 29	10 57		
15	15	51 24 13	48 51	42 1	32 26	21 17	9 16		
10	20	49 29 14	47 3	40 26	31 4	20 4	8 10		
5	25	47 37 19	45 16	38 52	29 43	18 54	7 6		
♓	♏	45 49 18	43 33	37 21	28 24	17 45	6 5		
25	5	44 5 55	41 55	35 53	27 7	16 38	5 5		
20	10	42 28 0	40 21	34 29	25 54	15 34	4 8		
15	15	40 56 27	38 53	33 10	24 45	14 34	3 15		
10	20	39 31 46	37 31	31 56	23 41	13 38	2 22		
5	25	38 14 56	36 18	30 50	22 41	12 47	1 41		
≈	♐	37 6 38	35 12	29 49	21 50	12 2	1 1		
25	5	36 7 31	34 14	28 58	21 4	11 22	0 26		
20	10	35 18 15	33 27	28 15	20 27	10 49	0 0		
15	15	34 39 21	32 51	27 41	19 58	10 24			
10	20	34 9 13	32 23	27 16	19 35	10 4			
5	25	33 54 12	32 6	27 1	19 22	9 53			
40	30	33 48 30	32 1	26 56	19 17	9 49			

TABLE

Pour connoître les Elections des Aspects de la Lune avec les autres Planetes.

Regard avec le Soleil.

☍	La plûpart des affaires ont mauvais succès.
△	La plûpart des affaires ont bon succès & principalement faire fa cour au Roi.
□	Il faut s'abftenir de toutes affaires.
✶	Il eft bon de fe préfenter devant le Roi & devant les Grands.
☌	Toutes les affaires ont mauvais succès.

Regard avec la Lune.

☍	Il eft bon de bâtir des maifons & de dreffer des jardins.
△	Il eft bon de vifiter les perfonnes devotes & religieufes.
□	La plûpart des affaires ont mauvais succès.
✶	Il eft bon de planter & de femer.
☌	Les affaires font mauvaifes.

Regard avec Jupiter.

☍	Il eft bon de vifiter les gens doctes, les gens d'Eglife & les gens pieux.
△	Il eft bon de confulter les Docteurs de la Loi.
□	Il eft bon de s'habiller de neuf & de paffer des contracts de mariage.
✶	Toutes les affaires font mauvaifes.
☌	Les affaires font mauvaifes.

Regard avec Mars.

☍	Il eft bon de ramaffer du bien, de l'enfouïr & d'en faire tréfor.
△	Il eft bon de fe faire faigner & ventoufer.
□	Toutes les affaires font mauvaifes.
✶	Il eft bon d'aller à la chaffe, de monter à cheval & de vifiter les gens de guerre.
☌	Toutes fortes d'affaires ont de méchans fuccès.

Regard avec Venus.

☍	Il eft bon de s'approcher d'une fille Vierge & d'être feul avec les femmes.
△	Il eft bon de s'approcher des femmes & de les rechercher.
□	Il eft bon de préparer des parfums, de fe parfumer & de recevoir la premiére faveur d'une fille.
✶	Il eft bon de contracter mariage & de le confommer.
☌	Toutes les affaires font aifées & heureufes.

Regard avec Mercure.

☍	Il eft bon de traiter d'affaires & de conferer de Sciences.
△	Il eft bon de s'employer à des comptes & des calculs.
□	La plûpart des affaires font mauvaifes.
✶	Il eft bon de vifiter les gens doctes & de commencer les entreprifes importantes.
☌	Toutes les affaires font difficiles & malheureufes.

T A

T A B L E
Pour connoître les Elections de l'existence de la Lune en chacun des Signes du Zodiaque.

Elections.	Aries.	Taurus.	Gemini.	Cancer.	Leo.	Virgo.	Libra.	Scorpio.	Sagittarius.	Capricornus.	Aquarius.	Pisces.
Se présenter devant les Rois & les Grands.	B	I	B	B	I	I	I	M	B	M	I	B
Se faire saigner.	M	M	I	M	B	M	I	M	B	M	I	M
Faire la guerre.	B	I	M	B	B	M	I	B	B	M	M	I
Se faire habiller & se vêtir de neuf.	B	I	I	B	M	I	B	M	I	I	M	B
Entrer en une nouvelle maison.	M	B	I	M	B	B	M	M	B	M	B	B
Labourer & jardiner.	M	B	M	I	B	I	M	I	M	I	B	B
Voir les femmes en particulier.	M	B	I	I	B	I	I	M	B	M	B	B
Entreprendre des voyages & se mettre en chemin.	B	I	B	B	M	I	B	M	B	B	M	B
Faire des sociétez pour le négoce & la Marchandise.	M	B	B	I	B	I	M	M	B	M	B	I
Planter des arbres.	M	B	B	I	M	B	I	I	M	B	B	I
Se faire faire le poil.	M	M	B	B	M	M	B	M	B	M	B	I
Administrer la Circoncision.	B	M	I	M	B	M	B	M	B	M	B	I
Aller à la chasse.	B	I	B	I	B	B	I	I	B	M	I	I
Construire des édifices.	M	B	I	M	B	B	M	M	I	M	B	I
Entreprendre des affaires.	M	B	B	B	M	B	B	M	I	M	I	B
Achetter & vendre.	M	I	B	I	M	B	B	M	B	M	I	B
S'employer à des comptes & des calculs.	I	M	B	I	M	B	I	M	B	M	M	B
Prendre des remedes & se faire traiter.	B	M	B	M	I	I	B	M	B	M	B	M

T A-

TABLE
Pour connoître les Elections de l'existence de la Lune en chacun des Signes du Zodiaque.

Pisces.	*Aquarius.*	*Capricornus.*	*Sagittarius.*	*Scorpio.*	*Libra.*	*Virgo.*	*Leo.*	*Cancer.*	*Gemini.*	*Taurus.*	*Aries.*	Elections.
B	I	M	I	M	B	B	I	I	B	B	I	Recueillir des grains.
B	I	M	B	M	I	B	M	I	B	I	M	Commencer à enseigner & à apprendre.
B	B	M	B	M	B	I	B	M	I	B	M	Entrer en Mariage.
M	I	M	B	M	I	M	B	M	I	M	B	Allumer un fourneau & s'occuper à toutes les choses où l'on se sert de feu.
B	I	M	I	M	B	B	M	I	B	B	M	Sevrer des enfans.
B	I	M	I	M	I	B	M	I	M	B	M	Prendre des poudres purgatives.
B	M	I	M	I	I	I	M	B	I	I	M	Donner un nouveau lait à des enfans.
B	I	M	I	M	I	I	M	B	I	B	M	Aller au bain & se servir de dépilatoire.
B	I	I	B	M	I	M	B	M	M	M	B	Se purger.
B	I	M	B	M	M	B	M	B	B	I	M	Mettre un malade dans les remèdes.
B	B	M	B	M	M	B	B	M	I	B	M	Se faire faire un cautere.
B	I	M	B	M	M	B	M	I	B	M	M	Vuider compte.
B	I	I	B	M	I	B	B	M	I	B	M	Partir d'une ville & se mettre en chemin.
B	I	M	B	M	I	M✱	M	M	I	M	B	Acheter des voitures & des montures.
B	I	M	I	M	M	B	B	I	I	B	I	Changer d'air & de séjour.
B	B	I	B	M	B	B	B	M	B	M	B	Se faire appliquer des ventouses.
B	B	I	B	Λ		B	I	M	B	M	B	Faire des Baux, des contracts & des obligations.
B	I	B	B	M	B	B	B	B	B	I	B	Donner argent à interêt & faire des acquisitions.

TABLE

De la connoiſſance du Thême Celeſte au commencement de l'an avec celle de l'apparition des nouvelles Lunes.

Septentrionale haute.	Apparoîtra la nuit de la 6. Ferie.	*Ramazan*, le benit.	9.	Puiſſiez vous trouver chaque jour avec allegreſſe	Un heureux ſort dans cet Alma-nach juſqu'à ſon dernier jour.
Septentrionale moyenne.	Apparoîtra la nuit de la 4. Ferie.	*Chaaban*, le glorieux.	8.	Le beni, le doux, le proſpere, & le bienheureux commencement de cet an, au tems que le Soleil parviendra en l'Equinoxe du Printems, arrivera le Samedi 13. du mois de Ramaſan le beni à 7. heures 13. minutes accomplies, en l'an de l'Hegire benite 1076. qui con-vient avec le 11. jour du mois d'Adar des Grecs (*Alexandrins*) de la ſupputation Grecque 1977. & avec le 11. jour du mois dit Chahriver de l'an 1037. de la ſupputation ancienne, & au premier jour du mois de Ferverdin Gellaléen de l'an 588. duquel le Thême Celeſte eſt tel ſur le Meridien de la Royale ville d'Iſpahan.	
Septentrionale haute.	Apparoîtra la nuit de la 3. Ferie.	*Rajeb*, le Venerable.	7.	DIEU LE SAIT.	
Septentrionale deliée.	Apparoîtra la nuit de la 1. Ferie.	*Giumadi*, le ſecond.	6.	Que chaque an chaque mois & chaque jour	Vous ſoit beni, abondant & heureux.
Septentrionale haute.	Apparoîtra la nuit de la 7. Ferie.	*Giumadi*, le premier.	5.		
Septentrionale deliée.	Apparoîtra la nuit de la 5. Ferie.	*Rebia*, le ſecond.	4.		

T A.

TABLE

De la connoissance de l'apparition des nouvelles Lunes avec les prédictions sur le nouvel an selon la doctrine des Turcmans.

Que l'an Turquesque soit prospere au Peuple fidéle,	Sur tout à la Noble race de l'ombre du Seigneur des Humains.

Les Sages & Doctes de Catay & de Yegour ont enseigné que lors qu'on est parvenu à l'an du Cheval, que les Turcs (*Tartares Orientaux*) appellent *Yout yll*, les fruits de la terre sont produits en abondance, & se donnent à vil prix : & qu'au milieu de l'année il arrive des mouvemens de guerre, prises & destructions de places & quantité de saccagemens : de plus que ceux qui naissent cette année, s'ils viennent au monde dans les quatre premiers mois, ils sont forts, courageux & magnanimes, s'ils naissent dans les quatre mois suivans, ils sont perturbateurs du repos public, brouillons & seditieux, s'ils naissent dans les quatre derniers mois, ils sont de méchant naturel, malins & pleins de fraude.

DIEU LE SAIT.

Que depuis la fête du nouvel an chaque jour vous soit une nouvelle fête.	Et puissiez vous passer chaque jour plus joyeusement que le précédent.

Mois	№	Apparition	Position
Chauval, l'honorable.	10.	Apparoîtra la nuit de la 3. Ferie.	Meridionale deliée.
Zill caadeb, le sacré.	11.	Apparoîtra la nuit de la 5. Ferie.	Meridionale haute.
Zill bagé, le sacré.	12.	Apparoîtra la nuit de la 7. Ferie.	Meridionale haute.
Maharram, le sacré. 1077.	1.	Apparoîtra la nuit de la 1. Ferie.	Meridionale haute.
Safar, qui aboutit à bien & à la Victoire.	2.	Apparoîtra la nuit de la 3. Ferie.	Meridionale haute.
Rebia, le premier.	3.	Apparoîtra la nuit de la 4. Ferie.	Meridionale haute.

L'an de la Brebis. 8

L'an du Serpent. 6

L'an du Singe. 9

L'an du Cheval. 7

L'an du Crocodile. 5

L'an du Passereau. 10

L'an du Lievre. 4

L'an du Chien. 11

L'an de la Souris. 1

L'an de la Panthere. 3

L'an du Pourceau. 12

L'an de la Vache. 2

En ces jours il arrive beaucoup de trahifons & de querelles, troubles & diffenfions parmi les gens de L
dont plufieurs fe pervertiront abandonnant le devoir de la vraye Religion : les Négocians feront de gro
pertes, & les gens de boutique recevront du dommage de leur trafic : on entendra de fâcheufes nouvelles
regard des Rentiers, Fermiers, Commis, Agens & tous Comptables. Il fe répandra auffi de longues malac
parmi le Peuple. Il y aura des pluyes & du froid : la Mortalité tombera fur le fexe Feminin : on entendra p
ler de chofes défendues & honteufes qui feront arrivées : on manquera de nouvelles des Caravanes &
Voyageurs : les Fourbes dépouilleront & apauvriront plufieurs gens, & les Trompeurs cachez : mais par la c
jonction de Venus avec nôtre Planete (la Lune) ces facheux accidens fe changeront en mieux, non pas to
mais principalement la vente des denrées qui deviendra profitable, les Caravanes qui aporteront l'abondan
les nouvelles que beaucoup de lettres & de Meffagers aporteront bonnes & agréables.

DIEU LE SAIT.

Evenemens Memorables.	Heures malheureufes.	Jours du mois Turquefque.	Manfions de la Lune.	Jours du mois de yazdegird.	Mercure. H. M.	Venus. H. M.	Mars. H. M.	Jupiter. H. M.	Saturne. H. M.	Soleil. H. M.	Signes du Zodiaque.	Paffage de la Lune aux Signes du Zodiaque. Jours des mois Arabes. H.M.
Nouvel an Sultanique le jour de la 1. Ferie.		16 17	15 16	12 13		Chute. 6. 24. n.	V. C. 6. 19. n.		☐ 11. 34. n.		♎ ♎	j. 14 3. 10. 15
	j. 5. 23.	18 19	17 18	14 15	△ 10.19 j.	j. △ 9. 58.	j. ✳ 11.56.	△ 10.16. j.	j. ✳ 5. 24.	n. △ 11.53.	♏ ♏	n. 16 4. 10. 17
La nuit de la puiffance la nuit de la 6. Ferie.	n. 5. 23.	20 21	19 20	16 17	n. ☐ 9. 10.	n. ☐ 3. 22.	n. ☐ 2. 43.	☐ 1. 56. n.			♐ ♐	n. 18 8. 22. 19
Le commencement du chant des Roffignols le jour de la 7. Ferie.		22 23	21 22	18 19			✳ 7. 26. n. △ 7. 14.		j. ♊ 10.18.	☐ 8. 57. j.	♑ ♑	20 21
	j. 5. 23.	24 25	23 24	20 21	✳ 1. 35. j.	✳ 5. 2. j.				✳ 12. 0. n.	♒	j. 22 3. 58. 23
		26 27	25 26	22 23				n. ♊ 7. 16.			♒ ♓	3. 4. 24 n. 25
La nuit de la puiffance felon les Sunnis la nuit de la 7. Ferie.	5. 23. n.	28 29	27 28	24 25		n. ♊ 7. 19.	♊ 4. 0. n.		✳ 10.54. j.	S. A. S. 8. 15. j.	♓ ♈	j. 26 4. 35. 27
Premier jour du 6. mois des Turcs le jour de la 2. Ferie.	10.19. j.	30 1	1 2	26 27	♊ 1. 43. j.		Exalta- tion 8. 40. n.	L. L. 6. 30. n.	♂ 10.19. ☐ 10.46. n.	E.E.B.S 0. 36. n.	♈ ♈	28 3. 43. 29
Nouvel an Cofranique le jour de la 5. Ferie. Le mois de Mehr yezdegirdique le jour de la 6. Ferie.	n. 10.19.	2 3	3 4	28 29			n. △ 2. 34.	✳ 11.24. n. △ 12.10.	j.		♉ ♉	1 2
		4 5	5 6	30 1	n. ✳ 11.1.	j. ✳ 10.16.	n. ☐ 11. 39.	n. ☐ 0. 2.		n. ✳ 8. 18.	♊ ♊	5. 47. 3 j. 4
La feparation de la Lune en deux parties la nuit de la 6. Ferie.	j. 10.19.	6 7	7 8	2 3				j. △ 8.25.	j. ♊ 9. 31.		♊ ♋	3. 2. 5 n. 6
		8 9	9 10	4 5	☐ 0. 22. j.	☐ 0. 22. j.	✳ 5. 55. j.		♊ 6. 55. j.	☐ 9. 6. j.	♋ ♌	6. 19. 7 n. 8
	10.19. n.	10 11	11 12	6 7	j. △ 10.32.	△ 9. 7. j.	Keid. 2. 14. n.			△ 3.20. j.	♌ ♍	j. 9 0. 30. 10
		12 13	13 14	8 9			♂ 8. 27. j.	♊ 4. 16. j.	△ 11.12. j.		♍ ♎	j. 11 0. 46. 12
	10.19. n.	14 15	15 16	10 11	n. ♊ 3. 51.	♊ 5. 58. n.	V. C. 5. 18. j.	Chute. 6. 18. j.	☐ 11.41. j.	♊ 10.58. n.	♎ ♏	j. 13 1. 24. 14

En ces jours il arrive des changemens à la Puissance & aux Etats des Rois & Princes; beaucoup de desordres par le concubinage: beaucoup de corruption & d'actions sales: guerres intestines: fureurs cachées entre les gens mariez sans pudeur ni retenue, suivies d'avortemens de femmes. Il arrive aussi beaucoup d'alteration au prix des denrées: dommages imprévus sur les fruits & autres biens de la terre: du froid en l'air: commencemens de dissension, & de ruptures entre les Grands. Etranges coups de Fortune parmi les Courtisans de ce Païs: detresses & miseres subites sur gens qui étoient en état joyeux, afflictions çà & là, rumeurs funestes, méchants rapports entre les Proches: Pertes survenantes à cette Nation. Procès sur choses vaines avec écrits & libelles mensongers qui se publieront, & faux témoignages qui se rendront.

DIEU LE SAIT.

Longueur des jours	Tête du Dragon	*Mercure*	*Venus*	*Mars*	*Jupiter*	*Saturne*	*Lune*	*Soleil*	Jours du mois Gellaléen	Jours du mois Grec	Jours du mois Arabe	Feries	Le mois de Ferverdin Gellaléen
M: 0	♋ 10.43	♓ 14.35	♓ 20.41	♍ 28.38	♓ 11.16	♑ 20.17	♎ 9.27	♈ 0.57	1	11	14	1	□ ☉ ♀ le jour de la 5. ferie 0. h. 27. min.
2	40	16.6	21.55	15	30	21	24.18	H 1.55	2	12	15	2	Exaltations ♀ le jour de la 6. fe. 8. h. 19. m.
4	37	17.57	23.10	27.52	44	24	♏ 9.15	H 2.54	3	13	16	3	
6	33	19.48	24.24	30	58	28	23.54	3.53	4	14	17	4	□ ☉ ☿ la nuit de la 7. ferie 3 heu. 37. min.
8	30	21.39	25.39	9	12.12	31	♐ 8.15	4.52	5	15	18	5	
10	27	23.30	26.53	26.48	26	35	22. 1	5.51	6	16	19	6	☍ ♀ ♂ le jour de la 6. ferie 4. heu. 48. min.
12	24	25.22	28. 8	28	40	39	♑ 5.25	6.51	7	17	20	7	Passage de ♀ en ♈ la nuit de la 6. ferie 6. 31.
14	21	27.15	29.22	9	54	42	18.31	7.50	8	18	21	1	
16	18	29. 9	♈ 0.37	25.50	13. 8	46	♒ 1. 8	8.49	9	19	22	2	Passa: de ☿ en ♈ la nuit de la 3. fer. 4. h. 31. m.
18	14	♈ 1.14	1.51	32	22	49	13.33	9.48	10	20	23	3	
20	11	2.19	3. 6	14	36	53	25.29	10.47	11	21	24	4	☌ ☿ ♀ le jour de la 4. fe. 10.22. entrée de la Lune en la 26. mansion le jour de la 4. ferie.
22	8	4.54	4.20	24.56	50	56	♓ 7.44	11.46	12	22	25	5	
24	5	6.49	5.35	37	14. 4	58	18.59	12.45	13	23	26	6	
26	2	8.43	6.49	17	18	21. 1	♈ 0.48	13.43	14	24	27	7	□ ☉ ♃ la nuit de la 2. fe. 9. h. 6. m. *Chaval.*
28	9.58	10.37	8. 4	23.57	32	4	12.42	14.42	15	25	28	1	commencement de l'exaltation ☉ la nuit de la 5. fer. 2. 24. m.
30	55	12.30	9.18	34	45	6	24.34	15.41	16	26	29	2	
32	52	14.23	10.33	11	59	9	♉ 6.27	16.40	17	27	1	3	
34	49	16.17	11.47	22.47	15.13	12	18.17	17.39	18	28	1	4	fin de l'éxaltation du ☉ la nuit de la 6. f. 3. heu. 3. min.
36	46	18.11	13. 2	22	27	15	♊ 0.15	18.37	19	29	3	5	
38	43	20. 5	14.16	21.57	41	17	12.24	19.36	20	30	4	6	
40	39	21.59	15.31	32	55	20	24.18	20.35	21	31	5	7	□ ☿ ♄ la nuit de la 7. ferie 9. heu. 14. min. Le mois Grec Nizan le jour de la 1. f.
42	36	23.52	16.45	10	16. 8	22	♋ 7.51	21.33	22	1	6	1	
44	33	25.45	17.51	20.50	21	24	21. 5	22.32	23	2	7	2	
46	30	27.37	19.13	32	34	25	♌ 4.44	23.30	24	3	8	3	
48	27	29.29	20.22	16	47	27	18.56	24.29	25	4	9	4	□ ♀ ♄ le jour de la 5. ferie 2 heu. 44. min.
50	23	1.21	21.40	2	17. 0	29	♍ 3.36	25.27	26	5	10	5	
52	20	3.11	22.54	19.50	14	31	18.33	26.26	27	6	11	6	Entrée de la Lune en la 27. mansion le jour de la 3. ferie.
54	17	5. 0	24. 8	40	27	33	♎ 3.31	27 24	28	7	12	7	
56	14	6.49	25.22	32	40	34	18.23	28.23	29	8	13	1	☿ Perigée. le jour de la 7. ferie 0. h. 30. m.
58	11	8.37	26.36	24	53	36	♏ 3.36	29.21	30	9	14	2	

T A-

TABLE

De la connoissance du mouvement des Étoiles dites SEKIS
YELDOUS & de leurs influences.

Les Turcs enseignent qu'il y a huit Etoiles, qu'ils nomment *Sekis Yeldous*, qui sont invisibles & errantes, mais pourtant avec quelque régle. Ils disent que ce sont des Etoiles malheureuses & malfaisantes, infligeant divers maux sur ceux qui tournent la face aux parties du Ciel, où elles se trouvent, & qui vont à leur rencontre. Sur quoi leurs Astrologues recommandent que lors qu'on commence un Voyage, qu'on se met en chemin, qu'on va à la guerre, l'on prenne garde de n'avoir pas d'abord, & au moment du départ ces Étoiles ni en face ni à côté, mais de les avoir derriere le dos : comme aussi de prendre garde lors qu'elles sont au Zenit de ne se trouver pas sur de hautes montagnes, ni de ne monter pas à des endroits élevez, parce qu'elles versent une mauvaise influence dessus. Il faut pareillement prendre garde lors qu'elles sont sous la terre de ne pas semer, planter & cultiver la terre, & de ne jetter pas alors les fondemens d'un édifice. Or pour connoître où ces Etoiles se trouvent chaque jour, il n'y a qu'à consulter cette Table ; chose qu'il est bon de faire toutes les fois qu'on est sur le point d'une entreprise.

DIEU LE SAIT.

Entre le Septentrion & l'Orient. Le 2. 12. 22. du mois.	Aux Plages Orientales. Le 1. 11. 21. du mois.	Entre le Midi & l'Orient. Le 8. 18. 28. du mois.
Aux Plages Meridionales. Le 3. 13. 23. du mois.	Sous la Terre. Le 9. 19. 29. du mois. ——————— Au milieu du Ciel. Le 10. 20. 30. du mois.	Aux Plages Septentrionales. Le 7. 17. 27. du mois.
Entre l'Occident & le Septentrion. Le 4. 14. 24. du mois.	Aux Plages Occidentales. Le 5. 15. 25. du mois.	Entre le Midi & l'Occident. Le 6. 16. 26. du mois.

T A-

TABLE

De la connoissance des Eclipses.

Par la puissance entiére & accomplie du SEIGNEUR, & par le commandement vigoureux & contraignant du LOUABLE. Voici ce qui apparoît du calcul des nouvelles Tables de moyens mouvemens exposées ci-dessus. Que dans le jour du 28. du mois de Zilhagié le sacré de l'an 1076. & l'Hegire sacrée, il arrivera obscuration prochaine de 4. min. & à même tems on se trouvera saisi d'obscurité & couvert de grandes ténébres, qui dénoteront l'Eclipse laquelle par la disposition précieuse & connuë du TRES-HAUT sera ainsi. Le commencement de la prise apparoitra étant passé du 1. jour 4. heu. 39. min. le milieu arrivera à 5. heu. 51. min. accomplies & à 6. heures & demie accomplies l'Eclipse sera entiérement achevée.

SON COMMANDEMENT sera tel. Il sera sur la respiration de quelques uns des grands Rois, & des Rois de l'Orient & du Septentrion : dissension & corruption, combats, querelles & meurtres tomberont en ces Païs-là, & il y aura des Places assiegées : beaucoup de maladies éclorront & d'accidens au Corps, avec quoi la Peste naîtra en quelques unes de ces Contrées. De maladies seront pris quelques uns des hommes, & de contorsion de bouche un desdits grands Rois & de très-grand renom, lequel en mourra. L'Héritier d'un des Rois du côté de l'Orient ou du Septentrion sortira & fera éclat : occision d'un Grand des plus renommez arrivera. Chûte subite & détresse d'un Grand remplira le monde d'ébahissement : afflictions & craintes se répandront du côté de la Georgie : un grand changement éclora parmi le Peuple (Persan) & il fera grande chaleur.

DIEU LE SAIT.

TABLE

De la connoissance des Eclipses.

Par la puissance entiére & accomplie du MAITRE, & par l'infinie grandeur de l'incomparable MAJESTÉ. Voici ce qui apparoît du calcul des nouvelles Tables de moyens mouvemens ci-dessus exposées. Que 10. heures 50. min. du 14. jour du mois Gemady, le second de la présente année étant accomplies l'Eclipse commencera : que point d'heu. mais 5. min. après la moitié de la nuit passée le 15. jour du dit mois étant accomplies, l'Eclipse sera arrivée à la moitié, & lors que 1. heu. 15. min. de nuit passeront, l'Eclipse sera entiérement passée. Et tel est son cours par la disposition du très-doux, & très-glorieux, & très-grand Dieu.

SON COMMANDEMENT sera tel. Il se fera en beaucoup de faux bruits : en maladies de fremissemens de membres, maux des yeux & de genoux : en beaucoup de surprenantes ñouvelles : en nuages & pluyes : en douloureux accouchemens de femmes grosses & avant le tems : en chûtes d'avortons & fœtus informes : en détentions de Messagers & porteurs de nouvelles : en coléres de Rois & Potentats sur les Païs de Basré, & sur les Châteaux de Gout & de Varan : en des refroidissemens & amortissemens dans le Négoce : en prise de Voleurs & de Trompeurs : en diminution de condition de ceux qui vivent à l'aise : en disette & cherté du côté de l'Orient : en grêle vers le païs de Georgie : en brouilleries & dissensions du même côté : en tremblemens de terre vers le bas des montagnes : en multitude de Rats & autres insectes : en angoisses & en pertes de plusieurs sortes.

DIEU LE SAIT.

T A-

TABLE

De la connoissance des Arcs diurnes pour l'Horison d'Ispahan
à la lat. de 32. deg. 40. min.

Jours	♈ Heu.	Min.	Sec.	♉ Heu.	Min.	Sec.	♊ Heu.	Min.	Sec.	Jours
0	12	0	0	13	0	8	13	49	26	30
1		2	8		2	0		50	16	29
2		4			3	44		51	45	28
3		6			6	8		52	56	27
4		8			7	28		54	0	26
5		10			9	25		55	12	25
6		12	16		11	12		56	16	24
7		14			13	20		57	20	23
8		16	24		14	28		58	24	22
9		18			16	40		59	20	21
10		20			18	24	14	0	24	20
11		22			20	8		1	12	19
12		24			21	52		2	8	18
13		26	32		23	36		2	48	17
14		28			25	12		3	36	16
15		30			26	58		4	24	15
16		32			28	40		5	40	14
17		34			30	16		5	52	13
18		36	48		31	52		6	16	12
19		38	32		33	28		6	48	11
20		40			35	45		7	20	10
21		42			36	40		7	44	9
22		44			38	8		8	8	8
23		46			39	36		8	24	7
24		48	24		41	4		8	28	6
25		50	16		42	24		9	4	5
26		52			43	52		9	2	4
27		54			45	20		9	24	3
28		56			46	40		9	28	2
29		58	8		48	0		9	32	1
30		60			49	20		9	36	0
	♍			♌			♋			

T A-

TABLE

De la connoissance des Arcs diurnes pour l'Horison d'Ispahan à la lat. de 32. deg. 40. min.

Jours	Heu.	♎ Min.	Sec.	Heu.	♏ Min.	Sec.	Heu.	♐ Min.	Sec.	Jours
0	12	0	0	10	59	52	10	10	40	30
1	11	57	52		59	0		9	44	29
2		55			56	16		8	16	28
3		53			55	52		7	4	27
4		51			53	32		6	0	26
5		49			50	40		4	48	25
6		47	44		48	48		3	44	24
7		45			46	56		2	40	23
8		43			45	12		1	36	22
9		41	39		43	20		0	45	21
10		39	38		41	36	9	59	36	20
11		37			39	52		58	48	19
12		35			38	8		57	52	18
13		33	29		36	24		57	12	17
14		31	28		34	48		56	24	16
15		29			33	4		55	36	15
16		27			31	20		54	56	14
17		25			29	44		54	8	13
18		23	12		28	8		53	44	12
19		21	29		26	32		53	12	11
20		19			24	56		52	48	10
21		17	28		22	20		52	16	9
22		15	29		21	52		51	52	8
23		13	28		20	24		51	36	7
24		11	36		19	56		51	12	6
25		9	44		18	36		50	56	5
26		7			16	8		50	40	4
27		5			14	40		50	36	3
28		3			13	20		50	32	2
29		1	52		12	0		50	28	1
30	10	59			10	40		50	24	0

♓   ♒   ♑

TABLE

des Elevations du Soleil·sur l'Horison d'Ispahan à la Latitude de 32. deg. 40. min.

		12 (D M S)	11 / 1 (D M)	10 / 2 (D M)	9 / 3 (D M)	8 / 4 (D M)	7 / 5 (D M)	6 (D M)	5 / 7 (D M)
30	69	80 51 30	73 57	62 7	49 34	36 58	24 32	12 26	0 54
25	5	80 45 48	73 53	62 4	49 32	36 56	24 29	12 23	51
20	10	80 28 47	73 43	61 57	49 25	36 49	24 22	12 15	41
15	15	80 0 39	73 23	61 43	49 13	36 36	24 8	12 0	24
10	20	79 21 45	72 59	61 26	48 57	36 21	23 51	11 41	1 30
5	25	78 32 29	72 26	61 2	48 37	36 0	23 29	11 16	
♊	♌	77 33 22	71 43	60 32	48 10	35 33	23 1	10 45	
25	5	76 25 4	70 54	59 56	47 39	35 3	22 29	10 16	
20	10	75 8 14	69 56	59 13	47 2	34 27	21 52	9 30	
15	15	73 43 29	68 48	58 24	46 20	34 47	21 11	8 46	
10	20	72 12 0	67 34	57 28	45 33	33 3	20 26	7 58	
5	25	70 34 5	66 24	56 26	44 40	32 14	19 37	7 6	
♉	♍	68 50 42	64 42	55 15	43 41	31 19	18 43	6 10	
25	5	67 2 41	63 12	54 3	42 40	30 23	17 48	5 14	
20	10	65 10 46	61 33	52 43	41 33	29 23	16 50	4 13	
15	15	63 15 47	59 50	51 21	40 23	28 19	15 49	3 12	
10	20	61 18 28	58 3	49 53	39 9	27 13	14 45	2 8	
5	25	59 19 37	56 15	48 22	37 51	26 4	13 41	1 5	
♈	♎	57 20 0	54 24	46 48	36 31	24 53	12 35	0 0	
25	5	55 20 23	52 33	45 13	35 11	24 19	11 28		
20	10	53 21 32	50 42	43 37	33 47	22 29	10 57		
15	15	51 24 13	48 51	42 1	32 26	21 17	9 16		
10	20	49 29 14	47 3	40 26	31 4	20 4	8 10		
5	25	47 37 19	45 16	38 52	29 43	18 54	7 6		
♓	♏	45 49 18	43 33	37 21	28 24	17 45	6 5		
25	5	44 5 55	41 55	35 53	27 7	16 38	5 5		
20	10	42 28 0	40 21	34 29	25 54	15 34	4 8		
15	15	40 56 27	38 53	33 10	24 45	14 34	3 15		
10	20	39 31 46	37 31	31 56	23 41	13 38	2 22		
5	25	38 14 56	36 18	30 50	22 41	12 47	1 41		
♒	♐	37 6 38	35 12	29 49	21 50	12 2	1 1		
25	5	36 7 31	34 14	28 58	21 4	11 22	0 26		
20	10	35 18 15	33 27	28 15	20 27	10 49	0 0		
15	15	34 39 21	32 51	27 41	19 58	10 24			
10	20	34 9 13	32 23	27 16	19 35	10 4			
5	25	33 54 12	32 6	27 1	19 22	9 53			
♑	30	33 48 30	32 1	26 56	19 17	9 49			

L'O.

L'*Original* que j'ai par devers moi est l'*Almanach* de l'an 1077. de l'*Epoche Mahometane*, qui commençoit le 21. Mars 1666. de nôtre compte : il est divisé, comme j'ai dit qu'ils le sont tous, en deux parties, le *Pronostic* & le *mouvement Planetaire*. Le *Pronostic* est la plus considérable partie, car il est répandu dans toutes les pages de l'*Almanach*, de manière qu'il paroît bien que la partie *Astronomique* n'est faite que pour la *Judiciaire*, comme je l'ai déja observé. On trouve d'abord un long *Prologue*, écrit en stile fleuri & pompeux, tant en prose, qu'en vers, qui est un *Pronostic* général pour toute la terre, durant le cours de l'année. Il commence par ces mots usitez, *Au nom de Dieu miséricordieux aux miséricordieux,* & au dessous est en grosses lettres, *Table de Pronostic de ce qui doit arriver dans tout le monde*; & ce *Pronostic* contient quatre points. Le premier, les loüanges de la Majesté Divine, par raport à la création des *Cieux*, & des *Globes* merveilleux en grandeur & en mouvement qui y roulent, par raport à sa Providence, & par raport aussi à la capacité qu'il donne aux hommes de pouvoir voir journellement dans ces *mouvemens* ce qui leur doit faire du bien ou du mal. Le stile en est fleuri & pompeux, comme vous le pouvez voir par ces lignes suivantes, qui sont la traduction litterale du commencement. *Loüanges infinies & gloire immortelle soient rendues au Createur & Pere nourricier de toutes choses grand & resplendissant, qui sur l'Ocean de ses très-parfaits ouvrages a lancé le Navire de l'individu humain, rempli de toutes richesses, muni des instrumens de tous les Arts, des figures de toutes les Sciences, où l'on trouve chargé le mérite de tous les Eloges, les origines de tout ce qu'il y a de divers en ce monde & de glorieux en l'autre : dans ce Navire merveilleux est embarqué le trésor de Dieu* [le cœur de l'homme] *&c.* Le second point contient des bénédictions sur les Apôtres de la *Religion Mahometane*. Le troisiéme renferme des vœux pour une bonne Année à chaque condition de peuple, dans l'Empire de *Perse*, & particulierement au Roi, dans une abondance d'Eloges, & de Termes les plus flatteurs & les plus relevez, comme j'en donnerai des exemples au traité du Gouvernement. Le quatriéme point contient l'*Horoscope* ou l'avanture de tout le monde durant la nouvelle année, & contient treize autres points ou articles ; le premier est le *Pronostic* de ce qui arrivera dans les divers Etats en général, & premierement en *Perse*, & à cet Etat ici les *Astres* promettent toûjours plus

de bien que *de mal*, au lieu qu'aux autres Etats ils présagent plus *de mal* que *de bien*. Ces Etats sont la *Turquie*, où en passant l'on touche la *Chrétienté*: les *Indes*, où en passant on prononce le sort des Païs qui sont par delà jusqu'à la *Chine* inclusivement, la Principauté de *Balc*, les Etats de *Mavaranahr*, ceux de *Turquestan*, qui est la grande Tartarie.

Le second article est touchant les gens de Lettres ; l'*Almanach* présage aux Ecclesiastiques une année pleine de *soucis* & de *tentations au mal* : aux Jurisconsultes *grande pénétration dans les affaires de chicane & épineuses, beaucoup de facilité à vuider les procès* : & aux Etudians des *lumieres vastes & étenduës, & un grand avancement dans les Sciences.*

Le troisiéme est sur les Ministres d'Etat, Gouverneurs de Provinces, Visirs, Généraux d'armée, Magistrats des villes & de la campagne : l'*Almanach* prédit *merveilles* de leur *bonne & prompte justice*, de leur *grande vigilance*, des *heureux succès de leur entreprises*; mais qu'entr'eux il s'en découvrira de *perfides lesquels seront mis à mort.*

Le quatriéme *Pronostic* est touchant les gens d'affaires, Intendans, Secretaires, Receveurs, Commis, Fermiers, & autres, que l'*Almanach* menace de *traverses*, de beaucoup de *mauvaises affaires*, & de *perte de charges & de biens.*

Le cinquiéme regarde les Païsans, & les Hermites & Moines, qu'on appelle *Dervich*, & il promet aux Païsans *grande fertilité & grand repos durant le premier semestre*, mais qu'au second ils seront *rudement traitez*, faute de payer en leur tems les fruits à leurs Seigneurs : & pour les Moines & les Hermites, le présage porte qu'ils seront *tentez de quitter la vie solitaire, & rentrer dans le monde*, & que plusieurs y succomberont.

Le sixiéme est touchant le sexe feminin, & ce qui regarde la géneration : le *Pronostic* porte, *que toute l'année les femmes seront peu complaisantes, que leur compagnie donnera moins de plaisir qu'à l'ordinaire, qu'elles seront steriles, que leurs accouchemens seront douloureux plus qu'ils n'ont coûtume de l'être.*

Le septiéme s'applique au commun peuple, à qui on promet *de l'aise & des biens en abondance* : aux Artisans, à qui l'on promet aussi *grand fruit de leur travail* : aux Ambassadeurs & Envoyez qui sont menacez au contraire de *grandes difficultez dans leurs Négociations* : & aux traîtres, dont l'article porte qu'il s'en découvrira beaucoup, *que nul ne réussira, & qu'ils seront tous découverts & presque tous punis.*

Le

Le huitiéme *Pronoſtic* eſt pour les haras, & pour les troupeaux, & il eſt tel qu'on le peut deſirer : *les portées des troupeaux ſeront abondantes, les poulains ſeront beaux & vigoureux.*

La neuviéme eſt ſur les maladies, qu'on prédit qui ſeront *nombreuſes, malignes, & obſtinées*, par la raiſon d'un venin ſecret qui ſe répandra dans la plûpart de celles qui régneront.

La dixiéme regarde la temperature de l'air & tous ſes divers accidens & *phénomenes :* l'Aſtrologue avertit *de ſe bien vêtir en Automne, de peur du froid qui ſera hâtif de quinze jours plus qu'à l'ordinaire.*

La onziéme s'étend ſur les biens de la terre, la moiſſon, la recolte, le prix des denrées principales, & entr'autres du Coton, des Melons, des fruits à noyau, des feves & des concombres, du raiſin, de l'huile, & du beurre, des dattes, du ſucre, deſquelles denrées l'*Almanach* fait le préſage en détail, annonçant *la bonne ou la méchante qualité de chacune* ; par exemple, il dit du Coton *qu'il ſera blanc & fin,* que les Melons ſeront *délicieux & ſains,* il dit des concombres *qu'il faut prendre garde d'en manger avant la ſaiſon, parce qu'ils meuriront plus tard cette année que les autres.*

Le douziéme *Pronoſtic* parle des hardes, & des meubles, des livres, des papiers, qu'il aſſure *n'être menacez d'aucune mauvaiſe influence.*

Le treiziéme & dernier *Pronoſtic* traite des guerres & des ſéditions, dont l'*Horoſcope* eſt fort mauvaiſe ; car elle menace *que les guerres ſeront longues & ſanglantes, & que les ſéditions ſeront furieuſes & difficiles à appaiſer, mais qu'en ayant confiance en Dieu, & étant révétus de patience & de force, on en viendra à bout.* Le Prologue eſt parſemé çà & là de belles Sentences, comme celles-ci, *La Science vient de Dieu. O Dieu! nous n'avons point de Science que la Science que tu enſeignes. Le monde eſt à Dieu. Dieu le ſait.* Ce qui ſe rapporte aux *Pronoſtics*, & eſt comme *le Dieu ſur tout de* nos *Almanachs*,

Après le *Prologue* viennent les *Tables* au nombre de trente-quatre : dont vingt-ſix ſont les *Ephemerides* des douze mois, & des jours intercalaires, deſquelles je ne donne ici que les *Tables* d'un mois, parce que les autres ſont toutes de même méthode. J'ai joint à ces neuf *Tables* trois *Tables* des *Arcs diurnes*, & des élevations du Soleil pour l'horiſon d'Iſpahan. Je vai ajoûter à cela ce que je crois néceſſaire pour l'intelligence des *Tables*, & ce

que j'ai recueuilli de plus curieux ſur le ſujet.

Les *Figures* un, deux, trois, ſont faites pour marquer les jours ſelon le cours de la *Lune* dans les *Signes du Zodiaque*, & ſelon ſes *Aſpects*, ſes *Conjonctions*, & ſes *Oppoſitions* avec les autres ſix *Planetes*, & pour marquer auſſi les choſes qui ſont bonnes, mauvaiſes, ou indifferentes, chaque jour. Le *B* ſignifie *bon*, l'*M* *mauvais*, l'*I* *indifferent*. Je ne rapporterai point ici ce que j'ai obſervé ci-devant, que les *Perſans* tirent leurs *Horoſcopes* non par l'exiſtence du *Soleil*, mais par l'exiſtence de la *Lune*, & que la plûpart ſe gouvernent ſuperſtitieuſement par leur *Almanach*, regardant chaque jour ce qui y eſt marqué avant que de rien entreprendre. C'eſt une ſuperſtition des *Perſans* de compter ſur les *Aſpects* de la *Lune*, qu'on dit être auſſi ancienne que leur Païs. Les *Perſes* croyoient de toute antiquité, que les choſes du monde étoient adminiſtrées par les *Anges*, & que chaque jour avoit ſes fatalitez : les *Mages*, qui étoient les *Aſtrologues* d'alors, dreſſoient là-deſſus des *Pronoſtics* annuels, qu'on conſultoit chaque jour, comme on fait aujourdhui les *Ephemerides*.

La quatriéme *Figure* contient deux parties : la premiere une *Epoque* des *Tartares* qui ſont à l'Orient de la *Perſe*, avec les prédictions pour l'année preſente ſelon cette *Epoque*, & l'autre partie les ſix premiéres *Neomenies* de l'année ſelon l'horiſon du lieu. Pour ce qui eſt de l'*Epoque* ou *Supputation*, elle eſt, comme l'on voit, de douze années, dont les noms, qui ſont *Turqueſques*, & le rang ſont marquez dans la *Table*. Les Peuples qui ſont nommez *Catay* & *Yegouri* dans le *Pronoſtic*, ſont nommez *Turcan* dans d'autres *Ephemerides*, & même plus communément. *Turcan* eſt le pluriel de *Turc*, & ce terme eſt dans l'*Orient* le nom appellatif des Peuples qui habitent les parties Septentrionales entre la *Mer Caſpienne*, la *Perſe*, les *Indes* & la *Chine*, & non pas le nom des Peuples de l'Empire *Ottoman*. Nous appellons ces Peuples *Turcs* de leur nom originaire, parce qu'ils ſont venus de ces parties Septentrionales-là, dont le vrai nom eſt *Turqueſtan*, mais les *Orientaux* les appellent *Roumi*, parce qu'ils poſſedent le ſiège de l'Empire Romain. Les *Catay* ſont les *Tartares* les plus voiſins de la *Chine*, & *Yegoury* ſont les *Tartares de Turqueſtan*, qu'on appelle autrement *Turcomans*. La maniere de ces Peuples à compter les années par une révolution *duodenaire*, laquelle on peut comparer aux *Olympia-*

piades des *Grecs*, est apparemment la plus ancienne maniere de compter le tems entre ces
Peuples *Tartares*: c'est une supputation Lunaire, dont je ne sai pas bien l'origine, mais
qui paroît instituée avant le *Mahometisme*, à
cause qu'il s'y trouve des noms de bêtes que
les *Mahometans* abhorrent, comme le nom
du pourceau : mais il y a bien de l'apparence
qu'elle est de beaucoup plus ancienne, &
qu'elle est née dans la premiere rudesse de ces
Peuples, confinés au bout du monde. Ce
que je tire de ce que plusieurs Peuples des
Indes se servent aussi de ce même *Cycle duode-*
naire, comme les *Malayes*, qui sont les habitans des parties Meridionales des *Indes*, les
Peuples de *Siam*, de *Turquin*, & d'autres, à
ce qu'on m'a assuré. Les *Turcs* s'en servent
aussi, & les *Persans*, comme vous voyez.
Les *Persans* en font leurs dattes à la Chambre des Comptes : ils mettoient par exemple
au commencement de l'année, pour laquelle
cet *Almanach* étoit fait, le premier du mois
de *Maharram* l'an du *Cheval* 1076. La raison
en est aisée à donner, c'est que les *Persans*,
comme les *Turcs*, sont originaires de *Tarta-*
rie, & comme des Colonies de ce grand Pais-
là, lesquelles continuent toûjours le train
de leurs affaires, quoi qu'elles passassent en de
nouveaux Païs. On pretend que l'*Idolatrie*
de ces Peuples leur fit anciennement imposer des noms de bêtes aux *années*; que même
les diverses divisions de l'*année* en *mois*, en
semaines, & en *jours*, portoient de pareils
noms; & que c'étoit pour entretenir la memoire des victimes qu'il falloit immoler en
chaque tems. J'ajoûte à ces remarques, que
les *Tartares* font le monde ancien de près de
neuf cens mille siécles. Cependant ils n'ont
point de *Regitre* qui remonte à *cinquante*. Ils
comptent le tems par *myriades*. J'entens des
Cycles, ou *Révolutions* de *dix mille ans* chacun,
qu'ils subdivisent en *siécles* de *cent & quatre-*
vingt ans; & le *siécle*, ils le partagent encore
en trois parts, qu'ils appellent, la premiere
Chanoc vanc, la seconde *Cunoc vanc*, la troisiéme *Chaven vanc*. C'est sur ces trois *Periodes*
qu'ils mesurent le tems. Leurs *Années* étoient
Solaires anciennement, partagées en *vingt-qua-*
tre mois, de *quinze jours* chacun; de sorte
qu'au lieu de *semaines*, ils comptoient par
quinzaines. Ce n'est plus de même depuis que
le *Mahometisme* s'est répandu chez eux, & y
a pris racine, comme il est arrivé il y a quelque 300 ans. Ils se servent du compte *Lu-*
naire.

La cinquiéme *Figure* contient les six der-

niéres *Neomenies* de l'année, & le *Theme ce-*
leste, au point du *nouvel an*, selon les maniéres de supputer anciennes & modernes, que
je vai rapporter.

La plus ancienne voye de compter le *Tems*
entre les Peuples d'*Orient*, & particulierement entre les *Arabes*, est de compter le *jour*
par le *cours du Soleil*, du *lever* au *coucher*, la
nuit par l'espace de *tems* qui est depuis le *cou-*
cher de cet *Astre* jusqu'à son *lever*: de diviser la *nuit* & le *jour* non en vingt-quatre parties,
qu'on appelle *heures*, comme nous faisons;
mais en quatre parties de *jour*, & quatre parties de *nuit*, chaque partie de *trois heures*: de
compter le *mois* par le cours de la *Lune*, depuis sa premiere *apparition* jusqu'à une autre
nouvelle *apparition*; & l'*an*, par douze semblables cours de *Lune*. Je n'ai point remarqué dans mes Voyages qu'aucun Peuple ne
comptât pas par *semaines*, & fit les *semaines*
autrement que de *sept jours* : la difference
qu'il y a, c'est qu'ils ne la commencent pas
tous de même. Les *Mahometans* la commen-
cent le *Vendredi*, les *Juifs* le *Samedi*, les *Chré-*
tiens le *Dimanche*, & les *Gentils* le *Mardi*.
Les noms des jours de la *semaine* s'appellent
tous *chambé* par les *Persans*, à la reserve du
Vendredi, qui s'appelle le *jour de l'assemblée*,
ou *de la convocation*, parce que c'est le jour
qu'on s'assemble pour le *service Divin*: ils disent *chambé*, puis *chambé premier*, *chambé se-*
cond, & ainsi de suite, qui est un terme des
anciens *Perses*, venant de *Chams*, qui est le
nom du Soleil, nom qui sort d'un verbe lequel veut dire *aëré*. Les *Persans* se servent
pour le present de deux comptes, le *Lunaire*
& le *Solaire*. Le premier est le grand & général, comme je viens de le dire, qui fait
l'an de *douze cours de la Lune*, pris du tems
qu'elle est en conjonction avec le *Soleil*,
jusqu'à une autre conjonction, ce qui fait
leurs *mois*, les uns de vingt-neuf jours, qui
sont les *mois mutilez*, comme ils parlent, les
autres de trente, qui sont les *mois entiers*;
mais ils ne sont pas alternativement de vingt-
neuf, & de trente jours; car quelquefois il
y en a deux de suite de vingt-neuf, & deux
de suite de trente. Leur *an* est de trois cens
cinquante quatre jours, huit heures, quarante
cinq minutes, ce qui rend leur *siécle* plus
court que le nôtre d'environ *trois ans quatre*
mois. L'usage de compter par la *Lune* a fait
que les *Orientaux* n'ont qu'un terme pour dire
mois & *Lune*, & peut-être que le mot Grec
Meni pour dire *Lune*, est venu du Persan
Maenau, qui signifie *nouvelle Lune*, & *mois*

S 3

nou-

nouveau. Il faut obferver encore qu'ils diftinguent les *mois Lunaires*, entre *mois artificiel*, & *mois naturel* : le premier commençant du *point* que la *Lune* eft nouvelle dans le Ciel, l'autre du *point* qu'elle paroît vifiblement. Ils comptent de cette feconde maniere, c'eft-à-dire, depuis le *croiſſant* vû, ou pour mieux dire, le *jour* qu'ils voyent le *croiſſant*, eft le dernier *jour* du *mois*, & le lendemain ils commencent un *nouveau mois*. Il arrive fouvent de la conteftation fur ce fujet, parce que la *Lune* ne pouvant paroître que le fecond *jour* qu'elle eft nouvelle, & quelquefois le troifiéme, les uns foutiennent qu'ils l'ont vûe, & les autres affirment qu'ils y ont regardé attentivement, mais qu'ils ne l'ont pû voir. Lors que la chofe eft ainfi conteftée on compte le *mois*, non du lendemain comme à l'ordinaire, mais du *jour* d'après lequel on fait le *premier jour du mois*, & d'où l'on continue à compter jufqu'à ce qu'un *Croiſſant* nouveau fe montre fur l'horifon. Remarquez qu'à caufe de l'incertitude où l'on eft fouvent fur l'aparition de la *Lune*, les *Perfans* ont la methode de ne faire d'Actes que le moins qu'ils peuvent les trois jours que la *Lune* ne paroit point : cependant leur compte ne laiſſe pas d'être toûjours bien réglé; car fi la *Lune* ne paroît pas le vingtneuviéme *jour*, à *foleil* couché, ils comptent le lendemain pour le trentieme de la *Lune*, & puis recommencent le *mois*, ce qui eft la methode prefcrite par l'*Alcoran*. Cette fupputation feroit fort incommode & fort mal réglée en nos Païs, où l'air eft fouvent fi épais & fi couvert de brouillards, que quelquefois on ne voit pas la *Lune* au premier quartier, au lieu qu'il n'arrive rien de femblable en *Orient* à caufe de la fechereſſe & de la ferenité de l'air. On a coûtume en plufieurs villes, & fur tout aux *Indes*, où l'air n'eft pas fi fec qu'en *Perfe*, de mettre du monde au guet lors que la *nouvelle Lune* doit paroître, pour en obferver l'aparition, & de l'annoncer au Peuple par des décharges de Canon ou de Moufqueterie, mais en *Perfe* l'aftre ne manque jamais de fe faire voir à plein dès le *premier jour* : les Molla ou Prêtres en attendent l'apparition au haut des Mofquées à l'heure de la priere du foir, & ils l'annoncent par des cris de toute leur force „ & en faifant auſſi leur exhortation plus longue & plus animée. Cette maniere de compter le *tems* eft à bon droit la plus ancienne, étant fi naturelle & fi aifée : on n'a pas befoin de *Science* ni d'*Almanach* pour favoir le commencement du *mois* ni fon progrès :

on n'a qu'à lever les yeux au Ciel pour le voir. Pour ce qui eft du *compte folaire* il n'eft ufité que par les *Aftronomes*, par les *Chrétiens*, & par les *Guebres*, qui font les *Anciens Perfes* qu'on appelle auſſi *Ignicoles*.

Ces *mois Lunaires* des *Perfans* font les *mois* communs de tous les *Mahometans*, foit pour le fpirituel, foit pour le civil : on les appelle communément pour cela *Mæcherai* c'eft-à-dire *mois de la Loi*, ou *de la Religion*, & auſſi *mois clairs & apparens*; car ce mot de *cherai* veut dire *clair & manifefte* fortant étymologiquement du mot *Hebreu*, *chera*, qui veut dire la *Lune*. Ces *mois* doivent leurs noms à *Mahomed*, & l'ordre dans lequel ils font rangez; car avant ce *faux Prophete*, ils étoient rangez autrement, ils avoient d'autres noms & de differens chez les differentes Tribus des *Arabes*, pris la plûpart des Idoles qu'ils fervoient : mais quand *Mahomed* tira ces Peuples de l'Idolatrie, il impofa de nouveaux noms aux *mois*, qui font ceux qu'ils portent à préfent, en quoi il fe conduifit à la maniere de fon Païs & de tout l'Orient, impofant des noms par rapport aux propriétez des chofes. Il y a pourtant des Auteurs qui difent que ce ne fut pas *Mahomed* qui donna de nouveaux noms aux *mois*, mais fon *Trifayeul*, nommé *Keleb* fils de *Morra* : qu'il prit ces noms des chofes les plus remarquables qui arrivoient en ces *mois*-là, & que *Mahomed* ne fit que confirmer ces noms & les confacrer. Je rapporterai ici brievement, la fignification des noms des *mois*, & des épithetes dont on les a qualifiez.

Le premier s'appelle *Maharram*, c'eft-à-dire *mois facré*, parce que c'étoit un des quatre *mois* que les Arabes appelloient *mois de Tréve & facrez*, durant lefquels toute hoftilité ceffoit entre les ennemis : c'étoit afin qu'ils puffent vaquer à l'agriculture & au foin de leur bétail fans danger & fans crainte, à caufe de quoi on appelloit encore ces mois facrez d'un mot qui fignifie *les mois que les armes font pendues au Croc*.

Le fecond *mois* s'appelle *fafar* & il eft furnommé *mois de bien & de victoire*, parce que c'étoit un *mois de Guerre*, ou pour mieux dire un *mois de brigandage*, à caufe que les guerres des Arabes ne font proprement que des courfes & des pillages.

Les quatre *mois* fuivans s'appellent *Rebiah premier*, & *Rebiah fecond*: *Gemadi premier* & *Gemady fecond*. *Rebiah* veut dire radicalement *reverdir*, parce que ce mois échut en automne quand *Mahomed* le dénomma ainfi. Or les
Ara-

Arabes n'appellent pas *Automne* la partie de l'année qui suit l'*Eté*, ils l'appellent le *second printems* : ainsi ils ont l'*Eté*, l'*hyver* & deux *printems*, un qui suit l'*hyver*, & un qui suit l'*Eté*. *Gemadi* vient de *gemed* qui signifie *geler* : au reste la pratique de donner un même nom à *deux mois* est ancienne en *Orient* : les *Syriens* s'en étoient servis avant les *Arabes*.

Le *septiéme mois* est nommé *Regeb* mot qui signifie *honneur & beauté*, & surnommé le *venerable* : c'est que c'étoit le *mois de jeûne* des *Arabes Idolatres*, & un des quatre *mois* de trêve & sacrez, à cause de quoi on l'appelloit aussi *le mois de Dieu* & *le mois sourd*, pour dire qu'on n'entendoit nul bruit de guerre pendant sa durée.

Le *huitiéme mois* est nommé *Chahban*, ce qui veut dire disperser, diviser, & est surnommé le *louable*, parce qu'il tomboit au tems que les *Arabes* se separoient pour aller chercher les paturages.

Le *neuviéme* est appellé *Rahmazan*, c'est-à-dire extremement chaud, parce qu'il tomboit au cœur de l'*Eté*, lors qu'on lui donna ce nom, & il porte l'épithete de *benit* à cause que c'est le *mois de Jeûne* de tous les *Mahometans du Monde*. On l'appelle aussi *le mois de jeûne & le mois de patience*, parce que durant ce *Jeûne* ils ont coutume de s'abstenir de l'usage du Mariage.

Le *dixiéme* se nomme *Cheval* : c'est-à-dire sauter & bondir, parce que les Chameaux étoient alors en chaleur : il est surnommé l'*honorable*.

Les *deux derniers mois* sont surnommez sacrez, par la raison que j'ai dit ci-dessus. Le premier porte le nom de *zilcade*, c'est-à-dire arrêté, l'autre celui de *Zilhagé* c'est-à-dire convenir, parce que c'étoit le mois auquel on s'assembloit pour aller en pelerinage.

Observez que la *Figure* que j'explique ne marque pas les *Lunes* par le *tems* qu'elles sont nouvelles, mais par le *tems* qu'elles paroissent, & qu'elle marque de quelle grandeur la *Lune* paroîtra, & en quel *jour* de la semaine afin qu'on y prenne plus garde; sur quoi on remarquera que la *Lune* peut apparoître en *Perse* lors qu'elle n'est qu'à dix dégrez du *Soleil*, qui est ce que les *Astronomes* du Païs appellent, *paroître deliée : paroître moyenne*, est lors qu'elle est à quatorze degrez du *Soleil*, & *paroître haute* est lors qu'elle en est à vint degrez.

Au reste, quoi qu'on ne compte point en *Perse* par le cours du *Soleil*, cependant la fête du *nouvel an*, qui est la plus solemnelle, se célébre pourtant *le premier jour de l'an solaire*,

lors que le *Soleil* entre dans le premier des *Signes du Zodiaque*. La *Religion* n'a pû changer cette pratique, ce qui vient, comme je pense, de ce que cette fête tombe dans le plus beau tems de l'année, chose qui n'arriveroit pas toûjours, si elle se célebroit *au premier jour de l'an Lunaire*, qui retardant tous les *ans* de onze jours, fait que les fêtes qui arrivent en un tems dans l'*Eté* arrivent en *Hiver* quinze ans après.

Tous les *Mahometans* du monde commencent leur année comme les *Persans*, & je ne sai que les *Indiens*, qui commencent encore leur année à l'*Equinoxe* de l'*automne*, qui est comme les *Egyptiens*, les *Hebreux*, & les plus anciens peuples du monde que nous connoissions, la commençoient. L'*Epoque Mahometane* s'appelle *Egere*, que nous disons *Hegire*, mot qui veut dire *retraite & suite*, & qui a quelque rapport à l'*Exode des Juifs* : elle commence au tems que *Mahomed* ayant été contraint de fuir de la *Mecque*, le lieu de sa naissance, à cause que sa *Nouvelle Doctrine* y étoit si mal reçuë, qu'on vouloit se saisir de sa personne & le punir; il se mit à prêcher tout publiquement ses *dogmes* & à combattre ceux qui s'y opposoient; ce qui arriva *onze ans* avant sa mort. Cette *Epoque* est donc celle de la durée de la *Religion Mahometane*, depuis sa publication jusqu'à ce jour. Les *Persans* l'appellent par honneur *le commencement des tems*, comme pour dire que tout le tems, qui a coulé auparavant, n'étoit qu'un *Cahos*. Cette *Epoque* commença *un Jeudi quinziéme Juillet*, ou le *Vendredi suivant*, l'an six cens vingt-deux de *Jesus-Christ*, & neuf cens dix-sept d'*Alexandre le Grand*. Je traiterai de cette Epoque au long dans le quatriéme Volume : j'ajoûterai seulement ici que le mot de *Hegire* se prend à la lettre pour dire une *terrasse* ou *plate forme*, & qu'il est aussi le nom appellatif de deux lieux differens dans l'*Arabie*. Je passe aux observations sur les trois autres Epoques marquées dans la *Figure* du *Théme Celeste* que j'explique.

La premiere, est appellée dans cette *Figure*, *Ma Roumi*. *Ma* qui veut dire *mois*, c'est le terme dont les *Persans* se servent pour dire *Epoque* ils n'en ont point d'autre. Celle-ci est l'*Epoque Alexandrine*, qui commence de la *Naissance d'Alexandre le Grand*, un *lundi*, dans le *cinquiéme siécle* de l'*Epoque de Nabonassar*, qui est la plus ancienne du monde. Cette supputation est solaire : on l'appelle *Alexandrine*, parce qu'on la rendit Authentique par autorité publique dans toute cette grande éten-

étendue de Païs ; qu'on appelloit l'*Empire Alexandrin*, lequel s'étendoit jufqu'aux *Indes*, à caufe de quoi les *Juifs* l'appelloient l'*année des Contracts*, parce que les actes publics n'é-toient pas valides à moins qu'ils n'en fuſſent dattez. Les *mois* de cette *Epoque* ſont appel-lez *mois Romains*, à caufe que les *Perſans* ap-pellent la *Grece*, *Roum*, d'où eſt venu le nom de *Romanie*, que l'on donne à la *Thrace*. J'ai déja obſervé qu'ils appellent communé-ment auſſi les *Turcs*, *Roumi* ou *Romains*, ſoit à caufe que le ſiége de leur *Empire* eſt en *Grece*, ſoit à caufe qu'ils tiennent l'*Empire*, dont le ſiége étoit anciennement à *Rome*, au lieu que les *Turcs* s'appellent eux-mêmes *Of-manlou*, c'eſt-à-dire le peuple d'*Ofman*, qui eſt un des premiers ſucceſſeurs du *faux Pro-phete Mahomed*. Les *mois Alexandrins*, ſont appellez auſſi *Mois Syriens*, parce que les *Chrétiens d'Arabie*, de *Chaldée*, de *Meſopotamie* & de *Syrie*, qui paſſent tous ſous le nom de *Suriany*, ou *Syriens*, s'en ſer-vent : ce ſont ces *Chrétiens* que nous con-noiſſons plus particuliérement ſous le nom de *Neſtoriens* & de *Jacobites*.

Voici comme les *Perſans* rangent les *mois* de cette *Epoque*. *Techrin premier*, que nos Au-teurs écrivent mal *Tiſri*, *Techrin ſecond*, *Ca-noun premier*, *Canoun ſecond*, *Chebat*, *Adar*, *Niſan*, *Ayar*, *Heziran*, *Temouz*, *Ab*, *Ayloul* ; & ſelon cet ordre, le *premier mois* de l'*année*, qui eſt *Techrin premier*, commence environ au onziéme d'*Octobre*, ſelon nôtre compte; de maniére que par rapport au calcul de ces Epheme rides *Perſanes*, le *mois de Niſan*, qui eſt le ſeptiéme, arrive le vingt deuxiéme jour après l'*Equinoxe* du *Printems*, ce qui revient au onziéme d'*Avril* ſelon nôtre compte Euro-péan. Ce mois *Niſan* eſt marqué en l'*Ecriture Sainte* pour être le premier *mois de l'année*, par l'exprefſe inſtitution de *Dieu* ; car auparavant les *Hebreux* le comptoient pour le ſeptiéme *mois* de même que les *Egyptiens*, & le *mois Techrin*, comme les *Perſans* & les *Arabes* l'appellent, étoit le premier *mois*, comme vous voyez qu'il eſt dans le calcul des *Perſans*; & alors auſſi les *Hebreux* commençoient leur *année*, comme les autres peuples à l'*Equinoxe* de l'*au-tomne* : mais le peuple *Hebreu* étant devenu, comme un nouveau peuple par ſa ſortie de l'*Egypte*, *Dieu* lui commanda de faire une nou-velle *Epoque* à commencer du *jour* de leur ſortie, & comme ce jour-là étoit au *mois de Niſan*, qui revenoit parmi eux à nôtre *mois de Mars* : ils firent de *Niſan* le premier *mois de l'année*. Mais comme ils étoient d'ailleurs

accoûtumez à commencer l'*année* par nôtre *Septembre*, ils inſtituerent deux ſupputations qu'ils appellerent l'une le *compte ſacré*, qui commençoit par *Niſan* ou *Mars* : l'autre le *compte civil*, qui commençoit par *Tiſri* ou *Te-chrin*, ſelon l'ancien uſage. J'ai inſeré cet-te remarque à caufe de la peine que donnent les dates de l'*Ecriture Sainte* par *mois Alexan-drins*.

La ſeconde *Epoque* de cet *Almanach*, eſt cel-le de *Yazdigerd* Roi de *Perſe*, qui commença avec le régne de cet infortuné *Prince*, un *Mardi*, *vingt deuxiéme du mois* dit *Rebia le premier*, l'an onziéme de l'*Hegire*; & premier du mois dit *Canoun le ſecond*, l'an 943. d'*Ale-xandre le Grand*, ce qui revient au *onziéme Janvier* de l'an 632. de *Jeſus-Chriſt*. C'étoit la coûtume des *Perſes* de compter les *tems* par le régne de leurs Rois, & comme *Yazdi-gerd*, a été le dernier, cette *Epoque* qui por-te ſon nom n'a point ceſſé, étant en uſage depuis plus de *mille ans*. On diroit qu'elle a été inſtituée exprès pour conſerver la mémoi-re de la deſtruction de l'*Ancien Empire des Perſes* par les *Mahometans*, laquelle arriva du tems de ce *Prince* environ l'an 650. de *Jeſu-Chriſt*; les *Perſes* ayant été obligez de céder aux *Arabes*, qui envahirent leur Païs, ils ſe retirerent vers le fleuve *Indus* avec leur Roi, après la mort duquel ils ne voulurent plus inſtituer d'*Epoque*; ou parce qu'ils n'eurent plus de Rois; ce *Yazdigerd* ayant laiſſé les droits de ſon *Empire* à des filles faute d'en-fans mâles, ou pour conſerver plus forte-ment le ſouvenir du tems que les *Mahometans* avoient envahi leur Patrie qui ſe trouvât être juſtement celui de l'avenement de *Yazdigerd* à la Couronne. Les *mois* de cette *Epoque* ont chacun *trente jours*, & on ajoûte *cinq jours après le ſecond mois*, par une maniére d'embo-liſme, comme le pratiquoient les *Chaldéens* & les *Hebreux*. Ce qu'il y a encore de parti-culier en cette Epoque, c'eſt que les *mois* ne ſont point diviſez en *ſemaines*, mais qu'ils ont leurs *trente jours de ſuite*, appellez cha-cun d'un nom different. Quant au nom de ces mois, ce ſont les mêmes que ceux de l'*Epoque* moderne ſelon le *compte ſolaire*, mais ils ne ſe rencontrent pas en même ordre, par-ce que dans cette *Epoque* de *Yazdigerd*, l'an commence à l'*Equinoxe de Septembre*; & ainſi le mois de *Ferverdin*, qui eſt le *premier mois* en rang dans l'une & l'autre *Epoque*, com-mence dans l'*Epoque* moderne, le *vingtiéme jour du mois de Mehr*, qui eſt le ſeptiéme mois des deux *Epoques*, au lieu qu'il commence dans

dans l'*Epoque* de *Yazdigerd*, le dixiéme de *Mehr* de l'*Époque moderne* : comme si parmi nous quelque Peuple faisoit du mois de *Juillet* le *premier mois de l'an*, leur mois de *Juillet* tomberoit au mois de *Janvier* commun. Les *Astropomes*, de peur de' se brouiller, distinguent ces mois par le nom adjectif de *mois anciens*, qu'ils donnent aux mois de l'*Epoque* de *Yazdigerd*, & de mois *Gellaleens*, qu'ils donnent aux mois de l'*Epoque nouvelle*.

La *troisiéme Epoque* est celle qu'on appelle *Gellaleene*, instituée par un grand Prince & savant Astronome nommé *Melec Cha Gellaleldin*, mot qui signifie *la gloire de la Religion* : c'étoit un des Souverains de la *Parthide* & de la *Tartarie*, qu'on appelle *Yuzbec*, de la race de *Seljouge*, ce fameux Conquerant de l'*Orient* : il y a beaucoup de livres d'*Astrologie* de sa production, & des *Tables* de moyens mouvemens entr'autres, lesquelles portent son nom. Les *Astronomes* de son Païs lui ayant représenté les grands mécomptes, qui arrivoient par le moyen de l'*intercalation*, selon l'*Epoque* de *Yazdigerd*, dans laquelle les mois n'étoient point naturels, & ne commençoient point à l'entrée du *Soleil* dans les *Signes*, comme il arrivoit dans l'*Epoque Grecque*, & l'ayant requis aussi que l'année commençât à l'avenir par l'*Equinoxe* du Printems, au lieu qu'elle commençoit par celle de l'Automne ; ce grand & docte Prince, convaincu de l'erreur du *calcul* qui étoit suivi, & de la raison de ce qui étoit proposé, corrigea avec eux le mécompte arrivé, & mit ordre qu'à l'avenir le *cours du mois* quadrât à celui du *Soleil*. Il changea aussi le commencement de l'*an*, faisant que le jour de l'*Equinoxe* du Printems, qui est communément le vingt-uniéme de *Mars*, selon nôtre compte *European*, seroit toûjours le *premier* jour du *premier mois*. On peut comparer cette correction, à l'égard de la partie *Astronomique*, à celle que fit si long-tems après le *Pape Gregoire*, par la reformation du *Calendrier*. Cette *Epoque Gellaleene* commença l'an de *Christ* 1078. & de l'*Hegire* 466. un *Vendredi*, l'onziéme du mois de *Ramazan*. Les *noms* des mois, qui sont pris des *Anges*, que les anciens *Ignicoles* croyoient être établis sur les diverses parties & les differentes choses du monde n'en ont point été changez ; on y ajoûte seulement le surnom de *Gellaleen*, comme j'ai dit. Voici les noms de *Gellaleen*, & l'ordre que ces *mois* tiennent en cette *Epoque Gellaleene*.

Ferverdin, qui est le nom de l'*Ange de l'air* & des *eaux*.

Tome II.

Ardi Behecht, qui est le nom de l'*Ange du feu élementaire, de la lumiere*, & *de la Medecine*, le *Maître du quatriéme Ciel*.

Cordat, qui est le nom de l'*Ange de la terre* & *de ses fruits*.

Tir, qui est le nom de l'*Ange des Sciences*.

Mordad, qui est le nom de l'*Ange de la mort* : & c'est de là, comme je croi, que les *Mahometans* se sont imaginez qu'il y a un *Ange* qui préside *à la mort*, lequel ils appellent *Mordad*, mot qui en *Persan* signifie, *qui a donné la mort*.

Cheriour, qui est le nom de l'*Ange vangeur des crimes* : c'est aussi le nom d'un *Roi* de *Perse*.

Mer, qui est le nom de l'*Ange des Astres* ; & c'est aussi le nom du *Soleil*. Ce mois étoit le premier dans l'*Epoque* de *Yazdigerd*.

Aban, l'*Ange des Arts liberaux* & *mécaniques*.

Azer, l'*Ange du feu élementaire*, & de tout ce qui se fait avec le *feu*.

Dye, l'*Ange des voyageurs*.

Bamen, l'*Ange des bêtes à quatre pieds*.

Isfendiar, l'*Ange gardien de la chasteté*.

Outre ces trois *Epoques*, les *Persans* en connoissent quatre autres, dont il est fait mention çà & là dans leurs livres. La premiere est une *Epoque Lunaire*, qui porte le nom de *Nabonassar*, qu'ils prononcent *Baktnassar*, & qui est le *Nabucadnetsar* Roi de Babylone, si renommé dans le Vieux *Testament*. On le juge ainsi avec raison, à cause que les *Persans* font son histoire fort conforme à ce que le Vieux *Testament* nous enseigne de ce Prince, & ce mot de *Baktnassar*, qui est *Persan*, signifie *heureux regard*, & dans le sens du mot, *homme d'un heureux sort*, ou *d'une heureuse horoscope*. J'ai déja observé que cette *Epoque* est la plus ancienne du monde. C'est celle dont les *Egyptiens* se servoient, & le commencement du *premier jour du regne de ce Monarque, qui fut un Mardi*.

La seconde est une *Epoque Solaire*, qui commence un *Samedi*, quatre cens vingt-quatre ans après l'autre, & fut nommée l'*Epoque Philippienne*, de *Philippe* frere d'*Alexandre le Grand*, auparavant nommé *Arideus*, lequel ayant été déclaré par l'armée Successeur de ce grand Conquerant, prit à son avenement à l'Empire le nom de son Pere *Philippe* Roi de Macedoine : cette supputation est fort embarassée en *Orient*, comme en *Occident*, parce que le commencement n'en est pas marqué de même par tout. Vous voyez des endroits, où l'on la prend de la naissance de ce

Phi-

Philippe Aridéus, qui eſt ſon vrai commencement, & vous en voyez d'autres en plus grand nombre, ou on la prend de la mort d'*Alexandre le Grand*.

La troiſiéme *Epoque* eſt nôtre *Epoque Chrétienne*: les *Perſans* l'appellent *les Ans de Jeſus l'eſprit de Dieu*, les *Chrétiens Orientaux* l'appellent *les Ans de Jeſus le Meſſie*.

La quatriéme *Epoque* eſt une ſupputation *Lunaire*, qu'on appelle *l'An de l'Elephant*, inſtituée en mémoire du *ſiége de la Mecque*, fait par un Roi de l'*Arabie heureuſe*, nommé *Abraée Ibn Sabab*, l'an 576. de *Jeſus Chriſt*. Ce Prince avoit dans ſon armée des troupes d'*Abyſſins* & d'*Ethiopiens*, qui avoient amené grand nombre d'*Elephans*: c'étoit à deſſein d'emporter les materiaux du fameux *Temple* de la *Mecque*, après l'avoir détruit, & de rebâtir ce *Temple* à *Sana*, ville Capitale de l'*Arabie heureuſe*, afin d'empêcher le grand concours des *Arabes* qui ſe faiſoit à la *Mecque*, par la dévotion qu'ils avoient à ce *Temple*, & de l'attirer chez lui: ce *ſiége* dura ſix mois, & fut levé enſuite, & comme c'étoit un événement célébre dans tout l'*Orient*, on en fit une *Epoque*.

Outre toutes ces *Epoques* les *Perſans* ont une autre ſupputation, qui ſe fait par le nombre de quatre années révolües, comme les *Olympiades Grecques*: les *ans* de cette ſupputation portent le nom des *mois ordinaires*, & la *révolution*, ou le *ſiécle* de cette *Epoque*, ſe fait au bout de *douze révolutions des années*, ou des *quarante-huit ans*, ils diſent, par exemple, *Maharram* premier, ſecond, troiſiéme, & ainſi des autres; & quand le *ſiécle* de ces *années* recommence, ils diſent *Maharram* ſecond, troiſiéme, & ainſi de ſuite; & afin qu'on ne ſe méprenne pas aux noms, en prenant pour des *années* ce qui ſeroit des *mois*, ils ajoûtent après le nom le *titre* de *mois* ou d'*an*; cependant cette ſupputation eſt fort peu en uſage, elle commence du régne de *Cheik Séphi*, le premier Prince de la race qui eſt aujourdhui ſur le Trône de la *Perſe*.

Ces differentes ſortes de ſupputations, que je viens de dire qui ſont en uſage chez les *Perſans*, n'apportent point de confuſion dans la *Chronologie*, car tout ſe reduit toûjours aux *années Hegyriques*, & beaucoup moins en apportent elles dans le *calcul* ordinaire, car on n'y fait mention que de ces *années*-là. Les *Juifs* avoient de même deux differentes *Epoques*, ou *comptes d'année*, ſans que cela fît de confuſion, quoique chacune commençent en differens tems, ſavoir l'*Epoche civile*, & l'*E-*

poche ſacrée, celle-là commençant avec la *Lune* de *Septembre*, qui étoit leur mois de *Teſri*, & celle-ci par la *Lune* de *Mars*, qui étoit leur mois de *Niſan*; & la raiſon que cela ne faiſoit point de confuſion dans leurs *calculs*, c'eſt que tout ſe réduiſoit au *calcul* des *ans ſacrez*, lequel étoit toûjours employé dans toute ſorte d'actes Juridiques. Il faut encore ajoûter que les *Juifs* avoient, comme les *Arabes*, deux autres *Epoques*, celle des *bêtes à décimer*, commençant au premier du *mois* qu'ils appelloient *Plul*, qui répond à nôtre *mois* d'*Août*, & celle *des arbres*, qui commençoit au premier jour de *Shebat*, qui eſt nôtre mois de *Janvier*.

Je paſſe à la *ſixiéme* & à la *ſeptiéme Figure*, qui ſont proprement les *Ephemerides du mois courant*: les *mouvemens Celeſtes* y ſont marquez ſelon les ſupputations differentes que l'on vient d'expliquer. Je ne ferai d'obſervations que ſur la *colomne* qui a pour titre *Evenemens mémorables*: il y en a huit de marquez. Le *nouvel an Sultanique*, comme qui diroit le *nouvel an Imperial*, parce que c'eſt celui que la *Perſe* célébre, qui eſt à l'entrée du *Soleil* dans le *Belier*: & le *nouvel an Coſranique*, qui étoit le commencement de l'*année* ſelon une *Epoque*, dont les *Tartares* ſe ſervoient anciennement, & qu'ils appelloient *Coſranique*, ou *Royale*, dont l'uſage eſt aboli depuis longtems. *Coſranique* vient de *Coſrou*, qui eſt le nom d'un des plus fameux Rois de *Perſe* dans la vieille hiſtoire. Le *troiſiéme Evenement* eſt appellé *la Nuit de la puiſſance*, & c'eſt une Fête de la *Religion*, inſtituée pour conſerver la mémoire du raviſſement de *Mahomet* au *Paradis*, où il reçut de *Dieu* les inſtructions & les ordres pour la publication de ſa nouvelle *Religion*, comme il le fit accroire aux *Arabes*, qu'il ſéduiſit. La *coupure de la Lune* eſt une autre impoſture ſemblable de ce faux *Prophete*, qui aſſuroit d'avoir fait deſcendre la moitié de la *Lune* en terre, d'où après en avoir fait le tour elle étoit allée ſe rejoindre à ſon autre moitié, & cela pour prouver à une troupe d'Incredules, qui l'étoient venu trouver, la verité de ſa nouvelle Doctrine. Les *Turcs*, qui croient, comme les *Perſans*, à ce prétendu miracle, en marquent le jour, une ſemaine plus tard, ce qui eſt ici obſervé. La Fête ne conſiſte qu'à faire ſi l'on veut quelques prieres particulieres cette nuit-là; car il faut obſerver qu'il n'y a point de Fête commandée dans la *Religion Mahometane*, de ſorte que le travail y ſoit défendu, comme je le dirai plus amplement au *Traité de la Religion*

gion dans le Volume fuivant. Le *mois Tur-queſque*, dont le premier jour eſt ici marqué pour un des huit évenemens, eſt un des *mois* de cette ſupputation de *douze années revoluës*, dont j'ai parlé, & *le mois de Mehr de Yazdi-gerd*, eſt le feptiéme *mois* de l'*Epoque de Yaz-digerd*, dont j'ai parlé auſſi. *Le commencement du chant des roſſignols* eſt une *Fête* des anciens *Arabes*, pour ſolemniſer le retour du tems chaud. Ils avoient une autre *Fête* pour ſe ré-joüir du départ de l'Hiver, laquelle eſt mar-quée au *douziéme mois* dans cet *Almanach*: elle eſt nommée *la venuë des Cigognes*, parce que cet oiſeau, ſelon leurs obſervations, ne vient que quand le froid eſt paſſé. Toutes ces obſervations de tems ſont faites particuliere-ment pour l'inſtruction de ceux qui étudient l'*Aſtronomie* ancienne & moderne, & l'*anti-quité Arabeſque*; car il faut obſerver, que les *Arabes* ne comptoient point d'abord le tems, comme on a fait depuis, par les paſſages du *Soleil* dans les *Signes* du *Zodiaque*, ce qui fait à preſent nos *mois*: ni par ceux de la *Lune* dans les mêmes *Signes*, ce qui fait leurs *mois*; mais par les ſaiſons. Ils diviſoient l'an en quatre *ſaiſons*, comme on a toûjours fait, leſquelles ils appelloient, *Eté*, *Hiver*, *Prin-tems premier*, & *Printems ſecond*, comme je l'ai obſervé: après ils ſubdiviſoient ces qua-tre parties en quatre autres, qu'ils appelloient le *mélange de l'Hiver & du Printems*, le *mé-lange du Printems & de l'Eté*, & ainſi des au-tres; après ils diſtinguoient les tems d'*Hiver* & d'*Eté* en grand & en *petit*, ils appelloient le tems du grand froid, *le grand ſiclé*, & auſſi la *quarantaine*, parce qu'il duroit *quarante jours*, & le tems que le froid eſt moindre, ils l'appelloient *le petit ſiclé*, qui n'en duroit que *vingt*, & ils appelloient le tems du chaud, *ziemreh premier*, *ſecond*, & *troiſiéme*. Ils ob-ſervoient encore les nuits des *Solſtices*, & des *Equinoxes*, qu'ils ſavoient bien remarquer, ſachant en quel jour de la ſaiſon elles arri-voient; enfin ils avoient de cette maniere, qui paroît ruſtique, un *Almanach*, qui les gui-doit aſſez exactement pour les beſoins de la vie, & pour leurs occupations ordinaires. Il faut remarquer qu'il y avoit des *Tribus* entre les *Arabes*, où l'on diviſoit au contraire l'an-née en *ſix parties principales*, & non en *qua-tre*.

Dans l'*Almanach Perſan* il y a onze autres *Tables* pareilles, pour les autres *mois* de l'an-née, & une autre après de *cinq jours*, qui ſont les *jours* qu'il y a par-deſſus les *trois cens ſoixan-te jours* de l'an, & qu'on peut appeller *inter-*

calaires; cette derniere *Table* eſt appellée *Kam-ze Mouzterezé*, c'eſt-à-dire, *les cinq jours dé-robez*; on les appelle auſſi en *Perſan Ander-geat*, comme qui diroit *jours entez ſur le tems*. La *Table* de l'*Almanach*, que j'ai traduit, eſt de *ſix jours*, au lieu de *cinq*, parce que l'*an* eſt biſſextil ou *emboliſmeen*: elle eſt de *ſix jours* tous les *quatre ans*, de même que nôtre *mois* de *Février* eſt de *vingt-neuf jours* tous les *qua-tre ans*; mais au lieu que nous entremettons *un jour* dans un de nos *mois*, l'*Epoque Solaire* des *Perſans* moderne ayant tous ſes *mois* de *trente jours* également, comme j'ai obſervé que leur *Epoque Solaire ancienne*, ou de *Yaz-digerd*, l'avoit; elle ajoûte *cinq jours* au bout, & *ſix jours* tous les *quatre ans* une fois, pour achever l'*année*, afin de ne la recommencer qu'au vrai *point* de l'*Equinoxe*. Mais il y a là-deſſus deux differences entre leur *ancienne* & leur *nouvelle Epoque Solaire*: la premiere eſt, que dans l'*ancienne Epoque* les *jours addi-tionnels* ſe mettoient entre le premier & le ſe-cond *mois*, comme nous le pratiquons; & que dans la *nouvelle* ils ſe mettent à la fin du *dernier*. La ſeconde difference eſt, que dans la *nouvelle Epoque* le *jour intercalaire* ſe met tous les *quatre ans* à la maniére des *Grecs* & des *Romains*, au lieu que dans l'*ancienne Epo-que* on n'intercaloit point: il n'y avoit point d'*an intercalaire* ou *emboliſmeen*; mais pour ajuſter le *calcul* & le nombre des jours au cours du *Soleil*, on faiſoit l'*an* de *treize mois* tous les *ſix-vingt ans*; ce treiziéme mois étoit appellé comme le *douziéme*, & alors le pre-mier jour de l'an revenoit au vrai *point* de l'*Equinoxe*, au lieu qu'auparavant il en étoit éloigné d'un *mois*. La raiſon qu'avoient les *Perſes* de n'intercaler point, c'eſt qu'ils croyoient que chaque *jour du mois* avoit ſon *Ange tutelaire*, établi ſur ce jour-là, & non ſur d'autre, à cauſe de quoi ils apprehen-doient, que le *jour intercalaire* n'étant ſous la garde d'aucune *Intelligence celeſte*, il y arrive-roit mille malheurs. Comme le *compte Solai-re* ne ſert que pour l'*Aſtronomie*, cette *Inter-calation* ne fait point de peine. Les Auteurs *Arabes* rapportent, que du tems de *Mahomed* on intercaloit auſſi le *mois Lunaire* de *onze jours*, pour conferver l'harmonie entre la ſup-putation commune, & le *cours du Soleil*, c'eſt-à-dire, afin que les *mois* revinſſent toûjours à peu près dans le même tems. Cela ſe faiſoit avec grande raiſon, parce qu'autrement les *mois* changent de place, étant chaque *année* plus près, ou plus loin de l'*Eté*, de *onze* ou *douze jours*, & ainſi, par exemple, le *Péleri-*

nage qui avoit été premierement inſtitué dans un *mois* d'*Eté*, venoit à tomber dans l'*Hiver*, auquel tems ce Pélerinage étoit non ſeulement incommode, mais auſſi très-dommageable à leurs affaires. Ces mêmes Auteurs rapportent, que cette manière d'*intercaler* étoit de tems immémorial entre les *Arabes*, comme il paroît par leurs Pélerinages, qui commençoient toûjours au vingtiéme du *mois de Zilha*, & toûjours au tems des fruits; de ſorte qu'il eſt difficile de ſavoir, ſi les *Arabes* avoient pris des *Juifs*, ou leur avoient donné les *mois intercalaires*, qu'ils appelloient d'un terme qui veut dire *delai*. Les *Arabes* prétendent, que c'eſt *Abraham* qui inſtitua le Pélerinage de la *Mecque* en ce tems-là. Mais *Mahomed* en établiſſant la nouvelle *Religion*, abolit cette coûtume d'*intercaler*, diſant qu'il ne falloit pas régler le *ſervice de Dieu*, ſur ſa commodité, & ſur ſes affaires: mais qu'il falloit au contraire reduire toutes choſes au *ſervice de Dieu*; qu'ainſi pour faire paroître ſa piété, il falloit faire en *Hiver* comme en *Eté*, le Pélerinage commandé de *Dieu*, & garder le Jeûne en *Eté* comme en *Hiver*, ſelon qu'il échéoit, ſans avoir égard ni à la fatigue des voyages durant l'*Hiver*, ni à l'auſterité du Jeûne pendant l'*Eté*.

Outre les révolutions de tems *Solaires* & *Lunaires*, qui ſont marquez dans ces *Tables Aſtronomiques*, & les *Fêtes Civiles*, il y a auſſi les *Fêtes de Religion*, comme nous avons les nôtres dans nos *Almanachs*. Je n'en ferai point mention en cet endroit, les ayant exactement obſervées, jour par jour, dans le Volume ſuivant.

Après les *Tables Aſtronomiques*, il y en a deux autres, qui ſont les dernieres, dont la premiere, qui eſt la *Figure* marquée *huit*, eſt une *Table* du mouvement prétendu, & imaginaire, de *huit Etoiles* inconnues à nôtre monde, & aux *Aſtronomes Perſans* modernes; mais dont l'inſtitution leur eſt venue des *Tartares*, de main en main, par une très-ancienne tradition. Des gens Savans en *Perſe* m'ont dit, que ce ſont les *Tartares* du *Cathay*, qui ont les premiers fait une *Table* de ces *huit Etoiles*; & en ont enſuite infatué les autres *Tartares*, voiſins de la *Perſe*. Soit que cette imagination vînt des *Chinois*, de qui ils ſont ſi proches voiſins, ſoit qu'ils l'euſſent trouvée eux-mêmes: les noms de ces *huit Etoiles* ſont, *Zouel*, *Katrib*, *Autit*, *Aanim*, *Sermouch*, *Kelab*, *Zouzenab*, *Keid*, *Lehioni*: On les appelle communément *Sekis yeldous*, mots *Turqueſques*, qui ſignifient les *huit Etoiles*. On dit

qu'elles ſont errantes, & qu'elles ne ſe voyent que fort rarement, & par hazard. Les *Tartares* comparent leur cours aux ſauts & aux bonds d'un chameau en chaleur, qui va paiſſant çà & là, ſans garder de route. Le chemin que la *Table* de leur mouvement leur fait faire, montre l'abſurdité de leur *Theorie*, étant impoſſible naturellement que des *Globes* faſſent en trois mois ce que la *Table* fait faire à ces *Etoiles* en un jour. Il eſt aiſé de voir que les *Aſtrologues Perſans* ne conſervent cette ridicule *Table*, que pour multiplier leurs *Pronoſtics* & les enchantemens de leur *Science judiciaire*.

La *neuviéme Figure* eſt la *Table* des *Eclipſes de l'année*. Le mot d'*Eclipſe* en *Perſan* eſt *Keſouf*, qui ſignifie *caché*. Les *Almanachs Perſans* ne marquent point au titre de la *Table* ſi l'*Eclipſe* eſt *Solaire*, ou *Lunaire*, parce qu'on prétend que ceux qui regardent leurs *Ephemerides*, jugeront aiſément par l'obſervation même, ſi les *Eclipſes*, qui y ſont prédites, ſont de *Lune*, ou de *Soleil*: à cauſe que l'*Eclipſe de Soleil* n'arrive jamais, que quand la *Lune* eſt nouvelle, & l'*Eclipſe de Lune*, que lors qu'elle eſt pleine.

Pour ce qui eſt du *Pronoſtic*, je dirai franchement, que d'abord je n'en faiſois pas plus de compte que de tous les *Pronoſtics* de nos *Almanachs*: m'imaginant que les *Aſtrologues Perſans* mettoient, comme les nôtres, des *Pronoſtics* à l'avanture; mais je changeai d'avis, en apprenant la mort d'*Abas ſecond*, âgé ſeulement de trente-huit ans, qui étoit au commencement de l'année, dans une parfaite ſanté; car en effet ce Prince ſemble être montré au doigt dans le *Pronoſtic*: de même que la nature de la maladie dont il mourut, qui fut une apoſtume, cauſée par le mal venérien, laquelle lui perça le goſier, en ſorte qu'il ne pouvoit rien avaler, tout ſortant par cette ouverture, qui lui rendoit la bouche toute de travers; choſe non ſeulement extraordinaire, mais même ſurprenante en un Roi de *Perſe*, qui a toûjours ſon Serrail rempli des plus belles filles de ſon Royaume, qu'on lui envoye de toutes parts avant que d'avoir jamais vû d'hommes.

J'ai ajoûté aux *Tables* de l'*Almanach* deux *Tables des Arcs diurnes*, & une *Table des élevations du Soleil* ſur l'*horiſon d'Iſpahan*, ayant crû qu'elles ſeroient agréables & utiles aux gens curieux de *Mathematique*.

CHA-

CHAPITRE X.

De la Divination.

LEs *Perſans* appellent le ſort *Naſib*, qui veut dire proprement le *deſtin*, la part de bien ou de mal, qui eſt aſſignée à chacun, & qui lui doit arriver immancablement. On a vû dans le Chapitre précédent, combien ils ſont curieux de l'*avenir*, combien ils ſont perſuadez que les *Aſtres* le découvrent, & que ces corps celeſtes ſont tellement la cauſe, non ſeulement des accidens naturels, mais auſſi des actions morales, qu'on peut prévoir par leur mouvement à quoi les hommes ſe porteront, & quelle ſera leur humeur, & leur conduite envers les autres. Ils croient par un pareil égarement que *Dieu* revéle l'*avenir*, quand on en recherche la connoiſſance par le *ſort*, quel qu'il puiſſe être; de maniére, que ce qui paſſe chez les autres hommes, pour être toûjours des *cas fortuits* & un pur *hazard*, tel que le *jet* des *dez* par exemple, ou le *jet* d'une *piéce* en l'air *à croix ou pile*, lors que cela eſt fait avec quelque préparation, & dans un eſprit de Religion, que ce *ſort*, dis-je, eſt un *Oracle* par lequel *Dieu* revéle & nous déclare ſa volonté, & ſur lequel on ſe peut fier & on peut agir. J'ai rapporté au Chapitre précédent les noms de leurs plus fameux Maîtres en cet art menſonger, dont le principal nous eſt connu ſous le nom d'*Alkindus*. Ils vous ſont nombre d'Hiſtoires, ou plûtôt de contes des choſes les plus ſecretes qu'ils découvroient chacun en leur tems tout-à-fait miraculeuſement, s'il eſt permis de s'exprimer, comme ils ſont.

J'en rapporterai un exemple de leur grand devin *Alkindi*; qui étoit *Juif* de Religion & qui profeſſoit l'*Aſtrologie Judiciaire* à *Bagdad*, ville capitale de l'Empire *Mahometan*, ſituée ſur le *Tigre*. Sa réputation allant toûjours croiſſant par les prodiges de ſon art les Docteurs *Mahometans*, ſe ſouleverent avec furie contre lui, le traitant de *Magicien* & ſorcier. Un des plus éminens l'ayant pris un jour à partie en préſence de l'*Empereur de Bagdad*, qui étoit le *Califes Almamoum*, il lui demanda arrogamment; qu'eſt-ce qu'il ſavoit donc en *Aſtrologie*, plus que les autres Profeſſeurs de cette *Science*, pour s'élever comme il faiſoit & ſe faire courir? *Je ſai*, lui répondit Alkendi, *ce que vous ne ſavez pas*; & *vous ne ſavez pas ce que je ſai*. On convint d'en venir à la preuve, & que le Docteur donneroit à deviner à ſon antagoniſte.

Ils tirerent leur cercle vis-à-vis l'un de l'autre, au milieu duquel chacun ſe mit, avec ſes livres & ſes inſtrumens. Le Docteur après bien du grimoire, prit un papier blanc, paſſa aſſez long-tems la plume deſſus, comme s'il y eût beaucoup écrit, & à la fin il le plia fort ſerré & il le donna à tenir au *Califes*. *Alkindi* ſe mit à ſon tour après ſon grimoire, & après beaucoup d'agitation d'eſprit & de corps, il s'écria tout haut parlant au Docteur: *Vous n'avez écrit que deux mots ſur le papier, dont le premier eſt le nom d'une plante, l'autre le nom d'un animal.* Le Califes ouvrant auſſi-tôt le papier, trouva avec la plus extrême ſurpriſe, qu'il avoit rencontré juſte; les deux mots étoient, *Aſſa Mouſa, la verge de Moyſe*. Le bruit de cette merveille s'étant répandu juſqu'aux extrémitez de l'Empire, un des Diſciples du *Docteur Mahometan*, qui étoit allé étudier à *Balc*, grande ville de la *petite Tartarie*, renommée alors pour ſes Ecoles d'*Aſtronomie*, fut ſi indigné contre *Alkendi* de l'affront qu'il avoit fait à ſon Maître, qu'il réſolu fermement de le tuer; & pour cet effet il ſe munit d'un bon poignard, il partit de *Balc*, & après quelque 400. lieuës de chemin il arrive à *Babylone*. Il prit jour pour l'exécution de ſon deſſein qu'*Alkindi* faiſoit leçon publique, & il va à ſon Ecole en habit d'étudiant ſon poignard ſous ſa robe. *Alkindi* s'étant mis à le regarder fixement dès qu'il fut entré, lui dit d'un ton d'inſpiré. *Je ſai qui vous êtes, & ce que vous ſerez, vous vous appellez* Aboumaſar, *& vous deviendrez un des grands* Aſtrologues *du tems; mais il faut pour cela quitter le motif ſanguinaire, qui vous améne, & jetter ici au milieu de l'Ecole le poignard que vous avez apporté pour me tuer.* Aboumaſar frappé d'étourdiſſement de ces paroles, comme d'un coup de foudre, ſe jetta à ſes pieds avec ſon poignard, & il ſe mit à étudier ardemment l'*Aſtrologie*, où il excella dans la ſuite ſelon la prédiction d'*Alkendi*. Il eſt connu à nos grands *Mathématiciens* ſous le nom d'*Aboumaſar de Balk*.

Comme les *Perſans* ſont extrêmement infatuez de la *Divination*, il ne faut pas s'étonner s'ils ont autant de créance, aux *Conjurations*, aux *Amuletes*, aux *Taliſmans*, & à toute ſorte de *Magie*, comme je le vais dire, parce que c'eſt comme une ſuite de cette ſuperſtition.

Ils appellent la *Divination* de deux noms differens, *Aſterleb*, c'eſt-à-dire, *inſpection des Aſtres*, qui eſt proprement l'*Aſtrologie*, & *faal*, mot qui ſignifie dans ſon origine *acte* ou *effet*,

mais

mais qui eſt proprement ce que nous diſons la *Magie*, & ce que les *Romains* appelloient l'*Art des Augures*. Ils l'appellent auſſi *Ramle*, & ſous ce mot ils comprennent, l'*Art des ſortileges*, & de la *Conjuration*. Les Profeſſeurs de la *Divination*, ſont les *Aſtrologues* dont j'ai parlé dans le Chapitre précédent, qui par l'érection du *Thême Celeſte*, pronoſtiquent tout ce qui doit *arriver*. Les Profeſſeurs de la *Magie* ſont dits *Ramals*, nom qu'on tient venir de *Ramnis Roi d'Egypte*, qui étoit un *fameux Magicien*. Les gens d'Egliſe approuvent communément ces profeſſions, & en exercent diverſes parties. Pour ce qui eſt des gens doctes, quoi qu'il y en ait aſſez qui connoiſſent l'illuſion & la vanité de ces *Arts Menſongers*, ils ne laiſſent pas de s'y laiſſer aller eux-mêmes fort ſouvent, tant l'eſprit humain, ſur tout dans ces Païs-là, eſt porté à la ſuperſtition.

Simia eſt le nom commun dont ils ſe ſervent pour dire la *Magie*, & ce terme vient d'*Iſm*, qui veut dire *nom*, parce que la Magie opere particulierement par les nombres, & par des points & des lignes tirées ſur le papier, ce qui eſt proprement la Géomantie. On appelle auſſi Simia la Science des noms des eſprits, & de l'invocation avec leſquelles ils veulent être attirez.

La première ſorte des *Divinations Magiques*, des plus employées, eſt celle qui ſe fait par les livres & particulièrement par l'*Alcoran*: ils l'appellent *Eſte Kare*, c'eſt-à-dire *recherche* ou *conſultation*, & ils l'expliquent ainſi, *mech ve red ba Koda Kerden*, c'eſt-à-dire ſe *conſeiller avec Dieu*. Lorſqu'ils ſont en peine de quelque choſe, s'il la faut faire ou non, ſi elle aura un bon ou un mauvais ſuccès, ils s'adreſſent à un Prêtre ou Miniſtre Eccléſiaſtique, & le prient de *conſulter* la choſe, ce qu'il fait avec plus ou moins de préparatifs, ſelon la qualité de la perſonne qui *conſulte l'Oracle*. Il ſe purifie par l'*ablution*, met des *habits nets*, fait des *prieres*, puis il prend l'*Alcoran*, & l'ouvre *au hazard*, & ſi le verſet ſur lequel il jette les yeux, contient un *commandement poſitif*, c'eſt *un bon Pronoſtic*, il faut faire la choſe; mais s'il contient un *commandement négatif*, c'eſt le contraire, il la faut laiſſer. Les plus célébres Docteurs ſont les plus recherchez pour cet office, le peuple s'imaginant que Dieu revéle l'*avenir*, plûtôt aux hommes Doctes & purifiez, qu'aux autres.

Voici deux autres ſortes de *Magie*; la première eſt dite *Kiabetin*, c'eſt-à-dire, *le ſort des dez*, parce qu'il ſe jette avec huit dez paſ-

ſez en deux *axes*, quatre en chacun: les *dez* ſont de laton, gros comme nos plus gros *dez* d'yvoire, & cet *axe*, ou ce pivot eſt auſſi de laton; du reſte ces *dez* ont ſix faces comme les nôtres. Le *Devin* les roule ſur une petite table, en *marmottant bas*, des prieres & des *invocations*, puis il *explique* le ſens des *dez* montrant la *fortune majeure*, & la *fortune mineure*, ſelon les termes de l'Art. La ſeconde façon s'appelle *Narriſatchetrin jat*, c'eſt-à-dire *les peines & les angoiſſes*, terme par lequel ils entendent un grand Livre *in folio*, contenant environ *cinquante figures*, remplies de *marmouſets*, les uns repréſentant les *Signes Celeſtes*, d'autres leurs *Prophetes & Saints*. C'eſt-là proprement le *Ramle*, ou la *Negromancie Perſane*, qu'ils appellent la *Science du Prophete Daniel*, qui eſt leur *Cabale*. Le *Devin* trouve là dedans tout ce qu'on lui demande, & ſur tout l'*explication des ſonges*, montrant à chacun ſon *ſonge* dans quelque *Table*, & lui en diſant le ſens qu'il lui plaît. Il y a des bureaux de ces *Devins* en toutes les grandes villes de *Perſe*, & à *Iſpahan* il y en a en pluſieurs quartiers, particulierement vers le Palais du Roi, où l'on voit toûjours force *badaux*. Je m'y ſuis arrêté ſouvent pour avoir le plaiſir de voir la gravité du *Jongleur* & l'admiration des *niais*, lors qu'après un *Marmotage* de trois ou quatre minutes, il leur ouvre ſon livre ſubitement, avec une contenance d'*Inſpiré*, & en montrant ces *groteſques*, leur dit, regardez vôtre *ſonge & ſon interprétation*, enſuite de quoi il fait rapporter à leur *ſonge*, tout ce qui ſe trouve dans la page. Pour mieux filouter, il vient de tems en tems à la boutique de ces *Devins* de *fourbes Apoſtez*, qui leur demandent de *deviner*, ce qu'ils ont dans la main ou dans la poche, & qui font d'autres ſemblables queſtions, pour impoſer aux *Idiots*, qui s'attroupent en ces lieux-là.

Pour la *Magie* noire les *Perſans* croient qu'il y en a une, & ils aſſurent qu'il y a un livre parmi eux, qui enſeigne à faire obéir les *Démons*, lequel a été compoſé par *Salomon*, car ils croient ſur la foi de *Joſeph* Hiſtorien des Juifs & des Talmudiſtes, que ce ſage étoit un très-grand *Magicien*. Ils ſont très-empreſſez après cette *noire Science*, dont vous pouvez encore juger, combien ils ſont infatuez, par le ſoin qu'ils prennent tous à ſe garentir des *ſortileges*; mais aſſurément ils n'y ſavent rien du tout, & tous ceux qui ſe mêlent de faire *retrouver* les choſes perdues, ſont autant de fourbes, qui *conſultent* ſeulement la

Phy-

Phyſionomie des gens accuſez ou ſoupçonnez, & qui par quelque adreſſe *découvrent la verité*. Ils appellent les *Sorciers* ou *Faſcinateurs bedchechm*, c'eſt-à-dire *yeux mauvais*, parce qu'ils *enforcelent* par leurs regards.

Mais les *Perſans* ſont encore bien plus poſſedez de la manie des *Taliſmans*, & des *Amulettes* contre les *ſorts* ou *enchantemens*, comme on voudra les appeller. Ils les nomment *Teleſin*, c'eſt-à-dire, *contenu* ou *arrêté*, & c'eſt apparemment d'où eſt venu le mot Grec, *teleſmai*, & ils les nomment auſſi *Teminé* qu'on fait venir du mot *Tummin* des *Juifs*. Je n'ai pas vû d'homme en Perſe qui ne portât ſur lui des *Amulettes*, & il y en a qui en ſont tout chargez; ils les portent aux bras & pendus au col: ils en mettent auſſi au col des animaux, & en pendent aux Cages des Oiſeaux. Enfin comme la ſuperſtition eſt ſans bornes, ils en attachent par tout, & pour toute ſorte de ſujets. Ces *Amulettes* ſont des *inſcriptions* ſur du papier ou du *parchemin*, ou ſur des *pierres*, comme des *Onyx*, des *Agathes*, des *Cornalines*, & plus communément ſur le *Jadde*, qui eſt une pierre tendre aſſez reſſemblante au *Jaſpe verd*, que les anciens Médecins mettoient parmi les remédes ſimples comme ſalutaire contre diverſes infirmitez, faites avec de grandes circonſpections par égard aux *aſtres*, *au jour*, *au lieu*, à l'*ouvrier*, & avec d'autres *Obſervations ſemblables*, & ils portent ces *papiers*, *pliez* & *enfermez* dans de *petits ſacs* grand comme le bout du pouce. Ces *inſcriptions* ſont ou des *paſſages* de l'*Alcoran*, ou des *ſentences* de *Saints*, ou *Prophetes*, ou des *rebus* de la *Cabale*, par exemple, contre le *mal des yeux*, ils portent pour *Amulettes*, un *papier* contenant ce *paſſage* de l'*Alcoran*, le *Faſcinateur des Infidéles*: eſt ſur le point de te venir crever les yeux. Les Commentaires de ce Livre portent, que du tems de *Mahomed*, il y avoit un *fameux Enchanteur* à la *Mecque*, qui tuoit les gens de ſon regard, & qu'ayant fait deſſein de traiter de même *Mahomed*, l'*Ange Gabriel* avertit le *Prophete* de la venuë de ce *ſorcier*, dans les termes de ce *paſſage*, lequel *Mahomed* repéta contre l'*Enchanteur*, en le voyant entrer & lui creva les yeux à lui-même. Ils ont un Livre qui contient trente méthodes differentes de compoſer des *Taliſmans*, entre leſquels il y en a qui ſervent uniquement pour évoquer les *eſprits*, & pour l'uſage qu'il en faut faire ſelon ſes deſirs: les *Perſans* appellent ces méthodes *rouh taharef*, *eſprit de connoiſſance*.

Ils ſe ſervent beaucoup de ces *Remédes Magiques* & d'autres ſemblables dans les maladies,

durant leſquelles ils ſe voüent non ſeulement à tous leurs *Saints*, mais auſſi à des *Saints* de toutes *Religions*; ils s'adreſſent aux *Gentils*, aux *Juifs*, aux *Chrétiens*, à *tout le monde*. Les *Chrétiens* liſent ſur les malades l'*Evangile de Saint Jean* qu'on dit à la Meſſe; & les *Miſſionnaires Latins*, encore plus que les *Chrétiens Orientaux*, ſont métier de lire cet *Evangile*, ſur les hommes, les femmes, & les enfans; ce qui ne peut paſſer que pour un *Acte Magique*; car vous concevez bien que les *Perſans*, n'entendent pas plus le *Latin*, que les *Europeans* entendent le *Perſan*; mais de plus cela doit être regardé, comme une grande profanation, puiſque les *Mahometans* ne croient point au *Verbe Eternel* annoncé dans cet *Evangile*, mais ils croient au contraire nôtre *Religion* la plus fauſſe & la plus damnable. Cependant quoi qu'on en faſſe honte aux *Miſſionnaires*, ils ne s'abſtiennent point de cette mauvaiſe pratique, à cauſe que preſque toûjours on leur donne quelque choſe pour cet office, ou à cauſe que cela les rend plus conſidérables. Les *Perſans* pratiquent auſſi envers les malades la *ſuperſtition* de tourner & retourner une demie heure autour de la tête, *un baſſin plein d'alimens*, ou *d'argent* en diſant des prieres: & entr'autres, *que ceci ſoit le ſacrifice expiatoire des péchez de tel, ô Dieu fais que ceci en ſoit la victime & paye pour les péchez*, & puis ils donnent le *baſſin* aux pauvres. Ils croient que le mal du malade eſt attiré par ce qui eſt dans le *baſſin*, & que le malade ne s'en reſſent plus. Les femmes ſteriles ſont les plus *ſuperſtitieuſes* de toutes, car comme la ſterilité eſt le dernier malheur en *Orient*: il n'y a choſe au monde qu'une femme ne faſſe pour en être délivrée. J'en ai vû qui ne ſachant plus à quel *Saint* ſe voüer, s'alloient en pelerinage à des *Egliſes Chrétiennes*.

Outre ces *Taliſmans*, & ces *ſorts Magiques*, ils en ont de plus ſimples qu'ils nomment *doüa*, c'eſt-à-dire *des prieres*, & ceux-ci conſiſtent en un ou pluſieurs de certains paſſages de l'*Alcoran*, qui contiennent les *Almeazimé*, comme ils les appellent, c'eſt-à-dire les *Grands Noms de Dieu*, ou les *Noms Ineffables*; car ils tiennent que qui ſait ces *Noms*, ſait tout & peut faire tout, & que les *Miracles* ſont operez ſeulement par la connoiſſance de ces *Noms*: de maniére que quand *Dieu* vouloit revêtir quelque *Prophete* du don des *Miracles*, il ne faiſoit que lui révéler la connoiſſance de quelqu'un de ces grands *Noms*, & le *Prophete* pour ſe ſervir de ce don ne faiſoit qu'en prononcer quelqu'un. On voit dans les boutiques

pen-

pendus de ces *sorts-là* en *sachets plats* de plusieurs grandeurs, quelques uns étant semblables aux pelotons que l'on porte à la ceinture. Les gens dévots en portent toûjours sur eux, un ou plusieurs, selon leur entêtement, attachez sur la peau ou sur la chemisette. Les *Persans* sont *superstitieux* encore sur les *tems*, & sur les *jours* jusqu'à l'extravagance ou à la fureur, la plûpart dépendant des *Astrologues* & autres *Devins*, comme un enfant de sa nourrice : par exemple, quand le Roi est en voyage, les *Astrologues* le feront lever de nuit lorsqu'il dort le plus fort pour le faire partir, le feront marcher durant le plus vilain tems, ou le feront séjourner lorsqu'il en a le moins d'envie, lui feront faire le tour d'une ville au lieu de passer au travers, le feront détourner du grand chemin, & cent autres corvées pareilles pour éviter le *Nehousset*, comme ils parlent, c'est-à-dire le *malheur* ou la *mauvaise étoile*. Je me souviens que l'an 1668. la résolution ayant été prise de mettre une flote sur la *Mer Caspienne*, pour s'opposer aux *Cosaques*, qui s'étoient jettez sur ses côtes, on perdit un mois de tems à l'exécution de ce dessein, parce que la *Lune* se trouvoit dans le *Signe du Scorpion*. Le peuple du Païs crioit au secours, & on leur répondoit de sens froid *Kamerbe akrebest*, la *Lune est en Scorpion*, le Prophete a dit que c'est *un aspect malin*, durant lequel tout est dangereux, il faut suspendre tout, & se bien garder de rien entreprendre. Quant à leurs *jours noirs*, ainsi qu'ils les appellent, c'est-à-dire *malheureux*, ils en ont divers : le plus redouté est le *dernier Mecredi du mois de Sephar*, qu'ils appellent *charambé soury*, c'est-à-dire, *Mecredi de malheurs* : mais en général Mecredi est *un jour blanc*, comme ils l'appellent, c'est-à-dire un jour heureux, & cela, disent-ils, parce que la lumière fut créée ce jour-là : aussi ne commence-t-on que ce jour-là toute sorte d'application à l'étude & aux lettres. Il ne faut pas oublier ici la crainte que les *Persans* ont dès *imprécations*, comme produisant nécessairement un effet fatal ; j'ai vû en diverses requêtes présentées aux Ministres d'Etat, & au Roi même pour dernier argument ces mots *mebadé Kehé esthed douacheved* ; de peur que le refus n'attire quelque *méchante priere*, c'est-à-dire de peur qu'on ne fasse des *imprécations* contre vous.

CHAPITRE XI.

De la Philosophie.

LEs *Persans* ont la *Philosophie* dans toutes ses parties de même que nous l'avons, & ils l'appellent comme nous du mot Grec *Filousofy*, mais plus communément *Hekmet*, c'est-à-dire *la Science par Excellence*. Ils divisent celle-ci en deux branches, la Metaphysique du Collége & la Théologie de l'École, comme l'on l'appelle : ils donnent à cette Science ici le nom d'*Elm el Kelam*, c'est-à-dire la Science de la parole, parce qu'elle apprend à parler correctement de Dieu & de ses attributs, & c'est ici dessus que les Théologiens Persans different merveilleusement entr'eux, & qu'ils se persécutent sur des matieres, qui ne sont que de pure spéculation. Ils tiennent pour certain que la Philosophie ancienne étoit divisée en deux sectes, l'une appellée Thebaion, qui ne reconnoissoit point de cause immaterielle : l'autre qui posoit pour principe un esprit moteur de la matiere, & celle-ci étoit appellée *Elaïoun*. A présent ils nomment la *Logique* ou *Dialectique*, *Elm-el-tekbir*, c'est-à-dire, *la Science de l'Interprétation* ; la *Physique*, *Elm tebia*, c'est-à-dire, la *Science de la Nature*, & la *Metaphysique*, *Elm simabehedeltebia*, c'est-à-dire, *la Science par dessus la Nature*. La *Philosophie* de tout l'Orient est la *Peripateticienne* généralement parlant. Les *Arabes*, ni les *Persans*, qu'on peut appeller leurs Disciples, ne connoissent que peu ou point *Platon* ni les autres *Philosophes*, qui l'ont précédé ; cependant quoi qu'*Aristote* soit leur grand Maître en *Philosophie*, ils le lisent peu dans le texte, mais ils s'en servent avec la *Glose d'Avicenne*, qu'ils nomment *Abousina*, qui est *Avicenne*, la *Glose* & le *texte* confondus & mêlez ensemble. Bien des gens en *Europe* croient qu'il y a des traitez d'*Aristote* en langue *Arabe*, qui ne se trouvent plus en *Grec*, mais cette opinion est née comme je crois, de ce que nous prenons pour Ouvrages d'*Aristote*, ce qui doit être rapporté à ses *Commentaires*. On m'a montré des livres d'*Aristote* en *Arabe* traduits mot à mot sur le *Grec*, mais comme je l'ai dit il y a peu de Gens qui les lisent dans l'*Original* : la plûpart des gens Doctes les lisant mêlez avec des *Commentaires*. Il faut observer que presque tous les *Arabes* & les *Persans*, qui ont commenté *Aristote*, comme entr'autres *Avicenne*, & le fameux *Coja Nessir* dont j'ai parlé ; (car pour ce ce qui eſt d'*Averroes* les *Perſans* en ont fort peu de connoiſſance; il faut obſerver, dis-je, que ces Auteurs né ſe ſont pas attachez aveuglément à ſes ſentimens, ils en ſuivent ſouvent d'autres, & corrigent même ceux de cet Auteur, ſous prétexte qu'ils ont été mal copiez ou mal traduits. Un Auteur, nommé *Abouſaied Aly*, a plus fait, car il a écrit contre divers paſſages de ſa *Metaphyſique*, & prétend prouver entr'autres choſes, qu'il n'eſt pas néceſſaire qu'il y ait plus de *ſept Cieux*, comme *Ariſtote* le ſuppoſe.

J'ai dit que les *Perſans* diviſent toute la *Philoſophie* en trois parties, la *Phyſique*, la *Metaphyſique*, & la *Logique*. J'ajoûterai ici qu'ils reduiſent à ces trois parties, non ſeulement toute la *Philoſophie*, mais auſſi toutes les *Sciences*; par exemple, ſous la *Phyſique* ils enferment les *Mathematiques* & la *Medecine*, ſous la *Metaphyſique* ils comprennent la *Théologie ſpeculative & morale*, & la *Juriſprudence*, & ſous la *Logique* ils reduiſent la *Rhetorique* & la *Grammaire*.

La plûpart de leurs Auteurs ont été, juſqu'à ces derniers tems, de l'*opinion des Anciens*, touchant l'*inhabitabilité de la plus grande partie de la terre*, pour me ſervir de ce terme; croyant qu'il n'y avoit point d'*Antipodes*, qu'il n'y avoit même que *le tiers de la terre d'habité*, & que *la terre étoit dans la mer*, & y nageoit comme un *Endioné* en un rond d'eau, qui eſt la comparaiſon dont ils ſe ſervent. *Endioné* eſt une *Pateque*, ou *Melon d'eau*. C'étoit là l'ancienne *opinion des Philoſophes*, & ſur tout des anciens *Chrétiens*. Cependant les *Perſans* montrent les *Oeuvres* d'un vieux Auteur, d'environ huit cens cinquante ans, qui étoit d'opinion que *le monde étoit habité tout à l'entour*, & qu'il y avoit des *Antipodes*. Mais ſon opinion étoit tenue pour ſi extravagante, que ſes *écrits* ne ſe fuſſent jamais conſervez, n'étoit qu'ils ſont excellens d'ailleurs, & ſur tout pour les *Mathematiques*. Les voyages des *Europeans* en leur Païs, par le grand tour de l'*Afrique*, les a fait revenir à la verité de ſon *opinion*. Les *Perſans* tiennent la *pluralité des Mondes*, & c'eſt à ce *dogme* qu'il faut rapporter le titre qu'on donne au Roi de *Perſe* entre ſes autres qualitez, ſavoir *Kebla gehon-vegehanion*: c'eſt-à-dire, *Centre ou milieu du Monde & des Mondes*, pour dire, *Les Mondes ſeparez de celui où nous ſommes*.

La *Philoſophie* d'*Epicure* & de *Democrite* n'eſt point connue en *Perſe*, mais bien celle de *Pythagore*, qui eſt la grande & univerſelle *Philoſophie des Indiens*, & de tous les Peuples *Tome II*.

Idolatres de l'*Orient*. Cette *Philoſophie* eſt enſeignée entre les *Mahometans*, & ſur tout entre les *Perſans*, par une Cabale de gens, particulierement qu'on appelle *Soufys*. C'eſt une *Secte* ancienne & célébre, mais qui eſt pourtant peu connue, parce que ſa *doctrine* eſt toute *myſterieuſe*, & que ceux qui la profeſſent ſe font une affaire principale, de n'en reveler le fonds que très-diſcretement, & de telle maniére que la *Religion* ni la *Philoſophie* du Païs n'en ſoit point troublée. Je rapporterai ici ce que je ſai de cette fameuſe *Secte*.

Le nom qu'elle porte eſt celui de *Soufy*, dont l'origine eſt fort conteſtée: il y a des gens doctes qui prétendent que c'eſt le nom d'une *Tribu d'Arabes*, de laquelle l'Auteur de cette Secte des *Soufys* étoit originaire. Mais ils ne conviennent pas comment s'appelloit cette *Tribu*: les uns tiennent qu'elle s'appelloit *Alſoufa*, comme qui diroit *race dorée*; & d'autres diſent qu'elle s'appelloit *Alſaphan*, c'eſt-à-dire, *la race des Purs*, parce que cette *Tribu* étoit tenue pour plus dévote & plus Religieuſe que toutes les autres, à cauſe qu'elle s'étoit particulierement conſacrée au ſervice du *Kaaba*, qui eſt une Chapelle à la Mecque, que l'on tient avoir été *l'Oratoire du Patriarche Abraham*. Ils ajoûtent que l'on donna ce nom à la *Secte* des *Soufys*, à cauſe de la reſſemblance qu'il y avoit entr'eux, tant ſur l'auſterité de la vie, & ſur la régularité du *Culte*, que ſur l'*affectation* de ſageſſe & de pureté extraordinaire dont ils ſe revêtoient. D'autres Auteurs font venir le nom d'un *Portique du Temple de Medine*, bâti par *Mahomed*, pour ſervir de couvert à certains *dévots*, qui ayant abandonné leurs maiſons, & leurs biens pour le ſuivre, ſe retiroient-là pour mieux étudier ſa nouvelle *Religion*. D'autres diſent que ce mot de *Soufy* vient de *Soû*, qui eſt le nom d'un *Bourg d'Arabie*, proche d'*Alep*, où l'on fabrique beaucoup de Camelot, & de *Fy*, qui eſt en *Arabe* nôtre prépoſition *Dans*; & qu'on nomme ainſi ces *Sectaires*, à cauſe de la ſimplicité de leurs habits, tous faits de laine. Quelques-uns encore dérivent ce nom d'un certain *Alſoufy*, Docteur célébre, qui floriſſoit durant le troiſiéme ſiécle de l'*Ere Mahometane*, & qui fut, diſent-ils, l'Auteur de cette rigide & auſtére *Secte* des *Soufys*. Mais les *Perſans* ne conviennent pas de cette Etymologie, prétendant que la *Secte* dont je parle, étoit fondée dès le ſecond ſiécle de cette *Epoque*. D'autres font venir le terme de *Soufy*, de *Saf*, qui veut dire *ordre, rang*, comme pour dire que ces gens-là tiennent le

V   pre-

premier rang entre les *Sectes Religieuses* ; & d'autres enfin le font venir du terme *Grec Sofos*, qui veut dire *Sageſſe*, parce que ces *Soufys* étoient eſtimez les vrais *Philoſophes*, ou les vrais *Sages* du *Mahometiſme*.

Mais aſſurément les deux plus communes Etymologies de *Soufy*, ſont les mots de *Sâfa*, qui ſignifie *pureté*, & de *Souf*, qui veut dire *laine*, ou plûtôt *poil de chevre* (car il n'y a point de *laine* en *Arabie*:) l'une & l'autre Etymologie a beaucoup de vrai-ſemblance. Ceux qui tiennent pour la premiere diſent, que les *Soufys* prétendant être plus reformez & plus purs que les autres dans leurs *opinions* & dans leurs *mœurs*, on leur donna le nom de *Soufys*, comme qui diroit *les plus purs*; & *Scaliger* entre les ſavans Critiques de nôtre *Europe*, eſt fort de cette opinion, ſe moquant de ceux qui tiennent pour l'autre. Mais ſi l'Etymologie qu'il approuve étoit juſte, il faudroit appeller les gens de cette Secte *Sephis*, & non *Soufys*. L'opinion commune des *Orientaux* eſt pour l'autre Etymologie, diſant qu'on nomme cès gens *Soufys*, à cauſe qu'ils renoncerent publiquement à toute ſorte de *luxe* & d'*aiſe* du corps, ne s'habillant que de *poil de chevre*, qui eſt l'étoffe ordinaire des habits en *Arabie*, & où l'on en fait de longues *robes* ou *veſtes*, qu'on appelle *baba*, qui ſont fort fines. Ce qui me fait croire que cette Etymologie eſt plus ſûre que les autres, c'eſt que les *Mahometans* dévots, ſur tout les gens d'Egliſe, & les gens de Lettres, ne s'habillent que d'étoffes faites de ce *poil*, & que les plus grands Seigneurs même quand ils veulent faire leurs *prieres*, ôtent leurs habits précieux d'or & de ſoye, & ſe vêtent de ces *veſtes* de poil de chevre. Les *Prophetes* ſous l'Ancien Teſtament, & les *Hermites* & *Cenobites* des premiers ſiécles du *Chriſtianiſme*, ſe vêtoient apparemment comme font ces *Soufys*, & ils en faiſoient gloire comme le font ces *dévots Perſans*.

On eſt auſſi en different ſur le tems de l'*origine* de cette *Secte*; mais la plus commune opinion en marque la naiſſance à l'an 200. de l'*Hegire*, par un *Cheic Abouſahid*, fils d'*Abouelkhair*, qui eût beaucoup de *Sectateurs* & de *diſciples*, parce qu'il étoit grand *Philoſophe*; homme fort auſtére, & qui prétendoit à une plus étroite obſervance de la *Religion Mahometane* que tous les autres Docteurs.

Ils ont un Livre où tous leurs *ſentimens* ſont recueuillis, tant ſur la *Philoſophie* que ſur la *Theologie*, lequel on peut appeller leur *ſomme Theologique*. Ils le nomment *Gulchenras*, c'eſt-à-dire, *Parterre de Myſtéres*, pour donner à entendre que c'eſt une *Theologie myſtique*. Cependant il ne laiſſe pas d'être très-difficile de ſavoir bien préciſément les *ſentimens* & la *diſcipline* de ces *Soufys*, comme je l'ai dit; car c'eſt une *Cabale* où l'on eſt difficilement initié, & où le ſecret eſt le premier & le plus important précepte. Ils diſent ſur cela, que la vraye *ſageſſe* ayant eu pour but le *repos* & la tranquilité de la ſociété, auſſi-bien que celle de l'eſprit: il ne faut point troubler cette tranquilité publique, en s'élevant contre les dogmes reçûs. *Si vous ne doutez point*, diſent-ils, *de l'opinion de vos Peres, tenez vous y, elle vous ſuffit. Si vous en doutez, recherchez la verité doucement, & ſans inquieter les autres.* Ils diſent, conformément à ce principe, *que les ſentimens des Sages doivent être de trois eſpéces: La premiere conſiſtant dans les opinions du Païs, comme, par exemple, la Réligion dominante, & la Philoſophie reçue. La ſeconde, dans les opinions qu'il eſt permis de communiquer à tous ceux qui ſont dans le doute, & qui recherchent la verité. La troiſiéme, dans celles qu'on garde pour ſoi, & dont on ne confere qu'avec des gens de même ſentiment.* Ils appellent le *doute* la clef de la *connoiſſance*, ſur quoi ils alleguent cette Sentence: *Qui ne doute point n'examine point, qui n'examine point ne découvre point, qui ne découvre point eſt aveugle. & demeure aveugle.*

Mais pour venir au fonds de leur *Philoſophie*. On leur impute d'être du ſentiment de *Pythagore*, & de croire la grande Ame du monde. On rapporte que leurs principaux Docteurs diſoient, en parlant d'eux-mêmes, *Hackmenem, je ſuis ce qui eſt*, c'eſt-à-dire, *l'Etre veritable*; ce que vous voyez eſt comme un habit qui couvre l'*Eſſence Eternelle infinie*, que l'on appelle *Dieu*. Les dévots *Mahometans* les accuſent nettement d'être *Athées*, ne croyant point de *Dieu*, ni de *reſurrection*, & ils font courir entr'eux ce *Diſtiche*, qu'ils diſent être le *myſtére des Soufys*.

Yek Vojoud amed vely ſouret azar.
Keſret ſouret ne dared ahtebar.

C'eſt-à-dire:

Il y a une ſeule Eſſence, mais il y a mille formes ou figures.
La forme d'aucune choſe n'a point de conſiſtence ou de réalité.

Ce qui vaut autant à dire, que tout ce qui paroît à vos yeux n'eſt que des *figures diverſifiées* d'une même *Eſſence immuable*. Je me ſouviens d'un Prédicateur à *Iſpahan*, qui prêchant

un

un jour dans une place publique, par la furieu-sement contre ces *Soufys*, difant qu'ils étoient des *Athées* à brûler, qu'il s'étonnoit qu'on les laifsât vivre ; & que de tuer un *Soufy*, étoit une action plus agréable à Dieu, que de conferver la vie à dix hommes de bien. Cinq ou fix *Soufys* qui étoient parmi les auditeurs, fe jetterent fur lui après le Sermon, & le battirent terriblement ; & comme je m'efforçois de les empêcher, ils me difoient, *Un homme qui prêche le meurtre, doit-il fe plaindre d'être battu ?*

Ils fe défendent cependant fortement de l'*Atheifme*, & fe vantent au contraire de communiquer avec *Dieu* : & ils ne parlent continuellement que de *révelations* & d'*unions* avec l'*Etre fupréme*, à la manière des *Enthoufiaftes*, ou des *Infpirez*. Ils s'affemblent les foirs pour faire les *Commemorations de Dieu*, comme ils parlent ; & voici de quelle manière ils font leurs *dévotions*. Ils fe prennent par la main & tournent en branlant la tête, & criant de toute leur force l'un à l'autre, *Hou hou*, c'eft-à-dire., *Dieu*, ou l'*Etre par foi*. Ils font cela jufqu'à ce qu'ils écument, qu'ils foient hors d'haleine, & qu'ils tombent à terre. Quand ils font revenus à eux, ils fe tiennent affis, & puis recommencent leur branlement de tête & de corps, & leur *repetition* du nom de *Dieu*. Ils appellent cela fe mettre en *extafe* ou *s'unir à Dieu*. Ils difent qu'ils entrent encore d'une autre manière dans le *tranfport* ou le *raviffement*; qui eft de fe tenir la tête droite inclinée, & de fe regarder fixement le bout du nez ; cependant ils fe fervent plus communément du *Chant*, de la *Danfe*, & de la *Mufique*, difant qu'ils produifent plus fûrement leur *extafe*, par laquelle il faut entendre un étourdiffement, de même qu'en ces *faux Prophetes*, dont il eft parlé au dixiéme Chapitre du premier Livre de *Samuël*, qui me paroiffent tout-à-fait femblables aux *Soufys*.

Ces *Soufys* enfeignent que par un entier détachement des chofes de la terre, & par l'union fpirituelle avec *Dieu*, on s'éleve jufqu'à l'*extafe*, on eft infpiré comme les *Prophetes*, on connoît l'avenir, & on fent par intervalles les felicitez du *Paradis*.

Entre tous les moyens qu'ils propofent pour s'unir à *Dieu*, ils recommandent le jeûne, & ils en font de fi auftéres, qu'on peut dire qu'ils font fans exemple, car ils en font de cinq & fix jours de fuite à ne manger que de fruits fecs; d'autres de vingt-quatre heures, à ne manger rien du tout ; & enfin ils en font un tous les ans, qui dure quarante

jours. Le tems de le faire n'eft pas réglé, mais châcun le commence quand il lui plaît : & voici de quelle manière ils l'obfervent. Ils s'enferment dans une niche durant ces quarante jours, s'empêchent de dormir tant qu'ils peuvent, & fe reduifent enfin à fi peu d'alimens, que les derniers jours ils ne mangent que douze amandes en vingt-quatre heures. Leur occupation durant ce long terme n'eft autre chofe que la méditation, penfer à Dieu, & faire des actes d'amour Divin. Mais après tout, le fruit de cette auftére retraite eft de, revenir remplis de mille chiméres formées dans leur pauvre cerveau creux, qu'ils appellent des vifions, en difant : *Dieu nous a dit cela, nous lui avons fait telle queftion, & il a répondu telle chofe.* J'en ai vû qui me paroiffoient tout-à-fait extravagans, & qui fe croyoient pourtant dans le meilleur fens du monde. Ils fe vantent de favoir l'avenir, & même de connoître le cœur & les penfées des gens ; mais je n'en ai jamais vû d'experience.

Lors qu'on leur objecte qu'il n'y a rien de fenfé & de fuivi dans leurs fentimens, & que leur fecte eft pleine de gens ftupides; ils répondent qu'il faut s'en prendre à nôtre incrédulité, que leur *Religion* fe fait fentir mieux qu'elle ne fe fait entendre, que c'eft une lumiére interieure, qui eft ineffable, quoi que fort claire ; & qu'en vain nous prétendons traiter de leurs *Myfteres* par la voye de nos *Sciences*, comme *Logique* & *Phyfique*, puifque ce font toutes inventions humaines qui couvrent la lumiére plûtôt que de la découvrir.

Ils entendent fpirituellement tout l'*Alcoran* & fpiritualifent de même tous les préceptes, qui regardent le *culte* & la *Religion exterieure*; & quoiqu'ils pratiquent les purifications corporelles comme les autres *Mahometans* : ils n'en font nul compte dans le fonds, difant que tout le *culte* de *Dieu* eft interieur, & c'eft particuliérement de ce *dogme* que naît la haine que leur portent les *Gens d'Eglife*.

Pour eux ils font profeffion d'aimer tout le monde & de ne maudire perfonne, regardant tous les hommes, comme les productions d'un Pere commun, & les diverfes *Sectes* des hommes, comme les divers efclaves & ferviteurs d'un même Souverain. Ils enfeignent que les joyes du Paradis, confiftent dans une connoiffance intime de *Dieu*,& dans une union étroite avec lui; comme au contraire les peines de l'*Enfer* confiftent en un regret d'en être féparé. Ils ajoûtent que les fens néanmoins auront

V 2

auront auffi leurs joyes ou leurs douleurs, par des objets que *Dieu* créera proportionnez à leur capacité.

Un *Capucin* qui a demeuré à *Ispahan* près de quarante ans, nommé le *Pere Raphaël du Mans*, m'a montré plufieurs fois un *Sousy*, qui avoit une fi forte perfuafion de la verité de fa *Religion*, & de la fauffeté de toutes les autres : qu'il lui propofoit de faire preuve qui d'eux deux étoit dans le bon chemin, par qui fe feroit le moins de mal, en fe précipitant enfemble du haut en bas de la maifon. *Raphaël*, lui difoit-il, *montons tous deux fur la terraffe, & nous jettons en bas en nous tenant par la main. Si je me fais le plus de mal je ferai de ta Religion, finon tu te feras de la mienne.*

J'ai dit que les *Gens d'Eglife* détestent ces *Sousis*, les Magiftrats leur font auffi la guerre, parce que leurs jeûnes & leurs extafes les détachent trop du monde, & leur font négliger le foin des chofes auxquelles on eft obligé continuellement dans la fociété. Les hommes par la pente naturelle qu'ils ont à la négligence, & à la pareffe donnent aifément dans les Idées de Révelation, d'Union avec *Dieu*, d'extafes, toutes chofes oppofées à l'application néceffaire aux befoins de la vie ; c'eft pourquoi on a intérêt que le monde ne s'entête pas de ces fortes d'*Opinions*, fi contraires au bien de la fociété.

Cette *Secte* a produit divers Auteurs célébres, & entr'autres un certain *el Jonaïd*, qui a été furnommé *le Roi de la fecte des Sousis*, non tant à caufe de fon grand favoir, qu'à caufe de l'aufterité de fa vie & de celle de fes Difciples ; auxquels il enfeignoit principalement le mépris du monde, comme le plus court & le plus fûr moyen d'arriver à cette contemplation, qui produit le commerce & la familiarité avec *Dieu*. Les Ennemis de fa *Secte*, l'accufoient de fortilege & l'appelloient blafphemateur, à caufe de cette intime union qu'il prétendoit avoir avec *Dieu*, & que chacun pouvoit avoir auffi bien que lui par les mêmes moyens dont il fe fervoit.

Il y a plufieurs Ouvrages en *Profe* & en *Vers*, qui expliquent, commentent, & illuftrent le livre de *Gulchendras*, qui eft, comme je l'ai dit, le *Code Sacré des Sousis*. Le plus eftimé eft le *Menavi*, gros Livre de *Théologie Myftique*, où d'une part l'*Amour Divin* & l'*union intime avec Dieu*, eft décrit en termes *extatiques* ; & de l'autre la *Vanité du Monde*, la *Dignité de la Vertu*, & l'*Enormité du Vice*, fe trouvent vivement repréfentées. On y voit que la vie *interieure* confifte en trois chofes : la *Connaiffan-*ce, la *Purgation, l'Illumination.* On y lit qu'il y a trois marques de la *Vie de Dieu* dans l'homme : le *Détachement du Monde*, le *Defir continuel de Dieu*, la *Perféverance dans l'Oraifon.* On y rencontre ces beaux *Préceptes. N'engagez pas la converfation avec le premier venu, mais tenez vous tout né vers Dieu en toutes rencontres. Ne ceffez jamais de pouffer des foupirs ardens vers Dieu, ni de publier fa Gloire & fes Graces. Ainfi vous poffederez pleinement la véritable vie en ce monde & en l'autre. L'ame éclairée des lumières du Ciel eft le miroir où fe découvrent les fecrets les plus cachez. On trouve en ce Commentaire ces merveilleux Tranfports. O ardeur de l'Amour de Dieu, venez à mon fecours, afin que nous nous brulions fans ceffe l'un & l'autre. Car il faut bruler ainfi pour dire l'état d'un cœur enflammé d'Amour. La fource du parfait plaifir eft dans le fein de l'objet aimable ; pour moi je ne travaille à autre chofe qu'à me jetter à corps perdu dans cet abime. O vous, qui me conviez aux délices du Paradis, ce n'eft pas le Paradis que je cherche ; je cherche la face de celui qui fait le Paradis.* Au refte, les *Perfans* avoüent que l'on a de la peine à diftinguer, & à démêler parmi ces *Sousis* les *Athées* ou *Malhed*, comme les *Perfans* les appellent, d'avec les *El eltaricat*, qui font les *Contemplatifs*, ou les *Fanatiques*, qui reffemblent aux *Illuminados d'Efpagne*, aux *Molinoliftes d'Italie*, & aux *Quietiftes de France*. Il y a beaucoup d'apparence que cette *Théologie Myftique des Sousis* a paffé d'*Orient* en *Occident*, par la voye de l'*Afrique*, & qu'elle a ainfi infecté l'*Efpagne* premiérement, & puis le refte de l'*Europe* enfuite.

J'obferve pour la fin qu'on diftingue en *Perfe* ces *Sousys*, d'avec d'autres *Sousys*, qui font les gardes du Palais du Roi & de fa perfonne. On appelle ceux-là *Sousys tcherki* ; c'eft-à-dire *Sousys tourneurs*, de ce qu'ils tournent dans leurs dévotions pour entrer dans l'extafe, comme je l'ai dit : & ceux-ci, *Sousys Sefevie*, c'eft-à-dire *Sousys de Soufy*, qui eft le nom du Prince qui les établit, lequel eft la fouche de la Race Royale, qui régne à préfent. Nous parlerons amplement de ceux-ci dans l'Hiftoire de *Perfe*.

CHAPITRE XII.

De la Morale.

ELm Fekké eft le nom que les *Perfans* donnent à l'*Ethique* ou *Philofophie Morale* : & l'on peut dire non feulement que de toutes les

les *Sciences humaines*, c'eſt celle qu'ils cultivent le plus, mais auſſi qu'il n'y a pas de peuple, qui s'y applique avec plus de ſuccès : car
généralement parlant, ils ont une vive perſuaſion de la *Divinité*, de la *Providence*, &
d'une *autre vie*. Ils ont une parfaite reſigna-
tion dans les fâcheux évenemens : & ils parlent de la mort & y vont avec un grand ſang
froid. On peut dire encore généralement parlant, que la plûpart des *Vertus Morales*, font
une grande impreſſion ſur leur eſprit, comme
la *Patience*, la *Force*, la *Temperance* : ils ſont
ennemis de l'*avarice*, ils pratiquent fort l'*hoſpitalité*, ils recommandent ſouverainement la
Juſtice, & ſur tout aux *Rois*, diſant qu'au *jour
du Jugement, le procès des Rois s'inſtruira uniquement ſur le point de la Juſtice*.

Comme ce que j'ai rapporté des *mœurs* de
ce peuple, dans le Chapitre onziéme du Traité
précédent, & ce que j'obſerve çà & là de leur
génie & de leur *conduite*, ſert à donner l'Idée
en gros de la *Morale Perſane* : je reduirai ce
que j'ai à en dire dans ce Chapitre à trois
points ſeulement. Le premier contiendra une
partie de leurs *Sentences*. Le ſecond leurs
principales *Fables*. Le troiſiéme quelques extraits de leurs Diſcours de *Morale*.

Mais avant que de les rapporter, il eſt bon
d'obſerver, que les Peuples de *l'Orient* ont de
tout tems renfermé leur *ſageſſe* dans des maximes courtes, pour être plus aiſées à enſeigner & à retenir, conçues dans un ſtile d'*An-
tithéſes* pour avoir plus de ſel, leſquelles on
a appellé des *Proverbes* ou des *Sentences*. Ils
enſeignoient communément auſſi par les Fables les plus graves maximes de la *ſageſſe*, &
ſur tout de cette partie de la *ſageſſe*, qu'on
appelle la *Politique*, qui eſt la partie de la *ſageſſe* la plus importante ; ce que je crois qu'ils
faiſoient pour deux raiſons. La premiére parce que les exemples étant ſenſibles, ils ont une
toute autre efficace pour convaincre & pour
perſuader, que de ſimples *dogmes*. La ſeconde à cauſe de leur Gouvernement Deſpo-
tique ; car de tout tems les peuples d'Orient
ont été gouvernez, comme ils le ſont encore aujourdhui par des *Rois*, qui ont un pouvoir illimité, qui jugent ſur le champ & ſans
procedure Juridique, qui d'un ſeul mot de
leur bouche & ſans autre forme, font perir
ceux qu'ils condamnent, & dont les Miniſtres,
& les Officiers agiſſent de même maniére chacun ſelon l'étendüe de ſon pouvoir. Il eſt
donc dangereux de les choquer par des leçons ;
& delà eſt venu qu'on enſeignoit la *ſageſſe* par
des Fables, & particuliérement qu'on donnoit les conſeils, les exhortations, les refus,
les juſtifications avec des Fables, leſquelles
adouciſſant la ſéverité de la choſe, & ne la diſant qu'indirectement, évitoient d'irriter les
perſonnes éminentes, que la *Moralité* de ces
fables regardoit.

Sentences Perſanes.

Les diſcours des *ſages* ſe diſcernent d'avec
les diſcours des *fols*, en ce que ceux-là tendent à la *paix*, & ceux-ci à la *diſpute*.

Le commencement de la *ſageſſe*, eſt la *crainte de Dieu*.

Qui veut exceller en *ſageſſe*, doit éviter
que les *femmes* n'ayent du pouvoir ſur ſon
Eſprit.

L'*Experience* eſt une augmentation d'*Entendement*.

Un *ennemi ſage* vaut mieux qu'un *ami
Fol*.

Le vrai *ſage* eſt celui qui *aprend* de tout le
monde.

Trois ſortes de gens ne tirent nul profit de
converſer avec trois autres ſortes de gens,
l'homme *Noble* avec l'homme *vil*, le *bon* avec
le *méchant* le *ſage* avec le *ſot*.

Aimer à interroger les *ſages*, c'eſt déja la
moitié de la *ſageſſe*.

Un homme merite de paſſer pour ſage tandis qu'il recherche la *ſageſſe*, mais dès qu'il
penſe l'avoir acquiſe il eſt un *ſot*.

Le *ſage* n'eſt pas véritablement ſage, juſqu'à ce qu'il ait dompté toutes ſes paſſions.

Si le *Fou* n'étoit pas étourdi, on ne con-
noitroit point la prudence du *ſage*.

Ce n'eſt pas être *ſage* que de tomber dans le
défaut qu'on reprend.

Attachez vous à l'abondance & vous abon-
derez, c'eſt-à-dire, *converſez avec les gens de
bien & vous deviendrez meilleur de jour en jour*.

Un *ſage* interrogé de qui il avoit apris la
ſageſſe répondit, je l'ai apriſe des *aveugles*, qui
ne remuent pas le pied qu'ils n'ayent tâté le
terrain.

Un *Arabe* interrogé, comment il ſavoit qu'il
y avoit un *Dieu*, répondit, comme je connois
par les traces qui ſont marquées ſur le ſable
s'il y a paſſé un homme ou une bête.

La *Sageſſe* & le *merite* ſont des choſes *mortes*, ſi elles ne paroiſſent point.

L'*Honneur* conſiſte dans la *Vertu*, non dans
les *Richeſſes*, & la *gravité* conſiſte en l'*Entendement*, non aux *années*.

Le plus *ſage* des hommes, eſt celui qui *mé-
dite ſa fin*.

La fageffe confifte en trois chofes; la *dévotion* dans la *Réligion*, la *patience* dans l'*adverfité*, la prudence dans *la vie*.

La véritable *Science* eft celle qui eft cachée dans le fein & qu'on produit au dehors quand on veut.

Deux fortes de gens travaillent en vain, ceux qui amaffent des *richeffes fans en jouir*, & ceux qui acquierent de la *Science* & *ne la font pas paroitre*.

Le *Savant* connoît l'*Ignorant*, parce qu'il a été *Ignorant*; mais l'*Ignorant* ne connoît point le *Savant*, parce que jamais il n'a été *Savant*.

L'*Ignorance* eft une *roffe* qui fait broncher à chaque pas celui qui la monte & qui rend *ridicule* celui qui la meine.

Le *Sot* (*Ignorant*) eft *ennemi* de foi même, comment pourroit-il être *ami* d'un autre?

Si l'Ignorant découvre en foi *une feule vertu* il croit en avoir cent, mais quoi qu'il ait *mille imperfections* il n'en apperçoit aucune: au lieu que s'il en apperçoit *quelcune* en un excellent fujet il lui femble en voir *mille*.

Le pire de tous les hommes eft un *Savant* qui ne fait point de bien par fa *Science*.

Un homme docte interrogé comment il étoit devenu *fi favant* il répondit, en demandant fans peine *ce que je ne favois pas*.

Deux fortes de *faim* ne s'affouviffent jamais, celle des *Sciences* & celle des *Richeffes*.

La faim eft un nuage d'où il fort une pluye d'*Eloquence* & de *Science*: la fatiété eft un autre nuage d'où il fort une pluye d'*Ignorance* & de *groffiereté*: quand le ventre eft vuide le corps devient *efprit*, mais quand il eft rempli l'efprit devient *corps*.

La *Science* eft le partage des gens *heureux*, la *mifere* celui des *Ignorans*.

Un homme *fans érudition* eft comme un corps *fans ame*.

Malheur à celui *qui ne fait pas*, mais plus de malheur encore à qui *ne pratique pas ce qu'il fait* en matiere de bonnes œuvres.

Le fot (*l'Ignorant*) fe plait en foi même.

Un *Savant banni* eft plus eftimable, qu'un *Ignorant entretenu*.

Recherche la *Science* depuis le berceau jufqu'au *fepulchre*.

C'eft une *Science* très-difficile à l'homme de fe connoître foi même.

Qui fe connoît *foi-même* connoît auffi *Dieu*, car la première réflexion de l'ame ne peut manquer de le convaincre qu'elle eft un ouvrage, & confequemment qu'il y a un ouvrier.

Un Savant qui ne *produit rien* eft comme une *nuée fans eau*.

Un jour d'un homme *Savant*, vaut mieux que toute la vie d'un *Ignorant*.

La gloire du Marchand eft en fa *bourfe*, celle du Savant eft en fes *livres*.

Qui fait des *queftions*, veut *apprendre*.

Si vous poffedez la *Science* dequoi pouvez-vous manquer.

L'homme favant ne doit jamais s'affujettir à l'homme riche, parce que le premier a vû *beaucoup de Dieu* & l'autre *peu*. Pourquoi donc voit-on fouvent des gens favans aux portes des riches, & jamais de riches aux portes des favans? C'eft que les *favans* connoiffent *l'utilité des richeffes*, au lieu que les *riches* ignorent pour la plûpart le *prix de la Science*.

Celui qui travaille à acquerir la *Science*, tourne en *benediction*, la *malediction* qui condamne tous les hommes au travail.

Si vous voulez chaffer loin de vous la *Concupifcence*, prenez le chemin de vôtre Cabinet, lors qu'elle vous attaque.

Qui s'eftime foi-même, *Dieu* & les *hommes* le tiennent pour ignorant.

Un célèbre Docteur difoit toûjours ces paroles après avoir donné une décifion. Ceci eft une *opinion*, & toute *opinion* eft fujette à l'*Erreur*; car il n'y a de *certitude* & de *verité* qu'en *Dieu*.

L'homme *honteux* ne fauroit bien *apprendre*, ni l'homme *colere* bien *enfeigner*.

Ecoutez & vous apprendrez, tenez vous dans le filence & vous ferez en paix.

Qui augmente fes *experiences* augmente fa *Science*, qui augmente fa *crédulité* augmente fes *erreurs*.

Il ne faut jamais interrompre les Enfans à l'Ecole, non pas même *pour éteindre le feu dans le voifinage*.

Un homme Docte dans fa Patrie, eft comme l'or dans fa mine.

Donnez vous de garde de l'*homme Honoré* quand vous le *méprifez*, du *Fou* en joûant avec lui, du *fage* en l'*offenfant*, du *méchant* quand vous ferez joint d'*Amitié* avec lui.

Ne vous entretenez point avec le *Fou*, & n'ayez nul autre commerce avec lui parce qu'il n'a *honte de rien*.

A *fix Caractères* on peut connoître le *Fou*, à ce qu'il fe *courouce fans fujet*, qu'il parle *mal à propos*, qu'il fe *confie à chacun*, qu'il change *fans raifon*, qu'il recherche *ce qui lui importe pas*, qu'il ne diftingue pas fon *ami* d'avec fon *ennemi*.

Apprenez à vôtre langue à dire, *je ne fai pas*,

pas, fi vous ne voulez être bien-tôt convaincu de *menfonge*.

Un impertinent fit une queftion à *Aly* à laquelle il répondit *je ne fai pas cela*. L'autre repliqua que c'étoit là donner une marque d'*Ignorance*. *Aly* lui dit, ma réponfe donne à connoître que *je fai des chofes* & que *j'en ignore d'autres* : or il n'y a que *Dieu* qui *fache tout* & *n'ignore rien*.

Un Prédicateur avouant fon *ignorance* en chaire fur le *fens d'un paffage difficile* ; un étourdy lui dit comme il en defcendoit : Le lieu d'où vous defcendez n'eft pas pour les *ignorans*. Il répondit, j'ai monté là felon la portée de ma *Science*, fi j'étois monté à proportion de mon ignorance, je me ferois élevé jufqu'au Ciel.

Le favant fçait & s'enquiert, l'ignorant ne fait pas même de quoi s'enquerir.

Un Arabe interrogé, comment il avoit retenu tant de chofes il répondit en me faifant femblable au fable de nos deferts qui reçoit toutes les goûtes de pluye qui tombent deffus fans en perdre une feule.

Ce n'eft pas l'*age* qui donne le *favoir*, c'eft l'*experience*.

Le *Fou* a le cœur fur la langue, mais le *fage* retire fa langue proche du cœur.

Parler peu eft precieux comme l'argent : ne parler point eft precieux comme l'or.

Si le parler vaut un gros d'or, le filence en vaut deux.

Si la parole eft jamais meilleure que le filence, c'eft quand elle eft dite au befoin.

L'Ame trouve fon repos en dormant peu, le cœur le trouve dans le peu d'inquiétude : la langue dans le filence.

Qui retient fon fecret obtient ce qu'il defire.

Il vaut mieux que vous gardiez vôtre fecret qu'un autre.

Qui entaffe paroles fur paroles, s'enfonce dans fon égarement.

Un *fage* qui fe taît vaut mieux qu'un *Fou* qui parle.

Vôtre fecret eft vôtre efclave fi vous le gardez, mais vous êtes fon efclave fi vous le déclarez.

Qui vous apporte quelque chofe, en emporte autant de vous. *Cette fentence eft contre les Rapporteurs & fignifie, que comme les Babillards vous revelent les fecrets d'autrui, vous devez penfer qu'ils ne celeront pas les vôtres.*

Tout fecret confié à fes deux familiers amis eft divulgué. *Les deux meilleurs amis fignifient ici les deux levres & cela veut dire que tout fecret forti de la bouche n'eft plus fecret.*

Tant que vous pourrez cacher vôtre fecret à vôtre ami, faites-le.

Quand vous parlez à l'oreille contre un mur, prenez garde qu'il n'y ait une autre oreille derriere qui vous écoute.

Par deux voyes les hommes periffent, par l'abondance des Richeffes & par l'abondance des Paroles.

Contentez-vous de ce que Dieu vous donne, & vous ferez bien riche.

Les richeffes confiftent à avoir la fuffifance, non l'abondance.

Il y a deux fortes d'hommes miferables, celui qui cherche & ne trouve point, celui qui trouve & n'eft pas contant.

Il n'y a point de vertu comme la Prudence, point d'Abftinence, comme de s'abftenir de ce qui eft défendu, point de bonté comme la bonté du Naturel, point de richeffes comme le contentement.

Etre content de peu eft la plus grande richeffe.

L'Abftinence eft un arbre dont la racine eft le contentement, & le fruit le Repos.

Dix *Derviches* [1] dormiront fur un tapis, deux Rois ne fauroient durer enfemble dans un quart du monde.

Le trou d'une éguille eft affez large pour deux amis, mais le monde ne l'eft pas affez pour deux ennemis.

La felicité de ce monde & de l'autre, confifte à faire du bien à fes amis, & à fouffrir le mal de fes ennemis.

A trois chofes l'on peut connoître fi un riche heritier diffipera le bien qu'il herite ; s'il s'habille ordinairement de couleur de pourpre, s'il fe fert de vaiffelle de Criftal, & s'il n'a point l'œil fur les ouvriers lors qu'il fait bâtir.

Quiconque jouit des biens de ce Monde fans en rendre graces à celui qui en eft l'Auteur fait comme s'il voloit *Dieu*.

Conduifez vous de telle maniere que quand vous vous préfenterez devant la porte du *Paradis*, vous ne foyez pas chargé de richeffes ; car au *Paradis* les pauvres font mis au premier rang.

Le bien qu'on a de furabondant eft autant qu'il faut diminuer de la maffe, & le bien mal acquis confume celui qu'on a acquis juftement.

Le fel des richeffes eft l'aumone, fi vous n'en falez vos richeffes, elles pourriront bien-tôt.

La Profperité ne fe doit pas demander par l'hom-

[1] *Derviche*, homme qui a quitté le monde, & s'eft confacré à Dieu, ne fe refervant que le néceffaire.

l'homme pieux à caufe qu'elle meine à l'apoftafie.

L'Homme pieux qui ne laiffe en mourant qu'une écritoire & des plumes pour tout héritage eft affuré du Paradis.

Qui brûle en plein Midi des bougies ² de fenteur manquera bien-tôt d'huile à fa lampe la nuit.

S'habiller plus richement que l'on n'a le moyen de faire, c'eft comme farder les joües que le chancre ronge au dedans.

Les Hommes confument les biens du tems, mais le tems confume bien davantage les Hommes eux-mêmes.

Le Riche ne fait vifite au Pauvre, que pour lui demander les Cens de fon champ ou de fon Jardin.

La méchanceté eft la perpetuelle ³ ennemie des Richeffes.

La pauvreté vaut mieux que les Richeffes mal acquifes, & que le gain deshonnête.

Le vrai pauvre ne poffede rien, & rien ne le poffede: la pauvreté volontaire met donc un homme au deffus du monde.

La honte du pauvre empêche la liberalité du riche, c'eft-à-dire, que qui de honte n'ofe demander ce qu'il defire, eft lui même caufe de quoi il ne l'obtient pas.

Le plus grand mal de la pauvreté, c'eft d'être méprifé.

La crainte de la pauvreté eft une feure marque de la colere de Dieu fur celui qui en eft faifi.

Le principal avantage des Richeffes, c'eft d'être confideré.

La vie de l'Avare eft toûjours courte, celle du liberal eft toûjours longue.

Le don que fait un homme généreux eft un vrai préfent, mais le préfent d'un autre eft une demande.

La générofité eft le fommaire de toutes les vertus.

Ce que vous mangez fe tourne en pourriture, ce que vous donnez fe tourne en joye.

Trois chofes ne fe connoiffent qu'en trois lieux, la valeur qui ne fe connoît qu'à la guerre; le fage qui ne fe connoît que dans la colere; l'ami qui ne fe connoît que dans le befoin.

Qui ne fait pas difcerner le bien d'avec le mal doit être mis au rang des bêtes.

² *Chamah Kafoury* bougies faites avec de l'huile de canelle.

³ C'eft-à-dire que les méchans détruifent leur fortune ou par leurs vices ou par leurs querelles.

Le vrai ami eft celui qui fait que fes amis fe gardent du mal & qui les conduit au bien.

Qui veut être ami de deux hommes ennemis entr'eux, ne fauroit manquer d'être foupçonné par l'un & par l'autre.

L'ami n'eft pas ami, s'il n'eft pas une même chofe avec nous.

Qui veut un ami fans défaut n'aura bien-tôt plus aucun ami.

Le mot d'ami eft un terme fans fignification. Ou la mort, ou un ami.

Ce que vous fentez en vôtre cœur contre vôtre ami, croyez qu'il le fent dans le fien contre vous.

Un cœur fert de miroir à l'autre, vous verrez dans vôtre cœur fi celui d'un autre eft rempli d'amour ou de haine pour vous.

Qui fait la paix avec fes ennemis, fait injure à fes amis.

N'aye point pitié de ton ennemi affoibli, car s'il reprend vigueur, il n'aura point pitié de toi.

Trois fortes de gens fe haïffent mortellement, & pourtant fe font civilité à toute heure, les Courtifanes, les Courtifans, les Difciples d'un même Maître.

La Patience eft bonne en toutes chofes, hormis en celles qui regardent nos amis.

La Patience eft amere, mais fon fruit eft doux.

Un pauvre fans patience eft comme une lampe fans huile.

Tu és homme & tu n'as point de patience.

Les Richeffes ne demeurent pas plus dans la main d'un prodigue, que la Patience au cœur d'un amant, & l'eau dans un Crible.

La Patience eft la porte de la joye, la Précipitation la porte du repentir.

La fin de la Patience eft le commencement de la joye.

Qui eft trainé dans le chariot de l'Efperance a la Pauvreté pour compagnon.

L'homme eft de courte vie, mais de longue Efperance.

L'Efperance eft le pain des malheureux.

L'Ame ne perd l'Efperance qu'au moment que la mort vient.

L'Efperance eft une excellente compagne, fi elle ne vous conduit pas où elle vous avoit promis, elle ne vous abandonne pas pour cela, & elle ne ceffe jamais de vous careffer & de vous donner de bonnes paroles.

Si l'Ane de Chrift alloit à la *Mecque*, il en reviendroit Ane encore.

Croyez fi vous voulez qu'une montagne s'eft tranfportée d'un lieu à un autre, mais
quand

quand l'on vous dira qu'un homme a changé de naturel & d'inclinations n'en croyez rien. *Lucifer* étoit *Ange*, il ne laissa pas de se rebeller contre *Dieu*.

Les meubles les plus simples, valent mieux que la nudité de la maison.

La poule avallant grain à grain remplit enfin son jabot.

Au Roi juste le peuple sert de Gardes.

Un Roi sans Justice est comme un fleuve sans eau.

N'ayez jamais de querelle contre trois hommes à la fois, de peur qu'un ne se fasse partie, & les deux autres témoins.

Encore qu'un petit Chien soit nourri sur les genoux d'un homme, il sera un Loup à un Loup.

Les mœurs suivent le tempérament, & celui-ci ne se change point, quoi qu'on change d'âge & de païs. Le naturel de l'homme se peut comparer à sa figure, car l'un & l'autre demeurent toûjours les mêmes.

Le naturel & les mœurs des hommes en général se peuvent comparer aux métaux, lors que l'on les tire des mines, où l'argent, & le plomb se trouvent mêlez ensemble. Il y a des méchans parmi les *Fidéles* & des gens de bien parmi les *Idolatres*.

Les proches ne sont plus proches dès que l'adversité se montre.

S'il est jamais excusable de mentir, c'est quand on est avec les Menteurs.

Les songes ne forment des choses en dormant, que dans le moule que les pensées ont fait en veillant.

La marmite d'une Societé n'est jamais ni bouillante ni froide: c'est-à-dire, *que chacun des membres d'une societé fait quelque chose pour le bien de la societé, mais n'en fait pas assez.*

Il faut penser à acquerir la Victoire, avant que de songer à se donner la Paix.

Entretien bien le soldat, afin qu'il mette sa tête pour toi.

La Pauvreté marche toûjours à la queüe du Pauvre. C'est-à-dire, *qu'un mal ne vient jamais seul.*

Dans la Mer il y a des biens sans nombre, mais si vous cherchez la sûreté, elle est sur le rivage.

Entretenez & cultivez vôtre fortune, comme si vous deviez vivre éternellement.

C'est être impie que de ne pas conserver les bonnes graces du Roi, quand on le peut faire.

Ne vous fiez point à l'homme qui parle mal d'un autre en son absence, & n'allez point en sa compagnie.

Il y a quatre choses qui sont les meilleures de toutes, quand elles sont bonnes, & les pires quand elles sont mauvaises, le Vin, le Poisson, les Figues, & les Champignons.

Si un Roi cueille une pomme dans le jardin de son sujet, les Courtisans arracheront l'arbre jusqu'à la racine.

En la compagnie des Pierres précieuses, l'Ambre pâlit; & la blancheur de la Cire n'a point d'éclat devant les rayons du Soleil.

Les Joüeurs ne doivent être pris ni pour Juges ni pour témoins, parce qu'ils font leur plaisir de ce qui ne sauroit tourner au bien public.

Il se faut servir du jeu pour se délasser seulement, comme l'on fait du sel pour relever l'insipidité.

Trois choses allongent la vie, de beaux habits, une belle maison, une belle femme.

La civilité d'un rustre est une pure gueuserie. C'est-à-dire, *Qu'elle n'est point sans interêt.*

La raison pourquoi les Grands-peres aiment tant leurs petits enfans, c'est parce qu'ils sont les ennemis de leurs ennemis, en ce qu'ils souhaitent la mort de ceux qui souhaitent la leur.

Ne vous fiez pas aux protestations de reconnoissance des hommes à qui vous faites des graces, jusqu'à ce que vous leur en ayez refusé; car s'ils portent genereusement vôtre refus ils sont reconnoissans, s'ils s'en irritent ce sont des ingrats.

Il est plus facile de distraire le méchant de sa malice, que l'homme triste de sa tristesse.

Prenez garde à celui que vous ne connoissez pas.

Sur la tête de l'Orphelin le Barbier apprend à raser.

Tout ce que vous planterez dans la terre, vous apportera du profit, mais si vous plantez (*c'est-à-dire* élevez) un homme en terre, il vous déracinera.

Qui vous flatte vous abhorre.

Le serviteur du Roi est Roi lui-même; attachez vous à un tel Maître, vous serez honoré comme lui.

Servir *Dieu* par interêt, est un service de *marchands*; par crainte, c'est un service d'*esclaves*; par amour & par reconnoissance, c'est un service d'*hommes libres*.

Quiconque n'apprend pas une profession à son enfant, ne fait pas autrement que s'il lui enseignoit la filouterie.

Quand un homme est proche de sa fin, chacun empiéte sur lui.

Si le monde étoit bien fage, le monde feroit abandonné.

Laiffez-là l'yvrogne, car de lui-même il fe détruira.

Penfez au voifin avant que de penfer à la maifon.

Cherchez un compagnon de voyage, avant que de chercher le chemin.

Faites du bien, fi vous voulez qu'on vous en faffe.

Reprenez vous vous-même, pour pouvoir efficacement reprendre autrui.

Ce qu'il y a de plus atroce dans le péché, c'eft de le diminuer.

C'eft doubler fon péché que de le diminuer.

La confeffion de fa faute eft la plus forte des excufes.

C'eft le propre des grands hommes de confeffer leur propre faute.

Le commencement de la colére eft la fureur, & la fin eft le repentir.

Quand le pouvoir manque, l'effort eft vain.

Il y a quatre fortes de gens qui ne fauroient long-tems fubfifter; l'homme querelleux, le tyran imprudent, l'ufurpateur, & le prodigue.

La pitié envers les méchans eft une cruauté envers tous les hommes.

Ne prenez jamais de maifon dans un quartier, dont le menu peuple eft tout enfemble ignorant & dévot.

La langue du muet vaut mieux que la langüe du menteur.

Qui ne cultive qu'un jardin à la fois mangera des oifeaux.

Qui cultive plufieurs jardins à la fois les oifeaux le mangeront.

Avoir des fujets affectionnez vaut mieux qu'avoir de vaillans foldats.

On fe trouve fouvent entaché des vices, qu'on reprend le plus aprement dans fon prochain.

Il n'y a point de freres pour les Rois, point de repos pour les envieux, point de faveur pour les menteurs.

Le menfonge eft l'arme du méchant.

Qui fe juftifie fans être accufé, fe fait lui-même criminel.

Les bienfaits mal colloquez, tournent également à la honte de celui qui donne, & de celui qui reçoit.

Les hommes fuivent la Religion & les mœurs de leur Roi.

Qui loüe une action fale la commet.

Tout ce qui eft au pouvoir du ferviteur eft dans la main de fon maître.

Ne vous mettez point au rang des hommes, tandis que la colere vous domine.

Celui qui rend vifite fe foumet à la loi de celui à qui il la rend.

La trop grande frequentation produit toûjours du mal à la fin.

Vifitez rarement & vous en ferez plus aimé.

Le Soleil eft plus cher en Hiver qu'en Eté. C'eft-à-dire, *que moins il fe montre plus on le defire.*

Qui honore fon pere, fes jours feront prolongez.

Mon cœur eft fur mon fils, le cœur de mon fils eft fur une pierre. C'eft-à-dire, *que les peres aiment fort leurs enfans, mais qu'eux le plus fouvent n'aiment rien moins que leurs peres.*

Un fage donnoit ce confeil à fes enfans, en mourant; apprenez toutes les Sciences, où vos inclinations vous pourront porter, à la referve de ces trois, l'Aftrologie judiciaire, la Pierre Philofophale, & la Controverfe; car la premiere ne fert qu'à multiplier les chagrins de la vie, la feconde à confommer le bien, la troifiéme à engendrer des doutes, & à faire perdre enfin la Religion.

Prenez garde qu'on ne faffe favoir vos querelles, ni à vôtre ennemi ni à vôtre envieux.

N'entreprenez rien fans y avoir penfé.

Le Soleil ne tient pas à mépris qu'on lui donne un nom feminin, & la Lune ne fait pas la fiére de porter un nom mafculin. *Le Soleil & la Lune ayant divers noms dans les langues Arabe & Perfane, chacun de ces Aftres en a de genre mafculin & de genre feminin.*

La liberalité en une femme, eft de même nature que l'avarice en un homme.

Qui veut des perles qu'il fe jette en la mer, & qui veut des grandeurs qu'il veille toutes les nuits.

Il eft difficile d'être foupçonné d'une chofe qu'on n'en foit coupable, car fi on ne l'a commife toute entiere, on en a commis quelque partie; fi l'on n'en a rien commis, on aura penfé à la commettre; fi l'on n'y a pas penfé, au moins, on l'a vû commettre, & l'on s'en eft réjoui.

Si vous ufez mal du vin, vous deviendrez un miferable; fi vous en ufez bien, vous deviendrez un homme illuftre.

L'os qui vous a été mis à la main eft celui qu'il faut que vous rongiez.

Pour

Pour s'attirer de nouvelles faveurs, il faut remercier des anciennes.

Si la fortune vous manque, ne vous manquez pas à vous-même.

Ne jettez pas de la boüe dans la fontaine où vous avez puifé.

Il faut manger à fa table, comme on feroit à celle d'un Roi.

Un homme à qui tout vient à fouhait, eft comme une femme qui ne porte que des garçons.

La néceffité n'eft pas une importunité.

Où vous vous plaignez de ne pas trouver d'hommes, faites qu'on fe loüe d'y en avoir trouvé un.

Ne faites faire par perfonne ce que vous pouvez faire vous-même.

S'il y a un homme dans une maifon, une parole y fuffit.

Si le ferviteur plaît, tout ce qu'il fait plaira.

Si vous allez les mains vuides chez le Juge, vous ne verrez point fon vifage.

Qui entre en traité avec les Grands répand fon propre fang.

Le commerce avec les méchans eft une navigation fur la haute mer.

Les gens que vous voyez ne font pas tous des hommes, la plûpart font des bœufs & des ânes fans *Dieu.*

Selon que vôtre cœur eft prévenu d'amour ou de haine pour chaque chofe, il eft fûr que felon cela vous y trouverez du bien ou du mal.

Un peu mis fur un peu fait une mer.

Ayez foin de cacher le malheur qui vous arrive, de peur qu'au lieu d'un malheur vous n'en ayez deux, favoir le malheur même, & de voir vos ennemis s'en réjouir.

Si vous ne jettez l'hameçon, vous ne prendrez point de poiffon.

Il faut marcher de nuit pour arriver de jour à la traite.

La juftice des Confeils d'un Roi eft la fermeté de fon Empire.

Careffez les pauvres, de peur qu'ils n'entrainent vos enfans dans leur gouffre.

L'Aumône fortant de la main de celui qui la faifoit, lui dit: j'étois petite, tu m'as fait grande; j'étois mince, tu m'as multipliée; j'étois ennemie, tu m'as rendu digne d'amiour; j'étois paffagere, me voici domiciliée; j'étois fous ta garde, te voici fous la mienne.

Le plus grand des attributs de *Dieu* c'eft la liberalité, parce que les bienfaits de *Dieu* fe répandent fur toutes les créatures, & pénétrent intimement leur fubftance.

Toutes les fois que vôtre langue prononce contre vôtre penfée, vous meritez qu'on vous enfonce un poignard dans le fein.

Si vous ne prenez de la peine jufqu'à en être ennuyé, vous ne ferez point délivré de la melancolie.

Si l'œuvre ne fe commence, elle ne fe finira jamais.

Le monde n'eft aimé que des infenfez.

Ifa (*Jefus-Chrift*) vit le monde en vifion fous la figure d'une vieille, il lui demanda: Où eft ton mari? Je n'en ai point, répondit-elle. Combien en as tu eu? reprit *Ifa.* Sept, dit elle. Sont ils tous morts, ou quelqu'un t'a-t-il répudiée? Non, répondit-elle, je les ai tous mis en terre; mais je fuis fur le point de me remarier. C'eft une chofe étonnante, dit *Ifa*, qu'il y ait encore des gens fi foux, que fans confiderer comment tu traites tes maris, ils deviennent amoureux de toi, & cherchent à t'avoir.

Qui voit l'aveugle s'aller jetter dans une foffe, fans l'en avertir, il eft meurtrier.

Quoi qu'un *Guebre* (*Ignicole*) ferve cent ans le feu, s'il tombe une fois dedans il ne laiffera pas d'être brûlé.

Un peu de beauté vaut mieux que beaucoup de richeffes.

Quand le jour paroît on' éteint la chandelle.

Que fert-il au Berger de crier, quand le Loup emporte le Brebis?

Quand le Loup a trouvé de la chair, il ne fe met guéres en peine, fi c'eft du Chameau du Prophete *Saleth*, (un des Patriarches,) ou de l'Ane de l'*Antechrift.*

Qui a peur du Loup ne garde pas les Brebis.

Quand vous voulez parler du Loup, prenez un bâton à la main, de peur qu'il ne furvienne à l'imprévû.

Craignez celui qui vous craint.

Le Chameau mâle eft devenu Chameau femelle. *On dit cela des gens qui fe brouillent dans leurs difcours.*

La Taupe s'eft égarée de fon trou. *Cela fe dit auffi d'un brouillon qui fe confond.*

J'entens le bruit de la meule, mais je ne voi pas la farine. *Cela fe dit d'un vain babil.*

Tous les hommes fe peuvent ranger en quatre Claffes à l'égard de la *Religion:* les uns la recherchent & ne la pratiquent pas: d'autres la pratiquent fans la rechercher: d'autres la cherchent & la pratiquent, & *ce font les gens pieux:*

X 2

pieux: les derniers ne ła cherchent ni ne la pratiquent, & *ce font les impies.*

Il y a quatre chofes dont l'homme eft toûjours plus chargé qu'il ne penfe, d'ennemis, de péchez, d'années, & de dettes.

La veritable Noblefſe eft d'exceller dans l'intelligence de la *Religion.*

Ce ne font pas les paroles qui font le fondement, ce font les œuvres.

La pratique d'une vertu attire une autre vertu, l'exercice d'un vice attire un autre vice.

Un Novice ayant dit à fon Superieur, qu'il ne pouvoit prier *Dieu* où il y avoit du monde. Il lui répondit : Vous êtes bien foible fi vous fongez encore au monde.

Celui-là eft près de perir qui laiſſe maîtrifer fa Raiſon par la concupiſcence.

La pieté éteint la concupiſcence.

S'abſtenir de concupiſcence, c'eſt être riche.

Rendre le bien pour le bien, eſt une action d'Ane. Rendre le mal pour le mal, eſt une action de Chien. Rendre le mal pour le bien, eſt une action de Demon. Rendre le bien pour le mal, eſt une action du Créateur.

La veritable force confiſte à dompter fa concupiſcence.

De même qu'à un malade le manger ne profite point, ainſi à une ame épriſe de l'amour du monde les exhortations font inutiles.

On recherche le monde ou par fes honneurs, ou par fes richefſes, ou par fes plaifirs : vivez retiré du monde, vous acquerrez de l'honneur : contentez vous de ce que vous avez, vous voilà riche : mépriſez le monde, & vous avez trouvé le veritable plaiſir, qui eſt le repos.

L'amour du monde & des richefſes eſt la fource de tous les pechez.

Un Sage, interrogé quelle eſt la chofe du monde la plus frivole & le plus à dédaigner ? répondit, le monde même, excepté l'homme qui l'aime & le recherche, lequel eſt encore plus mépriſable.

Penfer à commettre un péché eſt pis que de le commettre.

S'humilier foi-même eſt une augmentation de noblefſe, & un accompliſſement de grace.

Faites vous terre fi vous voulez porter du fruit. C'eſt-à-dire, *Qu'il faut être humble pour faire de bonnes actions.*

La Verité eſt un poids dont on ne peut jamais avoir fes balances trop chargées.

Le monde eſt un Echo, qui redit comme on lui dit ; c'eſt pourquoi fi nous voulons qu'on diſe du bien de nous, il ne faut dire que du bien des autres.

Le prix d'un homme fe compte par les chofes qu'il eſtime : s'il eſtime le monde, il n'eſt pas eſtimable, parce que le monde ne l'eſt pas : s'il eſtime l'autre vie, le Ciel eſt fon prix, & s'il eſtime *Dieu* par-defſus tout, il eſt fans prix.

Amafſez des biens que vous puiſſiez fauver avec vous, lors que le vaiſſeau (le *corps*) fera naufrage ; car par mille avantures on perd les biens de la fortune, mais les biens de l'ame ne fauroient perir, ni fur l'eau, ni fur la terre, ni par le feu.

Si vous travaillez à une action vertueufe, le travail paſſe & la vertu demeure : fi vous prenez plaiſir à une action vicieufe, le plaifir paſſe & le vice demeure.

Il n'y a de vrai dévot que l'homme gai.

Il y a quatre marques de réprobation, la dureté de cœur, l'amour du monde, la confiance en foi-même & dans les creatures, & l'impudence. Il y a quatre marques d'élection au contraire, la tendreſſe de cœur, le mépris du monde, la défiance de foi-même & des créatures, la pudeur.

L'homme méchant eſt mort, quoi que vous le voyiez parmi les vivans ; l'homme de bien eſt vivant, quoi qu'il foit paſſé dans le féjour des morts.

La pareſſe & l'attention aux fonges éloignent de *Dieu*, & ménent à la pauvreté.

Quiconque étant interrogé fur quelque verité, la déguiſe ; *Dieu*, au jour du Jugement, le reprimera d'un mords de feu.

Un riche fans liberalité eſt comme un arbre fans fruit.

Un pauvre fans patience eſt comme une lampe fans huile.

Un jeune homme fans repentance eſt comme une maifon fans couverture.

Une femme fans pudeur eſt comme une viande fans fel.

Le meilleur fruit de la pénitence eſt de pécher peu.

Malheur au navire qui fe hazarde de fortir fans payer les droits, & malheur à l'homme qui part de cette vie fans y avoir fenti d'affliction.

Les afflictions temporelles font comme un flambeau dans la main de l'homme fur qui elles tombent, pour lui faire connoître en quel état il eſt avec *Dieu* fon Créateur.

Les biens du Ciel ne doivent être prétendus que par ceux qui mépriſent les biens de la terre.

Que

Que la foule dont vous êtes environné ne vous trompe pas, vous ferez feul quand vous mourrez, & feul à vôtre jugement.

Toutes les portes de l'Enfer fe peuvent fermer par l'oraifon, excepté la porte du larcin.

La parole de *Dieu* s'accommode au cœur de chacun, & donne la paix au cœur de l'homme fimple.

Qui aime la felicité de fon ame doit être vigilant à l'acquerir, d'autant plus que le féjour perpetuel en cette vie eft défendu, & que la fortie eft commandée.

Penfez d'où vous êtes venu, où vous êtes, où vous irez.

Le vieux verre rompu fe peut réparer, pourquoi non le corps mis en piéces par la mort?

Aujourdhui c'eft le monde, demain c'eft l'éternité.

On trouvera dans le *Quatriéme Livre de ce Volume* plufieurs autres *Sentences* non moins fenfées, lefquelles j'ai vûes dans les grandes Maifons d'*Ifpahan*, dont je fais la defcription dans ce Livre-là, mais il eft fâcheux que la *traduction* leur faffe tant perdre de leurs *graces*, qu'elles ne me femblent plus la même chofe.

Je viens aux *Fables Perfanes*, lefquelles ne font pas à beaucoup près de la force de leurs *Sentences*, mais je rapporte ici celles qui portent le nom du fage & célébre *Locman*, qui eft l'*Efope* des Orientaux, ou *Efope* même, au dire des gens favans de l'*Europe* en litterature *Arabefque*, qui prétendent que le *Locman* des *Orientaux* eft l'*Efope* des Grecs. Il eft certain qu'à confiderer la vie de ces Hommes illuftres, telle que les Auteurs nous la donnent: on diroit que ce font deux hommes differens; mais quand on examine bien leurs Fables, il paroît que c'eft le même Auteur; & c'eft là une des chofes qui me perfuade, que les *Grecs* ont originairement tiré des Peuples de la *haute Afie* leurs Sciences & leurs Arts, au moins que c'eft d'eux qu'ils en ont tiré les premiers rudimens; dequoi les *Grecs* demeurent eux-mêmes d'accord à l'égard des *Fables*, avoüant de tenir cette érudition des *Orientaux*. Les *Perfans* font *Locman* fi ancien, qu'il doit avoir été contemporain de *Moyfe*: quelques-uns même le font defcendre de *Noé* à la troifiéme generation; d'autres, qui ne le croyent pas fi ancien, difent, qu'il vivoit du tems de *David*, & c'eft l'opinion de *Mircond*, Hiftorien *Perfan* très-fameux; mais chacun convient qu'il a été le premier Philofophe célébre dont le nom foit venu jufqu'à nous. Et comme *Mahomed* a parlé de *Locman* avec éloge dans

fon *Alcoran*, cela a porté les Auteurs *Mahometans*, à en faire plus de cas; & quelques-uns d'entr'eux à compofer de gros Commentaires, & de belles piéces de *Morale* fur fes *Apologues*. Quelques Auteurs *Arabes* prétendent que le Philofophe Grec *Empedocle* étoit fon difciple. On rapporte qu'il vêcut trois mille ans. *Sahdi*, célébre Poëte *Perfan*, fait là-deffus ce conte; que *Locman* à la fin de fa vie demeuroit fur le bord d'un marais de rofeaux, où il s'étoit dreffé une cabane, dans laquelle il s'occupoit à faire des paniers d'ozier. L'*Ange de la Mort* s'apparut là à lui, & lui dit: *Comment eft-ce*, Locman, *que depuis trois mille ans que tu es au monde tu n'ayes fû bâtir une maifon?* Locman lui répondit: *O Efrail*, (c'eft le nom de l'*Ange de la Mort*) *on feroit bien fou, fachant qu'on t'a toûjours à fes talons de fe mettre à bâtir une maifon.*

Comme j'ai dit que les *Fables de Locman* font prefque les mêmes que celles d'*Efope*, j'aurois pû éviter de les rapporter ici, mais je le l'ai voulu faire pour montrer de quelle maniere *Efope* les a tournées en les donnant aux *Grecs*, avec les autres qu'il y a ajoûtées. Les voici dans l'ordre que les *Perfans* les ont auffi bien que les *Arabes*.

Du Lion & de deux Taureaux.

Le *Lion* fe mit un jour aux champs contre *deux Taureaux*, qui ferrez l'un contre l'autre lui prefentoient leurs cornes. Le *Lion* voyant qu'il ne pouvoit les rompre ceffa de les attaquer, & leur promit de ne leur faire aucun mal, quand même il les trouveroit feparez. Les *Taureaux* le crûrent & fe feparerent, mais auffi-tôt le *Lion* les déchira l'un après l'autre.

Du Cerf.

Un *Cerf* étant venu boire à une fontaine fe miroit dans l'eau: *fes pieds* lui parurent *trop petits*, & *fes jambes trop deliées*, & il s'en affligeoit, mais il fe tenoit fier de la *beauté* & de *l'étendue de fon bois:* en même tems des Chaffeurs s'étant mis à le coûrre, il fe jetta dans une plaine où ils ne purent l'atteindre; mais l'ayant relancé dans un bois, il n'y pouvoit courir, parce que fes *cornes* l'empêchoient de paffer entre le taillis. Comme ils l'eurent pris & qu'ils le tuoient, *Que je fuis malheureux*, dit-il, *d'avoir méprifé ce qui faifoit mon falut, & d'avoir fait ma gloire de ce qui me perd!*

X 3 *Autre*

Autre Fable du Cerf.

Le Cerf étant tombé malade pria plusieurs bêtes, & des Cerfs entr'autres, de le venir garder durant sa maladie. Pendant qu'ils le garderent, ils consumerent les grains & les herbes, qu'il avoit amassez pour sa provision; comme il fut relevé il demanda à manger, mais il ne trouva rien & mourut de faim.

Le but de cette fable est d'enseigner, qu'il ne faut pas se charger d'un grand train, sans savoir comment le nourrir.

Du Lion & du Renard.

Le Lion étant un jour brûlé du soleil entra dans une caverne pour se mettre à l'ombre, & s'y endormit. Une Tarentule sauta sur lui & se promenoit sur son dos; le Lion s'étant levé en sursaut, regarda de côté & d'autre tout effrayé & étonné. Un Renard qui l'apperçut ainsi effrayé de rien, se mit à éclater de rire. Le Lion lui dit, je ne me soucie pas de ce qui m'incommode, mais j'enrage de voir que l'on se moque de moi.

Du Lion & du Taureau.

Le Lion ayant envie un jour de déchirer un Taureau n'osoit l'attaquer ouvertement, craignant sa grande force: il résolut de l'avoir par finesse, & l'ayant rencontré il lui dit: cher ami, j'ai tué un agneau gras, je t'invite ce soir à souper avec moi. Le Taureau le lui promit, & étant venu chez le Lion, il vit bon feu allumé, & beaucoup de chaudieres & de marmites; sur quoi il se mit promtement en fuite. Le Lion voyant cela, lui demanda en criant, pourquoi il s'enfuyoit après être venu jusqu'à sa porte? Le Taureau répondit. *C'est parce que je voi des aprêts pour faire cuire quelque chose de plus grand qu'un agneau.*

Du Lion & du Renard.

Le Lion étant devenu vieux & infirme, & ne pouvant plus prendre de bêtes par force, se résolut de vivre d'adresse; il feignit pour cela d'être malade, & se renferma dans sa Caverne. Plusieurs bêtes alloient l'une après l'autre pour le garder: il se jettoit dessus à l'improviste & se déchiroit. Le Renard y étant allé à son tour, s'arrêta à l'entrée de la Caverne & le salua en disant, *comment te portes-tu, Prince des animaux courageux?* Le Lion lui ré-

pondit, *que n'entre tu, ô Pere de beauté; je me rendrois à une si douce invitation,* repliqua le Renard; *si je n'observois que les pas qui sont marquez à l'entrée de ton logis sont tous des pas qui vont dedans & qu'il n'y en a pas un qui vienne dehors.*

Du Lion & de l'Homme.

Le Lion & l'Homme s'étant un jour rencontrez, se mirent à disputer entr'eux de vigueur & de force. Le Lion loüoit la sienne par dessus toute autre, l'Homme pour réponse lui montra sur une muraille la figure d'un Homme déchirant un Lion. Le Lion répondit. *Si les Lions étoient peintres comme les hommes; ils feroient toûjours que le Lion déchireroit l'homme dans leurs tableaux.*

Du Cerf & du Lion.

Un Cerf poursuivi par des Chasseurs se jetta dans la Caverne d'un Lion. Le Lion y étant entré le déchira. Le Cerf étant aux abois dit en lui-même, *helas miserable que je suis! d'avoir fui les hommes, pour tomber entre les griffes de celui qui est plus fort que les hommes.*

Du Cerf & du Renard.

Un Cerf étant altéré vint à un puits profond & y descendit; mais il n'en put remonter. Comme il s'efforçoit de le faire: le Renard l'apperçut & lui dit, *cher frere, tu devois penser comment tu remonterois avant que de descendre.*

Des Lievres & des Renards.

La guerre s'étant un jour allumée entre les Aigles & les Lievres; ceux-ci allerent aux Renards leur demander assistance. Les Renards répondirent; *nous vous donnerions volontiers du secours, n'étoit que nous vous connoissons, & que nous connoissons aussi ceux avec qui vous êtes en guerre.*

De la Femelle du Lievre & de la Lionne.

Une Haze ayant un jour rencontré une Lionne lui dit, tous les ans je fais plusieurs petits; mais toi en toute ta vie tu n'en fais qu'un ou deux: *Il est vrai,* répondit la Lionne, *mais mon petit vaut mieux seul que sept des tiens.*

De

De la Femme & de la Poule

Une *Femme* ayant une *Poule*, qui faisoit tous les jours un œuf d'argent, elle dit en elle-même si je double le grain à ma *Poule*: elle fera deux œufs par jour: mais la Poule ayant le double à manger en étouffa & mourut. *C'eft-à-dire, que plufieurs pour être trop avides de gain perdent leur Capital.*

Du Moucheron & du Taureau.

Un *Moucheron* s'étant pofé fur la corne d'un *Taureau*, crût qu'il le chargeoit beaucoup, & il lui dit, *Si je fuis trop pefant, dis le moi & je m'ôterai. Je ne m'étois pas aperçu,* répondit le Taureau, *que tu te fuffes pofé fur ma corne, & je ne fai qui tu pourrois incommoder.*

De l'Homme & de la Mort.

Un *Homme* portant un jour une charge de bois fur fes épaules n'en pouvoit plus. Il fe jetta à terre avec fa charge, & tout accablé il fouhaitoit la *Mort*, jufqu'à l'appeler tout haut. La *Mort* vint, & lui dit: *Me voici, que veux-tu?* l'Homme lui dit, *Je t'ai appellée pour m'aider à charger mon fardeau.*

Du Jardinier.

Un *Jardinier* arrachant un jour les méchantes herbes d'un parterre: on lui demanda pourquoi l'herbe fauvage paroiffoit fi belle, quoi qu'elle ne fût point cultivée? *C'eft,* dit-il, *qu'elle eft élevée par fa mere, au lieu que l'herbe des jardins eft élevée par fa marâtre.*

De l'Homme & de l'Idole.

Un *Homme* avoit dans fa maifon une *Idole*, à qui il rendoit fon culte, en lui offrant tous les jours une victime. Comme il y eût confumé la meilleure partie de fon bien, l'*Idole* lui dit: *Ne confume point tes biens à me fervir, pour aller en fuite m'accufer auprès d'un autre Dieu, & blafphemer contre moi. Cette Fable eft contre les gens qui dépenfent leur bien dans la débauche & dans le peché, & qui après accufent Dieu de leur pauvreté & de leur mifére.*

Du Negre.

Un *Negre* fe lavoit un jour plufieurs heures de fuite dans une fontaine. Un Paffant lui dit: *Ceffe, mon ami, de troubler cette eau, car tu ne faurois jamais acquerir la blancheur.*

De l'Homme & du Poulain.

Un *Homme* étant en voyage monté fur une cavale pleine, elle mit bas fa portée en chemin. Le *Poulain* fuivit fa mere quelque tems, mais n'en pouvant plus, il dit à fon Maître: *O mon Seigneur, tu vois que je ne faurois fuivre: fi tu me laiffes, je perirai; mais fi tu me prens avec toi, & m'éleves jufqu'à ce que je devienne fort, je te porterai fur mon dos où tu voudras. Cette Fable eft pour enfeigner, qu'il ne faut pas abandonner une œuvre glorieufe, à caufe de la peine qu'elle fait à la pourfuivre.*

De l'Homme & du Pourceau.

Un *Homme* portoit au marché fur fon Cheval une brebis, une Chevre, & un *Pourceau* pour les y vendre, la Brebis & la Chevre fe tenoient en repos fans fatiguer le Cheval, mais le *Pourceau* fe démenoit fans ceffe & le haraffoit. L'Homme, lui dit, *O le plus méchant des animaux! ne te faurois-tu tenir en repos comme la Brebis & la Chevre, fans te démener fi furieufement?* chacun fait fes affaires, répondit le *Pourceau. On achéte la Brebis pour fa laine, & la Chevre pour fon lait: mais moi on ne m'achéte que pour me manger & je fuis fûr que du marché on m'enverra à la boucherie.*

De la Tortue & du Lievre.

Une *Tortue* & un *Lievre* s'étant mis à difputer à qui marcheroit le mieux, ils firent gageure à qui feroit le plûtôt à une montagne, qui étoit vis-à-vis d'eux. Le *Lievre* fe confiant en fa legereté fe mit à dormir en chemin. La *Tortue* connoiffant fa pefanteur naturelle ne s'arrêta pas un moment, elle arriva à la montagne, comme le *Lievre* fe réveilloit, qui fe voyant vaincu fe repentit, mais trop tard.

Du Loup.

Un *Loup* emportoit un Cochon de lait: un Lion le rencontra & le lui ravit, le *Loup* étonné de l'avanture, dit en lui-même.

N'eft-

N'est-ce pas une chose surprenante que je ne puisse garder ce que j'ai pris.

Cette Fable enseigne qu'on ne garde gueres le bien acquis injustement, & qu'on le perd ordinairement de la même maniere qu'il a été gagné.

De la Ronce & du Jardinier.

La Ronce, dit un jour au Jardinier, si j'avois quelqu'un qui prit soin de moi, me transportant en bonne terre, m'arrosant & me cultivant ; certes les Rois me souhaiteroient dans leurs Jardins, & prendroient plaisir à mes fleurs & à mon fruit. Le Jardinier la crût, il la mit au milieu du Jardin dans la meilleure terre & la cultiva soigneusement ; mais ses épines s'étendirent à l'entour & au dessus des arbres & couvrirent tellement tout le jardin qu'on ne pût plus y entrer.

La morale de cette Fable est que la peine qu'on prend sur un méchant naturel l'irrite, & que plus on honore & on traite bien un méchant homme, plus il fait de mal.

Du Negre.

Un Negre se dévêtit un jour & se mit à prendre de la neige & à s'en frotter par tout le corps : on lui demanda pourquoi ? C'est, répondit-il, que peut être je blanchirai. Un homme avisé lui dit, ne te tourmente point toi-même, car encore que ton corps noircisse la neige il n'en perdra pourtant rien de sa noirceur.

De l'Araignée & des Mouches à Miel.

L'Araignée dit un jour à la Mouche à Miel : si tu me prenois avec toi je serois du Miel, comme tu en fais & même plus : l'Abeille la crut, mais comme elle vit que l'Araignée ne faisoit rien qui vaille, elle la piqua de son aiguillon. L'Araignée se sentant mourir dit en elle-même je merite bien la mort, moi qui ne pouvant faire de la poix, ai voulu faire du Miel.

D'un jeune Garçon.

Un jeune Garçon se jetta un jour dans un Fleuve sans savoir nager, où peu s'en fallut qu'il ne fût suffoqué. Comme il se noyoit il se mit à crier. Un homme qui passoit l'entendit, & s'étant approché si mit à lui faire des reprimandes : Sauvez moi premièrement, répondit le garçon, puis reprenez moi.

De l'Enfant & du Scorpion.

Un Enfant chassant un jour des sauterelles, il se jetta sur un petit Scorpion le prenant pour une grosse sauterelle ; comme il avoit la main dessus il reconnut son erreur & se retira promtèment : le Scorpion lui dit, Si tu m'eusses pris avec la main tu te fusses assurément abstenu de chasser des sauterelles.

La morale de cette Fable est d'apprendre à ne faire rien inconsidérément : de même que le sens de la suivante est pour prévenir les conduites précipitées.

De la Colombe.

Une Colombe pressée de soif, cherchant à se desalterer, vit de l'eau en peinture sur une paroi : elle la prit pour de vraye eau, & y vola si rudement le bec ouvert qu'elle se rompit la tête contre la muraille : elle dit en expirant, Miserable que je suis! de m'être perdue moi-même à force de me hâter d'éteindre ma soif.

Du Chat.

Un Chat entrant un jour dans la boutique d'un Serrurier trouva une lime à terre, il se mit à la lecher & la lechoit si fort qu'il mit sa langue tout en sang : le Chat croyant que ce sang sortoit de la lime, l'avaloit & continua jusqu'à ce que sa langue fût toute consumée.

La vérité de cette Fable se trouve dans le Prodigue qui dépense son bien sans besoin, sans y prendre garde, & même avec plaisir, jusqu'à ce qu'il se soit tout épuisé.

Du Forgeron & du Chien.

Un Forgeron avoit un Chien, qui dormoit pendant que son Maître travailloit, mais dès qu'il cessoit la besogne, & qu'il se mettoit à table avec ses Compagnons pour manger, le Chien ne manquoit point de se réveiller : le Forgeron, lui dit, méchant animal comment est-ce que le son des marteaux qui ébranle la terre ne t'éveille point, & que tu entends le mouvement des machoires qui fait si peu de bruit?

Le but de cette Fable est de corriger les hommes qui sont endormis aux exhortations, & qui ne se reveillent que pour satisfaire leur sensualité.

Des Chiens & du Renard.

Des Chiens trouverent un jour une peau de Lion & se mirent à la ronger. Le Renard les voyant

voyant faire leur dit: *Si le Lion étoit en vie vous verriez ses griffes encore plus longues que vos dents.*

La Moralité de cette Fable est contre ceux qui médisent d'un Grand homme après sa mort, & quand il ne se peut plus défendre.

Du Chien & du Lievre.

Un *Chien* ayant long-tems poursuivi un *Lievre* & l'ayant pris, il se mit à le mordre vivement pour lui faire sortir le sang qu'il léchoit ensuite. *C'est une chose étrange,* lui dit le *Lievre,* que tantôt tu me mordes comme étant ton ennemi, & ensuite que tu me baises, comme si tu étois mon ami.

C'est contre les ennemis cachez, qui déchirent en secret & caressent devant le monde.

Du Ventre & des Pieds.

Le Ventre & les Pieds disputoient un jour ensemble savoir qui soûtenoit le corps: les Pieds disoient: *C'est nous qui par nôtre force portons le corps.* Le Ventre dit, *Si je ne vous nourrissois vous n'iriez gueres loin avec ce que vous portez.*

Des Aigles & des Poules.

Les *Aigles* ayant apris que les Poules étoient malades, ils se couvrirent des plumages du Pan & vinrent les voir en leur disant: *Bonjour les poules comment vous portez vous?* Elles répondirent, *Nous nous portons bien quand vous ne vous voyons pas.*

Du Soleil & du Vent.

Le *Soleil* & le *Vent* disputoient un jour ensemble à qui feroit plûtôt quitter les habits à un voyageur: le Vent se mit à souffler impetueusement toute la nuit, mais l'homme sentant la force du Vent s'enveloppa de tous côtez & se serra bien dans ses habits. Le jour venu, le Soleil commença de répandre doucement ses rayons, dont l'homme ne pouvant supporter l'ardeur, il ôta ses habits & les porta sous son bras.

Cette Fable enseigne que la douceur obtient plus que la violence.

De deux Cocqs.

Deux *Cocqs* se battant un jour ensemble, celui qui fut vaincu s'alla cacher dans un lieu

écarté, l'autre se percha sur le haut de la maison, & se mit à étendre ses aîles, & à chanter sa victoire: un vautour l'apperçut, qui fondit sur lui & l'emporta.

Des Loups.

Des *Loups* cherchant la proye trouverent des peaux de bœuf, qui trempoient dans un canal sans qu'il y eût personne à les garder. Ne sachant comment les avoir, ils résolurent de boire l'eau du canal pour l'épuiser, mais avant que d'avoir pû en boire assez pour atteindre aux peaux, ils creverent.

De l'Oye & de l'Hirondelle.

L'*Oye* & l'*Hirondelle* ayant fait societé alloient ensemble chercher leur vie. Il arriva que des Oiseleurs vinrent où elles étoient, l'*Hirondelle* les ayant apperçus, s'envola legerement, mais les Oiseleurs prirent l'*Oye* & la tuerent.

Voilà les *Fables* qu'on attribue à *Locman,* lesquelles les *Persans* ont en leur Langue, & qu'ils donnent à lire à leurs enfans, mais fort amplifiées par des raisonnemens, & par des Dialogues, propres à étendre & à fortifier les enseignemens de chaque Apologue: ils ont encore un Livre d'autres *Fables* de ce stile diffus, dont voici quelques-unes.

De l'Homme & du Serpent.

Un *Homme* passant près d'un marais plein de roseaux, où l'on mettoit le feu, vit un *Serpent* qui y alloit être brûlé, il le tira avec un bâton, & le mit avec des roseaux dans un sac: ayant fait quelque chemin, il dit, *Je veux voir si la pauvre bête n'est point morte;* il ouvrit le sac: le *Serpent* s'élançant dehors, dit à l'*Homme: Il faut que je te lance mon venin & que je te tue. Quoi,* répondit l'*Homme, pour me récompenser de t'avoir sauvé la vie tu me veux donner la mort? rend-on ainsi le mal pour le bien? Oui,* dit le *Serpent, c'est la coûtume, mais que m'importe-t-il, je te veux tuer, parce que cela me fera du bien.* Un *Bœuf* survenant là-dessus, ils dirent: *Raportons nous-en à ce que dira le Bœuf. Il est vrai,* dit le *Bœuf,* qu'on rend presque toûjours le mal pour le bien; j'ai servi long-tems & vigoureusement mon Maître, & j'ai vieilli à son service, mais dès que je n'ai plus été capable de travailler, il m'a chassé de chez lui. Il passa après un Lion, ils dirent: *Il faut que nous consultions aussi le Lion. Est-ce la coûtume,*

Y

tume, lui demanderent-ils, *de rendre le mal pour le bien? Oui fans doute*, répondit-il, *car je vis dans les bois & ne vais point chercher les hommes ; cependant ils ne ceffent de me venir faire la guerre avec des pieux, des lances, & toute forte d'armes, & me cherchent par tout pour me tuer.* Comme le Lion parloit encore, il furvint un Renard. L'*Homme* dit au *Serpent: Confultons encore le Renard, & puis je me rens.* Ils l'appellerent, & lui dirent : *Nous nous rapportons à toi, s'il eft vrai que ce foit la maniére des hommes de rendre le mal pour le bien?* Le Renard fin & fourbe, répondit : *Cela eft vrai, le Serpent a raifon, c'eft la coûtume du genre humain; mais contez moi le fait, parce que les circonftances peuvent avoir quelque chofe de particulier.* Le Renard l'ayant entendu: *Je ne crois point*, dit-il, *que le Serpent ait été dans le fac : le Serpent eft long d'une aune, & ce fac n'a pas deux pieds de long.* Il n'y a pourtant rien de plus vrai, répondit le Serpent, & *pour vous le faire voir, je vais m'y remettre.* Dès qu'il fut dans le fac, le Renard dit à l'*Homme: Liez vite le fac, & tuez le Serpent;* il ne s'en doit pas plaindre, puifque, felon fa maxime, on rend le mal pour le bien.

De la Tortuë & des Moineaux.

Une *Tortuë* entra en focieté avec des *Moineaux*, & ils vivoient tous enfemble proche d'un marais. L'Eté venu le marais fe feicha, & les Oifeaux fongerent à fe retirer, ils le dirent à la *Tortuë*, qui leur répondit : *Que c'étoit rompre la focieté, & que ce feroit une chofe bien deshonnête à eux de la laiffer là, qu'il falloit donc qu'ils l'emmenaffent avec eux.* La difficulté n'étoit pas petite, la *Tortuë* ne fachant point voler. Ils s'aviferent de prendre tous un long bâton par le bec, & fe mirent à voler ; la *Tortuë* s'y tenoit attachée à belles dents. Ils pafferent en volant au deffus d'un autre marais où il y avoit force *Tortuës*: elles apperçurent ce joli train, & toutes furprifes s'écrierent: *Voilà une de nos fœurs qui vole.* La *Tortuë*, qui étoit en l'air, toute enflée d'orgueuil, vouloit s'applaudir, elle ouvrit la bouche pour répondre; mais à même tems elle tomba, & s'écrafa.

La moralité de cette Fable eft contre les babillards.

D'un Tailleur.

Un *Tailleur* qui avoit beaucoup volé dans fon métier, fut porté en fonge au Jugement de *Dieu*, où on lui préfenta une grande Enfeigne, faite de tous les morceaux d'étoffe qu'il avoit volez : cela l'étonna fort, il cria, miféricorde, promettant de n'y plus retourner. Le matin étant venu à la boutique il conta fon fonge à fes garçons, & la ferme réfolution qu'il avoit faite de ne plus voler. *Mes amis*, leur dit-il, *fi vous me voyez jamais mettre quelque piéce à côté, criez moi, Maître l'Enfeigne.* Au bout de quelque rems fa peur fe paffa, il oublia & le fonge & la réfolution; & s'étant mis à tailler un habit d'une riche étoffe, il en prit un grand morceau: fes garçons lui crierent incontinent, *Maître l'Enfeigne.* Lui prenant la parole, leur répondit: *Taifez vous ; j'y penfois moi-même, mais je me fouviens fort bien qu'il n'y avoit point de cette forte d'étoffe-là dans l'Enfeigne.*

Je viens au troifiéme point de ce Chapitre, qui confiftera dans l'extrait d'un des Livres de Morale des *Perfans*, & ce Livre eft le recueil des Oeuvres du fameux Poëte *Cheic Sahdy.* Je me fuis attaché à en faire la traduction d'une maniére que ce fût tout-à-fait du *Perfan* en *François*, afin de faire connoître à même tems le tour de la *Langue Perfane*, & en quoi confiftent fes graces.

Lettre d'avis aux Rois pour le bon gouvernement.

Loüange à celui qui fuffit à tout, qui tient un compte pour toutes les créatures, & qui le tient felon fes miféricordes infinies, Je le prie de tourner fa miféricorde fur moi, qui confeffe qu'il n'y a d'autre *Dieu*, que ce *Dieu* qui a été confeffé d'ancienneté, qui confeffe que *Mahomed* eft le Serviteur & le Prophete envoyé en terre; & à prefent exalté au deffus des Cieux. Or après avoir donné au *Dieu* des Mondes la gloire qui lui doit être rendue, nous donnons nos loüanges à la plus intelligente & la meilleure de toutes les creatures vivantes, au [1] Patron du Royaume, & Seigneur des Royaumes.

J'écris cet avis par l'ordre d'un de mes plus chers amis, & des plus relevez, qui a défiré un Cahier de ma façon fur ce fujet, dont le fens fût facile à entendre, & qui ne fût pas difficile à pratiquer, fans contenir de préceptes au deffus de la puiffance humaine. J'ai fait réponfe qu'à une bonne heure eft arrivé [2] l'enfant

[1] Le Roi régnant.
[2] La demande.

fant très-cher : que son [3] être soit toûjours orné de toutes fortes de cultes pieux , & de bonnes œuvres.

Qu'on fache que comme il convient principalement au Seigneur des Mondes de donner des conseils aux Rois du monde : il fe trouve commandé dans le [4] livre fublime & glorieux par ce *Dieu* très-haut , *exercez la juftice & faites du bien.* Et il y a dans un autre endroit , *toutes les fois que vous faites des ordonnances , faites les en juftice , & felon la droiture de Dieu.*

Ne dis pas, je m'en vais élever ma grandeur jufqu'au Ciel.

Di, je m'en vais abaiffer ma face en toute humilité en la pouffiere.

Mets la tête en terre fur le feuil de la porte de *Dieu.*

Car c'eft-là le commencement de la voye des hommes droits.

Si tu es l'Efclave de *Dieu*, incline la tête fur ce feuil.

Pofe deffus la Couronne Imperiale.

Mais lors que tu fais ta dévotion, ne la fais pas en tes habits Royaux ; Revêts l'habit d'un pauvre [5] *Dervich*, & dis en gemiffant, O Dieu, Pere nourricier des hommes, c'eft Toi qui es véritablement puiffant.

Car tu nourris les puiffans, & les miferables.

Je ne fuis ni le Maître de cet Empire, ni le Gouverneur.

Je fuis un des gueux qui ont la tête en terre à ta porte.

Que pourroit-il fortir de la main de mon habileté

Si la main de la grace ne me fert d'affocié ?

Tu es le bras droit des gens bons & droits.

Autrement que pourroit-il venir de la main de perfonne ?

La nuit fois en prieres, & fonds en larmes, comme un pauvre reduit à l'extremité.

Et le jour fais l'exercice de la Royauté.

Les grands Seigneurs les reins ceints , le bâton à la main font debout devant ton Trône.

Toi prefente toi devant *Dieu* dans un état femblable.

Il eft convenable que celui qui eft Seigneur de tant d'Efclaves, fe mette en état d'Efclave devant *Dieu.*

C'eft-là une des grandeurs du Roi d'être la

[3] A mon ami.
[4] l'Alcoran.
[5] Homme qui a quité le monde, comme les Cenobites anciens.

nuit abattu aux pieds du Trône de *Dieu*, & d'exercer le jour la Royauté fur fes Peuples.

On fait un conte du Roi *Kafvin* [6] *Mahmoud*, fils de *Soboukteknin*, que quand la nuit étoit venuë , il tiroit fes habits Royaux de deffus lui , il fe revêtoit des haillons d'un *Derviche* ; puis à la porte du Trône de *Dieu* très-haut, il mettoit la tête en terre en toute humilité, & fe couvrant le front de pouffiere à force de fe profterner fur la terre en adorant, il difoit tout abattu : *O Seigneur du Royaume, le Royaume eft à toi, & moi pauvre Efclave, je fuis ton efclave. Ce n'eft point par la puiffance de mon bras ni par les coups de mon épée qu'il m'a été acquis, c'eft ton don gratuit. O Dieu, donne moi la force & la fageffe de le conduire.*

On en fait un autre de *Homer*, fils de *Hebdel haziz* (ferviteur du bien aimé, c'eft à dire, de *Dieu*,) qu'au point du jour dès qu'il étoit levé , après avoir fait les dévotions réglées envers *Dieu*, favoir les actions de graces au Seigneur des humains, il prioit *Dieu* très-haut éternellement loüable, qu'il pût maintenir fon peuple en tranquilité, le gouverner en droiture, le faire vivre en abondance, & qu'il difoit entr'autres : *O Seigneur, la capacité de conduire un Royaume eft une grace relevée. Tu as mis le Royaume dans les mains de ton Efclave, qui font foibles : cette capacité eft au deffus de ma capacité. Revêts moi de l'affabilité qui rend ton Trône gracieux, & que je faffe la charge qui m'eft donnée, d'adminiftrer la droiture, en marchant fur les pas de ceux qui font droits en ton chemin ; donne moi la grace d'adminiftrer la Juftice en bonne confcience, & me garde d'iniquité & de cruauté. Garde moi d'être mal dans l'efprit de mon peuple, & que mon peuple foit mal dans mon efprit. Ne permets point que le cœur des pauvres [gens bons & fimples] s'irrite contre moi, & qu'après ma mort on fe plaigne de mon injuftice.*

Fable fur le fujet.

On fait un conte d'un perfonnage éminent dans la *Religion*, de ces gens qui voyent la verité d'un regard fûr & droit.

Qu'un jour ce docte Homme montoit un Tygre,

Qu'il menoit à l'amble, fe fervant d'un Serpent pour foüet ;

Un

[6] *Roi de Perfe*, qui vivoit dans le feptiéme fiécle.

Un Paſſant lui dit : *O homme qui es dans la voye de Dieu,*
Aprens moi à tenir la même voye que toi;
Comment as-tu fait que l'animal déchirant s'eſt ſoumis à toi?
L'anneau enchanté * a été mis à ton doigt.*

Il répondit : *Je ne fais pas de cas du Tygre ni du Serpent,*
Et quand tu me verrois monter l'Eléphant ou l'Aigle, ne t'en étonne point.
Ne retire point ton col de deſſous le joug de Dieu non plus que moi,
Et nulle choſe vivante ne retirera ſon col de deſſous ton joug.
Tant qu'un grand Gouverneur ſera aſſidu à obſerver les ordres du Ciel,
Le Ciel ſera ſon protecteur & ſon compagnon.
La deſtruction & la mauvaiſe réputation naiſſent de la tyrannie,
Et celui que cet avis rend intelligent les préviendra.
Fai du bien à tes ſujets & à tes ſerviteurs pour l'amour de toi-même;
Parce qu'un homme à journée bien payé eſt plus allegre, & fait plus d'ouvrage.
Il n'y auroit pas de conſcience de faire mal à quelqu'un,
De qui tu auras reçû beaucoup de ſervice.
La ſageſſe ſera utile à celui
Qui voudra la rechercher dans les paroles de Sahdy.

C'eſt la ſageſſe des Rois d'être favorables aux pauvres, & de ne pas toucher aux biens meubles & immeubles des riches. La felicité de l'Etat dépend de la prudence & de la bonté du Souverain. La ſûreté de ſon Païs dépend de la juſtice qu'il y exerce : la proſperité ſuit la ſûreté : celle-là ne ſera que par tout où ſera celle-ci. Quand la ſûreté ſera ainſi dans un Païs, les négocians & les voyageurs ſeront aiſés d'y venir : les marchands s'y trouveront en grand nombre. Le gain s'y fera abondamment, & toutes les autres commoditez temporelles y abonderont auſſi : or le Royaume abondant ainſi en tous biens, les tréſors du Roi ſeront preſſez ; [il n'y aura pas de place pour les contenir] ſes troupes ſeront étenduës [c'eſt-à-dire, il y en aura çà & là pour ne pas fouler le peuple, ou bien il y en aura par tout]. Le Monarque ſe créera une récompenſe finale, qui au dernier jour ſera payée ; mais qui ſe conduira au contraire, le contraire lui arrivera.

* L'anneau de *Salomon.*

Enviſage la ſuite des crimes ſortis de la main du méchant.
Le monde eſt demeuré : mais lui avec ſes crimes s'en eſt allé.

Hiſtoire.

Combien agréablement il fut dit par des Marchands, aſſiegez d'une troupe de voleurs la flêche à la main.
(Lors que les voleurs veulent agir vigoureuſement,
Ils ſe jettent ſur une troupe de ſoldats comme ſur un troupeau de femmes.)
Le Roi qui laiſſe faire injure aux Marchands,
Ferme la porte du bien à ſes peuples, comme à ſes armées.
Comment les gens ſages iroient-ils plus en ce lieu-là,
Où ils entendent dire que le gouvernement eſt mauvais?
L'homme de bien doit auſſi avoir une bonne renommée.
Fais du bien pour cela aux Marchands & aux Envoyez.
Que toûjours l'étranger ſoit favorablement traité,
Afin qu'il emporte la bonne renommée de ton nom en ſon païs.
Ce Royaume-là tombera bien-tôt en ruïne,
Où les cœurs des étrangers ſeront affligez.
Sois ami aux étrangers & aux voyageurs,
Parce que le voyageur porte ton nom par tout avec lui.
Augmente la grandeur de tes vieux ſerviteurs,
Parce que jamais tu ne ſeras trahi par de telles gens.
Lors que ton ſerviteur deviendra vieux,
N'oublie point le merite de ſon long ſervice.
Ta main ſoit toûjours la main de miſericorde qui l'avoit pris à ton ſervice.
Un Prince doit toûjours avoir devant les yeux que le Régne appartient à *Dieu,* & que ſa durée dépend de lui, toûjours ſe ſouvenir que le Païs qu'il gouverne a été donné de *Dieu* au peuple qui l'habite, afin qu'il ne ſoit pas trompé par de fauſſes idées, dans ce lieu qui n'eſt qu'à loüage, en mettant ſon cœur ſur un monde lequel ne dure que cinq jours.
On rapporte que le Calife *Aron Rechid* dit un jour au célébre *Beloul* ſon frere : *Donnez moi quelque bon avis.* Il répondit : *On n'emporte de ce monde en l'autre que les bonnes & les mauvaiſes œuvres : là deſſus vous avez la liberté.*

Sur

Sur les bons & les mauvais, & sur leur fin.

Jamais ne puisse-t-il arriver de mal à l'homme de bien.

Jamais personne ne puisse-t-il faire de mal, afin que bien en arrive.

Celui qui fait du mal, trouvera du mal dans le mal qu'il aura fait,

Comme le Scorpion qui est obligé de se tenir caché dans les masures. C'est-à-dire, *que personne ne le veut tenir en sa maison.*

Si tu n'és pas enclin à bien faire de ton naturel,

Ton naturel & une pierre noire est tout un.

Je me suis trompé, ô ami de bon naturel,

Une pierre noire est meilleure, & un morceau de fer.

Or à un tel homme il est désirable de mourir de honte

De valoir moins qu'une pierre.

Un homme d'entendement vaut mieux qu'un homme de force,

Je dis non seulement un homme qui se jette sur les gens comme une bête féroce,

Mais aussi celui qui ne fait faire que manger & dormir,

Car ce n'est pas tout homme qui est meilleur qu'une bête féroce,

Au contraire une bête féroce vaut mieux qu'un homme méchant.

Ce *Beloul* étoit un fort savant homme, qui pour mieux se donner à l'étude, ne se voulut jamais marier. Le Calife son frere lui dit une autre fois : *Donnez-moi encore, je vous prie, vos bons & salutaires avis, pour le gouvernement de mon Empire, & de ma conduite particuliere.* Il lui répondit : *Faites que les jugemens que vous prononcez soient selon les Loix, & non les Loix selon vos jugemens & volontez.* Puis il ajoûta : *Prévenez les demandes, donnez peu à qui demande, pensez à donner à qui ne demande point : les grands hommes demandent rarement, les autres demandent souvent ; mais les premiers sont dignes, & les autres non. Le Roi est la tête du peuple, lequel est le corps : si le Roi est ignorant ou inique, il déchire son corps avec ses dents.*

A ces premiers conseils il ajoûta ceux-ci : „ Que le Roi répande sa faveur sur les gens „ éminens dans les *Sciences* & dans la *Reli-* „ *gion* ; qu'il les fasse asseoir au haut bout dans „ les Assemblées, & qu'il se conduise par leur „ avis, afin que la *Monarchie* soit obéïssante „ à la *Loi écrite*, & non que la *Loi écrite* soit „ soumise au *Gouvernement.*

„ Que le Roi sache que les *Temples*, les „ *Hôpitaux*, les *Colleges*, & les autres lieux „ de *dévotion*, les *Edifices* pour l'usage du pu- „ blic, les *Ponts*, les *Chaussées*, les *Citernes* „ sont des piéces importantes du Royaume „ dont il faut qu'il prenne grand soin.

„ Le Roi, homme d'esprit, doit faire gran- „ de attention au mérite & à la capacité des „ gens, traiter leurs œuvres chacune selon „ sa dignité, & ne pas prêter l'oreille aux de- „ mandes des solliciteurs, qui épuisent les „ trésors sans assouvir leurs desirs. Les grands „ Hommes, sages & génereux, n'abaissent „ pas les yeux de leur grandeur sur ceux qui „ font leur éloge en se recommandant eux- „ mêmes, ou qui avec artifice cherchent des „ intercesseurs ; mais sans donner la peine de „ le demander, ils donnent ce qui est conve- „ nable & suffisant ; car les gens de cœur ne „ demandent rien & encore qu'ils desirent, „ ils ne viennent pas demander.

„ Qu'il n'établisse point pour Gouverneurs „ du peuple des Hommes tyrans & violens, „ de peur qu'il ne fasse naître des impréca- „ tions à cause de leurs excès.

„ *Aron Rechid* ayant trouvé qu'un de ses „ domestiques lui avoit fait tort d'un ducat, „ le mit hors de son service : les gens de la „ Cour au bout de quelques jours lui deman- „ dant sa grace, en lui disant entr'autres „ qu'un ducat étoit si peu de chose. Il répon- „ dit : *Je le sai bien, & ce n'est pas pour la va-* „ *leur de la chose que je l'ai mis dehors, mais* „ *pour la conséquence ; car si à moi il fait tort* „ *d'un ducat, il prendra le sang de mes sujets.*

Histoire.

Un Collecteur de tailles tomba dans un lieu si dangereux,

Que de crainte un Lion mâle seroit devenu femelle.

(Le malfaiteur n'a jamais vû que du mal,

Il n'a pas vû de plus malheureux ni plus ruïné que lui,

Il ne dort aucune nuit, à cause des pleurs & des cris des gens qu'il a oppressez.)

Quelqu'un lui donna d'une pierre par la tête, & dit :

Toi as-tu jamais eu d'égard aux pleurs de personne,

Qui desires aujourdhui qu'on ait égard à tes pleurs,

Et qu'à ton cœur blessé on mette une emplâtre,

Toi qui as fait tant de blessures que les cœurs en pleurent encore,

Tu me tendois continuellement des piéges pour y prendre mon pied sans faute :

Tu as toi-même donné sans faute de la tête en ce piége.

Deux sortes de gens creusent des fosses pour le peuple & pour les particuliers.

Les uns une bonne fosse, les autres une méchante;

La fosse de ceux-là est un puits pour étancher la soif des gens :

La fosse de ceux-ci est un trou pour faire tomber le monde.

Si tu fais du mal n'espere pas d'en tirer du profit,

Parce que jamais on ne cueuille du raisin sur une ronce.

Je ne pense pas que toi qui as semé du mil en Automne,

Recueuilles du bled au tems de la moisson. Si tu cultives une racine amere dans ton cœur,

Ne pense jamais en manger du fruit doux.

Les Rois attendent ceci de leurs Successeurs, que le Fils conserve l'honneur des amis & des favoris du Roi son Pere & son Prédecesseur, & qu'il ne permette point qu'il leur arrive de mal,

Que le Roi n'établisse sur ses sujets, ni ignorans, ni gens violens, de peur qu'il ne déchire son corps avec ses dents.

Les choses que le Roi voudra tenir secretes, il ne faut pas qu'il les dise à ses favoris & à ses amis, quelque intimes qu'ils puissent être : de peur que ceux-là ne les disent de même à leurs favoris & à leurs amis intimes, & qu'à la fin on ne les écrive [c'est-à-dire, qu'elles deviennent publiques.]

Ne dis pas toûjours toutes choses à ton ami,

Parce que ton ami ne sera pas toûjours ton ami.

Qu'avec un visage rude le Roi ne jette pas les Grands hors de leurs emplois, mais qu'avec grace & agrément il parle à tout le monde, & qu'il écoute tout le monde, & que le Maître des commandemens leur affigne le pardon au bout d'un tems, afin que leurs bonnes qualitez & leur experience ne perissent pas par une perpetuelle disgrace. Qu'il ne laisse pas aussi de pourvoir à leurs besoins, dans leur disgrace selon qu'il sera convenable. Qu'il considere qu'un Roi n'est pas digne de sa qualité qui a l'action rude & le visage aigre.

Un Roi ne rendant pas de réponse à un pauvre qui lui demandoit justice; le pauvre

s'en alla en disant, celui-ci veut être plus grand que *Dieu*. Cela ayant été rapporté au Roi, il le fit appeller, & lui dit : *Pourquoi as-tu dit cela* ? Il répondit : *Dieu a parlé à Moyse avant qu'il fût fidelle, mais toi, tu ne veux pas parler au fidelle peuple de Dieu.* Le Roi fut touché de ce mot, & lui fit justice.

Le Seigneur du Païs, Maître des Villes & de l'Empire,

Ne doit pas se courroucer pour des clameurs,

Le châtiment qu'il faut faire à celui qui impose des crimes à l'homme sans appui, doit être le même qu'on fait à son mortel ennemi, & doit durer tant que la justice soit faite selon le cœur de l'offensé, afin de servir d'exemple de la justice du Roi contre les méchans.

Que l'on envoye d'abord les gens d'affaires d'emploi en emploi, & de lieu en autre, chacun pour un certain tems, afin que s'ils sont de naturel à brouiller, ou à tromper, cela soit plûtôt connu.

La reception des présens qu'on fait au Roi, comme fruits nouveaux, curiositez précieuses, & autres biens, doit être telle : il faut les prendre avec honnêteté & bon accueuil, & avec reconnoissance, & il faut aussi-tôt recompenser le présent par l'octroi des demandes de celui qui le fait, sans le priver de la justice qui lui est duë, par des difficultez ou des delais.

Il est convenable que le Roi fasse paroître devant les étrangers beaucoup de Majesté & de grandeur; mais dans le particulier avec les gens familiers, il est convenable qu'il ait un visage ouvert & riant, des manieres aisées, & la personne accessible.

Il ne faut point mettre dans le gouvernement d'un même lieu deux hommes liez d'amitié ou d'interêt, de peur qu'ils ne concourent en malversation.

Le Roi prudent ne vexera point ses sujets, afin que quand les voisins ennemis lui feront de la peine il n'ait point d'ennemi au dedans qui l'inquiete.

Lors que l'homme * à deux mains n'a point malversé,

Il ne faut pas établir de controlleur sur lui.

Fais vivre dans la prosperité l'homme craignant *Dieu*,

Et non pas celui qui ne craint que toi seulement.

Les

* Ils appellent gens à deux mains les gens d'affaires, soit parce qu'ils en font plus que les autres, soit parce qu'ils prennent de tous ceux qui leur donnent,

Les gens dans l'emploi doivent être retenus de mal faire par la confideration de *Dieu*,
Non par celle des procès, de la difgrace, ou de la mort.
Suppute, compte, & mets toi en repos.
Entre cent à peine en trouveras tu un fidelle.
Il ne faut point envoyer pour agir enfemble,
Deux hommes amis de longue main,
Car qui fait s'ils ne fe donnent pas la main,
L'un volant, l'autre recelant.
Lors que les voleurs ont de la jaloufie l'un contre l'autre,
La Caravane paffera au milieu en fûreté.
Pardonne au bout de quelque tems à l'homme,
Que tu auras pour fa faute privé de fon emploi.
Subvenir aux befoins d'un homme qui efpere en toi,
Vaut mieux que de rompre les chaînes de mille efclaves.
Si le Miniftre, qui eft comme une colomne en ton Palais,
Tombe, il conferve pourtant toûjours l'efperance.
Un Roi jufte ne fe doit courroucer contre fes grands Officiers,
Il les frappe quelquefois jufqu'à ce qu'ils en foient malades;
Après il effuye les larmes de leurs yeux.
Si tu te comportes foiblement, ton ennemi rehauffera fon courage.
Si tu deviens colere, le monde s'ennuiera de toi.
Il faut entremêler la rudeffe & la douceur,
Comme le Chirurgien qui fait des incifions & met des emplâtres.
Sois vaillant, affable en difcours, & liberal.
Sache que comme on parle de tes Prédeceffeurs on parlera de toi;
Lis leurs avantures, parce que tu y verras comme on racontera les tiennes.
Celui-là n'eft pas mort qui a laiffé fur pied après lui
Ou des ouvrages d'efprit, ou des Edifices pour l'ufage du public *;
Mais qui ne laiffe rien après foi pour mémorial,
Reffemble à un arbre qui ne porte point de fruit.
Si tu veux que ton nom refte en bonne odeur dans le monde,

* Ponts, Chauffées, Caravanferais.

Ne laiffe pas le nom des Grands caché & fans réputation.
N'écoute point avec plaifir le mal qu'on dit d'autrui;
Et lors qu'on t'en fait rapport, examine s'il eft vrai.
Ne néglige ou n'oublie la juftification de perfonne.
Et comme chacun veut qu'on ait patience avec lui, aye là avec chacun.
Si un homme pécheur fe vient jetter dans ton azile:
Il ne faut pas l'immoler pour fon premier péché.
S'il n'a pas la première fois prêté l'oreille au confeil:
Il faut lui donner fur les oreilles & le mettre en prifon.
Mais fi le Confeil & la Prifon ne font aucun effet:
L'arbre eft méchant, arraches-en la racine.
Lors que les fautes de quelqu'un te mettent en colére,
Penfe à plufieurs fupplices avant que d'en choifir aucun;
Car le brillant rubis eft aifément mis en piéces;
Mais quand il fera rompu on ne peut plus le mettre en œuvre.
Pour fe tirer fauf de la Mer de Perfe:
Il faut avoir couru beaucoup de terres & de Mers.
Si un Miniftre d'Etat par la confufion d'une faute, quoi que legere, s'enfuit de la préfence du Roi, il ne faut point oublier le merite de fes fervices paffez.
Aux Officiers qui ont rendu au Roi ou à fes prédeceffeurs des fervices confidérables, ou defquels les Peres ou les ayeuls l'ont fait, il faut pardonner beaucoup de fautes & d'iniquitez en cette confidération.
Si quelqu'un des Miniftres, ou des Domeftiques a commis une faute digne de mort, il le faut faire mourir, mais il ne faut pas détruire fa famille, ni la déjetter.
Il faut avoir foin des Enfans & des familles des Officiers, & des moindres Soldats de l'armée, qui font les armes à la main en Païs ennemi, & n'être pas difficile à leur fournir leurs befoins.
Que le Roi ne faffe pas tant d'accueuil & de civilité aux étrangers & à fon propre Peuple, que fa dignité en fouffre; mais qu'il en faffe, tant qu'on l'aime.
Lors que le Roi veut pardonner des fautes, qu'il double toûjours la peine de la reprimende,

des, mais que les reprimendes soient faites de telle manière, que les Grands là présens, soient encouragez à interceder pour le Criminel ; sur quoi le Roi après sa remontrance, & après la pénitence du Coupable, lui remettra ses fautes.

Lors que le Roi envoye les Grands en Prison, qu'il ne retire pas pour cela sa clemence de dessus eux, qu'il leur fasse non seulement la faveur de les bien nourrir & vêtir : mais qu'il leur accorde aussi leurs femmes & leurs amis, parce que ce sont des choses également nécessaire pour la conservation de la vie.

Histoire.

J'ai ouï conter que * Chapour sur le point de † retirer sa langue,

Lors que le Roi Cofroës prenoit du dégoût pour ses ouvrages,

Se voyant reduit en un miserable état :

Il composa ces Vers un jour qu'il se trouva proche du Roi à la *Mosquée* :

O ! Roi qui as couvert de ta justice la face de la terre,

Quoi que je sois reduit à néant, tu demeureras en prosperité,

Puis que je t'ai donné ma jeunesse.

Ne me rejette pas loin de toi au tems de ma vieillesse.

Si un Étranger est querelleux & impertinent,

Et qu'on le punisse, on ne le met pas après hors de la ville,

Mais si c'est quelqu'un né dans le Païs & qui ait sa famille,

Combien moins faut-il le chasser en *Arabie*, ou en *Turquie*.

Je suis né dans ton Païs, j'y suis depuis le matin jusques vers la fin du jour.

Pourquoi voudrois tu envoyer un malheureux en un autre Païs ?

Ou cela feroit dire, que perisse le Royaume

D'où il vient de telles gens que celui-ci.

Au lieu de foudroyer sur lui ta colere :

Laisse-le à son mauvais naturel, qui est un ennemi qui ne le quitte jamais,

Si tu veux foudroyer quelqu'un, que ce soit le Puissant & l'Eloquent ;

Mais pour le miserable il ne merite pas la foudre du Souverain.

* Fameux Poëte, fort estimé du Roi *Cofroès*, durant plusieurs années, puis disgracié.
† Cesser de composer.

Lors que le miserable baisse la tête entre ses deux épaules,

Tu n'en peux plus rien tirer que des larmes.

Entre tous les meilleurs avis qu'on puisse donner au Roi, il faut considérer celui-ci. De ne s'engager point dans des querelles avec un ennemi plus fort que soi, ni de donner la bataille à un ennemi plus foible, car l'un n'est pas prudent, & l'autre n'est pas glorieux.

Donner de la fâcherie à ses amis, c'est remplir les desirs de ses ennemis : punir cruellement les fautes des Grands de sa Cour, c'est battre son propre corps. Et traiter cruellement son Peuple, c'est se couper le col.

Un Roi est comme un grand & fort mur : dès qu'il panche, & se détourne de la droiture, il est proche de sa ruine.

La premiére experience des sages est celle-ci. Que si ceux qui reprennent & qui punissent leurs Inferieurs pour des fautes, commettent pourtant ces fautes eux-mêmes : leur reprimende & leur châtiment ne produisent aucun effet.

Sache que le moyen de bien conserver ton Royaume,

C'est que le peuple t'obéïsse, & que tu obéïsses à *Dieu*.

Le Roi qui ne soûmet pas son ame aux loix écrites de *Dieu*,

N'est pas digne d'être Roi, & ses Ordonnances n'auront pas de durée.

On ne peut garder les loix de *Dieu* que par la Science, ni garder le Royaume que par la douceur, & avec cela il sera facile de s'abstenir de péchez ; mais si la crainte de *Dieu* ne plaît pas au cœur & s'en va : les crimes prendront l'Empire du cœur ; il faut alors tuer le mal par les bonnes œuvres & par les Aumones, peut-être que par ce retour *Dieu* pardonnera à l'homme ses péchez.

Le Roi doit pardonner l'offense qu'on lui fait en disant du mal, soit de sa personne, soit de son régne.

Demain est le jour du Jugement, tous le craindront excepté ceux qui le craignent aujourdhui.

Ne dis point qu'il n'y a de condition assurée que celle du Roi.

Car je vous dis moi, qu'il n'y a point d'Empire aussi bien établi que celui d'un *Dervich*.

Les *Derviches* attachez à des occupations toûjours égales coulent le tems sans desirs.

Assurément qui porte le plus leger fardeau, court le plus vîte & le plus gaiement.

C'est

C'eſt la verité & les gens d'entendement le connoiſſent,

Que le *Dervich* de main laborieuſe mange du pain,

Au lieu que les Maîtres du monde ne font que jetter des ſauces & des ragoûts dans leur eſtomach.

Le pauvre qui travaille du midi au ſoir pour gagner ſon ſouper, le mange avec plaiſir,

Et dort plus doucement que le Roi de Damas.

L'homme ſerieux & l'homme rieur s'en vont tous deux hors du monde,

Et au jour de la mort tout s'oublie, tant la triſteſſe que la joye,

Tant la Couronne qu'on a eu ſur la tête,

Que les fardeaux qu'on a portez ſur ſon dos.

Soit le Roi qui eſt aſſis au haut bout du monde,

Soit le miſerable reſſerré dans les priſons;

Lors que la mort donne ſur la tête des deux,

Vous ne pouvez plus diſtinguer l'un de l'autre.

Hiſtoire.

On rapporte qu'un Officier, homme de bien & droit, fit un diſcours vehement contre l'orgueil devant *Alexandre* * *de Grece*, *Alexandre* lui dit : *Eſt-ce que tu ne me crains pas ?* Il répondit : *Non, Quiconque va droit ne craint pas le Dieu très-haut; la crainte de ton ſerviteur ne pourroit venir que d'avoir fait mal, ou exercé quelque violence : or ton ſerviteur eſt en ſûreté de ces côtez-là.*

Hiſtoire.

On rapporte qu'*Aron Rechid* ayant ſurpris un des Miniſtres du Conſeil qui commettoit une injuſtice aſſez legere, il lui ôta ſon emploi, & lui prit ſes biens. Les Grands au bout de quelques jours intercederent pour lui, diſant que c'étoit-là une trop petite faute pour être punie de la diſgrace, & de la perte de ſes biens. Le *Calife* répondit : *Je ne ſuis pas de cet avis.* Mais le diſgracié étant venu à mourir : là-deſſus le *Calife* revint à lui, & fut touché de grand regret, il verſa des larmes, & ayant fait venir les enfans du défunt, il leur baiſa les yeux & la tête, & les ayant pris à quartier, il leur dit : *Je n'aurois pas la force*

* *Le Grand.*

Tome II.

de ſoûtenir au jour du Jugement la ſeverité que j'ai exercé contre vôtre pere. Il leur rendit tous ſes biens, & leur établit une penſion juſqu'à ce qu'ils fuſſent en âge d'être mis dans l'emploi.

Que le Roi exerce toûjours les actes de la liberalité, ſi ce n'eſt que ſa dépenſe excedât ſon revenu; parce que la prodigalité & l'avarice ſont également déteſtables.

Conſeil aux Rois ſur la Beneficence & la Juſtice.

Ne donne jamais ton conſentement à la mort de perſonne,

Sans être touché auparavant d'un vif ennui de faire mourir,

Et ſi tu découvres que la race de cet infortuné te porte une haine meurtriere,

Pardonne leur, & leur fais du bien.

L'homme pécheur qui a fait le mal, eſt mort.

Quelle part a au crime la veuve & les orphelins?

Quoi que tu ſois vaillant, & que ton armée ſoit puiſſante,

Toutefois ne te jette point fort avant dans le païs de ton ennemi,

De peur qu'il ne ſe renferme en quelque château inacceſſible,

Et que de dépit tu ne décharges ta colere ſur un peuple innocent.

O Roi! examine avec ſoin les accuſations des priſonniers,

Parce qu'il peut être qu'il y en ait d'innocens entr'eux.

Si quelque Marchand étranger eſt mort en ton païs,

Ne ſouffre pas qu'on porte ſur ſon bien une main dure & injuſte,

De peur qu'après qu'il aura été fort pleuré Par ſa famille, & par ſes parens, ils ne diſent entr'eux :

Le pauvre homme eſt mort en païs ennemi,

Le bien qu'il avoit un homme violent l'a emporté.

Songe à faire du bien à l'orphelin ſans appui;

N'entre point dans la cauſe des ſoupirs qu'il jette pour ſes pertes.

Il vaut mieux une bonne réputation durant cinquante ans,

Que des tréſors qui ruïneroient la bonne odeur de ton nom.

Ce ſont des biens précieux que le bon renom éternel,

Z   De

De n'avoir pas étendu sur le bien d'autrui la main du pillage.

Si le Roi de l'Univers

Prend le bien des grands & des petits, c'est un gueux.

L'homme de bien vit étroitement & meurt pauvre,

Dédaignant de remplir son ventre à la table du méchant;

Chose qui est aussi basse aux yeux des grands hommes,

Que d'être vaincu par un Lutteur jetté plusieurs fois par terre.

N'allez pas de travers en marchant sur les pas des gens droits; & si vous recherchez la verité, aprenez-la de Sahdy.

L'homme de bien est toûjours ferme, & demeure inébranlable; mais les méchans sont toûjours étonnez & émûs.

Quiconque veut être reputé homme de bien, ne doit pas souffrir que des gens sans conscience soient impunis dans leur iniquité; car cela ne passeroit pas pour une action de conscience, mais pour une action de pauvre esprit.

La liberalité est loüable, pourvû qu'elle soit faite avec retenue, & sans préjudicier à l'aise des plus bas sujets, & il faut toûjours répandre des dons, mais en telle mesure que la Cour & les armées n'en souffrent pas de retardement en leur paye.

La joye & les plaisirs sont nécessaires aux Rois; mais non en telle mesure qu'on dise, que c'est une méchante habitude, & qu'elles leur attirent des maledictions; comme aussi la conversation agréable & les bons mots conviennent fort bien à leur caractére; mais non pas à un point qu'on en puisse justement les taxer de legereté d'esprit.

La pénitence & l'abstinence sont requises dans les Rois; mais à un degré tel, que le soin de leur vie & le soin de leur peuple n'en soit pas diminué.

Que le Roi étudie si bien l'histoire des Rois ses dévanciers, qu'il en retire de grands profits. Un de ces profits doit être de suivre & pratiquer leurs bonnes maximes; un autre est de comparer leur tems avec le sien, & un autre de considerer comment ils s'en sont tous allez de suite, en laissant chacun une reputation conforme à leur conduite, afin que ses grandeurs, sa gloire & sa puissance ne lui fassent point d'illusion; mais qu'il agisse & qu'il parle d'une manière, que les gens pieux & les gens sages soient forcez de le trouver bon.

Si un esclave de *Dieu* plie la tête sous le poids de sa condition,

Et si un autre leve la tête au dessus des nuées,

Les bons & les méchans s'en vont de même sorte.

Il suffit de laisser un bon nom après soi.

Etabli des gens craignans *Dieu* sur le peuple,

Parce que l'homme pieux rend l'état riche & abondant.

Celui-là pense mal de toi qui tire le sang du peuple,

Puisqu'il veut faire ton profit aux dépens du bien public:

C'est un crime d'établir de tels Officiers,

Que par la dureté de leurs mains on leve ses mains à *Dieu*.

Punis le mauvais Agent en lui prenant son bien,

Parce qu'en ôtant la racine il faut que l'arbre séche.

Ne sois point lent à punir l'homme extorsionnaire,

Car aux bêtes grasses on arrache la peau.

Il faut d'abord couper la tête au loup,

Et non après qu'il a déchiré les hommes comme des brebis.

Le jeu d'Echets, le Chant, la Musique, la Danse, les Mimes, & toute sorte de représentations ne doivent point être à l'entour du Roi, parce que ces choses pervertissent le cœur; mais il pourra par accident s'en divertir une fois en chaque saison, soit en des occasions extraordinaires, soit pour dissiper quelque chagrin.

On raconte que *Cheic* * *Chably* étant entré en un Festin que faisoit le Roi, il le vit joüant aux Echets avec le grand Vizir, il les regarda en souriant, & leur dit: *On vous a établis pour agir tout de bon, & vous vous mettez à joüer.*

Le gouvernement d'un Empire est une affaire qui requiert un esprit attentif & recueilli, & un cœur qui tourne toûjours les yeux vers le *Dieu* très-haut, & qui l'invoque continuellement pour de bons conseils, afin de bien conduire ses pieds, sa main, sa langue, sa plume, & tant que le Roi agira ainsi, *Dieu* lui fera la grace de lui conserver l'Empire & la Pieté.

* Homme célébre pour son grand savoir, qui vivoit du tems de *Mahomed Jasersadek*, dans le troisiéme siécle du *Mahometisme*.

Con-

Conseil du Roi † Nouchirevon le Juste, *à son fils* Ormous.

J'ai appris que *Nouchirevon* prêt de rendre l'esprit,

Parla ainsi à *Ormous* son successeur:

,, Sois le Protecteur du droit des gens de
,, bien;

,, Et ne convoite les biens de personne.

,, Il n'y aura personne à son aise dans ton
,, Empire, *

,, Si tu ne songes qu'à tes aises, comme si
,, c'étoit assez;

,, C'est une chose qui ne plaira point à un
,, sage,

,, Qu'un berger endormi, & le loup man-
,, geant les brebis.

,, Va-t'en vîte prendre soin du droit du
,, pauvre peuple,

,, Car c'est pour prendre soin du peuple
,, qu'on a la Couronne sur la tête.

,, Le peuple est les racines & le Roi le
,, corps de l'arbre;

,, Le corps de l'arbre, mon Enfant, sub-
,, siste par ses racines.

,, Ne blesse point tant que tu pourras le
,, cœur du peuple;

,, Car si tu le fais, tu arraches tes propres
,, racines.

,, Si tu choisis le chemin battu des gens
,, droits,

,, Appren que le chemin des gens pieux
,, est entre l'esperance & la crainte.

,, Que si tu trouves le Roi dans cet heu-
,, reux milieu,

,, Sache qu'il a trouvé la sûreté & la féli-
,, cité de l'Empire.

,, Les faveurs se font par des gens qui espe-
,, rent

,, Les faveurs, & le pardon de l'Auteur de
,, toutes choses.

,, On se fera une habitude de sagesse,

,, En esperant le bien & craignant le mal.

,, Les injures des gens ne plairont point à
,, celui

,, Qui craint que son Royaume ne se rem-
,, plisse d'injures,

,, Et le Roi en qui cette crainte ne se trou-
,, ve point,

,, Verra que le repos ne trouve point de
,, lit dans son païs.

† Ancien Roi de Perse, surnommé *le Juste*, à
cause de sa grande Justice, duquel la *Morale Persane* tire la plûpart de ses amplifications & de ses
exemples.

,, Si tu te rends esclave de *Dieu*, cela te
,, réüssira;

,, Si non monte à cheval & fui où tu vou-
,, dras.

,, Ne crains point les gens courageux &
,, graves;

,, Crains ceux qui ne craignent point *Dieu*.

C'est une vision que de croire qu'un Païs
puisse être en prosperité,

Dont le Roi se ruïne dans l'esprit du peuple.

Qu'on ne donne jamais la commission des
grandes affaires à gens non éprouvez dans les
affaires, de peur d'employer quelqu'un qui
prenne le bien des sujets sans remords, & qui
repande leur sang sans s'en soucier.

Quiconque ne se tient pas assuré de vous,
ne vous tenez pas assuré de lui, car un serpent, de peur que l'homme ne le touche, pic-
que l'homme & le tuë. Or tailler le pied d'un
mur, puis dormir contre sans crainte, & tuër
le petit d'une couleuvre & se tenir assis proche sans crainte, n'est pas une chose digne de
gens d'esprit.

Ne vous fiez point à celui qui parle mal
d'autrui en son absence, & ne le tenez point
en vôtre compagnie.

Les bons mots des Rois sont les Rois des
bons mots; mais il ne faut tenir pour de tels
mots que ceux qui, étant redits par d'autres
gens çà & là en conversation, les railleurs
n'y trouveront rien à redire, & les gens sages
en seront recréez.

Le *Dervich* de cœur Royal & genereux se
connoît à ceci, qu'il ne languit pas dans son
cœur après les biens des Rois ni les biens du Roi; &
le Roi du cœur gueux & misérable se connoît
à ceci, qu'il languit après les biens de ses sujets.

Il n'est non plus honnête au Roi de faire
violence à ses petits sujets:

Qu'à un Pelican d'aller prendre les grains
de la fourmi.

La sagesse du Roi d'un grand Etat consiste
entr'autres choses à ne laisser point prendre
de force à son ennemi quelque petit qu'il soit,
ni d'occasion avantageuse contre soi à son ami
quelque attaché qu'il soit, de peur que s'il devient ennemi, il ne se serve de cette occasion
pour nuire.

Il est d'un grand esprit de ne pas faire aujourdhui ce qu'il ne faut faire que demain,
ni de renvoyer à demain ce qu'il faut faire aujourdhui.

Le droit des grands sur les petits est de se
faire servir par eux, & l'honneur des grands
Z 2   est

eſt de dire du bien de ceux qui les ſervent, & de recevoir leur ſervice comme ſi c'étoit une faveur.

Si l'homme eſt doüé de vertu,

Que la vertu parle de l'homme, & non l'homme de la vertu.

Les vieux ſerviteurs & domeſtiques que l'âge rend incapables de plus ſervir, doivent être payez & entretenus comme auparavant, ſans exiger d'eux autre ſervice que de ſe lever matin pour prier Dieu pour le Roi.

Que le Roi ſoit ſoigneux d'entretenir les anciens monumens de ſes Ancêtres, afin que les monumens élevez ſous ſon régne, ſoient auſſi entretenus.

Qu'il prenne pour ſes Miniſtres, & pour ſes familiers amis, des hommes qui ſongent plus à l'honneur & à la juſtice du Roi, qu'à l'accroiſſement de ſes biens, & qui prennent plus le parti des ſujets du Roi, que le parti du Roi auprès des ſujets.

Conſeil du Roi * Ormous à Chiroué ſon Fils & Succeſſeur.

J'ai ouï conter que *Ormous* dit à *Chiroué*, Au tems que le dernier ſommeil lui alloit fermer les yeux:

,, Quoi que tu faſſes penſe ſur tout à ceci,
,, De conſerver cherement la bienveuïllance
,, de ton peuple.
,, Il ne faut pas injuſtement écorcher le
,, ſujet,
,, Lequel eſt la force & l'appui du Royau-
,, me.
,, Fais des graces, en penſant que ce n'eſt
,, pas par guerres & par querelles,
,, Que tu ameneras le peuple ſous le joug
,, de ton commandement;
,, Car ſi le peuple verſe des larmes à cauſe
,, de l'injuſtice du Maître:
,, Le fruit d'un tel arbre ſera la mauvaiſe
,, réputation.
,, En peu de tems celui-là détruira ſon
,, être,
,, Qui met ſon être à faire de méchantes
,, choſes.
,, La deſtruction que fait l'épée d'un puiſ-
,, ſant ennemi eſt grande,
,, Mais pas tant que la colere du cœur d'u-
,, ne vieille femme.
,, La chandelle qu'une femme veuve a allu-
,, mée,

* Fils de *Nouchirevon le Juſte*, Roi de Perſe, de la derniere race avant *Mahamed*.

,, A été ſouvent le feu qui a mis une ville
,, en cendres.
,, Il n'y a en ce monde plaiſir ni interêt pa-
,, reil,
,, A celui d'un Roi qui vit & régne avec
,, conſcience,
,, Afin que quand le tems ſera venu d'être
,, † étranger en ce monde,
,, Les gens de bien faſſent des prieres ſur
,, ſa foſſe;
,, Puiſque le bien ou le mal qu'on a fait
,, demeure, & qu'on n'en emporte que le nom:
,, Il vaut mieux emporter un bon nom qu'un
,, mauvais.
,, Etabli ſur tes ſujets des gens craignant
,, Dieu,
,, Car il n'y a que les gens pieux qui puiſ-
,, ſent être de bons Architectes du Païs,
,, C'eſt l'ennemi du Royaume auſſi bien
,, que le meurtrier du peuple,
,, Qui en cherchant de faire ton profit fait
,, mal au peuple.
,, C'eſt un grand crime de mettre la Ma-
,, giſtrature en de telles mains,
,, Que pour leur dureté on leve les mains
,, à Dieu.
,, Celui qui entretient à ſon ſervice des gens
,, bien faiſans, ne verra point de mal,
,, Mais ſi tu entretiens le mal, tu es enne-
,, mi de ton cœur.
,, Pille le concuſſionnaire comme il a pil-
,, lé les autres,
,, Parce qu'il faut arracher ſa racine de
,, deſſous la terre.
,, Ne donne point de lieu à l'iniquité d'au-
,, cun Officier,
,, Car c'eſt lors qu'il eſt gras qu'il faut lui
,, arracher la peau.
,, Il n'eſt pas permis de boire une taſſe d'eau
,, ſans le conſentement de la Loi:
,, Mais avec ſa permiſſion on peut verſer
,, le ſang.
,, Ne tire pas, mon cher Fils, tes pieds du
,, droit chemin,
,, Et les peuples ne retireront pas leurs pieds
,, de la voye de ta puiſſance.
Le Roi eſt par l'inſtitution de Dieu le pere des orphelins, & il leur doit être un ſecoura-ble * ami; particulierement à ceux qui ſont pauvres, afin qu'ils trouvent quelle differen-ce il y a entre avoir pour pere ou un pauvre ou un Roi.

On

† mourir.
* *Kamkour*, c'eſt-à-dire, *mangeur de déplaiſirs*; parce que l'ami digere les déplaiſirs de ſon ami.

On raconte qu'un homme ayant laissé un fils unique, & beaucoup d'or & d'argent, le Gouverneur du lieu envoya des gens dire au tuteur, de lui aporter tout le bien de son pupile; le tuteur prit l'enfant, & lui attachant le bien à la ceinture & sur le corps, il le fit ainsi porter devant le Gouverneur, & lui fit dire: *Ce bien n'est pas à moi, il est à cet enfant. Si tu le veux prendre, prens-le de lui-même jusqu'au jour du Jugement.*

Il n'est pas permis aux Rois de se courroucer sans grand sujet, ni lors qu'ils se courroucent justement de sortir des bornes & d'exceder, parce qu'en excedant le tort se rangeroit de leur côté, & la juste plainte du côté du prévaricateur.

Qu'on se comporte toûjours envers les amis & envers les ennemis d'une maniére bien faisante, parce que par ce moyen l'amour des amis augmentera, & la haine des ennemis diminuera.

Le trésor doit être toûjours rempli, & la dépense ne doit jamais en empêcher l'abondance; parce que les ennemis de l'Etat sont toûjours au guet pour quelque occasion, & les malheureux accidens toûjours en chemin.

Qu'en tous états on soit toûjours en garde contre la tromperie & les méchans tours; & qu'on n'oublie jamais que les Princes sont plus souvent empoisonnez que les autres; c'est pourquoi il faut bien connoître la famille & les voyes de ses domestiques, & en être assuré de la plus forte maniére, afin que les ennemis, les espions & les assassins ne trouvent jamais de lieu à un mauvais coup.

Il faut établir des espions secrets autour des Grands de l'Etat & des plus privez Courtisans, afin de connoître le bien & le mal de chacun, & afin d'éventer toute sorte d'intrigues.

De tems en tems il faut commander aux Prévôts des Prisons d'exhorter les Créanciers à donner du délai à leurs Pauvres Débiteurs, & de leur quitter partie de la dette selon leur pouvoir; & si le Créancier & le Débiteur sont tous deux Pauvres, & que le trésor Royal soit plein le Roi peut commander qu'on en prenne pour accommoder ces affaires; même quand cette sorte de bienfaits-là emporteroit quelque chose de considérable hors du trésor du Roi: il ne faudroit pas les discontinuer, parce qu'encore qu'il semble que la voye de conserver l'Empire, & la gloire soit les armes & les richesses; néanmoins dans la verité ce sont les vœux des Pauvres, qu'on a secourus, qui en font les moyens les plus efficaces.

Que le Roi s'informe particuliérement des malheurs, qui arrivent à ses sujets, comme des Caravanes volées, des vaisseaux peris, & d'autres pareils dommages. Qu'il plaigne les malheureux, & qu'il les secoure de ses biens, croyant que c'est-là une des grandes bénéficences qui lui est recommandée.

Les Administrateurs soit du Domaine Royal, soit des Entrées, & leurs Cautions, qui font paroître que leur Commission n'a pas tant produit qu'ils avoient promis de la faire valoir, doivent être considérez à la reddition de leurs comptes, & recevoir quelque faveur; ou bien il leur faut donner quelque Commission plus lucrative afin qu'au bout d'un long service ils se retirent avec profit.

Que les gens vertueux soient honorez, afin que ceux qui aiment l'honneur, sans aimer la vertu, soient desireux de la vertu pour l'Amour de l'honneur, & qu'ainsi le Royaume prenne le chemin de la perfection.

Le sujet qui étant tombé en faute, ou qui ayant été négligent dans son emploi, a été puni par la disgrace: doit être rétabli au bout de quelque tems; c'est assurément une meilleure action de rétablir des Disgraciez, que de délivrer des Prisonniers.

Employez les gens qui ont été sous la rude punition de la disgrace, parce qu'assurément la crainte de retomber dans ce miserable état les fera servir avec plus d'application & plus de précaution.

Que le Roi fasse des graces de diverses sortes à sa Cour, & à ses armées tour à tour, afin que comme les ennemis sont toûjours d'un avis pour faire du dommage à leurs ennemis: les amis concourent aussi à faire du bien à leurs amis.

Le Soldat qui au jour du Combat est effrayé à la vûe de l'ennemi & s'enfuit, doit être tué, comme ayant dérobé le prix dont il avoit été acheté.

Il ne faut point avoir en sa Compagnie ordinaire des gens dont la pieté ne soit pas reconnue, de peur que leur libertinage ne fasse impression sur l'esprit, ou quand il n'en feroit pas, de peur de scandale; car on ne peut pas honnêtement reprimer le Libertinage ou l'improuver, lors qu'on a des Libertins près de soi.

Qu'on ne donne jamais plus de créance aux rapports qui sont faits, sinon de faire examiner quelle en est la verité, mais qu'on ne porte jamais de Jugement dessus, qu'après l'examen fait.

Qu'il n'y ait jamais d'intercession, qui fasse retar-

Z 3

retarder la punition des Voleurs & la mort des Meurtriers.

Entretenir des gens de mauvaises mœurs à son service & des fornicateurs, c'est se rendre coupable des mêmes crimes, & se faire condamner à leur derniere punition.

Les Larrons sont de deux sortes, les uns volent l'arc & la fléche à la main sur les grands chemins, les autres volent subtilement parmi le monde, mais la destruction des uns & des autres est également commandée.

Le Roi * Nouchirvan surnommé le juste, qui vivoit du tems de l'*Infidélité*, apparut en songe à un des *Califes* l'air riant, le visage content & charmant: on lui demanda comment avez-vous fait pour obtenir une condition si agréable, que celle où vous paroissez être, il répondit, *je n'ai fait nulle grace aux Coupables, & nulle peine aux Innocens.*

Le Roi ne doit pas executer sur le champ tout ce qu'il conçoit être convenable pour le Royaume: mais premiérement il le doit examiner en lui-même, puis il le doit faire examiner au Conseil des gens les plus avisez, & s'ils l'approuvent il l'executera au nom de *Dieu* très-bon & très-grand, & en lui en recommandant le succès.

Que le Roi prenne conseil avec les vieillards experimentez, & qu'il aille à la guerre avec les Jeunes gens éveillez.

Que le Roi fasse Justice des gens violens, de peur que sa nonchalance n'enflame la fureur; car comme l'on a fort bien dit, le Roi qui n'extermine pas les voleurs des grands chemins, est celui-là même qui pille les Caravanes de sa main.

Le desir & l'attente des sujets touchant le Roi, c'est qu'il écarte les Loups d'autour des Brebis; mais si le Berger ne peut écarter le voleur [le Loup] que sera-ce, ou s'il le peut & qu'il ne le veuille pas.

Histoire.

Le Poëte Loualnon du grand Caïre, dit au Roi, ,, j'ai apris qu'un tel que vous avez ,, envoyé en Emploi dans le Païs, traite avec ,, hauteur & dureté les sujets, & laisse passer ,, journellement beaucoup de violences & ,, d'injures. " Le Roi répondit, *il viendra un jour que je le punirai sévérement.* Il répondit, ,, Oui vous attendrez qu'il ait pris tout le ,, bien des sujets, & alors à grands coups vous ,, le lui arracherez, & en remplirez vôtre tré-

* Un des anciens Rois de Perse.

,, sor, mais quel reméde sera-ce aux maux ,, de vôtre pauvre & miserable Peuple? " Le Roi en fut honteux & ordonna sur le champ la punition du Coupable.

Il faut couper la tête au Gouverneur aussitôt qu'il agit en Loup, non après qu'il a dévoré les sujets, comme des Brebis.

Le châtiment des Voleurs, & de toute sorte de méchans plaît merveilleusement au Peuple, lors qu'il est fait par le souffle de la bouche d'un Roi, qui s'abstient lui-même de toute sorte de violences.

Histoire.

Un Roi commanda d'aller mettre en piéces dans toutes les caves les vases dans lesquels on gardoit le vin; mais la nuit ne fut pas plûtôt venuë, qu'il commanda d'aller cueillir du Raisin en tel lieu, & de faire du vin. Un sage qui étoit-là lui dit à l'oreille: *O vous qui défendez de mal faire ne faites pas de mal.*

Le Soldat qui reçoit la paye du Roi la reçoit pour prix de son ame, c'est pourquoi s'il s'enfuit dans l'occasion, que son sang soit répandu.

Que le Roi ne donne jamais d'offices, qui tendent à oppresser le Peuple, de peur que l'effet des imprécations qu'il fera ne passent jusques sur l'Auteur de leur mal.

Entre les choses sur lesquelles les Rois attendent que leurs successeurs leur fassent Justice, il y a celle-ci que le Roi régnant ne fasse tort ni peine aux Ministres, aux Officiers & aux particuliers amis du Roi son Prédécesseur; & si le Roi agit ainsi, il sera Roi en ce monde & en l'autre, mais s'il agit autrement il sera miserable en tous les deux.

Le Roi qui ne fait pas Justice, & qui cependant aspire à une bonne reputation, ressemble à un Laboureur qui semeroit du mil, & voudroit recueillir du froment.

O toi! qui aimes le Trône pour le plaisir, que donnent les grandeurs, sois civil, & sois généreux, parce qu'il n'y a point de grandeur, qui égale celle de faire du bien, & que la plus douce harmonie pour toi est de combler tes amis de bienfaits, & qu'eux te comblent de loüanges.

Il vaut mieux avoir le ventre vuide, que le ventre plein, quand on se trouve en la compagnie des Pauvres.

Quoi que l'oye meure de faim,

Elle n'ira pas chasser des Moineaux pour se nourrir.

Vous êtes à la place de ceux qui s'en sont allez,

allez, & de ceux qui doivent venir: ne mettez pas vôtre application à établir un féjour ferme entre *deux néants.

La vraye vaillance ne confifte pas à prendre le monde entre fes bras, mais à le conferver: l'homme fage ne veut point du monde, l'homme fol le met fûr fes épaules.

Que les Rois quand ils rendent Juftice s'affeient fi haut que s'il y a quelque voix, qui crie juftice, ils la puiffent entendre; afin que ce ne foit pas toûjours la voix baffe des Miniftres & Officiers, qui portent les plaintes des fujets à l'oreille du Souverain, mais que leurs cris y puiffent arriver à droiture.

On rapporte que le Roi Nouchirevon le jufte avoit deux Cloches; l'une dans fa fale, & l'autre au chevet de fon lit, dont les cordes paffoient au travers des planchers, dans les galeries du Palais: quand quelqu'un avoit befoin de fecours il fonnoit la cloche & le Roi le faifoit venir devant lui.

Les Rois d'*Arabie* alloient déguifez parmi le peuple pour obferver ce qui fe paffoit, & pour apporter du reméde à ce qui fe faifoit de mal, & ils faifoient faire la même chofe par des gens affidez dans les Provinces, & dans les villes, afin que fi quelque oppreffion fe commettoit, ils en fuffent auffi tôt informez, & qu'ils en fiffent la punition.

Les hommes fans foin doivent être regardez comme des morts; mais les hommes vigilans, & juftes quoi qu'ils meurent demeurent en vie.

La gratitude des Grands envers Dieu les oblige à pardonner aux petits leurs offenfes, & le devoir de leur condition eft d'empêcher qu'on n'opprime le Peuple.

Lors que vous êtes devenu Grand, comportez-vous de maniére que fi la Fortune change, vous puiffiez endurer le même traitèment que vous aurez fait endurer aux autres.

Les atteintes des gens de pauvre & baffe condition doivent être plus appréhendées, que celles des Lutteurs dont le bras eft le plus robufte.

On ne fupporte jamais patiemment les tems fâcheux, c'eft pourquoi en tout tems il faut faire Juftice aux oppreffez, & caffer les dents des méchants. O toi! qui jouïs d'un doux fommeil, fonge à ceux que l'oppreffion empêche de dormir. O toi! qui marches allaigrement, penfe à ton Camarade qui ne fauroit fuivre. O toi! qui es à l'aife, fais faveur à celui qui eft à l'étroit. Vous voyez ce que ceux qui vous ont devancé ont fait, & ce qu'ils ont trouvé. Ils s'en font allez la tête chargée du pefant fardeau de leurs crimes, & de l'oppreffion faite aux Innocens. Affurément il vaut mieux s'en aller pauvre à fauveté, que Roi à la réprobation.

Les Ancêtres parlent à leurs fucceffeurs en cette forte:

Si vôtre efprit a des oreilles, nous lui dirons à l'oreille,

Nous avons été des hommes comme vous, mais nous n'avons pas connu le prix du tems de la vie, car nous l'avons enfoncée dans le trouble, & dans la confufion.

Si vôtre vie eft emportée, comme la nôtre dans le trouble, & dans un mouvement exceffif,

Retenez en fouvent des momens pour confidérer combien il s'en paffe, & à quoi elle eft employée.

Quiconque n'offenfe perfonne, ne craigne perfonne. Le Scorpion qui ne pique point, ne craint point, s'il s'enfuit c'eft par l'impulfion de fa nature, mais il eft en fûreté dans la maifon tant qu'il n'y fait point de mal. Le Loup dans les Campagnes court auffi çà & là à caufe de fon inclination vorace & déchirante, mais dans les villes où il ne fauroit faire de mal il eft en repos; & les Voleurs de même fe tiennent cachez dans les valées & dans les montagnes, à caufe de leur méchanceté.

Quelque foible que foit vôtre ennemi ne le méprifez point, mais foyez en garde contre lui, de peur que fi quelque accident, vous affoiblit & abat, il ne fe jette fur vous dangereufement; car quoi qu'un chat foit un chetif animal, cependant s'il fe jette à l'imprevû fur un Lion, il lui arrachera les yeux de fes griffes avant que l'autre ait fongé à fe parer.

Qu'on faffe accueil aux petits auffi bien qu'aux Grands, & qu'on ne penfe pas fottement, c'eft moi qui protege, & qui fuis Roi, parce que fi un méchant ou un fou vous affaffine, la vie ne vous fera pas rendüe, encore que le Roi fucceffeur faffe paffer au fil de l'épée un des climats du monde pour venger vôtre mort.

Conduifez vous de forte qu'on parle de vous par Juftice en vôtre abfence, comme on en parle par crainte en vôtre préfence.

Efforcez vous durant vôtre vie d'être élevé au deffus des autres, en juftice, en piété, en liberalité, parce que dans la mort les Mendians,

dians, & les Rois font de même qualité, & si on ouvre le tombeau d'un Roi, ou d'un gardeur de Chiens: on n'y pourra trouver de difference, parce qu'il n'y en a point en la mort.

Si vous ne pouvez empêcher vos ennemis de se liguer ensemble: sachez qu'il en faut gagner quelqu'un en le contentant, comme il voudra: mettez aux mains entr'eux vos ennemis & vos envieux, afin que de quelque côté que soit le gain de la bataille, vous y gagniez ceci, que vôtre ennemi a été défait.

Ne laissez point vôtre ennemi s'élever, car si vous jettez un pion d'échets parmi les figures, il ira à la tête & se fera renommer.

Histoire.

Que c'est agréablement qu'il a été dit
Par un Marchand voyageur assailli de Voleurs;
Si tu veux être demain un grand Seigneur,
Ne souffre pas ton ennemi s'élever au dessus de toi,
De peur que demain ne soit égal au grand *Cosroès*,
Un miserable qui auparavant ne valoit pas un grain d'orge.
Ne t'appuye point sur des secours impuissans,
De peur que ces appuis te manquant tu n'en sois honteux.
C'est un mal aux yeux des grands hommes sages,
D'être rebuté par de miserables affranchis de la Fortune.
Les grands personnages de cœur généreux, d'ame droite & d'heureux sort,
Par leurs services humbles ont porté la Couronne, & se sont assis sur le Trône.
Ne va point de travers à la queüe des gens qui vont droit,
Et si tu aimes le droit chemin apprens le de ✱ *Sahdy.*
Favorisez les gens en de petites choses, afin qu'ils vous servent dans les grandes.
Quand les Rois que la débauche, & les plaisirs privent de connoissance, & de bonne conduite dans le Gouvernement du Royaume, s'en remettent sur les Ministres, il arrive que les Ministres à leur exemple s'exemptent de soin & d'application, pour s'adonner au gain & à la volupté; mais il ne se passe gueres de tems que le Royaume ne soit détruit.

✱ L'Auteur de ce Traité.

Ne vous mettez point en colere à cause des mauvaises langues qui parlent de vous, pourquoi ne seriez-vous pas toûjours, comme ceux de qui on dit du bien?

Lors que vôtre interieur est en émotion
Songez que les gardes d'une ville sont sous les armes en tems de guerre, c'est-à-dire, *que c'est alors qu'il faut le plus prendre garde à soi.*

Avant que de vous réjouïr de la mort de vos ennemis,
Soyez assuré que vous ne mourrez de long-tems.

Il faut manger quand l'appetit est devenu devorant, parler quand la nécessité en est grande, se coucher quand on dort debout, & s'approcher d'une femme, quand la passion d'Amour est au suprême degré.

Ne comptez pas pour peu de chose d'offenser un homme de basse condition, car un tas de fourmis mettent à bout le Lion déchirant, & une multitude de moucherons avec leur éguillon, réduiront l'Elephant à se jetter par terre.

Il faut se comporter d'une manière dans le Commandement, que s'il arrive qu'on soit renversé en bas du Théatre, on ne reçoive de la part de personne, ni confusion ni peine, comme les frelons, qui quand on les trouve tombez à terre on met le pied dessus.

Que le Roi ne prenne pas plus de plaisir à la voix de la flatterie, qu'il en prend aux cris des affligez, des infortunez & des oppressez.

Le Sultan *Casvin* sur qui soit la misericorde de *Dieu*, disoit, je n'ai pas tant de peur des Lances des hommes, que des quenouilles des femmes.

Il ne faut pas tant craindre les mauvais esprits qui sont sous la terre, que les mauvais esprits qui sont dessus.

Si vous voulez que les foiblesses humaines, ne prennent pas d'empire sur vous, prenez empire sur elles, avant qu'elles soient renforcées.

N'aprenez pas vos fautes par la bouche de vos amis, de peur qu'on ne vous dise demandez à vos ennemis, qui vous êtes, pour voir ce qu'ils en disent.

Lors que vous avez quelque grace à accorder, ne le faites pas avec des paroles rudes, car le foüet est pour les bêtes à quatre pieds, & lors que vous avez quelque Censure à faire, ne la faites point avec des paroles flatteuses; car de donner du sucre à prendre au lieu de Medécine ne profite de rien.

On a dit sagement, lors que l'on a peur de celui

celui qui commande, il faut faire grace à celui qui obéït.

Penfez toûjours en vous-même, l'ennemi
eft à ma porte, afin que s'il arrive qu'il paroiffe quand vous n'avez pas lieu de l'attendre, vous ayez lieu de le repouffer. Ne met,
tez point vôtre confiance en perfonne avant
que de l'avoir éprouvé en divers emplois.

Il eft néceffaire aux Maîtres des Empires,
que lors qu'il furvient de méchantes affaires,
capables de troubler le Païs, eux, la nuit, quand
le Peuple prend fon repos, portent aux piéds
du Trône de Dieu très-haut, leurs demandes
pour le fecours, & que par leurs prieres, &
par leurs larmes, ils implorent fes lumiéres
& fon affiftance; il eft bon & convenable en
cette occafion de demander grâce, & aide en
toute humilité, avec piété & dévotion véritable; il eft bon & à propos d'aller en pelerinage aux nobles Tombeaux des Saints pour
requerir l'affiftance des ames pures; il eft bon
& propre en cette occafion de jugér la caufe
des oppreffez, & de confidérer les griefs des
Pauvres, de mettre en liberté les Prifonniers
les plus qualifiez: bon & propre de promettre à Dieu de faire des aumones; puis après
il faut faire des liberalitez à fes Troupes, à
toute fa maifon, & à tous ceux qui font capables de porter les armes, & leur promettre
dans un bon tems des récompenfes qui les animent; puis il faut avec fes amis gens d'efprit,
de fageffe & de Confeil, prendre les voyes de
repouffer le mal qui fe préfente: & lors que
les chofes auront réuffi felon leur defir, il en
faut rendre gloire & loüange à Dieu très-haut,
fans en rien attribuer à fa fageffe ni à fa force.
Or quiconque après la victoire tient les promeffes qu'il a faites, & rend les graces düés:
il s'ouvre le chemin à une nouvelle victoire,
fi l'occafion s'en préfente, en attirant les cœurs
à foi, & en gagnant tout le monde à fon parti & pour fa confervation. L'homme heureux & plein d'efperance penchera l'oreille
de fon efprit aux Confeils de Sahdy, & fe conduira par leur direction, & par la bénédiction
de Dieu grand & glorieux. Sa mort lui fera
& falutaire & heureufe: & fa Pofterité fleuri-
ra, jufqu'à la fin des fiécles, & comparoitra
pleine de confiance au dernier jour.

CHAPITRE XIII.

De la Géographie & de l'Hiftoire.

LEs Perfans appellent la Géographie Elm
Mefahat, la Science de la délineation, ou

Tome II.

repréfentation. Ils ont divers Auteurs qui en
ont écrit, cependant ils n'y connoiffent que
très-peu de chofe, fur tout à l'égard de la
partie de cet Art, qu'on appelle la Carte; ce
qu'il faut rapporter fans doute à l'humeur fe-
dentaire des Perfans, qui eft l'humeur générale de tout l'Orient. Il n'y a que les Europeans au monde qui voyagent par curiofité.
La raifon s'en doit tirer, à mon avis, de la
nature de nôtre climat; car j'ai toûjours recours au climat en cherchant la raifon des
habitudes, & des maniéres des hommes, &
même de leur génie; parce que j'y trouve
plus de folidité qu'en toutes les autres caufes
qu'on en allegue. L'air de nôtre Europe nous
expofe par fa rigueur à plus de befoins, que
les hommes des climats Orientaux; il exige
plus d'alimens, plus de vêtemens, plus de remedes, & plus de préfervatifs; & comme nôtre air concentre davantage la chaleur naturelle, il rend le fang plus bouillant: ce qui
communique à nos efprits ces mouvemens
inquiets dont ils font agitez. Or c'eft à nos
befoins d'un côté, & de l'autre à nôtre inquietude naturelle, que je rapporte nôtre inclination à voyager, & de quelque beau nom
qu'on la qualifie; qu'on l'appelle loüable curiofité, envie de favoir, de connoître, & de
fe faire connoître: toutefois c'eft mon fentiment que fi l'on en recherche bien la fource, on la trouvera dans nos befoins & nôtre
nôtre inquiétude naturelle. Une des obfervations qu'on peut faire là-deffus, c'eft qu'entre tous les Peuples de l'Europe, ce font ou
les plus néceffiteux, où les plus inquiets qui
voyagent le plus. Mais pour les Orientaux,
à qui il faut peu de chofe, parce qu'ils ont
peu de befoins, & qui ont le fang moins bouillant, ils ne font point pouffez à aller courir
le monde, & ils fe foucient moins par conféquent de connoître fes divifions & fes routes, comment il eft cultivé, par qui c'eft, &
généralement tout ce que les diverfes parties
de la Géographie enfeignent.

Ils étudient la Sphere, & ils en ont d'affez
bien faites; mais ils n'ont point de Globe terreftre ni maritime, ce qui vient de la longue
erreur dans laquelle ils ont croupi, que le
monde n'étoit habité qu'en une partie, & que
le refte étoit enfoncé dans l'eau comme une
Orange qui nage fur un baffin plein d'eau.
Ils n'ont point auffi l'ufage des Cartes & Pla-
nifpheres, comme je viens de l'obferver, &
ils ne favent rien là-deffus que par routine.

Ils marquent communément la fituation
des lieux dans leurs defcriptions Géographiques,

A a   &

& autres par *climats*, plûtôt que par *degrez*; parce que cela est plus aisé, la latitude ou les élevations qu'ils prennent, leur faisant connoître juste en quel climat est chaque lieu, & aussi parce que les latitudes & les longitudes sont devenues fausses dans leurs Livres, par les méprises des Copistes, qui se font si fort trompez dans leurs transcriptions; soit faute de connoître les figures ou nombres, soit faute d'y regarder d'assez près, & de comparer les Copies avec les Originaux; si bien qu'en plusieurs endroits on ne sait où on en est. Ils ne comptent que *sept climats* de la *Ligne* au *Pole*, au lieu de *douze* que nous faisons. Mais au lieu que nous ne distinguons les climats que vers le Midi & le Septentrion, les *Persans* les distinguent encore vers l'Orient & vers l'Occident, ce qui leur donne la connoissance de plusieurs lieux qui nous sont inconnus. Ils divisent le monde en autant de parties ou degrez que nous faisons, mettant la *Ligne équinoxiale* par les mêmes mesures, & ils comptent leurs longitudes des *Isles Fortunées*, comme nous faisons aussi, lesquelles ils appellent *Gezire Kraledat*, *Isles de l'autre Pole*. Ils prétendent par ce calcul qu'ils ont le centre de la terre habitable en leur Empire dans la Province de *Siston*, qui est le *Parapomisse* ou l'*Arachosie* des anciens Géographes, & dans la ville Capitale de la Province, qui est aussi appellée *Siston*, laquelle ils prétendent être à nonante degrez du *premier Meridien* susdit, & à trente-trois degrez d'élévation du Pole. C'est ce qui se trouve dans leurs Livres de Mathematique; cependant ma *Géographie Persane* & plusieurs autres que j'ai examinées, mettent cette ville dans le troisiéme *climat* à trente degrez trente-cinq minutes de latitude, & à huitante-sept degrez dix-huit minutes de longitude. Il n'y a que l'observation réelle qui pourroit faire connoître de quel côté est l'erreur.

Pour ce qui est de l'*Histoire*, c'est aussi une Science peu connuë & cultivée chez les *Persans*; chose qui n'est pas difficile à imaginer, après ce que je viens de dire sur la *Géographie*; car s'ils ne savent pas quels sont les Peuples éloignez d'eux, beaucoup moins sauront-ils ce qui s'y est passé. On ne croiroit jamais que cette ignorance fut aussi outrée qu'elle l'est, & je ne l'aurois pû croire moi-même, si je ne m'en étois convaincu par un long usage : par exemple, il n'y a pas dix hommes en *Perse* qui sachent que la *Hollande* est une République; quoi que depuis quatre-vingt ans la Compagnie des *Indes Orientales*

de *Hollande* soit établie en divers lieux du Royaume, & nommément dans la ville Capitale : ce qu'on ne peut imputer qu'à une très-grande ignorance de l'*Histoire*. Il est vrai que dans ce fait particulier il y a beaucoup de la faute de cette Compagnie, qui donne une fausse idée de son Païs à ces Peuples éloignez de nous; c'est que cette Compagnie sachant bien que les Gouvernemens de l'*Orient* sont trop arbitraires pour aimer les Républiques : & que ce Gouvernement Républicain est entierement inconnu en *Asie*, n'y ayant jamais eu de Republique, ils ne font jamais mention des Etats Généraux, & quand ils envoyent quelque Ambassadeur en *Perse*, la Lettre de créance est ou du Général de *Batavia*, ou du Prince d'*Orange*, ou en son nom, comme s'il étoit le Souverain du Païs. Les *Persans*, sans s'en informer davantage, croyent là-dessus que la *Hollande* est un Royaume comme les autres. Il est certain qu'ils ne sauroient rien de tout ce qui se passe en *Europe*, n'étoit qu'il va chez eux des Ambassadeurs & des Marchands de plusieurs Etats *Europeans*, qui leur en disent quelque chose; mais pour ce qui est de l'Histoire du Païs, & des Païs de leurs voisins avec qui ils ont des affaires, les Livres qui en traitent ne sont clairs & sûrs, & ne se suivent que depuis la naissance de la *Religion Mahometane*; de maniére qu'on ne se peut fier à rien de ce qui est rapporté des siécles précedens, sur tout en matiere de Chronologie, où ces gens commettent les plus grossieres erreurs, confondant les siécles, & mettant tout pêle-mêle sans se soucier du tems. Leurs principaux Historiens sont *Mirkond*, *Emir Kauvend*, le *Chanahmé*, c'est-à-dire, *le Chant Royal*, qui est l'Histoire des Rois, & *Rouset elsapha*, c'est-à-dire, *Journal* ou *Diaire des Saints*, par où ils entendent les grands Hommes, pour ne pas parler de quelques Auteurs modernes desquels je ferai mention dans mon quatriéme Volume. Mais toutes ces *Histoires*, jusqu'au tems de *Mahamed*, sont des piéces ou fabuleuses ou Romanesques, remplies de mille contes où il n'y a rien de vrai-femblable, & sur tout la derniere, qui commence par des recits de ce qui se passa devant *Adam* & *Eve*; car ils prétendent, comme je le dirai au discours de la Religion, que le monde a été créé un grand nombre d'années avant *Adam*, qu'il étoit premierement habité par des Démons & Esprits, qui étant venus à se rebeller contre Dieu, furent précipités dans les Enfers : que Dieu mit à la place de ces Démons *Adam* & la race du genre re humain. L'*Hiſtoire Perſane* eſt apparemment tirée des Livres ou des Recits des *Guebres*, qui ſont les anciens *Perſes*: fort peu de gens la liſent, & il n'y en a preſque point qui l'étudient pour en découvrir les fautes & pour les rectifier.

Le *Chanahmé* ou l'*Hiſtoire des Rois* eſt en vers, & c'eſt une excellente piéce de Poëſie eſtimée dans tout l'*Orient*, comme Homere & Virgile chez nous. L'Auteur s'appelloit *Ferdous de Tus*, ville de la *Bactriane* frontiere de la *petite Tartarie Orientale*, qui a produit tant de ſavans hommes en toute ſorte de Diſciplines: il vivoit au commencement du cinquiéme ſiécle de l'*Ere Mahometane* ſous le Régne de *Sultan Mahamed Kaſnevy*, qui étoit Prince Souverain de cette partie de la Perſe. On dit qu'il fut quarante ans à compoſer cet Oùvrage, lequel contient ſoixante ſix mille vers, qui ſont proprement des diſtiches, le vers *Perſan* contenant deux vers ou lignes rimées, & que le *Sultan* lui payoit chaque diſtique un gros d'or fin, ce qui étoit plus en ce tems-là que deux Piſtoles en celui-ci.

CHAPITRE XIV.

De la Poëſie.

LEs *Perſans* aſſurent que dans les premiers tems les *Philoſophes* de l'*Orient*, en étoient auſſi les *Poëtes*, & qu'ils couchoient leur ſageſſe en *Vers* pour la rendre plus venerable, & plus aimable, & afin auſſi de la faire aprendre plus aiſément au monde. C'eſt preſque la même choſe aujourdhui en *Perſe*, la *Poëſie* y étant toute morale, pour la plûpart, & contenant tous les enſeignemens de la véritable *Philoſophie*.

La *Poëſie* eſt le talent propre, & particulier des *Perſans*, & la partie de leur Litterature où ils excellent; ils y ont un grand naturel, car leur génie eſt gai & ouvert, leur imagination vive & feconde: leurs mœurs ſont douces & polies, leur tempérament eſt amoureux, & leur langue a la douceur propre & requiſe pour les vers. Un homme qui ne ſait pas un mot de *Perſan*, ne laiſſera pas en entendant reciter des vers *Perſans*, d'être épris du ſon & de la Cadence, qui y eſt très-ſenſible. Ils appellent la Proſe *Neſr*, & les Vers *Neſm*. Les *Perſans* font entrer leur *Poëſie* par tout, & leurs Ouvrages de *Proſe* en ſont mêlez, ou pour parler plus juſte ils en ſont remplis. Ils aiment fort auſſi à faire entrer les *Vers* dans leur converſation; eſtimant

que la *Verſification* donne plus de grace à leurs pointes & à leurs belles penſées, & que c'eſt le moyen de les mieux imprimer dans la mémoire. Les peuples *Orientaux*, comme je l'ai obſervé au Chapitre de la Morale, ont de tout tems renfermé leur ſageſſe dans des Fables, & dans des Sentences & Proverbes, & ces Fables & ces Sentences étoient *rimées*, comme le ſont encore aujourdhui les Fables des *Perſans*. Ils enſeignoient auſſi leurs *Sciences* en *Vers*, & c'eſt ce qui fit dire aux *Arabes*, que *Dieu* les avoit favoriſez de quatre avantagez, entr'autres, par deſſus les autres peuples, ſavoir des Turbans avec leſquels on avoit meilleure mine, qu'avec les Tiares des Monarques: des Tentes qui étoient plus belles que des maiſons: des Sabres ou Cimeterres, qui les défendoient mieux que les Châteaux des autres Peuples: & des *Poëmes* qui étoient plus excellens, que les Livres & les Pandectes des Nations d'alentour.

Un des moyens dont on ſe ſervoit dans les premiers ſiécles pour conſerver la mémoire des grandes actions, étoit d'en compoſer des chanſons, qu'on chantoit dans les aſſemblées & dans les feſtins, comme cela ſe pratique encore fort univerſellement en Perſe. L'uſage en commença en *Arabie*, & cela m'a fait penſer pluſieurs fois, que l'invention des anciens Auteurs *Grecs*, de décrire les Hiſtoires amoureuſes en *Vers Bucoliques*, & par des perſonnages de Bergerie, étoit venuë des *Arabes* & des *Tartares Orientaux*, qui vivoient à la Campagne, ſans quitter jamais leurs grands troupeaux, qui ſont tout leur bien & toute leur ſubſiſtance. Vous voyez en *Orient* de ces Bergers pour parler à nôtre maniére, qui marchent tout-à-fait en Princes, dont le camp reſſemble à une ville, y ayant de toute ſorte d'artiſans, & de toute ſorte de denrées. Et comme les premiers Souverains de l'*Aſie* vivoient de cette maniére, leurs Hiſtoires ſont toûjours mention de leurs Troupeaux, à cauſe que c'eſt toûjours par rapport à leurs Troupeaux, que tous leurs mouvemens ſe faiſoient alors, comme à préſent, ne changeant jamais de lieu que pour leur donner du paturage.

Les vers *Perſans* ſont compoſez de *rithmes* & de *meſures*: il y en a de cinq ſortes pour la *meſure*, laquelle conſiſte en *longues* & en *breves*, comme les *Vers Latins*, & la *céſure* en eſt marquée fortement & pourtant fort doucement. Leurs piéces de *Poëſie* ſont de beaucoup d'eſpéces: ils ont le demi *Vers* qu'ils appellent *Kothé*, mot qui ſignifie proprement *piéce de terre*, le *Vers* qu'ils appellent *Meſre*,

le

le *diſtiche*, le *quadrain*, le *ſixain*, le *huitain*, le *dixain*, la *piéce de douze Vers*, &·puis les *grandes piéces* où le nombre de *Vers* n'eſt pas obſervé ; mais eſt limité & ne ſauroit exceder. On les diſtingue en *Kaſel* & *Keſidé*, dont le premier ſignifie *toutes ſortes de piéces au deſſus de douze Vers, & au deſſous de trente*, la débauche & le libertinage font le ſujet ordinaire de ces piéces ; mais il faut remarquer que des *Poëtes* plus ſages, comme *Afez* entr'autres traite dans ſes *Kaſel* des plus ſublimes matiéres de la *Théologie affective* ſous les termes de libertinage & par allegorie. Le *Keſidé* eſt un petit *Poëme* qui doit être de plus de cent *Vers*, mais pas au deſſus de deux cens : il eſt conſacré à loüer les hommes illuſtres & élevez. On y entremêle des Hiſtoires, des recits & des contes. Une des beautez de ces piéces, c'eſt qu'elles ſoient ſur deux rimes ſeulement ou jointes enſemble ou entremêlées. Les piéces de longue haleine ſont rares chez eux, on n'en rencontre gueres dans leurs livres de plus de quatre vingt à cent *Vers* ; j'entens des piéces qui ſoient de ſuite & ſans pauſe, ou interruption ; car d'ailleurs ils ont des Ouvrages de *Poëſie* plus gros qu'aucune Nation, comme leur *Chanomé* ou l'*Hiſtoire des Rois*, qui contient *ſoixante ſix mille Vers*, ainſi que je l'ai rapporté ; mais ces Ouvrages ſont coupez en une infinité de Chapitres. Ils appellent ces grands *Poëmes Divan*, mot qui ſignifie *aſſemblée de Sages* ou d'*Anciens*, ou de *Senateurs*, & qui en cet endroit veut dire *recueuil*, parce que ce ſont des aſſemblages de diverſes piéces, qui contiennent des Conſeils, pour la conduite de la vie.

Leur *Poëſie* a des régles fort differentes des nôtres, comme par exemple ; un même mot finit deux *Vers* de ſuite & quelquefois pluſieurs *Vers*, ce qu'ils appellent *Kaſié môkerrer*, *rime d'un même mot* ; mais cette repetition fait toûjours une grace dans la piéce. Bref leur *Poëſie* eſt pleine de ces irregularitez, qu'on appelle *licences Poëtiques*. Mais pour le reſte elle eſt par tout noble, haute & relevée dans les penſées, douce dans les expreſſions, & juſte dans les termes, qui ſont toûjours les plus propres : & qui peignent la choſe à l'imagination auſſi vivement qu'un Ouvrage materiel. Auſſi diſent-ils par *Métaphore* un *Poëte peintre*, un *Poëte ſculpteur* pour exprimer la force de ſes *Vers*. Cette *Poëſie* prend ſouvent un vol ſi haut, qu'on la perd de vûe, pour ainſi dire, à moins qu'on n'ait beaucoup de Science & une imagination vive, tant ſes *pointes ſont fines*, ſes *alluſions*

délicates, & ſes *figures hyperbolique*. Le nombre des figures, dont cette *Poëſie Perſane* ſe ſert, eſt preſqu'infini, mais cependant elles ſont toutes ſublimes : nôtre langue affecte trop de retenuë pour les repréſenter, auſſi bien que leurs expreſſions vives & pompeuſes ; d'ailleurs comme les comparaiſons, dont ils ſe ſervent, ſont priſes de choſes particulieres à leur Païs, cela fait que nous autres Etrangers avons grande peine à les entendre, & plus grande peine encore à conſerver une partie de leurs graces dans la traduction, comme les gens doctes le ſavent très-bien.

Si l'on compare la *Poëſie Perſane*, qui eſt la plus eſtimée dans tout l'*Orient*, & qui y eſt ſi répanduë, avec la nôtre, on trouvera que celle-ci n'eſt pas même de la *Proſe* en comparaiſon. Les *Perſans* ſe font entretenir dans leurs feſtins, & dans leurs autres divertiſſemens de ces grands *Poëmes*, dont j'ai parlé ci-deſſus, particuliérement de celui de l'Hiſtoire des anciens Rois : leurs *Muſiciens* les récitent ou les liſent à plein chant. Je ne dois pas omettre qu'une des graces, ou des rafinemens de leur *Poëſie*, c'eſt l'omiſſion affectée de quelqu'une des lettres de l'*Alphabet*, dans tout le cours de la piéce, comme l'*A.* le *B.* ou autre : ſur quoi l'on fait le conte d'un *Poëte*, qui liſoit à un Prince des *Vers* de ſa façon, où il ne ſe trouvoit d'*A.* en aucun mot, comme il le faiſoit obſerver au Prince pour exciter ſon admiration : lui tout au contraire lui répondit, vous auriez encore mieux fait de n'y mettre pas les autres lettres non plus. C'étoit lui dire que ſa piéce ne valoit rien.

Le ſujet le plus commun de leur *Poëſie* eſt la *Morale*, enſuite c'eſt l'*Amour*, qui excite le plus leur veine ; mais comme on ne fait pas l'Amour en *Perſe* à nôtre maniére, à cauſe qu'on n'y voit, ni les femmes mariées, ni les filles à marier, & qu'on n'a de Commerce, qu'avec celles dont on eſt en poſſeſſion ou avec celles qui ſont communes à tout le monde : toute leur *Poëſie Amoureuſe* conſiſte, en jouïſſances, en plaintes de n'être pas aimé de ce qu'on poſſede, en deſcriptions de beautez. Et comme dans les Païs chauds, on a l'imagination plus échauffée, & les ſentimens plus vifs, il ne ſe peut que la *Poëſie* ne ſe ſente beaucoup de ce feu d'imagination. Ils ont un *Poëme* entr'autres où toutes les paſſions ſont pouſſées au plus haut degré, il porte le titre de *Touſouf Selica*, qui eſt le *Patriarche Joſeph*, & la femme de *Potiphar*. Une choſe en quoi elle eſt loüable, c'eſt qu'elle ne recommande point le vin ni la bonne chere, & que la Crapule ne ne se trouve nulle part mentionnée dans ses *Vers* que pour la détester.

Il y a une Histoire des *Poëtes Persans*, composée par un homme illustre & Gouverneur de Province, nommé *Sami*; il en fait le nombre assez grand, mais comme ils ne sont pas de la même force, ils n'ont pas aussi la même réputation. Aujourdhui les plus fameux *Poëtes Persans* sont *Asez* & *Sahdy*, le premier pour la beauté des *Vers*, le second pour la pointe & pour le *sens*. *Asez* est si estimé pour la *Poësie*, qu'on appelle par excellence les gens qui font bien des *Vers* du nom d'*Asez*. Et *Sahdy* l'est tant pour la sagesse, qu'on le fait lire à tous les jeunes gens, & que c'est leur principal livre de Morale. Ces Auteurs ne sont pas fort anciens, comme je l'ai observé ailleurs. Les œuvres du dernier furent compilées l'an 626. de l'*Hegire*, qui revient à l'an 1222. de nôtre compte. Au reste c'est dommage que les femmes *Persanes*, ne soient pas élevées à la *Poësie*, car étant beaucoup plus susceptibles de passion que les hommes, on apprendroit d'elles des choses tout-à-fait nouvelles, & extraordinairement vives; mais les hommes ont trop de peur de leur esprit pour leur laisser rien apprendre, & sur tout en matière de *Poësie*: il y a parmi eux, ce terrible proverbe sur ce sujet: *Si la Poule veut chanter, comme le Coq, il lui faut couper le gosier.*

Comme j'ai mêlé çà & là en ce Volume, & dans le précédent, beaucoup de *Poësie Persane* traduite en nôtre langue, cela m'empêchera d'en mettre ici autant que j'aurois fait; mais je m'en vais en donner assez pour faire connoître, avec ces autres piéces, l'esprit de cette *Poësie*, ses graces & son tour.

Traduction des Vers, qui sont au commencement des Oeuvres de *Cheic Sahdy*.

Au nom de Dieu Créateur des mondes,
Ce savant qui crée la parole sur la langue,
Dieu conducteur qui meine les hommes à ses dé-
  pens,
Clement pardonnant les péchez, se plaisant à les
  ouïr confesser,
Doux; que si jamais à sa porte on n'a obtenu de
  secours,
On ne trouvera de secours à la porte de per-
  *sonne. ***
Chef sur le marchepied auquel les Têtes le plus
  glorieusement couronnées

* C'est-à-dire, Que qui n'est aidé de Dieu, ne le sera point.

Mettent la tête en terre aux pieds de son Trône;
Qui ne surprend pas les Pécheurs sur le fait,
Ni ne jette cruellement en terre les Pécheurs
  qui confessent.
Que s'il se courrouce contre ceux qui font mal,
Dès qu'ils se sont retournez il efface leurs fautes
  du livre.
Les deux mondes sont comme une goute dans l'O-
  cean de sa Science,
Il apperçoit tous les péchez, & il tire doucement
  le voile de dessus.
Si les Officiers du Roi font mal leur devoir,
Le Roi Maître de ces Officiers les cassera,
Et si l'Esclave de Sa Majesté ne court vite à ses
  ordres,
Il ne le tient nullement pour son tendre ami;
Mais encore que Dieu soit en haut, en bas, &
  aux côtez,
Il ne ferme à nul des Pécheurs la porte de ª l'Of-
  fice,
La face de la terre est la Nape de ses Créatures,
Et à cette table de largesse regarde t'on l'ami ou
  *l'ennemi. ***
Que si quelque malfaisant étoit saisi par sa main
  victorieuse,
Qui est ce qui se tireroit sain & sauf de la main
  de sa colère?
Sa haute Essence est hors de la supposition du pour
  ou du contre,
Sa domination n'a besoin du service des Esprits
  ni des Corps,
Tous les êtres, vont parfaisant ses ordres,
Tant Fils des Hommes, qu'Oiseaux, Fourmis &
  Mouches,
Et à la table de sa bénéficence à l'heure du
  manger
L'Oiseau Simourg vient du mont de ᵇ Kaf pren-
  dre sa refection.
Sa gracieuse misericorde qui est l'ouvriere de tou-
  tes choses,
Est la Gardienne des Créatures & la Conserva-
  trice du néant,
De lui provient la grandeur & les loüanges,
Son Royaume, est de tout tems, son Essence sans
  besoin,
Il pose à l'un une couronne de gloire sur la tête,
Il jette l'autre en bas du Thrône dans la poussie-
  re:
Il pare l'un d'un manteau de felicité,
Il couvre l'autre d'un sac de malheurs,

* On reçoit tout le monde.
a Lieu où l'on garde le manger.
b Montagne au bout du monde, où leurs Fables portent qu'il y a un Oiseau gros comme un Chameau.

Il rend le feu dans lequel c *Abraham eſt jetté un roſier,*

Il conſume le peuple ennemi dans un feu d *tiré des eaux du Nil,*

S'il fait le premier, c'eſt une manifeſtation de ſon ſoin paternel,

S'il fait l'autre, c'eſt pour établir la main de ſon pouvoir.

Il perce pleinement le voile dont on couvre les actions mauvaiſes;

Mais il étend deſſus ces actions le voile de ſa miſericorde.

Si pour réveiller ſa crainte dans les ames il tire l'épée de ſa juſtice,

Les Anges qui en ſont les Miniſtres e *deviennent ſourds & muets;*

Mais s'il profere un octroi de miſericorde:

Le petit f *Hezazil criera, j'en veux faire la proclamation.*

Devant le Trône de ſa grace & de ſa gloire:

Les Grands mettent bas toute la grace de leur gloire:

A ceux qui s'abaiſſent dans la pouſſiere ſa grace eſt proche,

Et à ceux qui crient en cet état, la demande eſt accordée.

Dans les choſes qui ne ſont point, ſa connoiſſance eſt diſtincte,

De celles dont on n'a jamais parlé ſon oreille eſt remplie.

Par ſa force il conſerve les choſes hautes & baſſes.

Dieu eſt ſeul Roi & Juge au jour du Jugement,

N'ayant beſoin pour ſon ſervice que le dos de perſonne ploye,

Ni que pour obſerver ſes ſaintes Loix on prenne à la main le Livre ſacré.

De la plume de la préviſion il trace les lineamens dans la matrice,

Du bout du doigt il porte le Soleil d'Orient en Occident.

D'un ſouffle il fait aller les grands navires ſur les flots enfoncez.

La terre deſobéiſſante & tremblante comme ayant la fiévre,

Il l'a clouée ferme avec les montagnes enfoncées dans ſes entrailles.

c *L'Alcoran porte qu'Abraham ne voulant pas embraſſer la Religion de Nembroth, il le fit jetter en un feu ardent, (mais que le feu ne le toucha point.*

d *Alluſion à la ſeptiéme playe d'Egypte.*

e *N'écoutent point les plaintes des hommes.*

f *Oiſeau plus petit qu'un Moineau, renommé en Perſe pour ſon plumage & pour ſon ramage.*

Il rend une goute de ſemence une Nymphe Celeſte,

Qui pourroit concevoir qu'on fit un corps ſolide avec de l'eau.

La maſſe des cailloux il l'a ſemée de Rubis & de Turcoiſes,

A des fils d'Emeraudes il pend des g *Eſcarbocles.*

Il prend deux goutes d'eau, l'une dans la nuë qu'il lance en la mer,

L'autre dans le corps humain qu'il porte en la matrice,

De celle-là il fait le Globe brillant de la Perle,

De celle-ci une figure mouvante & raiſonnante droite comme un Pin.

Quelle choſe ſeroit obſcure à ſa connoiſſance,

Puis qu'à ſa connoiſſance le caché & le découvert eſt tout un.

Il aprête la nourriture pour les ſerpens & pour les fourmis,

Et il la preſente toute prête à ce qui n'a ni pied ni main ni mouvement.

Par ſa force l'Etre a été tiré du Neant,

Qui peut hors lui faire quelque choſe avec rien.

Il reduira ce qui eſt dans les eſpaces de ce qui n'eſt pas,

Et derechef de l'abyme du Neant il fera revenir dans les pleines de l'Etre:

Tout le monde eſt d'accord ſur ſa Divinité, & qu'elle eſt,

Tout le monde ſuccombe ſous l'idée de ce que c'eſt.

On n'a rien apperçu au delà des bornes de ſa gloire,

On n'a rien ſenti au delà de l'étendue de ſes bontez,

Ni à ſa haute eſſence peut arriver l'oiſeau de la penſée,

Ni la main de la conception atteindre au giron de ſon excellence.

En cet Ocean mille navires ont coulé bas,

Dont on n'a pas trouvé une planche ſur le rivage,

Quel profit de paſſer les jours & les nuits la tête inclinée ſur cet abyme,

Sa main me tire continuellement par la manche, en me diſant, leve toi.

Suite du ſujet.

Le contour de la terre entre dans la connoiſſance de l'Ange,

Mais il ne ſauroit y faire entrer le contour de ta connoiſſance, ô Dieu!

L'eſprit

g *La roſe attachée aux branches du roſier.*

L'esprit ne peut être conçû par le corps,
Ni ton Essence glorieuse par la pensée.
On peut aborder l'éloquence de h *Saebon,*
Non l'Essence de l'incomprehensible mais très-
loüable.
Le cheval des particuliers amis de Dieu a poussé
le plus avant en ce chemin de sa connoissan-
ce;
Toutefois [je ne puis i *compter tes grandeurs]*
& ainsi chacun donne du nez en terre.
On ne peut galoper par tout en cette apre car-
riere,
Ni il ne faut pas que le cœur jette par terre
le k *bouclier qui le couvre.*
S'il arrive à un homme pieux d'être tiré par l'a-
mour de Dieu à la connoissance de ses se-
crets:
On ferme sur lui la porte pour ne pas l *retour-*
ner.
Et si en cette assemblée des mortels on m *donne*
à quelqu'un à goûter la coupe de délices,
C'est après lui avoir fait boire un philtre ravis-
sant.
A un de ces oiseaux de Paradis, on couvre les
yeux comme à un Faucon,
Et à celui à qui on laisse les yeux ouverts les
n *ailes sont coupées.*
Personne n'a trouvé le chemin pour aller au tré-
sor de o *Karoun,*
Car si quelqu'un l'a trouvé il s'est perdu.
Je me sens enfoncer dans ces flots fameux en
naufrages,
Hors desquels nul n'a ramené son navire entier.
Si tu pries Dieu à présent de passer cet espace
inconnu qui meine à lui,
Songe auparavant à trouver un cheval pour re-
venir.
Envisage toi bien avant dans le miroir de ton
cœur.

b *Nom d'un Arabe,* célèbre pour son éloquence
& pour sa science.
i Mot de *Mahomed,* avec quoi le Poëte veut dire
que quoi que les *Prophetes* ayent plus avancé que
les autres dans la connoissance de Dieu, néanmoins
puis que *Mahomed,* qui est le plus grand de tous,
a dit cela; c'est une marque qu'aucun d'eux n'est
arrivé au but.
k La retenue.
l Il ne peut exprimer ce qu'il en sent.
m Si quelqu'un est favorisé de la connoissance de
Dieu plus qu'un autre, il perd l'esprit en cette connoissance comme un homme enyvré.
n Ceux qui ont vû Dieu ne reviennent point
pour en parler.
o C'est le *Cresus* des *Mahometans,* qui à leur dire
gardoit son trésor dans un Labyrinthe enchanté.

Tu y trouveras peu à peu les traits Divins,
La seule odeur de l'amour Divin t'enyvrera,
Tu te souviendras de l'accord fait avec Dieu au
commencement du monde,
Du pied de l'oraison éleve toi à la contemplation,
Et là tu prendras des Aîles, qui te p *porteront*
à l'Amour de Dieu.
La verité déchirera à ton bord le voile des doutes,
Il n'y aura plus de voile étendu devant toi, mais
tu seras frapé de la lumiére.
Et si le Cheval de l'Esprit se sent emporté,
Prens la bride tout surpris disant: arrêtons-nous.
Sur cette Mer nul ne s'est embarqué, qui ne fût
transporté d'Amour,
Et personne ne s'y est sauvé qu'en allant à la queüe
du Prophete;
Mais tous ceux qui ont couru hors de cette piste,
Ils n'ont fait qu'errer çà & là en gens égarez,
Si quelqu'un choisit un chemin autre que celui
marqué par le Prophete,
Jamais il n'arrivera au gite.

De l'excellence du Prophete sur qui soit la grace de Dieu & sur sa Race.

Magnifique en dons excellens & éclatans:
Prophete des Créatures éclairées, Intercesseur du
Peuple Fidéle,
Avocat de tous les humains, Médiateur en la Ré-
surrection,
Guide de ceux qui montrent le chemin, Préfi-
dent du Jour du Jugement.
Doyen des Prophétes & Apôtres, Premier des
Guides infaillibles
Dépositaire des volontez de Dieu, Ambassadeur
dont l'Ange Gabriel étoit le Messager.
Intercesseur des Peuples, grand Prophete,
q *Pardonnant les péchez, Elevé d'une hauteur*
excellente, homme élu,
Sage, qui embrasse dans sa Science le cours des
cieux, & tous les mouvemens des Astres,
Dont les lumiéres de tous les hommes sont des
émanations de ses lumiéres,
Qui avant que l'Alcoran fût achevé,
A effacé les livres de mille sectes diverses,
Qui du mouvement de son doigt, en r *fendant*
la lune en deux,
A percé les cœurs de la crainte de Dieu, com-
me une épée flamboyante,
Qui à sa naissance a fait évanouir les choses re-
nommées de ce monde.

Le

p Quand tu le connoîtras, tu l'aimeras.
q Ministeriellement.
r Miracle prétendu de *Mahomed.*

Le *Palais du Grand* s *Cofroës, les fondemens*
  de leur Empire,
Qui de la parole t *il n'y a, a renverſé* Lat &
  les autres Idoles,
Et en étallant les beautez de ſa Loi, a dépouillé
  v Hohzi *de ſa beauté,*
Et les a briſez, *menu comme la pouſſiere.*
Mais c'eſt bien encore plus, d'avoir aboli la Loi
  & *l'Evangile.*
Qui une nuit ayant mis le x pied à l'étrier mon-
  ta à un lieu plus ſublime que les Cieux,
En gloire, en puiſſance, en ſplendeur, laiſſant
  les Anges beaucoup au deſſous de lui,
Qui aans ce voyage Celeſte, fit ſa premiere trai-
  te ſi longue,
Qu'il ne s'arrêta pas, où l'Ange Gabriel a été
  contraint de y s'arrêter.
Là lui dit le z Seigneur du Temple de la Mecque,
Toi chargé de mes Oracles, que ne viens-tu en-
  core plus près,
Puiſque tu as acquis mon amitié parfaite?
Pourquoi a laches-tu la bride de mes converſa-
  tions?
Il répondit, il n'y a point de lieu plus outre où
  je puiſſe parvenir,
Je me ſuis arrêté, où mes Ailes ont plié ſous moi.
Si je vole plus haut ſeulement de la groſſeur
  d'un fil,
Les rayons de la gloire éclatante, fondront
  mes Ailes.
Nul homme ne demeurera engagé par ſes péchez,
Qui a un tel Prophete pour Chef, le plus grand
  des Etres créez
Quels éloges pourrois-je te donner qui fuſſent di-
  gnes de Toi.
Je te ſalue Prophete des humains:
La miſericorde de Dieu ſoit ſur ton cœur,
Et ſur tes amis, & ſur tes Sectateurs.
O Dieu pour l'Amour du Prophete, & pour
  l'Amour de b Fatmé,
Dirige la fin de mes diſcours dans la droite voye:

s Les *Legendes Mahometanes* portent, qu'à la naiſſance de *Mahomed* le Palais Royal de *Perſe* tomba
par terre d'un tremblement ſubit.
  t C'eſt le commencement de la confeſſion de foi
Mahometane, *Il n'y a d'autre Dieu que Dieu.*
  v *Lat* & *Hohzi*, deux Idoles de la *Mecque*, ado-
rées avant la venue de *Mahomed.*
  x Autre fable qu'on fait de *Mahomed*, qu'il monta au Ciel ſur un Cheval nommé *Borac.*
  y C'eſt à dire, que les Anges n'approchent pas ſi
près de Dieu que lui.
  z Dieu.
  a Puiſque tu connois que tu es mon parfait ami,
pourquoi ne pouſſes-tu juſqu'à moi.
  b Fille de *Mahomed.*

Que ſi tu rejettes mes prieres, comme indignes
  d'être octroyées,
Je me jetterai à corps perdu dans le ſein de la
  famille du Prophete
Quel dommage ſeroit-ce, O Pontife brillant de
  gloire?
A ta grandeur élevée juſqu'au trône de Dieu:
Qu'il y ait une poignée de pauvres gens à che-
  val derriere toi.
Tous s'attendent à toi en ce monde, & au Jour
  du Jugement,
C'eſt à Dieu à faire ton éloge, & il l'a faite
  ainſi,
Qu'il a mis l'Ange Gabriel, au nombre de ceux qui
  mettent la tête en terre devant ton Trône.
Les cieux les plus hauts, ſont ſoumiſſion à ta
  gloire,
Toi qui étois créé, lors qu'Adam étoit encore
  eau & terre.
Tu es l'Origine de toutes les choſes créées,
Les Créatures ſont les branches, & tu es la Ra-
  cine.
Je ne puis m'empêcher de parler de ta gloire,
  mais je ne ſaurois trouver de paroles pour le
  faire,
Parce que tu es au deſſus de toutes les paroles.
L'éloge de ta gloire eſt parfaite dans le verſet
  c Toulak,
Et celui de ta bonté, dans le Chapitre d Faha
  & Yeſim.
Quels éloges après ceux-là oſeroit faire Sahdy mi-
  ſerable mortel?
La miſericorde de Dieu ſoit ſur toi, ô Prophete
  & la paix.

Préface contenant le ſujet du Livre.

J'ai fait pluſieurs fois le tour des parties du monde,
J'en ai conſideré à loiſir les divers Habitans,
Il n'y a point d'endroit où je n'aye fait quelque
  profit:
En chaque grange j'ai pris un épi pour l'aporter,
Mais je n'ai trouvé de gens humbles & purs nulle
  part comme à e Chyras.
La miſericorde de Dieu ſoit ſur un tel Territoire,
Pour les aimables gens de ce Territoire pur.
J'ai perdu l'affection que j'avois, pour le Grand
  Caire & pour l'Aſie Mineure.
Mais faiſant refléxion ſur les charmans parter-
  res de ce lieu,

J'ai

e Verſet de l'*Alcoran*, où Dieu eſt introduit
loüant *Mahomed.*
  d Chapitres du même Livre, où il eſt auſſi loüé.
  e L'Auteur étoit natif de *Chyras*, & y finit ſes
jours.

J'ai senti de l'ennui d'y retourner les mains vuides voir mes amis.

J'ai pensé que qui vient du Caire apporte du sucre,

Et qu'on fait présent à ses amis des choses rares, des lieux où on a été;

Mais que si ma main n'étoit pas pleine de ce sucre d'Egypte,

Elle le devoit être de choses plus douces que le sucre;

Non de ce sucre que les hommes gourmands mangent en substance:

Mais de celui que les Maîtres de la Science, portent enfermé dans le papier.

Dès qu'à ce f Palais Rayal j'ai donné l'agencement,

Je lui ai fait dix portes de belles sentences:

La première, est la porte de la justice & du conseil,

Comment il faut conserver son Païs, & craindre Dieu.

La seconde, comment il faut traiter son peuple; Que les Puissans du monde doivent donner gloire & louange à Dieu.

La troisième porte, est de l'amour & de l'ardente passion,

Non de l'amour, qui attache à soi-même, & qui le force.

La quatriéme est, de l'honnêteté & de la civilité.

La cinquiéme, de la résignation à la volonté de Dieu.

La sixiéme, est l'éloge de l'homme content de peu.

La septiéme, de la sagesse morale.

La huitiéme, de la pieté, & de l'humilité dans la prospérité.

La neuviéme, est de la repentance & de la bonne voye.

La dixiéme, des choses qu'il faut demander à Dieu, & c'est la fin

Du tems d'un vrai Homayon g, qui est une Epoque agreable,

En une année heureuse entre les deux Fêtes h, La six cens cinquante cinquiéme.

Ce livre, qui est un thresor de pierreries, a été achevé.

Aye du respect pour ce Livre, vertueux & integre Lecteur:

Je n'ai jamais ouï dire qu'un homme vertueux fût inquisiteur des défauts d'autrui.

Il faut toûjours qu'une robe soit garnie de cotton, Soit que l'étoffe soit de soye, soit qu'elle soit de laine.

f Le Livre.
g Un des anciens Rois de Perse.
h Corban & Rahmazan.
Tome II.

Si une veste de laine ne te plait pas:

Excuse, & couvre le cotton dont elle est garnie.

Je ne fais point le vain & le délicat sur ma capacité,

Je représente cet Ouvrage avec la contenance d'un pauvre:

J'ai apris qu'au jour de l'esperance & de la crainte,

Le clement Eternel fera misericorde aux méchans comme aux bons.

Toi de même, pour toutes les fautes que tu trouveras en mes discours,

Uses-en comme le Créateur du monde en use envers nous,

Et si une ligne te plait entre mille:

Retire genereusement de dessus le Livre la main de calomnie.

Crois qu'en Perse mes écrits n'ont pas plus de prix,

Que le i Musc au grand Tybet en Tartarie;

Ma réputation, comme le son d'un tambour, fait du bruit au loin,

Tant que j'étois enfermé chez moi sans paroitre, mon incapacité étoit cachée.

Sahdy a aporté une fleur en un parterre k de fleurs incomparable,

Comme si quelqu'un portoit aux Indes du poivre ou des singes.

Ma pensée n'est pas en cet Ouvrage,

Qu'en instruisant les Rois, j'aye décrit leurs attributs.

Eloge * d'Aboubekre fils de Sahady.

Le bonheur soit sur ses veilles & sur son repos.

Cependant j'ai fait des Vers au nom d'un grand homme,

Afin que les gens d'esprit disent en les recitant:

Sahdy qui a enlevé la a boule de l'éloquence,

Vivoit au tems d'Aboubekre fils de Sahady.

Il est convenable que je fasse autant de bruit de vivre du tems de son régne,

Que ceux qui vivoient du tems de b Nouchirevon.

Il est le Chef des Chefs, la Couronne des Rois, Du tems de sa justice, le monde fait le glorieux & le fier.

Si

i Comme qui diroit que des pommes en Normandie.

k Allusion de son Livre, publié en un Païs de Savans, à une fleur apportée à Chyras, qui est le plus abondant Païs en fleurs.

* Prince souverain de Chyras.
a Figure prise du Jeu de mail.
b Ancien Roi de Perse très-renommé.

Bb

Si quelqu'un échapé de la violente oppression se
refugie sous son Sceptre,
Il trouvera qu'il n'y a de repos & de sûreté qu'en
son ombre.
Qu'il est doux de prendre son refuge au Sanctuai-
re de Dieu,
En ce ᶜ Palais, où il est dit, qu'on y vienne
de toutes parts avec véneration :
Il recherche le bien, il met sa confiance en Dieu,
Toi, ô Dieu! conserve à jamais l'ombre de ce
Trône auguste.
Il a baissé vers moi humblement & courtoisement,
Cette Tête couverte d'une Tiare qui touche le
Ciel:
Qu'est-ce? si un pauvre s'abaisse même jusqu'en
la poussiere;
Mais un Grand qui s'humilie c'est un homme de
Dieu.
Les meilleurs discours se perdent & s'envolent;
Mais la renommée de generosité court le monde.
D'Homme comme lui, de grand genie, de sens
droit, d'entiere équité;
Le monde depuis qu'il est monde, n'a de souve-
nir.
On ne voit de son tems craintes ni fâcheries,
Ni que personne gemisse sous les coups d'une main
inique.
On n'a point vû tel naturel, telle droiture, telle
façon d'agir,
Fereidon ᵈ en son immortelle gloire n'en avoit
une telle;
C'est ce qui fait que son Etat est affermi devant
Dieu,
Parce qu'il fait que les mains foibles sont affer-
mies par sa justice.
Comme l'ombre des corps est répandue par tout,
De son tems ᵉ Zali ne se seroit pas soucié de
ᵉ Rustam.
De tout tems les hommes se sont plaints du tems,
& du sort, & du Ciel, & des Astres,
Mais de ton tems, ô Roi! je voi le repos &
l'aise des creatures;
Mais après toi, je ne sai comment les hommes
feront,
C'est aussi un effet de ton bonheur si grand & si
étendu,
Que le tems de Sahdy est de ton tems;
Car tant que le Soleil & la Lune dureront,
Ton nom sera éternel en ce Livre,

ᶜ Comparaison du Temple de la Mecque, au Palais du Roi.
ᵈ Roi de Perse de la premiere race.
ᵉ ᵉ Personnages célèbres dans l'Histoire des premiers tems de Perse, l'un petit comme un Pygmée,
l'autre grand comme un Geant. Le sens est, que
le petit n'a pas peur du grand.

Tous les Rois qui sont ornez de grands noms
Se sont formez sur l'exemple de leurs Dévan-
ciers,
Mais toi en la gloire de ton régne,
Tu emportes le prix de tous ceux qui ont été
avant toi.

Continuation du même Discours.

Le Prophete Alexandre avec son mur de me-
tail & de pierre,
A rendu à ᶠ Yagoug l'entrée du monde impossi-
ble.
Les biens que Dieu t'a donnez sont un rempart
contre l'infidelité,
Plus précieux & plus fort que ce mur d'acier
d'Alexandre.
L'homme Eloquent qui parle de la Force & de
la Justice;
S'il en parle autrement que toi, il merite d'être
sans langue.
Je vois à plein les innombrables excellences de ce
Roi,
Mais ma bouche est un trop petit espace pour les
contenir.
Que si je voulois mettre en ce Livre ces excellen-
tes qualitez,
Il faudroit que je fisse après un autre Livre pour
mon sujet.
Je demeure accablé sous la reconnoissance que je
lui dois,
Pour tant de faveurs que j'ai reçues:
Au lieu d'ouvrir la bouche, je ferai mieux de
lever les mains. ᵍ
Que le monde concoure à tes desirs, que le Ciel
soit ton camarade,
Que tu sois conservé par la main qui soûtient
l'Univers:
Que ton Etoile soit un Soleil éclatant & éternel
dans le monde;
Mais que les Etoiles de tes ennemis soient des
Cometes qui se brûlent & se dissipent.
Que nul des accidens de ta vie ne te cause de dé-
plaisir,
Que jamais il ne s'éleve de poussiere en ton esprit,
Que ton cœur soit en une ferme tranquilité, ton
palais en une tranquile fermeté.
                                              Que

ᶠ L'Alcoran fait une fable de Yagoug & Magoug,
qui doivent venir ruiner le monde, & le remplir
d'infidelité; & cette fable, qui a été composée sur
ce qui est dit de Gog & Magog dans l'Apocalypse,
porte qu'un Prophete Alexandre a fait un mur d'airain du côté qu'ils doivent venir, pour les empêcher de passer.
ᵍ Prier Dieu.

Que de tes Etats le trouble, & la crainte soient infiniment loin,
Que ton interieur soit entretenu, assuré & gai, par les influences de Dieu.
Qu'en tout ton Empire on possède son cœur heureux, on exerce sa Religion joyeusement;
Car si dans le cœur du Roi il y a du chagrin & de l'ennui:
Le cœur du peuple sera miserable.
Que sa santé ne reçoive pas plus d'alteration que ta foi,
Et que qui a l'esprit si renversé, que de te vouloir du mal, ait le cœur de même:
Bref que le Créateur du monde étende sa misericorde sur toi,
Et après cela que puis-je dire, qui ne soit vent & vanité;
Car c'est assez que Dieu très-grand,
Etende sa grace sur toi par une continuelle augmentation.
Sahdy h fils de Zengui n'a pas quitté le monde avec douleur
Ayant laissé un Enfant renommé tel que toi.
O Dieu! que sur son tombeau fameux,
Ta bonté fasse pleuvoir la misericorde en chaque saison,
Et si la mémoire de Sahdy, fils de Zengui, est si heureusement renommée.
Aboubekre fils de Sahdy, ait le Ciel pour son parfait ami dans tous les âges,
Et que l'ait aussi i Atabek Mahomed Prince heureux,
Seigneur de la Couronne & du Trône.

A la gloire du Prince Atabek Mahomed, fils d'Aboubekre.

Jeunesse heureuse, brillante aurore, cœur généreux,
Qui sur un visage jeune, portes une gravité ancienne,
Qui joins un cœur brave à un esprit savant, & à un jugement formé
Jeune homme d'un bras vaillant, & d'un sens sage,
Que la terre est une bonne & heureuse mere,
Qui a élevé un tel enfant sur ses genoux.
De sa main liberale il a inondé le monde,
Et en gloire & en grandeur il a passé k Soreia,
C'est une merveille sans pareille, que ce regard Royal qui est sur ton visage:

h *Sahdy,* le Pere du Roi.
i Le Fils du Roi.
k Etoile de la premiere grandeur.

O Chef l des Grands Gouverneurs! élevez en puissance,
L'huitre qu'on voit pleine de perles,
N'a pas la valeur d'une seule perle;
Mais toi tu possedes cette perle unique & sans pareille,
Qui est digne de faire la gloire de la Couronne.
Conserve, ô Dieu! par ta bonté, ce jeune Prince,
Contre le mal des mauvais regards, m
Rens le ô Dieu! le plus renommé Prince du monde,
En Justice, en pieté, en magnificence, en gloire.
Environne-le de sûreté & de paix, & que pour Centre il ait la bonne conscience.
Que ses desirs soient remplis en cette vie, & qu'en l'autre il soit au dessus des desirs.

Vœux pour le Roi.

Puisses tu ô Roi! ne recevoir jamais de déplaisir d'un odieux ennemi.
Que les revolutions du monde ne te blessent jamais.
Puisses-tu porter du fruit comme les n Arbres celestes:
Que du Pere célèbre en tous âges il sorte des enfans renommez.
Soit à jamais loin de bien & de secours,
Qui médira de cette noble famille.
Merveilleuse est ta pieté & ta sagesse, merveilleuse ton équité & ta justice:
Merveilleuses sont tes richesses & ta puissance, que tout cela soit perpetuel;
Le nombre de tes faveurs, l'excellence de ta justice ne se peut exprimer.
Quel service te pourroient rendre les loüanges de ma bouche?
O Dieu! prens soin de ce Roi, qui prend soin des Pauvres:
Que son Peuple soit heureux sous son ombre!
Que cette ombre soit long-tems conservée sur leur tête,
Entretien son cœur dans la grace de la Pieté:
Que l'arbre de son espérance aille toûjours croissant:
Que par ta misericorde sa tête soit toûjours verte, son visage toûjours blanc.
Ne te précipite point ô Sahdy! à lui donner force conseils:
Si tu as quelque bon avis, dit le Roi, vien vite me le donner,
Tu sais où il faut aller & le Roi est prudent,
Tu

l Le Roi,
m Envie, jalousie, haine.
n Gens excellens.

Tu dis la verité, & le Roi aime & entend la verité.

A quel bien ô Grand Roi! mettrois tu les neuf cieux
Sous les pieds de Kafel a Arſolan.

La piece qui ſuit eſt du Poëte Afez
& le reſte du Poëte Sahdy.

Fable d'un homme pieux, & d'un crane pourri.

J'ai ouï dire qu'un jour ſur les bords du Tygre,
Un crane pourri parla de cette ſorte à un homme pieux :
J'ai été autrefois un grand Monarque
Qui me couvrois ma tête d'une couronne :
Le Ciel m'aidoit & la Fortune auſſi.
Ayant conquis la Perſe par mon bras puiſſant
Je deſirai de devorer de même la Caramanie
Mais *les vers* devorerent ma Cervelle.
Ote le P coton des oreilles de ton entendement,
Et le ſage conſeil d'un mort arrivera à tes oreilles.
La pointe de ce dixain conſiſte dans l'alluſion du mot de Kirman qui ſignifie la Caramanie & auſſi des vers.

F A B L E.

Un homme du Pais de Parthe proche Casbin,
M'eſt venu aborder monté ſur un Tygre,
A cette vûe une telle crainte m'a ſaiſi,
Que d'étonnement je ne pouvois ni fuir, ni me remuer:
Lui au contraire ſe mordoit les doigts pour s'empêcher de rire :
Puis il m'a dit, ô Sahdy! ne ſois pas ſurpris de ce que tu vois,
Toi auſſi ne retire point ton cou de deſſous le joug de Dieu,
Et rien ne retirera ſon cou de deſſous ton joug.
Tant que le Roi ſera obéiſſant aux ordres de Dieu,
Dieu ſera ſon conſervateur & ſon aide.
La voye de régner c'eſt de ne point détourner ſes pas de la voye Royale;
Et alors tu auras l'accompliſſement de tous tes deſſeins:

a Nom d'un premier Miniſtre célèbre chez les *Tartares*; c'eſt-à-dire, *il faut gouverner ſoi-même.*
p On met du coton en *Perſe* dans les oreilles contre les maux de tête, & par figure on dit, *ôter le coton de ſes oreilles*, pour dire, *écouter.*

Celui-là profitera beaucoup des conſeils qui lui ſont donnez.
A qui les diſcours de Sahdy plairont
Le monde, mon ami, n'eſt permanent pour perſonne,
Fixe ton affection ſur l'Auteur du monde & c'eſt aſſez.
Ne t'endors point dans les bras careſſans du monde,
Car il en a engraiſſé beaucoup comme toi & puis les a immolez.
Lors qu'une ame pure a deſſein de s'envoler hors du monde,
Qu'importe de prendre ſon vol de deſſus le trône ou de deſſus le fumier.
Chaque feuille d'un arbre vert aux yeux d'un homme éclairé,
Eſt le feuillet du livre qui enſeigne la connoiſſance du Créateur :
Les branches ſeiches de l'arbre venant à reverdir à chaque Printems,
Donnent du Fruit de differentes couleurs par la beneficence de Dieu.
Si l'on donne à un pauvre craignant Dieu la moitié d'un pain,
Il en fera part de la moitié à un pauvre tel que lui.
Si un Conquerant s'empare d'un Royaume,
Le voilà ſaiſi de convoitiſe pour un autre Royaume.
La Nûe, les vents, la terre, le Soleil & le Ciel ſont occupez :
A te mettre le pain à la main, & t'exempter de diſette,
Tout eſt employé à ton ſervice, en exécutant ponctuellement les ordres donnez pour cela,
Y auroit il de la conſcience à toi, de n'exécuter pas les ordres qui te ſont donnez?
Bon & liberal Souverain qui aux ſplendides tables de ton Palais,
Reçois comme Penſionaires les Infidéles, les Idolatres & les Athées;
Comment pourrois-tu en repouſſer rudement tes chers amis:
Toi qui prens garde chaque jour qu'il y ait de la place pour tes Ennemis.

CHAPITRE XV.

De la Médecine.

LEs Perſans appellent les *Médecins Hakim*, mot qui vient du terme *Hebreu, Hakaym*, qui ſignifie *conſervateur de la vie*, & ils ont eſtimé de tout tems l'art de la *Médecine*, par deſſus tous les arts. Il ne faut pas douter que les *Orientaux* ne ſoient les premiers, & les
plus

plus anciens Médecins du monde ; cela paroît, entr'autres choses, aux noms ou termes des remédes, qui sont la plûpart *Arabes*, comme je l'ai déja remarqué. Mais il est certain qu'il n'y a pas aujourdhui de Païs dans tout l'*Orient*, où l'on estime plus la *Médecine*, que l'on fait en *Perse*, ni qui produise plus de *Médecins*. On dit communément en *Perse*, que les *Médecins* & les *Astrologues* dévorent le Païs, & cela est vrai. Le Roi en a un grand nombre à ses gages, dont la dépense ordinaire est de plus de deux millions cinq cens mille livres, sans l'extraordinaire, qui consiste en présens, en charges, & en autres bienfaits. On a raison de joindre ensemble les *Médecins* & les *Astrologues*, puisque ceux-là dépendent fort de ceux-ci ; les *Persans* ayant un si ridicule entêtement pour l'*Astrologie*, qu'à moins que l'Astrologue ne les assure que la constellation est bonne pour être *saigné*, ou pour prendre *Médecine* : ils n'exécuteront point l'Ordonnance du *Médecin*, quoi qu'il puisse dire. Mais si ces Docteurs se traversent ainsi durant la maladie, ils se rendent service en revanche à la mort des personnes éminentes, l'*Astrologue* l'attribuant à l'incertitude de l'art du *Médecin* ; le Médecin la rejettant sur ce que l'*Astrologue* n'avoit pas bien pris l'heure pour donner ses remédes. Les Astrologues disent là-dessus assez plaisamment, *que leur sort est bien rude au prix de celui des Médecins, parce que si l'Astrologue fait une faute* (c'est-à-dire, s'il se méprend au calcul) *le Ciel la découvre ; mais que si le Médecin fait une faute la terre la couvre*, c'est-à-dire, qu'on met le mort dans la fosse sans qu'il en soit plus parlé. Les *Persans* font comme l'on voit de petits contes sur les *Médecins*, comme on en fait ailleurs : j'en raporterai encore un. Les Cimetieres en *Perse*, sont la plûpart hors des villes, cependant il y en a quelques uns deçà & delà dans l'enceinte des murailles & sur tout à *Ispahan*. Ils disent qu'il y avoit un *Médecin* de cette ville-là, qui ne passoit jamais par le Cimetiere de son quartier, sans se couvrir le visage de son mouchoir ; on lui demanda pourquoi il se cachoit ainsi ; c'est, répondit-il, *qu'il y a ici bien des gens qui y sont arrêtez par mon Ordonnance, & j'ai peur que quelqu'un ne me reconnoisse, & ne me prenne au collet*. Cependant il faut observer que quoi que la Médecine soit la *Science* la plus cherie & la plus recherchée en *Perse*, & entr'autres celle qu'on appelle la *prophilactique*, ou *la conservation de la santé* ; c'est néanmoins celle qu'on y acquiert avec le plus de

difficulté, aussi bien que dans les autres parties de l'Orient ; ce qui vient non seulement de ce qu'ils n'en font point de leçons publiques, non plus que de la Jurisprudence ; mais aussi de ce qu'ils ne découvrent pas volontiers aux autres les connoissances qu'ils y ont acquises. J'ai joint ensemble la Jurisprudence & la *Médecine*, comme compagnes d'un mauvais sort. Il y a des Docteurs *Mahometans*, qui bien au contraire reduisent toutes les Sciences à ces deux-là, l'une pour l'*ame*, l'autre pour le *corps*, definissant la *Jurisprudence*, *la connoissance des choses dûes à Dieu, & dûes à l'homme*.

Ils jugent des maladies en tâtant le *poux*, ou seulement en observant les *urines* ; car ils aprennent tous à traiter les maladies sans les voir, à cause du sexe feminin : les *Persans* ne laissant jamais voir leurs femmes pour quelque cause, & pour quelque occasion que ce soit. Quand le *Médecin* demande à leur toucher le *poux*, elles donnent le bras couvert d'un crêpe ou linge très-fin au travers d'un rideau, & il leur touche le poux. Les *Médecins Persans* font aussi des Consultes, comme on fait dans nos Païs, mais ils saignent beaucoup moins que nous, guerissant la fiévre qui est la plus ordinaire maladie du Païs, avec des émulsions & autres breuvages, dont ils font prendre jusqu'à quatre ou cinq pintes à diverses reprises dans une matinée, & puis ils rétablissent le malade par des confections & par des cordiaux. Ils n'ordonnent jamais ces sortes de remédes qu'on appelle des lavemens, quoi qu'ils sachent bien ce que c'est, & qu'il en soit parlé dans leurs livres ; l'usage n'en est nulle part chez eux, ce qui vient, comme je pense, d'un excès de retenue à l'égard des parties du corps que la pudeur nous empêche de découvrir ; car dans leur *Religion*, il est défendu d'être jamais découvert dans ces endroits-là, ni au bain, ni dans le lit même ; ce qui fait qu'hommes & femmes couchent toûjours avec le calçon. Une chose que je n'aurois pû croire, si je ne l'avois vûe, c'est l'assurance avec laquelle les *Médecins Persans* promettent la santé, & la promettent promptement dans les maladies même les plus desesperées & aux dernieres extrêmitez. Ils disent avec un grand serieux aux pauvres mourans ; *il n'y a nul danger, vous serez gueri dans deux ou trois jours, le reméde que je vous ordonnerai vous tirera d'affaire incontinent*. C'est ce que j'ai apris par experience dans une fiévre continue que j'eus dans la *Caramanie deserte*. Je ne pus arriver que le sixiéme jour

en

en lieu, où il y eût des *Médecins*, & je croiois être prêt à mourir; mais le *Médecin* étant venu me voir le matin: il me dit gravement: *cela n'est rien, je vous ferai passer la fiévre dans deux heures.* Un Chirurgien François, que j'avois avec moi, regardoit ce *Médecin* comme un fol; mais la chose réüssit tout comme il le disoit, comme je le raconterai dans le Volume suivant.

Leur *Médecine* est la *Galenique*, qu'ils exercent differemment selon les différens climats; mais toûjours en suivant religieusement *Galien*. Ils appellent Galien *Galenous*, & ils en raportent plusieurs contes fabuleux, comme entr'autres ils le font contemporain de *Jesus-Christ*; quoi qu'il n'ait vêcu que plus de cent soixante ans après, & ils prétendent qu'il y avoit beaucoup de Commerce entr'eux. Ce conte est pour appuyer une reverie des Théologiens *Mahometans*, qui porte que lors que *Dieu* envoyoit des Prophetes au monde, il leur donnoit entr'autres dons qui servoient de marque & de preuve de leur mission, celui de faire miraculeusement les choses, qui étoient les plus connuës & les plus estimées dans leurs tems; par exemple, disent-ils, quand *Moyse* vint au monde; la Magie étoit l'art auquel on excelloit & dont on étoit le plus curieux, & *Dieu* donna à *Moyse* le talent de produire surnaturellement les plus merveilleux effets de la *Magie*. Ainsi quand *Jesus-Christ* vint au monde l'art de la *Médecine* étoit monté au plus haut periode, car c'étoit le tems de Galien, & à cause de cela *Dieu* donna à *Jesus-Christ*, entr'autres dons miraculeux, celui de guerir les maladies sur le champ. Les *Légendes Mahometanes* ajoûtent que *Galien* ayant ouï parler des guerisons que *Jesus-Christ* faisoit, dit, ce ne peut être là un homme naturel, ce doit être un Prophete, & que là-dessus il lui envoya son neveu avec une Lettre en ces termes: *Moi Galien homme très-vieux, Médecin des Corps, à vous le Médecin des Esprits. Ce que j'entends dire de vous & vos œuvres me ravit d'admiration & m'est inconcevable: ne pouvant vous aller trouver à cause de mon âge, je vous envoye mon Neveu afin que vous lui disiez ce qui est pour mon bien & pour le bien du monde.* Ces Légendes assurent que ce Neveu de *Galien* est *Saint Philippe*, lequel *Jesus-Christ* retint auprès de lui, & en fit un de ses Apôtres.

Les autres grands Maîtres des *Persans* en *Médecine* sont *Hermes Trismegiste*, qu'ils appellent *Ormous*, Avicenne ou *Abou-sina* ce Grand & célébre *Philosophe* & *Médecin*, le

plus célébre de l'*Asie*; ils ne connoissent guere Averroës, comme ayant vêcu dans un païs trop éloigné d'eux, savoir en Espagne, où il fleurissoit à la fin du sixiéme siécle de leur Epoque. Leur grand cours de *Médecine* s'appelle *la Somme du Roi de Carescbm*, Prince qui régnoit sur la partie Septentrionale de la *Perse*, où il composa son Ouvrage, il y a environ cinq cens ans.

Il n'y a presque point de Chirurgie chez eux: leurs Chirurgiens ne sont que de simples Barbiers, dont la plûpart ne savent que saigner. Les raisons principales que l'on peut alleguer de ce que cet art est ignoré en *Perse* sont premiérement que l'on ne se bat pas en ce Païs-là, comme on fait en Chrétienté, qu'on y va fort rarement à la guerre, & qu'on s'y sert plus d'armes blanches que d'armes à feu. Secondement que la secheresse & la chaleur de leur air les exempte de ces maladies, qui naissent de fluxion, & de corruption d'humeurs, si communes dans nos Païs, & auxquelles il faut appliquer le fer & le feu; & en troisiéme lieu de ce que cet air par sa pureté guerit les playes de lui-même presque sans emplâtre & sans autres appareils. Je suis sûr qu'il n'y a pas un *Médecin* dans tout l'*Orient*, qui ait vû faire une dissection, & il seroit aussi fort difficile d'y en faire si ce n'étoit sur des corps encore chauds, car la chaleur & la secheresse de l'air font qu'ils s'enflent, & qu'ils sentent mauvais tout aussi-tôt. J'ai pourtant vû chez les *Médecins du Roi* des Livres d'*Anatomie*, qu'ils me disoient être des Livres fort anciens, mais dont néanmoins les figures, qui étoient en assez grand nombre, étoient si mal faites, qu'on avoit peine à y rien comprendre; je leur ai vû aussi des herbiers à sec, où ils aprennent à connoître les simples, & tous les *Médecins* en ont. Il y en a parmi eux qui ont connoissance de la *circulation du sang*, & qui m'assuroient qu'il y avoit long-tems qu'on connoissoit cela dans leur Païs; je ne sai s'ils ne le disoient pas par un simple mouvement de vanité. Ce qui pourroit faire croire le contraire, c'est ce que j'ai remarqué dans tous leurs Casuistes, qu'en traitant des animaux purs & des impurs, ils aportent par tout la distinction de ceux qui ont le sang circulant, & de ceux qui ne l'ont pas.

Les *Médecins de Perse* sont aussi *Droguistes* & *Apotiquaires*, & ont chacun leur Boutique dans laquelle ils se tiennent, soit durant tout le jour, soit à certaines heures seulement, selon qu'ils ont plus ou moins de pratique;
ayant

ayant leur frater ou Compagnon Droguiste à côté d'eux. On leur méne-là les malades, qu'on porte sur un cheval dans les bras d'un homme monté en croupe pour les tenir. On connoît à cela en *Perse* qu'un homme eſt malade, & à une groſſe toile blanche au cou qui paſſe ſur l'eſtomach, s'attachant à la ceinture. Les gens des champs viennent en cette maniere montez ſur des Anes conſulter le Médecin. L'on en rencontre tous les matins beaucoup qui paroiſſent dans une extrême foibleſſe & la plûpart moribonds. Le *Médecin* ſans ſe remuer de ſa place demande d'abord à voir l'*urine* : car on en porte toûjours une phiole : après il fait *tirer la langue*, enſuite il ſe léve & va tâter le *poux*, puis il s'informe du commencement de la *maladie*, des douleurs, & des autres ſymptomes ; & après il prend un morceau de papier de trois doigts en carré, & y écrit ſon *Ordonnance* ou *Noska*, comme ils l'appellent, laquelle il donne à ſon Compagnon Apotiquaire, qui met les drogues en divers cornets, & les préſentant dit, *il faut tant*. Pendant que l'*Apotiquaire* peſe les drogues le *Médecin* preſcrit le regime, qu'il délivre auſſi ſur un morceau de papier, & donne ſa bénédiction au malade, en ces mots, *Koda chaſta midecd* ; c'eſt, *Dieu qui donne la ſanté*. On donne quelquefois cinq ou ſix ſols au *Médecin*, pour ſon ordonnance, mais il ne demande jamais rien pour cela, parce que le payement de ſon ordonnance ſe trouve dans la vente des remédes qu'il fait prendre à ſa boutique, leſquels ne ſont pas prêts à délivre, comme la plûpart de ceux de nos *Apotiquaires :* ce ne ſont ſimplement que des Ingrédiens ou drogues ; chacun fait les préparations de ces drogues chez ſoi, ſur tout les pauvres gens & les gens du commun. Pour ce qui eſt des autres ils font venir le *Médecin* chez eux : les plus grands *Médecins* ont dix *chayets* pour la première viſite, & la moitié pour les autres : dix *chayets* font environ *quarante cinq ſols de nôtre monnoye*. Entre ces *Médecines* qui ſe préparent ordinairement chez le malade, comme j'ai dit, les plus chéres reviennent à ſix ou ſept ſols, & les communes à dix-huit deniers. C'eſt de cette maniere que les *Médecins Perſans* exercent leur art, qui paroîtroit bien foible s'ils l'exerçoient dans un Païs, dont l'air fût auſſi rude que le nôtre ; mais l'air ſec de ce Païs-là aide dans à rétablir & à conſerver la ſanté que leur Science & tous leurs remédes. J'oublios à dire que les *Médecins*, qui ont des étudians en *Médecine* les tiennent près d'eux à la boutique, com-

me des apprentifs, leur donnant à lire leurs ordonnances & la diete qu'ils preſcrivent.

J'ai obſervé que les *Perſans* ſaignent beaucoup moins que nous ; cependant ils font ſi peu de cas de la ſaignée, qu'ils ſe font ſaigner d'eux mêmes & ſans avis de *Médecin*, comme lors qu'ils ſe ſentent quelque démangeaiſon, quelque altération, quelque peſanteur & quelqu'autre mal ſemblable. La ſaignée ſe fait ſans façon parmi eux. J'ai rencontré mille fois dans les ruës des gens que l'on ſaignoit. Le Barbier meine le malade contre la muraille ; car comme je l'ai obſervé les Barbiers ſont Chirurgiens : tous deux ſe mettent en bas le corps droit ſur les pieds, & le Barbier tire une courroye de cuir, dont il lie le bras fort ſerré, & puis ſans le froter ni chercher la veine, il tire ſa lancette qui eſt grande trois fois comme les nôtres, ayant un manche gros, comme un manche de coûteau, & il perce la veine adroitement & fort ſurement : il fait courir le ſang à terre, & lors qu'il juge, qu'il en a aſſez tiré, il ôte la ligature & arrache d'un coin de ſa veſte un peu de cotton, dont elle eſt garnie : il le met ſur la playe, & prenant le mouchoir du patient il le lie deſſus, & voilà la ſaignée faite, pour laquelle on donne ordinairement deux ſols. On tient chez les *Mahometans*, comme chez les Juifs, que le ſang eſt impur, & qu'il ſouille les perſonnes qui le touchent & les choſes qui en ſont tachées, & c'eſt peut-être la raiſon pour laquelle les *Médecins* ne le font jamais garder, & ne ſont pas inſtruits à y faire des obſervations. J'avoüe que j'eus grand peur un jour que je vis avec quelle lancette on me vouloit ſaigner ; cependant la ſaignée ſe fait fort bien, & l'on n'entend jamais dire qu'il en arrive d'accident ; ce qu'il faut attribuer peut-être à ce que ces gens ſaignent au grand jour, & que les vaiſſeaux ſont plus apparens. Ces Barbiers *Perſans* raſent à merveille & j'ai vû de leurs apprentifs agez ſeulement de dix ans qui raſoient auſſi bien que les Maîtres : ils ont la main ſi legére qu'on ne ſe ſent pas raſer, & ils n'y font pas plus de façon qu'à la ſaignée. Leur baſſin à raſer eſt un godet grand comme le creux de la main, ils en tirent l'eau qui eſt toûjours froide dont ils ſe mouillent les mains, & en frotent la tête bien fort & aſſez de tems, & après cette friction ils raſent avec un raſoir qui eſt petit, comme je l'ai décrit ailleurs : on diroit qu'ils ne font que faire couler le raſoir, ainſi cela eſt fait dans un inſtant : ils raſent le viſage de même maniere, puis ils coupent les ongles des mains, après

ils

ils manient la tête & tout le corps tirant les bras & les doigts, comme s'ils vouloient reduire des dislocations, & puis ils préfentent le miroir pour fe regarder, tout cela pour deux ou trois fols. Ils font un conte d'un *Perfan*, qui étoit rafé par un Barbier *European*; le *Perfan* trouvant qu'il lui faifoit de la douleur baiffoit la tête tant que le Barbier en avoit encore plus de peine à le rafer: il lui demanda pourquoi il baiffoit ainfi la tête & la retiroit; *c'eft*, dit-il, *que vous Europeans rafez fi adroitement que par reconnoiffance je voudrois vous baifer les pieds.*

Quoi qu'il y ait beaucoup de *Médecins* en *Perfe*, comme je l'ai obfervé, néanmoins à parler en général, c'eft un Pais fort fain, de forte qu'excepté les contrées maritimes, on y jouït par tout d'une auffi bonne fanté qu'en lieu du monde. Je raporte cela à deux caufes, l'une que l'air de la *Perfe* eft fort fec, & comme cette temperature eft la meilleure pour la confervation de la fanté, il s'enfuit qu'en ce climat-là, on doit être moins fujet aux maladies: l'autre eft la fobrieté de ce Peuple-là, & la tranquillité de leur efprit.

On ne connoît point en *Perfe* cette maladie meurtriere que nous nommons la pefte, ni ces douleurs fi violentes qu'on appelle la *gravelle*, & la *pierre*, la *goute*, & la *Sciatique*, le mal de *dents*, & le mal de *tête*, & tous les autres maux qui procédent des mêmes caufes; & quant à ce fleau fi univerfel dans nos Païs froids je veux dire le mal *vénerien*, il ne produit pas en *Perfe* de fi funeftes effets que dans nos regions Occidentales. On n'y eft point fujet non plus aux maladies de *poumon*, à *d'apoplexie*, au *mal caduc*, à la petite verole; mais j'aurai plûtôt fait de dire les maladies auxquelles les *Perfans* font les plus fujets. C'eft premiérement l'*Erefpelle*, le *pourpre*, la *Colique*, la *pleurefie* & la *dyffenterie*, que les *Perfans* appellent les *maux de l'Eté*, & qui proviennent d'un excès de chaleur caufé par l'ufage immoderé de la glace: les Perfans boivent non feulement à la glace, mais même la glace fondüe & cela en Hiver comme en Eté. Secondement ce font les *fiévres intermittentes*, & particuliérement celles qui commencent par friffon, qu'ils appellent les *maux de l'Automne*, étant à obferver que l'Eté & l'*Automne*, font les faifons les plus maladives en *Perfe*, & qu'il y a peu de malades l'Hiver & le Printems. En troifiéme lieu il y a l'*Hydropifie*, la tigne aux enfans, & la *verole volante* à toute forte d'âge, qui font des maux, qui naiffent auffi en toutes faifons. Outre ces

maladies qui font les plus communes, & qu'on peut dire univerfelles, il y a les maladies epidémiques ou *régionales*, comme les *vers* aux jambes le long du *Golphe Perfique*, l'*Ictericie* ou la *jauniffe* le long de la Mer *Cafpienne*, où cette maladie eft affez générale: on l'appelle *jallou el handou*, d'où peut être venu le mot de *yallow yander* que les Anglois donnent à ce mal.

La première maladie à laquelle les Enfans font fujets eft la *tigne*, qui les tient fouvent jufqu'à dix ou douze ans, & qui leur arrive vrai-femblablement de ce qu'on leur rafe la tête dès l'âge de fix mois; ou peut-être de ce que le rafoir des Barbiers n'étant pas affez net, à caufe qu'ils rafent toute forte de gens avec les mêmes inftrumens, il excorie & enleve l'épiderme qui eft tendre & délicat, dans un tel âge. On a raifon de le crôire ainfi, à caufe que les enfans des *Armeniens*, à qui l'on fait la tête au Cifeau & non pas au rafoir, ne font point fujets à ce mal; on ne l'eftime pourtant pas honteux en *Perfe*, parce qu'il eft commun & que la fechereffe de l'air empêche, qu'il ne foit infect & de mauvaife odeur. Cette même fechereffe d'air aide fort auffi à fa guerifon: on fe fert pour cela d'une calote de goudran qui s'ôte & fe remet, comme un bonnet par la même raifon de l'air que je viens de toucher; mais ceux qui ont eu la tigne ont d'ordinaire la pelade après en être gueris; un grand nombre de gens contractent ce mal qui paroît l'Eté en fe découvrant la tête laquelle on aperçoit marquée de grandes taches blanches, qui eft le figne de ce mal.

Les *fiévres* viennent d'indigeftions d'eftomach par l'ufage immoderé des fruits, & c'eft pour cela qu'il y en a beaucoup plus en Automne que dans les autres faifons.

L'*Hydropifie* qui eft la maladie la plus mortelle du Païs naît de trop de remédes, & de trop d'alimens rafraichiffans.

Quant à la vilaine maladie de la *Verole*, elle s'eft fi fort enracinée en *Perfe*, que plus de la moitié du monde en eft infecté, foit en couchant avec des femmes publiques, qui prefque toutes en font gâtées, foit par la fréquentation & par le commerce avec des gens infectez de ce mal, qu'on ne connoît pas fi aifément que dans les païs, où les fignes en font fi vifibles. Cependant en beuvant, & en mangeant avec eux, en fe baignant enfemble aux bains publics, même en ne faifant que s'entretenir familierement enfemble on gagne ce mal, tant il eft fubtil & actif, & toute l'habitude du corps difpofée à le recevoir

par

par la chaleur & par la fechereffe de l'air. Comme ce mal eft prefque général en *Perfe* perfonne n'en rougit : les gens difent fans honte, qu'ils ont pris la verole, comme ils difent qu'ils ont la fiévre : plufieurs jeunes garçons l'ont avant l'âge de huit ou dix ans, & perfonne n'en feroit exempt fi l'air étoit moins fec, & moins pur qu'il n'eft, cependant il eft certain que ce mal devient avec le tems la racine de tous les maux.

Les *Perfans* difent que c'eft la vertu de l'arbre platane qui les exempte de la *Pefte*, & Calife Sulton Grand Vizir de Sephy premier lui difoit fouvent, comme je l'ai ouï compter, que c'étoit depuis que le Roi fon Pere avoit fait planter tant de ces arbres dans la ville, & dans le territoire d'Ifpahan que la Pefte n'y venoit plus.

Ce font là les principales maladies du Païs, qui eft exempt comme l'on voit d'une infinité d'autres dont nos climats font affligez, tant par la bonté de l'air du Païs, que par la fobrieté qu'on y pratique, qui eft fort grande & fort générale ; car on ne boit communément que de l'eau en *Perfe*, & on y mange fort peu, & toûjours les mêmes alimens. Une marque de combien leur fobrieté contribue à leur fanté, c'eft qu'on remarque qu'au lieu qu'on n'a jamais ouï parler de gravelle entre les Perfans Mahometans, il y a des Perfans Chrétiens, qui font les Armeniens, lefquels font fujets à ce mal ; mais on ne le peut imputer qu'au vin qu'ils boivent, quoi que ce foit le vin le mieux cuit du monde & qui a le moins de verdeur. J'ai obfervé ci-deffus qu'il y a peu d'impotens & d'eftropiez en leur Païs, & j'en ai auffi fait remarquer la caufe, qui eft qu'ils ne fe battent pas entr'eux, & qu'ils ne s'expofent pas aux coups de leurs ennemis.

Je viens aux remédes dont on fe fert. Ils ne font pas en grand nombre, mais en échange ils font pleins d'efprits & operatifs, comme pris fur le lieu : les principaux font les femences froides & les fimples : ils ont la *manne blanche* & la *jaunâtre*, dont la meilleure fe recueuille à *Nichapour*. On recueuille auffi à *Ifpahan* une efpece de manne, que les Droguiftes appellent *Sekenjamin*, plus douce que le miel & le fucre, dont on fe fert fort en *Médecine :* elle croît durant le Printems, & l'Eté fur les feuilles d'un arbre, où elle fe congele affez dure, & où elle paroît, comme un parchemin étendu. La Myrrhe fe trouve dans la Province de *Perfe :* l'*Opium* en divers endroits, principalement autour d'If-

Tome II.

pahan, la *Caffe & le Sené* dans la Province de *Coraffon*. Il croît auffi de la *Rhubarbe* en *Perfe* ; mais la plûpart vient du Païs voifin, qui apartient aux petits *Tartares*. Ils ont la *noix Vomique* en beaucoup d'endroits du Royaume, qu'ils employent en plufieurs remédes, quoi qu'on dife que ce foit un promt & affuré poifon pour toutes les bêtes, felon la dofe qu'on en donne. Quant au *reglisse* & au *fenu* Grec ils croiffent dans les Campagnes, comme l'herbe chez nous. Les *Perfans* employent auffi la *Galbanum*, l'*Alkaly Végetable*, le *fel Ammoniac*, l'*Orpiment* & divers *Végetaux*, comme je l'ai obfervé plus amplement ailleurs. Ils fe fervent encore beaucoup de la *Mumie*, dont ils font prendre pour les fractures, les contufions & les humeurs froides, contre lefquelles on dit que fes effets font merveilleux.

C'eft-là la plus grande partie des drogues, dont les *Perfans* compofent leurs *médicamens*, outre ceux qu'ils employent dans la compofition des Cardiaques, dont ils ufent beaucoup, & qui font fans doute meilleurs que dans les autres Païs, comme en ayant chez eux les principaux ingrédiens, tels que font les perles & le Bezoar, ou les tirant des Païs voifins, comme les rubis & l'Ambre-gris. Leur *Bezoar* eft le meilleur du monde & beaucoup plus eftimé que celui des *Indes*, ainfi que je l'ai obfervé en un autre endroit.

Il y a beaucoup d'eaux minerales en *Perfe*, comme il eft aifé de le juger, puifqu'il y a tant de métaux & de minéraux dans le païs. Mais on ne parle pas plus de ces eaux que s'il n'y en avoit point du tout ; les *Médecins Perfans* fe tenant à *Galien* & à *Avicenne* fans fe foucier de nouvelles découvertes, ni de ce qu'on pratique dans un autre monde, ne font point la recherche de ces eaux, parce qu'ils n'en favent pas l'ufage ; peut-être qu'il n'eft pas néceffaire dans un climat fec tel que le leur, & chaud en la plûpart des lieux. J'ai vû de ces eaux tant froides que chaudes en *Georgie*, en *Parthide*, en la *Bactriane*, vers le fein *Perfique*, & à douze lieuës d'*Ifpahan*. On obferve deux chofes fort fingulieres dans ces *eaux minerales* proche d'*Ifpahan :* la premiere que la terre y eft fi aftringente, qu'en la mettant fur la langue elle s'y attache & la brûle pour ainfi dire : l'autre que ces fources d'eaux font fi pleines de ferpens, qu'on n'en fauroit prefque aprocher : c'eft au refte par la même caufe que je viens de raporter qu'ils n'ufent point de remédes chimiques, comme nos émetiques, d'Antimoine & d'autres.

C c   Leurs

Leurs *Médecines* font de diverfes fortes felon la difpofition du malade & felon l'efpece du mal : les communes & ordinaires , foit pour préparer les humeurs , foit pour les purger font compofées de *femences froides majeures & mineures* , comme parlent les *Médecins* , de *fleurs cordiales* , de *graines pectorales* : la doze ordinaire des *Ingrédiens* d'une *Médecine* eft de *cinquante mefcals* , qui font près de *demi livre* , dont ils font une potion du poids d'environ trois livres , qu'ils donnent au malade & qu'ils appellent *jouchondé* , c'eft-à-dire un *bouillon* , ou *Julab* , c'eft-à-dire *eau bouillie* , mot d'où il y a affez d'apparence qu'eft venu celui de julep , dont nous nous fervons. Ils en donnent de cette maniere non feulement plufieurs jours de fuite , mais quelquefois deux & trois en un jour : ce breuvage opere plus par la quantité que par la qualité , & en effet il faut rendre la *Médecine* ou en crever. La verité eft que d'ordinaire ils tuent la fiévre tout d'un coup pour ainfi dire , & on croiroit alors ces *Médecins* des *Efculapes* , mais l'on en fait bien-tôt un autre Jugement ; car on trouve qu'après avoir pris de leurs Médecines , les parties nourriffieres ne font plus leurs fonctions accoûtumées & demeurent fans vigueur , que les vaiffeaux fe rempliffent d'un fang féreux , que les jambes font grand mal & s'enflent , que les tumeurs furviennent aux aines & ailleurs , & qu'enfin on tombe dans une *Hydropifie* qui acheve bien-tôt de perdre le pauvre malade , fur tout lors qu'il eft un peu avancé en âge. Pour les jeunes gens qui échapent l'*Hydropifie* , ils font un fort long-tems à fe remettre , & il faut qu'ils ufent de *cordiaux* plufieurs mois : j'en ai vû qui étoient longues années à guerir de douleurs de jambes qui leur étoient venues après des maladies. Les *Perfans* donnent encore dans les fiévres des *émulfions* , qu'ils compofent d'une maniere à fervir de reméde & d'aliment tout enfemble. Ils purgent de plus avec des *Electuaires* , des *poudres* , des *pilules* & des *trochifques* , mais ils ne fe fervent que peu de *Scammonée* , de *Rhubarbe* , de *Sené* & de la *Caffe*. Leurs derniers remédes font le *Bezoar* & la *decoction* de bois d'*Efquine* , dont ils fe fervent pareillement pour renouveller le temperament affoibli. C'eft un reméde fort univerfel en *Orient* & fur tout en *Perfe* , que la decoction de ce bois , & une infinité de gens en prennent au Printems durant un mois de fuite : quelquefois ils le font infufer au Soleil dans de l'eau de vie quinze jours durant , mais plus communément ils en font l'infufion au feu en met-

tant le poids de deux livres à la fois pour boire huit jours durant.

Quoi que la *Verole* foit un mal fi commun chez eux , comme je l'ai obfervé , néanmoins perfonne ne la fait traiter & quiconque eft affligé de ce mal le garde toute fa vie : il eft vrai qu'il n'eft ni douloureux , ni rongeant comme dans nos païs , les bains continuels l'empêchant de prendre fi fort racine , & la fechereffe de l'air d'étendre fon venin & de former des puftules fur la peau , mais le tenant pour ainfi dire enfoncé dans les os , où tous les changemens de tems le mettent en fermentation de même que dans nos Païs froids.

Ils fe fervent fort de *cauteres* , de *ventoufes* & particulierement *du feu* , contre les maux de colique , & contre diverfes autres maladies : on ne voit gueres d'hommes qui n'ayent plufieurs brûlures aux bras , aux reins , aux jarrêts , & quelques unes au cou. C'eft leur dernier remède contre les vents qui font dans le corps : ils s'en fervent auffi fur les bêtes , dont on voit la plûpart incifées & brûlées par tout le corps & fur tout aux jambes : un des remèdes qu'ils employent pour guerir la colique , c'eft de donner à manger de la viande de cheval.

Les plus commun remède contre la *dyffenterie* eft le *lait aigre* , avec du *ris* cuit dans l'eau égouté & tout fec mêlez enfemble : & le plus ufité contre les *Hémorroïdes* , eft l'*huile de naphte* , dont ils frottent la partie quand elles font interieures , & lors qu'elles font internes , ils mettent dedans du *cotton* , qui en eft trempé. Les *Perfans* hommes & femmes fe frottent les yeux & les fourcils tous les matins de *collyre* noir , & paffent dans les paupieres un poinçon d'acier fin bruni , difant que cela fortifie la vûe , mais ce *collyre* eft plûtôt pour la bonne grace & pour la beauté , & ce font auffi les femmes qui s'en fervent le plus.

La *friction* eft encore un de leurs grands remédes , dès que quelqu'un fe fent mal il s'étend tout de fon long fur le dos , & le Barbier ou un ferviteur qui fe met fur fon ventre le manie & pile par tout le corps , & fur tout au ventre , puis à l'eftomach , puis aux membres , & il les frotte enfuite des heures durant , mêlant de tems en tems une onction d'huile de noix pour amolir & étendre mieux les nerfs.

Ils ne mettent gueres les malades au lait , excepté les *Hydropiques* à qui ils font prendre le lait de chamelle , je veux dire la femelle du Chameau.

Le

Le régime qu'ils font garder aux malades est premiérement, de ne changer point de linge ni d'habits tant que dure la maladie, c'est-à-dire qu'on fait garder au malade les habits dans lesquels il est tombé malade, jusqu'à ce qu'il soit gueri. On peut juger delà que les malades doivent sentir bien mauvais, le païs étant si chaud. Le pain leur est d'abord interdit: on nourrit les malades de ris cuit à l'eau liquide, & quand le mal diminue on y mêle du lait d'amende, & puis avec le tems on leur donne de petits poulets cuits au ris avec des herbes, y mêlant du poivre entier & de la canelle en quantité qu'on laisse succer, mais non pas avaller. On fait tout autrement sur les bords du sein Persique: on nourrit les malades de beaucoup de Citron & d'Orange, & des patéques ou mélons d'eau autant qu'ils en veulent. Les Persans appellent les Oranges nareng, c'est-à-dire contre la bile ou la colére, car ces mots sont synonymes chez eux: ils ne défendent point aussi les confitures.

Comme les Bains sont un des grands remédes des Orientaux contre la plûpart des maladies, aussi bien qu'un moyen de conserver la netteté corporelle, j'en parlerai en cet endroit. L'usage des Bains non seulement est universel & frequent en Perse, mais il l'est plus qu'en aucun autre lieu de l'Orient, car les peuples qui sont au Septentrion, & à l'Occident habitant un climat plus froid n'ont pas tant besoin d'aller au bain, & ceux qui sont à l'opposite ont les rivieres & les marais, où ils se baignent. Ils vont au bain par trois motifs, pour la Religion, pour la Santé, & pour la netteté. La Religion prescrit à tout homme souillé de se laver le corps entier, ce qui se fait dans le lavoir du bain, & comme la Cohabitation charnelle est une des souilleures legales, il y a des superstitieux qui vont au bain plus d'une fois le jour. A l'égard de la santé il faut concevoir, que le bain est fort nécessaire pour dissiper toutes les impuretez des humeurs, qui prennent cours par les pores de la peau, que la chaleur du climat & le bain tiennent ouverts. Il faut aller souvent au bain pour entretenir cette évaporation; car quand elle est empêchée comme il arrive lors que les pores sont retrécis & bouchez, il vient d'insupportables démangeaisons, lesquelles on ne peut mieux représenter que par l'engourdissement du pied ou de la main: le remède prompt & assuré pour cela est le bain, & si un Persan étoit huit jours sans aller au bain, il seroit rongé de demangeaisons causées par ces vapeurs qui ne sauroient sortir autrement. Pour ce qui est de la netteté du corps on voit bien que les humeurs s'habituant à sortir par les pores, comme je le viens de dire, le corps se sallit plus vîte que dans les païs, où on n'évapore & ne suë pas tant.

Les Bains de Perse consistent en trois chambres bien fermées de tous côtez, qui reçoivent le jour par de petits carreaux de verre ronds au dessous de la voute; la premiére est grande avec des estrades de bois autour, où l'on quitte & l'on reprend ses habits: la seconde qui est ordinairement carrée est de six à huit pieds de diametre, dans laquelle il y a une fosse de trois à quatre pieds en carré, couverte d'une platine de fonte au rez du plancher; c'est où l'on chauffe l'eau & par où l'on échauffe le bain par un feu qu'on fait au dehors avec des brossailles, mêlées de feuilles seches & de mottes faites de fumier mêlé avec la terre. Il est défendu de faire le feu des bains avec du bois à cause qu'il n'y en auroit pas assez dans le païs, mais quand il n'y en auroit point de défense on ne s'en serviroit pas davantage, parce qu'il est trop cher, & parce qu'il faut ici une chaleur continuelle, que les mottes entretiennent mieux. La troisiéme chambre est celle du lavoir. Le matin avant le jour un valet du Bain monte au dessus du logis & sonne d'une conque de mer pour avertir que le bain est prêt: on se deshabille dans la premiére chambre, & après avoir mis autour de soi un drap, qui couvre de la ceinture aux genoux, on entre dans l'étuve, où quelques moments après un serviteur vient verser de l'eau en abondance sur les épaules, & après prend à la main une mitaine de gros bouracan & frotte de la tête aux pieds si rudement que ceux qui n'y sont pas accoûtumez croient qu'on va les écorcher. On appelle cela en Persan, timar kerden, c'est-à-dire étriller: ensuite on rase la barbe & la tête si la personne le desire, on coupe les ongles des doigts & des pieds, on employe le dépilatoire, on manie le corps, on fait la friction, on étend les parties du corps, ou l'on les détire pour ainsi dire avec force un quart d'heure durant plus ou moins; & quand on a été ainsi bien frotté & manié, on se va plonger dans le lavoir, au sortir duquel on prend du linge blanc, & l'on retourne dans la premiére chambre où l'on reprend ses habits.

L'ordre qu'on observe au bain est que les hommes y vont depuis le matin jusqu'à quatre heures du soir, & les femmes le reste du jour jusqu'à minuit; & lors que le bain est

prêt

prêt pour elles , les serviteurs du bain s'en vont , & des servantes viennent en leur place. Chacun y porte son linge & sa toilette ; les gens de confideration y vont avec deux ou trois valets, tant pour les servir que pour garder leurs habits, quoi qu'il arrive rarement qu'on y vole. On donne du linge aux gens qui n'en aportent point , ce qui arrive fort rarement aussi , tant pour se couvrir le corps dans le bain que pour s'essuyer. Les femmes sur tout sont magnifiques au bain , c'est où elles étalent leurs toilettes , leurs parfums & essences, & leur plus grand luxe.

Le *dépilatoire*, qu'ils appellent *nouré*, est comme chez nous une composition de *chaux* & d'*orpiment* : il ne faut pas manquer de l'ôter aussi-tôt qu'il a fait son opération en lavant d'eau froide les parties qui en sont frottées, car autrement il enleve la peau & fait venir des gales qui ne se passent pas en deux mois.

Le lavoir du bain se nomme *collatin* , qui est toûjours si grand que plus de dix personnes s'y peuvent laver à la fois & fort à l'aise ; mais si l'on n'y va de bonne heure, on trouve la superficie couverte d'une graisse ou matiere épaisse comme de l'écume de savon : cela vient de la crasse des corps qui se lavent, & cela est fort dégoutant, mais les *Persans* y sont accoutumez ; & lors qu'ils veulent plonger la tête dans l'eau, comme ils y sont obligez, quand ils se baignent pour se purifier de quelque ordure legale : ils se contentent d'écarter cette ordure avec la main , & puis ils y plongent la tête. Comme toute sorte de gens se baignent là indifferemment, les malades comme les sains, les verolez , & d'autres infectez de maladies contagieuses : il arrive souvent que l'on contracte les mêmes maux à ce lavoir , & il y a plusieurs jeunes gens qui en ayant été infectez avant que d'avoir couché avec d'autres , ne peuvent être soupçonnez d'avoir pris de mal que dans ce lieu-là.

Les grands Seigneurs ont des bains pour eux dans leurs maisons : ceux d'un moindre rang en ont joignant leur logis, dont ils ont l'usage pour eux en particulier quand il leur plait : la dépense d'un bain chez soi est grande ; car on trouve que les bains sont mal sains si l'on n'y entretient le feu sans cesse. Les gens qui en ont ainsi proche de leur logis les loüent d'ordinaire à condition de les entretenir toûjours de feu ce qu'ils font aisément avec les mauvaises herbes qui croissent en leur jardin & le fumier de leur écurie.

Avant que de finir ce Chapitre , il faut dire un mot de la *Chymie* : les *Persans* l'appellent *Simiave kimia* , deux termes qui quoi qu'ils signifient des choses differentes , sont toûjours mis ensemble parmi eux pour signifier la *Chymie* en général , qu'ils définissent une operation faite par le feu sur les plantes & sur les animaux, sur les metaux & les mineraux. J'ai observé que *Simia* a un autre sens chez eux , qui est celui de *divination*. *Kimia* en a aussi un autre , qui est celui de science superstitieuse qui tire ce qu'il y a de plus subtil dans les corps terrestres, pour s'en servir aux usages *magiques*. Observez qu'ils font Cairoun qui est le Coré du *Pentateuque*, inventeur de cette noire science , qu'ils prétendent qu'il apprit de *Moyse*. On sait que la *Chymie* est ordinairement divisée en deux parties , l'une destinée à préparer les remedes du corps, l'autre à chercher la *pierre philosophale*. A l'égard de la premiere, les *Persans* ne connoissent point les remedes *chymiques*, & ne donnent pas même leurs *medicamens* en forme de *pilules* , ni des *poudres*, & quand nous leur parlons de la quantité de leurs *émulsions*, & de leurs *potions* qu'ils donnent à pleines terrines, & que nous leur opposons nôtre méthode, ils disent que nôtre climat est different du leur , & que chaque païs a ses manieres.

Pour ce qui est de l'autre partie de la *Chymie* , les *Persans* la connoissent comme nous, & ils en sont encore plus infatuez ; mais la plûpart s'y ruïnent en *Perse* aussi bien qu'on fait en *Europe*, & on peut dire qu'ils n'y réüssissent pas mieux que nous.

CHAPITRE XVI.

De la Peinture.

C'Est particulierement à cet Art qu'il faut rapporter ce que j'ai insinué dans ce Livre & dans le précedent, qu'en *Perse* les Arts tant Liberaux que Mécaniques sont en général presque tous rudes & brutes , pour ainsi dire , en comparaison de la perfection où l'*Europe* les a portez, de quoi j'ai raporté les causes, au Chapitre qui traite du naturel des *Persans* ; car ils entendent fort mal le *dessein* ne sachant rien faire au naturel , & ils n'ont aucune connoissance de la *perspective*, quoi qu'ils ayent des Auteurs qui en ayent écrit, & entr'autres un *Ebne Heussein* Auteur *Arabe*, dont j'ai vû l'abregé en *Persan*, mais c'est un Livre que personne n'étudie. La raison pour laquelle les *Persans* ont perdu la connoisnoiffance de la *perfpective* & du *deffein*, eux qui ont été de fi excellens Sculpteurs, dans les premiers âges du monde, & peut-être les premiers habiles en cet Art, comme on le peut juger par les anciens monumens du Païs; la raifon, dis-je, n'eft autre que leur *Religion*, qui défend de faire des *portraits* des creatures humaines, & dont le fcrupule eft fi grand parmi quelques Docteurs, qu'ils interdifent même la repréfentation de toutes les creatures animées. A préfent ils n'exercent plus la fculpture, n'ayant chez eux ni *Statuaires*, ni *Fondeurs*: ils ne font rien du tout en boffe, & pour ce qui eft de la *plate peinture*, il eft vrai que les vifages qu'ils repréfentent font affez reffemblans, ils les *tirent* d'ordinaire de profil; parce que ce font ceux qu'ils font le plus aifément: ils les font auffi de *trois quarts*, mais, pour les *vifages en plain* ou *de front*, ils y réüffiffent fort mal n'entendant pas à y donner les *ombres*: ils ne fauroient former une *attitude* & une *pofture*. Les *figures* qu'ils font font eftropiées par tout, tant celles des oifeaux & des bêtes que les autres, & leurs *nuditez* fur tout: il n'y a rien de plus mal fait, de même qu'il n'y a rien de plus infame que leurs *repréfentations*; mais en échange, ils excellent dans les *morefques*, & à la *fleur*, ayant fur nous l'avantage des *couleurs*, *belles*, *vives* &

qui ne paffent point. Ils ne font rien à l'*huile*, ou fort peu de chofe, toute leur *peinture* eft en miniature: ils travaillent fur du velin qui eft admirable, c'eft un carton mince plus qu'aucun autre que nous ayons, dur, ferme, fec & licé, où la peinture ne coule point. Leur *pinceau* eft fin & délicat, & leur *peinture vive* & *éclatante*, il faut attribuer à l'air du Païs la beauté des couleurs: c'eft un air fec qui refferre les corps, les durcit & les polit, au lieu que nôtre air humide étend & diffout les couleurs, & répand deffus une certaine craffe qui en empêche l'éclat. Ils ont auffi la plûpart des matieres pour la *peinture* plus fraiches & nouvelles, que nous ne les avons, comme le *lapis l'azul*. Ce *vernix* qu'ils ont fi beau, & que nos Maîtres admirent tant, n'eft fait que de *fandarac* & d'*huile de lin*, mêlez enfemble, & reduits en confiftence de pâte ou d'onguent: lors qu'ils s'en veulent fervir, ils le diffolvent avec l'*huile de nafte*, ou au défaut avec de l'*efprit de vin rectifié* plufieurs fois; cependant quoi que j'aye dit de leur *peinture*, il y a une forte d'ouvrage que les *Perfans* font mieux que nous; c'eft les *morefques* ou la *taille de Flandres*, comme on l'appelle, tant ce qui eft fur le plâtre que fur la vaiffelle d'émail.

VOYA-

VOYAGES

DE MONSIEUR

LE CHEVALIER CHARDIN,

Contenant

Une Description du Gouvernement Politique, Militaire, & Civil, des Persans.

CHAPITRE PREMIER.

Des sentimens des Persans sur le Droit du Gouvernement.

LEs *Persans*, presque généralement, & sur tout les Ecclesiastiques, tiennent que le droit du Gouvernement appartient aux *Prophetes* seuls, & à leurs *Lieutenans* ou *Successeurs* directs. Ils disent, que de tout tems *Dieu* a gouverné le Peuple fidéle par des *Prophetes*, qui étoient les *Juges* & les *Chefs suprêmes* pour le Spirituel, & pour le Temporel tout ensemble, comme *Abraham*, *Moyse*, *Samuel*, *David*, *Salomon*, & enfin, *Mahomed*, que *Dieu* revêtit *des deux glaives*, comme il avoit fait ses autres *grands Prophetes*; qu'ainsi, le Gouvernement du Peuple de *Dieu* n'appartient de droit, & selon l'intention de *Dieu*, qu'à un *Prophete*, ou au défaut de *Prophete* à des *Imans*, qui sont des *Lieutenans de Prophetes*, établis par le *Prophete* même, ou par ceux qui sont établis par lui successivement, comme *Ismael* & *Isaac*; *Esaü* & *Jacob*; *Joseph*, & les autres *Patriarches*, qui étoient les *Imans d'Abraham*; comme *Josué* & les *Juges*, qui étoient les *Imans de Moyse*; & enfin, ajoûtent-ils, comme *Aly* & ses onze *Successeurs*, qui ont été les *Imans de Mahomed*. La *Surintendance* de la *Religion* & de l'*Etat* à été de même souvent rassemblée en un même sujet chez les *Romains* & chez les *Grecs*, témoin *Hipparque à Athenes*.

Tous les *Persans* conviennent de cette maxime, mais ils ne conviennent pas de même de la qualité de celui qui doit regner & tenir le siége du *Prophete*, lors que le *Prophete* vient à manquer, ou son *Successeur* legitime, sans avoir établi de *Successeur* en sa place; & ils en disputent avec d'autant plus d'animosité, qu'ils se trouvent, disent-ils, en ce triste cas presentement: car ils croyent que le douziéme & dernier *Iman* ou *Successeur* de *Mahomed*, disparut soudainement l'an 296. de l'*Hegire*, (qui est, comme on sait, l'Epoque d'où l'on compte dans leur *Religion*, commençant à l'an 622. de *Jesus-Christ*,) sans établir de *Successeur*, & qu'il fut enlevé de *Dieu*, & transporté on ne sait où: Qu'il n'est pas mort pourtant, ni élevé dans le Ciel, mais qu'il est en quelque lieu inconnu dans l'Univers; d'où au tems marqué de *Dieu* il reviendra parmi le genre humain, & en reprendra le Gouvernement. Il en convertira tous les Infidéles, & les amenera à la *Religion Mahometane*, telle qu'ils la professent eux-mêmes, & il sera *Monarque universel*, tranquillement, & sans opposition, jusqu'à la fin du monde. Les *Persans* sont donc partagez entr'eux, touchant celui à qui il appartient

de

de tenir fa place , & d'être *Souverain* , tant pour le Spirituel, que pour le Temporel. Les *Gens d'Eglife* , & avec eux tous les Dévots, & tous ceux qui profeffent l'étroite obfervance de la *Religion* , foutiennent qu'en l'abfence de l'*Iman* , le fiége Royal doit être rempli par un *Mouchtehed Maffoum* , termes qui fignifient *un homme pur de mœurs* , *& qui a acquis toutes les Sciences à un fi parfait degré , qu'il puiffe répondre fur le champ , & fans fuggeftion , à toutes les queftions qui lui font faites fur la Religion & fur le Droit civil.* Mais l'opinion la plus reçûe , & qui a prévalu , c'eft qu'à la verité ce droit-là appartient à un *defcendant* des *Imans* en droite ligne , mais il n'eft pas abfolument néceffaire que ce *defcendant* foit ni pur, ni favant , à un fi grand degré de perfection , comme n'en étant pas moins le vrai *Lieutenant de Dieu* , & le vrai *Vicaire du Prophete* , & des *Imans.* C'eft , comme je viens de le dire , l'opinion dominante , parce que c'eft celle qui établit & qui affermit le droit du *Roi* regnant ; mais il eft certain que *Cheic Sephy* , la fource de la *Race Royale de Perfe* , qui régne aujourdhui , & le premier de cette race qui ait porté le Sceptre, n'étoit pas lui-même de cette opinion. Ce *Prince* étoit Seigneur d'un petit Canton de *Medie* , proche de la *Mer Cafpienne* , vers le milieu du quatorziéme fiécle. Il vivoit en réputation de fainteté, fans participer au luxe & aux voluptez du fiécle ; mais fous ce feint détachement du monde, il afpiroit à en avoir l'*Empire* : car, après qu'il eut preparé les chofes pour ce deffein, il fe mit à prêcher, que c'étoit un grand peché , de laiffer les Fidéles fectateurs des *Imans* fous la tyrannie de gens, les uns voluptueux & cruels, les autres d'une fecte héretique, comme les *Princes Turcs & Tartares* , & tous fans aucune connoiffance de la *Loi* ; Que le *Gouvernement* de leurs *Etats* appartenoit de droit à un *defcendant* de ces *Imans* en ligne directe, qui fût pur à l'égard de l'obfervance céremonielle de la *Loi*, & affez éclairé pour en refoudre tous les doutes ; & que comme il fe trouvoit lui-même de ce caractére-là , au jugement des plus grands Docteurs du Païs , il étoit réfolu de délivrer le Peuple de *Dieu* de l'oppreffion où il gemiffoit , & de prendre le fiége de l'*Iman* abfent , qui eft ce *Mahamed Mehdy* , enlevé du monde, dont j'ai parlé au commencement de ce Chapitre. Ce faux Dévot, mais *Prince* habile , réuffit fi bien dans fon entreprife, qu'il jetta les fondemens de ce vafte Empire de *Perfe* , que fes *defcendans* tiennent aujourdhui.

Mais comme le droit des *Princes* fes *defcendans* a été uniquement fondé fur leur naiffance, fans prétendre comme lui, ni à la fcience , ni à la fainteté , ils font de leur naiffance, ou de leur origine, le principal & le plus glorieux titre de leur *Royauté* , ajoûtant à leur nom , par tout où ils le mettent , ces mots fuivans , *de la race de Sephy* , (qui eft fe *Cheic Sephy* , leur Ayeul & Devancier ,) *de la race de Mouffa* , *de la race de Heuffen* , qui font les Petits-fils de *Mahomed* , par *Fatmé* fa Fille unique , & par *Ali* fon Neveu , que *Mahomed* de fon vivant établit fon *fucceffeur* hereditaire , felon la créance des *Perfans.* Ces Peuples tiennent donc communément leur *Roi* pour le *Lieutenant de Mahomed* , le *fucceffeur des Imans* , ou premiers *Succeffeurs legitimes de Mahomed* , *& le Vicaire du douziéme Iman* , durant fon abfence. Ils lui donnent tous ces titres, & de plus celui de *Calife* , par lequel ils entendent encore le *Succeffeur & Lieutenant du Prophete* , à qui appartient de droit le *Gouvernement univerfel du monde* , tant au Spirituel qu'au Temporel , durant l'abfence de l'*Iman* feulement ; car ils difent , que dès que cet *Iman* enlevé reviendra fur la terre, le *Roi* fera obligé de lui remettre toute fon autorité , & que s'il ne le faifoit pas fur le champ, on l'affommeroit : Qu'il fera le *Gelaudar de l'Iman* , c'eft-à-dire , *fon Ecuyer* , & lui tiendra l'étrier. Les *Rois* de *Perfe* ne fe tiennent point offenfez de cet article de Foi ; au contraire , ils y foufcrivent eux-mêmes , fe difant par honneur les *Lieutenans & Agens de l'Iman abfent* , *& fes Efclaves.* J'ajoûterai à cet article fix *Remarques* dignes d'obfervation fur ce fujet.

La premiere , qu'encore que l'opinion dominante fur le droit du *Gouvernement* , foit celle que je viens de raporter ; qui donne ce droit aux *Defcendans d'Aly* en droite ligne mafculine , fans examiner s'il eft faint & favant au fuprême degré , & qu'encore qu'il faille croire qu'il importe au *Gouvernement* que cette opinion foit univerfelle , on fouffre néanmoins que les *Gens d'Eglife* enfeignent affez ouvertement l'opinion contraire, qui eft que le *Vicaire de l'Iman* doit être non feulement de fa race ; mais qu'il doit auffi être fans tache, & être favant au fuprême degré. *Comment feroit-il poffible* , difent les gens d'Eglife , *que ces Rois* (*Namoukaied* , ou *impies* , pour ufer de leurs propres termes) *beuveurs de vin , & emportez de paffion , fuffent les Vicaires de Dieu* , *& qu'ils euffent communication avec le Ciel, pour en recevoir les lumieres néceffaires à*

la

la conduite du Peuple fidelle? comment peuvent-ils refoudre les cas de conſcience & les doutes de la Foi, de la maniere que le doit faire un Lieutenant de Dieu, eux qui par fois ſavent à peine lire? Nos Rois étant des hommes iniques & injuſtes, leur domination eſt une tyrannie, à laquelle Dieu nous a aſſujettis pour nous punir, après avoir retiré du monde le legitime Succeſſeur de ſon Prophete. Le Trône ſuprême de l'Univers n'appartient qu'à un Mouchtehed, ou homme qui poſſede la ſainteté & la ſcience au deſſus du commun des hommes. Il eſt vrai que comme le Mouchtehed eſt ſaint, & par conſéquent homme pacifique, il faut qu'il y ait un Roi qui porte l'épée pour l'exercice de la Juſtice; mais ce ne doit être que comme ſon Miniſtre & dépendemment de lui. La premiere fois que j'arrivai en Perſe, l'an 1666. on venoit de ſe défaire ſecretement d'un Molla, ou Prêtre Mahometan, qui avoit long-tems enſeigné ce dogme publiquement. Il ſe nommoit Molla Kaſem, & n'avoit été d'abord que Maître d'École. Il s'étoit retiré dans un petit hermitage au fauxbourg d'Iſpahan, où vivant en réputation de ſainteté, il attiroit un peuple infini à ſes Sermons, Grands & petits, chacun y couroit. Le Préſident du Divan, qui eſt une des plus grandes charges du Royaume, étoit un des plus dévots de ce faux Prêtre, juſques-là qu'il lui envoyoit tous les jours à manger de ſa cuiſine. Cet homme s'emportoit en public contre le Gouvernement. Il diſoit que le Roi & ſa Cour étoient des abominables, des infracteurs de la Loi; que Dieu vouloit l'extermination de cette maudite branche, & le rétabliſſement d'une autre branche pure des Imans. Il publioit cela hautement tous les jours, preſque aux oreilles du Roi & de ſes Miniſtres; & quand on lui demandoit où l'on trouveroit cette branche pure. Il répondoit qu'il falloit élire le fils du Cheic Eliſlam, qui étoit premier Juge du Droit Civil & Canon. Ce Juge étoit frere du Grand-Vizir alors dans le Miniſtere; & ſon fils, dont ce ſéditieux parloit, lui étoit né d'une fille d'Abas le Grand, qu'on lui avoit donnée en mariage, à cauſe de ſa grande integrité & de ſa profonde Science; & par conſéquent, c'étoit le Couſin du Roi régnant. Il étoit âgé de vingt ans. On ne lui avoit point arraché les yeux, ce qui paſſe encore pour une merveille en Perſe; car on y arrache les yeux à tous ceux qui viennent du ſang Royal, ſoit par les femmes, ſoit par les hommes; ou l'on les laiſſe mourir quand ils naiſſent, en ne les allaitant point, comme je le dirai ci-deſſous. Ce jeune Seigneur avoit

été exempté de cette coûtume par l'Amour ſingulier que le Roi Sephy avoit pour ſa mere, qui étoit ſa tante. On laiſſa plus de ſix mois, par négligence, ou par mépris, ce Molla publier & ſoûtenir ſon opinion, qui étoit ſecretement favoriſée de tout le Clergé; mais la Cour ayant vû que cela alloit trop loin, on l'envoya prendre comme pour le mener priſonnier à Chiras, & l'on fit commandement au Cheic Eliſlam de garder ſon fils priſonnier dans ſon Palais. Comme on n'entendit plus parler du Prêtre, on crût qu'il avoit été précipité en chemin dans quelque creux de rocher, & pour le Cheic Eliſlam, il prit ſon fils avec lui au moment qu'il reçût l'ordre de le renfermer, & étant allé attendre le Roi à la porte du Palais, ils ſe jetterent à ſes pieds l'un & l'autre, le Pere proteſtant de leur innocence, & priant le Roi, s'il en doutoit, ou s'il y avoit de juſtes ſoupçons contr'eux, de les faire mourir. Mais le Roi, au contraire, les renvoya chez eux, en leur faiſant donner l'habit Royal, qui eſt la marque de ſes bonnes graces. On ne fit pas la moindre recherche des Devots, ou fauteurs du Prêtre ſéditieux, ni même on n'en parla pas non plus au Préſident du Divan, qui avoit été ſon bienfaiteur déclaré & perpetuel. J'ai vû auſſi des Gens d'Egliſe, & des Gens de Lettres, & de fort élevez en dignité, tenir le même ſentiment, le publier & le ſoûtenir comme une opinion probable.

La ſeconde Remarque à faire, eſt que non-obſtant ce que je viens de dire, les Perſans ont une ſoumiſſion ſincere & qui vient du fonds du cœur, pour les ordres de leur Roi & plus grande peut-être qu'aucun autre Peuple qui ſoit ſur la terre. Ils croient que les Rois ſont naturellement violens & injuſtes, qu'il faut regarder ſous cette idée; & cependant, que quelques injuſtes & violens que ſoient leurs ordres, on eſt obligé d'y obéir, excepté les cas de la Religion, ou de la conſcience; comme ſi le droit de la Royauté étoit de pouvoir commettre toute ſorte d'injuſtice. Une de leurs manieres de parler eſt de dire faire le Roi, pour dire, opprimer quelqu'un & violer la juſtice. Padchai mikonet, c'eſt-à-dire, il fait le Roi: & quand quelqu'un leur ôte leur bien, & les opprime d'une maniere bien tyrannique, ils s'écrient, Maguer Pad chai tou? eſt-ce que vous êtes Roi? & même devant les Magiſtrats, quand on veut ſe plaindre de quelque outrage exceſſif qu'on a reçû de quelqu'un, on crie pour comble d'aggravation, il a fait le Roi avec moi. Cependant, comme je je le dis, c'eſt le Peuple du monde le plus ſoumis, & l'on n'a point ouï parler de ſoulevement, ou de revolte, en *Perſe*, depuis deux cens ans. J'attribue cette paiſible ſoumiſſion au temperament des *Perſans*, qui ne ſont pas bouillans, comme on l'eſt dans nos Païs froids, ainſi que je l'ai obſervé dans le livre précédent.

Ma troiſiéme *Remarque* eſt que cette opinion ſi fortement établie, qu'il faut être pur de mœurs & ſavant au ſuprême degré, auſſi bien que de la race des *Imans*, pour remplir juſtement leur ſiége, qui eſt le *Trône Imperial*; que cette opinion, dis-je, eſt la cauſe de la Politique dénaturée, dont je parlerai dans la ſuite, de faire mourir les enfans du *ſang Royal*. On a peur que quelqu'un d'eux ne s'érige en *Cheic Sephy*, & n'y réuſſiſſe comme lui.

La quatriéme eſt, qu'il faut attribuer à cette prétention d'être le *Vicaire de Mahamed*, & en cette qualité le *Maitre du monde*, à l'égard du droit divin, la haine que les *Empereurs de Turquie*, de *Perſe* & des *Indes* ſe portent reciproquement, parce que chacun d'eux prétend être le vrai *Succeſſeur* de ce faux *Prophete*. Chacun d'eux ſe donne ce titre, & ne le donne à ſoi. Chacun d'eux ne traite les deux autres que du nom de *Vely*, qui ſignifie un *Subſtitut*, ou *Lieutenant d'un Souverain régnant*. J'ai ouï conter que du tems d'*Abas ſecond*, un puiſſant Marchand *Perſan* étant allé à la Cour du *Grand Mogol*, ce Prince lui demanda entre les autres choſes *quelles nouvelles y a-t-il de vôtre Païs*, *que fait le* Valy *de Perſe*? Le Marchand, ſoit qu'il n'entendît pas ce mot de *Valy*, ſoit qu'il feignît de ne le pas entendre, fit l'étonné & baiſſa la tête. Le Roi reprit, *Je vous demande ce que fait Abas, le* Valy *de* Perſe, *le Grand de vôtre Païs, celui qui vous gouverne*. Le Marchand continuant de faire l'ignorant, répondit qu'*il ne ſavoit ce que c'étoit*; de maniere que le *Grand Mogol* fut obligé de lui dire, *je vous dis celui que vous appellez le Roi Abas*? *Ah Sire*, dit-il, *j'entens à preſent. Le Roi Abas ſe porte bien, je l'ai laiſſé dans la ville capitale en bonne ſanté.* Ce conte ayant été raporté au *Roi Abas*, il en témoigna beaucoup de ſatisfaction à ce Marchand, lors qu'il fut de retour.

Ma cinquiéme *Remarque* eſt, qu'il y a beaucoup d'apparence que cette opinion *Mahometane* touchant le droit du *Gouvernement*, ſavoir qu'il appartient à un *Prophete* ou à ſon *Vicaire*: qu'un même homme doit être Chef

pour le Spirituel & pour le Temporel, & que les *Rois* ne doivent être que les *Miniſtres* de ces *Prophetes*-là & de leurs *Vicaires*; qu'il y a beaucoup d'apparence, dis-je, que cette opinion étoit l'opinion générale dans les premiers âges du monde. On en voit de grandes traces dans les Païs les plus reculez de nous, tels que la *Chine*, & le *Japon*, & chez les autres *Idolatres* des *Royaumes* voiſins. Comme leur *Religion* & leur *Gouvernement* ſubſiſtent depuis un tems immemorial, ſans avoir été ſujets aux mêmes revolutions que les autres, on peut tirer ſûrement de leurs maximes & de leurs pratiques des conſequences de ce qui s'eſt paſſé autrefois. Or il paroît dans leurs *Hiſtoires*, & dans leur *Gouvernement* preſent, que le *Grand-Prêtre* eſt le premier homme de leur *Etat*. C'eſt ainſi que cela ſe pratique au *Japon* & à la *Chine*, où l'*Empereur* lui rend des hommages de Vaſſal. Les *Indiens* aſſurent que c'étoit la même choſe chez eux avant les conquêtes des *Mahometans*; & chacun ſait qu'il en étoit auſſi de même chez les *Romains*, dont les *Empereurs* étoient auſſi *Souverains Pontifes*, juſqu'au tems de *Gratien*. L'*Ancien Teſtament* nous enſeigne fort clairement que cette maxime étoit la baze du *Gouvernement Judaique*, tel que *Moyſe* l'inſtitua. Mais le *Nouveau Teſtament* nous gouverne par d'autres principes, en nous enſeignant que le *Régne de Jeſus-Chriſt* n'eſt pas de ce monde, que ſes *Succeſſeurs* doivent porter la houlette & non le Sceptre, & que les *Puiſſances* Temporelles ſont établies de *Dieu* immédiatement, & ſans dépendance d'aucun homme mortel ſur la terre, quelque titre magnifique qu'il puiſſe, ou qu'il oſe ſe donner.

La ſixiéme *Remarque* eſt, que les *Perſans* croyent que leur *Roi*, en qualité de *Succeſſeur*, & de *Vicaire* des *Imans*, poſſéde des Vertus ſurnaturelles, comme le don de guerir les maladies. J'ai vû des malades ſe trainer à ſes pieds, & ſur le chemin par où il paſſoit, qui tenoient une taſſe d'eau à la main, & le prioient de tremper les doigts dedans, proteſtant à haute voix d'avoir cette foi, que l'eau recevroit par cet atouchement une vertu ſuffiſante pour leur gueriſon. Je vis cela une fois l'an 1666. en *Hyrcanie*, où le *Roi* étoit. Il prit la taſſe qui lui fut preſentée par la main du *Grand-Portier*, qui eſt comme le *premier Maitre d'hôtel*. Il y trempa les deux doigts de la main droite, les plus proches du pouce, & un peu après, il y mit le pouce, & remua l'eau; laquelle ayant été redonnée au malade,

il la but avec avidité. Chacun n'est pas favorisé d'un pareil remede. Il n'y a que les gens
de considération à qui l'on fasse la grace de
l'accorder, & encore est-ce fort rarement.

CHAPITRE II.

De la nature du Gouvernement.

DEpuis l'abolition de l'ancienne Monarchie Persane par les Mahometans, jusqu'au régne du Roi Abas, ce qui comprend
un espace de quelque neuf siécles, la Perse
a été un Païs fort rempli de confusions &
de desordres, & où l'on changeoit très-
souvent de Maître ; & quand ce Prince fameux vint à la Couronne, c'étoit un Empire tout délabré, & en piéces, pour ainsi dire ; car il étoit partagé entre plus de vingt
Princes, qui s'étoient rendus Souverains chacun dans ce qu'il avoit usurpé, sur lesquels
par conséquent il falloit qu'il conquît ce
Royaume, comme si c'eût été un Païs étranger. Or jusqu'à ce tems-là, le Gouvernement
de Perse étoit assez doux & assez juste. Les
Rois n'y vivoient pas à discretion, pour parler ainsi, ou sans aucune retenue, comme
ils le font à présent, sur tout à l'égard des
Grands. L'armée les tenoit en échec, comme on voit qu'elle les y tient en Turquie, dé-
posant souvent les Souverains, & quelquefois
les faisant mourir. Mais Abas usa tout-à-fait
du droit de Conquête ; car, sous prétexte
d'empêcher que le Royaume ne se divisât de
nouveau, comme il avoit fait par le passé, il
résolut de l'asservir & le subjuguer entierement, en détruisant d'un côté les vieilles
Troupes, & de l'autre en ruinant les anciennes Familles du Païs. Ces Familles étoient
toutes également de la race des Courtches, qui
sont ces Turcomans, ou Sarrasins, si célébres
par leurs grandes invasions, & par leurs fa-
meuses conquêtes ; & elles étoient fort unies
ensemble pour leur mutuelle conservation :
de maniere qu'on pouvoit dire que cette race
des Courtches étoit la Maîtresse du Royaume.
Abas le Grand se prit de cette maniere à l'a-
baisser. Il remplit sa Cour & ses Troupes de
ces Peuples qui habitent aux extremitez Septentrionales de la Perse, qu'on appelle la
Georgie, & l'Iberie, & aux autres Païs d'alentour, lesquels étant Chrétiens de naissance,
haïssoient ces Courtches à la mort, comme de
vieux & zelez Mahometans, quoi qu'étant natifs d'un même Empire, ils fussent par conséquent leurs Compatriotes. Il attiroit ces Peu-

ples Chrétiens par ses bienfaits, & en les avançant. Ceux qu'il mettoit dans les grands emplois étoient la plûpart ses Esclaves, lui ayant
été envoyez par présent, ou ayant été pris à
la guerre. Il en élevoit aux charges tout autant qu'il s'en trouvoit de beaux & bienfaits,
de gens d'esprit & courageux. Il fit plus, il
en institua un corps de douze mille pour la
guerre ; & commençant en suite à lever le
masque, il n'avançoit plus qu'eux dans toutes les charges de la Guerre, & dans celles
du Gouvernement politique, où il n'étoit pas
nécessaire de savoir la Loi, & le Droit Canon.
Cependant, à mesure que le nombre de ces
Etrangers grossissoit, il affoiblissoit les vieux
& naturels Persans, cassant les uns, releguant
les autres, donnant de l'emploi aux plus braves, & aux plus sages, aux extremitez du
Royaume, afin de les séparer, & de les disperser, & puis en faisant mourir tout autant qu'il
osoit. Quand Abas eût ainsi mis le pied sur la
gorge à cette race valeureuse, qui étoit comme la Noblesse de Perse, il se mit aussi à asservir les Gens d'Eglise, qui sont tout ensemble les Gens de Judicature ; la Religion & la
Jurisprudence n'étant qu'une même chose dans
tous les Païs Mahometans. Et enfin, il vint
au Peuple, qu'il abaissa aussi à son tour, premierement en le mêlant d'Etrangers &
Gens de Religion tout-à-fait opposée ; & secondement, en détruisant les Frontieres, &
les rendant desertes, sous prétexte d'empêcher par ce moyen l'ennemi de les passer. Il
en transportoit des Colonies de vingt à trente mille ames à la fois à deux ou trois cens
lieües de leur Païs natal. Elles étoient presque
toutes de Chrétiens Georgiens, Armeniens.
Abas le Grand avança de cette maniere le Gouvernement Despotique & Arbitraire, mais il n'o-
sa pas y mettre la derniere main, qui consistoit
à faire mourir les plus éminens hommes du
Païs, parce qu'étant engagé en de grandes
guerres, il avoit besoin du secours des Grands
Seigneurs ; mais Sephy, son successeur, le fit,
en ôtant la vie aux gens les plus notables de
l'armée, & du Gouvernement civil, dont il fit
couler des ruisseaux de sang durant tout son
régne. C'est ainsi que les Rois de Perse sont
montez à ce point de puissance absoluë, que
je vais montrer, & où ils s'entretiennent sans
grande peine, & sans grand art ; car les Georgiens, & les Iberiens, à qui l'on donne l'Etat
à gouverner, étans presque tous Esclaves d'o-
rigine, & de véritables étrangers dans le Gouvernement, ils n'ont nulles liaisons, soit dans
le Royaume, soit entr'eux-mêmes ; & la plûpart

part ne fachant d'où, ni de qui ils viennent, il arrive d'une part qu'ils ne font pouffez d'aücun defir pour la liberté, & que de l'autre ils font incapables de faire des Ligues & des Confpirations. Car des hommes qui n'ont aucune rélation entr'eux ne fe rebellent pas les uns pour les autres, foit pour leur fauver la vie, foit pour les faire monter fur le Trône. Les derniers Rois de Perfe continuant dans la Politique de leur Ayeul, tiennent toûjours cette ancienne Milice de Perfe éloignée des Emplois, & entretiennent la naturelle & fafte antipatie qui eft entr'elle & la nouvelle Milice compofée de Georgiens. Les vieux Perfans particulierement, haïffent mortellement ces Efclaves Georgiens nouveau-venus dans le Païs. Ils les appellent Kara ogli, comme qui diroit race de Serfs.

Pour le préfent donc, le Gouvernement de Perfe eft Monarchique, Defpotique, & abfolu, étant tout entier dans la main d'un feul homme, qui eft le Chef Souverain, tant pour le fpirituel, que pour le Temporel, le Maître à pur & à plein de la vie & des biens de fes Sujets. Il n'y a affurément aucun Souverain au monde fi abfolu que le Roi de Perfe; car on execute toûjours exactement ce qu'il prononce, fans avoir égard ni au fonds, ni aux circonftances des chofes, quoi qu'on voye clair comme le jour, qu'il n'y a la plûpart du tems nulle juftice dans fes ordres, & fouvent pas même de fens commun. Si-tôt que le Prince commande, on fait fur le champ tout ce qu'il dit, & lors même qu'il ne fait pas ce qu'il fait, ni ce qu'il dit, comme lors qu'il eft yvre; excès dans lequel ces derniers Rois de Perfe tombent fort fréquemment depuis un fiécle. Rien ne met à couvert des extravagances de leur caprice, ni probité, ni merite, ni zéle, ni fervices rendus, un mouvement de leur fantaifie, marqué par un mot de la bouche, ou par un figne des yeux, renverfe à l'inftant les gens les mieux établis, & les plus dignes de l'être, les prive des biens & de la vie; & tout cela, fans aucune forme de procès, & fans prendre aucun foin de verifier le crime imputé. Il s'en faut beaucoup que le Grand-Seigneur ne foit auffi abfolu que l'eft le Roi de Perfe; & quoi qu'en général on puiffe dire que le Gouvernement des Turcs & des Perfans eft à peu près le même, comme étant les uns & les autres de même Religion, & venant originairement d'une même fouche; néanmoins, l'autorité des Souverains en Perfe & en Turquie n'eft pas également indépendante, puifque, par exemple, l'Empereur des

Turcs ne fait mourir aucune perfonne confidérable, fans confulter le Muphty, ou Grand-Pontife de la Religion, & que celui des Perfans, au contraire, bien loin de confulter perfonne, ne fe donne pas feulement le loifir de penfer la plûpart du tems aux ordres de mort qu'il prononce. Cependant il femble qu'il en devroit être tout autrement, à caufe que l'Empire des Turcs étant compofé de parties moins unies & moins jointes enfemble, que celui des Perfans, ils pourroient mieux prétexter de néceffité les promptes executions qu'ils feroient faire.

Ce que je viens de dire, que le Roi de Perfe fait ôter les biens & la vie à fes fujets, fur le moindre caprice, doit s'entendre feulement à l'égard des Grands de fa Cour, & plus particuliérement de fes Favoris, & de fes Mignons; parce qu'autant que parmi les gens de ce rang, il arrive fouvent des avantures tout-à-fait cruelles & fanglantes, autant en arrive-t-il peu parmi le commun Peuple, le caprice du Souverain ne s'étendant pas jufques-là. Je me fouviens qu'un jour, un Seigneur, nommé Ruftan Can m'étant venu voir au fortir de chez le Roi, il entra d'un air gai, prit un miroir, fe mit à ajufter fon turban en fouriant; & puis il me dit, toutes les fois que je fors de devant le Roi, je tâte fi j'ai encore la tête fur les épaules, & j'y regarde même dans le miroir, dès que je fuis revenu au logis. En effet, quand le Roi eft en colere, ou dans le vin, perfonne autour de lui n'eft fûr de fes biens ni de fa vie. Il difgracie Miniftres & Favoris d'un moment à l'autre. Il fait couper les mains & les pieds, le nez & les oreilles, il fait mourir, tout cela au moindre caprice, & tel eft la victime de fa fureur, à la fin de fa débauche, qui au commencement en étoit le plus cher Compagnon. Les Perfans ont là deffus un Diftique qui merite d'être raporté.

Qu'un fouris que vous fait le Roi ne vous rende pas plus fier.

Ce n'eft pas proprement un fouris; c'eft vous faire voir qu'il a les dents d'un Lion.

Mais après tout, hors du rang des Courtifans, & des plus Grands Seigneurs, je n'ai jamais vû, ni entendu dire, que le Roi ait fait aucun outrage perfonnel fur le champ, & fans procedure.

Cependant, en quelque danger que foient ces Courtifans, ils ne courent pas moins après la faveur que dans les Païs où l'autorité eft moins abfoluë & illimitée. Comme ils font nez fous cette miferable fervitude, ils la fupportent comme on fait les autres miferes hu-

mai-

maines, & fans la fentir davantage. Ce n'eft pas qu'ils ne foient capables de connoître le prix de la liberté. Au contraire, quand les *Grand Seigneurs Perfans* entendent parler de ces heureux Païs de l'*Europe*, où l'autorité des Loix garentit la vie & les biens de chacun, contre toute forte de violence, ils admirent & envient la felicité de ce Païs-là. Mais il en eft d'eux comme de la plûpart des gens à qui l'on parle de l'autre vie, qu'on ne fauroit pourtant détacher de celle-ci.

Au refte, il ne faut pas s'étonner que le *Gouvernement* de *Perfe* foit *Defpotique* & *Arbitraire*, puis qu'il eft proprement Militaire. La *Perfe* eft depuis plus de mille ans un Païs de conquête, c'eft-à-dire depuis la ruine de la *Monarchie Perfane* par les *Mahometans*. Les *Arabes* la conquirent peu après. *Mahomed*, les *Turcs*, ou *Tartares*, l'ont conquife enfuite, ceux qui la poffedent préfentement font partie originaires des *Arabes*, comme eft le Roi, partie originaires des *Tartares*, comme l'ancienne Milice & les vieux habitans du Païs, partie originaires des *Georgiens*, comme la nouvelle Milice. Or chacun fait que les *Gouvernemens* militaires font par tout *arbitraires & abfolus*.

J'ai touché un mot ci-deffus de la pleine foumiffion du Peuple *Perfan* à l'autorité Royale, & j'ai remarqué que c'eft une foumiffion de confcience, le Peuple croiant qu'il faut obéir au *Roi* en toutes chofes, hormis en celles qui attaquent la *Religion*, qu'il faut donner fes biens & fa vie au moindre mot prononcé par le *Souverain*, & s'imaginant que c'eft *Dieu* même qui le demande directement par fa bouche. J'ajoute ici, que conformément à cette étrange créance ils tiennent que les ordres du *Roi* font au-deffus du *Droit naturel*, & qu'ainfi, le fils doit être le bourreau de fon pere, ou le pere de fon fils, lors que le *Roi* lui commande de le faire mourir. Mais ils tiennent d'une autre part, comme je l'ai touché, que fes ordres font au deffous du *Droit Divin*, & que s'il arrive par conféquent que le *Roi* commande quelque chofe contre la *Religion*, il ne faut point lui obéir, mais que l'on doit fouffrir tout plûtôt que de violer la *Loi de Dieu*. Le premier *Miniftre* du *Royaume*, qui occupe dignement cette Charge depuis près de vingt ans, après avoir été plus de trente ans *Général d'armée*, & *Gouverneur* des plus importantes Provinces, s'eft vû durant les premiéres années de fon *Miniftere* expofé à la perfécution du *Roi*, à l'égard de la Confcience, fans jamais fuccomber. Le Roi vouloit l'obliger à boire du vin, lui difant, *pourquoi voulez vous feul à la Cour refufer de boire avec moi?* en effet, il étoit le feul qui refiftât au *Roi* là-deffus, tous les autres Courtifans s'étant rendus à la referve des *Gens d'Eglife* qui avoient été exceptez. Il répondoit, *Je fuis Agy*, c'eft-à-dire, *j'ai fait le Pelerinage de la Mecque*, & *je ne puis boire de vin, fans violer la Loi de Dieu*. Le *Roi* repliquoit, *mille gens, qui ont fait le Pelerinage comme vous, en boivent. Faites le par le Souverain commandement de vôtre Roi*. Mais ce fage *Miniftre* perfifta toûjours conftamment dans les fentimens de fa *Religion*. J'ai vû quelquefois que le *Roi* le faifoit demeurer à table des fix à fept heures de fuite, à lui faire mille outrages. Il lui faifoit jetter du vin fur la tête, fur le vifage, dans le cou de fa chemife, il lui en faifoit mettre par force dans la bouche. Tout cela fe faifoit comme en riant & dans l'emportement de la débauche; mais ce *Miniftre*, fans s'étonner, repouffoit doucement ces excès, & refufoit toûjours de boire. Il arriva deux ou trois fois que le *Roi* le menaça de la mort, alors chacun fe jettant à fes pieds lui difoit, *Seigneur, ne vaut-il pas mieux boire une taffe de vin, que de fe faire tuer*. Pour lui, il répondoit, *le Roi a droit fur ma vie, mais il n'en a pas fur ma Religion; c'eft pourquoi j'aime mieux qu'il me faffe mourir que de me faire boire:* Ce fage *Miniftre* fut difgracié, & fufpendu de fa charge, diverfes fois; mais enfin, fon zéle pour fa *Religion* l'emporta fur la fureur de fon Maître. Il fut rétabli glorieufement & avec l'eftime, tant du Public, que du *Souverain* même: & après cela il ne fut plus follicité de boire du vin.

On appelle communément chez nous, & avec beaucoup de raifon, les *Gouvernemens Orientaux*, des *Gouvernemens Tyranniques*, & particuliérement celui de *Perfe*, & celui de *Turquie*. Je ne parlerai point de celui-ci, mais pour l'autre, il l'eft affurément beaucoup moins, & je m'en raporte à ceux qui liront cette Rélation. Je dirai cependant, qu'à mon avis, ce qui eft principalement caufe qu'on a traité le *Gouvernement Perfan* de *Gouvernement Tyrannique*, eft la coûtume qu'on y a de paffer par deffus les formes de Juftice dans les procedures contre les *Gouverneurs* & les *Intendans des Provinces*, & d'autres *Officiers de l'Etat*. Mais le *Gouvernement* prétend qu'il ne s'en difpenfe que dans certains cas, où il y auroit du danger pour l'*Etat* d'agir avec les formalitez & les procedures regulieres, comme lors qu'on envoye executer
fur

fur le lieu un *Gouverneur de Province* , aux Frontieres du *Royaume* : ces *Gouverneurs* fe trouvant à la tête d'un corps d'armée, à trois ou quatre cens lieuës de la Cour , il feroit dangereux de les accufer, & de les citer, dans les formes, parce que ce feroit leur donner le tems de fe revolter ou de s'enfuir : La Politique du Païs foûtient que la vafte étenduë de l'*Empire*, demande de promptes exe-cutions, & dont on n'ait pas le tems de donner de fecrets avis, parce qu'autrement il feroit comme impoffible de punir les méchans *Miniftres*, & de prévenir les foulevemens. Quand on n'eft pas fûr du crime dont on accufe un *Gouverneur*, ou un *Intendant*, on envoye d'ordi-naire le prendre prifonnier, & on lui fait fon procès à la Cour ; mais quand on croit en être fûr, on le condamne fur l'accufation, & on l'envoye executer fur le lieu où il eft. Hors des cas extraordinaires, le *Gouvernement* Perfan fe régle par les *Loix* du *Droit* civil, & obferve fes coûtumes, auxquelles les Sujets prétendent qu'il fe tient conftamment atta-ché ; exceptez-en néanmoins, comme je l'ai dit & rédit, ce qui arrive par les emporte-mens du *Souverain* contre les *Gens de fa Cour*, avec lefquels il ne croit pas être obligé d'agir par les voyes ordinaires, les regardant moins comme fes fujets, que comme fes Efclaves achettez. C'eft autant en *Perfe* qu'en aucun autre Païs du monde, que la condition des *Grands* eft la plus expofée, & celle dont le fort eft le plus incertain, & fouvent le plus funefte ; comme au contraire, la condition du Peuple y eft beaucoup plus affurée, & plus douce, qu'en divers *Etats Chrétiens*.

CHAPITRE III.

De l'Economie Politique.

LA *Politique* de *Perfe* n'a point de metho-de affûrée. Tout y eft reglé felon les cir-conftances, & chaque grande affaire fe deci-de par une raifon propre & particuliere. C'eft afin de tenir toûjours les *Miniftres* dans la dépendance de l'*Oracle fouverain*.

Il n'y a point de *Confeil d'Etat* en *Perfe*, éta-bli, & reglé, comme dans les *Gouvernemens* de l'*Europe*. Le *Roi* agit ordinairement felon la di-rection du premier *Miniftre*, & des principaux *Officiers* de l'*Etat*. Mais dans les occafions de guerre, foit pour en commencer, foit pour en foutenir une importante, le *Roi* af-femble fes principaux *Officiers* de tous les or-dres, & l'on confulte d'abord le Livre nom-

mé *Karajamea*, c'eft-à-dire, *le Recueuil des Révolutions futures*, (Livre, qui eft aux *Per-fans*, ce qu'étoient autrefois les *Oeuvres des Sybiles* parmi le peuple Romain,) afin d'y trouver des lumieres pour les occurrences préfentes. Ce livre eft gros de neuf mille vers, chaque vers comprenant une ligne de cinquante lettres. Il a été compofé par le célébre *Cheic Sephy*, l'ayeul de la *Race Roya-le*, qui porte préfentement la Couronne ; & on croit fortement en *Perfe* que ce livre con-tient une partie des principales Révolutions de l'*Afie*, jufqu'à la fin du monde. Il eft gardé dans le *Trefor Royal*, avec très-grand foin, comme un *Original* dont il n'y a point de copie, ni de double ; car on ne permet pas que le peuple en ait la connoiffance. Ce Confeil géneral s'apelle *Ichengui*, comme qui diroit *Confeil de guerre*.

Mais, quoi qu'il n'y ait pas de *Confeil* fixe & régulier, les *Grands* ne laiffent pas de con-ferer des affaires enfemble, ce qui fe fait journellement foir & matin à la porte du *Ser-rail*, dans un appartement deftiné à cela, qu'on appelle *Kechic Kane*, c'eft-à-dire *la maifon de la Garde*. Les *Grands* s'y rendent, attendant que le *Roi* forte du *Serrail*, ou que l'heure qu'il a coûtume de fortir fe paffe, qui eft entre onze heures & midi ; & là ils conferent de tout ce qui arrive d'important, & à quoi il faut que le *Roi* donne ordre. Le *Roi* en-voye-là d'ordinaire les *Requêtes* qu'il a reçûes, afin d'avoir l'avis des *Miniftres* fur ce qu'on y doit répondre, & les *Mémoires* des affaites fur lefquelles il veut auffi avoir leur avis.

Ce qui fait le plus de peine aux *Miniftres* de *Perfe*, c'eft le *Serrail*, qui eft le *Palais des femmes*, où il fe tient une maniere de *Con-feil privé*, qui l'emporte d'ordinaire par def-fus tout, & qui donne la loi à tout. Il fe tient entre la mere du Roi, les *Grands Eunu-ques*, & les *Maitreffes* les plus habiles & les plus en faveur. Si les *Miniftres* ne favent bien accorder leurs *Confeils* avec les paffions & les interêts de ces perfonnes cheries, &, qui, par maniere de parler, poffedent le *Roi* plus d'heures, qu'eux ne le voyent de mo-mens, ils courent rifque de voir leurs *Con-feils* rejettez, & fouvent tournez à leur pro-pre ruine.

Le *Royaume* eft *fucceffif*, & ne va qu'aux *enfans mâles*, mais nez indifferemment par les *hommes*, ou par les *femmes* ; c'eft-à-dire qu'on a le même droit au *thrône*, étant forti du *fang royal* par une *femme*, que par un *homme* ; ce qui eft fondé fur ce que la *fucceffion* de *Maho-med*

med eſt venuë par les *femmes* : car les *fils* de ce faux *Prophete* moururent jeunes & ſans enfans, & il ne lui reſta qu'une *fille*, nommée *Fatmé*, qu'il maria à *Aly* ſon neveu, dont ſont deſcendus les douze *Imans*, ou *Succeſſeurs* du *Prophete*, comme les *Perſans* les appellent. Mais ce qu'il y a de très-ſinguliér dans le Droit *Perſan*, c'eſt que la *Loi* de l'*Etat* porte qu'il ne faut point élever ſur le *Trône* d'homme aveugle. Cette *Loi*, que pluſieurs ſoûtiennent néanmoins qu'il faut entendre dans un ſens moral, a ſervi de fondement à la coutume qui régne en *Perſe* d'aveugler les *Enfans mâles* du *ſang Royal*. Et comme j'ai dit que ceux qui naiſſent par les *femmes* ſont auſſi habiles à ſucceder, que ceux qui viennent par la *branche maſculine*, cette cruélle politique s'étend également ſur les enfans des *femmes* de la *Race Royale*. On les prive de la vûë, à quelque age que ce ſoit, & cela ſe fait de cette façon. Le *Roi* donne un *ordre* par écrit d'aller aveugler un tel enfant, & cet *ordre* ſe donne au premier venu (car en *Perſe* il n'y a point de *Bourreau* en titre d'office.) Il va à la porte du *Serrail* où eſt cet enfant, & dit *qu'il vient de la part du* Roi, *pour voir & pour parler à un tel jeune Prince pour ſon bien*. L'ordre porté dans le *Serrail* y eſt bien-tôt compris, & il y excite des pleurs & des cris; mais enfin il faut laiſſer aller l'enfant. Les *Eunuques* l'amenent au cruel meſſager, qui leur jette l'*ordre*, ou, comme vous diriez, la *Lettre de cachet*; & puis ſe mettant en terre, il ſaiſit l'enfant, l'étend de ſon long ſur ſes genoux; le viſage tourné en haut, en lui ſerrant la tête du bras gauche. Puis d'une main il lui ouvre la paupiere, & de l'autre il prend ſon poignard par la pointe, & tire les prunelles l'une après l'autre, entieres, & ſans les gâter, comme on fait un cerneau. Il les met en ſon mouchoir, & va les porter au *Roi*. Le pauvre enfant cependant eſt reporté dans le *Serrail*, où on le penſe le mieux qu'on peut, avec des poudres cauſtiques, où des cauteres; & quand l'operation, & la cure, ſont bien faites, les trous des yeux ne coulent point, mais autrement ils pleurent toute la vie; ce qui eſt une grande incommodité, qui les oblige, étant en Compagnie, de ſortir de tems en tems, pour s'aller eſſuyer, & pour mettre un bandeau net. Le bandeau que ces *Princes* aveugles portent devant les yeux, eſt un mouchoir de ſoye, plié en doubles, de deux pouces de largeur, ou ſeulement un taffetas vert. Ce n'eſt que depuis le *Regne* d'*Abas ſecond*

qu'on aveugle ainſi, en ôtant la prunelle. On le faiſoit auparavant, en paſſant une lame de cuivre rouge ardente devant les yeux ouverts; ce qui n'éteignoit pas ſi entierement la faculté de voir, qu'on n'aperçût bien la lumiere; & quelquefois l'operation étoit faite ſi favorablement, qu'il reſtoit encore plus de vûë. Il arriva pendant le *regne* de ce *Roi Abas ſecond*, qu'un des freres de ce *Prince* étant allé voir ſa Tante, & ſes Couſins, dont le *Palais* eſt joignant le logis des *Hollandois*, il leur prit envie d'aller ſe divertir chez ces Etrangers. Ils le firent ſavoir & on les invita d'y aller paſſer une après diné, & d'y ſouper. Le frere du *Roi* y mena avec lui pluſieurs autres *Princes* aveugles; & comme on apporta les flambeaux on remarqua qu'ils les appercevoient. On leur demanda s'ils voyoient quelque choſe, le frere du *Roi* répondit que *oui*, *& que quelquefois il voyoit aſſez pour aller ſans bâton*. Malheureuſement cela fut entendu par un de ces eſpions de Cour, dont on ſe ſert pour obſerver les démarches des *Grands*, ſelon la coûtume de ces gens-là, il en fit au *Roi* un rapport malin, & tel qu'il le falloit pour irriter le *Souverain*. *Comment*, dit-il, *ces aveugles ſe vantent de voir*. *J'y mettrai bon ordre*; & auſſitôt il leur envoya ôter les yeux de la maniere que je l'ai dit. Le *Droit de ſucceſſion* appartient au *fils aîné*, à moins qu'il ne ſoit aveugle. Mais le *Roi* fait d'ordinaire paſſer le *ſceptre* dans les mains de qui il veut en faiſant aveugler ſes freres aînez. Les hiſtoires rapportent que *Cha Iſmael Codabondé* avoit été aveuglé avec une lame ardente. Mais c'eſt une erreur, provenue de ce qu'il avoit effectivement la vûë tendre, & qu'il étoit chaſſieux; ſur quoi les *Turcs* firent courir le bruit qu'on l'avoit aveuglé avec un fer chaud, & que c'eſt ce qui lui faiſoit couler les yeux. Les *Perſans* croient que leur politique envers les *enfans du ſang Royal* eſt humaine, & fort loüable, de ne faire que les aveugler, au lieu de les faire mourir, comme font les *Turcs*. Ils diſent qu'il eſt licite d'ôter la vûë à ces *Princes*, pour aſſurer la paix de l'*Etat*; mais qu'il ne faut pas faire mourir, pour deux raiſons : la premiere, c'eſt que la *Loi* défend de répandre le ſang innocent; la ſeconde, qu'il pourroit arriver que les ſurvivans vinſſent à mourir ſans enfans; & s'il n'y en avoit point d'autres, la race légitime défaudroit. †

Les *Enfans* du *ſang Royal* ſont tenus dans une perpetuelle Captivité, ſur tout les *mâles*, qui

qui ne voient jamais d'autres hommes que leurs parens enfermez avec eux, & les *Eunuques* qui les gardent. Les *Enfans* sont élevez sous les yeux de leur Mere, & instruits par les *Eunuques*, jusqu'à l'âge de seize ou dix-sept ans. Alors on leur donne un appartement separé, une belle fille à leur choix, & des Domestiques, qui ne sont autres que des filles & des *Eunuques*. C'est tout ce que j'en ai appris ; & je suis sûr qu'on n'en peut savoir davantage, plusieurs *Grands Seigneurs*, avec qui je parlois fort librement tous les jours, m'ayant dit qu'ils n'en savoient rien eux-mêmes que par conjectures. Leurs femmes qui vont quelquefois faire visite dans le *Serrail* n'approchent pas seulement des lieux où ces *Princes* ont leurs appartemens. Ainsi, ce sont des secrets impenetrables, que tout ce qui se passe dans le *Serrail* sur ce sujet. On ne sait jamais ce que le *Roi* fait de ses *enfans*, ni de ses *freres*, ni de leurs *enfans*.

Une chose qui à peine est croyable, & qu'on assure pourtant géneralement, c'est qu'on ne dit point au *fils aîné* du *Roi*, qu'il est l'*héritier présomptif de la Couronne*. Quelquefois même on ne lui dit point qu'il est *fils du Roi*, mais seulement qu'il est du *sang Royal*. De maniere qu'il ne sait jamais à quoi le Ciel l'a destiné, que lors qu'il lui met le sceptre à la main. On peut juger de là si l'éducation qu'on lui donne est digne de sa destinée. On apprend à ces jeunes *Princes* à lire, & à écrire, les prieres, & le Catechisme. On leur apprend à tirer de l'arc, & à faire quelque chose de la main ; mais pour les Sciences, & les Arts liberaux, ils n'en apprennent que ce qui regarde la *Religion*, c'est-à-dire ce qui sert à l'explication de l'*Alcoran*. *Abas* second savoit tourner, dessiner, & écrire assez nettement. Son fils *Soliman*, qui lui succeda n'avoit rien appris de particulier, à ce qui me parut. Pensez maintenant quelle capacité, & quelle experience ces *Rois de Perse* apportent au *Gouvernement* de leur *Empire*, n'ayant jamais eu occasion de former leur Jugement, ni d'apprendre à connoître le monde, élevez comme ils le sont dans la sensualité, sans correction, & parmi une douzaine de femmes & d'*Eunuques* qui n'ont jamais vû que le *Serrail*, où ils sont enfermez. Ces nouveaux *Monarques* entrent dans le monde comme tombez des nües; & comme ils se trouvent malheureusement environnez aussi-tôt d'esclaves flatteurs, qui les idolatrent, pour ainsi dire, en applaudissant à toutes leurs actions, quelque injustes, & quelque extravagantes, qu'elles puissent

être, il ne faut pas s'étonner s'ils vivent déreglément, & s'ils se conduisent avec tant d'inégalité, comme je l'ai rapporté. Le plus grand mal est que ne connoissant point le prix de la vertu & du merite, ni le merite même, ils n'y ont nul égard en donnant les emplois.

Pour ce qui est des *Princesses du sang Royal*, lors qu'elles sont assez bien dans les bonnes graces du *Roi*, pour qu'il se porte à leur donner un Epoux, on les marie à un *Ecclesiastique* bien fait, & de bonne famille ; mais jamais à un *homme d'épée*, ni à un *homme d'Etat*, de peur que cette grande alliance ne lui fît former des desseins contraires au *Gouvernement*. L'on en use aussi de cette maniere, parce que ces *Princesses* étant élevées dans un esprit de fierté, & de domination, un *homme d'Eglise* se soumet mieux à leur humeur imperieuse. On donne à cet *Ecclesiastique* la plus considerable charge de l'*Eglise*, comme celle de *Pontife*, si elle est vacante, afin qu'il ait du bien convenablement, & la *Princesse* est envoyée à son *Palais*, avec des millions de bien. Le sort de ses *enfans mâles* dépend de la volonté du *Roi*, comme je l'ai dit ; & par cette raison, on s'afflige chez elle lors qu'elle met des *garçons* au monde, & l'on en est plus affligé qu'on ne l'est ailleurs quand on n'a point d'enfans. Dès que la *Princesse* est accouchée, l'on en va porter la nouvelle au *Roi*, en lui demandant ce qu'il lui plait qu'on fasse de l'*enfant*, & le *Roi* en ordonne selon la consideration qu'il a pour les *Parens*, ou selon l'humeur où il se trouve. *Sephy* premier aimoit si tendrement sa Tante, qui étoit mariée au premier *Magistrat Ecclesiastique*, qu'on appelle l'*ancien de la Loi*, qu'il ne fit aveugler aucun de ses fils : J'en ai vû trois, dont l'aîné avoit au contraire une telle aversion pour la sienne, qui étoit la sœur unique de son Pere, qu'il défendoit de donner le lait à tous ses *enfans*, soit *filles*, soit *garçons*, & cette malheureuse Mere n'avoit jamais la consolation de voir vivans, & pour la mortifier davantage, il commettoit cette cruauté envers ses *enfans*, quoi qu'ils fussent ses *Cousins Germains*, à même tems qu'il laissoit la vie & la vûe à d'autres enfans du *sang Royal*, qui ne lui étoient pas si proches.

Quand le *Roi* vient à la Couronne, il commence d'ordinaire par s'assurer de la personne de ses *freres*. Il les fait resserrer, ou aveugler, ou mourir, comme il lui plaît, eux & leurs *Enfans*. C'est à quoi on n'a garde de mettre d'obstacle, puis qu'on ne sait point

quand

quand la resolution en est prise, ni quand elle s'execute; & que même on ne sait presque jamais combien le *Roi* a de *fils*, de *freres*, ni de *sœurs*.

Le *Païs* de *Perse* se divise en *Païs d'Etat*, & *Païs de Domaine*, ce qui s'appelle sur les lieux *Mokoufat*, & *Kasseh*, c'est-à-dire le *Général* & le *Particulier*. Le terme de *Mokoufat* veut dire, *serré, mis à part*, & celui de *Kasseh*, veut dire *proprieté*. On appelle aussi le *Païs d'Etat*, *Memalec*, c'est-à-dire *les Royaumes*. La difference consiste en ce que le *Païs d'Etat* est sous l'administration du *Gouverneur*, qui est comme un petit *Roi* dans sa *Province*, & qui en consume le principal revenu; lui, ses Officiers, & particulièrement les Troupes qu'il entretient, n'en donnant au *Roi* qu'une petite partie en présens, & pour le payement de quelques droits, comme je le dirai; au lieu que le *Païs de Domaine* est sous l'administration du *Vizir*, ou *Intendant*, qui en reçoit les revenus pour le *Roi*. Cette distinction étoit inconnuë avant le régne de *Sephy premier*, il n'y a gueres que quatre vingts ans. Son *Grand Vizir Saroutaky*, qui étoit *Eunuque*, homme habile & sage, mit le premier cette politique en usage. Il representa au *Roi*, que le feu *Roi* son Pere, s'étant trouvé engagé dans de grandes guerres durant tout son régne, il avoit fort bien fait de maintenir dans toutes les *Provinces* des *Gouverneurs*, qui en dépensassent le revenu à entretenir quantité de Troupes, parce qu'il en falloit beaucoup à l'*Etat*; mais que lui n'ayant point de guerre à soutenir, ni de dessein d'en entreprendre, il pouvoit s'exempter de faire consumer le bien de son *Empire* par des *Gouverneurs*, qui avoient chacun une Cour aussi nombreuse que celle d'un *Roi*. Cette Politique fut approuvée; & parce que le *Gouvernement* de la *Province* de *Perse* étoit d'un côté le plus considérable de l'*Empire* en étenduë & en richesse, & de l'autre celui où il étoit moins nécessaire d'entretenir de Troupes, comme étant presque au cœur de l'*Etat*, on confisqua ce *Païs* au *Roi* pour parler ainsi: c'est-à-dire qu'on le donna à un *Intendant* pour le regir; ce qui augmenta le revenu du *Roi* de plus de huit millions, à ce qu'on assure. *Abas*, son fils, se tenant à cette même politique, abolit les *Gouverneurs* des *Provinces* du dedans du *Royaume*, & de toutes celles où l'on ne craignoit point la guerre, comme *Casbin* en *Parthide*; *Guilan* & *Mazenderan*, qui font l'ancienne *Hyrcanie*; *Yezd* & *Kirman*, qui font partie de la *Medie Atropatienne*; le

Corasson, qui est la *Bactriane*; *Azerbeian* ensuite, qui est la *Medie*. J'ai vû tous ces *Païs-là* sans *Gouverneurs*; & j'y en ai vû remettre ensuite, lors qu'il y a eu quelque crainte de guerre ou d'irruption de voisins, comme au commencement du régne du *Roi Soliman*, en 1668. & 1669. Les *Cosaques* étant venus, au nombre de quatre à cinq mille, se jetter sur les bords de la *Mer Caspienne*, on envoya promtement des *Gouverneurs* dans les deux parties d'*Hyrcanie*. Les *Turcs*, & les *Tartares*, ayant donné lieu de craindre de pareilles irruptions, on établit des *Gouverneurs* sur la *Medie*, & sur la *Bactriane*; & parce qu'on crût qu'il falloit remettre le *Royaume* tout entier en état de défense, on établit aussi un *Gouverneur* sur la *Perside*; mais la tranquillité publique ayant été rétablie peu d'années après, on se remit à pratiquer la Politique de *Sephy premier*.

Les *Persans* trouvent cette Politique fort mauvaise, disant que les *Intendans* sont des sangsues insatiables, qui épuisent les Sujets pour remplir le *Trésor Royal*, & qui pour cet effet négligent les plaintes des *Peuples* sur l'oppression qui leur est faite, prétendant que l'interet du *Roi*, ne leur permet pas d'y avoir égard, comme ils le voudroient, quoi qu'en effet ils ne pillent que pour s'enrichir eux-mêmes; au lieu que les *Gouverneurs*, regardant la *Province*, comme si c'étoit un *Royaume* qui leur appartint, ils y consument ce qu'ils y levent, en entretenant quantité d'*Officiers*, & une nombreuse Cour. Les *Persans* disent de plus, que cette conduite-là énerve & affoiblit l'*Empire*, parce qu'elle empêche qu'il ne s'y éleve plus tant de bons soldats, & qu'il n'y ait plus tant de *Grands Seigneurs* entretenus, parmi lesquels on trouvoit dans le besoin de braves *Chefs*, & bien instruits dans la discipline militaire; ce qui est exposer le *Royaume* aux premieres incursions des *Gens ennemis*; au lieu que les *Gouverneurs* en étoient la défense & la force. Enfin, ils disent que cette conduite nouvelle appauvrit aussi le *Royaume*, parce qu'elle porte dans les *Coffres du Roi* l'argent qui devroit circuler dans tout le *Païs*; ce qui est la même chose que si on l'enfouïssoit de nouveau dans les entrailles de la terre. Lors que la *Perside* avoit un *Gouverneur*, cette *Province* valoit un *Royaume*; & *Chiras*, sa ville Capitale, étoit belle, riche, & peuplée comme une capitale de *Royaume*. Mais depuis le changement de *Gouverneurs* en *Intendans*, les habitans sont diminuez de plus de quatre-vingt mille ames.

Les

Les *Gouverneurs* de *Province* s'appellent *Caans*, ou *Khans*, (car on l'écrit de deux façons,) mot dérivé du terme qui signifie *Force*, *Puiſſance*, & qui eſt le titre ancien des *Souverains* de l'*Aſie Majeure*. On peut voir dans *Quinte Curce*, Livre neuviéme, deux *Rois* des *Indes*, qui portoient ce titre, *Portican* & *Muſican*, mettant le titre non pas devant le nom, ſelon la pratique de nôtre *Occident*, mais après le nom, juſtement comme on fait aujourdhui dans tout l'*Orient*. Les *Souverains* de toute cette vaſte étendue de terre, qui eſt depuis la *Mer Caſpienne*, juſqu'à la muraille de la *Chine*, portent auſſi ce titre de *Can*. On dit le *Cacaan*, ou le *Grand Caan*, qui eſt l'*Empereur de la Tartarie auſtrale*; le *Caan de Balke*, de *Samarcande*, de *Bochora*, qui ſont les *Tartares Yuzbecs*. On dit auſſi *les Caans des Hordes Tartares*, qui ſont ces *Tartares* voiſins de *Pologne*. Les *Caans* ont toute autorité dans leur *Province*. Ils y ſont comme de petits *Rois*, car leur *Province* eſt gouvernée de la même maniere que le *Royaume* entier l'eſt; ayant juſqu'à des *Chambres des Comptes*, & ayant tous les mêmes *Officiers* que dans la Cour du *Roi*, & ſous les mêmes noms, ſans autre difference, que dans le nombre, & dans les appointemens. Ils ont auſſi dans leurs *Palais* des atteliers, ou des galeries, pour toute ſorte d'arts & d'ouvrages, comme le *Roi* en a. C'eſt ſans doute quelque choſe de grand & de beau à voir que la Cour d'un *Caan de Perſe*, & de paſſer trois ou quatre Cours ſi magnifiques, & ſi nombreuſes, avant que d'arriver à celle du Roi. Le *Can*, ou *Gouverneur*, s'occupe particulierement à bien entretenir les troupes de ſa *Province*, qui ſont des milices dont la paye eſt aſſignée ſur des terres de la *Province*, & qui vivent chacun chez ſoi, comme je le dirai dans la ſuite, prenant garde que chaque ſoldat ait des armes luiſantes, & un bon cheval, & qu'il s'entretienne aux exercices de la Guerre. Les *Gouverneurs* des *Provinces* y ſont mis à vie, & s'ils ſe conduiſent ſi bien qu'ils ne ſoient point dépoſez, leurs enfans ſont mis en leurs places, ſoit après leur mort, ſoit quand ils parviennent à de plus grands emplois.

Ces *Caans* ſont diſtinguez en *Grands*, & en *Petits*. Les *Grands* portent le titre de *Beglerbec*, c'eſt-à-dire *Seigneur des Seigneurs*, parce qu'ils ont un rang au deſſus des autres *Caans*, qu'ils regardent comme ſubalternes, & qu'ils appellent entr'eux *Koulombec*, c'eſt-à-dire *Seigneur des Eſclaves*. On donne aux grands *Gouverneurs* dans les occaſions de guerre, le

Tome II.

titre de *Serdar*, ou *Géneral d'armée*, parce que leur Emploi conſiſte en partie à aſſembler les Troupes des autres *Gouvernemens* avec les leurs & de les commander toutes. Les *Gouverneurs* des *Provinces* frontieres ſont la plûpart des *Beglerbec*, ou *Seigneurs des Seigneurs*. Ainſi le *Can d'Armenie* eſt *Seigneur des Seigneurs*, & dans les occaſions de guerre les *Caans* de *Cars*, de *Maraga*, & d'autres, reçoivent ſes ordres, & ſont obligez d'amener leurs forces ſous ſes Enſeignes. Le *Caan d'Eſterebat*, Païs à l'*Orient* de la *Mer Caſpienne*, eſt auſſi *Seigneur des Seigneurs*, & il a ſous ſa dépendance les *Cans* de *Simnon* & de *Mougam*. Il y a une ſingularité à obſerver ſur ce ſujet; c'eſt que le *Gouverneur* de la *Province* de *Siſton* eſt honoré par privilege ſpecial d'un titre encore plus grand que celui de *Seigneur des Seigneurs*, & ce titre eſt celui de *Waly*, qui ſignifie un *Lieutenant abſolu & plenipotentiaire*.

Outre les *Gouvernemens* des *Caans*, qui ſont proprement des *Vice-Royautez*, il y a de petits *Gouvernemens* dont les *Chefs* ſont appellez *Sultons*, & qui d'ordinaire, & ſelon les maximes de l'*Etat*, ſont dépendans du *Gouverneur* de la *Province*; mais quelquefois le *Roi* les rend independans, & les fait relever de lui immediatement, ſans aucune relation au *Can*, ou *Gouverneur* du Païs le plus proche, ſi ce n'eſt pour les affaires de la Guerre. Tels ſont les *Gouvernemens* de *Bander-Rhigue* ſur le *Golphe Perſique*, & de l'*Iſle de Bharin*, qui eſt proche de ce lieu-là, leſquels relevent du *Can* ou *Gouverneur* de *Behebon*. Ce titre de *Sulton*, que nous prononçons *Sultan*, ne ſe donnoit autrefois qu'aux *Souverains*, & même aux plus *Grands*, comme le *Grand Seigneur*, qui le porte par diſtinction, & qui n'a pas de plus illuſtre titre. Le *Roi de Perſe* en eſt auſſi quelquefois qualifié, & cependant c'eſt le titre commun des *Gouverneurs* inferieurs de ſon *Royaume*.

Il y a en chaque *Province*, avec le *Gouverneur*, trois *Officiers* mis de la main du *Roi*; un *Lieutenant du Caan*, qui a le titre de *Janitchin*, c'eſt-à-dire *Vice-gerent*, ou ſeant en la place d'un autre, lequel eſt toûjours dans la *Capitale* de la *Province*, & toûjours proche de la perſonne du *Gouverneur* pour éclairer ſa conduite; un *Vizir* ou *Intendant du Roi*; un *Vakanuviez*, ou *Secretaire*, dont l'office conſiſte principalement à rendre compte à la Cour de tout ce qui ſe paſſe. Ces *Officiers* ſont pour obſerver les actions du *Gouverneur*, & auſſi pour s'oppoſer à ce qu'il pourroit entreprendre contre le bien de l'*Etat*.

E e   Outre

Outre ces grands *Officiers* des *Provinces*, tous Indépendans l'un de l'autre, les Fortereſſes & les Villes ont leurs *Gouverneurs* particuliers qu'on appelle *Daroga*, mot qui ſignifie *Recteur*, & qui revient à ce qu'étoit la charge de *Preteur* parmi les *Romains*. Ils ſont mis par le *Roi* directement, & chacun a un *Lieutenant* qui eſt mis auſſi par le *Roi*, independemment de ces *Gouverneurs* particuliers. C'eſt la même politique que le *Royaume* gardoit autrefois de nommer ainſi aux *Gouvernemens* des *Villes*, de même qu'à ceux des *Provinces*; & de ne donner jamais à un même ſujet le *Gouvernement* d'une *Ville*, & le *Gouvernement* de la *Fortereſſe* qui y étoit bâtie. On garde encore plus de circonſpection aujourdhui dans ce *Pais*, puiſque par tout on met avec le *Gouverneur* plus de deux perſonnes qui en ſont indépendentes; & c'eſt ſans doute ce qui fait qu'on voit ſi rarement arriver des ſoulevemens, & des trahiſons, dans ce *Royaume*-là, parce qu'un *Gouverneur* trouve toûjours une prompte & forte oppoſition à tous ſes deſſeins criminels. C'eſt non ſeulement dans les *Gouvernemens* des *Villes* & des *Provinces*, qu'il y a des *Controlleurs* prépoſez par le *Roi*, il y en a même dans tous les *Offices* & dans tous les *Emplois* de l'*Etat*. Les *Miniſtres*, les *Généraux* d'armée, les *Magiſtrats* grands & petits, ont chacun un *Lieutenant*, ou *Intendant*, mis par le *Roi*, pour veiller ſur leurs actions, & pour les controller dans l'occaſion. Il faut qu'ils donnent communication de toutes les affaires importantes, de maniere que ſi un *Grand* ſe laiſſe entrainer dans quelque malverſation, il s'aperçoit d'abord qu'il a à ſes côtez un homme qui le retient, & l'empêche; mais hors les crimes d'*Etat*, & particulierement la trahiſon dont on n'a preſque pas de connoiſſance en *Perſe*, l'*Officier*, & ſon *Lieutenant*, ou *Controlleur*, ſont toûjours de bonne intelligence, & s'accordent ſi bien, que le *Roi* n'eſt pas moins volé ou trompé que s'il s'en raportoit à un ſeul homme. On appelle un *Traitre*, en *Perſe*, *nemec haram*, c'eſt-à-dire, *voleur du ſel qu'on a mangé*, comme pour dire qu'*on a dérobé ce qui étoit donné pour ſalaire au lieu de le gagner*. C'eſt une injure des plus atroces, & qui veut dire proprement *ingrat*.

Les *Magiſtrats* des *Villes* ſont diſtinguez en *Grands*, & en *Petits*. Les *Grands Magiſtrats* ſont le *Daroga*, ou *Gouverneur*; le *Vizir*, ou *Intendant*; le *Vakaneuis*, ou *Secretaire*, qui a un *Subſtitut*, nommé *Mocaib*, c'eſt-à-dire *Ecrivain des rolles*. Les petits *Magiſtrats* ſont

le *Cazy*, qui eſt comme en *France* le *Lieutenant Civil*. Il y a toûjours des *Cazy* dans les armées, qu'on appelle, pour les diſtinguer, *Cazy lasker*, le *Juge de l'armée*; le *Maire* ou *Prevôt des Marchands*, qu'on appelle *Meliceltoujar*, c'eſt-à-dire, *le Roi des Marchands*; le *Chevalier du Guet*, qu'on nomme *Atas*; le *Chef de Police*, qui a le titre de *Naib*. Dans les *Bourgs*, & les grands *Villages* il n'y a d'autre *Juge* & *Magiſtrat* que le *Cazy*, outre le *Chef du lieu*, qu'on appelle *Reys*, qui eſt comme un *Baillif*. Les *Scribes* du *Cazy*, qui ſont comme nos *Notaires*, ont titre de *Catib*. On appelle en *Perſe* les *Sergens*, *Muzir*, c'eſt-à-dire *Citateur*. Le *Roi* met les grands *Magiſtrats* par tout, & les petits dans les *Païs de Domaine*, excepté les *Cazy* de la Campagne, qui ſont mis par le *Cedre*. Les *Reys* & *Baillifs* des *Bourgs*, & des grands *Villages*, ſont auſſi mis directement par le *Roi*; & tous ces *Magiſtrats*, & *Officiers*, tant des *Villes*, que de la Campagne, ont des appointemens aſſignez, ſuffiſans pour ſoutenir leur rang.

Les *Gouverneurs* des *Villes* ſont auſſi la charge de *Lieutenans Civils*, & *Criminels*, & leur *Tribunal* eſt la premiere Juſtice de la *Ville*. Le *Gouverneur* juge & decide comme il lui plaît, ne prenant conſeil de perſonne que de ſon *Vizir*, ou *Lieutenant*, qui d'ordinaire eſt mis auſſi par le *Roi*, & il peut infliger toute ſorte de peines, hormis celle de mort. On fait rarement mourir les *Criminels* en *Perſe* pour quelque cauſe que ce ſoit, & nul *Tribunal* n'a droit de vie & de mort. Il faut que l'arrêt en ſoit prononcé par le *Roi* même. La punition ordinaire eſt l'amende, & les amendes ſont toûjours applicables au *Roi* toutes entieres; mais cependant, le *Roi* n'en retire rien, parce que les *Gouverneurs*, & leurs *Controlleurs* prennent les amendes à bon compte de leurs appointemens, car encore qu'ils reçoivent trois fois plus qu'il ne faut, ils ſont néanmoins ſi bien leur compte que le *Roi* leur eſt toûjours redevable au bout de l'an. Par exemple, le *Gouverneur* d'*Iſpahan* a trois cens *tomans* d'appointemens, qui ſont treize mille cinq cens livres, & le *Controlleur* cent *tomans*. Il arriva l'an 1676. que les Banquiers *Indiens* établis à *Iſpahan* donnerent une requête contre lui, en laquelle ils montroient, article par article, qu'il avoit fait payer deux cens mille écus d'amende en cinq ans de tems aux gens de leur nation.

On donne aux *Gouverneurs*, aux *Intendans*, & aux autres *Miniſtres* qu'on envoye dans les *Provinces*, une inſtruction qui contient la nature

ture de leur office, la qualité du lieu, les ménagemens qu'il est obligé d'avoir, la methode selon laquelle il se faut comporter. Cette instruction s'appelle *Deftourel hamel*, c'est-à-dire, *Régle de conduite*. Si c'est pour un *Gouverneur*, par exemple, l'instruction contient de plus, une ample description de l'étenduë du *Gouvernement*, du revenu qu'on en a tiré durant les tems précedens, jusqu'à l'année courante, la maniere dont il doit traiter les Peuples, & chaque ordre de gens ; & ces instructions sont fort étenduës. On en donne aussi aux *Ministres* dans les grandes charges de la Cour. Ces instructions furent toutes composées de nouveau durant le régne d'*Abas le Grand*, tant parce que la politique changea beaucoup sous son régne, que parce que les Prédecesseurs n'avoient qu'un petit *État* à gouverner en comparaison du sien.

Lors qu'un *Grand* de l'*État* vient à la Cour, ce que vous jugez bien qu'il ne fait qu'avec ordre, ou avec permission expresse, c'est la coûtume qu'il s'arrête à l'entrée du lieu où est le *Roi*, sans oser y entrer. Il fait dire par quelcun de ses amis qu'il est à la porte du *Palais*, attendant l'ordre de Sa Majesté, pour venir se jetter à ses pieds. On lui envoye dire d'entrer ; mais comme quelquefois on ne le mande à la Cour que pour lui ôter la vie plus aisément, c'est-à-dire, à moins de frais, & à moins de risque, la réponse que l'on fait à son message, c'est en un mot qu'on lui va envoyer couper la tête.

La Politique *Persane* a encore un autre moyen d'ôter la vie facilement & sans résistance aux *Grands* qui sont dans les *Provinces*, c'est en leur envoyant un *habit royal*, qu'on appelle *Calaat*, accompagné d'une épée, & d'un poignard, enrichis de pierreries. On donne ordinairement ce present à porter à quelque Courtisan considérable, qui méne avec lui six ou sept Domestiques, & lors qu'il est arrivé à une journée du lieu, il envoye en poste en donner avis à l'*Officier* à qui le present est envoyé, ou bien il y va lui-même *incognito*, pour lui donner la bonne nouvelle, laissant le present dans les mains de ses gens à quelque village prochain. On convient du tems qu'on viendra recevoir ce present Royal qu'il faut toûjours aller recevoir hors de la ville. On consulte pour cela les *Astrologues*, afin de prendre le moment d'une favorable constellation. Alors l'*Officier* à qui le present est destiné, soit le *Gouverneur*, ou l'*Intendant* de la *Province*, ou autre, vient le recevoir avec un grand cortege, dont tous les

Magistrats du lieu font partie, afin qu'orné de cet habit il rentre après dans la ville en Cavalcade, & comme en Triomphe. Il met pied à terre à une maison destinée à cet usage, où il entre avec ses valets, se deshabille, & revêt l'*habit royal* ; & alors, s'il y a un ordre du *Roi* de le faire mourir, l'*Envoyé*, avec son monde tirant son ordre qu'il jette au milieu de la salle, ils se jettent à même tems sur lui, & ils l'exécutent sans résistance.

Comme la reception de ces *Calaat*, ou *habits Royaux*, est une des principales occasions dans lesquelles la pompe & le luxe des *Persans* éclatent le plus, je la décrirai un peu plus en détail. L'endroit où on les va recevoir est à trois ou quatre milles de la ville, & c'est par tout une maison avec un jardin bâti exprès pour ce sujet, qu'on appelle à cause de cela, *la maison des Calattes*. Quand c'est pour un *Officier* du lieu que le present est envoyé, on fait publier dans la *ville* qu'il est venu une *Calatte* pour un tel, & que chacun ait à se trouver à la reception, qui sera à une telle heure. Mais quand le present est pour un particulier, comme un *Grand Seigneur*, soit à la *Cour*, soit dans la *ville Capitale*, il en fait seulement avertir tous ses amis. Les *Danseuses*, qui sont des femmes publiques, magnifiquement vêtuës, y sont particuliérement mandées au nombre de quinze à vingt, aussi bien que des Joüeurs d'instrumens. Les *Magistrats* s'y trouvent, tous les principaux *Mella*, ou *Prêtres*, & les autres *gens d'Eglise*. Quand le *Seigneur*, pour qui la fête se fait, est entré dans la *Maison des Calattes*, il s'assied dans une sale tapissée exprès, où l'on sert la collation à la Compagnie ; & au moment marqué par les *Astrologues* pour le bon succès de l'action, l'Envoyé apporte le *present Royal*. Chacun se leve, ce *Seigneur*-là le premier, qui fait une inclination jusqu'à terre, & puis se met à genoux, & toute la Compagnie avec lui, pour prier *Dieu* pour la santé & pour la prosperité du *Roi*. La priere faite, qui ne dure que quatre à cinq minutes, il se deshabille & revêt l'*habit Royal*, & pendant cela il ne fait que loüer *Dieu*, qu'exalter le *Roi*, qu'admirer le bonheur qu'il a d'être ainsi dans le souvenir du *Souverain*, & d'en recevoir de si glorieuses marques. Dès qu'il est habillé, il se rassied, & alors chacun vient lui dire, *Moubaret bached*. *Seigneur que ce present vous tourne en bénédiction*. Il les reçoit chacun fort civilement, & selon son rang, s'efforçant de paroître transporté de joye. Cependant les *Astrologues* viennent lui dire qu'il faut

E e 2   par-

partir, fur quoi il monte à cheval. Ce n'eſt qu'au retour qu'on eſt obligé de faire cortege, & ainſi tout le chemin eſt bordé de Peuple, & la foule groſſit à meſure qu'on approche de la ville. Dès que la troupe y entre les Canons tirent, les Compagnies de Soldats font des décharges, la maiſon des Inſtrumens de Muſique fait retentir l'air de ſes trompettes, & tymbales. Il y a une autre bande de Muſiciens qui marchent à la tête du cortege, & qui eſt ſuivie de la troupe des Danſeuſes leſquelles en ſautant, & faiſant cent ſortes de geſtes, chantent à pleine voix les loüanges du Roi. Les ruës ſont arroſées d'eau, & ſemées de fleurs. Si les femmes avoient part à ces fêtes on peut juger que les ruës ſeroient incomparablement plus belles; mais on ſait que les femmes ne ſortent point en Perſe. Toute la Troupe va droit à la maiſon du Roi; car le Roi en a une dans la plûpart des grandes villes, ou à la grande Moſquée; & là, la perſonne pour qui ſe fait la fête met pied à terre, baiſe le ſeuil de la porte, & fait debout une priere éjaculatoire pour le Roi; puis remonte à cheval, & va à ſon Palais, où les principaux de la troupe entrent & ſont régalez magnifiquement. La Fête ſe termine par le diner, ou par le ſouper, ſelon le tems que l'entrée s'eſt faite, & le reſte du jour ſe paſſe à recevoir les complimens des gens qui n'ont pû ſe trouver à l'entrée. Ces complimens ſont, comme je l'ai déja raporté, que ce préſent vous tourne en bénédiction; & puis on ſe met à admirer, & à loüer le préſent. Le ſoir, le logis eſt orné d'illuminations du haut en bas, dedans & dehors. Quand on reçoit Calaat à la Cour, on va en remercier le Roi; & ſi le Roi eſt dans le Serrail, de maniere qu'on ne le puiſſe voir ce jour-là, on va baiſer le ſeuil de la porte. La même choſe ſe pratique auſſi à Iſpahan, quand le Roi eſt en voyage. Ce ſeuil eſt une grande pierre de porphyre, verte, épaiſſe de ſix pouces, qui traverſe la porte. C'eſt un lieu ſacré ſur lequel on n'oſe mettre le pied.

Le nom de Calaat, qu'on donne à ces habits Royaux ſignifie entier, ou parfait, parce que ce doit être, & que c'eſt quelquefois un habit complet; mais quelquefois auſſi ce n'eſt qu'une ſimple veſte. Le Calaat eſt communément de quatre piéces, une Robe de deſſous & une de deſſus, qui eſt longue comme une robe de chambre, une ceinture, & un Turban, le tout de cinq ou ſix cens livres de valeur. Les Calaats des Grands Seigneurs, comme des Gouverneurs de Province & celles des Am-

baſſadeurs, valent le double; & ſi la caſaque eſt doublée de martre, le prix en eſt beaucoup plus grand, car les belles fourures de martre valent cinq à ſix cens piſtoles. Ces Calaats des Grands Seigneurs contiennent auſſi d'ordinaire un ſabre, & un poignard, qui ſont des piéces grandes & lourdes, d'or maſſif, & garnies d'ordinaire de pierreries, & on y joint auſſi en diverſes rencontres un Cheval avec le harnois d'or. On eſtime ces beaux Calaats complets ſix ou ſept mille écus.

Nonobſtant ce que j'ai raporté, que l'envoi de ces préſens peut toûjours couvrir quelque ordre funeſte, & qu'il en couvre en effet quelquefois, les Grands ne laiſſent pas de les rechercher avec ſoin, & même avec dépenſe, & par de gros préſens; ce qu'ils font pour trois raiſons. La prémiére pour faire leur Cour au Roi, par cette ardeur qu'ils témoignent pour les marques publiques de ſa bienveillance. La ſeconde, pour la reputation que ces faveurs donnent dans le Royaume. La troiſiéme, pour ſe rendre par là plus conſidérables & plus redoutez aux ſujets de la Province. Mais à ceux-ci ces préſens déplaiſent extrêmement; car comme ceux qui les reçoivent les payent cherement par d'autres préſens qu'on eſt obligé d'envoyer peu de tems après au Roi, & aux Miniſtres; & qu'il faut de plus récompenſer magnifiquement l'Envoyé; le Peuple ſait bien qu'il en fera les frais, tôt ou tard, & il arrive toûjours qu'on le vexe & pille davantage, ſelon qu'on reçoit plus de ces faveurs de la Cour. Il ne faut pas grand crédit pour s'attirer un Calaat du Roi. Il n'y a qu'à lui faire un préſent bien à propos, quand il ne vaudroit pas cent piſtoles, on obtient le Calaat en récompenſe. Je parlerai en un autre lieu des droits qu'il faut payer pour ces habits aux Officiers qu'ils portent.

Tous les Gouverneurs, & les autres grands Officiers qui ſont dans les Provinces ſont obligez d'entretenir un Agent à la Cour. On appelle ces agens, Vikil, c'eſt-à-dire Commis; nom qui eſt le même que les Marchands donnent à leurs Facteurs. Ils ſont-là pour rendre compte de ce qui ſe paſſe de conſidérable dans le Gouvernement de leur Maître, lors que la Cour demande d'en être informée, pour recevoir les ordres qui leur ſont donnez ſur de petites choſes dont on ne ſe veut pas donner la peine d'écrire exprès, & pour ſolliciter les affaires du Gouverneur, & de la Province. Ces Seigneurs entretiennent auſſi d'ordinaire à la Cour un ou pluſieurs de leurs enfans, ou de leurs Parens, ce qui ſert au Souverain de gage cer-

certains de la fidelité des Peres ; & ces jeunes *Seigneurs* de leur côté se font connoître par cette voye, entrent dans les affaires, & tachent de se rendre capables & dignes de la survivance. Le grand but est d'être aux écoutes, pour donner avis aux gens qu'ils servent de ce qui se dit à la Cour, tant sur leur conduite particuliere, que sur ce qui se passe dans le *Gouvernement*. C'est aussi pour leur apprendre qui sont les Favoris le plus en crédit, & à qui il faut faire des présens ; & enfin, c'est pour faire évanouïr les plaintes qui sont aportées contre leurs Maîtres ou leurs Parens, soit en fermant la bouche par quelque présent, ou en promettant toute sorte de satisfaction sur les lieux, soit en donnant aux plaintes, qu'ils ne peuvent empêcher d'être présentées, un air de mutinerie & d'impatience.

Voilà quelle est l'Oeconomie politique du *Pais d'Etat*; & pour *celui de Domaine*, il est gouverné par des *Intendans*, comme je l'ai dit, qui sont proprement des *Oeconomes*, & *Administrateurs*, dont le but est de grossir le revenu, & d'amasser de l'argent pour le *Roi*. On les apelle d'un nom général que nous prononçons *Vizir*, & eux *Vazir*, terme qui signifie *porte-fardeau*, comme pour marquer qu'ils sont les *Atlas Persans*. Ces *Intendans* des petites *Provinces* n'ont pas d'autre titre ; mais pour ceux des grandes, on les apelle ordinairement *Asef*, terme qui signifie *Grand*, & qui est le nom que les *Mahometans* donnent par excellence au *Secrétaire de Salomon*. Comme on ne craint d'eux aucune entreprise contre l'*Etat*, on ne leur donne pas des *Lieutenans* pour les contenir, mais on met auprès d'eux un *Controlleur*, qu'on apelle *Nazir*, ou *Surveillant*, & un *Vakanuviez*, qui est ce *Secrétaire d'Etat*, qui tient regître de tout ce qui se passe d'important, & qui en donne avis à la Cour. Le *Roi* met de plus des *Daroga*, ou *Prévôts* pour *Gouverneurs* dans toutes les *villes*, & dans les autres places considérables de la *Province* qui administrent la Police, & des *Officiers* sous le titre de *Bek* ou *Seigneur*, pour avoir inspection sur la Milice. Les uns & les autres ont leur commission indépendemment de l'*Intendant*, mais il ne laisse pas d'être par dessus eux, & d'agir comme il lui plaît ; car, par exemple, quand quelqu'un est dans les mains du *Gouverneur* de la *ville* pour quelque procès, ou pour quelque crime, l'*Intendant* l'en tire s'il veut, envoyant dire que cet homme-là est le débiteur du *Roi*, qu'il a des affaires avec lui, & qu'il l'employe actuellement : c'en est assez pour avoir le Prisonnier. On n'entre point en conflit avec l'*Intendant*, parce que tant qu'il fait bien les affaires du *Roi*, on lui donne toûjours le droit à la Cour, & toûjours le tort aux autres ; outre qu'il n'y a jamais de sureté à contester avec le *Chef* de la *Province*.

Le *Gouvernement* de ces *Intendans* est tenu en *Perse* pour très-dommageable au *Royaume*, comme je l'ai déja observé, & capable de le ruiner avec le tems par les exactions insuportables dont ils accablent les *Provinces*, se comportant par tout en gens que rien ne peut assouvir. Ils obtiennent leur emploi à force de présens aux *Ministres d'Etat*, aux *Eunuques*, aux *Favorites*, & particulierement à la *Mere du Roi*, entre les autres, & en s'engageant à faire valoir la recepte de la *Province* plus qu'auparavant. C'est par ces engagemens qu'ils y entrent, & quand ils y sont parvenus il faut tenir sa parole, entretenir ses Patrons à la Cour, & puis travailler pour soi. On a fait des avances, qui sont la plûpart du tems d'emprunt, & à gros interêt, desquelles on veut s'aquitter ; & puis il faut s'enrichir & amasser pour soutenir l'orage de la disgrace, dont on court toûjours le risque ; mais comme c'est au Peuple de la *Province* à fournir à tout cela, on se met à le piller de telle maniere qu'il n'y a point de véxation qu'on ne se hazarde de faire, & personne sur qui on ne l'étende. Cependant les plaintes en sont bien-tôt portées à la Cour, mais le *Roi* est souvent long-tems sans les entendre, tous les accès sont bouchez indirectement aux plaignans, par l'artifice des *Ministres*, qui ont part au butin. Il y a pourtant cette bonne Politique dans le *Gouvernement Persan*, qu'on ne refuse les requêtes de personne, & que les *Gouverneurs*, ou les *Intendans*, n'oseroient empêcher hautement qui que ce soit d'aller se plaindre à la Cour ; mais quand ils voyent que les *Contrées*, ou *Cantons*, veulent envoyer des *Députez* à la Cour, ou que des particuliers y veulent aller, ils leur font parler sous main. On leur représente qu'ils feront un voyage long & de dépense qui non seulement n'aura point de succès, mais qui encore irritera l'Intendant & le portera à faire pis. Mais si cela ne peut retenir ceux qui sont opprimez d'aller porter leurs plaintes, l'*Intendant* écrit & fait écrire en sa faveur à la Cour, pour prévenir les *Ministres*, afin qu'on arrête les plaintes qu'on est allé porter contre lui, sans qu'elles parviennent jusqu'au *Roi*, ou afin qu'on les rende inutiles. C'est aussi ce qu'on

E e 3   s'éfors'éforce de faire à la Cour contre ces pauvres opprimez. On essaye de les renvoyer avec de bonnes paroles, & beaucoup de promesses. On leur dit que l'*Intendant* a beaucoup d'amis, que le *Roi* le cherit, que s'ils donnent leurs requêtes au *Roi* elles n'aboutiront qu'à des reprimendes, qui rendront leur *Intendant* ennemi irreconciliable; au lieu que s'ils suppriment leur requête, & se retirent, il leur en fera obligé, & ils s'en trouveront mieux traitez. Voila comme se passent les premieres années du *Gouvernement* des *Intendans*; mais si l'oppression devient si insupportable, qu'on ne puisse appaiser, ni retenir, les plaintes, on leur écrit de la Cour de ne faire pas tant crier le Peuple, qu'on ne pourra les défendre, & que le *Roi* est déja fort irrité. Il arrive quelquefois, que le *Vizir* s'étant enrichi, agit avec plus d'équité, & qu'ainsi les plaintes sont étouffées; mais si au contraire, elles viennent à redoubler, sans qu'on puisse y mettre d'obstacle, alors on change l'*Intendant*, & s'il arrive que l'on soit mécontent de lui jusqu'à le vouloir perdre, on le mande pour venir rendre compte; c'est autant que si on lui disoit *vous êtes perdu*; car on lui saisit ses papiers, & ses effets, jusqu'à ce que les comptes soient rendus, & c'est ce qu'il ne peut jamais faire par les raisons que je vais rapporter.

Quoi que je vienne de dire des vexations des *Intendans*, il ne faut pas croire qu'il ne s'en fasse que dans les *Provinces* qu'ils gouvernent seuls. Il s'en fait aussi dans celles qui sont regies par des *Gouverneurs* & des *Intendans* tout ensemble; mais il s'y en fait beaucoup moins, & l'on en peut donner ces trois raisons. La premiere, c'est que l'interet d'un *Gouverneur* étant que la *Province* soit dans l'abondance, à cause que c'est son domaine particulier, au lieu que l'interet d'un *Intendant* est d'en tirer tout ce qu'il peut, sous prétexte de faire le profit du *Roi*, ces interêts opposez servent de contrepoids l'un à l'autre. La seconde raison est que les *Gouverneurs* ne sont pas engagez à envoyer tant de présens à la Cour, ni à faire aller en augmentant d'année en année le revenu de la *Province*, pour faire valoir leur service, comme font les *Intendans*. La troisiéme, que le *Roi* souffre moins les vexations des *Gouverneurs* que celles des *Intendans*, parce qu'il ne revient aucun profit de celles-là au *Trésor Royal*.

J'ai voulu savoir diverses fois à quoi pouvoit monter le nombre des plaignans qui se trouvoient à la Cour, & l'on m'a assuré une

fois qu'il y en avoit plus de dix mille, & qu'il y en a toujours sept à huit mille. Beaucoup de ces plaignans y viennent, moins dans l'esperance d'obtenir justice sur ce qu'ils demandent, que pour arrêter la persecution qui leur est faite; car tant qu'on est à la Cour à demander justice sur une procedure du *Gouverneur*, ou de l'*Intendant*, ils n'oseroient pousser l'affaire plus loin, sans une permission expresse de la Cour, ou à moins que leur *agent* ne leur mande de la part du *premier Ministre*, ou du *Surintendant*, que le *Roi* n'écoutera point le plaignant, chose qui arrive fort rarement, sur tout lors que les plaignans ont déquoi dépenser, ou quelque ami puissant, ou lors que le *Ministre*, de qui l'on se plaint a quelque ennemi à la Cour, ou qu'on a quelque vûe sur sa charge; car en tous ces cas-là ces plaignans sont écoutez & on leur fait justice selon la nature de la plainte.

Les plaintes des particuliers se font par des requêtes qu'on fait présenter au *Roi* par quelques *Ministres*, & si l'on est assez miserable pour ne trouver personne qui veüille s'en charger on la porte soi même au *Roi*, lors qu'il va par la ville, ou à la promenade. Pour ce qui est des plaintes que font les Peuples contre leurs *Gouverneurs*, comme une *Corporation*, un *Bourg*, un *Canton*, elles se font par des Troupes de plusieurs centaines de personnes, & quelquefois de mille qui vont à la porte du *Palais* la plus proche du *Serrail*, parce que c'est où le *Roi* se tient le plus souvent; & là, ils se mettent à jetter des cris horribles, à déchirer leurs vétemens, & à jetter de la poussiere en l'air en demandant justice. Si la plainte est touchant quelque affaire qui regarde les rentes ou revenus du *Roi*, comme quand on veut faire payer à des Païsans autant de rente dans une méchante année que dans une bonne, & qu'on ne veüille pas leur accorder les rabais qu'ils demandent, ils portent avec eux des branches d'arbres pour faire voir qu'ils sont dessechez, ou que les insectes ont mangé le verd. Le *Roi* entendant ces cris, envoye s'informer du sujet. Le Peuple donne sa requête par écrit, & le *Roi* leur envoye dire qu'il remettra leur affaire à tel ou tel. La derniere fois que je vis faire cette plainte, l'an 1676, c'étoit contre le *Mirab*, ou *Prince des eaux*. Un *Canton* à sept lieües d'*Ispahan* lui avoit donné neuf mille livres pour avoir de l'eau dix jours de suite, mais il ne leur en avoit fourni qu'un jour durant. Les Païsans vinrent demander justice, portant des branches d'arbres à la main. C'étoit
pour

pour faire voir qu'en effet tout mouroit faute d'eau. Le *Mirab* fut mis à l'amende. Un autre *Roi* l'auroit fait mourir.

Les punitions des *Intendans* vont fort rarement à la mort. On les change quand il n'y a qu'une vexation exceffive dans leur cas, en les exhortant d'agir plus doucement. Mais, s'ils ont trompé le *Roi*, on les mande pour rendre leurs Comptes, ou on les envoye prendre prifonniers, & le carcan au cou, felon le degré de leur malverfation. Auffitôt, ceux qui ont été trop foulez fe mettent à les pourfuivre; & leurs *Intendans*, & autres *Officiers* pour leur faire rendre ce qu'ils leur ont pris injuftement. Cependant, comme cela les ruineroit entièrement n'ayant pas d'ordinaire le moyen de rendre le quart de ce qu'ils ont pillé, parce qu'ils l'ont dépenfé en préfens à la Cour; la Cour fait proclamer que perfonne n'ait à leur rien demander, ni à leur *Intendant*, ni à aucun de leurs Domeftiques, fans avoir premièrement prouvé la juftice de leur prétention devant le *Préfident du Confeil*. Pour ce qui eft des *Gouverneurs*, lors qu'ils font coupables de crime d'*Etat* on les fait amener le carcan au cou, comme je le dis, ou on leur envoye couper la tête.

Quand le *Roi* envoye prendre la Tête d'un *Grand*, foit à la Cour foit dans les Provinces, il fait expedier un ordre pour cela, par le *premier Miniftre*. Le feau du *Roi* y eft mis, celui du *premier Miniftre*, & celui d'un des *Magiftrats Civils*, ou *Ecclefiaftiques*, & on en charge le premier venu. D'ordinaire c'eft un des *Couloms*, qui eft chargé d'executer l'ordre. On appelle ainfi les *Georgiens* de naiffance, ou de race, qui font établis à la Cour & dans les Troupes. Il prend la pofte, & quand il eft arrivé, il va chez le *Lieutenant de Roi*, ou chez le *Secretaire d'Etat*, ou au premier de la ville, felon qu'il juge plus à propos. Il lui fait voir en particulier l'ordre qu'il a du *Roi*, afin qu'il le reconnoiffe, & qu'il en autorife l'exécution par fa préfence, & il l'emmene avec lui chez le *Profcrit*, où étant arrivé, il met pied à terre & tout botté, va droit à lui, & tirant du fein fon ordre, il le donne à l'officier qu'il a été prendre. Il tire fon fabre, il fe jette fur le *Gouverneur* en criant *par l'ordre du Roi*, & il lui abat la tête du mieux qu'il peut. Si le condamné eft dans le *Serrail* à l'arrivée du Courier, on lui envoye dire qu'il eft venu un Exprès de la Cour. Il fort à l'inftant; car ce feroit un crime d'y manquer, & il vient dans la falle, où l'ordre s'execute de la manière que je le rappor-

te. Il ne ferviroit de rien de faire réfiftance; ce feroit tout de même que fi un *Grand* condamné en *France* à avoir la tête tranchée fe vouloit défendre fur l'échafaut; car à la vûe de l'ordre du *Roi* tout eft contre lui. On ne le regarde dans fa maifon que comme un malheureux qui va être executé à mort. Il y a pourtant des exemples de *Gouverneurs* qui ont ou retardé, ou empêché, de ces exécutions. Ils avoient eu avis qu'on avoit réfolu de les perdre de cette manière, & ils avoient mis des gens en embufcade pour enlever le Courier, ou pour lui prendre l'ordre du *Roi*, en le volant. Mais les exemples de ces coups hardis ne font pas en grand nombre, & ces ordres de mort s'expedient fi brufquement, & fi fecretement, que les amis du Condamné n'en favent rien; & fouvent, pour le mieux furprendre, on lui envoye huit jours auparavant un *habit Royal*, qui eft la marque ordinaire des bonnes graces du *Souverain*.

Toute difgrace en *Perfe* emporte infailliblement avec foi la confifcation des biens, & c'eft un revers prodigieux & épouvantable que ce changement de Fortune; car un homme fe trouve dénué en un inftant fi entierement qu'il n'a rien à lui. On lui ôte fes biens, fes Efclaves, & quelquefois jufqu'à fa femme, & fes enfans. Tout cela eft mis à l'inftant en fequeftre dans un coin de fon *Palais*, & lui eft enfermé dans un autre feul, à fans autres hardes, que fes propres habits qu'il a fur le dos, non pas même une chemife à changer. Toute la nature, pour ainfi dire, fe fouleve contre lui; car fouvent on lui refufe une pipe de tabac, & quelquefois un verre d'eau, fous prétexte que l'on ne fait pas encore fi le *Roi* veut fouffrir qu'il vive. Son fort s'adoucit, dans la fuite. Le *Roi* déclare fa volonté fur fon fujet. On lui rend prefque toûjours fa famille, partie de fes Efclaves, & fes meubles; & d'ordinaire, on lui laiffe affez de bien pour vivre & affez fouvent il revient au bout d'un tems à être rétabli dans les bonnes graces de la Cour, & à rentrer dans les emplois. Mais lors qu'on ne lui veut faire grace que de la vie, on permet au bout de quelques femaines à fes Parens & à fes amis de l'affifter.

Une chofe fort remarquable dans la Politique de *Perfe*, c'eft qu'elle n'a point de jaloufie des fujets qu'elle met dans les plus grandes charges. Elle donne le *Gouvernement* d'un *Etat* conquis, à celui qui en étoit le Maître & en poffeffion. On employe de nouveau les *Grands* que l'on a ruinez, accablez,

blez, traittez avec la plus outrageante indignité, sans rien appréhender de leur ressentiment. On y donne même de l'emploi aux Princes Etrangers qui viennent se réfugier dans le *Royaume*, quoi que de Païs voisins, & d'ordinaire ennemis. Ainsi, j'ai vu des *Princes Yusbecs* faits *Gouverneurs* & *Sultans* de *Province*; & dans ces derniers tems, le Fils du *Grand-Mogol Orangzeib*, à présent sur le thrône des Indes, s'étant enfui en *Perse*, le *Roi* lui a donné un des plus grands *Gouvernemens*. La Politique *Persane* n'en craint point d'inconvénient, pour deux raisons. L'une, que l'on met ces Sujets là en des Païs si éloignez de ceux où sont leurs habitudes, qu'ils ne pourroient pas y lier ni entretenir de correspondance quand ils le voudroient. L'autre, c'est que quand ils projetteroient quelque trahison, les gens que l'on met autour d'eux l'auroient bien-tôt découverte. On trouve dans l'ancienne *Histoire de Perse* que l'on agissoit à cet égard avec la même confiance, mais aussi avec la même précaution; comme par exemple, quand *Cyrus* eut conquis l'*Empire de Perse* sur *Darius*, qui étoit son parent, & qu'il eut sa personne en son pouvoir, bien loin de l'enfermer dans quelque Donjon, il lui donna un des principaux *Gouvernemens de l'Etat*; mais c'étoit celui de *Caramanie*, vers le fleuve *Indus*, c'est à-dire, dans la partie du *Royaume* la plus éloignée de la *Medie*, le Païs de *Darius*.

La *Perse* n'entretient point d'*Ambassadeurs* résidens dans les Cours des *Rois* voisins, & il n'y en a point aussi de tels à la Cour de *Perse*. Les Rois de l'*Asie* s'entr'envoient même très-rarement des *Ambassadeurs*, parce que ces *Rois* ne se donnent pas réciproquement les titres qu'ils prétendent; mais le *Gouvernement* permet en échange aux *Cans*, ou *Gouverneurs* des *Provinces* frontieres, d'entretenir commerce directement avec les *Gouverneurs* voisins de la Domination limitrophe, de leur envoyer des *Ambassadeurs*, avec des présens; d'en recevoir d'eux, & de traiter ensemble de ce qui concerne leurs *Provinces*. J'ai vû des *Ambassadeurs Turcs* à *Kirmoncha*, en *Chaldée*, & à *Irivan*, en *Armenie*; & j'ai vû aussi à *Babylone* des *Ambassadeurs Persans*, envoyez par le *Can* de *Kirmoncha*, & par *Manoutcher Can*, *Gouverneur* de *Loureston*. On peut bien penser que ces députations ne se font jamais sans les instructions expresses de la Cour, quelque permission en géneral qu'elle donne de les faire.

Par une pratique, qui paroît opposée, les *Ministres d'Etat* n'écrivent jamais sur les sujets sur lesquels le *Roi* écrit lui même; & quand il leur arrive de faire réponse à une Lettre qui leur a été renduë par quelque *Ministre* étranger, qui en ait apporté au *Roi*, c'est avec un très-profond respect pour la *Majesté Royale*, ne s'attribuant jamais la moindre part dans l'affaire, mais donnant l'honneur, & rapportant la conduite de tout au *Roi*, à qui ils présentent d'abord la Lettre qu'ils ont reçuë, avant que de l'ouvrir, lui demandant la permission de la lire, & celle d'y répondre; & après lui portant la réponse pour en avoir l'approbation. Lors qu'*Abas second* me donna des Lettres patentes de *Marchand du Roi*, qui est un titre considérable en *Orient*, & me chargea de diverses commissions pour l'*Europe*, je ne pus jamais obtenir du grand *Sur-Intendant* des Lettres de recommandation pour les *Gouverneurs* des *Provinces* par où je devois passer, quoi qu'il eût beaucoup de bonté pour moi, & que j'en eusse obtenu diverses faveurs. Il me répondoit : *Que voulez-vous faire des Lettres d'un Esclave du Roi, ayant celles du Roi même? Vôtre demande seroit punie en la personne d'un homme du Païs.* Je lui fis entendre que c'étoit par respect pour les Lettres patentes du *Prince*, afin de n'être pas obligé de les déplier à toute occasion : Mais il repartit qu'il en faudroit faire une Copie authentique. Cependant, comme je n'étois pas encore content, il me satisfit à la fin, mais ce fut en me donnant sa recommandation par forme de certificat, portant que c'étoit pour déclarer que j'étois chargé des ordres du *Roi* par des Lettres patentes, qui ordonnoient à tous les *Gouverneurs*, *Intendans*, & *Receveurs de Droits*, de n'en exiger aucuns de moi, mais de m'honorer & de me secourir au contraire en tout ce que je requererois.

Il n'y a point de noblesse en *Perse*, non plus que dans tout l'*Orient*, & l'on n'y porte de respect qu'aux charges, aux dignitez, au mérite extraordinaire, & particulierement aux richesses. On a quelque considération pour les gens sortis du sang de *Mahomed*, & des *Imans*, qui portent par distinction d'honneur un *Turban vert*, & à qui l'on donne des noms fort relevez, comme *Seyd*, & *Mir*, termes *Arabes*, qui signifient *Noble*, & *Prince*; d'où les *Espagnols* ont fait leurs mots de *Cid* & d'*Amiral*. Mais comme ce sont presque tous des gens sans bien, & sans emploi, le nom qu'ils portent est presque le seul avantage qu'ils retirent de leur naissance.

Les Courtisans de *Perse* font leur Cour
avec

avec autant & plus d'affiduité qu'on la fait en aucun endroit du monde. Ils vont à la Cour foir & matin, quoi qu'ils n'efperent pas la plûpart du tems de voir le *Roi*, parce qu'il eft quelquefois plufieurs jours de fuite fans fortir du *Serrail*. Les *Grands* tiennent nuit & jour un valet de pied à la porte du *Palais*, afin de les venir avertir promtement des moindres chofes qui arrivent, & fur tout quand le *Roi* fort de l'apartement des Femmes, ce qu'il fait quelquefois fort inopinement, tant la nuit que le jour.

J'ajoûte encore ici en paffant, que le *Gouvernement Républicain* eft tout-à-fait inconnu en *Perfe*, de forte que les *Perfans* ne favent pas qu'il y ait au monde de tel *Gouvernement*, & qu'ils ne peuvent pas même comprendre quel il peut être. Cela fait que quand les *Hollandois* envoyent des *Ambaffadeurs* au *Roi de Perfe*, ils agiffent ou au nom du *Général de Batavie*, ou au nom du *Prince d'Orange*, comme je l'ai déja obfervé ci-deffus.

CHAPITRE IV.

Des Forces du Royaume, & de la Difcipline militaire.

J'Ai obfervé au commencement de ce Livre, que la *Perfe* n'étoit pas peuplée à proportion de fon étendue, de maniere que ce *Royaume* manque de ce qui fait la plus confidérable force des *Etats*. Il n'eft pas muni non plus de Places fortes, fur lefquelles il fe puiffe repofer. On peut dire au contraire que la *Perfe* eft ouverte de tous les côtez; car la Forteffe de *Candahar*, qui eft fon boulevard du côté du *Nord* contre les invafions des *Indiens*, ne peut défendre qu'un feul paffage; & pour les autres Forterffes du Païs, comme celle d'*Erivan*, en *Arménie*, celle qu'on appelle *les Portes Cafpiennes*, celle de *Lar*, en la *Caramanie deferte*, & quelques Châteaux vers la *Bactriane*, & la *Medie*, ce font de méchantes fortifications à l'antique, & qui ne font confidérables la plûpart que pour être fituées fur des éminences. Il en eft de même dans toute l'*Afie*, où l'on ne connoît point du tout l'*Art des Fortificatious modernes*, & où l'on rencontre aucune Place forte qui foit confidérable, hors celles que les *Portugais* y ont conftruites dans le tems de leurs conquêtes. Cependant, la *Perfe* eft un *Empire* confidérable par fa vafte étendue, par fa fituation, & par la qualité de fes voifins. J'ai parlé de fon étendue, qui eft de quelques fept cens

Tome II.

lieuës en carré. Sa fituation eft ce qui fait fa principale force, car de tous côtez fes frontieres font remparées, pour ainfi dire, ou de mers, ou de deferts, ou de hautes montagnes, qui en rendent l'entrée fort difficile; & pour ce qui eft de fes voifins, il n'y a que les *Turcs* que la *Perfe* ait fujet de craindre. Les *Indiens* font des ennemis qu'elle méprife, les ayant toûjours battus. Les *Tartares* font divifez en plufieurs *Principautez* feparées, & ne font la guerre que par des courfes fans fe mettre jamais en état de donner bataille. Il y a même ceci à dire à l'égard des *Turcs*, qu'ils ont trop d'affaires avec les Peuples *Chrétiens* pour fe tourner contre les *Perfans*. Il eft vrai que les *Turcs*, & les *Perfans*, fe font fait la guerre plufieurs années de fuite, jufques vers l'an 40. du fiécle paffé, que ceux-ci ayant perdu *Bagdad*, ou *Babylone*, leurs querelles finirent, & la paix fe fit entr'eux, laquelle a duré fans interruption jufqu'ici. Mais, comme on peut dire que cette *Ville* étoit la pomme de difcorde entre ces deux grands Peuples, les *Perfans* font affurez de n'avoir rien à démêler avec les *Turcs*, tandis qu'ils leur laifferont *Babylone*. Cette *Ville*, qui eft une des plus belles de l'*Orient*, & des plus abondantes, eft fort difficile à conquerir pour les *Perfans*; car elle eft éloignée de trente lieuës de toute habitation du côté de la *Perfe*, & il faut paffer ce defert pour y aller, au lieu que les *Turcs* peuvent y aller & y porter facilement toutes chofes par le fleuve du *Tygre*, fur lequel cette fameufe ville eft bâtie.

Les *Perfans* font naturellement braves & belliqueux, l'honneur & la fleur, pour ainfi dire, des Peuples *Afiatiques*, les fondateurs de la *Monarchie* la plus ancienne, & la plus étendue, car elle étoit dans fes commencemens la Maîtreffe de tout l'*Orient*, comme cela fe prouve par le quatorziéme Chapitre de la *Genefe*, où il eft dit que les *Rois* qui faifoient la guerre à *Kedor Lahomer*, avoient été fes vaffaux. Les conquêtes d'*Abas le Grand*, un des derniers *Rois de Perfe*, fur tous les Peuples voifins, fans le fecours d'aucunes troupes étrangeres, font voir que la *Perfe* eft capable de faire de grands progrès par la puiffance & par le courage de fon peuple; mais la longue paix dont elle jouït depuis la mort de ce grand Roi, arrivée il y a plus de 80. ans, & le *Gouvernement* fanguinaire de fes fucceffeurs, ont fort abatardi ce courage, & prefque anéanti cette puiffance. Le luxe, la fenfualité, & l'oifiveté, d'une part; l'étude, & les Lettres, de l'autre, ont été auffi des

F f   moyens

moyens pour effeminer les *Perfans*, fi j'ofe ainfi parler.. Mais rien n'y a plus contribué que cet efprit de jaloufie & de domination arbitraire, qui trouvoit toûjours des prétextes pour verfer le fang des *Grands* du *Royaume* les plus diftinguez, foit pour leur valeur, foit pour leur fageffe. Ce fameux *Roi Abas* avoit été élevé parmi les Troupes, & c'eft où il avoit fi bien pris le genie de la guerre, & y étoit devenu fi habile; mais fa politique le fit agir tout autrement dans l'éducation de fes Enfans. Il les faifoit élever parmi fes femmes, apprehendant que les *Courtches*, ce corps de Troupes qui renfermoit toute la Nobleffe du Païs, & la meilleure partie de l'armée, n'en élevât quelqu'un à l'*Empire*, pour le prévenir dans le deffein qu'il avoit formé dès qu'il fe fentit affermi fur le Trône, de détruire entierement ce puiffant Corps, afin de régner plus abfolument, quoi qu'il fit accroire à fes favoris qu'il étoit menacé d'en être détruit lui-même. Cette jaloufie lui fit mettre à mort fon Fils aîné, parce qu'un jour qu'il l'avoit fait venir hors du *Serrail*, il s'aperçût que la plûpart des *Grands* jettoient les yeux fur lui avec plaifir: action exécrable, dont il eût enfuite beaucoup de remords, comme il le témoigna durant tout le refte de fa vie, & particulierement à fa mort, en difpofant de la Couronne en faveur du fils de ce Prince infortuné. Les *Rois de Perfe* ont eu tous depuis la même jaloufie de leurs Enfans, de maniere que ceux qui font deftinez au Trône reçoivent, comme je l'ai déja obfervé, l'éducation la moins Royale, & la moins noble, que l'on puiffe imaginer; & lors que ces Princes y parviennent, après la mort de leurs Peres, il arrive d'ordinaire que leurs femmes, & les *Eunuques* qui les ont élevez, les obfedent & le gouvernent toute leur vie. Ces perfonnes qui ne connoiffent autre chofe au monde que le *Serrail* où ils font renfermez, tenant pour un grand malheur de perdre le *Roi* de vûe, feulement pour quelques heures, s'oppofent de toute leur puiffance à toute forte de projets de guerre qu'on pourroit former; & penétrant par milles artifices dans le cœur du *Prince*, ils en arrachent promptement les fentimens de gloire qu'ils y voyent naître, & le *Miniftre* qui a le courage de lui en infpirer, eft bien-tôt immolé à la jaloufie de ces ames foibles. Cependant, quoi que l'efprit de la guerre fe foit prefque tout-à-fait perdu entre les *Perfans*, le *Royaume* ne laiffe pas d'entretenir de grandes forces, comme je vai le dire.

Mais il faut obferver auparavant, que dans les fiécles precedens, jufqu'au régne d'*Abas premier*, les *Rois de Perfe* n'entretenoient point de *Troupes* à leurs propres dépens. Ils n'en avoient point d'autres que celles du *Royaume*, qui font entretenues par les *Provinces*, & chaque *Province* en entretient un nombre reglé, à proportion de fon étenduë, de fes habitans, & de fes richeffes. *Abas le Grand*, ce Conquerant célébre, leva deux *Corps de Troupes* nouvelles, par le motif dont j'ai fait mention au Chapitre premier, pour être entretenus à fes dépens. L'un de ces *Corps* eft compofé de *douze mille Fantaffins*. On l'appelle *Corps des Moufquetaires*, parce qu'au lieu de l'arc & de la fléche, qui étoient alors les armes ordinaires des *Perfans*, *Abas* leur donna des moufquets; & comme ce fut le premier *corps d'Infanterie* qu'on eût vû en *Perfe*, où, comme dans le refte de l'*Orient*, la guerre ne fe faifoit auparavant qu'à cheval, ce fut auffi le premier *Corps* qui fe fervit d'armes à feu. *Abas* établit cette *Infanterie* pour l'oppofer aux *Janiffaires Turcs*, dont il éprouvoit fouvent que l'*Empire Ottoman* fe fervoit avec grand fuccès. Il penfa que comme les *Turcs* avoient trouvé néceffaire dans le cours de leurs Conquêtes, de former ce grand *corps d'Infanterie*, auquel ils donnerent le nom de *Yenguitchery*, ou *Janiffaires*, qui en Turquefque fignifie *nouvelle Armée*, ou *nouvelle Troupes*, il pouvoit en former un femblable pour leur oppofer. Les *Troupes d'Infanterie* ne font pas plus anciennes en *Perfe* que le régne de ce Prince-là; ce qui ne monte qu'à quelque fixvingts ans. Les *Païs* qui font au delà de la *Perfe* n'en ont point encore pris l'ufage, comme par exemple les *Tartares*, parmi lefquels il n'y a point de *Fantaffins*. L'autre *Corps de Troupes* qu'*Abas le Grand* forma pour être entretenu à fes dépens, eft un *Corps de Cavalerie* de *dix mille hommes*; & ces deux *Corps* font toûjours complets & beaucoup au delà.

Les *Troupes de Perfe* font à préfent divifées en *Troupes de l'Etat*, & en *Troupes du Roi*. L'*Etat* paye & entretient les unes, & le *Roi* les autres. Les *Troupes de l'Etat* fe divifent encore en deux ordres, les *Milices reglées*, & les *Troupes reglées*. Les *Milices reglées* font les *Troupes* que les *Gouverneurs de Province* font obligez d'entretenir, & qu'ils entretiennent effectivement; & les *Troupes reglées* font le Corps qu'on appelle les *Courtches*, qui par la reduction qu'en fit *Abas le Grand*, doit être encore de *trente mille hommes*, prefque tout

Cava-

Cavalerie, & qui n'eſt jamais de moins ; mais qui durant les ſiécles precedens alloit au double, & quelquefois ſi fort au delà, qu'on aſſure que ce Prince en avoit juſqu'à quatre-vingt mille durant ſes plus fortes guerres.

Les *Courtches*, ainſi appellez d'un mot qui veut dire *chaſſer*, & *écarter*, ſont donc encore le plus puiſſant *Corps de la Perſe*, quelques échecs qu'il ait ſouffert. Les *Troupes* de ce *Corps* ſont des *Turcomans*, ou *Tartares* originaires, une vieille race de bons ſoldats, gens robuſtes & œconomes, qui vivent à la campagne entr'eux, ſans ſe mêler avec les autres hommes, & qui ſont ces *Paſtres* ou *Bergers Sarraſins*, qui ont tant de fois changé l'État de la *Perſe*, & qui lui ont toûjours été redoutables, juſqu'au commencement de ce ſiécle, beaucoup plus que les *Janiſſaires* ne le ſont en *Turquie*. Ce ſont eux proprement qu'on appelle *Keſilbachs*, ou *têtes rouges*, ainſi nommez, depuis qu'ayant aidé *Cheic Sephy*, le premier *Prince* de la race Royale dans ſes Conquêtes, il leur donna pour recompenſe cette marque d'honneur de porter un bonnet de velours rouge, d'une forme particulière, comme il le portoit lui-même, qu'on appelle *le Tag*, ou *la Couronne* ; ce qui fut l'inſtitution d'une maniere de *Chevallerie* à l'honneur de la *Religion* d'*Aly* & des *Imans*. La pointe de ce bonnet, dont on voit la forme dans la figure d'un *Ceſil bach*, que j'ai fait mettre à côté, eſt couſue de maniere qu'elle fait douze petites pointes, groſſes comme un pepin de coin. Ces *Keſil bachs* demeurent ſous des tentes, en tems de paix, comme en tems de guerre, s'entretenant du bêtail qu'ils élevent & vendent. Le ſecours qu'ils donnerent à *Cheic Sephy*, auſſi bien que leur zele pour la *Religion Imamique*, leur ayant acquis une grande autorité, ils eurent les premieres Charges de la Cour, & la conduite de la guerre, & c'eſt d'eux que tous les ſoldats *Perſans*, & enſuite toute la Cour, & par abus tout le peuple *Perſan*, a été appellé *Keſil bach*, nom formidable aux *Turcs*, aux *Indiens*, & aux *Tartares*, dans le ſiécle paſſé. C'eſt par ce Peuple auſſi que la Langue *Turqueſque* s'eſt ſi fort introduite dans la partie Septentrionale de *Perſe*, & ſur tout à la Cour, qu'on y parle beaucoup plus *Turqueſque* que *Perſan*. Ces *Keſils-bachs* ont continué à tenir le premier rang dans le *Royaume*, juſques vers la fin du régne d'*Abas le Grand*, qui entreprit leur ruine, à cauſe de leur puiſſance, & à cauſe qu'ils s'oppoſoient à ſa maniere de gouverner violente & arbitraire, quoi qu'il prît pour pré-

texte qu'ils s'étoient rebellez contre ſon Pere, qu'ils avoient ôté la vie à des *Princes* de ſon ſang, & qu'ils projettoient de lui faire le même traitement. Ce grand Roi, leur mortel ennemi, après avoir érigé les deux autres *Corps de Troupes* pour leur oppoſer, & pour les tenir en échec, les abâtit peu-à-peu, autant que l'état de ſes affaires le lui permit, en privant ces braves *Turcomans* des charges ; & enfin, il les reduiſit ſous le joug, en faiſant couper la tête à leur *Général*, & en les envoyant par pelottons en divers endroits du *Royaume*. Ces Troupes ſervent à cheval, portant pour armes offenſives l'arc & la flêche, l'épée & le poignard, la lance, & une hache ſous la cuiſſe, paſſée dans la ſangle du cheval, & pour armes défenſives, un bouclier ſur le dos, & le pot en tête, avec des piéces de maille qui tombent ſur les joües. Il y a quelques *Regimens* qui portent des mouſquets, & ceux-là ſervent à pied, quoi que dans la marche ils aillent à cheval comme les autres : on les tient encore aujourdhui, tout affoiblis qu'ils ſont, pour les meilleures *Troupes du Royaume*, & pour les vieux *Perſans* nobles & courageux. Ils combattent toûjours à part ſous le commandement de leurs propres *Officiers*. Leur *Général* s'appelle *Courtchibachi*, *Chef des Courtches*. Il eſt toûjours Chef de leur corps ; car ils n'obéïroient pas à un autre.

Les *Courtches*, & les *Milices reglées*, qui ſont dans les *Provinces*, ont leur ſolde en Terres de la Couronne, qui paſſent d'eux à leurs enfans mâles, à moins qu'ils ne refuſent de porter les armes. Ils doivent ſe rendre ſous leurs enſeignes à douze heures d'avertiſſement, & tous les ans ils paſſent en revûe génerale devant un *Député* de la Cour, ou du *Gouverneur* de la *Province*, ſelon le lieu de leur reſſort.

Les *Troupes du Roi* ſont les *Mouſquetaires*, & les *Coular*, ou *Eſclaves*, dont les *Généraux* s'appellent *Tufingtchi agaſi*, & *Coular agaſi*. Les *Tufingtchi*, ou *Mouſquetaires*, ſervent à pied, mais ils vont à cheval. Ils ſont élevez à la campagne, parmi les gens les plus laborieux, & les plus robuſtes. Ils portent le ſabre, le poignard, & le mouſquet. Leur bandoliere eſt à leur ceinture, à la maniere *Turqueſque*. Ce Corps eſt de *douze mille hommes*, & comme ils ſont levez la plûpart à la campagne, on leur donne congé d'y demeurer & de faire le labour lors qu'il n'y a point de guerre.

Les *Coular* ſervent à cheval, armez preſque com-

F f 2

comme les *Courtches*, excepté qu'ils portent un mousquet à la place de la lance. Ce nom de *Coular* signifie *Esclave*, non que ces hommes ne soient aussi libres que les autres *Persans*; mais parce qu'ils sont originaires des Païs d'où l'on tire les Esclaves, comme la *Georgie*, la *Circassie*, l'*Iberie*, la *Moscovie*. Ainsi ils sont originaires de *Chrétiens*. Les uns sont envoyez au *Roi* en present, étant encore jeunes, les autres sont descendus des Peuples de ces Païs-là, qui se sont habituez en *Perse*. Comme ils embrassent presque tous la *Religion Mahometane*, ce sont tous des *Renegats*, ou des enfans de *Renegats*. On les peut fort bien comparer aux fameux *Mammelucs* d'*Egypte*, qui furent les Maîtres de ce *Royaume-là*, durant près de trois cens ans. Les *Mammelucs* (nom qui signifie aussi les *Esclaves du Roi*;) composoient le *Corps* de la *Garde* des derniers *Rois Mahometans* de l'*Egypte*; & c'est peut-être sur leur modelle que ces *Coular Persans* ont été établis, car il se trouve beaucoup de raport, entre les uns & les autres, comme par exemple, que ces *Mammelucs* étoient tous des *Renegats Chrétiens*, qu'on ne mettoit qu'eux dans les charges, & qu'ils avoient été instituez pour balancer la puissance des Troupes *Arabesques*, qui déposoient à leur gré les *Princes*, & les *Ministres* de l'*Egypte*, & les faisoient mourir, quand il leur plaisoit, de la même maniere que les *Janissaires* le font dans le *Gouvernement Ottoman*. *Abas le Grand* avoit une affection particuliere pour ce *Corps d'Esclaves*, & il n'y mettoit que des gens d'élite. Il l'appelloit ses *Janissaires à cheval*. Ce sont en effet tous gens bienfaits, braves & courageux, & sur qui le *Royaume* compte le plus pour le service, & le *Roi* pour la fidélité; car comme ce sont gens sans interêt, & sans liaisons entr'eux, la plûpart ne se connoissant pas l'un l'autre, il n'y a point à craindre qu'ils s'unissent pour former une rebellion. Le sang des *Georgiens* s'est fort répandu dans la *Perse*, non seulement à cause que les plus belles femmes en viennent, & que chacun en veut avoir, mais parce qu'*Abas le Grand*, & ses Successeurs, ont pris plaisir à mettre les *Georgiens* dans les Emplois; & que depuis qu'ils ont conquis la *Georgie*, ils en ont tiré une infinité de gens, qu'ils ont si bien avancez qu'à présent la plûpart des Charges sont dans la main de gens originaires de la *Georgie*.

J'observerai sur le nom d'*Esclave* que ces *Troupes* portent, que c'est un nom dont on se fait honneur en *Perse*, & que c'est proprement

un titre. *Rayet*, qui est le terme qui signifie *sujet*, est au contraire un terme bas, qu'on ne dit que des Païsans, & de gens qui sont encore moins qu'eux. On dit *Coulomcha*, un *Esclave du Roi*, comme on dit en *France* un *Marquis*; & c'est parce que tous ces Esclaves du Roi sont poussez dans les Emplois. Ces *Troupes d'Esclaves* sont la même Fondation que celle des *Enfans de Tribut*, en *Turquie*; mais ces *Esclaves* ne sont, ni en si grand nombre, ni élevez en commun, ni si bien. Le *Roi* n'en a guéres que mille ou douze cens, qu'on distribue chez ses principaux *Ministres*, chez les grands Officiers de guerre, & parmi les ouvriers du *Palais*, chacun étant appliqué à des emplois differens, selon sa capacité & son genie. Ils portent la qualité de *Tabouna*, c'est-à-dire *serviteur*, on dit tel, *Esclave du Roi*, & *serviteur* d'un tel Seigneur. A mesure qu'ils viennent en âge, on les tire de service, ou d'aprentissage, pour les mettre en des emplois selon leur capacité; & on met de nouveaux venus en leur place.

Outre ces *Corps*, il y en a deux autres, qui sont beaucoup plus petits, l'un fort ancien, qui est celui des *Souphys*, ordonnez à la *Garde* de la personne du *Roi*, institué par *Cheic Sephy*. Ce Corps n'est que de *deux cens hommes*, qui portent le bonnet de *Sophy* en tête, & pour armes, le sabre, le poignard, & une hache qu'ils portent sur l'épaule.

Le second Corps s'appelle les *Ziezairi*. Il est de *six cens hommes* tous grands, bienfaits, jeunes, & vigoureux, institué l'an 1654. par *Abas second* pour la *Garde* de sa personne. Le *Roi de Perse* n'avoit point avant ce tems-là de *Gardes*, ni quand il sortoit, ni au dedans de son *Palais*. Ceux-ci furent établis à l'occasion d'une querelle entre le *Grand-Vizir*, & le *Président du Divan*, lesquels ayant entrepris de se ruiner reciproquement, le *Grand-Vizir* fit lever ce *Régiment* en secret, & un jour qu'il savoit que le *Roi* devoit sortir, il le posa en haye aux avenues du *Palais*. Le *Roi*, qui étoit encore assez jeune, fut fort surpris de voir ces nouvelles *Troupes*, il demanda ce que c'étoit, & pourquoi elles étoient posées en cet endroit. Le *Grand Vizir* lui répondit qu'il l'avoit fait pour assurer sa personne sacrée contre les perfides machinations du *Divan begui*, de qui tout étoit à craindre, sans exception. Ce *Régiment* a subsisté depuis; & c'est l'honneur des *Troupes de Perse*. Ils portent des bonnets de drap en pointe, semblables à des capuchons, de larges ceintures de drap rouge, garnies de plaques d'argent, dans

la

la doublure defquelles ils ferrent leur petit pecule, & ce qu'ils ont de plus précieux, Leurs armes confiftent en un moufquet, dont le Canon eft d'un calibre bien plus gros que les Moufquets des autres *Fantaffins*. Le canon tient au fût par des bandes d'argent; & leur fabre, & leur poignard, en font auffi garnis, de même que leur boite à poudre. Lors qu'ils font en haye, ils n'ont pas le moufquet fur l'épaule, mais appuyé en terre fur la croffe, ayant à la bouche du canon une petite banderole, comme celle qu'on met fur les painsbenits, dans l'Eglife Romaine. Quand ils marchent autour du *Roi*, ils portent le moufquet fur l'épaule, avec cette banderole auffi au bout. On leur donne ces belles armes en entrant au fervice. Le Corps de *Ziezairi* eft fous le Commandement du *Colonel Général des Moufquetaires*. Il y en a toûjours un petit détachement en garde à la porte du *Palais des Femmes*; à caufe de quoi on appelle auffi ce Corps, *Kéchictchis*, c'eft-à-dire, *Gardes du Palais*. On comprend toutes les *Troupes de Perfe* fous ces deux noms, *Coul*, *Cortchi*, c'eft-à-dire, *Efclaves & Paftres*, par où l'on entend les *vieilles* & les *nouvelles Troupes*. On ufe de ces termes lors qu'on convoque généralement tous ceux, qui par quelque titre que ce foit, font obligez de porter les armes, de même que nous difons *Ban*, & *Arriere-Ban*. Ces quatre *Corps de Troupes* du *Roi* ont leur folde en argent, affignée d'ordinaire fur le *Domaine*, ou fur les revenus du *Roi*. La paye d'un *Coular* eft de huit à neuf *Tomans*, qui fait trois à quatre cens livres. Celle des *Moufquetaires* eft de la moitié. On donne les armes aux *Troupes*, & comme ce font des armes de choix, faites aux atteliers du *Roi*, elles ont toutes la marque de l'attelier, & une autre marque qui empêche que les Soldats ne les puiffent changer; mais on ne leur donne point d'habits, chacun s'habille comme il lui plaît; ce qui vient, à mon avis, de ce qu'en *Perfe*, ni dans tout l'*Orient*, on n'a point l'ufage des livrées.

J'ai vû abolir fous le régne d'*Abas fecond* un *Corps de Troupes*, qui étoit encore fort confidérable; c'eft celui de l'*Artillerie*, qui du tems de fon ayeul, *Abas le Grand*, étoit de *douze mille hommes*. On appelloit fon Chef, *Topchi bachi*, c'eft-à-dire, *Chef des Canoniers*. Ce *Corps* alla toûjours en diminuant, depuis la perte de *Babylone*; & le *Chef*, qui étoit un vieux Seigneur de grand courage, & d'une honnête reputation, nommé *Hoffein couli Can*, étant mort l'an 1655. de nôtre compte, fans

laiffer aucuns enfans, on n'a donné fa charge à aucun autre.

Les *Troupes* font commandées par des *Officiers*, qui prennent leur nom du nombre de gens fur qui ils font prépofez, les Colonels font nommez Chefs *de mille hommes*, les Capitaines Chefs *de cent hommes*, les Sergens Chefs *de dix hommes*: ils difent en Perfan, *min bachy: yuz bachy: on bachy*.

L'*Armée Perfane* a été bonne & bien entretenuë jufqu'à la fin du régne d'*Abas le Grand*. On affure qu'elle étoit forte *en nombre de fix vingt mille hommes* effectifs; & c'eft ce que j'ai fouvent ouï dire à plufieurs Seigneurs *Perfans*, qui s'en fouvenoient fort bien. Les trois Corps de Troupes du Roi faifoient *cinquante mille hommes*. Les *Troupes des Provinces*, *foixante dix mille hommes*, fans compter la *Maifon du Roi*, qui alloit bien à *dix mille hommes*. Cette groffe armée diminua beaucoup fous le régne fuivant, & elle dépérit encore davantage fous le régne d'*Abas fecond*. Ce Prince voulut faire une revûe générale en 1666. mais il reconnut que les mêmes armes, les mêmes chevaux, & les mêmes hommes auffi, repaffoient dix à douze fois devant lui, ce qui l'obligea d'y mettre ordre; & comme l'efprit de la guerre lui étoit venu, il auroit rétabli l'armée, s'il eût vécu plus long-tems. Les incurfions qui furvinrent les années fuivantes fous fon fils *Soliman*, fit qu'on y travailla encore au commencement de fon régne; mais ces incurfions ayant bien-tôt ceffé, les *Soldats* font tout-à-fait retombez dans leur première moleffe. Ce n'eft pas que le Roi & l'*Etat* ne payent l'*armée* tout de même que durant la guerre; mais, c'eft que les *Soldats*, qui n'ont jamais fait ce métier, & qui ne s'imaginent pas que de leur vie il fe trouve occafion de le faire, reçoivent cette païe comme une gratification pour laquelle on n'eft pas obligé de fervir; & moyennant un petit préfent aux *Commiffaires* qui ont l'infpection fur eux, on les fouffre tels qu'ils font, & tels qu'ils veulent être.

On enrole les Enfans, dès l'âge de deux ans. On les couche d'abord fur l'état pour *demi Toman* par an, qui eft vingt deux livres dix fols; & cela va en augmentant d'une année à l'autre. Quand on veut entrer au fervice, on fe fait préfenter au *Général*, qui donne les places vacantes; mais s'il n'y en a point, il faut être préfenté au *Roi*, qui crée une paye exprès, & elle dure à perpetuité pour foi, & pour fes defcendans; ce qui éclaircit l'obfervation que j'ai faite ci-deffus, que les *Corps* font toûjours complets; car dès qu'un

Soldat

Soldat meurt, un de ses Parens entre en sa place, pour avoir sa paye, & par dessus cela, le *Roi* crée, de tems à autre, de nouvelles places. Le luxe est la principale cause de la destruction des *Troupes Persanes* ; car bien qu'on ne donne aux *Cavaliers* qu'environ quatre cens livres de paye, ils en dépensent le double en habits seulement.

Il ne faut pas s'imaginer que la *Discipline Militaire* soit observée parmi ces *Troupes Persanes*, comme elle l'est dans nos Païs : car faction, sentinelle, corps de garde, exercice, évolutions, tout cela, & presque tout ce qu'il y a de plus recommandable dans ce grand art de la guerre, est inconnu en *Orient*. Les *Soldats* demeurent chacun chez soi, & quand on en fait la revûe, ce qui arrive seulement tous les six mois, ou tous les ans, on les mande au rendez-vous, où chacun se trouve avec ses armes & son cheval. On les fait passer un à un devant un *Commissaire*, en faisant voir leurs armes piéce à piéce, & puis ils s'en retournent chez eux : ainsi, tout l'exercice Militaire de ces *Troupes Persanes* durant la Paix, consiste à passer en revûe, comme je l'ai dit. Il se fait tous les trois ans une revûe générale en chaque *Province*.

Ces Peuples font la guerre en voltigeant autour de l'Ennemi, en se jettant inopinement par Troupes sur ses Quartiers, en lui enlevant les vivres, en lui coupant les eaux, & quand il est bien fatigué ils se jettent dessus. Mais si l'Ennemi leur fait tête, ils fuyent, & retournent après sur les plus avancez, & les combattent. C'est ce que les *Histoires* raportent des *Parthes*, qu'ils ne combattent qu'en fuyant, & qu'ils tirent leurs fleches par dessus l'épaule. Ce n'est pourtant que contre les *Turcs*, que les *Persans* combattent ainsi, & contre les *petits Tartares* ; car ils sont plus résolus contre les *Indiens*. Les *Armées* en *Perse* ne savent ce que c'est que de camper dans des camps retranchez. Leur retranchement est, ou une montagne, ou un passage couvert, ou un long défilé. Pour les siéges, leur art est de les avancer par tranchées, & de prendre la place par mines. Je croi qu'il n'y a pas de Peuple au monde qui sache mieux miner & faire des chemins sous terre. La ville d'*Irivan*, capitale d'*Armenie*, que les *Turcs* avoient prise sur les *Persans*, après la mort d'*Abas le Grand*, fut reprise ainsi sur eux à la sape. La ville en fort peu de tems se trouva toute minée.

Quand on meine les *Troupes* à la *Guerre*, il faut qu'elles se pourvoient de vivres. On ne leur en donne point, ni aucune autre assistance. On ne les fournit que de munitions de guerre, comme poudre, méche, & armes. Il n'y a point de vivandiers entretenus dans les armées, mais il n'y manque pourtant jamais rien, parce qu'on a soin d'y faire aller volontairement une infinité de vivandiers qui vendent tous les jours dans le Camp toute sorte de denrées.

Lors que les *Persans* sont à la veille de quelque grande invasion, leur methode est d'enlever tout le peuple qui se trouve sur la frontiere menacée, & de faire le dégât eux-mêmes, d'une si étrange maniere, que l'ennemi n'y trouve pas un brin d'herbe, pour ainsi dire : les Païsans enferment auparavant leurs grains, leurs fruits, leur fourage, & la plûpart de leurs ustenciles, dans des fosses écartées, & qu'ils savent si bien couvrir, qu'il est impossible de les reconnoître. Comme l'air du Païs est sec, tout cela se conserve fort bien un an & plus dans la terre : c'est même-là leur maniere ordinaire de garder les grains. Le dégât se fait si entierement, que non seulement on brûle tout, mais qu'on déracine même les arbres, & qu'on détourne les ruisseaux & les fleuves. L'armée aïant ainsi ruiné un païs à huit journées d'espace, elle se campe en deçà, divisée en divers petits *Corps* sur les passages de l'Ennemi, & épie l'occasion de ruiner ses partis. Ces petits *Corps* tombent de nuit sur le *Camp ennemi* tantôt d'un côté, tantôt de l'autre, & tachent ainsi à le deffaire, & s'il arrive qu'il avance malgré tous ces obstacles, l'armée se retire toûjours au dedans du Païs, en chassant le peuple devant elle, & faisant le dégât tel que je le dis. C'est ainsi que les *Persans* ont détruit les plus grandes armées des *Turcs*. Lors que l'Ennemi s'est retiré, les Païsans retournent incontinent chacun chez soi. J'ai vû une de ces desolations de Campagne en 1665. & 1666. que l'armée *Turquesque* fut à la prise de *Basra*, ville à l'embouchure des fleuves de *Tygre* & d'*Euphrate*, dans le *Golphe Persique*. Dès que l'armée fut proche, & que le *Souverain*, nommé *Hossein Pacha* n'eut plus d'esperance de éloigner la perte de son Païs, il fit publier qu'on eût à se retirer dans trois jours de tems hors de la ville Capitale, & à tout emporter, parce qu'il y mettroit le feu, ce qu'il executa selon sa proclamation, en reduisant la ville en cendres, & se retirant en *Perse* avec le Peuple du Païs, qui au bout de six mois retourna sur le lieu & se mit sous la protection du *Turc*, comme il étoit auparavant

fous

fous celle de *Hoffein Pacha*. Les *Perfans* fondent cette étrange Politique fur ce dilemme ; ou l'ennemi vient en grand nombre, ou il vient en petit nombre. S'il vient en grand nombre, il faut qu'il periffe faute de vivres & de fourage ; car on n'en fauroit porter pour long-tems pour une grande armée ; s'il vient en petit nombre, nous le batrons, & le deferons entierement.

Les *Perfans* fe fervent adroitement de l'Arc & du Moufquet : pour tirer plus furement du Moufquet, ils attachent au fût, à un pied du bout, une fourchette de buis, de deux pieds & demi de long, recourbée en dehors, qui va en élargiffant jufqu'aux bouts, & qui tourne fur un pivot. Quand ils veulent tirer, ils abaiffent vers la terre cette fourchette, fur laquelle le Moufquet fe trouve élevé de terre de quelques vint pouces, & de cette maniere ils tirent leur coup.

Leurs *Enfeignes* font coupées en pointes, comme nos *Guidons*, & faites de toutes couleurs, & de toutes fortes de riches étoffes. Ils n'ont point d'autres *Enfeignes*, tant pour la Cavalerie, que pour l'Infanterie. Ils y mettent pour mot & comme pour devife, ou leur *Confeffion de foi*, ou quelque paffage de l'*Alcoran*, ou le *fabre à deux pointes d'Aly*, ou un *Lion*, avec un *Soleil levant* fur fon dos. Un des principaux *Offices Militaires de la Perfe* eft celui de *Grand-Enfeigne*, qu'ils appellent *Alemdar bachi*, c'eft-à-dire, *Chef des Porte-enfeignes*.

Jufqu'au regne précedent il y a eu un *Généraliffime* en *Perfe* portant le nom de *Sepé Salaar*. Celui qui avoit cette charge, étoit d'ordinaire *Can*, ou *Gouverneur de la Medie*. Mais dans ce fiécle pacifique, on a aboli cette grande charge. Lors qu'il furvient quelque occafion de faire la guerre, on crée un *Serdar*, qui eft *Généraliffime* durant la guerre, mais il n'exerce la charge que lors qu'il eft prefent à l'armée, & encore ne le fait il que dans le *Corps* où il fe trouve. Il y a ceci d'admirable dans le *Gouvernement Militaire de Perfe*, que les foldats ont une bonne folde, & qu'elle ne paffe point par les mains des *Officiers* ; car foit les *Generaux*, foit les *Officiers* principaux, ou les fubalternes, foit les *Soldats*, *Cavaliers* & *Fantaffins*, chacun reçoit fa paye également par une affignation particuliere que donne la *Chambre des Comptes* fans paffer par les mains de payeurs de l'*armée*, ou par celles des *Officiers*. La paye des *Officiers* eft groffe. Celle des *Generaux des Moufquetaires* & des *Coular*, qui eft la Cavalerie nou-

velle, ont mille *tomans* de paye chacun, ce font quinze mile écus ; mais comme cette paye eft affignée fur des Terres qui ont été évaluées fort bas, il arrive que leur paye monte à quatrefois davantage.

La feconde fois que je retournai en *Perfe*, qui étoit l'an 1673. je trouvai que l'on faifoit une revûe generale par tout le *Royaume* par des *Commiffaires Députez* dans les *Provinces*. Un d'eux, qui étoit fort de mes amis, homme curieux & favant, me difoit : *nous avons une belle armée pour les revues, mais nous n'avons qu'une méchante armée pour la guerre*. Il vouloit dire que les *Troupes* n'avoient point l'air de foldats. Il ajoûtoit que les *Troupes* payées dans les *Provinces*, & par le *Roi* montoient à *quatre vint mille hommes*, & que la *Maifon du Roi* en faifoit *dix mille* dans le befoin. Ce que j'ai vû de toute l'armée c'eft feulement la *Maifon du Roi*, & les *Troupes* de la frontiere du côté du *Turc*, qui me paroiffoient toutes fort bonnes. Celles du *Gouverneur de Chaldée*, dont la refidence eft à *Kirmoncha*, Païs proche de l'*Arabie*, vers *Babylone*, montoient à *fix mille hommes*, dont *mille* étoient fous un *Colonel* tout au bord de la frontiere. Celles du *Gouverneur d'Armenie* montoient à environ *cinq mille hommes*, & celles du *Gouverneur de Georgie* à pareil nombre. Comme ces *Troupes* font tenues en action beaucoup plus que les autres, tant par diverfes corvées que par les courfes des Peuples Voifins, par exemple du côté de *Chaldée*, que les *Arabes* fe jettent fur la frontiere avec des Bandes de cinq à fix cens hommes à la fois, il n'eft pas poffible qu'elles ne foient bonnes & bien aguerries. Du côté de *Coraffon*, qui eft l'ancienne *Bactriane*, il y a jufqu'à huit mille hommes pour garder la frontiere contre les courfes des *Tartares* ; & de plus, il y a l'armée de *Candahar* aux Frontieres feptentrionales de l'*Inde*, qu'on dit forte auffi de huit mille hommes. C'eft-là ce qu'il y a de Troupes en *Perfe*, fur lefquelles on puiffe compter. Les autres frontieres n'ont point d'hommes aguerris, comme toute la côte du *Golphe Perfique*, la frontiere vers le fleuve d'*Indus*, & les bords de la *Mer Cafpienne* ; ce qui s'eft vû trop funefte-ment pour eux l'an 1667. qu'une troupe de *Cofaques*, qui n'alloit pas à douze cents hommes, ravagea cette côte avec tant de facilité, & avec fi peu d'oppofition, qu'ils s'arrêtoient des deux & trois jours à piller de bonnes villes.

Le *Commiffaire*, dont j'ai parlé ci-deffus, me difoit fur ce fujet, que la deftruction de

l'arl'armée *Persane* venoit entr'autres causes de la sotte superstition de la Cour pour l'*Astrologie Judiciaire*. Les *Astrologues*, me disoit-il, sont des gens que leur profession rend timides & sans cœur. Ils savent qu'à la guerre il faut consulter l'occasion, & non pas leurs *Almanachs*, sans quoi la fortune ne manque pas de démentir leurs heureux pronostics. De plus, ils ne se soucient que de leurs aises & que d'amasser de grands biens, ainsi, ils dissuadent de la guerre tant qu'ils peuvent. Leurs predictions portent toûjours que la guerre aura de mauvais succès ; & c'est ce que les femmes & les Eunuques insinuent aussi de tout leur pouvoir, haïssant par dessus tout les entreprises militaires, par la crainte qu'ils ont que quelqu'un des hazards de la guerre ne leur enleve leur *Prince*, dont la perte les priveroit de bien & de joye pour jamais.

C'est là l'état auquel étoit l'armée de *Perse* à mon depart, l'an 1677. Le luxe qui y regne achevera de la ruiner ; car d'un côté leur paye qui n'est que d'environ deux cens cinquante francs pour un soldat, & d'environ quatre cens francs pour un Cavalier, est diminuée d'un quart par les friponneries de ceux qui gouvernent les Finances ; & de l'autre la dépense qu'il faut faire pour subsister, & pour paroître, va toûjours en croissant. Cela fait, que depuis quelques années, les hommes de merite, Soldats & Officiers, se mettent à deserter, cherchant parti ailleurs, ou abandonnant le métier, en contrefaisant les invalides ; ce qui leur est facile de faire, les Troupes ne logeant point par Compagnies en des Quartiers, comme je l'ai dit ; & au lieu d'élever leurs enfans dans le service, & de les y faire enroller, ils en font des gens de métier. La Cour, d'où l'esprit de la guerre s'est envolé, pour ainsi dire, & que le luxe & la débauche pervertissent, regarde cette desertion comme un gain, croyant sauver une dépense superflue & ne se souciant presque plus d'avoir des Soldats. On peut juger de là, si c'est le moyen de former de grands Capitaines. Ces vieux Braves *Persans* sont tous peris, & il ne s'en éleve point d'autres à la place, sous un Roi qui ne se signale qu'à boire par excès, & à faire ensuite des outrages, & des indignitez, à ceux de sa Cour, qui ne veulent pas se laisser entrainer dans ces excès, ni le flatter, ou lui applaudir.

La *Perse* n'a nulles forces maritimes, quoi qu'elle soit comme flanquée de deux grandes mers, & que du côté de la *Mer Persique*, qui

est une des riches & des fécondes mers de l'Univers la Côte soit de plus de trois cens lieües. Le Roi n'a pas un bateau à lui sur ces mers-là, ni pas un seul Officier de Marine, que je sache ; & cependant, j'ai été d'un bout à l'autre sur l'une & sur l'autre mer. On a commencé, il y a quinze à vint ans, d'équiper des barques sur la *Mer Caspienne*, pour s'opposer aux *Cosaques* ; mais cela ne merite nullement de porter le nom de flotte, ni d'Escadre ; car dès que le danger est passé, on démonte la flotte & les barques, & l'on congedie les gens de mer qui ne sont que des Pêcheurs loüez par mois. Les *Persans* n'ont point le genie de la Navigation : leurs voyages de mer se font tous sur la *Mer Caspienne*, où ils sont seuls à naviger, sans qu'aucune autre nation s'en mêle, mais sur le *Golphe Persique*, ils n'élevent point de matelôts. Les vaisseaux qui en font le commerce sont ou *Europeans*, ou *Indiens*, ou *Arabes*. Les barques qui font le trajet de *Perse* en *Arabie* sont aussi *Arabes* ; & il n'y a d'autres bâtimens *Persans*, que les bâteaux qui servent à charger & à décharger les navires. C'est la raison pour laquelle les *Portugais* ont tenu avec si peu de forces l'Empire du *Golphe Persique* durant plusieurs années, lequel ils n'ont perdu que par les *Anglois* & par les *Hollandois*, qui détruisirent la puissance *Portugaise* en cette mer-là, pour en partager entr'eux la dépouille. Je trouve deux raisons principales pourquoi la *Perse* n'a nulles forces sur mer. La premiere, est le manque de ports en bon air, & en bon païs. Ses Côtes de mer en géneral sont en des Païs où l'air est mauvais ; si non en tout tems, du moins durant l'été, que les Chaleurs les rendent inhabitables, jusques-là que la plûpart du monde s'en retire. Même les Côtes qui ont les meilleurs Ports, sont dans l'air le plus mauvais. La seconde raison, c'est que tous les ports de *Perse* ne sont proprement que des rades. Ce Royaume n'a point de havres où l'on puisse mettre en sureté les vaisseaux. Les *Portugais* tenoient la Côte *Persane* sous le joug, par le moyen des retraites qu'ils avoient dans l'*Arabie heureuse*. Il faut observer aussi que les *Persans* ne se soucient point du Commerce de mer, disant qu'ils ont le commerce par terre avec les *Indes*. Il est vrai que cette voye est beaucoup plus courte pour eux, mais en échange elle est de fort grande dépense, & si l'on prend garde aux richesses immenses qui se sont amassées dans leur Païs depuis leur commerce avec les *Indiens*, par la voye de la mer, on trouvera qu'il n'y a que
leur

leur mole paresse jointe à une excessive vanité qui les fasse parler de cette maniere.

Les Barques de la *Mer Caspienne*, sont fortes. Elles sont faites de bois, & de fer, à cause que cette mer est orageuse & rude, & parce qu'ils ont là le bois & le fer dans la plus grande abondance, mais elles sont pesantes & mal bâties, faute de bons Charpentiers, & mal enmatées, faute de connoissance de la Navigation. Les Barques du *sein Persique*, au contraire sont très-legeres, & sans fer. On n'y met pas un seul cloud; & c'est par cette raison, à mon avis, qu'on fait si peu d'usage de fer, & qu'il y a si peu de forgerons tout le long du Golphe, où l'on manque aussi de bois pour bâtir de grandes barques. Les Charpentiers joignent les aix ensemble par une couture de cordes, faites d'une maniere de chanvre, qui se tire du *Cocos*, que nous appellons la *noix d'Inde*, avec quoi ces barques ne laissent pas d'être assez fortes, & de resister à la mer dans leurs plus longs voyages, qui sont d'un bout du Golphe à l'autre, & de *Perse* en *Arabie*, & jusqu'au fleuve *Indus*. La couture des aix est si juste, & si serrée, que ces bâtimens se passent de goudron, & ne font point eau. La premiere fois que je fus dans ces Barques, j'avois un bon gros matelot, qui me dit fort plaisamment un matin, *Seigneur, il faut aller à terre recoudre le navire ; il a le ventre tout découfu*. On dit communement que les *Indiens* bâtissent avec l'arbre qui porte cette noix-là un vaisseau tout entier, & le mettent en mer. Je ne sai ce qui en est, n'ayant rien vû de semblable en aucune part, & le bois de ce noyer me paroissant trop poreux, trop leger, & trop étroit, pour en faire des planches propres pour le bâtiment d'un vaisseau. Mais je conçois bien que cela se pourroit faire avec un autre arbre ; car dans ces Barques *Persanes* tout est de bois. Les cordages en sont, comme je le dis ; & l'on en fait les voiles, qui paroissent comme de très-fines nattes. Leurs rames ne sont pas tout d'une piéce, comme chez nous ; mais elles sont faites d'une perche, avec un aileron de deux pieds de long, en forme de cœur, attaché au bout, ou cousu, comme le reste, avec cette ficelle de noyer. Ce qui m'a fort plû dans leur Navigation sur l'une & sur l'autre mer, c'est que tout l'équipage est plein non seulement d'honnêteté, mais de dévotion à leur maniere. Ils ont toûjours à la bouche le nom de *Dieu*, & les noms des Prophetes, en les reclamant; & ils se traitent les uns les autres avec beaucoup de civilité & d'humani-

Tome II.

té. Les Patrons de leurs Barques s'appellent *Reys*, terme *Arabe*, qui signifie *Prince*, & aussi *le Grand*. C'étoit le nom que portoit autrefois le Souverain Sacrificateur des *Samaritains*. Ce titre est encore aujourdhui fort distingué & fort éminent en *Turquie*, où le Grand Chancellier est appellé *Reys-quitab*, c'est-à-dire *Prince des livres* ; mais en *Perse*, c'est un titre bas, que l'on ne donne qu'aux Baillifs de Village, & à ces Patrons de Barques.

CHAPITRE V.

Des Charges.

LEs *Persans*, comme autrefois les *Romains*, sont élevez indifferemment à toutes sortes de charges de l'épée, & de la plume, & employez ensuite indifferemment au Gouvernement tant Civil & Politique, que Militaire ou Ecclesiastique. On prend des Grands-Vizirs parmi les Docteurs de la Loi, & j'en ai vû un qui étoit auparavant Cedre, ou Pontife. On en prend aussi parmi les Généraux d'armée, & parmi les Gouverneurs de Province. Celui qui étoit en charge lors que je quittai ce Païs-là, étoit actuellement Gouverneur de *Chaldée*, quand on l'appella au premier Ministere. Il en est de même des petites charges : On observe toutefois ordinairement de ne mettre les charges Ecclesiastiques & Civiles, que dans les mains des anciens *Persans*, au lieu que les autres sont plus communement données aux gens originaires de *Georgie*, & des Païs voisins, qu'on appelle les *Esclaves du Roi*.

Le Roi est le Maître des Charges & des Gouvernemens sans exception, & il les donne à qui il veut ; ce qu'il fait d'ordinaire sans aucune considération de la naissance, à laquelle les Persans n'ont point d'égard. Cependant il observe là-dessus les réglemens établis par ses ancêtres, & les Contracts qu'ils ont faits avec quelques Païs, ne mettant point dans les Emplois de gens qui en soient exclus par ces Contracts. Par exemple, les Gouvernemens de *Loureston*, & de *Georgie*, ne peuvent être donnez qu'à des gens originaires du Païs : les charges de Grand-Vizir, & de Général des *Courtches*, ne peuvent être mises que dans les mains d'anciens Persans, & le Gouvernement de la ville d'*Ispahan* doit toûjours être dans les mains d'un fils du Gouverneur de *Georgie*, & né en *Georgie*.

Les Charges se briguent & s'achettent là,

com-

comme ailleurs, par des prefens fecrets, mais le trafic n'en eft pas autrement permis; parce que les charges font regardées comme des offices, & non comme des benefices. Elles font héréditaires, & cependant, c'eft un grand bonheur de jouir de fon emploi jufqu'à la mort, parce que les Favoris, & les Miniftres, pour avancer leurs creatures dans les emplois, en mettent dehors le plûtôt qu'ils peuvent ceux qui les poffedent. Avec tout cela, j'ai vû deux grands Seigneurs en Perfe qui tenoient leurs charges de pere en fils depuis deux cens ans. Lorfqu'un fils, qui eft en bas âge, eft mis à la place de fon pere, foit que le pere monte à une plus haute charge, ou qu'il meure, le Roi nomme quelque homme d'âge fage & habile pour être le Tuteur du jeune Officier, & pour exercer la charge, & regir conjointement avec lui, jufqu'à ce qu'il ait acquis l'âge qu'il faut pour l'exercer lui feul.

La maniere d'être invefti des grandes charges eft telle. On en fait expedier la commiffion fur un papier long de deux à trois pieds, écrit en des caracteres fort beaux, mêlez d'or & de couleurs, qu'on envoye dans un fac de brocard d'or à l'Officier nommé, avec le *Calaat*, dont j'ai parlé ailleurs, qui eft un habit magnifique, depuis la tête jufqu'aux pieds; & fi c'eft une charge d'épée, on y joint un fabre, & un poignard, garni de pierreries. Le nouvel Officier va au Palais revêtu de cet habit Royal, la premiere fois que le Roi y tient fa feance, il y fait l'adoration accoûtumée, qui eft de fe mettre à genoux aux pieds du Roi, à quelques pas de diftance, & fe proftérner trois fois la tête en terre, puis il fe leve & va prendre fa féance felon le rang de fa nouvelle dignité. Quand il s'agit de faire un premier Miniftre, le Roi lui envoye de plus une écritoire d'or, garnie de pierreries, longue de fept à huit pouces, & large d'un pouce & demi, laquelle il paffe dans fa ceinture.

Quand au contraire on difgracie ce Miniftre, on lui envoye demander le feau dont il contrefeelloit les expeditions. On fait la même chofe à l'égard du *Nazir*, ou grand Surintendant, & de tous les Miniftres, qu'on appelle *Saheb calam*, & *Saheb hokkom*. *Saheb calam* fignifie *Seigneur de plume*; par où l'on entend les Officiers que nous appellons gens de Robe, comme font nos Préfidens à Mortier. *Saheb hokkom* fignifie *Maître de feau*, par où font entendus les Miniftres, dont le feau (qui dans l'*Orient* tient lieu de fignature) eft néceffaire pour le Gouvernement de l'Etat, & pour difpofer du bien du Roi. A l'égard des autres grandes charges, on les ôte de cette maniere. Un Officier vient dire, *Seigneur, le Roi vous mande que vous êtes paffé.* Alors il faut demeurer chez foi patiemment, fe tenant enfermé dans fon Serrail, fans fe montrer, ou que fort rarement, jufqu'à ce que le Roi envoye un meffage de grace & de bienveillance, ce qui fe fait d'ordinaire cinq ou fix jours après; car au bout de ce tems-là, un des amis du difgracié, ou le premier Miniftre, prie pour lui, & le Roi répond toûjours en décidant de fon fort. Quelquefois on trouve que le difgracié merite encore plus qu'une fimple difgrace; & en ce cas-là, ou l'on le relegue, ou l'on envoye lui fendre le ventre, ou lui couper la tête. Mais au contraire, fi l'on veut le traiter favorablement, le Roi lui envoye dire qu'il peut fortir & vaquer à fes affaires, ou bien il lui envoye le *Calaat*, ou habit Royal, avec quoi il va au Palais, de la maniere dont je l'ai déja reprefenté, & il va fe ranger enfuite parmi les afpirans aux emplois. Lorfqu'on fait mourir un Grand, ou qu'on l'arrête feulement, on arrête fa famille & fes parens, & l'on faifit leurs biens, lefquels on confifque toûjours, fi ces gens-là font trouvez coupables; mais s'ils ne le font pas, on les relache, & on leur rend leur bien en tout, ou en partie, plus ou moins, fuivant leur qualité, & fuivant leur crédit. La perte des biens eft toûjours jointe à celle de la vie dans les crimes d'Etat.

La premiere charge du Royaume eft celle du premier Miniftre, que les *Perfans* appellent *Athemadeulet*, terme compofé, qui fignifie *la confiance de l'Empire*, & auffi *la colonne, & l'apui de l'Empire*. *Amad Emad*, ou *madcar*, ou le prononce differemment, venant d'un verbe qui fignifie *s'apuyer, efperer, foutenir*. On fait que les *Orientaux* font faftueux & magnifiques en grands titres, & qu'ils en font fort liberaux envers ceux qui les fervent. Vous voyez comme ils appellent leur premier Miniftre, pour lui faire honneur. Ils appellent par la même raifon les Gouverneurs de Province *Reuchne deulet*, c'eft-à-dire, *les veines de l'Empire*. On donne à ce premier Miniftre dans les Requêtes qu'on lui prefente, ou en parlant à lui, les qualitez de *Vizir azem*, ou *grand Vizir*. J'ai obfervé que le mot de *Vizir* fignifie *porte-faix*, ou *porte-fardeau*, venant de *Vezar*, mot Arabe, qui fignifie *porter, foutenir*, duquel les Efpagnols, qui ont adopté tant de mots Arabes, ont fait celui d'*avizar*, & les Anglois celui de *wizard*, pour

pour dire un homme qui donne conseil aux gens simples & non entendus. Le mot d'*azem* veut dire *grand*, ce qui marque que ce Ministre porte le grand fardeau de l'Etat. On lui donne encore l'épithete fastueux d'*Iron medari*, ou *Pole Persan*, & plusieurs autres semblables qualitez. La dignité, l'étendue, la puissance de la charge de Grand Vizir sont trop connues pour qu'il soit nécessaire d'en faire un long recit; c'est en un mot, comme un Agent, ou Vicegerent Général du Roi dans toutes les affaires du Roi & du Royaume. Nul acte du Roi, à quelque seau qu'il soit passé, n'est valide qu'avec le contre-scel du Vizir.

Les Empires Mahometans ont eu de tout tems des Grands-Vizirs, & n'ont jamais pû s'en passer. Il y en a deux raisons entre les autres: l'une que comme ces Empires étoient fondez par des peuples guerriers & conquerans, que leur Religion, aussi bien que leur inclination, portoit à la guerre, il étoit nécessaire que lors que le Souverain alloit à des expeditions éloignées, avec une partie de son Païs, pour ainsi dire; car c'est la maniere de l'*Orient* de mener sa famille avec soi quand on va à la guerre; il laissât un Viceroi à sa place, lequel eût la même autorité que le Souverain, tant pour entretenir le repos de l'Etat, que pour mieux prévenir les desordres, ou pour y remedier. La deuxiéme raison, c'est que les Souverains Mahometans étant élevez dans des Serrails avec des Femmes & des Eunuques, ils sont si peu capables de régner, qu'il faut pour le bien des Peuples, & pour la sûreté de l'Etat, qu'on mette quelqu'un sous eux pour gouverner en leur place. Ainsi, l'on peut dire que les Rois en Perse, & dans le reste de l'*Orient*, sont des Rois pour la montre, & que leurs Grands Vizirs sont comme de vrais Rois pour avoir soin des affaires; & comme ces Rois de l'*Orient* ne songent d'ordinaire qu'aux plaisirs des sens, il est d'autant plus nécessaire qu'il y ait quelqu'un qui pense à la conservation & à la gloire de l'Empire. Ce sont là les principales raisons du pouvoir extrême des Grands Vizirs; & si l'on remonte plus haut que le Mahometisme, & jusques aux premiers tems, on trouvera que les Rois de l'*Orient* avoient tous leurs Grands Vizirs, comme les Rois d'Egypte leur *Joseph*, ceux de l'Assyrie leur *Daniel*. Les Grands Vizirs de Perse ont une excellente prérogative, c'est qu'on les fait mourir rarement. Lors qu'ils tombent dans la disgrace du Souverain, on les relégue en quelque ville, où

ils achevent leurs jours; mais cette charge est à l'opposite fort difficile à exercer, à cause des secretes cabales & des traverses des Courtisans, & particulierement des Eunuques & des Femmes du Serrail, qui fort souvent détruisent en une nuit les plus fines trames du Ministre. Après tout, le sort des Grands Vizirs de Perse est beaucoup plus doux que celui des Grands Vizirs de Turquie, en ce qu'on ne les fait pas mourir d'ordinaire, comme je le dis; mais s'ils ont le malheur d'encourir la disgrace du Roi, on leur ôte leurs biens, ou partie; & on les relégue en quelque lieu, & quelquefois on ne fait que leur donner leur logis pour prison, d'où il arrive souvent qu'ils rentrent une autre fois dans les affaires, sur tout lors que l'Etat vient à changer de Maître. Le Grand Vizir a un Controlleur qui porte le titre de *Nazir*, ou Surveillant, lequel est mis par le Roi, & qui sert à ce Ministre de premier Secretaire. Les autres grandes charges en ont aussi un de même.

La Charge de *Divan Beghi*, est la seconde charge de l'Etat. C'est le premier Magistrat du Royaume, & le Souverain Chef de la Justice. Ce terme de *Divan Beghi*, signifie *Seigneur du Conseil de justice*; car *Beg* veut dire *Seigneur*, & *Divan*, *un Conseil*, *un Senat*, *ou une Assemblée de gens à qui l'administration de la justice est commise*. Ce grand Magistrat juge en dernier ressort toutes les causes civiles & criminelles, & comme il n'y a que le Roi au dessus de lui, on ne peut aussi appeller de lui qu'au Roi dans l'administration de la justice. On appelle à lui au contraire de toutes les parties du Royaume, & en quelque lieu qu'il se soit commis un crime notable, il a droit d'évoquer la cause, & de contraindre les parties de venir à son Tribunal. Il tient ses seances d'ordinaire dans son Hôtel, & de tems en tems il les tient au grand Portail du Palais du Roi, soit à Ispahan, soit ailleurs. A Ispahan, il y a au devant du Palais Royal deux grands Pavillons, un de chaque côté, dans l'un desquels le premier Ministre, & dans l'autre le *Divan Beghi*, expédient à certains tems, les affaires de leur ressort. Les Rois de Perse se trouvoient autrefois fort assiduement aux seances de ce Magistrat suprême, pour examiner ses Jugemens; mais *Sephi* dernier du nom, & son fils *Abas second* négligerent peu à peu cette loüable coûtume, & je n'ai ni vû, ni oui dire, que les Rois qui ont régné depuis, se soient jamais donné la peine de s'y trouver.

Après ces deux charges, le rang appartient

aux

aux Généraux d'armée. Le premier au Généraliſſime, s'il y en a; le ſecond au Général des Troupes, qu'on appelle *les Courtchis*; le troiſiéme à celui des Mouſquetaires; puis à celui des Eſclaves ou *Coular*; puis au Grand Maître de l'Artillerie.

La Charge qui a le rang après, eſt celle de *Vaka Nuviez*, titre qui ſignifie l'*Ecrivain des choſes qui ſurviennent*. On l'appelle auſſi *Vizir tcbap*, c'eſt-à-dire *le Miniſtre de la main gauche*, parce qu'il eſt un ſecond du Vizir, & qu'il agit en ſon abſence. Mais particulierement c'eſt l'Inſpecteur ſur ſa conduite, étant établi pour en donner les informations néceſſaires. Sa fonction eſt de rendre compte au Roi & aux Miniſtres de tout ce qui arrive de conſiderable dans l'Empire, d'en tenir regiſtre, & de viſer auſſi tous les actes Royaux. Il y a des *Vaka Nuviez* dans toutes les Provinces. Le Grand *Vaka Nuviez* eſt comme le Chef & le principal de tous les autres, à qui ils adreſſent leurs Lettres & Mémoires. C'eſt lui à qui la Cour s'adreſſe pour ſavoir comment on doit agir dans toutes les importantes occaſions; comment en uſer avec les Ambaſſadeurs; quels ſont les traitez qu'on entretient, ou qu'on a faits avec les Princes, & les Etats alliez. Tous les Etrangers qui viennent pour affaires d'Etat reſſortent à ſon Bureau; & par cette raiſon il garde leurs Lettres & leurs Mémoires dans le Bureau. Il y enregiſtre le tems & la cauſe de leur venue, & celui de leur ſéjour; le ſuccès de leur Ambaſſade; & leur expédition. Il reçoit du premier Miniſtre les Requêtes qu'on préſente au Roi ſur ce ſujet, il les lit au Roi même, & il écrit ſa réponſe à la marge.

La derniere charge de l'Etat eſt celle de *Mirab*, c'eſt-à-dire *Prince des eaux*, qui revient à la charge qu'on appelle en France de Grand Maître des eaux & forêts. Chaque Province a ſon *Mirab* particulier, qui diſtribue l'eau des fleuves pour abreuver les terres, qui en reçoit les droits, tels que je l'ai marqué, en parlant de l'agriculture.

Ce ſont-là les Charges du Royaume, outre les Militaires dont j'ai fait le détail, & les charges Eccléſiaſtiques & civiles dont je traiterai dans la ſuite. Je paſſe à celles de la Maiſon du Roi.

La premiére eſt celle de Surintendant Général de ſa Maiſon, qu'on appelle *Nazir*, terme Arabe, venant de *Neſret*, qui ſignifie *regard, vûe, obſervation*: ainſi *Nazir*, ſelon le ſens du mot, ſignifie *ſurveillant*. C'eſt donc ce Miniſtre-là même que nous voyons appel-

lé dans les anciens Auteurs qui ont écrit de la Perſe, *le voyant du Roi*, & auſſi *les yeux du Roi toûjours ouverts*. Le *Nazir* eſt le premier Miniſtre ou Officier du Souverain, le Surintendant de ſes Finances, le grand Oeconome de ſon Domaine, de ſes revenus, de ſes biens meubles & immeubles, de tout ce qui entre dans ſon tréſor, & de tout ce qui en ſort. Sa Fonction principale conſiſte dans une très-particuliere inſpection ſur tout ce qu'on appelle le Domeſtique du Roi, c'eſt-à-dire ſur les dépenſes de ſa Maiſon, ſur les Officiers de ſa table, & de ſes garderobes, ſur les gages & ſur les Penſions.

Il eſt le Surintendant de ſes Manufactures, de ſes atteliers & Galleries, & des ouvrages qu'on y fait, & le Chef de tous les gens qui ſont entretenus aux dépens du Prince, ſoit dans les Sciences, ſoit aux arts, ſoit à la Mécanique.

Il a dans ſon département les affaires des Etrangers qui ne viennent pas pour celles d'Etat; comme par exemple, toutes les affaires des Europeans qui négocient en Perſe par mer & par terre, & dont les interêts ne ſont que de pur Commerce. Il régle le défrai de tous les Ambaſſadeurs, leur aſſignant le logement, l'entretien & la dépenſe; & il prend ſoin auſſi des préſens que le Roi ordonne de leur faire. Il caſſe les bas Officiers du Palais, & remplit leurs places comme bon lui ſemble; & à l'égard de ceux qui ſont dans les hautes charges, leurs fortunes dépendent auſſi beaucoup de ſa faveur, parce que c'eſt d'ordinaire ſur le témoignage qu'il rend que le Roi les reçoit à ſon ſervice, ou qu'il les en met dehors. C'eſt auſſi ſur ſon raport que le Roi régle ordinairement les appointemens des plus grands Officiers de ſa maiſon, & les hauſſe, ou les baiſſe, car cela n'eſt jamais fixe en Perſe, mais dépend de la faveur. Comme ce Miniſtre entre avec le Grand Vizir dans les affaires de l'Etat, à cauſe de l'interêt du Roi, qui y eſt toûjours mêlé, le Grand Vizir entre auſſi avec lui dans les comptes que lui rendent les Intendans des Provinces, les Adminiſtrateurs du Domaine, les Commis du Roi, & tous ceux généralement qui manient les biens du Prince dans tout le Royaume; & ces deux Miniſtres reçoivent ces comptes conjointement l'un avec l'autre. La raiſon pour laquelle le premier Miniſtre aſſiſte à la reddition de leurs comptes, c'eſt le ſoulagement du Peuple; de peur que les Intendans ne l'écorchent, & ne l'accablent, ſous prétexte de tirer les droits du Roi. En un mot, le *Na-*
zir

zir eſt, pour ainſi dire, l'eſprit qui anime tout ce grand corps de Domeſtiques & d'Officiers qui compoſent la Maiſon du Roi.

Cependant, il ne faut pas croire que ce Miniſtre puiſſe diſpoſer de toutes choſes comme bon lui ſemble. Il y a des Officiers auprès de lui qui étant mis de la main du Roi pour lui aider, & à même tems pour éclairer ſa conduite, empêchent qu'il ne faſſe rien qui tourne au dommage du Prince. Le premier eſt ſon propre Vizir, ou Intendant, dont la charge eſt principalement de connoître de ce que le Roi doit, & en tenir compte. Le ſecond eſt nommé *Erbab Tahvil*, qui eſt un Controlleur général des dépenſes, lequel eſtime & aprécie tout ce qui ſe fait, & qui s'achéte pour le Roi. *Erbab* eſt un terme Arabe, qui vient de *Rabi*; mot Hebreu qui ſignifie *Maître*; & *Tahvil* veut dire *acquiſition*, & plus proprement tout bien en coffre; & ce nom ſe prend pour dire *Seigneur de la miſe*, ou *dépenſe*. Tous les comptes de dépenſes qui ne ſeroient pas autoriſez de ſon ſceau, ſeroient des crimes d'Etat pour le *Nazir*. De plus les biens du Prince ſont en divers départemens qui ont chacun leur Intendant & leur Controlleur particulier. Le premier Miniſtre, comme je l'ai déja inſinué, eſt encore par deſſus tout cela un Controlleur du *Nazir* pour les affaires du domaine, comme le *Nazir* eſt un Controlleur du premier Miniſtre pour les affaires de l'Etat. Comme ces deux Miniſtres ſont les premiers & les plus puiſſans de la Perſe, j'ai vû que le feu Roi les entretenoit dans un eſprit d'émulation & de jalouſie; & que ſuivant qu'ils étoient plus ou moins habiles ils étendoient leurs droits, & empiétoient ſur la charge l'un de l'autre. Durant preſque tout le régne de ce Prince, qui étoit *Abas ſecond*, le *Nazir* qui avoit le bonheur d'être auſſi ſon Favori, avoit tant uſurpé ſur la charge du premier Miniſtre, que celui qui l'exerçoit, homme à la vérité desintéreſſé & fort équitable, ne prenoit pas connoiſſance de la moitié des affaires qui en dépendoient. Enfin, parce qu'il ne ſort rien du Tréſor que par des aſſignations controllées en divers bureaux, & ſcellées du ſceau du Prince & des ſceaux du premier Miniſtre, du *Nazir*, du Chancelier & des deux principaux Officiers de la Chambre des Comptes, il eſt aiſé de concevoir que la Concuſſion, la malverſation & les autres fraudes ne ſont pas ſi faciles à faire dans le Royaume de Perſe à ceux qui ont la Surintendance des biens du Souverain.

Pour garder plus d'ordre dans le dénombrement des charges de la Maiſon du Roi, il faut mettre ici de ſuite celles qui ſont ſous la Juriſdiction du *Nazir*, & du reſſort de ſon Emploi, quoique ces Charges ne ſoient pas auſſi importantes que les autres dont je ferai mention, & même qu'elles ne donnent aucun droit de ſéance devant le Roi.

Il y a premiérement le *Tuchmal Bachi*, comme on l'appelle en Perſan, c'eſt-à-dire, *le Chef des Intendans de Cuiſine*. C'eſt comme le premier Maître d'Hôtel du Roi de Perſe. Il a la Surintendance des Cuiſines du Roi, & de tout ce qui en dépend. Sa charge eſt importante, à cauſe du grand maniement qui y eſt attaché. Cet Officier marche à la tête de la viande du Roi, depuis la Cuiſine, juſqu'à la table où il la fait ſervir. Il ne ſe peut jamais diſpenſer de ce devoir, même quand le Roi eſt dans l'apartement des femmes. Il faut qu'il conduiſe le ſervice juſqu'à la porte du Serrail. Quand le Roi mange en public, ce même Officier fait l'eſſai des viandes qu'on lui ſert. Cet eſſai ſe fait en Perſe beaucoup plus exactement qu'ailleurs; mais il ſe fait à l'entrée de la ſale, & non proche de la perſonne du Roi. Le premier Maître d'Hôtel ſe tient debout au milieu de la ſale durant tout le repas; & lorſqu'on deſſert, il ne manque jamais d'uſer du droit qu'il a d'enfoncer ſon couteau à ſon choix dans l'un des plâts qui ont été ſervis devant le Roi, l'envoyant où il veut. L'exactitude avec laquelle il ſe conſerve ce droit, eſt un effet de la créance qu'ont les Perſans, que leurs Rois ont des dons ſurnaturels, que ce qu'ils touchent eſt beni, & que leurs mains influent des vertus particulieres, comme celles de la gueriſon, par exemple, dans les choſes bonnes à boire & à manger qu'ils touchent. La plûpart des gens de Cour ne ſont pas infatuez de cette opinion; mais ils font ſemblant de l'être, ſur tout dans les actions publiques & dans tout ce qui ſe paſſe ſous les yeux du Souverain.

A propos de ce droit du *Tuchmal Bachi*, il faut remarquer que pluſieurs Officiers ont de pareils droits ſur la plûpart des choſes, qui ſervent à la perſonne du Roi. Ainſi, ſon Barbier a de droit les dix habits de deuil qu'il met un chaque jour durant les dix jours de la fête du Martyre de Hoſſein, qui eſt une des plus ſolemnelles fêtes de la Religion Perſane.

On ne fait la Cuiſine qu'une fois le jour pour la Maiſon du Roi, & pour le Serrail; mais on la fait deux fois le jour pour ſa bouche, ou pour ſon plat particulier, & pour les

fem-

femmes grosses du Serrail. Le Roi mange toûjours à une table à part, lors qu'il fait manger les Grands de sa Cour avec lui. La dépense de sa bouche est réglée chaque jour, à deux moutons, quatre agneaux, & trente poules, pour son plât de midi, comme on parle en ce Païs-là, & à moitié moins pour son souper, sans conter la menue volaille, le gibier & le poisson. Les Plâts se portent en les desservant aux lieux assignez, & la plûpart dans le Serrail.

Secondement, il y a le Chef des garde-napes, nommé en Persan, *Sophrat chi bachi*, qui est le Chef de tous ceux qui ont la charge de mettre la nape. C'est lui-même qui l'étend devant le Roi, soit qu'il mange en public, soit en particulier, en quelque lieu que ce puisse être, excepté dans le Serrail; & puis il se tient près du Roi, jusqu'à ce qu'il se retire. C'est une chose fort remarquable en Perse, où les Fortunes sont si variables, que les Charges d'Intendant des Cuisines, & de Chef des garde-napes, sont depuis long-tems dans une même famille, avec celle de Surintendant général de la Maison du Roi, & de l'une on monte à l'autre. Le grand Surintendant défunt avoit été Chef des garde-napes, puis Surintendant des Cuisines. Le grand Surintendant d'à présent a exercé de même ces deux charges & je l'ai connu lors qu'il exerçoit la derniere.

En troisiéme lieu, il y a la charge d'*Ambardar bachi*, c'est-à-dire *le Chef des Garde-magazins*: car il faut observer que les Provinces fournissent la Maison du Roi, chacune de ce qu'elle produit de plus exquis, qu'on amasse dans des Magazins differens, qui ont tous leur Chef particulier. Ce Chef des Garde-magazins est sous le Commandement du Surintendant des Cuisines, & le grand garde-nape a sous lui le sien le *Teherektchi bachi*, ou le Chef du pain, le *Zebzitchi bachi*, ou le Chef de ceux qui servent les salades vertes.

Je place en quatrieme lieu les autres Grands Officiers servans pour la bouche du Roi, qui sont immediatement sous le Grand Maître, ou Surintendant, & qui sont au nombre de quatre: Le *Halvatchi bachi*, ou chef des Confituriers, qui a l'Intendance sur tous ceux qui pourvoient la table du Prince, & le Serrail, de confitures séches & liquides; le *Teherbetchi bachi*, ou chef *de ceux qui pourvoient de sorbets & de toutes sortes de syrops* & de liqueurs douces, lequel a sous lui le *Turchi chi bachi*, qui est le chef des Magasins de salades d'hyver, de tous les fruits confits au vinaigre &

avec le vinaigre & le sucre, & de toutes sortes de liqueurs aigres douces; le *Chirachi bachi*, ou chef des Officiers commis sur le vin; & le *Tchinikesy tchi bachi*, ou chef de la vaisselle, qui sont commis sur les differens Magasins où l'on garde le vin, & sur tous ceux où l'on garde la vaisselle de Buffet. Cet Officier-là possede un emploi de beaucoup d'autorité & de beaucoup de profit, car il est le Surintendant des maisons où l'on fait & où l'on garde du vin pour la bouche du Roi dans tout le Royaume; & le Directeur de tous ceux qui y sont employez; & comme le vin est défendu par la Religion du Païs, il reçoit de gros presens pour donner le pouvoir d'en faire sous son nom.

Enfin il faut mettre encore sous la Juridiction du Nazir, ou Surintendant de la Maison du Roi, les charges suivantes. L'Intendant de tous les Edifices qui appartiennent au Roi, de ses Palais, de ses Jardins, de ses Maisons de plaisir à la Campagne, & d'une infinité de maisons à la ville. On l'appelle *saheb yeman beyoutat*; & on appelle *Serdar* son substitut, ou Lieutenant, qui fait presque tout sous lui. En troisiéme lieu, le Général des Monnoyes, qu'on appelle *Mayer bachi*, c'est-à-dire *Chef des Essayeurs*, qui est aussi Chef des Orfevres grossiers ou argentiers dans tout le Royaume. En quatriéme lieu, le Chef des Orfevres metteurs en œuvre, & des Joüailliers, qu'on appelle *Lerguer bachy*. Les Chefs des Metiers qui servent par corvées, c'est-à-dire à certains tems seulement sans être payez. Enfin les Chefs de tous les atteliers du Roi, chacun separement; car comme je l'ai déja observé, le Roi de Perse par une magnificence sans exemple entretient à ses gages, & en titre d'office, des Maîtres en toute sorte de sciences, & des ouvriers & artisans en tous les arts liberaux & mécaniques, qui sont payez, logez, & nouris, toute leur vie, soit qu'on les fasse travailler, soit qu'on ne leur donne rien à faire. Ils sont distribuez dans des atteliers ou galleries differentes, selon leur profession, chacune sous un Directeur particulier, qui est le Chef de tous ceux qui travaillent dans cet art ou dans ce Métier dans tout le Royaume. Ce sont des emplois considerables & lucratifs, comme on le pourra voir dans ce que je vai rapporter des émolumens de la charge de Chef des orfevres, qui servira d'exemple pour toutes les autres. Il est Intendant de tous les ouvrages de pierreries, & d'or & d'argent, qui se font pour le Roi & des atteliers où l'on y travaille. Il est Chef & Juge

Juge de tous les Orfevres & Joüalliers entre-tenus par le Roi. Il leur donne les ouvra-ges à faire, & les reçoit lorsqu'ils font faits. On lui rend compte de tous ceux qui se font pour le service du Roi & il y met le prix, de même qu'à tout ce qu'on vend de pierrerie & d'orfevrerie dans le Palais Royal. Tous les Joüalliers, & tous les Orfevres d'Ispahan, & tous ceux qui suivent la Cour, sont sous sa dépendance. Il a droit de prendre deux pour cent sur toute la pierrerie qu'on vend à la Cour, & un pour cent sur celle qui se vend dans la ville. Mais il est fort mal payé de ce droit; car à la Cour il faut qu'il se contente de ce qu'on veut lui donner; & à la ville les gens font leurs affaires secretement & à son insçû. Ce qui lui vaut le plus, c'est l'impôt sur l'or & sur l'argent qu'on transporte hors du Royaume, dont il est le receveur. Cet impôt est de cinq pour cent; & comme le transport de l'or & de l'argent est grand en Perse, la recepte de ce droit donne beaucoup de profit & beaucoup de crédit à la personne qui en a la charge. Le Chef des Orfevres a droit d'entrée au Palais aussi libre que nul Grand du Royaume, mais il n'a point le grand honneur du Palais, qui consiste à s'as-seoir aux assemblées où le Roi se trouve.

Je reviens à la description des grandes char-ges de la maison du Roi. La premiere en dignité, après celle de Nazir ou Surintendant Général, est celle qu'on appelle *Ichisagasi ba-chi*. Le mot d'*Ichic* marque la partie ante-rieure du Palais, parce qu'on distingue le Pa-lais en deux parties, *Ichic* qui est celle-cy; & *Haram* qui est le serrail. Ainsi ce titre en François veut dire *Chef des Maîtres de la Cour*, & revient à peu près à l'office de Grand Maî-tre de la maison du Roi. Il commande à tous ceux qui ont des charges, & qui servent au Palais Royal, Portiers, Huissiers, Gar-des, Maîtres des Ceremonies, & autres. On trouve dans l'histoire de France, sous le regne de Charles le Chauve, qu'un des principaux Officiers de la Couronne étoit appellé *Caput hostiariorum*, le Chef des Portiers, (ce qui est le même titre que cet Officier Persan,) & que le frere de la Reine Richilde, femme de Char-les le chauve, avoit cet office. Il comman-de aussi dans l'occasion les *Koroktchis*, qui est un détachement des Mousquetaires, qu'on poste pour garder les avenues des lieux où sont les femmes du Serrail du Roi, lorsqu'elles vont en Campagne, ou à la promenade, & pour empêcher d'en approcher. Ce Seigneur fait porter devant lui un gros bâton d'or cou-

vert de pierreries long de cinq pieds, qui est la marque de sa dignité, & quand le Roi sort du Serrail, il prend ce bâton à la main, & se tient toûjours debout devant lui, à quel-ques pas de distance, les yeux continuelle-ment attachez sur le visage du Prince, pour y découvrir sa volonté. Dès que le Roi le regarde il s'avance, & dès qu'il conçoit sa pensée, il met bas son bâton, à l'endroit où il est, & court l'exécuter ou la faire exécu-ter, & après il revient reprendre son bâton & se remet en faction. Ainsi ce Seigneur n'est point assis dans les assemblées, & dans les fêtes Royales, quoi que sa charge l'éléve au dessus de tant d'autres qui y sont assis; mais il ne laisse pas d'y avoir sa place, laquelle par honneur demeure toûjours vuide, comme je le dirai dans la suite. Il reçoit d'office tou-tes les requêtes qu'on presente au Roi, & les lui met entre les mains, & souvent c'est lui qui en fait la lecture, ou le raport, selon l'ordre qui lui en est donné. Un des devoirs de sa charge est de coucher toutes les nuits à la Porte du Palais; mais il est toûjours dis-pensé de cette grande sujection. On se con-tente qu'il y vienne poser les Gardes. Il ne faut pas s'imaginer que ces Gardes y soient en faction la nuit comme le jour, de la ma-niere qu'il se pratique dans l'Europe; bien loin de là, ils dorment tous profondément, du soir au matin, & même sans fermer la porte du Palais; n'y ayant se soucier qu'un seul homme y veille. Le Grand Maître de la Mai-son a un Lieutenant, mis par le Roi, qu'on appelle *Petit Chef des Gardes du Palais*; mais à qui le *Grand Chef* de ces Gardes laisse si ra-rement aucune fonction considérable à faire, qu'on n'entend presque pas parler de lui. Les Grands Officiers d'Etat en Perse ont une ap-plication particuliere à faire chacun sa Char-ge, ce qui vient entre les autres raisons, de ce qu'en ce Païs-là l'élevation & l'abaisse-ment, & même les arrests de vie & de mort partent du Trône Royal aussi subitement que la foudre du Ciel, si j'ose ainsi parler, ce qui fait que personne ne veut se mettre au hazard d'en être écrasé, en négligeant sa charge, ou en la donnant à faire à un autre.

Le Grand Maître de la Maison a dix pour cent de droit de tous les presens qu'on fait au Roi, ce qui lui produit un gros revenu, parce que les presens sont sans nombre. Les présens payent quelques uns dix huit pour cent de droit comme ceux de chevaux; d'au-tres seulement onze pour cent, dont dix sont pour le Grand Maître d'Hôtel, & le reste

pour

pour les Officiers du lieu, ou du Magasin, où chaque chose est portée, lesquels distribuent entr'eux cette portion, chacun selon son droit. Par exemple, si l'on fait présent d'un cheval au Roi, on en fait l'estimation qu'on couche sur le Registre du Receveur des presens, & d'ordinaire on fait l'estimation juste, pour éviter également de payer beaucoup de droits, ou de trop avilir le present. Dix pour cent sont, comme je dis, pour le Grand Maître de la Maison, & le reste est pour les Officiers de l'Ecurie. Il en est de même des étoffes, des raretez, des bijoux, & de l'argent dont on fait present, mais ce qui est tout aussi vilain, & également surprenant, c'est qu'il faut de même payer les droits des presens que le Roi fait, lesquels droits sont aussi, partie pour le Nazir, ou grand Surintendant, partie pour les Officiers des Magasins, ou des lieux dont les choses sont tirées. Il arrive quelquefois que le Roi fait grace de ces droits-là à des Etrangers, mais c'est fort rarement; & j'ai vû presque tous les Ambassadeurs étrangers obligez à les payer.

Ce Seigneur, dont je décris la charge, n'a point d'inspection dans la partie du Palais qui meine droit de la rue au Serrail, laquelle a un grand Portail separé, qui n'est pourtant pas à beaucoup près si grand que l'autre, ni proche des entrées du Serrail. Il y a un autre Grand Maître qui y commande, lequel a le même titre. On l'apelle *Grand Maître des Portiers du Serrail*, pour les distinguer; & quoi que celui-ci ne soit pas d'égale dignité, à beaucoup près, il ne laisse pas d'avoir beaucoup d'autorité, & bien du credit, parce qu'à ces avenues du Serrail, où il commande, les Ministres & les gens de qualité viennent faire leur Cour, quand le Roi est au Serrail. Ce grand Portier du Serrail a l'Intendance sur tous ceux qui en gardent les entrées & les avenues, sur tous ceux qu'on employe à executer les ordres qui partent du Serrail, & sur tous ceux qui y portent les choses nécessaires. C'est d'ordinaire un homme d'âge, & grave, qu'on met dans cette charge. Il a un Lieutenant sous lui, qu'on appelle aussi *petit Chef des Gardes de la porte du Serrail*.

Je mets ici de suite les offices du Palais les plus importants, qui sont sous la Juridiction du grand Maître de la Maison. Il y a les *Yassaouls*, lesquels sont comme les Huissiers, qui servent à porter les ordres du Roi; & il y a les *Sobet assaouls*, comme qui diroit les Huissiers de délices, ou d'honneur, qui sont des gens de bonne Maison, & d'ordinaire des fils de Seigneurs. Ces Officiers portent le jour de leur fonction, des bâtons peints & dorez. Les Chefs de leurs corps en portent un different pour être reconnus. Ces Officiers font la fonction de Maîtres des Céremonies par tout où est le Roi, & y font garder l'ordre & le silence, selon les occasions, lesquelles néanmoins sont fort rares, chacun étant toûjours dans une espece de frayeur devant la personne du Roi, quelque caresse & quelque accueuil qu'il fasse. Ils vont prendre les Ambassadeurs à l'entrée du Palais, & les introduisent. Ils font aussi passer devant le Roi leurs présens, & tous les autres qu'on lui envoye. *Les Yassaouls* ont mile livres d'appointement, & les *Sobet assaouls* deux mille livres, & bouche en cour.

Comme le Grand Maître de la Maison est le Chef de tous ceux qui servent dans le Palais, il faut dire ici quelle est la maniere d'entrer dans les charges du Palais Royal. On s'adresse premierement au Grand Maître, & quand on a son agrément, & la parole d'en être recommandé, on presente sa requête au Roi. Le Grand Maître qui est toûjours present prend le papier, en dit la teneur au Roi, & d'ordinaire il y ajoûte les merites & le Caractere du suppliant. Si le Roi en est satisfait, on fait venir le suppliant devant lui, où il se met à genoux, fait trois adorations, & puis se tient à genoux la tête baissée attendant l'ordre de se relever. Si le Roi le trouve à son gré, il fait signe au Grand Maître de le recevoir, lequel le touche trois fois de son bâton sur le dos. C'est-là son entrée au service, dont l'installation ne consiste en autre chose qu'à être mis ainsi publiquement sous la Juridiction du Grand Maître de la Maison. Quand le Roi est retiré, ce Seigneur répond à la requête à la marge, de la maniere que le Roi le lui a commandé; marquant les gages qui sont ordinairement annexez à cette charge, & il rend la requête au nouvel Officier, qui la porte à la Chambre des Comptes, où son nom est inseré dans les regîtres. Mais s'il n'y a point de gages specifiez sur la requête, comme cela arrive quelquefois, la Chambre lui donne ce qu'il y a communement d'annexé à l'emploi.

La troisiéme charge de chez le Roi est celle de Grand Ecuyer, qu'on appelle *Mirakour bachi*, c'est-à-dire, *Chef des Maîtres des Ecuries*. Le Roi a des Haras en plusieurs lieux du Royaume, & il a des Ecuries extraordinaires & de reserve dans toutes les grandes villes, comme à Ispahan, qui est la ville Capitale

pitale. Les écuries font diftinguées en trois Claffes ou rangs, felon le prix des Chevaux. Dans la premiere on ne met point de Chevaux qui ne foient eftimez foixante Tomans, qui eft plus de deux cens cinquante Louïs d'or. Dans la deuxiéme on n'en met point qui ne foient au-deffus de cinquante Louïs d'or. Et dans la troifiéme on met tous ceux qui font au deffous. Le Roi a de plus, dans toutes les Provinces, des Haras & des Ecuries pour les autres bêtes de charge. Le grand Ecuyer en eft le Surintendant Géneral, & d'un nombre prefque infini de gens établis pour en prendre foin. Il a l'Intendance encore fur tous les Equipages; cependant il ne faut pas croire qu'il agiffe fans Controlleur, & en Proprie-taire. Il y a un Nazir, ou furveillant des Ecuries, lequel contrefcelle toutes fes or-donnances, & il y a un Bureau dont ce fur-veillant eft le Chef, où l'on paffe la dépenfe de l'Ecurie. L'importance de la Charge de Grand Ecuyer confifte dans les Emolumens qui y font attachez, & qui reviennent à plus de cinquante mille écus, comme on me l'a af-furé. Le plus liquide de ces émolumens fe tire du droit fur les prefens de chevaux qu'on fait au Roi, & de ceux que le Roi fait, qui font en grand nombre. On paye ce droit fe-lon la qualité des chevaux. Quelquefois on paye dix piftoles pour le droit d'un cheval. De plus, comme le Roi monte fes Officiers, fes Domeftiques, & fes Artifans même, ne refufant jamais de cheval à quiconque lui en demande étant à fon fervice, le grand Ecuyer peut obliger une infinité de gens de toutes conditions, & cela lui aporte beaucoup de profit & à toute fa maifon.

Il y a diverfes charges fous la direction du Grand Ecuyer, c'eft à favoir le *Gelacedar ba-chi*, c'eft-à-dire, *le Chef de ceux qui ménent les chevaux de main*. C'eft comme le premier Ecuyer. Il fuit toûjours le Roi, & chaque jour, dès le matin, il fait mener à la porte du Palais cinq à fix chevaux pour la perfonne du Roi, dont il y en a toûjours deux de bri-dez pendant que les autres font au ratelier, harnachez & prêts à monter, à la referve de la bride. Le *Zindar-bachi*, qui eft le Chef de ceux qui ont la garde des harnois & des équi-pages des chevaux. Le *Ozengoecourtchi chi bachi*, le Chef de ceux qui tiennent l'étrier, & c'eft comme le fous-Ecuyer. Il marche toûjours le premier derriere le Roi, & tout contre. Il y a fous lui dix Ecuyers, ou *Ozen-gouecourtchi chi*, qui ont chacun quinze cens écus de penfion, & bouche en cour. Le Grand

Ecuyer eft auffi le Maître des Valets de pied du Roi, qui font au nombre de trente.

La quatriéme Charge de la Maifon du Roi eft celle de Grand Veneur, que les Perfans appellent *Mirchekar bachi*, c'eft-à-dire *le Prin-ce* ou *le Maître de la Chaffe*. Le Roi de Perfe entretient par tout des Chaffeurs en titre d'of-fice; & on dit qu'il y a plus de mille Officiers de la Vénerie dans le Royaume. Ils dépen-dent de ce grand Officier, lequel eft auffi Grand Maître des Forêts, & de tous les au-tres lieux où l'on va à la chaffe. Les équipa-ges de chaffe font grands dans cet Empire-là; car on y fait la chaffe comme en Allemagne. Et quand le Roi va en campagne, le Grand Veneur méne environ cent hommes qui ont la paye reglée. On y méne auffi des Lions, des Unces, des Pantheres, & d'autres bêtes des bois, apprivoifées, dont les gardiens font pareillement fous le commandement du Grand Veneur. Mais ce qui rend fa charge fort confiderable, c'eft que le Grand Faucon-nier, & le Chef des meutes, en relevent. Le premier s'appelle *Taous cane agafi*, le *Chef de la maifon des oifeaux de proye*. Comme le vol de l'oifeau eft fort aimé, & fort pratiqué en Perfe, la Fauconnerie y eft tout-à-fait belle & grande. Cet Officier fuit toûjours le Roi quand il fort à cheval, conduifant fept à huit chaffeurs portant l'oifeau fur le poing. Le Chef des Meutes s'appelle *Segban bachi*, c'eft-à-dire, *Chef des Valets des chiens*. C'eft ainfi qu'ils appellent ces Chefs ou Capitaines. Les Meutes en Perfe ne font ni fi groffes, ni fi belles qu'en Europe, à beaucoup près, à cau-fe de l'horreur que les Mahometans ont pour les chiens, dont ils tiennent que l'attouche-ment rend fouillé. L'on en méne pourtant toûjours fix ou fept en leffe à la fuite du Roi, après les oifeaux de proye.

Les premiers Medecins, & enfuite les pre-miers Aftrologues, ont le rang après les char-ges dont je viens de faire mention. Ce font des gens d'importance en Perfe, dont la digni-té eft fort relevée, & dont les richeffes font encore plus confiderables. Le Roi a plufieurs Medecins entretenus, & jufqu'au nombre de douze à feize; mais il y en a trois entre les autres, qu'on peut dire qui font com-blez d'honneurs & de biens. On les appelle l'un le *Chef des Médecins*, l'autre *le grand Mé-decin*, & le troifiéme *le petit Médecin*. Ils ont tous trois droit de féance devant le Roi; & lors qu'ils y font affis, on voit debout der-riere eux les Médecins ordinaires au nombre de deux ou trois. Quand le Roi mange, le

Tome II.   H h   Chef

Chef des Médecins fe leve, & va fe pofter à côté de lui affez proche pour répondre aux queftions que le Roi lui peut faire, & pour dire fon avis fur ce qu'il mange ou doit manger. Les Aftrologues du Roi font en pareil ou plus grand nombre encore, & il y en a trois dont les titres font diftinguez, de même que ceux des premiers Médecins. J'ai parlé de leur grand crédit aux Chapitres du Livre precedent, qui traitent de la Médecine & de l'Aftrologie Perfane.

Voilà toutes les Charges de la Couronne qui donnent rang & droit de féance devant le Roi. Les autres qui fuivent n'ont pas cette prérogative.

La premiere de ce rang eft le *Chef des porte-flambeaux*, qu'on appelle *Mechel dar bachi*. C'eft pourtant un Officier confidérable en Perfe. Il a le commandement de tous les gens commis au foin des lampes, des bougies, des chandelles, & des falots qu'on brûle la nuit, au dehors & au dedans du Palais Royal. Quand le Roi va de nuit, cet Officier-là porte lui-même le falot fur l'épaule devant le Prince. Les falots fervent de flambeaux dans tout l'*Orient*. Ils font fort pefans; car le bas eft fait en pieu, pour les pouvoir enfoncer en terre; & au deffous du fallot il y a un grand baffin rond, pour recevoir le fuif & la graiffe qui en tombe. Ceux qu'on porte devant le Roi font d'or maffif. Ceux qu'on fait brûler dans les cours du Palais font d'argent. Cet Officier-là a foin auffi de tout le chauffage du Palais: cela lui vaut beaucoup, à caufe de la cherté du bois en plufieurs endroits de la Perfe, particulierement à Ifpahan; cependant, pour rendre fa charge encore plus lucrative & plus confidérable, on y a annexé depuis long-tems la Surintendance de tous les lieux de débauche, où demeurent, & où fe proftituent les femmes publiques, celles des Joüeurs d'inftrumens, de Marionettes, de tours de paffe-paffe, celles des Danfeurs de corde, & généralement de tous ces gens de néant qui font métier de divertir le peuple par des tours d'adreffe, & par des recits bouffons. Le *Mechel dar bachy* eft le Protecteur & le Juge de toute cette canaille. Il reçoit le tribut dont elle eft chargée, & lui-même la charge d'avanies au double. Il leve auffi les amendes impofées fur les vagabonds qu'on trouve joüant de l'argent dans les ruës. On peut juger de quel profit tout cela peut être, en remarquant feulement qu'il y a toûjours dans Ifpahan onze mille femmes publiques, dont l'on tient regître. On fait monter à plus

de quinze cens le nombre de celles qui ne font point enregîtrées, & qui font leurs affaires plus fecretement. C'eft de celles-ci que le *Mechel dar bachy* tire fon plus grand profit; car comme elles ne font point couchées fur le Regître, il ne rend point compte de tout ce qu'il en tire, & qui fe monte à beaucoup, ces femmes étant les plus belles, & vendant cherement leurs faveurs.

La feconde charge dans le rang que je décris eft celle d'Introducteur des Ambaffadeurs, qu'on appelle *Meheman dar bachy*, c'eft-à-dire proprement *Chef de ceux à qui on commet la garde des hôtes du Roi*. Les fonctions de cette charge font, premierement, d'aller recevoir hors la ville les Ambaffadeurs, les Envoyez, les Etrangers de qualité & de confidération; de les amener au logis qu'on leur a preparé; de les fournir d'*un Garde-hôte particulier*, comme on l'appelle en Perfe; de les conduire à l'audience du Roi, lors qu'ils y font admis; & outre cela, de les vifiter fouvent; d'avoir foin que rien ne leur manque; de leur faire donner les chofes néceffaires; de porter leurs meffages au Roi & aux Miniftres, & tout ce qu'ils ont à faire favoir. Il traite auffi fouvent les Négociations des Ambaffadeurs par cette voye d'entremife, particulierement quand ils ne fe foucient pas d'en traiter eux-mêmes. Cet Officier eft le Chef de tous ceux que le Roi de Perfe employe pour *Meheman dars*, c'eft-à-dire *Gardes-hôtes*. Ces *Meheman dars* font comme en France les Gentilshommes ordinaires de chez le Roi. On en donne aux Ambaffadeurs & aux Etrangers confidérables qui viennent à la Cour. Le Garde-hôte eft toûjours proche de la perfonne qu'on lui donne en garde pour le faire fervir au nom du Roi, & pour lui faire porter du refpect par tout, & aux gens de fa fuite. Il l'accompagne en tous lieux, & a foin de faire délivrer ponctuellement ce que le Roi a réglé pour fon entretien. Il met ordre auffi que tout le Quartier où l'Ambaffadeur eft logé lui rende de l'honneur dans les occafions, & particulierement que fon train n'y reçoive point d'infulte. Enfin, on le trouve toûjours prêt à faire tous les fervices qu'on peut exiger de lui. Le Roi ne manque jamais d'envoyer le *Meheman dar* à un Ambaffadeur avant qu'il foit arrivé à la Cour; mais fi quelqu'un à qui on veut donner le refufe, on ne le preffe point de recevoir un honneur qu'il fait paroître lui être à charge.

Le Chef des Gardes-hôtes eft fort foigneux dans les vifites qu'il fait aux Ambaffadeurs,

de

de s'informer s'ils font contents de leurs Garde-hôtes particuliers. Il les change au moindre figne qu'ils font paroître du contraire; & il obferve toûjours de donner un Garde-hôte qui foit le plus propre à plaire dans le lieu où il eft employé. Ainfi quand il s'agit d'un Europeaň, fon Garde-hôte eft toûjours quelque Cavalier de bonne chere, aimant le vin & la débauche; en un mot, un de ces geus commodes, à qui la Religion ne fait faire fcrupule de rien, parce que les Perfans fe font mis en tête, qu'en general les Chrétiens Europeans font grands mangeurs & grand beuveurs, autant qu'eux font fobres & temperans. Pour revenir à l'Introducteur des Ambaffadeurs, il a en recompenfe du fervice qu'il rend aux Etrangers, un droit de trois & demi pour cent fur tous les prefens qu'ils font au Roi.

La troifiéme des petites charges eft celle de *Kechik nuviés*, c'eft-à-dire, *celui qui tient le regître de la Sale de la Garde particuliere*, laquelle eft tout joignant la porte du Serrail. Il y a trois petits corps de logis chacun d'une fale, qui n'a pas trois toifes en carré. On les appelle *Kechik cané*, la maifon de la garde. La fale la plus proche du Serrail eft toûjours remplie d'Eunuques. Il n'y peut entrer que le Chef de la porte du Serrail, lequel eft toûjours, comme je l'ai dit, quelque grave vieillard. L'autre d'après eft le lieu où fe fait la garde la nuit; & la troifiéme eft l'apartement du Capitaine de la porte du Serrail, où les Miniftres d'Etat s'affemblent les matins. La garde fe fait dans cette fale, non feulement la nuit, mais auffi le jour par les Grands de l'Etat tour à tour. Ils y envoyent leur lit le foir, & s'y tiennent depuis le commencement de la nuit jufqu'à la pointe du jour. Le *Kechik nuviés* commande cette garde, tenant le rôlle de ceux qui s'y font trouvez durant la nuit & durant le jour; & il envoye ce rolle tous les matins dans le Serrail, où le Roi ne manque point de le voir. Il eft aifé de juger que ceux qui briguent des charges font les plus affidus à cette garde: lorfqu'on n'y peut aller on l'envoye dire au Capitaine de la porte, en lui demandant congé de s'abfenter. Il ne le refufe jamais; mais comme on le fait favoir au Roi, il faut être bien empêché pour ne pas s'aquiter de cette fonction, lorfqu'on eft de tour. Cependant on peut dire qu'à l'égard de la fûreté, il importe peu que les Grands Seigneurs aillent à la garde; car d'un côté ils dorment là toute la nuit, & de l'autre, la perfonne du Roi eft fi facrée en Perfe,

& fes fujets fi habituez à ne favoir pas ce qui fe paffe dans le Gouvernement & à laiffer aller les chofes, qu'il n'y a jamais lieu de craindre ni affaffinat, ni mutinerie.

La quatriéme charge eft celle de *Jebbedaer bachy*, le *Chef de ceux qui ont le foin des armes*. C'eft le premier Maître de l'Arfenal, ayant l'Intendance fur toutes les armes de la Couronne, fur toutes celles qu'on envoye au Roi de quelque part que ce foit, fur tous les Magafins où on les garde, fur les Atteliers où on les fait, & fur les Artifans qui y font employez; il eft auffi le Commandant de l'Artillerie, depuis qu'il n'y a plus de Grand Maître.

La cinquiéme & derniere charge eft celle de *Peskis nuviés: Peskis* fignifie *don, prefent: nuviés* eft le Participe du Verbe qui fignifie *écrire*. C'eft le Receveur des prefens qu'on fait au Roi de quelque part, & de quelque valeur que ce puiffe être; il les enregître fur les livres avant que de les prefenter au Roi, & c'eft lui qui les lui prefente, conduifant la marche de ceux qui les portent, & allant à la tête. Quand il a une fois enregîtré le prefent de quelque Ambaffadeur, ou de quelqu'autre perfonne que ce foit, il n'y a plus moyen de le diminuer ou de le changer; & fi, par hazard le nombre ou le poids des chofes qu'on donne ne fe trouvoit pas tel en le délivrant que cet Officier l'a couché fur fes regîtres, il faut fuppléer ce qui manque, ou en l'efpece même, ou par la valeur de la chofe. J'ai vû plufieurs exemples de ce que j'avance, & particulierement d'un Envoyé de la Compagnie Françoife l'an 1673. Il y avoit une boête d'Ambregris dans fon prefent, au poids de laquelle on fe méprit, je ne fai comment, en le faifant enregîtrer par le Receveur des prefens. Cependant lors qu'il fut queftion d'évaluer ce prefent, après qu'il eut été délivré, comme c'eft la coûtume qu'on l'évalue, cette boête fut pefée & trouvée plus legere qu'il n'étoit porté fur le regître, on demanda le fupplément à l'Envoyé; mais comme il n'avoit point d'Ambre-gris, il fut obligé de payer ce qui manquoit, à raifon de vingt-fept écus l'once.

Voilà toutes les Charges confidérables du Royaume, à la referve de celle du grand Chambellan, que je n'ai pas mife au rang des autres, à caufe qu'elle eft toûjours tenuë par un Eunuque blanc. On appelle cette charge *mehter. Meh* en Arabe fignifie grand, *ter* en Perfan eft la marque du comparatif comme *Teros* en Grec. Les Eunuques font de deux efpéces, les blancs, & les noirs; les blancs

blancs ne vont jamais parmi les femmes, ou du moins fort rarement au lieu que les noirs ne fortent gueres du Palais. Les Eunuques blancs accompagnent le Roi lors qu'il fort, & le Chambellan eft toûjours un vieux Eunuque blanc. Il n'a pas la liberté d'entrer dans les chambres du Serrail, je veux dire dans les apartemens particuliers des femmes, fans y être appellé, ou mené par le Roi; mais à cela près, fon autorité eft grande, car il eft établi fur tous les Eunuques du Palais. Il ne quitte prefque jamais le Roi, & c'eft lui qui eft toûjours le plus proche de fa perfonne, foit aux affemblées, foit par tout ailleurs. Il le fert à table, les deux genoux en terre, & fait l'épreuve des viandes une feconde fois après qu'elle a été faite à l'entrée de la fale. Il l'habille, & deshabille. Il commande aux gens de la petite garderobe, ayant de plus le maniement de tout ce que le Prince met journellement de pierreries & de bijoux, & de fon argent comptant, il ne quitte prefque jamais le Roi, que quand il le voit prêt de s'engager avec quelque femme. Il porte, attaché à la ceinture, un coffret d'or, garni de pierreries, fait en façon de gondole, dans lequel il y a deux ou trois mouchoirs blancs, qui font fi fins & fi petits, qu'on les mettroit dans la cocque d'une noix, du cachou, de l'opium, des parfums, & des cordiaux, dont il fert le Roi quand il lui en demande. Ce petit coffret eft la marque de la dignité du grand Chambellan, de même que dans les principales Cours d'Europe les baguettes blanches & noires, & les clefs d'or. Comme cet Officier fe trouve le plus fouvent feul auprès du Roi, il a non feulement le moyen de rendre de bons ou mauvais offices, comme il lui plaît, mais auffi d'infpirer au Roi les chofes de la plus grande importance il eft fort craint & fort courtifé, tant dans la Cour que dans le Serrail.

L'ordre voudroit que je paffaffe préfentement à donner la Rélation des revenus du Roi, mais il fera plus à propos de traiter auparavant des Fonds de terre, comment on les acquiert, & comment on en tire la rente, parce que cela fera mieux connoître en quoi confifte le revenu du Roi, & de quelle maniére on en fait la levée. C'eft une matiére dont les Rélations ne difent rien, ou fi peu de chofe, & fi obfcurément, que le Lecteur n'y fauroit trouver de quoi fe fatisfaire.

CHAPITRE VI.

Des Fonds de terre & des rentes.

LEs Terres en Perfe fe divifent en Terres en ufage, & en Terres hors d'ufage, par où l'on entend les terres que l'on cultive, & celles qui ne font ni cultivées, ni habitées.

Les Terres en ufage font de quatre fortes; les Terres de l'Etat, les Terres du Domaine, les Biens d'Eglife, & les Fonds des particuliers.

Les Terres de l'Etat, qui contiénnent la plus grande partie du Royaume, font en la poffeffion des Gouverneurs, lefquels en retiennent une partie pour en avoir le revenu, & laiffent l'autre pour les gages de leurs Officiers, & Domeftiques, & des Troupes; car même jufqu'à un fimple Soldat, chacun a fa paye affignée fur un village, ou fur quelqu'autre fonds de terre.

Les Terres de Domaine font le bien propre & particulier du Roi. Une partie fert d'apanage à des Charges. Sur une autre font affignez les gages de la plûpart des Officiers & Domeftiques de fa Maifon, & la paye des Troupes que le Roi entretient. Une autre partie eft alienée par des Donations à tems, ou à vie, qui continuent quelquefois de pere en fils à plufieurs générations. Le furplus eft en Oeconomie, ou regie, dans les mains des Vizirs, ou Intendans, qui font valoir le bien du Roi, chacun en fa Province. Le Païs de Domaine embraffe les Provinces fuivantes. La Parthide, la Perfide, partie de la *Caramanie*, l'*Hyrcanie*, partie de la Medie, *Efteboonat*, qui comprend plus de la moitié de la Chaldée ancienne. Le refte du Royaume eft Païs d'Etat.

Les Terres qui appartiennent à l'Eglife font des Donations des Rois, ou des Particuliers. Le Bien d'Eglife eft facré en Perfe. Le Roi, ni les Donateurs n'ont aucun droit refervé deffus. Il n'eft point fujet non plus à être confifqué, pour quelque crime que les Donateurs puiffent avoir commis même avant la Donation; mais ce qu'il y a de fort injufte, c'eft que quand on auroit donné à l'Eglife quelque fonds mal acquis, ou fur un faux titre, un an de poffeffion rend la Donation inconteftable.

Les Terres qui apartiennent aux Particuliers font à eux pour quatre vingt dix neuf ans, & jamais plus, durant lequel tems, ils les vendent & en difpofent comme il leur plaît,

plaît, sans qu'on puisse leur en rien ôter, à moins qu'ils ne tombent dans quelque crime qui emporte la privation de leurs biens. Quand les quatre vingt dix neuf ans sont échus, on prend un nouveau bail pour pareil terme, en payant le revenu d'un an. Les fonds de terre des Particuliers s'appellent *Tessarnouf*, c'est-à-dire *propriété permanente*. La plûpart sont chargez d'un petit tribut annuel envers le Roi, qui ne va pas à quarante ou cinquante sols par *girib*, ou *arpent*: les autres ne payent rien du tout.

Pour ce qui est des Terres hors d'usage, elles appartiennent ou à l'Etat, ou au Roi, selon le Païs dans lequel elles sont enfermées. Mais parce que le Roi est le Maître du bien de l'Etat, & qu'il le peut rendre bien de Domaine quand il lui plaît, au lieu que les Gouverneurs des Provinces n'en sauroient disposer qu'avec les Intendans, qui sont les Receveurs du Roi; on peut dire que toutes les Terres qui ne sont pas tenues & occupées actuellement, ou qui ne sont pas en état de l'être apartiennent au Roi, en quelque endroit de l'Empire que ce soit.

On dispose des Terres hors d'usage de la maniere suivante. Si quelqu'un veut du terrain pour bâtir une Maison dans un lieu qui ne soit actuellement possedé de personne, ou dont personne ne puisse montrer d'acte de possession, on demande ce terrain au Gouverneur & à l'Intendant, s'il est situé en Païs d'Etat; mais si c'est en Païs de Domaine, il le faut demander au Roi directement, ou aux Vizirs, ou Intendans de Province. La Donation, laquelle s'obtient sans peine, se fait ou simplement, & sans condition; ou avec condition de payer tant par an, ou de faire un usage de ce terrain qui rendra du bénéfice au Roi. La Donation se fait pour cent moins un an, selon les termes exprès de leur Code civil, au bout duquel tems il faut payer un droit, qui est une maniere de renouvellement de bail pour un pareil terme; & s'il arrive durant ce tems-là qu'on vende la terre, il faut en faire passer les contracts devant l'Intendant des lieux, & payer un petit droit comme on diroit en France les Lots & ventes, & alors le terme de quatre vingt dix neuf ans recommence à courir du jour de la datte du Contract.

Voilà quel est le droit de la propriété des Terres. Je viens à l'usage qu'on en fait, qui est la maniere d'en tirer le revenu.

Il n'y a rien de plus juste & de plus humain que la Police de Perse touchant les Terres.

On en afferme fort peu, & seulement ce qui est aux environs des grandes villes, & qui porte des legumes; car comme à ces Terres-là il ne peut pas arriver des accidens qui en fassent perdre le revenu, tels qu'il en arrive aux terres qui portent des grains, dont la recolte est souvent diminuée par la secheresse, ou par la grêle, & autres injures du tems, les Païsans les prenent à forfait, à tant par an. Celles qui sont autour d'*Ispahan*, par exemple, rendent jusqu'à trente écus & plus, *le girib*, qui est moins d'un arpent; mais pour toutes les autres, on en fait une maniere de societé avec le Païsan. Le Seigneur donne la terre & quelquefois il fournit aussi le fumier & l'eau, ou bien tout se fournit à moitié selon l'accord. Le Païsan la laboure, l'ensemence, & fait la recolte; le tout à ses dépens, & puis l'on partage les fruits selon l'accord. Quelquefois le Seigneur a la moitié, quelquefois il n'a que le quart selon la nature de la terre, & du lieu où elle est située: mais d'ordinaire il a le tiers pour sa part, après qu'on a levé préferablement la semence nécessaire pour l'année suivante; & s'il arrive que la recolte soit si mauvaise, qu'on n'en tire pas même ce qu'il faut pour la semence, le Païsan est obligé à la fournir de nouveau. C'est-là la maniere de donner ses Terres aux Païsans par tout le Royaume, tant pour le Roi, que pour les Particuliers.

Cet accord, qui paroît un marché de bonne foi, & qui le devroit être, se trouve néanmoins une source intarissable de fraude, de contestation, & de violence, où la justice n'est presque jamais gardée; & ce qu'il y a de fort singulier, c'est que le Seigneur est celui qui a toûjours du pire & qui est lezé; les Grands Seigneurs plus que ceux de moindre condition, & le Roi par dessus tout le reste de son Royaume. Voici de quelle maniere cela arrive.

La Perse est sujette à avoir ses moissons dégâtées, par la grêle, par la secheresse, ou par les insectes, soit sauterelles, soit petits insectes, qu'on appelle *Sim*, qui sont de très-petits pucerons blancs qui s'attachent au pied de l'épi, le rongent, & le font mourir. Il est rare que quelqu'un de ces fleaux ne tombe pas une année ou l'autre sur les champs labourez, & sur les jardins, & les Païsans ne manquent pas d'en prendre occasion de soutenir que la terre n'a rien rendu, ou qu'elle a rendu seulement ce qui est nécessaire pour la semence. Or comme ces Païsans ont des ruses impénétrables pour soustraire une partie

des

des fruits, & pour les faire paroître moindres qu'ils ne font, quelques furveillans qu'on envoye dès le commencement de la moiffon pour y prendre garde, ils font favoir de bonne heure de quel fleau la Campagne eft affligée, & quand le mal eft affez grand pour être aifément apperçû, ils vont avec des branches d'arbres & des poignées d'épics, marquez de ce fleau, au logis du Seigneur ou de l'Intendant, pour le difpofer par avance à en paffer par où ils diront, quand la moiffon fera faite. Il faut obferver qu'il y a une ancienne eftimation faite de ce que les terres raportent, c'eft-à-dire que tant d'arpent, en tel lieu, femez de tel grain, doivent rendre tant au Seigneur pour fa part; laquelle eftimation eft à un taux bas, faite fur un pié commun des bonnes & des mauvaifes années. Quand la recolte eft meilleure que l'eftimation, nos Païfans Perfans ne fe plaignent pas ; mais fi elle ne fait fimplement que l'égaler, ils commencent à fe plaindre, & fi elle ne produit pas ce que l'eftimation porte, ils jettent les hauts cris, prétendant qu'ils ne recueillent prefque rien.

Comme les biens des particuliers font plus fous l'infpection de leur maître, & qu'ils ne font pas fi chargez d'impôts & de corvées que ceux du Roi, & ceux des grands Seigneurs, les païfans qui font valoir leurs terres font de meilleure foi, & n'ufent pas de tant d'artifices : mais pour les terres du Roi, les païfans qui les tiennent étant fujets à beaucoup de vexations, & à des charges extraordinaires, tachent à s'en dédommager par la fouftraction des fruits, & en fraudant le Seigneur le plus qu'il leur eft poffible. J'ai obfervé ceci dans tout l'*Orient*, & particulierement dans les lieux où la tyrannie eft la plus rude, que la violence, & la rufe, y font toûjours aux prifes l'une avec l'autre, & que là où l'on traite les fujets avec plus de violence, c'eft où il fe commet plus de friponneries & plus de fauffetez, comme étant le feul recours contre l'oppreffion. Les païfans, qui ont des terres du Roi, vont en corps à l'Intendant, ou au Receveur dont ils relevent, & en faifant de grandes lamentations, accompagnées de cris & de larmes, demandent qu'on enregître leurs plaintes, & les dépofitions qu'ils viennent faire pour leur fervir en tems & lieu. Souvent il arrive que tout un village vient à la porte de l'Intendant, & quelquefois ils y amenent même leurs femmes, & leurs enfans, felon que le cas eft grief ; proteftant de ne retourner point chez eux, & de laiffer-là les terres. Mais prefque toûjours

ils viennent chargez de branches d'arbres, ou d'épics fecs, & rongez, comme j'ai dit, pour preuves de ce qu'ils avancent, ou ils apportent des atteftations qu'ils ont fait faire par les Juges des lieux. On a égard à leurs plaintes, felon que le dégât paroît confiderable ; mais il y a bien encore à difputer, pour en regler le plus ou le moins. Lors qu'il s'agit des biens du Roi, l'ufage ordinaire des Intendans eft de donner des Commiffaires aux villages pour examiner l'affaire fur les lieux, & c'eft juftement ce que les Païfans demandent, car ils ne manquent pas de gagner le Commiffaire, & de le faire parler à leur avantage. Mais il arrive fouvent néanmoins que les Intendans n'ont aucun égard à ces plaintes, répondant qu'ils ne fauroient accorder les diminutions que l'on demande : qu'ils font établis fur les Provinces pour recevoir les biens du Roi, & non pour les donner, que l'on en peut aller porter fes plaintes à la Cour.

On aura peine à croire qu'un Intendant qui fait cette rude réponfe la fait fouvent de concert avec les complaignans. Cela eft vrai pourtant, & en voici la raifon & le myftere ; c'eft que l'Intendant qui trouve bien mieux fon compte dans les méchantes années, que dans les bonnes, à caufe que dans celles-ci on fait précifément ce qu'il reçoit, fans qu'il puiffe rien détourner ; au lieu que dans les méchantes années, il tire de gros prefens des Païfans pour les faire décharger, l'Intendant, dis-je, trouve à propos de les rebuter à fon audience, & de les renvoyer à la Cour, leur faifant dire fous main en même tems, qu'ils y obtiendront ce qu'ils demandent. Les Païfans vont donc en Corps à la Cour, avec toutes les preuves qu'ils peuvent donner de la Calamité du Païs, qui font celles là même que j'ai dit qu'ils portent aux Intendans, des branches d'arbres rongées, des épics grêlez, des fruits gâtez, avec des atteftations des Juges des lieux, & s'affemblant à la porte du Palais, ou attendant le Roi dans la ruë felon qu'on leur confeille de le faire, ils fe mettent à crier de toute leur force, en jettant leurs turbans par terre, en déchirant leurs habits, & en élevant de la pouffiere en l'air. Ils pouffent quelquefois leurs cris fi haut, qu'on les entend d'une demie lieuë. Le Roi ne manque pas d'envoyer demander ce que c'eft. Nos Païfans donnent auffi-tôt leur requête, & pour peu que la réponfe tarde ils recommencent leurs cris plus fort qu'auparavant. L'Intendant cependant a mandé à la
Cour,

Cour, qu'il y avoit renvoyé les Païfans de tel Canton, n'ofant pas leur accorder de fon autorité les groffes diminutions qu'ils demandent, remettant aux Miniftres à en juger fur les informations qu'il envoye : mais ces informations font toûjours dreffées d'un tour favorable à la Requête. La Cour lui envoye d'ordinaire la requête répondue en ces mots, *accordez felon l'exigence du fait* ; ou bien elle donne un ou deux Commiffaires pour l'examiner fur les lieux; mais en l'un & en l'autre cas, c'eft toûjours le Roi qui fait les fraix de ce manege, c'eft-à-dire toute la dépenfe du voyage des Païfans, & celle des préfens qu'il leur faut faire pour corrompre tant les Commiffaires de la Cour, que l'Intendant de la Province & fes Officiers, & c'eft-là la roue d'iniquité de ces Gouvernemens Orientaux. Les Grands oppriment les petits à force ouverte, les petits tirent raifon des Grands par fourberie. Ainfi ces Rois Afiatiques, tout abfolus qu'ils font, ne fauroient empêcher que les fujets ne violent les droits du Prince, à proportion que le Prince viole ceux de fes fujets.

Si les Païfans trompent leur Seigneur de cettte maniere, il s'en dédommage par les corvées dont il les accable. Il les employe à des ouvrages qu'il fait faire fur les lieux, Edifices, jardins, & autres; ou bien il faut que le village lui donne par jour tant de gens fans aucun falaire. Il fe fait donner des voitures pour rien par fes Païfans. Il fe fait nourrir par eux tant de jours quand il eft fur les lieux, & quelquefois il convertit la nourriture en argent. Ses Receveurs, ou les Intendans qu'il envoye, font traitez de même, & il met encore d'autres taxes femblables.

Je ne faurois m'empêcher de remarquer ici en paffant, que ç'a été-là l'économie des fonds de terre en Perfe de tems immemorial, & les conventions reciproques entre les Seigneurs & les Païfans : on découvre cela clairement dans les plus anciens Auteurs. *Herodote*, qui en eft un, nous dit, parlant des Peuples habitans le long de la Mer Cafpienne, à qui l'on avoit ôté l'eau dont ils arrofent leurs terres : *les hommes & les femmes allerent trouver les Perfes, & jetterent de grands cris devant la porte du Palais*. C'étoit fans doute pour fe faire alloüer des diminutions de rente, de la maniere dont je viens de le raporter.

Pour favoir à prefent qui fouffre le plus dans ce commerce de fraude & de vexation, je penfe qu'on n'en fauroit autrement juger, qu'en envifageant la condition des Païfans Perfans. Ils vivent affez à leur aife, & je puis affurer qu'il y en a d'incomparablement plus miferables dans les plus fertiles Païs de l'Europe. J'ai vû par tout les Païfanes Perfanes avec des carcans d'argent, & de gros anneaux d'argent aux mains, & aux pieds, avec des chaines qui leur pendent du cou fur le nombril, où font paffez tout le long des pieces d'argent & quelquefois des pieces d'or. On voit les enfans parez de même, avec des coliers de corail au col. Ils font, hommes & femmes, bien chauffez & bien vêtus. Ils font bien fournis de vaiffelle & de Meubles; mais en échange de ces aifes ils font expofez aux injures, & quelquefois à des coups de bâton de la part des gens du Roi & des Vizirs, quand on ne leur donne pas affez-tôt ce qu'ils demandent, ce qui s'entend des hommes feulement; car pour les femmes & les filles, on a des égards pour elles par tout dans l'Orient, & il n'arrive jamais qu'on mette la main deffus.

Le partage des fruits fe fait en nature, ou l'on convient avec le Païfan à quel prix il prendra la part du Seigneur, & comment il en fera le payement. On confond tous les grains enfemble dans l'apréciation, bled, orge, ris, poix, lentilles. On dit, il y a tant de mille *mans*, lequel à tant le *man* fait tant d'argent. Les fruits des arbres fe partagent plus avantageufement pour le Seigneur, que ne font les grains, parce qu'il n'y a pas tant de fraix à faire. Il en a ou la moitié, ou les deux tiers.

C'eft prefque la même chofe pour le revenu du Bétail que pour les terres labourées. Le Seigneur a le tiers de la toifon & de la portée; mais les Bois font bien d'un meilleur revenu pour le Seigneur. Il en a les deux tiers ; l'autre eft pour le Païfan, qui d'autre part eft obligé d'en faire la coupe & la vente.

Voilà en general la maniere dont les Particuliers font valoir les terres, & dont on fait valoir auffi celles de l'Etat, & celles du Domaine, à quoi je n'ai trouvé qu'une exception; c'eft à l'égard des arbres qui portent les Dattes, fruit délicieux, qui ne croît nulle part fi bon qu'en Perfe. J'ai vû en plufieurs endroits les Païfans payer tant par pied de Dattier; & l'on m'a dit qu'ils en font de même par tout le Royaume. La raifon de cette difference, à mon avis, c'eft que ce fruit fe recueille annuellement dans une mefure plus égale, ce qui peut venir de ce que cet arbre étant quatre fois plus haut que les autres, il n'eft pas fi expofé aux infectes. A Jarron, place de la Per-

Perfide où l'on cueuille les meilleures dattes du Royaume, le Dattier paye un mamoudy le pied, ce qui fait neuf fols.

CHAPITRE VII.

Des Revenus du Roi.

JE diviferai ce Chapitre en deux parties. La premiere touchant la qualité de ces revenus, c'eft-à-dire en quoi ils confiftent; la feconde, à combien ils fe montent.

Les revenus du Roi coulent de deux fources differentes, du Païs d'Etat, & du Païs de Domaine.

Quant au Païs d'Etat qui font les Grands Gouvernemens de l'Empire, comme je l'ai expliqué au chapitre precedent, le Roi n'y a point de fonds en propre. Les revenus qu'il en tire font principalement des Contributions qu'on appelle *Ruffom*, c'eft-à-dire *droit ou redevance*. On les diftingue en ordinaires & extraordinaires. Les ordinaires confiftent en une taxe ou quantité réglée de fruits les plus excellens de chaque Province, desquels le Gouverneur eft obligé d'envoyer des Convois au Roi de tems en tems, & des fommes d'argent felon le pouvoir de la Province. La Province de *Curdeftan*, par exemple, qui eft une partie de la Chaldée, produit le meilleur beurre, le Gouverneur en envoye tant de charges chaque fois. Celle de Georgie produit du vin excellent, des fruits exquis, les plus belles perfonnes de l'un & de l'autre fexe: elle eft obligée d'envoyer le plus qu'elle peut de chaque chofe. On appelle ces Convois *Bar Kané cha*, le Convoi Royal. Les Contributions extraordinaires confiftent en des préfens de ces mêmes denrées & des chofes les plus rares que les Gouverneurs puiffent recouvrer, & dans les Etrenes ou préfens du nouvel an. Quoi que ces Contributions foient appellées extraordinaires, ce n'eft que parce qu'elles ne font pas impofées, que la qualité & quantité n'en font pas prefcrites, & qu'on n'en tient pas regiftre à la Chambre des Comptes, car d'ailleurs, la coûtume les a rendues ordinaires, & on les enregiftre à un Bureau d'un Officier qu'on appelle *Pech Kes nuviez*, c'eft-à-dire *rôle ou livre des préfens*. Il ne fe peut dire à quoi ces tributs là fe montent tous les ans. La maifon du Roi en eft entretenuë, & toute cette foule d'Artifans à qui l'on donne la nourriture en efpece. Il paroît par les anciens Auteurs que cette maniere de fubfide a été la premiere forte de revenu des Rois de Perfe. Herodote, entre les autres, le dit formellement dans ce paffage, *Durant le regne de Cyrus, & de Cambyfes, on n'avoit point encore impofé de tributs en Perfe, mais on faifoit tous les ans de certains préfens au Prince.* Les Perfans eftiment cette Oeconomie pour deux raifons; l'une que le Roi & toute fa maifon fe trouvent nourris de tout ce que l'Empire produit de plus délicieux; l'autre que les Provinces ne font pas fi fujettes à être foulées, parce que chacune fait fon préfent felon fes moyens, & des chofes qu'elle a en plus grande abondance.

Quant au Païs de Domaine c'eft le fond propre du Roi. Il en eft le Seigneur, tout le revenu lui en appartient; c'eft-à-dire le tiers des fruits de la terre de quelque forte qu'ils foient, comme je l'ai obfervé au Chapitre precedent.

Après les Contributions des Provinces, & le Domaine, les revenus du Roi de Perfe viennent de fes droits Seigneuriaux, entre lefquels il faut mettre premierement le droit du Bêtail, lequel produit un gros revenu, quoi que le droit du Bêtail ne foit pas moitié fi haut que celui des fruits de la terre; car il n'eft que d'un fur fept, tant pour la toifon, que pour la portée. Le Roi a peu de Troupeaux en propre. Les Troupeaux de Perfe font élevez par ces Riches Paftres que les Orientaux appellent *Saranet chin*, d'où nous avons fait le mot de *Sarrafin*, c'eft-à-dire *Habitant de Campagne*, parce qu'ils habitent fous des pavillons, toûjours loin des villes. Ils vivent en Troupes de deux à trois cens perfonnes chacune. J'en ai vû qui étoient groffes de deux mille perfonnes. On peut s'imaginer quels grands Troupeaux ils meinent avec eux. Il y en a qui couvrent les Campagnes à perte de vûe: j'en ai rencontré de fi nombreux, que j'étois deux à trois heures à les traverfer d'un bout à l'autre. Le Roi a donc un de fept du rapport du Bêtail, comme je dis, & ce droit fe leve par un *Ichouban bachi*, ou Chef des Bergers, que les Vizirs ou Intendans entretiennent dans chaque Contrée, ou en chaque Troupeau. Le Bêtail de Perfe confifte particulierement en Chevres, en Moutons, en Anes, en Mules, & en Chameaux. Il y a peu de Bœufs. Quant au revenu des Haras il eft auffi confiderable; car le Roi leve le tiers de la valeur des Poulains; cependant on les évalue fi bas, qu'un Poulain ne paye d'ordinaire que dix à douze francs.

Secondement il y a le revenu de la foye &
du

du Coton, dont l'on tire pour le Prince le tiers de tout ce qui s'en recueille dans tout le Royaume, ce qui monte à de fort grandes sommes.

En troisiéme lieu, les mines de Métaux & de pierreries appartiennent au Roi seul, & la pêche des Perles; mais on en leve le tiers preferablement pour les fraix ou la dépense.

En quatriéme lieu, les monnoyes rendent au Roi deux pour cent, sans ce qu'on leve pour les gages des Officiers, & pour les fraix.

En cinquiéme lieu il faut mettre le revenu de l'eau qui est fort considerable; car comme tout vient à force d'eau presque dans toute la Perse, il n'y a pas un filet d'eau de perdû, & qu'on ne vende. J'ai ouï assurer que les eaux d'autour d'Ispahan produisent quatre mille Tomans par an, qui font soixante mille écus.

En sixiéme lieu, il y a le tribut que payent les habitans, tant natifs, qu'étrangers, qui ne font pas de la Religion du Païs. Ce tribut est d'un ducat par tête, & c'est pour se rachetter de l'interdit auquel la Loi de Mahomet condamne ceux qui ne veulent pas se faire Mahometans.

En septiéme lieu, il y a la taxe des Boutiques, qui est de dix sols par chaque boutique d'Artisan, & vint sols par boutique de revendeurs. On appelle cette taxe Bunitché, c'est-à-dire un impôt des Métiers. J'en parlerai encore dans la suite.

Il faut ranger ensuite les Peages & les Douanes. Quant aux Peages qui font les droits imposez premierement pour entretenir la sureté des chemins, on les paye par charge de chameau, ou de Cheval, mais fort differemment d'une Province à l'autre; car dans quelques lieux on ne prend qu'un sol par charge, & en d'autres on prend cinq ou six livres.

Quant aux Douanes, ce revenu, qui par tout ailleurs est la plus considerable partie des finances, ne rend pas beaucoup en Perse, par la considération particuliére que l'on y a eu de tout tems pour le négoce. Il n'y a que les Douanes du sein Persique où l'on paye selon la valeur des Marchandises; mais à toutes les autres entrées du Royaume, généralement on paye par charge, tant par chameau, tant par cheval, ou mule, tant par bœuf ou par âne; l'on n'examine pas beaucoup ce qu'elles contiennent; au contraire, on y regardoit fort legerement jusqu'à ces dernieres années. J'observai encore ces grandes facilitez aux Douanes de Perse au premier voyage que j'y fis l'an 1666. on ne visitoit

point les hardes aux entrées, ni aux sorties. Elles étoient libres, quoi qu'il fallût quelquefois cinq à six chameaux pour les porter, & que souvent plus de la moitié consistât en choses de prix. D'ailleurs c'étoit la coûtume de donner sur dix charges de marchandise une charge franche. Les Marchands faisoient à leur arrivée un present au Chef de la Douane, qui le récompensoit dix fois au double, & régaloit continuellement les Marchands. Les Douanes & les entrées se levoient par commission; comme elles ont fait de tout tems. C'étoient assurément les Douanes où l'on étoit plus doucement traité qu'en lieu du monde. Et à voir d'un autre côté la fortune que les Officiers & Administrateurs y faisoient en peu de tems, on eût dit que le Roi en donnoit l'administration, moins pour conserver ses droits, que pour enrichir ceux qui les levoient; car dans une année de commission de la Douane des Ports d'Abas & de Congues, qui font les deux grands Ports du Golphe Persique, & les plus proches de l'Isle d'Ormus; le Chef ou l'Intendant de la Douane gagnoit trois à quatre cens mille livres par an, le Controlleur ou Surveillant cinquante mille livres, les autres Officiers autant tous ensemble; & quoi qu'il n'entrât pas plus que cela dans les coffres du Roi, on passoit pour bien honnête homme, de n'avoir fait partager avec le Souverain par moitié. C'étoit même la coûtume dans ces tems-là, que quand on vouloit relever quelque famille tombée, on lui donnoit la regie d'une Douane pour deux ou trois ans. Cela rétablissoit entierement ses affaires, comme j'en ai vû beaucoup d'exemples.

Pour faire mieux entendre de quelle maniere on fraudoit le Roi, je dirai premierement que le Magasin de la Douane est fermé & seellé du seau du Chef de la Douane, du Vizir ou Controlleur, & du premier Ecrivain, qui font tous commis par le Roi, pour veiller l'un sur l'autre: & secondement, que dans l'Orient, & sur tout aux Indes, & aux autres Païs qui en font les plus proches, tout se traite par tierces personnes; comme, par exemple, dans le Commerce on se sert de Courtiers, qui font gens fins & fourbes; les plus insinuans & les plus patiens hommes du monde, & qui se rebutent le moins. Quand donc un Vaisseau étoit arrivé & déchargé dans les Magasins, le Douanier, & les gros Marchands, s'entres rendoient visite avec des presens & des régals réciproques. Cependant les Courtiers traitoient secretement avec les Chefs des Douanes: Vous aurez tant, disoient-ils, pour laisser

laiſſer paſſer tant de marchandiſes qui ſont parmi le bagage. Il faut remarquer que comme les équipages qu'on a en ces Païs-là ſont toûjours en gros, parce qu'il faut porter un menage entier avec ſoi, on peut faire paſſer bien des choſes parmi ſes hardes, & c'étoient toûjours les plus riches marchandiſes qu'on y mettoit. Après deux ou trois jours, le Doüanier, avec les autres Officiers, alloient faire ouvrir le Magaſin où étoit la charge du Vaiſſeau, & ſous le nom d'équipage, ou bagage, laiſſoit emporter le plus fin de la Cargaiſon. Cependant, l'Ecrivain ou Marchand du Vaiſſeau donnoit ſon livre ou regître de chargement, qui ne contenoit qu'une partie de la verité, & les Marchands donnoient leurs déclarations conformément à ce regître. Enſuite le Courtier retournoit aux Agens de la Doüane, leur diſant, Vous aurez une telle ſomme pour laiſſer paſſer tant de fines toiles parmi les groſſes, & cela s'executoit ainſi de bon accord: chacun y avoit ſa part. Le premier Commis de la Doüane enregîtroit tout de la maniere dont l'on étoit convenu: les livres des autres Officiers étoient accommodez de la même ſorte; le double étoit envoyé à la fin de l'année à la Chambre des Finances; & l'on comptoit ainſi ſur toutes ces belles pièces. J'ai vû dans ce tems-là que les Chefs de ces deux Doüanes, & de quelques autres Ports du Sein Perſique, avoient leurs Correſpondans aux Indes, & dans les grandes Villes de Perſe, qui offroient à l'envi meilleur parti aux Marchands pour paſſer par leurs Ports, de même que ſi c'eût été de differens Etats, & que ces Ports n'euſſent point du tout apartenu à un même Maître.

Comme la fraude alloit toûjours en augmentant, & à un tel excès, que les ſix & ſept premieres années du Roi Soliman, qui avoient commencé en 1666. les Doüanes de ces deux principaux Ports du Golphe ne raportoient que quatre à cinq cens mille livres, au lieu que du tems du Roi ſon Pere elles raportoient environ onze cens mille livres: les Miniſtres prêterent l'oreille à des propoſitions qui leur furent faites, par des gens inſtruits des methodes de l'Europe, de mettre les Doüanes en Ferme: ces gens-là offrant de donner douze cens mille livres de celles du Sein Perſique. On fut long-tems à la Cour à ſe déterminer à ce parti, parce qu'on voyoit bien que les ſujets en ſeroient vexez; mais enfin, on l'accepta l'an 1674. & depuis ce tems-là on n'a plus trouvé les mêmes facilitez qu'auparavant.

Je paſſe au caſuel, que les Perſans eſtiment la partie la plus claire & liquide, de même que la plus importante des revenus du Roi, & qu'ils diſent venir par deux ſources. La premiere contenant les confiſcations, qui montent l'année à de grandes ſommes, & l'autre contenant les préſens que les particuliers font au Roi de toutes parts, en tout tems, & particulierement au nouvel an. On lui envoye en préſent plus qu'il ne peut employer en étoffes, en chevaux, en bêtes de charge, en drogues, en harnois, en armes, & en tout ce qu'il faut pour les beſoins, & pour les plaiſirs de la vie. On lui envoye des filles & des garçons, qu'on choiſit dans tout ce que l'Orient produit de plus accompli, & enfin on lui envoye de l'or & de l'argent, des pierreries, des parfums, & de tout ce qui ſe peut recouvrer de riche & de curieux.

Il faut mettre entre les revenus des Rois de Perſe, de certaines groſſes dépenſes dont il ſe décharge ſur ſes ſujets, & qu'il leur impoſe ſoit en les faiſant travailler ſans payer, ſoit en leur faiſant payer ce qu'il faudroit qu'ils payaſſent eux-mêmes, & qui leur coûteroit une infinité d'argent. Voici les principales de ces impoſitions. Premierement, la taxe des métiers, dont j'ai parlé; ſur quoi il faut remarquer qu'il n'y a de métiers taxez que ceux qui ne ſont pas ſujets aux corvées, c'eſt-à-dire, à fournir des ouvriers en toutes rencontres pour le ſervice du Roi, ſans en recevoir de paye, comme les maçons, les charpentiers, & tels autres, qui ſe trouvent bien plus chargez que ceux qui payent leur droit en argent; car lors qu'il y a quelque choſe à faire pour le Roi, les Chefs des Métiers ſont obligez de fournir des ouvriers par corvées, & c'eſt une épargne fort grande pour le Roi; car par ce moyen il ne dépenſe rien en mille choſes qui d'ordinaire emportent l'argent le plus clair. En bâtimens, par exemple, & en reparations, il ne coûte que les materiaux. Secondement, les taxes appellées havarez Divan, impôts du Conſeil, dont il y a de diverſes ſortes, mais qui toutes enſemble ne montent pas à une grande ſomme. Ces impoſitions ſont des extraordinaires, comme par exemple, le défrai d'un Ambaſſadeur, ſa nourriture & les voitures qu'on lui fournit, qui ſont aux dépens des lieux par où il paſſe, les illuminations dans les ſolemnitez, qui ſont auſſi aux dépens des lieux. Ce ſont les aubaines, que ces impôts ou taxes, pour les Regens ou petits Magiſtrats qui les levent; car ſûrement ils levent au moins une fois plus qu'il ne faut pour payer la dépenſe.

En

En troifiéme lieu, il y a une forte d'impofition qui reffemble à ce qu'on appelleroit en France une taxe fur les Aifez, & qui eft d'un grand foulagement pour les Finances du Roi. Ce font des gratifications qu'il fait payer par les Intendans; les Gouverneurs de Province, les Officiers & les Miniftres de l'Etat. Par exemple, quand on fait qu'un Gouverneur, ou un Intendant, a bien fait fes affaires, le Roi lui envoye un préfent par la perfonne qu'on a deffein de gratifier, ou de recompenfer de quelque fervice. Ces préfens confiftent ou en un habit, ou en un faucon, ou en un cheval. La commiffion de porter ce préfent tient fouvent lieu non feulement de recompenfe, comme je le dis, mais auffi de payement de gages; car le Roi prefcrit la fomme que le Gouverneur donnera à l'envoyé, avec quoi il ne faut pas laiffer de lui faire encore un préfent proportionné à fon emploi, à la qualité de fa famille, & à la faveur qu'il a à la Cour.

Voilà, autant que je l'ai pu connoître, toutes les fources du revenu du Roi de Perfe, dont il faut remarquer que rien n'eft affermé, non plus que les fonds de terre, bétail, denrées, monnoye, peages, cafuels extraordinaires. Tout eft par commiffion, & en regie; & géneralement tous les biens du Roi font en regie, à la referve de certains fonds, dont le revenu eft toûjours fixe & certain; comme celui d'un *Marché*, d'un *Caravanferai*, d'un *Bazard*. Mais pour tous les biens dont le revenu eft cafuel, comme, par exemple, celui des terres, lequel eft different felon les bonnes ou mauvaifes années, celui des Doüanes qui rend plus ou moins, felon l'étendue du trafic, & tous les autres fonds, en un mot, dont le produit eft inégal d'une année à l'autre; pour tous ces biens-là, dis-je, on ne les afferme point, ce qui donne moyen aux fujets de vivre affez à l'aife, malgré la feverité des exactions & des corvées, à quoi j'ai raporté qu'ils font expofez; car un Intendant ne fe foucie gueres, après tout, que le Roi tire plus ou moins de revenu, pourvû qu'il ait fes préfens ordinaires, & que fa commiffion rende autant de profit dans un tems que dans un autre.

Il n'y a point de taxes fur les perfonnes, elles font libres par toute la Perfe, & la taille y eft entierement inconnue; fur quoi je remarquerai que cette exemption de taille génerale en *Orient*, m'a fouvent fait penfer que c'eft peut-être la raifon de ce qu'on n'y connoît point la difference de Noble & de Roturier. Il n'y a point de taxe pareillement fur les denrées, à la referve du Tabac feulement: les terres non plus ne payent rien au Roi que ce petit droit de redevance, dont j'ai parlé au Chapitre précedent. Quant aux droits d'entrée, l'on n'en leve en aucune partie du Royaume fur aucunes des chofes qui fervent à la nourriture ordinaire. Enfin, on ne leve rien, ni fur le fel, ni fur le vin.

La même économie qui fe garde dans la perception des revenus du Roi, fe garde auffi dans celle des revenus de l'Etat, que j'ai remarqué qui font deftinez pour la fubfiftance des armées, des Officiers de l'Etat, & des Gouverneurs de Province; & comme le Roi reçoit de toutes les Provinces du Royaume des Convois pour la fubfiftance de fa maifon, que les Gouverneurs & les Intendans lui envoyent, les Gouverneurs de même reçoivent de pareilles contributions de chaque Canton de leur Province, de quoi partie fert à compofer les Convois qu'ils envoyent à la Cour, & partie à l'entretien de leur maifon. C'a été là de tout tems une des manieres de l'*Orient* que les maifons des grands Seigneurs foient pourvûes de ce qu'il y a de plus exquis dans tous les endroits du Royaume, qui leur eft envoyé en chaque faifon, fans qu'il s'achette prefque rien pour leur table. On voit dans l'hiftoire Grecque, que quand *Themiftocle* s'engagea au fervice de *Xerxès*, ce Monarque lui affigna fa fubfiftance fur les lieux qui raportoient les plus excellentes chofes, l'un devoit entretenir fa maifon de pain, l'autre de vin, l'autre de viande. C'eft cela même qui fe pratique encore aujourdhui en Perfe, & non feulement à l'égard de ce qui fert à la nourriture, mais auffi pour les vêtemens, chaque forte d'étoffe étant tirée de differens endroits du Royaume, ou chaque piéce de vêtemens, comme des turbans, des fouliez, des ceintures, ce qui eft encore tout-à-fait femblable à l'économie des anciens Rois de Perfe, comme on le peut voir dans l'endroit d'*Herodote*, où il parle d'Anthylle ville d'Egypte. *Depuis*, dit-il, *que l'Egypte eft fous la domination des Perfes*, Anthylle, *qui eft une ville célèbre entre les autres, eft particulierement donnée à la femme de celui qui régne pour fa chauffure.* C'eft la même chofe dans tout l'*Orient*; ainfi, la dépenfe du Grand Seigneur pour fa perfonne, tant pour la nourriture, que pour le vêtement, fe tire uniquement du revenu de fes jardins.

Je viens à la feconde partie de ce Chapitre, qui regarde la fupputation des revenus du Roi

de

de Perse. Il est comme impossible de dire précisément à quoi ils se montent : les Ministres de l'Etat même n'en étant pas pleinement informez. Tout ce qu'ils en sauroient dire, est seulement ce qui est entré dans le trésor Royal d'or, d'argent, de pierreries, & de précieuses marchandises, durant le cours d'une telle année. Les Intendans des Provinces ne sauroient dire non plus à quoi se monte au juste le revenu de leur Province, puisqu'il y a je ne sai combien de villages, de terres, & d'autres biens du Roi, qui sont assignez à des Officiers pour leurs gages, & sur lesquels les Intendans n'ont point d'inspection. Il faut remarquer que les Persans ne sont pas aussi curieux de savoir à quoi vont les revenus de leur Roi, ni des grands Seigneurs du Païs, & cent autres curiositez semblables, que nous le sommes dans nôtre Europe ; ce qui fait qu'il est impossible d'apprendre rien d'eux sur ce sujet qui nous puisse satisfaire entierement. J'ai tâché plusieurs fois, durant le long séjour que j'ai fait à la Cour de Perse, d'apprendre à quoi se montoit au juste le revenu du Roi, & quelles étoient les forces de l'Etat. Je n'ai pas épargné les présens pour le découvrir, & j'ai mis souvent sur cette matiere des Intendans de Province, & des Ministres d'Etat, avec lesquels j'avois assez d'habitude, & qui me traitoient avec quelque confidence ; mais j'ai toûjours eu lieu de croire qu'ils ne le savoient pas eux-mêmes. Chacun sait ce qui est de son département, & gueres davantage. Ils répondoient naïvement aux demandes que je leur faisois, *Dieu le sait ; il y en a beaucoup ; cela est sans compte.* Mais ils ne disent jamais rien de plus positif.

La difficulté de supputer avec exactitude les revenus du Roi de Perse vient principalement de deux causes, comme je crois l'avoir déja insinué ; la première est que les fonds & les droits qu'il leve ne sont pas affermez, mais sont en régie ; ce qui en rend le produit inégal d'une année à l'autre. La seconde raison est que plusieurs des revenus du Roi sont comme alienez, parce qu'ils sont assignez à des Officiers pour leurs gages.

Cependant je ne laisserai pas de faire ici un petit détail de ce que j'ai pû apprendre sur ce sujet de plus juste & de plus véritable.

Le Païs d'Etat rapporte au Roi en argent comptant quelques cent mille francs l'an par Province ; ce qui peut monter à environ deux millions en tout.

Le Païs de Domaine lui rend environ quatorze millions en tout. La ville de *Recht*, qui est la Capitale de la Province de *Guilan*, en produit seule presque la sixiéme partie. Le ressort de la Province de *Mazenderan*, qu'on tient avec le *Guilan* être l'ancienne *Hyrcanie*, rend six cens mille livres. La Province de *Parthe* est mise à quatre cens cinquante mille livres. Celle de la *Perside* à huit cens mille. C'est le compte que j'en ai entendu faire en gros à des Officiers de ces Provinces-là. Ce qui fait que celle d'*Hyrcanie* produit plus de revenu qu'aucune autre, est le produit de la soye qui s'y fait en plus grande abondance qu'en lieu du monde.

On fait monter à soixante mille Tomans, qui font environ trois millions, les Peages & les Doüanes de la Perse, desquelles il est bien certain qu'on pourroit tirer le double, si l'on y regardoit d'aussi près & avec autant d'exactitude qu'on le fait en plusieurs parties de l'Europe.

Les Etrennes valent au Roi cinq à six millions.

Les Entrées du Tabac vont à environ quinze cens mille livres. Celles de la seule ville d'*Ispahan* rendent vingt mille écus.

Sans entrer davantage dans le détail, j'ai vû des gens en Perse faire monter à sept cens mille Tomans tout le revenu du Roi, c'est-à-dire tout ce qu'on lui paye de Droits, & tout ce qu'on lui fait de présens de quelque nature que ce soit. Cela revient à environ trente deux millions de nôtre monnoye. Je ne garentis pas ce calcul, mais quoi qu'il en soit on peut dire que les Richesses du Roi de Perse sont immenses, ce qui ne vient pas de l'abondance de ses revenus ; car à cet égard les richesses du Grand Seigneur, & du Grand Mogol vont bien au delà, mais c'est parce que ce Prince ne dépense pas la vingtiéme partie de ce qui entre dans son Trésor. Il est nourri & défrayé, généralement parlant, sans presque rien débourser, de maniere qu'il ne paye rien en argent comptant. Tout ce qu'il doit est payé en assignations sur quelques uns de ses revenus. Ses Troupes, sa Maison, les Artisans qui sont à ses gages, & les choses même qu'il achéte pour le plaisir, & pour la magnificence, sont payées en assignations comme les autres, à moins que par faveur speciale on n'obtienne d'être payé du Trésor. Il ne faut pas oublier un autre moyen que le Roi a de payer ce qu'il achéte, outre ces assignations ; c'est à savoir de donner des Marchandises en payement, & c'est ce que ses Ministres proposent toûjours dans l'occasion, & qu'ils tâchent par tous moyens de faire accepter.

cepter. J'entens feulement de groffes fommes qui font duës, & les Marchandifes qu'on offre le plus communément font des Turcoifes, de la foye, des brocards d'or, des Tapis d'or & de foye, du lapis Lazul. Le Roi a de pleins Magazins de tout cela; car comme il n'afferme point fes biens, & qu'il fait travailler la foye qu'il reçoit pour fon droit, fes Magazins regorgent toûjours de telles nippes.

Si l'on fait réfléxion fur tout ce que je viens de dire, on trouvera, qu'à le bien prendre, le Roi de Perfe eft le plus riche Monarque de l'Univers, & qui vit dans la plus grande abondance de biens, puis qu'il entretient fes Troupes & fa Maifon fans mettre la main à la bourfe. Une autre chofe qu'on peut encore affurer touchant fes grandes richeffes, c'eft qu'il a autant de revenu lui feul que tout le refte de fon Royaume, & que ce revenu s'augmente journellement par le moyen des confifcations.

CHAPITRE VIII.

De l'Oeconomie des Finances.

J'Ai fait voir dans le Chapitre précédent quelle étoit la nature des revenus du Roi, qui confiftent la plûpart en denrées, & en chofes néceffaires aux hommes, & particuliérement aux Rois, & en précieufes Marchandifes, plus qu'en argent. Il en eft de même, ou à peu près, dans l'emploi qu'on fait de fes Finances; c'eft-à-dire, qu'au lieu de payer en argent, le Roi paye en affignations fur les Provinces, comme je l'ai obfervé au Chapitre précédent. La raifon pourquoi l'on en ufe de cette maniére en Perfe, c'eft à caufe que les biens ne font pas affermez, mais adminiftrez & en régie; & à caufe auffi de ce qu'il n'y a ni affez de commerce, ni affez de mouvement dans le Païs pour reduire aifément tout en argent. L'on en découvrira encore d'autres raifons dans la fuite de ce Chapitre.

Les affignations font de deux fortes, les unes en terre, les autres en des comptes; c'eft-à-dire qu'on affigne des terres aux Officiers pour la valeur de leurs gages, ou qu'on leur donne à la place des comptes de ce qu'il n'y a ni affez de commerce, ni affez de mouvent fur les villages ou Cantons doivent, lefquels ils envoient recevoir par qui il leur plaît.

Quant aux affignations en terre, on les appelle *Tyoul*, mot qui fignifie *perpetuel*, d'autres difent au contraire qu'il fignifie *éloigné*, parce que ces affignations fe donnent fur des lieux éloignez. Il y en a de deux fortes; car ces terres font ou l'apanage de la Charge, les grandes Charges ayant toutes des terres qui y font annexées, pour le payement des gages; & qui demeurent attachées à la charge à perpetuité: ou elles font affignées au gré de la chambre des comptes, pour y recevoir les gages ou falaires tous les ans. Par exemple, le Roi prenant à fon fervice un Officier à cinq cens francs de gages, la Chambre des Comptes, lui affigne cette paye fur un village qui de tout tems eft compté pour produire cinq cens francs de rente par an. Il fe trouve prefque toûjours un fond revenant à la paye affignée; ou à ce défaut l'Intendant de la Province, fur laquelle eft l'affignation, fournit ce qu'il en manque; ou bien il lui donne une affignation de plus de cinq cens livres dont l'autre lui raporte le furplus; c'eft-à-dire que fi l'affignation eft de cinq cens cinquante livres, au lieu de cinq cens, il faut qu'il paye au terme cinquante livres à l'ordre de l'Intendant. L'eftimation du revenu de ces lieux ainfi affignez eft établie de tems immemorial, mais l'interêt du Roi y eft beaucoup lezé; car j'ai ouï affurer que des Cantons qui n'étoient couchez dans les Regiftres de la Chambre des Comptes, & donnez en payement que pour mille livres de rente, en rendoient cinquante mille; chofe que j'avouë moi-même être très-difficile à croire. Cependant la vérité eft que communément ces fortes d'affignations rendent trois & quatre fois le prix pour lequel on les donne. La raifon de cette grande augmentation eft, que depuis le tems des appréciations, ces lieux-là ont beaucoup profité, foit par l'augmentation des Habitans, foit par le paffage des Caravanes, qui y eft plus frequent, foit par la découverte de quelques nouvelles fources d'eau, foit enfin par quelqu'autre changement heureux. Lorsque quelque Canton eft ainfi amelioré, celui à qui il eft échu en partage ne va pas dire qu'il en tire plus que fes gages; mais au contraire, fi ces lieux déperiffent, on préfente auffi-tôt requête au Roi, ou à la Chambre des Comptes, pour avoir un autre fonds, ou pour faire reduire l'eftimation de celui-là à ce qu'il raporte précifément. Ainfi ces fortes de biens du Roi diminuent toûjours infailliblement d'une année à l'autre; car ceux qui ont en partage les fonds qui vont en augmentant, les gardent pour le prix accoûtumé, & ceux qui ont les autres demandent des dédommagemens. Il faut obferver que les terres, qui font affignées pour payement de gages, ne font pas fous l'infpecl'infpection des gens du Roi, Elles font comme propres à celui à qui elles font données. Il traite comme il veut des revenus avec les habitans du lieu, & c'eft de même que nos bénéfices en Europe.

Le Grand Vizir *Cheic Aly Can*, Miniftre éclairé, droit, & integre, que j'ai vû dans le Miniftere, depuis la feconde année du régne de *Soliman*, a plufieurs fois été fur le point de reformer l'étrange abus de ces *Tyouls*, ou affignations perpetuelles, en donnant de nouvelles affignations à chacun, felon le taux de fes gages, ce qui feroit revenir au Roi une infinité de bien, dont on ne lui tient aucun compte, & qui n'eft qu'au pillage; mais il y a toûjours trouvé des obftacles invincibles. Tous les grands Seigneurs s'y oppofoient fecretement pour leur interêt, parce qu'ils ont tous de ces affignations, & qu'il y en a parmi eux qui euffent été reduits par cette reformation, à un quart de leur revenu, & même à moins. Les Maîtres, ou pour mieux dire ceux qui ont la jouïffance de ces Terres, d'affignation, fi je puis les appeller ainfi, y ont deux droits confidérables: le premier que lors qu'ils y veulent aller paffer quelque tems, le Païs les doit nourrir. Le fecond eft leur Droit Seigneurial, qui s'appelle en Perfan, *Purfi el nezah*, c'eft à-dire *taxation des querelles*, ce qui leur raporte confidérablement; parce qu'en Orient prefque toutes les peines qu'on inflige font des amendes. Les Habitans de ces fortes de terres font les plus doucement traitez de tous ceux de la Perfe; car comme les charges font d'inftitution héréditaires dans cet Empire-là, chacun regarde le lieu de fon affignation comme fon bien propre à perpetuité, parce qu'on efpere de demeurer dans fon emploi toute fa vie, & qu'on s'y comportera fi bien, que les enfans en auront la furvivance.

L'affignation en billets ou comptes s'appelle *baraat*, c'eft-à-dire, *billet de change*, ou de permutation, & elle eft auffi de deux fortes. L'une incertaine & non réglée, c'eft-à-dire qui fe fait tantôt fur ce lieu-ci, tantôt fur celui-là: l'autre, qui eft fixe, & fans alteration. Les Perfans l'appellent *hame faleh*, c'eft-à-dire *annuel & perpetuel*, qui eft ce que les Turcs difent *Salianeh*, en leur langue, *annuelle*, ou *perpetuelle*. C'eft quand on eft affigné pour toûjours fur une même perfonne, ou fur un même fonds; & c'eft la meilleure affignation des deux, parce qu'elle eft la moins pénible, & parce qu'elle oblige à moins de frais.

Les Intendans des Provinces envoyent tous les ans à la Chambre des Comptes l'état du revenu de la Province, avec les rôles, ou comptes, à part, de chaque village, de chaque Canton, & de chaque forte de revenu, réglez & arrêtez par le *Reys*, ou Prévôt du lieu, & fcellez du Prévôt & des principaux habitans. Les rôles de chaque lieu, & de chaque chofe font envoyez à part, tant ceux des villes, que de la Campagne; de forte que dans ce pénible détail, il arrive qu'un Intendant envoye quelquefois plus de cinq mille rôles, chacun bien réglé, & en bonne forme, dont il faut qu'il garde par devers lui un double tout pareil. L'Intendant envoye ces comptes au tems accoûtumé, & ces comptes-là ainfi arrêtez, & fcellez, font des obligations, ou comme des billets au porteur, que la Chambre des Comptes donne en payement à chacun autant qu'il lui en faut, pour fes gages. Mais comme il refte beaucoup de ces obligations après le payement fait des gages, & des autres dépenfes affignées fur la chambre, elle envoye recevoir le refte qui fe porte au Tréfor Royal; ce qui fe fait non par des Receveurs en titre, mais par des gens qu'on prend exprès, qui font ordinairement des Favoris des Miniftres, parce que ce font de grandes gratifications que ces receptes, à caufe de l'utilité qu'on en retire comme je vais le raporter.

C'eft-là l'ordre, ou, pour ainfi dire, le manege, avec lequel on fait aller & venir les Finances en Perfe, où l'on peut remarquer qu'en general il fe remet peu de chofe en deniers comptans des Provinces au tréfor Royal.

Les revenus des Provinces font adminiftrez avec une œconomie femblable. Un Gouverneur, par exemple, diftribue partie du revenu de fa Province parmi les Troupes qu'il eft obligé d'entretenir, les Officiers & les Magiftrats de la Province, & les Domeftiques de fa Maifon; affignant à chaque Officier, & à chaque Soldat même, le lieu où il doit recevoir fa paye ou fes gages; & l'autre partie du revenu, il le referve pour fes befoins, & il en fait faire la perception en la même maniere que l'on retire les revenus du Souverain.

La Chambre des Comptes fait la diftribution de toutes les affignations, tant celles des Terres, que celles des Comptans; & felon les amis qu'on y trouve, on reçoit une affignation plus ou moins favorable, fuivant les circonftances.

H

Il y a trente ou quarante ans que l'on commettoit un étrange abus dans cette distribution; c'est que la Chambre payoit quelquefois les petites sommes par des assignations en differens endroits du Royaume, dont on ne savoit que faire, & sur quoi il falloit perdre la moitié. Mais Abas second reforma cet abus, & ordonna qu'on ne donneroit d'assignations sur des lieux differens, que pour une somme au dessus de deux mille cinq cens livres. Chaque Soldat, chaque Artisan, chaque Officier, peut avoir son assignation en particulier, & l'aller recevoir lui-même, ou l'envoyer recevoir par un valet, ou par qui il veut; mais d'ordinaire on reçoit les assignations par Corps. Une Compagnie de Soldats ensemble aura son assignation en une masse. Un attelier de même, & ainsi de tout ce nombre de gens que le Roi entretient à ses gages. On aime mieux avoir son assignation ainsi par Corps; parce qu'autrement on ne sauroit que faire d'une assignation sur un lieu éloigné quelquefois de trois à quatre cens lieuës. Il faudroit la négocier avec des gens qui en prendroient le quart pour payer d'avance, ou qui n'en rendroient l'argent de long-tems, & peut être jamais. Quand les assignations sont retirées du Bureau, un nombre du Corps, des plus honnêtes hommes, qui se fait nommer ou choisir pour cela par le Prevôt du corps, avec la permission du Général, ou premier Chef, est chargé de les aller recevoir; & quand il est de retour, il distribue à chacun la somme qui lui appartient, en prenant auparavant un droit pour ses frais, & pour sa peine.

Les Receveurs des deniers publics s'appellent *hassildaar*, terme moitié Persan, moitié Arabe, qui signifie chargé de l'acquisition, & aussi ayant la recepte du provenu des acquisitions, de *hassil*, acquisition, d'où est venu le mot de *haceldama*, employé par St. Mathieu Chapitre 27. ver. 8. au sujet du champ acheté de l'argent donné à Judas pour livrer N. S. Jesus-Christ. L'emploi est fort brigué, parce qu'il est fort lucratif; & il faut avoir non seulement bien des amis, mais encore donner bonne caution pour l'obtenir. Le droit de recepte est de cinq pour cent, quand l'assignation est sur la ville d'Ispahan, & sur la ban-lieuë, & de dix pour cent, quand l'assignation est à plus d'une journée de chemin, dont les Receveurs se payent par leurs mains; & ce même droit se prend également sur ce qui se reçoit pour le Roi, comme sur ce qui se reçoit pour les Particuliers. Vous observerez que les Receveurs de la Chambre des Comptes sont d'or-

dinaire chargez de cinq ou six cens mille livres de recepte. Quand c'est le Roi qui donne une recepte à un Courtisan, il lui fait donner son droit d'avance en pareilles assignations, & quelquefois il lui fait donner double droit, moyennant quoi le Receveur paye net ce qu'il reçoit. Le droit de Commission est donc plus ou moins gros, suivant la distance des lieux. Il est aussi quelquefois selon la difficulté de la recepte. Par exemple, celui qui est chargé de recevoir des Hollandois six cens mille livres, pour la soye qu'ils prennent du Roi tous les ans dans la ville d'Ispahan, n'a que deux & un quart de commission, parce qu'il n'y a ni risques, ni fraix, ni peine, à recevoir cet argent.

Mais ce n'est pas là tout le profit de ces Receveurs. Ils en font bien encore autant, avant que de se défaisir de l'argent; car premierement, dès qu'ils sont sur le lieu de la recepte, il faut les traitter grassement avec leur train, leur payer cinq pour cent de droit, & leur faire un petit present par dessus. Quand l'argent est prêt, ce sont eux qui sous divers pretextes remettent à le recevoir; & il faut leur faire un autre present afin de les y obliger pour en être plûtôt déchargé. Mais si l'argent n'est pas prêt, ils se font payer le retardement sur le pied de l'interêt du Païs, qui est de demi pour cent la semaine, en cette sorte de négoce; & pendant qu'on prépare l'argent, ils vont ailleurs faire leur recepte. Dès que les Receveurs ont amassé une somme considerable, ils cherchent les moyens de la donner à interêt, ou de la mettre en negoce, & comme ils sont quelquefois jusqu'à dixhuit mois dans leur voyage, selon l'étendue de leur Commission, ou la distance des lieux, ils tirent beaucoup de benefice de cet argent-là: Enfin, ils sont plus ou moins de tems à vuider leurs mains, suivant les amis qu'ils ont à la Chambre des Comptes, & suivant qu'ils sont bien à la Cour. Il y a encore d'autres petits profits que ces Receveurs se procurent dans leurs commissions, comme de faire passer de riches marchandises avec leurs Equipages, parce qu'ils sont francs de peages.

Les assignations les plus favorables sont celles qui sont proches du lieu de la residence accoutumée, celles qui sont sur de bons débiteurs; celles qui sont toutes en même lieu, & non deçà & delà. Quand les Ministres n'ont point d'affection pour quelqu'un qui se mêle de recepte, on lui donne de vieilles assignations en des lieux éloignez, & écartez,

&

& fur de méchans débiteurs, après lefquelles le Receveur étant long-tems à fe tourmenter, & quelquefois ne tirant que partie des affignations ; on fait un raport fi defavantageux au Roi de l'exécution de fa Commiffion, comme par exemple, qu'il a fait fuir les débiteurs par la rudeffe de fon procedé, qu'il a pillé la Province, & autres accufations femblables, que le malheureux Receveur tombe dans la difgrace, & perd fa faveur. Quelquefois on fait une autre grace aux Receveurs, c'eft lors qu'on affigne des gens fur eux ; car ils prennent encore cinq pour cent fur telles affignations données fur eux, pour leur droit d'avance, comme s'ils n'avoient pas encore l'argent dans leurs mains.

Je ne crois pas neceffaire de rapporter que les Officiers de la Chambre des Comptes ont leur bonne part de ces pilleries : on leur fait des prefens pour toutes chofes. Les gens qui font à gages leur en font pour avoir de bonnes affignations, & dans des lieux proches ; & les Receveurs leur en font pour avoir beaucoup de commiffions, & pour en avoir d'aifées & d'utiles ; & on leur en fait encore davantage tant pour n'être pas preffé de vuider les mains au trefor, que pour tirer d'eux les décharges neceffaires.

Les Soldats, qui n'ont qu'environ deux cens francs de paye, & les bas Officiers, ou ferviteurs, qui n'en ont que trois ou quatre cens, fouffrent le plus de cette volerie ordinaire ; car pour avoir leur argent comptant, quand ils en font preffez, il faut, comme je l'ai dit, qu'ils en donnent prefque le quart ; autrement il faut qu'ils attendent des fept à huit mois, & quelquefois davantage. J'ai vû des Officiers, & des Artifans du Roi, qui avoient deux années de paye dans les receptes : les Receveurs leur gardent leur argent ; & ils en font quittes pour un prefent aux Chefs du Corps à leur retour, avec quelques reprimandes qui ne touchent gueres quand elles font faites par des gens qu'on a corrompus. Du tems d'Abas le Grand, les Soldats étoient mieux affignez ; mais il y a tant d'années qu'on n'a nul befoin d'eux, qu'on ne fe foucie gueres de les bien payer.

Les Intendans accordent quelquefois aux Villages la grace de payer dans la ville où ils refident, ce qui les fauve de l'oppreffion des Receveurs ; & alors c'eft dans le propre Palais de ces Intendans qu'on décharge les affignations. Mais d'ordinaire ils envoient des gens avec les Receveurs, ce qui fe fait autant pour les contenir, que pour les fervir dans

leur recepte, afin que les Païfans n'en foient pas trop vexez. Le Receveur va mettre pied à terre au logis du *Reis*, ou Prevôt du Village, qui fe meine au Caravanferai, ou au *Mehman cané*, c'eft-à-dire *à la maifon des Hôtes*. Il y en a toûjours une ou deux en chaque Village, particulierement en ceux où il ne fe trouve point de Caravanferai. Il faut obferver que c'eft toûjours le Prevôt que l'on preffe & maltraite, afin qu'il hâte la levée. La fonction de ces Receveurs demande beaucoup d'art & d'experience, pour ufer prudemment de violence ou de douceur, fuivant les occafions ; fans quoi les Païfans défertent tous pendant la nuit, ce qui met un Receveur dans un grand embarras ; car il ne lui eft pas permis de faire de la peine aux femmes, ou aux enfans, comme je l'ai obfervé, ni de mettre la main fur rien qui foit dans la Maifon.

La chambre des Comptes tient Regître des Tributs des Provinces ; & fi un Intendant manque d'envoyer les comptes du revenu, la chambre donne des affignations fur lui à bon compte de ces tributs, dont il eft déchargé après les avoir payez en efpece. Mais un Intendant fe laiffe rarement pouffer à cette extrémité ; tant parce que cela produit un mauvais effet auprès du Roi ; qu'à caufe qu'on lui évaluë les denrées qu'il a reçuës pour les droits du Prince, fur le pied de leur valeur à Ifpahan.

L'Argent qui refte de net eft porté au Trefor Royal, qui eft un vrai gouffre ; car tout s'y perd, & il en fort très-peu de chofe. Je n'en ai jamais vû rien tirer que pour des prefens que le Roi fait fur le champ ; mais il eft très-rare que l'on en tire pour autre chofe ; les payemens fe faifant par affignations, fi ce n'eft en des cas extraordinaires, & en faveur de quelque Etranger de païs éloigné. Ainfi l'an 1666. le Roi Abas fecond me fit payer de cette maniere cinquante mille écus de bijoux que je lui avois vendus, fur une requête que je lui prefentai, dans laquelle j'expofois qu'étant Etranger une affignation me donneroit bien de la peine, & de plus que S. M. m'ayant donné des Commiffions, il étoit neceffaire que je partiffe inceffamment pour les executer. Le Grand Maître me donna le confeil de prefenter cette requête, qui fut reponduë comme je le defirois.

On paye dix pour cent de droits au Trefor de tout ce qu'on y reçoit, à moins que le Roi n'en exempte expreffement ; chofe qui n'arrive gueres : mais quelquefois, on fait grace

grace de la moitié, & c'eſt de cette maniére que l'on me traita.

Le Tréſor eſt ſous la garde d'un Eunuque, & tous les Officiers que l'on y fait entrer ſont des Eunuques auſſi. La Chambre des Comptes, ni le premier Miniſtre, ne prennent point connoiſſance de ce qui y eſt renfermé. C'eſt un bien hors de leur inſpection. La Chambre fait à la vérité ce qu'on y porte par an de la recepte des Provinces; mais elle n'eſt point informée de ce qui y entre provenant des préſens. Le premier Miniſtre le pourroit bien ſavoir, mais comme il n'a pas commiſſion de le faire, il ne s'en donne pas le ſoin. Le *Nazir*, ou Grand Intendant de la Maiſon du Roi, eſt Controlleur du Tréſor, il doit ſavoir tout ce qui y entre, & tout ce qui en ſort, mais il ne lui eſt pas permis de mettre le pied dans les diverſes ſales où il eſt reſervé. J'y ai été une fois avec lui par ordre du Roi (car aucun ne ſe peut preſenter à l'entrée, s'il n'eſt mandé expreſſement.) C'étoit pour faire faire des habits d'hommes à l'Europeane, avec quoi je m'imaginai que quelques Femmes du Serrail vouloient faire une Maſcarade, je fus bien une heure à la porte avec le Grand Maître à attendre le Roi. L'Eunuque Chef du Tréſor alloit & venoit pendant tout ce tems-là dans les ſales, me montrant des bijoux ſans nombre & ſans prix, ce qui me fit croire que c'étoit par ordre du Roi; car quand je fus ſorti le Grand Maître me dit, *on ne fait point une telle grace à perſonne.* Je demandai à voir un Rubi que j'avois déja vû l'an 1666. la Cour étant en Hircanie, ce que le Chef du Tréſor m'accorda d'autant plus volontiers qu'il me connoiſſoit dès ce tems-là, & m'avoit montré auſſi alors les plus beaux bijoux de la Couronne par ordre du Roi. Ce Rubi eſt en cabochon, grand comme la moitié d'un œuf, de la plus belle & de la plus haute couleur que j'aye jamais vû. On a gravé vers la pointe le nom de *Cheic Sephy*, ſans ſe ſoucier de gâter la pierre, & l'on ne me pût dire ſi ce fut *Cheic Sephy* lui-même, ou ſes Succeſſeurs, qui le firent faire. On me montroit les choſes ſi fort à la hâte que je n'avois pas le loiſir de les regarder. Les plus beaux bijoux du Roi conſiſtent en Perles. Il y en a des filets au Tréſor de demie aune, & de trois quartiers de long, pour porter en chaines, & dont les Perles ſont de plus de dix à douze carats, parfaitement rondes & vives, mais dont l'eau eſt dorée, comme ſont toutes les Perles d'Orient. On me fit voir, entre les autres, une

Tome II.

quantité infinie de pierres de couleur, & beaucoup de Diamans de cinquante à cent carats. Pour l'or & l'argent, je croi qu'on n'en ſauroit ſupputer la quantité, & je n'en ſaurois rien dire de poſitif. Le grand Intendant, & d'autres Seigneurs, me répondoient là-deſſus, comme ſur les revenus du Roi. Quand je les mettois adroitement ſur ce ſujet, pour leur donner lieu d'en parler, ils me répondoient, *Il y a beaucoup de richeſſes; Dieu ſeul en ſait le compte; perſonne ne ſe voudroit donner la peine d'en lire le regître; cela eſt infini.* Lors que j'étois au Tréſor, on tira un rideau de devant un mur que je vis tout couvert de ſacs, rangez l'un ſur l'autre, juſqu'à la voute. Il y pouvoit avoir quelques trois mille ſacs, que je jugeai à leur forme être des ſacs d'argent. Ces ſacs d'argent contiennent cinquante *tomans* chacun, qui ſont ſept cens cinquante écus de nôtre monnoye. On me diſoit que les murs par tout étoient couverts de cette maniere; & il faut obſerver, que de tems en tems, on change l'argent en ducats le ſeul or qui vienne en Perſe. Le lieu du Tréſor eſt tout joignant le Serrail, grand d'environ quarante pas en carré, diviſé en pluſieurs chambres: celles du dedans étant ſans fenêtres le Roi y vient ſouvent avec les Dames du Serrail, ſur tout quand il y a quelque choſe de nouveau à voir; mais il en coûte toûjours au Roi par les préſens qu'il leur faut faire. Le Garde du Tréſor s'appelle *Aga Cafour.* C'eſt le plus brutal, le plus rude, & le plus laid perſonnage qu'on puiſſe voir, toûjours grondant, toûjours en fureur, excepté en préſence du Roi. Il y a pluſieurs coffres dans le Tréſor dont il n'a point le maniment, & qui ſont ſcellez du ſceau que le Roi porte pendu à ſon col.

Je viens préſentement à la maniere dont on tient le compte de l'adminiſtration des biens de l'Etat & du Domaine. On le tient dans deux grands Bureaux, dont l'un s'appelle *Defter Kane caſſeh*, Chambre des regîtres du Domaine; de *kas*, terme Arabe, qui veut dire *favori, particulier, propre, ſpecial*; l'autre, *Defter Kane memaleck*, Chambre des regîtres des Royaumes, par où l'on entend l'Empire en général. Le mot *Defter* eſt un terme Hebreu & Arabe, qui veut dire *carte*, ou *tablette imperiale*, parce qu'anciennement, avant l'uſage du papier, on ſe ſervoit de tablettes. Les Grecs diſent *Diftera* dans le même ſens; & aujourdhui ce mot de *Defter* ſignifie dans tout l'Orient un regître & un livre de compte. Le Bureau des Regîtres du Royaume eſt le

K k pre-

premier en rang, mais l'autre a plus d'autorité à cause de l'étendue de son reffort. Chacun confifte en trois grands Bureaux principaux, qui font compofez de foixante Clercs avec les Officiers, dont je parlerai dans la fuite. Le premier Bureau s'appelle *Defter cané cola feh*, mot qui fignifie *meilleur*, *plus parfait*, & qui en cet endroit veut dire le plus affuré, parce que ce Bureau eft comme le journal du Domaine. C'eft le lieu des regîtres de la recepte & de la mife journaliere, & c'eft où les billets d'affignation fe gardent. Le fecond Bureau s'appelle *Defter cané Tauzieh*, c'eft-à-dire *le regître des Economes*, ou *de ceux qui font la dépenfe*, parce que c'eft dans ce Bureau que ces billets-là fe delivrent pour le payement des gages & pour les autres dépenfes. On y tient de plus un regître général des revenus du Roi, en forme d'état, ou de journal; car on trouve là dedans le revenu du Roi établi en détail, le lieu où il eft fitué, en quoi il confifte, & qui en font les poffeffeurs, ou les adminiftrateurs, &c. On y trouve les augmentations & les diminutions qui arrivent au revenu chaque année: les débiteurs & le compte de chacun en particulier avec les affignations données fur chacun d'eux: de forte qu'il fe peut dire que l'on tient dans ce Bureau tous les grands livres du Domaine. Le troifiéme Bureau fe nomme *Defter cané lesker nuvis*, c'eft-à-dire, la *Chambre du rolle des Domeftiques*. Les Perfans ont un même mot pour fignifier Armée & Cour, qui eft celui de *lesker*, pour exprimer par là, quelle eft la grandeur de la Cour du Roi. On tient dans ce Bureau le rolle de tous les Officiers du Roi grands & petits, dans quelque emploi qu'ils foient, leur qualité, leur paye, le tems de leur entrée au fervice; fur quoi il faut obferver que les gages des Domeftiques du Roi ne commencent de courir que du tems qu'on a fait enregîtrer fon nom au Bureau. L'on y tient de même le rolle des Troupes entretenues par le Roi, homme par homme; car c'eft un ufage conftant que lorfque quelqu'un eft reçu au fervice du Roi, on enregître fon nom & fon office à la Chambre, quand il n'auroit qu'un fol de paye par jour.

On donne à ce troifiéme Bureau encore un autre nom, outre celui de Chambre du rolle des Domeftiques. On l'appelle *Defter ferkar*, c'eft-à-dire, *Regître du premier Office*, par où l'on entend la Maifon du Roi, parce que c'eft où fe fait l'enregîtrement des Officiers & des Domeftiques de la Maifon du Roi fans exception.

Ce font là les noms des Bureaux principaux des Chambres, avec le furnom de *caffeh*, c'eft-à-dire *Domaine*, ou de *memalek*, c'eft-à-dire *les Royaumes*, ou *l'Empire*, que l'on ajoûte à chaque nom pour diftinguer une Chambre de l'autre; car les Bureaux des Chambres de l'Etat, ou de l'Empire, ont le même établiffement, & les mêmes noms, ainfi que pareil nombre d'Officiers, fans qu'il y ait de différence confidérable. Ainfi l'on appelle, par exemple, le troifiéme Bureau de la Chambre de l'Etat *Defter ferkar memalek*, *Regître du premier Officier de l'Empire*, parce que c'eft où l'on tient les rolles des Officiers & des Troupes qui font dans les Provinces entretenues par les Provinces même.

Chacun de ces Bureaux a fon Chef particulier, qui porte le nom de *Saeb*, ou *Maitre & Seigneur*, par exemple le Chef du premier Bureau qui s'appelle *Saeb Tauzieh*. Outre cela il y a les Officiers généraux de la Chambre qui ont également l'autorité fur les divers Bureaux de leur Chambre, & qui font au nombre de trois, l'un appellé *Daroga*, ou Prevôt, à qui il appartient de citer les comptables, & d'executer les ordonnances du Préfident: l'autre nommé *Nazir*, ou Surveillant, qui eft proprement le Controlleur de la Chambre; & le troifiéme, nommé le *Mouftophy*, c'eft-à-dire, *élû & conftitué*, qui eft le Préfident, ou premier Chef de toute la Chambre, & pour ainfi dire le premier mobile de cette grande machine; & c'eft auffi par confequent celui de tous qui a le plus d'occafions de piller & de s'enrichir.

Il y a encore deux obfervations générales à faire dans la relation de ces Chambres; l'une que dans la methode qu'elles fuivent, le Royaume tout entier eft divifé en quatre départemens feulement, comme en quatre claffes, dans lefquelles les autres Provinces fe trouvent comprifes. Ces quatre départemens font *Arac*, *Fars*, *Azerbeyan*, & *Coraffon*, qui font les Provinces que nous nommons la *Parthide*, la *Perfide*, la *Medie*, & la *Baɛtriane*. L'autre obfervation eft, que les Chambres des Comptes ont une Epoque particuliere dont elles font les dattes conjointement avec l'année de l'Hegire, favoir cette Epoque de Tartarie, qui eft une révolution de douze années, qui portent des noms de Bêtes, comme j'en ai traité amplement en parlant de l'Aftrologie; & felon cette Epoque, l'année commence à l'équinoxe de l'Automne.

Ces deux grands Bureaux font tout-à-fait diftinɛts l'un de l'autre, comme l'on voit, ayant

ayant leurs Officiers à part, & l'un ne doit point empieter fur l'autre. Mais parce que l'interêt du Roi eſt grand dans toutes les Provinces, les Miniſtres du Roi prennent fouvent connoiſſance de ce qui ſe paſſe dans le Bureau de la Chambre de l'Etat. Le premier Miniſtre a inſpection fur toutes les deux.

Dans la Chambre des Comptes de l'Etat on tient regître des Officiers & des Troupes de chaque Province, ce que chacun y a de paye, ceux qui meurent, ceux qui entrent au ſervice, les terres qui ſont aſſignées à chacun, les droits de chaque office, le provenu de chaque choſe, les taxes des Doüanes & des Peages, enfin ce qu'il y a de biens de l'Etat, & de revenus du Roi dans la Province.

Dans le Bureau du Domaine on tient les mêmes comptes que dans celui de l'Etat; ainſi la Chambre du Domaine fait tout ce qu'il faut payer à chacun, & combien chaque corps d'Officiers de Domeſtiques, de Soldats, & d'Artiſans doit recevoir par an; & fur cela elle délivre à chaque corps entier ſes aſſignations néceſſaires, après avoir reçu du Chef de ce Corps un rolle contenant non feulement les membres qui le compoſent, mais auſſi ceux qui ſont morts depuis la derniere montre. La Chambre de l'Etat tient compte pareillement de toute la dépenſe qui eſt faite en chaque Province, juſqu'au moindre article, les Vizirs, ou Intendans, étant obligez d'en envoyer un état en détail tous les ans à la fin de l'année. Tout homme qui eſt dans quelque emploi que ce ſoit eſt comptable à ces Bureaux, ſoit à celui de l'Etat, ſoit à celui du Domaine.

C'eſt un labyrinte dont on ne ſauroit ſortir que ces Chambres des Comptes. J'ai été bien des années avant que d'en connoître les détours, & je croyois ſouvent que je n'en viendrois jamais à bout, après toutes les peines & touté la dépenſe que j'y avois employées. Mais c'eſt bien pis pour ceux qui y ont des affaires, car on n'en voit jamais le bout, & l'on s'y conſume en fraix. Chaque Officier qui manie les biens du Roi eſt obligé d'y rendre compte, comme je l'ai obſervé, & il eſt obligé de plus d'en prendre des décharges à la fin de ſa commiſſion, outre celles qu'on lui donne chaque année, après qu'il a envoyé l'état de l'année échue. S'il arrive que la Chambre n'en ſoit pas ſatisfaite, elle mande ſimplement qu'elle les a reçus, & qu'elle paſſe en credit les remiſes envoyées avec le compte, mais elle ne donne point de décharge; au lieu que quand elle eſt ſatisfaite, elle mande *qu'elle*

a reçu les revenus de l'année échue, conformément à l'inſtitution, avec quoi on demeure déchargé.

C'eſt à ces Chambres que l'on attend les Vizirs concuſſionnaires, & tous les Officiers qui ont uſé de malverſation, pour leur faire rendre gorge; & comme les procedures de la Chambre des Comptes ſont infinies, tout homme à qui elle demande compte de ſa commiſſion, eſt perdu ſans reſſource, car quand il auroit amaſſé ſix millons, il n'en pourroit pas payer les dommages, dont on le charge, par les raiſons que je vais dire; mais la Chambre ne demande un compte général que quand un ſujet ſe trouve ſi chargé de concuſſion, que l'on ſoit reſolu de le pouſſer à bout, & de le perdre.

La peine de rendre compte ne vient pas par erreur de parties, ou par défaut de netteté ou d'exactitude dans les livres; mais parce qu'on conteſte les faits au comptable. Il mettra, par exemple, qu'un tel Canton, qui dans les bonnes années a coûtume de rendre tant, n'a rendu que tant en telle année, parce, dit-il, que l'année a été mauvaiſe, parce que les païſans s'en ſont fuis, parce que les terres ont été long-tems ſans labourer, & par d'autres raiſons qu'il allegue. La Chambre répond en un mot que cela n'eſt pas vrai, qu'on ſait fort bien que l'année étoit bonne, & que ce Canton a rendu, ou dû rendre, comme auparavant; en ſorte que d'une maniere ou d'autre c'eſt lui qui aura volé le reſte. La différence ſe trouve bien grande alors; car d'ordinaire la Chambre eſt moins équitable dans ce qu'elle lui impoſe que ne l'étoit dans le compte qu'il y donnoit, & c'eſt en cela que les diſcuſſions ſont ſans fin, de même que les preuves vont à des fraix immenſes; car les Commiſſaires qu'on envoira fur les lieux pour l'examen d'un fait, ſeront quelquefois ſix mois à revenir; & quand le Comptable met des preuves en avant, & fait comparoir des Témoins, la Chambre lui en oppoſe d'autres, faiſant venir des Païſans de deſſus les lieux pour dépoſer contre lui. Or l'on peut s'imaginer combien ceux qui dépoſent en faveur du Roi ſont favorablement écoutez. Pendant qu'un Comptable eſt en conteſtation avec la Chambre tous ſes biens & ſes papiers ſont ſaiſis, ce qui rend ſa défenſe & ſa juſtification la plûpart du tems impoſſible. Le moyen ordinaire pour finir ces malheureuſes reviſions de compte, eſt de gagner par de gros préſens, ou les Miniſtres, ou les Femmes, ou les Eunuques du Serrail; & la

ma-

maniére de fe tirer d'affaire , eſt d'avoir une abolition du Roi, ou d'obtenir une nouvelle Commiſſion avec quoi tout le paſſé demeure comme aboli. Le plus ſûr eſt toûjours d'accommoder promtement les affaires que l'on a dans la Chambre, car autrement le moins qu'il en puiſſe coûter à un Comptable, eſt la perte de tout ſon bien, ou de la plus grande partie, qui eſt confiſquée au profit du Roi.

Quant à la maniére de proceder dans ces Chambres, la voici en détail. Premiérement, on doit obſerver que lors que l'on a quelque don à demander au Roi, ou qu'on demande juſtice ſur quelque grief, cela ſe fait par une requête, que les gens préſentent eux-mêmes, ou qu'ils font préſenter par quelque Grand du Royaume. Le Roi de Perſe reçoit toutes les requêtes qu'on lui préſente, ſans en refuſer jamais aucune, ſoit dans ſon Palais, ſoit ailleurs. Comme il ne ſort qu'à cheval, il les envoye prendre d'un figne d'œil par un valet de pied; & comme le Roi va toûjours aſſez doucement, chacun a le tems de délivrer ſa requête. Le Grand Portier lequel eſt comme le Grand Maître de la Maiſon du Roi, eſt chargé d'ordinaire des requêtes, parce que c'eſt lui ſeul qui agit dans la préſence du Roi, & qui va & vient pour l'execution de ſes ordres.

Le Roi ſe fait lire la Requête, ou ſur le champ, ou à la première occaſion, & d'ordinaire c'eſt par le premier Miniſtre, ou par le grand Intendant, & donne la réponſe que le Miniſtre met à la marge, & après elle eſt renduë à celui qui l'a préſentée, pour faire executer l'ordre du Roi; ou bien on la remet dans les mains du Miniſtre, ou principal Officier à qui l'affaire eſt renvoyée, ou que l'affaire regarde directement: ou bien enfin, on l'envoye aux Secrétaires d'Etat, pour faire les expéditions ordonnées. Lors qu'il s'agit d'une affaire importante, comme lors qu'il faut expédier des Lettres patentes du Roi, le Secrétaire d'Etat envoye la requête & l'expédition *à l'Ecrivain de l'Empire*, qui la reforme ſelon ſon ſens, la met au net, & puis la délivre au premier Miniſtre. Celui-ci l'ayant approuvée, l'envoye au *Vaka nuviez* qui eſt le premier Secrétaire d'Etat, pour en prendre copie, lequel met le titre de l'expédition de ſa main, ſelon les lieux pour leſquels elle eſt deſtinée; par exemple, ſi c'eſt un ordre du Roi pour tout l'Empire, il met de ſa propre main dans le blanc au deſſus de la première ligne ces mots. *Commandement auquel le mon-*

de doit obéiſſance, & puis il renvoye l'acte au premier Miniſtre, qui le porte au Roi, en préſence duquel le ſceau y eſt appliqué. L'Acte revient enſuite devant le premier Miniſtre, qui le contreſcelle de ſon ſceau, & le donne à ſon Secrétaire, qui eſt auſſi ſon Controlleur. Celui-ci contreſcelle l'acte, s'il eſt expédié au petit ſceau (car il ne contreſcelle pas ceux qui ſont expédiez au grand ſceau,) & puis il écrit auſſi au deſſus du ſceau de ſon Maître ces mots, *par l'ordre exalté & inexprimable de la bouche de la haute Majeſté*, & enſuite les expéditions ſont renvoyées aux Miniſtres qui ont préſenté les requêtes.

C'eſt là la maniére dont on obtient les Lettres patentes, & les commiſſions du Roi; & lors que ces commiſſions ſe donnent pour mettre quelqu'un dans le Gouvernement de l'Etat, ou dans l'adminiſtration du Domaine, & dans le maniment des biens du Roi, il faut les faire enregiſtrer à la Chambre des Comptes de l'Etat, ou du Domaine ſelon le reſſort de l'Emploi obtenu. On porte pour cela les Lettres patentes ou telles autres piéces conjointement avec l'original de la requête répondue, ou avec la minute de la patente, lors qu'il n'y a point eu de requête préſentée. On porte ces piéces, dis-je, à *Mouſtophy*, ou Chef de la Chambre, à qui la connoiſſance de cette affaire appartient, lequel écrit ces mots au revers, *qu'il ſoit enregiſtré*. Delà elles ſont portées au bureau de registre des Officiers, où l'enregiſtrement s'en fait, de quoi le certificat eſt mis ſur les Lettres patentes en ces mots: *Il a été inſeré dans les Regiſtres du Palais*; mots au deſſus deſquels le Chef du bureau appoſe ſon ſceau, Delà on porte cet acte au Prévôt de la Chambre, qui l'examine, & le confronte avec la requête ou la minute, & met ces mots deſſus, *il eſt droit*, & ſon ſceau à côté. Enſuite on le porte au *Nazir*, ou ſurveillant de la Chambre, qui y met auſſi ſon ſceau, & écrit, *il eſt venu ſous nôtre vûe*. Puis on le porte au *Defter Tauzié*, ou *bureau de la dépenſe*, dont le Chef, après l'examen & l'enregiſtrement, y met ſon ſceau auprès des autres ſceaux, & ces mots, *il a paſſé ſous la plume*. On le porte après au bureau qu'on appelle *Cholaſeb*, qui eſt comme le journal de la chambre, dont le Chef le ſcelle pareillement, & met à côté, *il a été noté*; & puis enfin, on le raporte au premier Préſident de la Chambre qui y met encore ſon ſceau, un peu au deſſus des autres, avec ces mots, *il a paſſé par les regiſtres*. Il faut obſerver que dans tous les bureaux par

Par l'ordre exalté & inexprimable dela bouche dela haute Majesté.

l'esclave d'alì l'agrèé, cheic a li can Grandvisir.

Geda ali bec Davoga defter canè.

Il est droit.

Mirza hatem Mustaufi Colasch.

Il a esté noté.

Ismaël bec nazir defter canè.

Il est venua notre vüe.

Mirza Cazem Mustaufi Cafch.

Il a passé par les regitres.

Mahamed Jafer fahibi defter canè Teskernuis.

Il a esté inseré dans les regitres du Palais.

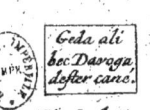

sous la plume.

où l'acte est passé, on en prend copie, & que les enregistremens se font au Bureau de l'Etat, de la même maniére qu'à celui du Domaine. J'ai fait mettre ici la figure pour montrer de quelle façon ces actes paroissent en Persan, après avoir passé par tant de mains. Les sceaux dont les Ministres se servent dans les fonctions de leurs charges ne contiennent que leurs noms comme on voit en ceux de cette figure, dont j'ai gardé aussi la juste grandeur.

On fait enregistrer les actes Royaux par deux raisons ; l'une pour servir en cas qu'ils se perdissent, l'autre parce que l'enregistrement est une forme nécessaire pour leur validité : il arrive d'ordinaire que quand l'acte est à l'honneur & au profit de l'Etat, ou du Roi, on le donne tout enregistré, mais autrement il le faut faire enregistrer soi-même à ses propres dépens. Les frais d'enregistrement font toûjours grands, mais plus ou moins pourtant, selon l'importance de l'acte. On peut s'imaginer ce que coûte l'enregistrement d'un acte de conséquence, puisque l'enregistrement de ceux qui ne regardent que les moindres choses, comme l'engagement d'un Soldat, ou d'un artisan, coûte environ vingt cinq écus, Lors qu'on veut une copie authentique de sa Commission, ou de ses Lettres patentes, afin de n'être pas obligé de les montrer à toute heure, on la fait faire chez le Juge Civil pour vingt sols.

Voilà quelles font les méthodes des deux Chambres des Comptes, qui pourront paroître pleines d'embarras. Je confesse que les voyes en font bien longues, mais ce que je puis assurer aussi, c'est que tout y est tenu si exactement & dans un si grand ordre, qu'on y peut avoir en tout tems un compte net & exact de ce que l'on aura fait avec le Roi en quelque tems que ce soit.

Les Persans tiennent leurs comptes non pas dans des livres reliez comme nous, mais dans des rouleaux ou des feuilles volantes : c'est là maniére ancienne, & c'est d'où nous est venu le mot de *Volume*, qui veut dire *rouleau*. Les Orientaux roulent leurs papiers au lieu que nous le plions, parce que leur papier est cassant, & qu'il se met en piéces quand il est plié. Ces rouleaux font quelquefois longs de vint aunes ; & ainsi un rouleau fait tout un livre. On le grossit tant qu'on veut, en collant les feuilles bout à bout, lesquelles d'ordinaire ne font écrites que d'un côté. Pour ce qui est des livres de comptes, qui font compofez de feuilles volantes, les feuilles en font un peu plus longues, mais pas si larges que

nos *in quarto*, écrites des deux côtez, & marquées par nombres. Elles font rangées l'une fur l'autre & liées entre deux tablettes de bois, couvertes de cuir, épaisses comme les couvertures de nos vieux livres, rebordant de demi doigt, de maniére que quand cela est lié, le papier ne s'y gâte jamais. On pourroit s'imaginer que les fraudes feroient bien plus aifées & plus communes avec ces feuilles volantes, qu'avec nos livres reliez, cependant les exemples en font fort rares, & même cela n'arrive point, & ne fauroit arriver, parce que toutes les feuilles importantes ont plusieurs sceaux, ce qui fait qu'il est impossible de les changer. Ils usent d'une autre précaution pour empêcher qu'on ne puisse rien ajoûter à ce qu'ils ont écrit ; c'est de mettre à la fin le mot de *blanc* pour signifier qu'il n'y a rien d'écrit au delà. Les Persans enferment aussi fort communément leurs papiers dans des facs, & particuliérement les rouleaux.

CHAPITRE IX.

Des Secretaires d'Etat & des Sceaux.

APrès avoir traité dans les Chapitres précédens, des principales Charges de Perfe, & des Officiers de la Couronne, & avoir expliqué au long la méthode des Chambres des Comptes ; il faut à préfent traiter des emplois principaux des autres Ministres de l'Etat, qui font trois Secretaires, lesquels fervent à dresser les patentes, deux Gardes des Sceaux, & un *Chef de l'écritoire, ou Douadar*, comme ils parlent, lequel est toûjours près du Roi, avec une écritoire à la ceinture, & un rouleau de papier en son fein pour écrire fur le champ tout ce que le Roi lui commande. Le premier de ces Secretaires s'appelle . *Mouchyel memalek*, c'est-à-dire *l'Ecrivain du Royaume*, & fon office est d'expédier ces fortes de patentes, & d'autres actes, qui doivent passer au grand fceau, lesquels regardent l'Empire en général, ou le païs d'Etat en particulier. Le fecond fe nomme *Ragam Nuviez*, ou *Ecrivain des ordres du Roi*, pour les affaires d'Etat feulement ; & le troifiéme *Hokom Nuviez*, c'est-à-dire *l'Ecrivain des Ordonnances*, lequel dresse toutes les expéditions qui passent au petit fceau, tant pour les affaires d'Etat que pour celles du Domaine.

Il y a trois Gardes des fceaux, dont l'un est Eunuque & demeure dans le Serrail auprès du Roi. On les appelle en Persan, *Mohor-*

dar

dar bachi, c'est-à-dire Chef des Gardes-Sceaux, par où il faut entendre seulement qu'ils apposent le sceau ; car ces Gardes-sceaux n'en ont point en effet ni la garde, ni la disposition. Il y en a un des trois qui ne scelle que les commissions des Troupes, & des affaires de la guerre, qu'on appelle par distinction Mohordar Kochoon. Les grands sceaux sont gardez dans le Serrail dans un Coffret, fermé par un cordon de soye, qui passe en deux pitons, & qui est noué & cacheté de cire mole, où le cachet que le Roi porte à son cou est appliqué. La mere du Roi est d'ordinaire la gardienne du Coffre. C'est la maniére des Orientaux de serrer ainsi les choses les plus précieuses. On les lie dans un mouchoir, ou dans un sac ; & puis on les enferme dans un coffre comme je viens de le représenter. Les bouts du cordon sont entourez de cire mole, & on apporte le coffre ou le paquet, au maître, qui tire son Cachet de son sein, ou de son doigt, & l'imprime sur la cire ; & lors que l'on veut ouvrir le coffre, celui qui l'a en sa garde, l'apporte & le présente au maître, afin qu'il reconnoisse que le Cachet est entier. Cette maniere est sure & fort commode : on n'est pas obligé d'avoir toûjours ses poches pleines de clefs, & l'on n'est pas sujet non plus aux inconveniens qui suivent la perte qu'on en fait. On peut observer en passant que c'est là à mon avis une des raisons pourquoi les serrures sont si mauvaises dans l'Orient, & qu'on n'en fait pas un si grand usage que dans l'Occident.

Le Vendredi est le jour ordinaire du grand sceau, & ce jour là on envoye à la porte du Serrail les sacs des expéditions prêtes à sceller, cachettez par les Ministres, au bureau desquels elles ont été expediées. Si le Roi sort en public, on apporte le coffre des sceaux, lesquels on lui présente pour en reconnoître le scellé & pour le faire rompre, & c'est ce que fait le Garde des sceaux, lequel les tire hors du Coffre, & à mesure qu'on lit au Roi les expeditions, il prend le sceau propre à chacune, le prépare en le frottant d'encre, prend l'expedition & le prépare aussi, en la mouillant legerement avec le bout du doigt, à l'endroit où il faut appliquer le sceau, & en cet état il les présente au Roi, qui met le sceau lui même, ou lui fait signe de l'appliquer, comme il arrive le plus souvent. L'encre dont on trempe les sceaux en Orient est plus épaisse que celle dont on écrit, & pour la maniere de mouiller le papier, c'est seulement de le rendre moite à l'endroit du sceau,

soit avec la langue, soit avec le doigt mouillé sur la langue : ainsi on scelle en Orient proprement comme on imprime chez nous. Si le Roi ne sort pas du Serrail, on remet au jour suivant, ou bien le Roi fait venir les expeditions, & les fait sceller par l'Eunuque qui a la garde des seaux.

Chacun sçait à mon avis que les Orientaux n'ont point la pratique de rendre les Actes valides par des signatures, comme on l'a en Occident ; cela n'est ni pratiqué, ni même connu chez eux. Ils apposent leur seau, ou cachet, au lieu que nous mettons nôtre nom ; & il ne faut pas penser qu'il soit aisé de prendre leur seau, car ils le portent pendu au cou par un cordon de soye entre la chemisette & la robe, ne le quittant jamais que dans le bain. On ne doit pas penser non plus qu'il soit aisé de le contrefaire ; car au contraire, il est fort sûr que cela arrive beaucoup plus rarement chez eux, qu'il n'arrive parmi nous de contrefaire la signature. D'autres gens portent leur seau au doigt en façon de bague. Ces seaux sont ordinairement des Agathes ou cornalines ovales, ou quarrées, de la grandeur d'un denier, sur lesquelles est leur nom, ou quelque sentence de l'Alcoran ; car les Orientaux n'ont point non plus l'usage de ce que nous appellons les armes. Quelquefois l'inscription du cachet est un vers ou deux, au lieu d'un nom, comme je l'ai vû dans celui de la Tante du Roi regnant, qui se nomme Mariam Begum, ou la Princesse Marie, dont les mots étoient tels :

> Dared Ommid Belutff Alla
> Chazadé Begum Bent Seficha.

Ce qui signifie

Elle ne met sa confiance qu'en la grace de Dieu cette Princesse Royale qui est fille du Roi Sephy.

Et dans celui du Premier Ministre du Roi de Colconde, qui s'appelloit Seid Mousapher, c'est-à-dire, Seigneur Victorieux, il y avoit ces mots :

> Mousapher es Kemaly diu ve Aklas
> Saied Morhcha es jouni Kademi-kas

> Le Victorieux par la perfection de la Religion & de la Justice
> Et de tout son Cœur le Serviteur special du grand Morhcha [Ali.]i

Le Roi a cinq seaux differens, trois grands, & deux petits. Voici la representation de quatre. Le cinquiéme, à sa figure près, qui est tout à fait ronde, ressemble entierement

au

Dieu
est ma
suffisance.

L'Esclave
du Roy du Pays,
Soliman.
1080.

L'Esclave
du Roy du Pays,
Soliman.
1080.

l'Empire procede de
Dieu.

L'Esclave
du Roy du Pays,
Soliman.
1080.

au premier. L'infcription du dedans des grands cachets eft de même dans tous les trois contenant ces mots Perfans : *Bendé Cha Velayet Soliman eft.* 1080. c'eft-à-dire *L'Efclave du Roi du Pais eft Soliman l'an* 1080. J'ai déja obfervé que les Perfans croyent que l'Empire du Monde apartient de Droit, & par inftitution de Dieu, aux Prophetes & aux Succeffeurs des Prophetes établis par eux ; & en l'abfence de ces Succeffeurs, à ceux qu'ils mettent en leur fiége : que le douziéme Succeffeur de Mahomed venant de lui en ligne directe par fa fille, nommé Mahomed Mehdy a difparu, qu'après lui il n'y a plus eu au Monde de Monarque legitime, veritablement & de Droit, & qu'il n'y en aura plus qu'à fon retour. J'ai encore remarqué qu'ils croyent qu'il n'eft pas mort, mais que Dieu le garde dans un lieu inconnu aux hommes : qu'il doit revenir au Monde, pour en reprendre le Gouvernement, & qu'il peut revenir à toute heure. Les Perfans croyent cela fi fortement, qu'il y a à Ifpahan, & en deux autres Villes de Perfe, une écurie voüée à ce Mahomed Mehdy, qu'on appelle *Tavilé Saheb el Samon*, c'eft-à-dire *l'écurie du Maitre des tems*, qui eft le titre que les Perfans donnent à ce Saint, pour exprimer qu'il eft hors de l'atteinte du tems, c'eft-à-dire en un mot qu'il eft immortel. On tient toûjours dans ces écuries, tant la nuit, que le jour, des chevaux fellez & bridez pour être prêts au moment que le faint paroîtra. Les Rois de Perfe qui fe difent, par honneur, defcendus de fa famille par fon trifayeul, fe difent auffi fes Lieutenans, ou fes Vicerois, proteftant de n'avoir point d'autre Droit fur l'Empire, finon d'en tenir les refnes en fon abfence ; & c'eft pour marquer mieux leur dépendance & leur refpect, qu'ils fe qualifient par tout *fes Efclaves*, comme on voit qu'ils le font en leurs feaux. J'ajoute même que ces Princes font de cette fervitude, leur titre d'honneur, en même tems qu'ils fe donnent les plus fublimes & les plus pompeux Epithetes, que l'on ait jamais entendu, & qu'il n'y a que le feu de l'imagination de ces Peuples Orientaux qui pût concevoir. Le mot Perfan qui fignifie *efclave*, eft *bendé*, lequel vient de *bend*, qui veut dire *lien*, & *chaine*. L'infcription des petits Cachets eft un peu differente, car il y a le mot de *din*, qui fignifie la Religion, au lieu de *valaiet*, qui veut dire le Païs ; mais c'eft la même chofe dans le fens Perfan ; car ils croyent que le Souverain Pontife du Spirituel, eft auffi le Souverain Monarque du Temporel ; les Prophetes & leurs Succeffeurs devant porter les deux glaives. Pour rendre bien ces mots en François, il faut mettre *Soliman eft le Lieutenant Souverain du Roi du Monde, felon la loi véritable.* La datte de 1080. eft celle de l'année que le Roi fe fit recouronner, après avoir été Roi trente mois revenant à l'année 1668. de nôtre fupputation.

Le tour du grand Cachet eft un quatrain en vers hexametres, dont on voit le fens dans la traduction : fur quoi il faut obferver qu'*Aly* eft le premier des Imans, ou legitimes Succeffeurs de Mahomed le faux Prophete, & de plus fon gendre, & fon Coufin germain ; & comme c'eft auffi l'Auteur de la fecte Perfane, ayant donné le fens de l'Alcoran de la maniere que les Perfans le fuivent, & ayant établi le culte comme ils le pratiquent, les Perfans n'ont que lui à la bouche. C'eft leur Idole, l'objet de leur amour & de leur veneration. Quoi que très-peu de gens entendent là langue Perfane je ne laifferai pas de mettre ces quatre vers en Perfan, parce qu'ils ferviront au moins à faire voir la mefure & la cadence de la Poëfie Perfane.

Erke janibé ali né ni couft
Aguer amjoun bachet men ne darem douft
Erke tehoun Kak nift bé derre hou
Aguer em ferichté Kak ber ferby hou.

On peut voir dans la traduction de ces quatre vers deux figures fort communes dans l'Ecriture fainte, l'une & l'autre, dans ces termes que j'ai traduits, *mettre la tête en terre à la porte d'Aly*, mais qui fignifient mot à mot *fe faire terre à fa porte.* La porte pour dire l'Empire, le thrône, la Majefté, la puiffance, eft une de ces figures comme on le peut voir dans ce même fens au livre de la Genefe, au 22. Chapitre, verfet 17, & au Chap. 24. verfet 60. *Se faire terre devant quelqu'un*, pour dire *s'humilier* eft l'autre figure ; & c'eft une phrafe qui eft fouvent dans la bouche des Prophetes en parlant à Dieu, *je ne fuis devant toi que poudre & cendre.* La derniere moitié du quatriéme vers eft un terme proverbial *Kak ber Serby hou*, *que la terre foit fur fa tête*, pour dire *qu'il meure.*

Le tour de l'autre grand feau contient le nom des douze premiers Califes ou Succeffeurs de Mahomed, à commencer par Aly, & ceux que j'ai dit que les Perfans appellent *les douze Imans*, c'eft-à-dire les vrais Lieutenans & vrais Succeffeurs ; dont la race Royale fe difant Originaire, c'eft comme fi l'on mettoit fa généalogie dans fes feaux.

Les

Les grands feaux font gravez fur des turquoifes épaiffes, qui fervent depuis Abas le Grand. On n'a fait qu'effacer le nom du Roi décedé, & la datte. Le petit feau quarré eft un beau Ruby. Le quatriéme dont j'ai fait graver l'infcription en Perfan, eft d'une Emeraude.

Des grands feaux, le quarré s'appofe aux Commiffions pour le païs du Domaine. L'autre fert pour toutes les affaires de l'Empire, comme pour les traitez, les Miffives pour les Etrangers, les commiffions, les Lettres patentes. Le troifiéme, qui eft tout à fait rond, fert pour les affaires de la guerre. Les petits feaux fervent pour les expeditions des Finances, pour les brevets des charges, & offices de la Maifon du Roi, & de fes troupes, & pour tous les actes qui concernent les biens Royaux. Le feau quarré eft le plus confideré, & celui auquel on obéit le plus régulierement, c'eft proprement le feau ou le fein du Roi, car il le porte à fon col; & fes ancêtres, depuis Abas le Grand, en ont fait de même. On appelle les grands feaux *Homayon*, du nom d'un Roi de Perfe des plus célébres, & les petits *Hokom geon mouta*, c'eft-à-dire *commandement auquel le monde doit obéir*, parce que les actes auxquels ils s'appofent commencent d'ordinaire par ces mots-là, à caufe qu'ils font adreffez aux Intendans & adminiftrateurs qui doivent executer, à peine de la vie, tout ce qui y eft contenu. L'autre petit feau eft en dépôt dans les mains du Garde du trefor Royal, qui eft un Eunuque, dont le pouvoir & la faveur eft encore au deffus de la charge.

J'ai déja obfervé qu'on n'a pas la pratique en Orient de figner les écrits pour les rendre valides, mais feulement celle d'y mettre le feau : mais il faut ajouter que cela ne fe doit entendre que des Mahometans ; car pour les Gentils au contraire ils n'ont pas l'ufage du feau : fur quoi je dirai en paffant que c'eft-là une de ces chofes qui me perfuadent que les Sciences ont pris leur naiffance dans les Indes, & non dans la Chaldée, & dans l'Arabie ; car comme il eft vraifemblable que l'ufage du feau a été inventé pour fuppléer à l'ignorance de l'écriture, il en faut conclurre que l'art de l'écriture étoit moins connu dans les païs où l'on fe fervoit de feaux. Les gens doctes de Perfe font tous de même avis, ajoutant qu'anciennement dans l'Arabie l'écriture étoit un art renfermé parmi peu de gens, qui fervoient de Scribes au public, & qu'au défaut de favoir écrire, chacun imprimoit une marque, ou un feau, pour confirmer l'écrit qui fe faifoit en fon nom. Mahomed en ufoit d'une maniere encore plus groffiere ; car il trempoit feulement fa main dans l'encre, & l'apliquoit fur le papier, à l'imitation de quoi les Empereurs de Turquie mettent au haut de leurs Lettres patentes l'empreinte d'une main en noir, comme étant les armes & l'écuffon Imperial de la Monarchie Ottomane, dont les Sultans de Conftantinople fe glorifient de tenir le fiége.

Je finirai ce Traité du Gouvernement de Perfe en rapportant le jugement que j'en ai fait, après avoir demeuré beaucoup d'années dans le Païs. Il m'a donc femblé qu'il y a beaucoup d'humanité dans toutes fes loix, & dans toutes fes pratiques, & bien au delà de ce qu'on pourroit s'imaginer d'un Gouvernement defpotique, & d'une puiffance Arbitraire. Par exemple, y a-t-il Empire où l'on foit moins chargé de tailles & d'impôts ? les fujets n'y payent rien par tête, & les denrées les plus néceffaires à la vie y font franches de droits. Y a-t-il rien de plus humain & de plus doux que le traitement que l'on fait aux Païfans ? On peut dire que c'eft une veritable focieté contractée entre le Seigneur & le fujet, où la perte comme le profit font également partagez, & dans laquelle les plus pauvres font toûjours ceux qui fouffrent le moins. N'eft-ce pas une voye fort douce de lever des droits que de les donner en Regie, fans obliger des fermiers à les faire valoir un certain prix, qui eft proprement commettre les vexations dont ces fortes de fermiers accablent le peuple pour la *manutention* de leurs fermes ? N'eft-ce pas un ordre merveilleux que celui qu'on tient parmi les Troupes ? Comme on peut affurer qu'il n'y en a nulle part de fi heureufes & de fi riches qu'en Perfe, puis que d'un côté elles font fi peu de fonction, qu'elles ne connoiffent pas même leurs propres Officiers, & que de l'autre elles ont de bonnes payes : il n'y a point auffi de Troupes dont les Peuples foient moins chargez : à peine en font-elles connues ; & bien loin qu'elles foient à charge aux autres hommes, elles portent elles-mêmes leur part des charges qu'il y peut avoir. N'eft-ce pas un ordre admirable que de payer les Soldats & les Officiers chacun à part, fur des atteftations fi authentiques & fi diverfes qu'il ne s'y peut commettre de fraude ; car par-là il n'y a point de morte-paye, ni de paffe-volant, & les Officiers ne fauroient faire de tort aux Soldats. En un mot, les Loix de Perfe font très-bonnes

nes & très-avantageufes pour les Sujets; & lors que fur le Trône de cet Empire-là, il fe trouve un Roi jufte & vigilant, qui fait obferver ces Loix en empêchant les vexations tyranniques de fes Miniftres, on peut dire que c'eft l'Empire le plus heureux & le plus floriffant du Monde. Cela paroît dans le régne d'*Abas le Grand*, qui quoi qu'il trouvât fon Royaume prefque tout ufurpé fur lui, en forte qu'il n'étoit pas reconnu à vingt lieuës autour de fa ville Capitale, & que par cette raifon tout fon régne ne fût qu'une fuite continuelle de guerres, néanmoins il laiffa la Perfe riche & très-floriffante, & frequentée par les Négocians de toutes les parties du monde, que lui-même y avoit attirez. Un moyen qui me paroît fûr pour bien juger de la douceur d'un Gouvernement, c'eft de jetter la vûe fur la condition des fujets, particulierement fur ceux du plus bas rang. Ceux de Perfe, foit à la campagne, foit dans les villes, font bien nourris & bien vêtus, ayant tous les uftenciles néceffaires, quoi qu'ils ne travaillent pas à moitié près de ce que font les nôtres. Les plus miferables femmes parmi eux portent toutes des ornemens d'argent aux bras, aux pieds, au col, & quelques-unes y portent des piéces d'or, comme je l'ai dit ailleurs; de maniére que je ne fai ce qui peut avoir fait concevoir le gouvernement de Perfe comme barbare & tyrannique, fi ce n'eft deux chofes. La premiere, les exécutions que le Roi fait faire fur les Miniftres fans forme de juftice, & fur le champ. Or j'avoue, qu'à l'égard des Grands qui font dans l'emploi, le gouvernement eft exceffivement rigoureux, parce qu'il agit avec précipitation dans fes condamnations, & que chacun court rifque d'en être accablé dans un inftant; mais cela ne regarde pas le peuple, avec lequel, comme je l'ai déja obfervé, l'on n'agit jamais de cette maniere. La feconde chofe font les vexations des Gouverneurs & des Miniftres, qui executent leurs voleries fans beaucoup de formalité. Cette conduite arbitraire furprend d'abord un voyageur European, & lui fait penfer que les fujets de Perfe font, pour ainfi dire, à l'écorcherie; mais quand on examine la chofe de près, on trouve que le mal qu'il y a n'eft pas fi grand que le bruit qu'on en fait. Une autre idée que nous nous faifons de la Perfe, qui n'eft pas moins fauffe que les autres, c'eft que les fujets y font efclaves. Je n'ai rien remarqué fur quoi on puiffe appuyer ce jugement : ils vont & viennent où ils veulent, fans permiffion, ni paffeport, fe retirant du

Royaume avec leurs familles & leurs biens, quand il leur plaît. Mais un avantage inexprimable que ces Peuples ont par-deffus les Chrétiens, c'eft qu'ils ne font point vexés pour la Religion. Les Ecclefiaftiques n'y font ni en grand nombre, ni fort opulens, & d'ailleurs ils ne font pas affez intriguans, ni affez munis d'autorité, pour tourmenter les fujets fur les actes de Religion. Je n'entens pas pourtant que les fujets ayent la liberté de fe former un Culte nouveau, ni de fe faire Chrétiens, ou Idolatres, publiquement, & à leur gré. Je veux dire feulement qu'ils ne font point inquietez ni recherchez pour leur Culte, s'ils vont aux Mofquées, ou non, s'ils croyent comme leurs Prêtres dans tous les points, ou s'ils tiennent les opinions de quelques Sectes contraires. Chacun eft là-deffus en pleine liberté, & croit ce qu'il veut ; & pourvû que l'on ne renie pas l'*Alcoran* publiquement, il eft permis à chacun d'en expliquer les myftéres comme il l'entend.

CHAPITRE X.

De la Magnificence de la Cour.

APrès avoir donné le détail des revenus immenfes du Roi de Perfe, & du Gouvernement de fes Finances, il ne fera pas mal à propos de parler de la pompe de fa Maifon & de l'éclat de fon train, ce qui paroît particulierement en trois occafions : dans fes Fêtes, foit à la ville, ou à la campagne; dans fes voyages; & dans la reception des Ambaffadeurs.

Les Fêtes du Roi fe font d'ordinaire dans de grandes Sales ouvertes à divers étages; c'eft-à-dire, l'une plus haute que l'autre, comme on les verra repréfentées dans la defcription d'Ifpahan. La plus grande Sale du Palais Royal eft celle qu'on appelle *la quarante colomnes*, qui eft à trois étages; & voici de quelle maniére la Fête s'y paffe. On y fait aller les invitez par des Jardins, & entre les autres par une allée de grands arbres, fous lefquels on voit douze chevaux qui font une des principales magnificences des Fêtes du Roi. Ces chevaux, qui font toûjours les plus beaux qu'on puiffe voir, font pofez à quelques pieds de diftance l'un de l'autre, fix de chaque côté, & attachez à une groffe corde de foye & d'or, tendue à terre avec de gros cloux d'un pied de long, & gros à proportion, auffi d'or, fichez en terre jufqu'à la tête, dans laquelle paffe un fort gros anneau,

& on attache les chevaux à cette corde par un licol de foye & d'or à deux rênes ; de maniére que le cheval eft tenu des deux côtez. On leur paffe aux pieds des entraves faites de cordons femblables aux licols, qu'on attache pareillement à un clou, comme ceux dont je viens de parler, dont on pourra voir encore mieux la figure dans la planche fuivante. On met devant eux des fceaux fi lourds & fi grands, qu'un homme n'en fauroit porter un, quand il eft plein, & quatre gros marteaux. On y étale auffi tous les uftenciles d'une écurie ; tout cela de pur or maffif, fceaux, marteaux, cloux, étrilles, caparaffons avec des chaines, comme l'on en met aux chevaux furieux ; tout eft d'or fin, de même que toute la vaiffelle de la Maifon du Roi. Les harnois des chevaux font de pierreries, & l'un eft affez différent de l'autre. Le premier eft tout de Diamans : le fecond de Perles : on y en voit de fort groffes qui pendent fur le poitrail : le troifiéme eft de Rubis : les quatre fuivans font d'Emeraudes : le huitiéme eft de Saphirs : les deux fuivans de toutes ces pierres-là mêlées enfemble, & les deux derniers font garnis de Turcoifes. Les felles font devant & derriere d'or maffif couvert de pierreries. Les étriers font de même, & fur les felles on jette de grandes houffes de tiffu d'or & de foye legeres pour garder le harnois contre la pouffiere.

Le Trône du Roi eft au fonds de la premiere Salle : il eft fait en carré, d'environ huit pieds de diametre, haut de deux à trois pouces, couvert d'une étoffe blanche, laquelle eft brodée de perles à l'entour, & d'or & de foye au milieu très-richement. Un gros & haut traverfin, tout couvert de pierreries, fert de doffier, ayant deux petits couffins à côté, auffi couverts de pierreries. Cette couverture du Trône eft tenue fur le devant par des pommes d'or maffif, qui en font pareillement garnies, de même que des crachoirs qu'on met entre deux. Le Roi eft couvert des plus belles pierreries du monde, & de la valeur de plufieurs millions, la plûpart pierres de couleur ; car ce font celles qu'on eftime le plus en Perfe. Derrière lui font rangez neuf ou dix petits Eunuques de dix à quatorze ans, les plus beaux enfans que l'on puiffe voir, richement vêtus, qui font un demi cercle derriere lui, & qui femblent être de vrayes ftatuës de marbre, tant ils font immobiles, tenant les mains fur l'eftomach, la tête droite, & les yeux arrêtez. Il y a derriere eux des Eunuques plus âgez, ayant des moufquets fur

l'épaule, garnis d'or & de pierreries. A la droite du Roi eft le premier Eunuque, qu'on appelle le *Mehter*, ou le *Grand*, qui eft le grand Chambellan du Roi, ayant à la ceinture un petit coffre d'or plein de mouchoirs & de parfums, pour en fervir le Roi à fa demande. Aux côtez de la Sale font affis les premiers Officiers du Royaume, favoir au côté d'honneur, le *Grand Vizir*, le *Général des Courtches*, le *Général des Efclaves*, près duquel il y a une place vuide, qui eft celle du *Grand Surintendant*, lequel eft debout d'ordinaire à côté du Roi, à quatre pas de diftance, ou environ, pour recevoir fes ordres. Après font affis de fuite, le grand Secretaire d'Etat, le grand Ecuyer, le premier Medecin, & deux ou trois autres premiers Médecins ; après lefquels il y a deux ou trois places vuides, & enfuite font affis les Gouverneurs de Provinces, & les Intendans de ces Provinces où il n'y a point de Gouverneurs, comme font toutes les Provinces annexées au Domaine. A l'autre côté font les *Cedres*, ou grands Pontifes, qui, comme on voit, font à la main gauche en ce Païs-là, pour marquer que le Gouvernement Politique eft le fuperieur. Après il y a une place vuide qui apartient au grand Maître d'Hôtel : puis eft placé le Général des Moufquetaires, le grand Veneur, le grand Aftrologue, & deux ou trois premiers Aftrologues, le premier Magiftrat du Droit Civil, les grands Gouverneurs s'il y en a à la Fête. La place du grand Maître d'Hôtel eft vuide par honneur, comme je l'ai déjà dit ; car il ne s'affied jamais devant le Roi, il eft à côté du Roi vis-à-vis le grand Surintendant, tenant un long & gros bâton, comme les bourdons de nos bedeaux, duquel la partie d'enhaut, dont une groffe pomme fait le bout, eft couverte de pierreries. C'eft la marque de fon commandement dans la Maifon du Roi ; & c'eft lui qui en fait exécuter les ordres. Lors qu'il y a des Ambaffadeurs à la Fête, on les place parmi ces Grands-là, leur donnant un rang élevé, felon le lieu d'où ils viennent, & felon le train avec lequel ils font venus.

Dans la Sale de deffous font affis des *Sultans* & d'autres Gouverneurs de Places, le *Daroga*, ou Gouverneur de la ville d'Ifpahan, des Colonels, des gens éminens en dignitez, Seculiers, & Ecclefiaftiques ; & fur les aîles, c'eft-à-dire derriere eux, on voit une foule de jeunes Courtifans, tous gens de qualité, & enfans de Seigneurs, qui font déja à la paye du Roi, & qui font là debout dans la contenance la plus refpectueufe du monde, & la
plus

plus craintive. Il y en a de même dans la Sale d'enhaut, & il faut obferver que dans l'une & dans l'autre, il n'entre que ceux qui font à la paye du Roi. Dans la Sale d'embas font affis les Officiers de moindre rang; & tout au bout, en face du Trône, on place les Danfeufes, & les inftrumens de Mufique. Au milieu de cette Sale d'enbas, on voit debout les Maîtres des Céremonies, les Huiffiers, les Portiers, & les autres Domeftiques du Palais, chacun tenant à la main le bâton qui eft la marque de fon office.

Il fait fort beau voir cette Cour auffi nombreufe, & auffi pompeufe qu'elle eft, fur tout les jours des Fêtes folemnelles, que les Grands ont fur la tête le bonnet qu'on appelle *Tage*, qui eft une maniére de couronne, lequel eft paré d'aigrettes, de plumes de Heron, & tout couvert de pierreries, dont il y en a qui valent deux à trois mille francs.

Lors que le Roi eft entré, & après le fignal qu'il en donne, la Mufique commence, & les Danfeufes fuivent, puis on fert devant chacun *l'avant repas*, (comme parlent les Italiens,) fur des Napes de brocard d'or. Il confifte en un fervice de quinze ou feize affiettes d'or & de porcelaine entremêlées, pleines de fruits verts & fecs, felon la faifon, de confitures feches & liquides, de dragées, de maffepains & de macarons, pendant ce tems-là, la Mufique joüe toûjours, au lieu que les Danfeufes font des paufes, danfant ou dans le bas étage, ou dans le fecond, felon qu'il plaît le plus au Roi; quand on fert du vin au Feftin, le Roi en boit le premier, & en envoye à l'affemblée, commençant d'ordinaire par les Ambaffadeurs, lors qu'il y en a au Feftin; & alors, les Cedres, ou Pontifes, & les autres gens d'Eglife fe retirent, parce que le vin étant défendu, ils commettroient un peché de s'arrêter dans un lieu où l'on en boit, & quelquefois même ils fe retirent auffi-tôt que la fymphonie joüe; parce que les inftrumens font défendus par la Loi Mahometane, mais non la Mufique, ni la danfe. L'un de ces jeunes Seigneurs qui font là debout, ou l'un de ces beaux Eunuques fert d'Echanfon. Il ne donne à boire qu'à ceux que le Roi ordonne, & après avoir donné la coupe à tous ceux que le Roi lui a marquez, il recommence à verfer à la ronde fans s'arrêter que lors que le Roi lui en fait figne; cela va pourtant affez lentement, quoi qu'on n'ofe pofer la coupe en bas. Les bouteilles font rondes, à long col, faites d'or émaillé, ou couvertes de pierreries: la taffe eft de même. Quand l'heure

que le Roi a marquée pour le repas eft venue, on l'en fait fouvenir, & il fait figne de fervir. Alors on deffert les fruits, on leve les Napes, & on en étend d'autres qui font auffi larges que la Sale, faites de fine toile peinte, ou de taffetas à fleurs d'or, fur lefquelles on fert une infinité de ragouts, qui confiftent en roti fec & de haut goût, en poiffon fec ou enfumé, avec bien des fauffes de toutes fortes. Nous appellerions cela un entremets; car ces ragouts ne font fervis que pour exciter l'apetit. Chacun a quinze ou vingt petits plats devant foi, avec de grandes porcelaines ou écuelles d'or entremêlées, qui tiennent environ deux pintes de forbets, y ayant en chacune une cueillere de buis, qui tient un petit verre, & qui a un manche long de quatorze à feize pouces. Ce fervice dure quelquefois trois ou quatre heüres, & quand on a bien bû & que le Roi veut fe retirer, il fait figne d'aporter le dernier fervice. Alors on deffert ces entremets: on leve ces napes, & l'on en met d'autres qui ne font pas moins belles, & on aporte le dernier fervice, qui confifte en potages, en mets bouillis, en ragouts, & principalement en ris de cent fortes d'aprêt, qu'on appelle *les Pilo*. Ce fervice ne dure guere que demie heure, & dès que le Roi a mangé, on lui prefente à laver, & à la Compagnie, en de grands baffins creux, d'or uni, ou émaillé, avec de l'eau de fenteur tiede, & auffi-tôt il fort, & chacun fe retire. Lors que l'on ne boit point de vin à la Fête elle dure beaucoup moins; car on ne fert point d'entremets, & la viande eft fervie une heure ou deux au plus tard après les fruits.

Quand la fête fe fait de nuit les fales & les dehors font éclairez de la maniére fuivante, & qui eft la même chofe que je vis lors que je fus préfenté au Roi de Perfe en *Hyrcanie* l'an 1666. On apperçoit dans la fale de préfence, c'eft-à-dire celle où eft le Roi, quatre rangs de lampes de cinq à chaque rang, & dans les fales des côtez, qui font ouvertes fur la fale de préfence, dix flambeaux à deux branches. Ces lampes ont un pied, qui a vingt pouces de diametre, & vingt-quatre à vingt-fix pouces de hauteur, dont le godet eft grand comme les deux mains, & haut de fix doigts, entretenant quatre groffes méches, ce qui fait une fort grande lumiére. Les flambeaux font encore plus hauts que les lampes, mais ils ne pefent que cinquante marcs, au lieu que les lampes en pefent foixante. Ce fervice-là eft tout d'or fin, & pefe deux mille quatre cens marcs. Les lampes & les flambeaux font

grands

grands de cette maniére en Perſe, parce qu'on les met à terre dans la ſale où l'on va & vient : Or s'ils étoient plus bas, on ne verroit pas la lumiére, & s'ils étoient moins peſans, ils ſeroient ſujets à être renverſez ; comme auſſi il en pourroit tomber de la graiſſe ſur les tapis, ſi le pied étoit moins large. Le dehors des Apartemens eſt éclairé par des fallots d'argent fichez en terre. On ne ſauroit rien voir de plus grand & de plus magnifique, ni de plus belles illuminations. Elles font une clarté comme celle du jour en plein midi.

J'ai trouvé cinq choſes admirables aux fêtes Royales qu'on appelle *Megelez*, terme qui ſignifie *aſſemblée*, & qui ſe prend quelquefois pour *un Conſeil*, & communément pour un feſtin.

Premiérement, la nombreuſe Cour & ſa magnificence : Il y a toûjours deux cens cinquante à trois cens perſonnes à ces fêtes, & tous y ſont très-leſtes & très-richement vêtus, quoi que plus ou moins, ſelon leurs emplois.

Secondement, la Majeſté & la gravité de l'aſſemblée, où le ſilence régne de telle maniére, qu'on y entendroit reſpirer. Chacun y tient une contenance grave, depuis le commencement juſqu'à la fin ; ce qui fait que les voix & la Muſique y ſont entendues très-diſtinctement : il faudroit être témoin de ce ſilence pour le bien comprendre.

Troiſiémement, la promtitude merveilleuſe avec laquelle le ſervice ſe fait, qui n'eſt pas moins incompréhenſible. J'en étois charmé ; il me ſembloit que c'étoit-là une piéce de théatre où tout eſt parfaitement concerté ; car dès que le Roi demandoit quelque choſe elle paroiſſoit à l'inſtant : quand il demandoit à manger, il étoit ſervi auſſi-tôt qu'on pouvoit aller en porter l'ordre aux cuiſines & en revenir ; & cependant on apportoit les plats auſſi chauds que ſi l'on eût attendu qu'ils euſſent été préparez.

Quatriémement, l'ordre du ſervice ; l'on n'y remarque pas la moindre confuſion, ni le moindre bruit, l'on n'y entend point remuer les gens : l'on ſert par un côté & l'on deſſert par un autre. Ce bon ordre vient comme je penſe de trois choſes qui ſont particulieres aux Orientaux : la première que ceux qui ſervent ſont déchauſſez & marchent ſur des tapis, ce qui empêche le bruit : la ſeconde que tout ce qui ſe ſert à ces fêtes juſqu'aux moindres bruit eſt apporté d'un office particulier ; par exemple les fruits verds, & les fruits ſecs, qui ont chacun leur office à part :

les confitures ſeches, & les liquides, le pain, le vin, les napes, les ſorbets, les ſalades, & ainſi du reſte : le Chef de chaque office vient faire ſa fonction devant le Roi, & puis ſe retire excepté le Chef de la cuiſine qui ſe tient à côté du Roi, un peu loin, juſqu'à ce que la viande ſe deſſerve. La troiſiéme eſt que le nombre des Officiers du Roi eſt fort grand : ainſi l'on ſe donne les plats de main en main. On ne manque de rien à ces fêtes, les Officiers examinant ſans ceſſe juſqu'à la contenance de chacun pour voir s'il a beſoin de quelque choſe, & pour la donner auſſi-tôt.

Le Roi y eſt ſervi par de beaux petits Eunuques qui ſont à genoux devant lui : ils reçoivent les plats du Chambellan, & les ſervent : il faut obſerver que tous les plats qu'on ſert devant la Compagnie ne ſont que comme des aſſiettes, & comme les portions qu'on donne dans les Couvents. On apporte les grands plats au milieu de la ſâle, où des écuyers tranchans, qui ſont à genoux, aſſis ſur leurs talons, les ſervent dans ces aſſiettes ou petits plats, qui ſont portez à la Compagnie.

La cinquiéme choſe eſt la richeſſe du ſervice, ou de la vaiſſelle : Tout eſt d'or maſſif, ou de porcelaine, & il y a chez le Roi une ſorte de porcelaine verte, ſi précieuſe, qu'un ſeul plat vaut cinq cens écus. On dit que cette porcelaine découvre le poiſon par un changement de couleur, mais c'eſt une fable ; ſon prix vient de la beauté de ſa matiére, & de ſa fineſſe, qui la rend tranſparente, quoiqu'épaiſſe de plus de deux écus. On fait monter à trente deux millions la vaiſſelle d'or du Roi de Perſe. Je me ſouviens de l'avoir ainſi ſupputé à peu près l'an 1666. La Cour étoit alors en *Hyrcanie*, & j'y trouvai heureuſement un Gentilhomme du Roi de France, & un Député de la Compagnie Françoiſe, envoyez pour les affaires de cette Compagnie-là : Nous vécûmes toûjours enſemble, & comme on leur donnoit leur ordinaire de la Cuiſine du Roi, & que le Grand Maître par l'ordre du Prince me faiſoit ſouvent faire le même honneur, j'eus l'occaſion de pouvoir peſer chaque piéce de vaiſſelle. Les grands plats avec leurs couvercles, qui ſont fort hauts, peſoient quatre vingt deux marcs chacun. Un homme n'en portoit qu'un ſur ſa tête avec peine ; car outre cette peſanteur le plat contenoit toûjours environ vingt cinq livres de viande & de ris. Quelques voyageurs ont raporté qu'il y avoit mille plats de cette grandeur chez le Roi, ce qui monteroit à tren-

trente cinq millions. Pour moi je ne tiens pas qu'il y en ait le quart. J'ai ouï évaluer à quarante huit millions toute la vaiſſelle. J'ai vû auſſi qu'on ne la faiſoit monter qu'à la moitié; mais après tout, je croi que tout ce que le Roi a de vaiſſelle, & de meubles d'or maſſif, monte à plus de cinquante millions. C'eſt l'or le plus fin qu'il y ait : j'en ai eu une fois un morceau d'un plat en payement pour douze mille francs de la Sœur du feu Roi, les Changeurs des Indes où je le portai me le prirent au plus haut titre. Il y a encore une infinité de vaiſſelle & de meubles d'or dans le Serrail, comme les Eunuques m'en ont aſſuré, & qui n'en ſort jamais ; mais on ſeroit ſujet à ſe bien méprendre en raportant ce qu'ils en diſent ; car outre qu'ils ſont fort menteurs ſur ce ſujet, la plûpart n'en ſavent pas le compte. Cependant, je croi qu'on peut avancer ſurement que le Roi de Perſe eſt le Prince du Monde, qui a le plus riche ſervice de vaiſſelle, & qui a de l'or & des pierreries pour un prix infini, de quoi j'aurai occaſion de parler encore dans la deſcription d'Iſpahan.

Quand le Roi fait ſes fêtes à la Campagne c'eſt toûjours dans le même ordre. Les Tentes ſont diviſées en ſales, comme le ſont les bâtimens. La ſeule différence c'eſt que tout n'y eſt pas ſi magnifique & qu'il ne s'y trouve pas tant de Monde ; mais en échange les Tentes ſont entourées de Troupes ſous les armes, & fort leſtement vêtues. Voici à côté comme la Tente d'audience paroît, comme j'en fis prendre la vûe un jour que le Roi donna audience à un Ambaſſadeur Hollandois en Hyrcanie, dans le tems que j'y étois. Cette Tente étoit longue de ſoixante pieds, ſur trente cinq de large, & ſous trente de hauteur, ſoutenue par cinq pilliers ronds, gros à proportion du poids qu'ils ſoutiennent, leſquels s'emboitent en trois endroits dans des garnitures, dont quelques unes étoient d'or maſſif, & d'autres étoient d'argent. Les bouts des pilliers, qui paſſoient au travers de la couverture, étoient ſurmontez de pommes d'or maſſif, fort groſſes ; & c'eſt la marque à laquelle on reconnoit de loin les tentes du Roi. Le dedans de cette tente étoit tout de brocard d'or, & à côté il y en avoit une plus petite d'environ les deux tiers, mais du reſte toute ſemblable à la première. Les tapis étoient tenus à terre par des pommes d'or, du poids d'environ dix marcs chacune, poſées par rang de quatre en quatre pieds. Celles qui tenoient la courtepointe qui couvre le Trône

du Roi, étoient plus groſſes, & toutes garnies de pierreries, de même que les carreaux. Les Tentes du Roi ſont tendues en croix Grecque, ſans que l'une ſoit ouverte ſur l'autre, quoi que pourtant il y ait par tout de la communication des unes aux autres.

Quand le Roi va à la Campagne, ſon train eſt tout à fait magnifique & nombreux, & ſa ſuite ſi groſſe, que ſouvent il fait Courouc, comme on parle, c'eſt-à-dire défenſe de le ſuivre, à moins d'être mandé. Comme les Perſans, & tous les autres Orientaux aiment fort la Campagne, & à y paſſer le Printems, le Roi en prend auſſi le plaiſir avec beaucoup d'aprêt & d'attirail.

Premiérement on donne le ſoin des Quartiers à un grand Seigneur, qui eſt créé Maréchal pour le Voyage. Il fait venir les Ingenieurs, & leur dit le lieu où le Roi veut aller. C'eſt d'ordinaire vers l'Hyrcanie, par la voye de Casbin, (parce que l'Hyrcanie eſt un païs de Chaſſe, & que durant le Printems c'eſt un véritable Paradis terreſtre,) ou dans la Bactriane, & ils marquent enſemble les journées du Roi, & chaque endroit de ſa traite. Ces Ingenieurs vont choiſir la place, qui eſt toûjours quelque charmante prairie, aroſée d'eaux claires, proche de quelque agréable Valon, ou à quelque pié de Montagne, obſervant ſur tout que ce ſoit en bon air, & dans un endroit de Chaſſe. Ils dreſſent un plan de ce lieu-là, & une Relation fort ample, traçant les Quartiers de la Cour, & quelquefois ils prennent l'élévation de trois ou quatre lieux differens pour une même traite, afin que le Roi choiſiſſe. Dès que le lieu eſt marqué, on fait paſſer le pich Kané, c'eſt-à-dire la maiſon de devant, par où l'on entend le gros équipage qui ſert à dreſſer l'apartement à l'endroit marqué, afin que tout ſoit prêt à l'arrivée. Ce gros équipage part toûjours ſept jours préciſément avant le Roi, quand il eſt dans quelque ville.

C'eſt un furieux train que tout cet équipage ; car il faut obſerver que le Roi en a deux tout ſemblables, afin que ſon apartement ſoit toûjours dreſſé avant ſon arrivée. Les Grands en ont auſſi deux, de la même manière. Les tentes des Grands de Perſe ſont comme de ſpacieuſes Maiſons: tous les offices y ſont chacun à part comme dans une maiſon. Il y a la ſale à recevoir les viſites, les bains, le Serrail ; & le Quartier d'un grand Seigneur contient quelquefois cinq cens pas en quarré. On fait paſſer l'eau devant les tentes du Roi, & quelquefois au travers, en faiſant des ca-

naux

naux & des baſſins d'eau dans les tentes, avec des tables de plomb qu'on met en terre, au haut deſquelles on attache des lames d'or en demi rond, pour ſervir de rebord. Il y en a toûjours de cette ſorte dans la tente d'audience de parade, autour de laquelle on plante auſſi des fleurs. Tout cela paroît un enchantement, quand on fait réfléxion que vingt quatre heures auparavant cet endroit-là n'é-toit qu'une ſimple prairie, ou un champ tout nud. On peut juger quel train c'eſt que ces équipages de Campagne par le nombre des Chameaux entretenus pour les porter, lequel eſt de mille Catars: un Catar fait ſept Cha-meaux. Les Perſans comptent ainſi leurs bê-tes de charge pour ſavoir combien il leur faut de monde à en avoir ſoin ; car un homme ſeul meine & penſe un Catar.

Le Camp eſt toûjours diſpoſé en maniè-re de ville. Le quartier du Roi en fait l'un des bouts, dont le Serrail eſt tout à l'ex-trêmité, de ſorte que vous ne voyez point de Tentes au delà. Les Tentes d'audience ſont au dedans, & au fonds d'une eſplanade de cent cinquante, à deux cens pas d'eſpace, & en deçà eſt le *Kechiokané*, c'eſt-à-dire, *la Maiſon de la garde*, qu'on appelle auſſi l'*appar-tement du Grand Maître d'Hôtel*, ou *du Ca-pitaine des Portiers*, comme les Perſans le nomment en leur langue. Cet appartement eſt encore du quartier du Roi ; c'eſt où l'on fait la garde jour & nuit, & où les Grands ſe ren-dent deux fois le jour attendant que le Roi ſorte du Serrail, ou qu'il les mande à ſon ap-partement, ou bien qu'il leur envoye ſes or-dres, & c'eſt où ils conferent des affaires & les expedient. Les jours d'aſſemblée, les Gardes ſont rangez en haye depuis le corps de garde juſqu'à la tente du Roi. Les Quar-tiers ſont entourez de Tentes qui ſervent de Murs, ou d'enceintes, hautes de huit pieds, & qui ſont attachées ſi droites, & ſi fermes, que les plus gros vents ne les ébranlent pas. Elles ſont faites de toile rouge doublées par dedans, les unes de toile peinte, les autres de taby, les autres de ſatin, les autres de bro-card d'or, ſelon les appartemens, autour deſ-quels elles ſont tendues. Le milieu du camp conſiſte en marchez, qui ſont diſpoſez en lon-gues rües droites, & l'ordre y eſt tel, qu'on ſait toûjours où trouver ce dont on a beſoin, & dans quel endroit du camp eſt ce qu'on cher-che, tant le monde que les denrées.

La marche du Roi ſe fait de cette maniere. Une troupe de *Ziezairi*, qui ſont les Gardes du Corps, fort leſtes, & au nombre de cent cinquante, ou deux cens, marchent les pre-miers. Après vient un des petits Ecuyers, ou *Jelaudars*, conduiſant ſept à huit chevaux de main, menez comme en leſſe par des Offi-ciers de l'Ecurie. Le harnois de ces chevaux eſt aux uns garni de pierreries, & n'eſt aux autres que d'or ſimple. Après, marche le grand-Enſeigne, ou *Alemdar bachi*, c'eſt-à-dire *Chef des Porte-Enſeigne*, portant la grande Enſeigne, qui eſt un Guidon, coupé comme une flame de Navire, accompagné de cinq ou ſix autres guidons dont les cornettes ſont plus petites. J'ai vû une fois le Grand-En-ſeigne porter devant le Roi, au lieu de ſon Guidon, une maniere de paraſſol d'écarlatte fermé, dont le manche étoit fort haut. En-ſuite vient le Grand Veneur, ſuivi de ſept ou huit fauconniers, l'oiſeau ſur le poing, puis le Chef de Meute, qui fait mener autant de chiens en leſſe par des Cavaliers, tout cela à quelque diſtance l'un de l'autre. Après on voit paſſer des Capitaines, dont le nombre doit être toûjours de quatre au moins. Ils portent ſur le dos une arquebuſe paſſée en bandoliere, dont le fût eſt garni d'or & de pierreries. Puis marche le Grand Portier, avec cinq ou ſix Cavaliers autour de lui. En-ſuite le *Mehter*, ou Grand Chambellan, qui eſt Eunuque, avec ſept ou huit Eunuques, qui tout laids qu'ils ſont, ne laiſſent pas d'a-voir grand' mine, parce qu'ils ſont vêtus ma-gnifiquement, & avantageuſement montez ; & particulierement à cauſe de leur contenan-ce fiere & effrontée. Tous ces Seigneurs ont un nombre de Valets de pied marchant à la tête de leurs Chevaux. Après eux vien-nent deux grands Eunuques, qui marchent immédiatement devant le Roi, dont l'un por-te l'Arquebuſe du Roi, couverte de pierreries, & l'autre ſon arc, & ſes fleches, en deux car-quois, qui ſont auſſi couverts de pierreries. Le Roi marche ſeul, entouré de huit ou dix valets de pied, fort leſtes, avec des pennaches, ou aigrettes, ſur le devant de la tête, & des grelôts à la ceinture, gros comme des balles de longue paume. Leur Chef eſt toûjours près de l'étrier droit du Roi, pour y mettre la main, lors qu'il veut mettre pied à terre ſur le champ. Ces grelôts ſervent aux va-lets de pied à les tenir toûjours éveillez ; le corps en eſt taillé, comme les dents d'un pei-gne, ce qui rend un ſon moins aigu. A vint pas de diſtance, marche le Grand Vizir, le Grand Surintendant, & les autres Grands Seigneurs, dont il y a toûjours quelqu'un que le Roi appelle pour s'entretenir avec lui, ſoit

d'affaid'affaires, foit de chofes indifferentes. Après eux marchent trois ou quatre Officiers de la garderobe du Roi ; un Officier de la Cuifine, & un de la Sommelerie ; ceux-ci faifant porter à boire dans deux petits Coffres fur un Cheval, & ceux-là tenant des toilettes pleines des habits les plus néceffaires en voyage. Après, fuit tout le train, c'eft-à-dire les Domeftiques des Seigneurs, qui les fervent à la chambre, parmi lefquels font des *Kaimédar* du Roi, comme on les appelle, qui portent des tentes légeres avec eux pour le befoin, en cas que le Roi s'arrête, & des *Sakab*, ou porteurs d'eau, qui vont à pied, chacun un gros outre d'eau fur le dos, paffé de la même maniere que les gens de métier portent leur fac en voyageant.

Le Roi ne fait d'ordinaire que deux lieues par jour ; & quoi qu'il ait les plus belles & les plus magnifiques Tentes que Prince du Monde puiffe avoir, néanmoins il trouve fur fa route, de traitte en traitte, de petites maifons de plaifance, accompagnées de jardins qu'on enferme dans fon quartier & qui fervent pour fon logement particulier.

Quant à la reception des Ambaffadeurs, c'eft en quoi la Perfe étale une de fes plus grandes magnificences. Toute forte d'Envoyez foit appellez *Eltchy* en Perfe, c'eft-à-dire *Ambaffadeur*. Il n'y a que ce terme pour les dénommer ; & du moment qu'un Ambaffadeur met le pied fur les terres de l'Etat, il eft appellé l'*Hôte du Roi*, & eft traité comme un hôte dans un Logis. Le Gouverneur, & l'Intendant du lieu s'empreffent & à le fervir, & à le bien regaler. On lui donne un *Mehrman-dar*, ou *Garde-hôte*, qui eft fans ceffe à fes côtez, & qui doit répondre de lui fur fa tête. On le loge dans la Maifon du Roi, s'il y en a une dans le lieu, ou dans un autre endroit à fon choix. Là on le defraye generalement de tout. Tous les Grands le viennent voir, & lui font des regales, & des prefens. On le mène ainfi, de traitte en traitte, aux dépens des lieux où, il paffe jufqu'à la Cour, où il eft toujours logé & defrayé, & d'où on le reconduit de même hors du Royaume. C'eft là pratique de l'Orient de tems immemorial, comme cela fe voit dans les plus anciens Auteurs. Il la faut rapporter, à mon avis, à ce qu'il fe fait peu d'Ambaffades en Orient, & à ce qu'on n'y connoit point cette habitude, qui eft fi univerfelle dans l'Europe, de voyager par curiofité, ou par une efpece de faineantife. Ainfi il ne faut pas douter que cette pratique de faire tant de dépenfe pour le

traitement des Ambaffadeurs, & des Etrangers de confideration, fe perdroit dans l'Orient, fi l'on y devenoit inquiets, ou légers, comme nous fommes. Il y a des Ambaffadeurs, comme, entre les autres, ceux qui viennent de l'Europe, lefquels refufent le défrai, ou par un efprit de generofité ou pour n'être pas à charge au peuple qui fait les frais, & non pas le Roi ; mais pour les Ambaffadeurs de l'Orient, aucun n'en fait ni refus, ni compliment même, parce que c'eft l'ufage ordinaire parmi eux. Vous remarquerez que par un motif de magnificence, & de grandeur, on laiffe attendre les Ambaffadeurs long-tems à leur donner audience, nonobftant leurs follicitations, quoi qu'on fache qu'ils là defirent avec ardeur, parce qu'ils n'ofent fortir de leur logis avant que de l'avoir eüe, étant comme des prifonniers d'Etat, que l'on n'ofe aborder. Les Perfans croyent que c'eft bien careffer un Ambaffadeur que de le retenir fort long-tems : & ils difent que fi l'on en ufoit autrement, un Ambaffadeur auroit fujet de croire qu'on eft las de lui, & qu'on ne fe met en train de l'expédier, que parce qu'on eft bien aife d'en être débaraffé. Pendant ces longs délais, la Cour s'informe par là voye du *Mehmandar*, ou Garde-hôte, quel eft le fujet de la venüe de l'Ambaffadeur, afin de concerter le traitement & la réponfe qu'il lui faut faire. Après qu'il a bien follicité l'audience, foit par des réquêtes par écrit, foit par fes Agens, on lui envoye dire le jour de l'Audience. Le Roi la lui donne dans toute la pompe de fa Cour ; & quand l'Ambaffadeur a fait fon falut, il délivre fes lettres, & va prendre féance dans la falle Royale, où il eft regalé tout le jour.

Je vis à la Cour de Perfe, là premiere fois que j'y arrivai, un Ambaffadeur du Grand Mogol, avec un auffi grand train, à mon avis, qu'aucun Ambaffadeur ait eu jamais. Le Grand Mogol n'avoit point encore envoyé d'Ambaffadeur au Roi de Perfe, quoi que le Roi de Perfe lui en eût envoyé un à fon avenement à la Couronne des Indes, l'an 1660. Cet Ambaffadeur étoit arrivé en Perfe l'an 1663. avec un train de huit mille hommes, de quatre mille chevaux, & de huit mille bêtes de charge, prefque tous Chameaux. Il fut fix mois en chemin, depuis les frontieres jufqu'à la Cour, & neuf autres mois avant que d'avoir audience ; & durant tout ce long-tems, il étoit logé & deffrayé. C'étoit un vieillard grave & fage, nommé *Terviet-Can*. Le fujet de fon Ambaffade étoit

pour

pour redemander la Ville & la Fortereſſe de *Candahar*, qui dans ces derniers ſiecles eſt la matiere de conteſtation perpetuelle entre les Perſans & les Indiens, comme Babylone l'eſt entre les Perſans & les Turcs. Il ſembloit, que dans cette Ambaſſade, les deux Rois priſſent à tâche de conteſter à l'envi, tant ſur la fierté que ſur la magnificence. L'Ambaſſadeur avoit apporté pour quatre millions de preſens pour le Roi & pour ſes Miniſtres, moitié en argent, moitié en étoffes & en pierreries, & deux millions pour ſa dépenſe. Le Roi de Perſe par cet eſprit de grandeur, dont j'ai parlé, fit que l'Ambaſſadeur fut conduit fort lentement dans ſa marche, & qu'il languit ſi long-tems après ſon audience; & pour montrer encore que ſa dépenſe ne lui étoit pas à charge, il n'accepta pas la moitié des preſens du grand Mogol, refuſant, entre les autres, tout l'Argent comptant; & le jour d'après ſon audience de congé, il lui envoya un preſent de cinq cens mille écus, les deux tiers en Argent, que l'Ambaſſadeur refuſa auſſi. Le reſte conſiſtoit en pierreries, en brocards, en tapis, & en une grande quantité de choſes précieuſes qu'on porte de Perſe aux Indes, & particulierement en quarante chevaux de grand prix. Cela eût paru bien plus magnifique ſi les deux Rois euſſent été en bonne intelligence: mais l'Ambaſſadeur ne pouvoir avoir reçu de plus indignes traittemens qu'il fit à l'égard de ſon caractere; de quoi voici la raiſon. Le Meſſage dont il étoit chargé étoit fort deſagreable en ſoi-même, puis qu'il contenoit la demande d'une des principales Places de Perſe; mais d'ailleurs, il étoit conçu en des termes durs & arrogans; & le Roi ſon Maître prenoit des titres dans ſa Lettre de créance, que le Roi de Perſe prétend ne convenir qu'à lui, comme par exemple le titre *de vrai Vicaire du Prophete*. C'eſt ce qui porta le Roi de Perſe à faire à cet Ambaſſadeur diverſes indignitez. Je me ſouviens qu'étant allé le voir par l'ordre du Roi, il ſe plaignoit fort aigrement en ma preſence, en parlant à ſon Garde-hôte. Je dirai en paſſant que le Roi ne m'y avoit envoyé que par un pur motif de vanité; c'étoit pour faire voir à ce Miniſtre Etranger, que des Marchands venoient du bout du Monde lui en apporter les plus précieux treſors. Cet Ambaſſadeur ſe plaignoit, entre les autres choſes, qu'on lui avoit preſſé, & tenu la tête contre terre, à ſon Audience, pour lui faire adorer le Roi plus long-tems que l'on n'a accoutumé: que le Roi l'ayant

mené à la promenade, lui avoit fait ſuivre ſon cheval à pied dans un bourbier: qu'il l'avoit pris par la barbe en ſigne du dernier mépris: qu'il avoit devant lui traitté le Roi ſon maître, *de Roi de Negres, de Parricide, Fratricide, Chien*, & de telles autres injures. Abas ſecond retint encore cet Ambaſſadeur par une raiſon de politique, c'eſt qu'il ſavoit que le Mogol n'attendoit que ſon retour pour aſſieger la ville de Candahar; & lui de ſon côté, ſe préparant à l'aller défendre en perſonne, tâchoit à gagner du tems pour ſe mettre mieux en état. Cet Ambaſſadeur, trois jours avant ſon départ fit une choſe qui donna de l'horreur aux Perſans. Il avoit ramaſſé durant ſon ſejour en Perſe les plus beaux chevaux qu'il avoit pû trouver, pour les emmener avec lui. On voulut l'obliger à prendre un paſſeport, en lui faiſant entendre qu'on ne pouvoit autrement les laiſſer ſortir du Royaume, ni aucuns autres chevaux, que ceux dont le Roi lui avoit fait préſent; c'eſt ce qu'il ne voulut pas faire, prétendant que ſa qualité d'Ambaſſadeur le diſpenſoit de cette formalité. Mais voyant que cela ne ſervoit de rien, il fit un ſoir mener ſes chevaux qu'il avoit achettez au nombre de ſoixante ou ſoixante & dix, à quelques pas de ſon camp, & leur y fit couper les jarrêts; ce qui parut tout-à-fait barbare à tout le monde, ſur tout les premiers jours, avant qu'ils fuſſent expirez.

Quand l'Ambaſſadeur a eu audience, on examine ſes Lettres, auſſi bien que ſes propoſitions, & ſes demandes; & cela ſe fait dans un feſtin que le premier Miniſtre donne à l'Ambaſſadeur, & ſi l'on ne s'accorde pas ſur le champ, le traité ſe pourſuit après, & ſe conclut par l'intervention du *Grand Mehmandar*, ou Garde-hôte, & de l'Interprête, ou du Secretaire de l'Ambaſſadeur. Quand cela eſt fait, on lui prépare ſes dépêches, & on lui envoye l'habit Royal avec quoi il va prendre ſon audience de congé. C'eſt-là où on lui donne la réponſe du Roi, & ſon expedition: & c'eſt de cette maniere en general qu'on traite les Ambaſſadeurs en Perſe. Je n'en fais pas un plus grand détail, parce que j'aurai occaſion d'en reparler dans la ſuite de ces Rélations. Je remarquerai ſeulement deux choſes ſingulieres ſur ce ſujet.

La 1. que la Calatte qu'on leur envoye eſt d'ordinaire une matiere de different & de chagrin pour eux, de même que dans l'Europe les formalitez des audiences; car on fait ce
pre-

préfent à l'Ambaffadeur de plus ou moins de piéces, & ces piéces font plus ou moins riches, felon le rang que leur Maître tient dans le monde; & c'eft fur quoi on n'eft jamais content. Les Perfans ont pour cela un Céremoniel fort exact, où ils voyent de quelle maniére il faut donner le *Calaat* à toutes fortes de gens, & particulierement aux Ambaffadeurs des Princes. Le *Calaat* eft compté entier & accompli lors qu'il eft compofé d'un cheval harnaché, de l'épée, du poignard, & de l'aigrette enfemble, & de deux habits complets, un d'Eté & un d'Hiver. Les Perfans le donnent de cette forte aux Ambaffadeurs du Grand Seigneur, & du Grand Mogol; mais ils ne donnent à ceux d'Europe que l'épée ou le poignard, avec le cheval tout nud, outre l'habit.

La feconde fingularité fur ce fujet, eft que les Perfans comptent pour une grande malhonnêteté, & pour une infolence même, de toucher aux Lettres des Rois. Ils enferment celles de leur Roi dans des facs de broderies de Perles, ou autrement, de peur que les mains ne les touchent; & fi on leur en prefente des Potentats de l'Europe fans être dans une boete d'or, les Miniftres les rejettent, & refufent de les prefenter au Roi, en difant que ce font des Lettres fuppofées, & que nos Rois n'enverroient pas de cette maniére un fimple papier cacheté, à un auffi grand Monarque qu'eft le leur.

La réponfe qu'on rend à la Lettre d'un Ambaffadeur contient toûjours par préambule la fubftance de celle qu'il a aportée, & de ce qu'il a propofé & demandé. On commence la Lettre par les qualitez de la perfonne à qui elle eft écrite, & puis on dit, il eft venu ici tel ou tel avec vos Lettres, portant telles & telles chofes, felon lefquelles il a fait telle & telle demande, & nous avons ordonné de telle ou telle maniere. Si le fujet de l'Ambaffade demande quelques ordres exprès du Roi à fes Gouverneurs, Miniftres, & Intendans, le préambule eft auffi le même, après quoi le Roi mande qu'il a donné ordre de faire ce que l'expofé requiert.

Je finirai ce Chapitre de la Magnificence de la Cour de Perfe par deux articles. L'un touchant toute fa dépenfe en général, l'autre touchant les Atteliers en particulier.

Pour le premier, ce que j'en ai appris de plus vrai-femblable, c'eft que la dépenfe de la Cuifine, & de la petite Garderobe du Roi, monte à environ trois millions: celle de fes Atteliers, ou Galleries, à quatre millions:

celle de fa Maifon, & tout fon train, à dix millions: celle des Troupes qu'il paye à treize millions: fon Serrail lui peut dépenfer auffi environ quatre millions: dont je compte que la fixiéme partie n'eft pas payé en argent comptant, le refte étant payé fur des terres affignées, & par des denrées. Les Perfans ont en commun proverbe que leur Roi fait mille *tomans* de dépenfe par jour, & qu'il en a douze cens de revenu. Mille *tomans* font quinze mille écus, & cela feroit feulement environ feize millions & demi de dépenfe; mais apparemment ils n'y comprennent pas le payement des Troupes.

Quant au fecond article, qui regarde les Atteliers du Roi de Perfe, dont l'établiffement a quelque chofe de fi grand, je ne m'étendrai pas beaucoup deffus, à caufe que j'en ai traité amplement dans la defcription d'*Ifpahan*. Ces Atteliers font appellez *Carcané*, ou Maifons d'Ouvrage. Ils font au nombre de trente-deux, tous en differens endroits. On eft enrollé dans ces Atteliers de cette maniere. L'ouvrier va fe prefenter au Chef du Corps auquel il veut fe ranger: fi c'eft un Artifan, il s'adreffe au Chef de l'Attelier de fon métier, avec une piéce de fa façon à la main, qui eft d'ordinaire fon chef-d'œuvre, & une requête où il expofe ce qu'il demande: fi le Chef d'Attelier l'agrée, il le meine au *Nazir*, qui eft le grand Intendant de la Maifon du Roi, avec fes ouvrages & fa requête; & felon que ce Miniftre trouve qu'il eft habile ouvrier, il le meine devant le Roi avec ces ouvrages-là, ou il fe contente de les lui faire voir; & felon que le Roi les agrée, il régle les gages & la fubfiftance de l'ouvrier. Mais c'eft toûjours fous la direction du grand Intendant, ce qui fe doit entendre feulement pour les arts; car pour les métiers, de même que pour des ferviteurs dans les petits offices, le grand Intendant les reçoit au fervice du Roi de fa propre autorité, & fans en confulter qui que ce foit.

Quand le tems eft venu pour recevoir la paye, les ouvriers font payez par des affignations, comme tous les autres domeftiques & ferviteurs du Roi. Les Chefs & les Officiers de chaque Corps, ou Attelier, en font la reyûe, & en dreffent la *Lifte* qu'on va préfenter au Général & Surintendant duquel on reffort, lequel le porte au *Nazir*, ou grand Intendant de la Maifon du Roi. Il met au bas du Rolle que ceux qui y font nommez *ont fait leur fervice durant l'année, & qu'ils meritent d'être payez pour l'année échûë, felon les gages*

que

qui leur font fixez. L'Intendant, le Control-leur, & les autres Officiers, attestent de leur sein la même chose, & ce Rolle apostillé, qui s'appelle *Tesdic*, c'est-à-dire Verification, se porte à la Chambre des comptes, qui délivre des assignations sur les Provinces, ou sur les Receveurs des biens du Roi, comme je l'ai déja raporté. Tous ces Atteliers s'appellent *Sercaar*, mot composé, lequel signifie principes d'actions, & ce terme se dit d'ordinaire des Magasins d'un Grand, & de ses Trésors, parce que les biens sont le premier mobile & la premiere roue.

CHAPITRE XI.

Des Titres du Roi.

LE titre ordinaire du Roi de Perse est *Cha*, ou *Padcha*, terme qui dans la langue du Païs veut dire *faire les partages*, ou *distribuer*. C'est le plus grand titre qu'on puisse donner en Asie, répondant au titre d'Empereur en Europe. On donne encore au Roi de Perse la qualité de *Sultan* & celle de *Kan*; sur quoi il faut observer qu'anciennement cette derniere étoit un titre d'honneur incommunicable à tout autre dans son Empire. Le titre de *Kan* est le titre de tous les Rois Tartares, que les Mahometans appellent *Katay*. On dit *Kan*, & *Kakan*. Le titre de *Sultan* est le titre particulier du Grand Seigneur. Les Peuples de l'*Orient* disent qu'il n'y a au monde que quatre grands Potentats; le *Kan*, qui est le Grand Tartare; le *Facfour*, qui est l'Empereur de la Chine; le *Cha*, qui est le Roi de Perse; & le *Kayser*, qui est l'Empereur de Turquie: & comme leurs Historiens ne mettent souvent que les titres de ces Princes, lorsqu'ils parlent d'eux, sans y ajoûter leurs noms, on a quelquefois beaucoup de peine à découvrir de qui ils veulent parler, à moins qu'on n'entende bien ces titres-là. Mais tel est l'usage des Orientaux, de tems immemorial; d'où vient que dans l'Ecriture même vous trouvez que les Rois, hors ceux des Juifs, sont nommez presque toûjours par des noms generiques, qui sont ces titres affectez aux Souverains de chaque Païs. Les anciens Rois d'Egypte sont appellez *Pharaon*: ceux des Amalekites *Agag*: ceux de la Palestine *Abimelek*: ceux de Syrie *Adad*: & ainsi de plusieurs autres qu'on pourroit ajoûter à ces exemples. La même chose se pratique encore aujourdhui en Asie, & en Afrique, & cela vient principalement de ce que les Rois ne mettent point leur nom à la tête de leurs Déclarations & Edits, ni aux ordres qu'ils font expédier. Par exemple, les Ordonnances de Perse ont ces mots seulement pour titre, *Hokm gehon moutah chud*, c'est-à-dire, *un Commandement est sorti de celui à qui l'Univers doit obéir*. J'ai parlé des titres propres & particuliers du Roi de Tartarie, & du Grand Seigneur. On donne aussi aux Rois Mahometans de l'Afrique des titres differens. Celui de Maroc & de Fez est appellé *Mirelmoumenin*, c'est-à-dire, *le Prince des Fidéles*: celui de Tunis est appellé *Dey*, mot qui vient de *Daye*, c'est-à-dire *nourrice*, & aussi *pere nourricier*: d'autres sont appellez *Cherifs*, qui est le titre commun des Princes Arabes, & signifie *Noble*. Les premiers Empereurs de la Religion Mahometane s'appelloient *Calife*, c'est-à-dire *Lieutenant*, ou *Successeur*, ou *Vicaire*, pour signifier qu'ils tenoient le siege de leur Prophete *Mahamed*. Mais pour revenir au Roi de Perse, voici les qualitez qu'il prend dans ses Lettres patentes: *Soliman, Roi victorieux, Seigneur du monde, Prince très-vaillant, descendu de Cheic Sephy, de Moussa, de Hassen*. Mais les qualitez que ses sujets lui donnent sont bien autres: les voici.

Le plus relevé des hommes vivans: Source de la Majesté: Source de la grandeur, de la puissance, & de la gloire: Egal au Soleil: Chef des grands Rois, dont le Trône est l'étrier du Ciel: Agent du Ciel dans le monde: Centre du globe de la terre: Objet des vœux de tous les hommes mortels: Dispensateur des biens & des grands noms: Maître des Conjonctions [*] : *Chef de la plus excellente Secte de l'Univers: Seant sur le siege Imperial du premier Etre* [†] *temporel, le plus grand & le plus resplendissant: Prince des Fidéles, né & sorti du Trône qui est l'unique Trône de la terre: Roi du premier ordre: Monarque des Sultans & des Commandans de l'Univers: Ombre de Dieu très-grand, répandue sur la face des choses sensibles: Premier Noble, & de la plus ancienne Noblesse: Roi, Fils de Roi, descendant des plus nobles Rois: Souverain, Fils de Souverain, Enfant des plus anciens Souverains, Empereur de tous les tems, & de tous les êtres corporels: Seigneur des révolutions & des mondes: Pere des victoires: Très-heureux Sultan,* SOLIMAN-PADCHA, *descendu de Sephy, de Moussa, de Hassen: Prince de la souveraine puissance: Distributeur de Couronnes & de Trônes.*

Quel-

---

* Le sort, la destinée, la fortune.
† Mahomed.

Quelquefois les titres du Roi tiennent une page, & ces titres ne font pas, comme l'on voit, pris des divers Etats & Royaumes qu'il poſſéde, comme il ſe pratique parmi nous; mais ils ſont des noms de vertus & de dignitez. Le titre ordinaire que ſes ſujets lui donnent en lui parlant, eſt *Veli neamet*, c'eſt à dire, *le Lieutenant de Dieu: celui par lequel Dieu fait la diſtribution de ſes graces aux hommes.*

J'ai obſervé ci-deſſus qu'en Perſe chacun prend comme il veut les plus grands titres, les mettant après ſon nom: mais il faut obſerver ici qu'il n'y a que le Roi qui les puiſſe mettre devant ſon nom; & c'eſt la diſtinction qu'il y a entre le Prince & le ſujet. Ainſi pluſieurs gens portent le nom de *Sephy Sultan*, d'*Abas can*, de *Soliman chae:* mais quand on parle des Souverains qui portent ce nom, on tranſpoſe en diſant *Sultan Sephy*, *Chae Soliman*. Il y a pourtant une exception à faire, à l'égard des plus communes qualitez qu'on prend dans le Païs, qui eſt celle de *Mirza*, & qui ſignifie *Fils de Prince*. Les perſonnes du ſang Royal ſe font reconnoître en mettant ce fitre après le nom, au lieu que les autres le mettent devant. Par exemple, on dit *Mirza Ibrahim*, *Mirza Aly*; mais ſi c'eſt une perſonne du ſang Royal, on dit *Ibrahim Mirza*, *Aly Mirza*.

CHAPITRE XII.

Du Palais des Femmes du Roi.

LEs Perſans appellent *Haram*, ou lieu ſacré, les apartemens des Femmes, auxquels les Turcs donnent le nom de *Serrail*, qui ſignifie *un Palais*, *un grand logis*. Ce mot de *Haram*, qui eſt Hebreu, ſe trouve en cent endroits des livres de *Moyſe*, où il ſignifie *illicite*, *prohibé*, *interdit*, *abominable*, *exécration*, *excommunication*. On l'a donné en Perſe à cette partie du logis que les femmes occupent, pour dire que l'accès en eſt interdit à tous les hommes, excepté le Maître, & que c'eſt un lieu ſacré, où il n'eſt permis d'entrer à aucun homme.

On dit ordinairement que le Roi entre quand il lui plaît dans le Serrail de ſes ſujets ſans exception. Je ne ſai ce qui en eſt, car il n'y en a que peu ou point d'exemple. J'ai vû dans des Fêtes, que des grands Seigneurs lui donnoient, qu'il y entroit. On m'a aſſuré que c'étoit après qu'on l'en avoit prié, & qu'on avoit diſpoſé les choſes pour cela. On

fait un conte d'un Capitaine de la porte du Serrail, chez le fameux *Iman couli can*, Gouverneur de la Province de Perſide, Généraliſſime des armées de Perſe, un des plus puiſſans ſujets dont on ait jamais ouï parler en aucun Païs; C'eſt que le Roi *Abas le Grand*, dinant un jour chez lui, comme il y venoit fort librement, & ſans l'en avertir, & ayant beaucoup bû, de même que toute la Compagnie, il voulut aller faire la ſieſta dans le Serrail. Ce Capitaine ſe mit au devant de la porte, & dit au Roi, *qu'il ne ſe tireroit à quartier que pour ſon Maître, & n'y laiſſeroit point entrer d'autre mouſtache que la ſienne*. Le Roi lui dit, *comment ne ſavez-vous pas qui je ſuis?* *Oui*, dit-il, *je ſai que vous êtes le Roi des hommes, mais vous n'êtes pas le Roi des femmes.* *Abas le Grand* trouva cela fort bon, & le lendemain *Iman couli can*, qui avoit ſû la choſe après avoir été deſenyvré, s'étant allé jetter aux pieds du Roi, en lui diſant, *Sire, je vous demande pardon pour ce malheureux, il a mal fait, & dès à preſent je le mets hors de mon ſervice*. *Abas* lui répondit, *point du tout, il a bien fait; mais je conſens que vous lui donniez congé; ce ſera à moi à le recompenſer*; ſur quoi tout auſſi tôt il lui donna un de ces petits Gouvernemens, qu'on appelle une *Sultanie*.

Les femmes ſont plus étroitement gardées en Perſe qu'en aucun endroit de la terre. On peut dire que les Serrails des Turcs, & celui du Grand Seigneur comme les autres, ſont des lieux publics en comparaiſon. J'en raporte la cauſe à la luxure, qui eſt naturelle au climat Perſan; & à la Religion du Païs, qui permet de jouir de toutes les femmes qu'on peut avoir, pourvû qu'elles ne ſoient pas liées à un autre; car comme le climat eſt généralement chaud & ſec, à ce degré auquel on reſſent plus les mouvemens de l'amour; & auquel on eſt plus capable d'y répondre, la paſſion pour les femmes y eſt extrêmement violente; & par conſéquent, la jalouſie y eſt auſſi plus forte que dans la plûpart des Païs voiſins, dans leſquels il paroît manifeſtement que l'amour ſe fait moins ſentir; comme par exemple, les Païs de Turquie, & des Indes; parce que dans la plûpart de ceux-là la chaleur y eſt moindre, & que dans ceux-ci au contraire, elle eſt ſi exceſſive qu'elle va juſqu'à épuiſer la vigueur. Je trouve toûjours la cauſe, ou l'origine des mœurs, & des habitudes des Orientaux dans la qualité de leur climat; ayant obſervé dans mes voyages, que comme les mœurs ſuivent le tempérament du corps, ſelon la remarque de Galien, le tempé-

rament

rament du corps fuit la qualité du climat; de
forte que les coutumes ou habitudes des Peuples, ne font point l'effet du pur caprice,
mais de quelques causes, ou de quelques néceſſi-
tez naturelles, qu'on ne découvre qu'après
une exacte recherche. Les Perſans fondent
leur jalouſie ſur d'autres raiſons: ils raportent que leur Legiſlateur à l'agonie, leur dit
pour la derniére choſe, *gardez vôtre Religion
& vos femmes*. Paroles que ſes ſectateurs,
animez de leur furieuſe jalouſie, ont citées
depuis comme un commandement qui auto-
riſe la cloture de leurs femmes dans ces Serrails, ou Harams, dont les Murs font non
ſeulement fort élevez, mais quelquefois doubles & triples: & comme les mœurs des peuples tirent leur origine en partie des dogmes
de leur foi, on a appris aux hommes en Perſe, qu'il y alloit de la gloire de Dieu, & de
leur ſalut, de ſouffrir qu'on jettât ſeulement
les yeux ſur les logis où leurs femmes ſont
enfermées, & de regarder eux-mêmes vers
l'endroit où ſont les femmes de leur prochain. Je me ſuis trouvé pluſieurs fois en
voyage, logé avec des femmes, ſoit en même camp, ſoit en même *Caravanſerai*, & j'y
ai remarqué que c'eſt toûjours la coûtume de
ſe détourner pour ne paſſer pas devant l'endroit où elles logent; & ſi par mégarde quelqu'un paſſe auprès, ou en aproche de quelqu'autre maniere, on crie auſſi-tôt pour le
faire détourner, ce qu'il ne manque point de
faire bien vîte; car s'il ne ſe retiroit pas promtement, on ſe jetteroit ſur lui, ſans en être
repris, ni blâmé. Quand on rencontre des
femmes ſur les chemins, il faut auſſi ſe détourner, quoi qu'elles aillent dans des berceaux couverts & fermez de toutes parts.
Leur jalouſie va encore plus loin, car quand
ils enterrent les femmes, ils tendent un Pavillon autour de la foſſe, afin que les aſſiſtans
ne puiſſent pas voir le corps enſeveli que l'on
y deſcend. C'eſt-là la maniere dont on accoû-
tume les hommes à fuir les femmes d'autrui.
Pour ce qui eſt des femmes, on leur apprend à
faire conſiſter leur honneur, & leur vertu, non
ſeulement à ne pas deſirer le commerce des
hommes, mais même à n'en avoir jamais vû, &
à n'en avoir jamais été vûes, ſurquoi on leur
enſeigne qu'en Paradis, *les hommes auront les
yeux ſur la tête*, afin de ne pas voir les bien-
heureuſes qui appartiendront à d'autres. Les
Mahometans ont pour régle générale, *qu'une
femme ne doit point voir les hommes qu'elle peut
épouſer*; par conſéquent qu'elle ne peut pas
même voir ſes couſins, ni les freres de ſon

mari, non plus que les autres. Or comme
en général les femmes de conſidération, &
celles qui ne font pas du dernier ordre, ne
voyent jamais d'autre homme que leur Epoux,
& leurs fils, & rarement leurs propres freres,
il eſt difficile de ſavoir juſqu'où elles portent
la paſſion qu'elles ont pour les hommes; mais
il faut croire que le tempérament leur en apprend plus qu'il ne ſeroit à déſirer pour leur
repos, dont tout ce qui s'entend dire d'elles
eſt un puiſſant indice.

Il eſt donc très-difficile de ſavoir rien de
certain de ce qui ſe paſſe dans les *Harain*, ou
Apartement des femmes, que l'on peut appeller un monde inconnu, particuliérement ceux
du Palais du Roi. Je m'en ſuis toûjours curieuſement informé pendant les douze ans de
tems que j'ai fréquenté en Perſe, où je crois
avoir eu, ſi je l'oſe dire, plus d'habitudes
qu'aucun autre Européen avant moi, mais je
n'ai pû apprendre autre choſe ſur le Gouvernement ou la police du Serrail du Roi, que
ce que je m'en vai raporter, qui auſſi à mon
avis eſt à peu près tout ce qu'on en peut ſavoir; car je puis aſſurer que même les grands
Seigneurs n'en ſavent pas davantage. Il eſt
vrai que les Eunuques en diſent quelque choſe aux Officiers du Palais, ſuivant que l'occaſion s'en préſente, mais outre que c'eſt peu
de choſe, ces Seigneurs gardent chacun ſi ſecretement ce qui leur en eſt confié, & ils
ſont ſi diſcrets qu'on ne les en entend jamais
parler que dans quelque preſſante occaſion.

J'ai obſervé dans quelque endroit de ce volume que l'apartement des femmes eſt d'ordinaire le lieu le plus magnifique, & l'endroit
le plus voluptueux des Palais de Perſe; parce que c'eſt-là où le Seigneur du lieu eſt le
plus ſouvent, & où il paſſe la plus grande
partie de la vie, dans le ſein de ſa famille.
Pour ce qui eſt de la Police du lieu, j'ai appris qu'on a dans le *Harain* les mêmes offices
que dans la Cour; c'eſt-à-dire qu'il y a des filles revêtues des mêmes titres que les Officiers
de la Maiſon du Roi, & deſtinées aux mêmes fonctions. Il y en a qui font l'office de
Grand & de Petit Ecuyer, qui portent les armes du Roi: d'autres qui font celui de Capitaine de la porte, de Capitaine des Gardes, de Garde du Corps: d'autres qui ont le
titre d'Huiſſier, de Gentilhomme ſervant, en
un mot qui exercent toutes les charges qu'il
y a chez le Roi. On m'a aſſuré même qu'il
y a des offices de guerre, un Général des
Mouſquetaires, & les autres; mais je ne le
ſai pas auſſi préciſément que ce que je raporterai

terai dans la fuite. Ce qui est de certain encore, c'est qu'il y a des filles qui font les Offices Ecclésiastiques, comme la priere publique, & qui enseignent comment il se faut aquitter des devoirs de la Religion. On s'imagine bien que ce ne sont ni les plus jeunes, ni les plus nouvelles venues. Il y a de plus des offices pour toutes les choses nécessaires à la vie, comme des tailleuses d'habits, des cordonnieres, des Maîtresses de Métier, il y a aussi des vieilles filles qui exercent la Médecine, & qui préparent les remèdes. Il y a *Mosquées* & *Cimetière* dans ces lieux-là; il y a tout ce qui est dans une ville. En un mot, un *Haram*, est en grand, tout ce que le plus grand Couvent de Nonnes est en petit.

On donne de trois sortes de Titres aux personnes du Serrail. Les filles qui y naissent sont appellées *Begum*, terme qui est le feminin de *Bek*, qui veut dire *Seigneur*; c'est le titre des Princesses du sang Royal. Celles dont le Roi a des Enfans, celles qui font ses Maîtresses, & celles qui font dans les hautes charges, font traitées de *Kanum*, qui est le feminin du mot de *Kan*, qui signifie *Duc*, & qui est le titre des Gouverneurs de Province. Les autres, qui font d'un moindre rang, ont le titre de *Katun*, c'est-à-dire *Dame*. Les autres font toutes traitées du nom d'Esclaves.

Le *Haram* du Roi est separé en divers corps ou Palais, qui n'ont nulle communication l'un avec l'autre. Quand le Roi meurt, celles qui ont été comme ses femmes, font mises dans un quartier à part, & recluses-là pour le reste de leurs jours. Ordinairement on met à la porte de leur quartier une garde d'Eunuques, qui empêchent qu'il n'y entre que ceux qui font destinez à faire les Messages, & à procurer aux Dames leurs besoins personnels. C'est ce qui fait que quand le Roi meurt, la nouvelle en jette le Serrail dans le plus affreux desespoir, & y fait pousser des cris qui percent les nues, ce qui ne vient point du tout de l'amour qu'on lui portoit, mais de ce que ses Maîtresses font privées de l'esperance de sortir jamais de ce lieu-là, & qu'elles vont être enfermées pour toute leur vie. Le principal Eunuque d'une des Tantes du Roi me disoit en 1675. que le Serrail de *Sephy premier*, Grand pere du Roi régnant, étoit encore en état, au nombre de dix-huit ou vingt personnes, separé, & enfermé dans un Canton du *Haram*. Quand le Roi a un Fils, ou un Frere en âge de faire l'amour, il lui donne une Maîtresse à son choix, ou plusieurs, selon la complaisance qu'il a pour lui,

& les Domestiques nécessaires, Filles & Eunuques, avec un logement à part dans un quartier du *Haram*, où il est relegué. Sa Mere s'y retire ordinairement, avec tout son train, pour lui tenir compagnie, & ils n'ont plus de commerce avec le reste du *Haram*, que par la permission spéciale du Roi. Ce pauvre Prince captif est là observé, sujet, & contraint, comme un Novice de Convent, & bien plus; car on lui fait entendre, qu'il lui importe de la vie de se conduire au gré du Roi, & comme il y va encore plus de celle de sa Mere, & de l'Eunuque qui gouverne sa maison, il n'y a point d'homme sur la terre qui foit moins émancipé, & plus contraint. Il n'ose regarder seulement les Filles dont on ne lui a pas permis la jouissance, & si l'on le surprenoit en intrigue avec quelqu'une, quand ce ne seroit que d'œillades, l'intrigue seroit fatale à toute la maison, particulierement à l'amante. J'ai ouï dire qu'il en coute souvent la vie dans ces rencontres, & qu'on enterre des filles toutes en vie, pour s'être laissé regarder amoureusement sans en avertir. Pour ce qui est des filles du sang Royal, lors qu'elles ont atteint l'âge où l'on est propre au mariage, leurs Meres employent leur crédit pour les faire marier, ce qui dépend du pouvoir qu'elles ont sur l'esprit du Roi, & de son inclination pour les Princesses; mais ordinairement on ne les marie qu'après avoir passé le feu de la jeunesse afin qu'elles foient plus sages & qu'elles vivent mieux avec leur mari.

Chaque quartier du *Haram* a son Gouverneur particulier, comme je viens de l'insinuer, & tout le Serrail entier est sous le Gouvernement d'un Eunuque auquel on donne la qualité de *Daruga*, ou Prévôt, qui est le titre des Gouverneurs des grandes villes. Cet Eunuque est toujours quelque vieux Esclave, difforme & fantasque, sous la conduite duquel vous pouvez penser à quel point de jeunes beautez vivent dans le Martyre. On dit que l'ordre, le silence, & l'obéissance du *Haram* est incomprehensible. Quand le Roi est hors de la ville, il y a encore un Lieutenant de Roi dans le Serrail qui commande sur tout le Palais tout le tems que le Prince est absent, & même fur ses Enfans, & fur ses femmes. L'Eunuque qui étoit de mon tems Gouverneur du Palais, se nommoit, *Aga Chapour*. J'ai eu plusieurs fois à faire à lui; Il étoit savant, & depuis qu'il eut reconnu que j'avois quelque littérature, il me faisoit un accueil plus favorable qu'à la plûpart de ceux qui approchoient de lui. Sa charge le rendoit fort respecté

respecté & craint dans la ville; & une recommandation de sa part valoit bien un ordre du premier Ministre.

Le *Haram* du Roi de Perse est incomparable eu égard à la beauté des femmes qu'il renferme; car on y envoye continuellement les plus belles personnes du Royaume. Il n'y entre que des Vierges. Quand on en fait quelqu'une parfaite en beauté, en quelque endroit que ce soit, on la demande pour *le Haram*, & cela ne se refuse point. On se sent trop heureux au contraire d'avoir quelque chose qui soit agréable au Roi, & sur tout quand c'est une fille de qualité, parce que la famille est bien aise d'avoir une parente qui puisse appuyer leurs interêts auprès du Souverain. Lors qu'une fille entre dans le Serrail, on fait un présent à son plus proche parent, & on lui donne une pension Viagere. La moindre est de deux cens cinquante francs: les plus hautes de trois mille écus: les ordinaires sont de deux mille cinq cens livres. Si la fille entre dans les bonnes graces du Souverain, ou comme confidente, ou comme Maîtresse, la pension augmente, & si le Roi en a des Enfans qui vivent, on fait de ce Parent qui a la Pension, un grand Seigneur, & l'on avance tout le reste de sa famille. Il y a des filles de Gouverneurs de Provinces, & des plus grands Seigneurs du Royaume dans le Serrail, mais le plus grand nombre sont Georgiennes, Circassiennes, Iberiennes, & autres personnes de ces Provinces d'alentour, où il semble que la beauté repande ses charmes avec plus de liberalité qu'en aucun autre endroit du Monde.

Le Serrail du Roi est communément une prison perpetuelle, dont l'on ne sort que par un coup de hazard; à peine une fille entre six ou sept peut parvenir à ce bonheur. Les femmes qui ont eu des Enfans n'en sortent jamais; si l'enfant a vecu quelque tems; car dès qu'il est au Monde, la Mere & l'enfant sont pourvûs d'un apartement separé, & l'on leur fait un train selon le sexe de l'enfant, & selon aussi que le Roi a plus ou moins d'enfans.

Mais ce n'est pas ce qui se passe de pire dans ces Serrails que la privation de la liberté. On raporte en général qu'il s'y commet des abominations les plus horribles du Monde, des grossesses étouffées, des avortemens forcez, la vie ôtée à de petites creatures nouvellement nées, en leur refusant le lait, ou d'une autre maniere. Entre toutes les femmes qui deviennent grosses, il n'y a que celle qui porte le premier fils, qui ait sujet de benir son sort, parce qu'elle aura un jour le rang, l'autorité, & le bonheur de Mere de Souverain; mais pour les autres, elles sont reléguées dans un coin du Serrail, chacune avec son Enfant, où elles vivent toûjours dans les transes de les voir priver de la vie, ou de la vûe par l'ordre du Souverain, soit qu'il soit le pere, ou le frere de l'enfant, ce qui est un malheur qui ne manque presque jamais de leur arriver. Delà vient que toutes ces Favorites apprehendent d'avoir des enfans, dès que le Roi a un fils. Le but, ou le bonheur où elles aspirent toutes, est d'être mariées, & c'est à quoi elles parviennent par d'assidus & par de longs services qu'elles rendent à la Mere du Roi, ou à la Mere du fils ainé, ou au Roi même. La Mere du Roi a toujours des intrigues avec la plûpart des Ministres, & Officiers de l'Etat, plus ou moins importantes, selon son genie & son crédit. Ils ne manquent presque jamais de lui demander *une fille du Haram* pour eux, ou pour quelqu'un de leur fils, comme étant un moyen de gagner ses bonnes graces, & d'entrer plus avant dans la faveur. Quelquefois on donne de ces belles Captives aux grands Seigneurs, sans qu'ils y pensent, comme une grace insigne qu'on leur veut faire: ainsi la premiere fois que je fus à la Cour de Perse, le Roi envoya une fille du Haram au grand Surintendant de sa Maison, & son favori, une nuit qu'il n'y pensoit pas, & qu'il ne s'en soucioit gueres, comme il y a de l'apparence; car il étoit âgé & accablé du poids du Ministere. Cependant, soit par politique, & par complaisance, ou autrement, il fut trois jours sans sortir du Haram pour aller voir le Roi, passant tout son tems auprès de cette nouvelle Maîtresse. Heureuse est celle qui est donnée de cette maniere à un grand Seigneur; car elle devient femme légitime & Maîtresse de la Maison, & elle est honorée & traittée comme si elle étoit fille du Roi. On marie aussi de ces filles du Serrail pour en décharger le Palais, lors qu'il y en a trop grand nombre, & alors on les donne aux Officiers d'armées, & aux *Yessaouls* & *Capigis*, qui sont comme en France les Gentils-hommes ordinaires, & les Huissiers du Cabinet. Cependant, comme il n'arrive jamais qu'on donne en mariage des femmes qui ont des enfans vivans, & qu'on donne rarement aussi de celles qui en ont eu, ou qui seulement ont été grosses, cela fait que la plûpart de ces filles craignent plus les faveurs du Roi qu'elqu'elles ne les defirent, & qu'elles font au defefpoir lors qu'elles en fentent l'effet. Les artifices qui s'employent d'un côté pour éviter la groffeffe, & les énormitez qui fe commettent de l'autre pour prevenir l'enfantement, font la matiere de mille contes que l'on fait fur ce fujet. J'ai ouï affurer que le feu Roi Abas fecond fit un jour brûler vive une de ces belles filles, feulement pour s'être apperçû de cette crainte. Il lui envoya dire une nuit qu'elle étoit de garde d'entrer feule. Elle fit réponfe qu'elle avoit fon incommodité de femme, & qu'elle n'ofoit approcher de fa perfonne en cet état. Le lendemain il la fut trouver dans fa chambre, elle le voyant entrer, fe jetta à fes pieds pour l'empêcher de la toucher incommodée comme elle l'affuroit qu'elle étoit. Le Roi, que fon amour rendoit foupçonneux, la fit vifiter, & apprit que ce qu'elle difoit étoit faux; de quoi étant outré de colere, il la fit attacher dans une cheminée, & ayant fait mettre du bois à l'entour elle fut brûlée toute vive.

Comme on marie de ces belles perfonnes pour récompenfe de leurs bons fervices, ou par faveur envers ceux à qui elles font données, l'on en marie auffi quelquefois par chagrin, pour les punir, & à deffein de les rendre malheureufes. On les donne pour cela à des gens de baffe condition, foit dans la ville Capitale, foit dans la Cour. C'eft de ces femmes-là qu'on apprend des nouvelles du Serrail beaucoup plus aifément que des Eunuques. J'ai fû pour moi la plûpart de ce que je rapporte par l'Eunuque de la Tante du Roi, qui avoit été long-tems dans le Serrail au fervice de fa Maîtreffe. J'avois contracté quelque amitié avec lui par la rencontre des affaires j'avois avec cette Princeffe, dont il étoit le principal agent. J'avois quelque occafion de le faire difcourir fur ce fujet, & comme je lui avois fait concevoir que ma curiofité n'avoit d'autre principe que le deffein d'informer le peuple d'Europe des manières Perfanes, qui y étoient fi inconnues, il me parloit fur le fujet avec plus de facilité & plus de confiance, qu'il n'auroit fait pour toute autre chofe.

On fait encore des nouvelles de ce lieu fi refervé par des Matrones qu'on y fait venir, quand les enfantemens font difficiles, ce qui n'arrive pas fouvent, car comme les accouchemens font très-aifés en Perfe, de même que dans les autres Païs chauds de l'Orient, il n'y a point de fages femmes. Les Parentes agées, & les plus graves, font cet office;

mais comme il n'y a gueres de vieilles Matrones dans le Haram, on en fait venir de dehors dans le befoin. Enfin, on fait des nouvelles de ce lieu par les nourrices; car les enfans du Roi ne font jamais allaittez par leurs Meres. Les Medecins du Roi ont le foin de trouver des nourrices, & l'on obferve foigneufement qu'elles foient jeunes, grandes, déchargées d'embonpoint, avec des cheveux noirs, & qu'elles n'ayent pas eu de longues maladies.

La garde du Serrail eft compofée de trois corps differens. Celui des Eunuques blancs eft le premier: ils gardent le dehors fans approcher des femmes, ni aller affez avant dans le Haram pour en être vûs. On eft jaloux d'eux malgré leur impuiffance, & cette jaloufie eft fondée fur cette raifon entre les autres que les Dames du Serrail pourroient juger par le teint de ces Eunuques, qu'il y a des hommes plus beaux que celui à qui elles appartiennent, & fur cela n'avoir pas tant d'amour pour lui. Je paffe fur ce qu'on dit que les Eunuques, quoiqu'ils foient entierement coupez, ne laiffent pas d'être encore capables de donner & de recevoir du plaifir dans le commerce des femmes; parce que la pudeur ne permet pas qu'on fe fouvienne feulement de ce qu'on a entendu fur un tel fujet. Le fecond Corps eft celui des Eunuques Noirs, non pas les Noirs d'Abiffinie & d'Ethiopie, mais de la côte de Malabar, où le teint eft gris brun, plûtôt que noir. Ils ont leurs logemens autour de la feconde enceinte, où ils fe tiennent, & d'où ils font mandez fuivant le befoin que l'on en a. On prend les vieux & décrepits pour approcher les femmes, & pour faire leurs Meffages; les autres font employez au dehors, c'eft-à-dire à aller & venir, à porter & à travailler. Le troifiéme Corps des gardes eft celui des filles, comme je l'ai dit: les favorites du Roi, & fes Maîtreffes, font ce Corps de Gardes; & il y en a toûjours fix en faction nuit & jour, qui fervent à tour de rolle une fois la femaine, avec une vieille fille, qui leur tient lieu de Mere, pour les gouverner. Les Filles font logées feparement, ou tout au plus deux dans une chambre, une jeune & une vieille, fans pouvoir fe vifiter d'une chambre à l'autre, que par permiffion. Elles ont chacune leur penfion payée en argent & en étoffes, leur plat cuit & préparé, & un certain nombre de Domeftiques qui va quelquefois jufqu'à quatre & cinq fervantes, & deux Eunuques, âgez d'au deffous de dix ans, ou d'au deffus de cinquante.

quanté. La penſion eſt differente, ſelon leur emploi, ſelon leur faveur; & ſelon la qualité de la perſonne qui les a données: du reſte elles ſont traittées toutes de même maniere. On les obſerve de fort près, de peur, dit-on, qu'elles ne faſſent des intrigues, ou des complots, contre leurs Rivales, ou qu'elles ne deviennent amoureuſes les unes des autres. Les femmes Orientales ont toûjours paſſé pour *Tribades*. J'ai ouï aſſurer ſi ſouvent, & à tant de gens, qu'elles le ſont, & qu'elles ont des voyes de contenter mutuellement leurs paſſions, que je le tiens pour fort certain. On les empêche d'y ſatisfaire tant qu'on peut, parce qu'on prétend que cela diminue leurs appas, & les rend moins ſenſibles à l'amour des hommes. Les femmes qui ont été dans le Serrail rapportent des choſes ſurprenantes de la paſſion avec laquelle les filles s'y font l'amour, de la jalouſie qui y entre, comme auſſi de celle que les Favorites ont l'une contre l'autre juſqu'à la fureur, de leurs haines, de leurs trahiſons, de leurs mechans tours. Elles s'entr'accuſent & découvrent reciproquement leurs fautes. Celles qui ſont dans les bonnes graces du Roi, comme celles qui lui plaiſent le plus par le chant, par la danſe, ou dans la converſation, ſont la butte de l'Envie & de l'averſion des autres. Chacune a ſes rivales, & les emportées comme je dis ſont celles qui n'eſperent plus de ſortir du Haram, & qui ainſi ſont reduites par deſeſpoir à rechercher les faveurs du Roi, comme le ſeul & unique bien qui leur reſte dans la vie. Ces jalouſies produiſent les plus cruels effets du Monde, car le Roi qui ne trouve parmi toutes ces femmes perfides, ni amour ni attachement ſincere, en dégrade les unes, changeant ces Favorites en Eſclaves, qu'on envoye ſervir aux plus bas emplois, & dans les quartiers reculez du Serrail: il en fait châtier d'autres à coups de verge & de bâton, il en fait tuer, il en fait même brûler les unes, & enterrer les autres toutes vives.

Ce que j'ai le plus ouï dire du Haram ou Serrail du Roi de Perſe & des Grands Seigneurs, c'eſt que les femmes s'y ſervent de beaucoup de ſortileges, par leſquels elles prétendent faire haïr leurs rivales, ou les rendre ſteriles, ou ſe faire aimer, & captiver l'eſprit du Seigneur du lieu, & en avoir des enfans. Il eſt certain qu'en beaucoup de Serrails le Maître, durant certains tems, ſe trouve comme enſorcelé d'amour pour une Eſclave noire, ou malfaite, au milieu de pluſieurs per-

ſonnes admirablement belles. Les Juifs paſſent pour de grands Sorciers, & comme ils ſont par tout rebuttez de tout le Monde, ils gagnent leur vie du mieux qu'ils peuvent, & s'attirent quelque faveur par ces ſortes de moyens. Je croi qu'ils ſont fâchez de n'être pas auſſi bons ſorciers qu'on les croit, car ils en ſeroient bien plus à leur aiſe. Leurs femmes vont dans les Harams ſous prétexte de vendre des nippes, ou des parfums, ou de rendre d'autres ſervices, & y donnent des breuvages, des receptes, des avis à toutes les jeunes filles amoureuſes auprès deſquelles elles peuvent s'inſinuer; mais les Eunuques, qui ſe moquent de ces Philtres, les veillent de près, & il y a grand' peine à gagner ces ſortes de gens, qui ſont d'ordinaire comme autant de vieux Argus, ſans aucune complaiſance, & de très-mechante humeur. Les Maris ſe tiennent auſſi en garde tant qu'ils peuvent contre ces noires fourberies; mais les femmes ſont ſi diſſimulées, & ſi adroites, qu'elles les trompent toûjours, nonobſtant toutes leurs précautions.

Je me trouvai l'an 1672. au mois d'Octobre, avec le grand Surintendant de la Maiſon du Roi, au Magazin des étoffes d'or & d'argent. Le Roi alloit partir pour un long voyage, & je croi que le Surintendant étoit occupé à donner ce qu'il falloit d'étoffes au Serrail pour l'hiver qui approchoit. On mettoit des piles d'étoffes à part, & les Eunuques en emportoient vers le Serrail tant qu'ils en pouvoient porter. Le Surintendant me parut être en colere, & je penſe que c'étoit de ce que le Chef Eunuque du Serrail, qui étoit-là, en demandoit plus qu'il n'avoit envie d'en donner; j'entendis qu'en ſe parlant bas, l'Eunuque diſoit, *le Roi a déja ſoixante Enfans vivans*. Ce que je viens de rapporter, & ce que j'ai entendu dire d'ailleurs du Haram du Roi, m'a fait croire que de tems en tems, on diminue le nombre de ces enfans, lors qu'il eſt devenu trop grand. La Reine Mere préſide d'ordinaire ſur ces actions barbares, dont l'horreur & les remors ſont étouffez par la coûtume. Elle eſt comme la Surintendante abſoluë des Maîtreſſes & des Favorites de ſon fils, leur ſort & celui des enfans qu'elles mettent au Monde eſt entre ſes mains, & l'on ne peut ſans ſa bienveillance ſe conſerver long-tems les bonnes graces du Roi. Au reſte les Rois de Perſe n'épouſent jamais de femmes par contract de mariage, comme font leurs ſujets. Ses Maîtreſſes

ſont

font fes Efclaves, & tout ce qui entre en fon *Haram* eft à fa difcretion pour en faire ce que bon lui femble.

Ce que je viens de raporter du nombre des Enfans du Roi eft tout-à-fait furprenant, & je ne l'euffe pû croire, fi je ne l'euffe entendu de fi bonne part; car j'ai ouï affurer en d'autres rencontres que le Roi n'a pas beaucoup de Maîtreffes à la fois, & que d'ordinaire, il eft durant un long-tems attaché à une feule. Quoi qu'il en foit, la même fécondité ne fe trouve pas dans les autres Serrails. On obferve géneralement, tant en Perfe, que dans tout l'Orient, que la multiplicité des femmes ne peuple pas le monde davantage, & même d'ordinaire les familles font moins nombreufes en Perfe, qu'en France. Cela vient, dit-on, de ce que les hommes & les femmes fe mettent trop tôt enfemble, & avant l'âge meur, & que bien loin de ménager leur vigueur, ils l'excitent par des remédes qui les confument à force de les échauffer: les femmes ceffent auffi fort vîte d'enfanter en Orient, favoir dès l'âge de vingt-fept ou de trente ans. L'hiftoire d'*Amurath troifiéme*, Empereur des Turcs, raporte comme un cas fort extraordinaire qu'il eut cent deux enfans.

Quand on fait réflexion fur la coûtume des Perfans de tenir les femmes enfermées hors du commerce du monde, & dans des Regions feparées, fi je puis ainfi parler, on trouve aifément la caufe de la différence qu'il y a entre la Perfe préfentement, & ce qu'elle étoit du tems de *Darius*, & des autres Monarques de ce tems-là, à l'égard des richeffes, & de la fplendeur, & il y a lieu de s'étonner de ce qu'il s'y trouve tant d'opulence, d'aife, & de politeffe, & d'autres agrémens qu'il y a aujourdhui. Les Perfans difent *que les femmes ne fervent que pour le plaifir & pour la generation*, & ils n'en font aucun cas pour leur adreffe, pour leur efprit, & pour leur application à toutes fortes d'ouvrages; auffi ne fe mêlent-elles communément de chofe au monde, ni même du menage non plus que du refte: elles paffent leur vie dans la nonchalance, l'oifiveté, & la molleffe, étant tout le jour ou étendues fur des lits à fe faire gratter & frotter par de petites efclaves, ce qui eft une des plus grandes voluptez des Afiatiques, ou à fumer le Tabac du païs, qui eft fi doux que l'on en peut prendre du matin au foir fans s'entêter ni s'en fentir: les moins vicieufes s'appliquent à des ouvrages à l'éguille qu'elles font très-bien: on leur donne leur nourriture

toute aprêtée, & quelquefois leurs habits tout faits, comme on feroit à des enfans.

Les Femmes du *Haram* du Roi ne vont jamais en vifite hors de leur Palais, & en général les plus grandes Dames de Perfe font celles qui fortent le moins. Elles font venir les autres chez elles. La maniére dont elles vivent n'eft pas propre, comme il paroît, à faire beaucoup de connoiffances, ni à faire de grandes courfes. Une fœur va voir l'autre, une niéce fa tante, dans des occafions extraordinaires, comme pour des nôces, pour des accouchemens, & aux Fêtes folemnelles, mais non autrement. Les vifites qu'elles fe font durent d'ordinaire fept à huit jours: une femme meine avec elle la plûpart de fon train, filles & Eunuques, & eft accompagnée de plufieurs furveillans, Eunuques & femmes, que fon mari lui donne pour cette occafion, dont le nombre eft plus ou moins grand, felon la défiance qu'il en a. Les Princeffes Royales font tous leurs efforts pour être fouvent mandées au *Haram*, & elles n'en font pas plûtôt revenues qu'elles recommencent quelques intrigues pour y retourner, quoi qu'elles y demeurent des huit ou dix jours de fuite, parce qu'outre le divertiffement, elles en raportent toûjours de riches préfens. Les maris fouhaitent auffi avec ardeur de voir retourner leurs femmes dans ces lieux-là, parce que c'eft la voye de faire dire au Roi fecretement tout ce qu'ils veulent, & d'avancer leurs fortunes. Les femmes, qui ont fervi dans le Serrail, aiment fort auffi par la même raifon à y faire des vifites; mais comme il faut être mandées, ces vifites font peu frequentes. Pour les Femmes des Grands qui n'y font pas connues, on les y fait venir rarement. On dit que le Maître du Haram ne va point voir fa Femme tandis qu'elle a des vifites, à moins que ce ne foient des femmes qu'il a déja vûes, ou qu'il peut voir, comme fa mere, fa fœur ou fa tante.

CHAPITRE XIII.

Du Courouc, ou de la défenfe d'approcher des Femmes.

APrès avoir dit de quelle maniere on garde les Femmes dans le logis, il faut dire comment on les garde quand elles vont en voyage, ou qu'elles rendent des vifites.

Lors que les Femmes de qualité fortent du logis & vont à la ville, ce qui n'arrive guére que de nuit, un nombre de Cavaliers marchent

chent cent pas devant, & un autre nombre cent pas derrière, criant *courouc, courouc*, mot Turquesque qui signifie *défense, abstinence*, & qui dans cet usage veut dire *que le monde se retire, & que personne n'approche.* Cette voix fait peur en Perse, & l'on ne se le fait pas dire deux fois : Chacun fuit comme si un Lion étoit déchaîné. Des Eunuques, aussi à cheval, avec de longs bâtons à la main, marchent entre ces Cavaliers & les Femmes, pour donner sur ceux qui ne se sont pas retirez, ce qu'ils font avec plus ou moins de fureur, suivant la qualité de la Dame qu'ils conduisent. Mais, comme je le dis, il est rare que les grandes Dames sortent avant minuit, soit qu'elles aillent faire des visites, soit qu'elles en reviennent. Le *courouc* qui se fait pour les Femmes du Serrail du Roi est tout-à-fait terrible; car il y va de la vie à tout homme de se trouver sur leur chemin, ou dans l'espace qu'on interdit, qui est toute l'étendue dans laquelle on pourroit appercevoir les chameaux qui portent ces belles femmes-là. Si c'est dans la ville qu'elles passent, on défend la rue par où se fait la marche, & les rues les plus proches à droit & à gauche, lesquelles avec cela on environne de *canaat*, qui sont ces tentes droites dont on enferme les quartiers & les pavillons à la campagne, comme si c'étoient des murailles : & cela, afin que quelques gens, par inadvertence, ne se trouvent dans l'espace défendu, & qu'il ne leur en coûte la vie; mais si elles vont à la campagne, on chasse tous les hommes des villages à une lieuë à l'entour de leur route, un demi jour avant qu'elles passent. Il y a un Régiment du corps des Mousquetaires destiné particulierement à cette fonction, qu'on appelle *Koroktchi*, & c'est le Général des Mousquetaires qui lui donne les ordres, lesquels lui sont portez par le Capitaine de la porte du Serrail, qui les reçoit des Eunuques. Ils vont le jour precedent battre l'estrade, & avertir les hommes qu'à telle heure ils ayent à s'enfuir chacun de chez soi, parce que les Femmes du Roi doivent passer, & si quelqu'un faisoit de la résistance, ils le tueroient sur la place, & en seroient fort loüez. Deux heures devant que le Serrail sorte, ces *Koroktchi* retournent aux mêmes lieux, & d'abord font des décharges de mousqueterie pour avertir de se retirer incessamment, ce qu'ils continuent de faire sur la route & aux environs, afin que ceux qui seroient dans les montagnes ou dans les trous fussent avertis; car ce signal du mousquet est connu comme le sont ceux du canon ailleurs.

Une heure après les Eunuques blancs se mettent en campagne, & battent aussi l'estrade, & s'ils rencontrent quelque homme dans l'espace défendu, ils le mettent à mort. Il y a plusieurs exemples de cette cruauté, & l'on dit, entre les autres, du Roi *Abas second*, qu'étant en voyage, il arriva qu'un de ces valets qui tendent les pavillons se sentant las, se jetta sous un des pavillons qu'il avoit aidé à dresser pour le Serrail, à dessein d'y reposer, jusqu'à ce que tout le reste fût fait, & qu'il fallut se retirer; mais s'y étant endormi pour son malheur, & les Eunuques qui sont l'avant-garde étant arrivez au camp, & faisant la ronde, trouverent ce miserable couché de son long & endormi. Ils le roulerent dans le tapis sur lequel il dormoit, & l'enterrerent vif. Dans une autre rencontre, un Cavalier qui s'étoit aussi endormi dans un endroit de montagne, la nuit, au tems que ces signaux se donnoient, se rencontra le matin à la vûe du Serrail du Roi. Il se douta de ce que c'étoit, trouvant le chemin desert, & aussi-tôt il descendit de cheval, s'envelopa la tête de sa casaque en plusieurs doubles, & se jetta en terre étendu sur la face; mais cela ne lui servit de rien, les Eunuques le mirent en piéces. Du tems de *Sephy premier*, un pauvre vieillard qui n'avoit pû avoir justice d'une sentence injuste du Président du Conseil, par laquelle il perdoit tout son bien, résolut de prendre le tems que le Roi devoit passer par son quartier avec ses Femmes pour lui présenter sa requête. Il s'imaginoit que sa grande vieillesse le devoit faire passer pour Eunuque, mais il se trompa. *Sephy* le perça lui-même de deux coups de flèche. Je me suis trouvé à la Cour dans un tems où le Serrail sortoit presque tous les jours. Le Roi, jeune, & nouvellement venu au monde, par maniere de dire, ayant été enfermé toute sa vie dans un Palais sans en sortir, & sans y voir d'autre homme vivant que son Pere, avec sa Mere, & ses Maîtresses, donnoit aux Dames qui avoient été ses compagnes de prison, & qui avoient eû leur part de ses frayeurs, tous les plaisirs qu'elles demandoient. On peut juger aisément que les principaux étoient de courir la ville & les champs. Ces divertissemens me firent deux fois coucher hors du logis, & m'en firent une fois sortir à minuit subitement; car quand l'envie en prend aux Dames, on fait sortir de cette maniere les gens de leur logis, & de leur lit, pour s'enfuir où bon leur semble, pourvû que ce soit hors de l'enceinte de la route marquée pour le Serrail. Qu'il neige, ge, qu'il pleuve, ou qu'il gèle à pierre fendre ; qu'il faille paſſer des bourbiers juſqu'à mi-jambe, c'eſt à quoi l'on n'a aucun égard ; & il faut que tous les hommes fuïent, depuis l'âge de ſept ans, malades ou non : on laiſſe la maiſon à la garde des femmes, s'il y en a, ou bien on la ferme à la clef. Il y a des vieillards qu'on hazarde de garder couchez parmi les femmes, & des malades alitez, & pourvû qu'on n'en ſache rien il n'en arrive pas d'accident. La ville d'*Iſpahan* en fut quitte pour deux ſemblables corvées durant le tems dont je parle ; mais pour les fauxbourgs, & ſur tout pour *Julfa*, on lui donnoit ces deſagreables ſerenades tous les dix ou douze jours, pendant deux années, qui furent les premieres du régne de ce Roi, après quoi cette furieuſe paſſion d'amour qui le faiſoit condeſcendre à toutes les fantaiſies de ſes Maîtreſſes, ſe ralentit, & peu à peu le Serrail n'eût plus la liberté de courir hors de ſon enceinte ordinaire.

Quand le Roi eſt à la campagne, les ordres pour le paſſage du Serrail ſont auſſi proclamez une demie journée devant, & quand l'heure de ſortir du camp eſt venue, chacun monte à cheval, fait tomber ſon pavillon à bas, étendu ſur le bagage, & s'enfuit : & lors qu'on ſait que le Serrail eſt paſſé, on retourne chacun à ſon quartier, où tout ſe trouve dans l'état qu'on l'a laiſſé ; mais pour l'ordinaire, on fait aller les Femmes de nuit par une route éloignée du grand chemin, afin de ne pas fatiguer la Cour, & c'eſt comme je l'ai vû pratiquer à *Abas ſecond*.

Durant le régne de ſon Succeſſeur on introduiſit auſſi pour les Femmes la défenſe de ſe trouver à la rencontre du Serrail, à deſſein d'empêcher qu'il ne s'en trouvât quelqu'une qui donnât de l'amour au Roi. Les Chrétiennes Armeniennes ont été cauſe de cette défenſe, parce que quand le Roi ſe promenoit par le bourg de *Julfa* avec ſon Serrail, elles ſe préſentoient toutes au Roi dans les plus ſuperbes ajuſtemens, les unes avec des requêtes en faveur de leurs maris, les autres ſous prétexte de voir ; mais en effet, cherchant à être vûes, & à plaire. On conte qu'*Abas ſecond* fut ainſi touché par les agrémens d'une Armenienne, femme d'un des principaux de *Julfa*, & dont le pere, nommé *Cojavattan*, en étoit le Prevôt. Le mari étoit en voyage depuis deux ans, lors que le Roi alla chez lui avec ſes Femmes, pour voir les beautez de ſon logis. La femme en étoit avertie, qui reçut le Roi ſi galamment, & le

traita avec tant de grace, qu'il en devint amoureux, & l'enleva. On aſſure que c'eſt là le ſeul exemple qu'il y ait que les Rois de Perſe ayent enlevé des femmes mariées. J'ai ouï conter qu'un jour, avant cette défenſe à l'égard des Femmes, celles de *Julfa* ſe mettant ainſi à courir après le Roi, parées & ajuſtées de leur mieux avec les affetteries de femmes qui veulent toucher, une des Dames du Serrail leur cria tout haut : *Coquettes effrontées, ne vous eſt-ce pas aſſez d'avoir chacune vôtre homme, ſans que vous veniez vous mêler parmi nous qui ſommes quatre cens après un ſeul, pour nous l'enlever ?*

Lors que les Femmes du Roi vont avec lui, elles montent toutes à cheval, ce n'eſt d'ordinaire que pour la promenade, mais quelquefois on va auſſi chez les Armeniens cherchant les belles filles : ceux qui en ont à marier les cachent ; mais comme c'eſt la coûtume entre les Armeniens de marier leurs enfans dans le plus bas âge, & ſouvent au berceau, le Roi n'en trouve gueres qui ſoient propres à enlever ; car on a du reſpeƈt pour celles qui ſont fiancées, & l'on n'y touche point. Ces recherches dont je parle, ſervent ſouvent d'occaſion à des crimes énormes parmi ces mauvais Chrétiens ; c'eſt que ſouvent ils ſe rendent délateurs les uns contre les autres, en déclarant que tels ou tels ont caché leurs filles qui ſont belles, & en découvrant même le lieu où elles ont été cachées.

CHAPITRE XIV.

Des Eunuques.

LES Perſans appellent les Eunuques *Coja*, mot qui ſignifie *vieillard, ancien*, ſoit parce qu'ils conduiſent & gouvernent les affaires Domeſtiques, comme font les vieillards, ſoit parce qu'ils ne peuvent non plus uſer de femmes que les plus vieilles gens. Il y en a un grand nombre dans tout le Royaume de Perſe, & on peut dire en quelque maniére qu'ils le gouvernent ; & qu'ils en ſont les Maîtres, parce que dans toutes les grandes Maiſons, & dans celle du Roi, plus qu'en nulle autre, ils ont la confiance du Maître, la garde de ſon bien, & le maniement de ſes affaires. Les femmes ſont particuliérement ſous leur inſpeƈtion, & comme ſous leur tutelle. Ils commandent l'entrée & la ſortie du *Haram*, qui eſt l'habitation des femmes, ou pour mieux dire leur priſon, & ils les accompagnent par tout, c'eſt-à-dire au bain, & en en vifite. Ils n'ont pas la liberté néanmoins d'entrer dans leur chambre, quand elles y font feules. Les Eunuques dans les grandes Maifons font auffi les Précepteurs & les Gouverneurs des Enfans. Ils leur aprennent d'abord à lire, à écrire, les principes de leur Religion, & les Elemens des Sciences; & lors que leurs pupiles ont befoin de plus habiles Maîtres, ils leur fervent de Gouverneur, les accompagnant par tout fans les perdre de vûe. Les fils du Roi, qui ne fortent jamais du Palais des femmes, que pour monter fur le Trône, n'ont point d'autres Regens, ni d'autres Maîtres.

J'ai vû des Eunuques fort favans, & il faut qu'il y en ait dans le *Haram* du Roi qui foient habiles dans les Arts Mécaniques. Le feu Roi favoit deffiner & peindre dès fa jeuneffe. Il me le montra dans des modelles de grands bijoux qu'il me donna peu avant fa mort, qu'il avoit faits de fa main, comme il me le fit dire, & qui étoient au pinceau, & auffi bien faits que de la main d'un peintre. Il entendoit bien auffi à tourner en bois, & en pierre; chofes qu'il ne pouvoir avoir aprifes que des Eunuques. Cependant ils ne font propres que dans les grandes & riches Maifons, n'ayant pas affez de vigueur de corps pour les fervices Mécaniques. Les Eunuques coûtent beaucoup à achetter & à entretenir. Ceux qui font âgez de huit ans, jufqu'à feize, fe vendent depuis mille francs jufqu'à deux mille, felon qu'il eft bien fait, felon fon Efprit, & felon fon Education. On n'en veut guere au deffus de cet âge, parce qu'on les coupe jeunes, c'eft-à-dire entre fept & dix ans, après quoi ils font auffi-tôt vendus, & ils ne changent guere de Maître, parce que quand ils font une fois entrez dans une Maifon, on les range à leur devoir par des châtimens feveres s'il en eft befoin, avec quoi on les forme à l'humeur de ceux qu'ils fervent; & comme ils voyent bien d'un côté que leur bonheur dépend de leur Maître, puis qu'ils font fes Efclaves, & qu'il eft l'arbitre de leur fort; & de l'autre qu'ils ne peuvent prétendre à fa bienveillance, & à fa confiance, que par un bon fervice, ils fe rendent capables de le lui rendre tel de tout leur pouvoir, & ils y réüffiffent d'ordinaire fi bien qu'ils manient & gouvernent tout.

Les Eunuques viennent tous des Indes, la plûpart de la Côte de *Malabar*, où le teint eft gris entre le noir & le blanc. Il en vient auffi du Golphe de Bengale, où le teint eft olivâtre. Il y en a peû de Negres, foit d'Afrique & d'Ethiopie, & encore moins de blancs de Georgie & de Circaffie. Le Roi feul en peut avoir de blancs, & les perfonnes à qui il en donne, comme les Princeffes de fon fang. Je n'en ai pas vû à d'autres. Le nombre des Eunuques dans les Maifons des plus grands Seigneurs eft d'ordinaire de fix à huit. Dans celles des Seigneurs de moindre qualité, il eft de trois à quatre, & dans les Maifons des gens fimplement riches, il y en a une couple. On en compte jufqu'à trois mille au fervice du Roi, la plûpart dans fon Palais, & quelques uns dans les Maifons que le Roi a deçà & delà. C'eft la jaloufie que les hommes ont pour les femmes en Orient qui a produit cette invention cruelle & dénaturée de faire des Eunuques; mais quoi qu'ils ne fuffent deftinez d'abord qu'à garder les femmes, on les a trouvez propres pour d'autres fervices, & pour les plus grandes affaires. En effet, les Eunuques étant par l'état où on les met, beaucoup moins fujets aux paffions de l'amour & de l'ambition, les grandes fources des defordres de la vie civile, ils doivent être moins emportez que les autres hommes; & comme ils ne font chargez ni d'enfans, ni de femmes, ni de parens même, puifqu'outre qu'ils font tous nez de gens de néant, ils ne favent la plûpart de quel païs ils font, & qu'ainfi ils n'ont à fonger qu'à la fubfiftance de leur corps uniquement; il eft évident qu'ils doivent être attachez à leurs fonctions plus fortement que les autres hommes. On peut ajoûter que les Eunuques n'ont pas même les rélations de l'amitié, à caufe que de la manière dont ils vivent ils ne trouvent guere ni les occafions, ni le tems de faire des amis. Ce que je raporte des Eunuques eft fur tout vrai de ceux de Perfe, comme étant des Efclaves amenez d'un autre monde; de manière que tous leurs defirs, & toute leur étude fe raporte uniquement à leur Maître: auffi trouve-t-on dans le Païs, qu'ils font fans exception plus rufez, plus fecrets, plus retenus, plus fidéles, & même plus prudens que les autres hommes; mais en échange ils font cruels, vindicatifs, impitoyables, diffimulez, lâches. Il eft affez rare de leur trouver de vrai courage, quoi que la Cyropedie dife que les Eunuques font plus fidéles, & auffi courageux que les autres hommes. Quelques gens affurent, comme je l'ai déja remarqué, qu'il y a des Eunuques qui reffentent la paffion de l'amour, & qui recherchent le commerce des femmes: l'on en donne pour preuves que lors qu'ils parviennent au Gouvernement

ment de l'Etat (chofe qui n'arrive que fort rarement pourtant) ils ont tous un Serrail. Je ne faurois dire ce qui en eft; car pour cette preuve, elle ne me paroît pas convaincante, puis qu'il y a tant de commoditez à avoir un Serrail, parce que parmi les Perfans, c'eft un lieu retiré & facré, où perfonne n'ofe entrer; que l'on ne peut être à l'aife, ni gouter aucune douceur dans la vie fans en avoir. Ce que je puis dire de certain, c'eft qu'on affure généralement en Orient, que les femmes haïffent les Eunuques à la mort, comme des argus qui veillent fur toutes leurs actions. J'obferverai pour la fin que la coupe des Eunuques eft une operation qui caufe la plus vive douleur; mais qu'on fait affez fûrement fur les jeunes Enfans: elle eft très-dangereufe dès qu'ils ont quinze ans paffez; un en quatre en réchape à peine, & il faut fix femaines de tems pour guerir la playe.

CHAPITRE XV.

Du Corps Ecclefiaftique.

J'Aurois intitulé ce Chapitre *du Gouvernement Ecclefiaftique*, fi les Ecclefiaftiques Mahometans, avoient un Gouvernement féparé; mais leur juridiction eft toute entiere dans la main du Magiftrat, ou pour dire mieux la chofe, la Magiftrature eft compofée d'Ecclefiaftiques, parce que les Perfans croyent que la puiffance Ecclefiaftique a originairement le droit d'exercer la juftice; & que c'eft elle feule qui par l'inftitution de Dieu en doit être revêtue, comme je l'ai fort amplement expliqué au commencement de ce livre; ce qui fait que parmi eux le Droit civil eft un & même avec le Droit canon, comme je le dis en traitant du Droit civil.

Le Corps Ecclefiaftique eft compofé du *Grand Pontife*, de *l'Ancien de la Loi*, du *Cazi*, *& du Moufty*, qui font auffi les Magiftrats du Droit Civil, & les Juges ordinaires, comme dans le Gouvernement des Juifs. Je commencerai par leur dignité, & par leurs fonctions.

Le grand Pontife s'appelle *Sedre*, terme Arabe qui fignifie *la partie anterieure du Corps*, & particuliérement celle que nous nommons la *poitrine*, mais qui dans l'ufage veut dire *haut & éminent*, comme *Sedre Nechin*, affis au haut rang; *Sedre el moutchi*, le feptiéme Ciel, qu'ils tiennent le plus élevé de tous, ou plûtôt le plus haut lieu de Ciel. On s'en fert auffi pour dire *cuiraffe*, & en ce fens mê-

me l'allufion eft affez raifonnable, le *Sedre* étant défenfeur de la Religion. Il a chez les Perfans tout le pouvoir, & même plus grand, que le *Muphty* a chez les Turcs. Les titres ordinaires qu'on lui donne font *Roi du Droit & de la Religion: Chef de l'Eglife véritable: Subftitut de Mahomed, & Lieutenant des Imans*, qui font les premiers *Caliphes*. Les gens d'Eglife, & tous les Dévots de la Perfe, tiennent que la domination des Laïques eft un établiffement violent & ufurpé, & que le Gouvernement Civil apartient de droit au *Sedre*, & à l'Eglife. La principale raifon dont ils appuyent cette créance, eft que *Mahomed* étoit Prophete & Roi tout enfemble, & que Dieu l'avoit conftitué fur le Spirituel & fur le Temporel; mais l'opinion la plus généralement reçue eft que la Royauté, telle qu'elle eft dans la main des Laïques, tire fon inftitution & fon autorité de Dieu: que le Roi tient la place de Dieu, & des Prophetes, en la conduite des Peuples; & quant au *Sedre*, & à tous les gens de Loi, qu'ils ne fe doivent point mêler du Gouvernement Politique: que leur Juridiction eft foumife à l'autorité Royale; même dans les chofes de la Religion. Cette derniere opinion prévaut, au lieu que l'autre n'eft tenue que des Ecclefiaftiques & de ceux qu'ils obfedent, auxquels le Roi & les Miniftres ferment la bouche comme il leur plaît, & qu'ils font obéir en tout. De cette maniére, le Spirituel eft aujourdhui tout-à-fait foumis au Temporel; au lieu que dans les premiers fiécles du Mahometifme le Temporel n'étoit que le Miniftre du Spirituel: c'étoient les Pontifes qui portoient la Couronne & le Sceptre, & il n'y avoit d'autre Code que l'*Alcoran* feul. On a joint depuis à l'*Alcoran*, l'interprétation qui en a été faite par les *Imans*, les douze premiers defcendans de *Mahomed* en ligne directe de Pere en Fils: de maniére que l'*Alcoran*, & cette Interprétation des *Imans* eft préfentement le corps du Droit Civil & Canon des Perfans, leur Code & leur Digefte; & de maniére auffi que la Théologie & la Jurifprudence font chez eux infeparables, & une même profeffion.

Le *Sedre* eft le Juge fuprême dans toutes les matieres Ecclefiaftiques, & dans toutes les Caufes Civiles qui ont quelque raport avec le fpirituel, & le Chef de tous les biens confacrez au culte de la Religion, & à l'entretien de fes Miniftres. Il ne difpofe pourtant pas à fon gré de ces biens-là, y ayant une Chambre des Comptes de l'Eglife qui intervient dans l'adminiftration & dans la diftribu-

tion

tion qui s'en fait ; mais il en est pourtant le Chef. Il avoit ci-devant la Collation des Bénéfices seul, ou son Lieutenant en sa place, lors que le Roi n'en avoit pas repris la disposition ; mais cette pratique avoit introduit beaucoup d'abus, parce que la faveur ou le caprice, les présens ou les promesses étoient les moyens ordinaires pour obtenir les Collations. Le Roi *Abas second* remédia fort à cet abus ; & comme il ne pouvoit goûter le grand pouvoir & le grand maniment du *Sedre*, il forma le dessein d'abolir cette charge, & pour cet effet il la laissa vacante durant les dix-huit derniers mois de son régne, ayant pris le *Sedre* pour en faire le premier Ministre de l'Etat. Le Roi son fils, loin d'abolir la charge, suivant le projet de son Prédecesseur, l'a separée en deux comme elle avoit déja été autrefois, faisant deux *Sedres*, l'un qui est le Surintendant des biens leguez par les Rois, qu'on appelle *Sedre Kasseh*, ou *privé*, & *particulier*, l'autre qui est le Surintendant des biens leguez par les particuliers qu'on appelle *Sedre Aam*, c'est-à-dire *Pontife Universel*. Ce partage a fort diminué l'éclat & la puissance de ce Pontificat, & ce qui y est assez remarquable, c'est que le Pontife particulier prend son rang devant le Pontife Universel. Avant que la charge fût separée, le grand Pontife s'appelloit *Sedre Moukoufat*, mot qui vient de *Vakfe*, qui signifie à la lettre *forain*, & *étranger*, & qui se prend aussi pour *écarté* & *alienè* & pour *arrêté* & *fixé*, c'est-à-dire qui n'est plus sujet au changement ordinaire des choses du Monde, ce qui dans l'usage veut dire legué à l'Eglise ou consacré. Ces deux Pontifes sont chacun leur Tribunal separé, égal en autorité, mais le Sedre du Domaine a le rang de la maniere que je dis, & son administration est plus considerable, parce qu'il manie les Legs Royaux, qui sont en plus grand nombre. Le *Sedre privé* tient le second rang entre les Grands du Royaume, il est à la gauche du Roi dans les seances où il se trouve, le premier Ministre étant à la droite, & au dessous de lui est le *Sedre Universel*. Ces Pontifes vont toûjours prendre seance aux assemblées Royales, mais ordinairement ils n'y demeurent gueres ; car comme la Religion Mahometane défend sévérement le vin, & qu'elle interdit aussi la Symphonie, ils se retirent dès qu'ils voyent que le Roi fait venir du Vin, ou que les instrumens de Musique vont commencer. Le Roi se prive quelquefois de ce plaisir à leur consideration, ou bien il le differe de quelques momens, pour rete-

nir ces Pontifes plus long-tems, afin de leur faire plus d'honneur.

Quant au troisiéme Magistrat, qu'on appelle *l'ancien de la Loi*, les Persans le nomment *Cheic-el-islam*, terme composé de deux mots Arabes, *Cheic*, qui est le nom qu'on donne aux Chefs de Communautez & aux personnes qui ont la direction dans les matieres spirituelles : & *islam*, qui signifie *le consentement & la deference que l'on rend aux ordonnances divines, en s'y assujettissant de l'esprit & de la volonté.* Ce terme s'employe aussi pour dire *la Religion*, ce qui est au fonds la même chose. Ce Magistrat, nommé *Cheic-el-islam*, est juge de toutes les causes civiles, & de toutes les autres qui ont quelque connexion avec le Civil. Sa charge fut créée autrefois pour être subordonnée à celle de *Cazy*, qui est le premier Juge Civil dans tous les Pais où la Religion Mahometane domine, & qui a tant de pouvoir & d'autorité en Turquie ; mais par le crédit que les *Cheic-el-islam* avoient à la Cour, ils ont attiré tant de sortes d'affaires à leur Tribunal, qu'il est aujourdhui fort élevé au dessus de l'autre, & qu'on le considere comme le premier & le plus Juridique Tribunal. Les limites des Juridictions sont très-mal marquées en Perse ; cependant il n'arrive jamais entre les Tribunaux aucun conflict de Juridiction, parce que les Juges les plus en faveur tiennent les autres en sujettion, & les gouvernent comme ils veulent. La Cour, bien loin de remedier aux desordres qui se commettent là-dessus, en est le premier mobile, & leur donne sous-main tel mouvement qu'il lui plaît. Elle ne veut pas qu'il y ait d'autorité qui ne dépende absolument d'elle, & qu'elle ne puisse étendre, ou resserrer comme bon lui semble ; cela fait que les Juridictions Ecclesiastiques & les Civiles, empiétent les unes sur les autres à toutes occasions. On en voit un grand exemple au *Cheic-el-islam*, & au *Cazy* ; car quoi que d'institution leurs charges soient simplement Ecclesiastiques, ils se sont emparez toutefois des Tribunaux civils, & sont à present les Administrateurs absolus de la Justice dans les matieres civiles. Le moyen dont ils se sont si heureusement servis pour y parvenir, est d'avoir fait entendre que *tout le Droit positif avoit sa source & son fondement dans l'Alcoran : que l'Alcoran est le Forcoon, c'est-à-dire, le livre qui distingue le bien d'avec le mal, ce qui est juste, d'avec ce qui ne l'est pas : que les Mahometans ne pouvoient recevoir d'autre Droit écrit que celui qui se trouve couché dans ce divin livre, &*
que

que nul ne le pouvoit mieux entendre, ni en mieux expliquer les ordonnances que les Ecclesiastiques. C'est sous cette couleur, que les Sedres ou grands Pontifes, pareillement font de si puissans efforts pour attirer à leurs Tribunaux autant de causes civiles qu'ils peuvent. Au reste, il y a rarement appel de l'un de ces Tribunaux à l'autre, mais il y en a d'eux tous au *Divan bequi*, qui est le Souverain Chef de la Justice civile & criminelle, dans ce Royaume, son tribunal étant qualifié *Divan ali*, le tribunal haut, c'est-à-dire Souverain.

Pour ce qui est du *Cazy*, mot qui veut dire *arbitre*, & *décidant*, c'étoit anciennement le premier & l'unique Magistrat du Droit Civil. La Loi Mahometane l'a ainsi établi; & chez les Turcs, où il conserve presque toute son autorité, il est le grand Juge, & le Souverain Jurisconsulte : mais il n'en est pas de même en Perse. Le Cazy y a peu de pouvoir depuis quelques siecles, qu'on a pris à tache de l'abaisser, afin qu'il ne fit plus d'ombrage à l'autorité politique, comme il faisoit auparavant. Le moyen qu'on a employé pour cela a été de créer les charges de *Pontife*, & d'*Ancien de la Loi*, dont je viens de parler, qu'on a autorisées aux mêmes fonctions que la charge de *Cazy*, mais qui sont en plus haute consideration, à cause du credit auquel ceux qui en sont revêtus parviennent ordinairement à la grandeur de leurs alliances; car d'ordinaire le *Sedre*, & le *Cheic-el islam*, épousent des filles du sang Royal, & cela arrive ainsi depuis long-tems. Les Mahometans scrupuleux & zelez pour leur Loi préferent toujours le Ministere du Cazy à celui des autres Juges, sur tout pour certains actes, comme les Testamens, les Contracts de mariage, & les actes de repudiation; mais dans les procès ordinaires, les autres Magistrats ont la main plus longue, & ils les font presque tous venir à leur Tribunal; cependant il n'apartient pas moins de droit au Cazi, comme je le dis, de juger des differens qui arrivent sur les Contracts qu'il passe, que de les passer, & de juger aussi des torts que les particuliers se font les uns aux autres, sur ce qu'on appelle *le mien & le tien*.

A l'égard du *Moufty*, dont le caractere est si grand, & la puissance si reverée dans les Etats du Grand Seigneur, il ne s'attire que du respect en Perse, sans y avoir aucune autorité. Ce mot de *Moufty*, qui signifie un *Oracle*, un *homme qui décide absolument*, veut

dire à la lettre *Ouvrant*, & *Déliant*, à cause qu'il est le Chef de la discipline Ecclesiastique. C'étoit à lui à resoudre les cas de conscience dans les premiers siecles du Mahometisme, à imposer les peines & les penitences des pechez contre la Loi, & à en donner l'absolution : mais les Mahometans s'étant divisez en plusieurs sectes dès que leur Instituteur fut mort, celles qu'embrasserent les Persans & les Turcs, qui sont les principales, affecterent des pratiques differentes, afin d'être mieux distinguées, & d'empêcher un nouveau melange; & quoi qu'au fonds ils ayent gardé les mêmes régles de Justice, la même forme de Droit, & les mêmes fonctions de Judicature, ils leur ont partagé differemment les rangs & les fonctions; car parmi les Turcs c'est le *Mufty* qui est le grand Magistrat de la Loi, aux Indes c'est le *Kasy*, en Perse c'est le *Cheic-el-islam*. La fonction de *Mufty* de Perse est reduite aujourdhui à resoudre les cas qu'on lui propose, & à donner son avis sur les consultations des Juges, lesquels ils suivent ou rectifient comme il leur plait, & à cause de cela, c'est d'ordinaire un homme fort savant qu'on met en cette charge. Le Roi le nomme, & on le choisit le plus accommodant & le plus facile qu'il se peut, afin qu'il ne soit pas trop ferme dans ses décisions; car comme je l'ai dit, si la puissance Souveraine ne tenoit la bride, par maniere de dire à ces fougueux Ecclesiastiques, ils ne voudroient souffrir d'autre Religion que la leur, & un Etranger ne pourroit vivre un seul jour avec eux : en un mot ils voudroient donner la Loi à tout le monde.

Ces Magistrats ne jugent pas en corps en même lieu : chacun a son Tribunal à part, & quiconque a un procès, choisit celui des Magistrats qu'il veut, selon l'accès qu'il a auprès de lui, ou pour quelques autres raisons particulieres, il s'y adresse, & y est jugé de la maniere que je le rapporterai au Chapitre suivant.

Les autres Dignitez & offices Ecclesiastiques, n'ont point de Juridiction : & il n'y a nulle autorité attachée à leurs fonctions, & même on a peu ou point de déference pour ce qu'ils peuvent dire en matiere civile; ce qu'il faut rapporter à ce que j'ai remarqué ci-dessus, que le bras seculier tient l'Eglise dans la sujettion & dans la dépendance, à cause des prétentions qu'elle a sur la Souveraineté, & de divers autres principes si contraires à l'autorité Royale : ainsi je ne parlerai point de ces offices en cet endroit, remettant à le faire

faire en celui où je traiterai de la Réligion.

Je parlerai préfentement des biens de l'Eglife Perfane, qu'on peut appeller immenfes. Quelques gens m'ont voulu faire accroire qu'ils montent à huit cens mille Tomans, qui font trente fix millions ; & divers Magiftrats des plus éminens m'ont affuré que les fondations Royales vont à dix-huit millions de nôtre monoye. La Verité eft que les autres fondations reviennent à beaucoup moins, à ce que la plûpart du Monde dit, mais on affure auffi qu'il y a beaucoup de fondations qui ne paffent pas à la Chambre des comptes de l'Eglife. Pour montrer qu'il y a de la vrai-femblance, dans ce que l'on rapporte de ces grandes richeffes de l'Eglife chez les Perfans, je dirai qu'on lit dans la vie du Roi Abas fecond, qu'à fon retour de la conquête de la Ville de *Candahar*, qui eft le boulevart de la Perfe du côté des Indes, étant à *Metched*, ville Capitale du Coraffon, qui eft la Bactriane, ou la Choromithrene des anciens, où il y a une des belles Mofquées de l'Afie, confacrée à *Iman Reza*, un des douze premiers Succeffeurs de Mahomed, qui y eft enterré ; Abas fecond y étant, dis-je, il voulut favoir au jufte à combien montoit le revenu de cette célébre Mofquée. On lui en donna un compte tout à fait faux, & qui ne contenoit pas les deux tiers du revenu réel, & toutefois il le trouva encore fi exceffif, qu'il en retrancha cinq mille Tomans qui font deux cens vingt cinq mille livres : on peut juger du revenu de cette Eglife fur un tel retranchement.

Les biens d'Eglife font facrez parmi les Mahometans ; & fi un Seigneur, dont on confifque les biens, donne un jour feulement auparavant quelques biens à l'Eglife, foit une terre, foit une Maifon, le Roi n'y peut toucher : ces biens confiftent la plûpart en terres, en rentes foncieres, en maifons, en édifices publics, comme des boutiques, des Caravanferais, & des Bains, & en fondations à perpetuité ; & c'eft dans ces fondations que confifte le revenu le plus clair de l'Eglife. Je parlerai au long dans la fuite des fcrupules qu'ont les Perfans fur la nature des biens dont ils joüiffent, apprehendant qu'ils ne foient mal acquis, & que ce deffaut n'empêche le mérite de leurs bonnes actions, & ne les tiennent plongez dans une foüillure perpetuelle. Pour y remedier, ils leguent leurs biens à l'Eglife, & lui en font la rente. Abas le grand avoit legué de cette maniere tous les

biens attachez à fa perfonne, fon Palais, fa garderobe, & jufqu'à fes chevaux : il payoit une certaine fomme par an de chaque chofe, afin, difoit-il, de s'en pouvoir fervir légitimement. Depuis lui l'Ecurie Royale eft leguée au douziéme & dernier Iman, qui s'appelle *Mahomed Mehdy*, comme au vrai Roi & Monarque de l'Univers, dont le Roi de Perfe n'eft que le Lieutenant jufqu'à ce qu'il revienne au Monde. La rente que le Roi en paye eft appliquée à la Mofquée Cathedrale : le Palais Royal eft auffi legué comme je le dis, & tous les Palais & Jardins de l'allée Royale d'Ifpahan. La fondation eft fous le titre des *quatorze purs*, qui font Mahomed, fa Fille, fon gendre & fes Succeffeurs, jufqu'à Mahomed Mehdy.

La Chambre des Comptes, qui eft le grand Bureau de tous ces biens, s'appelle *defter mokoufat*, mot qui vient de *Vakfe*, qui fignifie *bien legué*, ou *donné à l'Eglife*, comme je l'ai remarqué. J'ai dit auffi que les *Sedres* en font les Chefs. Le Controlleur, qui eft mis par le Roi, eft qualifié *Muftanfie Mokoufat*, c'eft-à-dire *furveillant des biens leguez*, qui eft un Lieutenant des Sedres, faifant leur fonction en leur abfence, comme je l'ai vû pratiquer à la fin du regne d'Abas fecond. Cette Chambre, qui eft établie à peu près comme les Chambres des comptes de l'Etat, & du Domaine, eft feparée en deux Bureaux : l'un pour les biens *Caffeh*, ou legs Royaux, l'autre pour les biens leguez par les particuliers.

Les benefices font les uns à vie, les autres précairement, & ce font comme des penfions qu'on retranche quand on veut. Les benefices à vie font dans des fonds de terre : les autres, qui font proprement des penfions, confiftent en affignations qu'on appelle *baraat*, comme les affignations des gages qu'on délivre une fois l'an à la Chambre, pour les aller recevoir fur le lieu. Tous ceux qui joüiffent des benefices en matiere de penfions vont à la Chambre au tems accoutumé prendre leur affignation, & fi ce font des gens confiderables, ils vont auparavant chez le *Sedre*, ou bien chez les Vicaires du Sedre qui font dans toutes les Provinces, y préfentent leurs bulles, au bas defquelles on met une maniere de *Vifa*, & là-deffus ils obtiennent leurs affignations à la Chambre. Quand on eft mécontent d'eux on retient leurs bulles, & c'eft autant que fi on les privoit du benefice, parce qu'ils n'ont plus de titre néceffaire pour recevoir. Ceux qui ont leurs benefices en terres par actuelle poffeffion, font

obli-

obligez d'en faire ratifier ou renouveller les bulles tous les cinq ans, ce qui est un ordre merveilleux, sur tout à l'égard des benefices de pension; car comme le *Sedre* ou la Chambre peut retenir leurs bulles, & que les Ecclesiastiques ne sont que précaires dans ces benefices, ils en sont plus retenus dans leurs mœurs & dans leur doctrine.

Un nombre infini de gens vivent de biens d'Eglise, mais il n'y en a pas qui en soient fort riches, à la reserve des Sedres, de leurs Controlleurs, & de ceux qui sont les administrateurs des biens, & qui les distribuent aux autres. A la reserve de ces Officiers, dis-je, il ne se trouve gueres d'Ecclesiastiques qui ayent plus de onze à douze mille livres de bien d'Eglise annuellement. Les Sedres ont chacun deux mille *tomans* de droits de leur charge, qui font trente mille écus de nôtre monnoye, mais comme cela leur est assigné en terres qui valent beaucoup plus que le prix auquel elles sont taxées, & qu'ils ont des benefices d'ailleurs, on fait monter leur revenu à soixante mille écus. *Abas second* reforma, entr'autres abus touchant les biens d'Eglise, celui d'en donner en si grande quantité à un seul homme. Il prit un état de tous les benefices du Royaume, & trouvant qu'il y avoit des gens qui en avoient pour vingt-cinq à trente mille livres de rente, il en fit une nouvelle distribution. Il convoca les Sedres, les Magistrats, les plus renommez Ecclesiastiques, & leur dit qu'il trouvoit étrange que la Loi de Dieu portant de si grandes maledictions contre ceux qui vivent splendidement avec du bien d'Eglise, il y eût tant de gens néanmoins qui en avoient pour cinq ou six cens *tomans*. Depuis cette reforme on n'en a donné gueres plus de la moitié à une seule personne. Les Persans croyent effectivement que c'est un peché mortel d'avoir du bien d'Eglise, quand on peut gagner sa vie par quelque moyen honnête; & leurs livres de dévotion prescrivent à ceux qui ne s'en sauroient passer, d'en prendre si modiquement, *qu'il n'y en ait que ce qu'il faut pour ne pas mourir de faim*; ce sont leurs termes. Il y a force gens que ces conseils rendent scrupuleux, & qui pouvant bien avoir des bénéfices n'en veulent point du tout, ou n'en prennent qu'autant qu'il leur en faut pour entretenir leur vie. Ils ont là-dessus cette sentence de *Mahomed* toûjours à la bouche: *La plus saine nourriture est celle qu'on s'acquiert par le travail.* La Glose des *Imans* sur ce passage porte: Les Prophetes & les hommes religieux ont toûjours

Tome II.

vécu de leur labeur. *Adam* étoit laboureur, *Seth* tisserand, *Enoch* tailleur, *Noé* charpentier, les Patriarches bergers, de même que *Moyse*, *Jethro*, & *Mahomed*, après tous. *David* étoit cuirassier, *Elie* muletier, *Locman* couturier, *Job* écrivain, ou pelletier, *Jesus* Médecin; & une infinité d'autres.

La distribution des benefices vacans se doit faire devant le Roi, une fois l'an; c'est ce qui est prescrit; mais cela ne s'observe pas fort exactement: au lieu de la faire devant le Roi, l'on en dresse la liste devant le *Sedre* ou Pontife, ou devant son Vicaire, laquelle ensuite est portée au Roi, qui la régle; & puis l'expedition s'en fait à la Chambre des comptes de l'Eglise.

Les meilleurs benefices sont les administrations des revenus des Mosquées. On appelle ceux qui les regissent *Moutevely*, comme qui diroit Agent du Curé, parce qu'ils n'ont soin que du Temporel, & point du Spirituel. Ce sont comme des Intendans de la Fabrique; car outre la distribution, & l'administration du revenu, ils ont soin des réparations, dépenses, fournitures &c. Ce sont seulement les grandes Mosquées, & dont les revenus sont considérables, qui ont des *Moutevely*, ou administrateurs: les autres n'en ont point. Il y a des Mosquées en Perse riches de quatre cens mille francs de revenu; même la Cathedrale de *Metched*, dont j'ai parlé ci-dessus, en a davantage, à ce qu'on assure. Il est vrai que les Mosquées aussi riches que cela ne sont qu'en fort petit nombre.

Il y a une sorte de benefices hereditaires, qu'on apelle *Ziurgal*, qui sont dans des familles, de gens d'Eglise, éminentes & illustres, d'une génération à l'autre, depuis longues années: ce sont des terres d'Eglise, dont on les laisse joüir de pere en fils, avec une manière de prescription. On ne les leur ôte qu'au défaut de sujets qui ayent quelque mérite, ou qui veuillent suivre la profession des lettres, laquelle ne différe pas beaucoup en Perse d'avec la profession du Ministére Ecclesiastique, car il n'y a point de consécration parmi le Clergé Mahometan, comme dans l'Eglise Chrétienne, ni de mission, ni de vocation, comme je l'observerai plus au long au Traité de la Religion Persane. Ces biens *ziurgal* sont comme alienez du reste des biens Ecclesiastiques; & lors qu'ils sortent d'une famille, c'est pour rentrer dans une autre, à même titre hereditaire.

O o   CHA-

CHAPITRE XVI.

De la Justice, & du Droit Civil.

LA Jurisprudence ne differe guere chez les Persans d'avec la Théologie pratique, non plus que chez les autres Mahometans, qui ont tous la science du Droit Civil mêlée avec celle du Droit Canon. *Mahomed* a fait en cela comme les grands Legislateurs anciens, qui pour obliger plus fortement les hommes à observer leurs réglemens politiques & civils, en fondoient les principes sur les dogmes de la Religion qu'ils professoient, afin qu'on crût que ces Loix ne venoient pas moins de Dieu, que les préceptes mêmes de la Religion; mais il faut croire que ce faux Prophete avoit particulierement en vûe dans cette institution les Loix du peuple Juif, dont le volume sacré, & particulierement le livre du Levitique, contient les Loix Civiles & les Céremonielles mêlées ensemble. Les Persans n'ont même qu'un terme pour signifier le Droit Civil & le Droit Canon, qui est le mot de *cherbay*, qui veut dire *legal*, *licite*, venant de *chera*, qui signifie la Loi, par excellence, c'est-à-dire la Loi Divine; & les mêmes hommes qui leur prononcent le Droit Canon, sont aussi leurs Juges pour le Droit Civil, comme je l'ai observé ci-dessus. C'est la suite de ce grand principe des Mahometans, dont j'ai déja si amplement parlé, savoir que selon le Droit Divin, un même homme doit porter d'une main le glaive Temporel, & de l'autre le glaive Spirituel, être Roi & Pontife tout ensemble, faire la Guerre & administrer la Justice, aussi bien qu'expliquer les dogmes de la Foi, & régler la discipline; comme ils prétendent que les Patriarches des Juifs l'ont fait, comme le Patriarche de leur fausse Religion en a usé, & ses successeurs après lui; durant près de cinq siécles. C'est la cause pourquoi les Rois de Perse prennent si fastueusement le titre de *Caliphe*, comme un des plus glorieux, qui veut dire *successeur du Prophete*, & *son Lieutenant & Vicaire*. Si l'on en vouloit croire les Ecclesiastiques de Perse, le Magistrat civil ne seroit que son Sergent & l'executeur de ses arrêts, mais la Puissance séculiere les retient là-dessus, ne leur donnant d'autre part dans l'administration de la Justice, que de proposer le texte de la Loi sur les affaires difficiles, & cela quand ils en sont requis, ce qui arrive particulierement lorsque le *Divan-bequi*, qui est le premier & suprême

Ministre de la Justice, la rend à la porte du Palais du Roi, dans un lieu destiné à cet office, qui est, par maniere de dire, le propre Siége & Tribunal du Roi. Le *Grand Pontife*, & l'*Ancien de la Loi*, qui est le plus considerable Magistrat civil, s'y trouvent toûjours, & sur chaque cas qu'on consulte l'un ou l'autre, il répond, *il est ainsi écrit dans l'Alcoran*. *Dieu commande de cette façon*. Les *Imans* ont *décidé en cas pareil en prononçant ainsi*; de quoi le suprême Magistrat fait l'application, telle qu'il trouve à propos de la faire. Mais le *Divan bequi* ne fait plus guere de ces Assemblées solemnelles, afin d'être plus le Maître des procès. Je ne l'ai vû pratiquer que rarement, & c'étoit pour juger des Gouverneurs de Provinces.

Les Persans ont un livre du Droit, qu'ils appellent, comme je l'ai dit, *Cheraiet*, qui contient les Loix de leur Droit civil & criminel; mais elles y sont couchées en termes si obscurs, ou si équivoques, que les Juges en les interpretant comme ils veulent, leur donnent pourtant une interpretation specieuse. Ce livre n'est qu'un ramas de jugemens ou d'opinions des plus éminens personnages de leur Loi, sur les cas litigieux les plus extraordinaires. C'est là tout ce qu'ils ont d'écrit sur la Jurisprudence. Leur grand livre de Droit est l'*Alcoran*: ils y recourent d'abord; mais s'ils n'y trouvent point de décision claire & nette sur les cas contestez, ils recourent au livre *des dits & faits de Mahomed*, puis au livre *des dits & faits des Imans*, & en dernier lieu à ce livre de Droit.

Le Droit Civil des Persans se distingue aujourdhui en *Cheray*, & *Ourf*; & c'est une chose fort remarquable que cette distinction de Justice. *Cheray* est, comme je viens de le dire, le Droit Civil fondé sur l'*Alcoran*, & sur les Commentaires qui ont été faits dessus par les douze premiers Successeurs de *Mahomed*. *Ourf* signifie proprement *violence* & *force*, & il se prend ici pour la force opposée au Droit, c'est-à-dire, pour la raison du plus fort, comme nous disons. Ce nom vient de ce que cette Justice *ourf* est fondée sur la seule autorité Royale. Les dévots Persans, & sur tout les Ecclesiastiques, regardent ce Droit *ourf* comme une espéce de tyrannie, & ils s'écrient sur la plûpart des actes de Justice qui procédent des Tribunaux du Gouvernement politique, *ourfést*, *cheray nist*, c'est-à-dire que c'est une sentence de *violence* & *non pas juridique*; cependant ce Droit *ourf* n'est que le Droit naturel bien entendu. Les Magistrats de ce
Droit

Droit *ourf*, ou de l'autorité souveraine, sont le Président du *Divan*, le *Vizir* ou l'*Intendant*, le Gouverneur de la ville, son Lieutenant, & le Prevôt qui fait la ronde de nuit, lesquels dans le sens de l'Eglise Persane, comme je l'ai diverses fois raporté, sont regardez comme des Ministres d'une Puissance tyrannique, fondée sur la force seulement. Ces Tribunaux *ourf* évoquent souvent à eux les causes qui sont pendantes devant les autres Tribunaux, & s'en rendent les Maîtres, sans que ceux-ci puissent entrer en conflit de Juridiction avec eux, la puissance suprême décidant toûjours en leur faveur. N'étoit l'autorité de ce grand Tribunal, il se commettroit mille injustices en Perse, & il n'y pourroit avoir de commerce dans ce Païs. Par exemple le Droit porte, que tout écrit qui n'est pas fait devant la Justice est *batel*, ou *passé*, & aboli, comme ils parlent, c'est-à-dire, comme non avenu. Mais comme il ne seroit pas possible que les Marchands allassent devant le Juge à tous les billets qu'il faut faire dans le Négoce; la methode entr'eux est de les faire attester devant témoins, qui y mettent leur sceau; & c'est aussi toute la certitude qu'on y doit demander. Cependant le Tribunal de la Loi civile ne condamne point un débiteur là-dessus, mais celui de l'autorité suprême le fait, tenant un tel billet pour aussi obligatoire, que s'il étoit passé devant tous les Juges civils. J'observerai en passant que ce Droit Civil à l'égard des billets & promesses, donne lieu de croire que du tems de *Mahomed* il falloit qu'il y eût si peu de permutation & de commerce entre les Arabes, & par conséquent si peu d'écrits à passer, que ce n'étoit pas une grande peine d'être obligé à les faire passer devant les Juges; parce que l'occasion ne s'en presentoit pas souvent. Mais le bien principal, qui provient de la Justice que rend l'autorité suprême, en évoquant les causes à son Tribunal, est à l'égard des gens d'une autre Religion, qui ne pourroient pas sans ce secours demeurer en Perse, ou n'y faire que passer seulement; car par exemple, lors qu'il s'agit de faire exécuter des Mandemens du Roi, donnez en faveur des Chrétiens, comme de les établir dans quelque ville, où il n'y en avoit pas eu auparavant, de leur bâtir des Eglises, de les proteger contre les violences des Mahometans : les Ministres de la Loi commune refusent toûjours de reconnoître ces Commandemens-là, disant que ce sont des ordres *ourfi*, ou tyranniques, donnez contre la Loi, & qui n'ont point d'autres fondemens que la

force; mais les autres Tribunaux font ponctuellement exécuter l'ordre de la Cour, sans avoir égard à cette opposition. S'il s'agit de même de punir un Mahometan du meurtre d'un sujet, ou d'un étranger, qui ne soit pas Mahometan, les Tribunaux Ecclesiastiques ne condamnent le meurtrier à autre chose qu'à avoir le bout du petit doigt de la main gauche coupé, à l'endroit de la jointure, disant que *Mahamed* n'a pas ordonné de plus rude supplice à un fidéle pour avoir tué un infidéle. C'est ainsi qu'ils qualifient, comme chacun sait, les Mahometans, & ceux qui ne le sont pas; mais les autres Tribunaux font meilleure Justice, ordonnant le plus souvent que le meurtrier, tout Mahometan qu'il est, soit mis à mort. Dans les faits Civils pareillement, si les Constitutions Mahometanes étoient suivies, les Persans Mahometans auroient bien-tôt dépouillé de leurs biens tous les Chrétiens, tous les Juifs, & tous les Gentils du Royaume, à la faveur de cent interprétations fausses & cruelles, que les *Imans*, ou premiers Successeurs de *Mahomed*, ont données aux passages de son *Alcoran*, qui traitent de ceux qui ne le recevront pas; mais la suprême autorité empêche que ces interprétations, quoi qu'elles soient tournées en Loix, ne soient exécutées.

Par exemple, les *Imans*, pour la plûpart, & après eux plusieurs Docteurs eminens dans la secte Mahometane, que les Persans embrassent, ont enseigné que l'on n'étoit pas obligé de garder la foi aux gens d'une autre Religion, que la leur, & que l'on pouvoit même s'emparer de leur bien; & il y en a encore aujourdhui parmi eux beaucoup d'assez méchans pour donner dans cette opinion si injuste; mais c'est sans oser pourtant la faire paroître, parce que le Souverain reprime avec séverité ceux qui s'efforcent de la favoriser. Je me souviens qu'un frere du grand Surintendant, qui avoit beaucoup de bénéfices, & qui affectoit une grande Sainteté selon leur Loi, m'ayant achetté quelques bijoux dont je ne pouvois être payé, je lui dis que je m'en plaindrois au grand Surintendant, ce que je fis aussi. Je croi que ce Seigneur lui en parla en particulier, & que l'autre n'y eut point d'égard; car un soir que j'étois à souper chez le Surintendant, où son frere étoit aussi, il me demanda si l'on me devoit encore quelque chose à la Cour. Je lui répondis en tournant la tête vers son frere, qu'il n'y avoit plus qu'un Seigneur qui me dût. Il jugea que c'étoit lui que je marquois, & le regardant d'un œil de

colere

colere il se mit à dire d'un ton ferme. *Il n'est pas permis de retenir le bien des Infidéles. Ceux qui pensent le contraire dans le cœur, sont des chiens maudits, qui font du Prophete de Dieu, un voleur de grands chemins, & de sa Religion, un brigandage.* Deux jours après je fus payé. Après tout c'est la vérité, quoi que quelques Ecclesiastiques puissent, ou osent dire au contraire, que les Persans tiennent en général qu'on doit garder la foi à toute sorte de gens également, & ils le pratiquent ainsi, tant dans le Gouvernement public, que dans toutes les affaires particulieres.

J'ai observé qu'encore que ces Tribunaux differens, savoir celui de la Loi écrite, & celui de l'autorité suprême, soient si opposez dans leur Droit & dans leurs maximes, il n'y a jamais de conflit de Juridiction entr'eux. Le droit *Ourph*, comme le plus fort, l'emportant sur l'autre, sans la moindre resistance. Chacun a son département separé. Le Magistrat de la Loi se mêle particuliérement des contracts & des écritures, d'affaires de Mariage & de succession, de tout ce qui est de discussion ou litigieux, & où le droit est embarassé : & le Magistrat de l'autorité suprême se mêle des affaires qui sont claires & qui se peuvent juger sans tant de consultations. On a plus volontiers recours à son Tribunal, parce qu'il juge & finit les procès promtement. J'ai vû quelquefois des gens plaider les uns contre les autres aux deux Tribunaux en même tems, & sur le même fait ; celui qui étoit appellant à l'un, étant appellé à l'autre ; mais cela n'arrive pas souvent, & est bien-tôt décidé, à cause que le plus fort des deux met promtement fin au procès, en obligeant sa partie à subir le Jugement, laquelle ne gagneroit gueres à en appeller au Tribunal de la Loi ; puisque quand ce Tribunal voudroit juger l'affaire autrement que l'autre n'a fait, ce qu'il n'oseroit pourtant faire par respect & par crainte, il n'auroit pas le pouvoir de faire executer son Jugement.

J'ai traité des Charges des grands Magistrats de la Justice dans les Chapitres précédens, à la reserve de celle de Prévôt de la nuit, qui est ce que nous appellons le Guet, ou la Patrouille. Je vais dire quel est son office, & puis je parlerai des petits Magistrats, après avoir remarqué auparavant que ce sont les Persans qui font la distinction des Magistrats, en *Grands* & en *Petits*, qu'ils comprenent en ces deux mots *Vozara ve Homals*, termes qui signifient tous deux *porte-faix* ; mais avec cette difference que celui-ci est le nom ordinai-

re des porte-faix, ou crocheteurs, au lieu que l'autre ne se prend jamais que dans le sens figuré. Ces petits Magistrats sont au nombre de trois : le Prévôt de la ville, le Juge de police, le Chef des Crieurs, & puis il y a les *Rich sefid*, & les *Kedcoda* des quartiers, comme qui diroit des Commissaires & des Dixeniers. Ce terme de *Kedcoda* est composé de deux mots tirez de l'ancien Persan *Ked*, qui signifie habitation, & *Koda*, qui signifie Seigneur. C'est aussi le nom qu'on donne à Dieu. On appelle les Baillifs & Chefs des Villages de ce nom de *Kedcoda.*

Le Prévôt de la nuit s'appelle *Ahtas* : c'est comme le Chevalier du Guet à l'égard de la fonction ; mais pour l'autorité, elle est bien plus grande que celle de Chevalier du Guet ; car il met en prison, & il inflige les petites punitions, qui sont l'amande & les bastonnades ; & quand on est tombé entre ses mains, il y faut souffrir la peine meritée, à moins que l'affaire ne soit criminelle, comme d'avoir tué, ou blessé à mort, auquel cas la cause & les prisonniers vont devant le Divan bequi. Les Persans appellent ce Prévôt *Pad-chà cheb*, le Roi de la nuit, à cause que c'est le tems de sa Juridiction, & qu'il est responsable des vols, & des autres desordres qui se commettent la nuit. Il fait poser des sentinelles aux bouts des marchez, & au milieu, selon leur étendue, pour garder les boutiques dans les lieux où ce n'est pas la coûtume de faire coucher personne. Comme les marchez en Orient sont des ruës couvertes, ou proprement des galleries, on les éclaire aisément avec de petites lampes. Lors qu'il y entre quelqu'un, la Patrouille crie de toute sa force *Cabardar*, prenez garde, & comme on n'a pas droit de s'arrêter-là dans la nuit, on seroit saisi comme si l'on avoit quelque mauvais dessein, à moins que l'on ne passe son chemin en diligence. Outre ces sentinelles, la patrouille fait la ronde, s'arrêtant sur tout aux lieux où d'ordinaire il y a plus de desordre. On prend tous ceux qui marchent sans flambeau, à moins qu'ils ne parlent en allant, & qu'ils ne satisfassent promtement aux interrogatoires qui leur sont faits par ces Sergens.

Les Prévôts de ville s'appellent *Kelonter*. Leur charge revient à celle de *Maire*, si connue en France, & en Angleterre ; & elle étoit autrefois aussi considerable en Orient qu'elle l'est toûjours en Angleterre. L'Etymologie du mot est la même, *Kelonter* & *Maire* signifiant l'un & l'autre le plus grand. La charge est

eſt auſſi originairement la même pour ſes fonctions, ſavoir pour maintenir les droits & les avantages des Bourgeois & habitans de la ville; à cauſe de quoi les Perſans appellent auſſi leur Maire *Cheheryar*, c'eſt-à-dire camarade ou aſſocié de la ville. La charge de Tribun du Peuple chez les Romains étoit à peu près la même.

Le Juge de Police s'appelle *Motheſeb*, c'eſt-à-dire celui qui fait la ſupputation: ſon office conſiſte à faire obſerver un prix réglé & garder le poids dans la vente des denrées. Il a par conſéquent l'inſpection ſur les marchez, ſur les boutiques de toute ſorte de denrées, & ſur les corps des Métiers, ſur leſquels il leve un droit qui fait l'appanage & la paye de ſa charge.

Le Chef des Crieurs publics, ou *Yartchi bachi*, comme les Perſans le nomment, eſt obligé entr'autres choſes de faire publier toutes les ſemaines le prix auquel les denrées ſont taxées: il a un grand nombre de Commis ſous lui, parce que comme on n'a pas en Perſe l'uſage des affiches, les Crieurs y ſont beaucoup plus néceſſaires, & plus employez.

Il faut parler à préſent des Loix du Droit Perſan dans les plus communes affaires de la vie civile.

Premiérement, à l'égard des Mariages, l'égalité de condition, ni le conſentement des Parens, ne ſont point néceſſaires en Perſe, pour les rendre valides. Dès qu'un Jeune homme eſt en âge il peut prendre une femme à ſon gré; & s'il l'épouſe par contract, elle devient ſa femme de quelque condition qu'elle puiſſe être d'ailleurs. A la vérité ces Mariages inégaux n'arrivent pas communément, parce qu'on donne de bonne heure à un Jeune homme une Eſclave, ou une Concubine, en attendant qu'on le marie. Comme tous les Mariages ſont valides chez eux, tous les enfans auſſi ſont légitimes, ſoit qu'ils ſoient nez avant, ou après le Mariage, ſoit qu'ils ſoient nez d'une femme épouſée ſelon les rites ou coûtumes, ſoit qu'ils ſoient nez d'une Eſclave ou d'une Concubine. Il n'y a point de bâtards en ce Païs-là. Le premier né eſt l'héritier, quoi que ce ſoit le fils d'une Eſclave, quand même ſon Pere auroit d'autres fils d'une fille du Roi dans la ſuite. On fait ſeulement quelque différence là-deſſus le monde, lors que le fils aîné eſt né d'une Eſclave Indienne, mulatre, ou bazanée; car comme ſon teint & ſon air s'en ſentent beaucoup, on dit c'eſt le fils d'un tel, né d'une Eſclave Negre;

cependant le droit n'en fait nulle différence ſur le point de la ſucceſſion.

Les enfans d'un pere n'ont point de droit ſur ſon bien tandis qu'il eſt en vie; mais après ſa mort, le fils aîné prend les deux tiers du bien, & l'autre tiers ſe partage entre le reſte de ſes enfans, de telle maniere que les filles ne prennent que la moitié de ce qui revient aux garçons. C'eſt-là la Loi, & c'eſt la coûtume ordinaire; cependant comme les principaux biens en Perſe ſont des biens mobiliaires, un Pere qui a le tems de les partager à ſes enfans, en donne à chacun ce que bon lui ſemble. Obſervez qu'un Teſtament doit être fait 40. jours avant le décedé, autrement il eſt invalide.

La Loi déclare les filles en âge à neuf ans, & les garçons à treize ans & un jour, comme chez les Juifs, & même elle émancipe plûtôt les garçons dans le cas d'affaires importantes, comme de mort de Tuteur par exemple; alors on va chez le *Cazy*, qui commence l'examen par une queſtion fort plaiſante, mais qui paroît avoir du raport à ce qui ſe pratiquoit dans le Droit Romain. Il demande, *le Diable vous a-t-il ſauté ſur le corps?* C'eſt comme ſi l'on diſoit, *vous ſentez-vous capable des fonctions du Mariage?* On répond d'ordinaire *oui*, *& pluſieurs fois*. Les grands Pontifes qui prétendent parler avec plus de modeſtie demandent ſeulement *ab ment dari*, avez-vous de l'eau d'homme ſur vous, & ſi l'on répond *oui*, ils font délivrer un acte de Majorité. Les Perſans appellent l'émancipation *balic*, & diſent qu'on en eſt capable, même dès qu'on peut diſcerner ce qui eſt utile, d'avec qui eſt dommageable; ils nomment l'acte d'émancipation *rechid*, & alors ils diſent que l'on en eſt auſſi obligé à l'obſervance de la Loi cérémonielle.

On marie les filles ſans dot. On leur donne ſeulement des bijoux, des hardes, & des meubles, ſelon la qualité de la perſonne: mais après la mort du Pere, elles entrent de part dans le tiers de ſon bien. Les femmes n'ont qu'un douaire par contract, & dans les ſéparations, ou divorces, elles ne peuvent demander que ce douaire, ni emporter davantage de chez leur mari, que ce qu'elles peuvent mettre ſous leur bras, ſans en excepter leurs habits & leur linge. Il faut qu'elles retirent leur douaire, avant que de paſſer une nuit hors du Logis; car ſi elles couchent une fois dehors, elles n'y peuvent plus revenir, ni jamais rien demander.

Les enfans mineurs ont de grands privile-

O 3 ges

ges en ce Païs-là, car on ne peut faisir leur hoirie, ni y toucher pour les dettes du deffunt. La Loi porte qu'il faut les laisser venir en âge, & que leurs Tuteurs ne peuvent ni répondre, ni payer pour eux. ●

Les Tuteurs ont aussi un grand pouvoir dans le droit Mahometan ; car ils font du bien des mineurs comme du leur propre, & quand on est en âge de leur faire rendre compte, la Loi leur accorde tant de délais, qu'on ne peut avoir prise sur eux qu'au bout d'un fort long terme. Le fils aîné est toûjours le Tuteur de ses freres mineurs lors qu'il est en âge. Je ne dois pas oublier qu'il y a en Perse une Cour fiscale, qui a des Commissaires en tous lieux, pour assurer le bien des gens qui meurent fans tester & fans héritiers. On appelle cette Cour *Beithel mal, la maison du bien irreclamé.* Ce Fisc a ses Officiers, & sa jurisdiction dont le Prévôt est appellé *Beith el malgi*, le Président du Fisc.

Les Banqueroutiers, & les gens qui s'enfuyent en se souftraiant à la Justice, font trop protegez en Perse. On n'ajuge aucuns de leurs biens aux Créanciers, foit meubles, foit immeubles. La Justice appose le sceau sur tout ce qui se trouve être à eux, comme si l'homme étoit mort, & répond aux Créanciers *amenez nous votre débiteur, ou son héritier, nous en ferons justice;* mais si l'homme absenté envoye representer dans le tems qu'on est chez lui, qu'il est encore vivant, la Justice ne mettra le scellé ni à son logis, ni sur ses effets. Elle ne peut non plus les ajuger à qui que ce soit, ni forcer le débiteur à les abandonner; leur maxime étant *qu'on ne peut jamais prendre le bien d'un homme sans qu'il y consente, quoi qu'il avoûe ses dettes.* Il en est quitte pour dire à la Justice ; *il est vrai que je dois au demandeur ce qu'il dit, mais je lui demande aussi; j'ai des comptes à faire avec lui, il faut les arrêter.* Cependant il garde tout ce qu'il a, & c'est-là l'esprit de la Loi civile, & ce que le Droit prescrit. Mais, en ces cas-là, on fait intervenir bien vîte le Magistrat politique, ou *ourf*, qui ordonne tout autrement, car si la dette est bien claire, & que le debiteur n'ait rien de bon à alleguer, le Magistrat adjuge son bien aux Créanciers, & le leur fait delivrer.

Quand le Debiteur ne paye pas, foit par malice, foit par impuissance, on le livre entre les mains du Creancier, ou à sa merci. Le Creancier a deux droits sur lui, l'un de le prendre, & d'en faire ce qu'il lui plaît, foit en l'enfermant chez lui, & en le

maltraitant de la maniere qu'il veut, pourvû qu'il ne le tue, ni ne l'estropie, foit en le promenant par la ville, & le faisant battre comme un chien dans quelque quartier qu'il lui plaît : l'autre de vendre fon bien, & de le vendre lui même, & fa femme, & fes enfans; mais l'on en vient si rarement à ces dernieres extremitez, qu'en onze ans, & plus, que j'ai été en Perse, je n'en ai vû aucun exemple.

Dans cette Loi Mahometane de Perse tout roule fur les Témoins : tout dépend d'eux : rien n'est valide s'il n'est fait devant des Témoins, mais le texte de la Loi porte *qu'il faut appeller jusqu'à soixante & dix témoins irreprochables, s'il s'en peut trouver autant, afin d'obliger un homme qui doit à payer :* mais comme on prétend qu'il ne s'en trouve jamais autant, un, deux, ou trois suffisent. D'une autre part, l'on ne manque point de faux témoins en Perse, non plus qu'en beaucoup d'autres païs.

La prescription n'a point de lieu dans le Droit Persan. On est toûjours reçu à reclamer son droit. Les actes même ne mettent point à couvert de la recherche, & quand il y auroit mille écrits, les plus authentiques que la Justice puisse faire, on n'en est pas plus assuré dans la jouïssance d'un bien; car on est tiré en cause nonobstant tout cela, & la partie dit en présence des Juges: *J'ai été trompé, ma promesse est nulle, la Loi me commande point qu'on souffre de tort.*

Lorsqu'il n'y a point de témoins dans une affaire, on fait prêter ferment par celui qui nie la chose, & si dans son ferment il persiste dans la Négative, on le renvoye déchargé & absous. Ils jurent fur l'Alcoran, non pas en mettant la main fur le livre fermé, comme on fait en Europe, mais fur le livre ouvert. Le Juge envoye querir le livre par un de fes Clercs, ou Serviteurs : on le lui apporte envelopé dans une toilette. Chacun se leve par respect, & le Juge même, qui prend le livre des deux mains, fort humblement, le baise de la bouche, & du front, & puis l'ouvre & le presente à l'accusé, qui le baise comme le Juge a fait, & puis met la main dessus, & depose. Il n'y a point de chapitre affecté pour jurer dessus; c'est à l'ouverture du livre. Mais quand ce font des gens d'autre Religion, à qui il faut faire prêter ferment, on les envoye, avec un homme du Juge, chacun devant les Ministres de fa Religion, les Chrétiens chez leurs Prêtres, les Juifs chez leurs *Cacans*, les Gentils Indiens à leurs Bramens, les

les Guebres, qui font les anciens Ignicoles, chez les leurs, où ils jurent à leur maniére, qui font fort differentes. Les Gentils & les Guebres ne jurent pas fur des livres facrez, commes les autres peuples; mais ceux-là fur la vache, & ceux-ci fur le feu, qui leur font plus facrez que des livres; & puis ils vont dépofer chez le Juge. La raifon de ce procedé eft non feulement, parce que ceux qui ne font pas Mahometans, pourroient ne fe foucier gueres de jurer fauffement fur un livre pour lequel ils n'ont ni foi ni réverence, mais auffi parce qu'ils le profaneroient; car il eft défendu de le toucher, ni la couverture même, à moins d'être pur de la pureté legale, comme ils parlent.

Le Préfident du Divan, qui mourut durant le regne d'Abas fecond, émût une groffe difpute fur cette pratique de faire jurer chacun fur les livres de fa Religion. Il vouloit qu'on fît jurer tout le monde fur l'Alcoran: il difoit pour fa raifon que les livres des Gentils & des Guebres, & les autres chofes fur lefquelles ils juroient, n'étant que des imaginations fauffes & fuggerées par le Diable contre le vrai culte de Dieu, & les livres des Juifs & des Chrétiens ne pouvant être regardez comme des Livres divins, c'étoit une grande erreur de faire jurer deffus, parce qu'on jure fur la verité contenue dans le livre qu'on tient à la main: or ceux qui jurent fur un livre qui ne contient pas la verité, ne jurent point, mais ils prononcent en l'air des mots vains & fans réalité. Ce Miniftre d'Etat s'échauffoit là-deffus, & vouloit faire changer l'ufage. On lui répondoit qu'un ferment étoit l'atteftation d'une verité crue, où il ne falloit pas avoir égard fi la chofe étoit veritable en foi, ou fi elle ne l'étoit pas, mais feulement à l'opinion de celui qui l'atteftoit; qu'ainfi ce feroit profaner le livre de Dieu, & détruire la Juftice, que de donner à jurer fur la verité qui y étoit contenuë, à des gens qui ne croyent pas qu'il contient la verité, & qui par confequent jureroient deffus, de même maniere qu'eux Mahometans pourroient jurer fur d'autres Livres. Comme on difcutoit la chofe, on conta à ce Miniftre ce qui étoit arrivé en Mazenderan, païs fur la mer Cafpienne, entre deux Juifs, qu'on avoit fait rendre Mahometans à force d'argent. Ils étoient devant le juge pour un procès, l'un demandant, l'autre defendant. Le Juge fait venir l'Alcoran pour faire prêter le ferment au défendeur. Ce faux Mahometan jura refolument deffus qu'il ne devoit rien. Le Creancier, qui s'étoit bien douté de cela, tira auffi-tôt de deffous fa robe le Pentateuque, & dit au Juge *Seigneur, c'eft un fourbe maudit: Il jure bien fur vôtre livre qu'il ne me doit rien, mais ordonnez lui de jurer fur celui-ci, & je m'en irai fatisfait.* Le Juge regardant ce faux Mahometan, lui dit: *eh bien, frére, après que tu as juré fur le livre de Dieu, tu jureras bien fur ce livre aboli.* Mais le faux Converti n'en voulut rien faire, & par-là fut convaincu & condamné à payer. Le Préfident du Divan fut un peu ramené par le récit de ce fait, mais il ne laiffa pas pourtant de mourir dans fon erreur.

Le ferment fe prête encore devant le Juge, à la requifition des parties, de la maniere qu'elles le demandent, quoi que le plus fouvent ce foit fans néceffité pour le fonds, & feulement par malice & par fureur. Ainfi lors que quelqu'un repete quelque chofe comme fienne, il demande d'abord que le ferment foit prêté par fa partie, & auffi-tôt que cela eft fait, il s'écrie: *Seigneur, je m'en vais prouver que ma partie eft fauffaire, & qu'elle me doit ce que je demande.*

La facilité de plaider eft la plus grande du Monde, en Perfe, & de plaider fans fin, foit au même Tribunal, foit devant les autres, & à plus d'une douzaine tour à tour.

Lors qu'on veut intenter un procès, on va donner requête au Juge, dans laquelle on expofe le fait tel qu'on veut. Le Juge écrit à la marge qu'on amene la Partie, & donne un valet de fon Logis, qui fait l'Office de Sergent, lequel va querir le défendeur. Il lui dit *Monfieur, un tel vous demande, venez avec moi,* & il fe fait fuivre fans autre forme ni affignation. Lors qu'ils font en chemin, le valet fe fait payer fa peine, qui eft de cinq, dix, ou quinze fols, plus ou moins, felon l'affaire, & felon les gens, n'y ayant rien de prefcrit pour ce falaire. Les Parties font préfentées devant le Juge, ayant leurs Témoins à leurs côtez, elles plaident leur caufe elles mêmes, & fans l'aide d'aucun confeil. Si ce font gens de confideration, le Juge les fait affeoir près de lui. Sinon ils demeurent debout devant lui, & chacun allegue fes raifons, fans fecours d'Avocat, ni de confeil, ce qui fe paffe d'ordinaire avec tant de bruit, & de clabauderies, que le Juge eft quelquefois fi étourdi, qu'il eft contraint de prendre fa tête entre fes mains, comme pour fe parer du bruit. Quelquefois, il fe met en colere, & leur crie trois ou quatre fois de toute fa force,

gau-

gaumicouri, c'eſt-à-dire *vous machez de l'ordu- re*, à traduire la choſe modeſtement ; car *gau*, eſt le mot ſalle qui veut dire l'excrement qui ſort du corps humain. Quand ce ſont des gens tout à fait de néant, qu'on ne ſauroit faire taire, le Juge ordonne qu'on les frape ; ce qui ſe fait ſur le champ par le valet qui a aſſigné les parties, lequel leur donne à cha- cun un grand coup de poing ſur le chignon du cou & ſur le dos. Quand chacun a tout dit, le Juge prononce, & il arrive rarement qu'on appointe les parties, ſi ce n'eſt pour produire des Témoins. Les femmes plaident pour elles, comme les hommes, mais encore bien plus tumultueuſement. Elles ſe tiennent toutes enſemble dans un coin & voilées, ſans ſe mêler parmi les hommes. Les affaires les plus ordinaires qui les ménent à l'audience ſont pour demander la répudiation, & la diſ- ſolution de leur contract de mariage ; & la raiſon la plus ordinaire qu'elles en rendent, c'eſt l'impuiſſance ; ce qu'elles font entendre en ces termes *ba reſai man ne miaa, il n'en vient pas à ce qui me plait*. Elles font ſouvent un bruit ſi horrible avec leurs cris, que le pauvre Juge à qui il n'eſt pas permis de les faire battre comme les hommes, ne ſait où il en eſt, & crie à ſon tour à plein goſier *elles me tuent*. Les affaires ſont bien-tôt finies, com- me je vous ai dit, Car en une ou deux ſean- ces le Juge prononce, & ſelon que le cas le requiert, le même Garde, ou Sergent, fait executer la ſentence ; ce qu'il fait en ne laiſ- ſant point aller le condamné qu'il n'ait don- né ſatisfaction.

Il n'y a point de lieu affecté à l'adminiſtra- tion de la Juſtice. Chaque Magiſtrat l'exer- ce dans ſa Maiſon, dans une grande ſalle, ouverte ſur une Cour, ou ſur un Jardin, la- quelle eſt élevée de deux ou trois pieds de terre. Le bas de la ſalle eſt ſeparé du reſte, en maniere d'alcove, fermé avec des chaſſis faits en jalouſies aſſez larges. C'eſt où les femmes ſe rangent. Le Juge eſt aſſis à l'au- tre bout, avec un air grave & majeſtueux, à la maniere Orientale, ayant un écrivain ou homme de Loi, auprès de lui, ſans autre Aſ- ſeſſeur, & ſans conſeil, hormis quand il vient des gens au Tribunal aſſez conſiderables pour les faire aſſeoir auprès de lui, ce qu'alors il ne manque point de faire. Il donne Senten- ce à la premiere ou à la ſeconde ſeance. Quand on veut gagner la Juſtice, comme on tâche toûjours de la faire en Perſe, ou avoir prompte expedition, on va à quelqu'un des principaux Domeſtiques du Juge, & on lui fait, ou on

lui promet un preſent. D'ordinaire on en porte un au Juge même, en lui faiſant la plainte, & chacun le fait ſelon ſon état & ſa profeſſion. Les gens de plus baſſe condition donnent un agneau, ou un mouton, ou du fruit, ou des poulets. Les autres des confi- tures, ou du Caffé, ou des étoffes, les au- tres de l'argent ; mais les gros preſens ſe font toûjours en particulier. On n'inflige point d'autres peines corporelles aux Tribunaux du Droit civil que les coups de bâton, encore n'eſt ce qu'à ceux qui reſiſtent impudemment aux termes exprès de la Loi, ce qui arrive fort rarement.

Les Droits de la Juſtice ſont peu conſidera- bles, parce qu'il n'y a point d'écritures dans les procès, & qu'on obtient ſentence à la pre- miere ou ſeconde comparition ; mais comme il y a de l'abus en toutes choſes, quelque bien- ordonnées qu'elles puiſſent être, il arrive ſou- vent que cette brieve Juſtice n'eſt autre qu'u- ne prompte injuſtice, & qu'il ſe commet tout autant de fraudes & de pillages à proportion, que dans les Païs où elle ſe rend avec len- teur. Lors que j'arrivai à Iſpahan, il venoit de mourir un *Cazy*, qui ſur le procès d'un moulin d'environ cinq cens francs de valeur, reçut trois mille cinq livres des Plaideurs. Il y a pourtant de très-ſeveres ordonnances con- tre ceux qui prennent des preſens pour l'ad- miniſtration de la Juſtice, car elles portent peine de mort tant contre ceux qui les font que contre ceux qui les acceptent. Après tout, quoi que les procès ſe puiſſent commencer avec grande facilité, & à peu de fraix, ils ne ſont pas pourtant ſi ordinaires en Perſe que dans les autres Etats, parce que les procès vont à la prompte ruine des plaideurs, tant à cauſe de ce qu'il faut donner pour gagner les Juges, que parce qu'on n'eſt pas ſûr après que les procès ſont finis, qu'on ne ſoit pas dès le lendemain tiré en cauſe à un autre Tribunal pour les mêmes affaires. Au reſte, la Juſti- ce en Perſe ne condamne jamais aux dépens, & cela ne ſe demande point auſſi, parce qu'il n'y en doit avoir que de très-petits, ſelon les ordonnances.

Il n'y a point dans ce Païs de Notaires publics en titre d'office, quoi que les actes ſous ſein privé ne ſoient pas valides en Juſti- ce, on les fait légaliſer chez les Magiſtrats civils, & plus il y a de ſceaux, & plus l'acte a de force. Le premier chez qui l'on va pour cet effet eſt le *Cazy*, ou le *Cheic-el-iſlam*, ou le *Cedre*, ſelon la reputation & l'autorité dont ils joüiſſent, & auſſi ſelon la nature des actes.

On

On les fait authentiquer pareillement par le Préfident du Divan & par le Gouverneur de la Ville. J'ai vû des Docteurs éminens en la Loi, & des Prêtres, qui tendent à parvenir à ce degré qu'on appelle *Mouchtehed*, c'eft-à-dire ceux qui *favent toutes les Sciences*, lefquels s'attribuoient auffi le pouvoir d'authentiquer des piéces. Leurs actes paffoient en Juftice par refpect pour leur perfonne, ou pour leur mémoire. Les Juges difoient, *c'eft un faint homme & doüé de grandes lumiéres, il n'auroit pas voulu faire un faux acte.* Quand les Miniftres de la Juftice ont figné l'acte, les parties le portent quelquefois aux principaux du lieu, pour y faire appofer leurs fceaux, lefquels voyant ceux des Magiftrats y mettent les leurs de bonne foi, & fans favoir autrement quel eft le contract; de forte que quelquefois on verra des actes qui ont foixante à quatre-vingt fceaux.

Comme il n'y a point de Notaires, il n'y a point auffi de Greffe, ou Regître public, pour garder les contracts des particuliers. Toute la précaution qu'on prend eft de faire tirer diverfes copies authentiques. J'excepte de cela un regître des contracts de Mariage, qui fe garde chez le *Cazy*, où chacun a la liberté de faire enregîtrer fon contract. Ils appellent cela *zabt kerden*, comme qui diroit *écroüer un contract*, & cela fe fait pour dix ou vingt fols d'ordinaire.

CHAPITRE XVII.

De la Juftice criminelle.

LA Juftice criminelle s'exerce toute entiere indépendemment du Droit Canon, parce qu'elle eft entre les mains du Magiftrat *urf*, ou *de la force*, comme je l'ai dit, qui juge felon le Droit naturel, & felon le Droit des gens; & comme le Magiftrat civil ne condamne prefque jamais à de plus grands fupplices qu'à l'amende, & à être bâtu fur les feffes; il n'affifte point aux procès des gens qu'on juge à mort. Ce Magiftrat *de la force* eft compofé, comme je l'ai raporté ci-deffus, d'un Préfident du *Divan*, du Gouverneur de la ville, & du *Nazir* du Roi. Ils fe réglent par des maximes fondées fur des coûtumes conftantes, c'eft-à-dire, qu'à tel ou tel crime, il faut infliger tel ou tel fupplice, ce qu'ils mettent en ufage enfuite felon l'occafion; & c'eft ainfi qu'ils exercent la Juftice. Quand j'arrivai en Perfe, je pris d'abord les Perfans pour des barbares, voyant qu'ils procedoient pas

méthodiquement, comme nous faifons en Europe, à la punition des criminels. J'étois furpris qu'ils n'euffent point de prifons publiques, point d'Affemblées pour examiner les criminels juridiquement, point d'Executeur public, ou Bourreau, point de place de fupplice, point d'ordre, ni de méthode dans les exécutions. Je penfois que c'étoit faute d'être auffi policez que nous le fommes, nous chez qui les exécutions fe font avec un grand circuit de formalitez; mais après avoir paffé quinze ans en Orient, j'ai raifonné d'une autre maniére, & j'ai trouvé qu'il en étoit de cela comme des autres accidens rares de la vie, où l'on ne fe fait pas des routes fûres & certaines, parce qu'ils ne furviennent pas fréquemment; au lieu que dans nos Païs où les crimes énormes & dignes de mort font toûjours nombreux, on s'eft habitué à fupplicier les gens par régle & par compas, pour ainfi dire. Ainfi j'attribue la police que l'on tient, dans les exécutions en Europe, à la grande quantité de fcelerats qui s'y trouvent; comme au contraire le peu de regularité qu'on obferve en Orient dans le Jugement, & dans l'exécution des criminels, aux mœurs de ce Païs-là, qu'on peut dire humaines & douces, en comparaifon des nôtres: en effet l'on eft fi dépravé chez nous, que fi l'on ne traitoit pas les coupables plus rudement qu'en Perfe, les villes & la campagne deviendroient autant de coupe-gorges, où, comme en Mingrelie, chacun par la crainte qu'il a de fon voifin, feroit obligé de coucher demi vêtu, & fon épée entre fes bras. On n'entend parler prefque jamais en Perfe d'enfoncer les maifons, d'y entrer à vive force, & d'y égorger le monde. On ne fait que c'eft qu'affaffinat, que duël, que rencontre, que poifon. Dans tout le tems que j'ai été en Perfe, où j'ai fait tout mon féjour à la ville Capitale, ou à la fuite de la Cour, ou bien en d'autres grandes villes, je n'ai vû exécuter qu'un feul homme; de maniére, qu'à celui-là près, tout ce que je puis raporter des fupplices de ce Païs-là n'eft que par ouï dire. J'ajoûterai encore qu'il n'y a que le Roi feul qui puiffe donner fentence de mort, & lors que le *Divan bequi* trouve à la Cour, ou que la Juftice trouve dans les Provinces un homme digne de mort, on préfente l'information au Roi, qui décide de la vie de ce criminel. C'eft-là une coûtume conftante, & elle conclud à mon avis, que ces Peuples-là ne font pas auffi méchans qu'on l'eft en Europe.

J'ai obfervé qu'il n'y a point de prifon publique en Perfe: il n'y a point non plus de corps d'archers : chaque Magistrat, revêtu d'une charge de Judicature criminelle prend quelques valets de plus qu'il n'avoit auparavant, & il choisit d'ordinaire ceux qui servoient son prédecesseur dans la charge, comme stilez au métier, lesquels avec ses premiers valets lui servent d'archers. Plus il en prend & plus de profit il lui en revient ; car bien loin de donner des gages à ces valets, ils lui payent une rente par an, pour leur charge, à cause du profit qu'ils en retirent. Il assigne à ces gens-là un apartement de trois à quatre chambres sur le devant de son logis ; c'est où ils gardent les criminels qui ne sauroient donner caution suffisante, & le portier du logis en est le geôlier. Les portes de ces chambres, comme les autres du Païs, sont d'ordinaire si foibles qu'on les enfonceroit d'un coup de pied. Cependant on ne peut non plus s'enfuir de là que des plus grosses tours, & l'on y souffre plus que dans un cachot ; car les criminels y sont mis les uns sur les autres, & ce portier tient ces chambres salles & puantes exprès, afin que les prisonniers achettent plus cher & plus vîte la liberté de prendre l'air & d'être mis ailleurs. On n'entend jamais dire qu'un homme se sauve de là, les valets & le portier étant autant d'argus qui le gardent à vûe. Si quelqu'un est surpris voulant s'évader, on le charge sur le champ d'un si grand nombre de coups de bâton (ce qui se fait par l'ordre du geolier seul) qu'il n'a pas envie de songer davantage à la fuite.

Ces archers n'ont pour toute arme en Perse, les uns qu'une épée & un bâton, & les autres un bâton seulement. Lors qu'il faut aller prendre quelqu'un en campagne, on envoye un cavalier du Gouverneur, ou de l'Intendant. Il y a toûjours, comme je l'ai observé, un nombre de cavaliers du corps des *Coulom* ou *Esclaves*, qui ont la solde du Roi, attachez à ce service des Gouverneurs, & des autres Grands de l'Etat, pour être prêts aux occasions ; & selon qu'un Seigneur a plus d'occasions d'employer des gens, il s'en met un plus grand nombre à son service. Quelque capture qu'on veuille faire, on n'envoye qu'un Sergent ; son ordre lui suffit pour se faire prêter main forte, & dès qu'il a joint son homme, quand il auroit vingt personnes à sa suite, il l'amene. Car outre que par tout on lui prête main forte, ceux mêmes qui sont de la suite de l'accusé, se tournent contre lui s'il en est besoin. Ces archers, tant à pied, qu'à cheval, payent, comme je dis, la rente de leur emploi, dont le droit ne consiste

qu'en ce qu'ils peuvent attraper, ils sont ardens au possible à l'exécution des ordres, & ils trouveroient l'homme accusé, se fût-il, pour ainsi dire, caché sous la terre.

La procedure commence à ce Bureau-là comme au Bureau civil. On fait sa plainte, & le Magistrat donne un de ses gens pour aller querir l'accusé : il l'amene dès qu'il l'a trouvé, & quand le fait va tant soit peu au criminel, le prisonnier reçoit en entrant un nombre de coups de bâton sur la plante des pieds, plus ou moins, selon la nature de l'accusation ; & puis il est conduit devant le Magistrat, qui, après l'avoir interrogé, le remet à ses gens jusqu'à une autre fois. Lors qu'on est pris en querelle & batterie, ou en faisant quelque insulte, les gens du Gouverneur accourent & se jettent sur la foule du peuple, en injuriant fortement, & donnant de grands coups confusement comme des aveugles. Malheur à ceux qui se trouvent sous leur main ; car ils frapent sans distinction. Ceux qui sont les plus engagez dans le tumulte sont pris, tout autant qu'on en attrape, & menez chez leur Maître, où en entrant on est traité, comme je viens de le dire, à grands coups de bâton, agresseurs & agressez, pêle-mêle, sans connoissance de cause, le tout sous la direction du Lieutenant du Gouverneur, ou d'un autre de ses Officiers, le premier qui se trouve ; après quoi tous ces malheureux sont menez devant le Gouverneur, ou devant son Lieutenant, qui demande d'un grand sens froid à ces gens roüez de coups, & pâmez à force de crier : *Qui êtes-vous ? qu'avez-vous fait ?* Chacun crie d'ordinaire *au meurtre, à la violence, Seigneur vous me faites tuer, moi qui n'ai commis aucun mal.* Les valets, qui les ont pris sont là avec des témoins. On discute le fait, & on le punit selon l'exigence ; & d'ordinaire celui qui a battu, & celui qui l'a été, sont presque également traitez : l'un & l'autre payent l'amende ; tous deux sont mis de plus sous le bâton.

J'oubliois à dire que ces archers ôtent d'abord la ceinture à ceux qu'ils prennent, & leur en lient les bras, & durant tout le chemin ils leur disent mille injures, les poussent de côté & d'autre, & les frapent. Il est inutile de dire qui l'on est. Les Sergens n'ont égard qu'à l'argent qu'on leur glisse dans la main. On leur dit tout bas en leur graissant la pâte, *Cher ami, mon frere, mes yeux, pourquoi me tues-tu de cette sorte, moi qui suis innocent ? j'ai tant dans mon sein, ou dans ma poche, prens-en la moitié, & en donne l'autre au portier, afin que*

que je ne fois pas mis fous le bâton. Si la fomme est groffe, le valet fait fi bien que le coupable eft détaché, & n'eft plus mené que comme témoin. Mais qui n'a rien eft battu à outrance. Les Perfans difent que c'eft pour donner de la crainte au peuple, & pour rendre les gens fages. En effet, on ne peut manquer d'avoir peur de former des querelles, puifque quelque raifon qu'on ait, il faut payer l'amende, & être battu. La procedure va auffi vîte au criminel qu'au civil, tout eft fini dans une ou deux féances, fur tout là où il n'y a rien à gagner, à caufe de la pauvreté des prévenus; mais quand ce font gens qui ont du bien, ils ne font pas fi-tôt liberez, ou il faut payer bien cherement.

Les criminels d'Etat font mis & gardez au carcan, qu'on appelle *cron doucha ké*, c'eft-à-dire, *colier à deux pointes.* On en voit la figure à côté: il eft fait en triangle, de trois morceaux de bois, qu'on cloue l'un contre l'autre. Le cou paffe dedans fans fe pouvoir tourner. La piéce de derriere, & celle du côté gauche, font de dix-huit pouces de longueur. Celle du côté droit eft longue prefqu'au double, & l'on y attache le poignet au bout, dans un morceau de bois demi rond, où il eft comme pendu à un croc; & parce qu'on a bientôt le bras las jufqu'à la douleur, on permet au prifonnier de le foutenir avec un bâton qu'il tient de la main gauche. Cette machine eft groffiere, & fans art. On donne le criminel d'Etat, attaché ainfi au carcan, à garder à quelque Seigneur qui l'emmeine chez lui, & qui en répond. C'eft une grande faveur qu'être le geolier d'un tel prifonnier, parce que comme on en eft le maître, l'on en tire tout ce qu'on veut. Lors que l'on prend un prifonnier de par le Roi, celui qui le prend lui donne un grand coup fur le corps, à l'endroit qu'il lui plaît, en lui difant, *par ordre du Roi*; puis il le lie de fa ceinture, qu'il lui détache du corps. C'eft un méchant figne que d'être ainfi lié quand on eft pris; car cela marque que le criminel court rifque de la vie. Lors que l'on va prononcer à quelqu'un fentence de mort, le Juge commence par le charger d'injures & de maledictions, & dit après, *allez lui ouvrir le ventre.* C'eft leur fupplice ordinaire, comme on diroit chez nous, qu'on lui coupe la tête, ou qu'on le pende; & à l'inftant, les valets de ce Juge l'emmeinent & l'executent à la premiere place qu'ils trouvent.

Dans les cas extraordinaires, où le Roi veut faire juftice lui-même, comme lors qu'il

s'agit des Grands de l'Etat, il s'habille de rouge, & cet habit eft un figne certain que quelque grand Seigneur fera executé à mort. Cette pratique eft fort ancienne. On dit qu'elle vient d'un Roi de Perfe avant *Mahamed*, Prince integre, & naturellement porté à rendre la juftice, lequel étant devenu fourd dans fa vieilleffe, ordonna que ceux qui auroient quelque grande plainte à faire, vinffent devant fon Trône habillez de rouge, afin qu'il les difcernât, & qu'il les fît venir les premiers. On dit que c'eft pour en conferver la mémoire, que fes Succeffeurs s'habillent de rouge, lors qu'ils veulent faire juftice.

Les crimes & les defordres jufques aux moindres, font très-féverement punis en Perfe. On punit ordinairement par des amendes pécuniaires, applicables à l'offenfé, les criminels coupables de mutilation, ou d'avoir eftropié quelqu'un. L'yvrognerie même eft un crime puni, & le moindre defordre qui fe commet chez les femmes publiques. Pour ce qui eft du meurtre, le Roi même ne le fauroit pardonner. J'ai dit dans le Chapitre de la Juftice civile, que les Débiteurs font livrez aux Créanciers pour en faire à leur gré; il en eft de même du meurtre, les Perfans, & tous les autres Mahometans, fe conforment là-deffus abfolument à la Loi Judaïque, remettant à la fin du procès, le meurtrier entre les mains des plus proches parens du deffunt, fuivant ce que porte la Loi; & cela lors que l'on ne peut obtenir de la partie en aucune maniére que ce foit de lui donner la vie. Voici comme la chofe fe paffe lors que quelqu'un a été tué. Ses Parens s'en vont à la Juftice avec des cris horribles, & trainent après eux le plus de monde qu'ils peuvent pour émouvoir davantage. Le Juge leur demande *que voulez-vous?* à quoi ils répondent: *Nous demandons l'obfervance de la Loi: le fang d'un tel, qui a tué un tel, nôtre parent.* Le Juge eft obligé fur le champ de le leur promettre pofitivement. Cependant, fi le meurtrier eft capable de rachetter fa vie, il fait traiter avec les parties, à qui l'on dit: *C'eft un malheur, le coupable veut fe faire Dervich, ou Moine par penitence le refte de fes jours, que ferez-vous du fang d'un miferable chien, demi mort de douleur: il veut donner tout ce qu'il a au monde, il vous offre tant.* En même tems qu'on traite avec la famille, on traite auffi avec les Magiftrats. Mais quand les parties perfiftent à vouloir que le meurtrier meure, elles redoublent leurs cris chez le Juge, lequel dilaye & élude autant qu'il le peut, afin que le tems calme la chaleur de leur reſſentiment, de ſorte que dans ces cas de meurtre, qui ſont fort rares, l'on s'en tire d'ordinaire pour de l'argent, partie aux parens, partie à la Juſtice ; mais quand les Parens ne veulent point entendre à compoſition, on leur livre le meurtrier.

J'ai ouï conter là-deſſus, & ſur le lieu même où la choſe s'étoit paſſée, proche de Chiras, ville Capitale de la Perſide, que des Païſans de cet endroit-là, étant allez demander juſtice au Gouverneur contre un procedé du Grand-Maître des Eaux du Païs, il députa ſon Favori pour y mettre ordre. C'étoit un jeune débauché : il rencontra à la première traite un jeune Seigneur de ſa connoiſſance, & de ſon âge, qui chaſſoit ; & il lia partie pour ſouper avec lui. Le repas fut grand, & chacun s'y enyvra. La Compagnie s'étant retirée, le Député plein de vin, & encore plus d'une brutale paſſion de luxure, s'en va au logis de l'autre, au village, à deſſein de faire violence à ſa perſonne. Celui-ci s'en défendit d'abord doucement ; mais voyant que l'autre perſiſtoit dans cet infame deſſein, il le voulut pouſſer hors du Logis. Le lâche agreſſeur ſe voyant repouſſé, tire ſon poignard, & en tue ce Seigneur. C'étoit un nouveau marié : ſa femme, ſon pere, ſa mere, & toute ſa famille, qui étoit nombreuſe, & conſidérable, furent au Gouverneur avec de grands cris, demandant le meurtrier. Le Gouverneur fut obligé d'envoyer des gens pour le prendre. Il s'étoit retiré dans les montagnes, ne ſachant où ſe cacher. Quand on l'eut amené à la ville, le Gouverneur offrit aux parties une groſſe ſomme d'argent, & fit les derniers efforts pour ſauver ſon Favori ; mais tout étant inutile, il leur dit qu'il y avoit des circonſtances dans le fait qui l'empêchoient de prononcer ; qu'il enverroit le Criminel au Roi, ce qu'il fit. Le Roi vouloit auſſi obliger les Parties à ſe ſatisfaire autrement que par le ſang du meurtrier, offrant telle ſomme qu'il leur plairoit ; mais comme elles perſiſtoient à vouloir ſon ſang, on leur livra le meurtrier. La femme, la mere, & la ſœur du deffunt le percerent à coups de poignard, & recevant ſon ſang dans des vaſes, en porterent chacune à la bouche pour étancher cette ſoif que rien n'avoit pû éteindre.

Quand la punition ſe fait de cette manière, les valets du Juge amenent devant lui le Criminel lié, & le Juge dit aux parties : *Je vous livre vôtre meurtrier, ſelon la Loi, payez vous*

du ſang qu'il a répandu ; mais ſachez que Dieu eſt connoiſſant & clement. Les valets reçoivent alors l'ordre des parties, qui diſent l'endroit où il le faut mener. Elles marchent devant lui, ou à ſes côtez, hommes & femmes, le chargeant d'injures, de maledictions, & de coups. C'eſt un ſpectacle épouvantable, & dont l'horreur augmente dans le chemin ; car dans toutes les ruës où paſſe ce miſérable, on l'accable de même d'injures, d'imprécations, & de pierres. Lors qu'ils ſont tous ſur le lieu, les parties diſent aux gens du Juge : couchez-le de telle, ou telle manière, & puis lui arrachent elles-mêmes la vie de leurs propres mains, ou ordonnent à ces gens de Juſtice de le faire. Mais s'il arrive que les parties laiſſent le Criminel pour mort, ſans qu'il le ſoit en effet, elles ne peuvent plus revenir à l'execution. J'ai vû cela à Surat, aux Indes, où la même Juſtice s'exerce. Un Chrétien de race Portugaiſe & Indienne, ſur un ſoupçon de jalouſie aſſez legérement conçû contre ſa femme, la vint trouver un matin dans le lit, où elle étoit couchée & groſſe, & lui donna trois coups de poignard dans le ventre dont elle languit trois ou quatre jours, & puis mourut. Son pere & ſa mere ne voulurent jamais pardonner au criminel ; & comme il refuſa de ſe faire Mahometan, ce qui auroit été un moyen de le ſauver ; parce qu'en ce cas le Gouverneur auroit dit qu'il le falloit envoyer au Roi pour le juger, il le livra aux parties. On le fit mener ſur le bord de l'eau, & quand il fut couché à terre, le beau-pere ſe mit ſur ſa tête, comme s'il eût voulu égorger un bœuf, & la belle-mere avec un couteau lui coupa la gorge. Comme le ſang en ſortoit à gros bouillons, elle le crut mort, & ſe leva, après avoir bû de ſon ſang ; mais comme ils étoient à quinze ou ſeize pas le malheureux remua, & la foule s'écria, il n'eſt pas mort. L'homme & la femme voulurent revenir pour achever, mais les gens de la Juſtice les en empêcherent, diſant : *Vous en avez fait ce que vous avez voulu : on n'y retourne pas une ſeconde fois.* Les Capucins le firent emporter chez eux, où il vécut environ quinze jours, mais il n'y eut pas moyen de le guerir.

Quand la Juſtice elle-même eſt Partie, comme pour la punition des voleurs de grands chemins, ou d'autres crimes publics, le premier qui ſe rencontre eſt l'executeur. L'an 1667. un Officier du Roi, frere d'un Capitaine de ſes gardes, tua un des Sophis, ou Gardes du Corps, dans la Place du Palais du Roi.

Roi. On le prit sur le champ, & on le mena prisonnier au Palais. Le Roi étant sorti du Serrail sur le midi, on lui conta le fait. Il ordonna qu'on fît mourir le meurtrier, & le Grand Maître de la Maison ayant jetté les yeux sur deux Capitaines des Gardes, qui étoient au dehors de la sale, ils prirent ce regard pour un ordre d'exécuter la sentence, & coururent au Prisonnier, lui lièrent le bras droit avec sa ceinture, & l'emmenèrent sans lui rien dire. Quelques uns de ses parens & amis, qui étoient accourus auprès de lui, au bruit du coup qu'il avoit fait, se doutant de l'ordre donné se mirent à le suivre en criant *Hoffein, Haffein*, qui sont les principaux Saints des Persans, comme pour reclamer leur assistance. Ce bruit fit suivre la Canaille par devant le logis où je logeois alors, & entendant du bruit je courus sur une terrasse, j'arrivai comme un des Capitaines tiroit son poignard, ce que le Criminel voyant, il lui cria: *Frere, au nom de Dieu, tue-moi de ton épée, afin que je ne languisse pas.* L'autre Capitaine l'entendant, tira la sienne promtement, lui en donna un coup au milieu du corps, & le fendit presque en deux, ce qui lui fit sortir les boyaux plûtôt qu'on ne s'apperçût du coup. L'autre Capitaine lui donna à même tems un autre coup sur le col, dont il lui renversa la tête sur l'estomach; ne tenant plus qu'au gosier; & puis les deux essuyant leurs épées ou sabres aux habits de ce malheureux, qui étoient de brocard d'or, ils monterent à cheval sans faire paroître la moindre émotion. Le soir le Roi permit qu'on enterrât le corps, ce qui fut fait au même endroit, & dans ses habits.

Je passe aux supplices accoûtumez, & j'observerai d'abord qu'ils ont d'ordinaire du raport avec le crime, ou avec la qualité du Criminel. J'ai déja parlé de la peine de l'amende qui entre dans toutes les punitions, & qui est presque l'unique pour ceux qui ont le moyen d'en payer. On ne va jamais devant le Juge Criminel pour quoi que ce soit, quand même ce ne seroit que pour être instruit, qu'il n'en coûte quelque chose. Les Valets des Magistrats ne relâchent point un homme assigné qu'après en avoir reçu quelque argent.

Pour les peines corporelles, la première & l'ordinaire, c'est la Bastonade sur la plante des pieds, comme je l'ai déja dit. On jette le patient sur les fesses, & on lui attache les pieds l'un contre l'autre avec une corde, qu'on guinde au haut d'un arbre, ou à un crochet, & avec de longs bâtons, deux hommes le frapent sur la plante des pieds, à longs intervalles, & par mesures, mais fortement. La régle est de ne donner pas moins de trente coups, ni pas plus de trois cens. Le Patient crie les hauts cris, les pieds lui enflent & noircissent, & quelquefois les ongles en tombent. Le remede dont on se sert pour guerir ceux qui ont été battus de cette sorte, c'est de les mettre dans le fumier, jusqu'à la moitié du corps, & de les y tenir huit jours durant. Après on les traite trois semaines avec des fomentations d'esprit de vin, & d'autres drogues fortes. La peine destinée aux parjures & aux faux témoins, mais de laquelle on se sert fort rarement, c'est de leur verser du plomb fondu dans la bouche, environ un quarteron: on leur bouche auparavant le gosier avec deux tampons de linge, dans les deux tuyaux du gosier, qui empêchent que le plomb n'entre dedans. On n'en meurt pas, la salive faisant figer le plomb avant qu'il ait trop pénétré, l'on n'en perd pas même la parole, mais elle en devient fort embarassée.

Les Voleurs des villes sont punis differemment, selon le crime, car les filoux sont marquez d'un fer chaud au front, mais ceux qui enfoncent, ou qui rompent les portes, & les maisons, ont le poing droit coupé.

Cette même peine du poing coupé est aussi appliquée aux faux monnoyeurs, la première fois qu'ils sont pris; & s'ils recidivent, on leur fend le ventre. On auroit de la peine à croire qu'ils pussent retomber dans le même crime, ayant le poing droit coupé, cependant on a beaucoup d'exemples du contraire en Perse: ces miserables se font attacher le marteau au coude, & s'en servent de la même manière qu'ils se servoient auparavant de la main.

Le genre de mort le plus commun est de fendre le ventre à l'endroit du nombril d'un côté à l'autre. Le Criminel est attaché par les pieds sur un Chameau au haut du bast, la tête pendante presqu'en terre. On lui fend le ventre si large que les boyaux en sortent, & lui pendent sur la tête. On le promeine ainsi par toute la ville, un Sergent qui marche devant, criant à haute voix quel est le crime de l'Exécuté; & quand on l'a promené par la ville, on le pend à un arbre au bout d'un faux bourg. Il y demeure quelquefois quinze & seize heures avant que d'expirer. Pour pendre un Criminel par les pieds on lui passe une corde entre la Cheville & le gros tendon,

com-

comme les Bouchers pendent les moutons à leurs étaux.

Les autres genres de mort sont d'empaler, couper les pieds & les mains, & laisser mourir les coupables dans cette langueur, les maçonner entre quatre murailles jusqu'au menton, avec du plâtre fin dissous, qui venant à se sécher au bout de quelques jours empêche la respiration en pressant la poitrine, & fait qu'ils étouffent enragez & dans les plus cruelles douleurs du Monde : & enfin, de les mettre nuds sur un Chameau, comme ils seroient à cheval, les jambes liées par dessous le ventre du chameau, & les bras liez de toute leur longueur à un gros bâton, qu'on attache aussi au cou de la bête, afin que le patient ne puisse se remuer. Lors qu'on l'a mis en cet état, on lui fait des trous par tout le corps, où l'on enfonce de petites méches allumées, qui s'entretiennent de la graisse du corps. On le proméne par la ville, & on le laisse brûler à petit feu, avec des tourmens inconcevables. L'on m'assuroit à Ispahan qu'il y avoit plus de trente ans qu'on n'avoit pas mis ce supplice en pratique. Il y en a un autre qui étoit fort commun autrefois, mais dont on ne se sert plus, c'étoit de faire précipiter les Criminels du haut d'une tour, & comme ils étoient en piéces les faire manger par les chiens : l'on en avoit exprès pour ces sortes d'exécutions, lesquels on accoutumoit à ce carnage, en les nourrissant de têtes de bœuf & de mouton concassées & toutes sanglantes. On dit que ce supplice étoit particulierement pour les femmes, & que le Roi Sephi en fit exécuter ainsi une qui avoit prostitué sa propre fille dans une rencontre qui avoit donné lieu à une batterie, où il étoit arrivé beaucoup de malheur. Les Persans font fort rarement mourir les femmes, disant que le sang des femmes attire du malheur sur un Païs, & qu'il n'y a qu'à les bien garder sans en venir à cette extremité ; mais lors qu'il y a occasion d'en punir quelqu'une de mort, on garde toûjours envers son sexe la pudeur que la Loi prescrit qui est de ne point dévoiler la femme d'autrui, soit que ce soit une femme mariée, ou une fille. On la fait monter au haut d'une tour, d'où on la précipite en bas, enfermée dans son voile, comme elle le porte d'ordinaire.

Lors que l'on pratique tous les effroyables supplices dont je viens de parler, il faut que ce soit en la personne de quelque insigne voleur de grands chemins, qui est le crime le plus atroce dont on entende parler en Perse.

Il y a d'autres supplices particuliers, qui ne sont pas moindres, destinez à ceux qui péchent contre la police en causant la cherté, ou en vendant à faux poids, ou au dessus du taux, ou de quelqu'autre maniere : les rotisseurs sont embrochez & rotis à petit feu, les Boulangers sont jettez dans un four ardent. J'en ai vû d'allumez pour ce sujet dans la place Royale d'Ispahan, au tems de la cherté qui arriva l'an 1668. C'étoit pour effrayer les boulangers, & pour les empêcher de se prévaloir de la calamité publique.

Les Persans ont la Torture en usage, mais ils s'en servent fort rarement. Ils l'appellent *chekenié*, c'est-à-dire *brisure*. La plus commune est la bastonnade sur la plante des pieds, jusqu'à ce que les ongles tombent : les autres sont de presser le ventre dans une presse ordinaire, & de tenailler avec des tenailles ardentes ; mais je n'ai pas sû que cette question y eût été donnée du tems que j'étois dans le Païs ; mais pour la premiere, je m'y suis rencontré assez souvent étant en visite, ou en affaire chez les Gouverneurs. On donne la question aux femmes, non pas comme aux hommes, mais en enfermant de jeunes chats dans leurs caleçons, qu'on excite par dehors avec des houssines, comme les faiseurs de theriaque font les Viperes : si l'on ne confesse rien à la question, on est renvoyé absous.

CHAPITRE XVIII.

De la Police.

LA Police est bien ordonnée en Perse, mais elle n'est pas également bien gardée en tous points : la fraude s'y glisse, comme dans les autres Païs, & elle y regne avec excès en beaucoup de choses importantes.

Les Métiers sont unis en Corps sous un Chef, à qui le Roi donne une grosse pension, & qui dès qu'il est reçu en charge, ne tient plus boutique, mais met sur pied un train honnête. Ce Chef de métier, selon l'ancienne coûtume doit être le Doyen, ou le plus ancien du corps, mais souvent ces Chefs de Métiers font recevoir leurs enfans en leurs places, sous prétexte de leur âge avancé, ou de quelque maladie. Ils sont les Juges de la police de leur métier, dans les petites choses ; & les Chefs des métiers qui sont sujets aux Corvées, sont beaucoup plus autorisez, à cause du pouvoir qu'ils ont de faire plaisir dans toutes les occasions, où ils prétendent qu'il s'agit du service du Roi. Le grand Surintendant

dant de fa Maifon envoye dire au Chef du métier qu'il faut faire tel ou tel ouvrage : le Chef en va faire la vifite avec les experts ou notables du corps, & mande des ouvriers. Le fervice va par tour, mais comme ce Chef demande toûjours une fois plus d'ouvriers qu'il ne faut, ceux qui ont le moyen de lui donner de l'argent font exemptez de la corvée.

Prefque tout fe vend au poids en Perfe, & prefque rien par nombre, ou par mefure. Les fruits & les legumes fe vendent au poids, les grains, la paille pilée pour la nourriture des chevaux, le charbon, & même le bois dans les lieux où il eft le plus rare; cependant il n'y a rien de plus groffier que leurs balances & leurs poids. Ce ne font d'ordinaire que des pierres & des cailloux, & ceux qui font de métail ne font pas marquez. Chacun à fon poids chez lui, pris & fait fur celui de fon voifin. Les Juges de Police n'en font point la revûe; & s'il arrive quelque plainte fur le poids de quelque vendeur, on l'examine fur le poids de la Monnoye. Comme prefque tout s'achette au poids, tout le monde a fes balances au logis où il repefe ce qu'on lui vend.

Ce qu'il y a de loûable, & de fort commode, dans cette methode de vendre au poids, c'eft qu'il n'eft pas néceffaire d'envoyer au marché des Domeftiques connoiffeurs. Un enfant va au marché & à la boucherie. On repefe ce qu'il apporte, & s'il y manque du poids, ou qu'il y ait quelque défaut dans la qualité de la denrée, on le renvoye en prendre d'autres, ou fe faire rendre fon argent, ou demander le furplus. C'eft-là l'ufage du Païs : il n'arrive gueres de conteftation à perfonne là-deffus; fur tout dans fon voifinage. Le vendeur eft toûjours obligé de reprendre, à moins que fa marchandife n'ait été altérée. Ainfi, on peut rendre du drap, des étoffes, & toute autre chofe, dans quelque tems que ce foit après l'achat, pourvû qu'elle ne foit pas payée. Il ne ferviroit de rien de dire qu'elle a été coupée, qu'on l'a gardée long-tems, que la vente en eft perduë : c'eft-là l'ufage ordinaire, même dans des achapts d'importance, paffez par écrit, & devant témoins. On a beau alleguer le domage qu'on reçoit du refus ou du retardement, l'achetteur répond fimplement, *que fait tout cela, la Loi n'ordonne point qu'on fouffre de tort*, & effectivement elle prononce toûjours à la décharge de l'achetteur.

Ce qu'il y a de fort mal réglé dans leur police, c'eft ce qui regarde la matiere de l'ufure ou de l'interêt. On ne le permet pas

dans la Réligion Mahometane, qui a réglé fa police à cet égard fur celle des Juifs, & qui l'a établie encore plus feverement, en défendant de prêter à interêt à l'étranger, auffi bien qu'à fon prochain. Le Tribunal politique, qui confulte principalement le droit commun, la raifon, & l'équité naturelle, ne paffe d'interêt en aucun cas, non plus que le Tribunal civil mais bien loin que ce réglement foulage le pauvre peuple, il l'accable au contraire; car il a produit une autre forte d'ufure très-onereufe. Il eft vrai qu'elle eft particulierement pratiquée par les Gentils Indiens, & par les Juifs qui font les Changeurs & les Banquiers du Païs; mais les Mahometans s'en mêlent auffi, tant que leurs moyens le leur permettent. L'interêt courant eft d'un pour cent par mois, parmi les Marchands : les gens de la moindre forte en payent deux couramment. L'interêt fe paye par avance & feparement, parce qu'au tems échu, il suffiroit d'en refufer le payement pour en être quitte, mais s'ils conviennent de payer l'interêt avec le principal, on fait venir des Témoins, l'emprunteur leur montre l'argent, & leur dit *voila tant*, quoi qu'il s'en faille ce dont ils font convenu pour l'interêt, *je le reçois en bonne monnoye, & je promets de le payer fuivant l'accord contenu dans ce billet*. Les témoins le fignent fur cet énoncé. Une autre maniere d'exercer leur ufure, qui eft rongeante au delà des bornes de la raifon, & de la juftice, c'eft de prêter à payer par jour. Ils difent à l'emprunteur, tu n'auras jamais le moyen de payer toute la fomme à la fois, c'eft pourquoi tu me donneras tant par jour, jufqu'à fin de payement, après quoi ils commencent dès le lendemain à reprendre leur argent quoi qu'ils s'en foient fait payer l'interêt pour fix mois.

D'autre côté, il y a une Police incomparable dans ce Royaume-là pour la fureté des grands chemins, & contre les vols. Si l'on eft volé, foit de nuit, foit de jour, foit à la Campagne, foit dans l'hôtellerie, le Gouverneur de la Province doit retrouver le vol, ou en faire payer la valeur. Cela a été fort fidellement pratiqué jufque vers la fin du régne d'Abas fecond, auquel tems y ayant eu plufieurs vols fort confiderables faits fur les grands chemins on a ufé de chicanes & de délais à en reftituer la valeur; mais toûjours la Loi fubfifte : on l'obferve prefque en toutes rencontres, particulierement quand on a des amis, car quand on n'en a point, ou que l'on ne fe donne pas affez de mouvement,

ou

ou que l'on a trop d'impatience de continuer son voyage, l'effet de cette Loi est éludé par les délais & par d'autres amusemens de Cour, & l'on ne recouvre rien, ou seulement ce qu'il y avoit de moins important dans ce que l'on a perdu. Le Magistrat prend un droit sur tout ce qu'il fait retrouver, ou qu'il fait payer, lequel droit est communément d'un sur cinq, en quelques lieux plus, en d'autres moins; & quand le vol ne se trouve point c'est une bonne aubaine pour les Magistrats du Païs; car il faut que le Païs trouve le Voleur, ou qu'on paye le vol; & quand ce vient à faire la levée sur le Peuple, les Magistrats la font deux ou trois fois plus forte qu'il ne faut; mais c'est aussi ce qui contribue le plus à la sûreté des chemins & des Villes, chacun pour son intérêt donnant la chasse aux Voleurs avec la plus grande ardeur. La Justice est bonne & prompte contre les larrons, lesquels sont exécutez d'ordinaire sur le lieu où ils ont commis l'action.

Comme je me suis trouvé deux ou trois fois en compagnie de gens volez, je rapporterai un peu plus au long comment le vol se poursuit. Premierement, s'il a été commis à la Campagne on en envoye promptement donner avis aux *Rahdars* du lieu le plus proche, qui sont les Gardes des grands chemins, comme des Archers de Prévôté. Il y en a par tout le Royaume, dans tous les Villages, & dans tous les Caravanserais; & comme l'on dit en Perse, il y en a par tout où il y a de l'eau. Ceux-ci courent aussi-tôt en donner avis aux Regens du Canton, qui se transportent sur le lieu, ou y envoyent leurs principaux officiers, dresser le procès verbal du vol, ce qui est fait en un moment; les procédures n'étant pas longues en Perse, comme en Europe. Des copies en sont envoyées avec la même diligence à 15. ou 20. lieues à la ronde, de sorte que le vol y est sû d'un jour à l'autre, & que les Archers se trouvent incontinent à la queue des Voleurs. C'est une maxime dans le Païs, qu'on n'y vole point sur les grands chemins, que par la faute de ces Archers. Le vol y est d'ordinaire recouvré au bout de quelques jours; autrement, on recourt au Tribunal du Gouverneur de la Province, où l'on commence par prouver que l'on a été volé de tant, & c'est ce que l'on fait par le premier procès verbal, puis par serment, & par ses livres; sur quoi le Gouverneur envoye des gens sur le lieu demander le vol & les Voleurs; au défaut de quoi il en renvoye d'autres au bout de quelques jours prendre l'Hôte du lo-

gis ou du Caravanserai, où le vol s'est commis, & les Gardes des chemins qui sont obligez de payer la valeur du vol, ou leurs Cautions à la place; car ils en donnent d'ordinaire, & cependant on les roue de coups tous les jours; mais si tous ensemble n'ont pas le moyen de satisfaire, c'est aux Lieux les plus proches du vol, Villes ou Villages, d'en être responsables. Les Habitans en sont saisis, & il faut s'assurer qu'on leve d'ordinaire le double du vol, & quelquefois le triple, comme lors qu'outre le vol, il y a eu du sang répandu; tellement que ces sortes d'accidens tournent au profit d'un Gouverneur ou de tous ses Officiers; car d'un autre côté, ceux qui ont souffert la perte, sont obligez de faire des présens pour avoir justice, & lors qu'on leur rend ce qui a été volé, ou qu'on le leur paye, il faut qu'ils en donnent vingt-cinq pour cent au Gouverneur & à ses Officiers. Quand le vol s'est fait dans une ville, c'est le quartier où il est arrivé, qui en est responsable, & de Chevalier du guet est chargé du recouvrement & du payement; & si le vol a été fait secretement, c'est au grand Prévôt à le faire trouver.

Il arriva, la premiere fois que je fus en Perse, que le Gouverneur de Jaron, petite ville sur le chemin de Chiras à Laar, fit payer un Arménien de treize mille livres qui lui avoient été volez au passage d'une montagne qui en est proche, dix jours après le coup fait. Les Gouverneurs rendoient alors bonne justice à ceux qu'on avoit volez, & ils supplioient au bout du compte qu'on n'en fit rien savoir à la Cour; mais aujourd'hui, c'est un grand malheur que d'avoir à poursuivre le recouvrement d'un vol, parce que les Gouverneurs n'ont plus tant de peur de la Cour. On a beau y aller, & tirer des Lettres de cachet, & des ordres par écrit du Roi, cela n'avance de rien. Les Gouverneurs renvoyent à leurs Officiers: les Officiers renvoyent aux Regens des lieux, avec quoi on épuise la patience d'un malheureux, & on le contraint d'abandonner sa poursuite. Le Gouverneur cependant ne laisse pas de faire payer le vol tout du long à ceux qui en sont responsables; car c'est un droit qu'il ne laisse pas perdre; mais il n'en fait point de part à ceux qui ont été volez, à moins qu'ils ne soient gens de considération, capables de faire savoir à la Cour le traitement qui leur a été fait.

La sûreté des chemins, qu'il y a en Perse, vient de la nature du Païs, des severes Loix, & du bon ordre qui a été établi pour entretenir

tenir cette sûreté ; c'est que comme le Païs généralement est peu habité, qu'il y a peu de villes & de villages à proportion de son étendue, qu'il est montueux, & qu'il manque d'eau en cent endroits, il n'est pas facile de s'y cacher. Ajoûtez qu'il n'y a point d'hôtelleries hors des grands chemins, & hors des lieux frequentez. Ces Gardes des grands chemins donnent tous bonne caution en entrant en office, comme je l'ai observé. Ils ont un Prévôt qui doit aussi répondre de leurs personnes, & comme ils ne font qu'un corps en chaque Canton, ils se connoissent tous. Du reste ils subsistent par la levée d'un petit droit sur les marchandises. Ces Archers, ou Gardes, ont une certaine adresse à connoître le monde, laquelle est comme inconcevable. Ils découvrent en un moment qui l'on est ; & lors qu'ils se défient de quelqu'un, ils l'interrogent de tant de maniéres qu'un voleur ne doit nullement faire compte de leur échaper : que s'il se retire dans un village, c'est encore pis, à cause que par cela même qu'il sort du grand chemin on l'arrête sans autre motif. Il m'arriva un jour de me perdre allant de Laar à Bandar-abaassi. C'étoit dans les grands jours de l'Eté : je m'étois mis en chemin à quatre heures du soir, à dessein d'arriver au gîte à minuit ; & m'étant mis à lire, dès que je fus à cheval, je m'attachai tant à ma lecture, que je me séparai insensiblement de mes valets, & me perdis dans une montagne. Je ne pus jamais retrouver le chemin, & la nuit étant venue, je pris le parti de la passer au pied d'un arbre. Le matin venu, je montai sur une butte, & j'apperçûs à une lieue environ un camp de Pasteurs, vers lequel je me mis à galoper. Je fus aussi-tôt environné d'une troupe de ces Gardes : je leur dis que j'étois European, & que je m'étois égaré du chemin. Ils se crurent à ma mine & à mon langage, toutefois ils me donnerent deux hommes pour m'accompagner, avec ordre de ne me quitter point, qu'ils ne m'eussent remis entre les mains des Gardes du lieu où je voulois aller. Cependant les Gardes de ce lieu-là voyant arriver des valets & du bagage sans Maître, crurent ce qu'ils leur dirent que je m'étois égaré, ou firent semblant de le croire ; & tout aussi-tôt quatre se mirent à me chercher, dont l'un me rencontra à deux heures de chemin de ma traite. On peut juger par cette avanture s'il est facile de se cacher en Perse proche des grands chemins.

La punition est prompte & sévére en ce Païs-là pour ceux qui violent la Police. Ceux

qui vendent à faux poids sont mis à une maniere de Pilori ambulant. On leur passe le cou dans une grosse planche de bois comme celle de nos piloris. Ils portent cette planche sur les épaules avec une clochette au devant. On leur met sur la tête un haut bonnet de paille, & on les promene ainsi par la ville, & sur tout dans leur quartier, où la canaille les charge de mille huées. On appelle ce supplice *takte-cola*, c'est-à-dire *bonnet d'escabelle*, à cause de sa hauteur, mais tout cela n'est que pour satisfaire le peuple, & pour l'exemple ; car la veritable punition & la plus ordinaire est de faire payer une grosse amende, & quelquefois des coups de bâton sur la plante des pieds ; sur tout lors que le coupable n'a pas de quoi s'en racheter. J'ai dit au Chapitre précédent que les Boulangers qui vendent au delà du taux, ou à faux poids, encourent la peine d'être jettez dans un four ardent. On fait crier de tems en tems par les Crieurs publics le taux du pain & des autres denrées, particulierement quand il y a des plaintes de cherté ; mais comme les Persans font cuire presque tout leur pain dans leurs maisons, & que les Boulangers ne servent gueres que les Etrangers, ils prennent plus de liberté de survendre, croyant toûjours qu'au pis aller ils en seront quittes pour l'argent.

Le Juge de Police a trois Assesseurs, pour consulter, & pour décider avec lui, & l'ordre est que tous les Jeudis les petits Magistrats des villes, avec le Juge de Police, & ses Assesseurs, s'assemblent pour régler le prix des denrées, & que le Samedi on le publie à cri public ; mais cela ne s'observe plus gueres que dans les tems de cherté, & la Police s'achette comme les autres parties de la Justice ; ce qui a donné lieu à ce Quadrain Persan : *La corruption s'établit par tous Païs, & la sincerité en déloge : les Juges de Police sont corrompus par présens : les gens de Loi sont des bouches beantes, de qui on ne reçoit ni bien ni profit. Tous ces gens sont attendus dans l'Enfer, pour y être traitez suivant leurs merites.*

CHAPITRE XIX.

Quelles Religions sont souffertes en Perse.

UNe des maximes de la Religion Mahometane, c'est la tolerance de toutes sortes de Religions, moyennant un tribut annuel : aussi n'y en a-t-il aucunes dont elle ne souffre la profession & l'exercice ; Chrétiens, Juifs, Idolatres, & de toutes sortes de Sectes.

La Religion de *Mahammed* enseigne qu'il y a un grand mérite à convertir les Infidéles, qu'on est obligé d'y travailler avec application, & avec zele, mais qu'il ne faut pas pour cela leur faire de violence, & que pourvû qu'ils payent le tribut imposé, il leur faut garder la justice, & les traiter humainement. Ce tribut, qui est d'un gros d'or par an pour chaque mâle, depuis qu'il est devenu majeur, s'appelle *Jessieh*, c'est-à-dire, *le rachat de la vie*; parce que selon l'institution de *Mahammed*, ses Sectateurs sont obligez de poursuivre les Infidéles à outrance, & de ne leur faire aucun quartier, à moins qu'ils ne se soumettent à leur domination, & que pour marque de soumission ils ne payent ce tribut. Je parlerai plus au long dans le Livre suivant de l'opinion que les Persans ont des autres Religions, en traitant de la leur propre. Je dirai seulement dans ce Chapitre quelles gens il y a dans leur Empire professant une autre Religion.

Il y en a de cinq Religions: 1. Celle des Guebres, ou anciens Persans, que nous appellons Ignicoles, ou adorateurs du feu: 2. Les Juifs, qui sont aussi très-anciens en Perse: 3. Les Sabis, ou Chrétiens de Saint Jean: 4. Les Chrétiens de Jesus-Christ: & 5. Les Gentils des Indes. Je traiterai des Guebres, ou Ignicoles, dans la suite de mes Relations, dans la description des ruines de Persepole.

Il y a de deux sortes de Juifs en Perse, les uns originaires des Tribus Samaritaines, descendus de ces misérables captifs que les Assyriens emmenerent de Judée, l'an neuviéme du régne d'*Ozée*, Roi d'Israël, & qui furent dispersez dans la Medie & dans le Païs des Parthes; les autres sont originaires de la Tribu de Juda, descendus de ces autres pauvres captifs transportez en Babylone, dont partie se répandit tout le long de l'Euphrate après le départ d'*Esdras* & de *Nehemie*, & de là le long du Sein Persique. Cette race de Juifs est répandue aujourdhui dans la Medie, dans l'Hyrcanie, au Païs des Parthes, dans les deux Caramanies, le long du Golphe Persique, & en quelques autres endroits, faisant en tout environ le nombre de neuf à dix mille familles. Ils sont pauvres & misérables par tout. Je n'en ai point vû une seule famille dans tout le Royaume qu'on pût appeller riche, & qui au contraire ne vécut dans la bassesse. Une partie de ces Juifs consiste en artisans, mais la plus grande partie vivent d'intrigues, revente, usure, courtage, à vendre du vin, & à produire des femmes. Ils se mêlent aussi beaucoup de Médecine Chymique, & Magique, en divers endroits, & c'est à quoi ils gagnent le plus; car leurs femmes se glissant dans les Serrails, font accroire aux sottes & simples créatures qui y gouvernent par les charmes de leur beauté, qu'elles savent prédire l'avenir, & qu'elles leur prédiront ce qui leur arrivera: qu'elles composent des breuvages pour se faire aimer, pour faire haïr leurs rivales, pour faire avoir des enfans, & pour empêcher d'en avoir: & par telles ou semblables illusions ils se font bien payer. Mais à quoi que s'appliquent cette misérable race de gens, & à quoi qu'on les employe, ils s'y comportent sans bonne foi; de sorte qu'à la fin on trouve toûjours que l'on en a été trompé. Les Juifs étoient les grands usuriers du Païs avant la venuë des Gentils Indiens, qui se trouvant bien plus riches, & bien plus accommodans, leur ont fait perdre cet injuste commerce, qui leur valoit plus que tous les autres.

De tout tems les Mahometans ont fait ce qu'ils ont pû, en gardant les apparences de quelque équité, pour rendre Mahometans ces misérables Juifs, & l'on voit bien qu'ils en seroient venus à bout s'ils avoient voulu y employer aussi la force. Comme c'est en Hyrcanie que le nombre en est le plus grand, c'est là aussi qu'on les a le plus tourmentez. *Abas le Grand* donnoit jusqu'à quatre cens francs à chaque Juif mâle qui abjuroit sa Religion, & trois cens aux femmes, & il en gagna beaucoup ainsi. *Abas second* fit la même chose cinquante ans après, à la persuasion de son premier Ministre, nommé *Mahammed Bec*, homme zelé sans être bigot dans sa Religion, ni ennemi des autres Religions, comme le sont les faux dévots. Il donnoit ainsi de l'argent pour faire changer ce peuple; mais à la fin il abandonna-là toute cette affaire de Religion, ayant appris que les Juifs convertis par argent, & par artifices, demeuroient toûjours Juifs dans le cœur, & Judaïsoient en secret. En effet, quand on disoit à ces Juifs qui avoient changé pour de l'argent qu'ils étoient Mahometans, *moi*, repondoient-ils, *Mahometan? point du tout, je suis Juif: il est vrai qu'on m'a donné deux tomans pour faire un faux serment*. C'est effectivement ce que le premier Ministre faisoit donner, & qui révient à trente écus de nôtre monnoye. Je me souviens qu'étant en Hyrcanie l'an 1666. au tems que les Juifs de Turquie faisoient si grand bruit du faux Messie nommé *Sabatai Levi*;

Lévi; je me souviens, dis-je, que ceux d'Hyr-canie, croyant aussi bien que les autres que le Libérateur qu'ils attendent vainement étoit venu, ils abandonnoient leurs maisons, se jettoient à la Campagne, & couverts de sacs & de cendres, jeûnoient & prioient pour la manifestation du Messie. Le Gouverneur de la Province leur envoya dire, *que faites-vous, pauvres gens, d'abandonner ainsi le travail, au lieu de songer à payer vôtre tribut? Le tribut, Seigneur*, répondirent-ils, *nous n'en payerons plus*; nôtre *Libérateur est venu*: cependant ils convinrent avec le Gouverneur de la Province, afin qu'il les laissât faire leurs dévotions en repos, que si dans trois mois ce Libérateur n'étoit en Perse avec main forte, ils paye-roient deux cens tomans, ou neuf mille livres d'amende; ce qu'ils payerent fort ponc-tuellement en effet au terme accompli.

Ces Juifs de Perse sont les plus ignorans de tout le monde, ils sont pourtant fort dif-ferens d'opinions entr'eux sur les points du jeûne & de l'impureté légale. Ils ont le Pen-tateuque qu'ils lisent assiduement dans de pe-tites Synagogues. A *Ispahan* ils en ont une principale & plusieurs petites, & ainsi dans les autres villes, à proportion de leur nom-bre. Ils ont aussi leurs Cimetieres à part, com-me chaque Religion a le sien. On leur fait porter par tout quelques marques pour les distinguer, comme des bonnets de couleur particuliere, ou une piéce carrée à leur veste, à l'endroit de l'estomach, d'autre couleur que la veste: outre cela il ne leur est pas permis de porter des bas de drap à *Ispahan*.

Les Chrétiens de Saint Jean, qu'on appel-le autrement Sabis, font une sorte de secte, qui s'est si fort diminuée, que l'on ne trouve presque plus personne par qui l'on puisse en bien apprendre la créance & les opinions. Ceux qui en font profession aujourdhui, sont des pauvres gens, Ouvriers & Laboureurs, en fort petit nombre, dispersez dans l'Ara-bie, & en Perse, la plûpart le long du Gol-phe Persique. Ils ont pris leur Origine dans la Chaldée, & l'on tient que les anciens Sa-bis étoient Disciples de Zoroastre: en effet, ils en retiennent beaucoup d'opinions. Ces Sabis reçurent le Baptême de Saint Jean Bap-tiste, qui se répandit le premier dans le mon-de, à la Naissance du Christianisme. Ils fi-rent un mélange de doctrines Judaïques & Chrétiennes, à quoi ils ajoûterent depuis des réveries des Mahometans; ce qui a fait un composé étrangement ridicule, où il ne se trouve aucune suite ni liaison.

On tient communément qu'il faut distin-guer deux sortes de Sabis, les uns qui sont les Chrétiens de Saint Jean, dont je parle, & les autres qui sont Païens, à cause que tous les Auteurs Persans disent que Sabi se prend pour un Idolatre; & c'est ainsi en effet qu'il se prend dans l'Alcoran. Ces Sabis Païens habitoient, à ce qu'on prétend, la partie de la Chaldée la plus proche de l'Arabie, & gar-doient beaucoup de Rites tirez des Juifs. On veut même que ce soit delà que le nom de *Sabi* leur ait été donné, ce mot venant de *Sa-bieh*, qui en Hebreu veut dire *changeant la Re-ligion*. D'autres prétendent que le mot de *Sabi* vienne de *Saba*, qui est un nom de peu-ple & de Païs, & que ce soit ce Païs-là même d'où étoit cette *Balkis*, que l'Ecriture Sainte appelle *la Reine de Saba*, qui alla voir Salomon, & qui se maria avec lui, & en eut des Enfans, à ce que disent les Mahometans & les Juifs. Mais les Auteurs Persans appel-lent cette Reine la *Reine de Tayman*, qui est un Canton de l'Arabie heureuse; & le mot de *Saba* dans l'Histoire de Salomon ne signifie, comme je crois, que la partie du monde d'où cette Reine vint par rapport à Jerusalem, c'est-à-dire qu'il dénote l'Orient ou le Midi. Ainsi les Persans disent, *Bad-Saba & goul Saba, vent du matin, & fleur du matin ou de l'Orient*. Les Auteurs Mahometans disent, mais pour-tant avec peu de certitude, que les Sabis Païens subsistent encore, & qu'il en reste quelques uns sur les rivages de l'Euphrate & du Tygre, que leur créance & leur culte sont les mêmes que la créance & le culte des anciens Chal-déens: qu'ils reconnoissent un premier & su-prême Etre, qu'ils prient trois fois le jour, savoir au lever du Soleil, quand il est au Ze-nit, & quand il se couche, & qu'ils se tien-nent tournez vers le Septentrion en priant; qu'ils invoquent les Astres, & particuliére-ment le Soleil, & la Lune: qu'ils ont trois Carêmes, un de sept jours, un de neuf, & un de trente, & qu'ils s'abstiennent de plu-sieurs sortes d'herbages, & de quelques fruits. Ils ajoûtent que la Théologie de ces Gentils-là est remplie de sentences des anciens Philo-sophes, la plûpart des points & des questions roulant sur les vertus intellectuelles: qu'ils tiennent qu'il y a un Paradis & un Enfer, & que les Damnez après de longues peines ob-tiendront leur pardon par la misericorde de Dieu. C'est ce que disent les Persans touchant ces Sabis Gentils, mais quand on examine ce qu'ils en content, on trouve que tout cela n'est fondé que sur une vieille tradition, qui

appa-

apparemment est fausse; car quoi que j'aye voyagé avec assez de curiosité dans ces Païs-là, & fait du séjour dans les principaux endroits, je n'y ai point ouï parler de ces Idolâtres prétendus.

Pour les Sabis Chrétiens, qui sont plus connus, leurs principales Colonies sont sur la côte du Golphe Persique, & particuliérement au Païs d'*Havize*, qui est une partie de la Susiane des anciens, appellée aujourdhui *Chusistan*, à six jours de *Basra*. On compte-là environ quatre vingt familles de ces Sabis. Il y en a aussi aux Indes, à ce qu'on assure, répandus entre le Fleuve Indus, & le Golphe de Cambaye; mais je n'en ai vû aucun en tous les endroits des Indes où j'ai été, ni à Cambaye même. Quelques Auteurs appellent ces Sabis ici *Chrétiens Syriens & Babyloniens*, soit parce qu'ils entretenoient communion avec le Patriarche des Nestoriens, qu'on appelle le *Patriarche Chaldéen*, parce qu'il tient son siége à Babylone. Ils ont rompu cette communion depuis plus de deux cens ans: leur pauvreté & leur petit nombre les ayant fait mépriser par le Patriarche. Les Mahometans généralement les appellent *Sabi*, nous les appellons *Chrétiens de Saint Jean*, parce qu'ils font Jean Baptiste l'Auteur de leur créance, de leurs Rites, & de leurs Livres, & eux-mêmes se donnent le nom de *menday yaya*, c'est-à-dire disciples ou Sectateurs de Jean, qui est Jean Baptiste, ne connoissant point d'autre Saint de ce nom: c'est de même que ces Chrétiens répandus dans les Indes Orientales, le long des Côtes qui aboutissent au Cap de Comorin, surnommez *Chrétiens de Saint Thomas*, parce qu'ils ont été instruits dans le Christianisme, par l'Apôtre Saint Thomas, sans pourtant s'être formez sur le modelle des Chrétiens Orthodoxes. Les Sabis semblent tirer l'origine de leur Discipline de ces Juifs qui reçurent le Baptême de Jean Baptiste; car ils reçoivent tous ce Baptême tous les ans. Jean Baptiste est leur grand Saint, comme je le dis, ils n'en ont pas même d'autre que lui, & son pere & sa mere. Ils disent que son sepulchre est proche de *Chuster*, ville Capitale de la Province de *Chusistan*, où j'ai dit que le plus grand nombre des Sabis se sont retirez, & où ces bonnes gens prétendent que se trouve la source du Fleuve du Jordain. On ne peut pas au fonds les appeller Chrétiens; car ils ne connoissent pas Jesus-Christ pour fils de Dieu: ils le connoissent seulement comme fait l'Alcoran pour Prophete & pour l'Esprit de Dieu, & il est vrai-semblable, que c'est-là

qu'ils ont appris ce qu'ils en disent. La raison pour laquelle on les a nommez Chrétiens, c'est le respect qu'ils ont pour la figure de la Croix, qu'ils reverent jusqu'à l'Idolatrie, & dont ils font mille contes superstitieux & ridicules; par exemple, *que le monde est la croix, parce qu'il est divisé en quatre parties*, & autres sottises semblables. Les Prêtres Sabis portoient autrefois, à ce qu'on dit, une croix sur leurs habits Sacerdotaux. Pour moi je ne leur ai vû aucun habit avec des Croix. Leur habit Sacerdotal n'est qu'une chemise blanche, avec une maniére d'Etolle rouge. Ils ont perdu leurs anciens Livres sacrez, qui étoient en Syriaque. Le seul qu'ils ayent aujourdhui, est une Rapsodie de Fables, composée de contes des Juifs & des Mahometans. Ils l'appellent *Divan*, qui est le nom que les Mahometans donnent à leurs Recueils & à leurs ouvrages de Morale. C'est le Livre de leur Doctrine, & de leurs Mysteres.

Ce Livre fait *Dieu Corporel, ayant un fils qui est Gabriel*, & il fait aussi *les Anges & les Démons Corporels de l'un & de l'autre sexe, comme les hommes; ajoutant qu'ils s'allient & qu'ils engendrent*. Il porte que *Dieu créa le monde par le Ministere de l'Ange Gabriel; qu'il se fit aider de cinquante mille Démons; qu'il posa le Monde dans l'eau comme un balon qui flotte, que les Spheres Celestes sont entourées d'eau; & que le soleil, & la lune vognent, tout autour, chacun dans un grand navire*, ce qui est une réverie qu'on dit avoir été enseignée de la même maniere par Manés. Ce Livre fabuleux raconte de plus, *que la terre étoit si fertile au moment de la Création, que l'on cueuilloit le soir ce qui étoit semé le matin; que Gabriel enseigna l'agriculture à Adam; mais qu'ayant péché, il oublia ce qu'il en avoit appris, & ne pût en retrouver que ce que nous en savons*. Ils enseignent pour ce qui regarde l'autre vie, *que c'est un Monde comme celui-ci à l'égard de ce qu'il s'y voit, & de ce qui s'y fait; mais infiniment plus charmant & plus parfait: qu'il y a un jugement final, où deux Anges pesent les actions de tous les hommes; & qu'à l'égard des enfans, qui meurent avant l'âge de discrétion, il y a un lieu de délices où ils sont gardez jusqu'au jour du Jugement, & où ils croissent jusqu'à la perfection naturelle pour pouvoir rendre compte à Dieu*. Ce Livre promet un pardon final aux Sabis, les assurant qu'ils seront sauvez un jour après avoir souffert les peines de leurs péchez. Ce qu'ils ont de plus ressemblant aux Rituels des Chrétiens Orientaux, c'est le Caractere de Prêtre & d'Evêque, dont leurs Eccleclefiaftiques font revêtus. Leurs Prêtres & leurs Evêques viennent par fucceffion. L'Evêque préfente fon fils au peuple, qui l'élit, & qui enfuite le préfente à fon pere pour le confacrer. Le Prêtre de même préfente fon fils pour être Prêtre, & le peuple le meine à l'Evêque pour lui impofer les mains. D'autres qu'eux ne fauroient recevoir l'ordination, qui confifte en prieres, qui fe font durant fept jours fur celui qui doit être ordonné, lequel doit jeûner tout ce tems-là. Les Prêtres & les Evêques font obligez de fe marier, mais ce n'eft qu'avec des filles, & il faut être bien fûr, que ce foit une fille vierge; car autrement le fils qui naitroit d'une femme qui auroit connu d'autre homme que fon pere, perdroit le droit de fucceder à la Prêtrife après le pere. Ils gardent le Dimanche comme un jour facré, fans toutefois s'abftenir des chofes néceffaires & preffantes, quelles que ce foit; & ce jour-là eft le jour du Bâtême pour ceux qui ne l'ont pas reçû cette année-là; car ils le réïterent tous, une fois tous les ans, dans une fête qui dure cinq jours. Le Prêtre, qu'ils appellent *Cheik*, mot Arabe qui veut dire l'*ancien*, & qui eft le nom que les Mahometans donnent auffi à leurs Miniftres facrez; le Prêtre, dis-je, va avec eux fur le bord de quelque Fleuve, ou d'un ruiffeau courant, & les y bâtife, foit par afperfion, ou par immerfion, felon que le tems le permet. Le Bâtême fe fait au nom de Dieu feul, parce qu'ils ne connoiffent, comme j'ai dit, ni le Fils, ni le St. Efprit. Des Miffionaires Carmes, qui avoient été long-tems à Bafra, m'ont affuré de leur avoir ouï dire la Meffe. *Ils prennent*, me difoient-ils, *un petit gâteau, petri avec du vin & de l'huile, alleguant que comme la farine repréfente le corps, & le vin le fang, l'huile qui eft le fymbole de la Charité, repréfente le peuple : ils font de longues prieres fur ce gâteau, ils le portent après en proceffion, & puis ils le mangent.* C'eft-là ce que ces bons Peres appelloient dire la Meffe.

Le principal office de leur Religion, c'eft le facrifice d'une Poule. Le Prêtre feul la peut immoler. Il va fur le bord du fleuve, revêtu d'habits Sacerdotaux, il prend la Poule, & la lave dans l'eau pour la purifier, & puis il fe tourne vers l'Orient, & lui coupe le cou, qu'il tient toûjours ferme jufqu'à ce que la derniere goûte de fang en foit fortie, ayant cependant les yeux au Ciel & difant plufieurs fois cette priere: *au nom de Dieu que cette chair foit nette pour tous ceux qui en mangeront.* Il n'y a que les Prêtres qui puiffent

tuer des Poules, en quelque lieu que ce foit, cela eft défendu aux autres hommes, & encore plus aux femmes, qui font tenues pour impures dans cette Réligion-là.

Ils font, une fois l'année, un facrifice d'un Bellier, qu'ils immolent dans une Cabane, bâtie de grandes branches de palmier, laquelle ils purifient auparavant avec de l'eau, de l'encens, & des prieres. Ils ont des Jeûnes, mais non pas en fi grande quantité que les Chrétiens Orientaux. Ils font fcrupuleux fur l'immondicité, & fur la purification, autant prefque que les Juifs & les Mahometans, tenant pour fouillées les chairs que les Mahometans tuent, & les vafes dont ils fe font fervis, lefquels ils caffent s'ils font de terre, de peur qu'on ne s'en ferve après eux. Ils tiennent auffi que le cuir eft impur, parce que les Mahometans ont tué les bêtes dont il eft tiré, auffi ne fe fervent-ils point d'outres, ni ne boivent dans aucun vaiffeau de cuir.

Ils difent que leurs Ancêtres firent alliance avec Mahammed, qui leur promit de les laiffer vivre dans leur créance, dequoi il leur fit expedier un Contract, que fes premiers Succeffeurs obferverent, mais dont les fuivans n'ayant point fait de compte, mais au contraire s'étant mis à les perfecuter, ces Sabis furent contraints d'abandonner leur païs, & de fe retirer vers l'embouchure des Fleuves du Tygre & de l'Eufrate; c'eft pourquoi ils déteftent les Mahometans par deffus tous les peuples des autres Réligions, & parce que le vert eft la couleur facrée des Mahometans, eux la foulent aux pieds, comme pour la profaner autant qu'ils le peuvent.

Le Mariage fe fait de cette maniere-ci parmi ce Peuple. Le Prêtre, & les parens de l'Epoux, vont demander à l'Epoufe fi elle eft vierge. Si elle répond qu'elle l'eft, on l'en fait jurer, la femme du Prêtre la vifite, & va dépofer après de la Virginité de la fille. Enfuite, on la meine au Fleuve avec le futur Epoux. Le Prêtre les y bâtife, & les reconduit au logis de l'Epoux. Lors qu'ils en font à cinquante pas, l'Epoux prend l'Epoufée par la main, la meine à la porte de la maifon, & puis la remeine au même endroit où il l'avoit prife, & ainfi fept fois de fuite, après quoi ils entrent dans la Maifon. Le Prêtre les fait affeoir l'un près de l'autre, & leur joint la tête l'un contre l'autre, il lit cependant un long office. Après, il prend un livre de Divination, qu'on appelle *Faal*, c'eft-à-dire forts, ou *hazards*, afin d'y trouver le moment heu-

heureux pour la confommation du mariage, laquelle étant faite, les Parties vont à l'Evêque, où le Mari affirme qu'il a trouvé fa femme Vierge. Alors l'Evêque les marie lui-même en leur mettant des anneaux aux doigts, & en les bâtifant de nouveau. Mais s'il arrive que l'Epoux ne faffe pas ferment d'avoir trouvé fon Epoufe pucelle, il ne les marie point, il n'y a que le Prêtre qui en faffe la Ceremonie; & c'est la derniere infamie que de n'avoir pas été mariés par un Evêque; car cela veut dire qu'on a pris une femme deshonête. Ils ont plufieurs femmes, & n'en peuvent prendre que de leur race & Tribu. Leurs veuves ne fe peuvent remarier; mais auffi les hommes ne jouïffent pas du privilege de pouvoir répudier leurs femmes.

Les Chrétiens, ainfi proprement dits, qui habitent en Perfe, font partagez en differentes fectes. Les principaux font les Géorgiens, ainfi appellez du Païs de leur naiffance, qui eft l'Iberie des anciens, nommée à préfent *la Georgie*, dont la créance eft conforme au Rituel Grec, à quelques petites-differences près. Les Géorgiens font renfermez prefque tous dans leur Païs natal, & ils n'ont point d'exercice de Réligion ailleurs.

Après eux viennent les Armeniens, ainfi nommez du nom du Païs, dont ils font originaires, qui eft l'Armenie majeure & mineure. Ils font répandus dans toute la Perfe, & ils exercent leur Réligion publiquement dans les Provinces d'Armenie, de la haute & de la baffe Medie, de la Georgie, de Mazenderan, qui eft l'Hyrcanie, & de la Parthide. On tient qu'il y a quatre vingt mille familles d'Armeniens dans tout le Royaume. Il y en avoit davantage au fiécle précédent, mais le nombre en diminue toûjours.

Il y a vers Babylone des Chrétiens Neftoriens, & Jacobites, mais en fort petit nombre, & pour des Catholiques Romains, il n'y en a pas dix familles, fi je ne me trompe, dans tout le Royaume de Perfe, lefquelles ont quitté le Rite Neftorien & Jacobite, pour fe ranger à celui des Miffionnaires de l'Eglife Romaine. J'en dirai quelque chofe dans la Defcription d'Ifpahan, fur le fujet des Miffionnaires qui y réfident.

Il y a en Perfe, outre tous les Chrétiens dont je viens de parler, des Proteftans Europeans, qui font des Artifans engagez au fervice du Roi, mariez à des femmes du Païs, fans compter les Compagnies d'Angleterre & d'Hollande, defquelles j'aurai occafion de parler dans la fuite. Chacun de ces Etrangers, comme tous les autres, fervent Dieu chez eux à leur maniere en toute liberté; & généralement dans toute l'Afie il y a cela de raifonnable, de jufte, & de pieux, dans toutes les Réligions dominantes, & fur tout dans la Mahometane, qu'elles ne forcent perfonne de fe rendre aux Eglifes du Païs, & qu'elles permettent à chacun de fuivre les mouvemens de fa confcience, & de faire ce qu'il veut chez foi en particulier, fuivant les principes de fa Réligion.

Pour ce qui eft des Gentils qui font établis dans la Perfe, ce font des Indiens natifs. Il y en a prefque par tout le Royaume. L'on en compte dans la feule ville d'Ifpahan environ vint mille. On leur laiffe pratiquer leur culte avec liberté. Ils ont celle de brûler les morts, fans en être empêchez, en aucune maniere, ils ont auffi un Cimetiere pour ceux d'entr'eux de qui la croyance ordonne qu'on enterre les morts au lieu de les brûler. Ils ont pareillement des Chapelles autant qu'ils en veulent pour leur culte. Ces Indiens font attachez uniquement à la Marchandife, à la banque, & à l'ufure, à laquelle ils s'appliquent avec tant d'avidité, qu'en dixhuit ou vint mois, ils tirent le double de ce qu'ils ont prêté. C'eft pour cela qu'Abas le Grand n'avoit jamais permis qu'ils s'habituaffent dans le Païs, les connoiffant beaucoup plus fins & rufez que tous fes fujets à la banque & au trafic; mais fon Succeffeur *Cha Sephy*, gagné par leurs préfens, & feduit par fes Miniftres, qui avoient auffi été gagnez par la même voye, leur permit de s'établir dans le Royaume, ce qui pourra être avec le tems une des caufes principales de fa ruine; car ces Indiens, comme de vrayes fangfues, tirent tout l'or & tout l'argent du Païs, & l'envoyent dans le leur, de maniere que l'an 1677. que je partis de Perfe, on n'y voyoit prefque plus de bon argent; ces ufuriers l'avoient fait entierement difparoître.

VOYAGES

DE MONSIEUR

LE CHEVALIER CHARDIN,

Contenant

La Defcription de la Religion des Perfans.

PRÉFACE.

LA *Religion* des *Perfans* eft la même que la *Mahometane*, felon la *Sefte* ou l'*Interpretation* d'*Aly*, Coufin & gendre de *Mahammed*, & l'un de fes Succeffeurs à l'Empire ; & felon celles des douze *Imans*, qui font les douze premiers fucceffeurs d'*Aly*, & fes defcendans en droite ligne. Pour mieux entendre l'origine de cette *Sefte* d'*Aly*, il faut obferver que le jour que *Mahammed* mourut, cet *Aly* fon gendre, & *Aboubekre*, Beau-pere de *Mahammed*, prétendirent chacun lui fucceder. Leur different partagea tout ce grand Peuple, qui venoit d'être féduit par les fauffes fuggeftions du défunt. On difputa aprêment de part & d'autre; enfuite on en vint aux armes, & l'on donna des combats, mais le tout fans fuccès à l'égard de la competence ; la deftinée de cette divifion étoit de durer fans fin. Car premierement, *Aboubekre* étant mort, au bout de deux ans & demi, *Omar*, un des principaux Chefs de l'armée de *Mahammed*, prit fa place, & fes droits, qu'il fit fi bien valoir tant qu'il vécut, qu'*Aly* fut reduit fort à l'étroit, durant ce tems-là, qui fut de dix-années. Ce fut encore la même chofe pour lui, durant onze autres années, après la mort d'*Omar*, parce qu'un des parens du défunt, nommé *Ofman*, eut le crédit de fe faire proclamer Succeffeur de *Mahammed*, s'oppofant ainfi comme les autres, aux prétenfions d'*Aly*; lequel, pour le dire en un mot, eut encore tant de malheur pendant ce régne, que cent fois on l'auroit fait perir entierement, fans la confidération de fa femme, qui étoit reverée comme le fang du *Legiflateur* & *Fondateur*. *Ofman* étant venu à mourir, l'an 34. de l'*Ere Mahometane*, il ne fe trouva perfonne qui prétendît lui fucceder à l'exclufion d'*Aly*, ainfi les deux partis le reconnurent également pour Succeffeur de *Mahammed*, & Chef fouverain de l'Empire *Mahometan*. On eût dit alors que les partis étoient réünis parfaitement, mais point du tout. Dès qu'*Aly* fut mort, on les vit fe divifer de nouveau fur le même fujet de la fucceffion. Le fils aîné d'*Aly*, nommé *Hoffein*, prétendit que le droit lui en apartenoit, comme fucceffif. L'armée s'y oppofa, comme elle avoit fait auparavant, foutenant que la fucceffion étoit élective, & donna fes

suffra-

suffrages à un des Généraux, nommé *Mahuvié*, ce qui fut le sujet d'une nouvelle guerre entr'eux, & leurs successeurs, qui dura près de trois cens ans, mais qui ne fut pas
considérable d'ailleurs, par la foiblesse & par le malheur continuel des successeurs
d'*Aly*; de sorte qu'apparemment cette guerre ne seroit pas venuë à nôtre connoissance,
si la *Religion* ne s'en étoit point mêlée; mais d'abord on avoit eu soin de la mettre de
la partie comme un Agent animant pardessus tous les autres, & voici comment. Les
Dogmes de *Mahammed* étoient encore *brutes*, par maniere de dire, lors qu'il mourut.
Le livre de sa *Loi* n'étoit pas recueuilli, ni public; & l'on n'avoit point encore donné
le sens de ce qui s'y trouvoit d'indigeste, de rude, & d'incomprehensible. On con-
sulta *Aly*, & *Aboubekre*, pour en être instruit, comme ayant été tous deux les plus
intimes amis, & les plus fidéles confidens du *Legislateur*. Mais, comme ils étoient
opposez sur le droit de sa succession, ils ne pouvoient manquer de l'être sur l'*explication* des *sens* de sa *nouvelle Loi*. Ils se mirent l'un & l'autre à interprêter differemment
ces sortes de choses difficiles à entendre, qui sont en fort grand nombre; & leurs *Interpretations* devinrent une des prétensions du parti, de même qu'un des fondemens
de la guerre. De là sont nées les deux principales *Sectes* du *Mahometisme*: *Chia*, qui
est celle des *Persans*: *Sunni*, qui est celle des *Turcs*; lesquelles se sont encore subdivi-
sées en plusieurs rameaux, comme je l'observerai dans la suite. Or quoi que les *Points
controversez* entre ces *Sectes*-là ne s'entendent presque point sur le *Culte public*, ils n'ont
pas laissé d'animer les partis d'un zele ardent & cruel; qui dure depuis plus d'onze
siécles. Je raporterai dans la suite quels sont ces *Points controversez*; je dirai seulement ici que le principal est, que les *Turcs* tiennent *Aboubekre*, *Omar*, & *Osman*, pour
les légitimes Successeurs de *Mahammed*, & pour de bons & de saints Princes; & que
l'*Edition* & *Interpretation*, qu'ils ont donnée de l'*Alcoran*, est la vraye & la seule qu'il
faille suivre pour être sauvé; mais que les *Persans* tiennent ces trois Princes au contraire pour de méchans & tyranniques usurpateurs, & leurs *Interpretations* de l'*Alcoran*
pour fausses & hétérodoxes; tellement qu'on ne peut être sauvé qu'en tenant pour les
droits d'*Aly* & pour sa *Glose*.

Le mot *Persan*, qui signifie *Religion*, est *Mellet*, terme *Arabe*, qui vient d'un mot
qui signifie *nommer*, comme s'ils vouloient dire que la *Religion* est un terme de *dénomination* entre les hommes. Il signifie aussi *Secte*.

Les *Mahometans* appellent leur *Religion*, *Islam*, nom indéclinable, qui signifie *soumission aux Commandemens de Dieu*, & ceux qui la professent, *Eelislam*, comme qui
diroit, le *peuple fidelle*. Mais le nom ordinaire, qu'ils se donnent, est *Muselmoon*,
que nous prononçons *Musulman*, c'est-à-dire *arrivé au Salut de SALEM*, terme qui en
presque toutes les langues de l'*Orient* signifie *paix*, & aussi *salut* comme qui diroit les
sauvez; en quoi ils n'entendent pas cela du salut éternel, mais de la vie temporel-
le. C'est qu'au commencement du *Mahometisme*, cette *Religion* plus cruelle & sangui-
naire encore qu'elle ne l'a été depuis, ne faisoit point de quartier à la guerre, qu'à
ceux qui l'embrassoient en faisant la *Profession* accoutumée, en ces mots: *Il n'y a point
d'autre Dieu que Dieu & Mahammed est son Prophete*; & lors que quelqu'un, pour
éviter la mort, faisoit cette *Profession* de foi, on croit *Muselmoon est*, *il est arrivé au
salut*. Cela fait voir que ce terme ne signifie pas *vrai croyant*, comme la plûpart des
Relations le portent. Quant au terme d'*Islam*, les *Persans* assurent que c'est *Mahommed* qui a donné ce nom à leur *Religion*. Les *Chrétiens Orientaux* ont fait de ce terme
d'*Eelislam*, celui d'*Islamisme*, qui est pourtant un terme barbare parmi les *Mahometans*. Les *Juifs*, en haine de cette fausse *Religion*, que quelques uns de leurs *Docteurs*

teurs ont qualifiée du titre de *Transfuge du Judaïsme*, ont transposé les Lettres de ce mot d'*Islamisme*, & en ont fait celui d'*Ismaëlisme*, pour dire que c'étoit la *Religion* de cette race réprouvée d'*Ismaël*. Mais les *Mahometans*, bien loin de se faire un deshonneur de cette appellation d'*Ismaëlisme* s'en font un honneur; difant que comme *Mahomed* tire son origine d'*Ismaël* en droite ligne succeffive, l'*Islamisme* eft une reftauration & un accompliffement de la *Religion d'Ismaël*, qui étoit celle d'*Abraham* fon pere. Les *Mahometans* bâtif- fent là-deffus ce que je vais dire, favoir, ,, qu'*Adam* reçut de *Dieu* immediatement la ,, *Religion* toute entiere, c'eft-à-dire, la créance & le culte, & qu'elle fut tranfmife ,, de lui à *Abraham* de main en main, ou par tradition; qu'en *Abraham* elle fut fé- ,, parée en deux branches, dont l'une s'étendit dans la race d'*Ifaac*, qui font les *Juifs*, ,, & l'autre entre les defcendans d'*Ismaël*, qui font les *Arabes*, gardant pourtant d'af- ,, fez grandes reffemblances pour reconnoître que ces branches fortent d'un même ,, tronc. Ces reffemblances, difent-ils, étoient premierement, la *Purification*, le ,, *Jeûne*, le *Pelerinage*, le *Keblah*, mot qui fignifie la *partie* vers laquelle il faut être ,, *tourné en priant*. Les *Juifs* fe tournoient vers *Jerufalem*, les *Arabes* vers la *Mecque*, ,, & la feconde reffemblance étoit la *Perfecution paffive*, c'eft-à-dire, que comme la ,, *Religion Judaïque* fut perfecutée par *Pharaon*, & depuis lui par divers Peuples, & ,, divers Princes, jufqu'à *Aman* inclufivement; la *Religion Ifmaëlitique* le fut par les ,, *Affyriens*, & par les autres peuples *Idolatres*. La difference, pourfuivent-ils, qu'il ,, y avoit entre ces deux *Religions* de même origine; c'eft que celle des *Juifs* étoit ,, connue, ftatuée, & déclarée, & que l'autre étoit occulte & incertaine; que celle-là ,, étoit enfeignée par des *Prophetes* que *Dieu* envoyoit & infpiroit de tems en tems, ,, & que celle-ci s'entretenoit par la feule *Tradition*, la profonde connoiffance n'en ,, ayant apartenu qu'à peu de gens, jufqu'à ce que *Dieu* envoya *Mahammed*, (c'eft ,, ainfi que ces Infidéles ont le front de s'exprimer) qui redigea la *Religion* dans les ,, *Idées* & dans les *Cultes* véritables, dont les autres *Religions* dans les tems précedens, ,, qui étoient des tems d'ignorance, n'avoient été que des crayons & des ébauches ,, mal formées. Vous obferverez que c'eft une de leurs vaines prétenfions, & de leurs ,, expreffions faftueufes, d'appeller *tems de l'ignorance*, le tems qui a coulé avant la ve- ,, nue de leur faux *Prophete*.

Mais lors qu'on aura bien confideré la *Religion Mahometane*, on trouvera qu'elle n'eft pas tant une *branche* de la *Religion Judaïque*, comme elle en eft la *déprédatrice*, pour me fervir de ce mot, qui la fait reparoître à la faveur d'une nouvelle décoration. On y trouve en effet prefque tout le *Judaïfme*, au lieu qu'on y trouve peu de chofe des autres *Religions*, & qu'on n'y trouve rien qui puiffe être dit nouveau, ou qui lui foit propre & particulier, comme on le verra dans ce que je vais en raporter.

Les *Catechifmes* des *Perfans* ne s'accordent pas fur le nombre des *Commandemens* de la *Loi morale*, ni fur le nombre des *Articles* de leur *Symbole*, parce que cela n'eft point décidé. Ils mettent communément les *Commandemens* au nombre de *fept*, favoir, 1. De ne donner point de Compagnon à Dieu. 2. De ne tuer point. 3. D'honorer Pere & Mere. 4. De ne prendre point le bien d'autrui. 5. De ne tomber point dans la Sodo- mie. 6. De ne toucher point la femme de fon prochain. 7. De ne toucher aucune femme libre, fans l'époufer par contrat auparavant. Pour le Symbole, ceux qui le compofent de plus d'*Articles*, y en mettent *dix*, *cinq* qu'il faut croire, & *cinq* qu'il faut prati- quer. Les cinq Points de Foi font 1. Maharefet Koda, la connoiffance de Dieu. 2. Add- let Koda, la juftice de Dieu. 3. Nebouët, la Prophetie. 4. Imamiet, la Succeffion, ou Lieutenance. 5. Mahad, la Refurrection. J'ai voulu mettre les termes propres pour la la satisfaction des *Doctes*. Les *cinq Points de Pratique*, font 1. *La Netteté corporelle*. 2. *La Priere*. 3. *L'Aumône*. 4. *Le Jeûne*. 5. *Le Pelerinage*. Il faut observer qu'encore que les *Perfans* faffent leur *Symbole* de tant d'*Articles*, prefque tous les *Docteurs* croyent que pour être de la *Communion Mahometane*, il fuffit de croire en *Dieu*, à *Mahammed*, & à *Aly* ; mais que pour être du nombre des *Fidéles*, il faut croire les *cinq Points de Foi*, & garder ces *cinq Points de Pratique* que je viens d'expofer. Ils diftinguent ordinairement entre *être Mahometan*, & *être Fidéle*, *Mufulman eft*, *moumen nift*, difent-ils ; *Il eft Mahometan*, *mais il n'eft pas Fidele*.

J'ai dit que ceux qui font le *Symbole* de plus d'*Articles*, y en mettent *dix* : communément on n'y en met que *fept* ; *deux de Foi*, qui font de confeffer qu'il n'y a qu'un *Dieu*, & que *Mahammed* eft le *Meffager de Dieu* : & *cinq d'obfervation* ; qui font, comme je viens de le raporter, les *Lavemens corporels*, la *Priere*, l'*Aumône*, le *Jeûne*, & le *Pelerinage*. Tous les *Mahometans* univerfellement croyent ces *fept Points d'inftitution Divine* ; & ils raportent que *Mahammed* lui-même recita un jour ce *Symbole* à l'Ange *Gabriel*, qui s'étant apparu à lui, fous l'habit d'un *Arabe*, & lui ayant demandé en quoi confiftoit la *Religion* qu'il enfeignoit, il répondit : *en ce que tu confeffes*, 1. *qu'il n'y a point d'autre* Dieu *que* Dieu : 2. *que* Mahammed *eft l'Apôtre envoyé de* Dieu: 3. *que tu obferves les* Purifications *corporelles*: 4. *que tu pries* Dieu *aux tems marquez*: 5. *que tu donnes l'Aumône aux pauvres*: 6. *que tu jeûnes le mois de* Rahmazan *tout entier*: & 7. *que tu ailles en* Pelerinage *au Temple de la* Mecque *fi tu en as de moyen*; *Symbole*, ou *Sommaire*, qu'ils difent que *Gabriel* approuva fort. La *Secte* des *Perfans* a ajouté un Article à ce Symbole, touchant le *Vicariat* & la *Succeffion* immédiate d'*Aly*, lequel Article elle a joint aux *deux Points de Foi*; car voici comme elle fait faire la *Profeffion* de fa *créance* aux *Profelytes* : *Témoignage que nous rendons de* Dieu; *il n'y a point d'autre* Dieu *que* Dieu; Mahammed *eft le Prophete de* Dieu; Aly *eft le Vicaire de* Dieu.

Puis que ces *huit Points*, ou *Articles*, font le *Sommaire* de la *Religion Perfane*, c'eft-à-dire, tout ce qu'elle commande de croire & de pratiquer, je me réglerai fur cette divifion, en traitant en *huit Chapitres* ces *huit Articles*-là, dans le même ordre qu'on vient de les raporter. Je ne dirai rien qui ne foit pris des principaux *Théologiens* de cette *Secte*, que je ne ferai même le plus fouvent que traduire mot pour mot.

Il reftera après à traiter de quelques autres *Points* de cette fauffe *croyance*, comme de celui de fes *Fêtes*, par exemple; mais je me referve à le faire dans le cours de mon *Voyage*, à mefure que l'occafion s'en préfentera.

CHAPITRE PREMIER.

Du premier Article du Symbole des Perfans.

IL N'Y A POINT DE DIEU QUE DIEU.

E *Symbole* ne commence pas immédiatement par ces mots-là ; il y a auparavant ceux-ci, *Eched an alla*, qui fignifient *Témoignage en* Dieu, ou *Témoignage que l'on rend de* Dieu, comme qui diroit *Confeffion* ou *Profeffion de Foi*. Nous avons obfervé que la *Religion Mahometane* eft prefque toute fortie de la *Religion Judaïque* ; & comme la chofe n'a pas befoin d'être prouvée exprès, parce qu'elle eft trop évidente, je me contenterai de le marquer aux principaux endroits. Celui-ci en eft un; car les *Mahometans* ont affurément pris des *Juifs* ce *Titre* ou cette *Infcription* de leur *Religion*. Les *Juifs* appellent les *Tables de la Loi*, le *Témoignage*, & rendre

Té-

Témoignage fignifie parmi eux, *embraffer leur Religion.* Les *Mahometans* s'expriment tout de même fur ce fujet, & c'eft de là qu'ils appellent les *Martyrs, Chehid,* c'eft-à-dire *Confeffeur,* où *Témoin.* Ces mots, *Témoignage en Dieu,* ne font proprement que le *Titre* du *Symbole;* & cependant, on les tient fi effentiels, qu'on ne les peut omettre dans la *Priere,* & dans les autres *actes* de *Religion,* quoi qu'on le puiffe faire, lors qu'on recite la *Profeffion de Foi,* par forme d'*Exclamation,* & d'*Ejaculation,* comme cela leur arrive à toute heure; ou par maniére de recit, & dans les autres rencontres de la vie civile. La raifon qu'ils donnent de ce qu'ils mettent ainfi toûjours le *Titre* de la *Profeffion de Foi* dans le corps de la *Profeffion* même, c'eft que l'Ange *Gabriel* donna le *Symbole* dans cet état-là à *Mahammed,* l'ayant reçu de *Dieu* de la même maniére. Je viens maintenant aux paroles de la *Profeffion*; *Il n'y a point de Dieu que Dieu.*

Les *Mahometans* font affurément à cet égard les plus grands *Deiftes* de tous les hommes. Ils confeffent & adorent un feul *Dieu,* Créateur du Ciel & de la Terre, avec les mêmes notions fur l'*unité de Dieu* que les *Juifs*; auffi eft-il clair que le premier *Article* de leur *Confeffion de Foi* eft tiré de ces mots divins qui fe lifent en tant d'endroits du *Vieux Teftament,* l'Eternel nôtre *Dieu,* eft le feul Eternel. Ils difent là-deffus que c'eft un blafphème de parler à *Dieu,* ou de *Dieu,* au nombre *plurier,* comme de dire, *vous Seigneur,* parce que ce mot *vous* fignifie une *pluralité,* au lieu qu'il n'y a en *Dieu* qu'une très-fimple *unité*; auffi difent-ils toûjours en leurs *Prieres, tou,* c'eft-à-dire, *toi.* Ils infiftent non feulement fur l'*unité* d'une *Divinité,* contre les *adorateurs* de plufieurs *Divinitez,* mais auffi fur l'*unité* & *fimplicité* d'une *Perfonne* dans l'*Effence Divine,* contre nous autres *Chrétiens,* qui fommes inftruits par la *Revelation* à adorer la *Trinité* dans l'*Unité.* On trouve par tout dans leurs *Livres,* foit *Scholaftiques,* ou de *Dévotion,* que lors qu'ils parlent de *Dieu,* ils ajoûtent ces termes groffiers, *Qui n'engendre, ni n'eft engendré, qui n'a ni Femme, ni Fils;* & quand nous leur voulons repréfenter qu'en parlant du *Fils de Dieu,* nous ne voulons fignifier autre chofe que le terme d'*Intelligence,* ou de *Verbe,* ils oppofent toûjours que ces termes-là ne font que des *précifions d'entendement*; que la *Divinité* eft un *Etre fi fimple,* qu'il ne peut recevoir de *compofition,* & que toutes ces *Theories* font prifes de l'*Etre créé,* qui n'a aucune *proportion* avec l'*Etre in-*

créé. Mais c'eft ici le lieu de voir comment les *Perfans* traitent cette matiere dans leu *Théologie,* & pour y proceder avec methode, il faut dire auparavant un mot de leur *Théologie* même.

Les *Perfans* appellent la *Théologie Elm Elay,* c'eft-à-dire, *la Théorie de Dieu,* & ils la definiffent une *Science* par laquelle on eft rendu propre & capable à prouver & à confirmer les *Confeffions de la Foi,* en aportant des preuves qui en appuyent la verité, & qui en refolvent les doutes.

Ils diftinguent la *Théologie Scholaftique,* en *fpeculative,* & en *pratique,* laquelle *Théologie pratique* eft une feule & même chofe avec la *Jurifprudence,* ou la *Science du Droit,* comme je l'ai obfervé ailleurs.

Ils font encore une autre divifion de la *Théologie Scholaftique,* la reduifant en quatre *points,* qu'ils appellent les quatre *bases,* ou *fondemens.* Le premier traite des *attributs de Dieu,* & de l'*unité* de fon *Effence* dans fes *attributs.* Le fecond regarde le *Decret Divin.* Le troifiéme les *Promeffes* & les *Menaces de Dieu*; & dans ce point ils font entrer tout ce qui concerne la *Révelation,* & ce qui regarde la *Repentance.* Le quatriéme point, qui eft proprement la *Morale,* eft intitulé, de l'*Ouie* & de l'*Intelligence* dans les matieres de *Religion*; c'eft-à-dire, jufqu'où ils font capables de juger des *myftéres Divins*; comme, par exemple, de l'envoi des *Prophetes,* de la *reprobation* des infidéles & des méchans, du *Jugement final,* de la vie, ou de la *conduite de l'homme,* pour favoir quand elle eft digne de loüange ou de blâme, de recompenfe ou de peine, en l'examinant fur les préceptes de la *Loi de Dieu.*

Leurs *Théologiens* ont produit diverfes *Sectes* par leurs differens *fentimens* fur l'*unité de Dieu,* & fur fes *attributs,* fur le *Decret Eternel,* & fur le *Jugement final,* fur les *Promeffes,* & fur les *Menaces.* L'on en compte fix principales, qui ne font connues que des *Savans,* parce qu'elles ne different que fur ces points *Scholaftiques.* Les *Manichéens* & les *Sabelliens,* qui fe mêlerent parmi les premiers *Mahometans,* corrompirent fort leur *Théologie* fur le fait des *attributs Divins,* de même qu'ils l'avoient mortellement infectée fur le point de la *Trinité des Perfonnes dans l'Effence Divine*; car on prétend que les premiers Docteurs *Mahometans* attribuoient la *Divinité* à nôtre Seigneur *Jefus-Chrift,* ou une communication de *Divinité*: & veritablement, l'*Alcoran* même s'exprime toûjours d'une maniere fi indéfinie en

par-

parlant de *Jefus-Chrift*, c'eſt-à-dire, avec tant de doute, ou d'équivoque ſur ſa nature, qu'on peut juger que ſon perfide Auteur n'en faiſoit jamais un *Prophete* comme les autres à l'égard de ſa nature, ſans en ſentir du remords. Quand il l'appelle en un endroit *fils de Marie*, il l'appelle peu après le *Verbe* & l'*Ame de Dieu*.

Les differens qu'il y a preſentement entre les *Théologiens Perſans* ſont ſeulement ſur les *attributs*. Il y en a, qui penſant que de reconnoître qu'il y a des *attributs* en *Dieu*, c'eſt induire une *multiplicité* dans ſa très-ſimple Eſſence, n'admettent point la diſtinction des *attributs* d'avec l'*Eſſence*; j'entens non ſeulement les *Notionaux*, qui regardent les *Perſonnes Divines*, mais auſſi les *Eſſentiels*, diſant, par exemple, que ce que *Dieu* ſait, il le *ſait* par ſon *Eſſence*, & non par ſa *Science*, & que ce qu'il *peut*, il le *peut* par ſon *Eſſence*, & non par ſa *Puiſſance*; mais, ceux qui s'expriment de la maniere oppoſée, ſont en ſi grand nombre, qu'on peut dire que c'eſt là le *ſentiment univerſel des Docteurs Perſans*.

Voici comment ils s'expliquent ſur l'*Etre Divin* dans leurs *Livres de Théologie*.

„ Gloire ſoit à *Dieu*, qui a créé toutes cho- „ ſes, qui les conſerve, & qui les rétablit; „ qui execute tout ce qu'il veut, qui poſſede „ un Trône de Majeſté, & une force excel- „ lente, qui dirige ſes vrais & fidéles Servi- „ teurs dans une voye Royale, & par de Sen- „ tiers Droits & non tortus, & qui leur fait „ la grace qu'après qu'ils ont fait *Confeſſion* „ de ſon *Unité*, il préſerve & garde leurs *Con- „ feſſions* des ténébres de l'erreur, du doute, „ & de l'incertitude, & il les conduit ſi droit „ dans le bon chemin qu'ils ſe mettent à ſui- „ vre ſon ſerviteur *Mahammed*, ſon *Envoyé* „ & ſon *Ambaſſadeur*, & les très-honorables „ Héritiers & Succeſſeurs de *Mahammed* après „ lui, leſquels il a honorez de ſa protection „ & de ſon illumination, leur ayant manifeſté „ ſon *Eſſence*, ſes œuvres, & ſes qualitez ex- „ cellentes; choſes hautes & ſublimes, aux- „ quelles il n'y a que celui qui eſt apris par „ l'ouïe, qui puiſſe atteindre ou y rien com- „ prendre. Or ce ſont eux qui nous enſei- „ gnent à ténir diſtinctement & expreſſement „ ce qu'il faut poſer de l'*Eſſence de Dieu* très- „ haut, & ce qu'il en faut exclure.

„ Quant à la *Profeſſion poſitive*, ils nous en- „ ſeignent que *Dieu* eſt *Unique*, ſans avoir de „ *Compagnon*; ſingulier, ſans avoir de ſembla- „ *ble*, *diſtinct*, ſans avoir d'*oppoſé*; qu'il eſt „ tellement *premier*, qu'il n'y a point eu d'au-

tre Etre *avant lui*: tellement *ancien*, qu'il „ n'a point de *commencement*: tellement *E- „ ternel*, qu'il n'y aura *nul après lui*: telle- „ ment *Durable*, qu'il n'aura point de *fin*; „ qu'il eſt *permanent*, & ne *ceſſe point d'être*; „ qu'il *dure toûjours*, & ne *défaut jamais*; qu'il „ n'a *jamais ceſſé*, & ne *ceſſera jamais* d'être, „ ni d'être doué de qualitez glorieuſes, com- „ me n'étant point ſujet à aucun *Décret*; de „ maniére qu'il dût, ou qu'il pût finir à cer- „ tain terme précis, par une *fin* ou *ceſſation* de „ *cauſe*, ou par *coupure* & par *retranchement*; „ mais qu'il eſt le *premier* & le *dernier*, qu'il „ eſt *dedans* & *dehors*.

„ Quant à la *Profeſſion negative*, qui con- „ tient ce qu'il faut exclure hors de l'*Eſſence „ Divine*, c'eſt-à-dire les choſes qui ne ſe di- „ ſent, point de *Dieu*. Ils nous enſeignent „ de même que *Dieu* eſt *élevé* au deſſus de „ toutes les choſes ſenſibles: qu'il n'eſt point „ *un Corps* doué de force; qu'il n'eſt point „ une *Eſſence circonſcrite* de lieu, de bor- „ nes, & par des termes, & definie par quel- „ que meſure; ni qu'il n'eſt point *ſemblable „ aux Corps*, qui ſont ou meſurables ou di- „ viſibles: qu'il n'eſt point une *ſubſtance*, & „ qu'il n'y a en lui aucune *ſubſtance exiſtan- „ te*: qu'il n'eſt point non plus un *accident*: „ que *Dieu* n'eſt point pareillement ſembla- „ ble à *aucune des choſes qui exiſtent*; ni qu'il „ n'y a *aucune des choſes exiſtantes*, qui lui „ reſſemble: qu'il n'eſt ni déterminé par la „ *quantité*, ni compris par des *limites*, & me- „ *ſures*: ni n'a de *ſituation* qui ſoit enfermée „ par des *differences*: ni n'eſt *enclos*, ou *com- „ pris* par les *Cieux*; qu'il eſt *aſſis* ſur le *Trô- „ ne Eternel*, de la ſorte que lui-même ſait, „ & qu'il a déterminée, & en la maniére que „ lui-même entend, & qu'il a voulu; mais „ d'une *ſeance* toutefois, qui eſt très-éloignée „ de dénoter aucun *attouchement*, ou *poſition*, „ ou *ſituation locale*, ou *exiſtence en un lieu*, „ ou en *une choſe*, ou *aucun mouvement local*; „ de maniére que le *Trône Eternel de Dieu* ne „ le porte & ne le ſoûtient pas; mais que c'eſt „ lui qui porte & qui ſoûtient le *Trône*, & „ que tout ce qui eſt *au deſſus* & *au deſſous* de „ lui, eſt ſoûtenu de ſa bonté & de ſa puiſſan- „ ce, par une *ſuſpenſion* conſéquentielle & „ ſubordonnée de ſa main; que *Dieu* étant „ ſur le *Trône*, eſt en même tems ſur *toutes „ les choſes* juſqu'aux confins de la *Terre*, & „ cependant, qu'il eſt de telle ſorte ſur tou- „ tes choſes, qu'il n'y a rien *de plus proche* du „ *Ciel* & de ſon *Trône* que lui-même: qu'ainſi, „ *Dieu* étant ſur ſon *Trône* eſt cependant *élevé*

„ par

„ par des degrez infinis *au deſſus de ſon Trône*,
„ de la même maniére qu'il eſt élevé infini-
„ ment *au deſſus de la Terre*; & eſt cependant
„ *proche de toutes choſes*, oui même *plus pro-
„ che des hommes que leurs veines jugulaires*,
„ de maniére qu'il eſt *préſent* & qu'il *aſſiſte*
„ à toutes choſes, comme un *témoin* choiſi,
„ & appellé à cela; parce que la *préſence in-
„ time & prochaine de Dieu*, n'eſt pas ſembla-
„ ble à la *préſence prochaine & intime des
„ corps*: pareillement que *Dieu n'exiſte en au-
„ cune choſe*, ni qu'aucune choſe *n'exiſte en
„ Dieu*, qu'il eſt trop *élevé* pour être *contenu
„ du lieu*, comme il eſt trop *ſimple* pour être
„ *déterminé par le tems*, vû qu'il eſt avant que
„ les *tems* & le *lieu* fuſſent créez, & que néan-
„ moins, il *eſt* maintenant de la même ma-
„ niére qu'il a toûjours *été*, étant diſtinct &
„ differentié de ſes *Créatures* par ſes proprie-
„ tez: d'ailleurs qu'il n'y a dans l'*Eſſence de
„ Dieu* autre que *Dieu*, comme il n'a ſon
„ *Eſſence* en autre qu'en lui, étant auſſi par
„ ſa *pureté*, & par ſa *ſimplicité*, exempt de
„ changement & de mouvement local. De
„ plus, qu'il n'exiſte en *Dieu* aucuns *acci-
„ dents*, & qu'il ne ſurvient point en lui au-
„ cuns fortuits *accidens*, mais qu'il eſt vrai
„ que dès tous les ſiécles *Dieu* eſt exempt de
„ *diſſolution*, & de tout *danger* & d'aucune
„ *poſſibilité* de *diſſolution*: Qu'à l'égard des
„ *Attributs de ſa gloire*, de même qu'à l'égard
„ des *attributs de ſa perfection*, il n'a beſoin
„ d'aucune augmentation, & qu'il eſt impoſſi-
„ ble qu'il lui en ſurvienne, & que pour ce
„ qui eſt de ſon *Eſſence Eternelle*, c'eſt une
„ choſe vraye & ſûre, que *Dieu* exiſte par ſa
„ *compréhenſion*, & par l'*acte de ſon entende-
„ ment*; qu'il ſe voit tel qu'il eſt en lui-mê-
„ me, par la *viſion de ſes yeux*, en la même
„ maniére que ſes *Saints* le verront au ſiécle
„ futur, par le miſericordieux *don de ſa gra-
„ ce*; parce que leur joye & leur felicité ne
„ ſeront renduës parfaites, que par le *regard
„ intérieur de la perfection de Dieu*, & de ſa
„ *face glorieuſe*.

„ Pour ce qui eſt des *Attributs de Dieu*, il
„ faut croire & confeſſer; quant à la *Puiſſan-
„ ce*, que *Dieu* eſt *Vivant, Puiſſant & Fort*,
„ étant plus *Puiſſant* ſeul que tous les *Etres
„ ſenſibles*; & que dans la *toute-puiſſance de
„ Dieu*, comme il n'y a rien qui y manque,
„ il n'y a rien auſſi à deſirer, rien à ajoûter:
„ que *Dieu* n'eſt jamais ſaiſi de *ſommeil* ni du
„ *dormir*; qu'il n'eſt ſujet ni à l'*indiſpoſition*,
„ ni à la *mort*; qu'à lui apartient le *règne*, la
„ puiſſance, la *force* & l'*empire* aux ſiécles des

ſiécles; qu'il a de *droit*, & de *fait*, l'exer-
„ cice de la *Domination*, & de la *Victoire*, de
„ la *Création*, & du *Commandement*: que c'eſt
„ par la *vertu de ſa dextre* que les *Cieux* ſont
„ déployez, & par le *mouvement de ſa main*,
„ que toutes les *Créatures* executent ſes *vo-
„ lontez*: que comme il a manifeſté ſon *Ex-
„ cellence* en créant, formant, & produiſant
„ les *ſubſtances corporelles*, de même il a ma-
„ nifeſté ſon *Unité*, en donnant l'*exiſtence* &
„ l'*origine*: qu'il a créé les hommes & les *actions*,
„ & qu'il a déterminé leurs *bornes* & leurs
„ *termes*: que, quoi que ſa *main* ſoit trop
„ *puiſſante* pour s'abaiſſer à rien faire de ce
„ qui eſt poſſible aux *Créatures*, c'eſt pour-
„ tant de la *puiſſance de ſa main* que dépend le
„ changement de quelque choſe que ce ſoit:
„ que tout ce qui tombe ſous ſa *Puiſſance* ne
„ ſe peut non plus compter, que tout ce qui
„ dépend de ſa *Science* ne ſauroit être déter-
„ miné.

„ Quant à la *Science*, que *Dieu* ſait tout ce
„ qui tombe, & qui ſauroit tomber dans ſa
„ *connoiſſance*, & qu'il comprend tout ce qui
„ arrive dans tous les endroits de la *Terre*,
„ depuis chaque endroit de la *Terre*, juſqu'au
„ *Ciel*, au dernier & plus haut *Ciel*; de ſor-
„ te qu'il n'y a rien qui n'entre dans ſa *Scien-
„ ce*, ſoit ſubſtance, ſoit accident, ſoit choſe
„ quelconque, quand elle ne peſeroit pas
„ l'*Atome d'une fourmi*, tant au *Ciel* que ſur
„ la *Terre*: que *Dieu* connoit dans la plus
„ obſcure nuit la *fourmi la plus noire*, qui ſe
„ trouve dans les caſſures ou fentes du plus
„ dur rocher, qu'il entend parfaitement tout,
„ & chaque mouvement des *Atomes* quel qu'il
„ ſoit, qui arrive dans l'air; qu'il connoît
„ pleinement *tout ſecret*, & les choſes les plus
„ cachées, & qu'il voit à plein les *premières con-
„ ceptions de l'entendement*, les naiſſantes *re-
„ préſentations de la fantaiſie*, les *agitations des
„ penſées*; les *ſoulevemens des paſſions*, les *pen-
„ tes & les inclinations des apetits*, les *ſecretes
„ fineſſes des intrigues couvertes*; & cela, non
„ par une *Science* nouvelle qui arrive dans le
„ tems, & qui ſurvienne à ſon *Eſſence*; par
„ attachement, ou par tranſlation, mais d'u-
„ ne *Science*, Ancienne, Eternelle, ſure, &
„ immuable, pareille à ſon *Eſſence* en infail-
„ libilité & en perpetuité.

„ Quant à la *Volonté*, que *Dieu* veut *tout
„ ce qui eſt*, & *tout ce qui arrive*, & qu'il
„ *diſpoſe* pleinement de *toutes les choſes* qui ar-
„ rivent & qui ſont produites de nouveau;
„ leſquelles auſſi ſont produites en execution
„ de ſa *Volonté première & ancienne*, de ſorte
„ qu'il

R r 3

„ qu'il n'arrive rien au monde, foit bien, foit
„ mal, foit petit, foit grand, foit bas foit haut,
„ foit peu, foit beaucoup, foit agréable, foit fâ-
„ cheux, rien qui naiffe de fidelité, ou d'infi-
„ delité, rien qui regarde la Science, ou l'igno-
„ rance, rien dont il s'enfuive génération, ou
„ corruption, rien qui emporte augmentation,
„ ou diminution, rien qui parte d'obéiffance ou
„ de rebellion, finon par fon Confeil, & par
„ Décret déterminé, & réfolu par fon ordre &
„ par fa volonté abfolue. De plus, que tout ce
„ que Dieu veut, c'eft précifément ce qui
„ arrive & qui eft; de même que tout ce qu'il
„ ne veut point eft juftement tout ce qui n'ar-
„ rive, & qui n'eft point; de forte, que pas
„ même un clin d'œuil ne fe fait, fans qu'il
„ veuille qu'il fe faffe, ni aucun mouvement
„ de la penfée, pour fi leger, & pour fi inob-
„ fervé qu'il foit: que Dieu eft celui qui a
„ donné le commencement aux chofes, qui
„ les a faites la première fois, qui les doit
„ rétablir un jour, qui leur fait effectuer &
„ produire tout ce qu'il veut; tellement qu'il
„ n'y a perfonne qui puiffe refufer ou retarder
„ l'execution de fon intention, ni retenir fes
„ volontez, ni fufpendre fes Décrets, ni dé-
„ cliner de fes ordres, en quelque forte, ni
„ en quelque fens que ce puiffe être; parce
„ qu'il n'y a point d'endroit dans la Nature,
„ tant corporelle, qu'intellectuelle, où l'on
„ puiffe être rebelle à Dieu; de même qu'il
„ n'y a point d'azile pour l'homme vers qui,
„ ni vers quoi que ce foit, autre que la pitié &
„ la miféricorde de Dieu même; non plus qu'il
„ n'y a aucune puiffance en l'homme de rendre
„ obéiffance à Dieu, finon cette puiffance qu'on
„ obtient de fon amour & de fa volonté; de
„ manière, que quand d'un même defir, &
„ pour une même fin, s'affembleroient les
„ Hommes & les Efprits, les Anges & les
„ Diables, pour faire qu'un Atome fe remuât
„ où fe repofât fans le concours de la Volonté
„ de Dieu, ils ne le pourroient le moins du
„ monde.

„ Que parmi tout cela, la Volonté de Dieu
„ eft fubfiftante dans fon Effence, avec fes au-
„ tres attributs, tellement qu'il n'y a eu au-
„ cun tems auquel fa Volonté n'ait été l'un de
„ fes attributs Glorieux, c'eft-à-dire qu'il a
„ voulu de toute Eternité que les chofes exif-
„ taffent dans le tems, & que ce foit ces
„ chofes-là même, & ces chofes-là feulement
„ qu'il avoit ainfi déterminées, voulues, &
„ ordonnées pour exifter, qui ont exifté depuis
„ dans le tems marqué diftinctement à cha-
„ cune; lefquelles chofes il a voulu de toute

„ Eternité qui arrivaffent ainfi, ni plûtôt, ni
„ plus tard, mais tout à fait conformément à
„ fa Science & à fa Volonté, fans mutation,
„ ou alteration aucune, procédante de la Suc-
„ ceffion & de la viciffitude des chofes, &
„ fans qu'il intervienne un nouvel acte de
„ Volonté, ou de Penfée, produit par aucun
„ égard aux circonftances prefentes ou par
„ aucune prévoyance de l'avenir. Comme
„ auffi, que Dieu n'eft pas tellement occupé
„ à une chofe, qu'il en ait moins de foin
„ de toutes les autres, ou qu'il s'y occupe
„ moins.

„ Quant à la Vuë & à l'Ouïe, que Dieu eft
„ voyant & voyant; qu'il entend & qu'il voit
„ tout, tellement que tout ce qui fe peut ouïr,
„ n'eft point éloigné de fon ouïe, quoi qu'il
„ foit proferé dans l'abime le plus profond &
„ le plus écarté; ni rien n'eft éloigné de fa
„ vuë de tout ce qui eft vifible, quoi que ce
„ foit le plus petit Atome, puis que la diftan-
„ ce du lieu n'empêche point fon ouïe, & que
„ les ténebres n'obfcurciffent point fa vuë,
„ parce que Dieu voit fans prunelles & fans
„ paupieres, & qu'il entend fans oreilles & fans
„ ouverture, en la même forte qu'il opere &
„ qu'il produit fans aucun membre ou orga-
„ ne, fans rien de corporel & de créé, & auffi
„ fans inftrumens & fans moyens; parce que
„ les attributs de Dieu ne font point femba-
„ bles aux attributs des Creatures, de même
„ que fon Effence n'eft point femblable à l'Ef-
„ fence des Creatures, ni à rien de tout ce qui
„ n'eft pas Dieu, c'eft-à-dire lui-même.

„ Quant à la Parole que Dieu parle, qu'il
„ commande, qu'il défend, qu'il promet,
„ qu'il menace; tout cela d'une Parole Eter-
„ nelle & ancienne, qui fubfifte dans fon Ef-
„ fence divine, & qui n'eft nullement femba-
„ ble aux Paroles des Creatures, parce qu'elle
„ ne confifte pas en une voix qui naiffe de la
„ commotion, de la confraction, & de la com-
„ preffion de l'air, & de la collifion des Corps;
„ ni non plus une voix organifée ou de fyllabes,
„ qui foit pouffée dehors & produite par
„ le mouvement des levres, ni par le fiffle-
„ ment de la langue. De plus, que l'Alco-
„ ran, le Pentateuque, l'Evangile, le Pfeau-
„ tier font les Livres envoyez de Dieu immé-
„ diatement à fes Apôtres; & que l'Alcoran fe
„ lit des yeux, s'énonce de la langue, s'écrit
„ dans des Livres, & enfin fe fait fentir dans
„ le cœur: de maniere néanmoins que ce li-
„ vre ne laiffe pas d'être Eternel, exiftant
„ dans l'Effence de Dieu, fans qu'il foit capa-
„ ble de feparation ni de divifion d'avec Dieu,
„ quoi

,, quoi qu'il se transporte dans les *cœurs*, qu'il ,, sorte de la *bouche*, & qu'il soit couché dans ,, les *Livres*. Que c'est ainsi que *Moyse* a ouï ,, la *Parole de Dieu*, quoi que cette *Parole* ,, soit sans *voix* & sans *Lettres* ou *Syllabes*, ,, de même que les *Saints* voyent l'*Essence de* ,, *Dieu*, quoi qu'il soit sans substance & sans ,, accident. De plus, que les *Attributs de* ,, *Dieu* lui appartiennent proprement distincts ,, de son *Essence*, de maniere qu'il *vit* d'une ,, véritable *vie*, qu'il fait d'une véritable *Scien-* ,, *ce*, qu'il *peut* d'une véritable *puissance*, qu'il ,, *veut* d'une véritable *volonté*, qu'il *entend* ,, d'une véritable *ouïe*, qu'il *voit* d'une véri- ,, table *vûe*, qu'il parle d'une véritable *paro-* ,, *le*, & qu'il *ne fait* point cela par sa seule & ,, simple *Essence*.

,, Quant aux *œuvres* enfin, que *Dieu* est ,, l'*Origine* de tout ce qui *existe*, de sorte qu'il ,, n'*existe*, ni plus de choses, ni d'autres cho- ,, ses, que ce qui est *produit* par lui, qui est ,, son plein & entier *ouvrage*, & qui coule de sa ,, justice, & cela d'une façon très-bonne, très- ,, excellente, très-parfaite, & très-droite : ,, que *Dieu* est très-*sage* dans ses *œuvres*, très- ,, *juste* dans ses *decrets*, que sa *Justice*, ne se ,, doit point comparer avec la *justice des hom-* ,, *mes*, parce que les jugemens de l'homme ,, peuvent être suspects & qu'on peut douter ,, qu'il ne fasse quelque chose injustement pour ,, opprimer le droit d'autrui ; mais qu'en *Dieu* ,, l'on ne se peut rien imaginer qui soit con- ,, tre le droit, parce qu'il ne se trouve rien ,, qui appartienne à quelque autre qu'à lui ,, même, pour faire qu'on lui puisse imputer ,, à injustice d'assigner ou delivrer des cho- ,, ses à d'autres qu'à celui à qui elles ap- ,, partiennent ; puis que comme il n'y a ,, point de vrai titre de Propriété que sa dona- ,, tion, il n'y a point de titres contre sa dona- ,, tion : qu'outre cela, toutes choses, (lui ,, seul excepté,) les *Hommes* & les *Esprits*, ,, les *Diables* & les *Anges*, les *Cieux* & la ,, *Terre*, les *Animaux* & les *Plantes*, la *Sub-* ,, *stance* & l'*Accident*, la *substance intelligente* ,, & la *substance sensible*, sont des *Etres* pro- ,, duits de nouveau, que *Dieu* a créez par sa ,, *Puissance*, lors qu'il n'y avoit encore rien, ,, ou pour mieux dire avant qu'il n'y eût ja- ,, mais eu aucunes choses semblables, & qu'il ,, les eût fait sortir en *Etre* & mis en Lumie- ,, re, autems qu'elles ont commencé d'être ; ,, parce que lui seul a existé de toute Eterni- ,, té, & qu'il n'y a point eu d'autre *Etre* avant ,, lui, ni avec lui : que de nouveau, & dans ,, le tems, *Dieu* a créé des *Etres* corporels

,, pour manifester par eux sa *Puissance* & sa ,, *Volonté Eternelle*, & pour confirmer sa *Pa-* ,, *role*, qui de toute Eternité a été véritable ,, sans toutefois qu'on puisse penser qu'en la ,, moindre sorte il eût besoin d'aucune de ses ,, *œuvres* : que *Dieu* a revelé & manifesté sa ,, gloire en créant, en produisant, & en com- ,, mandant, sans qu'il y fût tenu & obligé, ,, & qu'il a revelé & manifesté sa grace en fai- ,, sant misericorde & en bien faisant, sans ,, obligation & sans avantage ; mais parce ,, qu'à lui apartient la bonté & la beneficen- ,, ce, la grace & la concession des bienfaits ; ,, car à *Dieu* seul appartient la puissance de ,, faire cela, comme au contraire de répan- ,, dre sur les hommes diverses especes de pei- ,, nes & de les affliger de differentes douleurs ,, & de differens genres de maladies ; en sor- ,, te que quand *Dieu* exerceroit pleinement sa ,, justice il n'y auroit en cela ni mal ni inju- ,, re. Qu'il recompense par sa beneficence ,, les Fidelles & gens pieux, ayant égard à ,, leur obéissance à cause de ses promesses & ,, de sa misericordieuse bonté uniquement, ,, & point du tout à cause d'aucun merite ni ,, d'aucune acquisition sur *Dieu*, parce qu'il ,, n'y a rien que *Dieu* soit tenu de faire & qu'il ,, ne se peut imaginer en *Dieu* aucune obli- ,, gation, ni qu'il soit tenu & obligé de rien ,, à qui que ce soit, n'étant pas de cela com- ,, me de l'obligation dans laquelle sont les ,, hommes de lui rendre obéissance, laquelle ,, obligation vient de ce qu'il leur a déclaré ,, qu'ils lui devoient l'obéissance, & qu'ils ,, sont tenus de la lui rendre ; chose qu'il ,, leur a fait savoir non par un simple acte de ,, son entendement, mais par la bouche de ,, ses *Prophetes*, lors qu'il a envoyé des *Am-* ,, *bassadeurs* & *Ministres* au Monde, desquels ,, il a manifesté & approuvé la *Mission* com- ,, me veritable, par les *Miracles* clairs & con- ,, vainquans qu'ils ont operez, par lequel ,, moyen il a rendu nécessaire aux hommes, ,, d'ajouter foi aux Commandemens, aux ,, Promesses & aux menaces qu'il leurs ont ,, faites de sa part, & à toutes les autres cho- ,, ses qu'ils annoncent & qu'ils enjoignent.

Ce que l'on vient de voir regarde la *Volon-* *té de Dieu* en général, il faut rapporter main- tenant ce que les *Persans* en croyent à l'é- gard de ce point si important & si contesté dans le monde, qu'on appelle le *Decret Di-* *vin*, ou l'*Election*, & la *Reprobation*. Sur cela, ils enseignent en un mot, que la *Vo-* *lonté de Dieu* & son *Decret Eternel*, tiennent les hommes dans un milieu entre ces deux
extre-

extrêmes, *le Franc Arbitre* tout à fait indifferent, & sans aucune inclination, & la *Predestination absoluë*, eu sorte que le *Decret Divin*, ni ne laisse l'homme à lui même absolument, ni ne le force avec violence. Voici „ comme ils s'expliquent sur ce point si „ difficile. Dieu, disent-ils, veut quel„ que chose en nous, & il veut quel„ que chose de nous : ce qu'il veut en „ nous, il nous l'a caché, on ne le peut „ savoir ; ce qu'il veut de nous, il nous „ l'a révelé, on le doit apprendre. A quoi „ bon donc nous occuper de la recherche des „ choses cachées qu'il ne nous est pas possi„ ble de savoir ? il faut s'attacher entierement „ à ce que *Dieu* nous a revelé, & qu'il veut „ que nous sachions. Laissons lui les choses „ cachées, & nous en tenons aux revelées. „ Entre leurs *Prieres*, il y en a une en ces „ termes. O *Dieu*, à toi appartient la gloire „ & les louanges de ma *justification*, si je suis „ *obeïssant* ; & à toi appartient aussi le droit & „ justice de ma *condamnation*, si je suis *rebelle* „ & refractaire à tes *Commandemans* : il n'y a „ pour moi, ni pour aucun autre, de quoi „ se glorifier en bien faisant, de même qu'il „ n'y a pour moi, ni pour personne, aucun „ sujet de justification, ou d'excuse, si nous „ faisons mal.

Ils tiennent le même milieu sur le *Franc arbitre* que sur le *Decret Eternel*, rejettant également ceux qui font de l'homme une *souche de bois*, qui ne se remuë que par l'impulsion du *Decret*, & ceux qui en font un *Agent* si *libre*, qu'il ne soit point incliné ni porté à rien. *Dieu*, disent-ils, ne force point l'homme, mais il l'inspire & le dispose ; de sorte que si l'homme fait quelque chose de bien, „ c'est par cette seule disposition qui a mû „ la volonté laquelle est morte d'elle même „ à l'égard du bien ; & qu'ainsi il ne lui en „ est dû aucune louange. Il faut observer aussi qu'ils rejettent l'opinion de la *Prévision* des œuvres voulant que ce qui arrive à l'homme, arrive en vertu du *Decret Eternel*, & que ce n'est point que *Dieu* prévoye simplement ce que l'homme fera & consequemment ce qui lui en arrivera. On voit là-dessus qu'ils croyent nettement la *Predestination*, mais que ce n'est pas si grossierement, ni si brutalement, que font les *Turcs*. Ils appellent la *Predestination*, *Kasai-mobin*, c'est-à-dire *Evenement nécessaire* ; & la *Prévision*, *Kasai Keir mobin*, *evenement non nécessaire*.

Pour montrer que la *cause efficiente* du salut n'est effectivement que le *Decret Eternel*

de *Dieu*, ils proposent cette Parabole dans leurs livres. „ Il y avoit *trois freres*, qui „ moururent tous trois en même tems, les „ *deux aînez* étant avancez en âge, dont l'un „ avoit toûjours vêcu dans l'*obeïssance* de *Dieu*, „ l'autre au contraire dans la *desobeïssance*, & „ dans le *crime*, & le *troisiéme* étant encore „ enfant incapable de discerner le bien & le „ mal. Ces *trois freres* comparoissant au *Ju„ gement de Dieu*, le *premier* fut reçu en *Pa„ radis*, le *second* fut condamné à l'*Enfer*, le „ *troisième* fut envoyé dans un lieu *mitoyen* „ où il n'y a ni joye, ni peine, parce qu'il „ n'avoit fait ni bien ni mal. Celui-ci, en„ tendant sa sentence & la raison sur laquel„ le le *Juge Souverain* la fondoit ; tout saisi „ de douleur d'être exclus du *Paradis*, *Ah „ Monseigneur*, (s'écria-t-il) *si tu m'eusses „ conservé la vie comme à mon frere fidele, com„ bien cela m'eût-il été meilleur, j'aurois bien „ vêcu comme lui, & par consequent j'aurois „ joui comme lui du bonheur de la Gloire Eter„ nelle! Mon Enfant*, lui répondit *Dieu*, *je „ te connoissois, & je savois que si tu eusses vê„ cu d'avantage, tu eusses pris au contraire le „ train de ton frere infidele, & tu te serois „ comme lui rendu digne des peines de l'Enfer*. „ Le Malheureux *condamné*, entendant le „ discours de *Dieu*, se mit à crier, *Ah*, *Mon„ seigneur, pourquoi ne m'as-tu donc pas fait „ la même grace qu'à mon petit frere en me pri„ vant de la vie, dont j'ai fait un si mauvais „ usage, que je viens de recevoir la sentence de „ condamnation ; je t'ai conservé la vie*, répon„ dit *Dieu, afin de te donner le moyen de te „ sauver*. Le petit frere, entendant cette re„ plique, reprit la parole en disant. *Eh! „ pourquoi donc, bon Dieu, ne me la conservois-„ tu aussi à moi, afin qu'elle me fût un moyen „ de me sauver? Dieu*, pour finir leurs plain„ tes, & la dispute, répondit, *c'est que mon „ Decret l'avoit autrement déterminé*.

Ils font la même réponse sur la question, si *Dieu* est tenu de faire toûjours aux hommes ce qui leur est meilleur ; & toutefois ils ne veulent pas qu'on leur impute de rapporter à *Dieu* & au *Decret Eternel* les mauvaises actions comme les bonnes. Ils se tirent des consequences en faisant distinction entre *être par le bon plaisir de Dieu*, & *être par son Decret* ; & en disant qu'il y a une difference considerable entre *le bon plaisir de Dieu*, & *le Decret de Dieu* ; difference, ajoutent-ils, qui est encore plus grande dans l'effet que dans les termes. Ils comparent là-dessus le *Decret Eternel* à la Volonté d'un malade, qui prend une Médecine;

cine; car, difent-ils, il la veut bien prendre, mais pourtant elle ne lui plaît pas.

Les *Perfans* comparent ceux qui attribuent le *bien* à *Dieu*, & le *mal* à l'*homme*, aux anciens *Mages* & *Ignicoles*, & aux *Manichéens*, leurs Difciples, lefquels admettoient deux *Principes*, la *Lumiere* & les *Ténébres*, celle-là, qui étoit le *Principe du bien*, celle-ci le *Principe du mal*. Ils rejettent avec déteftation ces fentimens, & ils difent que la veritable idée qu'il faut concevoir fur ce fujet, eft que fi *Dieu* fe peut dire l'*Auteur* du *bien* & du *mal*, c'eft en ce fens, qu'il n'arrive ni *bien* ni *mal* que ce ne foit veritablement par la *volonté de Dieu*; mais que c'eft par une *volonté de permiffion*, & non par une *volonté de defir*. Ils marquent encore d'une autre façon cette difference ou diftinétion. ,, Nous attribuons à ,, *Dieu*, difent-ils, le *bien* & le *mal* au refpeét ,, de la *Création*, & parce-que c'eft par lui ,, que toutes chofes exiftent; mais aux créa- ,, tures faifant le *bien* ou le *mal*, nous le leur ,, attribuons, au refpeét de l'œuvre & de l'ac- ,, quifition, parce que ce font elles qui le ,, produifent.

Ces *Principes* pofez, ils concluent fur le fujet des *œuvres*; ,, que les *bonnes œuvres* ne ,, font ni la *caufe*, ni même le *moyen* du *fa- ,, lut*; qu'on ne peut pas dire non-plus qu'el- ,, les foient le *chemin du falut*, dans le fens ,, qu'un effet fuit fa caufe, mais que les *bon- ,, nes œuvres* font fimplement *un figne* de la ,, félicité à venir & des *marques du décret de ,, Dieu* en faveur de celui qui les opere; & ,, que de même, au contraire, les *mauvaifes ,, œuvres* font le *figne de la reprobation éternel- ,, le*. Ils citent pour adoucir cette *opinion* un ,, *Dialogue entre Adam & Moyfe*, qui fe trou- ,, ve couché dans le *Livre des Dits & Faits ,, de Mahammed*. Cet Impofteur les fait ainfi ,, parler fur le fujet des œuvres. *Vous*, dit ,, *Moyfe à Adam*; vous êtes cette pure créa- ,, ture de *Dieu*, formée de fa main toute feu- ,, le, en laquelle il fouffla de fon propre ,, *efprit*, pour être l'*ame* de ce corps incom- ,, parable & fi merveilleux qu'il le fit adorer ,, de fes *Anges*, & qu'il le colloqua dans le ,, bienheureux *Paradis* préparé pour la feli- ,, cité des créatures raifonnables, dans lequel ,, elles goûteroient toutes les délices ineffa- ,, bles, fi fon peché ne les avoit precipitez du ,, Ciel en Terre. Vous avez fort bien parlé, ,, *Moyfe*, répond *Adam*, & vous, vous êtes ,, ce *Moyfe*, que *Dieu* a choifi pour fon *Am- ,, baffadeur* & *Legat*, afin de porter au mon- ,, de fes *ordres* & fes *volontez*, vous ayant à

Tome II.

,, cet effet chargé du *Pentateuque*, qui eft ce ,, volume de la *Loi*, dans lequel toutes cho- ,, fes font énoncées & expliquées, & vous ,, ayant après fait approcher de fa perfonne, ,, pour vous diriger & pour avoir converfa- ,, tion avec vous. Dites moi de grace une ,, chofe? Combien trouvez vous qu'il y a ,, d'années que *Dieu* a écrit de fa main le *li- ,, vre de la Loi*, avant que je fuffe créé? Qua- ,, rante ans, répliqua *Moyfe*. Fort bien, re- ,, prend *Adam*; mais, dites moi encore, je ,, vous prie, n'avez-vous pas trouvé ces pa- ,, roles dans ce livre: *Adam fe rebella contre ,, Dieu, & s'égara de la droite voye dans laquel- ,, le le Seigneur l'avoit établi*? J'y ai lû ces pa- ,, roles, repliqua *Moyfe*. C'eft là ce que je ,, voulois vous faire dire de vôtre propre bou- ,, che, répondit *Adam*; afin de vous deman- ,, der après cela comment vous pouvez me ,, blâmer, ou me condamner, pour avoir fait ,, une chofe que *Dieu* avoit écrit que je ferois ,, quarante ans avant que je fuffe né; une ,, chofe, dis-je, que je fai qu'il avoit même ,, arrêtée par fes *Decrets*, cinquante mille ans ,, avant que les Cieux & la Terre fuffent créez.

Pour mieux entendre ce raifonnement, il faut favoir que les *Mahometans* croyent que les *Li- vres Divins* ont été écrits avant la *Création*, & que *Dieu* les gardoit dans le Ciel, pour les envoyer au monde, dans les tems marquez, l'un après l'autre, comme nous le dirons dans le Chapitre fuivant.

Les *Paraboles*, qui font fi fort du genie des peuples *Orientaux*, font répandues, comme l'on voit, dans les Livres de *Théologie* & de *Dévotion* des *Perfans*, de même que dans leurs *Ouvrages de Morale*.

Je paffe maintenant à ce qu'ils difent des *Operations exterieures de Dieu*, que les *Théo- logiens* appellent *Oeuvres ad extra*, & premie- rement touchant l'*ame de l'homme*. Ils tien- nent que *Dieu* a créé les *ames* long-tems avant le monde. Plufieurs de leurs *Doéteurs* ont crû la *Métempfychofe*, particulierement à l'é- gard des ames des *Prophetes*, des *Saints*, & des *gens de bien*; & cette opinion, qui eft ori- ginaire des *Indes*, a encore bien des fauteurs fecrets parmi eux.

Sur la *Création du Monde*, ils ont, comme les autres *Mahometans*, leur créance mêlée de beaucoup de *Fables*, prefque toutes originai- res du *Rabinifme*; & comme toutes les *Fables* ont leur fondement dans quelque verité, on découvre aifément dans celles des *Perfans* fur le fujet dont nous traitons, les veritez facrées qu'on lit dans les *Livres de Moyfe*. Ils tien-

nent,

nent, entre les autres chofes, que *Dieu* a créé le *Monde* de rien, dans un tems qu'il n'y avoit rien de ce qui fe voit prefentement ; ce font leurs propres termes ; qu'il a créé les *Cieux* premierement, par le moyen des *Intelligences Spirituelles du premier ordre*, & enfuite la *Terre*, par l'entremife des *Anges*, c'eft-à-dire, dans leur fens, que *Dieu* ne créa pas les *Cieux* & la *Terre* foudainement, & tout d'un coup, mais qu'il créa premierement un *Entendement* ou une *Intelligence*, par le moyen de laquelle il créa le *premier Ciel*. Puis il créa un fecond *Entendement*, & par ce fecond *Entendement* il fit créer le *fecond Ciel*, & ainfi des autres *Cieux*; de manière que, felon eux, *Dieu* créa *dix Entendemens*, pour s'en fervir à créer les *dix Cieux*. Ils appellent ces *dix Entendemens*, *Ochoul acheré*, c'eft-à-dire, *les dix Efprits*, ou *les dix Intelligences* qui préfident aux *dix Cieux*. Le fondement fur lequel ils appuyent cette *opinion* étrange, eft leur axiome de *Philofophie*, que d'une caufe individuelle il ne peut proceder qu'un effet individuel ; donc, difent-ils, il faut concevoir que la *Création* des *Cieux* & de la *Terre* a été faite ainfi de fuite, & par degrez. Pour ce qui eft de la *Création de la Terre* par le miniftère des *Anges*, c'eft une erreur que d'anciens *Heretiques Chrétiens* ont eüe, & qu'ils ont apparemment communiquée aux *Mahometans*. Les *Perfans* foutiennent que la *Terre* a été créée au milieu des *eaux*, & que l'eau étoit cet *abime*, ou ce *Chaos*, dont il eft dit que *Dieu* tira la *Terre*: qu'avant qu'il la tirât de ce *Chaos*, elle y étoit enfoncée comme une boule dans un marais, qu'on n'en voyoit qu'une très-petite partie, mais que *Dieu* fit écouler les *eaux* de cet *abime*, & découvrit la *Terre*, & lui donna la forme admirable que nous la voyons. Ils appellent cela *Vhafef erz*, c'eft-à-dire, *l'extenfion de la Terre*. Quelques-uns de leurs *Docteurs* croyent que *Dieu* mit la main à ce grand ouvrage un *Vendredi* ; & je me fouviens là-deffus d'avoir lû dans un livre, qui eft affez eftimé une Remarque fauffe en elle-même, mais curieufe, pour faire voir combien les Savans de l'*Orient* font mal informez de nos créances, & s'apliquent peu à s'en inftruire. ,, Les ,, *Chrétiens*, (dit le livre) croyent que *Dieu* ,, commença un *Dimanche* la *Création de l'U-* ,, *nivers*, c'eft la raifon qui les oblige à faire ,, du *Dimanche* leur Jour facré. Les *Juifs* ,, croyent que ce fut un *Samedi*, c'eft pour- ,, quoi ils fêtent conftamment, & fi exacte- ,, ment le *Samedi*. Les *Mahometans* croyent ,, que cela arriva un *Vendredi*, & c'eft ce qui

,, les a portez à confacrer ce jour entre ceux ,, de la femaine. " Mais la plus commune opinion fur le jour auquel *Dieu* commença la *Création de l'Univers*, eft la même que celle des *Juifs* & des *Chrétiens*, qui tiennent que ce fût le *Dimanche*. Ils difent enfuite, un peu differemment des *Juifs* & des *Chrétiens*, que ce premier jour-là *Dieu* créa la *Terre*, dans la forme que nous la voyons, avec fes *Elemens*, avec fes Montagnes & fes Vallées: que le *Lundi* il créa les *Arbres*, les *Plantes*, les *Fleurs*, & généralement tout ce que la *Terre* produit: que le *Mardi* il créa les *Metaux*, les *Mineraux*, & tout ce qui fe trouve dans les entrailles de la *Terre*, les bonnes & les mauvaifes chofes, les *Tenèbres* & la *Lumière*: que le *Mécredi* il créa les *Fleuves*, les *Bêtes de la terre*, les *Oifeaux de l'air*, les *Poiffons de l'eau*: que le *Jeudi* il créa le *Soleil* & la *Lune*, forma les *Cieux* avec les *Globes*, & toutes les *Maffes de matiére* qui y roulent fans ceffe, fit les *Anges*, & créa les *délices* & les *beautez du Paradis*, qu'il a préparées aux *Fidéles* ; & que le *Vendredi* il ne fit autre chofe que de créer l'*Homme* dans fes deux fexes ou genres.

Les *Perfans* ne conviennent pas non plus avec les autres Peuples fur le tems du *Mois* que la *Création* arriva ; car ils veulent que ce fut durant les fix derniers jours du *mois Lunaire*, c'eft-à-dire, que la *Création* fut commencée le vingt-cinquiéme jour de la *Lune*, & finie le dernier jour de la même *Lune* ; & dans cette vûe ils ont affigné au vingt-cinquiéme du mois de *Zilcadé* la Fête qu'ils ont confacrée à la memoire de la *Création de l'Univers*. Vous voyez, qu'à leur compte, la *Lune* fut créée dans fa vingt-neuviéme *manfion*, & prefque au bout du *Zodiaque*, ce qui eft fort éloigné du fentiment des *Docteurs Juifs* & *Chrétiens*, qui tiennent unanimement que *Dieu* créa la *Lune* dans le *Signe de la Baleine*, à l'entrée de cette Maifon, en oppofition avec le *Soleil*, de forte qu'elle parut en plein le jour qu'elle fut créée, & telle qu'elle paroit le quatorziéme jour de fon cours. Je ne fai d'où les *Perfans* peuvent avoir tiré leur opinion contraire, qui n'a ni tant d'apparence, ni tant de bon fens que l'autre ; peut-être l'ont-ils puifée, comme ils ont fait tant d'autres chofes, dans les *Fables* des anciens *Idolatres de Perfe*, qui enfeignoient que le *Monde* avoit été créé en fix tems divers, dont le premier tems avoit été le vingt-fixiéme jour du *mois*, & le dernier tems, le dernier *mois* ; prenant de cette maniere fix mois de l'année pour les fix jours de la femaine que *Dieu* employa feulement

ment à tout ce grand ouvrage de l'Univers. Toutes les autres particularitez de la *Création*, qui se trouvent dans les livres des *Persans*, sont comme celles-là des extraits brouillez & corrompus de l'*Histoire* qui en a été écrite par *Moyse*.

Ils ne sont pas d'accord entr'eux sur le nombre des Cieux : leur Religion dit qu'il y en a sept, ce que quelques-uns de leurs Philosophes prétendent qu'il faut entendre des Spheres des Planetes, sans préjudice des autres Spheres ; mais d'autres Philosophes disent qu'il n'est pas nécessaire de faire plus de sept Cieux, & de poser ces deux autres Cieux que pose la Philosophie ordinaire, ni ce dixiéme Ciel des Théologiens ordinaires.

Ils tiennent tous les *Anges*, bons & mauvais, faits de la *substance* de la *Lumiére*. Les bons *Anges*, disent-ils, sont des *natures Spirituelles*, ou des *créatures aëriennes*, composées de corps & d'âme, de qui les corps peuvent devenir visibles en étant épaissis ou condensez. Ils les appellent *Melec*, du verbe *allec*, qui veut dire *envoyer*, parce que ce sont les *messagers de Dieu*: & pour les *Diables*, ils disent qu'ils sont composez de l'*Element du feu*: qu'ils sont *Diables*, pour avoir été desobéïssans à *Dieu* deux fois : que la premiere fois qu'ils eurent desobéï, les bons *Anges* les combattirent, & les ayant défaits, ils les menerent captifs au Ciel où *Dieu* leur pardonna ; mais qu'après que *Dieu* eut créé *Adam*, comme il eut commandé aux *Anges* de se prosterner devant lui, ces méchans captifs desobéïrent à cet ordre par orgueuil, comme auparavant, sur quoi *Dieu* les maudit & les précipita dans ces espaces, où leur présence & leur rage fait les *Enfers*.

Ils ont des *opinions* fort particulieres sur le *Peché originel* ; car ils ne veulent pas qu'on appelle un *peché* cette méchante action d'*Adam*, qui a rendu tous ses descendans pecheurs & malheureux. Ils soutiennent que ce qu'il fit n'étoit point un peché, mais seulement un écart de la perfection : que c'étoit uniquement d'avoir laissé le mieux pour ce qui n'étoit pas si bien. Ils fondent cette fausse & incomprehensible proposition sur une supposition qui n'est pas moins fausse & incomprehensible, savoir que les *Prophetes* sont impeccables : qu'ils sont sanctifiez dès le ventre de la mere : & qu'ils ne sauroient commettre de *peché*: & que puis qu'*Adam* étoit *Prophete*, il est impossible qu'il ait peché. Ils tiennent qu'*Adam* étoit, non seulement *Prophete*, mais un *Prophete* très-saint & pur, à cause de quoi ils

l'appellent d'ordinaire *Adam Sefie alla*, c'est à-dire, *l'homme pur de Dieu*. Voici comme ils content pour la plûpart cette action que nous appellons *le peché d'Adam*. ,, *Dieu*, disent-ils, créa *Adam* dans le *quatriéme Ciel*, ,, long-tems avant le *Monde*, & lui permit de ,, manger de tous les *fruits* de ce *Paradis*, ,, sans aucune distinction ; mais il l'avertit ,, seulement, que s'il ne mangeoit que des ,, *fruits des arbres*, la digestion de ces alimens ,, legers se feroit si parfaitement, que la plus ,, grossiére partie pourroit s'évacuer par les ,, pores ; mais que s'il mangeoit du *froment*, ,, il arriveroit que cet aliment grossier seroit ,, un marc dans son estomach, qui ne pour- ,, roit se dissiper par les pores, comme la ma- ,, tiére des autres fruits, & que ce marc étant ,, une vilaine ordure, qui sallir le lieu où l'on ,, la rend, on ne le souffriroit point en *Pa- ,, radis* ; s'il devenoit sujet à rendre une telle ,, ordure, mais qu'il en seroit chassé & mis ,, dehors. *Eve*, qui, suivant leur sentiment, ,, étoit aussi *Prophetesse*, & par conséquent ,, impeccable, comme son mari, ne fit pas ,, assez d'attention sur l'avertissement de *Dieu*, ,, elle mangea du *froment* à l'instigation du ,, *Diable*, & en fit manger à son mari. Ils en ,, mangerent tant qu'ils en eurent l'estomach ,, chargé. C'est ce qui leur ouvrit les yeux, ,, & en même tems *Gabriel* les vint mettre ,, hors du *Ciel*, de peur qu'ils ne le rendissent ,, souillé, comme ils auroient fait s'ils y eus- ,, sent demeuré davantage. Or ce n'étoit pas ,, un *peché*, disent les *Mahometans*, que d'a- ,, voir mangé de ce grain ; car il n'étoit pas ,, défendu, mais il eut été mieux de n'en ,, point manger : & ce qu'*Adam* & *Eve* furent ,, mis hors du *Paradis*, n'étoit pas un châti- ,, ment ; car ils n'avoient rien fait qui le me- ,, ritât, ni ils n'avoient point encouru l'in- ,, dignation de *Dieu*, mais c'étoit pour éviter ,, un inconvenient, & pour empêcher qu'un ,, lieu pur de sa nature ne fût souillé par ac- ,, cident. " Il est difficile de rencontrer dans les plus fausses *Religions de Fable* plus sotte & plus ridicule, & toutefois c'est avec quoi les *Mahometans* tirent *Adam* d'affaire touchant le peché qu'il a commis, afin de maintenir leur maxime, *que les Prophetes sont impeccables*, qu'ils ne peuvent rien faire contre le commandement de *Dieu*, & que tout ce qu'on peut dire contr'eux, c'est qu'ils laissent quelquefois le *mieux* pour suivre le *bien*. Nous parlerons de la création d'*Adam* sur le jour de sa Fête. J'ajoûte ici seulement qu'il y a plusieurs opinions differentes entre les diverses *Sectes* des dès *Mahometans* sur la qualité du *Fruit défendu*. Quelques-uns prétendent que c'étoit du *Raisin:* d'autres la *Figue des Indes*, qu'on appelle de cela *Figue d'Adam:* & d'autres, quelqu'autre fruit, qu'ils ne nomment point.

Sur le sujet de la chute d'Adam ils sont un autre conte à leurs maniéres de *Paraboles*, pour montrer quelle est la force extrême de la *concupiscence*; ,, c'est que parmi les *Anges* ,, *du Ciel*, il y en avoit deux nommez *Aruth* , ,, & *Maruth*, qui dirent une fois à *Dieu*. *Seigneur, qu'est-ce que cela, de tant pardonner aux hommes, & que cependant ils ne s'amendent point, & ne changent jamais: cent fois, mille fois, des millions de fois, vous leur pardonnez, & c'est toûjours la même chose, c'est à recommencer: on n'y voit point de fin? Ah,* répondit *Dieu, si vous connoissiez quelle est la violence de la concupiscence!* eh bien, dirent ces *beaux Anges, donnez nous-la, pour voir un peu ce qui en est.* ,, *Dieu* le fit, il les mit dans ,, un corps mortel. Ils vinrent au monde; ,, mais dès-qu'ils y furent, les voilà dans tou-,, tes sortes de débauches, courant après le ,, vin, & après les femmes. Parmi celles ,, dont ils devinrent amoureux, il y en eut ,, une fine & adroite qui ayant découvert leur ,, naissance & leur origine, leur dit je sai qui ,, vous êtes, je ne me fierai point à vous; ,, car quand vous m'auriez abusée vous me ,, planteriez-là & vous vous envoleriez au ,, *Ciel.* Vous ne jouïrez point de moi assu-,, rément, qu'à condition de m'emmener avec ,, vous. Ces jeunes gens emportez accepte-,, rent le parti, & quand ils eurent bien fait ,, la débauche sur la terre ils retournerent au ,, *Ciel* y ménant cette femme avec eux. Aussi-,, tôt qu'ils y furent arrivez, *Gabriel* vint de ,, la part de *Dieu* demander à cette effrontée, ,, *qui lui avoit apris le chemin du Paradis?* elle ,, répondit, *que c'étoit Aruth & Maruth qui* ,, *l'avoient amenée-là. Dieu* irrité contre ces ,, méchans *Anges,* d'avoir été si emportez ,, dans la débauche, qu'ils l'avoient même ,, voulu introduire dans le *Paradis,* les précipi-,, ta en terre, dans un *Puits* profond, proche ,, *Babylone,* où ils sont pendus par les pieds, ,, s'occupant à enseigner aux *Juifs* la *Magie,* & ,, tous ces pernicieux secrets, quoi les ,, hommes & les femmes s'enforcelent l'un ,, l'autre.

Après avoir raporté ce que les *Persans* tiennent de la *Création du Monde*, & de la *chute d'Adam*, je vais raporter ce qu'ils croient touchant la *Resurrection*, le *Dernier Jugement*, le *Paradis* & l'*Enfer*.

Ils enseignent qu'il y a un *Jugement* particulier pour les *adultes*, qui se fait immédiatement après la *mort* en cette maniére. Aussitôt qu'une personne *adulte* a été étendue dans le Sepulcre, que la fosse est couverte & fermée, & que le peuple qui a assisté à l'enterrement est retiré; l'*ame* séparée de ce *corps* y rentre & le ranime. Il vient deux *Anges noirs,* épouvantables, & de la plus affreuse figure, appellez *Nekir & Munkir,* qui font lever la personne sur son séant, *vivante en corps & en ame,* ce sont les térmes de leurs *Docteurs.* Ces *Anges* se mettent à l'interroger sur sa *foi,* & premiérement sur l'*Unité de Dieu,* puis sur la *Mission* de *Mahammed,* & ensuite sur ses *œuvres* ; ils lui demandent, *qui est ton Seigneur? qui est ton Prophete? quelle est ta Religion? où est ton Kablah?* c'est-à-dire le côté où l'on se tourne en faisant ses prières. *Quels sont les Juges & gardiens du Sepulchre? quelles bonnes œuvres as-tu faites?* Cette *interrogation* est le premier examen qu'ils disent qui se fait après la mort, lequel *Dieu* veut qu'on croye être une vraye & juste procedure, laquelle s'écrit dans un livre qui sera raporté au jour du *Jugement Universel,* & que ce *Jugement particulier* est suivi d'un pressentiment certain & indubitable de l'état où l'on sera éternellement après la *Resurrection.* Pressentiment qui remplit l'ame des *Fidéles* de joye & de consolation, comme celle des *Méchans,* au contraire, de regrets & de tourmens; & que c'est-là le premier acte de la *Justice divine* envers le *corps* & l'*ame.*

Ils n'assignent point de lieu particulier à l'*ame* lors qu'elle se sépare du *corps,* jusqu'à ce qu'elle y rentre pour subir cet *examen* ou ce *jugement.* Mais ils disent qu'elle va errant jusqu'à ce que son *corps* soit mis en terre; & qu'après l'*interrogation du Sepulchre,* elle entre dans un *corps* délié, agile & subtil, doué de ces qualitez que nous appellons *les qualitez des corps glorieux,* lequel *corps* est préparé de *Dieu* exprès pour être le réceptacle de l'*ame,* & pour la contenir jusqu'à la *resurrection universelle,* auquel tems elle reprendra son premier *corps:* la raison sur laquelle ils fondent la production de ce second ou nouveau *corps,* c'est, disent-ils, que l'*ame* seule est inhabile à l'action tant de l'entendement que de la volonté, tant propre, qu'accidentelle, & qu'ainsi l'*ame* ne pourroit produire ses operations sans l'organe d'un *corps.* Ils posent un lieu particulier où les *ames* des hommes sont détenues jusqu'au *Jugement:* ils l'appellent *Berzah,* mot qui signifie *intervalle* ou *séparation,* parce que

c'est

c'eft l'entredeux de la vie préfente & de la vie éternelle. Ils croyent qu'après le *jugement particulier* de la *foffe*, les *ames* de tous les hommes font renfermées dans ce lieu. D'autres croyent qu'il y a deux lieux d'entrepôt ou d'attente, celui-ci nommé *Berzah*, pour les ames des *Fidéles*, & un autre dit *Berhout*, pour les ames des *Infidéles*. *Berhout* originairement eft le nom d'un *Puits* célébre en *Arabie*. C'eft comme les *Juifs* qui ont nommé l'*Enfer*, *Gebenne* du nom d'une valée de la *Paleftine*. Les *Théologiens Perfans* font encore fort partagez fur la nature des *plaifirs* & des *peines* de l'ame dans le grand intervalle de la *Mort* à la *Refurrection*. Quelques uns tiennent que ce ne font que de confufes vifions ou des preffentimens legers. Les autres croyent que ce font des fentimens vifs de joye ou de regret, nez d'avoir, ou de n'avoir pas aquis, la foi, la vertu, les Sciences, & les autres perfections de l'ame.

Ils admettent, entre le *Paradis* & l'*Enfer*, un *Lymbe* qu'ils appellent *Ahraf*, dont ils font un lieu de délaffement, où il n'y a ni peines, ni plaifirs, dans lequel font reçus pour jamais les gens qui ne font ni bien, ni mal, faute des talens naturels pour les actions morales, comme les *Enfans*, les *Foux*, & les *Innocens*. Les *Perfans* comprennent cette forte de perfonnes fous ces termes fi ufitez dans le *Droit Civil* & *Canon*, *Nabalek akel*, c'eft-à-dire, *mineur d'efprit*, n'ufant pas de fon jugement.

J'ai ouï affurer à des *Miffionnaires* de l'Eglife Romaine, d'avoir trouvé des Gens Doctes parmi les *Mahometans*, en petit nombre pourtant, qui croyoient qu'il y avoit un lieu où les ames des *Prédeftinez* alloient fe purifier après la *mort*, lequel on pourroit comparer au *Purgatoire* que leur Eglife enfeigne: que ces Doctes *Mahometans* difoient qu'en ce lieu-là, qui de foi n'eft pas un *lieu de peine*, les ames fe rendent volontairement, qu'elles y demeurent quatre jours, fans être retenües davantage, & qu'elles les paffent dans l'exercice d'un vif repentir de la commiffion des chofes défenduës, & de l'omiffion des chofes commandées; mais pour-moi je n'ai trouvé perfonne parmi les *Mahometans* qui tint qu'il y eût un tel *lieu de pénitence*, dans lequel l'ame exerçât la pénitence par des remords, & hors duquel il ne s'en exerçât point, & je ne penfe pas qu'il y ait de tel fentiment dans aucune *Secte* de la Religion *Mahometane*.

Les *Mahometans* appellent la *Refurrection* d'un mot qui fignifie *retour*, & ils croyent comme nous, que les mêmes *corps* qui ont été en cette vie fe releveront de la pouffiere & feront ranimez de leurs propres *efprits*, pour aller ainfi en *corps* & en *efprit* comparoître devant le *Trône du Juge de l'Univers*; mais ils ne croyent point que les *corps* deviendront glorieux de la manière que nous le concevons, difant que la *Refurrection* ne fera que perfectionner le *corps*, mais qu'il n'en changera point la nature ou la manière d'être, qu'il ne fera ni *Diaphane* ni *Aërien*, mais qu'auffi il ne fera ni gâté de laideur, ni difforme de taille, ni incommodé de vieilleffe ni d'aucune autre infirmité, ni chargé d'excremens & de fuperfluitez. Ils appuyent leur créance fur ce raifonnement, que fi vous ôtez au *corps* quelqu'une de fes qualitez fenfibles materielles, ce n'eft plus un vrai *corps*.

Ils donnent divers noms au dernier *Jugement* & prefque tous fort terribles. Les plus communs font *rous becher mecher*, c'eft-à-dire, *jour de l'affemblage & de la féparation*, & *rous kiamet*, *jour du bouleverfement*. Et ils difent qu'il fe fera en *Arabie*, proche de la *Mecque*, en un lieu nommé *Mehcher*. C'eft toûjours à l'imitation des *Juifs*, qui vouloient que le dernier *Jugement* fe fit chez eux proche de *Jerufalem*. Ils difent qu'il y aura au *dernier jour* une réelle & véritable *balance*, dont les *Baffins* font plus grands & plus larges que la fuperficie des *Cieux*, dans laquelle les œuvres des hommes feront pefées par la *Puiffance de Dieu*, & fi exactement que la balance fera connoître, *jufques aux Atomes, & aux grains de moutarde*, afin qu'il puiffe s'en enfuivre une connoiffance précife & une parfaite juftice. Ils ajoûtent qu'un des *Baffins* de cette *Balance* s'appelle le *Baffin de Lumiere*, l'autre le *Baffin de Ténébres*. Que le *Livre des bonnes œuvres* fera jetté dans le *Baffin de lumiere*, qui eft plus brillant que les *Etoiles*, & que le *Livre des mauvaifes œuvres* fera jetté dans le *Baffin de Ténébres*, qui eft horrible & de la plus effroyable apparence; & que le *fleau*, ou le *balancier*, fera connoître à l'inftant qui des deux l'emporte & à quel degré c'eft. Qu'après cet examen à la *Balance*, tous les *corps* iront paffer fur un *Pont* qui eft étendu fur le *feu éternel*: Pont qu'on peut appeller, difent-ils, le troifiéme & dernier examen, & le vrai *Jugement final*, parce que c'eft-là où la féparation fera faite des *Bons* d'avec les *Méchans*; ils appellent ce Pont *Poul ferrha*, mot qui fignifie *Pont fur le milieu du chemin*. Voici comment leurs *Livres de Religion* en parlent: *Il faut croire qu'il y a véritablement un* Chemin *réel, favoir un Corps materiel étendu fur le mi-*

lieu

lieu de la Gehenne, *dont la superficie est plus étroite qu'un poil délié, & le chemin plus aigu que le tranchant d'un rasoir, sur lequel il est impossible de marcher sans être soûtenu de la main toute-puissante de Dieu. Les Infidéles & les Méchans y broncheront au premier pas, & tomberont ainsi dans la Gehenne d'Enfer; mais pour les Fidéles, Dieu affermira leurs pieds sur cette voye aiguë. Ils passeront ce Pont par la misericorde de Dieu plus vite qu'un Oiseau ne fend l'air, & ils entreront au* Paradis Eternel.

Les Persans sont fort infatuez de ce *Pont*, & lors que quelqu'un souffre une injure, dont par aucune voye, ni dans aucun tems il ne puisse avoir raison, sa derniere consolation est de dire: *Eh bien; par le* Dieu vivant, *tu me le payeras au double au dernier jour: tu ne passeras point le Poul serrha, que tu ne me satisfasses auparavant: je m'attacherai au bord de ta veste, & me jetterai à tes jambes.* J'ai vû beaucoup de gens éminens, & de toutes sortes de professions, qui apprehendant qu'on ne criât ainsi *Haro* sur eux, au passage de ce *Pont* redoutable, solicitoient ceux qui se plaignoient d'eux de leur pardonner: cela m'est arrivé ainsi cent fois à moi même. Des gens de qualité qui m'avoient fait faire par importunité des démarches, autrement que je n'eusse voulu, m'abordoient au bout de quelque tems, lors qu'ils pensoient que le chagrin en étoit passé, & me disoient, *je te prie, halal becon antchisra*, c'est-à-dire, *rens moi cette affaire-là licite, ou juste.* Quelques uns même m'ont fait des presens, & rendu des services, afin que je leur pardonnasse en déclarant que je le faisois de bon cœur, de quoi la cause n'est autre chose que cette creance, qu'on ne passera point le *Pont de l'Enfer* qu'on n'ait rendu le *dernier quatrin* à tous ceux qu'on a oppressez. Il y a néanmoins quelques *Docteurs* parmi eux qui enseignent, qu'il faut entendre spirituellement ces doctrines des *Anges*, du *Sepulcre Nekir & Munkir*, de la maniere dont ils font rendre compte, de la grande *Balance*, & des *Livres* jettez dedans; du *Pont de l'Enfer*, & des autres Dogmes semblables; mais ces *Docteurs Spirituels* sont en petit nombre & peu suivis, & le gros des *Docteurs* & de la *Religion* soutient que tous ces Dogmes sont vrais à la lettre.

Ils disent ensuite qu'au *dernier jour* Dieu divisera les hommes en trois *Classes*, les *bons*, les *méchans*, & ceux que la foiblesse aura toûjours fait *clocher* entre le *bien* & le *mal*; & qu'encore qu'il tienne compte des *œuvres* de

tous les hommes, néanmoins il n'interrogera que qui il lui plaira, & qu'il ne comptera point avec les *bons*, mais qu'il les recevra sans aucun examen dans le *Paradis Eternel*. Que pour les *Foibles*, il comptera avec eux benignement & misericordieusement; mais que pour les *Méchans* il prendra un compte exact & severe de leurs iniquitez.

Leurs *Livres* enseignent que le principal sujet sur lequel on comptera au *dernier Jour*, sera la matiere de *Foi* & de *Revelation*. Dieu interrogera les *Fidelles* sur le sujet des *Prophetes*, c'est-à-dire sur la *verité* de leur *Mission*, & sur la *nature* de leur *Doctrine*. Il interrogera les *Infidelles* sur leur *Infidelité*, pourquoi ils ont accusé de mensonge ses *Envoyez*? il interrogera les *Heretiques* sur la *Succession* & sur la *Tradition*, pourquoi ils ont rejetté les veritables *Successeurs de Mahammed*, & le droit *sens de la Revelation*? Ils ajoutent, qu'on n'interrogera sur les *œuvres*, que les gens qui auront été dans la *bonne Religion*.

Leurs *Docteurs* ne s'accordent point du tout sur la qualité des *Reprouvez*. Quelques uns soutiennent, que personne n'est sauvé, s'il n'a crû à *Mahammed*. D'autres tiennent au contraire, que c'est par la pure *Misericorde de Dieu* qu'on est sauvé, sans l'intervention de la *Loi*. D'autres disent que ce sont les *œuvres* qui sauvent, en sorte que quiconque fait de *bonnes œuvres*, & est homme de bien, de quelque *Religion* qu'il soit d'ailleurs, il ira en *Paradis*; surquoi ils citent un *Hadis des Imans*, c'est comme nous dirions un *Passage des anciens Peres*, qui porte, qu'un *Infidelle*, nommé *Atem*, fut tiré du lieu où les *Reprouvez* sont enfermez & tourmentez, à cause de ses grandes aumônes; mais ce n'est qu'une *Tradition*, qui chez les *Persans* n'est pas de grande autorité. Quelques uns tiennent que cette opinion-là, qui porte que quiconque fait de *bonnes œuvres* sera sauvé, se doit entendre seulement des gens qui auront vécu dans quelque *Religion* qui ait été originairement enseignée par un vrai & légitime *Prophete*, comme la *Religion Judaïque*, & la *Religion Chrétienne*. Il y a des *Docteurs* encore plus benins, qui croyent, que de tous les *Méchans* qui seront condamnez au *feu Eternel*, il n'y aura que les *Athées* qui y demeureront éternellement, mais que tous ceux qui auront crû & confessé le *vrai Dieu* seul & unique, seront retirez de la *Gehenne*, après qu'ils y auront été le tems qu'il faudra pour souffrir la peine de leurs péchez; tellement, disent-ils, qu'il ne demeurera dans la *Gehenne* aucun

cun homme qui aura profeffé l'exiftence d'un feul *Dieu*, encore qu'il n'y eût dans fon cœur qu'un grain de foi, pas plus gros qu'un *grain de moutarde*, ou qu'un *Atome*, parce que la *Mifericorde de Dieu* eft trop grande pour qu'un homme qui aura efperé en lui foit perdu éternellement. Enfin, il y en a qui croyent que l'immenfité de cette divine *Mifericorde* ira jufqu'à retirer tous les damnez de l'*Enfer* : que ceux qui ont un *Interceffeur*, comme les Chrétiens, par exemple, lefquels ont *Jefus-Chrift*, fortiront les premiers, & pour ceux qui n'en ont point, la bonté de *Dieu* intercedera pour eux. Les *Perfans* affirment fort pofitivement, que *Dieu* fera affifté au *Jour du Jugement* par *Mahommed*, & par *Aly*, qui feront à fes côtez avec les *Imams*, ou Succeffeurs legitimes d'*Aly* & par les autres vrais *Prophetes* qui intercederont chacun pour leurs *Difciples* & *Fidelles Sectateurs*, foit pour leur obtenir le *Paradis*, ou plus de gloire dans le *Paradis*, foit pour faire adoucir & faire abréger le tourment de ceux qui auront mal vécu dans leur *Creance*.

Leur commune opinion eft que *Dieu* prononcera lui-même la Sentence aux *Reprouvez*. Il y a pourtant des *Docteurs* de reputation, & entr'autres *Ebn Babouye*, fameux Auteur, qui croyent que c'eft faire injure à la bonté de *Dieu* de croire qu'il puiffe condamner à l'*Enfer* de fa propre bouche; que *Dieu* affurément n'envoyera perfonne aux *Enfers*, mais que l'*Enfer* attirera les *Méchans* comme fa Proye & fon Partage. Ce même Auteur celebre, eft un de ceux qui foutiennent qu'aucun homme ne demeurera en *Enfer* éternellement, mais qu'au bout d'un tems, qui fera très-long à la verité, les *Réprouvez* feront annihilez, ou changez en feu. Le celebre *Abou-nefre* eft auffi de cette opinion favorable que les ames des *Méchans* feront à la fin annihilées.

Ils ne conviennent pas non plus fur le point de la *Vifion Beatifique*. La plus generale opinion eft que *Dieu* ne fera pas *vifible*, non pas même aux *Bien-heureux*, qui ne verront qu'une lumiere, mais laquelle fera brillante, & raviffante, au delà de ce que l'imagination le fauroit concevoir. Tous leurs *Docteurs* admettent la doctrine de la *Gradation*, foit dans la gloire du *Paradis*, foit dans les peines de l'*Enfer*, difant que l'on fera exalté & comblé de biens, felon le degré de vertu morale & Religieufe dont l'on aura été doué en ce monde; & que l'on fera puni & tourmenté par rapport au degré de vice & d'infidelité dont l'on aura été entaché. Il y a des *Doc-*

teurs qui tiennent que les fept *Cieux* que l'*Alcoran* porte que *Dieu* a créez, comme je l'ai obfervé auparavant, fe doivent entendre de fept *Claffes*, ou *Etages*, du *Paradis* & de l'*Enfer*, où les plaifirs comme les peines vont en augmentant d'un étage à l'autre. Qu'au premier *Etage* de l'*Enfer* feront les *Méchans Mahometans*; au fecond, les *Mahometans* qui ont nié le Vicariat d'*Aly*, & des *Imans* fes defcendans : au troifiéme, les gens qui n'ont nié qu'un *Prophete*, favoir les *Chrétiens* qui ne nient que *Mahammed* : au quatriéme, ceux qui nient deux *Prophetes*, tels que font les *Juifs*, qui nient *Mahammed* & *Jefus-Chrift* : au cinquiéme, ceux qui les nient tous, comme les *Payens*: les *Apoftats* feront renfermez dans le fixiéme *Etage*, & les *Athées* au dernier. Après avoir pofé la *Gradation* en *Paradis* & en *Enfer*, ils enfeignent quelle eft la nature de ces lieux, & ils vous difent, premierement à l'égard du *Paradis*; qu'au fortir de ce *Pont* dangereux, dont nous avons parlé, on defcendra à un *Etang*, appellé l'*Etang de Mahommed*, & auffi l'*Eau de la vie*, dont les dimenfions égales font auffi étendues que le Chemin qu'on peut faire dans un mois; que l'eau de cet *Etang*, qui eft plus blanche que le lait, & plus douce que le miel, y découle par deux *Canaux*, du Fleuve *Canthan*, qui eft le *fleuve de vie*, & que pour la commodité des *Bien-heureux*, il y a tout le long de l'*Etang* des Cruches femblables aux *Etoiles*, toûjours pleines de cette eau jufqu'aux bords; que les *Fidelles* boiront de cette eau avant que d'entrer en *Paradis*, parce que c'eft l'*eau de la vie Eternelle*, & que fi l'on en boit feulement une goute, on n'aura jamais foif éternellement, on ne defirera jamais rien. Il y a deux grandes *Opinions*, & qu'on peut appeller generales, parmi les *Mahometans Perfans*, fur les *delices du Paradis*, & fur les *peines de l'Enfer*. L'*Opinion* des *Philofophes*, qui ne veulent rien croire que fur la démonftration, & qui en *Efprits forts*, fpiritualifent & allegorifent tout, & l'opinion des *Docteurs pofitifs* qui déferant à l'*Alcoran*, & à la *Tradition* felon le fens de la Lettre, prennent groffierement & charnellement tout ce qui eft raporté de la *vie future*.

Les premiers difent qu'il faut interpréter les chofes qu'on peut appeller groffieres & corporelles; que les *Saints* ont dites de l'*autre vie*, comme n'ayant été publiées que pour l'ufage des gens épais & materiels; mais que la *Félicité du Ciel* confifte toute entiere en des objets propres pour l'ame, comme dans la connoiffannoissance de toutes les Sciences, de tous les tems, de tous les faits, & dans les sublimes operations de l'entendement; & que pour ce qui est du *corps*, il aura des *Delices* conformes à sa nature, en ce que *Dieu* créera des qualitez qui donneront aux sens autant de satisfaction, que s'il jouïssoit réellement des plus vifs plaisirs, & des plus douces voluptez dont il ait eu connoissance : que dans l'*Enfer* de même, les *Peines* consistent pour l'*Esprit* dans un cruel regret & desespoir d'avoir manqué la possession du *Paradis*; & pour le *corps*, dans un sentiment des plus cuisantes douleurs.

Mais les *Docteurs*, qu'on peut appeller *charnels*, parce qu'ils entendent & qu'ils enseignent les choses dans un *sens materiel*, constituent les *tourmens* de l'*Enfer* à être dans les mains des *Diables*, qui suspendent, disent-ils, les *Corps* dans des *Gouffres* pleins de *Serpens*, de *Dragons*, & de toutes les *Bêtes* horribles & cruelles, desquelles il est perpetuellement rongé, & qui tourmentent l'*ame* de remords & de rage; & ils font consister les *Delices* du *Ciel* au contraire, en mille choses ravissantes, dont voici quelques unes. ,, Les ,, *Bien-heureux*, disent-ils, après avoir bû de ,, l'*Eau* de l'*Etang* de vie, prennent le Che- ,, min du *Paradis*, un *Ange*, nommé *Rusvon* ,, qui en a les Clefs leur ouvre. Ils entrent ,, & vont s'asseoir sur le bord du grand *Kau-* ,, *ser*, c'est le nom qu'ils donnent au *Fleuve* ,, *de Delices*. Ce *Fleuve* est couvert d'un *ar-* ,, *bre* de la plus immense grandeur, dont l'on ,, puisse jamais se former l'idée, car une ,, fueuille seule est si grande, qu'un homme ,, qui courroit la Poste, cinquante mille ans ,, durant, ne seroit pas encore sorti de des- ,, sous. *Mahammed* & *Aly*, sont les Echan- ,, sons de ce délicieux *Nectar*. Ils en servent ,, dans des vases précieux, se trouvant par ,, tout, montez sur des *pay duldul*, (Ce sont ,, des animaux qui ont les pieds de *Cerf*, la ,, queüe de *Tygre*, & la tête de *Femme*,) & ,, suivis d'innombrables Troupes de *Femmes* ,, *Celestes*; qui sont des *Corps* créez exprès, ,, douez de la plus rare beauté pour le plaisir ,, des *Elus*. On ne peut jamais être coupa- ,, ble de crime dans l'usage de ces voluptez, ,, parce que tout est permis & rien ne lasse. ,, Il n'y a plus là de *Loi* qui rende les choses ,, commandées ou défenduës, honnêtes ou ,, deshonnêtes. La santé y est éternelle, ,, comme la vie.

Je ferois un trop long discours, si je voulois rapporter toutes les Descriptions qu'ils font de leur *Paradis*, lesquelles semblent for-

mées sur ce qui est rapporté de la *nouvelle Jerusalem*, aux derniers Chapitres de l'*Apocalypse*. J'en dirai encore seulement quatre choses.

La première, que quand on leur demande, s'ils ne pensent pas que la *vision Beatifique* soit mille fois plus ravissante & délicieuse que tous ces *plaisirs sensuels*, ils répondent que cette *vision*, que nous supposons, ne peut entrer dans un *Esprit raisonnable*, parce que pour les actes de *vûe* & de *connoissance* il faut qu'il y ait de la proportion entre la puissance & l'objet. Or, disent-ils, quelle proportion y a-t-il entre l'*Homme*, qui est un *Etre* créé & borné, & *Dieu*, qui est un *Etre* incréé & infini, & par consequent, l'*Homme* ne pourra jamais voir *Dieu*.

La Seconde, que lors qu'on leur dit qu'il est aussi bien difficile à comprendre par un *Esprit raisonnable*, qu'en un lieu comme le *Paradis*, où la vie est immortelle, on ait l'usage de ces choses corporelles qui font durer l'espece, & de celles qui entretiennent l'individu & qui le détruisent; ils répondent hardiment, que ces choses là y seront non pour la nécessité, mais pour le plaisir; tellement que les mêmes plaisirs dont nous avons la connoissance sur la Terre seront tous dans le Ciel. Supposition qu'ils prouvent par une autre supposition, qui est aussi incertaine, & aussi peu vrai-semblable, c'est que ce monde est un *Ectype* du Ciel, que tout ce qui est ici bas vient du *Ciel*, quoi-qu'il ait extrémement dégeneré de son origine: que les fruits en viennent, les Richesses, & les autres biens. Or, disent-ils, puis qu'il faut supposer que ces choses sont au *Ciel* dans leur perfection de beauté & de bonté, comment seroit-il possible que les *Bien-heureux* n'en eussent pas l'usage, & qu'elles ne fussent pas-là pour leur volupté?

La troisiéme chose que je veux remarquer, c'est-ce qu'ils disent sur l'objection qu'on leur fait, que si l'on boit & mange dans le *Ciel*, il faut s'imaginer aussi qu'on y est sujet aux nécessitez qui suivent le boire & le manger; ce qui est une fort vilaine infirmité: ils répondent que ces mets délicieux ne font point de marc, parce que leur substance s'en va & s'exhale par les pores en une sueur qui est le plus odorant parfum.

La quatriéme observation est sur ce qu'on dit communément, que les *Mahometans* excluent les *Femmes* du *Paradis*. Il est vrai qu'ils les en excluent, mais c'est seulement en ce sens, qu'elles ne doivent pas être en même

même lieu avec les hommes, pour qui il y a des *Femmes Celestes*, plus belles que les *Femmes de ce Monde* ne feront dans la *Resurrection*; & qu'à l'égard des *Femmes ressuscitées*, qui feront rendues *Bien-heureuses*, elles passeront, disent-ils, dans un lieu de *Délices*, & y jouïront comme les *Bien-heureux* en leur lieu, de toutes fortes de voluptez.

J'ai dit que les *Mahometans* mettent un grand *Arbre* dans le *Paradis*, pour la felicité des *élûs*. Ils en mettent un autre en *Enfer*, tout auffi grand, pour le tourment des *réprouvez*; car ils difent qu'il eft couvert de *ferpens*, & de toutes fortes d'*animaux*, & d'*infectes* cuifans & venimeux, qui tombent fur les *damnez*, & les dévorent.

Je ne dois pas oublier de dire ce qu'ils enfeignent fur un autre point important des matieres abftraites : c'eft l'*état du Monde* après le *dernier jour*. Les *Docteurs Perfans* n'ont rien de pofitif là-deffus, favoir fi les *Cieux* s'arrêteront, & s'ils feront changez. La plus grande partie des *Doctes* tiennent que le *Monde* ne perira point, & ne fera point diffous, mais qu'il fera purifié, & qu'enfuite ce fera le féjour des *bienheureux* à jamais.

Je vais finir ce Chapitre comme je l'ai commencé, en obfervant que les *Mahometans* font les plus grands *Deiftes* du monde, & les Peuples de la terre qui rendent le plus de refpect à *Dieu* dans leurs difcours. On ne peut pas dire qu'ils ayent la bouche pure; il en fort au contraire tout autant de paroles fales, d'injures, d'imprécations, & de maledictions, que dans les autres *Religions*; mais il n'en fort point de blafphemes. Le *nom* de *Dieu* n'eft point pris chez eux en vain dans ce fens-là; & s'ils entendoient quelqu'un jurer le *nom* adorable, je crois qu'ils mettroient le blafphemateur en piéces. Auffi n'y a-t-il pas d'exemple chez eux de ces horribles impietez, qui font fi fréquentes parmi nous. Ils invoquent au lieu de cela le *nom* de *Dieu* à toute heure, avec la plus profonde adoration, avec tous les dehors du plus vif amour, & avec les plus glorieufes épithetes. Le *nom* ordinaire de *Dieu* eft *Alla* en *Arabe*, & *Koda* en *Perfan*, qui vient de *kod*, qui fignifie *lui* ou *celui*. C'eft, comme vous voyez, le *grand nom*, le *nom fuprême*; répondant au *Jehova* des Hebreux. *Alla* fignifie dans fon étymologie *fervir*, *reverer*, *adorer*. Il y a quatre-vingts dix-neuf *noms* dérivez de ce faint *nom* d'*Alla*, qu'ils appellent *les beaux Noms*, *les Noms aimables*. Ils ont un Recueil des *Noms de Dieu*, qui montent à mille-un. Ce font les *noms* de fes at-
Tome II.

tributs & de fa *gloire*. Ils appellent ce Recueil *Giauchen*, c'eft-à-dire, *cotte de maille*, pour fignifier qu'ils font une protection & une défenfe femblable à celles de la *cotte de maille* fur le corps d'un homme armé. Ces *noms* font en *Arabe* divifez par dixaines, chaque dixaine d'une rime ou terminaifon, & d'une mefure de fyllabes, & il y en a *mille-un*, difent-ils, pour fignifier que les *mille noms* ne font qu'une chofe. J'en donnerois la traduction, fi je n'avois peur qu'on trouvât cette *Litanie* ennuieufe. J'en raporterai feulement la premiere dixaine, pour donner une plus facile idée de ce que c'eft. *O mon Dieu, je t'invoque par ton Nom! O Dieu! O Donateur! O plein de Beneficence! O Mifericordieux! O Fort! O Grand! O Ancien! O Savant! O Pardonnant! O Gueriffant*. Beaucoup de gens portent, & font porter à leurs enfans, cette *cotte de maille*-là, en maniere d'*amulette*, ou de *talifman*, foit à la gorge, foit fur l'eftomach, foit au bras, qui eft la plus ordinaire partie où l'on attache ces fortes d'*amulettes*. Le *nom* de *Dieu*, le plus commun entre les *Mahometans*, après celui d'*Alla*, eft *Rebel-halemin*, c'eft-à-dire, *Seigneur des mondes*, ou *des êtres créez qui compofent le monde*, qui eft ce que les *Hebreux* appelloient *armée*. Ainfi, le *Dominus Sabaoth* des *Juifs* eft la même chofe que le *Rebel-halemin* des *Mahometans*. Les *Perfans* ne traduifent pas ce mot de *Reb* par celui de *Maitre*, ou *Seigneur*, comme nous faifons, ils le traduifent par le terme de *Perver degar*, c'eft-à-dire *Nourricier*, étant le participe du verbe qui fignifie *nourrir*, *entretenir la vie*, *donner l'aliment néceffaire*. On pourroit fort bien dire que les *Juifs* ont entendu ce terme comme les *Perfans*, en le donnant à leurs *Docteurs*, & *Maitres de la Loi*, qu'ils appelloient *Rabi*, puifque dans leur inftitut ils adminiftrent l'aliment fpirituel, & entretiennent la vie de l'ame.

CHAPITRE II.

Du fecond Article du Symbole des Perfans.

MAHAMMED EST L'ENVOYE DE DIEU.

LE terme que j'ai traduit par *Envoyé*, eft *Refoul*: il fignifie auffi un *Nonce*, un *Ambaffadeur*, un *Meffager*. C'eft un terme *Arabe*. *Nebi*, qui eft celui dont ils fe fervent pour dire *Prophete*, d'où vient le mot de *Nebouyet*, pour dire *la Prophetie*, eft *Arabe* auffi, & il

Tt   figni-

fignifie proprement *Orateur*, & pareillement *Interprete*, venant d'un mot qui fignifie *déclarer*, & *annoncer*. Le mot de *Prophete* en *Perfan* eft *Pegomber*, mot compofé de *Pegom*, qui veut dire *nouvelle*, *avis*, *meffage*, & de *ber*, qui eft l'imperatif du verbe *porter*, & ce mot fignifie ainfi *Porteur de nouvelles*, ou *Evangelifte*. Avant que de parler du faux *Prophete Mahammed*, il faut dire ce que les *Perfans* tiennent de la *Prophetie*, & des *Prophetes* en général.

Ils enfeignent que dès que *Dieu* eut fait l'homme, il lui régla fa conduite par des Preceptes, dans l'obfervance defquels il devoit trouver fon bonheur. Mais que les hommes s'étant trouvez enclins à mal faire, ils s'étoient revoltez contre la foi & contre la pieté, ne voulant, ni croire qu'on leur parloit de la part de *Dieu*, ni croire qu'il y eût de *Dieu*. Que ce fut à l'occafion de cette incrédulité que les *Miracles*, & la *Prophetie*, avoient été manifeftez ; les *Miracles*, pour reduire l'homme à croire; la *Prophetie*, pour le porter à la pratique des Commandemens. Et que comme la miféricorde infinie de *Dieu* n'avoit pas voulu abandonner les hommes à leur aveuglement, & à leur dépravation, il avoit entretenu fans ceffe des *Prophetes* au monde, pour fervir de témoins à la verité, & de lumiere pour la conduite de la vie humaine: Qu'*Adam*, qui avoit été le premier homme, avoit été le premier *Prophete*, & que depuis lui, jufqu'à *Mahammed*, qui avoit été le *Sceau des Prophetes*, c'eft-à-dire, le dernier que *Dieu* eût refolu d'envoyer (car c'eft ainfi qu'ils ofent toûjours mettre le Ciel d'intelligence dans la feduction d'un fin & ambitieux Impofteur;) que durant tout ce tems-là, dis-je, *Dieu* n'avoit jamais laiffé le monde fans *Prophetes*.

Après ce fondement pofé, ils avancent fur l'autorité de leur *Alcoran*, qu'il y a eu *cent vingt-quatre mille Prophetes*, dont *Adam* eft le premier, & *Mahamed* le dernier. La verité eft qu'ils n'en fauroient montrer deux mille par leurs noms; & cependant, ils vous foutiennent avec la plus grande confiance qu'il ne faut pas douter qu'il n'y en ait ni tout autant que cela, ni plus, ni moins. Pour mieux trouver leur compte, ils mettent au rang des *Prophetes* tous les hommes éminens & recommandez dans le *Vieux Teftament*, & plufieurs du *Nouveau*, ne faifant point de diftinction entre les *Prophetes* & les *Patriarches*. Ils mettent même dans ce rang les femmes éminentes ou recommandées dans ces facrez Livres, *Eve*, *Marie*, les époufes d'*Abraham*, d'*Ifaac*, & de *Jacob*, la *Sainte Vierge*, *Anne*, *Elizabeth*, & beaucoup d'autres, fe rendant d'autant plus liberaux à conferer la dignité de *Prophete*, qu'il leur en faut beaucoup pour aller à *cent vingt-quatre mille*. Ils ont des Livres où la vie d'un grand nombre de ces anciens *Patriarches* eft décrite à leur manière; c'eft-à-dire, que beaucoup de fables, prefque toutes tirées des *Rabins*, font coufuës à quelques peu de faits véritables. Leurs plus célébres *Legendes* font les Livres intitulez : *Hiftoire des Prophetes*, *Journaux des Hommes purs*, *Merveilles des Efprits*.

Ils diftinguent les *Prophetes* en *grands*, & en *petits*. Les grands *Prophetes* font ceux qui ont donné des *Loix* pour régler la Croyance & le Culte, & ceux-là ils les appellent *Saheb-quitab*, c'eft-à-dire, *Seigneurs*, ou *Maîtres de Livres*, qui eft ce que nous difons *Legiflateurs*; pour faire entendre qu'ils ont aporté du Ciel un nouveau Culte au Monde. Ils ne font que quatre *Prophetes* Auteurs de Livres, ou *Legiflateurs* : *Moyfe*, qui aporta le *Pentateuque*; *David*, qui donna le *Pfeautier*; *Jefus-Chrift*, qui publia l'*Evangile*; & *Mahammed*, qui a répandu les Dogmes de l'*Alcoran*. Pour ce qui eft des *petits Prophetes*, ils en font encore trois Claffes : l'une de ceux qui n'ont rien ftatué de nouveau, ni rien donné par écrit; l'autre de ceux qui ont donné quelque chofe par écrit pour confirmation de la *Religion* établie, qui eft ce que nous appellons les *Propheties*; lefquelles les *Théologiens Perfans* diftinguent de ces quatre grands Livres-là, en ce qu'elles n'enfeignoient pas un nouveau Culte, ni qu'elles n'abrogeoient pas le Culte qui étoit établi, mais feulement qu'elles expliquoient les myftéres, & excitoient les hommes à l'obfervance des Commandemens de *Dieu* par la dénonciation de fes jugemens, & par la promeffe de fes récompenfes. La troifiéme Claffe des *Prophetes* eft de ceux qui n'ont rien donné par écrit, mais qui ont inftitué de nouveaux Preceptes, comme *Abraham*, qui inftitua la *Circoncifion* & le *Pelerinage*, qui étoient des Preceptes impratiquez, & même inconnus auparavant. Lors qu'on preffe ces *Théologiens Perfans* fur ce grand nombre de *Prophetes*, en leur montrant l'abfurdité qu'il y a d'avancer que *Dieu* envoyât tous les quinze jours un *Prophete*, ou qu'il en envoyât plufieurs à la fois, ils répondent qu'il ne faut pas preffer les matieres de Foi; qu'il eft dit dans l'*Alcoran*, que *Dieu* a envoyé cent vingt-quatre mille *Prophetes*; qu'il le faut croire, fans épiloguer fur les abfurditez qu'on en pour-

pourroit induire, ni même rechercher comment cela peut être; puis qu'au fonds cela ne blesse en rien l'analogie de la Foi, & n'implique aucune contradiction.

Leur *Théologie* pose ensuite de cela, que les *Propheties* sont créées plusieurs siécles avant le Monde, & avant les Anges; créées réellement, c'est-à-dire, couchées sur des *feuilles* materielles, en des caractéres sensibles; & qu'à mesure que les *Prophetes* en devoient annoncer quelque partie aux hommes, *Dieu* leur envoyoit par des Anges la *feuille* où cette partie étoit contenuë, leur donnant ainsi les Instructions de leur *Nonciature* à diverses fois, & peu à peu: Que les *Prophetes* lisoient ces *feuilles* au peuple à mesure qu'ils les recevoient; & puis quand leur Mission étoit achevée ils emportoient ces Divins *Cahiers* avec eux au Ciel, sans qu'il en restât autre chose entre les hommes que des piéces & des fragmens, c'est-à-dire, que ce que les Disciples & fidéles Sectateurs des *Prophetes* en avoient retenu, & avoient ensuite écrit dans des Livres. Ils prétendent que c'est là l'œconomie que *Dieu* a gardée dans la Revelation de ses mystéres, jusqu'à leur *Mahammed*, qui a délivré l'*Alcoran* tout entier, en le faisant copier à ses Disciples mot à mot, avant que de l'emporter avec lui au Ciel. Voici comme ils prétendent prouver ces Dogmes étranges. „ Il est évident, nous disent-ils, „ que les Livres, que vous appellez les *Pro-* „ *pheties*, ne contiennent que des extraits, „ ou des recueuils, dans lesquels les choses „ ne sont ni entieres, ni dans l'ordre qu'el- „ les doivent avoir été écrites, ou annoncées; „ & ainsi, que ce que vous appellez les *Pro-* „ *pheties* d'un tel, ne sont que des fragmens „ & des piéces de leurs *Propheties*. Dans les „ *Propheties* originales, continuent-ils de di- „ re, c'est *Dieu* qui parle toûjours, & qui „ doit toûjours parler. Le *Prophete* n'y doit „ jamais être mêlé que comme une tierce per- „ sonne, & au contraire dans les *Propheties* „ des *Juifs* & de vous autres *Chrétiens*, c'est „ le *Prophete* qui parle à la premiere person- „ ne, & qui raporte ce qui lui est dit ou inspi- „ ré. " Je ne dois pas oublier qu'il y a des *Docteurs Mahometans* qui tiennent que les *Propheties* sont de toute éternité comme *Dieu*, & qu'il ne peut être autrement, puisque c'est la parole de *Dieu* même.

Nous avons raporté qu'ils enseignent „ que „ tous les *Prophetes* n'étoient pas envoyez „ pour publier de nouvelles Loix, & qu'au „ contraire il y en a eu peu qui l'ayent fait;

„ ils enseignent en consequence, que durant „ tout le tems qui couloit entre un de ces „ *Prophetes Legislateurs*, & un autre, c'est-à- „ dire entre la publication & l'établissement „ d'un Culte, jusqu'à ce que ce Culte fût „ aboli par l'érection d'un nouveau; que du- „ rant tout ce tems, dis-je, la *Religion* éta- „ blie étoit seule le vrai chemin du Ciel, „ mais qu'elle cessoit de l'être, & devenoit „ une voye d'erreur & de perdition, dès qu'un „ autre *Prophete Legislateur* en étoit venu „ montrer une nouvelle; & sur ce principe, „ ils avoüent, que hors la *Religion Chrétienne* „ il n'y a point eu de salut depuis *Jesus-Christ* „ jusqu'à *Mahammed*, de même, ajoûtent- „ ils, que depuis *Mahammed* jusqu'à la fin du „ monde, il n'y en a, & il n'y en peut avoir „ aussi que dans le *Mahometisme*, parce que „ *Mahammed est le dernier des Prophetes*, & „ *le sceau de la Prophetie.* " Le terme original que je traduis par *le sceau de la Prophetie*, est *Katem-el-embla*, c'est-à-dire, *la clôture de la Revelation*, qui est le titre que les *Juifs* donnent avec beaucoup plus de raison au *Prophete Malachie*.

Entre les Prérogatives dont les *Persans* revêtent les *Prophetes*, la grande & principale, est l'impeccabilité, soit mortellement, ou veniellement, comme on parle dans nos Païs. Ils disent, qu'à la vérité, les *Prophetes*, par des desirs humains, peuvent quitter le mieux pour suivre le bien, mais qu'on ne peut pas dire à l'égard des *Prophetes*, comme à l'égard des autres hommes, que le bien est une espece de mal où il y a lieu de mieux, parce que *Dieu* permet aux *Prophetes* de laisser le mieux, pour suivre seulement le bien dans les choses purement humaines & corporelles. Ils sont fort aheurtez à cette opinion, & ils s'étonnent que nous ne la tenions pas; disant pour leur grande raison, qu'il faut de nécessité admettre l'impeccabilité des *Prophetes*, afin qu'il en resulte du côté des hommes une foi entiere, & une soumission pleine, à ce qu'ils disent de la part de *Dieu*, & afin qu'on ne puisse jamais contester leur Doctrine, savoir si c'est la parole de *Dieu*, ou la fantaisie d'un homme pécheur, & afin aussi que leurs actions puissent être des exemples; car, disent-ils, si on croit que les *Prophetes* peuvent pecher, on peut toûjours douter que leurs enseignemens ne soient des leçons de mensonge, & leurs actions des vices & des crimes. Ils répondent aux argumens de fait que nous faisons contre cette impeccabilité, que nos faits alleguez sont faux; que ce que nous raportons de *Noé*, de *David*,

de

de *Salomon*, font des faits alterez ; que les *Juifs* nous ont impofé là-deffus ; que ces *Prophetes* n'ont point commis les crimes dont nous les chargeons, & qu'il n'en faut point croire nos Livres facrez, parce qu'ils font mêlez & falfifiez. Ils revêtent auffi de l'impeccabilité les Femmes qu'ils honorent de la dignité de *Prophetie*.

Après avoir ainfi établi le dogme de l'impeccabilité des *Prophetes*, ils enfeignent, que de peur qu'on ne fe méprît aux *Prophetes*, particulierement aux *Prophetes Legiflateurs*, & qu'on ne les reconnût pas fûrement, *Dieu* les revêtoit de deux éclatantes & miraculeufes marques. La premiere, c'eft qu'il mettoit fur le front du *Prophete*, un *Rayon lumineux* toutes les fois qu'il alloit reveler quelque Myftere, ou publier quelque commandement : c'eft comme celui que nos Peintres repréfentent au front de *Moyfe*. Ils appellent ce Rayon *la lumiere des Prophetes*, & ils difent que *Dieu* le faifoit durer chaque fois, plus ou moins de jours, felon que l'occafion le requeroit. La feconde marque, c'eft que *Dieu* donnoit à chaque *Prophete*, pour preuve de fa Miffion, un don miraculeux le plus admirable & le plus convenable pour le lieu & pour le fiécle auquel il l'envoyoit, c'eft-à-dire que le *Prophete* Envoyé avoit entr'autres talens celui d'exceller, & d'agir miraculeufement dans l'art, ou dans la Science, que le Peuple auquel il devoit prêcher admiroit & recherchoit le plus. Les exemples qu'ils en raportent facilitent l'intelligence du Paradoxe. En voici trois : ,, Du tems, difent-ils, que *Moyfe* fut envoyé ,, au Peuple d'*Ifraël* en Egypte, les Egyptiens ,, étudioient la Magie avec plus d'affection ,, que tout autre art, & que nulle Science. ,, *Dieu* donna à ce *Prophete* pour marque de ,, fa Miffion le don d'une Magie furnaturel- ,, le. Les Magiciens de *Pharaon* ne purent ,, faire ce qu'il faifoit, & quand ils prétendi- ,, rent l'égaler, leurs baguettes miraculeu- ,, fement changées en Serpens par le *Prophe-* ,, *te* fe jetterent fur eux & les étouferent. Du ,, tems de *Jefus-Chrift*, la Médecine étoit la ,, grande recherche des gens en *Judée*. On ,, n'y eftimoit, on n'y étudioit rien tant que ,, la Médecine, à caufe qu'il n'y avoit jamais ,, eu tant de maladies dans le Païs. *Dieu* don- ,, na à fon *Prophete* pour Sceau & Caractére ,, d'envoi le don de la guerifon. Nulle ma- ,, ladie ne lui donnoit de la peine. Le fouffle ,, de fa bouche, fon ombre, l'attouchement ,, de fes habits, guerifſoit tout ce qui eft na- ,, turellement incurable. Il lui étoit auffi fa-

,, cile de reſſuſciter un mort, que de faire ,, paſſer une migraine. Ce font les termes ,, des *Perfans*. Au fiécle auquel *Mahammed* ,, fut envoyé, les *Arabes* eftimoient l'Eloquen- ,, ce fur toute chofe ; c'étoit leur étude & leurs ,, délices. Le fceau de fa Députation fut une ,, Eloquence furnaturelle & Divine. Il per- ,, fuadoit tout ce qu'il difoit. Ses paroles pa- ,, roiſſoient inconteftables. Nulle Tradition, ,, nul dogme, pour ancien qu'il fût, & enra- ,, ciné, nul préjugé, ni entêtement, ne te- ,, noit contre fes raifons. Il parloit du ftile ,, que l'*Alcoran* eft écrit, lequel tout le Mon- ,, de, difent-ils, reconnoît pour le Chef d'œu- ,, vre de la plus fublime & plus parfaite élo- ,, quence ; en comparaifon de quoi il n'a ja- ,, mais rien été compofé digne d'être appellé ,, pur, ou clair, ou fort. `` Mais c'eft le peu- ple, fimple & fuperftitieux, qui croit ainfi aveuglément qu'on n'a rien écrit, & qu'on ne peut rien écrire de fi éloquent que ce livre. Il y a eu de leurs Docteurs qui ont bien ofé pu- blier qu'ils étoient d'une autre opinion ; & plufieurs en font, qui le diffimulent, comme nous le dirons plus amplement dans la fuite.

C'eft-là ce que les *Perfans* croyent de plus remarquable fur la *Prophetie*. Ils enfeignent enfuite, touchant les perfonnes des *Prophetes* ; que leurs ames étoient créées non feulement avant tous les Etres materiels, mais auffi avant les Anges, ou comme difent quelques uns, en même tems que les Anges, & qu'elles étoient gardées dans le Ciel, jufqu'au tems que Dieu les vouloit envoyer au Monde ; non pas toutes dans un même Ciel, mais dans les Cieux fuperieurs, ou inferieurs, à compter du premier au cinquiéme, & pas au delà, à proportion du degré de Révelation dont chaque *Prophete* devoit être revêtu. *Moyfe*, par exem- ple, dans un Ciel plus haut qu'*Abraham*, & *Jefus-Chrift*, dans un Ciel plus haut que *Moyfe*. Ils font la même diftinction à l'égard du tems de la Création de ces *Saints hommes*, en en- feignant que les derniers envoyez ont été les premiers créez, à caufe que, felon les termes de l'Ecole, les derniers étoient plus dans l'idée & dans l'intention de *Dieu*. Ils difent de plus, que les *Prophetes* paffent les Anges en dignité, en excellence, & en pureté ; & même ils vont jufqu'à avancer, que toutes les vertus & les grandeurs qui font en *Dieu* par néceffité, font dans les *Prophetes* par accident ; qu'ils font impeccables, & ne peuvent faillir, comme nous l'avons déja remarqué, que toutes les œuvres miraculeufes font en leur pouvoir, & à leur difcretion ; qu'ils connoiffent le cœur

&

& les plus fecrétes penfées; qu'ils font la bouche de *Dieu*, & fes infaillibles oracles ; & que rejetter leur Doctrine, c'eft, après l'Atheïfme, le plus grand crime où l'homme puiffe tomber.

Comme ils difent que les *Prophetes* étoient créez plufieurs fiécles avant le monde, & que *Dieu* les gardoit dans le Ciel jufqu'au tems de leur manifeftation : ils pofent de même, que *Dieu* les retiroit dans le Ciel, au troifiéme jour de leur mort, & dans le même Ciel où ils avoient été placez avant que de venir au monde ; & ils ajoûtent, en conféquence de ce Dogme, que ce qu'ils venerent les Tombeaux des *Prophetes*, & y vont par dévotion, n'eft pas dans la créance que leurs corps y foient demeurez & y ayent fubi le commun fort des mortels, mais que c'eft à caufe de la Sainteté que ces lieux ont acquife par l'attouchement des corps des *Prophetes*, & par l'avantage de les renfermer. On ne peut exprimer le refpect qu'ils ont pour tous les *Prophetes*. Ils n'en parlent qu'avec la plus profonde veneration. Leur grand ferment eft de jurer par leurs *Efprits*, ou Manes. Jamais ils n'écrivent le nom d'aucun, qu'ils ne mettent immédiatement après, *que le Salut foit fur lui* ; & lors qu'ils les nomment, ils ajoûtent toûjours par honneur le titre de *Hazeret*, qui fignifie *Grandeur*, ou *Majefté*, comme *Hazeret Ibrahim*, *Hazeret aïffa, la Majefté d'Abraham, la Majefté de Jefus*. Ils font le même honneur aux *Propheteffes*, qu'ils traitent auffi de *Madame*. *Biby Mariam, Madame Marie*, pour dire la *Sainte Vierge*. *Jefus-Chrift*, & après *Jefus-Chrift*, *Abraham*, font les *Prophetes* pour qui ils ont le plus d'amour & de réverence, à la referve du leur.

Ils enfeignent, mais non pas à la vérité fort à découvert, ni clairement par tout, à caufe des Puiffances Temporelles, que cette Doctrine ici choque; ils enfeignent, dis-je, que les *Prophetes* étant les *Meffagers* & *Envoyez* de *Dieu*, ils font pareillement fes *Lieutenans*, & que comme ils doivent inftruire les hommes, & les guider dans le Culte, ils les doivent auffi gouverner & régler dans le *Droit civil:* Que depuis la Création du Monde, jufqu'à *Mahammed*, il y a eu toûjours des *Prophetes*, qui étoient de droit les *Gouverneurs*, les *Chefs*, & les *Conducteurs* du Monde; & que *Mahammed*, comme étant le dernier des *Prophetes*, & après lequel il n'en devoit point venir, conftitua les *Imans* pour fes *Succeffeurs*, les ayant revêtus de fes droits, afin de gouverner jufqu'à la fin du Monde, tant au Temporel,

qu'au Spirituel. Ils ajoûtent, qu'il eft vrai que tous les *Prophetes* n'ont pas été *Chefs* & *Gouverneurs* de fait, comme ils l'étoient de droit ; que plufieurs l'ont été d'une & d'autre forte, comme *Adam*, *Noé*, *Abraham*, *Ifmaël*, *Ifaac*, *Jacob*, *Moyfe*, *Jofué*, les *Prophetes* que nous appellons les *Juges*, *David*, *Salomon*, divers autres, & enfin *Mahammed* ; & qu'encore que tout cela ne faffe véritablement qu'un petit nombre, en comparaifon des autres, qui n'ont pas joüi de la Souveraineté de fait, il ne faut pas pour cela revoquer leur droit en doute, parce que comme les Infidéles rejettoient les *Prophetes* à l'égard de leur Doctrine, les Iniques les rejettoient à l'égard de leur Gouvernement, & fouvent même les immoloient à leur fureur. Je dois parler de cette matiere plûs amplement dans le Chapitre fuivant.

Après avoir dit ce que les *Mahometans Perfans* croyent fur la *Prophetie*, & fur les *Prophetes*, en général, je raporterai les termes dans lefquels leur *Théologie* s'énonce fur le *Texte* de ce Chapitre, *Mahammed eft l'Envoyé de Dieu*. Les voici traduits mot à mot de leurs Livres Théologiques : ,, Le fens de la ,, feconde partie de la *Confeffion de Foi*, c'eft- ,, à-dire les chofes que le fecond point là or- ,, donne de croire & de profeffer, eft que *Dieu* ,, a envoyé pour *Prophete Mahammed*, de la ,, famille des *Koreis*, homme fans étude & ,, fans Science, fimple & inexperimenté, pour ,, être fon *Ambaffadeur* & *Envoyé* vers tous les ,, Peuples de la Terre, tant *Arabes* que *Bar-* ,, *bares*, vers les Corps & vers les Ames; le- ,, quel *Ambaffadeur* de *Dieu* a abrogé toutes ,, les autres Religions, excepté les points qu'il ,, a lui-même confirmez, en les établiffant, ,, & commandant de nouveau, de la part de ,, *Dieu*. Que ce *Prophete*, non-lettré, a été ,, conftitué divinement le *Seigneur* de tous les ,, humains, la volonté de Dieu étant, que ce ,, n'eft, & que ce ne fera jamais, une foi plei- ,, ne & parfaite que la *Confeffion* de l'exiften- ,, ce & de l'Unité Divine, qui fe fait en di- ,, fant, *il n'y a point d'autre Dieu que Dieu*, ,, à moins qu'on n'y ajoûte immédiatement ,, la *Confeffion* de la Miffion de fon *Apôtre*, ,, en difant, *Mahammed eft l'Envoyé de Dieu*: ,, & que *Dieu* a rendu néceffaire aux hommes ,, la créance & la profeffion de toutes les cho- ,, fes que ce *Prophete* a enfeignées & com- ,, mandées pour ce Monde, & de celles qu'il ,, a revelées de la vie future, parce que *Dieu* ,, n'a nullement agréable la foi de l'homme, ,, tant qu'il n'eft pas pleinement perfuadé des

,, chofes

,, chofes que fon *Prophete* a annoncé devoir
,, arriver après la mort.

C'eft un point fi géneralement reçu parmi
tous les *Mahometans* que celui de l'ignorance
de *Mahammed* à l'égard des Sciences, & des
Difciplines humaines, qu'on peut dire qu'il
paffe comme un article de foi. Ils prétendent qu'il avoit été élevé dans une telle ignorance qu'il ne connoiffoit pas une Lettre &
que jamais il ne fut lire ni écrire. Ils lui donnent pour ce fujet entre fes autres noms celui de *Nebia Ommian*, comme qui diroit *Prophete non Lettré*. Quelques anciens Auteurs
Arabes ont pourtant avancé qu'il avoit appris
à écrire, & ils prétendoient le prouver de ce
que *Mahammed* étant prêt de mourir, dit à
des gens qui lui faifoient des queftions fur le
droit Civil, *apportez moi une écritoire, & je
vous donnerai des inftructions & des Loix* ; mais
les *Perfans* répondent qu'il dit cela ayant *Aly*,
fon Gendre, proche de lui, de la main duquel
il fe fervoit pour écrire les chofes de cette importance, & que c'eft ainfi qu'il faut entendre cette réponfe, puis que quand même *Mahammed* auroit fu écrire, il étoit alors fi mal
qu'il n'auroit pas eu la force de le faire. La
raifon pour laquelle ils infiftent tant fur ce
point n'eft pas difficile à comprendre. Ils penfent que c'eft un argument que fa Vocation
eft Célefte, parce que moins un tel homme a
de connoiffance humaine, plus la Doctrine
qu'il annonce fe doit croire venir du Ciel, &
être d'infpiration. Il y a beaucoup d'apparence que les *Mahometans* ont dit cela de leur
faux *Prophete*, fur ce qu'ils avoient lu dans
l'*Evangile*, de l'étonnement des *Juifs* lors
qu'ils entendoient la Doctrine Célefte de *Jefus-Chrift*. Comment cet homme ici, difoient-
ils, *fait-il les Ecritures, lui qui ne les point a-
prifes*. Les *Mahometans* difent dans le même
efprit, non feulement que leur *Prophete* étoit
naturellement le plus ignorant des hommes,
mais auffi qu'il étoit pauvre & fans moyens ;
& ils paroiffent fort furpris lors qu'ils nous
entendent dire, que leur *Legiflateur* a établi
fa *Religion* par les armes, ne fachant, difent-
ils, fur quoi nous nous pouvons fonder ; mais
affurément ils s'en font beaucoup à croire fur
cet article, comme nous le montrerons dans
fon lieu. J'ajoute que c'eft encore dans un
même efprit, que par raport à ce que N. S.
Jefus-Chrift ne commença à prêcher l'*Evangile*, qu'à l'âge de trente ans, ils avancent que
*Mahammed fut trente deux ans Infidele, inique,
& diffolu* ; car ils devroient dire qu'il le fut
cinquante ans, puifqu'il ne commença qu'à cet

âge à parler publiquement contre le culte des
Idoles.

Je donnerai la vie du faux *Prophete Mahammed* dans l'*Epitome de l'hiftoire des Rois de Perfe*, où il entre en homme habile & brave, qui
a jetté les fondemens de la plus grande Puiffance qu'il y ait jamais eu dans l'Univers,
foit pour l'étendüe, foit pour la durée, foit
pour la ftabilité. Je parlerai auffi de l'*Alcoran*, qui eft fa fauffe Prophetie, fur la fête
que les *Perfans* ont confacrée à la mémoire de
l'Envoi de ce Livre. C'eft pourquoi je me
contenterai de traiter encore deux points dans
ce Chapitre, par rapport au don de la *Prophetie*, qu'il a prétendu, & que fes fauteurs lui
attribuent ; le premier, touchant la *Revelation*, qu'ils ofent foutenir que *Dieu* avoit faite
de *Mahammed*, plufieurs fiecles avant fa venuë, le fecond, touchant l'honneur dont fes
Séctateurs le couvrent.

Pour le premier point, les *Mahometans* difent, que *Dieu* ayant eu deffein de toute éternité d'envoyer *Mahammed* au Monde, pour
le dernier *Prophete*, & le *Seau de la Revelation*, après lequel il n'en envoyeroit plus, il
l'avoit fait connoître par tous les *Prophetes*
précedens ; mais que d'un côté, les *Chrétiens*
avoient attribué à *Jefus-Chrift*, & les *Juifs* à
leur *Meffie*, ce qui ne peut convenir qu'à *Mahammed* ; & de l'autre, qu'ils avoient fouftrait
les *Predictions* de fa venüe, en enlevant les
paffages qui les contenoient, ou en les alte-
rant, afin de rendre les uns moins décififs,
& les autres équivoques. Tous les *Mahometans* croyent cela avec la plus ferme Foi, &
le commun peuple ne peut affez admirer comment il eft poffible qu'il y ait des gens au
monde qui nient que *Mahammed* foit Prophete ; qu'il foit promis dans la *vieille* & la *nouvelle Alliance* ; & qu'au contraire, nous le trai-
tions de *Fourbe & d'Impofteur*, lors que nous
en parlons avec liberté. ,, Ils nous difent à
,, nous *Chrétiens*, nous reconnoiffons bien
,, vôtre *Prophete*, nous l'honorons, nous
,, avoüons fa miffion, & nous le croyons
,, l'*Efprit de Dieu*, pourquoi ne voulez-vous
,, pas reverer le nôtre, & croire la verité de
,, fon *Apoftolat* ? " Ils fe perfuadent opinia-
trement que nous le faifons par pure malice,
& c'eft à mon avis une des caufes qu'ils ont
de détefter, comme ils font, nôtre *Religion*,
& de maltraiter les gens qui la profeffent. Ils
font entêtez auffi que c'eft par un même efprit
que nous nions qu'il foit fait mention de *Mahammed* dans le *vieux* & dans le *nouveau Teftament*, & que *Moyfe*, *David*, & *Jefus-Chrift*,
ayent

ayent promis fa venue aux *Juifs*. Voici les endroits de l'*Ecriture fainte* où ils prétendent qu'il en eft parlé. Le premier eft au Chapitre trente troifiéme du *Deuteronome*, verfet deuxiéme. *Le Seigneur s'eft manifefté de Sina : il s'eft montré de Seir : il s'eft fait connoître de Paran*, par lefquelles paroles ils veulent qu'on entende le don de la *Loi* à *Moife*, celui de l'*Evangile* à *Jefus-Chrift*, & celui de l'*Alcoran* à *Mahammed*, fur ces Montagnes, à favoir *Sina* où *Moife* reçut la *Loi*; *Seir*, qui eft le nom de toutes ces Montagnes d'*Idumée*, ou des *Moabites*, qui s'étendent depuis la Mer rouge jufques à la Mer morte, paffant à fept lieuës de *Jerufalem*, où ils prétendent que *Dieu* donna l'*Evangile* à *Jefus-Chrift*; & *Paran*, font des Montagnes du defert d'*Arabie*, vers la Mer rouge, affez près de la *Mecque*, fur lefquelles ils veulent que *Mahammed* reçut les premiers Chapitres de l'*Alcoran*. Le fecond paffage, eft le fecond verfet du *Pfeaume* cinquantiéme en ces mots, felon le Texte de la Verfion *Syriaque*. *Dieu a fait briller de Sion une Couronne de gloire*. Les mots de l'*Original* qu'on a traduits par *une Couronne de gloire* font *Ililan Mahmudan*, qu'ils foutiennent qu'il faut interpréter *le Régne ou la domination de Mahammed*, & entendre ainfi ce paffage *Dieu a envoyé de Sion avec éclat la Domination de Mahammed*. Le troifieme endroit eft dans le même livre au *Pfeaume* foixante douze, verfet feizieme où il y a ces mots : *Ceux de la ville fleuriront comme l'herbe fur la Terre*. La verfion *Arabefque* a employé le mot de *Medine*, pour dire *ville*, comme effectivement *Medine* eft le Terme commun, & ordinaire, pour dire *Ville*, furquoi les *Mahometans* ayant l'idée pleine de *Mahammed* prétendent que ces Paroles fignifient *que ce Prophete fortira fleuriffant de la Ville de Medine, comme l'herbe qui eft fleurie fur la Terre*. Or quel *Prophete*, difent-ils eft venu de *Medine*, ni de l'*Arabie*, autre que *Mahammed*. Ce *Pfeaume*, à leur compte, eft tout à fait pour lui ; & les *Juifs* fe font trompez de l'avoir crû fait pour *Salomon*, auffi bien que les *Chrétiens* de l'avoir rapporté myftiquement à *Jefus-Chrift*. Le quatriéme endroit eft ce célébre paffage du feiziéme Chapitre de St. *Jean*, verfet douze. *Si je ne m'en vais le Paraclet ne viendra point à vous, mais fi je m'en vais je vous l'envoyerai*. Le terme employé dans les verfions *Arabefques* pour fignifier *Paraclet*, étant *Ahmed* mot fynonyme avec celui de *Mahammed*, qui fignifient l'un & l'autre la même chofe que *Paraclet* : les *Mahometans* prétendent que l'envoi de *Ma-*

hammed eft promis en ce paffage là : & quand on leur reprefente combien toutes ces explications font forcées, & tirées par les cheveux, ils en demeurent d'accord, mais ils répondent, que c'eft par la malice des *Juifs* & des *Chrétiens*, qui ont troncqué & falfifié chacun leurs livres facrez, en toutes les *Propheties* qui regardoient *Mahammed*. Ils ajoutent que lors qu'ils nous citent les paffages de nos *Ecritures*, ce n'eft que pour marquer les lieux où les veritez que nous conteftons étoient couchées. Ils fondent cette fauffe imputation fur un endroit de l'*Alcoran*, qui comme ils le prétendent, contient le paffage de *Saint Jean* qu'on vient de citer, tel qu'il étoit originellement dans l'*Evangile*. Voici comment il y eft couché. *Enfans d'Ifrael, je fuis Prophete envoyé de Dieu pour vous inftruire en toute vérité, & vous donner l'heureufe & agréable nouvelle du Prophete que Dieu doit envoyer, qui doit venir après mon départ, & qui s'appelle Ahmad, c'eft-à-dire Paraclet*.

Je ne puis m'empêcher de remarquer ici, que nous devons benir *Dieu*, qu'une *Religion*, qui eft fi étenduë, & fi fermement établie, & qui l'eft depuis fi long-tems, dont le Culte a beaucoup d'apparence exterieure de fainteté, n'ait pas de plus folides démonftrations, & qu'elle fe fonde fur des prétentions auffi frivoles, & impertinentes, que de foutenir que les *Chrétiens* ont rayé de l'*Evangile* des Textes importans, & remarquables, & de le foutenir fur la parole d'un homme venu fix cens ans après la publication de l'*Evangile* dans toute la Terre, fans en apporter la moindre preuve.

Quant à l'honneur que les *Mahometans* portent à ce faux *Prophete* qui les a fi fort féduits, il eft impoffible de l'exprimer. Tout ce qui fe peut dire de plus glorieux, de plus fublime, de plus Divin, d'une Créature mortelle, ils le difent de lui, & même par de là; car ils l'exaltent au deffus des Anges. J'ai obfervé dans le Chapitre précédent, que la plûpart de leurs *Philofophes* ne font que fept Cieux, & l'Empyrée par deffus, auquel ils donnent le nom de *Sedarat-el monteha*, c'eft-à-dire *la plus haute élevation*. Les Anges, à ce qu'ils affurent, n'ont jamais paffé ce feptiéme Ciel, mais *Mahammed* paffa ce Ciel, il arriva à l'Empyrée, au deffus des efpaces, & même au deffus de la conception humaine. Ils font la lumiere une émanation de fon Effence, & racontent qu'une goute de cette effence étant tombée en terre, la lumiere en fortit; Fable qui leur eft une fource de longs recits, &

dont

dont ils ont un Livre exprès, qu'ils appellent *Nour namé*, c'eſt-à-dire, l'*Hiſtoire de la Lumiere*. Ils ont toujours le nom de ce faux *Prophete* à la bouche, par invocation, ou éjaculation, *ya Mahammed*, *O Mahammed*, & après l'avoir invoqué mille fois de ſuite, ils demandent pardon de ne lui rendre pas aſſez d'honneur, & ils diſent, *Dieu & les Anges ſaluent Mahammed tous les jours*, (ces mots ſont un verſet de l'*Alcoran*, c'eſt-à-dire que lui même a dit cela de lui,) & *s'il eſt ainſi glorifié dans le Ciel, comment pouvons nous être contens de ce que nous faiſons ſur la Terre à ſa gloire*. Enfin ils vont juſques là que de l'appeller *Rouh el-co dous*, c'eſt-à-dire, le *St. Eſprit*, nom qu'il faut obſerver qu'ils donnent auſſi aux *Anges*, dans le ſens d'*Envoyez* & *Meſſagers*. Quand ils écrivent ſon nom, ils ajoutent toujours *le ſalut & la paix ſoit ſur lui*, au lieu qu'en écrivant le nom des autres *Prophetes*, ils mettent ſeulement *la paix*, ou le *ſalut*, ſoit ſur lui. Entre les Prérogatives dont ils revêtent cet Uſurpateur, ils diſent qu'il a été créé de *Dieu* avant tous les ſiecles; ſurquoi ils s'expriment en des termes qui paroiſſent tirez de ceux dont ſe ſont ſervis pour nous enſeigner la Génération Eternelle du Verbe. Ils citent-là deſſus l'*Alcoran* qui porte en divers endroits ce menſonge, & entr'autres en ces termes, *J'étois moi Prophete*, & *je vivois déja*, *lors qu'*Adam *n'étoit encore que de l'eau & de la boue*. C'eſt en ce ſens qu'ils le nomment *le premier & le dernier des Prophetes*; premier en création; dernier en manifeſtation. Ils diſent enſuite que dès qu'il fut créé, *Dieu* le fit connoître aux Anges, afin qu'ils le ſerviſſent & l'honoraſſent, & qu'il le fit connoître aux *Prophetes*, dès qu'ils furent créez, afin qu'ils publiaſſent dans le Monde ſon excellence, & la perfection de la *Loi* qu'il apporteroit, & qu'ainſi ils préparaſſent ſes voyes & fiſſent deſirer ſa manifeſtation. Ils vont juſqu'à l'abſurdité à force de le rendre extraordinaire; car ils diſent, que par un ſpécial privilege, ſon corps ne rendoit point d'ombre, il voyoit du derriere & des côtez de la tête comme du devant; & lors qu'on les preſſe ſur la contradiction naturelle de ces termes, ils répondent qu'il s'agit d'un effet ſurnaturel. Que nous tenons auſſi, par exemple, les Cieux être de leur nature ſolides & impénétrables, & que cependant nous croyons que les corps les penetrent. Les épithetes que ſes Sectateurs lui donnent ſont fort divers; mais ils ſont tous magnifiques. J'ai obſervé que les *Perſans*

donnent à *Dieu* mille un noms, ceux qu'ils donnent à *Mahammed* montent à quatre-vingt dix-neuf, comme ceux d'*Aly*, ſon Gendre, à quatre-vingt. Les plus ordinaires qu'on lui donne ſont ſon nom propre de *Mahammed*, celui de *Prophete* par excellence, & celui de *Muſtapha*, qui ſignifie *Elu*; terme dont la racine eſt *ſaf*, qui veut dire *choix*, *élection*, & auſſi *ſainteté*, & *pureté*. Pour le mot de *Mahammed*, on le peut tirer de trois racines. Dans l'une il ſignifie *célébre*, *renommé*: dans l'autre, *fort loüable*: dans l'autre *protection*, *défenſe*, revenant au mot Grec *Paraclet*, qui eſt ſi ſaint dans nôtre *Religion*. Les Mahometans tiennent communément, que perſonne avant leur *Prophete* n'avoit porté le nom de *Hammed* ou *Mahammed* en propre, & que c'étoit juſqu'à lui un nom appellatif, un nom d'office: & quoi que cette propoſition ne ſoit pas ſans difficulté auprès de quelques-uns de leurs propres Docteurs, elle ne laiſſe pas d'être une ſource d'allegories & d'éloges tranſcendans pour leur ſuperſtition.

CHAPITRE III.

Du troiſiéme Article du Symbole des Perſans.

Aɪʏ ᴇꜱᴛ ʟᴇ Vɪᴄᴀɪʀᴇ ᴅᴇ Dɪᴇᴜ.

AVant que de parler d'*Aly*, il faut traiter de l'office de *Vicaire*, qui lui eſt attribué dans ce *Symbole*. Le mot original eſt *Valy*, ou *Vely*, dont la racine ſignifie *proteger*, *favoriſer*, *ſoutenir*, & qu'on prend dans l'uſage pour un *Lieutenant*, ou *Subſtitut*, un homme qui commande en la place d'un autre; & ce nom eſt tenu pour ſi glorieux, que le Roi de *Perſe* le prend par honneur, ſe faiſant appeller *Valy Iron*, c'eſt-à-dire, *le Lieutenant de Roi de la Perſe*. On dira ci-deſſous qui eſt ce *Roi*, dont le Monarque *Perſan* ſe dit le *Lieutenant*. Mais comme l'autorité d'*Aly*, étoit originairement ſpirituelle, j'ai traduit *Vicaire de Dieu*, plûtôt que *Lieutenant de Dieu*. *Naib* ſignifie encore la même choſe que *Valy*, & *Calife*; & ce titre de *Calife*, que porterent les premiers Monarques du *Mahometiſme*, qui tinrent leur Cour à *Bagdad* durant plus de trois cens ans, ne vouloit dire que *Lieutenant*, ou *Vicaire*, ou *Succeſſeur*; ainſi dans le *Droit civil* l'enfant eſt appellé le *Calife* de ſon pere, pour dire qu'il en eſt le *Succeſſeur* ou l'*Héritier*. Il en eſt encore de même du terme d'*Imam*, qui eſt ſi ſacré parmi les *Perſans*. Ainſi, *Valy*, *Calife*, *Imam*, ſont tous trois ſynofynonymes pour dire le *Vicaire d'un Roi*, & *Grand Pontife*, établi de Dieu pour gouverner souverainement le monde dans le spirituel & dans le temporel. *Valy* se dit seulement d'*Aly* par prééminence. *Califes* se dit des *Successeurs* de *Mahammed* par la ligne d'*Aboubekre*, *Omar* & *Osman*, qui furent ceux qui tinrent effectivement son Empire ; mais que les *Persans* appellent des *Usurpateurs*, & des *Tyrans*, à cause de quoi le titre de *Calife* leur est en horreur. Et *Imam* est le nom des *Successeurs* de ce faux Prophete par la branche d'*Aly*, que les *Persans* croyent avoir eu seuls le juste & légitime droit de lui succeder. Je traiterai la matiere des *Imams* un peu amplement, parce que c'est le grand point de controverse entre les *Persans*, les *Turcs*, & les autres peuples *Mahometans* qui suivent leurs opinions.

Le mot d'*Imam*, outre les significations que j'ai raportées, a encore celle de *Guide*, c'est-à-dire d'homme qui va devant, & qui montre le chemin. On employoit ce terme avant le *Mahometisme*, pour dire un *Président*, un *Principal*, le *Chef d'une Société*, & depuis ce tems-là, on l'employe pour dire un *patron*, un *modelle*, un *Directeur de conscience* ; & aussi, dans un sens bien plus relevé, pour designer un *Prophete*, un *Chef spirituel & temporel*, *un homme extraordinairement envoyé de Dieu, pour être tout ensemble Roi & Prophete, regir les peuples & les enseigner*. C'est dans ce sens qu'ils appellent leur faux *Prophete Mahammed*, l'*Imam*, par antonomase ; & que pour dire un *profane impie*, ils disent *c'est un homme qui n'a point d'Imam*, comme qui diroit, *qui n'a point de Religion*. Encore à present, on appelle, parmi tous les *Mahometans*, les Chefs des Mosquées, des Tombeaux, & des autres Lieux sacrez, *Imams*; & le Prince de la *Mecque*, qu'on appelle à present *Cherif*, a porté durant un long-tems le nom d'*Imam*. J'ai observé dans le Chapitre précedent, que les *Persans* croyent que les Prophetes doivent gouverner les hommes dans le civil, comme ils les doivent guider dans le spirituel. C'est là leur opinion. Ils tiennent tous constamment, que le dessein perpetuel de *Dieu* a été de régir le monde par ses Prophetes, aussi long-tems qu'il en envoyeroit, & lors qu'il n'y en auroit plus à envoyer, de le regir par les *Imams*, qui sont les *Lieutenans* ou *Vicege-rens* des Prophetes, des Chefs mis à la tête des autres. Ainsi *Moyse*, disent-ils, étoit l'*Imam* des *Israëlites*, ayant été envoyé pour être également leur Prince & leur Docteur. *Josué* exerça sa mission avec une semblable autori-

Tome II.

té ; *Samuel*, & tous les autres Prophetes, que nous appellons *les Juges*, qui furent les premiers *Successeurs* de *Moyse* & de *Josué*, jusqu'à ce que le Gouvernement fût changé, firent tous la même fonction de Roi & de Pontife. Ils marchoient à la tête des armées, ils administroient la Justice, ils distribuoient les dépouilles, ils partageoient les conquêtes, tout de même qu'ils offroient les Sacrifices, qu'ils enseignoient la Loi de *Dieu*, & qu'ils annonçoient ses Oracles. Ils ajoûtent que le dessein de *Dieu*, en retirant *Mahammed*, étoit que ceux qui embrasseroient sa Doctrine fussent gouvernez par des *Imams*, qui tiendroient sa place, & qui seroient, comme lui, Chefs suprêmes en toutes choses ; mais que les hommes s'étoient soulevez contre ces saints Vicaires, qu'ils n'avoient point voulu porter leur joug, & que *Dieu*, pour les punir de leur criminelle rebellion, avoit enlevé le douziéme *Imam*, & l'avoit rendu invisible, aprés lequel il n'y en a plus eu sur la terre, & il n'y en aura plus, jusqu'à ce qu'il revienne, comme cela doit arriver à la fin du monde. Ce point-là est néanmoins fort contesté entre les Docteurs *Persans* ; plusieurs d'entr'eux soutenant qu'il n'est point vrai que la Succession des *Imams* soit perdue, & qu'il n'y ait personne aujourdhui qui en fasse la charge au moins en partie ; qu'il est même impossible que cela arrive, mais qu'il faut croire au contraire que la suite des *Imams* continue toûjours, & qu'il y en a toûjours quelqu'un qui fait la charge de Lieutenant de *Dieu* en terre, quoi qu'on ne le connoisse pas précisement, faute des marques exterieures de puissance & d'autorité parmi les hommes. Ils enseignent que l'*Iman* se doit particulierement chercher parmi les Docteurs *Persans*, parmi ces éminens & merveilleux Docteurs qu'on appelle *Mouchtehed*, comme qui diroit les *assidus*, d'un nom qui veut dire *s'appliquer fort*; mais ils demandent tant de qualitez pour faire un *Mouchtehed*, comme entr'autres qu'il sache soixante-dix Sciences, qu'il resolve sur le champ, & orthodoxement les plus difficiles questions de la Théologie & du Droit Canon, & donne le sens clair & sûr des passages de l'*Alcoran* & des *Hadis*, ce qu'ils appellent *Estekaré*, c'est-à-dire, *Décision claire des doutes*. De plus qu'il soit d'un autre côté *adel*, ou juste, menant une vie pure & sans tache: qu'il soit *mosellem*, c'est-à-dire approuvé ; & qu'il soit tout cela d'un consentement universel. Ils demandent tant de qualitez extraordinaires, dis-je, pour faire un *Mouchtehed*, qu'il y a eu des tems où il ne s'est trouvé personne qu'on en jugeât digne, & qui osât prendre ce titre; mais comme ce n'est pas dans ce siècle que l'on est si modeste, il y a toûjours présentement des Ecclesiastiques qui prétendent au rang d'*Imam*, qui s'en laissent flatter, & qui en prendroient hardiment le titre, s'ils n'avoient peur des foudres de la jaloufie Royale, qui prend garde de près à ces prétendus *Mouchtehed*, de peur que quelqu'un d'eux ne fasse comme *Mahamed*; car les *Mouchtehed* croyent, comme l'on voit, que c'est à eux à porter le Sceptre de la domination, puisqu'ils ont la science & la pureté des *Imams*, & les Rois de *Perse* prétendent au contraire qu'ils sont eux-mêmes les *Imami*, puisqu'ils en ont la puissance. Les partisans des *Mouchtehed* disent, que les vrais *Mouchtehed* ne péchent point, non plus que les Prophetes; ce qui emporte aussi qu'ils n'errent point, comme je l'ai observé, & qu'il faut recevoir leurs décisions sans appel en matiére de Foi.

Je ne dois pas oublier, en traitant des *Mouchtehed*, de dire quelque chose de l'autorité qu'ils s'arrogent de recevoir les *Mahometans* repentans à des penitences publiques, & de leur donner l'absolution. Les Casuistes *Persans* appellent cette autorité *Tchoubteriket*, c'est-à-dire *la Verge de correction*, comme l'on dit parmi les Catholiques Romains la puissance des Clefs. L'exercice s'en fait de cette manière. Lors que quelqu'un a enfraint long-tems & publiquement les préceptes de la Loi, comme d'avoir été en Païs de Chrétiens, & d'y avoir vécu à leur manière; d'avoir été adonné au vin, ou d'avoir mangé du cochon; ou d'avoir commis d'autres tels pechez, auxquels il est resolu de renoncer pour jamais; il prend avec lui un nombre de ses amis, pour lui servir, disent-ils, de témoins & de cautions, & il va chez le *Mouchtehed*, auquel il confesse ses fautes en public, lui déclarant qu'il fait *taubé*, c'est-à-dire, qu'il s'en repent pour n'y retourner de sa vie, & qu'il lui en demande l'absolution, prosterné en terre, *au nom de Dieu, & de son Prophete*. Ce Prélat fait une longue exhortation à son Penitent prosterné, sur l'énormité de ses fautes; lui fait jurer de n'y retourner jamais, autrement *qu'il veut entrer dans la disgrace de Dieu, & y demeurer engouffré, & que Mortuz Aly lui froisse les reins*; après quoi il lui donne des coups de baguette sur le dos, plus ou moins, selon la nature de ses pechez; & ensuite il lui fait expedier un acte de sa penitence publique. J'en ai vû divers: ce sont de longs papiers. Au haut est écrit ce Verset de l'Alcoran: *Au nom de Dieu, clement & misericordieux, invitant les pecheurs à la répentance & conversion*. Puis est le narré, à savoir: *En tel tems, tel, fils de tel, a comparu devant moi faisant confession de ses pechez énormes contre la Religion, yvrogneries, blasphemes, &c. protestant de n'y plus retomber; Et comme tels & tels hommes fideles se sont rendus garands & cautions de sa penitence, je lui ai donné l'absolution, & lui en ai fait expedier cet acte*. Ceux qui sont là présens y mettent ensuite leur sceau comme témoins, & le pénitent le porte aux gens de la pieté la plus renommée pour en faire de même, prétendant qu'ayant cet acte devant les yeux, il sera retenu de tomber de nouveau dans les crimes auxquels il est contenu dans cet écrit qu'il renonce pour jamais, regardant comme présens autour de lui tous ceux qui y ont signé. Ce sont depuis cent ans ceux de la famille de *Hossenié* qui s'arrogent à *Ispahan* la qualité de *Mouchtehed*, & qui sont tenus pour tels. Ils passent pour être de la plus illustre & ancienne Noblesse du Royaume, comme descendant le plus en droite ligne d'*Imam Hossein*, petit-fils de *Mahammed*, par sa fille *Fatmé*.

Pour revenir à la Charge d'*Imam*, les Persans tiennent qu'elle ne doit être exercée que par des descendans de *Mahammed* par la ligne de *Fatmé* sa fille, & l'unique enfant qui ait eu lignée; & que si l'on en revêt quelqu'autre, comme cela est arrivé dans les premiers siécles du Mahometisme, c'est injustement que cela arrive. Ils enseignent sur ce principe, que l'institution d'un *Imam* n'est pas entre les mains du peuple, qu'il ne dépend ni de sa volonté ni de son jugement de le faire; mais que le choix & l'installation s'en doit faire, ou par un Prophete légitimement envoyé, ou par son Vicaire, ou aux marques que l'Alcoran donne d'un vrai *Imam*. Ils ajoûtent que *Dieu* a recommandé l'élection d'un *Imam* comme le fondement de la Religion. Quelques Auteurs avancent de suite sur ce sujet deux Dogmes bien étranges. Le premier, que l'*Imam* doit être pur, sans tache de peché quel que ce soit, & possder une sainteté habituelle, & qu'il faut croire que quelque apparence de mal qui puisse être dans ses actions, elles sont au fond toutes saintes & pures. Le second Dogme est, qu'il peut y avoir ensemble deux *Imams* en divers lieux, tous deux légitimement constituez, & qu'il faut les reconnoître l'un & l'autre, & obéïr chacun à celui de son Païs, encore qu'ils commanmandaffent des chofes vifiblement contraires, même quand ils commanderoient de fe tuer. l'un l'autre. Veritablement, la plûpart du monde rejette ces Dogmes avec horreur comme outrez & fcandaleux.

Le nombre des *Imams* eft de douze, comme je l'ai déja infinué. Les *Perfans* en ont compris les noms dans un Diftique, qui fignifie:

Avec trois Mahammed, il y a deux Haffein,
Un Moufa, un Jafer, quatre Aly, un Hoffein.

Voici leurs noms & furnoms dans l'ordre qu'ils ont vécu. *Aly, Vicaire de Dieu, & Prince des Fidéles.* Haffein, *le Martyr de Kerbela fon fils.* Hoffein, *l'Augmentateur, frere de Hoffein.* Aly, *la gloire de la Religion, fils de Hoffein.* Mahammed Baker, *fon fils.* Jafer, *le Jufte, fils de Mahammed Baker.* Moufa, *le Patient, fils de Jafer.* Aly, *le Cheri, fils de Moufa.* Mahammed, *l'Abftinent, fils de cet Aly.* Aly, *le Lieutenant, fils de Mahammed l'Abftinent.* Haffein *fecond, fon fils, & Mahammed Mehdy, le Maître des tems, ou le Perdurable, fils de Haffein fecond.* Les *Perfans* difent, que celui-ci étant pourfuivi par les *Califes de Bagdad,* comme fes Ancêtres l'avoient été, *Dieu* laffé de l'iniquité de ces Princes, & de leurs peuples, enleva fon *Imam* en un lieu que l'on ne fait point, & d'où il doit affurément revenir avant la fin du monde, pour réduire l'Univers à la Religion *Mahometane Imamique.* Ces douze *Imams* font donc *Aly,* Coufin & gendre de *Mahammed,* & fes defcendans à la onziéme génération, qui étant iffus de *Fatmé,* fille de *Mahammed,* peuvent être appellez les Defcendans de ce faux Prophete, comme fes Succeffeurs. La Secte des *Perfans* ne reconnoît que ces douze Princes-là pour vrais Succeffeurs de *Mahammed* à l'égard du droit; car à l'égard du fait, ou de la puiffance, il n'y a eu qu'*Aly* le premier de tous qui en ait eu la jouiffance; & même ce ne fut qu'après en avoir été privé vingt-trois années. Cette Secte enfeigne que l'on eft obligé de croire les *Imams* comme un point fondamental, & que c'eft le troifiéme Article de la *Confeffion de Foi* qu'il faut faire pour être fauvé. Voici les mots originels dans lefquels elle s'en exprime:

„ Il faut confeffer en troifiéme lieu l'ex-
„ cellence des Compagnons de *Mahammed,*
„ felon leur rang & ordre, reconnoiffant que
„ l'homme le plus excellent après *Mahammed*
„ eft *Aly,* puis *Hoffein,* &c. qu'il ait une droi-
„ te créance de tous les *Imams,* qu'il les pri-
„ fe & célébre en la même maniére que *Dieu*
„ les a prifez & célébrez.

Les *Califes* de *Bagdad* pourfuivirent à outrance la race des *Imams,* pour l'exterminer, ne fe croyant pas en fûreté tant qu'il y auroit un de ces defcendans de *Mahammed,* à qui une fi confiderable partie du peuple croyoit que le fouverain Vicariat apatenoit; les *Califes* de *Bagdad,* dis-je, la réduifirent enfin à abandonner l'*Arabie* & les Provinces les plus proches de ce Païs, qui étoit le fiége de l'Empire, pour fe retirer en *Perfe,* où la plus grande partie du peuple & la plus confiderable tenoit leur parti, en fuivant les Dogmes d'*Aly,* leur Ayeul; mais les *Califes* ne cefferent de les y pourfuivre, n'épargnant point de peines, & employant toutes fortes de méchancetez pour les faire perir par le fer, & par le poifon, jufqu'à ce qu'eux-mêmes euffent perdu l'Empire, & en euffent été dépouillez par les *Tartares.* Il y a peu de Provinces en *Perfe* où l'on ne voye mille marques de la fuite de ces defcendans d'*Imams,* & entr'autres dans les Tombeaux qui leur font élevez, & dans les Mofquées qui leur font confacrées; mais c'eft particulierement dans la *Parthide,* & encore plus dans les Territoires de *Com,* & de *Cachan,* que fe trouvent ces monumens. On y voit par tout des Sepulchres d'*Imam-zadé,* c'eft-à-dire, *race d'Imam,* ce qui a fait donner à ces villes des furnoms d'honneur, *Com* étant appellé *la retraite des Saints,* & *Cachan* la retraite des *Fidéles.* Ce n'eft que depuis quelques trois cens ans que ces monumens font érigez; & la raifon en eft qu'avant ce tems-là les *Arabes* & les *Tartares,* qui tenoient l'Empire de *Perfe,* & qui font *Sunnis,* c'eft-à-dire, de la Secte qui ne croit point le Vicariat d'*Aly* & des *Imams,* tinrent toûjours la mémoire des defcendans de ces *Imams* dans la profcription & dans l'obfcurité, ayant démoli leurs Sepulchres, & les autres marques de veneration qui leur avoient été élevées au tems de leur mort; mais cette Secte des *Sunnis* ayant été abolie en *Perfe* dans ces derniers fiécles, & la Secte qui reconnoît les *Imams* y ayant repris le deffus, & même avec plus d'autorité que jamais, on a fait par tout une exacte recherche des places où il y avoit eu des Sepulchres d'*Imam-zadé,* & on a rétabli fur chacune des Monumens ou Tombeaux, dont les Gardiens pour la plûpart n'ont pourtant pas grand foin, parce qu'on ne leur donne guére d'entretien. Ces Monumens font éclairez d'ordinaire d'une ou deux lampes, qu'on allume à l'entrée de la nuit; & qui durent cinq ou six heures étant posées sur le *Mehrab*, qui est un grand trou, carré comme une fenêtre, fait dans la muraille regardant *la Mecque*, afin que ceux qui entrent de nuit dans ces Sepulchres pour y faire leurs oraisons, voyent d'abord de quel côté il faut qu'ils se tournent, & qu'ils ne s'y puissent méprendre. C'est à cause que les *Mahometans* tiennent pour sacrilege ses prieres qui ne se font pas le visage tourné du côté de *la Mecque*. Les *Persans*, & tous ceux qui sont de leur créance, renouvellent toûjours à la vûe de ces Tombeaux, l'horreur qu'ils ont contre les *Califes* de *Bagdad*, qu'ils traitent de tyrans & usurpateurs iniques, soutenant qu'on ne doit nullement les reconnoître pour Successeurs de *Mahammed*. Ce glorieux titre, disent-ils, convient seulement aux *Imams*, à qui ces *Califes* devoient se soumettre comme aux legitimes Seigneurs. Ils détestent sur tout ceux d'entre ces *Califes* qui ont eu part à la mort des douze *Imams*, les regardant comme les plus scelerats & les plus execrables de tous les hommes.

On ne sauroit croire les éloges qu'ils donnent au contraire à ces douze Descendans de *Mahammed*. Ils leur attribuent une Science surnaturelle, une Sainteté parfaite, le don des Miracles, & tout ce que l'on peut dire de plus glorieux. Il y a eu des Docteurs dans cette Secte *Persane* qui ont si fort excedé dans les loüanges de ces *Imams*, qu'ils les ont élevez au dessus de la condition des choses créées, & leur ont attribué des proprietez Divines. Ils ont mis le blasphême prononcé contr'eux, au même rang que celui qu'on prononceroit contre leur Prophete, & contre *Dieu :* & ils ont déclaré qu'il le falloit aussi punir de mort. Presentement même, l'on tient pour un sacrilege d'oser les peindre, parce qu'on croit leur excellence au dessus de l'imagination. Quand les Peintres font les Portraits de ces *Imams*, ou des Tableaux dans lesquels ils entrent, ils leurs couvrent le visage d'une flame lumineuse qui le cache tout entier, pour dire que leur visage avoit une beauté celeste, qu'il est impossible de représenter. Leurs plus zelez Dévots soutiennent que la Sainteté de ces *Imams* n'a point été moindre que celle de *Mahammed*. Ils les joignent effectivement ensemble dans une même Classe avec *Fatmé*, fille de ce faux Prophete, & femme d'*Aly* qu'ils croyent avoir été revêtuë d'impeccabilité comme eux, & ils les appellent tous *Tchardé Massoum*, c'est-à-dire, *les quatorze purs.*

Ils font encore cet honneur particulier aux *Imans*, que de ne reconnoître point d'autre Noblesse que celle qui tire d'eux son origine en droite ligne, du côté paternel & maternel ; c'est la raison pourquoi les Peintres les habillent toûjours de vert, qui est la couleur noble & sacrée parmi les *Mahometans*. La Noblesse s'appelle *Negabat* en *Perse*, mais ce ne sont ni les charges éminentes, ni les grandes actions, qui la conferent, & qui anoblissent la Posterité ; il n'y a que le sang ou la race des *Imans :* & pour les autres hommes, quels qu'ils puissent avoir été durant leur vie, leurs enfans retombent dans la foule du peuple, à moins qu'ils ne soient soutenus dans une condition relevée par des biens considérables, n'y ayant que les richesses qui fassent une réelle & véritable distinction entre les Orientaux. Ces Descendans des *Imans* sont appellez *Mir* en *Arabie*, & en *Turquie*, mot qui signifie *Prince* ; d'où vient qu'on appelle aux *Indes* les Gouverneurs & les autres Grands de l'Etat, *Omera*, qui est le plurier de *Mir*. En *Perse* on nomme ces *Mirs*, *Sahied* ou *Sidy*, c'est-à-dire *les plus Grands* ou *les Seigneurs*, d'où *Mahammed* est qualifié *Sahied Alem*, c'est-à-dire *le plus Grand du monde* ou *le Seigneur du monde*. On les nomme aussi *Cherif*, c'est-à-dire *Noble*, nom qu'il faut remarquer qui se donne aussi par un privilege spécial à tous ceux qui sont nez à la *Mecque*. Ces *Mir*, & *Sahied*, portent tous le Turban vert, sur tout en *Turquie* ; mais pour tout le reste, ils ne s'habillent que de laine, & fort simplement, & ils affectent une grande pureté exterieure. Ils ont joüi de tout tems en Perse de plusieurs belles prérogatives, comme d'avoir un Chef reconnu, qui doit assister au Jugement de toutes leurs causes, lequel on appelle *Nakib echref*, comme qui diroit *le Superieur très-noble*, & de ne pouvoir être pris & arrêtez par les Ministres des Juges Civils ; mais dans ces derniers siécles, ces prérogatives sont souvent violées, le bras seculier en *Perse* s'étendant sur les gens d'Eglise, comme sur les autres dans les cas importans. Les *Persans* en général ne font pas grand compte de ces *Mirs*, & de ces *Sahieds*, mais ils détestent de tout leur cœur ces *Cherifs* ou Nobles de la *Mecque*, comme des *Chiens impurs*, & dont le seul attouchement rend pollu. La raison est que le peuple de la *Mecque* a toûjours été du parti des *Califes* de *Babylone* contre les *Imans*. On appelloit autrefois les descendans des *Sahieds*, qui n'en venoient que par une branche seulement *Mirza*, c'est-à-dire *fils de Prince*, mais ce ce titre marque aujourdhui un homme de bonne extraction, bien élevé & qui fuit la profession des Lettres.

Après avoir parlé des *Imans* en général, il faut revenir à *Aly*, le premier de tous. Je donnerai sa vie dans l'*Abregé de l'Histoire des Rois de Perse*; & pour ce qui est de son office de *Vicaire*, qui est la matiere de ce Chapitre, on feroit un gros livre, si l'on vouloit raporter les éloges que les *Persans* lui donnent à cet égard-là, la gloire dont ils le revêtent, l'excellence incomparable qu'ils lui attribuent, le zéle infini qu'ils ont pour lui. Ce n'est pas assez dire qu'*Aly* est leur *Idole*, il faudroit dire que c'est leur *Dieu*. Ils l'exaltent encore au dessus de *Mahammed*, ayant ordinairement ce mot à la bouche, *Mahammed est une ville de Science, Aly en est la Porte*. Il se trouva des Docteurs, dès les premiers Siécles du *Mahometisme*, qui oserent bien le relever au dessus de la condition des Créatures, en mettant en avant qu'il étoit quelque chose de plus qu'humain, mais ils se retinrent en ces termes généraux, ce qui a été imité par les Docteurs modernes, en ce mot qu'ils ont rendu fort commun dans la bouche du peuple: *Alira Coda ne mi danem: es Coda dur ne mi danem*; c'est-à-dire, *Je ne crois pas qu'Aly est Dieu, mais je ne le crois pas loin d'être Dieu*. On trouve dans sa vie, que les miracles extraordinaires qu'il operoit, portoient beaucoup de peuple à l'adorer. Ils lui disoient, *tu es Dieu*; mais pour lui, il les tuoit; & après il leur redonnoit la vie; sur quoi ces ressuscitez l'appelloient *Dieu* plus fort qu'auparavant, & si fort qu'il ne pouvoit les faire taire. Ses Dévots ont été plus hardis dans la suite; & comme la superstition n'a point de bornes, ils en sont venus jusqu'à dire qu'il étoit d'une nature Divine. Ils lui ont donné des Noms Divins. Ils ont même osé dire que *Dieu* avoit paru sous la forme d'*Aly*; & quelques uns ont poussé l'impieté au comble, en proferant que *Dieu* s'étoit incarné en *Aly*. Ils l'ont appellé *Dieu*, disant *tu es toi celui qui est*, c'est-à-dire, dans leur maniere de parler, *tu es Dieu*, & ils lui ont attribué ce que le *Christianisme* enseigne du *Verbe Eternel*, l'ayant pris des *Chrétiens*, ou plûtôt des *Arriens*. Pour colorer cet abominable blasphême, ils ont mis en fait mille choses fausses & ridicules. Ils ont dit qu'*Aly* n'étoit point mort, qu'il avoit été élevé au Ciel, & qu'il devoit revenir du Paradis pour remplir le monde de sa doctrine. Ils ont dit que les substances spirituelles aparoissent dans les corps humains, en se revêtant de leur forme: qu'il paroit des *Anges* dans les uns, & des *Diables* dans les autres, selon que ces *Esprits* sont bons ou méchans; & que comme il est certain qu'il n'y a jamais eu de Créature humaine plus excellente, & plus parfaite qu'*Aly*, il faut croire que *Dieu* s'est montré aux hommes sous sa forme, & qu'il a agi par son organe: que c'est par ses mains qu'il a créé l'Univers, que c'est par sa langue qu'il a prononcé les Saintes Loïx. Après cela, ils soutiennent qu'*Aly* existoit plûsieurs siécles avant la Création du Monde, & ils lui attribuent ce que *Salomon* dit de la *Sapience Eternelle* au commencement du Livre de l'*Ecclesiaste*. Les miracles qu'ils lui attribuent composent de gros volumes, comme aussi les Eloges qu'ils lui donnent. J'en ai donné un en vers ci-dessus, ce qui me dispense ici d'insister plus long-tems sur ce sujet. Les Peintres n'osent par scrupule de Religion représenter son visage; & lors qu'ils peignent sa personne, ils lui couvrent le visage d'un voile: de quoi ils donnent deux raisons; l'une, qu'il est impossible de représenter la beauté Divine qui reluisoit sur son visage; l'autre, que quand on la pourroit représenter, les hommes sont indignes de la regarder.

Nous avons observé ci-devant que les *Persans* enseignoient que le choix d'un *Imam*, & son Installation, se doivent faire par un Prophete. Voici comme ils racontent celle d'*Aly*; c'est qu'à la derniere fois que *Mahammed* fut à la *Mecque*, l'an dixiéme de l'Hegire, un jour qu'il faisoit la priere en public, l'Ange *Gabriel* lui vint dire, de la part de *Dieu*, de constituer & proclamer publiquement *Aly* pour son Successeur, & pour Souverain après lui, la premiere fois qu'il le rencontreroit, & de lui communiquer par son souffle l'Esprit de Prophetie, & le don des Miracles; qu'il alla ensuite faire un message à *Aly*, qui étoit à *Medine*, c'est-à-dire à dix journées de-là, afin qu'il allât au devant de son beau-pere *Mahammed*, pour être revêtu de cet office qui le mettoit, disent-ils, au dessus de tout l'Univers. Ils se rencontrerent à un lieu, à moitié chemin de la *Mecque* à *Medine*, qui est une station de Caravane, parce qu'il y a de petites fosses qui sont presque toûjours pleines d'eau. On le nomme à cause de cela *Kom Kadir*, & c'est un nom fort célébre entre les *Mahometans* de *Perse*, par la fête qui en porte le nom. Là, disent les *Persans*, ces deux Heros de l'Univers, en présence de leurs troupes qui étoient fort nombreuses, se baiserent, & s'embrasse-

V v 3
rent;

rent; & dans cet embraffement l'union fût fi étroite, qu'il ne fe fit de ces deux Suppôts qu'un Corps & qu'une Ame, par une Union furnaturelle & inconcevable, qu'on ne peut mieux repréfenter que par la rencontre de deux ombres. Le lendemain, *Màhammed* fit faire un fiége fort élevé, avec des offemens de Chameau qu'il fit couvrir des plus belles chofes qu'il eut. Il fut enfuite prendre *Aly* par la main, & le fit affeoir fur ce Trône à fa droite; puis il fe leva, le prit par la main, & l'ayant fait lever, il l'embraffa, & le tint en fes bras un fi long efpace de tems, que leurs Troupes étoient dans l'admiration, & là encore, difent les Théologiens *Perfans*, ces deux Suppôts s'unirent de cette union qu'on appelle d'identité, fi parfaitement qu'ils devinrent un feul & même fujet, & qu'ils ne fûrent qu'un Ame & qu'un Corps pendant plufieurs momens; & *Mahammed* verfa en *Aly* tout fon Efprit, fes dons furnaturels, toute la Puiffance qu'il avoit reçûe de Dieu. S'étant raffis, & ayant fait raffoir *Aly*, il le prit d'une main, & de l'autre il le montra aux Troupes, & leur dit, *Voici Vôtre Roi, & le Roi de toute la Terre, mon Vicaire, le Lieutenant de Dieu, le vrai Pontife & Imam qu'il a choifi pour me fuccéder, je lui refigne tout mon Pouvoir, & je le conftitue mon Héritier général, & mon Executeur Teftamentaire,* C'eft-là le compte qu'ils font de l'inveftiture du Vicariat d'*Aly* par *Mahammed*, que fes profanes Sectateurs ont vrai-femblablement forgé fur le recit du Don du Saint Efprit que fit Nôtre Seigneur *Jefus-Chrift* à fes Apôtres.

Ils ajoûtent, qu'outre cet Acte folemnel, *Mahammed* le jour qu'il fut attilé de la maladie dont il mourut, en fit en confirmation de celui-là un autre, qui auroit été feul la plus fuffifante & la plus authentique inftallation qu'on eût pû faire. C'eft qu'il ordonna à *Aly* d'aller faire la priere publique à la Mofquée: Or cette fonction facrée eft, felon l'inftitution de *Mahammed*, le droit de régale incommunicable, lequel ne peut appartenir qu'au Prophete durant fa vie, & après fa mort à fon Succeffeur, en forte qu'on ne s'ingere point à faire cette fonction qu'en étant Souverain de droit ou de fait; c'eft-à-dire que c'eft comme la Proclamation & le Couronnement dans nos Pais; d'où vient que dans les premiéres années du *Mahometifme*, les *Califes* faifoient feuls la priere publique le Vendredi, & le nouveau *Calife* prenoit poffeffion de l'Empire, en faifant cette priere publique. Les *Perfans* difent que c'eft-là auffi précifément

le droit propre, fpécial, & particulier de l'*Imam*. Il va le matin, entre neuf heures & midi, à la *Mofquée*, fuivi d'un grand peuple. Il fe met feul au fonds de la *Mofquée*, & commence la priere. Tous les affiftans fe mettent derriere lui, il eft leur modelle, ils fe réglent fur ce qu'il fait, ils s'agenouillent lors qu'il fe met à genoux, ils fe relevent quand il fe releve; ils élevent les mains au moment, & de la même maniére qu'il le fait, à peu près comme des Soldats à qui l'on fait faire l'exercice; enfin ils ont toûjours les yeux attachez fur fes geftes, pour les imiter; & les oreilles attentives à fes paroles, pour les redire du même ton, & en même tems que lui. Il monte en chaire enfuite, & il fait un difcours au peuple, qui eft prône ou fermon, & harangue tout enfemble. Or la raifon de cette fonction facrée, c'eft ce que nous avons obfervé, que *Mahammed* avoit déclaré, & avoit établi, que le Prophete, & le Succeffeur du Prophete, eft tout enfemble Roi & Pontife, qu'il doit faire l'un & l'autre exercice. Les *Turcs*, qui ne font pas de cet avis, & qui ne croyent pas que ce Titre d'*Imam* veuille dire autre chofe que *Guide* & *Patron*, appellent *Imams* les Prêtres ou Docteurs de leur Loi, qui font la priere publique dans les *Mofquées*, & qui font comme leurs Curez; mais les *Perfans* n'ont garde d'avilir ainfi ce grand titre d'*Imam*, croyant qu'il ne convient qu'aux Succeffeurs du Prophete feulement, qui font Rois & Pontifes Univerfels comme lui; & pour ces *Imams* de *Mofquées*, ils les appellent *Pich-Namaz*, c'eft-à-dire *Directeurs*, ou *Modelles*, ou *Chefs de prieres*.

Pour revenir à l'Hiftoire de l'Inftallation d'*Aly* à la Souveraineté, les *Perfans* ajoûtent, qu'*Aboubekre*, qui étoit proche de *Mahammed*, quand il donna à *Aly* l'ordre qu'on vient de rapporter, fortit brufquement, & ayant ramaffé le plus qu'il put de parens & d'amis, alla fe faifir des portes de la *Mofquée*, & empêcha *Aly* d'y entrer; & comme fa Troupe fe fut groffie, il y entra lui même, & fit la priere publique & le fermon en qualité d'*Imam*, & de Succeffeur. *Mahammed*, en ayant été promptement averti, s'en irrita fort. Il fe leva du lit, tout moribond qu'il étoit, prit *Aly* par la main, & l'alla mettre en poffeffion de cette fonction publique. Les *Turcs*, & ceux de leur Religion, traittent toute cette Hiftoire de fable & d'impofture; mais les *Perfans* la croyent tout comme ils croyent un Dieu, & elle eft pour eux une inépuifable fource de Myfteres, & d'Allegories, de même qu'elqu'elle est aussi la source de l'implacable haine qu'ils ont contre la Religion des *Turcs*. J'ai dit que les *Persans* détestent au dernier point les trois Princes qui succederent de fait à *Mahammed*, qui sont *Aboubekre*, *Osman*, & *Omar*, parce qu'ils usurperent l'Empire d'*Aly*; mais les Turcs ne detestent pas *Aly* reciproquement, au contraire ils le reconnoissent pour vrai Prince & Successeur de leur Prophete, mais seulement après les trois autres, & ils les mettent tous quatre en un même rang, les appellant *Tchar Yar*, c'est-à-dire *les quatre amis*, *les quatre compagnons*, d'où leur Secte est appellée fort communément *dintcharyear*, c'est-à-dire, *la Religion des quatre amis*. Il y a eu pourtant des Docteurs parmi les gens qui professent la même créance que les *Turcs*, qui se sont tellement opposez aux *Persans*, qu'ils ont été jusqu'à traitter *Aly* d'*Infidelle*, & à dire qu'il n'y a nul besoin d'*Imam*, ou de Lieutenant de Prophete sur la Terre; & que quand même il en faudroit quelqu'un, on pourroit le choisir dans d'autres familles que celle des *Koreis*; mais ce sont des sentimens qui n'ont pas fait de Secte connuë ou importante.

Il me reste à dire quelque chose des noms d'*Aly* & de ses titres les plus communs qui sont au nombre de quatre vingt. Son nom dans l'Etymologie signifie *haut*, *relevé*, *exalté*, & ses plus communes épithetes sont les cinq suivantes. *Kerrar*, c'est-à-dire *le grand guerrier*. *Bacchendé*, c'est-à-dire proprement, *pardonnant les pechez*; mais les *Persans* l'entendent dans le sens de *Mediateur*, ajoutant que personne ne sera sauvé, ni racheté des peines de l'enfer, que ceux pour qui il intercedera. La 3. épithete est *Mortusa*, mot qui veut dire *l'agréé*, *le cheri*, comme qui diroit le *Favori*, & c'est le nom qu'ils ont le plus à la bouche. *Ya Mortus Aly*, O *Aly* l'*Eleu*, l'*Eleu* par excellence, & Eleu pour Successeur du Prophete, tant pour lui que pour sa race. *Mir el moumenin*, c'est-à-dire, *Prince des Fidelles* est la 4. J'ai dit qu'ils distinguent entre *Mahometan*, & *Fidelle*, & qu'ils ne donnent ce dernier nom qu'à ceux qui sont de la Secte *Imamique*, qu'ils tiennent seuls vrais croyans; & *Chae merdon*, c'est-à-dire *Roi des Hommes*, ou *du Genre humain* est la 5. & c'est à ceci qu'il faut rapporter ce que j'ai dit au commencement de ce chapitre, que le Roi de *Perse* se dit par honneur *Lieutenant du Race de la Perse*. Le premier Monarque de Perse Royale de *Perse* qui régne aujourd'hui, étoit un devot, nommé *Cheik Sephy*, qui sous l'om-

bre & le pretexte de la dévotion, se rendit Souverain dans la *Medie*, à peu près comme le *Grand Mogol*, *Orengzeb*, à present régnant, est devenu Empereur des *Indes*. Ce *Cheik Sephy*, sachant bien que les *Mahometans* de *Perse* étoient entêtez de la Secte *Imamique*, c'est-à-dire dans la croyance que le Gouvernement Monarchique appartient à la Race d'*Aly*, & que les *Persans* ne se soumettroient pas volontiers, & ne combatroient pas d'affection qu'en faveur de quelqu'un de cette race, il se vanta d'en être issu, & de venir de *Hossein*, fils d'*Aly*, en ligne Masculine. Ses Successeurs ont continué de se glorifier de cette Origine, & le Roi de Perse met à la fin de ses Titres. *Soliman*, *Roi victorieux*, *vrai Seigneur du monde*, *Prince très-vaillant*, *descendu de Cheik Sephy*, *de Mousa*, *de Hossein*. *Mousa* étoit la septiéme géneration d'*Aly*. Il paroit de là qu'on se méprend fort chez nous, lors qu'on impute à une sotte & impertinente vanité ces Titres fastueux des Princes Souverains *Mahometans*, puis qu'ils naissent de leur croyance.

CHAPITRE IV.

Du quatriéme Article du Symbole Persan.

DE LA NECESSITE' DES PURIFICATIONS LEGALES.

LEs *Persans* donnent le nom de *Nejaset* à cette sorte d'impureté, que la *Loi Mosaique* appelloit *souillure*, ou *immondicité*, & *Negis* tout homme, ou toute chose, à qui cette souillure est arrivée. Ils la distinguent en deux especes; l'une, qui est un peché, parce qu'elle tombe sous la défense de la Loi, comme de boire du vin, ou d'aucune autre liqueur enyvrante, ou de manger du cochon; l'autre, qui communique seulement une incapacité légale de l'exercice des fonctions de la Religion, c'est-à-dire qui met l'homme hors d'état d'en faire licitement les actes exterieurs; comme de prier *Dieu*, d'entrer dans la *Mosquée*, de lire l'*Alcoran*; étant nécessaire pour cela, selon les dogmes de cette creance, d'avoir une pureté Légale, ou Céremonielle, aussi bien que spirituelle. *Le Corps*, disent les *Persans*, *se presente devant Dieu comme l'ame*; *il faut donc qu'il soit pur*, *tant pour parler à Dieu*, *que pour entrer dans le lieu consacré à son culte*. Une des plus grandes injures qu'on puisse dire à un *Persan*, est celle de *Negis*, c'est-à-dire, *impur*, *souillé*; c'est comme en Espagne

Espagne appeler un homme *Héretique*, ou *Juif*.

La superstition *Persane* s'est outrée jusqu'à l'extravagance sur le sujet de cette espece d'immondicité, & si tout le peuple en étoit également entaché, les gens de contraire Religion ne pouroient du tout habiter parmi les *Persans*; car les plus scrupuleux d'entr'eux croyent qu'on devient souillé en touchant seulement un homme de contraire Religion, ou en touchant ce qu'il a touché; ce qui est une opinion que nuls autres *Mahometans* ne tiennent. J'ai vû le Roi de *Perse* défunt, Prince qui pourtant n'étoit nullement superstitieux, & qui d'ailleurs étoit quelquefois yvre trois ou quatre jours de suite; je l'ai vû, dis-je, faire jetter dans de l'eau une bague neuve qu'on lui apportoit, parce que c'étoit un Orfevre *Chrétien* qui l'avoit faite. L'Orfevre avoit pris grand' peine à la presenter bien brillante. On ne s'en soucioit point; on aimoit mieux en ternir le poliment que de la mettre au doigt sans la laver auparavant, parce qu'un homme reputé Infidelle l'avoit touchée.

Ils distinguent entre les choses qui rendent souillé, celles qui sont mouillées, ou humides, d'avec celles qui sont seiches; prétendant que l'attouchement de ce qui est mouillé communique une moiteur à ce qu'il touche. C'est pourquoi, lors qu'il pleut, les *Chrétiens* les *Juifs*, & les *Idolatres*, ne vont gueres dans les maisons des *Persans*, ni même dans les ruës, mais gardent le logis tant qu'ils peuvent, pour éviter les insultes qui leur pourroient arriver, s'ils touchoient quelqu'un en passant. C'est parce que les *Persans* croyent, que ces gens-là étant mouillez, ils communiqueroient quelque moiteur à tout ce qu'ils toucheroient, comme par exemple, les tapis sur lesquels on s'assiet, ce qui rendroit tout cela souillé. Il n'est pas besoin après cela que je rapporte, que les *Persans* superstitieux ne goutent, ni de nos alimens, ni d'aucune chose que nous ayons apprêtée, ou des gens d'une autre Religion que la leur: ni ne touchent à nos ustencilles, ou à nos meubles, tenant tout cela impur, mais il faut observer qu'il n'y a que les Bigots qui poussent la chose si loin, les gens de Cour, les gens d'Epée, & le commun peuple, n'étant pas si scrupuleux. Au reste, c'est non seulement ceux qui ne sont pas *Mahometans* que les *Persans* tiennent impurs de cette sorte, mais tous les autres *Mahometans* aussi qui ne sont pas de leur opinion entierement comme les *Turcs* & les *Tartares*.

J'ai remarqué que le *vin* est de la premiere espece d'impureté, parce que l'usage en est interdit par la Loi. Je vais faire trois observations sur ce sujet. La premiere, que les *Persans* tiennent que le *vin* a toûjours été interdit, & dans tous les tems; & quand on leur cite les Livres de *Moyse* au contraire, ils répondent que les *Juifs* & les *Chrétiens* les ont falsifiez, & que c'est entr'autres un conte faux que ce que nous y lisons de l'yvresse de *Noé*; mais que bien loin delà, il est sûr que les Prophetes, & les Patriarches, ne beuvoient pas même de *vin*, ainsi que l'*Evangile* des *Chrétiens* (ce sont leurs termes) en fait la remarque au sujet de saint *Jean Baptiste*. La seconde observation, c'est que les *Persans* tiennent pour souillez tout ce dans quoi il y a du *vin*, tout ce surquoi il en est tombé une goutte, & les lieux où l'on le garde, tellement qu'on n'y sauroit faire licitement aucun acte de Religion, ni même s'y arrêter, ou y passer; mais il faut remarquer là-dessus, qu'ils ne tiennent pas le *vinaigre*, ni le *verjus*, impurs, comme faisoient les *Juifs*. La troisiéme observation est sur ce que les *Persans* aiment tant à boire du *vin*, sur tout la Cour, & les gens d'Epée. Quand nous leur demandons comment il se fait qu'ils aiment tant le *vin*, que leur Religion interdit si fort, ils répondent que cela se fait comme chez nous l'Yvrognerie & la Paillardise. „ Vôtre Religion, disent-ils, le defend, & „ les abhorre, comme de grands péchez; ce-„ pendant, nous entendons dire à des gens „ de ce païs, qui trafiquent en *Europe*, qu'en „ divers endroits, vos gens font gloire, les „ uns de seduire les filles, & les femmes, les „ autres de boire excessivement.

On ne sauroit dire à quel excès les *Persans* sont scrupuleux sur le point de la *Pureté légale*. Ils en font la plus importante partie du Culte de leur Religion, & les Bigots d'entr'eux croyent que c'est proprement l'observance de ce précepte ceremoniel qui rend l'homme pur & saint. Ils ont toujours à la bouche cet axiome de leur faux Prophete; *la Religion est fondée sur la netteté*; & *la moitié de la Religion, c'est d'être bien net*. Vous pouvez juger combien la netteté corporelle est considérée dans cette grossiere Réligion, puis qu'elle doit préceder tous les actes de pieté qu'on y pratique. Par exemple les Prieres qui se feroient sans s'être lavé, seroient non seulement vaines, mais encore criminelles; & ce seroit une espece de prophanation, ou de sacrilege, de toucher l'*Alcoran* seulement du bout du doigt,

sans

fans être net de cette netteté légale. C'eft pourquoi on lit d'ordinaire fur la couverture de ce Livre, & du Livre des *Dits & Faits des Imams*, ou premiers *Califes*, ces mots : *ne touchez point ce Livre, fi vous n'avez été purifié auparavant.* Un des Dogmes qu'ils rapportent que *Mahammed* a le plus fouvent reïterez, eft celui-ci : *La purification eft la Clef de l'oraifon. Dieu ne reçoit point de prieres, fans la purification corporelle.*

Leurs Théologiens n'ignorent pas pour cela la *purification interieure*, & même ils ont accoutumé de diftinguer quatre fortes de *pureté.*
„ La premiere, qui eft oppofée aux ordures,
„ & aux faletez corporelles. La feconde,
„ qui eft ennemie des actes illicites & crimi-
„ nels. La troifiéme, contraire aux appetits
„ déreglez. Et la quatriéme, qui confifte à
„ avoir le cœur vuide de tout autre objet que
„ *Dieu*, & de tout autre amour que de l'amour
„ de *Dieu.*

Ils appellent la *Purification* corporelle *Teharét*, qui fignifie toute forte de nettoyement qui fe fait pour caufe de Religion ; foit que ce nettoyement fe faffe avec de l'eau, foit qu'il fe faffe avec de la terre. Car leur Théologie enfeigne que la *Purification* corporelle eft fi néceffaire, que même le manquement d'eau n'en excufe pas l'omiffion ; mais que fi l'on n'a point d'eau, il faut fe fervir de terre, comme on le verra plus amplement expliqué dans la fuite. C'eft une des raifons, à mon avis, qu'on eft fi curieux d'avoir de l'eau courante dans toutes les Maifons en *Orient*, dans de grands refervoirs. L'eau coule dans toutes les rues, autant qu'on le peut pratiquer. Les *Mofquées* ont prefque toutes divers *Lavoirs*, qui font des baffins plus profonds que 'la hauteur d'homme, deftinez à l'ufage des *Purifications*, à peu près comme la *Mer d'airain*, qui étoit au *Temple de Salomon* ; & tout cela, afin que l'on puiffe plus commodément pratiquer cette *Purification* qu'on eft obligé de renouveller plufieurs fois le jour, & au moins cinq fois, c'eft-à-dire, tout autant qu'on eft obligé de faire des prieres. Leurs Cafuiftes enfeignent pourtant que fi l'on ne s'eft point fouillé dans le tems d'une priere à l'autre, & qu'on en foit bien affuré, il n'eft pas néceffaire de réiterer la *Purification* avec de l'eau. Mais il faut fi peu de chofe pour contracter une fouillure legale, qu'on ne peut jamais être bien affuré d'être pur.

La *Purification* fe fait dans une eau courante, autant qu'il fe peut, ou dans un refervoir, ou avec un pot d'eau nette. Ils le prennent

Tome II.

de la main gauche, verfant l'eau dans le creux de la main droite, dont ils fe lavent le vifage du haut du front en bas, puis les bras & les mains, puis tout de même le bout des pieds. Comme il y a des lieux, où faute d'eau courante, on eft obligé de fe purifier à des refervoirs d'eau croupie, il arrive fouvent qu'au lieu d'avoir le vifage plus net après s'être lavé à ces eaux mortes, on en eft plus fale au contraire. Les *Perfans* difent qu'ils fe fervent de cette eau parce qu'elle a du *courier*, ce qui fignifie qu'elle eft en la quantité requife ; laquelle quantité doit être d'environ quatre pieds en carré, & en hauteur, pour l'eau morte, c'eft-à-dire pour l'eau d'un baffin ; car pour l'eau courante, quand il y en auroit feulement un filet, c'eft affez pour la *Purification*, felon ce Verfet des Dits de leurs *Imams*, que *même fi de la crotte de Chameau couroit, elle feroit capable de purifier.*

La *Purification* commune & ordinaire contient dix points ; cinq qui réglent la *Purification* de la tête ; & les cinq autres celle du refte du corps. Les cinq premiers font le *Dentifrice*, le *Gargarifme*, le *Nettoyement du dedans du nez*, en tirant l'eau jufqu'au haut & la repouffant en bas, la *Tonfure de la tête*, & la *Tonfure du vifage*. Les cinq autres font le *Nettoyement des parties* par où la nature fe décharge, le *Rognement des ongles*, la *Dépilation fous les aiffelles*, la *Dépilation aux parties* qui ne fe nomment point, & la *Circoncifion.*

Je laiffe ces obfervations générales pour donner un *Traité de la Purification*, traduit mot pour mot d'un Abrégé de la *Théologie Morale*, qu'on appelle *Jamah Abaffi*, c'eft à-dire, *la Somme d'Abas*, parce que ce fut par l'ordre du Roi *Abas le Grand* qu'il fut compofé. L'Auteur, un des plus célébres Cafuiftes entre les Théologiens *Perfans*, & des plus fuivis, étoit un *Molla*, ou Docteur de la Loi, nommé *Cheic Bahadin Mahammed Gebel amely*, c'eft-à-dire, *l'Ancien Mahammed, l'honneur de la Loi, l'entaffeur de montagnes*, & ces noms magnifiques lui avoient été donnez à caufe du grand nombre d'Ouvrages qu'il avoit compofez pour l'explication & pour la défenfe de fa Religion. Cet Abregé contient en trente-fept Chapitres tout le *Droit Canonique*, avec les Loix Céremonielles des *Mahometans Perfans*. J'ai crû qu'on feroit bien aife de voir exactement la methode avec laquelle les *Perfans* traitent les points de leur *Théologie Pratique.*

L'Auteur commence le Chapitre de la *Purification* par la définition des termes du fujet,

X x   dont

dont les trois principaux font *Kafel*, *Voufou*, *Gouffel*. Il dit que *Kafel*, qui fignifie *abfter-fion*, eft le nettoyement des parties par lefquelles le ventre fe décharge : que *Vouzou*, qui fignifie *luftration*, marque le lavement des parties qu'il faut purifier avant que de faire la priere, qui font la tête, les bras, les mains, & les pieds ; & que *Gouffel*, qui eft la grande purification, dénote le lavement de tout le corps. On l'appelle auffi, dit l'Auteur, *Gouffel Tehammum*, c'eft-à-dire, *la Purification par le bain*, parce qu'elle fe fait communément dans le bain.

L'Auteur explique enfuite les termes qui qualifient tous les actes de la Religion, tant bons que mauvais. Il les met au nombre de fept ; *Vagib*, qui fignifie *néceffaire*, ou *commandé* : *Sunnet*, qui veut dire *convenable*, ou *bienféant*, & auffi ce qui eft de mieux ou de plus de perfection : *Haram*, qui veut dire *prohibé* : *Mékroub*, qui fignifie *deshonnête* : *Batel*, qui veut dire *vain*, *nul*, & comme non avenu : *Moubba*, qui marque les chofes *indifferentes* : *Suab*, qui eft proprement ce que nous difons une *bonne œuvre*.

„ 1. On entend, dit-il, par les chofes *né-*„ *ceffaires*, ou *commandées*, celles dont l'o-„ miffion eft punie, comme les prieres à tous „ les tems ordonnez, elles font *Vagib*, il n'eft „ pas libre de les faire, ou de ne les faire pas. „ 2. On entend par les chofes *convenables*, „ ou bienféantes, celles dont l'omiffion n'eft „ point punie, mais dont la pratique eft re-„ compenfée, comme la priere quand elle fe „ fait juftement dans le tems qui eft marqué „ par la Loi : cela eft *Sunnet*. Ce n'eft pas „ peché que de ne pas prendre ce tems jufte, „ mais c'eft une vertu que de le faire. „ L'Auteur obferve là-deffus que *Sunnet* eft défini par quelques Docteurs les confeils du Prophete, differens des Préceptes, & que *Sunnet* eft auffi tout ce qui fe fait fur le modelle des Prophetes & des *Imams*, au delà des Commandemens de la Loi, & par furérogation ; comme quand l'on dit un tel Saint faifoit & pratiquoit cela, il faut donc que cela foit agréable à Dieu, & par cette raifon je l'obférverai, & je le pratiquerai. „ 3. On en-„ tend par les chofes *prohibées*, celles dont „ l'omiffion n'eft point recompenfée, mais „ dont la commiffion eft punie, comme la „ priere publique avant la purification. Cela „ eft *Haram*, il n'eft pas permis de faire cette „ priere avant que de s'être purifié. 4. On „ entend par les chofes *deshonnêtes*, celles „ dont l'omiffion eft recompenfée, mais dont

la commiffion n'eft point punie ; comme „ de faire fes prieres avec des bagues d'or aux „ doigts : 5. & par les chofes *vaines*, & com-„ me non avenues, on entend les actes de Re-„ ligion, qu'il faut recommencer pour n'avoir „ pas été faits licitement, comme par exem-„ ple, une purification avec une eau fouillée, „ & plufieurs autres chofes femblables, qu'on „ expliquera amplement dans la fuite. 6. Par „ les chofes *indifferentes*, on entend celles „ dont l'omiffion ni la commiffion n'eft non „ plus recompenfée que punie, comme d'é-„ poufer plufieurs femmes, ou de n'en épou-„ fer qu'une : d'avoir des concubines, ou de „ n'en avoir point ; & enfin on entend par les „ *bonnes œuvres*, les œuvres excellentes de la „ Religion, comme le pardon d'une injure „ atroce : une groffe aumône. Cela eft *Suab* : „ c'eft une œuvre agréable à *Dieu*, & qu'il „ recompenfera certainement. „ Je n'ai pas voulu traduire ce terme de *Suah*, par celui de *merite*, parce que l'idée de merite proprement dit, & pris pour une action digne de falaire, ou de recompenfe, eft une idée, & un fens, que les *Perfans* rejettent entierement.

J'obferverai ici une chofe à propos de ces termes de *Vagib*, & de *Sunnet*, c'eft-à-dire, les *Preceptes* & les *Confeils*, qui embraffent tous les actes de la Religion ; c'eft qu'on trouvera dans ce Chapitre, & dans les fuivans, que les *Confeils* font bien plus nombreux, plus divers, & plus difficiles à obferver, que les *Preceptes*. Il n'y a point de *Precepte*, pour difficile & penible qu'en foit la pratique, auquel ils n'ayent ajouté des *Confeils*, dont l'obfervance l'eft encore plus, fans comparaifon. Il y a les purifications de confeil, ou de dévotion, les prieres, les jeûnes, les dîmes, les pelerinages, de confeil, ou de dévotion. Lorsqu'on fait reflexion combien d'obfervances cette Religion prefcrit, on admire comment il eft poffible qu'un joug fi pefant foit porté par tant de millions d'hommes, avec tant de foumiffion & tant d'affection.

Au refte, j'avertis les jeunes perfonnes qui lifent cette Relation, que comme il y a des matieres dans ce Chapitre de la *Purification*, qui n'ont pû être traitées avec tant de circonfpection que la lecture ne faffe naître l'idée de chofes, qui quoi qu'innocentes, ne laiffent pas de bleffer la pudeur, je leur confeille de paffer au Chapitre de la *Priere*, ou de lire celui-ci avec tant de précaution, qu'elles puiffent promptement paffer-deffus tous ces fortes d'endroits-là.

„ *Le Nettoyement*, ou le *lavement du corps*,
„ eft

,, est de deux fortes. Le premier se fait sans
,, intention pieuse, c'est-à-dire, sans égard de
,, Religion. Le second demande nécessaire-
,, ment cette intention & cet égard : & ce se-
,, cond Lavement est encore de deux fortes ;
,, l'un qui se fait avec de l'eau, & c'est le La-
,, vement legal commun & ordinaire ; l'autre
,, qui se fait avec de la terre, & c'est le La-
,, vement legal extraordinaire. Le Lavement
,, legal ordinaire est, ou le Vouzou, c'est-à-
,, dire, la Lustration, ou le Goussel, c'est-à-di-
,, re, la Purification. Le Lavement legal ex-
,, traordinaire s'appelle le Tyemmum, c'est-à-
,, dire, Lavement legal qui se fait avec de la
,, terre. Il n'a que ce nom-là, quoi que cet-
,, te sorte de purgation legale soit diverse en
,, ses manières, autant que celle qui se fait
,, avec de l'eau.
,, Pour être dans l'état prescrit par la Loi
,, pour faire sa priere, il suffit quelquefois de
,, pratiquer la Lustration, sans que la Purifi-
,, cation y soit nécessaire. Quelquefois il suf-
,, fit de la Purification ; & pour lors c'est la
,, Lustration qui n'est point nécessaire. Il y a
,, des rencontres où un seul de ces Lavemens
,, legaux ne suffisant pas, il faut les faire tous
,, deux l'un après l'autre immédiatement,
,, afin que les prieres soient licites, c'est-à-
,, dire, faites selon le précepte de Dieu. Il y
,, en a d'autres, où la Lustration avec de l'eau,
,, & la Lustration avec de la terre, que nous
,, appellons le Tiemmum, sont nécessaires,
,, conjointement avec la Purification en même
,, tems. Et il y en a d'autres enfin, où l'on
,, peut licitement faire la priere, sans aucun
,, de tous ces Lavemens marquez. Le cas au-
,, quel la Lustration suffit, sans que la Purifi-
,, cation soit nécessaire, est 1. après le som-
,, meil : 2. lors qu'on a eu le cerveau trou-
,, blé, soit par quelque breuvage, soit autre-
,, ment : 3. quand on est tombé en pamoison :
,, 4. lors qu'on a lâché quelque vent, ou
,, quelque autre ordure, soit par devant, soit
,, par derriere, comme il arrive quelquefois
,, à l'improviste, & sur tout quand on s'ap-
,, perçoit d'avoir laissé couler des goûtes d'u-
,, rine. C'est aussi pour les femmes, lors
,, qu'elles ont ces pertes de sang, qu'on ap-
,, pelle hista hozeh, c'est-à-dire, qui ressemblent
,, aux pertes ordinaires, mais qui ne sont pas
,, tenues pour telles, parce que le cours en a
,, duré ou plus de dix jours, ou moins de
,, trois. Le cas auquel la Purification seule
,, suffit, sans la Lustration, c'est lors que
,, l'homme a été souillé par cet accident, que
,, l'on appelle en Latin fluxus seminis ; car en

,, ce cas, il peut faire sa priere dès qu'il a
,, achevé la Purification commandée à ceux
,, qui sont ainsi pollus : même la plûpart des
,, Casuistes ont décidé sur ce cas, qu'il est
,, défendu de faire la Lustration accoûtumée
,, après avoir fait la Purification requise pour
,, expier cette sorte de pollution. Le cas au-
,, quel la Lustration & la Purification sont né-
,, cessaires conjointement, est double : l'un,
,, qui est particulier aux femmes, lors qu'el-
,, les sont délivrées d'une perte de sang,
,, quelle que ce soit. Or il y en a de trois
,, sortes. La premiere s'appelle haiz. C'est
,, la perte qui arrive tous les mois, depuis
,, l'âge de treize ans, jusqu'à cinquante ans.
,, La seconde s'appelle nefez, & c'est celle
,, qui arrive après les couches. La troisiéme
,, se nomme este hazé, qui est la perte de sang
,, extraordinaire ; & c'est lors que cet accident
,, dure plus de dix jours de suite, ou commen-
,, ce plûtot que dix-huit jours après l'enfan-
,, tement ; sur quoi il faut observer que cette
,, sorte de perte de sang a aussi ses differences
,, particulieres, qu'on distingue par les quali-
,, tez de grande, de petite, & de moyenne,
,, chacune avec ses diverses circonstances : il
,, faut en tous ces cas-là joindre la Lustration
,, à la Purification. Le cas commun aux
,, hommes & aux femmes, dans lequel il faut
,, aussi joindre ces deux sortes de nettoye-
,, ment, c'est lors qu'on a touché de quelque
,, partie sensitive du corps, comme des doigts,
,, ou de la main, à quelque partie nuë d'un
,, corps mort ; & ceci sous cinq conditions.
,, La premiere, que le corps fût froid lors
,, qu'on l'a touché. La seconde, que ce fût
,, avant qu'on lui eût administré la Purifica-
,, tion. La troisiéme, que le mort n'eût pas
,, perdu la vie pour la Loi de Dieu, parce
,, qu'il ne faut point donner la Purification
,, ordinaire, ni aucune sorte d'Ablution legale
,, aux Martyrs, parce qu'ils sont purs ; &
,, même se seroit un sacrilège de le faire. La
,, quatriéme condition, c'est que les parties
,, du vivant & du mort qui se sont touchées,
,, soient de ces parties que le sang arrose, &
,, qu'on appelle sensitives, & que ce ne soient
,, pas des parties insensitives, comme des os, des
,, ongles, ou des cheveux ; parce que ces sor-
,, tes de parties du corps venant à toucher à
,, quelque chose d'impur, ou à en être tou-
,, chées, on n'est pas impur pour cela. La
,, cinquiéme condition, est que le mort n'eût
,, pas merité le supplice, ou qu'il n'y fût pas
,, condamné, comme un homicide volontai-
,, re pour lequel il n'y a point de pardon, &

Xx 2 ,, com-

,, comme un *Mahometan* qui a proferé des
,, blafphemes contre la Loi : ou qu'il fût ar-
,, rivé que le criminel ne fe fût pas purifié
,, avant que d'être mis à mort ; car tout hom-
,, me qu'on va faire mourir doit fe purifier im-
,, médiatement avant le fupplice, de la même
,, maniere qu'on purifie un corps mort ; &
,, cela arrivant, il n'eft pas néceffaire de le
,, purifier après fon fupplice, parce qu'on le
,, croit décédé en état de pureté légale, &
,, quiconque le touche après l'execution, quoi
,, qu'il foit froid, n'en eft point fouillé, ni
,, par conféquent obligé à fe purifier. " Le
terme que j'ai traduit par *homicide volontaire* eft
Katel-hamd. Les *Mahometans* le diftinguent
d'avec l'*homicide involontaire*, qu'ils appellent
Katel katah, c'eft-à-dire *homicide malgré foi*,
ou *homicide involontaire.* Or à l'égard de l'homicide volontaire, fi les parens de la perfonne
qu'il a tué ne veulent ni lui pardonner gra-
tuitement, ni permuter la peine de fon crime, ni prendre un prix pour le fang de leur
parent, il faut néceffairement le faire mourir. On ne peut lui faire grace ; ce qui eft
tout femblable à ce qui s'obfervoit parmi les
Juifs.

,, Le cas auquel il faut joindre l'*ablution le-*
,, *gale* qui fe fait avec de l'eau, & celle qui fe
,, fait avec de la terre, eft lors qu'on ne trou-
,, ve pas affez d'eau pour faire ces deux *Puri-*
,, *fications* enfemble ; fi ce manquement d'eau
,, arrive à une femme qui forte d'une perte
,, de fang, quelle que ce foit ; ou quand on
,, eft fouillé pour avoir touché un corps mort,
,, il faut faire la *purification* avec de la terre,
,, & la *luftration* avec de l'eau ; mais il faut
,, faire au contraire la *Purification* avec de
,, l'eau, & la *Luftration* avec de la terre, s'il
,, fe trouve autant d'eau qu'il en faut pour la
,, *Purification.* Le cas enfin, où il n'eft pas
,, befoin de *Purification* ni de *Luftration* avant
,, les prieres, foit avec de l'eau, foit avec de
,, la terre, c'eft lors que ces prieres fe font
,, pour un mort, fur un mort, & proche d'un
,, mort ; car on peut faire ces prieres des morts
,, fans le *Lavement legal* requis.

,, Pour toutes les autres prieres, même
,, l'homme qui eft actuellement impur par le
,, *fluxus feminis*, & la femme qui a actuelle-
,, ment fes purgations accoûtumées, peuvent
,, faire ces prieres. Tout cela foit dit par
,, maniere de Préface, & pour fervir d'intro-
,, duction, ou de préambule, à ce Chapitre
,, que nous divifons en fix parties, dont la
,, première contient la matiere des diverfes
,, fortes de *Purifications* qui fe font avec de

,, l'eau. La feconde traite des diverfes *Im-*
,, *puretez legales* qui arrivent aux hommes &
,, aux femmes. La troifiéme contient le *For-*
,, *mulaire de la Purification*, qu'il faut admi-
,, niftrer aux Deffunts avant leur Enterre-
,, ment. La quatriéme expofe la *Purifica-*
,, *tion* qui fe fait avec de la Terre. La cin-
,, quiéme partie traite des chofes qui *purifient*,
,, & des chofes qui rendent *impur.* Et la fixié-
,, me partie enfeigne la méthode de *purifier*
,, les chofes materielles, ou inanimées, qui
,, ont été fouillées.

PREMIERE PARTIE.

Des Purifications qui fe font avec de l'eau.

PREMIERE SECTION.

De l'abfterfion qui eft le nettoyement des par-
ties par où le ventre fe décharge.

,, **N**Ous avons remarqué que la *Loi* de-
,, mande trois fortes de *Purifications*, ou
,, Nettoyemens. La premiere, qui eft le
,, Nettoyement des parties par lefquelles le
,, ventre fe décharge auffi-tôt qu'il a fait cet-
,, te fonction, s'appelle *Kafel.* La feconde,
,, qui eft le nettoyement des parties du corps
,, qu'il faut purifier avant que de faire fes
,, prieres, s'appelle *Vouzou.* Et la troifiéme,
,, qu'on nomme *Gouffel*, eft le nettoyement
,, de tout le corps, avant que de commencer
,, quelque grande dévotion, comme il fera
,, expliqué dans la fuite. Nous traitons dans
,, cette Section de la première forte de *nettoye-*
,, *ment*, que nous avons nommé *Kafel*, ou
,, *Abfterfion.*

,, Il y faut confiderer quatre points. Le pre-
,, mier contient trois Articles commandez :
,, le fecond en contient cinq, qu'on confeil-
,, le de garder : le troifiéme huit, qu'il faut
,, éviter comme deshonnêtes : & le quatrié-
,, me renferme cinq Articles, qui font dé-
,, fendus.

,, **A**RTICLE I. Les trois chofes com-
,, mandées dans le nettoyement des parties
,, par où le ventre fe décharge de fes fuper-
,, fluitez font 1. D'être couvert devant & der-
,, riere, tandis qu'on eft occupé à fes néceffitez,
,, de forte que ni le corps, ni ce qui en fort,
,, ne puiffe être vû ; & cela fe doit obferver
,, dès qu'on a paffé l'âge de fept ans. 2. D'ê-
,, tre fitué de maniere qu'on n'ait ni le dos,
,, ni le vifage, tourné au *Keblah*, c'eft-à-
,, dire

,, dire vis à vis de la *Mecque*, qui est le côté
,, vers lequel il faut tourner le visage quand
,, on fait ses prieres. 3. De se laver trois fois
,, l'*anus*, & les parties que la pudeur ne per-
,, met pas de nommer, & de le faire avec de
,, l'eau simple & naturelle, non distillée,
,, mixtionnée, ou alterée par quelque sophisti-
,, cation que ce soit; sur quoi il faut remar-
,, quer que si les parties les plus proches de
,, celles-là sont sales, on peut bien les net-
,, toyer avec de la toile, ou avec quelque au-
,, tre étoffe, mais non pas avec de la terre
,, comme font les *Sunnis*. (ce sont les *Turcs*.)
,, Il faut encore remarquer deux choses sur
,, cet Article 1. qu'il faut porter trois fois de
,, l'eau à ces parties-là, encore qu'on s'aper-
,, çût à la première ou à la seconde fois qu'el-
,, les sont bien nettoyées; mais qu'après la
,, troisiéme *Aspersion* il faut tenir ces parties
,, pour nettes, sans être obligé d'en faire da-
,, vantage, 2. qu'après ces trois *Abstersions*, on
,, peut laver ces parties tant qu'on veut avec
,, des eaux, ou simples, ou de senteur, des
,, huiles, & des essences.

,, A R T I C L E I I. Les cinq choses défen-
,, dues dans cette *Abstersion*, sont. 1. De se
,, nettoyer les parties avec de la crotte d'ani-
,, mal, encore que ce fût d'animaux purs, &
,, dont il est permis de manger la chair. 2. De
,, se nettoyer avec aucune chose, de quelque
,, nature que ce soit, qui puisse servir d'ali-
,, ment, & qui soit bonne à manger, com-
,, me sont les fruits, les herbages, & d'autres
,, choses pareilles. 3. De se nettoyer avec
,, un os d'animal, quel qu'il soit, pur ou im-
,, pur. 4. De se nettoyer avec quelque cho-
,, se capable de devenir honorable, & digne
,, de reverence, ou qui l'est déja, comme
,, le parchemin, & le papier, & autre sembla-
,, ble matiere, sur laquelle on peut écrire
,, quelques mots appartenant à la Religion,
,, comme le nom de *Dieu*, d'un *Prophete*, ou
,, d'un *Saint Pontife*; à plus forte raison, si
,, ces mots y sont déja écrits: sur quoi il faut
,, remarquer que si l'on se nettoyoit avec quel-
,, qu'une de ces choses défendues, on seroit
,, pur, mais on auroit commis une abomina-
,, tion; & même les Docteurs ont décidé,
,, que de se nettoyer avec du papier, ou avec
,, du parchemin qui seroit écrit, comme il a
,, été dit, cela rend un homme *Capher*. Ce
mot signifie *Infidéle* marque toute sorte de
gens *non-Mahometans*, & particuliérement les
Chrétiens. Il vient de *Sciafer*, terme *Arabe*,
qui signifie *ne croire point*, duquel les *Portugais*
ont fait ce mot de *Cafre*, qu'ils donnent à

leurs Esclaves Negres, & celui de *Caffrerie*,
qu'ils donnent à cette partie d'*Afrique* d'où
l'on les tire. ,, 5. D'avoir lors qu'on se net-
,, toye des anneaux aux doigts, soit un, soit
,, plusieurs, sur lesquels se trouve peint, mou-
,, lé, ou gravé le nom de *Dieu*, ou des *Pro-
,, phetes*, ou des *Imams*, ou des *Saints*, & gé-
,, néralement tout autre nom sacré, & Reli-
,, gieux, encore qu'on fût fort assuré de se
,, nettoyer si proprement qu'on ne saliroit
,, nullement sa bague, & qu'il ne rejailliroit
,, pas une goute d'eau dessus.

,, A R T I C L E I I I. Les huit choses inde-
,, centes dans le sujet que nous traitons, sont
,, 1. De se placer, ou de se tourner de telle
,, maniére, en se déchargeant le ventre, qu'on
,, eût le dos, ou la face opposée au Soleil,
,, ou à la Lune, ou aux Etoiles majeures,
,, qu'on appelle les grandes Constellations:
,, ni de se tourner contre le vent, de maniére
,, qu'il pût arriver que le vent fit rejaillir quel-
,, que ordure sur la personne. 2. De se net-
,, toyer avec la main droite. 3. De se dé-
,, charger le ventre sur quelque chose de dur,
,, comme de la pierre, du bois, ou quelque
,, chose semblable, qui pût faire rejaillir quel-
,, que ordure sur la personne. 4. De le faire
,, dans des trous, dans des nids, dans des
,, grottes, dans des tannieres, dans des gî-
,, tes, ou autres retraites d'Oiseaux, ou de
,, bêtes ni même dans des trous de Serpens,
,, ou dans des fourmillieres, ni en aucun en-
,, droit par où ces animaux doivent nécessai-
,, rement passer pour aller à leurs retraites,
,, ou pour en sortir; & cela, de peur qu'il
,, n'arrive que ces animaux s'étant salis, ne
,, viennent ensuite à salir quelqu'un, auquel
,, cas l'impureté tomberoit sur la personne
,, qui en seroit cause. 5. De se décharger le
,, ventre, ou au milieu, ou aux bords des
,, grands Chemins, dans les places publiques,
,, & en tous autres endroits où le monde a-
,, borde ordinairement, non plus qu'aux lieux
,, où l'on va puiser de l'eau, comme sont les
,, Fontaines, les Citernes, & les autres lieux
,, publics de cette nature. 6. De se déchar-
,, ger, ni de faire son abstersion non plus,
,, sous des arbres fruitiers, ou sous des ar-
,, bustes portant des fleurs. 7. De le faire
,, dans l'eau, soit morte, soit courante. 8. De
,, parler tandis qu'on est dans cet état-là, si
,, ce n'est dans l'un des quatre cas suivans aux-
,, quels il n'est point mal séant de parler, sa-
,, voir: Premierement, pour faire les Com-
,, memorations du nom de *Dieu*. Seconde-
,, ment, pour reciter le Chapitre seul de l'*Al-*

,, *coran* qui a pour titre, le *Chapitre de l'Au-*
,, *rore.* (c'eſt le quatre vingt-neuviéme.) En
,, troiſiéme lieu, pour repeter, & redire, ce
,, que dit le *Moaſen*, ou le Crieur public du
,, haut de la *Moſquée* en appellant les hommes
,, à la priere. En quatriéme lieu, pour de-
,, mander du ſecours dans le cas de quelque
,, néceſſité urgente, comme une pamoiſon,
,, une foibleſſe, une bleſſure extraordinaire;
,, car alors il ſeroit permis de parler pour ap-
,, pelleř du ſecours, pourvû qu'on ne le pût
,, faire auſſi efficacement par ſignes.

,, Article IV. Les cinq choſes qui
,, ſont convenables ou de perfection dans ce
,, ſujet ſont 1. De ſe cacher de telle ſorte en
,, ſe déchargeant le ventre, qu'on ne ſoit vû
,, de perſonne. 2. Qu'en allant au lieu deſti-
,, né à ces beſoins, on régle tellement ſa dé-
,, marche, qu'en y entrant, ce ſoit le pied gau-
,, che qui paſſe le premier & qu'en ſortant, ce
,, ſoit le pied droit; ce qui eſt tout le con-
,, traire de ce qu'on doit obſerver en entrant
,, dans la *Moſquée*, où il faut que ce ſoit le
,, pied droit qui entre le premier, & qui ſorte
,, le dernier." Le terme que j'ai traduit par
lieu deſtiné à ces beſoins, eſt *adepeane*, qui ſignifie *lieu de honte*, ou *lieu que la honte ne per-*
met pas de nommer. ,, 3. Que dans l'acte de
,, l'abſterſion on ait le corps panché & incliné
,, ſur le pied gauche. 4. De verſer de l'eau
,, trois fois autour de l'*anus*, avant que d'en
,, verſer deſſus & trois fois autour des parties
,, honteuſes avant que de verſer de l'eau deſ-
,, ſus. 5. De nettoyer ces parties dans l'or-
,, dre que l'on vient de les nommer, c'eſt-à-
,, dire en leur rang, & non pas confuſément,
,, tantôt l'une à la premiére, tantôt l'autre.
,, Avant que de finir cet Article il faut ob-
,, ſerver deux choſes: l'une, que dans le cas
,, de néceſſité, comme en voyage, & partout
,, où l'on n'auroit point d'eau pour ſe net-
,, toyer après avoir été à ſes beſoins ordinai-
,, res, on peut ſe nettoyer les parties avec
,, quelque choſe que ce ſoit, excepté celles
,, qui ont été marquées ci-deſſus Article ſe-
,, cond, pour être défendues: l'autre, c'eſt
,, que comme dans toutes les *Purifications le-*
,, *gales* il faut bien prendre garde à l'intention
,, qui doit les accompagner, parce que ce ſont
,, des *Purifications* que l'on fait à deſſein de
,, s'approcher de *Dieu* très-haut, d'obéir à
,, ſon Commandement, & de devenir plus
,, agréable à ſes yeux purs; tout au contrai-
,, re, dans cette abſterſion, ou ce nettoye-
,, ment, que nous venons d'expliquer, il ne
,, faut point avoir aucun égard de *Dieu*, &

,, point d'autre intention, ou d'autre but, que
,, de ſe nettoyer par ce lavement d'une ordu-
,, re corporelle.

SECONDE SECTION

De la Luſtration.

,, La *Luſtration*, qui eſt le premier lave-
,, ment, ou la premiere ſorte de *Purifica-*
,, *tion* que la *Loi* ordonne de faire avec inten-
,, tion, contient deux Points: le premier qui
,, traite de la maniere de faire la *Luſtration*:
,, le ſecond qui traitte des cauſes pourquoi on
,, la doit faire.

PREMIER POINT

De la maniere de faire la Luſtration.

,, Ce premier point, qui contient la me-
,, thode de la *Luſtration*, ou du Lavement
,, des parties du Corps qu'il faut purifier avant
,, que de faire ſes prieres, doit être diviſé en
,, trois articles, dont le premier renferme
,, vingt un *Preceptes*, le ſecond vingt *Con-*
,, *ſeils*, le troiſiéme neuf choſes qu'il faut é-
,, viter comme deshonnêtes; ce qui fait cin-
,, quante chefs en tout. Mais nous obſervons
,, encore une fois, avant que d'entrer en ma-
,, tiere, que la *Luſtration* ſe fait avec de l'eau,
,, ou avec de la terre faute d'eau; car il arri-
,, ve quelquefois qu'on manque d'eau, prin-
,, cipalement dans les voyages, & ſur tout
,, dans les deſerts. Il faut en ce cas faire avec
,, la terre la *Luſtration* commandée, & la pra-
,, tiquer tout auſſi exactement que l'on le
,, fait avec de l'eau, juſqu'à ce qu'on ſoit ar-
,, rivé à un lieu où il y en ait; car alors, il
,, faut auſſi-tôt réiterer avec de l'eau toutes les
,, *Luſtrations* qu'on a faites avec de la terre.
,, Article I. Les vingt un *Preceptes*,
,, ſont 1. que le *Lieu* où l'on fait la *Luſtra-*
,, *tion* ne ſoit acquis ni par fraude, ni par vio-
,, lence; mais à bon droit, & par des voyes
,, legitimes, auſſi bien que les meubles de ce
,, lieu-là, & entre les autres, les *Tapis*, dont
,, le plancher ſur lequel l'on fait ſa dévotion
,, eſt couvert, parce que ce ſeroit une *Puri-*
,, *fication* nulle & vaine, ſi elle étoit faite dans
,, un lieu mal acquis, ou bâti ſur un fonds
,, qui le ſeroit, ou garni de meubles ravis &
,, volez, ou acquis par artifice, ou par
,, intrigue. Il faut de même, avoir acquis
,, très-legitimement, & par les bonnes voyes,
,, les *ſouliers* dont l'on eſt chauſſé; parce que
　　　　　　　　　　　　　　　　　　　,, c'eſt

„ c'eſt un autre fondement, ſur lequel tout
„ le corps repoſe, quand il ſe prepare pour
„ faire ſa priere. Il faut enſuite que l'*Aiguie-*
„ *re*, dont on ſe ſert pour la *Luſtration*, ne
„ ſoit ni d'or, ni d'argent; car autrement la
„ *Luſtration* ſeroit bonne à la verité, & due-
„ ment faite; mais la perſonne qui ſe ſervi-
„ roit d'un tel vaſe pour ſe purifier, commet-
„ troit une action deshonnête. 2. Que l'*Eau*
„ dont l'on ſe ſert ſoit certainement pure &
„ nette, & qu'il n'y ait aucun lieu d'en dou-
„ ter; comme par exemple, ſi l'on avoit de-
„ vant ſoi deux vaſes ou aiguieres d'eau, dont
„ l'on ſût qu'il y en a une impure, mais non
„ pas laquelle c'eſt des deux, on ne doit ſe
„ purifier avec l'une, ni avec l'autre; & s'il
„ ne ſe pouvoit trouver d'autre eau, il fau-
„ droit faire ſa *Luſtration* avec de la terre. Il
„ y a pourtant ſur cela diverſité d'opinions
„ entre les Caſuiſtes, quelques uns ſoutenant
„ que dans ce cas il faudroit faire la *Luſtra-*
„ *tion* deux fois, une fois avec l'eau d'un des
„ vaſes, & une fois avec l'eau de l'autre va-
„ ſe, parce qu'une des deux purgations ſeroit
„ bonne & valide. Mais les Docteurs qui
„ tiennent pour l'opinion contraire, c'eſt-à-
„ dire que pas une de ces purgations ne ſe-
„ roit bonne, ſont en plus grand nombre; &
„ nous tenons que c'eſt la verité que toutes
„ ces deux *purgations* ne valent rien; parce
„ qu'il eſt ſûr qu'une eau impure ſouille &
„ rend impur celui qui s'en ſert: du moins,
„ c'eſt ainſi que les *Imams*, le décident en
„ termes exprès. 3. Que l'*Eau* ſoit naturel-
„ le, non extraite, ou diſtillée, non mêlée
„ d'aucune liqueur, ou autrement alterée; &
„ c'eſt-là l'opinion uniforme de tous les Théo-
„ logiens, & des plus célébres Docteurs, à
„ la reſerve d'un ſeul nommé *Eben-babouyé,*
„ lequel pretend que l'eau diſtillée, ou mix-
„ tionnée, ſe peut employer pour la *Luſtra-*
„ *tion*. Mais l'opinion de ce *Babouyé* eſt fauſ-
„ ſe & mauvaiſe, & l'autre eſt l'opinion u-
„ niverſelle: il faut obſerver toutefois, que
„ ſi l'on avoit deux vaſes d'eau devant ſoi,
„ l'un d'eau ſimple, l'autre d'eau diſtillée, &
„ qu'on ne ſût laquelle des deux eaux eſt diſ-
„ tillée, parce qu'elle n'auroit ni couleur,
„ ni odeur, ni gout different, il faudroit fai-
„ re la *Luſtration* deux fois, la premiere fois
„ avec une de ces eaux, la ſeconde avec l'au-
„ tre, parce que l'une des deux *Luſtrations*
„ ſeroit bonne & licite. 4. Que l'*Eau*, dont
„ on ſe ſert, ne ſoit ni *priſe* par fineſſe, ni
„ *enlevée* par force; ſur quoi il faut obſerver
„ que ſi par mégarde, & ſans le ſavoir, on

„ s'étoit ſervi dans ſa *Luſtration* d'une eau
„ qui apartint à quelqu'un, la *Luſtration* ſeroit
„ bonne & licite, pourvû qu'on payât cette
„ eau à qui elle appartient, en cas qu'il
„ prétendit en être payé, autrement la
„ *Luſtration* ſeroit vicieuſe & par conſéquent
„ nulle. Mais il y a encore cette diſtinction
„ à faire, c'eſt que ſi vous ne ſaviez pas que
„ la *Luſtration*, que vous faites avec une eau
„ qui ne vous appartient pas, n'eſt point bon-
„ ne & licite, une telle *Luſtration* ne laiſſe
„ pas d'être mauvaiſe, car l'ignorance excu-
„ ſe bien la coulpe d'une action, mais elle
„ ne rectifie pas l'action. 5. Qu'avant que
„ de faire la *Luſtration*, on ſoit *net de toute*
„ *ordure corporelle* aux parties qui doivent être
„ purifiées; c'eſt-à-dire qu'avant que de com-
„ mencer cet acte, il faut être aſſuré qu'on
„ ſoit net & exemt des ſalletez qui ſurvien-
„ nent, ſoit par le travail, ſoit par l'attou-
„ chement de choſes qui ſaliſſent; de ſorte
„ qu'il n'y ait nulle ordure aux mains, aux
„ pieds, & au viſage. 6. Qu'en faiſant la
„ *Luſtration*, on ait l'*intention*, c'eſt-à-dire la
„ penſée de ſe purifier par cette action Reli-
„ gieuſe, en diſant en ſoi-même: *je fais une*
„ Luſtration *néceſſaire, afin de rendre mes prie-*
„ *res licites & qualifiées comme il faut, pour*
„ *être agreables à Dieu, & pour en être exau-*
„ *cées, & afin de m'approcher de lui;* ſur quoi
„ vous obſerverez deux choſes: La premié-
„ re, qu'il ſuffit de *penſer* cela en ſoi même,
„ & de le dire interieurement dans la langue,
„ dans la phraſe, dans l'ordre, & dans les
„ termes qu'on voudra; cette éjaculation men-
„ tale n'étant pas de la nature de celles dont
„ on parlera dans la ſuite, qui doivent né-
„ ceſſairement & à peine de nullité d'action
„ être dites dans l'idiome, & dans les termes
„ preſcrits, & ces termes-là, dans l'arrange-
„ ment marqué: La ſeconde, qu'il vaut
„ mieux *faire en ſoi même* cette éjaculation,
„ que de la *proferer* ſi haut qu'elle ſoit enten-
„ due. 7. Qu'on ait cette *intention expreſſe* &
„ diſtincte au moment qu'on commence ſa
„ *Luſtration*, c'eſt-à-dire quand on porte l'eau
„ la premiere fois au viſage. 8. Qu'on ſe
„ *lave la face du haut en bas*, à prendre du
„ deſſus du front, à l'endroit où il ne croît
„ point de cheveux, juſqu'au bas du menton,
„ au bout de la barbe, en longueur & en lar-
„ geur, avec la main étendue, autant qu'on
„ pourra à longer le pouce & le doigt mi-
„ toyen, en telle ſorte qu'on mouille & qu'on
„ lave à la fois la face toute entiere: ſur quoi
„ vous obſerverez, qu'en cas que la barbe fût

„ Ꮆ

„ fi épaiffe qu'on ne pût voir la peau au tra-
„ vers, il fuffit de laver la barbe; mais que
„ fi la peau fe voit au travers du poil, il la
„ faut toucher en la lavant; & que quoi que
„ la barbe fût plus longue que le menton, il
„ fuffit neanmoins de la laver jufqu'au bas du
„ menton. 9. Qu'on fe lave premierement
„ le *bras droit* avec la main gauche, en com-
„ mençant par le coude, & finiffant au bout
„ des doigts; ce qui fe doit faire en embraf-
„ fant avec la main gauche, étenduë, tant
„ qu'il fe pourra le *bras* & *la main droite*, du
„ haut en bas; & s'il fe rencontroit que la
„ perfonne eût deux mains à un bras, ou plus
„ de cinq doigts à une main, ce qui eft une
„ efpece de monftre, il fuffit de laver les par-
„ ties naturelles, fans toucher à celles qui
„ font venues contre l'intention de la nature.
„ 10. Qu'on lave la *main gauche* de la même
„ façon que la droite. 11. Qu'on repaffe les
„ mains encore mouillées de l'eau de la *Luftra-*
„ *tion* fur le vifage, fur les bras, & fur les
„ pieds du haut en bas. 12. Qu'on fe lave le
„ *pied droit*, en commençant au bout des Or-
„ teuils, & en continuant jufqu'à l'emboîte-
„ ment du genou, fans prendre de nouvelle
„ eau pour cela, mais en fe fervant de celle
„ qui eft reftée à la main; c'eft-à-dire, qu'il
„ faut laver les pieds feulement en les ferrant,
„ & preffant fort avec la main mouillée, com-
„ me fi l'on vouloit les effuyer & nettoyer
„ de quelque fueur, ou autre ordure.
„ 13. Qu'on fe lave le *pied gauche* de la même
„ façon que le droit. 14. Qu'on fe lave les
„ *deux pieds par trois fois*, c'eft-à-dire, qu'on
„ paffe les mains trois fois par deffus, & tou-
„ tes les trois fois fans prendre de l'eau, mais
„ feulement avec l'eau qui refte attachée à la
„ main; fur quoi il faut obferver deux cho-
„ fes; l'une, que la premiere fois que vous
„ prenez le pied, vous le ferriez & preffiez
„ affez fort; la feconde, que vous ne faffiez que
„ ramaffer l'eau qui fe fera attachée deffus; &
„ la troifiéme que vous ne faffiez que paffer la
„ main deffus: l'autre chofe qu'il faut obfer-
„ ver, c'eft que fi vous appercevez en paffant
„ la main fur le pied, à la feconde fois, qu'il
„ ne vous feroit pas refté affez d'eau à la main
„ pour mouiller tout le pied, il ne vous eft
„ pourtant pas permis de prendre de nouvel-
„ le eau; mais il faut que vous ramaffiez de
„ là main celle qui pourra être reftée au vi-
„ fage, au front, à la barbe, & aux bras, &
„ de cela achever la *Luftration* des pieds en
„ la maniere prefcrite. 15. Qu'on n'*inter-*
„ *rompe*, en aucune façon que ce foit, la

„ *Luftration*, la fufpendant & la retenant,
„ quand ce ne feroit qu'un inftant, mais que
„ le tout fe faffe de fuite, fans la moindre
„ interruption; ce n'eft pas que la *Luftration*
„ qui auroit été interrompue ne fût valide,
„ mais ce feroit un grand peché que de l'in-
„ terrompre en s'arrêtant un moment. Sa-
„ chez pourtant que quelques Docteurs font
„ d'avis que l'interruption qui eft défendue &
„ criminelle, eft celle-là feulement qui feroit
„ fi longue que le vifage fût fec, avant qu'on
„ eût achevé le lavement des pieds. 16. Qu'on
„ fe lave dans l'*ordre* que l'on vient de marquer,
„ & non pas confufement, comme fi l'on la-
„ voit les pieds avant les mains, les mains avant
„ le vifage, & la gauche avant la droite; mais
„ que chaque partie fe lave dans fon rang.
„ 17. Qu'on n'ait point la penfée ni *appliquée*
„ à quelque fujet prophane, ni *diftraite* de
„ l'objet propofé, ni *mêlée* de rien de char-
„ nel & corporel, comme par exemple, fi
„ l'on fongeoit durant la *Luftration* qu'on fe
„ rafraichit, ou qu'on fe nettoye, ou qu'on
„ plaît le corps, mais qu'on ait tout fon
„ efprit élevé à *Dieu*, & toute fa penfée ap-
„ pliquée à l'intention de s'approcher de *Dieu*
„ par cette action Religieufe. 18. Qu'en fe
„ lavant les bras, & le vifage, on faffe cou-
„ ler l'eau de *haut en bas*; mais qu'en fe la-
„ vant les pieds, on faffe au contraire aller
„ l'eau de *bas en haut*, fans quoi la *Luftra-*
„ *tion* eft nulle & vaine. 19. Qu'on fe lave
„ foi-même, fans fe faire *laver*, ou fe faire
„ fervir; comme fi l'on fe faifoit verfer l'eau
„ par un valet, ou par quelque autre perfon-
„ ne que ce foit, ce qui eft une chofe illicite
„ & prohibée, hors le cas d'impuiffance ab-
„ folue, comme d'être manchot, d'être pa-
„ ralitique, d'être bleffé à la main, d'être
„ moribond, & en tout autre cas où l'on n'au-
„ roit pas la force de tenir l'aiguiere: car en
„ ces cas-là, il eft non feulement licite, mais
„ même il eft prefcrit de fe faire affifter par
„ quelqu'un pour accomplir la *Luftration*,
„ pourvû qu'il foit *Mahometan*; fùrquoi vous
„ devez obferver, que fi la perfonne dont
„ l'on demande le fervice pour cette fonction,
„ ne le veut pas faire pour rien; mais en pre-
„ tend le payement, & qu'on ait le moyen de
„ le donner, l'on eft tenu & obligé de le fai-
„ re, à peine de nullité de la *Luftration*, ex-
„ cepté que l'on fût fi pauvre qu'on ne pût
„ abfolument rien donner. 20. Que dans
„ tout l'acte de la *Luftration*, on prenne toû-
„ jours tant d'eau dans le *creux de la main*,
„ qu'elle puiffe couler fur les parties purifiées,
„   „ ce

„ ce qui fe doit fur tout obferver dans la
„ *Luftration* du vifage, & des bras; parce
„ que fi l'on fe contentoit de fe mouiller
„ feulément le vifage, ou la main, la *Luf-*
„ *tration* feroit mal faite. 21. Qu'on ôte les
„ *bagues* de fes doigts, avant que de commen-
„ cer la *Luftration*, fi elles font juftes aux
„ doigts, mais fi elles ne font pas fi juftes aux
„ doigts que l'eau ne puiffe paffer & couler
„ entre deux, il fuffit de les tourner & re-
„ muer pour cela.
„ ARTICLE II. Les vingt *Confeils* qu'il
„ faut obferver dans l'acte de la *Luftration*,
„ font. 1. De dire ces paroles au moment
„ qu'on va commencer la *Luftration. Au*
„ *nom de Dieu*, & *avec Dieu. O Dieu, fais*
„ *que je fois du nombre des Penitens*, & *me mets*
„ *au rang des purs.* 2. De prendre l'eau avec
„ les *deux mains*, fi le vafe dont l'on fe fert
„ eft affez large pour le faire; mais il faut
„ obferver là-deffus qu'il ne faut prendre l'eau
„ pour faire la *Luftration* qu'après s'être pu-
„ rifié par cette autre forte de purgation,
„ qu'on appelle l'*abfterfion*, une fois, ou deux,
„ felon qu'il aura été néceffaire; car fi la
„ *Luftration* fe fait après avoir été à la gar-
„ derobe, ou après avoir fait de l'eau, ou
„ en fe levant du lit, il faut réiterer l'*Abfter-*
„ *fion*; mais fi l'on eft fûr de ne s'être point
„ falli par aucune ordure fortie du corps, de-
„ puis la derniere fois qu'on a fait la *Luftra-*
„ *tion*, il fuffit de faire l'*Abfterfion* une fois.
„ Or la raifon pour laquelle il faut toûjours
„ pratiquer l'*Abfterfion* en fortant du lit, de
„ même que quand l'on vient de la garde-
„ robe, c'eft de peur qu'en dormant il ne foit
„ forti quelque vent, quelque goute d'urine,
„ ou quelque autre ordure. 3. De *prendre*
„ toûjours de la *main gauche* le vafe d'eau
„ dont l'on fe fert dans la *Luftration*, puis de
„ le porter à la *droite*, & de le pofer de mê-
„ me; mais fi l'on prend l'eau dans un va-
„ fe ouvert, il faut au contraire la prendre
„ de la *main droite*. 4. De *verfer l'eau* de la
„ main gauche dans la main droite, lors que
„ l'on fe fert d'une aiguiere pour faire fa
„ *Luftration*. 5. De prendre *trois fois* de l'eau,
„ dans la *bouche*, & de s'en *gargarifer* autant
„ de fois, avant que de commencer la *Luftra-*
„ *tion*. 6. De *tirer* de l'eau trois fois pareil-
„ lement par le *nez* pour le nettoyer. 7. De
„ fe laver & frotter les *dents trois fois* avec les
„ doigts de la main droite. 8. De fe *tourner*
„ la face vers *la Mecque* dans l'acte de la
„ *Luftration*. 9. De s'*effuyer* le *vifage* avec
„ la main droite. 10. De s'*effuyer* le *front*

Tome II.

„ des *trois grands doigts* de la main, & feule-
„ ment le devant du *front*, autant que *trois*
„ *doigts* en peuvent couvrir; prenant garde
„ que le *poulce*, ni l'*auriculaire* ne fe mêle avec
„ les autres, & ne touche point le *front*.
„ 11. De faire de la *main platte* étendue la
„ *Luftration* des *pieds*. 12. De prendre garde
„ que le *vafe d'eau* duquel on fe fert en *con-*
„ *tienne* au moins le *poids* d'un *muth*, qui eft
„ de mille quarante grains d'orge de groffeur
„ ordinaire, ce qui revient à un *carteron* de
„ la livre commune, qu'on appelle poids de
„ *Tauris*. (Ce font fix livres poids d'Angle-
„ terre.) 13. De dire ces paroles en fe la-
„ vant la bouche : *O Dieu, fais moi parvenir*
„ *à la bonne excufe, en me donnant la grace de*
„ *te pouvoir bien répondre, au jour que je ferai*
„ *tiré en jugement devant toi*, & *fais parler ma*
„ *langue ici bas à la loüange*, & *à la célébration*
„ *de ton Nom qui eft ineffable.* 14. De dire
„ ces paroles en tirant l'eau par le nez, & en
„ la repouffant : *O Dieu, ne me repouffe point*
„ *arriere de toi*, & *ne m'exclus point à jamais*
„ *de la douce odeur des biens du Paradis; mais*
„ *conftitue moi au nombre de ceux dont l'efprit* &
„ *l'odorat flaireront les bonnes odeurs.* 15. De
„ dire ces mots en fe lavant le vifage : *O Dieu,*
„ *rends moi la face refplendiffante de blancheur,*
„ *au jour de noirceur* & *de ténèbres*; & *ne me*
„ *couvre point la face de noirceur, au jour que*
„ *les vrais croyans auront leurs faces blanches,*
„ 16. Dire ces mots en fe lavant la main droi-
„ te : *O Dieu, mets ton livre dans ma main*
„ *droite: donne moi l'éternité dans ton Paradis,*
„ & *donne moi auparavant en cette vie une rai-*
„ *fon jufte*, & *une intelligence étendue, qui me*
„ *faffe connoître pleinement le nombre de mes*
„ *pechez*, & *la nature de mes actions.* 17. De
„ dire en fe lavant la main gauche : *O Dieu,*
„ *ne me mets point ton livre à la main gauche:*
„ *ne me le donne point à l'envers, en m'aban-*
„ *donnant à une affection corrompue*, & *en per-*
„ *mettant que j'euffe une intelligence fauffe fur*
„ *mes actions, ou aveugle fur mes pechez : ne*
„ *me lie point la main fur le col*, & *me délivre*
„ *des feux brulans.* * *Lier la main fur le col*
„ eft une métaphore, prife de la coûtume qu'on
„ a en *Perfe* de paffer au col des criminels d'E-
„ tat un carcan fait de trois piéces de bois en
„ triangle, à une defquelles on attache le poignet,
„ avec un bois demi-rond, en forte qu'on ne
„ fauroit remuer la main. Or les Théologiens
„ *Perfans* difent qu'au dernier jour les méchans
„ auront les mains ainfi attachées, pour marque
„ qu'ils font deftinez aux fupplices de l'Enfer.
„ 18. De dire en s'effuyant le front : *O Dieu,*

Y y   „ *fais*

„ fais que ta misericorde reluise sur moi, & me
„ remplis de tes benedictions. 19. De dire en
„ se lavant les pieds : O Dieu, affermis mes
„ pas sur le pont Serrhaat, sur ce passage qui
„ mene à toi, au jour que les pieds des méchans
„ chancelleront, & produis en moi un soin &
„ une vigilance qui te plaise ; O Dieu magnifi-
„ que, à qui appartient toute gloire. " Le pont
Serrhaut est ce passage étroit & affilé comme
le tranchant d'une épée, dont j'ai parlé au
premier Chapitre de ce Traité, que les Mahometans disent être étendu sur la Gehenne du
feu, par dessus lequel il faut que tous les hommes passent au jour du Jugement; mais au
lieu que les fidéles le passeront vîte & d'un
pas ferme, les méchans broncheront dessus
au premier pas, & tomberont dans l'Etang
ardent. „ 20. De dire quand on acheve la
„ Lustration : O Dieu, donne moi la grace d'ê-
„ tre parfaitement net de corps & d'ame : d'ac-
„ complir pleinement tout ce qui t'est agréable,
„ & d'arriver à ton glorieux Paradis. Remarquez ici que quelques Mouchteheds, (ce
sont les grands Docteurs de la Religion)
enseignent qu'il est bon de se laver deux
fois. le visage & les mains en faisant la
Lustration ; une fois parce que cela est dé
Précepte, une autre fois parce que cela est
de Conseil ; mais il y a deux autres Docteurs
des plus célébres, assavoir Cheik-abou Japher
Mahammed eben Jacoub Kalainy, & Cheik
Mahammed-eben-babouyé, qui croyent qu'u-
ne seconde Lustration après la premiere ne
se doit pas pratiquer. Certes toutes ces
opinions de multiplier les Lustrations & les
Purifications sont des superstitions foibles
& vaines, ayant été décidé dans plusieurs
anciens Livres, & par un grand nombre
d'éminentes personnes dans la Loi, qu'il
n'est point requis que le visage & les mains
reçoivent plus d'une Lustration ; & que
quand on veut reïterer la Lustration, il faut
prendre de nouvelle eau, ce qui fait que
c'est une nouvelle action qui rend la premiere vaine & comme non avenue, & que
c'est ainsi de suite à l'infini.

„ ARTICLE III. Les neuf choses qui
„ font mal seantes & deshonnêtes dans l'acte
„ de la Lustration, font 1. De se faire aider
„ par quelqu'un, comme de se faire verser de
„ l'eau dans le creux de la main, lors qu'il
„ n'y a pas une nécessité absolue de le faire.
„ 2. De se servir d'eau tiede ou échauffée soit
„ au feu, soit au Soleil, soit d'autre maniere.
„ 3. De se servir d'un vase sur lequel il y ait
„ de l'ouvrage, ou en bosse, ou en creux, ou

„ en peinture, ou autrement, représentant des
„ animaux raisonnables, ou des brutes, ou
„ d'aucune chose qui ait vie. 4. De se servir
„ d'un vase qui soit couvert, garni, ou orné
„ d'or, ou d'argent par dehors. 5. De faire
„ la Lustration dans une Mosquée, si ce n'est
„ la Lustration qui se fait après avoir dormi,
„ ou pour avoir laché quelque vent ; car pour
„ ces deux sujets, il est permis de se purifier
„ dans une Mosquée ; mais pour les autres su-
„ jets, il faut se purifier chez soi. 6. De se
„ servir dans la Lustration d'une eau qui soit
„ alterée dans sa couleur, ou dans son odeur,
„ comme eau croupie, ou trop gardée. 7. De
„ tirer l'Eau Lustrale de dessus les parties du
„ corps qui ont été lavées, soit avec un lin-
„ ge, ou autre étoffe, soit au Soleil, ou au
„ feu, ou à l'air, parce qu'il est nécessaire de
„ tirer toute cette eau, autant qu'il se peut,
„ avec la main, & avec les doigts. 8. De se
„ servir d'une Eau dans laquelle on auroit vû
„ boire peu de tems auparavant quelque ani-
„ mal que ce soit, dont on n'a pas accoûtu-
„ mé de manger, encore que ce ne fût pas
„ un animal impur, comme, par exemple, un
„ Faucon, un Chat, un Singe, & tels autres
„ dont l'on ne mange point. 9. De se servir
„ d'une Eau dans laquelle on auroit vû passer,
„ se laver, ou se plonger un peu auparavant
„ quelqu'un de ces animaux que l'on vient de
„ marquer, quand ce seroit des animaux les
„ moins sales, comme le Cheval.

SECOND POINT.

Des causes pourquoi l'on fait la Lustration.

„ CE Point, qui regarde proprement la cau-
„ se, ou la fin pour laquelle la Lustration
„ se doit faire, contient deux Articles, dont
„ le premier embrasse trois Preceptes, le se-
„ cond vingt Conseils.

„ ARTICLE I. Les trois Preceptes, c'est-
„ à-dire les trois sujets pour lesquels la Lustra-
„ tion est commandée, font 1. La Priere,
„ parce que la Priere n'est ni agréable à Dieu,
„ ni efficace, ni permise, à moins que la Lustra-
„ tion ne la précede immediatement, à la re-
„ serve des Prieres des Morts, avant lesquel-
„ les il n'est pas de nécessité absolue de prati-
„ quer la Lustration, comme il a déja été ob-
„ servé, quoi qu'il soit bien meilleur de le
„ faire. Il faut encore excepter les cas d'un
„ homme qui vient de se purifier pour être
„ tombé dans l'impureté semen coitus, ou d'u-
„ ne femme qui vient de se purifier aussi pour

„ ses

„ ſes purgations ordinaires ; car après la *Pu-*
„ *rification*, qui eſt le lavement de tout le
„ corps, ils peuvent ſaire leurs *Prieres* ſans
„ la *Luſtration*, qui n'eſt que celui de quel-
„ ques parties du corps. 2. Pour les *Pélerins*
„ *de la Mecque*, au ſujet des ſept Proceſſions
„ qu'ils doivent faire à l'entour du Temple
„ de *la Mecque*, avant que d'y entrer, les qua-
„ tre premieres d'un pas grave & meſuré ; les
„ trois autres d'un pas hâté, & comme en cou-
„ rant, & dans d'autres actes de leur *Péléri-*
„ *nage*. Il faut obſerver touchant ces ſept
„ Proceſſions, qui ſont quelques fois *Vagib*,
„ c'eſt-à-dire *Commandées*, & quelques fois
„ ſeulement *Sunneth*, c'eſt-à-dire *de Conſeil* ;
„ que quand elles ſont de commandement,
„ il faut que la *Luſtration* précede immédia-
„ tement la Proceſſion. 3. Pour pouvoir li-
„ citement & ſans péché mettre la main à
„ l'*Alcoran*, c'eſt-à-dire, en toucher l'écritu-
„ re, une lettre, un ſimple accent ; mais non
„ pas pour en toucher la couverture, la tran-
„ che, les marges, les points rouges qui ſont
„ entre les verſets ; ſur quoi il faut diſtinguer
„ encore l'attouchement qui ſe fait des par-
„ ties vivantes du corps, d'avec les parties
„ mortes & inſenſitives ; car ſi l'on y touche
„ de ſes cheveux, de ſes ongles, & de ſa bar-
„ be, ſans avoir auparavant fait la *Luſtration*,
„ ce n'eſt pas un péché, parce que ces parties
„ ſont ſans ſentiment, & qu'ainſi on ne les
„ regarde pas pour être proprement du corps.
„ ARTICLE II. Les vingt cauſes, ou
„ raiſons, pour leſquelles on conſeille de pra-
„ tiquer la *Luſtration*, ſont 1. Pour pouvoir
„ *lire* dans l'*Alcoran*. 2. Pour pouvoir *pren-*
„ *dre*, ſoutenir, & *porter* l'*Alcoran* avec ſoi.
„ 3. Pour *entrer* dans la *Moſquée*. 4. Pour
„ faire les *Prieres*, qui ne ſont pas d'obliga-
„ tion, mais de pure dévotion. 5. Pour *de-*
„ *mander* convenablement quelque choſe qui
„ ſoit agréable à *Dieu*, & profitable à ſoi-
„ même & aux fidéles. 6. Pour *viſiter* de-
„ cemment le *Sepulchre* d'un Fidéle. 7. Pour
„ s'aller *coucher* en bon état, ou pour s'endor-
„ mir en bon état, ſi l'on s'eſt ſouillé *ſemine*
„ *coitus*, après être couché. 8. Pour s'apro-
„ cher de nouveau de *ſa propre femme* ; les
„ Caſpiſtes conſeillant de pratiquer la *Luſtra-*
„ *tion*, toutes les fois qu'on s'eſt porté à pra-
„ tiquer l'acte conjugal, de peur que la fem-
„ me n'engendre un enfant ſol ; car dans le
„ *Livre des Faits & Dits des Imams*, il y a un
„ verſet qui porte, *que ſi, lorſqu'on eſt impur,*
„ *ſemine coitus, ou pratique l'acte du mariage,*
„ *l'enfant qui en naît eſt ſol, ou foible d'eſprit.*

„ 9. Pour s'*aprocher* d'une *femme groſſe*, qui
„ ne fait que d'être enceinte, avec moins de
„ danger pour ſon fruit ; car il y a un autre
„ paſſage du même Livre qui porte, *que ſi l'on*
„ *couche avec une femme groſſe, ſans s'être lavé*
„ *auparavant, l'enfant dont elle eſt enceinte*
„ *ſera deſtitué d'entendement, & ſera avare.*
„ 10. Pour aller *coucher* en état de pureté
„ *avec une femme*, lorſqu'on auroit touché
„ un corps mort. 11. Pour la *Méditation* qui
„ eſt commandée aux *femmes*, lorſque les
„ Prieres leur ſont interdites ; car il faut ob-
„ ſerver, que comme la Priere leur eſt inter-
„ dite dans le tems de leurs purgations ordi-
„ naires, parce qu'elles ſont alors dans une
„ pollution continuelle, il leur eſt comman-
„ dé de méditer, & de penſer à *Dieu* ſouvent,
„ ſur tout au tems des prieres accoutumées,
„ & auſſi long-tems que la Priere dure, afin
„ qu'elles n'oublient pas à prier *Dieu*. Or il
„ eſt bon que lorſqu'une femme ſe recueille,
„ & va *méditer*, elle pratique la *Luſtration* au-
„ paravant. 12. Pour avoir donné à une fem-
„ me un *baiſer* laſcif. 13. Pour avoir eu ces
„ *mouvemens amoureux*, que cauſe l'imagina-
„ tion ou la vûe de l'objet aimé. 14. Pour
„ s'être ſouillé par ce qui reſſemble au *ſemen*
„ *coitus*. 15. Pour avoir pris avec ſa propre
„ femme les *libertez* qu'on ne prendroit pas
„ avec la femme d'un autre, ou avec une
„ honnête fille, quand même ces libertez
„ n'auroient fait naître aucun mauvais deſir.
„ 16. Pour avoir *ſeigné* du nez. 17. Pour
„ avoir *vomi*, ou pour avoir eu quelque *raport*
„ qui ait mis un mauvais goût à la bouche.
„ 18. Lors qu'on s'eſt fait *ſeigner* les dents à
„ force de les frotter, & que ce ſeignement
„ a fait bondir le cœur ou l'a ému. 19. Lors
„ qu'on a fait un acte la *Luſtration* de pré-
„ cepte, ſans y avoir apporté, ou l'attention
„ requiſe, ou le tems néceſſaire, comme
„ quand on eſt ſurpris de quelque affaire preſ-
„ ſée, quand étant en voyage l'on découvre
„ que la Caravane eſt paſſée, ou qu'il vient
„ des voleurs, quand on eſt relevé de mala-
„ die, quand on eſt foible, bleſſé au bras, ou
„ à la main, ou quand on ſe trouve en Païs
„ de *Sunnis*, (ce ſont les *Turcs*,) ou autres
„ hérétiques, deſquels on a peur d'être aper-
„ çu en faiſant la *Luſtration* d'une autre ma-
„ niere qu'ils ne la font ; car dans toutes ces
„ circonſtances, & autres ſemblables, la
„ *Luſtration* eſt licite & ſuffiſante, quoi que
„ faite avec précipitation ; mais il eſt à pro-
„ pos de la recommencer dès qu'on en a le
„ moyen, & refaire la *Luſtration* autant de
„ fois

„ fois qu'on fe fouvient de l'avoir faite à la
„ hâte, ou avec diftraction. 20. Enfin, la
„ derniere caufe qui oblige à la *Luftration du*
„ *Confeil*, eft pour avoir proferé plus de qua-
„ tre *vers* méprifables. " Le mot de *vers* ne
fignifie pas en cet endroit ce que nous appellons communément des *vers* par oppofition à
la profe; mais il marque deux lignes chacune
de cinquante lettres; & par le mot de *vers*
méprifables, on entend des chofes, ou propha-
nes, ou impies, ou fatyriques, ou fales, comme de fe moquer de la dévotion d'un homme, ou de loüer le vin, & un amour impudi-
que, & genéralement tout ce qui eft fale &
deshonnête.

Je fupprime ici un long Article où l'on examine les cas des *fouillures* qui furviennent dans
l'acte même de la *Luftration*, ou fur le point
de la commencer, comme de laiffer tomber
une goute d'urine, & comment il en faut ufer
en tous ces cas-là; fur quoi l'Auteur fait beaucoup de Diftinctions, fur lefquelles il donne
fes Réfolutions. Je l'ai fupprimé, non qu'il
m'ait femblé trop critique, ou trop ennuyeux,
mais parce qu'il étoit mêlé de beaucoup de
chofes & de termes, qu'il n'y avoit pas
moyen de couvrir affez pour garder la bien-
féance requife dans un Ouvrage que l'on publie en Langue Vulgaire.

TROISIEME SECTION.

De la Purification.

„ LA *Purification* eft le troifiéme & der-
„ nier lavement legal: c'eft le lavement
„ de tout le Corps: il y faut confidérer deux
„ points, dont le premier regarde les caufes
„ de la *Purification*, & le fecond les chofes
„ qui font requifes pour la bien pratiquer.

PREMIER POINT.

Des caufes de la Purification.

„ LE premier point de la *Purification* fe
„ doit encore fubdivifer en deux points ou
„ Articles, dont le premier embraffe fix cho-
„ fes de *précepte*, & le fecond quarante cho-
„ fes de *confeil*, ou de *dévotion*.

„ ARTICLE I. Les fix chofes qui obli-
„ gent à pratiquer le lavement de la *Purifica-*
„ *tion*, font 1. *Ejectio feminis*. 2. La *Pollu-*
„ *tion* qui arrive aux *femmes* tous les mois,
„ par leurs *purgations ordinaires*. 3. La *Pol-*
„ *lution* que les *femmes* contractent par les *per-*

„ *tes de fang extraordinaires*, lefquelles on ex-
„ pliquera dans la fuite. 4. La *Pollution*
„ qu'on contracte dans l'*enfantement*, & après
„ l'*enfantement*. 5. La *Pollution* qu'on con-
„ tracte en touchant les corps morts, excepté
„ ceux des Martyrs, & ceux des gens qu'on
„ tient qui meurent purement, comme les
„ gens condamnez à la mort, qui font cette
„ *Purification* legale, immédiatement avant
„ leur execution; parce que les corps de tous
„ ces gens-là ne devant point être purifiez
„ après la mort, par les lavemens ordonnez
„ par la *Loi*, à caufe qu'ils font reputez mou-
„ rir en état de pureté, on ne devient point
„ fouillé en les touchant après la mort. 6. La
„ fixiéme & derniere caufe de *Purification* eft
„ le *déceds*; la *Loi* requerant que les *Morts*
„ foient lavez par tout le corps auffi-tôt que
„ le corps eft froid, pour les purifier des or-
„ dures contractées durant la maladie, & dont
„ la mort les a empêchez de fe purifier eux-
„ mêmes.

„ ARTICLE II. Les quarante cas aux-
„ quels la *Religion* confeille de pratiquer la
„ *Purification*, font 1. Chaque *Vendredi* de
„ l'année, & le tems du jour qui eft le plus
„ convenable de pratiquer cette *Purification*.
„ C'eft entre l'aurore & le midi; car depuis
„ le midi jufqu'au vêpre, elle eft hors de tems,
„ & par conféquent moins agréable à *Dieu*.
„ Obfervez auffi trois autres chofes fur cette
„ *Purification du Vendredi*. La premiére,
„ qu'elle fe doit faire avec l'*intention* expreffe
„ & diftincte de la pratiquer dans fon propre
„ tems, en difant en foi-même: *Je fais la*
„ *Purification dans le tems que les Saints ont*
„ *jugé qu'elle étoit le plus agréable à Dieu*. La
„ feconde, que fi quelqu'un prévoyoit un *em-*
„ *pêchement* légitime qui dût arriver dans le
„ tems marqué, il pourroit la faire le *Jeudi*
„ après le coucher du Soleil, ou la nuit fui-
„ vante, comme par anticipation. La troi-
„ fiéme, que plus la *Purification* aproche du
„ *midi*, avant toutefois, & non après, plus
„ on doit préfumer qu'elle eft agréable à *Dieu*
„ & efficace. 2. Le Second cas où l'on doit
„ pratiquer la *Purification de confeil*, eft cha-
„ que *nuit* alternativement, durant tout le
„ mois de *Ramazan* (c'eft le nom du *Carême*
„ des *Mahometans*,) c'eft-à-dire la *nuit* du
„ premier jour, du troifiéme, du feptiéme, &
„ ainfi de fuite, jufqu'à la fin du mois; mais
„ dans la nuit du vingt-uniéme, & du vingt-
„ troifiéme jour, il eft confeillé aux fidéles
„ de fe purifier deux fois chaque nuit, une
„ fois au commencement de la nuit, une
„ fois au commencement, de la nuit, au-

„ autrefois vers la fin de la nuit, & lors que
„ le jour commence à poindre. 3. La Fête
„ de *Ramazan*. (C'est le lendemain du *Carê-*
„ *me*, le jour que les *Chrétiens* appellent mal
„ la *Pâque des Turcs*, & qui est toûjours le
„ premier du mois de *Maharram*.) Il est bon
„ de commencer par la *Purification* à célé-
„ brer ce jour de réjoüïssance, qui est consa-
„ cré à rendre graces à *Dieu* d'avoir entiére-
„ ment accompli le Jeûne. 4. Le *jour du*
„ *sacrifice du Châmeau*, qui est la fête dite
„ *ayd Corban*. 5. La *nuit* du jour, qui est à
„ la moitié du mois de *Regeb*. 6. La *nuit*
„ du jour, qui est à la moitié du mois de
„ *Chaabon*. 7. Le jour de *Mebhez*, qui est la
„ fête de la *Descente de l'Esprit de Prophetie*
„ sur *Mahammed*, c'est-à-dire le jour auquel
„ il déclara pour la première fois, qu'il étoit
„ le *Prophete* envoyé de *Dieu*, lequel jour est
„ le vingt-septiéme du mois de *Rejeb*. 8. Le
„ *dix-septiéme jour* du mois de *Rebia* le pre-
„ mier, qui est la nativité du Prophete (ils
„ entendent toûjours leur faux Prophete *Ma-*
„ *hammed*.) „ 9. Le *vingt-quatriéme* du mois de
„ *Zilbage*. (C'est la fête du traité que fit cet
„ Imposteur avec les *Arabes Coreistes*, qui s'op-
„ posoient à sa doctrine. „ 10. Le *vingt-cin-*
„ *quiéme jour* du mois de *Zilkadah*, qui est la
„ fête de *Davil-herze*. Ce mot signifie *Ex-*
„ *tension de la terre*, & le Mystere de cette
„ fête, c'est que *Dieu* qui avoit créé la Terre,
„ & l'avoit ramassée en rond, ou, comme
„ ils disent, en figure convexe, la forme
„ d'un bouclier, commanda aux Anges de
„ l'étendre. 11. Le *dix-huitiéme jour* du mê-
„ me mois, qui est leur fête célébre, dite
„ *Kom kadir*, instituée en mémoire de l'Instal-
„ lation que *Mahammed* fit de son Gendre
„ *Aly* pour son Successeur, en l'embrassant,
„ & en lui communiquant par cet embrasse-
„ ment, comme les *Persans* le croyent, le
„ don de Prophetie, & le don des Miracles.
„ 12. Le *jour d'Arafat*, qui est la veille de la
„ fête du sacrifice annuel, laquelle tombe toû-
„ jours au dix-huitiéme jour du mois de *Zil-*
„ *kad* : il est convenable de se laver tout le
„ corps, & de pratiquer, autant qu'il se pour-
„ ra, les autres dévotions que pratiquent les
„ Fidéles qui sont en Pelerinage à la *Mecque*,
„ lesquels sont obligez de se laver ce jour-là
„ à la *Montagne d'Arafat*. 13. Le *huitiéme*
„ *jour* du mois de *Zilheuja*, qui est la fête
„ dite *Rousterviah*, instituée en mémoire de la
„ priére que *Moyse* fit à *Dieu* de lui montrer
„ sa face : à quoi il reçut pour réponse, *tu ne*
„ *saurois voir ma face*. 14. Le jour que le So-

„ leil entre dans le signe du Bellier, qui fait
„ la nouvelle année. 15. Au tems des *Sain-*
„ *tes visitations*, c'est-à-dire lors qu'on arrive
„ à la *Terre Sainte*, qui est tout le Territoire
„ de la *Mecque*; car alors il est bon de se pu-
„ rifier tout le corps & de se vêtir d'habits
„ neufs, & d'habits blancs, s'il se peut, avec
„ l'intention requise dans cette fonction.
„ 16. Au tems d'*Omré*, c'est-à-dire lors que
„ la visitation de la *Mecque* est achevée.
„ 17. Immédiatement avant que de faire le
„ circuit du *Koaba*, qui est l'*Oratoire d'Abra-*
„ *ham*, à la *Mecque*. 18. Lors qu'on est sur
„ le point d'aller en *Pelerinage* au *Sepulchre*
„ de quelqu'un des quatorze *Maassoums*, ou
„ *Purs*, qui sont *Mahammed*, *Fatmé*, & les
„ douze *Imams*. 19. Les tems de la *relipis-*
„ *cence*, c'est-à-dire le moment auquel on fait
„ vœu de ne pécher plus; car dans l'instant il
„ faut commencer de ce Saint vœu, la
„ par une *Purification* de tout le corps. 20. A-
„ vant que d'entrer au *chœur*, c'est-à-dire
„ dans l'endroit le plus sacré du *Temple de la*
„ *Mecque* (on l'appelle *Haram*, c'est-à-dire,
„ lieu sacré, parce que c'est la *Chapelle* du
„ Temple, & l'*Oratoire* où l'on dit qu'*Abra-*
„ *ham* faisoit ses prieres.) 21. En entrant
„ sur le *territoire* de *Medine*, & en entrant
„ dans la *ville de Medine*. 22. Avant que d'en-
„ trer dans la *ville de la Mecque*. 23. Avant
„ que d'entrer dans la *Mosquée* de la ville de
„ *Medine*. 24. Avant que d'entrer dans la
„ *Mosquée* de la *ville de la Mecque*. 25. A-
„ vant que d'entrer au *Kaaba* (c'est le chœur
„ de cette *Mosquée*.) 26. Avant que de faire
„ des *prieres* à *Dieu* pour obtenir de sa lar-
„ gesse des choses nécessaires. 27. Lorsque
„ l'on veut *jetter le sort* sur l'*Alcoran*, pour sa-
„ voir ce qu'on doit faire. 28. Le *jour de la*
„ *naissance* de chacun des enfans qu'on a vi-
„ vans. 29. Avant que de faire des prieres à
„ *Dieu* pour obtenir de la *pluye*, & pour atti-
„ rer d'autres bénédictions sur la Terre.
„ 30. Dans la conjoncture des *Eclipses du So-*
„ *leil* & de la *Lune*; car il faut alors se puri-
„ fier tout le corps, parce que c'est le tems
„ de la Justice de Dieu; sur quoi il faut ob-
„ server deux choses. La première, que les
„ prieres qui sont commandées dans le tems
„ des *Eclipses*, ne sont seulement lorsque les
„ *Eclipses* sont si grandes, que la moitié de
„ l'Astre au moins en soit obscurci, car si
„ l'obscuration est moindre, la priere n'est
„ plus de *Precepte*, ni la *Purification* par con-
„ séquent n'est plus de *Conseil*: & il en est de
„ même si l'*Eclipse* ne paroît point sur l'hori-
„ „ son,

,, fon ; car alors, comme il n'eſt point requis
,, de faire la priere commandée dans le tems
,, des *Eclipſes*, il ne l'eſt point non plus de
,, faire la *Purification de Conſeil*. La ſeconde
,, choſe que vous devez obſerver, c'eſt que ſi
,, ſciemment, & avec connoiſſance, on avoit
,, manqué à faire les prieres commandées
,, dans le tems des grandes *Eclipſes*, il faut fai-
,, re la *Purification*, & après faire ſes prieres
,, dès qu'on s'apperçoit de ſa faute. 31. Lors
,, qu'on a *paſſé* à deſſein devant un *corps pen-*
,, *du au gibet*, trois jours après ſon execution,
,, ce qui ſe doit auſſi appliquer à tout autre
,, Criminel executé par la main de la Juſtice;
,, ſur quoi vous devez obſerver que ſi l'on
,, va voir un *corps* mis à mort par une voye
,, violente, ſoit par la main du Bourreau, ſoit
,, par un aſſaſſinar, plûtôt que trois jours après
,, qu'il eſt expiré, il faut expier l'iniquité
,, de cette curioſité exceſſive, par la *Puri-*
,, *fication*, ſoit qu'on ait été le voir, ou par
,, ſimple curioſité, ou par pitié, ou par hai-
,, ne. La *Purification* eſt conſeillée, ſi la
,, choſe ſe fait à deſſein formé; mais ſi l'on va
,, voir le *Cadavre* après le troiſiéme jour de la
,, mort, la *Purification* n'eſt plus conſeillée
,, en ce cas, non plus qu'elle ne l'eſt point
,, pour s'être rencontré par hazard, & ſans
,, deſſein, à la vûe d'un tel corps avant le
,, troiſieme jour expiré. 32. Pour avoir *tou-*
,, *ché* à un *mort*, même après qu'on l'a puri-
,, fié: ſur quoi vous devez obſerver qu'il y
,, a une néceſſité de *Precepte* de ſe purifier,
,, quand on a touché un *Mort*, à qui l'on n'a
,, pas encore adminiſtré la *Purification*, mais
,, c'eſt ſeulement une obligation de *Conſeil* de
,, ſe purifier pour avoir touché un *Mort*, qui a
,, été rendu pur. 33. Quand on a *tué* cette
,, *bête venimeuſe*, qui reſſemble à un *Lezard*,
,, qu'on appelle *Tchel paſſé*, c'eſt-à-dire *qua-*
,, *rante taches*, par ce qu'elle eſt fort tachetée;
,, (*c'eſt ce que nous appellons en Latin* Stellio.)
,, 34. Quand on a *été troublé* & diſtrait dans
,, l'acte d'une *Purification* de *Precepte*, de
,, quelque ſorte de diſtraction que ce puiſ-
,, ſe être, ſoit qu'elle vienne de ſoi même,
,, ou de quelqu'autre, ou quand on a uſé de
,, diſſimulation, dans ſon culte Religieux,
,, comme lors que l'on eſt en Païs d'Inſide-
,, les, ou d'Heretiques, devant leſquels on
,, craint de faire autrement qu'ils font; ou
,, enfin, ſi l'on avoit été empêché de prati-
,, quer regulierement la *Purification*, comme
,, ſi étant bleſſé, l'on portoit des bandanges
,, qui empêcheroient de purifier la partie ban-
,, dée; car en ce cas il faut refaire la *Purifi-*

,, *cation* dès que l'obſtacle ceſſe, & que l'on
,, en a le loiſir. 35. Lors que l'on eſt en
,, doute ſi la *Purification* que l'on a fai-
,, te, a été bien & regulierement prati-
,, quée à l'égard du tems; car dans le cas de
,, cette incertitude, il faut pour plus de ſû-
,, reté repeter la *Purification*. 36. Lors
,, qu'ayant été en Païs de *Sunnys* (ce ſont les
,, *Turcs*,) on auroit fait les *Purifications* à
,, leurs modes, pour s'exempter de la Perſe-
,, cution; car en ce cas encore, il faut pour
,, plus grande ſeureté ſe purifier dès que l'on
,, eſt ſorti de leur païs, & qu'on eſt rentré
,, dans le Païs des Fidelles. 37. Ce cas re-
,, garde les *Pellerins de la Mecque*, lors qu'ils
,, ſont à cette partie de ceremonies où il leur
,, eſt enjoint de jetter des pierres par deſſus le
,, dos, contre les trois tas ou monceaux de
,, pierres, qui ont été élevez en mémoire des
,, pierres qu'*Iſmaël* jetta au Diable, lors que
,, ſon Pere *Abraham* le menant au ſacrifice,
,, le Diable le tenta de reſiſter. 38. Celui-ci
,, regarde tous ceux qui ayant été *alliennez*,
,, ou *troublez d'eſprit*, reviennent à leur bon
,, ſens, il faut qu'ils ſe purifient dès qu'ils ſont
,, delivrez de leur démence. 39. Celui-ci eſt
,, pour ceux qui *enſeveliſſent un corps mort*; il
,, eſt bon qu'ils ſe purifient lors qu'ils veulent
,, mettre le *Cadavre* dans le drap mortuaire, ou
,, après l'y avoir mis. 40. Et ce dernier ici
,, eſt pour un *corps mort* à qui il eſt bien mieux
,, de donner une double *Purification*; l'une,
,, parce que c'eſt un *corps mort*; l'autre, par-
,, ce que peut-être il eſt mort en état de pol-
,, lution legale.

SECOND POINT.

,, LE ſecond Point de la *Purification* que
,, nous avons dit qui contient les choſes
,, requiſes pour le bien pratiquer, ſe doit,
,, comme le premier, ſubdiviſer encore en
,, deux points ou articles, dont le premier
,, contient dix ſept choſes *commandées*, & le
,, ſecond quinze choſes de *Conſeil*.
,, ARTICLE I. Les dix ſept choſes *com-*
,, *mandées* dans la *Purification*, ſont. 1. Que
,, le *Lieu*, où l'on la pratique, ne ſoit acquis
,, ni par fraude, ni par violence. 2. Que
,, l'*Eau*, dont on ſe ſert, ſoit claire & nette.
,, 3. Que cette *Eau* ſoit pure & ſimple, non
,, dénommée d'aucune Herbe, d'aucune fleur,
,, ou d'aucun fruit: non extraite, ſoit au feu,
,, ſoit au Soleil, non melangée d'eſprit de
,, fleurs, ou de ſenteurs, ou d'aucune telle
,, autre choſe. 4. Que l'*Eau* ne ſoit dérobée,
,, ni

,, ni prise en cachette, ni interceptée, ce qui
,, se fait en détournant l'eau du canal qui la
,, conduit chez son voisin, pour la faire pas-
,, ser par devant chez soi, avec néanmoins
,, l'exception rapportée au chapitre de la *Lus-*
,, *tration* : Premier Point, Art. 1. 4. Savoir,
,, que l'on ne sût pas que l'*eau* dont on se ser-
,, viroit apartînt à quelqu'un ; car en ce cas
,, la *Purification* est licite, pourvû que dès
,, qu'on aura sû la chose, on paye l'*Eau* à
,, son Maître, s'il en vouloit prendre le paye-
,, yement. 5. Qu'avant que de commencer
,, la *Purification*, toutes les *parties du corps*
,, soient nettes & sans ordure, & ceci avec
,, les mêmes restrictions qu'on a expliquées à
,, l'article de la *Lustration*. 6. Que la *Puri-*
,, *fication* se fasse avec *intention* de s'approcher
,, de *Dieu* par cet *Acte* religieux, en disant
,, en soi même, au moment qu'on va la com-
,, mencer : *Je fais une* Purification *nécessaire*
,, *& requise, afin de rendre les Prières que je*
,, *vais présenter à Dieu pour le nettoyement &*
,, *la purgation de mes péchez, conformes à son*
,, *commandement, & agréables en sa sainte pré-*
,, *sence :* surquoi vous devez remarquer, que
,, si c'est une femme qui fait la *Purification*,
,, elle ne doit diriger son intention avec ces
,, paroles, que dans les tems qu'elle n'a point
,, ses purgations ordinaires, soit les grandes,
,, ou les moyennes ; car si elle avoit ou les
,, unes ou les autres, il faudroit qu'elle omît
,, ces mots : *pour le nettoyement & la purga-*
,, *tion de mes péchez*, & qu'elle dît simplement,
,, *afin que mes prières soient conformes & agréa-*
,, *bles.* 7. Que l'on dirige ainsi son *intention*
,, expressément sur chacune des *parties du corps*,
,, au moment qu'on se lave, en pensant qu'on
,, a dessein de se purifier dans cette partie-là,
,, c'est-à-dire que lors que l'on se verse de
,, l'eau sur la tête, on ait *intention* de se pu-
,, rifier la tête, & ainsi du reste du corps ; ce
,, qui ne se doit pourtant observer que dans
,, la *Purification* qui se fait en se versant de
,, l'eau sur le corps avec une aiguiere, ou un
,, pot, dans laquelle sorte de *Purification* l'in-
,, tention doit suivre l'action de la main, d'u-
,, ne partie du corps à l'autre. Mais lors que
,, la *Purification* se fait par *immersion*, soit dans
,, le bain, dans cette grande cuve dite *Kolla-*
,, *tin*, dans laquelle chacun se plonge, ou
,, dans un Etang, ou dans un bassin d'eau,
,, ou dans un fleuve, où l'on est dans l'eau
,, jusqu'au col, il ne faut diriger son *inten-*
,, *tion* que pour la tête, & pour le col, quand
,, on les plonge dans l'eau, & puis pour tout
,, le reste du corps pris ensemble, sans appli-

,, quer sa pensée sur les bras, sur les pieds,
,, ou sur les autres parties. On appelle la pre-
,, miere sorte de *Purification*, qui se fait par
,, aspersion *Goussel tertibi*, & l'autre *Purifica-*
,, *tion*, qui se fait par immersion, *Goussel estemasi*.
,, 8. De se Laver la *tête premierement*, & puis le
,, *col* ensuite, lors que la Purification se fait par
,, aspersion, mais lors que l'on la fait par
,, immersion, il faut laver la tête & le col
,, tout à la fois. 9. De se laver le *côté droit*
,, du corps, après s'être lavé le col, en pren-
,, nant depuis les épaules, jusqu'au nom-
,, bril. 10. De se laver après le *côté gauche* :
,, puis ensuite le *corps*, jusqu'aux cuisses, en
,, observant de se laver de la *main gauche* les
,, parties par où le ventre se décharge, &
,, celles qui y touchent, mais de frotter &
,, laver tout à l'entour avec la *main droite*.
,, 11. D'observer dans la *Purification l'ordre*
,, *prescrit*, en lavant les parties du corps dans
,, le *rang* marqué ; parce que si l'on faisoit
,, autrement, & que l'on lavât les parties du
,, corps en *confusion*, & sans avoir égard à
,, l'*ordre*, la *Purification* seroit non seulement
,, vaine, mais encore criminelle, selon qu'il
,, a été décidé par tous les Docteurs. 12. De
,, se purifier de *sa propre main*, en se versant
,, l'eau soi même, & se la portant soi même
,, sur le corps, excepté le cas d'infirmité, ce-
,, lui de mutilation, comme aux manchots,
,, & tel autre empêchément de s'aider de ses
,, propres mains. 13. Que l'eau soit versée
,, en *telle quantité*, & de telle force, qu'elle
,, *coule* sur tout le corps entier, sans qu'il y
,, ait d'endroit qui ne soit mouillé. 14. D'ô-
,, ter ou de remuer les *Bagues* qu'on a aux
,, doigts, tellement que l'eau passe entre'deux,
,, de la même façon qu'il a été prescrit de le
,, faire au chapitre de la *Lustration*. 15. D'ob-
,, server, lors qu'on fait la *Purification* dans
,, une cuve de bain, ou dans une riviere, ou
,, dans un bassin d'eau, que l'eau où l'on se
,, plonge *passe sous les pieds*, c'est-à-dire qu'il
,, faut remuer les pieds, en sorte que l'eau
,, *coule dessous* ; parce qu'il faut observer, que
,, l'eau qui purifie, n'est pas proprement cel-
,, le dans laquelle on se tient sans se remuer,
,, mais celle qu'on jette sur soi, ou celle dans
,, laquelle on se plonge, où l'on se remuë,
,, de maniere que si l'eau ne passoit pas plu-
,, sieurs fois sous la plante des pieds, la *Pu-*
,, *rification* seroit mal faite. 16. Que l'*ame*
,, soit toute attentive sur ce que fait le corps,
,, depuis le commencement de l'action, jus-
,, qu'à la fin, sans penser à rien qui soit con-
,, traire ou different de l'acte Religieux que
,, ,, l'on

,, l'on exerce; c'eſt-à-dire qu'on n'ait point
,, de penſée, par exemple, ou de gouter une
,, delectation corporelle, ou de ſe rafraichir,
,, ou de ſe nettoyer de quelques ordures, ou
,, de faire une choſe bonne pour ſa ſanté : ni
,, non plus de ſe rendre plus venerable &
,, recommandable aux hommes par cet acte
,, Religieux. 17. De ne point faire la *Puri-*
,, *fication d'immerſion,* ni en *Terre Sainte,* ni
,, dans le tems du *Jeune.* Je croi que c'eſt
,, à cauſe que le bain épuiſe les forces. Sur
,, quoi vous obſerverez qu'il eſt auſſi défendu
,, de ſe plonger la tête dans l'eau, au tems
,, du *Jeune,* & en *Terre Sainte,* mais non pas
,, en autre tems, ni en autre lieu; & vous ob-
,, ſerverez encore, qu'en interdiſant l'immer-
,, ſion, au tems du *jeune,* on entend les jeu-
,, nes commandez, car ſi ce ſont des jeunes
,, de dévotion, l'immerſion ou le plongement
,, de la tête dans l'eau eſt licite.

,, ARTICLE II. Les quinze choſes qu'on
,, *conſeille* d'obſerver dans la *Purification,* com-
,, me utiles pour arriver à la perfection, ſont.
,, 1. Que quand la *Purification* ſe fait pour
,, une *ſouillure* contractée, par ce que l'on ap-
,, pelle *ſemen coitus,* ſoit que ce ſoit un hom-
,, me, ſoit que ce ſoit une femme, il faut
,, qu'ils tachent à *faire de l'eau,* avant que de
,, commencer la *Purification;* pour emporter
,, tout ce qui en pourroit reſter; & ſi l'on n'a-
,, voit pas envie de faire de l'eau, il faut ſe
,, nettoyer les parties ſouillées, de la même
,, maniere qu'il a été preſcrit au chapitre de
,, l'*abſterſion* ou du nettoyement des ordures
,, corporelles. 2. Qu'en mettant les mains
,, dans l'eau, on diſe ces paroles : *Au nom*
,, *de Dieu, & avec Dieu. O Dieu, conſtitue*
,, *moi au nombre de ceux qui rappellent avec re-*
,, *pentance leur péchez dans leur ſouvenir, &*
,, *me place au rang des Purs.* 3. Qu'avant que
,, de commencer la *Purification,* on ſe lave
,, trois fois les *bras,* & les *mains,* en com-
,, mençant depuis les doigts juſqu'au coude.
,, 4. De ſe *gargariſer* trois fois. 5. De ſe la-
,, ver le dedans du *nez* trois fois, en tirant
,, l'eau par dedans, & la pouſſant au dehors.
,, 6. De ſe frotter les *dents* trois fois. 7. De
,, ſe laver trois fois *la tête* & les côtez. 8. De
,, ſe laver, frotter & manier *tout le corps* avec
,, les deux mains enſemble. 9. De faire la
,, *Purification tout de ſuite;* & ſans aucune *in-*
,, *terruption.* 10. De ſe laver la tête & le col
,, de la *main droite.* 11. De dire ces paroles
,, à la moitié de la *Purification : O Dieu,*
,, *purifie mon cœur, & ouvre ma poitrine : fais*
,, *couler ſur ma langue tes louanges & la celé-*

,, *bration de ta gloire. O Dieu, veuille me*
,, *rendre pur & net, ſaint & clair, ſelon que*
,, *tu es puiſſant ſur toutes choſes.* 12. De pre-
,, ferer toûjours la *purification d'aſperſion,* à
,, celle d'*Immerſion,* étant plus pieux & plus
,, ſur de ſe purifier le corps une partie après
,, l'autre, que tout à la fois. 13. Que pen-
,, dant l'acte de la *Purification,* l'on ſoit *ceint*
,, d'un linge, à l'entour des parties mitoyen-
,, nes du corps, tout de même qu'on l'eſt
,, dans le bain. 14. Si la *Purification* ſe fait,
,, ou pour avoir touché un *corps mort,* ou
,, pour avoir été ſouillé parce que l'on appel-
,, le *ſemen coitus,* ou une femme pour avoir
,, eu ſes *purgations* ordinaires, ou en relevant
,, de *couche,* il faut en ces cas-là pratiquer la
,, *Luſtration,* avant la *Purification.* 15. Qu'a-
,, près la *Purification* accomplie, on diſe: *O*
,, *Dieu, nettoye mon cœur : purifie mes œuvres:*
,, *& établi moi proche de toi en bien. O Dieu,*
,, *conſtitue moi au nombre des Peniteus qui s'a-*
,, *mendent & me colloque au rang des purs.*

Je ſupprime ici derechef un article, où l'on
examine ce qu'il faut faire en cas qu'il arrive
qu'étant dans l'acte de la *Purification,* on ait
laché quelque *vent,* ou qu'il arrive quelque
autre accident ſemblable, ſans ſavoir préci-
ſement ce que c'eſt. L'Auteur dit qu'il faut
premierement ſavoir ce que c'eſt, dont le plus
ſur moyen eſt de rappeller le ſouvenir de ce
qu'on a fait avant la *Purification,* & puis il
paſſe à donner des regles pour en faire la *Pur-*
gation. J'ai ſupprimé cet article par la même
raiſon que j'ai alleguée ci-deſſus pour une pareille ſuppreſſion.

SECONDE PARTIE
De l'Immondicité.

,, NOus venons d'expliquer dans les trois
,, ſections précedentes le ſujet des trois
,, differentes *Purgations* que la *Religion* a inſti-
,, tuées pour ſe purifier; leur cauſes, leurs
,, fins, & leurs régles; nous allons expoſer
,, dans trois autres ſections ſuivantes, le ſujet
,, de l'*immondicité* ou *impureté,* qu'il faut auſſi
,, diviſer en trois ſections. La premiere trait-
,, tant de la *ſouillure* qui arrive aux hommes,
,, par ce qu'on appelle *ſemen coitus.* La ſe-
,, conde touchant celle qui arrive aux fem-
,, mes, par les *purgations* ordinaires & extra-
,, ordinaires. La troiſiéme, touchant celle
,, dont il faut purifier les *morts.*

PRE-

PREMIERE SECTION.

De l'Impureté qui se contracte Semine coitus.

„ IL y a deux Points à considerer dans ce
„ sujet, dont le premier contient huit cho-
„ ses qui sont *défendues* à ceux qui sont dans
„ le cas de cette *impureté*, & le second en
„ contient sept qu'il leur est *mal honnête* de
„ faire.

„ Article I. Voici les huit choses qui
„ leur sont *défendues*. 1. De faire ses *Prie-*
„ *res*, soit celles qui sont de nécessité, soit
„ celles qui sont de conseil, excepté les prie-
„ res des morts, comme il a été observé ci-
„ devant. 2. De faire la *Procession* à l'entour
„ du *Kaaba*, qui est la Chapelle de la *maison*
„ *d'Abraham à la Mecque*, où l'on va en Pé-
„ lerinage. 3. De *manier* le Livre de l'*Alco-*
„ *ran*, & d'y *toucher*, soit au Livre entier,
„ soit à quelque partie du Livre, ni à aucun
„ papier, parchemin, tablette, ou telle autre
„ chose quelconque, sur laquelle soit écrit le
„ nom de Dieu, celui des Prophetes, & des
„ quatorze *Massoums*, ou *Purs*, qui sont *Ma-*
„ *hammed*, sa Fille, son Gendre, & ses onze
„ premiers Successeurs ; ce qu'il faut enten-
„ dre de la maniére qu'on l'a expliqué ci-
„ dessus, c'est-à-dire, qu'il n'est défendu de
„ toucher qu'à l'écriture, parce qu'il n'y a
„ point de péché à toucher la couverture, ou
„ les marges des Livres. 4. De *transcrire* ou
„ copier l'*Alcoran*, ni aucun passage, ni aucun
„ mot de ce Livre. 5. D'*entrer* dans la
„ *Mosquée* de *la Mecque*, ni dans celle de *Me-*
„ *dine*. 6. De s'*arrêter* dans aucune *Mosquée*,
„ pendant un tems un peu considérable, com-
„ me demi-heure, ou un quart d'heure seule-
„ ment. 7. De *lire* ni de *dire* par cœur au-
„ cun *verset* de ces quatre Chapitres de l'*Al-*
„ *coran*, qu'on appelle *Azimé*, c'est-à-dire,
„ les *sublimes Chapitres*, ni même un seul mot
„ de ces Chapitres-là. 8. De laisser dans une
„ *Mosquée* quelque chose qu'on auroit eu avec
„ soi, ou à quoi on auroit touché, lors qu'on
„ se trouvoit actuellement dans l'état de cet-
„ te *impureté*, comme seroit un coussin, des li-
„ vres, du papier ; mais il est permis d'em-
„ porter de la *Mosquée* ce qui est à soi.

„ Article II. Les sept choses *Me-*
„ *kroom*, c'est-à-dire, *vilaines*, & *deshonnêtes*
„ à faire dans l'état de l'*impureté* dont l'on
„ traite, sont 1. De *toucher* seulement aux
„ marges, à la couverture, aux crochets ou

„ attaches de l'*Alcoran*, ni au sac dans lequel
„ on l'enferme pour le mieux conserver.
„ 2. De *lire*, ni de *reciter* plus de *sept versets*
„ à la fois d'aucun endroit de l'*Alcoran* ; sur
„ quoi vous devez observer que quelques
„ *Mouchteheds*, ou grands Docteurs, tiennent
„ qu'il est absolument défendu de prononcer
„ un seul mot de l'*Alcoran*, lors que l'on est
„ actuellement dans la *souillure* dont l'on trai-
„ te. 3. De *porter* avec soi, ou sur soi, rien
„ qui contienne un *passage* de l'*Alcoran*, com-
„ me sont les papiers d'Oraisons qu'on porte
„ attachez au bras, ou au col, pour préservatif
„ en maniére d'*amulettes*, & comme les pier-
„ res gravées qu'on porte pour le même su-
„ jet, soit en bagues, ou en cachets pendus
„ dans le sein, ou en colier, sur lesquelles il
„ y ait rien de gravé qui soit pris de l'*Alco-*
„ *ran*; comme aussi de *porter l'Alcoran*, quoi
„ qu'on ne le vît, & qu'on n'y touchât pas,
„ comme s'il étoit dans un sac, dans un étui,
„ ou dans une cassette. 4. De *manger* quoi
„ que ce soit. 5. De *boire* seulement une
„ goute : sur quoi vous observerez pourtant
„ que si une personne qui seroit dans l'état
„ de l'*impureté* dont l'on traite, tomboit dans
„ quelque urgente nécessité de *manger*, avant
„ que de pouvoir accomplir la *Purification*,
„ on le pourroit faire pour éviter quelque ac-
„ cident comme une défaillance ; mais il faut
„ auparavant se *gargariser* trois fois la bouche,
„ & tirer trois fois de l'eau par le nez pour
„ le laver, avec quoi il ne seroit plus des-
„ honnête de boire ou de manger, à cause du
„ besoin pressant qui ne souffriroit pas de dé-
„ lai. 6. De se *teindre* les *mains*, les *pieds*,
„ les *ongles*, ni la *barbe* de *hanna*, qui est cet-
„ te couleur qui noircit la barbe, & rend les
„ mains de couleur d'aurore vif. 7. De s'*oin-*
„ *dre* d'huiles de senteur, ou de se *laver*
„ d'eaux de senteur, & de s'*appliquer* aucun
„ parfum, ni aucun fard.

SECONDE SECTION.

De l'Impureté qui arrive aux Femmes par les pertes de sang.

„ NOus allons traiter cette matiere en trois
„ Points ; le premier, touchant la *perte*
„ *de sang* qu'on appelle *ordinaire*, parce qu'el-
„ le vient tous les mois : le second, touchant
„ celle qu'on appelle *extraordinaire*, à cause
„ qu'elle dure plus ou moins que la *purgation*
„ *ordinaire :* le troisiéme, touchant celle qui

„ arri-

„ arrive dans l'*enfantement*. *Haiz*, eſt le *ſang*
„ *des mois*, & tandis que les femmes ſont dans
„ cette *impureté*, il leur eſt défendu d'entrer
„ dans les *Moſquées*, & de faire ni *prieres* ni
„ jeûnes. *Hadet* eſt la *perte de ſang extraordi-*
„ *naire*; & lors qu'elle eſt finie, il faut faire
„ cette ſorte de *purgation* qu'on appelle *Gou-*
„ *zel*, c'eſt-à-dire, la purification de tout le
„ corps. *Heſte hazd* eſt le *ſang de l'enfante-*
„ *ment*, lequel eſt encore de trois ſortes : la
„ premiere appellée *Kalilé*, c'eſt-à-dire, *peti-*
„ *te perte*, à cauſe que le ſang ſort en petite
„ quantité : la ſeconde nommée *Keſiré*, c'eſt-
„ à-dire, *grande perte*, parce que le ſang ſort
„ en grande quantité : le troiſiéme eſt nom-
„ mée *Mouta veſſethé*, c'eſt-à-dire, *la perte*
„ *commune* & *ordinaire*, parce que c'eſt celle
„ qui arrive conſtamment aux accouchées qui
„ ſe portent bien. On connoît de quelle na-
„ ture eſt la *perte* que l'on ſouffre, en mettant
„ du cotton à la partie par où le ſang ſort ;
„ car ſi le ſang s'arrête à la face interieure,
„ c'eſt *la petite perte de ſang*; s'il penetre à la
„ moitié, c'eſt *la perte commune*; & s'il cou-
„ le au travers, c'eſt *la grande perte*.

PREMIER POINT.

De l'Impureté des pertes de ſang ordinaires.

„ LE *ſang des mois ordinaires* eſt d'un rou-
„ ge noirâtre, il eſt épais & corroſif, cau-
„ ſant un reſſentiment de douleurs, lors qu'il
„ deſcend par le côté gauche. Obſervez en-
„ core trois choſes, avant que de venir au ſu-
„ jet principal. La premiere, que les *pertes*
„ *de ſang*, qui viennent avant l'âge de neuf
„ ans, ne ſont pas reputées être les *purgations*
„ *des mois*, non plus que celles qui arrivent
„ après l'âge de cinquante ans, excepté au
„ regard des femmes de la race de *Coreis*, &
„ de *Nebat*, (*Nebat* eſt le *Nebajoth* de l'*An-*
„ *cien Teſtament*,) qui par une conduite par-
„ ticuliere de la nature, ont leurs *purgations*
„ *ordinaires* juſqu'à l'âge de ſoixante ans; non
„ pas toutes à la vérité, mais la plus grande
„ partie; ni toûjours régulierement, mais le
„ plus ſouvent. La ſeconde choſe que vous
„ devez obſerver, c'eſt à l'égard d'une *nou-*
„ *velle mariée*, pour ſavoir ſi elle étoit vier-
„ ge, ou ſi elle ne l'étoit pas, à en juger par
„ le *ſang* qui en ſort dans la conſommation
„ du mariage. On en fait ſûrement l'épreu-
„ ve ; en mettant un peu de cotton dans la
„ partie du ſexe, aſſez avant; car ſi le cotton
„ s'imbibe de *ſang* rouge par tout, ce n'eſt

„ point là le *ſang de la virginité*, la perſonne
„ n'étoit point pucelle ; mais ſi le *ſang* teint
„ le cotton ſeulement ſur le deſſus ſans pe-
„ netrer, s'épandant en rond, en figure d'arc,
„ ou de collier, on peut certainement aſſurer
„ que c'eſt là le *ſang de la virginité*. La troi-
„ ſiéme obſervation eſt à l'égard d'une *femme*
„ *groſſe*, pour ſavoir ſi le *ſang* qu'elle perd,
„ eſt le *ſang des mois*, ou une *perte extraordi-*
„ *naire*. Il y a de la conteſtation entre les
„ Docteurs, ſavoir ſi une *femme groſſe* peut
„ avoir la *purgation ordinaire des mois*. Quel-
„ ques-uns tiennent la négative, ſe fondant
„ ſur cette raiſon que dans la *groſſeſſe* tout le
„ *ſang* ſe diviſe en deux parties, dont l'une va
„ aux mammelles où il eſt converti en lait;
„ & l'autre va par la veine umbiliquaire au
„ ventre de l'enfant, où il eſt converti en ſa
„ ſubſtance, & ſert à ſa nourriture; de ma-
„ niére qu'il ne reſte plus de *ſang* à la femme
„ qu'elle puiſſe laiſſer perdre en aucun tems.
„ Mais de ſavans Docteurs nient cela, & di-
„ ſent particulierement que ſi la *femme* eſt de
„ temperament chaud & ſanguin, qu'elle
„ uſe en quantité de choſes qui font le plus
„ de *ſang*, & qu'elle mange beaucoup, elle
„ aura du *ſang*, non ſeulement pour ſes mam-
„ melles & pour la nourriture de ſon enfant,
„ mais qu'il lui en reſtera encore de ſurabon-
„ dant dont elle fera l'évacuation comme
„ dans le tems qu'elle n'eſt pas groſſe.

„ Sachez maintenant que la *Loi* interdit à
„ tout homme l'acte du mariage, durant le
„ tems que ſa femme a ſes *purgations ordinai-*
„ *res*, comme auſſi de la repudier durant ces
„ tems-là. Il faut attendre, ſoit pour l'un,
„ ſoit pour l'autre, qu'elle ſoit delivrée de
„ ſon incommodité, & qu'elle ait accompli
„ la *Purification* commandée; ſur quoi il faut
„ obſerver deux choſes. La premiere, que ſi
„ un homme n'avoit jamais connu ſa femme,
„ ou qu'il eût été en un long voyage, de ſix
„ mois au moins, en ſorte qu'il ne ſût point
„ en aprochant de ſa femme qu'elle a ſes *pur-*
„ *gations ordinaires*, ou qu'elle eſt dans le tems
„ de les avoir, & qu'il ne pût ſavoir cela,
„ parce qu'il ne connoît point l'habitude de
„ ſa femme ſur cette infirmité, il n'y a point
„ de peché pour lui en ce cas d'avoir couché
„ avec elle dans le tems du retour de ſon ac-
„ cident ordinaire. La ſeconde choſe qu'il
„ faut obſerver, c'eſt qu'il y a diverſitez d'a-
„ vis entre les Docteurs ſur l'acte du maria-
„ ge avec ſa femme, dans l'intervalle du tems
„ qui coule entre la fin de ſon incommodité,
„ & ſa purification, ſelon la methode preſcri-
„　　　　　　　　　　　　　　　　　　　　te

„ té par la *Loi* ; les uns ténant que cela est
„ *haram*, ou *défendu* ; d'autres , que cela est
„ feulement *mekroum*, ou *deshonnête*. Mais
„ ceux qui tiennent pour le premier fentiment
„ étant en beaucoup plus grand nombre , l'o-
„ pinion probable eft que de jouïr de fa fem-
„ me dans cette circonftance, c'eft un peché.
„ Or s'il arrive, qu'un homme emporté d'a-
„ mour, jouïffe d'une femme dans le tems
„ qu'elle a fes *incommoditez ordinaires* , c'eft
„ une horreur , dont il faut qu'il porte la pei-
„ ne par une amende , laquelle doit être di-
„ verfe , felon le tems de l'incommodité de
„ la femme auquel il a commis cette brutalité.
„ (Le mot que j'ai traduit par *amende* eft *ka-*
„ *faré*, c'eft-à-dire , *oblation pour le peché,*
„ *amende expiatoire de peché*.) Car fi c'eft au
„ commencement de la *purgation* de la fem-
„ me, il faut payer un *mefchal d'or*, poids de
„ *Loi*, ou de *Sanctuaire* : (c'eft environ un
„ gros.) Si c'eft au milieu de fon tems , il
„ ne donnera que la moitié ; & fi c'eft à la fin,
„ il donnera feulement le quart : & cette
„ amende , ou offrande expiatoire , doit être
„ employée en des œuvres pieufes, au choix
„ de celui qui fait l'offrande, comme en des
„ aumônes aux pauvres , ou en des bâtimens
„ publics , ou à la reparation des *Mofquées*.
„ Cependant plufieurs Docteurs tiennent que
„ cette amende expiatoire n'eft point impofée
„ de neceffité de *precepte*, mais feulement de
„ neceffité de *confeil*, & que le taux en doit
„ être moderé , ou agravé , felon les divers
„ cas , afin de punir l'incontinence felon fes
„ degrez.
„ Notez ici que la *perte de fang des mois* ne
„ dure pas moins de trois jours naturels , ni
„ pas plus de dix , & que l'intervalle d'une
„ *purgation* à l'autre n'eft pas moins que de
„ dix jours, mais qu'ordinairement il eft plus
„ long. Cela pofé, fi une perte de fang dure
„ plus de dix jours , il faut s'affurer que ce
„ n'eft point la *purgation ordinaire* de fes
„ mois. Ce qu'il faut faire en ce cas-là, c'eft
„ de confiderer que toute femme a un tems
„ propre & régulier pour fes mois, ou qu'el-
„ le eft déreglée là-deffus , & n'a point de
„ tems régulier : s'il s'agit d'une femme bien
„ reglée, elle connoîtra fans peine fi fa *perte*
„ *de fang* eft *ordinaire*, ou *extraordinaire*. S'il
„ s'agit d'une femme qui n'eft point reglée
„ fur le tems, ni fur la durée de cette incom-
„ modité, il faut diftinguer encore fi c'eft la
„ premiere fois qu'elle a fes *purgations ordi-*
„ *naires*, ou fi ce ne l'eft pas. Si ce n'eft pas
„ la premiere fois qu'elle a fes *purgations or-*

„ *dinaires*, elle comptera pour *purgation ordi-*
„ *naire*, ou ces dix jours , fuppofé que la *pur-*
„ *gation ordinaire de fes mois* ait quelquefois
„ autant duré , ou feulement le nombre de
„ jours que cette incommodité lui ait jamais
„ le plus duré ; & le furplus des jours que
„ durera fa *perte* jufqu'à celui que la *purga-*
„ *tion ordinaire de fes mois* ait coûtume de lui
„ revenir , elle le comptera pour la feconde
„ forte de *perte de fang* qu'on appelle *les fleurs*
„ *blanches*, & elle fe conduira dans le tems de
„ cette feconde *perte*, comme il fera dit dans
„ la fuite.
„ Mais fi c'eft la premiere fois que le *fang*
„ commence à lui fortir , fans avoir jamais
„ cu la *purgation* accoûtumée aux femmes,
„ & que cette *perte de fang* dure plus de trois
„ jours, elle doit confiderer le cas attentive-
„ ment , faifant examiner par des matrones,
„ de quelle nature eft le *fang* qu'elle perd,
„ pour voir s'il eft femblable au *fang* des *pur-*
„ *gations ordinaires*, ou s'il ne l'eft pas : & fe-
„ lon ce qui lui fera dit , elle jugera fi c'eft
„ le mal qui eft ordinaire aux femmes , ou fi
„ ce ne l'eft pas : fi c'eft le premier cas, elle
„ s'abftiendra de jeûner & de faire fes prieres
„ durant le tems de fa *purgation* ; mais fi ce
„ *fang* eft jugé n'être pas celui des *purgations*
„ *ordinaires des mois*, elle pratiquera le jeûne
„ & la priere, en fe gouvernant comme étant
„ attaquée de l'infirmité qu'on appelle *les*
„ *fleurs blanches*, felon la régle qui en fera ci-
„ après donnée. C'eft là ce qu'il faut prati-
„ quer dans le cas des *pertes de fang* qui du-
„ rent moins de trois jours naturels , ou plus
„ de dix ; mais s'il arrive que la *perte de fang*
„ dure long-tems fans alteration , parce que
„ le *fang* coule toûjours de même forte , & eft
„ de même couleur , tellement qu'on ne fait fi
„ c'eft le *mal ordinaire*, ou *les fleurs blanches*,
„ la femme en ce cas-là confultera fa mere, fes
„ fœurs, & fes plus proches parentes , pour
„ favoir en quel tems le mal qui eft ordinaire
„ aux femmes les prend, & combien il leur du-
„ re, & elle comptera pour fa *purgation ordinai-*
„ *re* le *fang* qu'elle perdra durant le même tems
„ que les plus proches perfonnes de fa famille
„ ont la même incommodité , & le refte du
„ tems elle le comptera pour être incommo-
„ dée des *fleurs blanches* ; & elle obfervera
„ durant ce tems ici les régles qui feront don-
„ nées pour les femmes attaquées de ce mal.
„ Mais s'il arrive que la femme n'ait point de
„ parentes affez proches pour croire que fon
„ temperament ait des habitudes femblables,
„ ou bien que fa mere, fes fœurs, & fes pro-

„ ches parentes ne foient pas de même habitu-
„ de & même temperament entr'elles, fur
„ tout à l'égard de cette incommodité natu-
„ relle, il faut qu'elle confulte plufieurs fem-
„ mes de même âge qu'elle, de fa ville, de
„ fon voifinage, & de fon temperament,
„ pour avoir leur avis fur le fait. Mais s'il
„ arrive encore que fes voifines ne foient pas
„ de même habitude & même temperament
„ là-deffus, en forte que la femme, qui eft
„ en peine de favoir la nature de fon infir-
„ mité, ne puiffe prendre aucune réfolution
„ fur ce qui arrive à fes voifines; en ce cas
„ d'incertitude, elle comptera pour fa *purgation*
„ *ordinaire des mois*, ou trois, ou fept, ou dix
„ jours, felon fa dévotion, mais le plus eft
„ affurément le meilleur, gardant ces jours
„ comme on fait lors qu'on eft en cet état; & le
„ refte du tems elle le paffera comme on fait
„ dans le tems que l'on eft attaqué de l'in-
„ commodité des *fleurs blanches*.

„ Il y a encore un autre cas à obferver,
„ c'eft à favoir fi une femme ayant eu aupa-
„ ravant un tems certain & réglé pour fes
„ *purgations ordinaires*, elle l'a oublié, qu'eft-
„ ce qu'elle doit faire? Je répons que fi elle fait
„ feulement le jour auquel fa *perte de fang* avoit
„ accoûtumé de commencer, elle doit, cha-
„ que fois, prendre ce jour-là & les deux fui-
„ vans, pour le tems de fa *purgation ordinaire*.
„ Que fi elle a oublié le jour auquel le mal
„ la prenoit, mais qu'elle fe fouvienne feu-
„ lement qu'à un tel jour elle étoit dans le
„ fort de ce mal, elle doit garder ce jour-là,
„ le jour fuivant, & le précédent, comme
„ étant dans fon mal ordinaire. Mais fi elle
„ a oublié tant le jour du commencement,
„ que celui du fort de fon mal; mais qu'elle
„ fe fouvienne feulement qu'à tel ou tel jour
„ elle avoit cette incommodité, elle ne gar-
„ dera que ce jour-là comme étant dans fon
„ mal ordinaire, & elle gardera tous les au-
„ tres jours du mois, que fa *perte de fang* du-
„ rera, comme ayant *les fleurs blanches*.

SECOND POINT.

*De l'impureté des pertes de fang extraor-
dinaires.*

„ LE *fang* que l'on évacue par ces fortes
„ d'infirmitez, fe connoit ordinairement
„ en ce qu'il n'eft ni épais, ni noirâtre, mais
„ tirant fur le jaune: & en ce qu'il ne caufe
„ aucune douleur ni reffentiment, comme il

„ arrive dans la purgation des mois; & enfin
„ en ce que fa chaleur & fon acrimonie font
„ moindres. Cette *perte extraordinaire* eft de
„ trois fortes, *grande*, *moyenne*, & *petite*.

„ La *petite* fe connoit en mettant dans la
„ partie un plumaceau de cotton, de l'épaif-
„ feur d'une amende; car fi le *fang* ne perce
„ & pénétre pas le cotton, c'eft la *petite per-
„ te*; auquel cas la femme ne doit ceffer ni
„ interrompre aucun des offices de *Religion*,
„ mais feulement elle doit fe laver d'eau avant
„ toutes fortes de prieres, de la même ma-
„ niére que l'on fe lave avant les prieres ac-
„ coûtumées: au lieu que quand les femmes
„ n'ont point cette incommodité, il ne leur
„ eft pas commandé de fe laver avant toutes
„ fortes de prieres, comme par exemple, cel-
„ les qui fe font pour les morts, ou après qu'on
„ a enfeveli le corps mort dans les draps mor-
„ tuaires; ces prieres-là fe pouvant faire,
„ même quand on a les *purgations ordinaires*,
„ fans être obligé de fe laver auparavant. Il
„ faudra feulement que la femme à qui cet
„ accident eft arrivé, obferve, qu'avant de
„ pratiquer la *Purification* requife pour faire
„ les prieres accoûtumées, elle mette du cot-
„ ton blanc à la place de l'autre. La *moyenne
„ perte* fe connoit, lors que le *fang* perce le
„ cotton, mais non pas le linge qui eft deffus;
„ & dans le cas de cette *perte de fang*, il faut
„ faire la *Purification* de tout le corps, cha-
„ que jour, dès qu'on eft levé, avant de faire
„ la priere du matin, & devant les autres
„ prieres mettre du cotton blanc. Enfin, la
„ *grande perte de fang* fe connoit, quand il
„ perce non feulement le cotton, mais auffi
„ le linge; & dans ce dernier cas, il faut que
„ la femme obferve non feulement tout ce
„ qui lui a été enjoint d'obferver dans les pré-
„ cédens, mais de plus qu'elle fe purifie tout
„ le corps avant chacune des prieres com-
„ mandées, lefquelles on peut faire en trois
„ fois, quoi qu'il y en ait cinq; c'eft-à-dire
„ qu'elle fe doit purifier au moins trois fois
„ chaque jour, & mettre du linge blanc, fans
„ quoi fes prieres feront nulles & vaines. Or
„ il faut obferver qu'on ne doit point s'ap-
„ procher d'une femme qui fe trouve dans
„ aucune de ces impuretez, quelle que ce foit.
„ Il y a pourtant là-deffus diverfité de déci-
„ fions, quelques Docteurs tenant la chofe
„ pour péché défendu, d'autres ne la tenant
„ que pour deshonnête.

TROI-

TROISIEME POINT.

De l'impureté des pertes de sang des couches.

,, LA Loi défend à la femme qui est dans
,, l'état de cette *impureté* tout ce qui lui
,, est défendu lors qu'elle est dans celui des
,, *purgations ordinaires* ; & il a été décidé de
,, plus , que si un homme connoit une fem-
,, me *en couche*, avant que d'être délivrée de
,, sa *perte de sang*, il doit payer l'amende de
,, son incontinence, de la maniére qu'il est
,, preſcrit à la Section première de ce Chapi-
,, tre. Remarquez sur ce sujet sept choses.
,, La première , que les jours de l'*enfante-*
,, *ment* doivent être comptez & supputez ,
,, comme ceux des *purgations ordinaires* , c'est-
,, à-dire qu'on en doit compter trois pour le
,, moins , & dix pour le plus. La seconde ,
,, que la *purification* après l'*enfantement* doit
,, être semblable à celle qui se fait après les
,, *purgations ordinaires*. La troisiéme , que si
,, la femme *accouchée* n'a point de *perte de sang*
,, après l'*enfantement*, elle n'est obligée à au-
,, cune *Purification*. La quatrième , qu'en-
,, core que la *perte de sang* qui vient après l'*a-*
,, *couchement* dure moins de dix jours , il faut
,, pourtant attendre le dixième jour à se pu-
,, rifier, & se gouverner cependant en toutes
,, choses comme si la *perte de sang* duroit toû-
,, jours, en sorte que les dix jours de l'*enfante-*
,, *ment* soient toûjours exactement gardez ,
,, pour peu de sang qu'une femme perde après
,, l'*enfantement* ; car quelque dispute qu'il y ait
,, entre les Docteurs sur le nombre des jours
,, de l'*enfantement*, l'opinion la plus probable
,, & la plus sûre, est qu'ils sont au nombre de
,, dix, mais qu'on ne doit pas aussi porter ce
,, nombre plus loin. La cinquième obſerva-
,, tion est que si ces dix jours viennent à tom-
,, ber au mois de *Ramazan*, qui est le mois du
,, jeûne sacré, soit les dix jours entiers , soit
,, seulement quelques uns des dix jours, la
,, femme fera la *purification* requise aussi-tôt
,, que sa *perte de sang* sera passée , comme
,, elle feroit le dixième jour de ses *couches* ; &
,, cette *purification* est bonne & valide, sans
,, qu'il soit néceſſaire de la réitérer aucune-
,, ment après les dix jours écoulez : mais le
,, jeûne & la priere ne laiſſent pas de lui être
,, interdits avant le dixième jour paſſé, com-
,, me en toute autre rencontre de cette natu-
,, re, par le *précepte* qui porte que l'obſerva-
,, tion du jeûne , & la pratique de la priere ,
,, font *Haram*, c'est-à-dire *défendus*, durant les

,, dix jours de l'*enfantement*. La sixiéme ob-
,, fervation est que la femme qui *accouche* dans
,, le mois de *Ramazan*, doit accomplir, après
,, qu'elle est relevée, les jours de jeûne que
,, ses *couches* l'ont empêché de continuer; par-
,, ce que le jeûne de *Ramazan* est indiſpenſa-
,, ble, & qu'il le faut toûjours accomplir, soit
,, dans son propre tems, soit dans un autre.
,, La derniere obſervation, c'est qu'il faut
,, pratiquer dans la *Conception* la même *Puri-*
,, *fication*, que dans le cas de la petite *perte*
,, *de sang*, & le faire aussi-tôt que l'on s'ap-
,, perçoit d'être groſſe.

TROISIEME PARTIE.

De la Purification des corps morts.

,, NOus voici arrivez au dernier point de
,, la seconde partie du traité de la *Purifi-*
,, *cation*. Ce point traite de la maniére de
,, *purifier* & d'*enſevelir les morts*, & toutes les
,, choses qu'il faut obſerver, & qu'il faut évi-
,, ter, dans les offices des *morts*, devant &
,, après la *Purification* , à commencer de
,, l'inſtant de leur agonie; lesquelles choses
,, font au nombre de cent vingt six points,
,, dont il y en a vingt-sept de *précepte*, où
,, *commandées*: soixante & onze de *conſeil*, ou
,, de *perfection*, vingt-six qu'on doit regarder
,, comme *mal-ſéantes* ou *deshonnêtes*, & deux
,, qui sont *illicites* ou *défendues*. C'est la ma-
,, tiere de quatre Sections.

PREMIERE SECTION.

De ce qu'il faut faire à un Corps agoniſant.

,, LEs choses qu'il faut obſerver dans la
,, personne d'un mort à commencer dès
,, le moment de son agonie, jusqu'à celui au-
,, quel on va lui adminiſtrer la *purification*,
,, se diviſent en trois Articles, dont le premier
,, contient un *précepte* , le second onze *con-*
,, *ſeils*. Le troiſiéme trois *choses défendues &*
,, *illicites*.

,, ARTICLE I. La chose *néceſſaire* &
,, *commandée* envers une personne qui *agoniſe*,
,, c'est de la coucher sur le dos, vis-à-vis le
,, *Kebla*. (C'est le cercle vertical de la *Mec-*
,, *que*, le lieu vers lequel il faut tourner sa face
en faiſant ses prieres.) ,, Il faut de plus, que
,, la personne, qui *rend l'esprit*, ait la plante
,, de ses pieds tournée vis-à-vis de cet en-
,, droit.

Z z 3 ,, AR-

,, ARTICLE II. Les onze chofes qu'il ,, eſt *convenable* de lui faire, ſont de lui *faire* ,, *dire*, lors qu'il eſt à *l'agonie*, les paroles de ,, l'*Iſlamiſme*, le plus diſtinctement qu'il ſe ,, pourra, (c'eſt le propre nom qu'ils don- ,, nent à la *Religion Mahometane*, & ils enten- ,, dent par *les paroles de l'Iſlamiſme*, leur *Confeſ-* ,, *ſion de foi*,) ,, en ces termes: *O Serviteur*, *Eſ-* ,, *clave de Dieu*, *garde la foi*, & *y demeure* ,, *ferme juſqu'au dernier ſoupir*; *cette Foi, qui* ,, *en ce Monde nous diſtingue des autres Reli-* ,, *gions*, & *qui conſiſte en la ferme croyance in-* ,, *terieure*, & *en la profeſſion ouverte*, *qu'il* ,, *n'y a point de Dieu, que Dieu Unique, qui* ,, *n'a point de Compagnon: que Mahammed eſt* ,, *le Serviteur*, & *le Prophete, que Dieu a en-* ,, *voyé avec une voye de direction*, & *avec une* ,, *véritable Religion, afin qu'il la rendît mani-* ,, *feſte*, & *qu'il la fît prévaloir par deſſus toute* ,, *autre Religion* & *croyance, malgré ceux qui* ,, *donnent des Compagnons à Dieu: que ſon Suc-* ,, *ceſſeur après lui, eſt Aly, fils de* Abi-talib, ,, *Prince des Croyans*, & *Seigneur des Execu-* ,, *teurs du Teſtament du Prophete: qu'après Aly* ,, *eſt* Haſſen *ſon fils*; *puis* Hoſſein; *puis* Aly ,, *fils de* Hoſſein; *puis* Mahammed Bakir; *puis* ,, Giafar Sadik; *puis* Moeſa Kazim; *puis* Aly ,, Reza; *puis* Mahammed Taki; *puis* Aly ,, Naki; *puis* Aly Askeri; *puis enfin le Succeſ-* ,, *ſeur dont nous attendons le retour*, Maham- ,, med Mehdy, *ſur tous leſquels ſoit la paix*, & ,, *le ſalut de Dieu: en cette foi j'ai été vivifié: en* ,, *elle je vais mourir:* & *en elle je reſſuſciterai* ,, *avec la grace de Dieu très-haut*. Obſervez ici ,, qu'il faut toûjours faire parler la perſonne ,, *mourante* dans les termes qui marquent ſon ,, ſexe; c'eſt-à-dire, que s'il agit d'une femme, ,, par exemple, au lieu de faire dire *ſerviteur*, ,, il faut lui faire dire *ſervante*. " (C'eſt que dans la *Langue Arabe*, qui eſt la Langue de la *Liturgie Perſane*, la terminaiſon des ter- mes perſonnels, comme *moi*, *toi*, & les au- tres pronoms relatifs, eſt differente dans tous les cas perſonnels, ſelon le ſexe de la per- ſonne qui parle; en ſorte que vous pouvez toûjours connoître quand on parle en certaine langue, de quel ſexe eſt la perſonne qui par- le; ou de qui l'on parle, ce qui n'eſt pas dans le *Perſan*; non plus que dans nos *Langues Européanes*.) ,, La ſeconde chofe, c'eſt ,, qu'après la *Confeſſion de foi* on *liſe* devant lui ,, les *Chapitres* de l'*Alcoran* qui ſont intitu- ,, lez *Sufat*, & *Jaſin*, qui ſe ſuivent. " (Ce ſont le quarante-quatrieme, & le quarante- cinquieme.) ,, 3. Que ſi l'*Agoniſant* ſouffre ,, beaucoup, & qu'il ait de la peine à rendre

,, l'ame, *on le porte* dans le lieu où il avoit ,, accoutumé de faire ſes prieres, & qu'on *le* ,, *couche* là dans la ſituation qui a été marquée, ,, afin que cela lui aide à rendre l'ame avec ,, moins de douleur. 4. Que lors que l'*ago-* ,, *niſant* rend l'eſprit, on lui ferme les *yeux* ,, & la *bouche*. 5. Que tout de ſuite, on lui ,, lie fortement la *tête* par deſſous le *menton*, ,, avec un linge qui faſſe trois ou quatre tours ,, le long des *joues*, afin que ſa *bouche* ne puiſ- ,, ſe ſe tordre, ni s'ouvrir le moins du monde. ,, 6. Qu'on lui tire & lui étende les *bras* ſur ,, les *côtez*, en ſorte que ſes *mains* ſoient cou- ,, chées chacune le long de ſon côté. ,, 7. Qu'*on le couvre* d'un drap, ſelon ſa qua- ,, lité, en ſorte qu'on ne le puiſſe voir en ,, aucune partie. 8. Qu'après la lecture des ,, Chapitres de l'*Alcoran* ci-deſſus marquez, ,, on continue à lire des Chapitres de l'*Alco-* ,, *ran* auprès de lui; auſſi long-tems qu'il ſe ,, pourra, même après qu'il a rendu l'eſprit, ,, & juſqu'à ce qu'on l'emporte pour le pu- ,, rifier. 9. Que ſi c'eſt durant la nuit, l'on ,, tienne toujours de la *lumiere* proche du ,, *corps mort*. 10. Que le *decès* ſoit inceſſam- ,, ment *notifié* aux Fidelles afin qu'ils ſe diſpo- ,, ſent à ſe trouver à l'*enterrement*. 11. Que ,, l'on uſe de diligence à *parfaire* tout ce qui ,, eſt *requis* envers un *mort*, afin qu'il ſoit em- ,, porté le plûtôt qu'il ſe pourra, ſelon l'or- ,, dre & ſelon la coutume de la vraye *Reli-* ,, *gion*, qui veut que les *morts* ſoient prompte- ,, ment remis en dépôt dans le ſein de la ,, terre.

,, ARTICLE III. Les trois chofes qui ,, ſont *Mekroch*, ou vilaines, & deshonnêtes ,, dans cette circonſtance, ſont. 1. *D'aſſiſter* ,, à la *mort* ou *d'être* dans le lieu où il eſt le ,, *Corps mort*, lors qu'on eſt dans l'état de ,, quelque impureté qui requiert la *purifica-* ,, *tion* de tout le corps; ſurquoi vous obſer- ,, verez, qu'il y a des Docteurs qui tiennent, ,, que c'eſt même un peché de ſe rendre pro- ,, che d'un *Mourant*, quand on eſt dans l'é- ,, tat d'une telle impureté, parce qu'il a été ,, revelé que cela fait fuir les Anges Protec- ,, teurs & Gardiens du Moribond. Or il eſt ,, fort important de ne pas faire fuir ces bons ,, Patrons dans cette circonſtance, qui eſt le ,, tems de la miſericorde. 2. De mettre ſur ,, *le ventre* du *défunt* quelque *plaque de fer*, ou ,, quelqu'autre chofe peſante. " La raiſon de cette prohibition, c'eſt qu'en *Perſe* la ſeiche- reſſe de l'air faiſant enfler les *corps morts*, ce qui les rend plus peſans, on met quel- que chofe de peſant deſſus pour l'empê- cher,

cher, afin de porter le corps en terre plus aifément, mais la *Religion* improuve cette pratique comme vous voyez. „ 3. De laisser „ le *Corps mort seul & sans garde.*

SECONDE SECTION.

De la Purification qu'il faut administrer à un Corps mort.

„ CEtte Section traitte des chofes qu'il faut „ obferver envers un *Mort*, depuis le tems „ qu'on forme le deffein de lui donner la *Pu-* „ *rification*, jufqu'au tems qu'on le revêt de „ fes habits mortuaires : & ce deffein fe for- „ me en dirigeant fon intention, & en l'atta- „ chant toute entiere à l'action de la *Purifi-* „ *cation* d'un tel *Corps mort*. Les chofes qu'il „ y faut obferver font au nombre de trente „ cinq, douze *néceffaires & commandées*, quin- „ ze *confeillées*, & *convenables*, fix *mal féantes* „ & *déshonnêtes*, deux *illicites* & *défenduës*. „ C'eft la matiere des quatre articles fuivans.

„ Obfervez auparavant qu'un homme *con-* „ *damné à la mort* doit immédiatement avant „ fon execution faire la *Purification* requife „ pour un *Corps mort*, & tout de même qu'on „ l'adminiftreroit à fon corps s'il étoit mort, „ après quoi on ne le purifie point quand il „ eft mort, mais dès qu'on l'a exécuté, on „ l'enterre; mais s'il eft exécuté avant que de „ faire la *Purification*, il faut la faire à fon „ *corps* comme s'il étoit *mort de mort natu-* „ *relle*.

„ ARTICLE I. Les douze chofes *com-* „ *mandées* dans la *Purification* d'un *Corps mort*, „ font 1. Que dans l'action de la *Purification*, „ on tienne toûjours le *corps mort* couvert à „ l'endroit des parties où la nature fe déchar- „ ge devant & derriere. 2. Qu'un *Homme* „ donne la *Purification* à un *Homme*, & qu'u- „ ne *femme* la donne à une *femme*, excepté „ dans les trois cas fuivans. Le premier eft la „ liaifon du *mari*, & de la *femme* : le *mari* peut „ faire la *Purification* de fa *femme*, & la *femme* „ peut faire la *Purification* du Corps de fon *ma-* „ *ri*. Le fecond eft la relation du *Maître* & de „ l'*Efclave*: un *Homme* peut laver à nud le corps „ d'une fienne *Efclave*, mais fi une *Efclave* peut „ laver le Corps de fon *Seigneur*, & *Maître*, „ c'eft de quoi l'on difpute jufqu'ici entre les „ *Cafuiftes* ; & il y en a de très-célébres, „ qui tiennent pour la Negative, fondez fur „ ce qu'une *Efclave* n'a plus de Relation avec „ fon *Seigneur* dès qu'il eft expiré, la mort

„ l'affranchiffant de fa fervitude ou la met- „ tant fous un autre joug, favoir le joug de „ l'héritier du défunt, ou de celui à qui le „ défunt en a fait don par fon Teftament. Le „ troifiéme cas d'exception, eft à l'égard des „ *Enfans au deffous de trois ans* : un *homme* „ peut donner le *lavement legal* à une *fille de* „ *trois ans*, & une *femme* faire la même chofe „ à un *garçon de pareil âge*; & même, il n'eft „ pas befoin à l'égard des *enfans* de cet âge „ de couvrir les *parties mitoyennes* du corps, „ comme aux grandes perfonnes. Obfervez „ ici, que s'il arrive qu'à la *mort* d'une *fem-* „ *me*, il ne fe trouve point de *femme* pour la „ laver, un *homme* le peut faire, pourvû qu'il „ foit de fes parens proches, & au degré qui „ empêcheroit le mariage entr'eux; & en ce „ cas, il faut encore que la *Purification* fe faffe „ non fur le *Corps nud*, mais fur la *chemife* „ dont il fe trouve revêtu en mourant; c'eft- „ à-dire, qu'on verfe de l'eau fur la *chemife*, „ & qu'on paffe la main deffus, fans toucher „ le *Corps nud* en aucune partie. C'eft la „ même chofe à l'égard d'un *homme*, Une „ *femme* peut lui donner la *Purification* avec „ les mêmes précautions. 3. La troifieme „ chofe *néceffaire* à obferver dans la *Purifica-* „ *tion* d'un *corps mort*, eft de lui adminiftrer „ préalablement l'*abfterfion*, c'eft-à-dire le „ nettoyement des ordures du Corps, par où „ il faut toûjours commencer de purifier un „ *mort*, à caufe des ordures qu'il ne peut man- „ quer d'avoir fur fon corps : enfuite qu'on „ lui adminiftre la *Purification* avec de l'*Eau* „ d'*Alifier*, ce qui fe fait en mettant dans l'eau „ deftinée à faire la *Purification* un bouquet „ de feuilles d'Alifier. (Les *Perfans* appel- „ lent cette eau *Abfeder*, eau de feder, & ils ap- „ pellent l'Arbre *Conaar*, c'eft celui que les *Grecs* „ & les *Latins* appellent *Lotus*, dont ils nom- „ ment le fruit *Nebricon*, qui reffemble en fa „ grandeur, & en fon fruit, au *Cerizier*. Il „ s'en trouve en quantité le long du *Golphe Per-* „ *fique* fur les Côtes de *Perfe*, & il faut obfer- „ ver que la *Religion Mahometane* met cet arbre „ au nombre de ceux dont elle embellit le Pa- „ radis.) „ La perfonne qui adminiftre la *Pu-* „ *rification* doit prendre de cette *Eau d'Alifier*, „ & en appliquant fa penfée à l'action qu'il „ fait, dire ainfi en lui même : *Je vais don-* „ *ner à ce corps mort la Purification legale avec* „ *de l'eau d'Alifier, parce que cela lui eft néceffai-* „ *re pour s'approcher de Dieu très-haut*; & en- „ même tems qu'on fait cet acte mental, il „ faut fans s'arrêter, laver *la tête* du mort, „ puis *le col*, puis *le côté droit*, puis *le côté gau-* „ *che*.

„ *che*, comme il a été dit dans la section qui
„ traitte de *l'impureté* qui arrive aux hommes
„ *femine coitus.* Obſervez que la direction de
„ l'intention n'eſt requiſe que quand on vient
„ à ſe ſervir de *l'eau d'Aliſier*, parce qu'avant
„ cela, quand on faiſoit *l'Abſterſion du Corps*
„ *mort*, & qu'on le lavoit pour le nettoyer
„ des ordures corporelles, l'intention n'étoit
„ point néceſſaire là ce lavement. 4, Qu'a-
„ près la *Purification* faite avec de l'eau d'A-
„ liſier, on en faſſe une autre enſuite, & tout
„ de la même maniere, avec de l'*eau de Cam-*
„ *pher.* (C'eſt une Gomme dont il y a pluſieurs ſortes, mais la plus exquiſe eſt celle
qui ſe tire des racines de l'arbre, qui porte
la *Canelle.*) „ 5. Qu'après ces deux *Purifica-*
„ *tions* avec de l'eau d'Aliſier, & l'eau de
„ *campher*, on lui adminiſtre la *Purification*
„ ordinaire avec de l'eau ſimple & commu-
„ ne, & cette *Purification*, comme les deux
„ precedentes, ſe doit faire en lavant trois fois
„ le corps à chaque *Purification*; ce qui re-
„ vient à neuf fois en tout, autant qu'il eſt
„ enjoint de le faire dans les plus grandes
„ *Pollutions.* L'Auteur ne fait mention d'aucune raiſon pour faire cette *Purification* premierement avec de l'*eau d'Aliſier*, & puis avec
de l'*eau de Campher*, avant que de la faire avec
de l'eau commune. Quelques-uns diſent que
c'eſt parce qu'il y a de ces arbres en Paradis:
mais ils y en mettent beaucoup d'autres, &
il faudroit par la même raiſon recevoir une
Purification de leur ſuc. Les *Perſans* repon-
dent ſimplement aux queſtions qu'on leur fait
ſur la cauſe de ces Rites. *Alla Alem, Dieu*
le ſait, ſon Prophete *nous a commandé des pra-*
tiques, ſans nous en reveler la raiſon. 6. „ Que
„ dans le tems qu'on fait la *Purification*, le
„ *mort* ſoit tourné au *Kebla*, de la même ma-
„ niere qu'on a dit qu'il le faut tourner lors
„ qu'il agoniſe. 7. Que s'il ne ſe pouvoit
„ trouver d'*Aliſier*, ni de *Campher*, au lieu
„ où l'on ſeroit, comme cela peut arriver,
„ ſur tout en voyage, on adminiſtre avec de
„ l'eau ſimple les mêmes *Purifications* qu'on
„ adminiſtreroit avec ces eaux mixtionnées.
„ Il y a pourtant des Docteurs qui tiennent
„ qu'en ce cas, il ne faut adminiſtrer qu'une
„ *Purification* avec de l'eau ſimple. 8. Que
„ s'il n'y avoit point d'eau commune dans le
„ lieu où l'on ſeroit, comme cela arrive ſou-
„ vent dans le deſert, on adminiſtre trois fois
„ le *Tyemmum*, c'eſt-à-dire la *Purification* avec
„ la terre, qui eſt une maniere de déterſion,
„ laquelle ſe fait en étendant & appliquant
„ fortement les deux mains ſur la Terre, ſoit

„ ſable, ſoit caillou, ſoit terre dure, & puis
„ les paſſant ſur le corps mort en appuyant;
„ il faut faire trois telles *Purifications*, en la
„ place des autres *Purifications* preſcrites, &
„ appliquer fortement ſon Eſprit à ce qu'on
„ fait, en diſant en ſoi même, comme à la
„ premiere *Purification. Je vais donner le*
„ *Tyemmum à ce corps mort ici preſent, au*
„ *lieu de la Purification avec l'eau pure, parce*
„ *qu'il eſt néceſſaire de s'approcher de Dieu très-*
„ *haut*; & qu'en même tems, celui qui ad-
„ miniſtre la *Purification* ſe panche à terre,
„ étende ſes mains, & du plat touche tout
„ d'un tems *contre terre* en appuyant, & puis
„ frotte legerement & doucement *le front du*
„ *mort.* Qu'enſuitte il preſſe ſes *mains con-*
„ *tre terre*, comme auparavant, & que de la
„ gauche il frotte legerement & doucement le
„ dehors de la *main droite* du mort, & de la
„ *droite* le dehors de ſa *main gauche*; ce qui
„ accomplit une *Purification*, n'étant pas de
„ beſoin de frotter tout le corps, & de paſ-
„ ſer les mains deſſus, quand on fait la *Pu-*
„ *rification* avec la terre, comme quand on
„ la fait avec de l'eau. 9. Que l'*Eau*, qu'on
„ prend pour faire la *Purification*, ſoit *claire*
„ & *nette.* 10. Que ce ſoit de l'*Eau pure* &
„ *ſimple*, non mêlée de quelque fleur ou her-
„ be, comme les eaux diſtillées & compoſées,
„ qui ont le ſurnom des ſimples dont elles
„ ſont extraites. 11. Que l'*Eau* ne ſoit pri-
„ ſe, ni par violence, ni par fraude. 12. Que
„ le *lieu* où eſt le corps, & la *table*, ou les
„ aix ſur leſquels il eſt étendu en lui admi-
„ niſtrant la *Purification*, ne ſoient auſſi ni
„ violemment, ni frauduleuſement *aquis.*

„ ARTICLE II. Les quinze pratiques *con-*
„ *ſeillées* & *convenables* dans la *purification* d'un
„ *Corps mort*, ſont celle-ci. 1. Qu'en appro-
„ chant du *mort* pour le laver, on prenne ſa
„ *chemiſe* des deux mains, à l'endroit du col,
„ ſur l'eſtomach, & qu'on la *dechire* par le
„ milieu, depuis le haut, juſqu'au deſſous du
„ petit ventre, après en avoir demandé au-
„ paravant la permiſſion à l'heritier légitime,
„ ſuppoſé qu'il ſoit en âge, & qu'il ſoit ſain
„ d'entendement; car s'il n'eſt pas majeur,
„ ou s'il a l'eſprit troublé & mal diſpoſé, alors
„ on ne conſeille point de *dechirer* ainſi la
„ *chemiſe du mort*, parce qu'on n'en a point
„ la permiſſion; car il faut ſuppoſer que cet
„ homme, qui ſeroit l'heritier, ne la don-
„ neroit point, parce qu'il eſt fou; & qu'il
„ doit être cenſé la refuſer tant qu'il eſt en
„ bas âge, parce que c'eſt au dommage de
„ ſon bien. 2. De tirer la *chemiſe* du corps,

„ ſoit

„ foit qu'on l'ait déchirée, comme on vient
„ de dire, foit qu'on la laiſſe entiere, & de
„ la tirer doucement, & aiſément, par les
„ pieds, & non par la tête, ſans tourner le
„ corps ſur le côté, ni le tordre, ni le ma-
„ nier rudement, mais avec le moins de mou-
„ vement qu'il ſera poſſible. 3. De lui *ma-
„ nier les doigts & les mains* doucement, en les
„ nettoyant, & les purifiant, ſans les tordre,
„ ni démettre, mais en les remettant dans leur
„ place, & dans leur état naturel. 4. De te-
„ nir le *corps* toûjours *tourné* vers le *Kebla*
„ durant l'acte de la *Purification*, c'eſt-à-dire,
„ qu'il ait la plante des pieds & le viſage tour-
„ nez de ce côté-là, de la même maniere qu'il
„ a été ordonné de faire lors que la perſonne
„ agoniſe. 5. D'*avoir*, proche de la table ſur
„ laquelle le *corps* eſt étendu, & reçoit la *Pu-
„ rification*, une *cuve*, ou un *ſeau*, ou un *ba-
„ quet*, ou un tel autre *vaiſſeau* large, dans
„ lequel l'*eau* de la *Purification* coule, en ſor-
„ te qu'il n'en tombe rien à terre, ou que le
„ moins qu'il ſe pourra, mais qu'elle ſoit tou-
„ te recueillie dans ce vaiſſeau. 6. Que la *Pu-
„ rification* du corps mort ne ſe *faſſe* pas en *plein
„ air*, dans un lieu découvert, comme une
„ cour, ou une terraſſe, ou un jardin, mais
„ qu'il y ait quelque choſe entre le *mort* & le
„ Ciel; c'eſt-à-dire, que la *Purification* ſe doit
„ adminiſtrer à un *Mort* dans une ſale, ou une
„ chambre qui ait les quatre murailles & le
„ plancher. 7. Qu'on adminiſtre au *mort*,
„ outre le lavement de tout le corps, qui eſt
„ la *Purification* dont nous parlons, ce lave-
„ ment de quelques parties du corps qu'on
„ appelle *Luſtration*, & qu'il faut pratiquer
„ avant que de faire ſes prieres; mais il n'im-
„ porte point d'adminiſtrer cette *Luſtration*
„ avant ou après la *Purification*. Or parce
„ qu'un *corps mort* eſt incapable de *gargariſme*,
„ ni d'avoir le *dedans du nez* nettoyé, ſelon
„ qu'il eſt preſcrit dans la *Luſtration* ordinai-
„ re, celle qu'on adminiſtre à un *Mort* ne
„ laiſſe pas d'être bonne, ſans ces deux points-
„ là. 8. Que le *Kaſſel*, c'eſt-à-dire celui qui
„ adminiſtre la *Purification*, ſoit au *côté droit*
„ du *mort* durant toute l'action, & qu'il ſe
„ lave lui-même les mains & les bras juſqu'au
„ coude, à chacun des lavemens qu'il ad-
„ miniſtre, avant que de les commencer.
„ 10. Que l'*eau* de la *Purification* ſoit en tel-
„ le quantité dans le vaiſſeau qui la contient,
„ qu'en la remuant avec le bouquet d'*aliſier*,
„ il ſe faſſe de la mouſſe, ou de l'écume deſ-
„ ſus, & que ce ſoit avec cette écume qu'on
„ lave *la face* & *la tête* du *mort*. 11. Qu'a-
Tome II.

” vant d'adminiſtrer la *Purification*, on lave
” & nettoye par trois fois les *parties honteuſes*
” du corps devant & derriere, avec l'herbe
” nommée *du Hachnon*. (C'eſt une ſorte
” d'*Hyſope* qui ſent fort bon, on en met dans
” la leſſive en pluſieurs Païs avec d'autres her-
” bes fortes. Nous la nommons *Alcaly*, qui eſt
” un mot *Arabe*, & cependant les *Arabes* appel-
” lent cette bonne herbe *Hachenon*, comme les
” *Perſans*, qui en ont par tout de pleines cam-
” pagnes.) 12. Qu'à chaque *Purification*, le
” *Purificateur* lave *trois fois* la tête, *trois fois*
” le côté droit, *trois fois* le côté gauche.
” 13. Qu'aux deux premieres *Purifications*, il
” paſſe doucement la main ſur le ventre du
” mort. 14. Que ſi le corps eſt mort *pollu-
” tus ſemine*, on lui adminiſtre une quatriéme
” *Purification* après les trois autres, & que le
” *Purificateur* diſe en lui-même, en la com-
” mençant: *Je donne à ce corps mort une Pu-
” rification de Conſeil & ſurerogatoire, pour le
” purifier de l'impureté dans laquelle il eſt mort*
” *ſemine coitus, à cauſe que la Purification*
” *eſt néceſſaire pour aprocher de Dieu très-haut.*
” 15. Que toutes ces *Purifications* étant ache-
” vées, on *ſeche* le corps avec des linges, ou
” comme il ſera plus commode & plus con-
” venable.
” ARTICLE III. Les ſix choſes *mekroeh*,
” ou *vilaines*, qu'il faut éviter dans la *Purifi-
” cation* d'un *corps mort*, ſont 1. De ſe ſer-
” vir d'*eau chaude*, pour faire la Purification.
” 2. De couper les *ongles* au corps mort.
” 3. De lui peigner le *poil du viſage*, ſoit les
” *mouſtaches*, ſoit le poil du menton. 4. De
” lui raſer le *poil de la tête*, ou de le *peigner*,
” ou de *treſſer* la houpe que pluſieurs hommes
” portent au ſommet de la tête. 5. De lui
” raſer ou faire tondre le *poil* à l'entour des
” parties du ſexe. 6. De jetter dans la ruë,
” ou dans la cour, l'*eau* de la *Purification*,
” que la bienſeance veut qu'on jette au *re-
” trait*, ou tout au moins une partie.
” ARTICLE IV. Les deux choſes *défen-
” dues* dans la *Purification des morts*, ſont
” 1. D'adminiſtrer aux perſonnes qui meu-
” rent en *Terre ſainte*, les deux *Purifications*
” qui ſe font, l'une avec de l'*eau d'Aliſier*,
” l'autre avec de l'*eau de Campher*, n'étant
” pas permis de leur en adminiſtrer d'autre
” qu'avec de l'*eau ſimple*. 2. De mêler non
” plus ni *Campher*, ni autre choſe odoriferan-
” te, ſoit bois, ſoit gomme, ſoit pâte, dans
” l'*eau* dont on lave un *mort* de ſes ordures
” corporelles, lors qu'il meurt en *Terre ſainte*.
” C'eſt qu'il eſt défendu d'uſer d'aucune ſen-
” teur

A a a

" *teur* que ce foit dans la *Terre fainte*, (ils
entendent la *Mecque* & *Medine* avec leur Territoire,) ni même d'en porter ; or le *Campher*
" eft mis au nombre des chofes odoriferan-
" tes.

TROISIEME SECTION.

De la Sepulture.

" CEtte Section traite des chofes qu'il faut
" obferver & pratiquer envers les *Morts*,
" à compter du tems qu'on aura achevé de
" leur adminiftrer la *Purification*, jufqu'à la
" fin de l'*Enterrement*. Nous divifons ce fu-
" jet en deux Points, dont le premier expofe
" ce qu'il faut faire aux *Morts*, jufqu'à ce
" qu'on fe mette à faire des Prieres fur eux ;
" & le fecond, ce qu'il faut obferver envers
" eux jufqu'à ce qu'on les abandonne dans
" leur foffe. Le premier Point contient vingt-
" neuf Chefs, divifez en trois Articles, dont
" le premier renferme neuf *Preceptes*, ou cho-
" fes *néceffaires*. Le fecond, douze *Confeils*,
" ou chofes qu'il eft *convenable* d'obferver. Et
" le troifiéme, huit chofes *mal feantes*, dont
" il faut s'abftenir.

PREMIER POINT.

" ARTICLE I. Les neuf chofes *néceffai-
" res*, font 1. D'oindre de *pâte de Cam-
" pher* liquide les *fept parties* du Corps fur
" lefquelles il fe porte & s'appuye, en faifant
" les adorations accoûtumées, quand on prie
" *Dieu* proﬅerné, qui font *les deux gros or-
" teuils*, *les deux genoux*, *le plat des deux mains*,
" & *le front*. 2. Que l'*habillement mortuaire*
" foit de trois piéces, favoir un *longhi*, (c'eﬅ
un drap de fil de cotton, fait fur le métier,
" à franges aux deux bouts,) de la largeur d'u-
" ne coudée au moins, & de la longueur de
" deux coudées ; une *chemife* & un *chader*,
(c'eﬅ un grand voile que les femmes ont accoûtumé de mettre lors qu'elles fortent du
logis, qui les couvre de la tête aux pieds,)
" lequel foit affez grand pour couvrir le corps
" tout entier, par deffus le fommet de la tête,
" & par deffous la plante des pieds. 3. Que
" ces trois piéces d'habillement foient de *cot-
" ton pur*, & non de foye, ni de cotton & de
" foye, foit pour un homme, foit pour une
" femme. 4. Qu'il n'y ait deffus ni *or*, ni
" *argent*, foit tiffu, foit brodé, foit appliqué,
" ni autrement. (C'eﬅ qu'en *Perfe* tout le
monde porte des chemifes de foye, celles des

femmes étant brodées fur le devant & en bas,
& celles des hommes étant façonnées autour du cou & fur l'eﬅomach, de forte qu'il
n'y a que les plus pauvres gens qui portent des
chemifes de cotton.) 5. Que ces linges foient
" *nets* & *purs*, fans tache, ni ordure. 6. Que
" ces linges ne foient point *acquis* par fraude,
" ou par violence. 7. Que la *toile* de ces lin-
" ges foit fi *groffe*, qu'on ne puiffe pas voir la
" peau au travers. 8. Que ces linges foient
" d'une *même toile*, c'eﬅ-à-dire, qu'il n'y ait
" aucune piéce d'une toile plus groffe ou plus
" fine que l'autre, & auffi qu'ils conviennent
" à la qualité du Mort qui en eﬅ revêtu ;
" c'eﬅ-à-dire, qu'une perfonne riche doit être
" revêtue de *linges fins*, & qu'une perfonne
" qui meurt pauvre doit l'être de *gros linge*.
" Il faut prendre pour les premiers de ces *toi-
" les des Indes*, qu'on appellé *Betils*, & pour
" les autres il faut prendre de la *toile de Perfe*
" dite *Karbaz*. Obfervez ici, que fi le Dé-
" funt n'avoit pas laiffé plus de bien qu'il n'en
" faut pour payer fes dettes, fes créanciers
" ont droit d'empêcher qu'on ne le revête de
" *toile fine*, de quelque qualité qu'il foit d'ail-
" leurs. 9. Que pour la perfonne d'une *fem-
" me*, quelques biens perfonnels qu'elle laiffe
" en mourant, toutefois il eﬅ requis que ce
" foit fon *mari* qui donne de fon propre bien
" ces *linges mortuaires*, comme une derniere
" charité qu'il lui fait ; & que pour cet effet,
" on le fupplie & requiere de donner ces *lin-
" ges* à fa défunte *femme* ; à quoi néanmoins,
" il y a trois confiderations à faire. La pre-
" miere, c'eﬅ que la défunte fût *legitime épou-
" fe*, liée par un mariage perpetuel ; car fi elle
" n'étoit que *Amouthaa*, c'eﬅ-à-dire *Concubi-
" ne*, époufée pour un certain tems ; ou fi c'eﬅ
" une *efclave affranchie*, l'homme n'eﬅ point
" obligé de donner le *linge mortuaire*. (La
raifon de ce precepte, c'eﬅ qu'en *Perfe* une
femme n'a point de droit dans le bien du mari
que pour la valeur de fa dot, qui étant perdue
par fa mort, elle eﬅ cenfée expirer auffi pauvre qu'elle eﬅ née & fans une épingle vaillant.)
" La feconde exception eﬅ, que la *femme* n'ait
" pas été durant fa vie de *méchante humeur*,
" revêche & *peu complaifante* à fon mari ; car
" en ce cas, il n'eﬅ point obligé de lui faire
" cette charité. La troifiéme eﬅ l'impuiffan-
" ce du mari à faire la dépenfe de ce *linge* ;
" car s'il n'en a pas le moyen, il n'y eﬅ pas
" obligé.

" ARTICLE II. Les douze *confeils* pro-
" pofez dans la maniére d'*enfevelir les morts*,
" font 1. Que le *Campher* dont fe fait l'onction
" des

" des parties fur lefquelles on s'incline dans
" l'adoration, foit du poids de *treize derhem*
" *& un tiers*, du poids legal, ou du Sanctuai-
" re. (Cela revient à environ demi livre de
nôtre poids, quelque chofe de moins.) Mais
" fi l'on ne pouvoit avoir de *Campher*, ou
" qu'on n'eût pas le moyen d'en acheter au-
" tant, il en faudra prendre *quatre derhem*:
" & fi l'on n'en peut avoir *quatre derhem*, il
" en faudra prendre *un derhem*, poids facré,
" comme l'on a dit ; mais c'eft là le moins
" qu'il foit permis d'en employer, & fi l'on
" n'en pouvoir avoir autant, il n'en faudroit
" point mettre du tout. 2. Que le *Campher*
" foit mis en piéces, broyé & pêtri non dans
" un *mortier*, ou fur une *pierre*, mais dans la
" *main*. 3. Que ce qui reftera de *Campher*,
" après l'onction des parties du corps fufdi-
" tes, foit répandu fur la *poitrine*, favoir de-
" puis le deffous du *col* jufqu'au *nombril*.
" 4. De mettre au *corps mort*, fous les bras,
" deux *lattes* minces, de bois verd, de l'arbre
" qui porte les *Dattes*, qui eft le *Palmier* odo-
" riferant, lefquelles il faut placer le long des
" côtes, entre le bras & le côté, pour empê-
" cher que le bras ne fe colle au côté ; mais
" fi l'on ne peut recouvrer de *lattes* de bois
" de *Dattier*, que l'on en prenne de bois d'*Ali-
" fier*; & fi l'on n'en peut recouvrer de bois
" d'*Alifier*, qu'on en prenne de bois de *Gre-
" nadier*; & au défaut du *Grenadier*, qu'on fe
" ferve de l'arbre qu'on appelle *le Saule brun*;
" & au défaut de tous ces arbres, qu'on fe
" ferve du bois de *l'arbre* qui fe trouvera fur
" le lieu le plus reffemblant à ceux qu'on vient
" de prefcrire. Ces *lattes* doivent être *longues*
" d'une *coudée*, à mefurer au bras du *corps*
" *mort* à qui elles doivent fervir, & il les faut
" mettre jufte fous l'*aiffelle*, & faire que le
" bras foit étendu tout au long. 5. Que la
" *latte* du côté droit foit mife fur la chair fous
" *la chemife*, mais que celle qu'on met au cô-
" té gauche foit mife fur *la chemife*. 6. Que
" le *linge mortuaire* foit de *toile blanche*, & non
" de couleur. 7. Que le *fil* duquel on couft
" le linge mortuaire, & avec lequel le corps
" eft coufu dans le linge, foit pris de la toile
" même, c'eft-à-dire qu'il faut *effiler* le linge,
" & en tirer affez de *fil* pour toute cette cou-
" ture. 8. Que fi c'eft le corps d'un *homme*,
" on lui mette fur la tête cette forte de *Tur-
" ban*, dit *Hammamé*, c'eft-à-dire, *Bonnet du*
" *bain*, parce qu'il eft fait pour fe couvrir
" étant au bain. Il faut que ce *Turban* foit de
" *toile blanche*, & il en faut laiffer les bouts fi
" longs, qu'ils puiffent être liez fous le men-

" ton, & pendre enfuite fur l'eftomach, où
" il faudra les étendre fur les côtez, en cou-
" vrant l'endroit où le bras joint au côté, un
" bout d'un côté, & un bout de l'autre.
" 9. D'enveloper le corps dans un *grand drap*,
" après l'avoir enfeveli comme il a été dit,
" lequel *drap* doit être long du moins de *trois*
" *coudées & demi*. Il faut étendre le corps
" fur ce *drap*, fendre le drap par le milieu au
" deffous des feffes, & tirer les deux piéces
" devant à l'entour des reins, en maniére de
" ceinture. 10. Que fi le corps mort eft
" d'une *femme*, on lui envelope la tête d'un
" *Roupac*. (C'eft un demi voile qui tombe
par devant fur le vifage, & qui par le derriere tombe jufqu'au bas du dos. Les femmes
le portent continuellement dans le logis. Il
eft fait de toile très-fine, de cotton, ou de
foye ; communément il eft de refeau, brodé
& ouvragé fort délicatement. C'eft à mon
avis ce que les *Romains* appelloient *Calentica*,
& ce que nous nommions anciennement *couvrechef*, qui eft long & large, differemment
felon les divers Païs où il eft en ufage.
" 11. Que fi c'eft une *femme*, après le *Rou-
" pac* mis, on la couvre par devant d'un grand
" voile, que l'on fendra fur l'eftomach, au
" deffus des mammelles, fur lefquelles les
" piéces de ce drap pafferont & feront arrê-
" tées fous le dos, à l'endroit des hanches.
" 12. De boucher avec du *cotton* les conduits
" par où le ventre fe décharge, devant & der-
" riere, le mieux qu'il fe pourra, pour em-
" pêcher qu'il n'en forte aucune humeur ;
" fur quoi vous obferverez qu'il y a des
" Docteurs qui tiennent que fi après les *Pu-
" rifications* prefcrites, il fort quelque ordure
" du corps, il faut adminiftrer une nouvelle
" *Purification*, mais ces Docteurs font en pe-
" tit nombre ; le plus grand nombre eft pour
" l'opinion contraire.
" ARTICLE III. Les huit chofes qu'*il*
" *faut éviter* dans ce fervice qu'on rend aux
" Défunts, comme étant *mal feantes*, font
" 1. De fe fervir de *cifeaux*, de *couteau*, ou
" d'aucun autre *inftrument de fer*, dans la
" taille & la compofition des linges mortuai-
" res. Il faut *déchirer* la toile avec les doigts,
" & puis la coudre. (Cela n'eft pas difficile
à faire, la toile de cotton étant aifée à *déchirer* ; & les Tailleurs aux *Indes* taillent communément les chemifes ainfi avec les doigts,
fans fe fervir de *cifeaux* ; les pointes, les gouf-
fettes tout eft taillé avec les doigts, & l'eft
auffi nettement qu'avec des *cifeaux*.) 2. De
" mettre des *manches* à la chemife du mort.

' Si

„ Si on la fait exprès neuve, comme il est
„ plus convenable qu'elle le soit, il la faut
„ faire sans *manches*, mais si l'on prend une
„ de ses propres chemises, on y peut laisser
„ les *manches*, après en avoir ôté les boutons,
„ ou les cordons, afin qu'elle ressemble plus
„ à une chemise de mort. 3. De *mouiller*
„ avec sa *salive* le fil dont on coust la chemi-
„ se du mort & les draps dans lesquels il est
„ enseveli. S'il est besoin de mouiller le fil,
„ il faut le faire avec de l'eau nette. 4. De
„ *parfumer* les linges du mort, ni de les met-
„ tre en aucun endroit où ils puissent pren-
„ dre aucune *odeur*. 5. De faire ces linges
„ de *chanvre*, de *lin*, de *poil de chameau*, de
„ *chevre*, ou de *mouton*, ou de toute autre
„ chose que de fil de cotton. 6. De les fai-
„ re de cette *toile* qu'on appelle *Casseph*. (Il
y en a de trois sortes, l'une est comme nôtre
toile ouvrée, l'autre comme nôtre futaine,
l'autre est de fil double, qui rend la toile si
forte, qu'on ne la peut déchirer aisément.)
„ 7. D'écrire sur ces habits mortuaires avec
„ de l'*ancre*, ou avec aucune autre *liqueur*,
„ ou *teinture*, qui soit de couleur noire.
„ 8. De farder les *sourcils* & les *paupieres* du
„ mort, & de mettre du *Campher* dans ses
„ oreilles.

„ Observez pour la fin de cette Section
„ deux choses. La première que si une *fem-*
„ *me* meurt dans sa *grossesse*, d'une mort
„ assez subite pour faire juger que son enfant
„ vit, il faut quand elle rend le dernier sou-
„ pir, lui ouvrir le ventre au côté gauche,
„ tirer l'enfant, puis recoudre l'ouverture le
„ plus près qu'il est possible, & faire l'opera-
„ tion le plus vite qu'il est possible. La se-
„ conde, que si par un accident contraire,
„ l'*enfant* est mort dans le ventre de sa mere
„ vivante, il faut enfoncer la main dans la
„ matrice, mettre l'*enfant* en piéces, & les ti-
„ rer dehors : & sur cela vous devez encore
„ distinguer pour l'âge de l'enfant; car si l'en-
„ fant qu'on tire dehors a quatre mois passez,
„ il faut en recoudre les piéces le plus près
„ qu'il se peut, les envelloper & enfermer
„ dans un drap, & puis lui administrer la *pu-*
„ *rification* par trois fois, & enfin l'ensevelir
„ comme une grande personne; mais si l'en-
„ fant a moins de quatre mois, il suffit, soit
„ qu'on le tire entier du ventre de sa mere,
„ soit qu'on le tire en piéces, de l'ensevelir
„ sans lui administrer aucune sorte de lave-
„ ment legal.

SECOND POINT.

„ CE second point, qui contient trois Ar-
„ ticles comme le premier, traite de tout
„ ce qu'il faut observer & pratiquer à l'en-
„ droit des *morts*, depuis le tems qu'on les a
„ enfermez dans le drap mortuaire, jusqu'à
„ ce qu'on les porte *en terre*, qu'ils soient
„ mis dans *la fosse*, & que la *fosse* soit comblée
„ & couverte. Le premier Article contient
„ cinq *préceptes*. Le second trente trois *Con-*
„ *seils*. Le troisiéme neuf *prohibitions*. C'est
„ en tout quarante sept choses qu'il faut fai-
„ re, ou qu'il faut éviter.
„ ARTICLE I. Les cinq points com-
„ *mandez* sont 1. De faire des *prieres* pour les
„ *Morts* & sur les *Morts*. 2. De *porter* le
„ corps au *sepulcre*, ou proche du *sepulcre*; sur
„ quoi observez que si l'on est sur mer, si
„ loin de terre qu'on ne puisse y arriver avant
„ que le corps sente mauvais, il faut l'enfer-
„ mer dans une *Pitare*. (Ce sont de grandes
urnes de terre où l'on met l'eau en *Orient*, au
lieu des *Pipes* dont nous nous servons sur mer,)
„ ou dans une caisse de bois; & l'enfermer,
„ de sorte que la tête soit arrêtée, & ne re-
„ mue pas, mettant dedans l'urne ou la Caisse
„ assez de poids pour la faire incontinent al-
„ ler à fonds. Mais si l'on ne peut avoir
„ rien de tel pour mettre le *corps* mort, il faut
„ seulement lui attacher un poids au col, soit
„ de fer, soit de pierre, & le jetter en la mer,
„ observant de le jetter, ayant le côté droit
„ tourné vers le *Kebla*, en sorte qu'il soit
„ jetté dans la mer en la même posture qu'on
„ met les *Morts* dans le sepulcre. 3. De
„ *coucher* le *Mort* dans le sepulcre sur le *côté*
„ *droit*, le visage tourné au *Kebla*, tout au
„ contraire de ce qu'il a été prescrit de faire
„ au tems de l'agonie; car alors il falloit que
„ le corps étant étendu de son long, les plan-
„ tes de ses pieds fussent vis-à-vis le *Kebla*,
„ perpendiculairement, mais dans la fosse il
„ faut que tout le corps soit étendu de ce
„ côté-là lateralement; sur quoi observez aussi
„ à l'égard d'une femme qui est dans le rang
„ du *Jessiah*, (c'est le tribut que les *Princes*
Mahometans font payer aux gens qui vivent
sous leur domination, sans vouloir embrasser
leur Créance. Il fut établi par accord entre
les premiers *Mahometans*, & les *Chrétiens* qu'ils
avoient subjuguez, qu'ils ne seroient point
forcez à embrasser le *Mahometisme*, moyennant qu'ils payassent annuellement un tribut
par tête pour les mâles, depuis l'âge de pu-
berté,

berté, lequel accord fut depuis rendu commun pour les *Juifs*, & pour les *Gentils*,) „ fi une femme, qui eft dans le cas de ce tri-„ but, meurt groffe d'un *Mahometan* avant le „ quatriéme mois de fa groffeffe, il faut po-„ fer fon corps dans la foffe, le dos au *Ke-*„ *bla*, & cela à caufe de fon enfant qui eft „ *Mufulman*, comme étant né d'un pere qui „ l'eft; car l'enfant dans le ventre, a le vifage „ tourné au dos de la Mere, d'où il s'enfuit „ que la femme Infidéle ayant le dos tourné „ au *Kebla*, fon enfant fidéle y a la face „ tournée. (Cette obfervation eft faite particulierement à caufe de ces *Efclaves Chrétiennes*, que les *Mahometans* gardent & menent par tout avec eux, comme s'ils les avoient époufées; car on ne les force point à renier la foi *Chrétienne*, quoi qu'elles ne manquent gueres de le faire; mais les enfans qui en naiffent, foit mâles, foit femelles, font *Mahometans*.) „ 4. Que la *foffe* foit fi *profonde*, & fi bien rem-„ plie, & *couverte*, que les bêtes fauvages ne „ puiffent en tirer le cadavre, ni qu'aucune „ mauvaife odeur puiffe tranfpirer. (C'eft qu'il y a des païs où les *Chacals*, qui font une forte d'*Hyenne*, les *Loups*, les *Renards*, & d'autres animaux auffi carnaffiers, ouvrent les foffes, déterrent les morts, & les dévorent, encore qu'elles foient profondes de fix à fept pieds, & qu'il y ait de groffes pierres roulées deffus; de maniére qu'on eft obligé de mettre des gardes fur les foffes durant les cinq ou fix premiers jours de l'enterrement, pour détourner ces bêtes feroces. J'ai vû cela en divers lieux & à diverfes fois.) 5. Que la *terre*, „ dans laquelle on enterre le *mort*, foit que „ ce foit un *Cimetiere* public, ou un lieu par-„ ticulier, ait été légitimement acquife, non „ extorquée par fraude, ou par violence, ni „ achetée d'un bien mal acquis, & que le „ Maître du fonds confente librement que le „ mort y foit enterré.

„ ARTICLE II. Les trente trois chofes „ *confeillées* fur le fujet, font 1. Que ceux qui „ *accompagnent* le Corps, lors qu'on le porte „ en terre, & ceux qui *aident* à le porter, „ marchent derriere le Corps & à *côté*, mais „ qu'on ne *marche* jamais *devant*. (Les Enterremens des *Mahometans* ne font pas de longs & graves Convois, comme parmi nous. On n'y voit jamais de Deuil, c'eft-à-dire que les Parens du Défunt ne font point accoûtumez à s'y trouver. Il n'y va point non plus de perfonnes graves. On emporte le *mort* vite, & comme voulant en être promptement déchargé; & il ne va avec le Corps que des gens

pour le porter, en cas que perfonne fur le chemin n'eût la charité de prêter l'épaule pour cela, comme c'eft un point de charité dans cette *Religion* que de le faire. Le myftere, ou la raifon, du Confeil de ne courir pas devant la biere, c'eft, difent-ils, que quand un Fidéle eft mort, des Anges viennent le garder, jufqu'à ce qu'il ait rendu compte, & il faut, par un religieux refpeêt, leur ceder le pas. „ 2. Que ceux qui portent le corps, le „ portent en *quarré*, c'eft-à-dire *côté contre* „ *côté*. (Le mot original eft *Terbieh*, dont le fens eft que ceux qui portent la biere, doivent porter de l'*épaule droite* le *côté droit* du corps, & de l'*épaule gauche* le *côté gauche*, tant aux pieds, qu'à la tête.) „ 3. Qu'à la „ première vuë de la biere, chacun faffe cette „ *priere* en foi-même, foit ceux qui font ve-„ nus pour la porter, foit ceux qui ne font „ feulement que fuivre, foit ceux qui ren-„ contrent l'enterrement, en difant: *O Dieu* „ *très-grand, voici ce que Dieu & les Prophe-*„ *tes nous ont déclaré de nôtre commune fin,* „ *dont la vérité fe verifie par la fuite des expe-*„ *riences que nous en faifons de jour en jour. O* „ *Dieu! augmente en nous la foi & la foumif-*„ *fion à tes Commandemens. Louange foit à* „ *Dieu, qui eft merveilleufement Illuftre par fa* „ *Puiffance, qui par amour & par mifericor-*„ *de a créé tous les Etres & fes Serviteurs.* (Le mot original fignifie *tous les hommes*, parce que tous fervent Dieu, foit bons, foit mauvais, quoi qu'ils faffent.) *Gloire foit à Dieu,* „ *qui ne nous a point fait naitre parmi ceux qui* „ *font reprouvez.* 4. Que l'on faffe la *foffe* „ dans l'endroit du *Cimetiere*, qui eft le plus „ proche de la Maifon du Défunt, s'il eft „ mort dans fa maifon, ou bien le plus pro-„ che de celle dans laquelle il eft mort, ex-„ cepté les *Cimetieres* où un Defcendant des „ *Imams*, ou un Doêteur célèbre, ou quel-„ qu'autre Saint & éminent perfonnage dans „ la *Religion*, feroit enterré; car en ce cas, „ plus on eft enterré près de fon fepulcre, & „ mieux c'eft. 5. Que la *Profondeur* de la „ foffe foit au moins de *la hauteur du Fof-*„ *foyeur*: c'eft-à-dire que ceux qui font la „ foffe, ne puiffent voir en fe tenant fur leurs „ pieds ceux qui paffent dans le *Cimetiere*. „ 6. Que la foffe étant faite de la profondeur „ qu'on vient de prefcrire, le fond en étant „ plat & uni, & les côtez perpendiculaires, „ & droits, on creufe une *foffe laterale*; c'eft-„ à-dire qu'à un des côtez de la *foffe*, on creufe „ une autre *foffe baffe*, non pas droite, mais „ en talu, capable de contenir un corps, ce

„ qu'il faut faire même quand la fosse seroit
„ dans un lieu areneux ou du sable mouvant.
„ 7. Que cette fosse laterale soit faite *du côté*
„ *du Kebla.* 8. Que la grande fosse soit *de*
„ *telle largeur,* qu'un *homme* s'y puisse *asseoir*
„ à l'aise, & la fosse collaterale *assez spacieuse*
„ pour contenir un corps couché sur le côté.
„ 9. Que quand le corps est arrivé au *Cime-*
„ *tiere,* on le mette bas à huit pas de la fosse,
„ au pied de la fosse; qu'au bout d'*une mi-*
„ *nute,* on le reprenne, & on l'en aproche de
„ *deux pas:* qu'après un pareil espace de tems,
„ on leve la biere, & qu'on la porte encore
„ *deux pas,* & ainsi *trois fois* de suite, jusqu'à
„ ce qu'on pose le cercueuil *sur le bord de la*
„ *fosse,* hors duquel au bout de *deux minutes*
„ encore, on tirera le corps pour le descen-
„ dre dans la fosse. Ce qui s'entend du Corps
„ d'un *homme*, car pour celui d'une *femme,*
„ cette aproche du sepulcre *par intervalles,*
„ n'est pas conseillée. (La raison qu'ils rendent de ces *aproches* de la fosse *à quatre repri-*
ses, c'est, disent-ils, comme pour donner à
l'homme le tems de se reconnoître, afin de
le préparer au sepulcre, & pour prévenir ainsi
un subit épouvantement; car ils prétendent
que l'ame du Défunt est proche de son corps,
& qu'elle y rentre dès que l'enterrement est
passé, & que le monde s'est retiré seulement
deux pas loin de la fosse.) „ 10. Que si le
„ corps qu'on enterre est de *sexe viril,* on le
„ fasse *descendre lentement* dans la fosse, la *tête*
„ la première, le *corps* après, & puis les *pieds;*
„ c'est-à-dire qu'on fera descendre la *tête,* en
„ tenant le bord de la fosse, puis
„ on laissera aller le *corps* jusqu'aux *jambes,*
„ & puis les *jambes* après; mais si le *corps* est
„ de *l'autre sexe,* ces *repos* & ces *intervalles,*
„ ne font pas à observer: il faut faire descen-
„ dre le *corps* tout d'un coup, les *pieds* en
„ même tems que la *tête.* 11. Qu'en enter-
„ rant une *femme,* ou une *fille,* on entoure
„ le fossé d'un *voile,* ou *pavillon quarré.* (C'est
comme un tour de lit, ou comme ces tentes
qu'on met dans la riviere pour baigner les
femmes, lesquelles font quarrées & n'ont
point de dessus; & c'est afin qu'on ne puisse
voir le corps quand on le tire de la biere, &
qu'on le met dans la fosse.) „ 12. Que
„ l'*homme,* qui est dans la fosse pour recevoir
„ le corps, & pour le coucher & l'étendre,
„ ait la *tête nuë* & les *pieds nuds.* 13. Que si
„ le corps est de *sexe feminin,* l'homme qui
„ le reçoit dans la fosse, soit *Mahaaram* avec
„ la personne qu'il enterre, au degré le plus
„ proche qu'il se pourra, & si c'est son mari

„ cela est encore mieux; (J'ai expliqué ce
mot de *Mahaaram* dans la Section de la *Pu-*
rification des Morts; il signifie celui qui peut
entrer dans l'apartement d'une femme, & ce
doit être son Parent si proche, qu'il ne lui
soit pas permis d'épouser;) Mais si le corps
„ est de *sexe viril,* c'est tout le contraire, ce-
„ lui qui le reçoit dans la fosse, & qui le cou-
„ che, ne doit point être son parent, ni son
„ allié, mais un étranger. 14. Que celui,
„ qui reçoit le corps dans la fosse, fasse tout
„ bas la *priere* suivante, dans le tems qu'il le
„ couche, & l'étend dans la petite fosse late-
„ ralle : *au nom de Dieu, & avec Dieu, dans*
la voye, la Religion, & la profession du Pro-
phete de Dieu, sur qui soit le salut & la paix.
O Dieu! ton serviteur s'est soumis lui-même à
toi, & le fils de ton serviteur est descendu chez
toi. (Le terme original signifie *aller passer*
quelques jours chez un bon ami.) *Et toi, tu es*
le meilleur de ceux chez qui on puisse descendre.
O Dieu! mets devant lui dans cette fosse la joye
& le repos, & fais qu'il puisse parvenir auprès
de son Prophete. O Dieu! nous ne savons de lui
que de bonnes choses, mais toi, tu sais mieux ce
qui est de lui, que nous ne le savons, car tu es
sage & savant. „ Observez ici que cette *Prie-*
„ re se doit dire en termes *Masculins,* ou *Fe-*
„ *minins,* selon la personne pour laquelle elle
„ se dit. (J'ai déja remarqué que la *Langue*
Arabe a la terminaison differente pour le sexe
Masculin & feminin.) 15. La quinzieme
„ chose qu'on conseille dans l'enterrement
„ d'un *corps mort,* est de mettre sous sa tête
„ *un peu de terre,* qu'on accommodera com-
„ me pour lui servir d'oreiller, en sorte qu'il
„ ait la tête plus haute que le corps. 16. De
„ mettre sous la joue, du côté qu'il est cou-
„ ché, un peu de terre de *Kerbela* (c'est le
„ nom du lieu où *Aly,* le premier des *Imams,*
„ & des légitimes Successeurs de *Mahammed,*
selon la créance *Persane,* est enterré. Ils
tiennent pour sainte la terre de tout ce lieu-là,
& quand ils font leurs prieres, ils ont toujours un palet fait de cette terre, épais d'un
doigt, grand comme le creux de la main, les
uns plus, les autres moins, sur lequel ils appuyent le front dans l'adoration, lors qu'ils
se prosternent la tête contre la terre. C'est
un de ces palets-là qu'il est conseillé ici de
mettre sous la joue du mort.) „ 17. De dé-
„ *nouer* ensuite les *nœuds* du Drap mortuaire
„ déconsant tout ce qui est cousu, élargissant
„ tout ce qui est serré, en sorte que le corps
„ y soit à l'aise, & comme s'il vouloit s'en
„ dégager. 18. D'ôter de dessus son *visage*
„ tout

„ tout ce qui le couvre, en forte qu'il demeure *nud* & *decouvert*. 19. De mettre tant de *terre* fous lui, au *côté gauche*, qu'il demeure couché ferme & bien appuyé par tout fur le *côté droit*, en forte que le corps ne puiffe tomber ni chanceler. 20. Le vingtieme confeil eft que le corps étant ainfi pofé, & appuyé, on *recite à haute voix*, le vifage tourné vers lui, & les yeux attachez fur lui, les paroles de la *Confeffion de foi* pour un mort, en ces paroles : *O ferviteur* (Efclave) *de Dieu, qu'il te fouvienne de garder la foi*, celle qui en ce monde nous diftingue des autres Religions, *& en laquelle tu es parti du monde, laquelle confifte en la ferme créance & en la profeffion haute & découverte qu'il n'y a point d'autre Dieu que Dieu, que Dieu eft un & unique, n'ayant point de Compagnon, pur, fimple, & incompofé, vivant, effentiel, Eternel, perpetuel, agiffant à jamais & fans ceffer, qui n'a ni d'egal, ni de contemporain, qui n'engendre ni n'eft engendré, & que Mahammed, à qui foit la paix & la benediction, eft le feau ou le dernier des Prophetes, le Seigneur des Prophetes, des Apôtres, & des faints Legiflateurs*, lequel Dieu *a envoyé avec des preceptes droits, & une veritable Religion, afin de rendre fa voye claire & certaine par deffus toute voye & toute Religion, en depit de ceux qui donnent à Dieu des Compagnons. Et qu'Aly, à qui foit la paix & la benediction, eft l'ami de Dieu, le Succeffeur & l'executeur Teftamentaire de fon Prophete, & fon Vicaire après lui, s'occupant & s'entretenant dans les fonctions de fa charge, & que les enfans d'Aly, fes vicaires Succeffeurs & executeurs Teftamentaires font* Hoffein, & Haffein, Aly, & Mahammed Baker, Jafer, & Mouza, Aly Reka, & Mahammed Taky, Aly Naky, & Hofein Askery, *& le Succeffeur dont on attend le retour, qui eft* Mahammed Mehdy, *Maître des tems, fur qui tous foit le falut & la paix, lefquels Dieu a établis fur tous les hommes pour leur reveler les fecrets de la foi & la voye de falut. O Serviteur de Dieu, il va venir à toi deux Anges* (Nekir & Munkir, qu'ils appellent les *Anges du Sepulchre*, qui font ceux que les *Juifs* appelloient *Douma*, c'eft-à-dire les *Prefects du filence*:) *Anges très-honorables & très-excellens, envoyez & commis de Dieu pour t'interroger touchant ton Seigneur fur ta Religion, quel eft ton livre facré, ton Prophete, ton Imam*, (Patron) *ton Kebla?* (le lieu où il faut avoir le vifage tourné en priant) *Ne fois ni trifte ni inquiet,*

„ *parle avec affeurance, & réponds fermement ainfi:* Dieu *eft mon Seigneur,* Mahammed *eft mon Prophete,* l'Iflamifme (le Mahometifme) *eft ma Religion.* Le Coran (l'Alcoran) *eft mon livre facré.* Le Kaaba (la Chapelle de la Mecque) *eft mon Kebla.* Aly, *fur qui eft la paix, eft mon* Imam (Patron.) *& les* onze Imams *nommez ci-deffus, qui font les Succeffeurs & executeurs légitimement conftituez, font mes* Imams (avocats) *après lui, & cela c'eft ce que j'approuve & confeffe: & je confeffe de plus, que la mort eft réelle & vraye: que l'interrogation de* Nekir *&* Munkir, *les très-excellens Anges du Sepulchre dans la foffe, eft réelle & vraye: Que la Refurrection eft réelle & vraye: que l'information, & le jugement des actions humaines, font réels & vrais: que le* Pul-ferat, (c'eft le pont étroit fur la gehenne de l'*Enfer*, par deffus lequel ils difent qu'il faut que tous les hommes paffent pour aller en *Paradis*,) *eft un chemin réel & vrai: que le* feu (l'Enfer) *eft réel & vrai; & que la comparition en la prefence de* Dieu *très-haut eft réelle & vraye.* C'eft là ma créance: *en cette foi j'ai été vivifié: en elle je fuis mort: & en elle je reffufciterai, s'il plait à* Dieu *très-Grand & très-bon.* Obfervez ici que fi le *Corps mort* eft de fexe feminin, il faut faire cette exhortation au genre feminin, en difant, par exemple, *O fervante de Dieu*, au lieu de dire, *O ferviteur de Dieu*. 21. Qu'on ferme & bouche la petite foffe laterale avec une couche de *briques* de terre cuites au foleil, qu'on couchera droites l'une fur l'autre, & qu'on couvrira d'argile, ou de terre mêlée de paille. 22. Qu'au tems qu'on mure & ferme la foffe laterale, *chacun des affiftans*, & particulierement le *foffoyeur*, dife ainfi, en obfervant les terminaifons mafculines ou feminines, felon le fexe de la perfonne morte, & en ayant les yeux fichez fur la petite foffe qu'on bouche. *O Dieu fois propice à ce corps dans fa folitude*: (il y a dans l'original, *dans fon unité*; c'eft-à-dire, *en étant laiffé feul*;) *fois fa compagnie & fon Affeffeur dans fon unité: affure-le contre fes craintes & frayeurs: & le fais jouir de ta mifericorde, qui lui ferve par deffus toute autre mifericorde, felon que ta mifericorde eft pour tous ceux qui s'y attendent.* 23. Que ceux qui font préfens & affiftans à l'enterrement, hors les parens du défunt, s'il y en a, jettent tant foit peu de *terre* dans la foffe, la pouffant du *dos de la main*. 24. Qu'en jettant cette terre dans la foffe,

„ cha-

,, chacun qui la pouſſe diſe ces paroles: *Cer-*
tainement, nous ſommes à Dieu: nous ſommes
venus de Dieu, & nous retournerons à Dieu.
,, 25. Qu'on obſerve qu'une foſſe ſoit *éloignée*
,, de tous côtez d'une autre, du moins de
,, quatre doigts, & que le *deſſus* de la foſſe
,, ſoit *relevé* au moins de la hauteur d'une
,, paume. 26. Qu'on mette ſur la foſſe *une*
,, *couche de ſable* ou *gravier*, & ſi ce peut être
,, du *ſable rouge*, ce ſera le mieux. (C'eſt a-
fin qu'il n'y croiſſe point d'herbe qui attire les
animaux, ce qui, diſent-ils, incommoderoit
les morts; car dans leur Théologie ils enſeignent qu'il reſte dans tous les corps morts
un ſentiment ſourd, & néanmoins fort pour
les rendre capables de douleur & de plaiſir.
Même dans les *Hadis*, qu'on peut appeller la
Legende Mahometane, étant le livre des *Dits*
& faits des Saints, il y a qu'*un mort ſent dans*
ſa foſſe juſqu'au froid & au chaud, & c'eſt la
raiſon du conſeil qui a été donné dans la 3.
Partie Sec. 2. Art. 2. de manier doucement
le mort, en lui adminiſtrant la *Purification*:
Il faut ajouter encore que c'eſt par la même
raiſon qu'ils tiennent pour une choſe deshonnête & vilaine de ſe promener dans les Cimetieres, & de paſſer ſeulement ſur le ſepulcre des morts, parce, diſent-ils, que c'eſt
faire un bruit qui les incommode. Auſſi preſque toutes les foſſes ſont couvertes d'un tombeau élevé de quelque quatre pieds, ou ſont
entourées de pierres plattes, hautes de quinze
à vingt foſſes, fichées en terre, pour empêcher les hommes & les bêtes de paſſer deſſus.) ,, 27. Que l'on mette en terre, ſur la
,, foſſe, ſoit qu'elle ſoit couverte d'une tom-
,, be, ou qu'elle ne le ſoit pas, quelque *mar-*
,, *bre*, quelque *pierre*, ou quelque *bois* du côté
,, de la tête, ſi c'eſt la foſſe d'un *homme*, mais
,, ſi c'eſt la foſſe d'une *femme* ou d'une *fille*,
,, il faut mettre une *pierre* à la tête, & une
,, aux pieds, pour ſervir de ſignal. 28. Que
,, l'on jette de l'*Eau* ſur la ſurface de la foſſe,
,, laquelle eau il faut jetter le long de la tête
,, vers les pieds, puis des pieds vers la tête;
,, & s'il arrivoit que le milieu de la foſſe ne
,, fût pas aſſez bien mouillé, on y en peut
,, jetter tout droit, c'eſt-à-dire de haut en bas;
,, mais il faut faire cette aſperſion tout de ſui-
,, te, & en ſorte que la ſuperficie entiere de
,, la foſſe ſoit également mouillée. 29. Que
,, l'homme qui fait cette aſperſion d'eau, ait
,, toûjours la *tête tournée* vers le *Kebla*, de
,, quelque côté de la foſſe qu'il ſe tienne.
,, 30. Que chacun des aſſiſtans applique *ſes*
,, *mains*, ou *un doigt* ſeulement ſur la foſſe,

,, quand elle eſt ainſi mouillée; & les preſſe
,, ſi fort que la marque y paroiſſe nette &
,, profonde. (C'eſt, diſent-ils, pour ſervir de
témoignage au défunt & pour être comme
une dépoſition en ſa faveur qu'il eſt mort vrai
Mahometan. Ils aſſurent que tant que ces
marques demeurent empraintes ſur la foſſe,
Dieu fait miſericorde au défunt, & que les
Anges qui vont & viennent ſur le Sepulchre
rendent témoignage en les voyant, de la ve-
,, rité de ſa *Religion*.) ,, 31. Que chacun qui
,, marque ſes *doigts* ſur la foſſe, ait la tête
,, tournée au *Kebla*. 32. Qu'on *liſe* enſuite
,, ſur la foſſe *par ſept fois*, (quelques Docteurs
,, conſeillent de le lire dix fois,) le Chapi-
,, tre de l'*Alcoran*, qui a pour titre *Henna*
,, *Elnezahat*, qui eſt le ſoixante-dix-neuvié-
,, me; enſuite de quoi un homme dira tout
,, haut cette priere au nom du mort: *O Dieu!*
élargi la terre de mes deux côtez, afin que mon
Ame monte vers toi. Fais moi entrer dans tes
bonnes graces: honore moi de ta bienveillance,
& fais moi jouir dans mon ſepulchre de ta miſe-
ricorde; miſericorde qui prevaut par deſſus toute
autre miſericorde, & qui ſuffit à ceux à qui tu
la donnes. O Dieu! détache la terre d'autour
de moi, & me tire de la terre, afin que ſans
peine je m'en aille à toi. ,, Obſervez ici que
,, les terminaiſons des termes perſonnels &
,, relatifs de cette priere doivent être du genre
,, de la perſonne au nom de qui on la fait.
,, 33. Que ce ſoit *le Tuteur* des enfans du dé-
,, funt, ſoit naturel, ſoit conſtitué, qui *faſſe*
,, *l'oraiſon* ſuſditte, ou l'*Executeur du Teſta-*
,, *ment*, ou *celui* que cet Executeur voudra
,, commettre, ou que ce ſoit *le plus proche*
,, *parent* du défunt, s'il n'y a perſonne qui
,, veuille prendre ſoin de ſes affaires, & qu'il
,, faſſe cette priere après que tous les aſſiſtans
,, ſont retirez.
,, Article III. Les neuf choſes qui
,, ſont *indecentes* dans l'office de l'*enterrement*
,, *des morts*, ſont 1. De voir des *femmes* qui
,, accompagnent le corps, & ſe trouvent à
,, l'enterrement. 2. De porter *deux morts* à
,, la fois dans une même *biere*. 3. D'enter-
,, rer dans une même *foſſe deux morts* à la fois.
,, 4. De *couvrir* le fonds de la grande foſſe,
,, ni celui de la foſſe laterale, *de planches*, ou
,, de le *paver de pierres*, de *briques* cuites au
,, fourneau, ou de telle autre matiere dure,
,, pour poſer le corps deſſus. 5. Que les *Pa-*
,, *rens* du corps, s'il y en a à l'enterrement,
,, *jettent* comme les autres *de la terre* dans la
,, foſſe, ou ſur la foſſe. 6. De jetter dans la
,, foſſe d'*autre terre* que celle-là même qui en
,, a été

,, a été tirée en la creusant. 7. De faire le
,, dessus de la fosse en forme de toit aigu, ou
,, ou en dos d'asne, mais il le faut faire ou en
,, demi rond, ou plat. 8. De reparer, ou re-
,, nouveller le dessus du Sepulchre, (c'est-à-
,, dire cette élevation faite sur la fosse,) lors
,, que le tems, ou quelque accident, l'a rui-
,, né, & abattu. 9. De marcher, de se reposer,
,, de s'asseoir, de se coucher sur une fosse, ni
,, de passer par dessus en enjambant, étant
,, honnête au contraire, de ne passer jamais
,, qu'à côté. Observez trois choses pour la
,, fin de cette Section. La premiere, que la
,, Loi commande que lors qu'un homme a
,, été enterré dans un Cimetiere public, on
,, s'enquiere du tems qu'il faut pour la con-
,, sommation entiere d'un corps dans ce Ter-
,, roir, on compte ce tems-là; & que lors
,, qu'il est écoulé, & qu'ainsi on a juste sujet de
,, s'assurer que le corps est reduit en poussie-
,, re, on ôte de dessus la fosse toutes les mar-
,, ques du signes qu'on y avoit mis, qu'on
,, égale le dessus de la fosse au terrain d'alen-
,, tour; & cela, afin qu'on puisse sans scru-
,, pule creuser une autrefois en cet endroit,
,, & y enterrer. Mais il y a deux observa-
,, tions à faire là-dessus; L'une, que cela ne
,, s'entend que pour les sepulchres publics,
,, car pour les autres sepulchres qui sont ache-
,, tez, & dont le fonds appartient à des par-
,, ticuliers, comme les sepulchres des Rois,
,, qui sont dans leurs Domaines, la chose est
,, à la liberté du Seigneur du lieu. L'autre
,, distinction est à l'égard des Tombeaux des
,, Saints, des Mouchteheds, ou Docteurs célé-
,, bres, & des autres éminens personnages de
,, la Religion; car il est convenable au con-
,, traire qu'il reste toûjours quelque signe sur
,, leur sepulchre, pour le faire connoître; afin
,, que ceux qui y viennent en pelerinage le
,, puissent reconnoître; & qu'ainsi les vivans
,, tirent du profit de la pieuse visite qu'ils font
,, aux morts. La seconde observation que
,, vous devez faire, c'est qu'il est sunnet, c'est-
,, à-dire, bon & convenable, d'aller consoler les
,, proches parens du défunt, & tous ceux qui
,, souffrent notablement par sa mort; & en
,, leur rendant visite leur dire ces paroles à
,, voix basse : Dieu console ta douleur, qu'il
change ta tristesse en joye, & qu'il fasse grace
au mort de qui tu portes le deuil. ,, La troisié-
,, me, observation c'est qu'il est aussi sunnet
,, d'envoyer durant les trois premiers jours
,, du deuil le manger tout prêt aux parens du
,, défunt, sur tout au logis où il est mort;
,, comme au contraire, il est mekrouh, c'est-
Tome II.

,, à-dire vilain, & deshonnête, d'aller manger
,, chez eux ou avec eux pendant ce tems-là.

QUATRIEME PARTIE.

De la Purification avec la terre.

,, CE Chapitre traite de la Purification le-
,, gale qui se fait avec la terre, lors qu'on
,, a quelque blessure, ou quelque maladie,
,, qui ne permet pas qu'on se mouille les par-
,, ties du corps que la Loi commande de la-
,, ver, ou lors qu'on n'a point d'eau, com-
,, me dans les déserts. En ces cas il faut pra-
,, tiquer le Tyemmum, c'est-à-dire, le Lave-
,, ment legal avec la terre, lequel se fait en po-
,, sant ses mains à terre, & les appuyant dessus,
,, & puis les passant sur les parties du corps
,, qu'on veut purifier, de même que si on les
,, avoit pleines d'eau, & qu'on se purifiât avec
,, de l'eau. C'est la matiere de ce Chapitre,
,, qui contient vingt-un Points qu'il faut ob-
,, server; savoir douze, comme nécessaires &
,, commandez: sept, comme conseillez, & qu'il
,, est bon de pratiquer: & deux, dont il faut
,, s'abstenir, comme des choses sales & odieu-
,, ses.

,, ARTICLE I. Les douze Points com-
,, mandez, sont. 1. Que le terrain où se fait
,, la Purification, dont nous traitons, ne soit
,, acquis ni par fraude, ni par force, mais
,, qu'il appartienne légitimement à celui qui
,, en a la joüissance présente, comme il a été
,, observé aux Chapitres précedens. 2. Que
,, la terre, de laquelle on se sert pour faire
,, cette sorte de Purification, & sur laquelle
,, on se tient en la faisant, soit de la terre,
,, ainsi proprement dite, & que ce ne soit
,, point de la pierre, du marbre, du pavé, des
,, briques, des planches, ni autre chose de
,, durci au feu ni au Soleil; c'est-à-dire, qu'il
,, ne faut point faire cette sorte de Purification
,, ni en une rüe pavée, ni sur un plancher,
,, ni sur des terrasses carrelées, ni en d'autres
,, lieux ainsi revêtus. 3. Que cette terre soit
,, pure & nette. 4. Qu'elle soit découverte &
,, nüe, c'est-à-dire, qu'il ne faut point qu'il y
,, ait de tapis ou de nattes, ou autre sembla-
,, ble chose dessus. 5. Que cette terre ne soit
,, point mêlée avec quelqu'autre corps, com-
,, me s'il y avoit sur la superficie de la paille
,, coupée, de la sciure de bois, & telle autre
,, chose. 6. Que les parties du corps, sur
,, lesquelles on exerce le Lavement commandé,
,, soient nettes & sans ordure avant le Tyem-
,, mum. 7. Que la personne, qui fait la Pu-
Bbb   ,, rifi-

„ rification avec la *terre*, ait l'*intention* diſtincte
„ de ſe purifier avec la *terre*, & qu'elle diſe
„ en elle-même en le commençant : *Je fais*
ce Lavement legal & néceſſaire, en la place de
la Luſtration commandée, afin que mes prieres
ſoient faites avec les préparations requiſes, par-
ce qu'il eſt néceſſaire de s'approcher de Dieu.
„ Mais ſi le *Tyemmum* ſe fait au lieu de la
„ *Purification*, alors il faut dire, *Je fais cette*
„ *Purification avec la terre*, &c. 8. Que dans
„ cette ſorte de *Lavement* on ôte de ſes *doigts*
„ les *bagues*, & même cet *anneau* d'or, ou de
„ pierre, qu'on porte au pouce, qui ſert à
„ bander l'arc, afin que la main ſoit toute
„ nuë, & à découvert. 9. Qu'à même tems
„ qu'on dirige ainſi ſon intention vers l'action
„ propoſée, on poſe *ſes deux mains plattes con-*
„ *tre terre*, en les appuyant deſſus. 10. Qu'on
„ porte de là *ſes deux mains à la tête*, & qu'on
„ les paſſe tout le long du *viſage*, c'eſt-à-dire,
„ depuis le haut du front, juſqu'au bout du
„ nez. (Ils appellent cela *tout le viſage*, à
cauſe que le reſte eſt tout couvert de barbe.)
„ 11. Qu'on faſſe ainſi la *Purification* du *dos*
„ *de la main droite* avec le *plat de la main gau-*
„ *che*. 12. Qu'on faſſe ſemblablement du *plat*
„ *de la main droite* la *Purification* du *dos de la*
„ *main gauche*. Sur quoi obſervez qu'il y a
„ des Docteurs qui tiennent que ſi le *Tyem-*
„ *mum* ſe fait au lieu de la *Luſtration*, il ſuffit
„ d'une application, c'eſt-à-dire, qu'il ſuffit
„ d'*étendre les mains* une fois *à terre*, lors
„ qu'on les fait paſſer ſur quelque partie du
„ corps ; mais que s'il ſe fait au lieu de la
„ *Purification*, qui eſt le *Lavement* de tout le
„ corps, il faut doubler les applications des
„ *mains ſur la terre*, c'eſt-à-dire, mettre deux
„ fois les *mains ſur la terre* pour chaque fois
„ qu'on les porte ſur ſon corps ; cependant
„ d'autres Docteurs auſſi célébres, & en pa-
„ reil nombre, ſoûtiennent qu'en l'un & en
„ l'autre cas, il faut faire deux applications
„ des *mains ſur la terre*, & cette derniere opi-
„ nion eſt recevable & plus ſûre.
„ Article II. Les ſept Points *conſeil-*
„ *lez* & *convenables* dans cette Ceremonie ſa-
„ crée, ſont 1. Que la *terre* dont on ſe ſert
„ pour le *Tyemmum*, ſoit *ſimple*, & *commune*,
„ & dans ſon *état naturel*, & non alterée com-
„ me eſt la terre ſigillée, la terre pêtrie, la
„ terre paſſée, & tout ce qui peut être ſem-
„ blable. 2. Que cette *terre* ſoit quelque *lieu*
„ *élevé*, comme une *butte*, une *colline*, ou une
„ *hauteur*. 3. Qu'en poſant les *mains ſur la*
„ *terre*, & les y *appuyant*, on ouvre la *main* le
„ plus qu'on peut, pour écarter les *doigts* l'un

„ de l'autre. 4. Qu'après l'application des
„ *mains ſur la terre*, on les ſecoüe, pour en
„ faire tomber les grains de *terre* qui s'y pour-
„ roient être attachez. 5. Que ſi la perſon-
„ ne a la *main coupée*, elle applique le *poignet*
„ *ſur la terre*, comme ſi c'étoit la *main*.
„ 6. Qu'on attende toûjours pour cette ſorte
„ de *Purification* l'*extremité* du tems préſcrit
„ pour chaque priere, & pour les autres actes
„ de *Religion* commandez. (Voici le ſens de
ce *Conſeil* : la *Loi* preſcrit de faire les prieres
commandées chacune en ſon propre tems,
c'eſt-à-dire, dans l'eſpace de tems marquée
pour les faire, ſans qu'il ſoit permis de l'anti-
ciper, ou de le retarder comme on veut ; mais
cet eſpace de tems n'eſt pas égal pour toutes
les prieres : à quelques-unes il n'eſt que d'u-
ne heure, & à quelques autres il eſt de quatre heures ; & c'eſt là le plus long délai accordé, après lequel les prieres ſont comptées
pour vaines & inutiles. Or parce que la plûpart des prieres doivent être précedées du
Lavement legal avec de l'*eau*, il faut lors qu'on
n'en a point, attendre l'extrêmité du tems
preſcrit pour les faire, tant parce que quelque
hazard en pourra faire recouvrer, que pour
témoigner par ce retardement le regret qu'on
a de ne pouvoir ſe purifier de la maniere ordinaire & naturelle, & d'être reduit à ſe ſervir du *Tyemmum*.) 7. C'eſt qu'on pratique
„ ce *Tyemmum* à *chaque priere* commandée,
„ encore qu'on fût très-ſûr de ne s'être point
„ ſouillé depuis le tems qu'on a fait la der-
„ niere priere, en quoi il paroît que ce *Tyem-*
„ *mum* n'eſt pas de même efficace que la *Pu-*
„ *rification* ordinaire avec de l'*eau*, puis que
„ la *Loi* diſpenſe de la *Luſtration* avant la
„ priere, ſi l'on eſt ſûr de ne s'être pas ſouil-
„ lé du tout depuis la derniere priere qu'on a
„ faite.
„ Article III. Les deux Points *qu'il*
„ *faut éviter* dans la *Purification* dont il s'agit,
„ ſont 1. De la faire ſur du *ſable* & ſur de la
„ *pouſſiere*. 2. De la faire ſur un *pré*, & ſur
„ un *champ couvert d'herbes*, ou *de fleurs*.

CINQUIEME PARTIE.

„ **A**Près avoir traité dans les quatre Par-
„ ties précedentes la matiere des *Souillu-*
„ *res* & des *Purgations legales* à l'égard des
„ *perſonnes* ; nous allons traiter cette même
„ matiere à l'égard des *choſes* qui ſont hors
„ des perſonnes, c'eſt-à-dire, de tout ce qu'on
„ doit tenir pour ſouillé dans l'uſage que l'on
„ en fait, & comment il le faut purifier.
„ C'eſt

„ C'eſt la matiere de deux Sections, dont la
„ premiere contient les *choſes qui purifient*, &
„ la ſeconde, les *choſes qui rendent impur*.
(Le mot original que je traduis par *purifier*,
eſt *munteharèt*, qui marque cette ſorte de *Pur-*
gation que nous avons appellée *Abſterſion*.)

PREMIERE SECTION.

„ LEs *choſes qui purifient* à l'égard de la *net-*
„ *teté* purement *corporelle*, c'eſt-à-dire, qui
„ rendent nettes les ſubſtances materielles qui
„ ſont ſouillées, ſont au nombre de douze.
„ 1. L'*Eau*. 2. La *Terre*. 3. Le *Soleil*. 4. Le
„ *Feu*. 5. Le *Changement d'état*, ou *de qua-*
„ *lité*. 6. Le *Changement de lieu*. 7. Le *Chan-*
„ *gement de forme*, que nous diſons la *Trans-*
„ *formation*. 8. La *Diminution*. 9. La *Reli-*
„ *gion*. 10. La *Ceſſation*. 11. L'*Abſterſion*.
„ 12. La *Conſéquence*. Expliquons ces douze
„ Points en autant d'Articles.
„ ARTICLE I. L'*Eau* eſt la premiere des
„ choſes qui purifient. Or l'*Eau* eſt de deux
„ eſpeces; car ou c'eſt de l'*Eau ſimple & na-*
„ *turelle*, ou c'eſt de l'*Eau compoſée* & dénom-
„ mée de quelque choſe. Nous appellons
„ *Eau ſimple* l'*Eau* de terre & de mer, qu'on
„ employe dans l'uſage ordinaire de la vie.
„ Nous appellons *Eau compoſée* & dénommée
„ de quelque choſe, l'eau qui eſt extraite, ou
„ mêlée de ſuc de fleurs, de fruits, d'herbes,
„ & de choſes odoriferantes. Nous ne trai-
„ tons ici que de l'*Eau ſimple* & commune,
„ & cette *Eau ſimple* ſe doit encore diſtinguer
„ en *Eau courante*, & en *Eau morte*.
„ L'*Eau morte* eſt de quatre ſortes. La pre-
„ miere ſorte eſt celle qui eſt en la quantité
„ d'un *Kur*. La ſeconde ſorte eſt celle qui eſt
„ moindre que d'un *Kur*. La troiſiéme ſorte
„ eſt celle qui excede la quantité d'un *kur*.
„ (Nous expliquerons tout à l'heure ce que
„ c'eſt qu'un *Kur*.) La quatriéme ſorte eſt
„ l'*Eau de puits*.
„ Pour l'*Eau courante*, il y en a auſſi de
„ pluſieurs ſortes. On appelle *Eau courante*
„ toute *Eau* qui ſort d'elle-même de la terre,
„ & qui paroît ſur ſa ſuperficie; ainſi il en
„ faut excepter l'*Eau des Puits*, qui n'eſt pas
„ comptée pour *Eau courante*, parce qu'elle
„ ne monte pas ſur la ſuperficie de la terre,
„ & qu'elle n'y coule pas naturellement, mais
„ qu'elle demeure dans ſon receptacle, ſans
„ faire autre choſe que de croître à une cer-
„ taine hauteur, ou diminuer à une certaine
„ profondeur, ſans ſe deborder. Or l'*Eau*
„ *courante* n'eſt jamais *impure*, rien ne la rend

„ *ſouillée*, quelque ſaleté ou ordure qui y puiſſe
„ tomber, à moins que ce ne fût dans une
„ telle quantité qu'elle en devient alterée, à
„ l'égard de toutes, ou de quelques unes de
„ ſes qualitez, ſavoir la *couleur*, l'*odeur*, & le
„ *goût*.
„ L'*Eau de pluye* eſt reputée tantôt *Eau*
„ *courante*, & tantôt *Eau morte*. Lors qu'el-
„ le tombe actuellement du Ciel, elle eſt te-
„ nuë pour *Eau courante*, mais lors qu'elle
„ en eſt tombée, on la tient pour *Eau morte*.
„ L'*Eau des bains*, tout de même que l'*Eau*
„ *de la pluye*, eſt reputée tantôt pour *Eau cou-*
„ *rante*, tantôt pour *Eau morte*. Elle eſt de
„ l'*Eau courante*, lors qu'elle ſort d'un baſſin,
„ ou *reſervoir*, (les *Perſans* diſent *Madé*, c'eſt-
„ à-dire, origine, *ſource*,) qui a un *kur* d'*Eau*
„ au moins; & elle eſt comptée pour *Eau*
„ *morte*, lors que le reſervoir d'où elle coule
„ contient moins d'un *kur*.
„ Le *Kur d'Eau* ſe compte, ou par meſure,
„ ou par poids. Le *kur d'eau meſuré*, eſt l'eau
„ qui dans ſon reſervoir, ou baſſin, eſt de
„ *quarante-deux paumes* de dimenſions cubi-
„ ques: (Le mot *Perſan* eſt *ephtalmé*, d'où
„ eſt ſans doute venu le mot *Grec*, *ſſutalma*, &
„ le mot *Latin*, *ſpithalma*;) laquelle paume
„ ſe doit prendre à la meſure d'un homme
„ d'âge parfait, de moyenne taille, étendant
„ ſa main du bout du petit doigt au bout du
„ pouce; c'eſt-à-dire, que la citerne, la cu-
„ ve, ou autre reſervoir d'eau, ait *trois pau-*
„ *mes & demi* en longueur, autant en largeur,
„ & autant en profondeur, à compter de la
„ ſuperficie de l'eau. Le *kur d'eau peſé*, eſt
„ l'*Eau* qui eſt en la quantité de *douze cens*
„ *Ratles*, poids d'*Arak-Arab*, (c'eſt la Pro-
„ vince d'*Arabie*.) Le *Ratle* eſt de *cent trente*
„ *Derhem*, poids legal, chaque *Derhem legal*
„ du poids de *quarante-huit grains d'orge*, grain
„ de moyenne ſorte; de manière que le *Ratle*
„ d'*Arak-Arab* eſt de *ſix mille deux cens qua-*
„ *rante grains d'orge*, de ſorte qu'à compter
„ par *grains*, le *Kur d'eau* doit peſer *ſept mil-*
„ *lions quatre cens quatre-vingt-huit mille grains*
„ *d'orge*. (Cela revient à un peu plus de neuf
„ cens peſant, poids d'*Angleterre*.) „ Or l'eau
„ qui eſt en la quantité d'un *Kur*, ne doit
„ être tenuë pour *ſouillée & impure*, que par
„ la chûte, ou l'injection de quelque or-
„ dure, qui en change, ou la couleur, ou
„ l'odeur, ou le goût. Nous allons expli-
„ quer cette diſtinction en trois cas differens.
„ 1. Si un homme, ayant la main tachée de
„ ſang, la plonge pour la purifier dans un
„ baſſin d'*Eau*, ou dans quelqu'autre recepta-
„ „ cle,

„ cle, qui contienne un *Kur* juste, ni plus,
„ ni moins ; l'*Eau* de ce baſſin ſera cenſée
„ être toute *impure*, parce qu'il eſt ſûr que ce
„ ſang en a alteré une partie. Or cette par-
„ tie alterée, ſi petite qu'elle puiſſe être, em-
„ pêche que l'*Eau nette* de ce vaiſſeau ne ſoit
„ dans la quantité d'un *Kur*, qui eſt la quan-
„ tité requiſe pour purifier, & ainſi la main
„ qu'on y plonge n'en eſt point purifiée. 2. Si
„ la main plongée dans de l'*Eau* juſtement de
„ la quantité marquée, eſt ſouillée par quel-
„ que impureté qui ſe ſoit ſeichée deſſus, com-
„ me une goute d'urine, par exemple, l'*Eau*,
„ en ce cas, ne ſera point cenſée *impure* par
„ l'immerſion de la main ſouillée, parce qu'il
„ ne s'en altere pas une goute, & qu'ainſi de-
„ meurant toute la quantité requiſe pour
„ purifier, la main de l'homme en eſt renduë
„ pure; mais s'il tombe des goutes de ſang dans
„ une *Eau*, qui excede la quantité d'un *Kur*,
„ & qu'on juge que les parties de l'*Eau* qui
„ en ſont alterées ne montent pas à la quanti-
„ té qu'il y a par deſſus le *Kur*, toute cette
„ *Eau* ſera reputée *pure* & *nette*; mais ſi l'on
„ juge que les parties alterées excedent ce
„ qu'il y a d'*Eau* par deſſus la quantité ou la
„ meſure d'un *Kur*, toute l'*Eau* ſera tenuë
„ pour *impure* & *ſouillée*. 3. Si dans une *Eau*,
„ qui eſt juſtement de la quantité d'un *Kur*,
„ il tombe un poil de *chien*, ou quelqu'autre
„ choſe de cette nature, qui nage ſur la ſurfa-
„ ce, & qu'on l'ôte avec une cueillere, ou
„ quelqu'autre choſe ſemblable, cette cueil-
„ lere, & l'*Eau* qu'on ôte avec ce poil, ſont
„ *ſouillées*, mais l'*Eau* du baſſin demeure net-
„ te, à cauſe que ce poil n'en a alteré aucu-
„ ne partie ; mais au contraire, ſi en voulant
„ ôter ce poil on le manque, & on répand de
„ l'*Eau* du baſſin, alors l'*Eau* répanduë, avec
„ ce qu'on avoit mis dedans pour tirer l'or-
„ dure, eſt pure, mais l'eau du baſſin eſt *im-*
„ *pure*, à cauſe que ce qui en a été ôté la
„ rend de moindre quantité qu'un *Kur*. C'eſt-
„ là ce qu'il faut obſerver à l'égard de l'*Eau*
„ qui égale, ou qui ſurpaſſe, la quantité d'un
„ *Kur*; mais pour l'*Eau*, qui eſt en moindre
„ quantité, elle devient impure par l'injection
„ de quelque choſe ſouillée, quelle que ce
„ ſoit, bien que l'*Eau* n'en fût alterée, ni
„ en ſa couleur, ni en ſon odeur, ni en ſon
„ goût.
„ Quant à l'*Eau de Puits*, il y a diverſité
„ d'opinions parmi les Docteurs ſur ce qui la
„ rend *impure*, & ſur ce qui la purifie. Les
„ uns tiennent que rien de ſouillé tombant
„ dans un *Puits* n'en rend l'*Eau ſouillée* & *im-*

„ *pure*, à moins que l'*Eau* n'en ſoit alterée
„ ſenſiblement dans quelqu'une de ſes quali-
„ tez, quand même l'*Eau* de ce *Puits* ſeroit
„ moindre en quantité que la meſure d'un
„ *Kur*. Les autres affirment au contraire,
„ que l'*Eau* d'un *Puits* devient *impure* par l'in-
„ jection d'une choſe impure, ſi elle n'eſt pas
„ de plus d'un *Kur* en quantité, quand mê-
„ me elle n'en paroîtroit aucunement alte-
„ rée. D'autres prennent le milieu de ces
„ deux opinions contraires, en diſant que ſi
„ l'*Eau du Puits* eſt au deſſous d'un *Kur*, elle
„ contracte de la ſouillure, ſi la choſe ſouil-
„ lée change quelqu'une de ſes qualitez ; mais
„ s'il y a moins d'*Eau* que n'en tient un *Kur*,
„ elle contracte la ſouillure marquée encore
„ que nulle de ſes qualitez ne parût avoir
„ reçû de l'alteration. La première opinion
„ ſemble la plus ſûre, & nous nous y tenons ;
„ mais ſur la maniére de purifier l'*Eau d'un*
„ *Puits*, nous ſommes de même ſentiment
„ que ceux qui ſont de l'opinion contraire à
„ la nôtre ſur ce qui la rend *impure*, & nous
„ tenons comme eux que cette *Eau* doit être
„ toute tirée, & le Puits mis à ſec, lors qu'elle
„ devient ſouillée ; comme, par exemple, s'il
„ y tombe quelque bête morte, ou qui y meu-
„ re, ſoit une bête pure, comme eſt le *cha-*
„ *meau*, ou le *bœuf*, ſoit une bête impure,
„ comme le *chien*. S'il y tombe auſſi quel-
„ que liqueur enyvrante de ſa nature, com-
„ me le *vin*, ou s'il y tombe auſſi de ce que
„ l'on appelle *ſemen coitus*, ou du *ſang* que les
„ femmes perdent par une voye naturelle,
„ de quelque ſorte que ce ſoit ; mais ſi le *Puits*
„ eſt d'eau courante, & qu'il ne puiſſe être
„ deſſeché, ces Docteurs décident qu'en ce
„ cas il en faut tirer de l'*Eau* plus ou moins
„ ſelon la nature de la choſe dont elle eſt ſouil-
„ lée ; car ſi c'eſt quelque *animal impur*, il
„ faut que quatre hommes, depuis le lever
„ du Soleil, juſqu'à ſon coucher, tirent de
„ l'*Eau de ce Puits*, deux à deux, alternati-
„ vement, & ſans interruption, & il ſera net
„ après ; mais ſi c'eſt quelque *animal net*, qui
„ y tombe, ou qui y meure, ſoit de ceux dont
„ il eſt permis de manger la chair, comme
„ un *bœuf*, ou dont la chair ſoit défenduë com-
„ me un *âne*, il ſuffit pour le purifier, d'en
„ tirer un *Kur* d'eau. Si un homme y tombe
„ mort, ou qu'il y meure, ſoit mâle, ſoit
„ femele, ſoit jeune, ou vieux, ſoit fol ou de
„ ſens raſſis, il ſuffit d'en tirer *ſoixante dix*
„ *cruches d'eau* de grandeur ordinaire, moyen-
„ nant que l'homme ſoit *Mahometan*; car ſi
„ c'eſt un *Capher* (c'eſt-à-dire, *un homme non*
„ *Ma--*

„ *Mahometan*) il n'eſt pas décidé s'il en faut
„ tirer plus d'*Eau* que pour un autre homme;
„ quelques Docteurs étant d'avis qu'il en faut
„ tirer autant d'*Eau* que ſi un *Chien* mort y
„ étoit tombé. Si du ſang, ou ſi de l'excre-
„ ment d'homme, y tombe, il faut diſtinguer
„ la qualité de cet excrement, & en quelle
„ quantité eſt ce ſang; car ſi l'ordure ne fait
„ que de ſortir du corps, ou ſi le ſang eſt en
„ auſſi grande quantité que ce qui en ſort du
„ corps d'un *mouton* quand on le tuë, il faut
„ tirer, *cinquante cruches d'Eau* de ce Puits;
„ mais ſi l'ordure eſt ſeche, ou ſi le ſang n'eſt
„ pas en plus grande quantité que celui qui
„ ſort d'un *pigeon* quand on le ſeiche, il ſuffit
„ d'en tirer *dix cruches*. Si la crotte d'un ani-
„ mal net tombe dans ce puits, ſi une *ſouris*
„ y tombe, & y meurt, ou ſi un *chien* y tom-
„ be, & en eſt tiré vivant, car ces trois cas ſont
„ dans une même categorie, il faut tirer ſeu-
„ lement *ſept cruches d'Eau* hors du *puits*.
„ S'il y tombe de l'urine d'homme, ou s'il
„ y tombe un *Loup*, ou un *Renard*, ou un
„ *Chat*, qui y meurent, ou un *Cochon*, ou un
„ *Chien*, qui n'y meurent pas, il faut puiſer
„ *quarante cruches d'Eau* de ce puits, & il ſera
„ net. S'il y tombe un oiſeau, ou toute au-
„ tre ſorte de volaille, qui y meure, il n'en
„ faut tirer qu'un *ſceau* pour le purifier.

„ Il y a moins de diſtinctions à faire ſur
„ l'*Eau compoſée*, ou *Extraite*, comme l'*Eau*
„ *de roſe*, l'*Eau de ſaule*, ſimple, ou muſquée,
„ l'eau de fleurs, & toute autre ſorte d'*Eau*
„ ſemblable; car s'il tombe dedans quelque
„ choſe de *ſouillé*, ou d'*impur*, quelle que ce
„ ſoit, toute l'*Eau* en eſt rendue *ſouillée*,
„ quand même ce ſeroit un reſervoir qui con-
„ tiendroit dix *Kurs*, ce qui pourtant n'eſt pas
„ généralement reçû; parce qu'il y a des Doc-
„ teurs célebres, comme *Ebne Babouyé*, qui
„ croyent, qu'à l'égard de l'*Eau roſe*, qui ſe-
„ roit en cette quantité, elle ne ſeroit pas *im-*
„ *pure*, on en pourroit faire les *Purifications*
„ *légales*.

„ ARTICLE II. La ſeconde choſe qui
„ purifie de ſa nature, eſt la *Terre*, comme
„ nous l'avons vû au Chapitre du *Tyemmum*,
„ ou de la *Purification avec la Terre*. La *Terre*
„ rend *net*. Par exemple, le pied ſali, ſoit
„ nud, ſoit chauſſé, eſt purifié par la *Terre* en
„ marchant, & la ſouillure en eſt tenue pour
„ nettoyée, même une jambe de bois, qui
„ ſeroit ſouillée, par quelque ordure tom-
„ bée deſſus, devient *nette* en marchant ſur la
„ *Terre*.

„ ARTICLE III. Le *Soleil* purifie par ſes

„ *rayons* & par ſa *chaleur* les choſes ſouillées,
„ ſur leſquelles il les darde. Si un animal,
„ pur ou ſouillé, licite à manger ou illicite,
„ ou ſi un homme fait ſon eau à terre, l'en-
„ droit où il le fait eſt *ſouillé*, & qui le touche-
„ roit alors ſeroit *pollu*, il ne pourroit faire
„ ſes prieres accoûtumées ſans s'être purifié,
„ auparavant; mais dès que le *Soleil* a donné
„ ſur cet endroit, & l'a deſſeché, il n'eſt plus
„ ſouillé, on y peut toucher, ſans contracter
„ de ſouillure. C'eſt la même choſe pour les
„ murailles, pour les terraſſes, & auſſi pour
„ les nattes, qui ſont étendues ſur les plan-
„ chers, pour les tapis qui les couvrent, &
„ pour les autres meubles qu'on ne peut aiſé-
„ ment ôter de leur place pour les mettre à
„ l'air, il ſuffit que le *Soleil* donne deſſus pour
„ les purifier de leur ſouillure. Le *Soleil* pu-
„ rifie encore ce qui n'eſt point capable de
„ tranſpoſition, c'eſt-à-dire qu'on ne peut ôter
„ de ſa place pour mettre en une autre, com-
„ me les arbres, les grains, les fruits de la ter-
„ re, les portes, les fenêtres, & toutes autres
„ choſes ſemblables; la clarté du *Soleil* don-
„ nant deſſus, elles ſont nettoyées de la ſouil-
„ lure qu'elles avoient contractées.

„ ARTICLE IV. Le *feu* rend *net* & pu-
„ rifie d'une autre maniere que le *Soleil*, car
„ il ne rend *pur* qu'entant qu'il change la qua-
„ lité des choſes. Il rend *pur* tout ce qu'il
„ reduit en cendres & en charbon; car la cen-
„ dre & le charbon ſont purs & nets, quoi
„ qu'ils fuſſent faits de choſes *impures* même,
„ d'os de *Cochon*, & de *Chien*. Il rend pur les
„ briques cuites, quoi qu'elles ſoient faites de
„ terre qui ſeroit ſouillée, comme la terre
„ d'une foſſe où l'on jette des immondices:
„ Il y a pourtant diverſité d'opinions entre les
„ Docteurs ſur cet Article, ſavoir ſi la brique,
„ & toute ſorte de terre cuitte eſt nette. Le
„ plus probable ſentiment eſt celui de l'affir-
„ mative, & qu'en général la brique, & toute
„ ſorte de terre cuitte au four, comme la vaiſ-
„ ſelle de terre, eſt *pure*.

„ ARTICLE V. La *Transformation* ou le
„ *Changement d'Etre*, rend pur ce qui étoit au-
„ paravant ſouillé; comme un *Chien*, par
„ exemple, qui tombe dans un marais de ſel,
„ & y eſt pétrifié; car le *Chien* eſt bien l'ani-
„ mal le plus impur, mais le ſel auquel il eſt
„ converti eſt pur.

„ ARTICLE VI. La *Transpoſition*, ou le
„ *Changement d'un lieu* dans un autre puri-
„ fié, comme le *ſang* qu'un animal *net* auroit
„ ſuccé. Le *ſang* eſt une choſe ſouillée, mais
„ étant ſuccé par une *Puce*, ou par un *Mou-*
„ *che-*

Bbb 3

theron, il perd fa fouillure, ces petits animaux n'en deviennent point fouillez, autrement ce qu'ils toucheroient feroit fouillé pareillement, & cela n'eft pas.

„ ARTICLE VII. L'*Inverfion*, où le *Changement de qualité* purifie, comme le *vin* tourné en *vinaigre.* Le vin eft très-*impur*; le vinaigre eft *pur.*

„ ARTICLE VIII. La *Diminution,* ou la *Reduction de quantité* purifie, comme le *vin cuit en refiné.* Le vin eft *impur,* mais fi par la coction vous le diminuez, & le reduifez à un tiers, c'eft un aliment *pur & licite.*

„ ARTICLE IX. La *vraye Religion,* (le terme original eft l'*Iflamifme*) a été compté pour la neuviéme chofe qui purifie. Tout homme *Capher,* (c'eft-à-dire qui ne fait pas profeffion du *Mahometifme,*) eft *fouillé;* on ne le peut toucher, ni à rien de ce qui lui fert, fans devenir *fouillé* comme lui; mais s'il fe fait *Mahometan,* il devient *pur,* & fon attouchement, ni de ce qui eft à lui, ne fouille plus.

„ ARTICLE X. La *Diffipation* eft la dixiéme chofe qui purifie. Par exemple, fi en faignant un cheval, il tombe du fang fur la jambe, où fur quelqu'autre partie de fon corps, cette partie eft *fouillée* tant que le fang y paroît, & on ne peut y toucher fans devenir *impur*, mais dès que le fang ne paroît plus, cette partie du corps redevient *pure* comme auparavant.

„ ARTICLE XI. L'*Abfterfion* purifie femblablement, & ôte la fouillure, comme, par exemple, lors que l'on va au lieu fecret fans avoir de l'eau; car fi au défaut d'eau, on fe nettoye trois fois la partie avec quelque chofe de net, comme de la toile, ou du cotton, on fera net de cette ordure, comme fi l'on s'étoit fervi d'eau.

„ ARTICLE XII. La *Confequence* eft le douziéme & dernier moyen de rendre *pure* & *nette* une chofe qui eft *fouillée:* nous le ferons aifément entendre par un exemple. Les *Infidéles,* & les *Enfans des Infidéles,* font *impurs* & *fouillez*; mais fi un *Mahometan* étant à la guerre contre les *Infidéles,* prend un enfant prifonnier, cet enfant *Infidéle* devient *pur,* parce qu'alors il appartiendra à un fidéle.

SECONDE SECTION.

„ CEtte feconde Section contient *les chofes qui rendent impur.* Elles font au nombre de douze. 1. L'*Urine* de quelque *animal* que ce foit, avec cette feule condition, que ce foit un animal dont le fang circule; car les *Infectes*, par exemple, dans le corps defquels il ne fe fait point de circulation, ne fouillent point par leur excrement. 2. Le *fang* de quelque *animal* que ce foit, horfmis le *fang* qui ne circule point, comme celui des *Infectes*, & celui qui refte dans les membres des animaux nets & licites, après qu'on les a égorgez; car ce *fang* eft *pur,* & fe peut manger, en quoi il ne faut pas comprendre le *fang* qui feroit figé, en quelque endroit d'une bête, dont il eft permis de manger, comme dans un *Mouton* qu'on auroit meurtri de quelque coup; car cet endroit meurtri eft fouillé, & il ne le faut point manger. 3. Ce que l'on appelle *femen coitus* de quelque *animal* que ce foit, qui a le fang circulant. 4. Le *chien* rend *impur*; mais feulement le *chien* qui a quatre pieds; car pour le *chien marin,* c'eft un animal aquatique, il ne fouille point par fon attouchement, quoi que fa chair ne fe puiffe manger. 5. Le *Pourceau,* avec la même diftinction qu'on vient de faire; car il y a un *Pourceau de Mer,* & il eft dans ce cas, comme le *chien de Mer.* Obfervez ici, que s'il arrive qu'un *Verat* couvre une *Brebis,* & que de cet accouplement monftrueux il en naiffe une bête, on regardera à qui des deux, du *pourceau,* ou de la *Brebis* cette bête reffemble le plus. Si c'eft au *pourceau,* elle fera tenüe *fouillée,* ou *illicite,* comme le *pourceau,* fi c'eft à la *Brebis,* elle fera tenüe *pure* & *licite,* comme la *Brebis;* & elle le fera encore quand elle ne reffembleroit pas plus à un des deux animaux qu'à l'autre. 6. Si un *chien* couvre une *Truye,* l'animal qui en eft produit eft *impur* auquel des deux animaux qu'il reffemble, foit au *chien,* foit à la *Truye,* & quand il ne reffembleroit à pas un des deux; ce qui eft pourtant contefté par quelques Docteurs; mais leur avis eft foible & infoutenable. 7. Le *Capher* (l'homme Infidéle) foit *Infidelle fubjugué,* foit *Infidelle à combattre,* foit *Infidelle qui a un Livre,* foit *Infidelle qui n'a point de Livre,* (par l'*Infidelle fubjugué,* ils entendent les gens qui font nez dans leurs Etats, ou dans les Païs, qui leur font Tributaires, lefquels profeffent une autre *Religion* que la *Mahometane.* Tous ces gens là payent un tribut par tête pour la liberté de profeffer & d'exercer publiquement leur *Religion;* & c'eft ce qui eft

est appelé ici *Infidelle subjugué*; & par l'*Infidelle à combattre*, ils entendent tout homme né dans un Etat Souverain & indépendant, qui ne fait pas profeſſion de la *Religion Mahometane* Ils appellent *Infidelle qui a un livre*, les *Juifs* & les *Chrétiens*, dont la *Religion* eſt contenuë dans des *livres ſacrez*, que les *Mahometans* croyent avoir été originairement apportez du Ciel, mais non pas tels que nous les avons; car ils prétendent que nous les avons alterez; mais ils appellent *Infidelle qui n'a point de Livre*, les *Gentils des Indes* & tous les autres *Idolatres* dont la *Religion* n'a point été établie par un des *Prophetes* du *vrai Dieu*;) c'eſt-à-dire que l'attouchement de tout hom-
„ me qui n'eſt pas *Mahometan*, quel qu'il ſoit,
„ ou *Juif*, ou *Idolatre* rend impur; ſurquoi
„ il faut obſerver qu'il y a des Docteurs qui
„ tiennent que l'attouchement des *Chrétiens*,
„ & des *Juifs* ne ſouille point, parce qu'ils
„ ſuivent des *Religions* qui ont autrefois été
„ vrayes, & la voye de ſalut, mais leur opi-
„ nion eſt mal fondée; & ne doit pas être ſui-
„ vie. 8. Les *ſubſtances enyvrantes* qui ſont
„ liquides & fluides, comme le *vin*, l'eau de
„ vie; mais non celles qui ne ſont pas liqui-
„ des, comme l'*opium*, & tous les divers ſucs
„ de *Pavot*, quoi qu'ils enyvrent. Surquoi
„ remarquez qu'il y a un célébre *Mouchtehed*
„ (c'eſt comme qui diroit Docteur du pre-
„ mier rang) nommé *Cheik-eben-babouyé*, qui
„ tient qu'on peut faire ſes prieres avec des
„ habits qui auroient été ſouillez par des gou-
„ tes de vin, & que cela n'eſt point un peché;
„ mais au contraire que c'eſt un peché de fai-
„ re ſes prieres dans un lieu où il y a du vin,
„ qui ſont deux opinions bizarres & non re-
„ cevables. 9. Le *jus de raiſin*, cuit avant
„ qu'il ſoit reduit à un tiers. 10. Le *Boſſah*,
„ & le *Focca*, (c'eſt l'*Hydromel*, & la *Bie-
„ re*,) encore qu'on n'en bût pas juſqu'à
„ s'enyvrer, parce qu'ils peuvent enyvrer à
„ la longue. 11. *Tout animal mort*, dont le
„ ſang eſt circulant; tant l'animal qui eſt *pur*,
„ que celui qui eſt *ſouillé*, tant l'*animal* dont la
„ chair eſt licite, que l'*animal* dont la chair
„ ne l'eſt pas. 12. L'animal mort eſt ſouillé
„ & chacune de ſes *parties* eſt ſouillée, & rend
„ *ſouillé*; on entend les *parties ſenſitives*, &
„ non les autres, comme les os, ou com-
„ me les excreſcences, telles que ſont les cor-
„ nes, les ongles, & le poil, qui ne ſouil-
„ lent point, excepté dans les *animaux im-
„ purs* comme le *chien*, & le *pourceau*, deſ-
„ quels les excreſcences ſont *impures*, & ren-
„ dent *impur*, comme les *parties ſenſitives*; ce

„ qui eſt la commune opinion de tous les
„ Docteurs, à la reſerve d'un ſeul nommé
„ *Sahied Mortuza*, qui tient que les excreſcen-
„ ces des *animaux impurs* ne ſouillent pas plus
„ que celles des *animaux purs*.

SIXIEME PARTIE.

„ CE ſixiéme & dernier Chapitre contient
„ les regles de purifier les *choſes materiel-*
„ *les*, qui ſont devenuës *ſouillées* & *impures*.
„ Nous les reduiſons à trois Chefs.
„ ARTICLE I. Si un *Chien* boit dans un
„ *vaſe*, ou leche quelque *plat*, il faut écurer
„ le *vaſe* avec de la *terre nette*, & puis le la-
„ ver deux fois d'*Eau nette*, & il ſera net;
„ mais ſi on n'a point de *terre*, comme du
„ *ſablon*, de la *cendre*, du *ſon*, ou d'autres
„ choſes aprochantes, ou bien, ſelon la pen-
„ ſée de pluſieurs autres Docteurs, nettoyer
„ bien le *vaſe* avec de l'*eau*, & puis le *lavet*
„ deux fois avec *d'autre eau*. Que ſi le *vaſe*
„ ſouillé eſt ſi grand qu'il contienne un *Kur*,
„ ou qu'il ſerve de reſervoir, ou baſſin, à
„ une eau courante, il ſuffit de le laver d'*eau*
„ dedans & dehors. Il y a des Docteurs qui
„ ſoutiennent, qu'en ces ſortes de *Purgations*
„ *legales*, il n'eſt point beſoin du tout de *ter-*
„ *re*; mais l'opinion contraire eſt plus proba-
„ ble, & il s'y faut tenir. Si c'eſt un *pour-*
„ *ceau* qui boive dans un *vaſe*, d'éminens Doc-
„ teurs tiennent qu'il le faut laver d'*eau ſept*
„ *fois*; mais d'autres Docteurs, auſſi émi-
„ nens, affirment qu'il faut ſeulement en uſer
„ comme il a été dit dans le cas précedent,
„ & que cette regle-là ſert à l'égard de toutes
„ ſortes *d'animaux immondes*.

„ ARTICLE II. Si un *habit* eſt *ſouillé d'u-*
„ *rine*, il faut conſiderer la nature du cas;
„ car ſi c'eſt l'*urine d'un enfant qui tette*, quel-
„ que peu d'*eau* qu'on jette ſur l'endroit ta-
„ ché ſuffit, ſans qu'il ſoit beſoin de laver
„ l'*habit*; cela néanmoins ſous ces trois con-
„ ditions. La premiere, que l'enfant ſoit un
„ *garçon*, & non une *fille*. La ſeconde, que
„ la plus grande partie de ſa *nourriture* actuel-
„ le ſoit de *lait*. La troiſiéme, qu'il n'ait pas
„ encore *deux ans*; car autrement, il faut
„ non ſeulement mouiller l'endroit de l'*habit*,
„ mais auſſi le frotter, & le preſſer, pour en
„ tirer l'eau, & le *vêtement* ſera rendu net;
„ mais ſi c'eſt l'*urine* d'une perſonne agée, &
„ qu'il y en ait beaucoup ſur l'*habit*, il faut
„ tremper l'*habit* dans une *eau courante*, ou
„ dans une *eau morte*, de la quantité d'un
„ *Kur*, & l'y laiſſer juſqu'à ce qu'on voye
„ que

„ que la tache s'en ſoit allée, ſans qu'il ſoit
„ néceſſaire de le battre, ou de le frotter. Si
„ la tache eſt ſur un touffin, ſur du cuir, ou
„ ſur telle autre choſe, qui n'eſt pas mania-
„ ble, on la purifiera en jettant de l'eau ſur
„ la tache, & en la frottant avec la main
„ tant qu'elle s'en aille. Si la tache eſt de
„ ſang, ou de quelqu'autre choſe dont la cou-
„ leur faſſe impreſſion, & qu'il ne ſoit pas
„ aiſé d'ôter, il ſuffit d'avoir lavé la tache,
„ comme il a été dit, & il ne faut point avoir
„ de ſcrupule ſur la teinture qui en reſte, par-
„ ce que cette marque n'eſt point une impu-
„ reté, & qu'elle n'empêche pas que l'habit
„ ne ſoit entierement net.

„ ARTICLE III. Si un grand vaſe eſt
„ ſouillé, comme une Jarre, une Pitarre
„ (ce ſont des vaiſſeaux qui ſervent en O-
„ rient au lieu de barils,) „ on le purifiera
„ avec quelque peu d'eau qu'on le lave,
„ pourvû qu'on faſſe que l'eau le lave par tout,
„ ſoit en tournant le vaſe, ſoit en le lavant
„ avec la main, lors que le vaſe tient en ter-
„ re, comme ces grandes chaudieres dont les
„ Cuiſiniers publics ſe ſervent, & qui ſont ou
„ attachées, ou cimentées, au milieu d'un
„ fourneau. Il ſuffit de le laver ainſi de trois
„ eaux. Obſervez, à l'égard de ces vaſes,
„ qu'on ne ſauroit remuer, qu'il faut les eſ-
„ ſuyer avec du cotton, ou des torchons nets,
„ après en avoir tiré l'eau, tant qu'on a pû,
„ avec une taſſe, ou une cueilliere.

„ Obſervez enfin, qu'il eſt haram, c'eſt-à-
„ dire illicite & défendu, tant aux hommes qu'aux
„ femmes de manger dans de la vaiſſelle d'or,
„ ou d'argent. Ce n'eſt pas que ce qui a été
„ mis dans des vaſes d'or, ou d'argent, ſoit
„ rendu par là impur, & illicite; on entend
„ ſeulement qu'il eſt défendu de manger dans
„ de tels plats. Mais ſi on tire le manger hors
„ de ces plats, & qu'on le ſerve en des plats,
„ ou ſur des aſſiettes, qui ne ſoient pas d'or,
„ ou d'argent, mais ſeulement de cuivre éta-
„ mé, d'étain, de porcelaine ou de telle autre
„ matiere que vous voudrez, il eſt pur, &
„ licite. Il en eſt de même d'une aiguiere, &
„ de tout autre vaſe à tenir de l'eau; ceux qui
„ ſont d'or ou d'argent, ſont défendus & illi-
„ cites, auſſi bien que les Phioles à garder des
„ eaux de ſenteur, les cornets à ancre, les
„ boëtes de parfum, de fard, de Hennah; (c'eſt
une couleur aurore dont on ſe frotte les
mains & les pieds,) „ Il n'eſt pas permis de
„ ſe ſervir de pareils vaſes, mais il n'eſt pas
„ défendu d'en avoir pour l'ornement. Il ne
„ l'eſt pas non plus d'écrire avec une plume

„ d'or, ou d'argent, ou de prendre du fard
„ avec une eſpatule, ou une cueillere d'or, ou
„ d'argent, & la raiſon de cette différence,
„ c'eſt qu'il n'y a que les choſes faites pour
„ contenir qu'il eſt défendu de faire d'or, ou
„ d'argent, pour s'en ſervir. Il eſt haram, ou
„ défendu, par conſequent, de boire dans un
„ pot, ou dans une taſſe d'or, ou d'argent,
„ ſoit maſſif, ſoit de rapport, & ciſelé, à
„ moins qu'on ne boive de telle ſorte, que
„ les levres ne touchent point aux bords, com-
„ me on fait lors que l'on ſe verſe de l'eau
„ dans la bouche; mais ſi le vaiſſeau n'eſt que
„ legerement doré, ou argenté, & qu'on ſoit
„ en peine ſi l'on s'en peut ſervir, il faut le
„ mettre ſur le feu & ſouffler; car ſi le feu
„ fait couler quelque partie du métail, le vaſe
„ eſt de même condition que s'il étoit tout
„ entier du métail dont il eſt ſeulement cou-
„ vert; mais s'il n'en coule rien, le vaſe eſt
„ cenſé être de cuivre, & c'eſt-là la plus pro-
„ bable opinion. Enfin, c'eſt une action vai-
„ ne, & inutile, de ſe purifier dans un baſſin
„ d'or, ou d'argent, quelque ſorte de purifi-
„ cation légale que l'on ait deſſein de prati-
„ quer; bien entendu que le baſſin ſoit tout
„ entier d'or, ou d'argent; car s'il n'y a que
„ les bords qui en ſoient, & que le fonds n'en
„ ſoit pas, la Purification eſt bonne.

Comme l'on a vû en pluſieurs endroits de
mes Relations que la vaiſſelle du Roi de Perſe
eſt toute d'or maſſif, & celle de pluſieurs grands
Seigneurs toute d'argent, je dois obſerver que
quand on objecte cela aux Gens d'Egliſe en
Perſe, ils répondent: cela ne fait rien à la Religion. Les Cours ſont par tout licentieuſes, mais
notre Roi fait propiciation tous les ans pour cette
ſouillure, par de grandes aumônes, & en envoyant des preſens à la Mecque, & aux Tombeaux des Saints, pour faire prier Dieu pour le
pardon de ſes péchez. La meilleure raiſon que
les Caſuiſtes Perſans rendent pourquoi l'uſage de la vaiſſelle d'or eſt illicite, c'eſt ceci; qu'il
faut le laiſſer pour le commerce. Voila quelle eſt l'expoſition du quatrieme Article du ſym-
bole de la Religion Perſane; & comme il y eſt
traité fort amplement des Ceremonies qu'il faut
faire envers les mourans, & envers les morts,
je vais ajouter à ce Chapitre ce que j'ai obſervé de plus particulier ſur ce ſujet, outre
ce qui en a été rapporté ci-deſſus.

De la Mort, de la Sepulture, & du Deuil.

DEs qu'un *malade* donne des fignes de mort, on allume fur les Terraffes du Logis de petites lampes en divers endroits. C'eſt pour avertir les Paſſans, & les Voifins de prier Dieu pour le *malade*. Des *Molla*, ou *Eccleſiaſti-ques*, ſont mandez qui tournent ſon Eſprit au repentir de ſa vie paſſée, lui parlant de tous les péchez & de tous les excès dans lefquels il peut être tombé. Le *Malade* dit à chaque paſ-ſage, *Taubé*, c'eſt-à-dire *je me repens*; & quand il ne peut plus parler, on lit l'*Alcoran* auprès de lui, juſqu'au moment qu'il *rend l'Eſprit*.

Ce moment funeſte eſt marqué par des é-clats de cris, & de gemiſſemens ſi furieux, que tout le voiſinage eſt bien-tôt informé de ce qui eſt arrivé. Tous ceux qui ſont inte-reſſez dans la perte qui vient d'arriver, comme les Parens entr'autres, ſe déchirent les habits du col juſqu'à la ceinture, s'arrachent les che-veux, s'égratignent le viſage, ſe frapent la poitrine, & ſont tous les autres actes de de-ſeſpoir. Les femmes, ſur tout, s'emportent aux excès de fureur & de déſolation les plus outrez, qu'elles entremêlent de longues com-plaintes, de recits tendres & touchans, & de douloureuſes apoſtrophes au Cadavre inſenſi-ble.

Pendant cette lamentable Scene, on envoye chez le *Cazy*, qui eſt le *Juge Civil*, pour donner avis du décès, & pour avoir un ordre au *Mor-dichour* de prendre le Corps, le laver, & l'enſeve-lir. *Mordichour* veut dire *Laveur de corps morts*. C'eſt un office, & perſonne que celui qui en eſt revêtu, ou ſes ſubdeleguez, ne peuvent laver un *mort*. Il eſt établi par la Juſtice, afin qu'on ſache le nombre des *morts*, & les mala-dies dont ils meurent. On dit au Portier du *Cazy*, Un tel eſt mort. Il répond: *Vôtre tête ſoit ſaine*, & à même tems il va querir un pe-tit papier ſcellé du *Juge*, qui eſt une *permiſſion* de laver le corps. La *permiſſion* ne coute rien, mais le Portier du *Juge Civil*, qui la délivre, prend quelques ſous de droit, ſelon la con-dition des gens.

Avec ce *billet* on va au *Laveur des morts*, qui donne du monde pour laver le corps. Les *hommes* lavent les *hommes*, & les *femmes* la-vent les *femmes*. Le *Laveur* deshabille le *ca-davre*, & s'empare des habits qu'il a ſur le corps, leſquels lui appartiennent de droit; car du moment qu'une perſonne eſt morte, on n'y oſe toucher, parce qu'on feroit ſouillé, & on

Tome II.

porte le corps au *Lavoir*. Il y a de ces *La-voirs mortuaires* dans toutes les Villes, dans un lieu retiré & couvert. A *Iſpahan*, par exemple, parce que la ville eſt ſeparée en deux quartiers, il y a deux principaux *Mordichours* ou *Laveurs de morts*, & entre les autres *La-voirs*, il y en a un fort grand dans une cour reculée de la *vieille Mofquée*, qui eſt un grand baſſin de vingt degrez ſous terre. On y porte les corps, mais ce n'eſt que des gens du peu-ple. Car pour les autres, on les lave dans leurs maiſons, on couvre d'une tente le baſſin où l'on lave le corps, afin qu'on ne puiſſe le voir d'aucun endroit; & quand le corps eſt lavé, on lui bouche toutes les ouvertures ou les conduits avec du cotton, afin qu'il n'en ſor-te aucune humeur qui le ſaliſſe le moins du monde.

On enfevelit enſuite le cadavre dans du *lin-ge neuf*, ſur lequel les gens qui en ont le moyen font écrire des paſſages de leurs ſaints Livres. J'en ai vû qui faiſoient écrire le *Tauchen*, ou *Cotte de maille*. C'eſt le nom d'un petit Livre qui comprend les *Attributs de Dieu*. Ils ſont au nombre de *mille un*; & cet *un* eſt mis par deſſus les *mille*, pour marquer, diſent-ils, que dans l'*infinité de Dieu*, *mille attributs* ne défi-niſſent pas mieux ſon Eſſence qu'*un attribut*. Les *linges* dans leſquels fut enfeveli *Saroutaky*, ce *Grand Vizir* Eunuque, qui fut aſſaſſiné ſous *Abas ſecond*, contenoient tout l'*Alcoran*, écrit avec de la *Terre ſainte*, détrempée avec de l'eau & de la gomme. On appelle *Terre ſainte* en *Perſe*, la terre des lieux de l'*Arabie*, que la dévotion *Mahometane* a conſacrez à cauſe des *Saints* qui y ſont trépaſſez. On peut juger combien il falloit qu'il y eût de *linge*. Un des *Molla* qui furent employez à cette écriture a été mon premier Maître de *Langue Perſane*. Il m'a conté pluſieurs fois qu'on re-lut l'écriture juſqu'à trois fois, afin qu'il n'y manquât pas une virgule.

Quand le corps eſt enfeveli, on le dépoſe dans un lieu retiré du logis; & s'il doit être porté à quelque ſepulcre éloigné, on le met dans un *cercueuil de bois*, qu'on remplit de *ſel*, de *chaux*, & de *parfum*, mêlez enſemble pour le conſerver. L'on n'embaume point autre-ment les corps en *Orient*. On ne les vuide point, cela paſſe parmi eux pour une ordure, & pour une impieté. On met les *morts* prom-tement au *cercueuil* en *Perſe*, parce que l'air y étant très-ſec preſque par tout, un *corps mort* enfle ſi fort, au bout de huit ou dix heu-res, qu'on ne le pourroit plus enfermer dans la biere.

C c c

Les

Les *Enterrémens* de l'*Orient* se font communément avec peu ou point de pompe. Un *Molla* vient avec la *biere* de la *Mosquée* prochaine, qui est un méchant *cercueuil* de trois planches grossieres & mal agencées, avec un couvercle qui tourne dessus par une cheville. On met le *corps* là dedans, & si c'est quelqu'un du commun peuple, on l'emporte sans façon. Le *corps* est toûjours porté vîte, & comme en courant, & n'est d'ordinaire accompagné que des *porteurs*, prononçans à mots lents & reposez *Alla, Alla*, c'est-à-dire, *Dieu, Dieu*.

Quand l'*Enterrement* est de personnes de condition, & riches, on porte devant le *corps* les *enseignes* de la *Mosquée*. Ce sont de *longues piques* de differentes sortes, les unes ayant une *main* de laton ou de cuivre au bout, qu'on appelle *la main d'Aly*; les autres surmontées de *croissants*, les autres des *noms de Mahammed*, de sa *Fille*, & de ses *douze* premiers légitimes *Successeurs*, faits comme nous faisons des *Chiffres* de noms. Il y a toûjours quatorze de ces *Enseignes* ensemble; c'est ce qu'on appelle le train des *tchardé Massoum*, c'est-à-dire, *les quatorze Purs*, ou *Saints*. Il y a encore de ces *Perches* dont les *futs* sont des *lames* de laton, ou de fer, larges de quatre doigts, & longues de trois à quatre pieds, si foibles que la moindre agitation les fait plier. Au haut sont attachées des *bandes de taffetas*, qui pendent tout du long. Après ces *Enseignes* viennent cinq ou six *Chevaux de main*, portant les *Armes*, & le *Turban* du défunt; puis vient le *Si-paré*, c'est-à-dire l'*Alcoran*, en trente parties, ou sections, ce qu'ils appellent *Giusve*, c'est-à-dire *portion*. On le garde ainsi en grand Volume dans les principales *Mosquées*. Il est écrit en lettres si grosses, que chacune est grosse comme le pouce. Trente *Talebelme*, ou Etudians, le portent en le lisant, & il faut qu'il soit tout lû avant qu'on mette le *mort* dans la fosse. Si c'est une *femme* qu'on enterre, on porte au dessus de la biere le *tcharchadour*, c'est-à-dire, *les quatre voiles*, qui est un poële porté sur quatre longs bâtons. C'est là toute la *Pompe funébre*, à moins que les parents du défunt ne veuillent faire encore plus d'éclat, auquel cas ils multiplient les choses que nous venons de dire.

Il n'y a point de *gens* exprès pour porter un *corps* mort au tombeau. Ses *voisins*, ou ses *domestiques*, lui rendent ce dernier devoir. La coûtume est de porter le *cercueuil*, jusqu'à ce que quelqu'un tende l'épaule, & la charité *Mahometane* enseigne, quand on rencontre un *enterrement*, de porter la biere, au moins dix

pas. J'ai vû diverses fois des gens de consideration mettre pied à terre en rencontrant un *corps mort*, & lui faire cet office, & puis remonter à cheval.

On n'*enterre* jamais dans les *Mosquées*, parce qu'encore que les *corps morts* ayent été purifiez, on ne laisse pas de les regarder toûjours comme rendant *impur* tout ce qui y touche, & les lieux où on les met.

Aux petites villes, les *sepulchres* sont presque toûjours hors les portes, & sur les grands chemins, & c'est de même aux bourgs & aux villages; ce qui est une Institution qui a sa morale, & par laquelle on prétend instruire les vivans; mais les grandes villes sont pleines de *cimetieres*, sur tout où l'air est sec. Les *fosses* en *Perse* sont plus petites qu'ailleurs, n'ayant que deux pieds de large, six de long, & quatre de profondeur; mais voici qui est fort particulier. A un des côtez du *sepulchre*, celui qui regarde la *Mecque*, ils creusent au fonds une *voute* un peu inclinée, de la longueur & de la largeur de la *fosse*, qui est comme une autre *fosse*, dans laquelle ils fourent le corps enseveli dans ses linges, & sans cercueuil, le couchant sur le côté, le visage vers la *Mecque*, & pour empêcher qu'il ne tombe de la terre dessus, en remplissant la *fosse*, ils mettent deux tuilles en équerre sur la tête. Quand c'est une *fosse* pour des pauvres gens, on ne fait point cette *voute* tout au long de la *fosse*, mais seulement à un bout, pour y mettre la tête, laquelle on couvre aussi de deux tuilles; mais au contraire, si c'est pour un homme riche, ou pour quelque grand guerrier, on met à côté de lui, dans la *fosse*, son *turban*, son *épée*, son *arc*, & son *carquois*; & puis on mure cette *fosse* laterale, si je puis l'appeller ainsi, par une couche de tuille avec du plâtre, afin que le corps soit arrêté là dedans, & que la terre dont on remplit la *fosse* ne puisse tomber dessus. Nous dirons tantôt à quoi bon tout ce mystére. J'observerai auparavant que les *Sahieds*, qui sont gens qui se disent descendus de *Mahammed*, ne sont point enterrez comme les autres *Mahometans*; car après les avoir descendus dans la *fosse* dans leurs linges simplement, on n'y jette point de terre, mais on couvre la *fosse* d'une *pierre*.

On couvre les *fosses*, ou de *brique*, ou de *pierre brute*, ou de *marbre*, de ce *marbre bâtard* qu'il y a en *Perse*, lequel est brun & très-dur, & ils mettent des *pierres droites* aux bouts, qui font connoître le sexe du *corps enterré*: si c'est un *homme*, ils mettent à la tête une *pierre* chargée d'un *turban*: si c'est une *femme*,

ils

ils mettent deux *pierres* droites en tables, aux deux bouts. La *fosse* ne doit être élevée que de quatre pieds au plus ; & d'ordinaire elle ne l'est que de deux. La *Tombe*, qui la couvre, a toûjours quelque inscription, mais ce n'est pas d'ordinaire du nom & des éloges du défunt. Ce sont des passages de l'*Alcoran*.

Les gens de moyen & de bas état commencent au bout de huit ou dix jours à aller *visiter le Sepulchre*, & les femmes particulierement n'y manquent point. On en voit toûjours les cimetieres remplis, sur tout à de certaines Fêtes, & sur tout le soir & le matin, ayant leurs enfans avec elles, grands & petits. Elles se mettent là à pleurer les *morts*, en faisant des cris & des pleurs, en se battant la poitrine, & s'arrachant le visage & les cheveux, ce qu'elles entremêlent de longs recits de leurs entretiens passez avec le défunt ; & le refrein continuel, c'est *Rouh, rouh, Ame, esprit, où es tu allé? Pourquoi n'animes-tu plus ce corps? Et toi corps, qu'avois-tu à mourir? te manquoit-il de l'or, de l'argent, des vêtemens, des plaisirs, des tendresses?* & tels autres discours impertinens. Leurs amies les consolent, & puis les emmenent, laissant quelquefois des offrandes de gâteaux, de fruits, & de confitures, qui font, disent-ils, pour les *Anges Gardiens du Sepulchre*, pour les rendre favorables aux défunts.

Les gens de condition ordonnent d'ordinaire qu'on enterre leur corps auprès de quelque grand *Saint*, mais rarement vont-ils jusqu'à se faire porter à *la Mecque*, ou à *Medine*, parce qu'il y a trop loin ; mais ils ordonnent qu'on fasse leur *Sepulchre* où à *Negef*, qui est une ville de la contrée nommée *Kerbela*, dans l'*Arabie deserte*, où *Aly*, le grand Saint des *Persans*, est enterré ; ou bien à *Metched*, au Sepulchre d'*Imam Reza* ; ou à *Com*, auprès de *Fatime*, l'un & l'autre descendans d'*Aly* ; ou bien à *Ardevil*, auprès de *Cheik Sephy*, à deux ou trois mois de chemin. Tandis qu'on se prépare à ce long voyage, on dépose le *cercueil* à quelque grande *Mosquée*, dans de petites cavernes qui sont faites exprès, lesquelles on mure, afin que le corps y soit plus resserré, & plus hors de la vûe, & on ne l'en tire qu'au moment que tout est prêt pour l'emporter. Les *Persans* croyent que les *cadavres* ne s'alterent point, pendant qu'ils sont ainsi déposez, & avant qu'on les enterre ; parce, disent-ils, qu'avant que de se corrompre, & s'alterer, il faut qu'ils rendent compte aux *Anges du Sepulchre* qui attendent le *mort* à sa *fosse*, pour lui faire son procès ; mais j'en ai

souvent rencontré sur les grands chemins qui puoient assez fort pour les détromper de cette sotte opinion. On ne passe point au travers des villes, quand on porte des corps avec soi pour les mener enterrer. Les *Persans* le tiendroient de mauvais augure, disant *qu'il faut que les morts sortent, mais qu'il ne faut point qu'ils entrent.*

Le *Deuil* dure *quarante jours* au plus. Il ne consiste point à porter des *habits noirs*, (le noir étant chez les *Orientaux* une coûleur détestable, qu'ils appellent *la couleur du Diable*, disant *qu'un vêtement tout noir est un appareil infernal.*) Il consiste à jetter des cris comme je l'ai raporté, à être assis immobile, à demi vêtu d'une robe brune ou pâle, à se refuser l'aliment huit jours durant, comme pour dire que l'on ne veut plus vivre. Les amis en envoyent, & viennent consoler ; & le neuviéme jour, on meine les hommes au bain : on leur fait raser la tête & la barbe : on leur donne des *habits neufs*, avec quoi le *deuil* est passé pour l'exterieur, & l'on va rendre les visites ; mais les *lamentations* continuent dans le logis, jusqu'au *quarantiéme jour*, non pas sans cesse, mais à reprises, *deux ou trois fois la semaine*, & sur tout aux mêmes heures que le défunt a rendu l'esprit ; ce qui va toûjours en diminuant, jusqu'au *quarantiéme jour* qu'il ne s'en parle plus. Les femmes sont toûjours les plus difficiles à consoler, & dont les gemissemens sont les plus douloureux ; aussi y a-t-il toûjours pour elles beaucoup plus dequoi s'affliger, parce que le *veuvage* est d'ordinaire une condition qui ne change point en *Orient*. Les consolations que les *Persans* se donnent à la mort de leurs amis, sont sages & sensées, & d'une bonne Philosophie, en comparant la vie à une *Caravane*, dont tous les voyageurs arrivent au *Caravanserai* qui est le gîte, au rendez-vous général, bien que les uns plûtôt, & les autres plus tard. Je me souviens d'un conte que j'ouïs faire un jour en pareille occasion. ,, L'*Ange de la mort*, disoit-on, avoit ,, contracté amitié avec un homme, à qui il ,, promit par grace de l'avertir de sa *mort* deux ,, ans auparavant. Après quinze ans, le Messager funeste vint dire, *Il faut mourir aujourdhui.* L'homme bien surpris se met à ,, le traiter de faux trompeur, *Quelle perfidie,* ,, s'écrie-t-il ! *tu m'avois promis de m'avertir* ,, *deux ans d'avance, & tu viens tout d'un coup* ,, *me dire,* Il faut mourir aujourdhui? *Tu te* ,, *plains à tort,* répondit l'Ange, *puis que je* ,, *t'ai diverses fois averti, & particulierement* ,, *au tems marqué. J'enlevai tes pere & mere,*

,, il

„ il y a cinq ans: ton frere aîné il y en a trois:
„ & ton cadet il y en a deux; n'étoit-ce pas affez
„ t'avertir de penfer à toi, & que je viendrois
„ inceffamment te faire payer la dette.

Les *Perfans* parlent fouvent de l'*Ange de la mort*, *Melec el mout*, comme ils l'appellent, en Ancien *Perfan*, d'où les *Grecs* ont peut-être pris le terme de *mout*, dont ils fe fervent dans un fens approchant. Ils l'appellent auffi l'*Ange à vingt mains*, pour faire entendre comment il peut fuffire à retirer toutes les ames. Le nom propre de cet *Ange* eft *Yahié*, ou *abou Yahié*, le pere *Yahié*, qui eft l'*Ange Afrael des Juifs*. On tient pourtant que c'eft des *Mages de Perfe* que les *Mahometans Perfans* ont eu connoiffance de cet *Ange*. Les *Mages* l'appelloient *Mordad*, c'eft-à-dire *donneur de mort*, ou *qui a donné la mort*, parce que c'eft lui qui vient tirer l'ame hors du corps. Un des mois des *Mages* portoit ce nom de *Mordad*. Aujourdhui ce nom fe prend en *Perfe* pour toute chofe *lugubre*, *funefte*, ou *fouillée*, & *impure*, ou de *mauvais augure*. Les *Perfans* tiennent auffi qu'il y a un *Ange Gardien de la Sepulture*, qu'ils appellent l'*Ange de tranfport*, qui régle les places des défunts dans la terre, prenant garde que chacun foit digne du lieu où il eft enterré; c'eft-à-dire que fi par hazard on a mis un méchant en terre proche d'un homme de bien, l'*Ange Gardien* prend le méchant & le jette à la voirie, ne fouffrant pas qu'il repofe près du Fidéle. Comme au contraire, fi un homme de bien a été enfeveli en quelque lieu fouillé, comme dans un *Païs d'Infidéles*, l'*Ange de tranfport* le fait paffer par deffous terre en *Païs de Fidéles*, qui eft une opinion qui paroît tirée de ce que les *Rabins* enfeignent que les corps des *Juifs* enterrez hors de la *Judée* y feront tranfportez par deffous terre au dernier jour, & qu'ils ne pourront reffufciter ou revivre qu'en ce *Païs-là*. Les *Mahometans* affurent que l'*Ange de tranfport* plaça ainfi *Noé*, & puis *Ali*, leur grand *Saint*, dans le fepulcre d'*Adam*. On a en *Perfe* une autre imagination fort plaifante touchant la *mort des hommes*, c'eft que chacun doit venir *rendre l'efprit*, juftement dans la place où la terre dont il a été fait & formé, a été prife; car ils tiennent que c'eft toûjours un *Ange* qui eft chargé de former la créature humaine, ce qu'il fait en jettant un peu de terre dans la matrice au moment de la conception.

CHAPITRE V.

Du cinquiéme Article du Symbole Perfan.

DE LA PRIERE.

LEs *Mahometans* font affurément les peuples du monde, qui prient *Dieu* le plus fouvent, & qui le prient avec le plus d'attention & de zéle. On en jugera par les *Rites* que leur *Religion* preferit pour prier licitement, ou dignement. Mais avant que de les expofer en détail, je rapporterai en gros ce qu'ils enfeignent touchant le devoir & l'utilité de la *Priere*, comment ils s'y difpofent, & comment ils s'en aquittent; avec quelques obfervations fur le fujet.

La tradition *Perfane* porte que *Mahammed* ayant reçû fa commiffion pour venir publier fa *Loi*, promit à *Dieu* de faire faire *cinquante oraifons* par jour à ceux qui s'y foumettroient; fur quoi les autres *Prophetes*, qui étoient venus fur la terre avant lui, lui ayant fait connoitre la tiedeur, & même l'averfion que les hommes avoient naturellement pour la *Priere*, & combien il y avoit de peine à les engager à ce devoir, il le repréfenta à *Dieu*, qui lui relâcha peu à peu *vingt oraifons* de *cinquante*, les reduifant à *trente* par jour, mais fans vouloir les diminuer davantage. *Mahammed* ayant commencé fa Miffion ordonna donc *trente oraifons* par jour à ceux qui embraffoient fa *Doctrine*, mais il vit bien-tôt lui-même qu'ils ne pouvoient faire tant de *prieres* féparement, & chacune en fon propre tems, les befoins & les occupations de la vie ne le permettant pas. La première guerre de *Medine*, qu'ils appellent *Kazakendek*, c'eft-à-dire *la guerre de la tranchée*, laquelle furvint là-deffus, le lui fit encore mieux connoitre. Les *Koreis* (c'eft cette puiffante tribu *Arabefque*, dans laquelle *Mahammed* avoit pris la naiffance, mais qui lui faifoit la guerre comme à un impie & à un Tyran) les *Koreis*, dis-je, avoient mis le fiége devant cette ville de *Medine* avec beaucoup de force, & ils s'en feroient bien-tôt rendus les Maîtres, parce qu'elle n'avoit pas d'autres fortifications qu'un bas mur, fans le Confeil que donna un des Officiers de *Mahammed*, qui étoit le fameux *Salmon Perfan*, Pere nourricier d'*Aly*. Il propofa à *Mahammed* d'ouvrir une bonne tranchée autour de la ville, & d'y loger fes Troupes. *Mahammed* le crut, & mit fes Soldats à remuer la terre, mais comme ils n'avançoient guere, à caufe
qu'à

qu'à tout moment, il falloit quitter le travail pour aller faire l'*oraifon*, il pria *Dieu* de décharger fes Profelytes de ce pefant joug qu'ils ne pouvoient du tout porter. *Dieu* le fit, & leur relâcha *vingt cinq prieres*. La publication de ce grand foulagement fe fit fur le champ. On annonça qu'il fuffifoit aux *Mahometans* de faire *cinq prieres* par jour : qu'il n'y avoit que *cinq prieres d'obligation* ; mais que quiconque en feroit de *furerogation*, attireroit fur foi des récompenfes & des bénédictions fix fois autant pour chaque *priere de dévotion*, que pour les *cinq prieres d'obligation*.

De cet enfeignement font forties les *prieres de furerogation*, qui font diverfes, & nombreufes au double, plus que les *prieres d'obligation*, felon que la fuperftition eft fans bornes, & veut toûjours faire plus que *Dieu* n'a ordonné. Les termes dont les *Perfans* fe fervent pour diftinguer ces *prieres d'obligation*, & de *furerogation*, font *Vagib*, & *Sunneth*, c'eft-à-dire *néceffaire*, & *confeillé*, qui font des termes dont j'ai expofé amplement le fens dans le Chapitre précédent.

Les *Prieres de dévotion* ne fe font pas à part, mais avec celles d'*obligation*, à la referve d'une feule, qui fe fait à minuit. Je parle des *Prieres* ordinaires de tous les jours, durant le jour, & durant la nuit ; car pour les extraordinaires, comme dans les folemnitez, ou pour des cas particuliers, il y a des *prieres de dévotion* qui fe font feules. A parler donc en général, la *priere de dévotion* eft attachée à celle d'*obligation*, tantôt au devant, tantôt à la fin ; c'eft-à-dire, que quelquefois la *priere de confeil* doit préceder celle qui eft de *précepte*, & quelquefois elle la doit fuivre. On diroit qu'ils auroient trouvé leurs *prieres d'obligation* trop courtes, & qu'ils auroient voulu les alonger par des *prieres de dévotion*. Ces *prieres de dévotion* ne confiftent pas auffi en des formulaires particuliers, ou en des expreffions differentes. Ce n'eft qu'une repetition de la *priere d'obligation* ; c'eft-à-dire, que toutes ces *prieres d'obligation* & de *dévotion*, qui ont accoûtumé d'être faites en cinq tems divers, contiennent toutes une même chofe, à la leçon près, qui eft differente, & que la priere du matin, par exemple, contient la même chofe que celle du midi & dû foir ; de forte que ce n'eft qu'une repetition que toutes les *prieres*, tant du matin, que du foir, tant de *dévotion* que d'*obligation*, à la leçon près, comme je l'ai obfervé ; mais j'obferve auffi que j'entends toûjours parler des *prieres* ordinaires de tous les jours, & non des extraordinaires qui ont

des *oraifons* particulieres inferées dans les *oraifons* ordinaires.

Le *tems* des *prieres* eft fort exactement, & fort régulierement obfervé dans cette fauffe *Religion*. J'ai dit qu'il y en a *cinq* de *commandées*. La *premiere* fe doit faire à *midi*, car c'eft par le *midi* que les *Mahometans* commencent le jour civil, à la maniére ancienne, & ils prennent le *midi* du moment que le *Soleil* paffe le Point vertical de l'hemifphere, qu'on appelle le *Zenith*. Ils appellent cette *priere*, *Priere de Zoor*, qui eft le terme facré pour dire *midi*, lequel ils appellent autrement *Pichin*, qui veut dire, *par delà le plus haut*. La *feconde priere* eft celle qu'ils appellent *aftre*, c'eft-à-dire *du vêpre*, qui fe fait depuis que le Soleil eft defcendu à quarante cinq degrez de l'horifon, jufqu'à ce que la moitié de fon difque difparoiffe. La *troifiéme Priere* eft appellée *Namas cheb*, *priere de la nuit*, dont le tems eft depuis qu'il ne fait plus affez clair pour diftinguer un fil noir d'avec un blanc, & ce qu'il faut de tems par delà pour faire trois des proftrations requifes dans la *Priere*, ce qui va à cinq ou fix minutes de tems, jufqu'à minuit. La *quatriéme Priere* eft celle du coucher, qu'ils appellent *Namaz coften*, ou *Priere du dormir*, dont le tems n'eft point limité, car il fuffit qu'on la faffe après la *Priere* précédente, & avant qu'on s'aille coucher. La *cinquiéme Priere* eft appellée *Namaz fabab*, *Priere du matin*, & auffi *Salah*, en un mot. On la compte depuis que les Etoiles font difparues, jufqu'à midi.

On ne peut douter que ce ne foit une diftraction infupportable que ces *Prieres*, quoi qu'elles foient fort courtes, comme je le dirai incontinent ; fur tout parce qu'il les faut dire après une préparation, qu'on ne fauroit faire fans tout quitter. Mais on leur a allegé ce pefant joug en trois maniéres. Premiérement, en leur permettant de faire *deux Prieres en une*, où *à la fois*, ce qui réduit les *cinq à trois*. Celle du *matin* fe fait feule ; celle du *midi*, & celle du *foir* fe font enfemble : & celles de la *nuit* & du *coucher* fe font enfemble auffi. Le fecond allegement du fardeau des *Prieres* eft à l'égard du *tems*. La Glofe des *Perfans* porte qu'on peut devancer de *quatre heures* le tems préfixe de quelques *Prieres*, & reculer de *quatre heures* auffi la tems préfixe des autres. La *Priere du matin* ne fe peut remettre *après midi*, mais elle peut être faite dès *huit heures du matin*. La *Priere du midi* ne fe peut dire *avant midi*, mais elle fe peut reculer jufqu'à *trois heures*, & même jufqu'à

fept,

sept, parce que cette *priere-là* & celle du *vépre*, qui ne commence qu'à *trois heures*, se disent l'une avec l'autre, de sorte que ce n'est pas avoir remis à faire sa *priere* plus qu'il ne faut, en ne la disant qu'à sept heures. Il en est de même des *deux* autres *Prieres de la nuit* & du *coucher*. Le troisiéme allegement c'est que lors *qu'on n'a pû*, par un empêchement insurmontable, ou pour quelque affaire fort pressée, supposé qu'elle fût légitime, & à bonne fin; lors *qu'on n'a pû*, dis-je, faire ses *Prieres* au tems marqué par la *Loi*, *on peut le faire licitement après*, pourvû que ce soit le plûtôt qu'il se pourra.

J'observerai ici en passant, que comme on peut tirer par occasion avantage de tout, les *Persans* tirent souvent un grand service de leur assujettissement à tant de *Prieres*. Cela leur sert à congedier brusquement les gens qui les importunent, & à se retirer tout d'un coup des affaires qui leur déplaisent. Ils se levent quand on y pense le moins, & quittent le monde, soit chez eux, soit ailleurs, en disant: *Je n'ai pas fait ma Priere*: *le tems de la Priere s'en va*, & cela ne passe point du tout pour une incivilité, la coûtume en autorise l'usage.

Les *Dévots*, & les *Gens d'Eglise*, aussi bien que les *Hypocrites*, & ceux qui aspirent, soit aux Bénéfices, soit à la réputation du monde, ne se servent point de ces gloses faciles & accommodantes, qui détruisent l'observance réguliere des tems, ou ne s'en servent que dans l'urgente nécessité; mais ils font toutes leurs *Prieres* séparement, & dans les tems précis. Il faut remarquer aussi que ces anticipations, ou ces reculemens, ne sont permis que pour les *Prieres d'obligations*; car pour les autres, qui sont de *dévotion*, ou de *conseil*, il faut les faire juste au tems ordonné, comme le *Namas taravié*, par exemple, c'est-à-dire *la Priere de minuit*, qui est une *Priere de conseil*, excepté durant le tems du jeûne, qu'elle est d'*obligation*. Tous les gens réguliers ne manquent point de se lever à minuit précisément, pour la faire. Ils disent que cette *Priere* a été premiérement instituée par *Jesus-Christ*, qui la faisoit sans manquer; que *Mahammed* l'a autorisée & commandée de nouveau, & qu'elle a toujours été d'*obligation* à tous les Prophetes. La *Legende Persane* en recommande l'observance, comme la dévotion la plus efficace. Elle raconte là-dessus, entre les autres choses, que *Sultan Geneid*, un des hommes Illustres, un des plus ardens suppôts de

leur *Religion*, & un des premiers Successeurs de *Cheik Sefy*, la Souche de la Race Royale de *Perse* qui porte aujourd'hui la Couronne; que ce *Sultan*, dis-je, apparut, quatre jours après sa mort, à un Grand du Royaume, lequel avoit été son intime favori, qui lui fit cette question entre les autres, comment il avoit rendu compte à *Dieu*, & quel Jugement il en avoit eu? *Ah!* répondit-il, *Dieu a condamné toutes mes œuvres, & même toutes mes Prieres, à la reserve de ma Priere de minuit. Il n'y a eu que cela d'approuvé.* Vous pouvez remarquer ici que ces *Prieres Mahometanes* à trois divers tems, sont instituées sur l'exemple de celles des *Juifs*. Lisez le *Pseaume* cinquante cinq, verset dixhuit; le sixiéme Chapitre de *Daniel*, verset dix, vous y trouverez une institution, ou une pratique de *prieres* à des heures précises.

Les *tems* de ces *Prieres* sont annoncez par des *Crieurs d'office*, qui sont entretenus pour avertir du haut de la *Mosquée* quand il est tems de faire l'*oraison*. Ces *Crieurs* publics s'appellent *Moasem*, comme qui diroit l'*Avertisseur*. Ce mot venant d'*azen*, qui signifie *avertissement*. Les *Mosquées Paroissiales* en entretiennent au moins un; mais d'ordinaire elles en entretiennent plusieurs. Ces *Préconiseurs*, en *Turquie*, en *Tartarie*, en divers endroits de l'*Arabie*, & par tout aux *Indes*, ne font pas l'annonciation de dessus le *Dôme* de la *Mosquée*, mais du haut des *Tourelles* qui y sont attachées, & qui servent de *Clocher*. Ces *Tourelles* sont ordinairement fort menues, & fort hautes, tant qu'on a peine à appercevoir d'enbas les hommes qui y sont. Les *Persans* les appellent *Guldesté*, c'est-à-dire *un bouquet*, à cause de la forme de ces *Tourelles*, qui ont depuis les deux tiers, jusqu'au haut, des galeries en dehors, à étages, & qui finissent en pointe. Les grandes *Mosquées* de la *Perse* ont toutes, ou deux, ou quatre de ces *Clochers*, mais ils ne servent que d'ornement; les *Avertisseurs* n'y montent plus, par la jalousie des *Persans*, qui se sont mis en tête que ces gens voyoient, ou pouvoient voir, de là, dans les appartemens des *Femmes*; & bien qu'il paroisse que cela soit impossible, j'entens pour y rien discerner, non seulement à cause de la hauteur de ces *Tourelles*, mais aussi des grands arbres, dont toutes les maisons sont remplies, & sont environnées en *Perse*, sur tout à *Ispahan*, néanmoins ces *Crieurs* publics n'y montent plus. On a dressé des *hutes* de bois sur les *Dômes* des *Mosquées*. C'est là d'où ils appellent le monde à la *Priere*, & com-

comme les édifices font bas en *Perſe*, & qu'ils n'ont au plus qu'un étage, ils n'empêchent point que l'avertiſſement ne retentiſſe à l'entour.

Les jours ordinaires il n'y a qu'un *Avertiſſeur*, ou *trois* au plus, qui faſſent l'*invitation* à la fois ; mais il y en a quelquefois juſqu'à *une douzaine* enſemble, & même davantage les jours de fêtes, comme les Vendredi, & ſur tout le Carême. Lors qu'il y en a pluſieurs, ils font les *invitations* à partie, & en s'entre-répondant. Enſuite ils chantent les loüanges de *Dieu* demi heure durant, à plein chant en faux bourdon, dont le concert n'eſt pas deſagréable à ceux qui y ont pris goût par l'uſage. On ne ſauroit croire de combien loin on peut entendre leur voix. La vérité eſt qu'on le fait de quinze cens, & de dix-huit cens pas, lors que l'air eſt ſerain. Voici comme ils font, pour crier plus haut, & afin de ne ſe pas étourdir eux-mêmes. Ils mettent les deux petits doigts dans la bouche, & en tirent les côtez, tant qu'ils puiſſent porter les deux pouces dans les oreilles, pour les boucher. Ainſi ayant la bouche fort ouverte, & les oreilles fermées, ils ſe mettent à crier de toute leur force. Ils commencent leur *annonciation* par ces paroles, *O Dieu très-Grand*, leſquelles ils proferent des quatre côtez, vers les quatre coins du monde : puis ils font la *Confeſſion de Foi*, en ces termes : *Témoignage que nous rendons de Dieu*, (ou *à Dieu*) *il n'y a point d'autre Dieu que Dieu. Mahammed eſt l'Apôtre de Dieu. Aly eſt le Vicaire de Dieu*. Ils font cette *Confeſſion* quatre fois auſſi, vers les quatre faces du monde. Ils diſent, en ſe tournant lentement de tous côtez, en rond. *Levezvous : faites vos Prieres : occupez-vous dans la plus parfaite action qu'ayent faite Mahammed & Aly, les plus parfaites des Créatures*. Ils entendent la Priere. Si c'eſt à minuit, ou le matin, ils inſerent après ces mots *faites vos Prieres*, ces mots ici, *éveillez-vous de vôtre dormir*. Après, ils diſent encore quatre fois *O Dieu très-grand* : puis ils chantent quelques verſets de l'*Alcoran*, & ils finiſſent en diſant, *maudit ſoit Omar*. Ils font d'ordinaire environ un quart d'heure à tout cela ; mais dans les ſolemnitez, ils y mettent plus de tems, & quelquefois juſqu'à une heure, ſans faire autre choſe, que repeter les paroles raportées, en chantant lentement à l'*Italienne*. Dès que l'on entend crier la *Priere*, ceux qui ſont de loiſir ſe levent, & la vont faire. On voit, par ce que je viens de raporter, que ces *Crieurs*, ou *Avertiſſeurs*, n'exhortent pas le peuple à aller à la *Moſquée* faire leurs *Prieres*, comme les *Relations* le diſent ; mais qu'ils n'ont pour but que d'avertir qu'il eſt heure de *prier*. Les *Perſans* ſont bien éloignez de croire qu'il ſoit d'obligation de faire ſes *Prieres* dans les *Egliſes* publiques, puis qu'il y a des Théologiens parmi eux qui enſeignent, qu'il n'y a point de jour préſentement auquel on ſoit obligé d'y aller, faute d'*Imam*, ou de *Vicaire de Dieu*, comme je le dirai plus bas. Auſſi y va qui veut, & l'on eſt là deſſus, comme ſur le reſte du Culte, parfaitement laiſſé à ſoi-même ſans rien qui ſente la contrainte ou l'inquiſition.

Les *Docteurs Perſans* diſent, qu'il y a huit *diſpoſitions* requiſes à l'*Oraiſon* : ſix *interieures*, ſavoir l'*application d'eſprit*, ou l'*attention* ; l'*affection de cœur*, qu'ils appellent auſſi *adoration mentale* ; la *foi* ; la *pudeur* ; le *reſpect* ; l'*eſperance* : & deux *exterieures* ; l'une, la *netteté du corps*, & de tout ce qui y touche, & de ce qui l'environne ; l'autre, le *geſte du corps* : or par le *geſte du corps* ils entendent beaucoup de choſes, qu'on expliquera dans la ſuite, comme d'*être tourné* vis-à-vis de *la Mecque*, le *mouvement des bras & des mains*, le *proſternement du corps*, & *celui du front contre terre*. Je m'en vais expoſer tout cela l'un après l'autre, en raportant comment les gens dévots ſe mettent à faire leurs *Prieres*.

Premierement, ils ſe *déchauſſent*, & ils ſe *deshabillent*, ne gardant que la chemiſette, qui eſt longue comme nos veſtes, & paſſe le genoux. Ils *retrouſſent* les *bras* juſqu'au coude, & ils ſe couvrent la *tête* d'un *bonnet*, ou d'un *turban*, auquel il n'y ait ni or, ni argent, ni broderie ; & communément ils mettent un *turban blanc*, de toile de cotton. S'il fait froid, ils ſe mettent ſur les épaules, ſans y paſſer les bras, un *juſtaucorps* de drap, *fouré de peau d'agneau*.

Les *grands Seigneurs*, qui ne portent jamais de ces fourures, comme étant trop ſimples, quoi que la peau d'agneau ſoit très-fine chez eux, filée, & perlée à petit grain, & fort belle, ſont obligez de le faire en cette occaſion, & de quitter leurs *juſtaucorps* doublés de *martre*, ou d'autre *fourure fine*, parce que ces *fourures* ſont reputées *impures* par deux raiſons. La premiere, parce que ce ſont des peaux d'*animaux* dont la chair eſt *illicite*, & qu'il n'eſt pas permis de manger. La ſeconde, c'eſt qu'ils ſont morts d'eux-mêmes, ou qu'on n'en a pas fait ſortir tout le ſang en les tuant. On a obſervé au Chapitre précedent, qui traite des *Purifications legales*, que tout corps mort eſt *impur*, & qu'on devient *ſouillé*

en

en le touchant, soit que ce soient des corps de bêtes, ou de créatures raisonnables. Les *Persans* tiennent là-dessus, que qui seroit vêtu d'une peau, ou d'une fourure d'une bête qui seroit morte d'elle-même, & qui n'auroit pas été égorgée, il seroit *souillé*.

Mais quel moyen y a-t-il de savoir si la bête dont on achette la peau est morte d'elle-même, ou si elle a été tuée & égorgée legalement? Les *Casuistes* ont décidé là-dessus fort plaisamment, que ce qui se vendroit par les foureurs qui ne sont pas *Mahometans*, seroit reputé *impur* dans toutes les maniéres, mais que les fourures qu'on achetteroit des *Mahometans* seroient reputées *pures*. Ils raisonnent pour cette distinction, en disant qu'un *Mahometan* ne voudroit pas vendre la peau d'une bête qui seroit morte d'elle-même, s'il le savoit, & qu'il en feroit conscience; mais qu'un *Chrétien* & un *Juif* ne s'en soucient pas. Comme ce sont pourtant les *Chrétiens* qui apportent en *Perse* la plûpart des fourures fines, comme les *martres zibellines*, vrayes & fausses, qui viennent de *Moscovie*, & du voisinage de la *Mer noire*, les *Casuistes* affirment que pourvû que les Marchands *Mahometans* les achettent d'eux, & qu'ils les revendent, elles seront pures; parce que le changement de proprietaire purifie la chose, selon une des maximes du Chapitre précedent, Part. V. Sect. I. Art. IX. & XI. Mais il y a un autre inconvenient, c'est que les *Armeniens* en *Perse* sont, non seulement les principaux Marchands de fourures fines, mais qu'ils sont aussi ceux qui les accommodent le mieux, soit pour la beauté, soit pour le menage. L'expedient qu'on trouve à cela, quand par ces considerations on se sert d'eux preferablement, c'est qu'on met ce qu'ils ont fait au *Soleil*, & l'on fait une *Priere* dessus, après quoi l'habit est tenu pour net. Voyez sur cela le Chapitre précedent, V. Part. I. Section, Art. III.

Pour revenir à nôtre sujet, les *Persans* s'étant ainsi habillez pour faire la *Priere*, ils vont auparavant faire la *Lustration* avec de l'eau pure. La première venuë est bonne, pourvû qu'elle soit nette; mais s'il y a un bassin d'eau au logis où ils sont, comme il y en a d'ordinaire, c'est-là où ils exercent cette *Purgation*. S'il n'y a point de reservoir, ils font la *Lustration* avec une aiguiere. J'ai observé dans le Chapitre précedent qu'on ne peut s'en faire verser l'eau, cela seroit profane: il faut qu'ils s'en versent eux-mêmes. Quand la *Lustration* est achevée, ce qui est fait en un moment, ils rentrent dans la sale, ou en tel

autre lieu où ils étoient. Ils remettent leurs bas, s'il fait froid, & ils retirent leurs manches sur les bras. Ceux qui aspirent à la perfection se mettent une *Habba* sur les épaules, c'est une maniére de robe de chambre qui est faite de camelot blanc fort fin. La compagnie ne les incommode, ni ne les interrompt point; au contraire, ils font ordinairement leurs *Prieres* devant le monde, & paroissent rechercher la vuë & la compagnie dans ces actions-là, plûtôt que de la fuir, encore qu'on parle d'affaires, & qu'on s'en entretienne à leurs côtez. Mais il y a une chose à quoi ils prennent fort garde, c'est qu'il n'y ait point de figures peintes à l'endroit où ils font leur dévotion, parce qu'il est défendu de *Dieu* d'en faire, & que les *Prieres* faites au lieu où il y en a sont vaines & nulles. La plûpart des *Hôtels* de *Perse* en ont pourtant dans les grandes sales, mais il y a toûjours à côté des cabinets peints de *Moresques* seulement, pour faire sa dévotion. J'ai observé en divers *Palais* la subtilité de leurs *Théologiens* sur le sujet des *Figures*, pour les faire retenir, elles sont représentées avec *un œil* seulement.

Les *Docteurs* de cette *Religion* disent que ces *Figures* borgnes, & ainsi mutilées, ne peuvent être appellées *Images*; que ce sont des *Grotesques* qui n'entrent point dans la défense de la *Loi*, & qui n'empêchent pas qu'on ne puisse faire les *Prieres* où il y en a de peints. Encore les *Turcs* ne sont pas si accommodans, moins encore les *petits Tartares*; & comme c'est la coûtume en *Perse* que le *Roi* loge les *Ambassadeurs* dans ses *Hôtels*, dont il a un grand nombre dans la ville Capitale, on en voit plusieurs, où toutes les belles *Figures*, dorées & azurées, ont le visage gâté à coups de couteau, ou de cloud; ce qui est une marque sûre qu'il y a logé des *Ambassadeurs* de ces Païs-là.

Cela fait, les *Persans* vont prendre, ou bien on leur apporte, le petit *Tapis de pied*, qui leur sert uniquement pour faire leurs *Prieres*. Il n'est fait que de natte dans les maisons des pauvres gens, & parmi le commun des *Gens de Loi*, ou *Ecclesiastiques*. Chez les gens aisez, il est fait de feutre, ou de gros drap; mais chez les gens de qualité, c'est du camelot fin. Ce petit *Tapis* est d'entre quatre & six pieds de long, & d'entre deux & trois de large, représentant la plûpart à l'un des bouts le toit d'une *Mosquée*, pour les faire souvenir de celle de la *Mecque*. Ils ouvrent ce petit *Tapis* dans lequel il y a plusieurs piéces qui servent à leur dévotion: leur *Alcoran*,

qui

qui eſt toûjours dans un ſac bien propre : un *Palet de terre* : un *Chapellet* : un *Miroir* de poche : un *Peigne* ; & quelquefois des *Reliques*. Je dirai bien-tôt après à quoi ſert tout cela. Ils font étendre ce petit *tapis*, ou ils l'étendent eux-mêmes, mettent le haut vis à-vis *la Mecque*, afin qu'eux étant en bas, ils ayent la *Mecque* en face : c'eſt ce qu'ils appellent *ſe mettre au* Kebla.

Ce mot de *Kebla* ſignifie *vis-à-vis*, venant de *Kebel*, qui veut dire *devant*. Quelques Grammairiens prétendent au contraire le faire venir de *Kiabé*, mot *Syriaque* qui ſignifie *loüange* ; mais c'eſt une erreur. Le *Kebla* eſt proprement le *Cercle azimutal*, qui paſſe par le *Zenit*, & coupe l'horiſon au point vers lequel il faut avoir les regards tournez tout le tems qu'on fait ſa *Priere* ; c'eſt pourquoi ils l'appellent communément *Kebla namaz*, comme qui diroit *le côté des Prieres*. C'eſt à l'imitation des *Juifs*, à qui *Jeruſalem* étoit le côté des *Prieres* : il n'y en avoit point de bien faite, que les yeux fichez vis-à-vis, quand on en eût été à quatre mille lieuës loin. Ainſi on pourroit dire que l'*Orient* eſt le *Kebla* de la plûpart des *Chrétiens*, & particulierement de ceux qui ont des Autels, puis qu'ils ne peuvent célebrer que de ce côté-là. Ainſi le *Kebla*, ou le côté des *Mahometans* eſt la *Mecque*, & comme le *cercle vertical de la Mecque*, ainſi que nous l'avons obſervé, eſt different pour chaque Païs, & pour chaque ville. Il faut ſe tourner au *Midi* en certain Païs, comme en *Turquie* ; en d'autres, il ſe faut tourner à l'*Occident*, comme au Royaume de *Caſcar*, & ainſi des autres. En *Perſe*, le *Cercle vertical* eſt entre l'*Occident* & le *Midi*.

La raiſon pour laquelle les *dévots Perſans* ſe ſervent de ces ſortes de *Tapis* faits exprès pour prier *Dieu* deſſus, encore que le lieu où ils font leurs prieres ſoit toûjours couvert de *Tapis* : c'eſt, diſent-ils, que ſe préſenter devant *Dieu* dans une condition pauvre & ſimple. C'eſt auſſi pour cela qu'ils ſe dépouillent de leurs beaux *habits*, & de tous leurs ornemens ; enſeignant qu'il faut paroître devant *Dieu* pauvre & abaiſſé, dans un grand détachement, & dans un grand néant, auſſi humble dans les vêtemens, que dans les penſées du cœur. Ce petit *Tapis* n'eſt pourtant pas eſſenciel à la *Priere*, & le commun peuple, comme les domeſtiques, & autres gens ordinaires, qui n'ont pas le moyen d'être ſi exacts, & ſi ſcrupuleux, ſe contentent de nettoyer avec la main une *petite place*, afin qu'il n'y ait point d'ordures : cela s'entend, par tout

Tome II.

où le plancher eſt couvert, & non pas nud ; car il n'eſt pas permis de prier *Dieu* ſur un fonds ou ſur un plancher découvert, hormis en voyage. La terre, diſent-ils, *ſur laquelle on parle à Dieu, eſt ſainte, il faut la couvrir par honneur, & n'y marcher que nuds pieds*, c'eſt-à-dire pieds déchaux, & hors du ſoulier ; car il ſuffit d'avoir le pied hors du ſoulier pour ſatisfaire au précepte, étant libre après cela de l'avoir nud, ou dans le bas de chauſſe. Rites, qu'il eſt aiſé de voir que les *Mahometans* ont pris des *Juifs*, leſquels avoient auſſi la coûtume de ne prier *Dieu*, que les pieds lavez & déchauſſez. En voyage, comme je viens de le remarquer, on peut faire ſes *prieres* ſans *tapis* ; mais il faut ſe déchauſſer, c'eſt-à-dire, ôter la botte, ou le ſoulier, & ſe tenant debout deſſus, faire ſa *priere*.

Quand le petit *Tapis* eſt étendu comme il faut, ils s'aſſeient deſſus, tout au bas, ſur les *talons*, ce qui ſe fait en ſe mettant à *genoux*, les *talons* ſerrez l'un contre l'autre, & ſe laiſſant aller deſſus. Puis ils arrangent toutes les piéces dont j'ai parlé, l'une près de l'autre. Enſuite ils prennent le *Peigne*, & le *Miroir*, & ils ſe peignent la *barbe*, prenant garde qu'il n'y ait point d'ordure dedans, ni au viſage non plus : puis ils les remettent au haut du *Tapis* au milieu, & prenant à la main le *Chapellet*, & le petit *Palet* de terre, ils ſe mettent à dire le *Chapelet*, & ils poſent le *Palet* juſtement au milieu du *Tapis*, ſous le dôme de la *Moſquée* repréſentée : puis ils ôtent leur *bourſe* du col où eſt leur argent, & à laquelle leurs cachets ſont attachez : ils tirent les *bagues* de leurs *doigts*, & ils mettent tout cela près des autres piéces. Il ne faut point avoir d'*or* ſur ſoi, de quelque maniére que ce ſoit, en faiſant la *Priere* ; cela rendroit le Culte vain & nul, mais on peut avoir de l'argent, & c'eſt la cauſe pour laquelle les hommes en *Perſe* ne portent jamais de *bagues d'or*, ce qui ſeroit, ſelon leur avis, imiter les *Idolatres*. Tout cela eſt enchâſſé en argent, mais ils ôtent même tout ce qui eſt fait d'*argent* ſur eux, afin de ſe préſenter devant *Dieu* dans une condition plus abjecte. Par la même raiſon ils ne prient point l'*épée* au côté, ni le *poignard* à la ceinture ; & les *gens d'épée* qui n'ont pas, ou le loiſir, ou le moyen, de ſe deshabiller pour faire leur *Priere*, ſe mettent en état décent, en ôtant leurs armes, & les étendant devant eux. On a inſinué ci-devant que les *Perſans* ne portent jamais, ou que fort rarement, des *cachets* en bague, parce que leurs cachets contenant d'ordinaire leurs noms, ou

D d d

d'aud'autres qui font des noms de leurs Saints, ou des anciens Patriarches, il faudroit qu'ils les ôtaſſent toutes les fois que leur eſtomach voudroit ſe décharger, parce qu'ils croyent que ce feroit une profanation d'avoir rien de tel aux mains, en les portant aux parties par où il ſe décharge.

Leurs Chapellets ſont faits d'ordinaire de la Terre qu'ils appellent ſainte, qui eſt celle des Lieux où ſont enterrez les Imams, celle des Sepulchres des plus célébres de leurs Saints, celle des Moſquées de la Mecque & de Medine. Les grains en ſont gros comme des pois. Le nombre n'en eſt pas fixé, mais d'ordinaire il eſt de quatre-vingt dix-neuf. Ils ſont égaux en groſſeur, & tout unis, ce qui ſe doit entendre des Chapelets ordinaires; car j'en ai vû où le trente-troiſiéme grain étoit plus gros que les autres, & j'en ai vû d'autres où le cinquantiéme grain ſeulement eſt plus gros. J'ai vû auſſi de ces Chapellets de matiere précieuſe, & de bois de ſenteur, mais il y a fort peu de gens qui s'en veuillent ſervir. Ils diſent communément ce Chapellet ainſi. Sur les trente-trois premiers grains ils diſent, O Dieu très-grand. Sur les trente-trois autres, Gloire ſoit à Dieu; & ſur les trente-trois autres, Loüé ſoit Dieu. Quelquefois ils recitent ſur chaque grain de Chapellet leur Confeſſion de Foi. Bref, ils diſent deſſus ce qu'ils veulent; car il n'y a rien de preſcrit. Les dévots, & particulierement les hypocrites, & les ſuperſtitieux ont toûjours leur Chapellet à la main, dans les ruës, & en converſation, vous les voyez toûjours marmoter & remuer les grains du Chapellet; on peut juger quelle attention ils y ſont.

Le Palet eſt de la même Terre que les Chapellets. On n'en fait point d'autre matiere. Ils ſont de demi doigt d'épais de toute figure, ronde, carrée, hexagone, octogone, grands d'ordinaire comme le creux de la main. On s'en ſert de la grandeur que l'on veut. J'en ai vû de grands comme une aſſiette, & de petits comme un écu blanc. Le deſſus eſt moulé & contient les noms de Dieu, des Prophetes, & des Imams, la Confeſſion de Foi, ou des paſſages de l'Alcoran; tout cela ſelon le diametre du Palet, & ſelon la groſſeur des lettres. L'uſage de ces Palets eſt pour poſer le front deſſus, dans les adorations qu'on fait étant proſternez la tête contre terre, leſquelles font une des conſiderables parties de leurs Prieres. Ils diſent qu'étant obligez de mettre le front à terre, il vaut beaucoup mieux que ce ſoit ſur une Terre ſainte comme celle de la Mecque, que ſur celle de leur logis.

Quant aux Reliques qu'ils mettent avec ces autres piéces, ce ſont des morceaux du Poële, ou de la Couverture des Tombeaux de Mahammed, & de leurs Imams. Le Grand Seigneur envoye tous les ans un Poële neuf pour le Tombeau de Mahammed, & une Tenture pour la Chapelle de la Mecque. L'étoffe eſt de Damas noir figuré, qu'on fait très-bien en Syrie, d'où en eſt venue la façon & le nom, & qu'on fait encore mieux à préſent en Meſopotamie. On ôte le Poële & la Tenture de l'année précedente, & on les met en morceaux, dont les Curez de ces Moſquées font des préſens aux Pelerins de conſideration, & qui ſont le plus d'humeur à bien payer ces ſortes de guenilles, dont les Perſans font leurs Reliques, & qu'ils appellent des choſes Saintes.

Tout étant diſpoſé avec ce myſtére, par les gens dont nous parlons, ils ſe levent droits ſur le bas du petit tapis, la face tournée vers la Mecque, les pieds joints l'un contre l'autre, les mains pendantes ſur les côtez, & ils commencent leurs Prieres. Le début doit être toûjours la direction d'intention, après laquelle ils diſent haut, Alla ek ber, c'eſt-à-dire, O Dieu très-grand, paroles qui reviennent ſouvent dans leur Liturgie. Ils font la Confeſſion de Foi, & ils diſent le premier Chapitre de l'Alcoran, qu'ils appellent la Priere eſſentielle, & auſſi le Fatha, c'eſt-à-dire, l'Ouverture, parce qu'elle contient les premieres demandes de leur Priere, ou comme diſent d'autres Interpretes, parce que les portes du Ciel ne peuvent tenir contre cette Oraiſon, mais qu'elles ne manquent point de s'ouvrir, pourvû qu'elle ſoit dite avec la préparation requiſe. Ils diſent ce Chapitre, qui contient ſix petits verſets ſeulement, ayant les mains hautes élevées aux joües, & renverſées plattes, les doigts en dehors, comme pour recevoir quelque choſe qui tomberoit lateralement enſuite; puis ils rabaiſſent leurs mains, ils les étendent ſur les cuiſſes au devant, & ils font deux Proſtrations, & deux Adorations, joignant à chacune une courte invocation, que je raporterai. Puis ils diſent loüange ſoit à Dieu, & liſent & repetent un autre petit Chapitre de l'Alcoran à leur gré, & puis ils font deux autres Proſtrations, & deux Adorations, avec quoi leur Priere eſt achevée. Elle ne dure pas plus de huit minutes, ſans la leçon, qui doit être un Chapitre de l'Alcoran; mais comme il y a des Chapitres qui n'ont qu'une ligne, & qu'il y en a d'autres qui ont ſoixante pages, & plus, in folio, la Priere dure plus ou moins de tems, à proportion de la longueur du Chapitre. On appelle

pelle les *Proftrations* de la *Priere Recabet*, & cette *Proftration* confifte en deux chofes; l'*inclination* de la tête, & de la partie fuperieure du corps, & l'*Oraifon* éjaculatoire que l'on dit en inclinant le corps. Je dirai ci-deffous quels font les termes de cette *Oraifon*; mais pour l'*inclination* du corps, qui eft la *Proftration* proprement dité, elle fe fait étant debout, droit fur fes pieds, appuyant les mains fur le devant des cuiffes, & penchant le corps fi bas, que la tête vienne prefque aux genoux, & en fe relevant droit, & élevant les mains en haut, en la pofture que j'ai remarqué. Les *Proftrations*, qu'ils appellent *Sugdad*, doivent toûjours être d'un même formulaire, c'eft-à-dire, qu'on ne peut ni ajoûter à l'*oraifon* éjaculatoire qui fe dit en inclinant le corps, ni en retrancher, mais on peut faire plus ou moins de *Proftrations*; de forte que la longueur, ou la brieveté des *Prieres* dépend encore du nombre des *Proftrations*. Les longues *Prieres* font de quatre *Proftrations*, les courtes font de deux; & c'eft là comme ils parlent entr'eux: *J'ai fait tant de Proftrations de Prieres.* Quant à l'*Adoration* elle fe fait lors qu'étant affis fur les talons, on met la tête contre terre, le front appuyé fur le petit *Palet* dont j'ai parlé, en fe foûtenant le corps fur ces fept parties, à favoir le *front*, les deux *genoux*, les deux *pouces* des mains, & les deux *orteils* des pieds; mais fi l'on eft infirme, foit par l'âge, foit par la maladie, on peut faire fes *prieres* affis, ou couché.

Je ne puis m'empêcher de dire encore une fois que la *Priere des Mahometans* fe fait avec une reverence inconcevable, & qu'on ne peut regarder l'attention qu'ils y apportent, le zele & l'humilité dont ils l'accompagnent, fans admiration. Ils ne remuent pas les yeux, tous les mouvemens de leurs corps fe font avec la plus jufte mefure. Ils prient à voix entrecoupée, tantôt bas, tantôt haut, tantôt d'efprit feulement; mais tout cela eft fi pofé, fi exact, fi recueuilli, qu'affurément ils nous font la derniere honte à nous autres *Chrétiens*. Ce qu'il y a de plus admirable, c'eft qu'ils faffent leurs *Prieres* avec tant de zele & d'attention, quoi qu'ils les faffent fi fouvent.

C'eft là ce que j'ai obfervé en gros fur les *Prieres* ordinaires. Les *Prieres* extraordinaires n'en font différentes, qu'en ce qu'on y fait mention de la chofe pour laquelle on prie. J'entends par les *Prieres extraordinaires* non pas la *Priere du Vendredi*, car elle eft comme les *Prieres ordinaires*, ni les *Prieres des Fêtes*, ni les *Prieres pour les morts*, qui font tout de

même auffi. Mais celles qui font pour des befoins particuliers, pour les changemens de faifon, par exemple, la *Priere* du nouvel an, qui eft le jour de l'Equinoxe du Printems, & celles qui fe font dans les orages & les éclipfes. La *Priere* des éclipfes a bien été compofée dans le tems de l'ignorance des *Mahometans*, car ils y prient *Dieu* de ne les punir pas par la privation de la lumiere du *Soleil*, d'appaifer fa colere, & de r'ouvrir la porte à ce grand Aftre. Pour entendre ces expreffions, il faut favoir que dans le Livre des *Dits & Faits de Mahammed*, il eft porté que *Dieu* tient le *Soleil* enfermé dans un tuyau ou canal, (le terme du texte eft *tembouché*,) qui s'ouvre & qui fe ferme au bout par un volet; que ce bel œil du monde éclaire l'Univers & l'échauffe par ce trou; & que quand *Dieu* veut punir les humains de la privation de fa lumiere, il envoie l'*Ange Gabriel* fermer le volet, & que c'eft là ce qui fait les éclipfes. Les Docteurs *Perfans*, qui font bons *Aftronomes*, entendent fort bien que c'eft là un conte de vieille; mais ils ne laiffent pas de dire que cela eft de foi, & quand vous leur objectez que fur ce fondement la colere de *Dieu* fe peut calculer par les *Tables Aftronomiques*, & prévoir tous les ans à quel jour & à quelle heure *Dieu* fe courroucera contre les hommes, ils répondent, qu'en beaucoup de *Revelations des Prophetes*, on trouve des fens fort véritables & fort importans, cachez fous de pareilles rêveries apparentes, par deffus lefquelles il faut que la Raifon paffe, fans y chercher de fens, puis que l'on n'y en peut trouver.

Je dois obferver à l'égard de la *Priere du Vendredi*, que c'eft un des fujets de controverfe entre les *Turcs* & les *Perfans*, & tous ceux qui font de leur Religion. Les *Turcs* font cette *Priere* folemnellement dans la *Mofquée*, le *Grand Seigneur*, le *Grand Mogol*, y vont régulierement ce jour-là, à moins de quelque empêchement licite, mais le *Roi de Perfe*, ni les *Perfans*, n'en font pas de même, parce qu'ils croyent qu'il n'appartient qu'à un *Imam*, ou *Vicaire univerfel*, à faire cette *Priere*, comme je l'ai obfervé au Chapitre III. de forte, qu'en fon abfence, on ne peut faire la *Priere du Vendredi* folemnellement dans la *Mofquée*; mais qu'il faut la faire feul, foit dans la *Mofquée*, foit chez foi. Quand le *Roi*, & les *Grands de Perfe*, font leurs *Prieres* en public, ce qui n'arrive qu'à quelques jours de Fête, ils mettent le *Tage* en tête. C'eft ce Bonnet célébre qu'on appelle le *Bonnet de Sofy*, qui eft comme un *Ordre de Chevalerie*.

Ddd 2   J'ai

J'ai raporté diverses fois ci-deſſus, que les *Mahometans prient* pour les *Morts*; & la vérité eſt que les *Perſans* font communément des *Prieres* à l'intention des *Morts*, & pour l'amour d'eux. Le commun Peuple, & les femmes ſur tout, obſervent des jours particuliers *en mémoire des Défunts*; mais les Doctes, & les gens éminens en dignité, n'entrent point dans ce culte, qui n'eſt pas d'obligation, mais qui eſt laiſſé libre à chacun, de même que de croire de quelle utilité il eſt, dont les Docteurs ne conviennent pas. Il y en a qui ſoutiennent que les *Prieres* pour les *Morts* ne font utiles qu'aux *Vivans*, parce que c'eſt une choſe pieuſe & agréable à *Dieu*, & recommandée par les Saints, que de ſe ſouvenir charitablement des *Défunts*: & il y en a qui enſeignent, au contraire, que les *Prieres des Vivans* peuvent diminuer les peines des reprouvez, & augmenter la gloire des Bienheureux, *Dieu* pouvant être induit à cela par les *Prieres* des *Fidéles*; car ils s'expliquent ainſi douteuſement ſur le ſujet, laiſſant à chacun de croire, & de faire à cet égard, ce qu'il juge le mieux.

Les *Mahometans* n'invoquent que *Dieu ſeul* proprement: ils n'ont point de *Mediateur*, ou *Interceſſeur*: ils n'eſperent qu'en la ſeule miſericorde de *Dieu*, ſoit pour les biens de la vie préſente, ſoit pour ceux de la vie future. Cela paroit un *Paradoxe* après ce qu'on a déja lû, & ce qu'on lira encore dans ce volume, & après ces *Prieres* à *Fatmé* & à *Aly*, qui ſont inſerées dans mon *Voyage de Paris à Iſpahan*, dans leſquelles leur interceſſion, & celle de *Mahammed* eſt demandée. J'avouë que moi-même j'ai été long-tems à ne pouvoir pas bien comprendre comment ces gens diſoient qu'ils n'invoquoient pas les *Saints*, ne faiſant tout le jour que crier après leur *Prophete*, & après leurs *Saints*, *ya Mahammed*, *ya Aly*, *ya Haſſein*, c'eſt-à-dire, ô *Mahammed*, ô *Aly*, ô *Haſſein* & ainſi des autres Succeſſeurs de leur faux *Prophete*. Voici comme ils reſolvent la difficulté. Ils diſent que *Mahammed* a revelé, & que les *Imams* ont aſſuré auſſi, que quiconque ſe ſouvient d'eux dans ſes beſoins, & les reclame, que quiconque viſite leurs Sepulcres, leur rend de l'honneur, deſire leur ſuffrage, prie *Dieu* d'être du nombre de ceux qui ils intercederont, & les prie d'interceder eux-mêmes pour lui, il ne manquera pas de recevoir l'effet de ſes deſirs & de ſa demande. Ce n'eſt pas que les *Saints* reclamez aillent demander à *Dieu* la grace qu'on leur demande, mais parce que l'*Invocation des*

Saints eſt une bonne œuvre, une œuvre religieuſe, & que *Dieu* a promis de récompenſer particulierement, de même que l'aumône, le jeûne, & les autres actes de Religion. Les *Perſans* ne décident pas poſitivement ſi les *Saints* ont connoiſſance de ce qui ſe paſſe ſur la Terre. Quelques Docteurs croyent que Dieu les en inſtruit, d'autres diſent qu'ils gardent toûjours une prérogative miraculeuſe, que *Dieu* leur avoit donnée en cette vie, de ſavoir par inſpiration continuelle tout ce qui ſe diſoit, tout ce qui ſe tramoit contr'eux, & tout ce qui les concernoit en quelque ſorte; mais tous enſeignent d'un commun conſentement que les *Saints* ne nous entendent point proprement, & directement, de la maniére dont nous nous entendons, ni ne nous connoiſſent non plus, de la maniére dont nous nous connoiſſons, par un acte immédiat & par une idée diſtincte; & qu'ainſi, il ne faut nullement s'attendre à eux, ou ſe fier en leur interceſſion, mais qu'il faut les reverer, & les reclamer, parce que c'eſt la volonté de *Dieu* qu'on le faſſe. Quatre Remarques, que je vais faire, donneront du poids & de la clarté à ce que je raporte ſur ce dogme des *Perſans*. La première, c'eſt que dans toute leur *Liturgie*, il ne ſe trouve pas une *Priere* à un *Saint*, ſoit *Mahammed*, ſoit *Aly*, qu'on peut appeller leurs vrais *Idoles*, ni à aucun autre. La ſeconde, eſt que dans les *Traitez Théologiques* de leurs *Rites*, il n'y a pas un mot de *Prieres* qu'il faille adreſſer à autre qu'à Dieu. La troiſiéme, c'eſt qu'ils n'invoquent, ou ne reclament, de la maniére que nous avons dit, que les *Prophetes* & les *Propheteſſes*, à compter depuis *Adam*, avec *Mahammed*, ſa fille, ſon Gendre, & leurs Deſcendans, à la douziéme génération; & nulle autre Créature qui ſoit née après, c'eſt-à-dire depuis huit cens ans. La derniere Remarque, c'eſt que tout de même qu'ils prient *Mahammed*, *Aly*, les *Prophetes*, les *Imams*, ils prient Dieu pour eux: ils n'écrivent jamais leur nom, & ne le proferent gueres ſans ajoûter *Aliet elſalam*, le *Salut*, ou *la Paix ſoit ſur lui*, c'eſt-à-dire, que *Dieu lui donne le Salut*. On rencontre dans mon *Journal* diverſes *Prieres*, que je raporte, où l'on prie Dieu formellement pour eux, comme par exemple en ces termes, *O Dieu ſois propice, ſois favorable à Mahammed, fais du bien à Mahammed*, & ainſi des autres.

Il ne faut pas oublier une pratique des *Perſans* dans le culte de la *Priere*, c'eſt qu'ils achetent des *Prieres*, & qu'ils en fondent, ou parce qu'ils n'ont pas fait toutes les *Prieres d'obli-*

d'obligation, & de conseil, ou parce qu'ils les ont mal faites, en quoi il semble qu'ils regardent le devoir de la Priere, comme une œuvre ouvrée, ainsi qu'on parle dans l'Ecôle. Ils engagent des gens pour cela durant leur vie, & après leur mort, à faire la priere accoûtumée pour eux, en leur nom, & en leur place; ce qu'ils ont tiré des superstitions serviles & timorées, auxquelles les Juifs s'adonnerent dans leurs dispersions.

Après avoir exposé en gros ce que les Persans croient, & pratiquent, sur le point de la Priere; je m'en vais inserer le Traité qui s'en trouve au même Livre d'où j'ai tiré celui des Purifications legales, que j'ai donné dans le Chapitre précédent. Voici comme il commence.

„ Sachez que les Prieres ont beaucoup plus „ d'excellence, & d'utilité qu'on ne le sauroit „ dire. On trouve écrit dans les Dits des I- „ mams, sur qui soit la paix, que Maham- „ med a déclaré sur ce sujet, que la fonction „ d'une Priere commandée, vaut mieux que „ vingt Pelerinages, de même qu'un Peleri- „ nage vaut mieux que plein une Maison d'ar- „ gent donné en Aumônes. On y trouve en- „ core le passage que voici: Quiconque est par- „ venu à la connoissance de Dieu très-haut, n'a- „ prochera point de son excellente présence, par „ aucune autre voye, que par la voye de la Prie- „ re. C'est sur le fondement de cette Reve- „ lation, que les Imams sur qui soit la paix.& „ le salut, ont déclaré que la Priere est né- „ cessaire & d'obligation, à quiconque est d'â- „ ge competant & de sens rassis, (balek hakel,) „ horsmis que dans le tems de la Priere on „ fût surpris de quelque défaillance, ou pa- „ moison par quelque accident que ce soit ; & „ excepté aussi pour les femmes, dans le tems „ qu'elles sont dans la perte de sang ordinai- „ re, & dans celle qui suit l'enfantement; „ car dans ces cas-là, la Priere n'est point „ commandée, ni aussi long-tems que ces cas- „ là subsistent. La Priere est commandée „ aussi à l'homme Payen & Infidéle, quoique „ la Priere qu'il fait ne soit pas droite & juste. (Le mot original est Sehiel, qui signifie convenable, ce qui veut dire que la Priere d'un homme Infidéle n'est pas faite comme il convient.) „ Or tout homme soûmis au devoir „ de la Priere, qui ne s'en aquitteroit pas, „ mais qui s'en dispenseroit, en osant soûte- „ nir qu'il est licite de s'en dispenser ; si cet „ homme est né dans la Communion de l'Isla- „ misme, (le Mahometisme,) il devient A- „ postat, & il est du droit de le tuer ; mais vous

„ devez savoir que l'exercice de ce droit a- „ partient à l'Imam seulement, (c'est le Vi- „ caire du Prophete,) ou au Substitut, ou Lieu- „ tenant de l'Imam, ou à quiconque se porte „ publiquement pour Substitut de l'Imam, & „ est tenu pour tel par le peuple. Mais si cet „ homme sans Religion est né dans l'infidéli- „ té, il faut l'exhorter à la pénitence ; & si „ cela est inutile, & qu'il ne se rende point „ à la quatriéme exhortation, il le faut aussi „ tuer par Sentence de l'Imam, ou de son „ Substitut, comme on vient de le dire; mais „ si c'est par indévotion simplement, & par li- „ bertinage, que cet Infidéle ne fasse point de „ Prieres, sans soûtenir qu'il soit permis de „ s'en abstenir, il le faut châtier à coups de „ bâton, depuis un coup, jusqu'à quatre-vingt „ dix-neuf, plus ou moins, selon l'avis du „ Mouchtehed, (Docteur digne de passer pour „ Lieutenant du Prophete,) & si après l'avoir „ châtié trois fois de cette manière, il retom- „ be une quatrième fois dans son impiété, il „ ne le faut plus chatier, mais il le faut tuer. „ Les Enfans à l'âge de sept ans doivent être „ instruits & accoûtumez à la Priere régulie- „ rement, comme les gens avancez en âge, „ ayant les intentions requises dans chaque „ Priere, afin que cet exercice amollisse leur „ cœur, qu'il les rende dociles, & qu'il les „ habitue à la justice de la Loi.

„ La matiere des Prieres est divisée en qua- „ tre parties. La premiére, comprend la pu- „ reté exterieure dans laquelle il se faut met- „ tre pour faire licitement ses Prieres, & cet- „ te partie contient onze Sections. La se- „ conde, qui en contient six, traite des ha- „ bits ; du lieu, & des autres dispositions, ou „ préparations exterieures, qui sont requises „ dans la Priere. La troisiéme, explique en „ quatre Sections tout ce qui concerne les „ Prieres ordinaires du jour & de la nuit, à l'é- „ gard de l'Intention du cœur, des Paroles „ de la bouche, & du Mouvement du corps. „ Et la quatriéme expose en douze autres „ Sections la matiere des Prieres extraordi- „ naires.

Je supprime la Premiére Partie, qui traite de la Purification corporelle, parce qu'elle ne contient à peu près que les mêmes préceptes, & les mêmes méthodes, qui ont été traitées dans le Chapitre des Purifications qui précede celui-ci, & je passe à la seconde.

SE-

SECONDE PARTIE.

PREMIERE SECTION.

Des Habits.

„ SAchez qu'il est *commandé*, lorsqu'on
„ veut faire la *Priere*, d'être plus ou moins
„ couvert d'*Habits*, selon le sexe, & selon la
„ condition de la personne; car à un *Homme*
„ il lui est seulement commandé de se cou-
„ vrir les parties par lesquelles le ventre se
„ décharge; mais à une *Femme*, & à un *Her-*
„ *maphrodite*, (le mot original est *Konsa*,
„ c'est-à-dire, *celui qui a les deux sexes*,) „ il
„ faut qu'ils ayent tout le corps couvert de
„ leurs habits, hors le visage, les mains, &
„ les pieds. Les Docteurs sont en different
„ s'il leur est commandé aussi de se couvrir
„ les cheveux, & les oreilles; & le plus sûr
„ est de tenir pour l'affirmative, en cas que la
„ *Femme* & l'*Hermaphrodite* soient libres, mais
„ si c'est une Esclave, (le mot Persan est *Ka-*
„ *nisé*,) il lui est permis d'avoir même toute
„ la tête découverte. Voilà ce qui est *com-*
„ *mandé* sur le sujet; mais ce qui est *conseillé*,
„ c'est à l'*homme* d'être couvert, au moins de-
„ puis le nombril jusqu'aux genoux; car s'il
„ se couvre tout le corps cela est encore beau-
„ coup mieux, & c'est à la femme d'être cou-
„ verte de trois piéces des *Habits* ordinaires à
„ son sexe, savoir *la chemise*; (le mot origi-
„ nal, qui est *Arabe*, est *Kamise*, d'où est venu
„ vrai-semblablement le mot de *Camise*, en Es-
„ pagnol, en Portugais, & en Italien, & le mot
„ de *Chemise* en François,) „ *la veste*; (le mot *Per-*
„ *san* est *Arcatou*,) „ qui est une longue chemiset-
„ te cottonnée, qui pend jusqu'au dessous du
„ genou; & le *Couvre-chef*, qui est une ma-
„ niére de demi-voile, qui couvre la tête, le
„ front, les oreilles, & tombe à la moitié du
„ dos. Pour ce qui est de la qualité de l'*Habit*,
„ il y faut observer les sept choses suivantes
„ qui sont *commandées* & d'*obligation*. 1. Qu'il
„ soit net des ordures qui fouillent un *Ha-*
„ *bit*, de quoi il faut excepter les piéces de
„ l'*Habit* qu'on a observé dans la premiére
„ Partie de ce Chapitre, qui sont exceptées
„ de la nécessité d'être pures, comme les au-
„ tres. Ces piéces-là sont, entre les autres,
„ le *Cordon du calçon*, les *Jarretieres*, la *Cal-*
„ *lote*, à la charge que ces piéces servent, &
„ soient sur le corps, & non pas dans la poche,
„ ou dans le sein; car quand ces piéces-là

„ seroient impures, *Negis*, la *Priere* ne laisse
„ pas d'être licite, (*drust*, c'est-à-dire *droite*,
„ & bien faite. Il en faut excepter aussi les
„ *Habits* des nourrices. Il a été observé en
„ cette Section-là, que si une nourrice a plu-
„ sieurs *Habits*, & qu'elle en change chaque
„ jour, elle est toûjours reputée pure dans ses
„ *Habits*, mais que si elle n'a qu'un *Habit*,
„ pourvû qu'elle le lave une fois en vingt
„ quatre heures, il est aussi tenu pour net.
„ 2. Que nulle piece de l'*Habillement* ne soit
„ faite de la peau d'un animal mort de soi-mê-
„ me; Or, à cause du doute où l'on pourroit
„ toûjours être, si l'animal, dont l'on achette-
„ roit la peau, seroit mort de lui-même, ou
„ auroit été tué, les Casuistes ont décidé que
„ par privilege les peaux qui s'achettent chez
„ les Marchands *Mahometans* sont censées être
„ d'animaux tuez & non morts. 3. Que
„ l'*Habit* ne soit point fait ou doublé de la
„ peau d'un animal dont la chair soit illicite,
„ & qu'on ne puisse manger, comme le *Re-*
„ *nard*, l'*ours*, la *Martre Zibeline*. C'est un
„ péché que de faire ses *Prieres* avec ces *Ha-*
„ *bits-là*. 4. Que l'*Habit* ne soit pas fait de
„ poil d'animaux dont la chair soit illicite,
„ & qu'on ne puisse manger, excepté du poil
„ de *Castor* & d'*Ecureuil*, dont les étoffes sont
„ pures & licites. On en fait des *Feutres*, &
„ on en porte en *Callotes*, & en *Bonnets*.
„ 5. Que l'*Habit* ne soit point acquis par des
„ voyes illegitimes. 6. Que l'*Habit* ne soit
„ pas fait de soye pure, ni d'or, soit tissu,
„ soit broché, soit cousu; excepté à la guer-
„ re, où cela est permis, ou dans un besoin
„ pressant, comme dans un grand froid, quand
„ on n'a autre chose à mettre, ce qui s'en-
„ tend des *Habits* des hommes; car pour les
„ *femmes*, & pour les *Hermaphrodites*, il leur
„ est permis, en tout tems, & en tous états,
„ de faire la *Priere* avec des *Habits* de soye, soit
„ unie, soit mêlée d'or. On mêle en *Perse* & aux
„ *Indes* la soye & le cotton si bien ensemble,
„ qu'il est très-difficile de le reconnoître; &
„ c'est la cause de la distinction de cet arti-
„ cle, qui n'interdit pas ce qui est de soye & de
„ cotton, ou de soye & de poil tissus ensemble.
„ 7. Que la *Chaussure* vienne au moins jus-
„ qu'au dessus de la cheville, soit pour un
„ *homme*, soit pour une *femme*, soit pour un
„ *Hermaphrodite*.

SECONDE SECTION.

Du Lieu.

„ LE *Lieu* doit être ici entendu en deux
„ sens. 1. Comme la *place* où l'on fait
„ sa *Priere*. 2. Comme l'*Endroit* particulier
„ où l'on se tient debout, & où l'on s'age-
„ nouille en priant. Or dans l'un & dans
„ l'autre sens, il faut premierement que le
„ *Lieu* se possede à bon & juste titre, & ne
„ soit acquis ni par fraude ni par violence.
„ Secondement, que le *lieu* soit net; & s'il
„ ne l'est pas, qu'il n'y ait du moins aucunes
„ immondicitez humides; & qu'à l'égard de
„ celles qu'il y pourroit avoir de seiches, que
„ l'habit n'y touche pas. (Les Casuistes *Per-*
sans mettent une grande difference, comme
vous voyez, entre des ordures humides ou
moites, & celles qui sont seiches; & la raison de cette difference, c'est que d'un côté
les choses humides exhalent beaucoup de vapeur, & que de l'autre on se sallit en y touchant, ce qui n'arrive pas de même aux ordures quand elles sont seiches.) C'est là ce
„ qui est requis à l'égard du *Lieu*, consideré
„ dans les deux sens rapportez, pour faire li-
„ citement ses Prieres; mais il y est requis
„ dans le second sens, c'est-à-dire à l'égard
„ de cet espace que le corps couvre en faisant
„ la prostration du corps en terre, il est re-
„ quis, dis-je, que cet endroit soit net de
„ toute sorte d'immondicité, soit humide,
„ soit seiche. Observez ensuite deux autres
„ préceptes. Le premier est, que dans la *Pros-*
„ *tration* qu'on fait, la tête, & le front, doit
„ toucher, & se reposer, ou sur la terre mê-
„ me, ou sur quelque chose qui vienne de la
„ terre, mais qui ne serve ni à la nourriture,
„ ni au vêtement, qui ne soit aussi ni métail,
„ ni mineral, ni pierreries; par exemple, il
„ est défendu d'incliner la tête sur des feuil-
„ les, sur du sel, du cotton, ou de la soye,
„ ni sur rien qui en soit fait; ni sur l'or &
„ l'argent, ni sur rien qui soit orné de pier-
„ reries. Remarquez que le papier fait d'her-
„ bes n'est pas compris dans l'exception, en-
„ core qu'il fût écrit. Le second *précepte* est
„ que l'*homme* ne fasse pas ses *Prieres* en lieu
„ d'où il puisse regarder des *femmes*; sur quoi
„ les Casuistes ont décidé que s'il arrive que
„ pendant qu'un *homme* fait sa *priere*, une
„ *femme* se vienne planter devant lui, ou à
„ ses côtez, pour faire la sienne, la *Priere* de
„ tous les deux est vaine & nulle, excepté

„ trois circonstances : l'une qu'il y ait quelque
„ séparation entre deux qui les empêche de se
„ voir, comme une cloison, une tapisserie :
„ l'autre, qu'ils soient à vingt *guezes* l'un de
„ l'autre. (*Gueze* est l'aune de *Perse*, laquelle
„ est de trois pieds :) La derniere circonstan-
„ ce, c'est que la *femme* soit justement der-
„ riere l'*homme*. A ces deux *Préceptes* il faut
„ joindre un *conseil* sur la qualité du *Lieu* où
„ l'on fait sa *Priere*. C'est de faire dans la
„ *Mosquée* les *Prieres commandées*, & de faire
„ dans sa *Maison* les *Prieres de surerogation*: sur
„ quoi vous observerez qu'il est recommandé
„ de les faire en divers endroits dans les *Mos-*
„ *quées*, & en differens endroits dans sa *Mai-*
„ *son*, parce qu'au jour du jugement, les
„ *Lieux* où l'on a prié en rendront témoigna-
„ ge, & que ce sera ainsi avoir un plus grand
„ nombre de témoins.

TROISIEME SECTION.

Du *Kebla*, & de quelques autres ob-
servations.

„ SAchez qu'il est commandé lors qu'on
„ veut faire ses *Prieres* de se tourner au
„ *Kebla*, c'est-à-dire vis à vis la *Mecque*, ex-
„ cepté lors qu'on est à *la Mecque*; car là, il
„ se faut tourner vis à vis le *Kaaba*, qui est
„ l'*Oratoire d'Abraham*; & si l'on est joignant
„ le *Kaaba*, alors il faut regarder le *Kaaba*,
„ en se tenant du côté opposé au Païs d'où
„ l'on est natif, c'est-à-dire avoir en face le
„ *Kaaba*, & son Païs natal. Sur ce fonde-
„ ment, il s'ensuit que les peuples de *Perse*,
„ doivent regarder le *Kaaba* ayant le visage
„ tourné au *Septentrion*. Les peuples d'*Egyp-*
„ *te*, & au delà, le doivent regarder le visa-
„ ge tourné à l'*Occident*. Les peuples de
„ l'*Arabie heureuse*, au *Midi*. Et les autres
„ Peuples à l'*Orient*. Mais s'il arrive, qu'é-
„ tant en voyage, on soit desorienté, de ma-
„ niére qu'on ne sache où est le *Kebla*, il faut
„ le trouver par les signes du Ciel. Or ces
„ signes, pour les peuples de *Perse*, sont, du-
„ rant le matin & le soir, d'avoir le *Levant*
„ à côté gauche, & le *Couchant*, à côté droit;
„ à *Midi*, d'avoir le *Soleil* vis à vis le *sourcil*
„ *droit*, & de nuit, l'*Etoile Polaire* justement
„ derriere l'épaule droite; mais s'il arrive que
„ ces signes Celestes ne paroissent point, il
„ faut faire sa *Priere*, en se tournant des qua-
„ tre côtez du monde, & faire une *adoration*
„ à chaque côté, à moins qu'on ne fût trop
                                        pressé;

„ preffé ; auquel cas il fe faut tenir au côté
„ qu'on préfume être le côté du *Kebla*, & y
„ faire deux *adorations*. Obfervez ici deux
„ chofes que les Docteurs ont décidées. La
„ première, que s'il arrive qu'après qu'on a
„ ainfi fait fa *Priere*, on découvre le côté du
„ *Kebla*, & on reconnoit qu'on s'eft tourné
„ tout à rebours, en forte qu'on y a tourné
„ le dos, il faut refaire fa *Priere* tout de nou-
„ veau, foit que le tems marqué pour faire
„ cette *Priere*-là dure encore, foit qu'il foit
„ paffé ; mais que fi l'on s'eft tourné feule-
„ ment à côté, il ne faut recommencer la
„ *Priere* qu'en cas que le tems marqué pour
„ la faire dure encore, mais s'il eft paffé, on
„ peut s'en tenir à ce qu'on a fait.

QUATRIEME SECTION.

De l'Invocation publique qui fe fait à la Priere.

„ SAchez que c'eft un Point de la dévotion
„ confeillée, que de commencer fa *Prie-*
„ *re* en difant les paroles de l'*Invitation* que
„ fait le *Mouazen*, ou *Crieur facré*, du haut
„ des Mofquées, à toutes les heures que les
„ *Prieres* fe doivent faire, pour avertir qu'il eft
„ tems de commencer les *Prieres*. Il faut ré-
„ citer cette proclamation, & toute perfonne
„ la doit dire, foit homme, foit femme ; avec
„ cette exception, que la femme doit la dire
„ tout bas, & fans qu'on l'entende. Obfer-
„ vez ici que c'eft mieux fait de repeter cette
„ *Proclamation* haut dans les *Prieres* dont il
„ faut prononcer une partie à haute voix, de
„ même qu'il eft mieux de la dire à voix baffe
„ dans les *Prieres* où il eft permis de parler
„ bas & fans être entendu ; car vous devez
„ favoir que des cinq *Prieres* commandées,
„ il y en a trois où il faut prononcer certai-
„ nes chofes à haute voix, & certaines autres
„ chofes à baffe voix, favoir les *Prieres* du
„ matin, du midi, & du foir ; & pour celles
„ du vêpre, & du coucher, il faut dire tout
„ à voix baffe. Or les paroles de cette *Pro-*
„ *clamation* ou *Annonciation* que fait le Crieur
„ facré, c'eft de dire quatre fois, *O Dieu très-*
„ *grand:* puis deux fois, *Témoignage que nous*
„ *rendons à Dieu : Il n'y a point d'autre Dieu*
„ *que Dieu :* puis de fuite deux fois, *Témoigna-*
„ *ge que nous rendons en Dieu, Mahammed eſt*
„ *le Prophete de Dieu :* puis deux fois auffi,
„ *Venez à la Priere :* puis encore deux fois,
„ *O vous qui êtes du nombre de ceux qui efpe-*

„ *rent en la miſericorde de Dieu :* puis deux fois,
„ *Mettez vous à faire la meilleure action,* (c'eſt-
„ à-dire, mettez vous à prier,) puis deux fois,
„ *O Dieu très-grand:* puis deux fois enfin, *Il*
„ *n'y a point d'autre Dieu que Dieu.*
  Je fupprime ici un Article affez long, parce qu'il ne contient que des directions pour
régler le ton de la voix, pour régler l'action,
le gefte, les paufes, & d'autres chofes femblables, & fur la maniére de dire cette *Invitation*
du Crieur facré ; lefquelles directions font
toutes feiches & peu curieufes. L'Auteur
pourfuit en difant : „ Obfervez qu'il eft con-
„ venable, & confeillé, que le *Mouazen*, ou
„ Crieur facré, ait la voix belle ; qu'il foit
„ homme jufte ; qu'il connoiffe exactement
„ les tems prefcrits pour la *Priere* ; qu'il foit
„ fur quelque lieu éminent & élevé de terre
„ en faifant fa fonction ; qu'il ait le vifage
„ tourné au *Kebla* ; qu'il proféré les derniers
„ verfets de l'*Invitation* après une paufe ; qu'il
„ proféré les premieres à voix diftincte, &
„ par intervalles, ceux du milieu vîte ; qu'il
„ n'entrecoupe point les paroles facrées par
„ aucun mot que ce foit ; qu'il faffe quelque
„ paufe entre les deux premiers verfets & les
„ fuivans, foit en faifant deux proftrations,
„ foit en faifant deux adorations, foit en s'af-
„ feiant un peu, foit en fe remuant un peu
„ fur fa place, foit enfin en fe repofant un
„ peu de tems : Obfervez auffi que c'eft un
„ peché de dire dans l'*Invitation* ou l'*Annon-*
„ *ciation* qui fe fait le matin dans la *Mofquée*,
„ *la Priere eft meilleure que le fom-*
„ *meil*, comme quelques Héretiques le pra-
„ tiquent, parce que le Prophete n'a point
„ ordonné de dire cela. Ceux qui repetent
„ les paroles de l'*Annonciation* en priant
„ peuvent dire ; mais ceux qui le font en per-
„ fonnes publiques ne le doivent pas, parce
„ qu'ils ne doivent dire que ce qui a été pref-
„ crit : il faut entendre par perfonnes pu-
„ bliques ceux qui font les *Prieres* dans la
„ *Mofquée*, comme des guides & des model-
„ les fur lefquels les autres gens fe réglent.

CINQUIEME SECTION.

Des Proftrations de Précepte & de Confeil.

„ SAchez que les *Proftrations*, (*Recahet*,)
„ qu'il eft ordonné de faire dans les cinq
„ *Prieres* qui font de *précepte*, ou *commandées*
„ pour le jour & pour la nuit, dans l'efpace
„ de vingt-quatre heures, font au nombre de
„ dix-fept, quand on eft en ville, & au nom-
                                         „ bre

,, bre d'onze quand on eſt en voyage; ſavoir
,, quatre *Proſtrations* à la *Priere du midi*, quand
,, on eſt en ville, ou chez ſoi, & deux quand
,, on eſt en voyage: autant à la *Priere du vê-*
,, *pre*: trois à la *Priere de la nuit*, c'eſt-à-dire,
,, après le Soleil couché, ſoit en ville, ſoit en
,, voyage: quatre dans la *Priere* qu'on appel-
,, le *du dormir*, (laquelle ſe fait lors qu'on ſe
,, va coucher,) ſi l'on n'eſt pas en voyage;
,, & deux lors que l'on y eſt; & deux enfin
,, dans la *Priere du matin*, tant pour celui qui
,, eſt chez ſoi, que pour celui qui eſt en voya-
,, ge. Ce ſont là les *Proſtrations*, ou *Inclina-*
,, *tions* qu'il faut faire dans les *Prieres comman-*
,, *dées*; & quant aux *Prieres conſeillées* dans le
,, même eſpace d'un jour & d'une nuit, les
,, *Proſtrations* preſcrites ſont au nombre de
,, trente-quatre quand on eſt dans ſa maiſon
,, avec les ſiens; ſavoir huit à midi, leſquel-
,, les ſe doivent faire avant la *Priere de pré-*
,, *cepte*; quatre à la *Priere de la nuit*, laquel-
,, le ſe doit faire après la *Priere de précepte*,
,, une après la *Priere du coucher* ſi l'on fait ſa
,, Priere debout, & deux ſi on fait ſa Priere
,, étant aſſis à terre ſur ſes talons; huit autres
,, *Proſtrations* dans la *Priere de minuit*, où vous
,, devez obſerver que lors que cette Priere eſt
,, d'obligation, comme elle l'eſt pendant le
,, jeûne, qui dure tout le mois de *Ramazan*,
,, il n'y a que cinq *Proſtrations d'obligation*;
,, les trois autres ſont de *dévotion*, & de ces
,, trois *Proſtrations* il y en a deux qui ſont de
,, ſurérogation, & la troiſiéme ſe fait en tour-
,, nant ſon eſprit ſur l'intention que l'on a
,, euë de faire cette Priere: enfin, il faut fai-
,, re deux *Proſtrations de conſeil* dans la *Prie-*
,, *re de conſeil*, qui ſe fait le matin, laquelle
,, *Priere de conſeil* doit preceder la *Priere de*
,, *précepte*. Or ces *Proſtrations* doivent être
,, entremêlées de ce qu'on s'appelle les *Confeſ-*
,, *ſions* & les *Saluts de la Priere*; enſorte qu'u-
,, ne *Proſtration* ſoit ſuivie d'une *Confeſſion*,
,, & qu'une autre *Proſtration* ſoit ſuivie d'un
,, *Salut*: la *Confeſſion* conſiſte dans ces paro-
,, les, *Témoignage que*, &c. le *Salut* conſiſte
,, en celles-ci, *Je te ſalue Prophete de Dieu*,
,, excepté la *Proſtration* qui ſe fait après la
,, *Priere du coucher*, dans laquelle il faut fai-
,, re une *Confeſſion* & un *Salut* tout enſemble.
,, Obſervez que ſi l'on eſt en voyage, les
,, *Proſtrations conſeillées* doivent contenir la
,, moitié de l'office preſcrit; & en général par
,, tout où les choſes *commandées* ſont en plus
,, petit nombre, les choſes *conſeillées* le ſont
,, auſſi.

Tome II.

SIXIEME SECTION.

Du tems des Prieres de précepte & de con-
ſeil, durant le jour & la nuit.

,, SAchez que le tems de la *Priere du midi*
,, eſt depuis que le Soleil paſſe le point du
,, Meridien, & commence à deſcendre, ce
,, qui ſe connoît à l'ombre, juſqu'à ce que
,, l'ombre ſoit parvenuë à ſa derniere augmen-
,, tation, & encore par delà le tems qu'il
,, faut pour faire les quatre *Proſtrations com-*
,, *mandées*. Tout cet intervalle-là eſt le tems
,, de la *Priere du midi*, après lequel ſuit le
,, tems de la *Priere du vêpre*, qui dure juſqu'à
,, ce que le Soleil ſoit ſi bas qu'on n'ait pas
,, le loiſir de faire les quatre *Proſtrations com-*
,, *mandées* avant qu'il ſoit tout-à-fait couché;
,, & ce dernier eſpace eſt le tems de faire la
,, *Priere du midi & du vêpre* jointes enſemble;
,, mais ſi on les fait enſemble, il faut obſer-
,, ver de faire la *Priere du midi* la premiere.
,, Le tems de la *Priere de la nuit* eſt unique-
,, ment le moment du coucher du Soleil: or
,, le ſigne du coucher du Soleil, c'eſt que le
,, rouge qui eſt à l'horiſon, du côté de l'O-
,, rient paſſe & ſe diſſipe, & par-delà ce mo-
,, ment le tems ſeulement qu'il faut pour fai-
,, re trois *Proſtrations*. Après ce court eſpa-
,, ce, vient le tems de la *Priere du coucher*,
,, dans lequel on peut faire auſſi ces deux
,, *Prieres de la nuit & du coucher* enſemble,
,, & ce tems s'étend juſqu'à minuit. Le tems
,, de la *Priere du matin*, eſt du point que le
,, Ciel s'entr'ouvre, ou s'éclaircit la premiere
,, fois du côté de l'Orient, juſqu'à ce que le
,, Soleil ſoit levé; car il faut obſerver que le
,, Ciel s'ouvre & s'éclaircit d'abord, puis il
,, ſe referme & ſe r'obſcurcit, & puis il ſe
,, r'ouvre de nouveau & s'éclaircit tout-à-
,, fait; & ce ſont là les tems des *Prieres com-*
,, *mandées*. Les tems des *Prieres conſeillées*,
,, ſont pour celle *du midi*, le commencement
,, de la deſcente du Soleil du point de ſon
,, exaltation, juſqu'à ce que l'ombre ſoit lon-
,, gue de deux pieds ou parties, " (le pied
indéfini parmi les *Perſans* ſe prend toujours
pour la ſeptiéme partie d'une choſe;) ,, ce
,, tems-là paſſé, on ne peut plus faire la *Prie-*
,, *re de conſeil du midi*; mais, ſi avant qu'il
,, ſoit paſſé, on avoit fait ſeulement une
,, *Proſtration* de la *Priere commandée*, on peut
,, faire la *Priere de conſeil* enſuite. Le tems
,, de la *Priere de conſeil du vêpre*, eſt depuis

E e e   ,, qu'on

„ qu'on a achevé les *Prieres de précepte & de*
„ *conseil du midi*, jusqu'à tant que l'ombre
„ soit agrandie deux fois autant qu'il a été
„ marqué pour la Priere précedente; & si ce
„ tems-là passe, il n'y a plus moyen de faire
„ cette Priere. Le tems prescrit pour la *Prie-*
„ *re de conseil de la nuit*, est l'intervalle entre
„ la *Priere du vêpre*, & la fin du Crepuscule
„ rouge du côté du couchant, après quoi il
„ est trop tard pour faire cette Priere; & le
„ tems de la *Priere de conseil* suivante, qu'on
„ appelle *veteiré*, est tout le tems marqué
„ pour la *Priere de précepte du coucher*, lequel
„ tems s'étend jusqu'à minuit; & ainsi le tems
„ de la *Priere veteiré*, est de la fin du cre-
„ puscule du soir jusqu'à minuit. Le tems
„ de la *Priere de conseil de minuit*, est depuis
„ minuit jusqu'à la premiere aube du jour;
„ & le tems enfin de la *Priere de conseil à*
„ l'aube du jour, est depuis qu'on a achevé
„ la *Priere de minuit*, jusqu'à ce que l'hori-
„ son soit rouge à la partie Orientale.

TROISIEME PARTIE.

Des Prieres du jour & de la nuit.

PREMIERE SECTION.

Des Prieres préparatoires.

„ LOrs qu'on veut faire la *Priere*, après
„ qu'on se sera préalablement purifié
„ par la *Lustration*, qu'on se sera vêtu d'ha-
„ bits nets, qu'on se sera mis modeste-
„ ment à la place où l'on a fait dessein d'exer-
„ cer sa dévotion, que l'on aura le visage
„ tourné au *Kebla*, & qu'on sera plein du
„ desir & de l'intention de faire la *Priere*, on
„ la commencera en prononçant l'*Invitation*,
„ ou l'*Annonciation*, après laquelle on dira,
„ *Alla ak ber*, *O Dieu très-grand*: & puis
„ on dira cette *Priere*, à paroles distinctes. "
O Dieu, Pere nourricier des hommes, porte à
Mahammed *cette priere entiere, priere que je*
fais, debout à Mahammed, *qui est l'intercesseur*
excellent exalté & pardessus toutes les créatu-
res, élevé en un lieu très-haut, lequel a plû en-
tre tous, où est l'étang de délices, & l'enseigne
sous laquelle se rassemble la troupe des bienheu-
reux, qui au jour de l'épouvantement est le Me-
diateur pour l'acquisition de la felicité. Je com-
mence au nom de Dieu: & je demande à Dieu
la délivrance du malin, pour l'amour de Mahammed, *à la suite duquel je marche. O Dieu,*

introduis-moi parmi ce peuple qui est dans un
état excellent près de toi en ce monde, & dans
l'éternité, & m'éleve au nombre des grands &
exaltez en ta présence. „ Au lieu de cette
„ *Priere on peut user de celles-ci.* " *O Pere*
nourricier des hommes, rends moi constant &
bien confirmé dans la priere moi & les miens.
O mon Pere nourricier, aye mes prieres pour
agréables. O mon Pere nourricier, pardonne moi
mes pechez, & ceux de ma famille, ceux de mes
ancêtres, & ceux de tous les fidéles, au jour que
le compte des péchez sera demandé & raporté.
O mon Pere nourricier, pardonne-moi mes mau-
vaises œuvres, affermi mes pas dans la droite
voye, exalte-moi par dessus la troupe des infidé-
les. O mon Pere nourricier, pardonne, fais moi
grace, toi qui es le meilleur de tous ceux qui
pardonnent.

Le mot que je traduis par *Pere nourricier,*
est *Reb.* On traduit d'ordinaire ce terme par
Maître ou *Seigneur*, mais les *Persans* l'interpretent par *Perverdegar*, qui signifie proprement *Pere nourricier.* „ Après avoir dit quel-
„ ques-unes de ces Oraisons, on dira trois
„ fois, *O Dieu très-grand*: & puis on dira cet-
„ te autre Oraison, " *O Dieu, c'est de toi que*
j'attens, & à toi que je demande; c'est de ta
bonté, & de ton bon plaisir; je te demande ce
qui est selon ta bonne volonté, & sur le mémoire
de ces ordonnances: je te prie: je te crois: je
crois en toi, & je me remets entierement à toi:
ouvre mes oreilles & mon cœur, afin que je pense
continuellement à toi, affermi mes pieds dans la
sainte voye, & me rends stable invariablement
en ta Loi, la Loi de ton Prophete: ne me reduis
point à l'étroit: & n'étrecis point mon cœur,
après que tu m'auras montré la vraye voye: re-
concilie moi avec toi, & me pardonne par ta mi-
sericorde, selon qu'il est vrai que tu pardonnes les
pechez. „ Ensuite on dira une fois, *O Dieu*
„ *très-grand*; puis on fera cette Priere, "
O Dieu, je suis debout à ton service: je te pré-
sente une requête d'où dépend mon bien; le bien
est proche de toi, & en ta main, & il n'y a point
de mal proche de toi, & tu es celui qui as mon-
tré le vrai chemin à quiconque t'a trouvé. O Dieu,
je suis ton esclave & le fils de ton esclave, mais
en ta présence & devant le pouvoir de toi, pour
qui, & à cause de qui les choses qui existent sont
existantes, la chose que je suis est le rien, est ce
qui n'est rien. Or auprès de toi il n'y a d'autre
appui & soutien que toi-même, comme hors de
toi il n'y a point d'azile, de retraite, ni de con-
solation; de même qu'il n'y a point de lieu où je
puisse m'enfuir & me retirer que vers toi-même:
je crois que tu es: & je te crois pur & incorpo-
rel,

rel., *je te crois tout-puiſſant & bien heureux*,
& je crois que c'eſt toi qui t'es benit toi-même,
qui t'es exalté toi-même, & je te crois mon Pere
nourricier, & le Pere nourricier de la Mecque
(la communion) *des vrais fideles.* „ Cela fait
„ qu'il ſe mette à dire de nouveau, *O Dieu*
„ *très-grand*, autant de fois qu'il eſt écrit de
„ le dire immédiatement avant la *Priere* eſſen-
„ tielle & commandée, (c'eſt le premier Cha-
„ pitre de l'*Alcoran*,) puis qu'on entretienne
„ ſon eſprit de quelques paroles ou penſées
„ ſaintes, parmi leſquelles on formera l'in-
„ tention de commencer la *Priere* & de faire
„ la *Priere* entierement, & puis on la com-
„ mencera; mais avant que de dire la *Priere*
„ eſſentielle il y en a une de conſeil qui eſt
„ commandée & la faut dire en ces termes. "
Je m'applique auprès de Dieu, qui a créé toutes
les créatures, (les Cieux & la Terre,) *à l'exer-*
cice des enfans d'Abraham, (la Priere) *& dans*
la Loi de Mahammed *dont Aly eſt le Vicaire*,
& ce que je fais dans cet exercice eſt droit &
vrai : je ne ſuis point du nombre des infideles,
auſſi vrai, & auſſi ſurement qu'il eſt vrai que
ma priere & mes actions, que ma vie & ma
mort, viennent de Dieu, & ſont par Dieu, qui
eſt le nourricier de tous les hommes. Dieu n'a ni
compagnon ni aſſocié : c'eſt là ma foi, dans la-
quelle j'ai été inſtitué, & confirmé : je ſuis du
nombre des vrais croyans : je me retire auprès de
Dieu, pour y être ſureté contre le Diable, le-
quel eſt celui qui a été chaſſé de devant la face
de Dieu, au nom de Dieu clement & miſericor-
dieux : „ après quoi il commencera le *Fatha*,
„ qui eſt la *Priere* eſſentielle, (le premier
„ Chapitre de l'*Alcoran*,) & enſuite pouſſera
„ ſa Priere juſques à la fin ſelon la maniere
„ preſcrite.

SECONDE SECTION.

Des choſes de précepte & de conſeil qu'il
faut obſerver dans les Prieres du jour
& de la nuit.

„ L Es choſes *commandées* dans les *Prieres*
„ de *précepte* du jour & de la nuit ſont au
„ nombre de huit : 1. Le *Niet*, c'eſt-à-dire,
„ l'intention. 2. Le *Tekbir haram*, c'eſt-à-
„ dire, la Loüange qui interdit, " (& ce qu'il
entend par là, c'eſt que dès qu'on a proferé
ces mots, *O Dieu très-grand*, leſquels on dit
après avoir fait la direction d'intention : c'eſt
un ſacrilége que de parler durant le reſte de
la Priere.) „ 3. Le *Kerahet*, ce qui ſignifie

„ qu'il faut dire une action de graces, & dire
„ où, repeter un Chapitre de l'*Alcoran*, tel
„ qu'on voudra. 4. Le *Kian*, ou la poſture.
„ 5. Les *Recahet*, ou les Proſtrations. 6. Les
„ *Sugde*, ou les adorations. 7. Le *Techaoud*,
„ ou la Confeſſion de Foi. 8. Le *Salam*, ou
„ les Saluts. Dans ces huit Articles eſt com-
„ pris tout ce qu'il eſt commandé d'obſerver
„ dans la Priere. Voyons ce que chacun
„ contient en particulier.
„ ARTICLE I. Dans l'Article de l'*Inten-*
„ *tion* il y a ſept choſes à obſerver *néceſſaires*
„ & de *précepte*. 1. De faire interieurement
„ la diſtinction de la qualité de la Priere qu'on
„ va faire par raport au tems, en penſant en
„ ſoi-même, qu'on fait la *Priere* d'une telle
„ heure du jour ou de la nuit. 2. De faire
„ de même une interieure diſtinction de la
„ qualité de ſa *Priere* par raport à l'inſtitu-
„ tion, en penſant en ſoi-même qu'on fait une
„ *Priere* de précepte, ou de conſeil. 3. De fai-
„ re une ſemblable diſtinction de ſa *Priere* par
„ raport aux tems preſcrits, c'eſt à ſavoir ſi
„ on fait ſa *Priere* à l'heure juſte, ou après
„ l'heure, & combien c'eſt. 4. De faire une
„ autre diſtinction implicite ſur ſa *Priere*, par
„ raport aux tems, ſavoir ſi c'eſt une *Priere*
„ qu'on faſſe pour ce tems-là; ou pour le
„ tems qu'on a laiſſé paſſer ſans faire la *Prie-*
„ *re* qu'il étoit commandé de faire alors, en
„ penſant en ſoi-même qu'on prie hors du
„ tems de prier, pour reparer la faute de n'a-
„ voir pas prié dans le tems qu'il le falloit
„ faire. 5. De former en ſoi-même un acte
„ diſtinct de connoiſſance & de perſuaſion,
„ qu'on ne fait ſa *Priere* à nul autre deſſein,
„ ſinon parce que *Dieu* eſt digne d'être prié.
„ 6. D'entretenir cette penſée-là vive &
„ diſtincte, juſqu'à ce que l'on diſe le *Tekbir*
„ *haram*, (c'eſt le mot, *O Dieu très-grand*,)
„ lequel étant une fois proferé, il ne faut plus
„ entretenir nulle des intentions ſuſdites,
„ mais il faut uniquement appliquer ſon eſprit
„ à ce qu'on dit. 7. Entretenir ſon attention
„ tendue ſur ſa *Priere*, ſans recevoir aucune
„ idée qui y ſoit contraire, ni qui ſoit diffe-
„ rente du ſens & de l'idée de chaque terme,
„ juſqu'à ce qu'on ait achevé ſa Priere.
„ ARTICLE II. Dans le *Tekbir haram*,
„ il y a onze Points qui ſont de *précepte*.
(*Tekbir haram* eſt, comme je viens de le
dire, ce mot *Allaekber*, c'eſt-à-dire, *O Dieu*
très-grand, lequel revient très-ſouvent; & ces
termes de *Tekbir haram*, veulent dire dans
leur rituel la loüange ſacrée.) Voici les onze
„ points commandez pour bien dire ce mot

„ 1. De

„ 1. De le prononcer à levres ouvertes, fans fiffler les mots, ou les tirer en long en les prononçant; mais fi au lieu de proferer ces mots en *Arabe*, & de dire *Alla ekber*, on les difoit en une autre langue, comme en *Perfan*, en difant *Kodabouzourg*, cela feroit licite, & bien fait, pourvû qu'on eût l'intention de dire la même chofe en *Perfan* qu'en *Arabe*, & pourvû auffi qu'on le fît par la raifon qu'on ne fauroit pas l'*Arabe*. 2. De dire ce mot en *Arabe*, fi l'on fait cette langue, car fi en fachant l'*Arabe*, comme le *Perfan*, on choififfoit pourtant de le dire plûtôt en *Perfan* qu'en *Arabe*, ce feroit mal fait. 3. De le prononcer de fuite, parce que fi l'on s'arrête entre le mot d'*Alla* & celui d'*Ekber*, la *Priere* eft nulle. 4. De proferer ces mots facrez à l'inftant qu'on a achevé de former l'intention de faire fa *Priere*; parce qu'après cet acte d'intention, il faut avoir toute fa penfée tendue & appliquée à ce qu'on dit à *Dieu* & non pas à ce qu'on fait. 5. De n'allonger pas les lettres du mot *Alla*, en le proferant comme fi l'on chantoit. 6. De ne le faire pas non plus dans le mot *ekber*. 7. De ne transporter pas ce mot *ekber*, avant *Alla*. 8. De proferer ces mots d'un ton affez haut pour les entendre foi-même aifément & nettement; & fi l'on eft fourd, de les proferer du ton duquel on s'entendoit foi-même avant que de l'être. 9. D'en prononcer les lettres grammaticalement, c'eft-à-dire les lettres gutturales du gofier; les douces du bout de la langue, prenant garde de ne prononcer pas l'*a* comme une *h* (il y a dans l'original l'*alif en hayn*, qui eft la même chofe). 10. De prononcer les lettres du mot *Alla* avec leurs accens propres. 11. De prononcer celles du mot *ekber* avec leurs accens propres auffi. (C'eft comme qui diroit de ne pas faire mafculin un *i* ou un *e* feminin.)

„ ARTICLE III. Le Livre original intitulé *Kerahet*. Cet Article-ci qui traite de l'action de graces, & de la leçon qu'il faut dire en faifant la *Priere*, ce qu'ils appellent l'*amd*, & le *zoura*, & il lui fait contenir feize préceptes. 1. De dire l'action de graces & le Chapitre après la première *Proftration* que l'on fait eft une *Priere* de deux *Proftrations*; mais de les dire après la feconde *Proftration* en celles où il faut faire quatre *Proftrations*. 2. De proferer les mots, les fyllabes, & toutes les lettres de cette action de graces & de cette leçon avec leurs accens propres. 3. De les dire

„ dans leur arrangement naturel, fans en tranfpofer ou déranger aucun mot. 4. De les proferer l'un après l'autre, de la manière que les mots d'un difcours grave & fuivi doivent être proferez; non en mangeant partie des mots, ni en les difant trop loin à loin. 5. De fe repofer aux points & à la fin des verfets de la leçon, & de ne fe repofer que là, car fi on fe repofe aux endroits qui ne le demandent pas, la *Priere* devient nulle & vaine. 6. Le fixiéme *précepte* eft que les hommes prononcent à haute voix ce qui fuit ici, favoir premiérement toute la *Priere du matin*; fecondement ce qu'il faut dire avant que de faire la troifiéme *Proftration* de la *Priere de la nuit*, & de la *Priere du coucher*; & que pour tout le refte, foit dans ces trois *Prieres*-là, foit dans les deux autres, ils le difent à voix baffe. C'eft ce qui eft prefcrit aux hommes fur ce fujet; mais pour les femmes, il n'eft jamais licite qu'elles prononcent rien à haute voix en faifant leurs *Prieres*. Or le plus haut ton dont l'on doive proferer ces *Prieres* eft le ton qui puiffe être entendu d'un homme qui eft à côté de foi, qui n'eft pas dur d'oreille; & le plus bas qu'il foit permis de faire, c'eft de tenir un tel ton de voix qu'on fe puiffe entendre foi-même, fi l'on n'eft pas fourd; & fi l'on eft fourd, le ton de voix duquel l'on s'entendroit clairement fi l'on n'étoit pas fourd. 7. Le feptiéme *précepte* eft de dire l'action de graces avant le Chapitre. 8. De dire au commencement de l'action de graces ce que l'on appelle l'*introduction* qui confifte en ces mots facrez *au nom de Dieu Clement & Mifericordieux*; & s'il arrive que fciemment, & avec connoiffance, on faute ou on paffe cette introduction dans cet endroit-là, la *Priere* eft vaine. 9. De lire ou repeter un Chapitre de l'*Alcoran* après l'action de graces. 10. De dire le Chapitre tout entier, & s'il arrive que fciemment, & avec connoiffance on en omette un verfet, ou un mot, ou une fyllabe, la *Priere* eft vaine. 11. De ne pas prendre pour leçon un des quatre grands Chapitres (ce font le premier, le fecond, le troifiéme & le quatriéme,) ni aucun autre fi long, qu'en le difant le tems marqué pour la *Priere* fe paffe, ni les Chapitres trente deux, quarante un, cinquante trois, & quatre vingt quinze. 12. De dire la leçon, dès qu'on a achevé l'action de graces. 13. De ne pas laiffer une leçon qu'on a commencé pour en dire une au-
„ tre,

tre, même à l'égard des Chapitres intitulez *Touhid* & *Gahed* : il n'eſt pas licite de les laiſſer pour en dire d'autres, lors qu'on a ſeulement penſé à les dire, ſi ce n'eſt pourtant au jour du Vendredi qu'on peut les laiſſer, quoi qu'on ait penſé à les choiſir, pour prendre le Chapitre qu'on appelle *le Chapitre du Vendredi*, ou le *Chapitre des Trompeurs & Menteurs* dit *Mounafecon*. 14. De prononcer grammaticalement toutes les lettres de la Leçon, comme elles doivent être prononcées ſelon la force de la ponctuation. 15. De dire la Leçon en *Arabe*. 16. De ne dire pas *Amen* après l'action de graces, ſi ce n'eſt par diſſimulation, lors qu'on ſe trouve engagé en un Païs des Ennemis de la Religion. (La raiſon de défendre l'*Amen* en cet endroit de la *Priere*, c'eſt parce qu'elle ne finit pas-là, & qu'ils croyent qu'il ne faut dire *Amen* que quand la *Priere* eſt entierement finie, parce que l'*Amen* donne une idée de fin de dévotion qui retire l'eſprit de ſon attachement, & qui divertit l'attention. Les *Turcs*, & tous les peuples de leur créance, diſent au contraire *Amen* après l'action de graces, & les *Perſans* croyent que plûtôt que de s'expoſer à une querelle ou à des injures, il eſt permis en toutes choſes de faire comme l'on fait dans le Païs où l'on ſe trouve, pourvû que ce ſoit un Païs ou l'on croye en *Dieu* & à *Mahammed*.) „ Obſervez qu'il eſt permis dans les dernieres *Proſtrations* de dire à la place de l'action de graces accoutumée, celle-ci : *O Dieu très-loüable. A toi, ô Dieu, je donne la gloire & la loüange : il n'y a point de Dieu que Dieu, & Dieu eſt très-Grand.*

„ ARTICLE IV. L'Article du *Kiam*, „ ou de la *Poſture* dans laquelle il faut être „ quand on commence la *Priere*, contient „ quatre Points commandez. 1. De ſe tenir „ le corps droit, la tête droite, regardant „ droit devant ſoi ; & ſi de deſſein formé, ou „ ſciemment, on porte le corps de travers, „ ou l'on ſe tient de côté, ou l'on ſe con- „ tourne de quelque maniére que ce ſoit, la „ *Priere* eſt vaine. 2. De ſe tenir & s'ap- „ püyer ferme ſur ſes pieds ; & ſi l'on s'ap- „ puye ſur quelque choſe, ou contre quel- „ que choſe, la *Priere* eſt vaine. 3. De ſe „ tenir en repos, & arrêté dans ſa place, du- „ rant toute la *Priere*, ſans ſe remuer aucu- „ nement ; & ſi l'on remue les pieds, ou que „ l'on branle le corps, ou la tête ; ou bien s'il „ arrivoit que l'on aimât mieux faire ſa *Priere* „ en quelque choſe mouvante, comme dans

„ un batteau, ou dans un Navire qui eſt à „ l'eau, pouvant la faire en terre ferme, la „ priere eſt vaine en tous ces cas-là. 4. De „ ſe tenir les pieds ſi ſerrez l'un contre l'au- „ tre, qu'il n'y ait pas un pouce entier entre „ deux ; & ſi l'on les tient éloignez l'un de „ l'autre plus qu'il n'eſt licite de le faire, la „ *Priere* eſt vaine. Obſervez ici qu'il eſt li- „ cite quand on ne peut ſe tenir debout, de „ s'aſſeoir à terre, ſur ſes talons ; & quand „ l'on ne peut ſe tenir aſſis, de ſe coucher ſur „ le côté ; & quand on ne peut ſe tenir cou- „ ché ſur le côté, de ſe coucher ſur le „ dos, & en ce cas il faut faire les *Proſtrations* „ & les *adorations* avec les ſourcils, en les „ abaiſſant ſur les yeux entierement, aux en- „ droits de la *Priere* où il faut s'incliner & ſe „ proſterner : en preſſant les deux paupieres „ l'une contre l'autre, aux endroits où il faut „ mettre le front contre terre ; & en retirant „ la paupiere en haut comme quand on a les „ yeux bien ouverts aux endroits de la *Priere* „ où il faut ſe relever.

„ ARTICLE V. Cet Article qui traite „ du *Rocouh*, ou de la *Proſtration*, qui eſt cet- „ te inclination du corps qui ſe fait tout bas, „ & droit devant ſoi quand on eſt debout, „ cet Article, dis-je, contient neuf Points „ commandez. 1. De faire la *Proſtration*, „ ou inclination ſi bas qu'ayant les deux mains „ ſur les cuiſſes en la commençant, elles „ viennent à gliſſer & s'arrêter ſur les genoux, „ quand on eſt incliné. Obſervez qu'il n'eſt „ pourtant pas commandé d'appuyer les mains „ ſur les genoux, mais que cela demeure li- „ bre. 2. De dire en faiſant cette *Proſtration* : „ *Je reconnois pour unique, & pour ſeul loüable, „ le Seigneur très-Grand : & je lui rends mes „ loüanges.* Obſervez là-deſſus qu'il eſt de „ *précepte* de dire ces paroles une fois à cha- „ que *Proſtration*, mais qu'il eſt de *conſeil* de „ les dire plus d'une fois. 3. De les dire en „ langue *Arabe*. 4. De les dire dans leur or- „ dre naturel, & non dans un autre arrange- „ ment. 5. De les dire dans l'acte même de „ la *Proſtration*, ou inclination, & non pas „ lors qu'on auroit le corps arrêté, ſoit proſ- „ terné, ſoit droit. 6. De les dire aſſez haut „ pour que l'on s'entende ſoi-même. 7. De „ ſe relever en haut la tête droite, avant que „ de s'aſſeoir pour faire l'*adoration*, car ſi l'on „ s'aſſeoit pour faire l'*adoration*, avant que de „ s'être ainſi relevé & redreſſé tout droit, la „ *Priere* ſeroit vaine & nulle. 8. De s'arrê- „ ter tant ſoit peu entre la *Proſtration* & l'*a- „ doration*. 9. De ne ſe repoſer pas tant en- „ tre

E e e 3

„ tre deux que le tems préfix pour la durée de
„ la *Priere* se passe.

„ ARTICLE VI. Cet Article qui traite
„ du *Sugdé*, ou de l'*Adoration*, qui est cette
„ inclination qui se fait quand on est assis en
„ bas sur ses talons, en mettant le front à ter-
„ re, renferme quatorze Points de *précepte*.
„ 1. De faire l'*Adoration* panché & incliné sur
„ sept parties du corps, savoir le front, les
„ paumes des deux mains, les deux genoux,
„ & les gros orteuils des deux pieds. 2. De
„ s'incliner & reposer sur ces parties égale-
„ ment, en sorte que le corps ne porte pas
„ plus sur les unes que sur les autres. 3. De
„ poser le front sur des choses licites & non
„ sur des choses illicites, selon la régle qui
„ en a été donnée dans la seconde Section de
„ la seconde Partie, Article premier: où l'on
„ a remarqué qu'il est défendu par exemple
„ de reposer le front sur des plaques d'or ou
„ d'argent. 4. Que le plancher, ou le terrain,
„ sur lequel on fait l'*adoration*, soit égal & au
„ niveau, qu'il n'y ait ni haut ni bas, au
„ moins de plus de l'épaisseur d'une tuile,
„ c'est-à-dire qu'on ne se mette pas en un lieu
„ dont le plancher soit fait de maniére qu'on
„ pût incliner la tête sur quelque chose de re-
„ levé, comme si l'on avoit dessein de ren-
„ dre l'inclination du corps plus aisée en ne
„ la faisant pas si bas: or il faut savoir que si
„ l'on pose le front sur quelque chose plus
„ relevé que le rez de chaussée dans l'endroit
„ où l'on est assis en faisant sa *Priere*, la *Prie-*
„ *re* est vaine & nulle. 5. Que les sept par-
„ ties du corps sur lesquelles on s'appuye en
„ faisant l'*Adoration* portent toutes également
„ sur le plancher. 6. De dire durant l'ado-
„ ration ces mots suivans; *Le Seigneur est*
„ *très-haut: il est digne de toute louange, & c'est*
„ *à lui seul que je rends la louange*. 7. De se
„ tenir assez de tems le front en terre pour
„ dire ces mots tout du long. 8. De les dire
„ en *Arabe*. 9. De les dire un mot après
„ l'autre, dans l'ordre qu'on vient de les ra-
„ porter. 10. De les dire si haut qu'on se
„ puisse entendre soi-même, si l'on entend,
„ ou que l'on pourroit entendre, si l'on en-
„ tendoit. 11. De se relever le corps & la
„ tête droite après avoir fait l'*adoration*. 12. De
„ se reposer tant soit peu après la prémiere
„ *adoration*, mais l'on est en liberté de le fai-
„ re ou de ne le faire pas après la seconde *ado-*
„ *ration*. 13. De ne s'arrêter pas tant après
„ la prémiere *adoration*, ni après la seconde,
„ en cas que l'on s'arrête après la seconde,
„ que le tems marqué pour faire la *Priere* se

„ puisse passer. 14. De faire précisément le
„ nombre d'*adorations* prescrites, & de n'en
„ faire pas davantage; parce que si l'on en fait
„ plus ou moins, la *Priere* est vaine. Ob-
„ servez qu'il est commandé de dire à chaque
„ adoration un verset de la *Priere*, mais
„ qu'il est conseillé de le dire plus d'une fois.

„ ARTICLE VII. Cet Article, qui traite
„ du *Techaoud*, qui est la *Confession de foi*, con-
„ tient neuf observances de *précepte*. 1. De
„ s'asseoir pour reciter la *Confession*, en sorte
„ qu'on la dise ayant le corps en repos & sans
„ se remuer, & de se tenir dans cet état de
„ repos tout le tems qu'on employe à la dire.
„ 3. De faire la *Confession de Dieu* la prémié-
„ re. 4. De faire la *Confession* du *Prophete*
„ la seconde. 5. De faire les *Salvat*, ou *Sa-*
„ *luts* pour la race de *Mahammed*. 6. De
„ faire ces *Confessions*, & ces *Saluts* en *Arabe*.
„ 7. De proferer les paroles l'une après l'au-
„ tre, sans interruption & sans précipitation,
„ c'est-à-dire sans s'arrêter en un endroit, &
„ sans aller vite à un autre. 8. De les dire
„ un mot après l'autre dans leur arrangement
„ naturel. 9. De dire dans sa priere ce que
„ le *Prophete* a dit dans les siennes, & non
„ autre chose, ni autrement. Or ce que le
„ *Prophete* a dit dans ses Prieres le voici:
„ *Témoignage que nous rendons de Dieu* (ou à
„ *Dieu*, ou en *Dieu*) *il n'y a point de Dieu que*
„ *Dieu. Dieu est unique, il n'a point de Com-*
„ *pagnon. Témoignage que nous rendons à Ma-*
„ *hammed son Serviteur. Mahammed est le Pro-*
„ *phete de Dieu. O Dieu très-Grand augmente*
„ *la gloire de Mahammed, & la gloire de sa race.*
„ Après il faut faire encore l'Oraison suivan-
„ te, en ces termes: *O Dieu, accepte l'inter-*
„ *cession & la Médiation de Mahammed, pour &*
„ *en faveur de ses Serviteurs: exalte sa gloire-là*
„ *où il est, & ne m'exclus point de son interces-*
„ *sion, pour faire que je ne fusse pas du nombre de*
„ *ceux pour qui il intercede*. „ Cette Oraison
„ étant dite, on viendra aux Saluts.

„ ARTICLE VIII. Ce dernier Article,
„ qui traite des *Salam*, ou des *Saluts* de la
„ *Priere*, est composé de neuf Points com-
„ mandez. 1. De s'asseoir pour dire les *Sa-*
„ *luts*. 2. De se tenir assis & reposé tout le
„ tems qu'il faut pour dire les *Saluts*. 3. De
„ les faire dans l'une de ces deux maniéres,
„ ou en disant: *Je te saluë, O Mahammed,*
„ *& vous Anges: que la Grace de Dieu soit sur*
„ *vous & sa bénédiction*, ou en disant: *Que le*
„ *Salut, & la Paix, & la Misericorde de Dieu*
„ *soit sur toi, O Prophete, & sur tous les Servi-*
„ *teurs de Dieu*. „ On peut choisir de ces deux
„ for-

„ formulaires celui qui plaira le plus ; & ſi
„ l'on les dit tous deux, le premier *Salut* ſera
„ compté pour acte de dévotion de *précepte*,
„ & le ſecond pour acte de dévotion de *Con-*
„ *ſeil*. 4. De garder l'ordre des paroles, en
„ les recitant. 5. De les dire en *Arabe*. 6. De
„ les dire de ſuite, ſans interruption, & ſans
„ précipitation. 7. De prononcer les paro-
„ les de ces prieres fort juſte & exactement ;
„ & que l'on ſache que ſi l'on y manque en
„ la moindre ſorte, comme de faire un plu-
„ rier ſingulier, ou d'autres fautes ſembla-
„ bles, ce *ſalut* eſt vain & nul. 8. De ne
„ confondre pas la *confeſſion* avec le *ſalut*; c'eſt-
„ à-dire qu'il ne faut pas reciter le *ſalut* tout
„ de ſuite, après la *confeſſion*, & ſans inter-
„ valle. 9. De penſer diſtinctement lorſque
„ l'on fait le *ſalut* qu'il n'eſt pas du corps de
„ la *Priere*, mais qu'avant que de le dire on
„ a achevé de faire la *Priere* ; tellement que
„ s'il arrive que l'on tourne la tête, ou que
„ l'on parle en diſant le *ſalut*, la *Priere* n'en
„ eſt pas renduë vaine, parce qu'elle eſt finie
„ & paſſée. Obſervez auſſi toûjours qu'il faut
„ proferer ces paroles aſſez haut pour les en-
„ tendre, ou pour ſe pouvoir entendre ſi
„ l'on avoit l'ouïe libre. Or ſi vous avez
„ la curioſité de ſavoir combien il y a de
„ points commandez ou de *préceptes* d'obli-
„ gation dans la *Priere* ; je vous dirai que
„ dans la partie qu'on appelle la premiére
„ *Proſtration*, il y en a ſoixante un ; comme
„ vous le pouvez trouver en comptant ce
„ qui a été rapporté : & dans la partie qu'on
„ appelle la ſeconde *Proſtration*, il y en a
„ quarante quatre. Ce n'eſt pas qu'il y ait
„ de la difference entre le contenu de la ſe-
„ conde, & de la premiére *Proſtration*, mais
„ c'eſt que dans la premiére on comprend
„ les points de l'*intention* & *du Motet ſacré*,
„ qui ne ſont pas compris dans la ſeconde,
„ parce qu'on n'y fait d'autre acte d'inten-
„ tion que de demeurer occupé à ſa *Prie-*
„ *re* : & je vous dirai en un mot qu'à
„ prendre la *Priere* toute entiére, en y
„ comprenant les Points de la Luſtration,
„ ceux du lieu, ceux des habits, & les au-
„ tres choſes qui ont été rapportées, il y a
„ ſix cens ſoixante Points commandez dans
„ la *Priere*, & qu'il faut obſerver de néceſſi-
„ té de *précepte*.

TROISIEME SECTION.

Des fautes qui ſe commettent dans la Priere.

„ NOus diviſons cette Section en cinq Ar-
„ ticles, parce que les *fautes* qui ſe com-
„ mettent dans l'acte des *Prieres* ſont de cinq
„ ſortes. La premiere ſorte de *fautes* ou de
„ *manquemens* rend la *Priere* vaine, & oblige
„ à la recommencer d'un bout à l'autre. La
„ ſeconde ſorte de *manquemens* oblige à la
„ recommencer de l'endroit où l'on a man-
„ qué. La troiſiéme ſorte oblige à refaire
„ ſeulement ce qu'on en a mal fait, & à fai-
„ re quelque choſe par amende de la faute
„ que l'on a commiſe. La quatriéme ſorte
„ de *fautes* n'oblige ni à recommencer ni à
„ faire d'amende. La derniere ſorte de *fau-*
„ *tes* conſiſte en des doutes, leſquels obligent
„ de refaire toûjours ce qu'on eſt en doute
„ d'avoir mal fait. Voici ces cinq Articles
„ en détail.
„ ARTICLE I. Les *fautes* qui obligent à
„ recommencer la *Priere*, ſont au nombre de
„ trente-un. 1. Celles qui rendent vaine &
„ nulle cette ſorte de *Purgation legale*, qu'on
„ appelle *Luſtration*, ſoit qu'on ſache quelle
„ eſt la peine attachée à cette ſorte de *fautes*,
„ qui arrivent dans l'acte de la *Luſtration*,
„ ſoit qu'on l'ait oublié, ſoit qu'on ne l'ait
„ jamais ſû ; c'eſt-à-dire, qu'encore qu'on ne
„ ſût pas qu'une telle *defectuoſité* rend la *Pur-*
„ *gation* vaine, elle ne laiſſe pas de l'être, &
„ de rendre par conſéquent la *Priere* vaine,
„ comme étant faite ſans *purgation* valable ;
„ excepté le cas de l'eau priſe par force, tou-
„ chant lequel s'il arrivoit qu'on ne ſût pas
„ que la *Priere* faite après s'être purifié d'une
„ telle eau, eſt une *Priere* vaine, la *Priere*
„ ne laiſſe pas d'être droite & valable. 2. Le
„ deffaut d'intention préciſe & expreſſe en ſe
„ tournant au *Kebla*, (c'eſt-à-dire, de ſe tour-
„ ner de ce côté-là ſans penſer exactement à
„ ce qu'on fait.) 3. De tourner la tête de
„ côté ou d'autre volontairement, & en ſa-
„ chant qu'on le fait. 4. De le faire en n'y
„ prenant pas garde. 5. Les geſtes ou mou-
„ vemens qui ſe font par habitude, c'eſt-à-
„ dire, de faire dans la *Priere* ce qu'on eſt
„ accoutumé de faire à tout moment, com-
„ me de s'accommoder la barbe, de cracher,
„ de porter la main à quelque endroit du
„ corps, & toutes les autres actions quelles
„ que ce ſoient, qui ne ſont pas de l'eſſence
„ de la *Priere*. 6. De ſe tenir plus long tems
„ de

„ debout qu'il ne faut par une habitude qu'on
„ a de se tenir dans cette posture. 7. De ne
„ prendre pas garde au nombre des *Prostra-*
„ *tions* que l'on fait. 8. De se brouiller en
„ faisant ses *Prostrations*, dans les *Prieres* où
„ il faut faire quatre *Prostrations*, de manière
„ qu'on ne sache à quelle des quatre l'on est.
„ Surquoi il faut observer que si c'est aux deux
„ premieres que l'on se confonde, en sorte
„ qu'on soit en doute si l'on en est à la pre-
„ miere ou à la seconde, la *Priere* est vaine;
„ mais si c'est aux deux dernieres que l'on se
„ brouille & l'on est en doute, ce doute ne
„ la rend pas vaine. 9. D'être en doute pour
„ la même chose dans les *Prieres* de deux
„ *Prostrations*. 10. D'être de même dans les
„ *Prieres* de trois *Prostrations*. 11. Les *man-*
„ *quemens* qu'on appelle *de commission*, qui ar-
„ rivent dans la fonction d'une des cinq par-
„ ties de l'Oraison, savoir l'intention, le mo-
„ tet sacré, la posture droite, la prostration,
„ & les deux adorations conjointes. 12. Les
„ *manquemens* qu'on appelle *d'omission* dans
„ ces cinq parties-là, c'est-à-dire, si l'on y
„ fait ou du plus, ou du moins. 13. De
„ manquer le quantiéme lors qu'on fait ses
„ *Prostrations* & ses *Adorations*, soit qu'on
„ s'apperçoive de son *manquement*, soit qu'on
„ ne s'en apperçoive pas. 14. De faire une
„ *Prostration* de plus dans les *Prieres* de qua-
„ tre *Prostrations*, soit qu'on y prenne garde
„ ou non. 15. De ne penser pas distincte-
„ ment lors qu'on fait les *Prieres* de quatre
„ *Prostrations*, que l'on a fait la premiere &
„ la seconde. 16. De faire les *Adorations* hors
„ de l'étendue naturelle de son corps, c'est-à-
„ dire, hors de la place précisément où il faut
„ que la tête porte selon que l'on est assis, à
„ moins de se contraindre. 17. De faire la
„ *Priere du matin* après le point du midi, soit
„ qu'on sache qu'il est passé midi, soit qu'on
„ l'ignore. 18. De faire sa Priere en lieu
„ impur, ou en lieu acquis par une mauvaise
„ voye, & de la faire dans des vêtemens, ou
„ impurs, ou mal acquis, soit qu'on le sache,
„ soit qu'on l'ignore. Observez que les im-
„ puretez corporelles produisent la même nul-
„ lité d'action, que les impuretez dans le lieu
„ & sur les habits; ce qu'il faut entendre de
„ cette sorte, que si avant de faire sa Priere
„ on savoit bien qu'on est impur, mais que
„ par accident on vînt à l'oublier, & qu'on
„ allât ainsi faire sa Priere, cette Priere est
„ nulle & vaine. 19. La dix-neuviéme *faute*
„ arrive par les impuretez corporelles, qui
„ sortent du corps tandis que l'on fait sa Prie-

„ re, comme aux femmes une goute du sang
„ qu'elles perdent tous les mois, & comme
„ aux hommes une goute d'urine, ou du *se-*
„ *men coitus*. 20. La vingtiéme est de join-
„ dre les mains sur l'estomach & à la ceinture,
„ comme font les *Sunnis*, (ce sont les *Turcs*,)
„ excepté dans les Païs où le *takié* (la dissi-
„ mulation) est licite. 21. D'inserer dans
„ l'action de graces plus de deux paroles qui
„ ne soient pas tirées ou de l'*Alcoran*, ou de
„ la *Liturgie des Prieres*. 22. De boire ou
„ manger quelque chose quand on dit l'action
„ de graces. 23. De rire, ou de sourire,
„ dans l'acte de la Priere. 24. De soupirer
„ pour les biens du monde tandis que dure
„ la *Priere* commandée. 25. De proferer vo-
„ lontairement tout bas ce qu'il faut proferer
„ haut, & de dire haut au contraire ce qu'il
„ faut dire bas; mais si l'on commet ce man-
„ quement par ignorance, la Priere ne laisse
„ pas d'être bonne & valide. 26. Toute sor-
„ te de *manquement* quel que ce soit dans l'un
„ des cinq points capitaux de la Priere, soit
„ sciemment, soit par ignorance, lesquels
„ cinq points sont specifiez ci-dessus, au *nom-*
„ *bre d'onze*. 27. De se détourner de la ligne
„ parallele du *Kebla*. 28. De recidiver ou
„ user de redites sur les cinq points capitaux
„ de la Priere, soit avec connoissance, soit
„ par mégarde; mais il n'y a point de mal de
„ recidiver sur les autres points en les repe-
„ tant & multipliant. 29. De joindre les
„ mains l'une contre l'autre, ou de les met-
„ tre entre les genoux. 30. De se mettre à
„ nud sciemment les parties qu'on appelle
„ honteuses, comme de faire la Priere sans
„ caleçon. 31. De laisser tomber des che-
„ veux sur le front, qui empêchassent que le
„ front ne fût bien nud & découvert en tou-
„ chant la terre.

„ Aʀᴛɪᴄʟᴇ II. Les *manquemens* qui
„ obligent à recommencer la *Priere* de l'en-
„ droit seulement où l'on a manqué, sont les
„ quatre suivans. 1. L'*oubli* ou l'*omission* de
„ l'action de graces avant de dire la leçon;
„ il faut reparer ce *manquement* en disant
„ l'action de graces, & en recommençant la
„ leçon après. 2. L'*oubli* ou l'*omission* de la
„ *Prostration* avant l'*Adoration*; si l'on s'ap-
„ perçoit de ce *manquement* avant que d'avoir
„ fini sa Priere, il faut recommencer cet en-
„ droit, faire la *Prostration*, & puis refaire
„ l'*Adoration*. 3. L'*oubli*, ou l'*omission* de
„ l'*Adoration* à la seconde *Prostration*. 4. L'o-
„ mission de la *Confession* avant la troisiéme
„ *Prostration*. Dans le cas de cette faute
„ com-

„ comme des précedentes, il faut reprendre
„ la *Priere* à l'endroit où l'on a manqué & la
„ continuer jufqu'au bout.

„ ARTICLE III. Les *manquemens* qui
„ obligent à refaire feulement ce qu'on a mal
„ fait, & à faire quelque chofe par amende
„ ou par peine pour chaque faute, font les
„ trois fuivans. 1. L'*omiffion* d'une *Adoration*
„ par mégarde. 2. L'*omiffion* de la *Confeffion*
„ par mégarde auffi. 3. L'*omiffion* des *Saluts*
„ pour le Prophete & pour fa famille par mé-
„ garde encore; de maniere que fi l'on fe fou-
„ vient avant que d'avoir achevé fa *Priere*
„ qu'on a oublié à faire ou à dire quelqu'une
„ de ces trois chofes-là, il les faut faire ou
„ dire à la fin de la *Priere*, & faire après deux
„ *Adorations* pour amende de fa faute. Or
„ fachez que ces deux adorations d'amende
„ font auffi prefcrites & commandées d'obli-
„ gation dans le cas des cinq autres *manque-
„ mens* fuivans, fuppofé qu'ils proviennent
„ feulement d'oubli & d'ignorance. 1. De
„ dire les *Saluts* hors du tems ou de l'ordre
„ qu'ils doivent être dits. 2. De parler dans
„ la *Priere* par mégarde 3. D'oublier le nom-
„ bre des *Proftrations* qu'on a faites, fi c'eft
„ trois, ou quatre. 4. De fe lever droit lors
„ qu'il faut s'affeoir pour adorer. 5. De fe
„ tenir affis lors qu'il faut fe lever. Sachez
„ de plus qu'en tous les *manquemens* qui arri-
„ vent dans la *Priere*, lefquels ne font pas
„ d'une qualité à la rendre vaine & nulle,
„ comme de dire deux fois la *Confeffion*, là
„ où elle n'eft commandée qu'une fois, il eft
„ bon de faire ces deux adorations par a-
„ mende. Or la teneur de ce qu'il faut
„ dire dans ces deux *adorations* d'amende
eft telle. *Je commence au nom de Dieu,
je fouhaite la paix de Dieu à Mahammed & à
fa race.*

„ ARTICLE IV. Les *manquemens* qui
„ n'obligent ni à la peine, ni à recommencer,
„ comme n'étant des *oublis* que de chofes de
„ moindre importance, & des négligences le-
„ geres, font au nombre de vingt. 1. D'ou-
„ blier à dire haut ce qu'il faut dire haut, &
„ à dire bas ce qu'il faut dire bas. 2. D'ou-
„ blier à fe relever & redreffer, lors qu'il le
„ faut. 3. D'oublier à dire l'action de gra-
„ ces avant que de faire la *Proftration*.
„ 4. D'oublier à dire la leçon avant que de
„ faire la *Proftration*. 5. D'oublier à dire le
„ Zegre, qui eft la *Priere* de la *Proftration*,
„ avant que de fe relever 6. D'oublier qu'il
„ faut fe repofer dans la *Proftration*, c'eft-à-
„ dire fe tenir incliné pendant qu'on dit la

Tome II.

„ *Priere* de la *Proftration*, & ne relever la tê-
„ te qu'après l'avoir dite. 7. D'oublier à fe
„ relever la tête dans la *Proftration*, avant que
„ de faire l'*Adoration* 8. D'oublier à faire la
„ *Priere* de l'*Adoration* pendant qu'on eft abaiffe
„ en terre, & de ne s'en reffouvenir qu'après
„ avoir relevé la tête. 9. D'oublier à faire
„ l'*Adoration* appuyé fur les fept parties du
„ corps fur lefquelles on a dit qu'il faut être
„ fupporté, & avant que de fe relever. 10. De
„ ne fonger à dire la *Priere* de la premiere
„ *Adoration* qu'après avoir relevé la tête.
„ 11. D'oublier à fe tenir repofé & incliné
„ dans la *Priere* de l'*Adoration* avant que de fe
„ relever. 12. D'oublier à fe relever après
„ avoir fait la premiere *adoration*, avant que
„ de faire la feconde. 13. D'oublier en fe re-
„ levant après la *Priere* de la premiere *Ado-
„ ration*, qu'il faut fe repofer un peu avant
„ que de faire la feconde. 14. D'oublier à
„ faire la *Priere* de la feconde *Adoration*,
„ avant que de fe relever la tête. 15. D'ou-
„ blier à fe tenir incliné durant toute la *Prie-
„ re* de la feconde *Adoration*, & qu'il ne fe
„ faut relever qu'après qu'elle eft faite. 16. Le
„ feiziéme *manquement*, entre ceux dont il s'a-
„ git, eft le doute où l'on tombe quelque-
„ fois, fi l'on a bien fait ou non un point des
„ *Prieres*, après l'avoir achevé; par exemple,
„ fi l'*Adoration* ou la *Proftration* a été bien
„ faite en toutes manieres, ce doute-là n'o-
„ blige à rien. 17. Le doute qui peut venir
„ dans la fonction de la *Priere*, favoir fi l'ac-
„ tion que l'on fait dans le moment eft cela
„ même qu'il faut faire & ce propre mo-
„ ment. 18. Tous les autres doutes de cet-
„ te forte qui peuvent furvenir dans la *Priere*.
„ 19. Le doute où l'on tombe fi la *Priere*
„ qu'on fait eft de trois ou de quatre *Proftra-
„ tions*, lors que l'on fait la *Priere* derriere
„ un *Imam*, ou *Pich Namas*, (c'eft le Pa-
„ tron & Guide des *Prieres*,) & après lui;
„ car ce Guide là le fachant, comme il
„ faut fuppofer qu'il le fait, celui qui fait
„ la *Priere* après lui le fuivant mot à mot
„ dans ce qu'il dit, & dans ce qu'il fait,
„ n'a que faire de le favoir plus diftincte-
„ ment.

„ ARTICLE V. Les *fautes* qui furvien-
„ nent dans la *Priere* par le *doute* où l'on tom-
„ be d'avoir omis quelque point néceffaire,
„ lequel *doute* oblige à faire ce que l'on craint
„ d'avoir mal fait, ou de n'avoir pas fait,
„ font les cinq fuivantes. 1. Le *doute* où l'on
„ tombe entre la feconde & la troifieme *Ado-
„ ration*, fi l'*Adoration* que l'on vient de faire

F f f   eft

„ eſt la troiſieme, ou la ſeconde ; dans le
„ cas de ce *doute* il faut faire deux *Adora-*
„ *tions* à la fin de la *Priere.* 2. Le *doute* où
„ l'on tombe entre une troiſieme & qua-
„ trieme *Proſtration*, ſi l'on en eſt à la qua-
„ trieme ou à la troiſieme ; & en ce
„ cas il faut faire deux *Proſtrations* aſſis, à la
„ fin de la *Priere.* 3. Le *doute* où l'on tom-
„ be ſi l'on a fait quatre *Proſtrations*, ou ſi
„ l'on n'en a fait que deux ; en quel cas il
„ faut faire deux *Proſtrations* debout. 4. Le
„ doute où l'on tombe ſi l'on a fait deux
„ *Proſtrations*, ou trois, ou quatre. Il faut
„ en ce cas achever ſes *Proſtrations*, & en faire
„ deux autres aſſis, à la fin de ſa *Priere.* 5. Le
„ *doute* où l'on tombe ſi l'on a fait quatre
„ *Proſtrations*, ou ſi l'on en a fait cinq, ſa-
„ voir une ſurnumeraire par mégarde ; car ja-
„ mais il n'en faut faire que quatre dans ſes
„ *Prieres.* En ces cinq cas, & dans les cas
„ ſemblables ſur les *Adorations*, lorsqu'on ne
„ ſait ſi l'on a fait trop, ou trop peu, il faut
„ remplir le nombre comme il a été marqué,
„ & quand on craint de n'avoir fait que deux
„ *Proſtrations* au lieu de trois, lorsqu'on eſt
„ arrivé au point de faire la quatriéme *Proſtra-*
„ *tion*, il en faut faire une troiſieme par pe-
„ nitence ; mais ſi l'on croit avoir fait une
„ *Proſtration* de trop, il faut faire deux *Ado-*
„ *rations* par penitence.
„ Sachez que dans les *Prieres* qui ſe font
„ par amende, ou penitence, il faut obſer-
„ ver toutes les mêmes choſes que dans les
„ autres.

QUATRIEME SECTION.

De quelques obſervances de conſeil que l'on
propoſe aux Femmes de garder dans
la Priere.

„ IL y a trois choſes qu'on conſeille aux
„ *Femmes* d'obſerver religieuſement en fai-
„ ſant leurs *Prieres.* La premiere eſt qu'au
„ lieu d'avoir les mains étenduës le long des
„ côtez, elles s'en ſoutiennent le ſein. La
„ ſeconde eſt de ne s'incliner pas ſi profon-
„ dement que les hommes en faiſant les *Proſ-*
„ *trations.* La troiſieme eſt de proferer les
„ *Prieres* à voix baſſe.

QUATRIEME PARTIE.

Des Prieres extraordinaires de precepte
& de Conſeil.

PREMIERE SECTION.

„ LA *Priere* du Vendredi eſt la premiere &
„ principale parmi toutes les *Prieres* ex-
„ traordinaires, c'eſt celle qui ſe fait dans la
„ *Moſquée Cathedrale*, mais c'eſt un ſujet de
„ conteſtation entre les Théologiens, & en-
„ tre les Caſuiſtes que cette *Priere* du Ven-
„ dredi ; car quelques uns d'entr'eux croyent
„ cette *Priere* là *Haram* ou illicite & crimi-
„ nelle, diſant pour raiſon, qu'il n'y a qu'un
„ *Imam* (un Vicaire de *Prophete* établi par
„ le *Prophete* même, ou par quelqu'un éta-
„ bli de lui,) qui ait le droit de faire cette
„ *Priere* publique, & de cet avis-là eſt entre
„ les autres tout le peuple de *Caſbin*, & le
„ Celebre *Molla Kalit* ; quelques autres
„ ſoutiennent au contraire qu'un *Naïb* (un
„ homme qui ſe porte pour Subſtitut de l'*I-*
„ *mam*) la peut faire, & de cet avis-là eſt
„ tout *Iſpahan*, où le fameux *Molla Maham-*
„ *med Baker Coraſoni* (c'eſt-à-dire le *Baſtrien*)
„ fait cette *Priere* là tous les Vendredis à
„ Midi dans la *Moſquée* qui porte le nom de
„ l'*Akim Daoud.* Cette *Priere* du Vendredi
„ n'eſt que de deux *Proſtrations*, mais elle a
„ plus de *Prieres*, & plus d'adorations que les
„ autres *Prieres*, qui ne ſont que de deux
„ *Proſtrations* ſemblablement : il y faut ob-
„ ſerver cinq Points. 1. Que l'*Imam* ou Gui-
„ de la *Priere* ſoit *Adel*, c'eſt-à-dire, juſte &
„ ſans tache. 2. Qu'il y ait au moins cinq
„ perſonnes à la *Priere*, dont l'*Imam* ſoit un,
„ & dont les quatre autres prient derriere lui.
„ 3. Qu'il recite à haute voix les *oraiſons*, & les
„ *motets* de la *Priere*, en ſorte que ces qua-
„ tre qui ſont derriere lui l'entendent diſtinc-
„ tement. 4. Qu'il faſſe le matin la *Purifi-*
„ *cation* de tout le corps avant que d'aller à la
„ *Moſquée :* qu'il ſe couvre d'habits ſimples :
„ qu'il ſe raſe la tête & le viſage : qu'il ſen-
„ te bon : qu'il entre la tête baiſſée : qu'il ſa-
„ luë le peuple de la *Moſquée*, puis qu'il com-
„ mence. 5. Qu'il ne faſſe point la *Priere*
„ ſeul. 6. Que la *Priere* du Vendredi ſoit une
„ *Priere* ſi publique, & ſi generale, qu'il ne
„ s'en faſſe point d'autre publiquement, qu'à
„ une lieuë au moins de la *Moſquée* où elle
„ ſe fait, (c'eſt-à-dire que les *Moſquées* où ſe
font

font des *Prieres* publiques, doivent être à une lieue l'une de l'autre : c'est qu'autrement un moindre concours n'est pas digne d'être appel-
„ lé une dévotion publique.) Observez ici
„ deux choses. L'une que cette *Priere* n'est
„ point de précepte aux femmes, aux estro-
„ piez, aux malades, aux foux, & aux au-
„ tres gens infirmes & imbecilles, ni aux vieil-
„ lards non plus, ni aux voyageurs, ni à
„ ceux qui sont à plus de deux lieües de la
„ *Mosquée* où se fait cette *Priere*. La secon-
„ de Observation, c'est qu'il est défendu, &
„ que c'est un péché, de commencer un Voya-
„ ge le Vendredi avant midi, ni de négocier,
„ ni d'être au Tribunal pour ouïr & juger des
„ causes ce jour-là avant midi.

SECONDE SECTION.

*Des Prieres qu'il faut faire durant le jeûne
de* Ramazan, *& le jour de la
fête du Sacrifice.*

„ S Achez que ces *Prieres* là sont comman-
„ dées de la même maniere que celle du
„ Vendredi, & avec les mêmes circonstan-
„ ces : c'est-à-dire qu'elles sont dans une mê-
„ me Categorie ; mais lors que les condi-
„ tions requises n'y sauroient être gardées,
„ comme lors qu'il n'y a point d'*Imam* sur le
„ lieu, ni de *Naib* ou Lieutenant d'*Imam*,
„ pour servir de Guide & de Directeur ; en
„ ce cas-là ces *Prieres* ne font purement que
„ de conseil, & point d'obligation. Le tems
„ de les faire est au lever du Soleil, & à
„ midi, & si on ne les peut faire dans leur
„ propre tems, il ne faut point les faire du
„ tout : ces deux *Prieres* là du *Jeûne*, & du
„ *Sacrifice* consistent en deux *Prostrations*, qui
„ contiennent les deux, *neuf louanges sacrées*
„ qu'on appelle *Doa*, & *cinq Techaoud* ou *Con-
„ fessions* sans la *louange* qu'on appelle *sacrée* :
„ il faut dire *cinq louanges* à la premiere *Pros-
„ tration*, & *deux Confessions*, & *quatre Louan-
„ ges* & *trois Confessions* à la seconde. Or les
termes de la *Confession* sont tels ; *Le témoignage que nous rendons de Dieu, c'est qu'il n'y
a point de Dieu que Dieu, qui est unique & sans
Compagnon, & le témoignage que nous rendons
de Mahammed, c'est qu'il est son Serviteur, &
son Prophete. O Dieu! tu es élevé en dignité,
& tu l'es très-dignement : à toi appartient de
faire miséricorde & d'élever en grandeur : à toi
appartient d'exercer la clemence, & de pardonner les péchez : tu es digne de toute gloire &*

*louange : tu es celui qui remets les offenses : je
te fais mes demandes par la dignité de ce présent
jour excellent, lequel tu as établi pour jour de
fête, tant aux Mahometans, qu'à Mahammed
l'Elu & reçu en grace. Que la paix de Dieu
soit sur Mahammed & sur sa race. Certainement
ce jour est grand, doux, & desirable par dessus
tous les jours. O Dieu fais grace à Mahammed & à sa race. O Dieu fais grace à tes Anges qui te sont fidelles, & qui sont affermis en ta
presence pour jamais : & fais grace à tes Saints
Prophetes que tu as exaltez devant la face de
tous les hommes. O Dieu pardonne-moi : &
pardonne à tous les fidelles de l'un & de l'autre
sexe : & à tous ceux qui sont dans la vraye
Créance d'un & d'autre sexe, tant les Vivans
que les morts ; parce que certainement c'est toi
seul qui exauces les Prieres, c'est toi seul, ô Dieu,
qui accordes les demandes. Aussi vrai que je
t'invoque, aussi vrai te demande-je les biens &
les graces que les Prophetes t'ont demandées : je
me retire vers toi, loin & arriere de tout mal,
comme s'y sont retirez les Saints & les gens purs
de crimes.* „ Après ces mots il faut élever ses
„ mains à la hauteur des épaules & continuer de
„ dire ainsi. *O Premier & Dernier de toutes
choses. O Commencement & fin de toutes choses. O toi qui fais tout, qui connois toutes les
choses, leurs principes, leurs issues, leurs changemens, & leurs voyes, tout ce qu'il y a de bien
& de mal en elles. C'est toi qui enseignes comment se doivent faire les choses : tu releves ceux
qui sont abatus dans la poussiere : tu agrées les
œuvres pieuses : tu vois le fonds & les projets
du cœur : tu fais luire ta lumiere sur les choses
cachées & sur les secrets des cœurs :* „ & puis il
„ faut élever les mains en haut, & dire. *O
Dieu très-grand.*

„ La *Priere* du *Jeûne* de *Ramazan* & celle
„ de la fête du *Sacrifice*, sont toutes deux
„ d'une même sorte, mais il est de *conseil* le
„ jour du *sacrifice*, d'aller faire cette *Priere*
„ hors la ville, à la Campagne, & que l'*I-
„ mam*, ou son Lieutenant qui la doit faire
„ sorte de la ville à pied, & pieds nuds, en re-
„ citant les louanges de Dieu. Observez,
„ que dans la Fête de *Fetre* qui est le lende-
„ main du *Jeûne de Ramazan*, il est conseillé
„ de manger avant que d'aller faire la *Priere*
„ hors la ville, mais tout au contraire dans
„ la Fête du *Sacrifice*, il est mieux de ne man-
„ ger qu'après avoir fait la *Priere*, & de man-
„ ger de ce qu'on a sacrifié avant toute au-
„ tre chose.

TROISIEME SECTION.

Des Prieres pour le tems des Eclipses, des Tremblemens de Terre, des Cometes, des Tempêtes, & des autres Phenomenes qui arrivent dans la nature. Le mot Persan *que j'ai traduit* Phenomenes, *est* ayat (*c'est-à-dire*) signes *ou* Marques.

„ Sachez que lors qu'il arrive quelqu'un
„ de ces *signes terribles*, lequel soit si ef-
„ froyable que les hommes en soient épouvan-
„ tez, il est commandé de faire une *Priere*
„ de *quatre Prostrations*; dont chaque *Prostra-*
„ *tion* contienne cinq *Prostrations*, & *quatre a-*
„ *dorations*, comme celles des *Prieres* ordinai-
„ res : mais si le *signe*, comme une *Eclipse* par
„ exemple, n'est pas diminué quand on a ache-
„ vé sa *Priere*, il faut recommencer la *Priere*,
„ & continuer de suite, jusqu'à ce qu'on
„ voye que l'*éclipse* diminue, & c'est comme
„ il faut faire aussi aux autres *Phénomenes*.

QUATRIEME SECTION.

Des Prieres qu'il faut faire en Voyage.

„ Sachez qu'il faut faire en *Voyage* toutes
„ les mêmes *Prieres* qu'il faut faire à la
„ ville, mais on les peut faire de moitié plus
„ courtes, c'est-à-dire, que les *Prieres* de qua-
„ tre *Prostrations* se font en *deux Prostrations*
„ seulement. On appelle être en *Voyage*,
„ lors qu'on va faire huit lieuës au moins tout
„ de suite loin de sa residence ordinaire, qua-
„ tre lieuës à aller, & quatre à revenir. Or
„ chaque lieuë doit être de trois *meil*, (c'est
le mot *Persan* qui revient au mot de *mille*,
pour signifier une étenduë de terre) „chaque
„ *meil*, de quatre mille coudées, chaque cou-
„ dée, de vingt quatre doigts. Observez ici
„ quatre choses. La premiere, que dès qu'on
„ fait dessein de s'arrêter dix jours dans un
„ lieu, l'on n'est plus censé être en *voyage* :
„ il faut faire ses *Prieres* entieres. La secon-
„ de, que quand on *voyage* en visitant ses Ter-
„ res, ou ses Domaines, & qu'on s'y arrête
„ pour peu que ce soit, on n'est pas censé
„ non plus être en *Voyage*, il faut faire ses
„ *prieres* entieres. La troisieme, que le *Voya-*
„ *ge* ne doit point être commencé pour quel-
„ que chose de mauvais, & de criminel en
„ soi. La quatrieme, que la dispense ne s'é-

„ tend point à des gens dont le métier est d'ê-
„ tre toûjours en *Voyage*.
„ Il faut observer la même régle pour le
„ *Jeûne* que pour la Priere : quand on est en
„ *Voyage* l'on peut accourcir la *Priere* de moi-
„ tié, & l'on peut manger; mais il ne faut
„ pas commencer de le faire dans sa maison
„ avant que de partir, il faut attendre à user de
„ la dispense, que l'on soit si loin de la ville
„ qu'on en perde les murs de vûe, ou qu'on
„ ne puisse entendre les cris du *Mouazen*,
„ (le *Crieur sacré* qui appelle à la *Priere*)
„ observez encore, que si l'on manque dans
„ le *Voyage* à faire les *Prieres* qui sont com-
„ mandées aux *Voyageurs*, il faut les refaire
„ chez soi lors qu'on y est retourné, mais
„ seulement de la longueur qu'il est d'obliga-
„ tion au *Voyageur* de les faire. Observez en-
„ fin qu'on recommande aux *Voyageurs* qui
„ passent par la *Mecque*, par *Medine*, par
„ *Koufa*, par le Sepulchre *d'Hossein*, de faire
„ là les *Prieres* entieres non pas comme étant
„ d'obligation, mais comme étant de *con-*
„ *seil*.

CINQUIEME SECTION.

Des fautes qu'on commet dans la Priere.

Cette Section est presque toute semblable
dans le *Persan*, à la Section troisiéme de
la troisieme partie, car elle contient comme
celle-là ce qu'il faut faire lors qu'on commet
quelque faute dans la *Priere*, qu'on en oublie
quelque partie, ou qu'on oublie la *Priere* toute entiere : la Section prescrit comment il
faut reparer la faute, & elle porte entre les
autres choses, que quand c'est une *Priere* de
Precepte, il la faut refaire, mais quand c'est
une *Priere* de *Conseil*, il suffit de donner par
penitence une aumône aux pauvres, de manger cuit & aprêté le poids d'une livre & demie
pour chaque faute, avec quoi elle sera tenuë
pour reparée & abolie.

SIXIEME SECTION.

Des prieres qui se font à l'armée le jour du Combat.

„ Sachez que lors qu'à l'*armée* l'on est en
„ presence de l'Ennemi & qu'il faut *com-*
„ *battre*, l'*armée* se doit separer en deux lignes
„ & faire les *Prieres* l'une avant, l'autre
„ après, de maniere que quand une bande fait
„ la *Prostration*, l'autre se tienne toûjours de-
„ bout

„ bout (c'eſt afin que l'une ou l'autre ait toû-
„ jours les yeux ſur l'ennemi.) Obſervez qu'a-
„ lors il n'importepas d'être tourné au *Kebla*,
„ ſi cela ne ſe peut ſans préjudice de l'ordre
„ dans lequel l'*armée* eſt rangée, ni de faire
„ des *Proſtrations*, & des *Adorations* non plus,
„ ſi cela ne ſe peut, parce qu'en ce cas ici,
„ les *Prieres* ſont licites de quelque maniere
„ qu'elles ſe faſſent : c'eſt la même choſe
„ quand on eſt en peril de faire naufrage ſur
„ la Mer ou autrement : lors qu'on fuit de
„ devant un Lion, & dans tous les autres é-
„ minens dangers; ſeulement il eſt recom-
„ mandé que ſi l'on peut ſans riſque faire les
„ *Proſtrations*, & les *Adorations* de la tête, il
„ les faut faire, mais non autrement; la *Re-*
„ *ligion* n'exigeant rien qui ne ſe puiſſe faire
„ ſans courir trop de riſque de ſa perſonne,

SEPTIEME SECTION.

Des Prieres de vœu.

„ Sachez que les *Prieres* que l'on a fait
„ *vœu* de faire, ſe doivent certainement ac-
„ complir, car le *vœu* eſt un *ſerment ſacré*, &
„ une *obligation authentique* faite à Dieu; mais
„ ſachez auſſi, que pour rendre un *vœu* lici-
„ te, & obligatoire, il y faut ces ſix condi-
„ tions. 1. Qu'on ſoit *Balek & Akel* (c'eſt-à-
„ dire en *age*, & *d'eſprit raſſis*,) ainſi ſi c'eſt
„ le *vœu* d'un fou, ou d'un enfant, le *vœu*
„ eſt nul, & vain. 2. Qu'on ſoit en pleine
„ liberté de *voüer*, ou de ne *voüer* pas;
„ ſi donc l'on ſouffre de la violence ſoit peu,
„ ſoit beaucoup, ou qu'on ſoit ſurpris & trom-
„ pé, le *vœu* eſt nul & vain. 3. Qu'on faſſe
„ le *vœu* avec une ſerieuſe & ferme intention
„ de l'accomplir; c'eſt pourquoi ſi l'on pro-
„ fere un *vœu* en badinant, & par maniere de
„ jeu, le *vœu* eſt nul & vain. 4. Que celui
„ qui fait le *vœu*, ſoit *Muſulman* (*Mahome-*
„ *tan*,) par conſequent ſi un *Capher* (tout
„ homme d'autre Religion) fait un *vœu*; ce
„ *vœu* eſt nul. 5. Que ſi c'eſt une Femme
„ qui fait le *vœu*, elle le faſſe de la connoiſ-
„ ſance & du conſentement de ſon mari, &
„ ſi c'eſt une jeune perſonne ſous âge qu'il
„ le faſſe de la connoiſſance, & du conſente-
„ ment de ſon Pere, ſans quoi le *vœu* eſt nul,
„ excepté dans les choſes d'obligation; car
„ ſi une Femme, ou une jeune perſonne fait
„ *vœu* d'accomplir une choſe commandée par
„ la Loi, ce *vœu* eſt juſte & obligatoire.
„ 6. Que l'on ſoit en pouvoir d'accomplir
„ le *vœu* que l'on fait; car ſi l'on voüe ce

„ qu'on n'eſt pas capable d'executer, le *vœu*
„ eſt nul, & vain.

HUITIEME SECTION.

Des prieres pour la pluye & pour les autres beſoins preſſans de la Terre.

„ Sachez que dans la *Sechereſſe*, & dans les
„ autres *accidens* qui produiſent la *diſette*,
„ il faut faire des *Prieres* de *deux Proſtrations*
„ comme celles des Fêtes, ſelon le formu-
„ laire marqué dans la ſeconde Section de
„ cette quatrieme partie. Or il eſt de conſeil
„ de *jeûner* trois jours de ſuite avant que de
„ faire ces *Prieres*, & de les faire hors la vil-
„ le : il faut avec tout le peuple ſortir de la
„ ville, pieds nuds, en gemiſſant, grands &
„ petits, jeunes & vieux, hommes & femmes,
„ & ſur tout celles qui allaitent, en portant
„ leurs enfans à la mamelle, leſquels on met-
„ tra à part quand on ſera arrivé au lieu de la
„ *Priere*. Tout le peuple dans ce lieu-là fera
„ *taubé*, c'eſt-à-dire *penitence*, en ſe battant
„ la poitrine, & en criant miſericorde, &
„ lors que leur componction les portera à ré-
„ pandre des pleurs, l'*Imam*, (le *Guide*,
„ comme le Grand Prêtre chez les *Juifs*) à
„ la tête du peuple ſe tenant debout vis à vis
„ le *Kebla* dira cent fois. *O Dieu très-Grand*,
„ en tournant la tête à côté droit : puis cent
„ fois, *O Dieu très-louable*, en tournant la
„ tête vers le côté gauche, puis redreſſant la
„ face vers le milieu du *Kebla*, il dira cent
„ fois, *Loüé ſoit Dieu* : il faut que tout le peu-
„ ple ſoit derriere lui, & réponde mot pour
„ mot après lui; ſi cette *priere*-là n'opere pas,
„ il faut la refaire une autrefois, & pluſieurs au-
„ tres, juſqu'à ce que Dieu ait fait miſericorde.

NEUVIEME SECTION.

Des Prieres de conſeil durant le tems du Ramazan (le mois de Jeûne.)

„ Sachez que les *Prieres de Conſeil* qui ſe
„ doivent faire durant les jours de *jeûne* au
„ mois de *Ramazan*, montent toutes enſem-
„ ble à mille *Proſtrations* qu'il faut faire dans
„ ce mois, & chaque *Proſtration* contient une
„ action de graces, & une Leçon : il en faut
„ faire la plus grande partie durant la nuit,
„ & au moins vingt *Proſtrations* chaque nuit,
„ outre les *Proſtrations extraordinaires* qu'il
„ faut faire durant les nuits qu'on appelle *les*
„ *nuits impaires du mois de Ramazan*, qui ſont
„ celles

,, celles du dix neuf, du vingt un, & du vingt
,, troifieme, lefquelles font au nombre de
,, cent chaque nuit, & lefquelles il faut faire
,, avant ces vingt ordinaires. Il faut de plus
,, depuis le vingt troifieme du mois, jufqu'à
,, la fin, faire quinze Prieres chaque nuit; &
,, chaque Vendredi du mois, il faut faire en-
,, core cinq Prieres extraordinaires, à l'imita-
,, tion d'Aly, de Fatmé, & de l'Imam Jafer,
,, fur qui foit le Salut, & la Paix, qui fai-
,, foient ces Prieres-là durant le Ramazan. Il
,, faut les faire dans l'intention de faire les
,, mêmes Prieres que ces Saints-là ont faites.
,, Remarquez que les dévotions inftituées pour
,, le jeûne du mois de Ramazan, doivent être
,, prefque toutes accomplies durant la nuit par
,, mortification, parce que comme c'eft le
,, feul tems auquel il eft permis de manger,
,, il faut craindre de mettre trop de tems à
,, manger.

DIXIEME SECTION.

Des Prieres publiques.

,, SAchez que les Prieres publiques font de
,, Precepte, & qu'il s'y faut trouver lors
,, qu'il y a un Imam, ou Vicaire du Prophe-
,, te pour les faire, ou un Naib ou Lieute-
,, nant d'Imam. Il s'y faut trouver tous les
,, Vendredis, & lors qu'on s'affemble pour
,, demander à Dieu de la Pluye; mais elles
,, ne font que de Confeil les autres jours;
,, mais s'il n'y a point d'Imam ou point de
,, Subſtitut d'Imam, ces Prieres ne font que
,, de Confeil en tout tems. Les conditions
,, qui font requifes dans l'Imam pour faire la
,, priere publique font : qu'il foit en âge: qu'il
,, foit bien fait & fans défaut, qu'il ne foit
,, pas engendré d'une femme qui ait été con-
,, nue d'un autre homme que du Pere de l'I-
,, mam : qu'il foit pur. Or fachez que les
,, jours ouvriers, on peut créer un Pich Na-
,, maz, ou Guide des Prieres pour faire la fonc-
,, tion d'Imam, excepté durant le mois de
,, jeûne, & excepté pour les prieres pour la
,, pluye : il faut choifir pour cela l'homme le
,, plus jufte, & le plus integre, & en cas qu'il
,, fe trouve deux ou plufieurs hommes qui
,, ayent les qualitez requifes dans le même
,, degré, il faut prendre celui qui a la plus
,, belle voix, & qui eft le mieux fait de corps.
,, Obfervez qu'une femme peut faire la fonc-
,, tion de Pich Namas ou de Guide des Prie-
,, res à des femmes, & reprefenter ainfi dans
,, leur affemblée la perfonne de l'Imam. Ob-

,, fervez auffi qu'il ne faut pas que rien cache
,, le Pich Namas aux Pes Namas: c'eft-à-dire
,, (celui qui fait la priere devant, à ceux qui
,, font la Priere après lui) en forte qu'ils ne
,, le viffent pas, fi ce n'eft en lieu où il y au-
,, roit des Femmes; car alors il eft d'obliga-
,, tion qu'il y ait une tapifferie, ou un voile
,, entre lui, & elles, en forte qu'elles ne le
,, voient point du tout.

ONZIEME SECTION.

De l'Intention.

,, SAchez qu'il faut faire la Purgation qui
,, précede la Priere, & la Priere toutes
,, deux avec l'Intention fixe, & diftincte fur
,, chaque office. L'intention de la Purgation
,, qui fe fait pour pouvoir s'acquitter du de-
,, voir de la Priere eft telle : Je fais la Purgation des prieres commandées pour être dans l'é-
fat de la Pureté légale qui eſt requiſe, pour faire licitement la Priere, parce qu'il eſt néceſſaire
de s'approcher de Dieu: ou bien qu'on la faffe
,, en ces mots, Je fais la Purgation de precepte,
afin d'être net de fouillures, & afin d'être en l'é-
tat licite & requis pour prier Dieu, parce qu'il
eſt neceſſaire de s'approcher de Dieu: même fi
,, l'on fait l'acte d'intention de l'une & de l'au-
,, tre maniere tout enfemble, cela eft mieux:
,, c'eft-là le rituel de l'intention en faifant la
,, Purgation de precepte : & pour celle qui eft
,, de Confeil, il faut en former l'intention de
,, cette maniere. Je fais une Purgation de
conſeil parce qu'il eſt convenable de s'approcher
de Dieu. L'intention de la Purgation à la-
,, quelle on eft obligé lors qu'on eft fouillé,
femine coitus, fe doit faire ainfi. Je fais la
Purgation de la fouillure femine coitus afin d'ê-
tre net de cette fouillure, parce qu'il eſt néceſſaire de s'approcher de Dieu. Et pour une femme qui fe Purifie de la fouillure, de la perte de fang qui arrive tous les mois, fon intention fe doit pofer ainfi : je fais la Purification de la Pollution de mon mal ordinaire pour
être nette de cette ordure parce qu'il eſt neceſſaire de s'approcher de Dieu : bref le formulai-
,, re de l'intention en toutes les autres caufes,
,, pour lefquelles on fait la Purification de
,, tout le corps, eft toûjours le même; & il
,, n'y faut changer que les mots qui contien-
,, nent l'objet, c'eft-à-dire la fouillure pour la-
,, quelle la Purification fe fait : & il n'y a
,, nulle autre difference de la Purification qu'on adminiftre à un Corps mort,
,, dont l'intention doit être formée ainfi. J'adminiftre

ministre la Purification à ce Corps mort, parce qu'il est necessaire qu'il s'approche de Dieu. „ Observez que dans ces Lavemens legaux l'in-„ tention doit contenir distinctement, si le la-„ vement est d'obligation ou s'il n'est que de „ conseil, en disant je fais ce Lavement legal „ parce qu'il est d'obligation, ou bien, parce „ qu'il est de conseil, de s'approcher de Dieu. Voi-„ la le formulaire de la direction d'intention „ dans les Lavemens, institüez par la Loi, & „ pour celui qui regarde l'acte de la Priere, „ il est tel; Je fais une telle Priere dans son „ propre tems, parce qu'il est necessaire de s'appro-„ cher de Dieu, mais quand on fait des Prie-„ res en la place de quelqu'un, & au profit de „ quelqu'un, il faut penser ainsi: je fais la „ Priere de tel, ou de tel tems, comme du matin par exemple, en son propre tems pour un tel, laquelle est d'obligation, ou de conseil, à lui, & pour son profit principal, & special, & à moi par accord, & pour le salaire que l'on me donne en recompense, de ce qu'il a manqué de faire dans le tems propre, parce qu'il est necessaire de s'approcher de Dieu. J'ai observé au commencement de ce chapitre que les Mahometans Per-sans achetent & fondent des Prieres, & loüent des gens pour en faire en leur place.

DOUZIEME SECTION

Des Prieres pour jetter le sort.

„ CEs sortes de Prieres s'appellent Namas „ este Karé, c'est-à-dire Oraison avant que „ de jetter le sort par l'Alcoran: elles doivent „ être de deux Prostrations, avec l'intention, „ préalable. Or la façon de jetter le sort est „ telle: on prendra trois petits morceaux de „ papier blanc, & l'on écrira sur chacun ces „ mots au nom de Dieu Clement & misericor-dieux: la souveraine disposition, & la droite de-liberation de la chose vient de Dieu qui est ai-mable, Grand, Veritable, Sage, qu'il daigne la „ faire connoître à tel fils de tel, puis on pren-„ dra trois autres morceaux de papier blanc „ tout semblables, sur lesquels on écrira la mê-„ me Priere en mêmes termes, mais au sens ne-„ gatif en mettant, qu'il ne la fasse pas connoître. „ On prendra ces trois papiers positifs & ces „ trois papiers negatifs, qu'on pliera en petit „ tout de même façon, & on les mettra tous „ six sous le petit tapis, sur lequel on se tient „ en faisant sa Priere, puis on fera la Prie-„ re de deux Prostrations comme on l'a prescrit, „ & puis on dira ces paroles cent fois de sui-te. Je jette le sort dans le sein de Dieu afin d'en

tirer la déclaration de son plaisir selon sa miseri-corde, puis on s'assiera proche d'endroit où „ sont les billets, en disant, O Dieu donne „ moi la grace de faire un bon choix dans les choses cachées, comme dans celles qui sont decouvertes: „ puis on mêlera les billets & ensuite on les „ tirera l'un après l'autre. Si les trois billets „ qu'on tirera les premiers sont positifs, on „ tiendra que Dieu commande de faire la cho-„ se, mais s'ils sont negatifs, au contraire, „ on tiendra que Dieu la défend, mais si l'on „ tire un billet positif, & puis un negatif, „ l'on en tirera jusqu'à cinq, & l'on se tien-„ dra à ce que la pluralité des billets por-„ tera.

TREIZIEME SECTION.

De l'Intention qu'il faut former pour le paye-ment des Dîmes & pour le jeûne.

„ LE formulaire d'intention lorsqu'on veut „ payer les Dîmes, soit celles qu'on paye „ à la fête de Fetre, soit les autres, doit être tel. Je donne tant, ou telle & telle chose pour Dixmes, parce qu'il est necessaire de s'approcher „ de Dieu, & celui pour le jeûne doit être tel, demain je jeûnerai tout le jour, parce qu'il est necessaire de s'approcher de Dieu.

CHAPITRE VI.

Le sixieme Article du Symbole des Persans.

DE L'AUMONE.

L'Aumône est de deux sortes dans la Religion Persane, celle qui est limitée & fixée pour la somme & pour le tems, laquelle on appel-le les Décimes, l'autre qui n'est point limitée ni pour la somme, ni pour le tems, qui est l'aumône communément dite, qu'on fait cha-cun à son bon plaisir. Nous allons exposer la premiere en rapportant le Traité des Déci-mes, qui se trouve dans l'abregé de la Somme Théologique d'Abas le Grand, d'où nous avons tiré les Traittez précedens de la Purifi-cation & de la Priere, après avoir dit un mot sur la seconde sorte d'aumône par dessus ce que j'en ai rapporté dans le Volume précedent. Les Persans recommandent extremement la charité dans leurs Sermons, dans leurs li-vres de Morale, & dans leurs discours de pieté; & s'il faut juger de l'effet que cela pro-duit sur eux, par le nombre des mandians qu'on rencontre dans toutes leurs Villes, le

ju-

jugement en fera fort avantageux à leur *Charité*, car il n'y a pas de Païs au Monde, où l'on voye plus de *pauvres* que dans les Etats *Mahometans*, & parmi tous les autres, la *Perse* en a beaucoup, quoi qu'un peu moins qu'aux *Indes*, qu'on peut dire qui est le Païs des *Pauvres*. Je parle de ces *Mendians* qu'on appelle du nom de *Dervich* & de *Fakir*, & de plusieurs autres noms dont je traiterai plus bas, lesquels vont par Troupes & qui demandent hardiment & effrontément l'*aumône*. Ce qui contribue beaucoup à rendre le peuple *charitable* en *Perse*, c'est la douceur, l'humanité, & la molesse de leur temperament, avec un esprit d'*Hospitalité* qui régne parmi eux, & si l'on a égard d'un côté à tout ce qu'ils font par cet esprit-là, & par principe de pieté & d'humanité, & d'un autre côté à leur *pauvreté*, car la *Perse* generalement parlant est un Païs pauvre, on trouvera que les *Persans* sont fort recommandables du côté de la *charité*.

Les sujets principaux auxquels ils l'appliquent sont les *Edifices* pour l'*usage public*, comme de *magnifiques Hôtelleries* dans les Villes & sur les grands Chemins où l'on loge pour *rien*, des Ponts, des *Chaussées*, des *Citernes*, des *Mosquées*, des *Colleges*, des *Bains*; mais on ne voit point d'*Hôpitaux* chez eux pour les *Invalides*, point de ces *Maisons de Charité* où l'on loge & traite les *Malades* jusqu'à leur entiere guerison, en quoi l'*Europe* est si pieuse presque par tout: la raison en vient comme je crois, de ce qu'en *Perse*, il n'y a pas tant de maladies sans comparaison que dans l'*Europe*, de ce que l'air n'y est pas si nuisible, de ce que les besoins des hommes n'y sont pas si nombreux, & de ce qu'il y a par tout de ces hôtelleries franches où l'on a le couvert pour rien. Je viens au Traité des Dixmes.

„ Les *Dixmes* sont tout ce qu'il faut pren-
„ dre sur ses biens pour le donner aux *pau-*
„ *vres* : il y en a de trois sortes. Les *Dixmes*
„ de *precepte*. Les *Dixmes* de *conseil*, &
„ la *double dixme*. C'est la matiere de trois
„ chapitres, dont le premier contient cinq
„ Sections, l'une touchant la *dixme de l'or*
„ & de l'*argent*. L'autre touchant la *Dixme*
„ des *fruits* & des *legumes*. L'autre touchant
„ la *Dixmes des Bêtes*. La quatrieme Section
„ enseigne les sujets à qui les *Dixmes* sont ap-
„ plicables, & la cinquiéme expliqué quel est
„ le *Tribut personel* ou *Capital* qu'il faut payer
„ une fois l'année.

PREMIERE PARTIE.

Des Decimes de Precepte.

„ SAchez premierement deux choses, l'une
„ touchant la nécessité de payer les *Deci-*
„ *mes*, l'autre touchant les Conditions sous
„ lesquelles on oblige de le faire.

„ Quant au premier point le *precepte* de la
„ *Decime* est clairement couché en plusieurs
„ endroits des Livres Sacrez, & il y a beau-
„ coup de passages qui y exhortent fortement.
„ Parmi ceux qui se trouvent dans le Livre
„ des Sentences des Saints, il y en a quatre
„ de la fleur (Parangon) des Prophetes dont
„ le premier porte. *Donnez la Dixme de vos*
„ *biens afin que vos Prieres soient exaucées.* Le
„ second porte. *Que celui qui retient les Dix-*
„ *mes brûlera dans l'Enfer.* Le troisieme con-
„ tient. *Qu'il arrivera au grand jour du juge-*
„ *ment à celui qui n'a point payé les Dixmes que*
„ *Dieu lui fera une menotte d'un Serpent qui lui*
„ *piquera la main, & un Carcan d'une Couleu-*
„ *vre.* Le quatrieme contient *que d'autant de*
„ *Chameaux de Bœufs & de Moutons dont on*
„ *n'aura pas payé la Dixme on sera pris en l'autre*
„ *monde par pareil nombre d'Animaux semblables,*
„ *dont ceux qui ont des cornes briseront & perce-*
„ *ront le corps du Coupable, ceux qui n'en ont*
„ *point le pilleront jusqu'à ce que le Grand Dieu*
„ *ait prononcé la derniere sentence.*

„ Quant aux Conditions requises pour être
„ dans l'état auquel on est obligé de payer les
„ *Decimes*, elles sont au nombre de six
„ 1. L'age, il faut être majeur ou émanci-
„ pé: un enfant sous âge n'étant jamais obli-
„ gé de payer les *Dixmes*. 2. Il faut être de
„ sens droit, & non pas fou, ni simple. 3. Il
„ faut être en liberté, un Esclave n'est jamais
„ obligé aux *Dixmes*. 4. La quatrieme con-
„ dition, c'est de posseder des biens au-des-
„ sus de la somme qui est dispensée par la Loi,
„ d'être *décimée*, laquelle somme on marque-
„ ra dans la suite. 5. La cinquieme, est
„ d'être capable de faire valoir son bien & de
„ l'augmenter. 6. La sixiéme est de posseder
„ son bien par voye juste & légitime, d'où il
„ suit que du bien volé, & du bien mal ac-
„ quis, il n'y a point de *dixme* à payer.

PREMIERE SECTION.

De la Dixme de l'Or & de l'Argent.

„ L'Or & l'argent doivent la dixme dans les
„ trois cas suivans.

PRE-

PREMIER CAS.

" PRemiérement, il faut que l'*or* & l'*argent*,
" soit la monnoye, sans difference entre la
" monnoye du païs & courante, ou la mon-
" noye étrangere & qui n'ait pas de cours, &
" soit aussi qu'on fasse négoce avec ces *especes*-
" là, soit qu'on n'en fasse pas négoce. Il
" s'ensuit que de tout *or* & de tout *argent* en
" lingot ou masse & non fabriqué, l'on ne
" doit point de *Dixme*, non plus que de tou-
" te piéce de vaisselle d'*or* ou d'*argent*, ou
" dorée ou argentée ; encore qu'on en fît né-
" goce.

SECOND CAS.

" LE second Cas auquel l'*or* & l'*argent* doit
" la *Dixme*, c'est pour l'*or* toutes les fois
" qu'il monte à vingt *mescals* (c'est environ
" cinq onces) & s'il y a par dessus cette som-
" me-là un, deux, ou trois *mescals*, ce sur-
" plus ne doit point la *dixme*, mais s'il va à
" quatre *mescals*, ces quatre *mescals* doivent
" la *Dixme*, & ainsi de suite de quatre en
" quatre *mescals*. La somme de l'argent su-
" jette à la *Dixme*, est de deux cens *derhem*,
" (environ trois marcs) & si ce qu'il y a par
" dessus les deux cens *derhem* n'est pas de qua-
" rante *derhem*, ce surplus ne doit point de
" *Dixme*, mais s'il est de quarante *derhem* il
" la doit, & ainsi de suite de quarante en qua-
" rante. Or la *Dixme* de l'*or* & de l'*argent*
" est de deux & demi sur cent.

TROISIEME CAS.

" LE troisiéme Cas, auquel l'*or* & l'*argent*
" doit la *Dixme*, est quand on a eu les
" sommes spécifiées ci-dessus dans les especes
" aussi spécifiées onze mois de tems en sa puis-
" sance & en coffre ; car ici on n'entend point
" du tout parler du fonds des négocians en
" argent comptant. Or en ces trois Cas susdits
" il faut payer la *Dixme* le premier jour du
" douziéme mois, mais si dans ce terme de
" onziéme mois on touche à ces sommes su-
" jettes à la *Dixme*, soit pour en donner à in-
" terêt, soit pour en faire du trafic & com-
" merce, ce qu'on a ainsi employé ne doit
" point la *Dixme*, encore qu'on ne l'eût em-
" ployé que pour n'être pas obligé de payer la
" *Dixme*. (Chose pourtant dont plusieurs
Docteurs disconviennent.) " Observez d'autre
" part que les dettes passives n'exemptent
Tome II.

" point de l'obligation de payer la *Dixme*,
" encore qu'on n'eût pas d'autre bien pour
" payer ses dettes que les sommes qu'on a en
" coffre, de quoi néanmoins il y a aussi beaucoup de Docteurs qui discon-
" viennent.

SECONDE SECTION.

De la Dixme des Legumes & des Fruits.

" LEs *Legumes* qui doivent la *Dixme* sont
" les grains dont l'on fait le pain, & l'*orge*.
" (L'*orge* est la nourriture des bêtes de charge
en Orient, on y a peu ou point d'avoine.)
" Les *fruits* qui la doivent payer sont les dat-
" tes, & les raisins secs : les *Dixmes* en sont
" d'obligation en deux Cas.

PREMIER CAS.

" QU'on ait soi-même semé ces *grains* &
" planté les *arbres* qui ont produit ces
" *fruits*-là, ou qu'on en fasse l'aquisition avant
" que les *grains* soient en épi ou en écosse,
" avant que les *dattes* soient en couleur, &
" avant que les *raisins* soient secs ; car si on les
" acquiert après on n'en doit point de dixme.

SECOND CAS.

" QUe de chaque sorte de ces *fruits* & de
" ces *grains*-là on en ait la quantité de trois
" cens *Sah* poids de Loi : (le *Sah* poids de
Loi est de onze cens soixante dix *Derhem* aussi
poids de Loi :) " & le *Derhem* poids de Loi
" est de quarante huit grains d'orge de moyen-
" ne grosseur, de façon que le *Sah* legal est
" du poids de cinquante six mille cent soixan-
" te grains d'orge, (cela doit revenir à quelques sept livres de nôtre poids un peu plus,)
" une moindre quantité que cela ne doit point
" payer de *Dixme*, mais une plus grande
" quantité que cela doit la payer ; or le taux
" de la *Dixme*, est d'un sur dix à l'égard des
" choses qui croissent sur une terre arrousée
" d'eau de pluye, ou d'eau courante, mais
" il n'est que d'un demi sur dix, à l'égard de
" celles qui croissent sur une terre arrousée
" d'eau de Puits ; & si la terre est arrousée
" partie d'eau de pluye, & partie d'eau de
" Puits, il faut observer de quelle sorte d'eau
" elle est le plus arrousée, & payer plus ou
" moins de trois quarts sur dix, selon que la
" terre est plus ou moins arrousée d'eau de
" Puits. Observez ici quatre choses. 1. Qu'il
ne

„ ne faut compter pour être fujet à la *Dixme*,
„ que ce qu'on a de reste, après avoir payé la
„ rente des fonds, toutes les dépenfes, &
„ tous les frais généralement du labour, de
„ l'arroufement, & de la recolte. 2. Que
„ fi l'on vend du *raifin frais*, & des *dattes frai-*
„ *ches*, il faut fupputer pour favoir en cas que
„ l'on eût fait fecher ces *fruits*, s'ils feroient
„ montez à une fomme fujette à la *Dixme*;
„ car, s'ils y fuffent montez, il faut payer la
„ *Dixme* de ces *fruits* vendus, quoi qu'ils ne
„ fuffent pas fecs. 3. Que fi l'on vend, ou
„ que fi l'on confume partie de fa recolte,
„ avant que de fupputer à quoi elle fe monte
„ toute entière, pour favoir combien il en
„ faut payer de *Dixme*; il faut tenir compte
„ de ce que l'on vend, & l'ajoûter à ce qu'on
„ aura de refte, pour en payer les *Decimes*,
„ de même que fi l'on l'avoit en fes greniers.
„ Obfervez auffi qu'il fuffit de payer une fois
„ la *Dixme* de fes *grains* & de fes *fruits*, en-
„ core qu'on les gardât plufieurs années.

TROISIEME SECTION.

De la Dixme des Bêtes.

„ LEs *Bêtes*, dont l'on doit la *Dixme*, font,
„ les *Chameaux*, les *Bœufs*, & les *Brebis*:
„ la *Dixme* en eft commandée en ces quatre
„ cas. 1. Qu'on ait aquis ces *Bêtes* depuis
„ onze mois. 2. Qu'on les ait tenues tout ce
„ tems à la Campagne à brouter, & qu'elles
„ n'ayent coûté rien du tout à nourrir. 3. Qu'on
„ ne les ait point employez du tout durant tout
„ ce tems-là. 4. Qu'on ait le nombre qui eft
„ fujet à la *Dixme*. Or voici le nombre fu-
„ jet à la *Dixme*, & le taux de la *Dixme*.
„ Quatre *Chameaux* ne doivent point de *Dix-*
„ *me*, mais cinq la doivent, & la *Dixme* qu'ils
„ doivent payer eft d'un *Mouton*, & ainfi de
„ fuite jufqu'au nombre de vingt cinq *Cha-*
„ *meaux*, il faut donner un *Mouton* pour cinq
„ *Chameaux*; mais fi l'on a vingt fix *Cha-*
„ *meaux*, il faut payer de *Dixme* un Chameau
„ femelle, qui foit entré dans fa feconde an-
„ née, c'eft-à-dire qui ait plus de douze
„ mois: fi l'on a trente fix *Chameaux*, il faut
„ que le *Chameau* qu'on en paye de *Dixme*,
„ foit entré dans fa troifiéme année; fi l'on a
„ quarante fix *Chameaux*, il faut que ce *Cha-*
„ *meau* foit dans fa quatriéme année; fi l'on
„ a foixante un *Chameau*, il faut que ce *Cha-*
„ *meau*-là foit entré dans fa fixiéme année;
„ fi l'on a foixante feize *Chameaux*, il faut
„ donner deux *Chameaux femelles* entrez dans

„ leur troifiéme année, & fi l'on a cent vingt
„ un *Chameaux*, la *Dixme* doit être pour cha-
„ que quarante *Chameaux*, un Chameau en-
„ tré dans fa troifiéme année, ou pour cha-
„ que cinquante, un qui foit entré dans la
„ quatriéme année. A l'égard des *Bœufs*,
„ un nombre de *Bœufs* moindre de trente ne
„ doit point de Dixme, & la *Dixme* de trente
„ *Bœufs* eft un *veau*, foit mâle, foit femelle
„ entré dans fa feconde année. Pour ce qui
„ eft des *Moutons*, on en doit payer la *Dixme*,
„ dès que l'on en a plus de quarante, & don-
„ ner un *Mouton* pour le nombre de quarante
„ à foixante, & deux *Moutons* pour le nom-
„ bre de foixante à fix vingt, & ainfi de fuite
„ jufqu'au nombre de trois cens, au deffus
„ duquel il faut donner un *Mouton* de *Dixme*
„ pour chaque quarante *Moutons*.
„ C'eft-là le compte comment ces *Bêtes*
„ doivent être dixmées. (Le mot original eft
„ *Nefab*, c'eft-à-dire le *nombre fujet aux Dixmes*.)
„ Obfervez que les *Moutons* qu'on donne pour
„ les *Dixmes*, ne doivent point être au def-
„ fous de fept mois, & n'être ni eftropiez,
„ ni difformes, ni malades, ni maigres, ni
„ *Brebis* pleines, ni qui ayent mis bas leur
„ portée moins de quinze jours auparavant.

QUATRIEME SECTION.

Des Sujets à qui les Dixmes font applicables.

„ CEs *Sujets* font de fept fortes.
„ 1. Les *Mendians*, (le terme *Perfan*
fignifie les *gens qui vivent de la pauvreté*,)
„ les gens qui font à l'étroit, c'eft-à-dire ceux
„ qui n'ont rien, & ceux qui ont peu; or la
„ Loi appelle gens à l'étroit & capables de
„ recevoir les *Dixmes*, tous ceux qui n'ayant
„ ni art, ni profeffion, ni emploi pour gagner
„ leur vie, n'ont pas dequoi s'entretenir un
„ an de tems eux & leurs enfans, excepté que
„ ce fuffent des *Sahyed* (ce font des gens de
„ la race de Mahammed & des gens de la race
„ des *Imams*) à la fubfiftance defquels la Loi
„ a autrement pourvû: mais vous devez auffi
„ excepter de cette Loi les *Dixmes* que les
„ *Sahyed* payent eux-mêmes, parce que les *Sa-*
„ *hyed* peuvent diftribuer à qui il leur plaît,
„ les *Dixmes* qu'ils doivent payer, & par
„ conféquent aux gens de leur race comme
„ aux autres.
„ 2. Les gens commis, & établis par les Pon-
„ tifes & Chefs de la Loi pour recueillir les
„ *Dixmes*, ces gens ne doivent pas être de
„ condition à recevoir des *Dixmes* pour eux-
                                              mêmes,

,, mêmes, il faut au contraire qu'ils foient ,, gens à leur aife, mais ils peuvent pourtant ,, recevoir, & s'aproprier une partie des *Dix-* ,, *mes* comme falaire de leurs peines. 3. Les ,, Infidéles qui donnent du fecours à la véri- ,, table foi, & lui fervent de Troupes auxi- ,, liaires pour faire la guerre.

,, 4. Un *Efclave* mal-traité de fon Seigneur: ,, il eft permis de le racheter d'un argent de ,, *Dixmes*, pourvû que ce foit afin de le met- ,, tre inceffamment en liberté, & auffi un ,, *Efclave* à qui fon Maître auroit accordé de ,, lui donner la liberté à un prix fixe, que ,, l'Efclave ne pourroit trouver, & amaffer, ,, il eft licite d'employer l'argent des *Dixmes* ,, à contribuer au rachapt de cette *Efclave*, on ,, en peut donner le prix à lui ou à fon Maî- ,, tre.

,, 5. Les gens chargez de dettes qui font ,, dans l'impuiffance de payer, à condition ,, toutefois qu'ils n'ayent pas contracté ces ,, dettes pour des chofes mauvaifes, & défen- ,, dues par la Religion.

,, 6. Il eft permis d'employer l'argent de ,, *Dixmes* en œuvres *pies*; comme à bâtir des ,, *Ponts*, des *Mofquées*, des *Hôpitaux*, des *Ca-* ,, *ravanferais*, des *Collèges*, à en reparer; ,, comme auffi en des *fondations* en faveur de ,, *gens defireux d'apprendre*, & de *ceux qui s'oc-* ,, *cupent aux Sciences*, mais fans autre but que ,, d'en retirer en cette vie le bénéfice de la ,, connoiffance & de la vertu, en attendant ,, celui qu'on en tirera au jour du jugement.

,, 7. Les derniers *Sujets* capables de rece- ,, voir les *Dixmes* font les Etrangers, qui bien ,, qu'ils foient riches dans leur Païs viennent ,, à tomber en néceffité en Païs étranger. On ,, peut leur donner les *Dixmes*, à condition ,, que leur voyage ne foit pas entrepris pour ,, des chofes que la Loi condamne, & qu'ils ,, ne trouvent perfonne qui leur veuille prê- ,, ter de l'argent, ni acheter aucuns des biens ,, qu'ils ont dans leur Païs.

CINQUIEME SECTION.

Du Tribut perfonnel ou Capital qu'il faut payer une fois l'année.

,, CE *Tribut* fe doit payer par tête, à la fête ,, de *Fetre*, qui eft le lendemain de *Rama-* ,, *zan*.

,, Sachez que tout homme qui eft en âge, qui ,, eft de fens raffis, & qui a affez de bien pour ,, l'entretien de fa famille un an durant, doit

,, payer ce *Tribut* pour lui, & pour les fiens, ,, foit qu'ils ayent fait le jeûne, foit qu'ils ne ,, l'ayent pas fait, (or les enfans, & les ma- lades ne le font point) ,, la quantité d'un *Sah* ,, de grain par tête, c'eft-à-dire une *Man* & ,, un quart poids de Tauris (c'eft environ fept livres de nôtre poids.) ,, foit de bled, foit ,, d'orge, foit de dattes feiches, foit de rai- ,, fins fecs, foit de ris, foit de fromage fec, ,, foit de lait, foit d'autres chofes qui entrent ,, le plus dans le manger commun & ordinai- ,, re. Lors qu'on donne ce *Tribut*, il faut ,, penfer ainfi en foi-même, *Je donne ces vi-* *vres ici aux pauvres, à caufe du Tribut de la* *Fête de Fetre, qu'il eft néceffaire de payer, pour* *être dans les voyes de Dieu.* ,, Ceux à qui ce ,, *Tribut* doit être attribué, font les mêmes ,, fujets à qui les *Dixmes* le doivent être. Ob- fervez ici quatre chofes. 1. Qu'il eft per- ,, mis de donner la valeur de ces alimens en ,, argent. 2. Que fi dans la nuit qui fuit le ,, jeûne (or le jeûne finit toûjours quand on voit la nouvelle Lune, ce qui ne peut arriver qu'au commencement de la nuit) ,, il vous ,, arrive des Hôtes, il vous eft permis de vous ,, fervir de ce *tribut* pour les traiter, foit que ,, ce fût des Hôtes connus auparavant, foit ,, qu'ils ne le fuffent pas. 3. Qu'il faut payer ,, le *tribut* pour tout Efclave, mâle ou femel- ,, le, qui s'en feroit enfui, à moins qu'on ,, n'eût avis qu'il fût mort. 4. Que le tems ,, de payer ce *tribut* eft dû moment qu'on a vû ,, la nouvelle Lune, qui finit le jeûne jufqu'au ,, lendemain midi, c'eft un péché d'en differer ,, le payement, & s'il arrive que l'on le com- ,, mette, il n'en faut plus faire le payement ,, avec l'intention fufdite. Plufieurs *Mouchte-* ,, *hed* (grands Docteurs) font pourtant d'avis ,, qu'on a tout le jour de la fête à faire le paye- ,, ment du *Tribut*, mais pas au delà.

SECONDE PARTIE.

Des Decimes de Confeil.

,, LEs *Dixmes de Confeil*, que les *Saints* ont ,, recommandées de payer, font pour les ,, chofes fuivantes.

,, 1. Les *Poulains*, & la *Dixme* d'un Pou- ,, lain eft de deux *Mefcals* d'or poids de Loi ,, chaque année, jufqu'à ce qu'il foit en âge ,, de porter, foit qu'il vienne d'une Jument, ,, & d'un étalon d'*Arabie*, ou d'un autre Païs, ,, à condition toutefois que le Poulain foit ,, toute l'année à l'herbe.

,, 2. L'argent ou les autres biens donnez à ,, In-

Ggg 2

„ Interêt hors des cas auxquels la *Dixme* est
„ de précepte: l'or & l'argent monnoyé qu'on
„ employe à faire des ouvrages, & à dorer :
„ les Chameaux, les Bœufs, & les Moutons,
„ qu'on a donnez en présent, parce qu'il en
„ auroit fallu payer la *Dixme*, si l'on ne les
„ avoit pas donnez : le taux de la *Dixme de*
„ *Conseil* en ces choses-là, est le même que
„ celui des *Dixmes* de précepte.

„ 3. Les revenus quotidiens, comme le loüa-
„ ge des maisons, des boutiques, des bains,
„ des Caravanserais, & d'autres biens immeu-
„ bles : Il faut payer un sur vingt des rentes
„ que l'on en retire, encore qu'elles ne mon-
„ tassent pas à la somme au dessous de laquelle
„ on ne doit point payer de *Dixme*, ni qu'on
„ ne les gardât pas non plus le tems prescrit,
„ pour être obligé à en payer.

„ 4. Les grains & les legumes dont la ven-
„ te se fait ou au poids, ou à la mesure, &
„ entre les autres, le ris, les pois, & les len-
„ tilles. Le taux & les conditions de la *Dixme*
„ de ces grains-là, sont les mêmes que du
„ bled & de l'orge. Les herbages, & tous
„ les fruits à pepin, comme les melons, les
„ concombres, les pommes, & les autres sem-
„ blables.

„ 5. Les biens de la joüissance desquels on
„ a été privé quelques années ; car dès qu'ils re-
„ viennent dans les mains du juste & légitime
„ propriétaire, il doit payer pour tout le tems
„ qu'il en a été privé, autant de decimes qu'il
„ en auroit payé pour une année, s'il en avoit
„ eu la joüissance : les exemples de ces cas
„ sont les biens sequestrez, & les biens meu-
„ bles, comme l'argent, & les marchandises
„ mis à des voyages de long cours.

„ 6. Les effets dont l'on est incertain s'ils
„ sont en la quantité qui doit payer des *Dix-*
„ *mes* de précepte, car c'est une œuvre pieu-
„ se d'en payer la *Dixme*, lors qu'on est dans
„ ce doute.

„ 7. Les biens en commerce, c'est-à-dire,
„ dont l'on fait achapt ou vente, permuta-
„ tion, prêt, ou emprunt : il en faut payer
„ la *Dixme* à moins qu'il n'arrive des pertes
„ dessus.

„ 8. Les biens d'un enfant en bas âge, des-
„ quels son Pere fait négoce pour lui en
„ alloüer le profit. Ces biens-là par le *Con-*
„ *seil* des *Saints* doivent payer la *Dixme*, de
„ même que l'or & l'argent.

TROISIEME PARTIE.

De la double Dixme.

„ LA *double Dixme*, est celle qui emporte
„ la cinquiéme partie des effets : elle est
„ commandée en sept sortes de cas.

„ 1. Le butin qu'on fait à la guerre contre
„ les *Infidéles*, soit qu'il monte à peu, ou à
„ beaucoup.

„ 2. Ce qui se tire des *mines*, comme les
„ mines de *Turquoises*, les mines de *Cuivre*, &
„ les autres, à condition que ce qu'on en ti-
„ rera paye pour les frais du travail, & rapor-
„ te de plus la valeur de vingt *Mescals* d'or
„ poids de Loi, (deux onces & demie) quel-
„ ques *Mouchteheds* excluent cette derniere
„ condition, disant qu'il faut donner un de
„ cinq sur ce qui en reste de bénefice, quel
„ que ce puisse être.

„ 3. Tout ce qui se *pêche* au fonds de la mer,
„ comme les perles, & le *corail*, avec la mê-
„ me condition de l'Article précedent.

„ 4. Toute sorte de biens, où il y a du mé-
„ lange de bien mal acquis, sans que l'on puisse
„ discerner ce qu'il y en a de mal acquis, pour
„ savoir à combien il se monte. Si l'on est
„ assuré qu'il ne monte pas tant que la cin-
„ quiéme partie du total, il faut payer un pour
„ vingt du total, & le tout deviendra pur &
„ licite à quelque somme qu'il puisse mon-
„ ter ; mais si l'on pense que ce qu'il y a de
„ mal acquis dans le bien monte à plus de la
„ cinquiéme partie, il faut payer de decimes un
„ sur vingt, de tout ce qu'on croit y avoir
„ de mal acquis dans la masse, au delà de la
„ cinquiéme partie ; par exemple. Si un hom-
„ me est en doute savoir si le tiers de son bien
„ est mal acquis, il faut qu'il donne d'abord
„ la vingtiéme partie du total en *Decimes*,
„ & puis treize sur cent sur le bien mal a-
„ quis.

„ 5. Le provenu des fonds qu'on arrente d'un
„ Infidéle qui paye le Tribut : il faut payer le
„ quint du provenu.

„ 6. Tout ce qu'on trouve en pais d'Infidéles,
„ soit sur la Terre, soit dans la Terre, com-
„ me un trésor caché, une bourse, il en faut
„ donner la cinquiéme en *Decimes*.

„ 7. Les profits quels que ce soient provenant
„ de la Marchandise, du Labour, & de toute
„ sorte de travail tant Liberal que Méchanique,
„ lesquels ont été plus que suffisans à faire
„ subsister honnêtement & commodément sa
„ famille durant le cours de l'année, ce qui
„ en

„ en reste par delà, doit payer aux Pauvres
„ la double Dixme de cinq pour un.

„ Obfervez là-deffus deux chofes. L'une
„ que dans la fubfiftance honnête, on fait en-
„ trer auffi la dépenfe extraordinaire : par
„ exemple, fi un homme fe marie, s'il achete
„ des Efclaves pour le travail, ou pour fer-
„ vir de Concubines, fi on lui fait une ava-
„ nie, s'il fait des préfens, il peut faire en-
„ trer tout cela dans la dépenfe de fon année.
„ L'autre chofe qu'il faut obferver, eft de
„ donner la moitié de la double Dixme au
„ Maître des tems, (ils appellent ainfi Mahammed Mehdy, le douziéme & dernier Imam
qu'ils croyent n'être pas mort, mais feulement caché, & devant revenir au Monde,)
„ & moitié aux Sahyeds, ce font les defcen-
„ dans de Mahammed, à condition qu'ils
„ foient Chia, c'eft-à-dire, de la croyance des
„ douze Imams,& qu'ils foient pauvres au degré
„ prefcrit. Obfervez encore, que pour la part
„ qui doit être donnée aux Sahyeds, la per-
„ fonne qui paye les Decimes peut la départir
„ lui-même, mais pour celle qui appartient
„ au Maître des tems, il faut tant que dure
„ fon abfence, la donner aux Mouchteheds
„ (Docteurs parfaits) „pour la diftribuer à leur
„ difcretion, mais s'il n'y a pas de Mouchteheds
„ non plus, on peut en faire foi-même la
„ diftribution.

CHAPITRE VII.

Du feptiéme Article du Symbole des Perfans.

DU JEUNE.

L'Obfervance du Jeûne eft gardée par tous
les Mahometans auffi exactement que la
Purification, & la Priere, & les Docteurs de
Perfe entre les autres en recommendent la
pratique à l'égal de ces autres devoirs-là. Le
jeûne, difent-ils, eft la porte & l'entrée de la
Religion, tout homme qui meurt dans le tems du
jeûne eft bien-heureux & va fûrement en Paradis, & leurs Prédicateurs affirment à la lettre qu'au commencement du Jeûne, qui dure tout le mois de Ramazan, les Portes du
Paradis s'ouvrent, & celles de l'Enfer fe ferment pour tous les gens de leur Religion.
J'ai rapporté dans le Chapitre cinquiéme la
Tradition des Perfans, que Mahammed s'é-
toit engagé en venant fur la Terre, de faire
faire trente Prieres par jour à fes Sectateurs.
Ils en font une autre fur le Jeûne, qui eft encore plus étrange; favoir, qu'il avoit promis

auffi à Dieu de faire garder dix mois de Jeûne. Ils content que Mahammed étant prêt de
commencer fa Miffion, fut élevé au Paradis
fur un Animal ailé, reffemblant, aux aîles
près, à un Centaure : Dieu lui mit en main
la Loi Mahometane, & lui en recommanda la
promulgation : le Prophete lui promit de la
faire recevoir, & garder de tout fon pouvoir;
comme il defcendoit du Paradis, il s'arrêta
au quatriéme Ciel à parler à Jefus, & lui fit
le recit de ce qui s'étoit paffé entre Dieu &
lui, lui difant entre les autres particularitez,
qu'il s'étoit engagé à faire jeûner les hommes
dix mois de l'année. Jefus lui répondit qu'il
n'en viendroit jamais à bout, & lui confeilla
de retourner vers Dieu, pour lui demander
de la diminution à ce Jeûne fi long, & prefque perpetuel : Mahammed le crut, il remonta
au Paradis, & obtint deux mois de diminution : il fit favoir ce fuccès à Jefus, qui lui
confeilla d'en aller demander bien davantage,
ce que Mahammed fit, & obtint encore deux
mois de rabais, & enfin à plufieurs reprifes
toutes faites fur les Confeils de Jefus-Chrift,
il fit relâcher le Jeûne à un mois. Le conte
affure que Jefus preffa Mahammed de retourner vers Dieu afin qu'il lui plût de le reduire
à une femaine, ou de ne le faire que de neuf
heures par jour : il lui repréfenta que la fra-
gilité humaine étoit inconcevable, que lui-
même quoi qu'il eût donné une Loi fi douce,
& fi facile, avoit vû les hommes fe rebeller
contre fes Statuts, particulierement dans ce
point du Jeûne, que pas un Chrétien ne vouloit garder jufqu'au coucher du Soleil; Mahammed lui répondit qu'il n'ofoit plus aller
importuner la Mifericorde de Dieu, & que fi
fon Carême étoit difficile à garder, ce feroit
auffi le feul jeûne qu'il ordonneroit.

Les Théologiens Perfans définiffent le jeûne, l'abftinence de toute forte d'Alimens, & de
toute forte d'attouchemens Charnels, depuis le
point du jour jufqu'à celui de la nuit, avec
l'intention de plaire à Dieu : & ils diftinguent
trois fortes de jeûnes, qu'ils prétendent qu'il
faut obferver tous trois, pour faire dignement
le Carême. L'un qui confifte, comme je le
viens de dire, dans l'abftinence des alimens, &
des attouchemens charnels. L'autre qui confifte dans l'abftinence du péché, & le troifiéme
qui eft de s'abftenir des foins temporels, & des
foucis de cette vie, & c'eft en ce fens-là qu'ils
difent, qu'un parfait Derviche, c'eft-à-dire un
homme qui a renoncé au monde, eft dans un
Ramazan ou Carême perpetuel.

Leur Religion ne commande d'autre jeûne

ex-

expreſſement que celui de *Ramazan*, quoi qu'en général elle ordonne le *Jeûne* pour pénitence ou pour peine en diverſes occaſions, mais elle conſeille pluſieurs *Jeûnes* de Dévotion, de même que des Prieres, des Aumônes, & des Purifications, outre celles qui ſont commandées, car dans la Religion *Mahometane*, comme dans les autres fauſſes Religions, la dévotion de Conſeil eſt beaucoup plus étendue, & plus oneruſe que celle d'obligation: entre leurs *Jeûnes* de dévotion dont je ferai le dénombrement plus bas, eſt le *Jeûne additionel du Ramazan*. Pluſieurs le commencent quatre jours, & juſqu'à dix jours avant le tems: c'eſt, diſent-ils, à l'imitation des *Imams* qui le pratiquoient ainſi. Leurs principaux *Jeûnes* de dévotion ſe font dans les mois qu'on appelle ſacrez, qui ſont au nombre de trois, ſavoir *Maharram*, *Zirkadé*, & *Zilhajé*, qui eſt le mois du Pelerinage de la *Mecque*. Les Dévots aſſûrent qu'un jour de *Jeûne*, dans l'un de ces trois mois, a plus d'efficace qu'un mois de *Jeûne* entier dans un autre tems, ce qui eſt dit à l'imitation de ce que leurs Théologiens aſſûrent du *Carême* commandé qui eſt le *Ramazan*, ſavoir qu'un ſeul jour de *Jeûne* dans ce mois-là, eſt préferable à tout un autre mois de *Jeûne*, fût-ce un mois ſacré: le principal des *Jeûnes* de dévotion eſt le dixiéme jour du mois le *Maharram* qui eſt le Martyre de *Hoſſein* & *Haſſen* fils d'*Aly*, jour que les *Perſans* appellent *Achours*, c'eſt-à-dire le dixiéme jour de deuil.

Le mot de *Ramazan*, dont les *Mahometans* appellent leur *Carême*, eſt le nom du neuviéme mois de l'année: le Carême en porte le nom parce qu'il dure tout ce mois entier, commençant au premier jour de la Lune, & finiſſant au moment qu'on apperçoit la Lune ſuivante nommée *Chaval*. Chacun ſait que les *Mahometans* comptent le tems par le cours de la Lune, toutefois ſi au bout de trente jours, à compter de celui qu'a paru la Lune de *Ramazan*, la nouvelle Lune ne paroît pas, comme cela arrive quelquefois, lors que le *Carême* tombe en Hiver, à cauſe de quelque brouillard, on ne laiſſe pas de finir le *jeûne* au trentiéme jour, parce que réglément il ne doit durer que le cours d'une Lune, qui ne ſauroit aller à plus de trente jours.

Les *Perſans* ne donnent ni de ſolides, ni de certaines raiſons pourquoi *Mahammed* établit le jeûne au mois de *Ramazan*. Les uns diſent que ce fut par oppoſition aux *Arabes* Idolatres: ſur-ce qu'il arriva que la premiére fois qu'il ſe mit à parler de Religion, ils commençoient juſtement l'année, dont ils paſſoient toûjours les principaux jours en débauches, & en diſſolutions exceſſives. Ce Legiſlateur Hypocrite pour donner plus d'éclat, & plus d'apparence exterieure à ſa Religion, en oppoſant le *Jeûne*, & la Priere aux excès de la Nation, inſtitua le *jeûne* dans ce même mois-là. D'autres tiennent que comme le mois de *Ramazan* arriva alors durant la plus grande chaleur de l'Eté, *Mahammed* ordonna que ce ſeroit ce mois-là même qu'on *jeûneroit*, afin d'en rendre la premiére obſervance plus agréable à Dieu, étant faite en un tems où le *jeûne* eſt ſans comparaiſon plus rude, & plus mortifiant qu'en Hiver. Ceux qui ſont de cet avis, le prétendent prouver par le nom même de *Ramazan*, qui fut donné à ce mois, car *Mahammed* ayant donné des noms aux douze mois, par rapport au tems de l'année auquel ils tomboient alors, ſelon la coûtume des Orientaux, d'avoir égard dans leurs dénominations aux circonſtances préſentes, il appella ce mois-ci *Ramazan*, de *Ramas il bar*, c'eſt-à-dire, *qui eſt d'une extreme chaleur*.

Voyons maintenant quelle eſt la ſolemnité de ce *Jeûne*, quelle en eſt la durée, & comment on le célébrent. Premierement, pour la ſolemnité, le *Jeûne* qui commence à l'inſtant qu'on découvre la nouvelle Lune; ce qui arrive d'ordinaire quand le Soleil ſe couche, s'annonce avec éclat de deſſus les Tours des Moſquées par les *Moazen* ou *Crieurs ſacrez*, leſquels en plus grand nombre qu'aux autres tems, & à voix redoublée entonnent des Cantiques, en publiant le commencement du *Jeûne* comme une raviſſante nouvelle. Le peuple y répond par des cris de joye, & en allumant des lumieres en grand nombre par toutes les boutiques : à même tems il ſe fait un ſon de Cornet extraordinaire à tous les Bains de la ville, pour faire ſavoir qu'ils ſont ouverts; car il faut commencer le *Jeûne*, comme les autres Dévotions, toûjours par la purification, & c'eſt au bain qu'elle ſe fait communément; la fin du *Jeûne* au bout du mois, s'annonce avec encore plus de ſolemnité, par les cris, & par les acclamations du peuple, par les feſtins, & par les banquets, par le ſon des Inſtrumens aux places publiques, & par d'autres pareilles marques d'allegreſſe; quant à la durée du *Jeûne*; il la faut conſiderer en deux ſens, la durée des jours, qui eſt toûjours de vingt-neuf, ou de trente, les Lunes ayant tantôt trente jours, & tantôt n'en ayant que vingt-neuf, & celle des heures qu'il faut *jeû-*

ner

ner chaque jour, & dans ce ſecond ſens le Jeûne eſt un ſujet de longues diſputes parmi les Auteurs *Mahometans* : chacun convient que le *Jeûne* ceſſe chaque jour, lors que la moitié du diſque du Soleil eſt tombé ſous l'horiſon, mais on ne convient pas du moment auquel il doit recommencer le lendemain. La raiſon de la diſpute vient de ce que les anciens *Arabes* prennent la nuit en deux ſens differens, la nuit naturelle, qui eſt du coucher du Soleil à ſon lever, & la nuit civile, qui eſt définie par la Loi le tems qui coule depuis que les ombres paroiſſent ſur l'horiſon Oriental, juſqu'à l'aube du jour. L'*Alcoran* en ordonnant le *Jeûne* du *Ramazan*, dit *beuvez, & mangez juſqu'au moment que vous pourrez diſcerner à l'horiſon un fil blanc d'avec un fil noir*; texte que quelques Interprêtes expliquent du Crepuſcule & des tenebres, & que d'autres entendent de deux fils, un blanc, & un noir, mis l'un contre l'autre, qui eſt la forme d'explication que les Juifs donnoient ſur le precepte des Leçons du matin à l'égard du tems précis auquel il les falloit faire: la commune interprétation des *Perſans* c'eſt, qu'il faut *jeûner* juſqu'à l'aube du jour, qui ſe prend lors que les Etoiles commencent à diſparoître, & c'eſt là ce qui ſe pratique. Quant à la maniere dont ils gardent le *Jeûne*, il n'y a rien de plus auſtere & de plus rigoureux, ſur tout pour ceux qui obſervent les conſeils de la Loi, auſſi bien que ſes preceptes, leſquels recommençant de *jeûner* à minuit, ne mangent rien juſqu'au coucher du Soleil, ce qui fait en pluſieurs endroits de *Perſe* un *Jeûne* de vingt heures pendant l'Eté; il eſt défendu durant l'eſpace du *Jeûne* de manger ni de boire, de ſe laver la bouche, ni ſeulement les lèvres, de peur que le rafraîchiſſement ne préjudicie à la mortification du *Jeûne*: il eſt défendu de prendre des remedes, ſoit nourriſſans, ſoit rafraîchiſſans, de ſe baigner, d'avaler ſa ſalive exprès, d'ouvrir la bouche exprès pour attirer l'air. Les gens dévots même la tiennent fermée tant qu'ils peuvent, prétendant que parce que l'air rafraîchit les poumons il doit être compté pour aliment, & qu'il rompt le *Jeûne*: durant ce tems-là tout commerce amoureux leur eſt particulierement interdit, juſqu'à celui des paroles & des regards. Ils recommencent à manger quand le Soleil ſe couche, comme on l'a dit, & lors qu'il eſt prêt de ſe coucher les hommes employez à annoncer du haut des Moſquées les tems ordonnez à la Priere, ſe tiennent là au guet

comme ceux qui obſervent les Ecliples, & au moment que la moitié du corps de l'Aſtre paſſe ſous l'horiſon, ils pouſſent leurs cris: c'eſt le ſignal que le *Jeûne* eſt rompu pour ce jour-là. Alors chacun fait vîte ſa Purification legale, & une courte priere, & commence à manger quelque choſe de léger, comme des fruits, des confitures, des gelées, & à boire des eaux ou d'autres liqueurs rafraîchiſſantes, chacun ſelon ſes moyens, & puis on ſe met à fumer. Le ſouper ſe ſert peu après, & eſt bien plus long qu'à l'ordinaire; ce n'eſt pas que la plûpart du monde mange davantage, mais c'eſt qu'ils mangent lentement, & peu à peu, de peur de s'étouffer; quand il eſt minuit l'on en avertit du haut des Moſquées, & le *Jeûne* recommence pour ceux qui l'obſervent étroitement: on le reprend par une Luſtration, & par une Priere, comme on l'avoit quitté, & on ſe va coucher. Obſervez toutefois que c'eſt le *Jeûne* de conſeil qui recommence à minuit; car il eſt permis de manger juſqu'à l'aube du jour, comme je l'ai remarqué, & le commun peuple qui a beſoin de vigueur pour ſon travail, fait un ſecond repas deux heures avant le jour, & ne va ſe coucher qu'après ce repas. Les gens gourmans d'autre part, les débauchés, & les libertins, paſſent la nuit dans des excès, regagnant durant ce tems-là ce qu'ils ont perdu le jour, mais les gens réglez gardent le *jeûne*, comme je l'ai dit, & chaque jour à leur réveil ils vont régulierement au bain pour y faire la purification: ils gardent d'ailleurs beaucoup de ſimplicité, tant dans leurs habits, que dans leur contenance, & dans leurs diſcours: enfin, tout ſent fort la dévotion durant ce mois de Jeûne. L'occupation du jour eſt pour la plûpart de prier Dieu, de lire l'*Alcoran*, & d'autres Livres de Religion: le monde eſt fort retiré alors, ne commençant à ſortir qu'après dix heures, & les boutiques ne s'ouvrant que vers le midi, ce qui ſe fait non ſeulement par dévotion, mais auſſi de peur que la diſſipation des eſprits ne les échauffe trop, & ne leur rende par là le *jeûne* inſupportable: on a beaucoup de peine en ce tems-là à traiter d'affaires avec les *Perſans*, ce *jeûne* les rendant ſi chagrins, & ſi peu traitables, particulierement vers la fin du jour, qu'ils paroiſſent comme extravagans & alienez, auſſi ne ſe fait-il preſque rien durant ce mois-là; ſur tout entre eux & les gens de contraire Religion, dont ils n'aiment pas d'être approchez, de crainte que leur attouchement, ou leur haleine ne les ſouille eux & leurs logis. On ne voit pas dans les rues ruës, durant tout ce tems-là, la moitié du monde qu'on y voit d'ordinaire, depuis le matin jusqu'au soir, mais la nuit il fait tout-à-fait beau s'y promener, les boutiques étant extraordinairement éclairées & parées, & la plûpart du monde se promenant par les marchez; c'est pour cela aussi que le peuple appelle le *Ramazan* la *Fête des Chandelles*.

Voilà en gros ce que les *Persans* croyent, & ce qu'ils enseignent touchant le *Jeûne*, & comment ils observent celui du *Ramazan*. Ils observent de même les autres *Jeûnes* dont nous allons voir le nombre dans le Traité du *Jeûne*, lequel j'ai extrait du même Livre d'où j'ai tiré les Traitez précedens. Voici comme ce Traité commence.

„ Sachez que le *Jeûne* de la Religion se „ définit, par s'abstenir avec intention durant „ un tems limité des choses capables de nour- „ rir, & ce tems se doit compter du com- „ mencement du second matin, " (ils appel- lent *premier matin* la premiere ouverture de l'horison Oriental, & *second matin* lors que l'horison s'éclaircit tout-à-fait, car après s'ê- tre ouvert un peu il se referme, & puis se r'ouvre) „ jusqu'à ce que le Soleil soit à moi- „ tié couché sous l'horison. " Nous traite- rons la matiere du *Jeûne* en quatre Sections.

PREMIERE SECTION.

De l'Intention.

„ IL faut considerer le *Jeûne*, ou comme „ institué par la Religion, ou comme ne l'é- „ tant pas. Le *Jeûne* institué par la Religion „ est de deux sortes, savoir, le *Jeûne com-* „ *mandé de Dieu*, & le *Jeûne de Dévotion* ou „ *de Conseil*. Or ni en l'un ni en l'autre *Jeû-* „ *ne* il n'est pas requis que l'acte de l'*Inten-* „ *tion* qu'on forme en exprime la nature „ distinctement, en pensant quelle sorte de „ *Jeûne* c'est que l'on va faire, s'il est d'obli- „ gation, ou de dévotion; il suffit que l'on „ pense à faire un *Jeûne* pour s'approcher de „ Dieu, en formant l'acte d'*Intention* en ces „ termes: *Demain je jeûnerai, parce qu'il est* „ *nécessaire de s'approcher de Dieu.* Quant au „ *Jeûne* qui n'est pas prescrit par la *Religion*, „ il est aussi de deux sortes, le *Jeûne de vœu*, „ & le *Jeûne de pénitence* ou *de peine*; car si „ l'on a violé le *Jeûne* du mois de *Ramazan* „ par exemple, en mangeant quelque chose „ que ce soit un jour de ce mois-là, il faut „ jeûner un mois entier par *peine* ou *péniten-* „ *ce*, mais dans les *Jeûnes* qui ne sont pas

„ pas d'*institution Divine*, il faut former l'acte „ d'*Intention* distinct sur la qualité du *Jeûne* en „ ces termes: " *Demain je jeûnerai par vœu*, (ou par pénitence) *parce qu'il est nécessaire de* „ *s'approcher de Dieu*. „ Observez sur ce sujet „ deux choses. L'une qu'en toutes sortes de „ *Jeûnes* l'acte d'*Intention* se doit former la „ nuit précedente, soit au commencement „ de la nuit, soit à la fin, mais si l'on oublioit „ de le faire durant la nuit, on a encore le „ tems de le faire jusqu'à midi, mais après „ midi le tems de former l'*Intention* est passé, „ & le *Jeûne*, quoi qu'il ne faille pas laisser „ de l'achever, n'est pas satisfactoire, il le „ faut refaire. La seconde observation, c'est „ que dans le *Jeûne* du *Ramazan*, l'acte d'*In-* „ *tention* se doit faire chaque nuit sans man- „ quer avant le point du jour.

SECONDE SECTION.

De l'abstinence prescrite.

„ LES choses, dont celui qui *jeûne* doit „ s'*abstenir*, sont de deux sortes, d'*obliga-* „ *tion*, & de *conseil*, & l'*abstinence d'obliga-* „ *tion* est encore de deux sortes; savoir cel- „ le dont la violation oblige à refaire le *jeû-* „ *ne*, & à payer l'amende de sa faute, & celle „ dont la violation n'oblige qu'à refaire le „ *Jeûne* seulement.

„ ARTICLE I. L'*abstinence* qui est d'*obli-* „ *gation* à peine de recommencer & de payer „ l'amende consiste en ces six points. 1. De „ ne mettre à la bouche d'aucune de ces frian- „ dises qu'on a coûtume de porter dans sa po- „ che, & qu'on mange par accoûtumance, „ ni d'aucunes autres choses que ce soit. „ 2. De ne mettre à la bouche aucune chose „ liquide, quand ce ne seroit qu'une goute. „ 3. D'avoir avec sa femme de commerce „ contre nature, (c'est que dans cette fausse „ *Religion* là plûpart du monde, tant Ecclesiasti- „ ques que Seculiers ne le tiennent pas défendu dans un autre tems.) „ 4. De se rendre *pol-* „ *lutus femine* en veillant. 5. D'avaler sa sa- „ live sciemment, c'est-à-dire à dessein, & „ non par mégarde. 6. De demeurer *femine* „ *pollutus* durant une moitié de la nuit. (C'est- à-dire que quand on a approché d'une femme avant minuit, il faut faire la purification, avant que minuit passe.)

„ ARTICLE II. La deuxiéme sorte d'*abs-* „ *tinence* qu'il faut garder à peine de recom- „ mencer le *jeûne*, mais sans payer d'amen- „ de, consiste en ces sept choses. 1. De „ com-

„ commencer à manger le foir avant le tems
„ venu , fur une légere préfomption que le
„ Soleil eft couché, fans s'en être bien affû-
„ ré. 2. De manger après le point du jour
„ fur une légere préfomption que la nuit dure
„ encore, fans s'en être bien affûré. 3. De
„ rompre le *Jeûne* avant le coucher du Soleil,
„ fur ce qu'ayant vû le Ciel obfcurci par des
„ nuages ou autrement , on auroit pris mal
„ à propos cette obfcurité pour le coucher du
„ Soleil. 4. De rompre le *jeûne* fur un ra-
„ port légerement fait que le Soleil eft couché
„ avant qu'il le foit. 5. D'exciter ou provo-
„ quer le vomiffement, parce qu'il ne doit
„ rien paffer par la bouche durant le tems du
„ *jeûne*, non plus en fortant de l'eftomach
„ que pour y entrer. 6. De fe gargarifer ni
„ de fe laver la bouche avec de l'eau. 7. De
„ prendre des lavemens nourriffans, parce
„ qu'ils rompent le *jeûne* comme les Ali-
„ mens. Obfervez qu'il y a une *abftinence*
„ morale de laquelle le *jeûne* dépend , de
„ même que de ne boire ni manger, c'eft le
„ faux ferment: fi quelqu'un fait un faux fer-
„ ment un jour de *jeûne*, il rompt fon *jeûne*,
„ il eft obligé à le refaire.

„ Article III. L'*Abftinence* de *confeil*
„ confifte à fe priver de neuf chofes. 1. Il
„ ne faut pas fe teindre les fourcils & la barbe.
(C'eft un fard ordinaire en Orient, parce que
la couleur rouffe qui y eft affez commune eft
fort haïe, & qu'on n'eftime que le poil noir.)
„ 2. Il ne faut pas fe frotter les yeux de *four-
„ ma* parfumé. (C'eft une efpece de *Colyre*.)
„ 3. Il ne faut pas fe faire tirer du fang en
„ grande quantité. (C'eft que la faignée af-
foibliffant, on en fent moins la mortification
du *jeûne*.) 4. Il ne faut pas avoir autour
„ de foi des fleurs qui fentent bon. 5. Il ne
„ faut pas prendre des lavemens rafraichiffans.
„ 6. Il ne faut pas mettre fur foi des linges
„ mouillez pour fe refraichir. 7. Il ne faut
„ pas toucher une femme des mains feule-
„ ment, ni avoir aucune converfation avec
„ elle qui produife des defirs amoureux. 8. Il
„ ne faut pas s'affeoir dans l'eau. 9. Il ne
„ faut pas fe plonger dans l'eau. C'eft pour-
„ quoi il faut faire les Purifications légales
„ dans ce tems-là en fe verfant l'eau fur la
„ tête, & non pas en plongeant la tête dans
„ le Refervoir.

TROISIEME SECTION.

Des differentes fortes de Jeûne.

„ IL y en a de quatre efpeces, le jeûne d'obli-
„ *gation*, le *jeûne de confeil*, le *jeûne deshon-
„ nête*, & le *jeûne défendu*.

„ Article I. Le *jeûne d'obligation* fe
„ diftingue en cinq claffes. 1. Le *jeûne du
„ mois de Ramazan*. 2. Le *jeûne de peine*,
„ ou de *pénitence*. 3. Le *jeûne ordonné à ceux
„ qui ont manqué d'offrir le Sacrifice Annuel*.
„ 4. Le *jeûne de vœu*. 5. Le *jeûne de péni-
„ tence publique*, qui confifte à jeûner trois-
„ jours & trois nuits enfermé dans une Mof-
„ quée.

„ Les *Jeûnes commandez*, ne regardent que
„ les gens qualifiez par les fix conditions fui-
„ vantes, dont les deux dernieres font parti-
„ culieres aux femmes. 1. D'être en âge.
„ 2. D'être de bon fens. 3. D'être en fanté.
„ 4. D'être chez foi, & non pas en voyage.
„ Les deux autres conditions qui font parti-
„ culieres aux femmes font. 1. De n'avoir
„ pas la perte de fang qui arrive tous les mois.
„ 2. De n'être pas en couche.

„ Sachez auffi que le tems de *Ramazan* fe
„ doit compter du foir que vous verrez la Lune
„ du mois de *Ramazan*, ou du foir du trentié-
„ me jour du mois de *Chaabon*, qui eft le mois
„ précedent celui de *Ramazan*, ou bien lors
„ que deux Témoins gens de Foi vous affu-
„ reront d'avoir vû la Lune, car quelquefois
„ elle n'eft vifible qu'un moment de tems le
„ jour qu'on la peut voir, qui eft le premier
„ jour du mois.

„ Article II. Le *jeûne de confeil*, eft
„ recommandé en dix-fept tems differens du-
„ rant le cours de l'année. Le *premier Jeudi
„ de chaque mois de l'année*. 2. Le *premier
„ Mecredi de la deuxiéme dixaine du mois*.
(Le mois a trois dixaines de jours, c'eft-à-
dire trois fois dix.) „ 3. Le *dernier Jeudi de
„ chaque mois de l'année*. 4. La *Fête de Kom-
„ kadir* qui tombe au dix-huitiéme du mois de
„ *Zilhayé*. 5. La *Fête de Mobahilé*, qui arri-
„ ve le vingt quatriéme du même mois, ou
„ felon quelques Calandriers le vingt cinquié-
„ me. (On parlera de ces *Fêtes* dans la fuite
de ce volume, & des autres dont nous allons
faire mention.) „ 6. La *Nativité du Prophe-
„ te* qui tombe au dix-feptiéme du mois de
„ *Rabiael havel*. 7. La *Manifeftation du Pro-
„ phete*, (c'eft-à-dire le jour qu'il commença
de fe déclarer *Prophete* & d'en faire la charge)

„ laquelle fête eſt miſe au vingt ſeptiéme du
„ mois de *Rejeb.* 8. *La Création du Monde,*
„ dont la fête eſt aſſignée au vingt cinquié-
„ me du mois de *Zilcadé.* 9. Le *dixiéme jour*
„ *du mois de Maharram* ; mais obſervez que
„ le *jeûne* de ce jour-là ſe peut rompre après
„ midi , ce qui ne ſe peut faire aux autres qui
„ doivent durer juſqu'au Soleil couché.
„ 10. Le *jour du Sacrifice d'Abraham.* 11. Le
„ *premier jour du mois de Zilhajé.* 12. Le
„ *premier jour du mois de Rejeb.* 13. *Tout le*
„ *mois de Rejeb.* 14. *Tout le mois de Chaa-*
„ *bon.* 15. Les *nuits claires.* (On appelle ainſi
les trois nuits de chaque mois que la Lune
paroit du ſoir au matin.) „ 16. *Tous les Jeu-*
„ *dis de chaque mois.* 17. *Tous les Vendredis*
„ *de chaque mois.*

„ ARTICLE III. Le *jeûne* deshonnête
„ & mal ſéant à garder eſt. 1. Celui qui ſe
„ fait dans un tems où il n'eſt pas conſeillé
„ de *jeûner,* c'eſt-à-dire, un autre jour que
„ les jours marquez dans l'Article précedent.
„ 2. Le jour d'*Arafé* qui eſt la fête du Sacri-
„ fice : quiconque étant ce jour-là à la *Mec-*
„ *que* jeûneroit feroit une vilaine action, par-
„ ce qu'il ſe mettroit hors d'état de ſatisfaire,
„ comme il faut aux dévotions preſcrites
„ cette nuit-là, qui conſiſtent en des *Prieres,*
„ des *Cantiques,* & des *Lectures* du ſoir au
„ matin.

„ ARTICLE IV. Le *Jeûne* défendu eſt
„ renfermé dans ces huit Articles. 1. Si l'on
„ vouloit *jeûner* aux grandes Fêtes, comme
„ à la fête de *Ramazan,* qui eſt le premier
„ jour du mois qui ſuit celui du *jeûne,* & com-
„ me la *fête* du *Sacrifice* à l'égard des Pelerins
„ de la *Mecque,* à qui c'eſt un péché de *jeû-*
„ *ner* ce jour-là. 2. C'eſt un péché auſſi pour
„ les Pelerins de la *Mecque* de *jeûner* le onzié-
„ me, le douziéme, le treiziéme jour du mois
„ de *Zilhajé,* qui ſuivent la *fête* du *Sacrifice,*
„ parce qu'ils ſont obligez de faire pluſieurs
„ Pelerinages, & pluſieurs Céremonies ces
„ jours-là, ce qui eſt incompatible avec le
„ *jeûne.* 3. Il eſt défendu de *jeûner* pour ob-
„ tenir de Dieu des choſes mauvaiſes & in-
„ terdites. Il l'eſt auſſi de faire le *jeûne* en
„ *retraite,* c'eſt-à-dire, en *ſolitude,* & en ſi-
„ lence ſans voir perſonne. (Les *Perſans* diſent qu'il y avoit de ces *jeûnes* chez les Juifs,
conſiſtant à s'abſtenir de la parole, comme de
l'Aliment, & qu'ils y étoient fort en vogue,
& il y a dans leurs Légendes un conte à ce
ſujet, touchant la Vierge Mere de Nôtre
Seigneur Jeſus-Chriſt, qui porte qu'elle faiſoit ſes *jeûnes* comme cela ſans parler, &

qu'il arriva que les Prêtres l'ayant priſe avec
ſon enfant, pour ſavoir comment elle l'avoit
eu ſans être mariée, elle ne leur répondoit
point, parce qu'elle jeûnoit ce jour-là de cette
manière de *jeûne* taciturne, mais elle montroit l'Enfant comme pour dire, interrogez
l'Enfant & il vous le dira : qui eſt un conte
des Chrétiens Armeniens, & qu'ils appellent
l'*Evangile Enfant.* Cette ſorte de *jeûne* eſt
reputé criminel chez les *Perſans,* parce, diſent-ils, que dans le *jeûne* il faut publier les
loüanges de Dieu, & donner de l'édification
aux hommes par des converſations pieuſes.)
„ 5. De jeûner vingt quatre heures de ſuite.
„ 6. de jeûner quand on eſt malade. 7. De
„ *jeûner* quand le *jeûne* eſt nuiſible à la ſanté.
„ 8. De *jeûner* en Voyage.

QUATRIEME SECTION.

Des Jeûnes de pénitence.

„ CEs *Jeûnes* ſont ordonnez en quatre
„ cas. 1. Si quelqu'un tue un Fidéle.
„ par mégarde, il doit par pénitence donner
„ la liberté à un Eſclave, ou *jeûner* deux mois
„ de ſuite, ou donner à manger à ſoixante
„ pauvres à chacun deux livres & demi d'Ali-
„ ment cuit, ou de pain ; mais ſi c'eſt un Eſ-
„ clave qui a tué le Fidéle quelques Docteurs
„ ſont d'avis, qu'il ne doit être obligé à *jeû-*
„ *ner* qu'un mois, à cauſe du préjudice ex-
„ ceſſif qui arriveroit autrement à ſon Maî-
„ tre. 2. Si quelqu'un a mangé dans le mois
„ de *Ramazan,* la peine preſcrite eſt de don-
„ ner à manger à dix pauvres, de la maniére
„ qu'on vient de le dire, ou de *jeûner* trois
„ jours de ſuite. 3. Si quelqu'un fait un faux
„ ſerment dans le mois de *Ramazan,* il doit
„ ſubir la même peine que pour avoir man-
„ gé un jour de ce mois-là. 4. Si quelqu'un
„ a tué un Fidéle volontairement & par ma-
„ lice, il en doit faire pénitence, comme
„ s'il l'avoit fait par hazard, & ceci eſt ſeu-
„ lement pour appaiſer Dieu, car il ne laiſ-
„ ſera pas d'ailleurs de donner vie pour vie.

Le terme de pénitence, ou repentance en
Perſan, eſt un terme *Arabe* qui ſignifie originairement *reſſouvenans,* ce qu'ils expliquent
par ſe remettre toûjours devant les yeux les
grandeurs de Dieu, les préceptes de ſa Loi,
& l'énormité des péchez que l'on a commis.

CHA-

CHAPITRE VIII.

Le huitiéme Article du Symbole des Perſans.

DU PELERINAGE.

AVant que de traiter du *Pelerinage*, par raport aux Rites commandez, il ne ſera pas mal à propos de dire quelque choſe des lieux où il ſe fait.

Le principal eſt celui de la *Mecque*, & même c'eſt l'unique que la Loi *Mahometane* ait commandé, les autres qui ſe font à *Medine* au *Tombeau de leur faux Prophete*, & aux *Sepulcres de ſes Succeſſeurs* n'étant pas d'obligation, mais de dévotion ſeulement.

La *Mecque*, à qui les *Mahometans* donnent le titre de grande & magnifique, *Maccah Moazema*, qui eſt auſſi aſſurément la Ville du Monde la plus connuë par tout l'Univers, eſt ſituée en cette grande preſqu'Iſle, comme les *Orientaux* l'appellent, que forment le Golphe de *Perſe*, la Mer des *Indes*, & la Mer rouge. Nous la diviſons communément en trois parties, dont les noms repréſentent la qualité du Terroir, ſavoir l'*Arabie Deſerte*, qui eſt au Septentrion vers la Mer Mediterranée, l'*Arabie Petrée* qui eſt à l'Occident le long de la Mer rouge, & l'*Arabie heureuſe* qui eſt au Midi, & que l'on nomme heureuſe, parce qu'elle eſt plus fertile & plus peuplée que les autres. Les *Orientaux* diviſent l'Arabie en plus de parties encore; car ils en font cinq, dont la partie où la Mecque eſt ſituée s'appelle *Hageſah*, termes que quelques Auteurs Arabes expliquent, par le terme d'*environné*, parce que c'eſt un Païs environné de Montagnes, & que d'autres font venir *de Hag Pelerinage*, comme qui diroit *lieu de Pelerinage*, parce que c'eſt-là où tous les *Mahometans* du Monde ſont obligez une fois en leur vie de venir faire une viſitation pieuſe. On appelle le Canton de la *Mecque Tahemah*, terme qui dénote la nature baſſe de ſon territoire & enfoncé entre les montagnes. L'*Arabie Petrée* eſt le Païs des Madianites, ce Païs célebre chez les Juifs, par les grands miracles de Moyſe, où ce grand Prophete fut le Conducteur du Peuple de Dieu, après avoir gardé les Troupeaux d'un Prince du Païs: ce qu'il faut entendre à la maniére *Orientale*, où *garder des Troupeaux* veut dire conduire un grand Camp d'hommes, dont les richeſſes de même que l'occupation conſiſtent dans le Bétail, lequel Camp lors qu'il eſt poſé, reſſem-ble à une grande Villace, & couvre de ſes Troupeaux de vaſtes eſpaces de païs, au delà de ce que la vûe peut s'étendre de-deſſus la plus haute éminence.

Les *Perſans* placent la *Mecque* à dix lieuës Perſanes de la Mer rouge, c'eſt quelque ſoixante milles de nôtre meſure, & tous les *Mahometans* font ſon Territoire de preſque pareil nombre de lieuës à la ronde, & c'eſt ce qu'ils appellent la *Terre Sainte*. Il y a peine de mort d'y mettre le pied pour quiconque n'eſt pas *Mahometan*, où ne veut pas le devenir. C'eſt la raiſon qui fait que les *Chrétiens*, tant les Orientaux que les autres, ne voyagent point ſur la Mer rouge, parce que cette Mer ayant beaucoup de bas fonds juſqu'au vingtiéme degré Sud, les Galeres qui peuvent ſeules y avoir aſſez d'eau, vont tous les jours à Terre, & s'il ſe trouvoit quelque *Chrétien*, ou quelque Gentil deſſus, on tiendroit pour un ſacrilege de le laiſſer paſſer devant la *Mecque* ſans qu'il lui rendît hommage; choſe qu'il faut qu'il faſſe en embraſſant le *Mahometiſme*, ou qu'il ſoit mis à mort. Les Renegats même, qui ne ſont pas circoncis, ſont contraints de ſe circoncire quand ils paſſent devant cette Ville reverée. Sa latitude eſt marquée à 21 degrez 40 minutes, & ſa longitude à 77 deg. 11 minutes.

Elle eſt ſituée dans une vallée entourée de Montagnes aſſez baſſes, dont les principales ſont le mont *Abou Cobeis* à l'Orient, & le mont *Cakan* à l'Occident, le mont *Gerahem* au Septentrion, & celui de *Thout* au Midi. Le terroir, qui n'eſt qu'un ſable pierreux & inégal, eſt tout à fait ſterile, & ſans arbres fruitiers & ſans verdure, autre que celle qu'on y fait venir à force de culture: elle n'a d'eau que de Ciſterne, à la reſerve de celle du puits *Zemzem* & d'un canal qui vient des Montagnes voiſines, cependant on y a des vivres en abondance, & il y croît des fleurs & des legumes dans tous les tems de l'année.

Les *Mahometans* enſeignent que c'eſt un *miracle conſtant* que cette abondance, & ils racontent qu'*Hagar* s'étant retirée en ce même endroit avec ſon fils *Iſmaël*, l'*Ange Gabriel* lui ſervant de guide, elle ſe mit à pleurer de la ſterilité du lieu & de l'ardeur de ſes ſables; l'Ange lui dit de ſe raſſurer, que ce lieu ſi dénué deviendroit dans peu le plus fréquenté de tout le monde, & qu'il y auroit une perpetuelle abondance de choſes, non ſeulement neceſſaires, mais auſſi délicieuſes. L'effet a verifié la prédiction, de maniere que depuis pluſieurs ſiecles la *Mecque* eſt appellée le marché

Hhh 2   de

de tout le monde : l'*Egypte* par la Mer rouge, l'*Ethiopie*, & les *Arabies* y portant toutes fortes de munitions.

J'ai eu des informations fort diverses sur la grandeur de la ville, car quelques unes portent qu'il y a six mille édifices, mais les autres en rabatent beaucoup. Elle est ouverte & sans murailles, consistant en marchez, en bains, & en diverses hôtelleries pour les Pelerins ; dont le nombre seroit bien plus grand, si ce n'étoit qu'ils se tiennent communément sous des Tentes hors de la ville, parce que c'est ainsi que la Loi ordonne d'accomplir les fonctions du Pelerinage, pour représenter mieux la condition des hommes d'être tous voyageurs en cette vie : il y a un monde infini du tems du Pelerinage, mais dans les autres tems il y en a peu, les *Arabes* se retirant à la Campagne en des endroits moins brulans & moins arides. Les *Arabes* disent en commun proverbe que le territoire de la *Mecque* est l'Enfer de ce monde, l'air qu'on y respire en étant la flame & les hommes les charbons éteints ; en effet ils paroissent noirs & brûlez comme des Caffres. La ville & le païs sont sous la protection du Grand Seigneur, qui s'en dit par honneur le Tuteur & le Gardien. Ils sont du ressort du Bassa de Babylone. Un Prince Successif, qu'on appelle *Cherif el Mekké*, c'est-à-dire *Prince de la Mecque*, en est le Gouverneur. *Cherif* étymologiquement signifie Noble, mais parmi les *Arabes*, c'est un titre de Souverains ; ainsi on appelle les Lettres Patentes du Grand Seigneur *Caat Cherif*, c'est-à-dire *Ecriture Noble*, pour dire Ordonnance Royale : on lui donne aussi le titre d'*Imam al Arbem*, Prince des Achemites.

Les Lieux Saints embrassent la moitié de la ville ; celle qui est la plus proche du Temple étend ses franchises deux lieuës au dehors : l'enceinte en est marquée en des endroits par des potaux & par des Colomnes, & en d'autres par des barrieres & par des ballustres. On appelle ces lieux Saints, *Mesgidelharam*, comme qui diroit *Eglise sacrée*, parce que c'est un lieu très-sacré aux *Mahometans*, dont l'Azile est inviolable, & auquel ils portent un respect à quoi il n'y a rien de comparable sur la face de la Terre : il est défendu de tuer rien qui ait vie dans cette enceinte, non pas même un ver ou une mouche, d'y prendre des oiseaux, d'y couper des arbres, ni d'en arracher des branches, d'y arrêter personne, d'y attaquer, ni de s'y battre, ni même d'y dire une injure, tout cela étant compté pour crime capital.

Le principal endroit de cette Enceinte sacrée est le *Kaaba*, qu'on peut appeller le lieu très-saint de la *Mecque*, parce que le but du *Pelerinage* est uniquement pour le visiter. C'est une Chapelle située en un fonds où l'on descend par douze degrez, qui, comme les autres Edifices de cette Enceinte, est bâtie de pierres noires & blanches polies. Sa figure est quarrée de trente-six pieds de diametre, élevée de quarante. J'ai ouï assûrer au contraire qu'elle n'est pas tout-à-fait quarrée, mais qu'elle a trois pieds de plus de l'Orient à l'Occident. Un Parapet de deux toises de profondeur & de six pieds de hauteur régne tout autour, qui a été construit pour marquer la grandeur & la figure de la première Chapelle bâtie par *Abraham*, à ce que chacun prétend, ou comme il est plus vrai-semblable par les Anciens Princes *Arabes* avant le tems de *Mahammed* ; avant lequel tems cette Chapelle étoit reverée par les Idolatres, à peu près comme elle l'est présentement par les *Musulmans*. Elle n'a qu'une porte vis à vis de l'*Orient*, laquelle est élevée de cinq pieds sur le rez de chaussée, composée de deux valves ou battans, revêtus dedans & dehors d'argent fort épais, garni de plaques de raport d'or massif d'ouvrage Mosaïque. Les *Pelerins* prosternent la tête sur le seuil, en faisant leurs dévotions, puis ils font sept processions à l'entour s'arrêtant aux coins pour les baiser. Le dedans de la Chapelle est digne de ce riche Portail, étant rempli à centaines de vases creux, & sans fonds, de diverses grandeurs, d'or & d'argent, & garnis de pierreries, qu'on suspend comme les Lampes dans les Eglises Romaines. Les Murs & les Lambris sont ornez d'or par tout. Le plancher est couvert de riches tapis d'or & de soye. On y met tous les ans dans le tems du *Pelerinage* une nouvelle Tenture noire de ces belles étoffes, qui se fabriquent à *Merdin* en *Mésopotamie*, qui ressemblent à du pouls de soye, & qui sont figurées. C'est le Grand Seigneur qui l'envoye, & qui a seul le droit de la fournir, de même que pour la Chapelle de *Medine* où *Mahammed* est enterré ; mais le *Cherif* ou le Prince de la *Mecque* dispose des vieilles Tentures, qu'il envoye par morceaux en présent, comme de précieuses reliques. Si ce qu'on raporte du prix inestimable du Trésor de cette Chapelle est vrai, il n'y a rien de si riche & de si somptueux dans tout l'Univers, & cela est assez vrai-semblable, parce que depuis plus de mille ans on ne cesse d'y porter & d'y envoyer de précieux dons, de la part de divers

vers Princes, qui font des plus opulens du monde.

Sur cette defcription du *Kaaba*, il paroît qu'il ne peut pas tenir beaucoup de monde dans fon parvis; néanmoins les *Perfans* affurent que par une merveille incompréhenfible, qui arrive tous les ans au jour du Sacrifice, qui eft le grand jour du *Pelerinage*, il y tient quatorze mille perfonnes enfemble: ils affurent qu'il faut que cela foit ainfi, *Mahammed*, & les *Imams* ayant affuré que le jour du Sacrifice, il y a quatorze mille ames à la fois dans le *Kaaba*, par un miracle de pénetration, & que fi ce jour-là, il ne fe trouvoit pas ce nombre de *Pelerins* dans le lieu tout en un coup, les Anges viennent fuppléer à ce qui en manque. Je remarquerai à ce propos, que la préfomption des *Mahometans* de l'affiftance des Anges au culte religieux, les a portez à y prefcrire des *Teflimat*, comme ils les appellent, c'eft-à-dire des falutations aux Anges, à droit & à gauche à la fin des prieres.

Ils difent une autre chofe à peu près femblable, & auffi incroyable fur le nombre de peuple qui fe trouve tous les ans à la *Mecque* en *Pelerinage*; ils affurent qu'il monte infailliblement à neuf cens mille ames, & que fi ce nombre manque les Anges fe revêtent de Corps humains pour le venir remplir. Or comme le *Pelerinage* ne fe peut faire qu'en un tems de l'année, il s'enfuit qu'il fe trouve-là un peuple d'Etrangers de neuf cens mille perfonnes à la fois, cela doit faire une grande preffe; & c'eft la raifon pour laquelle le Territoire de la *Mecque* a parmi fes noms d'honneur celui de *Metaf*, c'eft-à-dire foule, à caufe de la preffe du monde.

Les quatre coins du *Kaaba* font affectez à autant de Sectes principales du *Mahometifme*, chacune fe rangeant dans le fien pour y faire fes dévotions, ce qui eft pourtant libre & volontaire; mais chacun aime ainfi à fe ranger & à fe joindre avec ceux qui font de même créance & de même culte. C'eft-là comme à *Jerufalem* dans l'Eglife bâtie fur le Sepulcre de Nôtre Seigneur Jefus-Chrift, où chaque Secte de Chrétiens y a fa Chapelle & fon petit Canton, & où il fuffit d'être Chrétien pour être bien venu. Le Parvis eft entouré de fomptueux Portiques à jour, couverts de domes fupportez par des Colomnes, au nombre de quatre cens foixante en tout. Il eft quarré comme la Chapelle, de trois cens foixante dix coudées de face, ayant vingt entrées ou portes: quelques Auteurs en mettent

jufques à cent: & tout cela eft enfermé d'un mur de pierre épais, mais affez bas. On ne voit autre chofes fous les Portiques, que des boutiques des plus riches nipes du monde, étoffes, pierreries, parfums, toutes ornées à l'envi, ce qui fait un merveilleux éclat.

On voit à la face Orientale de la Chapelle, la pierre fameufe appellée *Barktan*, & par les *Perfans*, *Hager el afved*, c'eft-à-dire, *la Pierre noire*, que tous les *Pelerins* font obligez de baifer: elle eft noire, polie, fufpendue à l'angle, à quatre pieds & demi de hauteur, entourée d'un large cercle de fer: d'autres difent qu'elle eft enchaffée en or, pendant à de groffes chaines d'or. On voit auffi à dix ou douze pas la Fontaine, ou le puits non moins célebre dit *Zemzem*, qui eft enfermé dans une Chapelle à quatre portes. Ce puits a quelque vingt braffes de profondeur: d'autres difent feulement la moitié, l'eau en eft *Sumaque*, on en tire continuellement pour le fervice des *Pelerins*. C'eft-là ce que j'ai ouï raporter de cette Chapelle du *Kaaba*, dont il faut obferver que la plûpart des *Mahometans*, par un efprit de réverence, font fcrupule de faire la Rélation à des gens d'autre Religion que de la leur.

Je viens à l'origine de la *Mecque*, & à ce que les *Mahometans* en rapportent: On tient cette ville une des plus anciennes du Monde, & l'on prétend que c'eft de l'ancienneté de fa fondation, qu'elle tire le nom qu'elle porte; car *Mekke* vient d'un mot qui veut dire *affemblée*, *concours*, de maniére que le nom de la *Mecque* auroit été donné à cette ville-là, ou parce que ç'a été la première ville de cette partie de la Terre où elle eft fituée, ou parce que, prefque de tout tems, on y a été en *Pelerinage*, comme nous l'allons dire. Les Auteurs qui font pour cette Etymologie, citent un paffage de l'*Alcoran*, où Dieu eft introduit difant à Abraham: *On viendra de toutes les parts du monde s'affembler chez toi*, dans lequel paffage le terme qu'on traduit affembler eft *Mekké*. D'autres Auteurs prétendent que le nom de la *Mecque* ne vient pas de ce fujet-là, mais du chaud qu'il y fait: les *Mahometans* lui donnent plufieurs autres noms glorieux: ils la nomment *Nezer*, c'eft-à-dire *objet* par excellence, parce qu'en quelque endroit du monde que l'on fe trouve, il faut tourner les yeux vers elle dans toutes fes dévotions: ils la nomment *Beit el hatik*, *la Maifon de l'immutabilité*: *Amrahem*, *la Mere de Mifericorde*: & ils lui donnent beaucoup d'autres noms femblables, que je n'ai pas retenus.

tenus. On dit qu'elle s'appelloit premiére-ment *Mefa*, & que ce fut *Ifmaël*, qui lui donna ce nom. C'eft apparemment le même que celui de *Mefec*, que l'Ecriture Sainte donne au Païs où elle eft fituée. *Ptolomée* l'appelle *Macorabe*, comme s'il eût dit *Mec-que des Arabes*, felon l'ancienne maniére de joindre au nom d'une ville, celui du Païs où elle étoit fitué, ou du Peuple qui l'habitoit; de quoi l'on voit plufieurs exemples dans le Vieux Teftament. On ne fait point au vrai le nom de fon Fondateur, les *Mahometans* ayant abforbé ce point d'Hiftoire par un nom-bre infini de Fables, dont voici quelques unes. Ils affurent premiérement qu'*Adam* en eft le Fondateur, de quoi ils font ainfi le conte; c'eft qu'ayant été chaffé du *Pa-radis Celefte*, & envoyé fur la Terre, il pria Dieu que pour le confoler de fon éxil, il lui fût permis de bâtir une *Chapelle* fur le modelle du *quatriéme Ciel*, où il avoit ha-bité avec les autres Prophetes, vers laquel-le il pût tourner fes regards, quand il feroit en voyage, & dans laquelle il pût faire fes *Prieres*, quand il feroit préfent, & en faire le *tour* ou la *Proceffion*, comme il avoit vû que les Anges font la *Proceffion* autour du Trône de Dieu. Ils ajoûtent que non feule-ment Dieu exauça la Priere d'*Adam*, mais même qu'il créa un *Temple* glorieux & ref-plendiffant fur le modelle du *quatriéme Ciel*, ou fur le modelle d'un *Temple*, qui eft au *quatriéme Ciel*, comme quelques Docteurs *Mahometans* l'expliquent, lequel il plaça au même endroit où eft à préfent la *Mecque*, dans lequel *Adam* exerça fon *culte religieux* durant toute fa vie; mais fes Defcendans s'é-tans rendus indignes d'y entrer à caufe de leur corruption extrême, Dieu retira ce *Tem-ple*, on ne le vit plus, de quoi les hommes étant fort affligez, ils fe mirent à en bâtir un autre de même figure, autant qu'ils purent s'en fouvenir, lequel dura jufqu'au *déluge*, ou par delà comme quelques Auteurs le pré-tendent. Tous les Docteurs *Mahometans* ne conviennent pas de cette Antiquité, mais bien de celle qui rapporte à *Abraham* la conftruction ou fondation du *Temple* de la *Mecque*; car ils tiennent tous unanimement qu'*Abraham*, aidé d'*Ifmaël* fon fils, le conftrui-fit, foit fur le modelle que l'*Ange Gabriel* lui en donna, à ce que difent quelques Auteurs, foit fur la Figure qui lui en fut montrée en vifion, foit fur la tradition de la Figure du premier *Temple d'Adam*, comme difent d'au-tres: ils affirment encore que le *Kaabé*, eft

bâti juftement fur le point de la Terre, qui parut le premier hors de l'eau, lequel fervit comme de centre pour tirer le refte de la fur-face, & que c'eft là le Centre de la Terre, & beaucoup d'autres pareilles rêveries: il eft certain que ce *Temple* a depuis paffé parmi les *Arabes* pour l'*Oratoire* ou la *Chapelle d'Abra-ham*. Son nom de *Kaaba* fignifie quarré, comme qui diroit le *Temple quarré*. D'autres le font venir de *Kebir*, qui veut dire *grand* ou *éminent*, on l'appelle auffi *Maifon de Dieu*, *Maifon Sacrée*, noms qu'on communique auffi à la Ville, & au Territoire qui de tout tems, je l'ai dit, & encore *Maifon Ancienne*, ce qui veut dire qu'elle eft *éternelle*, étant fondée depuis le *commencement du monde*, & devant durer jufqu'à fa fin. Quelques Auteurs nient cependant qu'elle doive durer jufques-là, & ils difent qu'il y a au contraire une Prophetie de *Mahammed*, qui porte que le *Kaaba* doit être ruiné par les *Ethiopiens*, & ruiné fans reffource, mais que le monde finira peu après. Les *Ethiopiens* font affez proche delà pour accomplir la Prophetie, s'ils n'étoient pas fi lâches & fi miferables; mais elle fut bien fur le point d'être accomplie au fiécle paffé par les *Portugais*, qui avoient projetté de piller ce fuperbe lieu, & la chofe n'eft pas fi difficile qu'on le pourroit croire.

Avant *Mahammed*, la *Mecque* a été diver-fes fois détruite & puis rebâtie, & le *Kaaba* même; mais la ville n'étoit pas confidéra-ble. *Omar*, l'an vingt deuxiéme de l'*Hegire*, commença le *Parvis*, qui ne fut achevé que cinquante ans après. Les *Coreiftes* qui font la Tribu de *Mahammed*, furent commis aux bâtimens, comme la famille Sainte parmi les *Arabes*, & la plus puiffante, & depuis ce tems, la *Mecque* a toûjours été *facrée*, vene-*rée*, & enrichie par la *Dévotion*, & par les Pe-lerinages de tous les *Mahometans* du monde: nulle guerre, foit civile, foit étrangere n'en a interrompu la paix, & la fûreté. On avoit effayé diverfes fois d'y faire venir de l'eau de la montagne d'*Arafat*, mais toûjours en vain, jufqu'au commencement du 16. fiécle, que la Femme de *Soliman* le Grand, Empereur des *Turcs*, l'entreprit. Elle y réüffit de forte, qu'il y vient à préfent de l'eau en abondance. Quoi qu'il puiffe être de ces Antiquitez de la *Mecque*, foit qu'*Abraham*, ou, comme il y a bien plus d'apparence *Ifmaël* fon fils, y ait exercé fon *Culte Religieux*, il eft certain que ce lieu a été reveré & vifité, comme un *Tem-ple facré* par tous les Peuples de cette prefqu'Ifle

Ara-

Arabique, de tems immémorial; c'est-à-dire avant *Mahammed*, de même qu'après lui. Ils y venoient de toutes les parts de l'*Arabie* y faire leurs *Dévotions*: la plus grande Idolatrie de l'*Orient* s'y exerçoit: le *Kaaba* étoit plein d'*Idoles* du *Soleil*, de la *Lune*, & des autres *Planetes*, que les *Arabes* adoroient. Les *pierres* même de l'Edifice étoient des objets d'*Idolatrie*, chaque *Tribu* des *Arabes* en avoit tiré une qu'ils portoient par tout où ils s'étendoient, & qu'ils élevoient-là en un lieu éminent, se tournant vers elle en faisant leurs *Prieres*, ou la mettant à l'endroit éminent d'un *Tabernacle*, qu'ils dressoient sur la figure du *Kaaba*. Il y a beaucoup d'apparence que *Mahammed* voyant le zéle ardent & universel, qu'on avoit pour ce *Temple*, & la tradition de son origine, qui étoit si généralement reçuë, crut qu'il ne la pourroit jamais extirper, sur quoi il consacra ce lieu en le repurgeant de l'*Idolatrie*, & en changeant les *Rites* du *Pelerinage*, de même que le but & l'objet: il confirma la *Tradition* reçuë, que le *Kaaba* étoit l'*Oratoire d'Abraham*, fondé par la Direction expresse de Dieu. Il confirma le *Pelerinage* & la *Procession* autour de la *Chapelle*, & il encherit même sur tout ce qu'on en croyoit déja, en disant que Dieu n'exauce les *Prieres* de personne en aucun endroit de l'Univers, que faites le visage tourné vers cet *Oratoire*.

Ainsi le *Pelerinage* de la *Mecque*, est commandé à tous les *Mahometans*, comme étant une *visite pieuse*, que Dieu a ordonnée de faire à la *Chapelle*, qui servoit d'*Oratoire* à *Abraham*, & à son fils, duquel *Pelerinage* les principaux devoirs sont la *Procession* autour de l'*Oratoire* par sept fois, *baiser* la *Pierre noire*, faire une station (le mot original est *Akamas*) au mont d'*Arafat*, immoler un mouton sur le mont de *Menah*, boire de l'eau du puits *Zemzem*, faire sept tours entre deux petites buttes hors de la ville, qu'on appelle *Safa & Merve*, *jetter des pierres dans la vallée de Menah*, & tout cela, dit-on, pour imiter le culte, ou les *Actions saintes d'Abraham*, que Dieu a rendues exemplaires, & d'une imitation indispensable, & particuliérement son *Sacrifice*.

La raison du *Culte* qu'ils exercent envers la *Pierre noire*, qui est au *Kaaba*, comme je l'ai dit, est donnée fort différemment par les Théologiens de cette fausse *Religion*. J'ai dit qu'ils l'appellent *Barktan*, c'est un mot que quelques uns interpretent *reluisante*, à cause disent-ils, qu'elle fut envoyée du Ciel

brillante comme le jour: d'autres l'interpretent *Benediction*, à cause qu'en tout tems, *on obtenoit la Benediction du Ciel en la baisant*. Cette *Pierre*, si l'on en croit leurs Légendes, *a été renduë noire miraculeusement*, soit à cause des *péchez* des hommes, soit pour avoir été *baisée* d'une femme, qui avoit le mal qui arrive aux femmes tous les mois. Mais des Auteurs rapportent *la noirceur de cette Pierre*, à *l'haleine de ceux qui la baisent* depuis tant de siécles.

Les Antiquitez *Mahometanes*, portent de plus qu'*Abraham* se tenoit sur cette *Pierre*, lors qu'il faisoit bâtir le *Kaaba*, & qu'on y voit encore *les marques de ses pieds*: qu'il étoit assis dessus la premiere fois, qu'il connut *sa femme Agar*, & qu'il y attacha le Chameau sur lequel il avoit amené *Ismaël* pour le sacrifier: car c'est ainsi que *Mahammed* a tout bouleversé dans le Vieux Testament avec ses narrations fabuleuses, faisant de la Concubine la Femme Légitime, & de l'Enfant de la Concubine le Légitime héritier.

On trouve une autre origine de cette superstition dans les Légendes de leurs Saints, c'est que lors qu'*Abraham* voulut bâtir le *Kaaba*, les *Pierres* venoient d'elles-mêmes toutes-taillées & polies de la montagne d'*Arafat*, & que cette Pierre nommée *Barktan* s'étant trouvée de reste, elle s'en affligea & dit à *Abraham*, pourquoi il ne l'avoit pas aussi employée dans l'Edifice de la *Maison de Dieu*? ne vous en fachez point, répondit le Prophete, je ferai que vous serez plus honorée qu'aucune *Pierre* de l'Edifice; car je commanderai de la part de Dieu à tous les Fidéles de vous *baiser* en faisant la *Procession*, & que c'est à cause de cela que le *Kaaba* ayant depuis été rebâti, on y a suspendu cette *Pierre* à portée, pour être *baisée* de chacun. Je ne finirois point si je raportois tout ce que j'ai lû & ouï dire de cette *Pierre*.

La *Visitation* du mont d'*Arafat* se fait par pénitence du péché originel, parce, disent-ils, que c'est sur ce mont d'*Arafat* qu'*Adam* approcha d'*Eve* sa femme la premiere fois, à quoi se raporte ce nom même d'*Arafat* venant de *elmaharoufé*, qui veut dire *sû, conû, découvert*. Je ne dirai rien ici sur le *Sacrifice*, parce que j'en traiterai amplement dans la suite.

Pour le *Puits Zemzem*, ils racontent que c'est le *Puits* qui fut fait miraculeusement en faveur d'*Ismaël* pressé de la soif, dont l'Histoire se trouve au vingt-uniéme de la *Genese*. Les *Mahometans* qui l'ont remplie de fables, comme

comme toutes les autres Histoires Saintes, raportent que *Gabriel* vint à *Agar*, comme son enfant étoit aux abois, & lui dit. Dis à l'Enfant *Zemzem*, c'est-à-dire frape, & qu'il frapa du pied en terre, & en fit sortir de l'eau à l'endroit de ce *Puits Zemzen:* les *Persans* l'appellent *abzem*, *eau de Zem* mot qui signifie aussi *bouillant:* on en boit, on s'en purifie, & beaucoup de *Pelerins* y font tremper vingt quatre heures durant la toile, dont ils prétendent être ensevelis, qu'ils gardent ensuite précieusement pour cet usage. Quelques Docteurs ont enseigné que les Ames des Prédestinez passoient par cette eau, & s'y purifioient comme dans un *Purgatoire* avant que d'aller en *Paradis*.

Les sept tours entre *Safa* & *Merve*, qui sont deux petites buttes à quelques trois cens pas l'une de l'autre, représentent l'anxiété d'*Agar* durant la soif de son fils, & la peine avec laquelle elle cherchoit de l'eau. On fait ces tours d'un pas inégal: tantôt on court, tantôt on va lentement, on regarde deçà & delà: on s'arrête, enfin on fait tout ce qui représente une personne qui cherche quelque chose, dont on est bien en peine. Il est commandé de se reposer à chaque tour, & c'est pour empêcher le zéle des *Pelerins* de les épuiser, sur tout des vieillards & des infirmes: il est même permis de faire ces tours à cheval, si l'on n'a pas la force de les faire à pied. Quant aux noms de *Safa* & de *Merve*, ce sont ceux de deux Idoles des *Arabes* de la *Mecque*, & particuliérement des *Coreiftes* au tems de l'ancien Paganisme: ces Idoles étoient d'un homme appellé *Asah* ou *Isaf*, & d'une femme dite *Nayelah*, qui au sortir du *Kaaba* furent transformées en Statues de pierres fort bruttes, & difformes. Les *Arabes* crurent que cette Métamorphose étoit un effet de la Sainteté de ces personnes, & là-dessus un nommé *Neisour* fils de *Lahis* Prince de la *Mecque*, les fit poser sur deux buttes, ou petits monts, afin qu'on les adorât, la Statue de l'homme étant sur la butte de *Merve*, & la Statue de la femme sur la butte de *Safa*, & il y immoloit les victimes qu'il offroit ensuite dans l'Oratoire de la *Mecque*; mais *Mahammed* enseigna aux *Arabes*, que c'étoit tout le contraire, & qu'il savoit par révélation que cette transformation étoit un châtiment de Dieu sur cet homme, & sur cette femme, pour avoir profané le *Kaaba* dans une assignation qu'ils s'y étoient donnée.

Le Rit *du jet des Pierres* dans la Vallée de *Menah*, qui est à quatre lieües de la *Mecque*

près d'un tas de cailloux, lequel les *Persans* appellent *gemere akebé*, c'est-à-dire, *pierre en arriere*, parce qu'il faut jetter *ces pierres-là* par dessus l'épaule; est pour renoncer solennellement au Diable, & le rejetter à l'imitation d'*Ismaël*, duquel ils content; que lors que son Pere alloit le sacrifier le Diable suivoit de près *Ismaël* pour le seduire; comme donc son Pere lui eut déclaré l'ordre de Dieu en lui demandant s'il y acquiesçoit, & qu'*Ismaël* eut répondu; j'y acquiesce de tout mon cœur, executez vôtre ordre au nom de Dieu; le Diable s'approcha de lui à l'oreille, & s'efforçoit de le dissuader; dequoi *Ismaël* ayant averti son Pere, il lui répondit, *jette lui des pierres*, & il s'enfuira, ce qui arriva ainsi. Ce conte se trouve encore d'une autre sorte dans les Légendes de ce Peuple-là, il est dit que le Diable s'adressa d'abord à *Abraham*, & lui dit, *quoi, tu voudrois égorger ton propre fils, un fils Prophete? c'est une cruauté sans pareille & qui fait horreur à penser.* Abraham lui répondit, *il faut que la volonté de Dieu soit faite, & lui jetta des pierres.* Le Diable alla à *Agar* disant en lui-même, c'est une femme, je toucherai son cœur, qui est plus tendre s'agissant de son unique Enfant; mais elle répondit comme son mari: enfin il fut à *Ismaël* qui lui fit le même traitement.

Quelques Auteurs rapportent autrement aussi l'origine de ce Rite. Ils disent que ce *jet de pierres*, dans la Vallée de *Menah*, est en mémoire de celles qu'*Adam* jetta au Diable, lors qu'il revint l'aborder après lui avoir fait commettre le péché fatal, qui est la source du péché originel: d'autres disent, que c'est parce qu'autrefois, il y avoit-là un Temple d'Idoles auxquelles on immoloit des Enfans, & que c'est en détestation de ce culte cruel & inhumain, qu'on *jette des pierres* dans cette Vallée de *Menah*. On en jette *sept* à trois diverses fois, & on appelle ces *jets*, *le grand*, *le moyen*, & le *petit jet*, parce qu'on jette plus ou moins de *pierres* à chacun.

Il y a cinq grands Chemins pour aller à la *Mecque*, dont deux sont particuliers pour les habitans de la presqu'Isle *Arabique*, & les trois autres sont pour le reste des *Mahometans:* ceux qui sont à l'Orient & au Midi de l'*Arabie*, comme sont les *Indes*, y vont communément par la Mer rouge, ils débarquent à *Gidda* Port de cette Mer-là, qui est à quelques soixante milles de la *Mecque*. Ceux qui en sont au *Septentrion* & à l'*Occident*, y vont par le grand Desert, qui est un Voyage fort rude & fort dangereux, car les vents ensevelissent tissent par fois les Caravanes entieres dans les sables. Les *Persans* trouvent aussi beaucoup de difficultez à leur *Pelerinage :* ils les faisoient ordinairement par *Bagdad*, lors qu'ils en étoient les maîtres. La plus ordinaire voye qu'ils prennent présentement est par *Basra*, ville au bout du *Golphe Persique :* on leur fait mille avanies durant le voyage : les *Arabes* les rançonnent chaque jour en peages & autres impositions, & comme ils passent pour héretiques chez les *Arabes*, des *Arabies Petrée* & *Deserte*, la haine de *Religion* soutenant l'interêt fait qu'on les écorche encore plus durement. Cela a souvent porté la Cour de *Perse* à défendre d'aller par *Basra* à *la Mecque*, afin qu'on y allât par les *Indes*, & le peuple même a cessé à diverses fois d'y aller par terre ; parce qu'on y perissoit de misere dans le voyage, ou qu'on en revenoit fort mal-traité ; mais comme les Princes *Arabes* en souffroient aussi beaucoup de perte, ils ne manquent point chaque fois qu'ils voyent le chemin de leur Païs abandonné, d'envoyer des Ambassadeurs au Roi de *Perse*, avec des presens, consistant en *Reliques* de *la Mecque*, & des autres *Lieux saints* de leur *Religion*, comme des piéces de la couverture qu'on met sur les Tombeaux de *Mahammed* & d'*Aly*, des Chapelets faits de la terre de leurs Sepulchres, des Livres, & d'autres telles babioles de Pontife, qui viennent dire de la part de leurs Maîtres, „ que Dieu les garde d'empêcher aux fidéles „ *Mahometans* l'execution d'un devoir, que „ leur commun Prophete & Seigneur a si sain- „ tement commandé à tous, qu'ils aimeroient „ mieux perdre leur Païs, que d'y mettre au- „ cun obstacle, que c'est à leur infû qu'on a „ exigé des *Pelerins* plus de droits qu'il ne „ falloit, qu'ils en ont fait justice, qu'ils y „ mettront bon ordre à l'avenir, & qu'ils ju- „ rent par les Esprits des Prophetes, & par la „ Tête bénite du Roi (ce sont leurs termes,) „ que les *Persans* seront traitez sur la route „ avec toute la douceur & affection désirable. J'ai vû quatre Ambassades de cette nature en douze ans de résidence que j'ai fait à la Cour de *Perse*, & je sai qu'il y en est venu plus de douze dans le siécle passé, toutes de Princes *Arabes*, qui sont sur le chemin de *Basra* à *la Mecque*, auxquelles on accordoit toûjours leurs demandes, mais c'est toûjours à recommencer, & les *Arabes* sont toûjours de vrais *Arabes*.

C'est peut-être à ces véxations, qu'il faut attribuer les limitations que les *Persans* apportent au précepte de faire le *Pelerinage* de la

Mecque une fois en sa vie ; car au lieu que les *Turcs* & les petits *Tartares*, & tous ceux qui tiennent les mêmes opinions, disent que ce précepte oblige tous ceux qui peuvent se soutenir avec un bâton, & qui ont seulement une écuelle de bois vaillant pendue à la ceinture, qu'on y a parmi les *Chafay*, une des quatre grandes Sectes du *Musulmanisme*, jusqu'à enseigner que chacun est obligé de faire le *Pelerinage* n'eût-il pas un sou vaillant ; les *Persans* au contraire disent, qu'il ne faut pas prendre le précepte à la lettre, mais avec modification, & que les *Imams*, qui sont les premiers Successeurs de *Mahammed*, ont déclaré que l'obligation du *Pelerinage* n'est que pour ceux qui sont en parfaite santé, qui ont assez de bien pour payer leurs dettes, pour assûrer la dot de leurs femmes, pour donner à leur famille la subsistance d'une année, pour laisser de quoi se remettre en métier ou en négoce au retour, & pour emporter après tout cela cinq cens écus en deniers comptans pour les frais du voyage ; que si l'on n'a pas ces moyens-là, on n'est point obligé au *Pelerinage*, & que si on les a, & qu'on n'ait pas la santé requise, il faut faire le *Pelerinage* par procuration ; ce qui se fait ou en envoyant un homme en sa place, ou en achettant le *Pelerinage* de quelcun qui l'ait fait. Il y a des *Arabes* en quantité par toute la *Perse* qui vivent de ces *Pelerinages*. Ils prennent du Cherif de *la Mecque*, & d'autres personnes éminentes du lieu, des actes qu'on appelle *Ziaret namé*, c'est-à-dire, *Patentes de Voyage de dévotion*, portant qu'ils ont visité les Saints Lieux, & pratiqué duëment toute la justice legale du *Pelerinage*, lesquels actes ils délivrent ou à celui qui les a envoyez en son nom, ou à quiconque veut acheter leur voyage : le prix est d'ordinaire d'entre sept cens & mille francs, & le contract s'en fait par devant un des Juges Civils, de même que les autres acquisitions. Un *Persan* ne sauroit faire commodément ce voyage à partir d'*Ispahan*, qu'il ne lui en coûte cinquante *tomans*, qui sont quelques deux cens louïs d'or : il y a des gens qui y dépensent jusqu'à cent mille livres ; car l'esprit du *Pelerinage* veut qu'on fasse sa dépense selon ses moyens, menant avec soi beaucoup de gens, & faisant de grandes aumônes sur les chemins. Or si un homme meurt sans avoir fait ce *Pelerinage*, ni en personne, ni par Procureur, mais qu'il laisse assez de bien pour le faire, le Magistrat Ecclesiastique ou Civil, en prend par autorité juridique pour faire faire ce voyage au nom du défunt, pour le repos de fon ame ; j'ai obfervé ci-deffus, qu'on ne peut en *Perfe* adminiftrer à un corps mort la Purification accoûtumée avant de l'enterrer, fans en avoir la permiffion du *Kafy*, qui eft le Juge Civil, mais il ne la donne jamais fans s'être informé fi le défunt a été en *Pélerinage*, & s'il trouve qu'il n'y ait pas été, ou qu'il n'y ait pas envoyé, quoi qu'il paroiffe qu'il en avoit le moyen, il fe fait dépofer entre fes mains la fomme néceffaire pour faire faire ce *Pélerinage* au nom du défunt, avant qu'il permette qu'il foit enfeveli.

La Caravane part toûjours de *Bafra* pour la *Mecque* à jour nommé, afin d'arriver au tems pour le *Pelerinage :* elle eft conduite, & efcortée par des *Arabes*, qui la tiennent dans des deferts des quarante à cinquante jours, quoi qu'ils pourroient faire le voyage en vingt, fe conduifant par les Etoiles fixes, & par des obfervations locales, fur la couleur & fur la nature de la Terre : on admire comment ils peuvent trouver leur chemin par les Etoiles fixes, mais cela ne me femble guères plus difficile que de le faire par le Soleil, puis qu'elles ont leur lever, leur coucher, & leur route conftante, & à l'égard de la lumiere, il faut concevoir qu'en Orient où l'air eft plus fec, les Aftres de la nuit paroiffent plus grands, & font plus lumineux : on lit aifément à la clarté de la Lune, & celle de Venus fait de l'ombre. Il faut obferver de plus, que ces Caravanes étant obligées d'aller de nuit à caufe de l'ardeur du Soleil, il faut bien qu'elles fe conduifent à la lumiere de ces Aftres. Le jour elles fe repofent proche des puits, & proche des camps des *Arabes*, où l'on trouve tout ce qui eft néceffaire à la vie humaine, de maniere qu'il n'y a rien de bien fâcheux dans ces voyages-là, que le rançonnement dés *Arabes* qui viennent la lance baiffée par troupes de deux & trois cens cavaliers, leurs *Cheiks* ou *Cherifs* en tête, qui font leurs Princes, prendre leur tribut, qu'ils taxént à ce qu'il leur plaît.

Les *Pélerins* ne logent pas d'ordinaire dans la ville de *la Mecque*, comme je l'ai obfervé, cela étant contre l'efprit du *Pélerinage*, qui veut qu'on le faffe en état de Voyageur, & de plus comme on arrive d'ordinaire au tems qu'il en faut commencer les *Rites*, dont partie fe doit faire à la campagne, les *Pélerins* s'arrêtent à quelque diftance de la ville, & y plantent leurs tentes : cela s'appelle *Mikgae*, *lieu du cloud*, parce qu'à la maniere des camps,

on enfonce en terre de gros clouds de fer avec un anneau, au bout duquel on attache les chevaux, & les autres bêtes : le nom propre du lieu où les *Perfans* s'arrêtent eft *Yelemlou*.

Là au jour marqué pour commencer les fonctions du *Pélerinage*, qui eft le premier jour du mois de *Zilhajé*, les Pélerins fe vêtent nuds, & font la Purification requife dans un grand lavoir, au fortir duquel ils ne reprennent pas leurs habits, au contraire ils ne peuvent plus jamais les remettre, mais ils fe couvrent feulement de deux draps, l'un autour des reins, & pendant en bas, l'autre mis fur les épaules, & ils fe tiennent couverts de draps en cette maniere, pour témoigner qu'ils font morts au monde, qu'ils l'ont dépouillé comme leurs habillemens, & qu'ils ne refpirent plus que le Ciel. Ils font en un jour la vifitation de la *Chapelle* du *Kaabé*, & en trois jours la vifitation des lieux au dehors de *la Mecque* en cet habit de mort, & quoi que les *Ceremonies* de ces *vifitations* puiffent être appellées de vrayes fingeries, & une mafcarade où l'on ne reconnoît rien de grave, ni de fenfé, elles ne laiffent pas d'être d'une très-difficile pratique, & de fe faire avec la plus forte attention & le zele le plus vif ; mais fi vous demandez aux Docteurs de ces *Rites* quelle en eft la raifon & la fignification, ils répondent gravement qu'il ne faut point rechercher la raifon de la plûpart des ceremonies du *Pélerinage*, parce qu'il n'a été inftitué que par le même Efprit, qui commanda à *Abraham* le Sacrifice dont ce *Pelerinage* eft la commémoration, favoir pour éprouver les hommes fur la nature de leur foi, fi elle eft fincere, s'ils veulent obéïr aux chofes qui leur font prefcrites, ou parce que Dieu les commande, ou parce que leur Raifon les approuve. Quand toutes ces *vifitations* font faites, ils rentrent dans la ville, allant au quartier qu'on appelle *Meneu*, où il y a beaucoup de *Bazars* ou *marchez :* ils y trouvent leurs valets, & leurs chevaux qui les y attendent, ils s'habillent d'habits neufs tout blancs, & puis ils vont d'ordinaire acheter beaucoup de *reliques* & de *babioles*, pour reporter à leur famille, à leurs amis, & à leurs bienfaiteurs, ou pour les vendre & pour en tenir boutique : elles confiftent en *pallets*, faits de la terre du lieu, de deux, trois, quatre ou cinq pouces de diametre, épais de demi pouce, imprimez deffus & autour de paffages de l'*Alcoran*, comme des piéces de monnoye : les *Mahometans* s'en fervent dans leurs *Prieres*, à pofer le front deffus, quand on adore la tête profternée contre

.tre

tre terre, comme je l'ai expofé au Chapitre de la *Priere*: elles confiftent encore en chapelets de même terre, en pierres qu'on appelle *Ceylani*, *pierres de Ceylan*, gravées de pareils paffages, & qui font des Agathes, des Yacinthes, & des Cornalines: en des brodequins, & en des efcarpins de chir jaune très-induftrieufement coufus; en petits *Alcorans*, & en d'autres curiofitez, à l'ufage de *la dévotion Mahometane*. C'eſt là tout ce que raportent les gens du commun; mais pour les gens confiderables, & qui ont fait de gros préfens à *la Mecque*, le *Cherif* leur donne des piéces des Tentures du *Kaaba* des années precedentes: de la pouffiere ramaſſée dans cette *Chapelle*-là en la balliant, dont plufieurs gens avec une ferme foi prennent des dozes dans leurs maladies comme un remede infaillible.

La plûpart des *Pelerins* tirent avant leur départ un acte de leur *Pelerinage*, que le *Moutevely*, qui eſt le Regent ou Gardien de la *Chapelle*, fait expedier: le *Cherif* y met le fcau: les Magiftrats, & les plus éminens perfonnages, qui fe trouvent fur le lieu, puis on y appofe le fcau de la *Mofquée*, qui eſt d'ordinaire grand comme le creux de la main, contenant des mots de l'*Alcoran*, ou des *Dits des Saints*. On appelle ces actes *Ziaret namé*, comme je l'ai dit, c'eſt-à-dire, *Acte de Voyageur*, du verbe *zar*, qui veut dire *voyager, aller par pais*, & auffi *Aoulia*; ils font longs de demie aune, & contiennent que tel, à jour, telle perſonne eſt venue fur le lieu, & a fait fon *Pelerinage*, après quoi font des longues bénédictions: plufieurs gens vont offrir ces Patentes, quand ils font de retour chez eux, dans des *Mofquées*, ou fur les *Tombeaux de Saints*, où ils les appendent par maniere d'*ex voto*.

De *la Mecque* on va d'ordinaire à *Medine* vifiter le Tombeau de *Mahammed*. C'eſt là un *Pelerinage* qui n'eſt que de *dévotion*: il n'eſt point commandé, il y a même des Docteurs célébres qui doutent s'il eſt permis d'aller en *Pelerinage* à *Medine*, à caufe d'un paffage de l'*Alcoran*, où le *faux Prophete* introduit Dieu difant au peuple, *N'entrez point Fideles dans la Maifon du Prophete, fi ce n'eſt qu'il vous appelle lui-même*, avec quoi on prétend qu'il a voulu empêcher qu'on n'allât en *Pelerinage* à fon Tombeau, & qu'on n'y exerçât la même Idolatrie qu'à *la Mecque*. Mais les *Pelerins* croyent fatisfaire tout enfemble, & à leur *dévotion*, & à la *défenfe* de leur *Legiflateur*, en n'entrant pas dans la *Mofquée* où

eſt fon Tombeau, mais en le regardant de dehors par les treillis.

La ville de *Medine* eſt dans la même Province que celle de *la Mecque*, à dix journées de chemin vers le Septentrion, à vingt-cinq degrés vingt minutes de la *Ligne Equinoctiale*; elle a un petit Port où les Galeres feulement peuvent aborder, dit *Elgar*, qu'on croit être l'*Arga* de *Ptolomée*: fon terroir eſt affez plain & affez uni, mais falé en quelques endroits, & extrêmement fec par tout. On obferve que tous les terroirs qui portent les Dattes & les Palmes, font ainfi falez & fecs: celui-ci en porte d'excellentes, fur tout proche des montagnes, mais d'une autre part, il n'y a prefque pas d'autres fruits. *Medine* n'eſt pas la moitié fi grande que *la Mecque*. J'ai même ouï dire qu'elle n'a que trois cens maifons, mais d'une autre part elle eſt entourée de murs, & les maifons y font conftruites de pierres & de briques.

Cette ville s'appelloit *Jatrib* avant le tems de *Mahammed*, du nom d'un des defcendans d'*Aram*, à ce que les *Arabes* rapportent; mais comme ce nom, qui fignifie *méchant*, étoit un nom de mauvais augure, les Succeſſeurs de *Mahammed* le changerent en celui de *Medine Elnaby*, c'eſt-à-dire, *Ville du Prophete*, parce que leur *faux Prophete* fe retira là lors qu'on le reduifit à s'enfuir de *la Mecque*, parce encore qu'il tira de grands fecours des habitans de cette ville-là, & des environs, qui furent les premiers qui le proclamèrent Roi & Empereur, & parce enfin qu'il y paſſa les dernieres années de fa vie, qu'il y mourut, & qu'il y a été enterré: on a abregé dans la fuite du tems le nom de *Medine Elneby*, en difant tout court *Medine*, c'eſt-à-dire, *la ville par excellence*. Les Auteurs lui donnent divers autres noms glorieux, & comme j'ai dit qu'ils appellent *la Mecque*, *Amrahem*, c'eſt-à-dire, *la mere de mifericorde*, ils appellent *Medine El merhoum*, *la fille de mifericorde*, ou celle à qui on a fait mifericorde. Au raport des Auteurs *Perfans & Arabes*, & de tous les *Pelerins*, le peuple de *Medine* eſt fort beau, fur tout les femmes, jufqu'à être fameufes pour leur beauté, les Dattes du Païs le font auffi pour leur bon goût.

Le Sepulchre de *Mahammed* eſt au milieu de la ville dans une grande *Mofquée*, bâtie fi jufte fur le logis où il mourut, que le Tombeau, qui eſt juftement au milieu de la *Mofquée*, eſt la propre place où il expira: il eſt haut de quatre pieds, ceint d'une grille avec un baluſtre: la *Mofquée* eſt fort grande & fort

magni-

magnifique, de figure ronde, couverte d'un dôme foutenu par des colomnes de pierre, dont la baze eſt ſur un fondement de marbre, haut de quatre pieds ſur le rez de chauſſée; de maniere que la *Moſquée* eſt percée, & ouverte par tout: le reſte eſt de pierre de taille. Le dôme eſt couvert de plomb doré, ou revêtu de lames d'or, car on me l'a dit de ces deux façons, & que le dedans eſt auſſi incruſté d'or maſſif: les portes en ſont auſſi couvertes, & il y a pluſieurs vaſes de ce precieux métal, & de pierreries qui pendent dedans en long & en large à de groſſes verges d'or à douze pieds de hauteur. Un mur de dix-huit pieds de haut entoure le parvis de la *Moſquée*, lequel eſt de dix toiſes tout à l'entour. On ne laiſſe entrer les Pelerins au Tombeau que par petites bandes, & on les meine par la main à la proceſſion du Sepulchre, que l'on leur fait faire vîte & ſans s'arrêter. L'*Hiſtoire Perſane* raporte que le Caliphe *Abdelmelek* fit faire ce ſomptueux édifice, qui paroît encore plus merveilleux en conſiderant le lieu où il eſt bâti, qui eſt une maniere de deſert, & le climat le plus ſterile: elle raporte de plus que ce Prince ayant demandé à l'Empereur des *Grecs* de l'aider d'ouvriers pour la fabrique, il lui envoya quarante Maîtres Architectes, & quarante Maîtres maſſons, & de plus quarante mille *meſcals* d'or, pour orner le lieu: cela fait environ ſept cens marcs.

Les Tombeaux d'*Aboubekre*, & d'*Omar* ſont joignant celui de *Mahammed*, & de tous les trois, les Tombes ſont de bois garnies d'or aux jointures, couvertes de deux riches poëles, par deſſus leſquels on en met un noir tous les ans, comme je l'ai obſervé ci-deſſus, d'une maniere de pouls de ſoye figuré, avec des lettres par tout, au lieu d'ondes, leſquelles compoſent des paſſages de l'*Alcoran*. C'eſt le Grand Seigneur, comme je l'ai auſſi obſervé, qui a la prérogative d'envoyer ce poële, qui eſt aporté immancablement à jour nommé avec les préſens de S. H. qui conſiſtent en diverſes munitions de bouche, & beaucoup d'habillemens pour les Gardiens du Lieu. Le *Cheic* de *Medine* met le vieux poële en pieces, dont il envoye la principale au Serrail de Conſtantinople, & des autres il en fait des préſens à des Rois, & Grands Seigneurs, & aux *Pelerins* de qualité: j'en ai vû beaucoup de piéces en divers Païs, chacun les garde comme des *Reliques*.

J'ai obſervé que les *Perſans* ſont fort harcelez en allant à la *Mecque*, ils le ſont auſſi

à *Medine*, car les Turcs qui y ſont les Maîtres prenent fort garde qu'en ſe proſternant devant le Tombeau de *Mahammed*, ils ne faſſent pas de mines offenſantes à ceux d'*Aboubekre*, & d'*Omar*, ce qui contraint fort les *Perſans*, qui ont la derniere execration pour ces deux *Caliphes*: ils ſont auſſi fort contraints dans leur *culte Religieux*, étant obligez de faire leurs Purifications légales à la mode des *Turcs*, qui differe de la leur en quelques petites obſervances, comme d'avoir les mains pendantes en faiſant l'adoration, au lieu de les avoir élevées. Les *Perſans* diſſimulent ſur tout cela, premiérement par l'autorité de leur *Théologie*, qui permet la diſſimulation où il y a riſque de la vie. Secondement en diſant à l'égard d'*Omar* & d'*Aboubekre*, qu'ils ne ſont point dans cette *Moſquée*, l'Ange de tranſport ayant jetté leurs corps à la voirie, comme indignes d'être auprès de leur Prophete.

De *Medine*, les Pelerins Perſans prennent leur route vers *Bagdad*, & viſitent en chemin les Tombeaux de leurs *Imams* qui ſont à *Bakié*, à *Hellé*, à *Kerbella*, dans les campagnes deſertes de la *Chaldée*, & tout proche de *Bagdad*: & par tout ils prennent acte de leur Pelerinage, & ils s'en reviennent chez eux après une abſence qui eſt toûjours de plus d'un an, & qui quelquefois eſt de plus de deux.

Lors qu'ils ſont de retour, c'eſt pour eux, & pour leurs proches, un grand ſujet de gloire & de joye: ils paſſent pluſieurs ſemaines à faire des viſites, & à en recevoir, & à ſe delaſſer d'un ſi rude, & ſi long voyage; mais aſſurément ils ne reviennent pas toûjours meilleurs de ces dévotes viſitations; au contraire on obſerve que preſque généralement ils en reviennent plus durs, & plus fourbes, plus vains, & plus hypocrites, plus envieux, & plus aigres, auſſi appelle-t-on communément le *Pelerinage*, ſengue melak, pierre de touche, parce qu'après en être revenu, le naturel ſe manifeſte davantage & ſe contraint moins: on eſt ou pire, ou meilleur; les gens croyant que le mérite d'un ſi grand *Pelerinage* eſt ineffaçable, s'en abandonnent plus hardiment à la violence & à la fraude. Les *Perſans* diſent de ces mauvais *Pelerins*, qu'ils ont enterré leur conſcience aux Sepulcres qu'ils ont été viſiter.

La plûpart des *Pelerins* portent auſſi par honneur le reſte de leur vie la qualité de *Hagy*, c'eſt-à-dire de *Pelerin*, celui par exemple qui s'appelloit *Mahammed*, s'appellera deſormais *Hagy Mahammed*: mais autant que cela eſt commun parmi les Eccleſiaſtiques, & le tiers

tiers état, autant cela est rare parmi les gens d'épée. J'ai pourtant vû des plus grands Officiers de l'État, & des Gouverneurs de Provinces porter le Titre d'*Hagy*, comme le Gouverneur de la *Caramanie deserte*, l'an mil six cens soixante six, qui s'appelloit *Hagy AllaVerdibek*. *Hagy*, & *Hag* signifient *Pelerin*, & *Pelerinage*, & ces noms qui sont communs aux *Hebreux* comme aux *Arabes*, signifient étymologiquement une *fête solemnelle*, pour célebration de laquelle tout un peuple s'assemble. Je ne puis pourtant que trouver très-differens les Titres d'*Agy*, & de Chevalier de la jarretiere, que le docte & celebre *Castellus*, Anglois, compare en son grand Lexicon. *Agy apud Mahometanos sunt ut Anglorum Equites aurati:* ce sont ses termes. Il feroit encore trop d'honneur aux *Agy* de les comparer au plus bas ordre des Chevaliers Anglois, puis que le Titre d'*Agy*, est porté par une infinité de gens de néant: je ne dois pas oublier aussi qu'on se trompe fort en faisant venir le terme d'*Agy*, d'*Agios*, mot Grec qui signifie *Saint*. Il n'y a que les *Chrétiens Orientaux*, qui traitent de Saint ceux, qui ont été en *Pelerinage à Jerusalem*, les appellant *Mokdesi* ou Saint, ce qui vient, je crois, de ce que Jerusalem est appellée parmi eux la ville Sainte, comme par les Mahometans aussi.

Je vais raporter présentement les Rites du Pelerinage tels, qu'ils sont contenus dans la somme d'*Abas le Grand*, avec les autres traitez, dont j'ai déja donné la traduction.

PREMIERE PARTIE.

Du Pelerinage & des choses qui y sont requises.

,, **S**Achez que le *Pelerinage* est un des prin-,, cipaux Points de la veritable *Religion*, ,, & que quand le *Pelerinage* est commandé, ,, c'est un grand péché d'y manquer, ou de ,, remettre pour de légeres causes. Le *Prophete* nous l'a expressement enseigné en ces ,, mots du Livre de ses Sentences: *Quiconque néglige d'accomplir le Pelerinage de précepte, s'il meurt sans l'avoir fait: il ne mourra point en Musulman* (fidéle) *mais il mourra en Juif ou en Armenien.* ,, Le Prophete, & les ,, *Imams* ont revelé & enseigné aussi en di-,, verses occasions l'excellence, & la vertu ,, du *Pelerinage* pour obtenir le salut, & com-,, bien le devoir en est indispensable. Un ,, homme vint à *Mahammed*, & lui dit:

O *Prophete j'étois allé en Pelerinage selon le commandement de Dieu, mais à mon arrivée, j'ai trouvé que le tems prescrit pour cet exercice étoit passé: Or comme ton serviteur est homme riche, &, possedant de grands biens, daigne ordonner que les aumônes qu'il fera en grand nombre lui soient passées en compte comme le Pelerinage, & de pareil merite.* ,, Le Prophete le ,, regardant avec des yeux séveres lui dit: *Tourne ta vuë vers le mont Abou-kobées* (c'est ce mont qui fait partie des *lieux Saints* de la *Mecque*, dont l'on a parlé,) *& crois que si ce mont devenoit tout d'or, & que tu en fisses des aumônes, le merite de ces profusions ne seroit pas pareil à celui du Pelerinage.* ,, Le Prophete ,, a aussi revelé pour animer les Fidéles à ce ,, devoir: *Que quiconque va en Pelerinage a d'abord cette récompense, comme par préalable que chaque fois qu'il décharge, & qu'il recharge son bagage, & que chaque fois qu'il se deshabille, & qu'il se r'habille, Dieu lui passe en compte dix merites, lui remet la peine de dix péchez, & exalte de dix minutes son degré dans le Ciel,* c'est-à-dire la place qui lui a été préparée de toute Eternité parmi les bien-heureux, *& qu'à chaque pas que fait le Chameau sur lequel le Pelerin est monté, Dieu passe en compte un merite à ce Pelerin.*

,, Sachez que lors que quelqu'un s'est dé-,, terminé de faire le *Pelerinage*, il en doit ,, commencer l'entreprise par le payement de ,, ses dettes: il faut qu'il régle toutes ses af-,, faires, & les mette en bon ordre, qu'il ,, dispose de celles de sa famille, & de ses ,, biens, & qu'il ne laisse rien d'indécis, & à ,, quoi il n'ait satisfait & pourvû. Cela fait, ,, & le jour du départ venu, il assemblera ,, toute sa famille, les Domestiques compris, ,, il fera deux *Recabets de Prieres* (ce sont des ,, *Prosternations*) & dira ainsi à haute voix: *O Dieu je dispose en tes mains à cette heure mon ame, & ma famille, mes biens, & ma créance, mon tems, & ma fin. O Dieu conserve tout ce qui est ici présent, & ce qui n'y est pas qui m'apartient. O Dieu conserve moi, & tout ce qui est à moi, & regarde favorablement mon entreprise qui ne regarde qu'à toi. O Dieu fais moi parvenir proche de toi: ne me rejette point de ta misericorde, & ne me laisse tomber ni en crime ni en malheur.* ,, Après avoir fait cette ,, *Priere* il prendra congé de sa famille, puis ,, il s'entourera le visage d'un des bouts de ,, son Turban le passant sous le cou, comme ,, la bride d'un beguin, puis prenant à la main ,, un bâton d'amandier amer, il sortira de la ,, Chambre en disant à haute voix avec ceux qui l'accompagnent: *Au nom de Dieu je commence cette Sainte œuvre, dans la ferme confiance de la protection de Dieu: je crois en Dieu & je lui remets entre les mains ma vie, & mes actions:* „ cela dit il dira trois fois de suite & pose- „ ment. *O Dieu très-Grand*, puis trois fois de „ suite: *Je jure par le Dieu très-haut que je partirai du Logis: je jure par Dieu que j'entrerai à la Mesque*, puis il ajoûtera ces mots: *O Dieu facilite mon entreprise & mon œuvre, laquelle œuvre par ta bénédiction me tournera à bien: fais qu'elle s'achève & s'accomplisse pour mon bien, & pour mon salut: donne-moi le moyen de retourner heureusement, garde-moi des mauvaises bêtes, & de mauvaise rencontre; toi qui es le Gardien contre tous les maux, selon que tu es mon Seigneur, & mon Protecteur, le Guide qui me meine dans la voye droite,* „ Quand il sera arrivé à la porte de son lo- „ gis, il s'y arrêtera, & s'étant tourné vers „ le *Kebla*, il dira en se tenant debout le *Fa-* „ *tha* (le premier Chapitre de l'*Alcoran*, qui est leur plus ordinaire *prière*) „ puis trois fois „ les versets nommez *el Koursy*, qui sont les „ deux derniers du second Chapitre de l'*Al-* „ *coran*, qui commence. *Nous avons ouï, &* „ *nous avons obéï*: il les dira une fois devant „ soi: une fois à droite: & une fois à gau- „ che: puis il fera cette *Prière: O Dieu conserve moi & tout ce qui est à moi: conserve moi en pleine santé & en parfaite prospérité, moi, & tout ce qui est à moi: fais moi arriver à bien & tout ce qui est avec moi (à la Mecque) selon que tu es celui qui fais arriver à bien, qui nourris, & qui pardonnes.* „ Après cela „ il fera en ces termes le *niet* du Pelerinage: „ *niet* est ce que nous disons diriger l'inten- „ tion: *Je tourne ma face & mes désirs vers la maison de Dieu, afin d'accomplir le Pelerinage que ma Religion commande, parce qu'il est nécessaire de s'approcher de Dieu.* „ Ayant dit „ cela il montera à cheval, & en mettant le „ pied à l'étrier il dira: *Au nom de Dieu Clement & misericordieux: je commence au nom de Dieu très-Grand:* „ & puis quand il se sera „ accommodé sur la selle, il dira: *Gloire, loüange & honneur soit à Dieu qui m'a mis dans la voye de la verité: il me fait la grace de connoître son Prophete, sur lequel soit la paix: Je crois Dieu l'Auteur de mon entreprise, & de mon voyage, parce que je n'étois point jusqu'ici au nombre des Fidéles, & vrais croyans qui sont parfaits; mais maintenant je crois que je parviendrai auprès de Dieu. Gloire, honneur & loüange soit à Dieu. O Dieu tu m'assieds, & tu m'appuyes ici: tu me feras la grace d'achever le*

reste. O Dieu fais moi arriver au bon endroit, & me fais parvenir au pardon. O Dieu comme il ne peut arriver de mal à personne, que la permission n'en vienne de ta part, il ne peut lui arriver de bien que de ta part, & il n'y a personne qui puisse garder que toi. „ Ob- „ servez ici quatre choses, la premiére, que „ les *Saints* conseillent qu'à chaque fois qu'on „ arrive à la traite, on dise en mettant pied „ à terre: *O Dieu descends-moi d'une descente de bien & de bonheur, selon que tu es le meilleur de tous ceux qui font descendre vers toi:* „ puis qu'on fasse incessamment la *Prière* „ avec deux adorations, & qu'avant de re- „ monter à cheval, on fasse aussi la *Prière* „ avec deux adorations. La seconde observa- „ tion qu'il faut faire, est de se mettre en che- „ min le *Samedi*, le *Mardi*, ou le *Jeudi* qui sont „ les *trois jours heureux*, pour cette entreprise, „ le *Dimanche*, & le *Lundi* étant des *jours de* „ *mauvaise augure pour le Saint voyage*, com- „ me les *Saints* l'ont revelé, & pour le *Vendredi*, „ ils déclarent que c'est *mal fait de se mettre* „ en chemin ce jour-là, sur tout avant d'avoir „ fait la *prière de Midi*; mais si les choses sont „ ainsi disposées qu'il faille nécessairement „ partir dans un jour malheureux: il faut fai- „ re bien des aumônes dans ce jour-là mê- „ me, ce qui retiendra la fatalité du jour, & „ le voyage sera ainsi commencé sous un bon „ augure. (il n'est point ici parlé du *Mecredi*, parce que c'est un jour *proscrit*, & malheureux chez tous les *Mahometans*, auquel on fait le moins d'affaires qu'il se peut: *Mahammed* l'a ainsi voulu fraper d'anatheme en disant dans l'*Alcoran*, *le Mecredi est un jour malheureux:* & les *Imams* en commençant ce passage, ont dit, *que tous les grands malheurs sont arrivez, & arriveront toûjours un Mecredi.*) La troi- „ sieme observation, c'est qu'il est nécessaire „ d'être fort liberal dans ce voyage, de faire „ largesse à soi, à la Compagnie, & aux Pau- „ vres qu'on rencontre: d'être secourable, „ communicatif, doux, civil, car il y a dans „ les Livres des Dits, & Faits des Saints, *que* „ *la prodigalité est mauvaise par tout hormis en* „ *Pelerinage*. La quatriéme chose qu'il faut „ observer, c'est que les *Pelerins* sont fort „ étroitement chargez d'être toûjours en paix, „ & en bonne intelligence avec leurs Cama- „ rades de voyage, malgré leurs mauvaises „ humeurs, & leurs malhonnêtetez. Voici „ ce que l'*Imam Jafar* a dit là-dessus. Qui- „ conque est en chemin pour aller à la maison de Dieu doit avoir trois qualitez, sans lesquelles son *Pelerinage* sera nul & vain. La pre- mie-

miere, de ne quereller avec perſonne que ce ſoit durant tout le voyage. La ſeconde, de ſouffrir les injures & les emportemens. La troiſieme, d'entretenir la paix avec les perſonnes de la *Caravane* qui ſont les Compagnons du voyage. „Nous allons traiter la „ matiere du *Pelerinage* en deux parties, l'u- „ ne regardant le *Pelerinage* des Lieux qu'il „ faut viſiter dans l'enceinte de l'*Egliſe ſacrée*, „ l'autre regardant le *Pelerinage*, des Lieux „ qu'il faut viſiter hors de *la Mecque*. Nous „ ſubdiviſerons la Premiere Partie en deux „ autres Parties, dont la premiere contien- „ dra en deux Sections les conditions ſous leſ- „ quelles le *Pelerinage* eſt néceſſaire, & d'où „ il le faut commencer, & la ſeconde, con- „ tiendra les Rites en neuf autres Sections.

PREMIERE PARTIE.

Du Pelerinage du dedans de la Mecque.

PREMIERE SECTION.

Des conditions qui rendent le Pelerina- *ge néceſſaire de néceſſité de* *Precepte.*

„ CEs Conditions ſont au nombre de ſept. „ 1. *L'âge mûr*, le *Pelerinage* n'eſt point „ commandé à *un Enfant hors d'âge*, quelque „ riche qu'il ſoit, & quand il n'auroit plus „ ni Pere ni Mere; mais ſi ſon Pere le mene „ en *Pelerinage* avec lui, & fait obſerver les „ Preceptes & les Ceremonies du *Pelerinage*, „ & que durant l'acte du *Pelerinage* il devienne „ en âge, ſon pelerinage eſt bon, & bien fait, „ & il eſt quitte pour jamais de ce que la Loi „ requiert de lui pour ce regard. 2. *Le ſens* „ *droit & bien reglé*; le *Pelerinage* n'eſt point „ commandé non plus à *un homme qui a l'eſprit* „ *troublé* ſoit continuellement, ſoit à repriſes. „ 3. *La liberté*. Il n'eſt point commandé de „ même à un *Eſclave*, ſoit mâle, ſoit *femelle*, „ quand même il ne ſeroit que *demi Eſclave* „ & qu'il ſeroit à demi en liberté; car un Maî- „ tre peut donner à ſon *Eſclave* une partie de la „ liberté, le quart, la moitié de la liberté en lui „ permettant de travailler quelques jours de „ la ſemaine pour lui, & d'être ces jours-là „ hors de chez lui & où il veut: c'eſt verita- „ blement un grand merite pour un *tel Eſcla-* „ *ve* de faire le *Pelerinage*, pourvû que ce „ ſoit avec la permiſſion de ſon Maître, mais

„ s'il arrive qu'il ſoit mis en liberté après être „ revenu de *Pelerinage*, il eſt obligé de le fai- „ re de nouveau, comme s'il ne l'avoit point „ fait du tout, parce qu'il n'a pas fait le *Pe-* „ *lerinage* qui eſt d'obligation, à cauſe qu'il „ n'eſt d'obligation qu'aux gens libres 4. *Les* „ *moyens* c'eſt à dire d'avoir les biens néceſſai- „ res pour aller & pour revenir ſelon ſa con- „ dition; ſur quoi vous obſerverez deux cho- „ ſes. La premiere que ſi quelqu'un offroit „ à un homme pauvre de faire les frais du „ voyage pour lui, cette offre ne le met pour- „ tant pas dans l'obligation de faire le *Pele-* „ *rinage*, ni non plus ſi cet homme avoit la „ moitié ou les trois quarts de ce qu'il faut, „ & qu'on lui offrit de lui fournir le reſte; „ parce que la Loi n'oblige que ceux qui „ ont ces moyens là en propre, & à eux ap- „ partenant bien & légitimement. La ſecon- „ de choſe c'eſt que par *les moyens* de faire le „ *Pelerinage*, on entend d'avoir de quoi payer „ premierement ſes dettes toutes entieres, & „ puis de laiſſer ſa famille aſſez bien pour- „ vûe pour juſqu'à ſon retour; une Femme „ doit avoir par deſſus cela aſſez de bien pour „ amener avec elle ou ſon mari, ou un pro- „ che Parent au degré qu'on appelle *Maha-* „ *ram*, c'eſt à dire qui ne ſe peuvent marier „ enſemble, afin de la garder, & de la con- „ duier. 5. La cinquiéme condition eſt *la ſanté*; „ car on n'eſt pas obligé au Voyage, ſi l'on „ ne peut pas aller à cheval, ou ſur une au- „ tre monture, ou ſi l'on eſt ſujet à des in- „ commoditez inſurmontables. 6. *La ſeure-* „ *té des chemins*: ainſi tant qu'il n'eſt pas ſûr „ ou vrai-ſemblable qu'il y a toute ſûreté par „ le chemin, le *Pelerinage* n'eſt pas d'obliga- „ tion, & la raiſon de cette condition, c'eſt „ que la conſervation de la vie eſt recomman- dée par deſſus le *Pelerinage* 7. La ſeptieme „ condition eſt que l'on ait *aſſez de tems pour* „ *arriver à la Mecque au commencement du mois* „ *de ZILHAGE*. Or aux années où le „ mois de *Zilhage* tombe dans les courts jours, „ il eſt permis de remettre le *Pelerinage* à un „ autre tems. (Les mois des *Mahometans* ſont lunaires, & par conſequent ils arrivent tous les ans plus près ou plus loin du ſolſti- ce d'hyver.) Obſervez ici, qu'une femme „ peut aller en *Pelerinage* ſans le conſente- „ ment de ſon mari, parce qu'un homme ne „ peut empêcher ſa femme de faire les choſes „ qui ſont d'*obligation*, mais ſeulement celles „ qui ſont de *conſeil*, ou *méritoires*.

SE-

SECONDE SECTION.

Du lieu où il faut commencer le Pelerinage.

„ OBservez que l'on diftingue trois fortes
„ de *Pelerinage* de *la Mecque*, qui different
„ entr'eux feulement à l'égard de l'endroit où
„ la céremonie fe doit commencer, & à l'é-
„ gard du nombre des Ceremonies qu'il faut
„ obferver : c'eft que ceux qui demeurent à
„ *la Mecque*, ou dans fon Territoire, fe trou-
„ vant tous les ans à la grande fête du Sacri-
„ fice, ne font pas obligez à autant de *rites*,
„ que ceux qui n'y viennent qu'une fois en
„ leur vie. Le premier *Pelerinage* eft appellé
„ *Tematch*, c'eft le grand *Pelerinage*, & celui
„ qui eft commandé à tous ceux qui demeu-
„ rent à plus de dix-huit lieües loin de *Mec-*
„ *que la glorieufe*. L'autre eft dit *Kerau*, qui
„ eft commandé à tous ceux qui ne font pas
„ Citoyens de cette ville-là, mais qui n'en
„ demeurent pas à dix-huit lieües. Le troi-
„ fieme eft appellé *Effrad*, & eft commandé
„ à ceux qui demeurent dans la Mecque. Or
„ dans le *Pelerinage* appellé le *grand*, qui eft
„ celui dont nous traitons, le Prophete a
„ commandé que chacun commence fon *Pe-*
„ *lerinage* à l'endroit où il aborde les *Lieux*
„ *Saints*. Cet endroit eft toûjours l'un des
„ cinq que nous allons dire, parce qu'on ne
„ peut arriver à *la Mecque* que par un de ces
„ endroits. Le premier s'appelle *Zoû*, &
„ *halifé*, mot qui fignifie *Maître du jurement*,
„ & c'eft où l'on aborde en venant de *Medi-*
„ *ne*. Le fecond fe nomme *Hogefé*, qui eft
„ fur la route qui vient de Damas. Le troi-
„ fieme fe dit *Te lem lem*, qui eft fur celle
„ de Yemen (l'Arabie heureufe.) Le qua-
„ trième s'appelle *Kern elmenazel*, c'eft où
„ abordent ceux qui viennent de *Taif*, vil-
„ le d'*Arabie* fur le bord de la mer de
„ *Kolfom* (la mer rouge.) Le cinquieme fe
„ dit *Hakik*, c'eft où s'arrêtent ceux qui vien-
„ nent d'*Arac arab* (l'*Arabie* & proprement
„ la *Chaldée*.)

TROISIEME SECTION.

*Des Rites du Pelerinage dans l'enceinte
de la Mecque.*

„ ILs confiftent en fix Points. 1. L'état
„ où il eft requis de fe mettre pour former

„ l'intention expreffe d'accomplir toute la juf-
„ tice légale de ce *faint Pelerinage*, avec le
„ formulaire de cette refolution. 2. Com-
„ ment il faut perfeverer, & fe confirmer
„ dans l'intention de l'accomplir d'un bout à
„ l'autre, par des actes de volonté journelle-
„ ment renouvellez. 3. Comment il fe faut
„ préparer à faire la Proceffion autour du
„ Kaabé. 4. Les Rites & obfervances de cet-
„ te Proceffion. 5. Les tours & les démar-
„ ches qu'il eft commandé de faire entre les
„ deux buttes nommées *Safa* & *Merve*. (Le
„ mot *Perfan* que je traduis les tours, eft *ta-*
„ *raf*, il fignifie aller, & venir.) 6. Com-
„ ment après ces Ceremonies-là il faut fe ro-
„ gner les Ongles, & fe faire rafer le poil.

QUATRIEME SECTION.

*De l'état où il fe faut mettre pour former
l'intention de parfaire le Pelerinage.*

„ IL confifte en fept obfervances, qu'il faut
„ commencer à garder le premier jour du
„ mois de *Zilhaje*, qui eft le mois deftiné à
„ faire le Pelerinage. 1. De ne fe faire pas
„ rafer la tête ni les joües. (La plupart des
„ *Mahometans* portent de longues barbes, mais
„ ils fe font rafer le poil qui croît au haut des
„ joües comme nous faifons celui du menton.)
„ 2. De s'ôter le poil du corps par tout, mais
„ de le faire plûtôt avec le dépilatoire qu'a-
„ vec le rafoir. 3. De fe couper les Ongles,
„ 4. De fe bien nettoyer les dents, en les
„ frottant avec quelque bois, ou avec quel-
„ que racine. 5. De faire ce Lavement de
„ tout le corps, qu'on appelle la Purifica-
„ tion, & de le faire dans la vûe de fe met-
„ tre dans l'état de pureté requis pour bien
„ former l'acte d'intention d'aller en *Peleri-*
„ *nage* à la maifon du *Prophete*. 6. De fai-
„ re la *Priere* qui doit précéder l'acte de l'in-
„ tention, laquelle *Priere* doit être entremê-
„ lée de fix *Proftrations*, à chacune defquel-
„ les la tradition des *Saints*, enjoint de lire
„ un des derniers Chapitres de l'*Alcoran*.
„ 7. Qu'après cette *Priere*-là, le *Pelerin* faffe
„ cette *Priere*-ci. *Gloire, honneur, & Louan-*
ge foit à Dieu qui eft le Pere nourricier des
Créatures : & la Mifericorde de Dieu foit fur
le plus Noble des Grands Prophetes, qui eft Ma-
hammed, & fur fa race benite qui eft pure &
Sainte à jamais. O Dieu comme certainement
je te demande que tu me mettes au nombre de
ceux que tu exauces, & de me ranger parmi ceux
qui

qui ont crû à tes promeſſes, qui ſont entrez dans ton alliance, & qui ſont parvenus à la grace de t'obeïr; de même je proteſte certainement que je ſuis ton ſerviteur, que je me tiens humblement ſous ta main, que je crois que perſonne ne fait rien par la force de ſes deſſeins, & de ſes réſolutions, mais que tout le monde agit par la force de ce qu'il te plaît d'accorder: que je ne pourrai rien obtenir que ce que tu m'as concedé, & accordé, ni parvenir à autre choſe qu'à cela. O Dieu! comme certainement tu as commandé le Pelerinage, je te demande que tu me faſſes certainement la grace de le parfaire, & accomplir en la maniere que tu l'as inſtitué, & que le Prophete l'a entendu: aſſiſte-moi dans l'obſervance & l'exécution des points qui en dépendent, & fais que je n'ignore, & que je n'omette pas un ſeul de ces devoirs; car c'eſt de toi que vient la facilité d'entendre, & la force de parfaire: conſtitue-moi au rang de ceux de qui tu es content, & de ceux à qui tu t'es adreſſé lors que tu as dit dans le Livre véritable (l'Alcoran.) Ecoutez Fidéles. O mon Dieu, j'ai formé véritablement, & attentivement, la réſolution de faire un Pelerinage en la forme que ton Livre, & ton Prophete l'ont commandé: ſi donc il ſurvient quelque obſtacle qui en empêche l'execution, aye agreable ma réſolution, & mon deſir par ton pouvoir, ce pouvoir par lequel tu m'as mis en état, & ſi proche d'executer un ſi ſaint vœu. O Dieu, en cas que je ne puiſſe accomplir mon Pelerinage réellement, & de fait, fais que je l'accompliſſe de la volonté, & que la volonté me tienne lieu d'accompliſſement.

CINQUIEME SECTION.

Comment il faut perſeverer dans l'intention d'accomplir le Pelerinage.

„ CEtte Section contient les autres Points „ qui regardent l'intention & la réſolu„ tion de parfaire le *Pelerinage*: ils ſont au „ nombre de trente-neuf, trois deſquels ſont „ de précepte, ſept ſont de conſeil, ſept ſont „ des choſes mal ſeantes, vingt-deux ſont des „ choſes prohibées & illicites,
„ ARTICLE I. Les trois points comman„ dez ſont, 1. L'acte d'intention, en cette „ maniere: *Je forme le deſſein de faire le Pe„ lerinage, parce qu'il eſt néceſſaire de s'appro„ cher de Dieu*. 2. De dire après cet acte „ d'intention quatre fois ces paroles: *O Dieu, „ je ſuis prêt à ton ſervice; mais je ne ferai „ que ce que tu as commandé*. 3. Qu'au ſor-
Tome II.

„ tir du bain où l'on a fait la Purification, „ on ſe vête de deux draps ou linceuls, en „ ſe liant l'un à la ceinture, lequel pende en „ bas ſur les jambes, & ſe mettant l'autre ſur „ les épaules.
„ ARTICLE II. Les ſept points conſeil„ lez ſont, 1. De faire ces *Prieres*-là quatre „ fois chacune, & à haute voix. 2. De les „ redire toutes les fois qu'on monte à cheval „ pour aller aux viſitations. 3. De les dire „ auſſi à chaque montagne qu'on rencontre „ en la montant. 4. De les dire pareille„ ment chaque fois qu'on met pied à terre. „ 5. De les dire quand on ſe leve. 6. De „ les dire à chaque fois qu'on ſe couche. „ 7. De les dire chaque fois qu'on rencontre „ une troupe de monde.
„ ARTICLE III. Les ſept choſes mal „ ſeantes ſont, 1. De laver les deux draps „ où linceuls dont l'on eſt vêtu, ſi ſales qu'ils „ puiſſent être, ni d'en changer juſqu'à ce „ qu'on faſſe la *Proceſſion* du *Kaabé*. 2. De „ porter au nez des fruits odoriferans, com„ me le coin, le citron, & d'autres ſembla„ bles (c'eſt par mortification.) 3. De par„ ler tant ſoit peu, ſi ce n'eſt pour proferer „ les loüanges de Dieu & des Saints, pour „ répeter des verſets de l'*Alcoran*, pour dire „ ſes *Prieres*, & auſſi pour ſe faire apporter „ les choſes néceſſaires, ou pour ſe faire ſe„ courir dans des beſoins preſſans. 4. De „ dormir ſur un lit fait d'autre choſe que „ d'un matelas de toile blanche, ni de ſe „ couvrir d'autres couvertures que de toile „ blanche. 5. De ſe raſer ſoi-même, ou de „ raſer un autre, en quoi eſt compris la cou„ pure du poil en quelque endroit que ſe „ ſoit. 6. De ſe laver tout le corps ou par„ tie par volupté, c'eſt-à-dire, ſeulement „ comme pour ſe rafraichir. 7. D'avoir ſur „ ſoi du linge autre que de cotton.
„ ARTICLE IV. Les vingt-deux choſes „ prohibées, après qu'on a formé l'intention „ de parfaire le *Pelerinage*, ſont, 1. D'aller „ au bain. 2. D'aller à la chaſſe, ou d'y en„ voyer, ni de porter ou faire porter avec „ ſoi rien de propre à chaſſer, comme des „ armes à feu, des flêches, un chien, un oi„ ſeau de proye, des rets, ni de parler ſeu„ lement de chaſſe: il ne faut pas compren„ dre dans cette prohibition la pêche des „ poiſſons: il eſt permis de prendre tout ce „ qui ſe remue dans l'eau, excepté ce qui eſt „ couvert de plume, & ce qui ne peut paſſer „ pour poiſſon, parce qu'il ne ſait pas les „ œufs dans l'eau, mais il y faut compren-

„ dre tous les oifeaux de l'air, il faut é-
„ tendre auffi cette défenfe fur tous les ani-
„ maux dont la chair eft illicite, de même
„ que pour ceux qu'il eft permis de manger.
„ 3. D'avoir aucune forte de commerce avec
„ une femme, foit fon époufe légitime, foit
„ fa concubine, & fon efclave, en quoi on
„ entend interdire auffi un fimple baifer, un
„ fimple attouchement, un fimple difcours
„ d'amour, & en quoi eft compris auffi la
„ défenfe de fe marier, ou de traiter de ma-
„ riage pour foi ou pour d'autres, de fervir
„ de témoin à un traité de mariage, d'y al-
„ ler comme invité; mais il eft permis de ré-
„ pudier, & d'acheter des efclaves, à condi-
„ tion de ne vouloir avoir affaire avec elles
„ qu'après la confommation du *Pelerinage*.
„ 4. De flairer des parfums, des effences,
„ foit fimples, comme l'Ambre, & le Mufc,
„ foit compofées, comme les confections,
„ & les eaux diftillées, ni des fleurs non plus,
„ fi ce n'eft celles qui fe peuvent trouver à
„ la campagne entre *Safa* & *Merve*, & les
„ parfums dont on frotte la Chapelle du *Kaa-*
„ *ba*: il eft auffi défendu de flairer rien de
„ fort, quand même la fenteur feroit mau-
„ vaife, & de fe frotter le corps d'huile, foit
„ fimple, foit de fenteur. 5. De fe vêtir
„ d'habits coufus de quelque forte que ce
„ foit, & de mettre fur foi d'autres hardes
„ que de fimples draps, comme il a été or-
„ donné. 6. De mettre des fouliers à fes
„ pieds, & aucune chauffure qui couvriroit
„ le talon. 7. D'avoir des bagues aux doigts.
„ 8. D'avoir la tête couverte, & les oreilles,
„ en quoi eft comprife la défenfe de fe plon-
„ ger la tête dans l'eau en faifant les Purifi-
„ cations, parce qu'en cet inftant-là on au-
„ roit la tête couverte, & il ne la faut jamais
„ avoir couverte durant le tems du *Pelerina-*
„ *ge*. Obfervez que ceci ne s'entend pas pour
„ les femmes, qui doivent être voilées hors
„ du logis par une Loi perpetuelle, & fans
„ exception. 9. De fe fervir de parafol.
„ 10. De s'ôter du poil de deffus le corps.
„ 11. De fe couper les ongles. 12. De tuer
„ aucune vermine qui feroit fur foi, foit de
„ deffus la peau, foit de deffus le linge, &
„ de la jetter (quand quelqu'un de ces petits
infectes les mordent, ils fe fervent d'une
petite main d'yvoire ou d'autre matiere,
longue d'un pied, dont ils fe frottent: il y
en a toûjours en *Orient* fur la toilette des
femmes, & c'eft une malpropreté en tout
tems aux hommes & aux femmes de fe
gratter avec la main.) „ 13. De fe frotter

beaucoup les yeux de *fourmé*, (c'eft une
forte de collyre.) „ 14. De fe frotter de
„ *hanna* par ornement, (c'eft un fard dont
on fe frotte les mains & les pieds, pour
empêcher le halle, & l'épaiffiffement de la
peau.) „ 15. De fe regarder au miroir.
„ 16. De s'arracher des dents. 17. De por-
„ ter aucunes armes, pas même un couteau.
„ 18. De fe tirer du fang du corps, foit en
„ fe grattant, foit en fe frottant les dents,
„ foit autrement. 19. De jurer par le nom
„ de Dieu fans néceffité. 20. Les femmes
„ ne doivent mettre fur elles des linges bro-
„ dez ou figurez, quand bien leur condition,
„ & leur coûtume feroient d'en mettre de
„ tels. 21. Elles ne doivent point fe pre-
„ fenter devant leurs maris le vifage décou-
„ vert. 22. Elles doivent avoir le vifage
„ couvert de telle maniere en parlant à leurs
„ maris, ou à leurs proches parens, qu'on
„ ne puiffe voir au travers du voile quelle en
„ eft la figure.

SIXIEME SECTION.

Comment il fe faut préparer pour la Pro-
ceffion du Kaabé.

„ CEtte Section, qui régle les prépara-
„ tions néceffaires pour faire la *Procef-*
„ *fion du Kaabé*, contient deux Articles,
„ dont le premier embraffe quatre Points de
„ précepte, & le fecond douze Points de con-
„ feil.
„ ARTICLE I. Les quatre Points de
„ préceptes font, 1. De fe purifier fi l'on eft
„ fouillé de quelque fouillure que ce foit.
„ 2. De changer de vêtemens, c'eft-à-dire,
„ qu'il en faut prendre de blancs & nets.
„ 3. D'être vêtu de la maniere qu'on a dit,
„ qu'il le faut être pour la fonction du *Pele-*
„ *rinage*. 4. D'être circoncis, car fans la
„ circoncifion le *Pelerinage* eft nul & vain.
„ ARTICLE II. Les douze Points con-
„ feillez font, 1. De fe purifier par un lave-
„ ment de tout le corps, pour entrer dans la
„ Maifon de *la Mecque*. 2. De fe frotter les
„ dents au moment qu'on va faire la *Procef-*
„ *fion* avec quelque chofe de fort, comme le
„ fel, & des poudres pour les dents, afin que
„ la bouche ne fente pas mauvais. 3. De
„ faire la *Proceffion* pieds nuds. 4. De por-
„ ter fes fouliers à la main. 5. De dire cet-
„ te *Priere* en entrant dans les Lieux faints:
O Dieu, certainement tu as commandé dans ton
Livre,

Livre, & l'as commandé à tout le monde de faire le Pelerinage, & de venir se presenter devant toi, avec une offrande en sa main, pour en faire le Sacrifice. O Dieu, j'ai certainement la confiance d'être du nombre de ceux de qui tu as exaucé les prieres, & à qui tu as pardonné les pechez. O Dieu, accorde-moi la grace de m'appliquer toûjours à l'observance de tes préceptes: d'ouïr bien la voix qui vient de ta part: d'y obéïr, & d'en accomplir le sens. (Les Persans enseignent, qu'au tems destiné pour le Pelerinage les Anges crient du haut du Ciel, Venez faire le Pelerinage.) car toutes ces choses ne se peuvent faire que par ton secours, & ton secours vient de ta bonté: à toi donc appartient la gloire des choses que tu me fais faire, & de ce qu'en observant tes statuts je deviens capable d'approcher de toi, & d'obtenir le pardon de toi. O Dieu, fais grace à Mahammed & à sa race, & garde mon ame du feu de l'Enfer, & des lieux où l'on est ton ennemi & adversaire. O Dieu très-grand. „ 6. De faire „ une autre Purification pour entrer dans le „ Parvis sacré de la Chapelle du Kaabé. „ 7. D'entrer dans ce Parvis par la porte „ qu'on nomme des Beni-cheibé. 8. De s'ar- „ rêter à la porte, & de dire à haute voix: Je te saluë toi qui es Prophete (Abraham,) que la misericorde de Dieu & sa benediction soient sur toi: „ puis de faire deux pas en a- „ vant en disant: Au nom de Dieu, & avec Dieu: j'accomplis les choses que Dieu a commandées; la paix & le salut soit sur vous tous Prophetes & Apôtres. Je te saluë ô grand Prophete de Dieu. Je te saluë ô Ibrahim l'ami de Dieu. Gloire soit à Dieu le Créateur de l'Univers. „ 9. D'entrer dans le Parvis avec un „ cœur brisé & contrit. 10. De tourner son „ visage quand on est dedans du côté du „ Kaabé, & en élevant les mains au Ciel „ faire cette priere: O Dieu, certainement je te demande dans ce sacré Lieu où je suis, premierement à l'égard de l'action presente, que tu veuilles accepter ma repentance, que tu me délivres de mes pechez, & que tu m'arraches entierement les mauvaises habitudes du cœur. Je donne gloire, & je rends graces à Dieu qui m'a fait arriver à la sainte Maison. O Dieu, certainement je confesse que c'est ici ta Maison, une Maison que tu as renduë le Lieu saint, agréable, & juste pour tous les humains: je confesse que tu affranchis du droit de ta justice, & délivres de la malediction de tous les pechez, tous ceux qui entrent dignement dans cette Maison, & que tu les conduis dans la voye droite & sainte. O Dieu, je suis ton serviteur, &

chaque Pelerin est ton serviteur, & cette Maison est ta Maison: fais qu'en quelque lieu que je puisse être, je ne cesse point de te demander ta misericorde, ton secours, & ta protection, & me mets au nombre de ceux qui suivent tes Loix, & qui en sont les observateurs constans. O Dieu, j'implore de ta puissance, & de ta liberalité, ce que les pauvres te demandent, & me mets en leur rang en ta présence, au rang de ceux qui ont besoin de ton secours: mets-moi au rang de ceux qui l'obtiennent. O Dieu, ouvre-moi les portes de ta clemence, & me fais entrer avec ceux qui t'obéïssent, & te servent selon ta volonté. „ 11. D'aller ensuite à la Pierre „ noire, & ayant les yeux fermement attachez „ dessus, dire ces paroles: Loüange, honneur & gloire soit à Dieu, le Dieu qui me meine, & qui me fait la grace de le suivre. Je confesse que Dieu est exempt de tout ce qu'en disant les fausses Religions, Gloire soit à Dieu, Dieu n'est qu'un: c'est celui qui est: un Etre nécessaire, & très-grand & au dessus des Etres, qui sont tous de lui, & par lui: mets-moi au nombre de ceux qui craignent, & qui tachent de fuir le mal. Dieu est Unique & sans Compagnon, à lui est le regne & la gloire, il fait vivre & mourir: en ses mains est le bien: il a puissance sur tout. O Dieu envoye ta grace à Mahammed & à sa race, & à tous les Prophetes & Messagers. „ 12. C'est qu'a- „ près avoir dit cette Priere, il faut baiser la „ pierre noire, mais s'il on n'en peut aprocher „ assez près pour la baiser à cause de la foule „ il faut porter la main à la Pierre, & l'ayant „ touchée porter sa main à sa bouche, & la „ baiser, & si l'on ne peut même toucher la „ Pierre, il faut y étendre la main & la baiser, „ puis dès que cela est fait il faut se mettre à „ faire la Procession.

SEPTIEME SECTION.

De la Procession du Kaabé.

„ LE formulaire de la Procession du Kaa- „ bé, qui est la Maison de la Mecque con- „ tient neuf points commandez, & dix con- „ seillez.

„ ARTICLE I. Les neuf commandez „ sont. 1. De faire la Direction d'intention „ pour cette Procession-là en disant: Je fais, & execute le précepte d'aller en Procession autour de la Maison de la Mecque, parce qu'il est nécessaire de s'approcher de Dieu. „ 2. De „ faire immédiatement après la Procession

Kkk 2 „ com-

„ commençant à l'endroit de la *Pierre noire.*
„ 3. De ne rien penſer qui ſoit contraire à
„ cette direction d'intention , ni rien faire
„ qui puiſſe gâter la pureté corporelle dans
„ laquelle on fait la *Proceſſion* , comme une
„ ventoſité , ou une goûte d'urine. 4. De
„ faire la *Proceſſion* de maniere qu'on ſoit à
„ la droite de la Maiſon du *Kaabé* , & que
„ l'on l'ait à ſa gauche. 5. De faire la *Pro-*
„ *ceſſion* par ſept tours , ou à ſept fois , ni
„ plus ni moins. 6. De faire la *Proceſſion* ſi
„ loin du Parapet , qui eſt autour de la Cha-
„ pelle du *Kaabé* , que l'on ne vienne point
„ à toucher le Parapet , de quoi la raiſon eſt
„ que la premiére Chapelle du *Kaaba* , c'eſt-
„ à-dire la Chapelle où *Abraham* faiſoit ſes
„ dévotions , étoit auſſi grande que l'eſpa-
„ ce , qui eſt enfermé entre le Parapet ;
„ ainſi la vraye Maiſon du *Kaabé* , ſe doit
„ prendre pour ce qui eſt enclos par le Pa-
„ rapet. 7. De faire la *Proceſſion* le corps
„ droit , ferme & grave , non courbé ni bran-
„ lant , & d'un pas aſſuré & meſuré à la fa-
„ çon accoûtumée. 8. De finir le ſeptié-
„ me tour de la *Proceſſion* juſtement au
„ même endroit , d'où l'on a commencé
„ le premier. 9. De faire une *Priere* avec
„ deux *Proſtrations* dans la Maiſon d'*Abra-*
„ *ham.*
„ ARTICLE II. Suivent les dix points
„ conſeillez dans cette *Proceſſion.* 1. De ne
„ penſer du moment qu'on a commencé la
„ *Proceſſion* à nulle autre choſe que ce ſoit
„ qu'à la *Proceſſion* même & aux *Prieres*
„ qu'il y faut dire. 2. De baiſer la *Pierre*
„ *noire* de la bouche , du front & de la joüe
„ gauche à chaque tour qu'on fait. 3. De
„ baiſer pareillement les coins du *Kaabé* &
„ particuliérement les deux qui regardent la
„ *Perſe* & l'*Arabie.* 4. De mettre en échar-
„ pe le drap ou linceul , dont on a le corps
„ couvert en ſorte que l'épaule droite de-
„ meure nuë. 5. De faire le tour à petits
„ pas , par la raiſon de ce qui ſe trouve dans
„ les dits des Saints : que pour chaque pas
„ que font les *Pelerins* aux ſept tours de la
„ *Proceſſion* du *Kaabé* , Dieu paſſe en comp-
„ te ſix milles Articles de bonnes œuvres.
„ 6. De faire ces ſept tours le plus loin du
„ Parapet du *Kaabé* qu'il ſe peut , parce que
„ plus loin on fait la *Proceſſion* plus il y a de
„ pas , & plus le merite en eſt grand par con-
„ ſéquent. 7. De marcher d'un pas qui ne
„ ſoit ni lent , ni hâté , mais médiocre.
„ 8. Qu'après que la *Proceſſion* eſt achevée
„ on faſſe connoître ſes beſoins à Dieu dans

„ la *Priere* , & que l'on les étale devant
„ lui. Le 9. de faire les Saluts , & Bénedic-
„ tions aux Prophetes à chacun des ſept tours
„ lors qu'on eſt en préſence de la Porte du
„ *Kaabé.* 10. Qu'après le dernier tour on
„ s'approche du Puits de *Zemzem* , & qu'on
„ en tire deux Seaux : il faut boire du pre-
„ mier ſeau , & du ſecond il faut s'en verſer
„ ſur tout le corps à commencer par la tête ,
„ & dire en verſant l'eau ſur ſoi. O Dieu
„ rends cette eau un lavement de mon cœur
„ & de mes péchez , & un reméde ſalutaire
„ pour la ſanté de mon ame ; après quoi on
„ ira faire les deux tours entre les deux buttes
„ dites *Safa* & *Merve.*

HUITIEME SECTION.

Des tours entre Safa & Merve.

„ CEtte Section eſt diviſée en deux Arti-
„ cles dont le premier contient neuf pré-
„ ceptes , & le ſecond ſept conſeils.
„ ARTICLE I. Les neuf préceptes ſont.
„ 1. La Direction d'intention qu'il faut fai-
„ re dans ces paroles : *Je forme la réſolution*
„ *de faire les tours commandez entre* Safa &
„ Merve, *parce qu'il eſt néceſſaire de s'approcher*
„ *de Dieu.* 2. De faire cette direction d'in-
„ tention au moment qu'on met le pied à
„ *Safa.* 3. De l'achever en ſe tournant vers
„ *Merve* , & en avançant le pied pour y al-
„ ler. 4. De ne rien faire qui puiſſe rendre
„ vaine cette *Proceſſion* , comme d'avoir des
„ penſées contraires à cette réſolution , ou
„ de laiſſer ſortir quelque ordure du corps ,
„ comme une ventoſité. 5. D'aller de *Safa*
„ à *Merve* par le chemin ordinaire, non par
„ un détour. 6. De faire les *tours* de la *Pro-*
„ *ceſſion* entre *Safa* & *Merve* , de ſept en tout ,
„ ni plus ni moins. 7. De les faire de ſuite
„ ſans s'arrêter. 8. De les faire après la
„ *Proceſſion* du *Kaabé* , en même jour. 9. De
„ faire ces *tours* - ci après la *Proceſſion* , &
„ non devant ; car ſi l'on faiſoit les *tours* ,
„ ou la *Proceſſion* entre *Safa* , & *Merve* ,
„ avant l'autre à l'entour du *Kaabé* , tou-
„ tes les deux *Proceſſions* ſeroient vaines &
„ nulles.
„ ARTICLE II. Les ſept choſes qu'on
„ conſeille d'obſerver dans ces ſept *tours*
„ ſont. 1. De ſortir par la Porte de *Safa*
„ pour les aller faire. 2. D'être pur des
„ grandes & petites ſouillures. 3. D'être
„ net dans ſon corps & dans ſon vêtement.
„ 4. De

„ 4. De dire un nombre de Saluts & de Bé-
„ nedictions selon le mouvement de sa dévo-
„ tion en se tenant debout, les hommes au
„ haut de *Safa*, & les femmes au bas.
„ 5. D'aller au haut de *Merve*, & d'y fai-
„ re les mêmes *Prieres* qu'au haut de *Safa*.
„ 6. Que si l'on n'a pas la force à cause de
„ son âge, ou par quelque maladie de faire
„ ces *Processions* à pied, que l'on les fasse à
„ cheval, ou avec une autre voiture. 7. Que
„ l'on n'aille pas plus vîte au commence-
„ ment de la *Procession* qu'à la fin, soit qu'on
„ aille à pied soit qu'on aille à cheval, ex-
„ cepté au milieu de l'espace, où il est con-
„ venable aux hommes d'aller vîte, mais non
„ pas aux femmes.

NEUVIEME SECTION.

De ce qu'il faut faire après la Pro- cession.

„ SAchez qu'après ces *Processions* il faut
„ que le *Pelerin* se coupe & s'ôte de des-
„ sus le corps quelque chose qui soit dépen-
„ dant du corps, soit des ongles des mains
„ ou des pieds, soit du poil: il suffit de cou-
„ per trois poils seulement, lesquels on ôte-
„ ra comme on voudra, ou avec des cizeaux,
„ ou avec le rasoir, ou en les arrachant, ou
„ avec le dépilatoire: il est permis d'en ôter
„ davantage, mais il n'est pas permis d'ôter
„ tout: ainsi il faut que ce ne soit ni tout le
„ poil, ni moins de trois poils; il faut ob-
„ server ce *rite* avec intention en pensant à
„ la chose, & en la voulant résolument fai-
„ ré. Or dès qu'elle est faite le *Pelerinage*
„ est censé être accompli de droit, tout ce
„ qui étoit devenu illicite & interdit au *Pe-*
„ *lerin* entrant dans la fonction de son *Pele-*
„ *rinage*, comme ses habits, sa femme, des
„ odeurs, le bain lui est devenu licite & per-
„ mis; ce n'est pas qu'il ne lui reste encore
„ bien des dévotions à faire, mais parce que
„ ces *Dévotions* ne sont pas partie de la *vi-*
„ *sitation* de la *Mecque*; cette *visitation*, qui
„ est proprement le *Pelerinage* du *Kaabé* ne
„ regardant specialement que les Lieux ren-
„ fermez dans le Parvis du *Kaabé*, & l'in-
„ tention faite pour le *Pelerinage* n'étant
„ aussi que pour ce qui se doit accomplir
„ dans cet espace.

SECONDE PARTIE.

Du Pelerinage du dehors de la Mecque.

„ LE formulaire du *Pelerinage*, ou de la
„ *visitation* des Lieux hors de la *Mecque*
„ commence aussi par la direction d'inten-
„ tion, qui est la résolution ferme & distincte
„ de faire ce *Pelerinage*. Il y a deux choses
„ à y observer lesquelles sont de conseil &
„ non de précepte. La première que la ré-
„ solution se fasse le huitiéme jour du mois
„ de *Zilhajé*. La seconde qu'elle se fasse
„ dans l'enceinte de la *Mecque*, & s'il se
„ peut sous la goutiere de la Chapelle de
„ *Kaabé*, après quoi il faut aller au mont
„ d'*Arafat*, & se tenir-là depuis trois heures
„ après midi, jusqu'au soir: delà il faut al-
„ ler au lieu appellé *Mecher el haram*, passer
„ la nuit en chemin en y allant, & s'y tenir
„ jusqu'à ce que le Soleil soit levé. Delà il
„ faut aller à *Mena*, & y demeurer le neu-
„ viéme jour du mois, qui est la fête d'*Ara-*
„ *fat*. Delà il faut se rendre le lendemain,
„ dixiéme jour du mois de *Zilhajé*, au mon-
„ ceau de pierres nommé *gemré*: il faut jet-
„ ter sept petites pierres contre ce monceau,
„ puis faire le Sacrifice, car ce jour est la
„ fête du Sacrifice; & le grand jour du Sa-
„ crifice étant achevé, il se faut faire raser la
„ tête & retourner à la *Mecque*, où l'on fe-
„ ra de nouvelles *Processions*, comme aupa-
„ ravant. De la *Mecque* on ira une autre-
„ fois à *Mena*, où il faut passer les trois
„ nuits appellées *techrik* (luisantes,) qui sont
„ les nuits onziéme, douziéme, & treizié-
„ me du mois, & y jetter des pierres en trois
„ endroits avec quoi la *visitation* des Lieux
„ hors de la *Mecque* sera achevée. C'est ce
„ que nous allons traiter en cinq Sections
„ dont la première aprend à faire la visite du
„ mont d'*Arafat*. La seconde aprend à faire
„ celle du mont de *Mecher*. La troisiéme à
„ pratiquer la Céremonie sacrée, qui est pro-
„ pre & speciale pour le lieu nommé *Mena* en
„ jettant sept pierres au Diable par dessus
„ l'épaule, comme pour lui insulter, & pour
„ lui marquer qu'on le déteste. La quatrié-
„ me Section contient la forme du *Corban* ou
„ Sacrifice. La cinquiéme comment il se
„ faut raser la tête ou la barbe après le Sa-
„ crifice, & pourquoi.

PRE-

PREMIERE SECTION.

De la Visitation du Mont d'Arafat.

„ ARTICLE I. Sachez qu'il est comman-
„ dé d'être sur le mont d'Arafat depuis
„ trois heures du soir jusqu'à la nuit, soit
„ couché, soit appuyé, soit debout, soit af-
„ fis, & soit qu'on y aille à pied ou à che-
„ val, & dans cette visitation, il y a six obser-
„ vances conseillées. 1. D'y aller le hui-
„ tiéme du mois de Zilhajé qu'on nomme
„ Youm el tervich; mais si une personne étant
„ malade avoit peur de ne se pouvoir trou-
„ ver-là le huitiéme jour, elle y peut aller le
„ cinquiéme, le sixiéme, ou le septiéme.
„ 2. De faire des Prieres au mont d'Arafat.
„ 3. De se trouver de si bonne heure à Mena
„ qu'on y puisse faire les trois Prieres quo-
„ tidiennes. 4. De passer la nuit du huitié-
„ me au neuviéme à Mena. 5. De retour-
„ ner de Mena à Arafat. 6. De tendre son
„ Pavillon au mont d'Arafat au lieu appellé
„ Nemré.
„ ARTICLE II. Sachez qu'il est aussi
„ commandé, que dès qu'on est arrivé à A-
„ rafat il faut faire la résolution d'y demeu-
„ rer le tems qui a été marqué, & durant
„ le sejour qu'on fait-là, il y a diverses ob-
„ servances conseillées qu'il y faut pratiquer
„ jusqu'au nombre de onze. 1. Une Purifi-
„ cation de tout le corps avec Intention.
„ 2. Une Purification des parties du corps
„ qu'il faut laver avant les Prieres. 3. De
„ faire sur le lieu les Prieres du midi, & du
„ soir, sans les remettre à une autrefois.
„ 4. De se tenir là debout durant les prieres.
„ 5. D'avoir durant tout le tems que l'on est
„ là le visage au Kebla. 6. De n'avoir l'esprit
„ tendu à autre chose qu'à Dieu. 7. D'être
„ à l'air dans son pavillon, c'est-à-dire de
„ n'être sous rien qui empêche la vûe du Ciel.
„ 8. De rapeller le souvenir de ses pechez,
„ en les comptant l'un après l'autre, & en
„ formant sur chacun un acte de repentir.
„ 9. De faire les prieres pour les Fidelles, &
„ en en recommandant à Dieu tout autant
„ qu'on en connoit, & au moins quarante.
„ 10. De dire pendant qu'on est là, cent fois
„ l'action de grace. Gloire soit à Dieu le Sei-
„ gneur des humains, cent fois la Confession
„ de Foi. Il n'y a point d'autre Dieu que Dieu
„ &c. cent fois la Priere éjaculatoire. O Dieu
„ très-grand, & cent fois la Benediction.

„ Louange soit à Dieu. 11. De faire à la fin
„ de tout la priere que fit l'Imam Hossein au
„ même lieu dans son Pelerinage.

SECONDE SECTION.

De la visitation du mont de Mecher.

„ SAchez que quand le soir est venu, &
„ qu'on veut partir d'Arafat, il faut pre-
„ mierement faire la priere, & puis se mettre
„ en chemin : il le faut faire en allant le pas,
„ & non en courant, & durant tout le chemin,
„ il faut méditer, sur les plaisirs du Paradis,
„ & sur les peines de l'Enfer, en s'excitant
„ aux moyens de fuir ces peines, & quand on
„ est arrivé à Mecher le Sacré, il faut com-
„ mencer par la direction de l'intention, &
„ observer ensuite six choses durant tout le
„ tems qu'on demeure là, savoir 1. De fai-
„ re la priere avant que de donner l'ordre de
„ charger son bagage. 2. De veiller toute
„ cette nuit-là qui est celle du grand Sacrifi-
„ ce, s'empêchant de dormir, & s'occupant
„ à prier, & à lire l'Alcoran. 3. De faire à
„ l'entrée de la nuit la Purification de tout
„ le corps avec intention. 4. De se garder
„ soigneusement de toute souillure petite ou
„ grande jusqu'au lever du soleil. 5. Que si
„ c'est la premiere fois qu'on vient en Pele-
„ rinage, on aille au haut du mont dit Hager
„ elharam, & qu'on y dise les Prieres & les
„ Louanges à Dieu. 6. Qu'on prenne sur
„ ce mont les sept petits cailloux qu'il faut
„ jetter au lieu dit Gemré.

TROISIEME SECTION.

De la Visitation de Mena.

„ SAchez que le jour étant venu, qui est le
„ jour du grand Sacrifice, il faut aller de
„ Mecher le Sacré à Mena, en prenant sa rou-
„ te par un lieu nommé Vadi, & quand on est
„ arrivé à Mena, il y faut pratiquer la Cere-
„ monie du jet des pierres contre un monceau
„ nommé Gemré à Kebé : il faut que les pier-
„ res soient de petits cailloux, au nombre de
„ sept : il les faut jetter avec l'intention di-
„ rigée, & tendue sur l'action, & sur le Mys-
„ tere de l'action; & il les faut jetter l'une
„ après l'autre; car si on les jettoit toutes sept
„ à la fois, cela ne seroit compté que pour
„ avoir jetté une pierre : il faut aussi que tou-
„ tes

„ tes fept touchent le monceau ; qu'elles ayent
„ toutes été prifes au lieu ci-deffus marqué,
„ & ne les jetter qu'après que le Soleil eft le-
„ vé le jour du grand Sacrifice. C'eft-là ce
„ qui eft de précepte dans cette ceremonie :
„ & ce qui eft de confeil c'eft d'être pur de
„ toute fouillure corporelle durant l'acte de
„ cette ceremonie : de choifir fept cailloux
„ de même groffeur, & de même couleur :
„ de les laver : d'être à pied en les jettant :
„ d'avoir le vifage tourné à *Gemré* & le dos
„ tourné au *Kaabé*, & de n'être pas plus pro-
„ che de dix coudées du monceau de pierres,
„ ni plus loin de quinze quand on fait le jet.

QUATRIEME SECTION.

De la forme du Corban ou Sacrifice.

„ Sachez qu'inceffamment après le jet des
„ pierres à *Mena*, il y faut faire le facrifi-
„ ce, & voici ce qu'il eft commandé d'y ob-
„ ferver. Il faut que la Victime foit un Mou-
„ ton, ou un Bouc, ou un Bœuf, ou un
„ Chameau, il n'eft pas permis de facrifier
„ d'autre bête, comme un Cheval, un Cerf
„ ou autre tel animal : il faut de plus que
„ l'hoftie foit de fept mois au moins, fi c'eft
„ d'un Mouton ; qu'elle foit d'un an au moins,
„ fi c'eft d'un Bouc, ou d'un Bœuf, & qu'el-
„ le foit de cinq ans au moins, fi c'eft d'un Cha-
„ meau : il faut enfuite que l'Hoftie foit pu-
„ re, faine, entiere, fans nul défaut, que le de-
„ vouement & l'immolation s'en faffe par un
„ feul homme, non par deux : que celui qui
„ l'offre ait l'intention tendue, & dirigée fur
„ l'action en difant en lui-même. J'immole
„ cette victime dans le *Pelerinage* prefcrit par
„ la vraye Religion *hagtematoh*, (le *Peleri-*
„ *nage* éloigné de dix-huit lieuës de ma maifon,)
„ parce qu'il eft néceffaire de s'approcher de
„ Dieu. Il eft prefcrit de plus que ce foit en fai-
„ fant cette direction d'intention, qu'on immo-
„ le l'hoftie ; qu'on l'immole en lui coupant la
„ gorge ; qu'on l'immole foi-même de fes pro-
„ pres mains, à moins d'un empêchement infur-
„ montable, & en cas de tel empêchement,
„ il faut créer un Vicaire ou Procureur pour
„ l'immoler en fa place, & il faut que le Vi-
„ caire ou Procureur faffe la direction d'in-
„ tention comme Procureur en difant. *J'im-*
„ *mole en la place de tel* &c. Obfervez bien
„ ici qu'il faut toûjours faire le Sacrifice le
„ jour du Sacrifice qui eft le dixième de *Zil-*
„ *hajé*, fi on le peut ; mais que s'il eft impof-

„ fible de le faire ce jour-là, la Loi permet
„ de le faire les jours fuivans. Obfervez auffi
„ qu'il n'eft permis à perfonne de manger plus
„ qu'une partie feulement de fon facrifice, &
„ qu'il faut donner le refte aux Pauvres. C'eft
„ là ce qui eft commandé dans le Sacrifice ;
„ & ce qui y eft confeillé, c'eft 1. l'obfervan-
„ ce du fexe dans la Victime, car fi c'eft un
„ Mouton ou un bouc il les faut prendre mâ-
„ les, mais fi c'eft un Bœuf ou un Chameau
„ il les faut prendre femelles. 2. Que l'a-
„ nimal paroiffe bon & bien gras. 3. Qu'on
„ ameine la victime du Mont d'*Arafat*. 4. Que
„ fi c'eft un Chameau qu'on immole, on lui
„ faffe lier le pied gauche au genou. 5. Que
„ fi on a mis un homme pour faire l'immo-
„ lation en fa place, on mette s'il fe peut fa
„ main fur la fienne.

CINQUIEME SECTION.

Comment il fe faut faire rafer le poil après le Sacrifice.

„ Sachez que dès que le Sacrifice eft ache-
„ vé il faut s'ôter, ou fe faire ôter le *poil*
„ de deffus le corps, ou tout, ou en partie, en
„ gardant toûjours le préalable néceffaire, &
„ fans lequel toute fonction facrée eft vaine,
„ qui eft la direction d'intention vers cet acte
„ Religieux, laquelle direction fe doit faire
„ au moment qu'on fe fait ou *rafer*, ou *cou-*
„ *per* le poil. C'eft à l'égard des hommes de
„ fe faire *rafer toute la tête*, & fi l'on n'a
„ point de *poil* à la tête ni au refte du
„ corps, il faut pourtant fe faire paffer le ra-
„ foir fur la tête, comme fi on en avoit &
„ fe couper les ongles. Surquoi obfervez
„ qu'il eft bon d'enterrer le poil & les ongles
„ à *Mena*, au moins trois pouces en terre.
„ C'eft-là le dernier *rite* de la *vifitation* des
„ *Lieux Saints* hors de *la Mecque*, après quoi
„ la plûpart de tout ce qui avoit été interdit
„ redevient permis, & licite, on n'a plus à
„ s'abftenir de rien que des femmes, & des
„ odeurs, ce qui encore n'eft pas de précepte,
„ mais de confeil.

SIXIEME SECTION.

Du refte du Pelerinage.

„ Sachez qu'après s'être acquitté des pré-
„ ceptes marquez ci-deffus il faut retour-
„ ner à *la Mecque* : il faut faire de nouveau
„ la

„ la *Procession* autour du *Kaaba*, & la *Prie-*
„ *re* dans le *Kaaba*: il faut faire ensuite une
„ autre *Procession* entre *Safé* & *Merve* : &
„ une autre *Procession* suivante au même lieu,
„ afin de pouvoir licitement approcher de sa
„ femme, & se servir de parfums, & dans
„ l'intention de le faire, & après ces *Proces-*
„ *sions*-là, il est permis de l'approcher, il est
„ permis de se servir d'odeurs, & rien que ce
„ soit n'est plus interdit. Observez qu'à cha-
„ que *Procession*, il faut joindre une *prière*
„ de deux *Prostrations* : qu'il faut faire ces
„ *Processions* avec les mêmes égards que l'on
„ a eus en faisant les autres. Cela étant fait
„ il faut retourner encore une fois à *Ména*,
„ & y demeurer les trois nuits suivantes, sa-
„ voir la nuit du onzième, du douzième, &
„ du treizième du mois de *Zilhajé*, ou toute
„ la nuit, ou partie de la nuit ; car il est per-
„ mis de venir coucher à la *Mecque*, même
„ il est permis au lieu de passer la nuit à *Mé-*
„ *na* de la passer à la *Mecque* en *Priè-*
„ *res*, l'un étant aussi bon que l'autre. Or
„ il est commandé aussi de refaire chacun de
„ ces trois derniers jours le *jet de sept pierres*
„ à *Gemré*, & c'est là la fin & l'accomplisse-
„ ment du *Pelerinage*, après quoi on peut
„ s'en retourner à son gré dans son Païs. Ob-
„ servez seulement qu'on conseille de com-
„ mencer son voyage en partant de *Ména*,
„ plûtôt que de la *Mecque*.

C'est-là ce que j'ai recueilli de plus considérable pour l'exposition du symbole de la
Religion des *Persans*, je rapporterai dans la
suite ce qui me reste encore à dire sur leur
créance, à mesure que l'occasion s'en presen-
tera. Cependant pour dire mon sentiment en
général sur cette fausse *Religion* que j'ai assez
aprise, & que j'ai vû exercer en divers Païs
dix-sept ans durant, je remarquerai deux choses. La premiere, qu'elle me semble avoir
été finement composée : on a d'abord pris
garde que les notions d'un premier Etre, &
d'une autre vie s'accommodassent aux Principes de la Philosophie qui avoit le plus de
cours parmi les *Arabes*. On a choisi dans les
Cultes des *Juifs*, & des *Chrétiens*, ce qui seroit le plus facile à observer aux Peuples O-
rientaux, pour qui cette *Religion* se faisoit.
On a pris dans l'Idolatrie même, ce qu'elle
pouvoit avoir de spécieux, & l'on a formé
de tout cela cette Religion *Mahometane*, qui
a toute l'apparence exterieure de sainteté,
toute l'austerité & la pureté corporelle que la
superstition, & l'humeur hypocrite des hommes affecte si fort ; sur tout lors que la chair

a son compte comme elle l'a dans le *Maho-*
metisme sur la plus chere volupté des Païs
chauds, qui est l'usage des femmes. La seconde chose que je remarquerai c'est que cette *Religion* a réussi merveilleusement, étant
très-exactement suivie; l'efficace d'erreur dont
Dieu a si fortement menacé les inventions
humaines, n'a été nulle part si active, & si
étenduë que dans cette pernicieuse créance :
La fonction de la *Priere* s'y exerce avec un
respect & une dévotion incomparable, & toûjours nouvelle, à laquelle on ne voit assurément rien de pareil, ni parmi les Chrétiens,
ni dans les autres *Religions*. Il en est de même
du Jeûne, & de la Purification legale, quoi
que ces trois articles comprennent bien deux
mille points qui sont d'obligation, & une fois
autant de points qui sont de conseil, lesquels
le peuple dévot garde cependant aussi exactement que les autres. Les Recueils qu'on
a faits des Dogmes de conseil de toute la *Re-*
ligion Persane vont à un nombre incroyable :
les moins étendus contenant plus de dix mille préceptes. Jugez s'il est seulement possible de les apprendre.

Mais j'ai fait une autre observation dans
mes longs Voyages, c'est que les plus mauvaises *Religions* sont également les plus auste-
res & les mieux servies. Il n'y en a pas de
pire que celle des *Indiens* Idolatres, car ils
n'ont point de vraie notion de Dieu Créateur
du Ciel & de la Terre, & ils servent les Idoles; cependant il n'y a nulle *Religion* qui
prescrive de pareilles macerations, ni qui
inspire un semblable zele ; car pour ce qui est
des macerations, celles des *Indiens* sont in-
croyables, & comme inconcevables. Des
sectes entieres s'abstiennent toute la vie de
tout ce qui est vivant, & tout ce qui vient
d'un animal, comme ils parlent: c'est
à-dire de chair, de poisson, d'œufs, de lait,
de beurre, & de fromage : parmi leurs Ana-
choretes les uns vont nuds toute leur vie,
les autres sont des trois mois sans parler,
d'autres sont des semaines entieres sans avaler que de l'eau, d'autres se tiennent plusieurs
heures de suite dans des postures que nous au-
rions peine à faire, & après encore des jours,
& des mois : d'autres se tiennent des années
à l'air, & sans bouger d'une place, comme les anciens Stylites ; & pour comble leur
zele les porte à se brûler vifs gayement de tous
âges, & de tous sexes, comme font les femmes, depuis le fleuve *Indus* jusqu'aux extrémitez de la *Chine*, & du *Japon* quand leur
mari meurt, encore qu'elles n'eussent couché

ché qu'une nuit avec lui, & comme font les domestiques des Grands à leur mort, dans les lieux où l'Idolatrie est dominante. De tout tems les hommes se font rendus esclaves, & Idolatres de leurs fantaisies : ils gardent fort religieusement leurs cultes corporels, parce que ce font leurs Institutions propres ; mais on ne sauroit les mettre au service d'esprit & de verité que le vrai Dieu commande, & qui est le seul qu'un homme raisonnable puisse penser être agréable à la Divinité. Je rends toûjours graces à Dieu lors que j'assiste au service des Chrétiens Réformez en pensant à la vanité des fausses Religions, & à la misere de ceux qui les professent, assujettis comme ils font à des Pelerinages longs & dangereux, à des Jeûnes forcez, à des macerations insupportables, à des Prieres faites par compte sur des Chapelets, à se laver d'eau à toute heure ; au lieu de la vraye Religion, qui consiste sans doute dans l'exercice de la justice, & de la bénéficence, & à se garder pur des souillures du monde, selon les termes d'un Apôtre. J'ai pensé souvent en lisant les vies des premiers Hermites Chrétiens, & leurs macerations, qu'ils les avoient prises des Idolatres, comme les Mahometans les ont prises de ces Hermites.

Je reprends maintenant la suite de mon Journal, que j'ai laissé au huitiéme Janvier Fête de Fête, dont j'expliquerai le sujet, après que j'aurai traité des Fêtes en général.

Les Fêtes des Persans font de deux fortes, Civiles, & Religieuses. Les Fêtes Civiles font celles qui marquent le tems & le changement des saisons, comme la Fête du nouvel An, celle du chant du Rossignol, qui arrive au commencement du Printems, & les Fêtes Religieuses font les jours consacrez à célébrer la Naissance & la Mort des Prophetes & des Saints, les principaux Mystéres de la Foi, & plusieurs Evenemens mémorables dans la Religion ; mais il faut observer que presque toutes ces Fêtes, tant Civiles, que Sacrées, ne font point chommées du tout, il n'est même commandé de chommer aucune Fête, ni aucun jour, à peine de péché : l'observance n'en est que de conseil, & encore que jusqu'à midi seulement, & tous les Théologiens Persans enseignent unanimement qu'il n'y a point de mal à travailler les Fêtes ; mais comme le peuple est par tout enclin à l'oisiveté, & à la superstition, & qu'il faut aussi donner du repos & de la recréation au corps humain, on prend pour cela le tems des principales Fêtes de l'année, soit civiles,

comme la Fête du nouvel An, qui dure près d'une semaine, soit sacrées, comme celle du Sacrifice d'Abraham, qui ne dure qu'un jour; celle de la fin du Jeûne, qui en dure quatre ou cinq, & celle du Martyre des Fils d'Aly, qui dure dix jours : pour toutes les autres Fêtes, on ne s'en apperçoit pas à la ville, les boutiques font ouvertes à l'accoûtumée : on peut juger de là qu'il faut toûjours avoir l'Almanach à la main, pour savoir quand il est Fête, & que cela ne se voit point aux boutiques ni à d'autres marques publiques.

Outre les Fêtes que la Religion Mahometane a instituées, elle a son jour de repos, comme la Religion Mosaique, & la Religion Chrêtienne ; c'est le Vendredi ; mais le repos n'y est non plus d'obligation que les jours de Fêtes ; ce qu'il est prescrit de garder ce jour-là, c'est d'assister à la Priere publique, laquelle doit être faite entre neuf heures & midi, & qui dure demie heure ; mais comme les Persans pour la plûpart tiennent qu'il n'y a qu'un Imam ou Vicaire universel, qui ait droit d'en faire la fonction, & qu'aujourdhui il n'y a point d'Imam, ils croyent qu'on n'est point obligé d'aller à la Mosquée le Vendredi, quoi qu'il soit bon & pieux de le faire, de maniere qu'il n'y a plus rien que de moral, ou de politique, dans l'observance de ce jour-là : les gens de métier ferment les boutiques après midi pour s'aller promener, mais les grandes boutiques font fermées tout le jour : les Tribunaux font vacans, & les affaires font communément surcises, non pas qu'on en fasse aucun scrupule le Vendredi plus qu'un autre jour, & qu'on n'en fasse tout de même lors qu'on en a de pressées ; mais c'est qu'on prend ce jour-là, comme je l'ai dit, pour se reposer & pour se divertir. Le Vendredi est aussi dans toute la Perse le jour du marché public, à cause que le monde a plus de loisir de se pourvoir des choses nécessaires pour les commoditez de la vie. Il faut observer à l'égard de ces commoditez, que pour ce qui est des alimens de toutes fortes, les Marchands qui les débitent, comme les Epiciers, & ceux qui les aprêtent, comme les Boulangers, ne ferment leurs boutiques aucun jour de l'année ; avec tout cela on ne laisse pas de donner communément une partie du jour à la dévotion : le peuple va aux Mosquées : plusieurs personnes éminentes y vont aussi, & tous ceux qui ne tiennent pas qu'il n'y a qu'un Imam qui puisse y officier. On prêche aux principales, dans toutes les grandes villes : j'y ai été plusieurs fois à Ispahan : j'en

for-

fortois affez fatisfait quand le fujet étoit de morale. Leur Droit Canon porte, touchant l'inſtitution de ce jour-là, que nul n'eſt obligé à chommer le Vendredi, s'il n'eſt mâle âgé de vingt ans, ou au deſſus, de ſain entendement, & de condition libre, *Mahometan de Religion*, habitué dans un lieu où il y ait quarante hommes au moins qui ayent tous ces mêmes qualitez. C'eſt de cette maniere que les *Perſans* obſervent les jours que la *Religion* a conſacrez; cependant on ne laiſſe pas de dire par maniere de proverbe parmi les autres *Mahometans*, il garde les Fêtes comme un *Perſan*.

Ils appellent le Vendredi *Rous juma*, c'eſt-à-dire, le jour de l'aſſemblée, de *Jamé*, qui veut dire, amas, *collection*, parce que c'eſt le jour deſtiné à s'aſſembler dans les *Moſquées*: les Auteurs *Perſans* ſont fort partagez ſur la raiſon de la conſécration de ce jour, pour jour de repos: les uns alleguent premierement l'exemple de *Mahammed*, qui gardoit ce jour-là, diſent-ils, en faiſant une Priere ſolemnelle avec tout le peuple, & un Sermon à la fin: & ſecondement le précepte des *Imams*, qui prenant Loi de l'exemple de *Mahammed*, crurent qu'il falloit garder le jour qu'il avoit choiſi pour les aſſemblées publiques. D'autres alleguent le grand miracle de *Joſué*, lequel arriva un Vendredi, ils affirment qu'il arrêta le Soleil une heure & demie dans ſa courſe: d'autres diſent que la raiſon du choix de ce jour parmi les autres, c'eſt parce que le jour du Jugement, qui ſera le repos de toute la terre, doit arriver un Vendredi. Il y a des Docteurs qui enſeignent que c'eſt parce que *Mahammed* & *Aly* nâquirent ce jour-là, ſelon l'opinion de la plûpart des Chronologiſtes: d'autres croyent que le Vendredi eſt devenu un jour Sacré, ſur ce que *Mahammed* s'enfuit de *la Mecque* un Vendredi; parce que comme les *Mahometans* comptent de ce jour-là la naiſſance de leur *Religion*, auſſi bien que le commencement de leur Époque, les premiers Succeſſeurs de *Mahammed* trouverent à propos pour le rendre plus mémorable, & plus cher, d'en faire un jour ſolemnel. D'autres Auteurs ſavans raportent que les *Arabes*, à qui *Mahammed* annonça ſa Doctrine, obſervoient de tout tems le Vendredi, avec pluſieurs autres Peuples d'alentour, par dévotion à *Aſtarté*, ou *Venus*, que ces Peuples ſervoient plus dévotement qu'aucune autre fauſſe Divinité; parce que c'eſt la plus belle des *ſept Planetes*, & l'Aſtre qui rend le plus de lumiere en l'abſence du Soleil & de la Lune, & que *Mahammed*, voyant le fort attachement qu'ils avoient à ce jour-là, leur permit de le garder, ſe contentant d'en changer l'uſage: il y a aſſez de reſtes de l'Idolatrie des *Arabes* dans la *Religion Mahometane*, pour faire recevoir cette origine. Enfin, quelques Auteurs aſſurent, que c'eſt uniquement pour diſtinguer les *Mahometans* des *Juifs*, & des *Chrétiens*, qu'on leur a donné le Vendredi pour jour de repos, & cette raiſon comme elle eſt la plus ſimple, a auſſi le plus de vraiſemblance.

Les *Perſans* donnent de grands éloges au Vendredi: ils l'appellent le plus excellent des jours: le jour de miſericorde & de grace: & ils ajoûtent que Dieu l'a fait propre & particulier à leur *Religion*, qui a été la ſeule qui ait chommé ce jour-là.

Pour venir à préſent à la Fête de *Fetre*, c'eſt une Fête immobile, comme toutes les autres de la *Religion Mahometane*, tombant toûjours au ſecond jour du mois de *Chaval*, qui eſt le mois qui ſuit celui du Jeûne. Il faut obſerver qu'au compte de la Lune le ſecond jour du mois eſt réellement le premier jour du mois; mais c'eſt qu'ils attendent à compter le mois qu'ils ayent vû la Lune, & comme on ne la voit que le ſoir, ils comptent le jour qui ſuit pour le premier jour du mois, parce que le premier jour eſt le jour qu'elle a paru. Les *Turcs* appellent cette Fête *Behuc bairam*, c'eſt-à-dire, *la grande Fête*, pour la diſtinguer de la Fête du Sacrifice d'*Abraham*, qu'ils appellent *Bairam koutchec*, *la petite Fête*; n'ayant que ces deux Fêtes-là d'obſervées dans leur *Religion* comme Fêtes ſacrées. Quoi qu'il y en ait pluſieurs autres marquées dans leur *Rituel*, qu'ils appellent toutes *Bayram*, pareillement, mot qui ſignifie *le jour de Dieu*, étant compoſé de *Bay*, terme de la Langue *Tartare*, qui veut dire *jour*, & de celui de *Ram*, qui eſt le nom que tous les *Gentils* des *Indes* donnent à Dieu, comme faiſoient tous les anciens Idolatres de l'*Orient*, & notamment les Peuples de *Syrie*, qui l'avoient apparemment tiré des *Indiens*. Pluſieurs Relations que nous avons de l'*Orient*, l'appellent *la Pâque des Mahometans*, parce qu'elle ſuit leur Jeûne, comme la Pâque des Chrétiens ſuit leur Carême; mais ces ſortes de comparaiſons me paroiſſent des prophanations à éviter.

Le mot de *Fetre* ou *Feter*, que les *Perſans* ont donné à cette Fête, ſignifie *rupture*, ou *coupure*, parce qu'elle rompt le Jeûne. J'ai obſervé au Chapitre de l'Aumône, que cette Fête

Fête est le jour du Tribut capital, que tout homme *Mahometan* doit payer, consistant en quatre livres & demi de bled, ou la valeur en argent, qu'il faut donner aux pauvres : on paye le Tribut ce jour-là, afin qu'il n'y ait personne qui n'ait dequoi se substanter largement, & faire Fête. Les *Persans* passent cette journée en festins, pour se récompenser de la rude abstinence du mois passé : les *Artisans* la chomment, & les jours suivans au nombre de cinq ou six, chacun à sa volonté : on n'entend par tout qu'Instrumens de Musique : les boutiques ouvertes sont parées : & on voit en tous lieux les marques d'une joye publique, où chacun prend part. On se fait aussi des présens mutuels les jours de cette Fête, & l'on s'entrevisite. Les Grands se tiennent au logis durant les trois premiers jours, à recevoir les civilitez, & à traiter ceux qui viennent aux heures du repas : les jours suivans ils vont rendre les visites.

Le 16. les *Armeniens* célebrent la fête qu'ils appellent *Cachachouran*, mot demi *Armenien* & demi *Persan*, qui signifie le Baptême de la Croix. Je fais mention de cette fête, parce que les *Persans* y assistent en foule par tout où elle se solemnise, & parce qu'ils la solemnisent eux-mêmes, & qu'ils la marquent dans leurs Almanachs : quelques uns de leurs Critiques prétendent, que c'est en imitation d'une fête des *Guebres*, qui sont les restes des anciens *Perses*, laquelle s'appelloit *Abhirkan*, c'est-à-dire, *la fête de l'eau lustrale*. Les *Armeniens* m'avoient invité à la cérémonie. Voici comme elle se fit. On la célebre dans le Monastere de *Joulfa*, qui est la Colonie des *Armeniens*, où l'Evêque demeure avec douze à quatorze *Vertabiets*, ou Moines de l'Ordre de Saint Basile, d'entre lesquels les Evêques sont toûjours choisis : il y a dans la Cour du Monastere au devant de l'Eglise un reservoir, ou bassin d'eau, quarré creux de cinq pieds, & de huit à neuf de diametre. On avoit posé au milieu sur un trepied haut de vingt pouces au dessus de la surface, une fort grande chaudiere pleine d'eau : l'Evêque après avoir célebré le service dans l'Eglise, étant revêtu de ses ornemens Pontificaux, suivi des Moines du Couvent, & de plusieurs autres Ecclesiastiques revêtus des habits avec lesquels ils officient, & précedé de la Croix, de plusieurs Bannieres, de plusieurs Torches, vint faire trois fois le tour du Bassin, chantant & toute sa suite aussi, mais assez bas & sans accord. Les Ecclesiastiques qui le suivoient, tenoient les uns de petites Croix à la main, d'autres des Livres, d'autres des Bassins de lotton, qui sont des Instrumens pour la Musique dont on touche l'un contre l'autre. Après cette *Procession* de trois tours, l'Evêque se mit dans sa Chaire qui étoit posée sur le bord du bassin, & vis à vis de la porte de l'Eglise : il y demeura assurément deux grosses heures à lire, & à chanter à diverses reprises, après quoi il se leva, il approcha de la Chaudiere, il trempa, & retrempa plusieurs fois dedans une Croix d'argent qu'il tenoit à la main, puis à la fin après une brieve oraison, qu'il fit d'une voix plus élevée que le reste, il trempa encore la Croix dans la Chaudiere, & puis les *Armeniens* qui étoient-là autour, au nombre de plus de deux cens, se jetterent dessus ; les uns pour s'y laver le visage ou les mains, les autres pour y tremper leurs mouchoirs, d'autres pour en emporter : ils se mirent à s'en jetter les uns aux autres, comme pour s'asperger, & enfin ils renverserent la Chaudiere, & c'est où la joye & les cris redoublerent. Ce fut là fin de la Fête, & quoi qu'elle fût achevée dès huit heures, il y avoit un grand concours de peuple *Persan*, gens de qualité & autres poussez de curiosité, & de l'esperance de se divertir : ils ne furent pas trompez, & ils s'en retournerent plus divertis, que nous autres Chrétiens ne fûmes édifiez. Effectivement on diroit que c'est une *mommerie* qu'on jouë, on n'y a point d'attention, chacun va & vient durant la célebration, je parle des *Armeniens*. L'Office avoit commencé dès quatre heures du matin, tant afin que cela n'empêchât pas le peuple d'aller à son travail, que pour empêcher le concours des *Persans*. Ce Baptême de la Croix se fait dans toutes les Eglises *Armeniennes*, mais avant le jour aussi : on l'administre quelquefois sur le bord de la Riviere ou des Etangs, ou des Ruisseaux, quand il ne fait pas trop froid. Le peuple s'imagine que le Baptême des Enfans, n'est pas plus nécessaire, que de baptiser la Croix, & de s'asperger de l'eau où elle a été ainsi baptisée. J'ai vû le Roi de *Perse* assister à une de ces cérémonies qu'il fit célebrer sur le bord de la Riviere, où il y eut bien des gens renversez. Les *Armeniens* en font une autre presque toute semblable au cœur de l'Eté, qu'ils appellent *Vastavar*, c'est celle que nous appellons la Transfiguration. Ils se jettent les uns aux autres dans l'Eglise, & dans toutes les maisons des eaux de rose & d'autres fleurs en mémoire, disent-ils, que dans cette fête les trois Apôtres qui étoient avec

nôtre

nôtre Seigneur sur le *Thabor* étant comme pâmez & hors d'eux-mêmes de ce qu'ils voyoient, on leur jetta de l'eau sur le visage pour les faire revenir. Les *Persans* durant tout ce jour-là se jettent aussi des eaux de senteur l'un à l'autre, en imitation ou en dérision de cette fête qu'ils appellent *abpachan*, c'est-à-dire, épanchement d'eau. J'observerai ici que les *Mahometans* appellent le Baptême des Chrétiens *Sebgae*, teinture, parce qu'il se fait par immersion, ou plongement. Vous pouvez juger à cela qu'ils ne connoissent pas celui d'aspersion, le seul en usage en nôtre *Occident*.

Le 17. étoit la Fête appellée *Casai ohud*, c'est-à-dire *la Bataille d'Ohud*, qui est une Montagne à une lieuë de *Medine*, proche laquelle cette bataille se donna. C'étoit entre *Mahammed*, & les *Coreistes* ses Parens, c'est-à-dire la Tribu dont il étoit natif; & cette bataille fut, dit-on, la derniere qui se livra entr'eux. L'armée de *Mahammed* eut d'abord du pire, & fut battue & mise en fuite, lui-même fut blessé d'un coup de pierre à la bouche qui lui cassa les quatre dents de devant, & le jetta à bas de cheval : des Histoires *Arabes* portent de plus qu'il reçut un coup de flèche au bras, & un coup d'épée au visage : ses gens ayant fui, & l'ayant abandonné il se cacha parmi les morts, & se garantit ainsi d'être pris; cependant *Aly* son *Gendre* étant survenu avec deux mille hommes frais fit tourner face aux fuyards, & chargea si vigoureusement les vainqueurs qu'il les tourna en fuite, & en défit la plus grande partie.

Les *Persans* font aussi mémoire ce jour-là de la mort de *Hamsé* fils d'*Abdel Moutaleb* Oncle de *Mahammed* par sa Mere, qui fut tué à cette bataille. Le Martyrologe *Persan* rapporte que *Hend* femme de *Mahuvié* & Mere de *Yezid*, qui furent depuis *Caliphes* & Successeurs de *Mahammed*, & qui tinrent le siege de l'Empire à *Damas*, *Bagdad* n'étant pas encore fondée : que cette *Hend*, dis-je, ayant conçû une extrême haine contre ce *Hamsé*, parce qu'il avoit tué de sa main deux de ses plus proches parens dans les combats qui s'étoient donnez entre *Mahammed*, & eux, elle avoit promis de grandes récompenses à quiconque le lui ameneroit mort ou vif; que ces promesses ayant animé plusieurs braves *Hamzé* fut tué à la bataille, & que son corps ayant été porté à la Reine *Hend*, elle le fit mettre en soixante douze quartiers, qu'elle envoya à ses proches parens, & elle en mangea le cœur.

Le 20. on eut nouvelle qu'une Caravanne, qui venoit de *Smirne* à *Tauris*, avoit été volée le mois d'Octobre dernier proche d'*Arzerum* en la basse *Armenie*, & que le dommage que les *Armeniens* de *Perse* y souffroient, étoit de deux cens mille écus. On n'oublie aucun soin en *Turquie* pour exterminer les voleurs, mais l'on n'en sauroit venir entierement à bout : il y en a toûjours dans toutes les Provinces. Ce qui les entretient le plus à mon avis, c'est la facilité qu'ils trouvent à voler les Caravannes, & le riche & incroyable butin qu'ils y font. Les Caravannes de *Turquie* font quelquefois si grosses qu'il y a douze ou quinze cents hommes capables de combattre; cependant cinquante Voleurs mettent souvent en déroute la Caravanne, dont la plûpart des gens font *Armeniens*, gens sans courage, qui crient merci à la vûe d'une épée nûe : ils portent presque tous des armes à feu, mais de vingt il n'y en a pas deux d'ordinaire en état de servir, ainsi lors qu'ils font attaquez, chacun fuit sans reconnoître le nombre des Voleurs ni leur disposition; d'ailleurs comme les Caravanes font de longues files, qui occupent quelquefois trois à quatre miles de chemin, où chacun se tient auprès de ses Chameaux & de son bagage, ne songeant qu'à soi, au lieu de courir à l'endroit attaqué, il n'est pas plus mal aisé de voler les Caravannes, qu'une troupe de cinquante personnes. Les *Turcs* qui se trouvent dans les Caravannes ne fuyent pas comme les autres, ils font ferme d'ordinaire & se battent; c'est ce qui fait que les Caravannes font beaucoup plus assûrées, où le nombre des *Turcs* excede celui des *Armeniens*.

Le 21. étoit la Fête nommée *Chec-el-Camer*, c'est-à-dire, la coupure de la Lune, qui est un des principaux miracles que les *Mahometans* attribuent à leur faux Prophete. L'Histoire de sa vie est pleine de ces sortes de Miracles, à la mémoire de plusieurs desquels on a consacré des jours pour en celebrer la merveille : je ne veux rapporter dans ce Journal que ceux dont le *Rituel*, & les Calendriers *Persans* font mention, refervant les autres pour l'Histoire de sa vie, & pour n'en pas faire deux fois je m'en vais les rapporter de suite, comme ils font couchez dans les *Legendes Persanes*.

Elles rapportent ainsi celui de la *coupure de la Lune*. Les *Coreistes Idolatres* députerent un jour trente des principaux d'entr'eux à *Mahammed*, pour lui dire que s'il étoit vrai qu'il fût *Prophete* envoyé de Dieu, comme il préchoit, il operât quelque grand Miracle qui fût

fût fuffifant pour les convaincre de fa Miffion, & qu'ils le reconnoitroient. Mahammed agréa leur propofition, il leur dit d'attendre que la Lune fût pleine, & ce jour-là il les mena à la Campagne, & leur ayant dit de regarder au Ciel, il leva la main, & d'un mouvement de fes deux doigts il coupa la Lune en deux pieces, dont l'une defcendit doucement à terre, paffa par dedans la manche de Mahammed, & remonta à fa Sphere où elle fe rejoignit à l'autre moitié.

La Revelation du Scorpion. Mahammed étant à la guerre prêt de donner combat, un valet de chambre, qui avoit été gagné par les Ennemis pour l'empoifonner, avoit mis un Scorpion dans une de fes bottes, penfant qu'il en feroit piqué, & qu'il en mourroit : comme il prenoit la botte pour la mettre, il eut revelation du fait, & fans s'émouvoir, il la fecoua & fit tomber le Scorpion : il ordonna à même tems à fes gens de ne mettre jamais la botte ni des fouliers fans les fecoüer, & c'eft delà, difent les Perfans, qu'eft venuë la coutume qu'ils ont, de ne mettre jamais leurs bottes ou leurs fouliers fans les fecoüer auparavant : ils ont effectivement cette coutume, & lors qu'un valet donne les fouliers à fon Maitre, il les renverfe premierement en fa prefence fur le talon.

Le Miracle des Serpens. Un Païfan des environs de Medine avoit plufieurs Serpens dans fon Jardin, grands & furieux, prefque autant que ceux des Indes, qui dévorent des Cerfs, & des perfonnes entieres : il ne pouvoit quoi qu'il fit en délivrer fon Jardin. Un jour qu'un de fes petits Enfans avoit été tué par un de ces Serpens, le pauvre Jardinier alla plein de douleur, & de defefpoir fe jetter aux pieds de Mahammed pour implorer fon fecours. Mahammed fe tranfporta fur le Lieu, & commanda aux Serpens de ne plus nuire à la famille du Jardinier. L'ordre, difent-ils, fut fi efficace, qu'on vit dans la fuite que lors qu'un Serpent en approchoit, la bouche & les dents lui étoient miraculeufement fermées, fi fort que l'air même n'en pouvoit fortir.

La guerifon du Soldat d'Ohud. On a parlé de la bataille d'Ohud : Un Soldat de Mahammed nommé Katar, fort eftimé, & fort cheri, y reçut un coup de maffuë au front, dont les deux yeux lui fortoient de la tête. Mahammed en ayant été averti, le fit apporter, le toucha, & le guerit.

La Refurrection de la Fille. Mahammed allant de la Mecque à Médine, paffa devant un Camp de Pafteurs dreffé fur le grand chemin.

Le Chef de leur Troupe avoit perdu fa Femme quatre jours auparavant, & fa fille venoit auffi de rendre l'ame. Mahammed apprit fa douleur, & l'alla voir pour le confoler. Ce Pafteur lui dit, O Prophete de Dieu je recevrois de la confolation, fi j'avois quelqu'un de qui je puffe recevoir du fecours. Mahammed étant touché de fon angoiffe reffufcita fa fille.

Le Miracle de l'eau fortie du Rocher. Ce fut quelques jours avant la bataille de Leffen que ce Miracle arriva, l'armée de Mahammed ayant été refferrée par celle des Coreiftes dans un Païs montagneux où il n'y avoit point d'Eau, & étant prête à perir de foif, il frapa un Rocher, & en même tems il en fortit de l'eau par fept endroits.

Le Miracle du Chameau. L'Hiftoire en eft affez plaifante. Un Marchand d'huile des plus riches habitans de Medine entretenoit toûjours plufieurs Chameaux pour fes moulins d'huile. Il faut favoir, que dans les Païs chauds de l'Orient, il n'y a point d'olives, & que c'eft de graines fort dures qu'on tire l'huile en les faifant moudre entre deux meules d'une extraordinaire grandeur. Or quand l'âge & le travail avoient ufé quelque Chameau, tellement qu'il n'étoit plus bon à rien, l'Huilier l'envoyoit à la Campagne où on l'abandonnoit. Il arriva qu'un Chameau qui avoit été ainfi mené dans un Champ fort aride durant l'hyver, revint à la ville, alla trouver Mahammed, & fe plaignit à lui de l'injuftice & de la cruauté de fon Maître. Mahammed fit venir l'Huilier, le reprimanda fort, & lui ordonna qu'à l'avenir il nourriroit jufqu'à la mort les Chameaux qu'il auroit ufé à fes Moulins.

Le Miracle du Lezard, dont le conte eft prefque la même chofe que celui qu'on vient de rapporter.

Le Miracle de la Biche & du Loup. Voici encore une Hiftoire comme les précedentes & auffi propre à fervir d'appendice aux Fables d'Efope : un Loup ferrant une Biche de fort près parmi des ronces dont elle ne pouvoit échaper (c'étoit un Loup comme ceux de Mingrelie qui mangent les Bœufs & les Chevaux) Mahammed vint à paffer : la Biche de loin & fe mit à crier. O Prophete de Dieu accordez moi vôtre Protection; Mahammed s'approcha du lieu d'où venoit la voix. La Biche le fupplie de ne pas permettre qu'elle foit dévorée du Loup. Le Loup répond que le Prophete ne pouvoit pas l'en empêcher, étant jufte que l'ayant long-tems pourfuivie, preffé d'une extrême faim, comme n'ayant mangé de trois jours il la dévorât. Mahammed

L l l 3 pro-

prononça là-deſſus au contentement de tous deux, diſant au *Loup* de courir vers un Lieu qu'il lui montra & qu'il y trouveroit une meilleure proye. Le *Loup* obéit, & la *Biche* ſe mit à ſuivre *Mahammed*.

Le Miracle de l'Enfant. Ils content qu'au dernier Pelerinage, que *Mahammed* fit à la *Mecque* peu avant ſa mort, toute la ville de *Medine* étant ſortie pour l'accompagner, & pour lui ſouhaiter un bon voyage, un *Enfant* à la mamelle qui n'avoit pas cinq mois lui cria; *Adieu homme Saint, vrai Prophete de Dieu revenez heureuſement.*

L'Enfantement de la Pierre. Cet enfantement eſt auſſi ſurprenant que celui de la Montagne dans la Fable, un pauvre homme ayant perdu un ſeul *Chameau* qu'il avoit, faiſoit des cris & des complaintes étranges. *Mahammed* paſſa par-là : Il eut pitié du malheur de ce pauvre homme : il toucha une *pierre*, & à l'inſtant on en vit ſortir un *Chameau* qu'il donna à cet affligé.

Ce ſont là les prétendus Miracles de Mahammed, dont la commémoration eſt inſtituée, & qui ont chacun un jour aſſigné pour les celebrer. Ces jours ont Titre de Fête, mais comme perſonne ne les garde, il n'y a que les Savans, & les Dévôts qui y prennent garde, les uns par curioſité, les autre pour lire certaines prieres particulieres, que la Tradition prétend avoir été compoſées par les *Imams*, pour les dire ces jours-là.

Fin du ſecond Tome